U0678896

陳與義集校箋

〔宋〕陳與義 著
白敦仁 校箋

附年譜

上

上海古籍出版社

圖書在版編目(CIP)數據

陳與義集校箋：附年譜 /（宋）陳與義著；白敦仁校箋. -- 上海：上海古籍出版社，2024. 9. --（中國古典文學叢書）. -- ISBN 978-7-5732-1271-9

Ⅰ. I222. 744

中國國家版本館 CIP 數據核字第 2024WL4531 號

題簽：王大厚

陳與義集校箋（附年譜）

（全三册）

〔宋〕陳與義　著

白敦仁　校箋

上海古籍出版社出版發行

（上海市閔行區號景路 159 弄 1-5 號 A 座 5F　郵政編碼 201101）

（1）網址：www. guji. com. cn

（2）E-mail：guji1@guji. com. cn

（3）易文網網址：www. ewen. co

金壇市古籍印刷有限公司印刷

開本 850×1168　1/32　印張 41　插頁 9　字數 762,000

2024 年 9 月第 2 版　2024 年 9 月第 1 次印刷

印數：1—1,100

ISBN 978-7-5732-1271-9

I・3860　定價：228.00 元

如有質量問題，請與承印公司聯繫

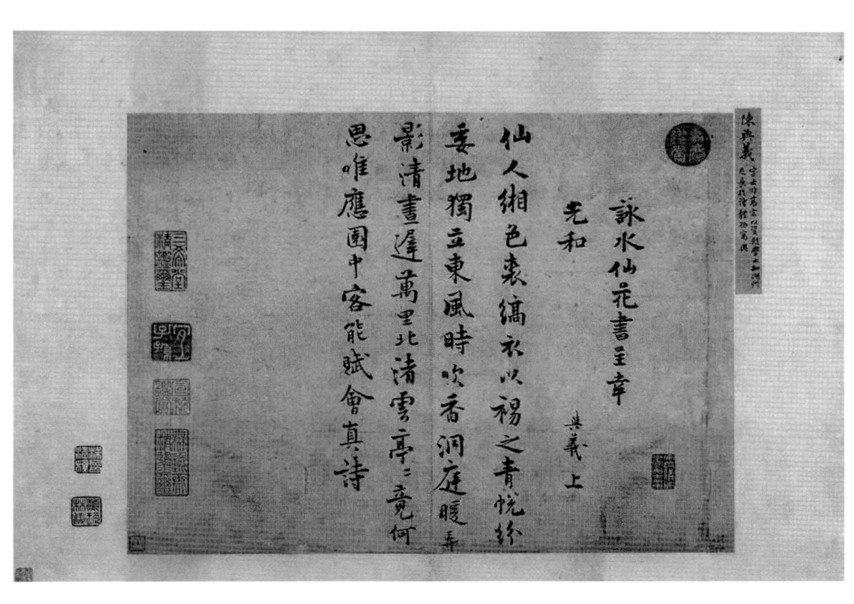

詠水仙花書呈章
先和
與義 上
仙人緗色裘縞衣以裼之青帨紛
委地獨立東風時吹香洞庭暖弄
影清晝遲萬里北清雲亭亭竟何
思唯應園中客能賦會真詩

陳與義《詠水仙花》墨迹

增廣箋註簡齋詩集卷第二十三

竹坡胡穉仲孺箋

己酉九月自巴丘過湖南別粹翁

離合不可常，陸士衡為顧彥先贈婦詩：離合非有常，譬彼絃與筈。去處兩無策。東坡和犍才詩：去住兩無蹤。眇眇孤飛鴻，嚴霜敗羽翼。使君南道主，終歲好看客。北史：咸陽王禧為司州牧，辟裴仲規為主簿，仍表行建興郡事。孝文自代還洛，次郡境，裴備供帳，朝于露側。駕還，見咸陽王曰：卿得汝主簿為南道主人，六軍豐贍，元弟之寄，殊副所望。好看客，見北一卷送王應仲詩。江湖尊前深，日月夢中疾。老杜送馬太卿詩：尊前江漢闊，後會且深期。世事不相貸，不相貸，見十一卷十月詩。秋風撼飛錫。南雲本同征

《四部叢刊》影宋本《增廣箋注簡齋詩集》書影

再版説明

白敦仁（一九一八—二〇〇四），字梅庵，室名水明樓，四川成都人。師從龐石帚。先後在華西協和大學、成華大學、波蘭華沙大學、成都七中、成都師範學校、成都大學任教，亦兼職于四川省社會科學院聯合會、四川李白研究學會、四川杜甫研究學會。爲當代蜀學名家，妙擅詩詞，精於考訂箋注。

陳與義集校箋是白敦仁詩詞箋證的力作。一九八一年在董理校勘箋證過程中，經我社約稿，初步達成出版意向，一九八四年交稿，一九九〇年八月作爲「中國古典文學叢書」之一出版發行。因校勘箋證頗見功力，素來在學界享有盛譽。

此書斷版多年，爲滿足讀者的研究閱覽需求，我社多方努力，與白敦仁先生子女再度續約。本次再版，經白敦仁故交王仲鏞之子王大厚先生建議，并居中代理授權，增收白敦仁陳與義年譜。該年譜曾被錢鍾書先生評爲「采掘之博，考索之精，絶無僅有」，乃「近世之奇作，當與爲一秩，更臻完善，便於讀者理解陳與義生平行實、感受白敦仁先生的治學風範。天下學人共寶玩之」。爲遵循叢書體例，除更正排印錯誤外，本版年譜改爲全式標點。二書合

謹以此書的增訂再版紀念白敦仁先生逝世二十週年，并感謝白先生的子女與王大厚先生的慷慨幫助。

上海古籍出版社

二〇二四年五月

陳與義集校箋前言

陳與義字去非，號簡齋，洛陽人。生於北宋哲宗元祐五年（一〇九〇），卒於南宋高宗紹興八年（一一三八），終年四十九歲。

與義二十四歲以太學上舍釋褐，被分到開德府（治今河南濮陽）做了幾年教授，回東京後又先後做了兩任教官。由於他的墨梅詩受到徽宗趙佶的賞識，由太學博士、著作佐郎、司勳員外郎很快擢升到符寶郎。後因宰相王黼得罪受到牽連，謫監陳留酒稅。靖康之難，他從陳留避地南奔，開始了五年多的流亡生活，由河南、湖北、湖南、廣西、廣東、福建、浙江，於紹興元年最後到達當時的行在所會稽。以後，歷任兵部員外郎、起居郎、中書舍人、吏部和禮部侍郎，出知湖州，入爲給事中、翰林學士等職。在政治上，他積極支持主戰派張浚。張浚秉政，與義爲參知政事。不到一年，張浚罷相，與義亦引疾求去，不久病死在湖州。他的生平事跡詳見宋史卷四百四十五文苑七陳與義傳和張嵲紫微集卷三十五陳公資政墓誌銘。

與義生活在南北宋交替時代，民族矛盾和階級矛盾非常尖鋭。他的一生，經歷了北宋滅亡、南宋偏安，方臘起義，鍾相、楊么起義；經歷了崇寧、大觀以來中央王朝黨派傾軋的激烈鬭爭。特别是靖康以來的戰亂使他接觸到廣闊的現實生活，民族的苦難、國家的破敗和屈辱、流亡生活的痛苦和艱辛、遍及南北的廣大人民抗金救亡的呼聲，這一切，激勵着詩人，他終於唱出了充滿愛國激情的戰歌：

中興天子要人才，當使生擒頡利來。正待吾曹紅抹額，不須辛苦學顔回〔一〕。

這一類宣稱要上馬殺敵的雄壯歌聲，反映了人民的意願，和同時代另一位詩人曾幾茶山集中的一些戰鬭詩篇，同樣可以看作偉大愛國詩人陸游的先河。

自從方回論詩，把陳與義和杜甫、黄庭堅、陳師道拉在一起，硬派做江西詩派的一祖三宗〔二〕，人們也就習慣於把陳與義算作江西詩派詩人，這實際上是一種誤會。

我們知道，陳與義早在開德任教官時就和吕本中的叔父兼詩友吕知止一起寫詩，他和吕本中本人也不止一次在一起互相唱酬〔三〕。可是，吕本中論詩，從來没有提到過陳與義，更没有把他的名字列入江西宗派圖。一些和與義接近或稍後一點的人也只説他「上下陶、謝、韋、柳」〔四〕，或者把他和崔鷗相提並論〔五〕，而不算他作江西派。陳善捫蝨新話上集卷四云：「世以簡齋詩爲新體。」也没有提江西。嚴羽滄浪詩話論詩體則列有「陳簡齋體」一項，注云：「亦江西之派而小異。」這條注文很值得研究。

首先來看看所謂「亦江西之派」。我們知道，當陳與義作爲一個青年詩人登上詩壇時，正是黄、陳詩風風靡的時候，要他一點也不受影響是不能想像的。試把他的鄧州西軒書事十首和黄庭堅的病起荆江亭即事十首這兩組七言絶句拿來比較。則其所受黄詩的影響是再顯然不過的。此外，與義論詩十分推重陳師道，把陳詩看做是「不可不讀者」〔六〕，劉辰翁也認爲與義的詩是「以後山體用後山」〔七〕。嚴氏所謂「亦江西之派」指的不外就是這些内容。只要想一想陸游、楊萬里、姜夔這些詩人的創作生活的早期都曾受過江西派的影響，則陳與義的「亦江西」是不足爲怪的。這裏重要得多的倒是嚴氏説的後半句「而小異」三字，正是這點「小異」，才足以説明陳簡齋之爲陳簡齋。

與義少時嘗學詩於崔鷃〔八〕，他後來經常提到崔鷃給他的兩點啓示：一是「忌俗」，二是「不可有意用事」〔九〕。這兩點，實際上是説對於當時流行的江西派詩風，必須揚長避短。「忌俗」本來是江西派的主張，黄庭堅就説過「寧用字不工，不使語俗」，陳師道也主張「寧僻毋俗」。這種主張，就其唾棄凡庸、不主故常、提倡詩歌創作中的獨創精神來説，是具有積極意義的。葛勝仲在評論與義詩時就指出，他的詩「務一洗舊常畦徑，意不拔俗，語不驚人，不輕出也」〔一〇〕。這正是「忌俗」精神的體現。所謂「不可有意於用事」，則顯然是針對江西派所提倡的「奪胎換骨」、「點鐵成金」、「無一字無來歷」之類的「以學爲詩」的不良傾向提出的。與義的詩歌創作在一定程度上實踐了崔鷃給他的這一啓示。他嘗舉「開門知有雨，老樹半身濕」（休日早起）二語以示人，認爲這是平生最得意的句子；而龔相、朱松也特意拈出這兩句詩來揣摩簡齋詩法〔一一〕。這種衝口直致、淺語入妙的詩和江西派「蒐獵奇書，穿穴異聞」〔一二〕的作風何止是「小異」？而這恰恰是陳與義努力追求的詩境。張戒在歲寒堂詩話中叙述自己和與義論詩，曾舉出與義貞牟書事中的「神仙非異人，由來本英雄」、「蒼山雨中高，緑草溪上豐」幾句大加贊揚〔一三〕。這也是鍾嶸所謂「多非補假，皆由直尋」的好詩，和江西派末流的「拘攣補衲」也是大相徑庭的。

陳與義不像那些「預此宗流，便稱才子」（鍾嶸語）的人，對於詩，他有自己的見解和風格。劉克莊説：「元祐以後，詩人迭起，一種則波瀾富而句律疏，一種則煅煉精而性情遠，要之不出蘇、黄二體而已。及簡齋出，始以老杜爲師。」「以簡嚴掃繁縟，以雄渾代尖巧，第其品格，當在諸家之上。」〔一四〕劉辰翁説：「惟陳簡齋以後山體用後山，望之蒼然，而光景明麗，肌骨匀稱。」「則後山比簡齋刻削，尚似矜持未盡去也。」〔一五〕這些評論，着重指出與義詩能在蘇、黄、陳諸大家影響之外自開户牖，自辟畦徑，發展自己獨特的詩歌風格。這一點，與義自己是清楚地意識到了的，他説：「要必識蘇、黄之所不爲，然後可以涉少陵之涯涘。」〔一六〕爲了擺脱蘇、黄的影響，他廣泛地向前代詩人學習。他不僅提倡學建安，學六朝〔一七〕，而且有取於晚唐的苦吟；然其心目中的最高標準則始終是杜甫。他認爲晚唐詩人「造語皆工，得句皆奇，但韻格不高，故不能參少陵逸步」。他主張「取諸人語，而掇入少陵繩墨之中」〔一八〕。如果説與義前期詩歌主要是從藝術技巧方面去學習杜甫，那麼，經過靖康之難這個天崩地塌的大變動，他「在流離顛沛之中，纔深切體會出杜甫詩裏所寫安史之亂的境界，起了國破家亡、天涯淪落的同感」，從而認識到杜甫是自己「患難中的知心伴侣」；「要抒寫家國之恨，就常常自然效法杜甫這類悲壯蒼涼的作品」。〔一九〕與義靖康元年避地南奔的第一首詩發商水道中說：「草草檀公策，茫茫杜老詩。」他的正月十二日自房州城遇虜至詩又說：「但恨平生意，輕了少陵詩。」他對杜甫有了更深的領會，他的詩進了一步，有了雄闊慷慨的風格。今集中五律如發商水道中、至葉城、聞王道濟陷虜、渡江、劉大資挽詞二首等，七律如登岳陽樓二首、巴丘書事、再登岳陽樓感慨賦詩、除夜、次韻尹潛感懷、傷春等，五古如次舞陽、次南陽、北征、正月十二日自房州城遇虜至、均陽舟中夜賦等，都寫得蒼涼悲壯，憂憤深廣；特別是七律，沉鬱頓挫，頗能逼近杜甫，而又不失與義個人的特色。與義的五言排律和七言古詩寫得不多，但五言排律如道中書事、感事，七古如居夷行、雷雨行，都顯然帶着學杜的色彩，但力量較弱，不能達到杜甫那種蒼莽橫絶、波瀾壯闊的境界。總之，在宋代詩人學杜中，陳與義是較有成績的一個，因爲他能够做到骨肉停勻。

與義詩除了學習杜甫，集中的許多詩篇，就其語言風格而論，往往接近於韋應物、柳宗元。特別是一些五言古詩，格澹而奇，趣新而妙，在宋詩中是別具特色的。這大約和他早年受到崔鷗的影響有關。崔鷗有婆娑集三十卷，今已無傳，但從他的一些佚詩看，其造詣是較高的。宋史崔鷗傳稱他「清峭雄深，有法度」。晁公武也稱他「清婉敷腴，有唐人風」。劉克莊云：「詩至於深微，極玄絶妙矣。」「唐人惟韋、柳，本朝惟崔德符、陳簡齋能之。」〔二〇〕這就透露了此中的消息。張嵲稱陳與義詩「體物寓興，清邃超特，紆徐閎肆，高舉橫厲，上下陶、謝、韋、柳之間。」近人馮煦也説與義詩具有「一種蕭寥逋峭之致，譬之繚澗邃壑，遠絶塵壒」〔二一〕。這些評論，大約都是就其五言古體詩説的。集中如宣和五年在汴京寫的夏日集葆真池上以緑陰生畫静賦詩得静字一首就是這方面的代表。明代的評論家一般鄙薄宋詩，但像與義的「雲間落日淡，山下東風寒」，「生身後聖哲，隨俗了悲歡」（江行晚興）；「微陰拱衆木，静夜聞孤泉」（今夕）；「殘暉度平野，列岫圍青春」（暝色）。這些詩句，在當時也被譽爲是「膾炙藝林」的〔二二〕。大抵與義五古重意境，善白描，每每從閑淡處取神，這和江西派詩風也是各異其趣的。

陳與義的七言絶句也很有自己的特色。除墨梅五首乃其成名之作，鄧州西軒書事十首等學杜、學黄，但又「不爲已甚」者外〔二三〕，張邦基則稱其「中庭淡月照三更」（秋夜），以爲不減王荆公「極爲清婉」之作〔二四〕；葉寘舉其「忽有好詩生眼底，安排句法已難尋」（春日），以爲「静中置心，真與見聞無毫末隔礙，始得此妙」〔二五〕；王士禛對與義頗有微詞，但也稱引「獨凭危堞望蒼梧」（城上晚思），以爲「可追踪唐賢」〔二六〕；潘德輿則舉出「卷地風抛市井聲」（清明），以爲「與唐人聲情氣息，不隔累黍」，「明珠美玉，千人皆見」〔二七〕。試看下面這首中牟道中：

楊柳招人不待媒，蜻蜓近馬忽相猜。如何得與涼風約，不共塵沙一并來！

這是宣和四年夏秋之間，與義丁母憂服除，自洛歸京道中之作。寄興深微，把當時中央王朝黨派傾軋的黑暗現實，詩人潔身自好、防嫌畏禍的矛盾心情，曲折地表現了出來；而詩歌攝取的生活形象又是那麽清新、真切，可以感覺，發人深省。

陳與義在中國文學史上是一位有影響的詩人。早在南宋時候，朱熹就稱他「詞翰絶倫」〔二八〕。他的父親朱松、叔父朱槔，以及龔頤正的父親龔相，與義的表侄張嵲都是陳與義詩風影響下的詩人〔二九〕。陸游集中也有追和陳去非韻的詩〔三〇〕。連道旁逆旅偶然出現一首無名人的題詩，人們也一見而知其爲「蓋學陳簡齋詩法者」〔三一〕。到了宋末元初，由於劉辰翁、方回等人的推崇和提倡，學簡齋詩的越來越多。程文海雪樓集卷十五：「自劉會孟盡發古今詩人之秘，江西詩爲之一變，今三十年矣，而師昌谷、簡齋最盛，餘習時有存者。」特別值得一提的是，一個名叫陳從古的詩人竟然次韻和了簡齋集中全部五百多首詩〔三二〕。這除了東坡和陶，方千里、楊澤民、陳允平和清真詞，在文學史上也是很少見的。到了明代，「那些推崇盛唐詩的明代批評家對『蘇門』和江西派不甚許可，而看陳與義倒還覺得順眼」〔三三〕。清代如厲鶚、陳沆都是專學簡齋詩的。清末學宋詩之風大行，受他影響的人就更多了〔三四〕。而他的「微波喜摇人，小立待其定」，寄興深微，七百多年後，還在人們心中引起强烈的共鳴〔三五〕。

陳與義除了寫詩，在他創作的後期，還寫了數量不多但質量却很高的詞，收在現存無住詞中的僅僅只有十八首，曾慥曾將其全部選入樂府雅詞。這些詞，黄昇稱之爲「語意超絶，識者謂可摩坡仙之壘」〔三六〕，王灼稱他「佳處一如其詩」〔三七〕。元好問説：「坡以來，山谷、晁无咎、陳去非、辛幼安俱以歌詞取稱。吟詠性情，留連光景，清壯頓挫，能起人妙想；亦有語意拙直，不自緣飾，因病成妍者，皆自坡發之。」〔三八〕如果說，陳與義的某些愛國詩篇開了陸游詩的先河，那麼，無住詞在某種意義上說也開了稼軒詞的先河。

最先給陳與義集作注的是南宋光宗紹熙年間的胡穉仲孺。胡氏的生平事迹不詳，樓鑰稱他「約居力學，日進不已」，大約是一位名位較低的士人。這個注本和其它幾種宋人注宋詩相比雖非上選，但人們對它的評價還是比較好的。樓鑰說它「貫穿百家，出入釋老，旁取曲引，能發簡齋之秘」〔三九〕，阮元也說「凡集中所與往還諸人，亦一一考其始末，固讀與義集者所不能廢也」〔四〇〕。這些評論，大體上是符合實際的。蓋胡氏去簡齋年代不遠，耳目相接，一些材料可能得自故老相傳，對於我們今天的讀者來說，彌可珍貴。可是，也正因爲時代相隔太近，一些我們今天能够見到的東西，在當時尚未流傳，胡氏反而不能見到（如葛勝仲的丹陽集之類）。這就使胡注不可避免地會出現某些失誤和漏略，亟有待於後人的補正。

本書就是爲補正胡氏舊注而作的。總的說來，在箋語部分用力尤多，其要點在於人、地、時、事的徵實，意在爲治簡齋詩者提供一些更具體的背景材料。例如開卷第一首詩中的文驥、劉宣叔、張景方以及全書中許多較偏僻的歷史人物如王道濟、夏致宏、葉天經等等，胡氏或未注，或語焉不詳。本書則詳加考索，或爲讀者提供一些進一步探討的綫索。毫無疑問，弄清作者本人的生活經歷及其友朋往來踪跡，對於理解作品是十分必要的。例如，不了解與義建炎二年曾有一段權攝知均州的經歷及其與席益的先後任關係〔四一〕，則江行野宿寄大光（卷二十四）詩中「平生正出元子下」云云的用事精切，就不能得到説明；而均陽官舍、同通老用淵明韻（卷十九）諸詩也就難於索解。不了解與義和葛勝仲的親密關係，則與義在汝州三年的生活和創作、他後來謫監陳留酒税的原因、特别是外集中的大量詩篇就很難解釋清楚。本書對與義友朋唱酬之作，如葛勝仲、吕本中、張元幹、張嵲諸人的作品亦盡力加以搜求，各箋入有關詩篇之後，意在更有力地顯示出當時創作的具體環境和與義詩的獨創風格。其無具體詩篇可附者，則編入書末附録三：制詔酬贈哀祭卷内，以爲讀者知人論世之一助。這裏值得一提的是陳從古和涪溪詩一首，是直接録自崖壁，七百多年來還是第一次得到記録，也是他和簡齋集五百多首詩中保留下來的唯一一首詩；厲鶚宋詩紀事也未提到這個詩人。

與義詩有看似易懂，但如果不弄清其具體歷史背景實難真正讀懂，甚至産生誤解的。如：書懷示友（卷三）詩之「試數門前客，終歲幾覆車」云云，本書根據靖康要録、三朝北盟會編諸書所載史實，説明詩人「門前覆車」之歎決非無病之呻吟。又如若拙弟言汝州可居（卷六）詩，則詳細考查了李彦查田之病民以及葛勝仲與與義兄弟的特殊關係，從而較具體地闡明了詩人陳與義的政治態度。它如聞王道濟陷虜（卷十九）、避貴寇入洞庭（卷二十一）、傷春（卷二十六）諸詩的歷史背景均有非注不可而胡氏未注或注而不詳的，則廣引群書，加以必要的補充。其有由於不了解寫作的時代背景而造成對詩意的誤解的，如秋日客思（卷十六）之「諸公共得何侯力，遠客新抄陸氏方」二語，則確有所據地對方回、紀昀的誤解提出不同看法。又襄邑道中（卷四）一詩的編年問題，是理解與義早期詩歌的關鍵，胡氏年譜將此詩編在政和七年，造成了一系列的矛盾。又書懷示友詩第七首，胡氏牽涉「北虜背盟」事，亦與時代、詩旨不合。凡此皆就鄙見所及，一一加以釐正。

胡氏於詩中典故、成語出處的箋注用力尤勤，創獲亦多，本書的注文部分亦多加採用，但也進行了一番爬梳整理工作，包括補題篇卷，增注缺略，删汰繁瑣，訂正失誤等。對於胡注所引諸書，絶大多數查對了原文。經過整理，對胡氏原文頗有更改。因此，除了一些必要的地方，一般不題「胡注」云云。非敢掠美，實有所不得已者。鑒於簡齋集刻本錯訛，注文尤甚，實有不勝其校者。今既不題「胡注」，遇有錯訛，則根據原書或有關資料直接加以訂正，省去對注文另出校語。如中秋不見月（卷十）詩注文引宣室志，頗多錯訛，則據類説、太平廣記所引加以訂正。有些地方，對於今天讀者是非注不可的，如同周紹祖分茶（卷六）的「分茶」二字胡氏無注，則加以補注。至於胡注本身的顯然失誤，如葛工部寫經（卷七）詩的「葛工部」，胡氏誤注爲葛勝仲，則據丹陽集、歸愚集有關資料改爲勝仲之兄和仲。寄若拙弟兼呈二十家叔（卷六）詩「政須青山映白髮」乃用蘇軾子由復至齊安以詩迓之「早晚青山映華髮」，胡注誤引作柳子厚詩。和淵明止酒（卷八）詩「奈何劉伶婦，苦語見料理」的「料理」，胡注引桓沖云云，剛好把意思弄反了。此條錢鍾書先生已有駁正，則據管錐編加以訂正。按錢氏管錐編中論及簡齋詩各條極多精辟之見，又張相詩詞曲語辭匯釋對與義詩中某些詞語的疏解亦頗多勝義，本書注文部分亦多所採用。

又，劉須溪評點簡齋詩集十五卷本，對胡注進行了删節，又加了一些新注。新注有的注明

「增注」，有的沒有。這個「增注」未知出於何人之手。據夜賦寄友詩增注有「須溪先生詩中用米嘉，亦此例」云云，可以肯定不是劉辰翁本人手筆，很有可能是他的門人弟子所爲。增注中常常引「中齋云」，按中齋乃鄧剡之號。剡字光薦，號中齋，廬陵人。景定三年進士，祥興時歷官禮部侍郎。剡乃文天祥客，和劉辰翁是同鄉，常在一起唱酬，宋亡以義行者。有中齋集，今佚。厲鶚宋詩紀事卷七十九載其詩八首，唐圭璋全宋詞輯其詞一卷，丁傳靖宋人軼事彙編卷十九引遂昌雜録載其鷓鴣詞及文丞相畫像贊各一首。增注或補充胡注，或訂其訛誤，或評品詩詞，頗有一定的見地。本書亦頗加採用。這樣，本書的注文部分實具有集注的性質。

外集中的詩歷來無注本，今則新爲之注。這並不是一項簡單的工作，例如，開卷第一首詩中「易元光」的出處，我是求索多年不得，最後還是在我的朋友謝宇衡同志的幫助下纔找到的。這使我感到，即使要達到胡注的水平也大非易事。外集詩中偶有雙行夾注，從内容、語氣看有部分是與義自注，有部分則注者未詳，今一併沿用。

陳與義集的最早刻本是紹興十二年壬戌昆陵周葵於吴興所刻，葛勝仲爲之序。周葵字立義，常州宜興人，宋史卷三百八十五有傳。宣和四、五年間，與義任太學博士，葵「時爲諸生，專取先生之文以爲準的」（本集卷十七無題詩胡注）。與義參知政事，嘗用葵爲湖南提刑未就；又嘗密薦之於朝〔四二〕。葵後除殿中侍御史，以忤秦檜落職，起知湖州。至是取簡齋詩「離爲若干卷（按周刻十卷，見劉須溪評本葛工部寫經詩增注），委僚屬讐校而命工刻版」〔四三〕。時距與義之歿甫四年也。晁公武郡齋讀書志卷十九云：「周葵得其家所藏五百餘篇刊行之，號曰簡齋集。」是周葵刻本所據爲陳氏家藏稿。沈曾植寐叟題跋卷一云：「墨林快事：『宋刻陳簡齋集是公自書上木，醇古丰圓，出自黄庭。』然則周葵所刻非但爲公自訂本，且爲自書本也。」今按墨林快事十二卷，明安世鳳撰，北京圖書館有抄本六册，王蘭泉舊藏。沈氏所引見原書卷七。然考安氏原文有「詩則又集中最合作者」及「況於集之大全，恨不及請益」等語，則安氏所見非全集，沈氏以爲即周葵刻本，恐不足據〔四四〕。自胡箋本行而周刻遂亡，不識天壤間尚有此紹興刻本否。

與義詩宋代刻本除周刻紹興本及胡注紹熙本二種外，據劉須溪評本增注所引尚有武岡本、閩本二種。這兩個本子未見諸家著録，賴增注保留了一些佚文，彌足珍貴。例如胡注本卷二十六無次周漕示族人韻至别諸周七首，瞿、黄、蔣刻皆同；丁氏八千卷樓藏舊抄本、聚珍本有之，查增注，始知出於武岡本所附拾遺。又别諸周一首，丁抄、聚珍本均誤「周」作「州」，此本不誤。又與義建炎四年避地邵陽依紫陽周氏以居，拙著陳與義年譜嘗疑周氏蓋與義妻族，今此本所引古汴姜桐跋語果有「紫陽周氏甥館」之語，給鄙説提供了直接證據，這些都是極可寶貴的。

我此次校勘陳與義集採用四部叢刊影印瞿氏鐵琴銅劍樓藏宋本增廣箋注簡齋詩集及四部叢刊影印元抄本簡齋詩外集作爲工作底本（簡稱原本）。因爲四部叢刊流行較廣，其據以影印的底本又都是現存與義集最早的版本。叢刊所據的兩種底本今並藏北京圖書館，已取與影印本對校。此外，還校了以下各本：

一、黄丕烈藏宋本增廣箋注簡齋詩集三十卷，無住詞一卷。卷十至三十係抄配，現藏北京圖書館。北京圖書館善本書目題作元刻本。（簡稱黄本）

二、蔣國榜影刻宋本增廣箋注簡齋詩集三十卷，無住詞一卷，簡齋詩外集一卷。其外集則據瞿氏所藏元抄本影刻。（簡稱蔣本。又中華書局四部備要本據蔣本校刊，錯訛較多，且多臆改，今不以入校）以上二本與瞿本同出一源，但亦小有異同。

三、李盛鐸藏日本翻刻明嘉靖朝鮮本須溪先生評點簡齋詩集十五卷。現藏北京大學圖書館。今據一九八二年中華書局版點校本陳與義集轉引（簡稱李氏藏本）。由於未見原書，凡所稱引，皆標明「點校本引」，以示不敢掠美；且冀能得原書一覆校也。

四、丁氏八千卷樓藏舊抄本簡齋詩集十五卷，現藏北京圖書館，書面題「八千卷樓支架」。（簡稱丁抄）

五、武英殿聚珍本簡齋集十六卷。（簡稱聚珍本。馮校稱庫本，同）

六、宜秋館本簡齋詩外集一卷（簡稱宜秋館本），北京圖書館藏。

七、汲古閣六十名家詞本無住詞一卷。（簡稱毛本）

八、朱祖謀刻彊村叢書本無住詞一卷。

此外，還參校了以下諸書：

一、萬曆刻本潘是仁編宋元詩四十二種，北京圖書館藏。（簡稱潘本）

二、宋詩鈔一百六卷,通行本。

三、瀛奎律髓四十九卷,道光間紀昀刊誤本。

四、永樂大典二百册,影印本。所收乃胡注本。

五、蔡正孫詩林廣記十卷,中華書局一九八二年新校弘治本。

六、全芳備祖前集二十七卷,後集三十一卷。農業出版社影印日本藏宋刻殘本配舊抄本。

此外,還校了幾種與義手書詩稿:

一、故宮博物院藏與義手書水仙詩墨迹,故宮週刊影印。

二、明嘉靖三十七年長洲文氏停雲館帖刊陳簡齋詩卷。

三、清鎮洋畢氏經訓堂帖刊簡齋詩卷。

所據舊校,則有:

一、黄丕烈校本。北京圖書館藏黄氏藏本有校語多條。(簡稱黄校)

二、莫友芝校本。劉翰怡舊藏,原書未見,據馮煦校本轉引。(簡稱莫校)

三、馮煦校本,蔣刻本後附校勘記。(簡稱馮校)

其它據以參校諸書尚有祝穆方輿勝覽等地理書及各種詩話、雜著,不一一列出。

末了,關於書後的幾種附録,還有幾句話要説。一是關於佚詩文,這裏只是一個初步的輯集。由於得書不易,像北京圖書館所藏明抄本詩淵這一類的資料都没有見到,我希望以後能有機會加以增補。又，關於幾篇輯自宋會要和建炎以來繫年要録的奏議，可能經過史臣删節，未必是與義原本，鑒於與義遺文傳世不多，片言隻句都是可貴的，因而把它搜在一起，希望讀者分別觀之。二是年譜，仍然採用胡氏原譜，以其首創之功，作爲歷史文獻理應加以保留。拙著陳與義年譜五卷，已由中華書局出版，篇幅較大，未便附入。拙著年譜與詩箋各有側重，可以相輔並行。三是前人對與義詩的評論，涉及某一首詩的，即附於原詩之後；無具體詩篇可附的，則收入集評。至於論者的褒貶不一，言各有當，皆保存其本來面目，希望讀者自己去擇别。

最後，在本書的寫作過程中，感謝錢鍾書先生一再給我以鼓勵和幫助，感謝我的摯友屈守元、雷履平、王仲鏞、謝宇衡同志在許多方面給我的支持。自己學識淺薄，書中失誤恐所難免，則是應該由我自己負責的。

白敦仁於成都大學

一九八四年七月

【注】

〔一〕本集卷十七題繼祖蟠室三首之三。

〔二〕散見於方回著作裏，例如桐江集卷五劉元暉詩評，桐江續集卷三十一孟衡湖詩集序，瀛奎律髓卷十六陳與義道中寒食詩批語等。

〔三〕詳見本集卷一送呂欽問監酒受代歸、卷十一游慧林寺分韻、卷二十七次韻謝呂居仁詩箋。

〔四〕張嵲紫微集卷三十五陳公資政墓誌銘。

〔五〕劉克莊後村詩話續集卷二。

〔六〕徐度却掃編卷中。

〔七〕增廣箋注簡齋詩集卷首簡齋詩箋序。

〔八〕據王象之輿地紀勝卷六十七又稱與義少時嘗學詩於表兄張會川，而會川之子張嵲後來又學詩於與義。所稱會川滄浪集及與義所作滄浪集引均已失傳，無由加以論列。

〔九〕方勺泊宅編（十卷本）卷九，徐度却掃編卷中。

〔一〇〕丹陽集卷八陳去非詩集序。

〔一一〕胡穉續添簡齋詩箋正誤卷十二，龔頤正芥隱筆記，傅自得韋齋集序。

〔一二〕劉克莊江西宗派小序。

〔一三〕張戒歲寒堂詩話卷一。

〔一四〕劉克莊後村詩話前集卷二。

〔一五〕劉辰翁簡齋詩箋序。

〔一六〕簡齋詩外集卷首載晦齋簡齋詩集引。

〔一七〕張戒歲寒堂詩話卷一。

〔一八〕葛立方韻語陽秋卷二。

〔一九〕錢鍾書宋詩選注，一九七九年版，第一一六至一一七頁。

〔二〇〕晁公武郡齋讀書志卷十九，劉克莊後村詩話續集卷二。

〔二一〕張嵲陳公資政墓誌銘，馮煦增廣箋注簡齋詩集序。

〔二二〕安世鳳墨林快事卷七。（北京圖書館藏抄本）

〔二三〕胡應麟詩藪外編卷五。

〔二四〕張邦基墨莊漫録卷六。

〔二五〕葉寘愛日齋叢鈔卷三。

〔二六〕王士禛池北偶談、帶經堂詩話卷九。

〔二七〕潘德興養一齋詩話卷五。

〔二八〕朱熹文公文集卷八十一跋陳簡齋帖。

〔二九〕朱松、龔相見注〔二二〕。朱槔玉瀾集有夜坐池上用簡齋韻。張嵲見宋史卷四百四十五文苑張嵲傳。

〔三〇〕陸游劍南詩稿卷四十六有閑中信筆二首其一追和陳去非韻其二追和王履道韻詩。

〔三一〕魏慶之詩人玉屑卷十九引玉林詩話。

〔三二〕周必大省齋文集卷三十四朝散大夫直秘閣陳公從古墓誌銘，同書卷十七跋陳晞顔從古和陳簡齋去非詩，楊萬里誠齋集卷七十九陳晞顔和簡齋詩集序。參看本集卷二十七同范直愚單履遊浯溪詩箋。

〔三三〕錢鍾書宋詩選注。

〔三四〕陳衍石遺室詩話卷三。

〔三五〕李慈銘越縵堂日記第四十三册云：「(沈)子培言及人情之變幻，因舉似東坡詩云：『微波偶摇人，小立待其定』，爲我輩今日説法也。」按所引乃陳與義夏日葆真池上分韻詩，日記偶誤。

〔三六〕黄昇中興以來絶妙詞選卷一。

〔三七〕王灼碧鷄漫志卷二。

〔三八〕元好問遺山文集卷三十六新軒樂府引。

〔三九〕樓鑰簡齋詩箋叙。此叙載胡注本簡齋集卷首，今本攻媿集失收。

〔四〇〕阮元揅經室外集卷三。

〔四一〕此事本傳、墓誌、年譜均不載，惟王象之輿地紀勝卷八十五載之。

〔四二〕詳見拙著陳與義年譜紹興八年條。

〔四三〕葛勝仲陳去非詩集序。

〔四四〕參看本書附録五：諸家著録題識。

目録

正集卷三

正集卷四

正集卷五

正集卷六

正集卷七

正集卷八

正集卷九

正集卷十

正集卷十一

正集卷十二

正集卷十三

正集卷十四

正集卷十五

正集卷十六

正集卷十七

正集卷十八

正集卷十九

正集卷二十

正集卷二十一

正集卷二十二

正集卷二十三

正集卷二十四

正集卷二十五

正集卷二十六

正集卷二十七

正集卷二十八

正集卷二十九

正集卷三十

無住詞十八首

外集

正集卷一

覺心畫山水賦〔一〕

天寧堂中〔二〕，黄面老禪〔三〕。四海無人〔四〕，碧眼視天〔五〕。有一居士，山澤之仙〔六〕。結三生之習氣〔七〕，口不停乎説山〔八〕。聊寄答於一笑，夜乃夢乎其間。

【箋注】

〔一〕胡穉簡齋先生年譜（以下簡稱胡譜）訂此賦爲宣和四年作。時簡齋丁母憂，客居汝州之第三年也。覺心，汝州天寧寺僧，能詩畫。夏文彦圖畫寶鑑卷三：「覺心字虚静，嘉州人。善畫草蟲，後工山水。」本集卷八送秘典座勝侍者乞麥詩：「堂頭老師言語工，一詩自直三千鍾。」即指其人。同卷又有以石龜子施覺心長老，卷九有次韻天寧老見貽，外集有心老久許作畫未果以詩督之諸詩，與此賦當爲一時前後之作。又次韻天寧老見貽詩：「自從識師面，日月幾轉轂。」詩爲宣和四年作，則簡齋與覺心相識，當在是年之前，或即宣和二年來汝之初也。

簡齋宣和四年服除歸洛後，又有次韻謝心老以緣事至魯山詩及留別心老詩。宣和六年冬，謫監陳留酒税時，又有將赴陳留寄心老詩，則簡齋與覺心交誼固甚厚也。葛勝仲丹陽集卷二十有次韻覺心道人遊郡園一首：「牢落踰年坐斗州，窺園逢勝輒遲留。招邀風月千章木，收拾峰巒百尺樓。雲葉悠揚疑獨鶴，浪花浮動想飢鷗。道人知被煙霞錮，當是空門第一流。」

〔二〕宋會要輯稿禮五之三二：「政和元年八月八日，詔天下崇寧觀改作天寧萬壽觀。」是天寧寺各地有之，此則汝州之天寧也。正德汝州志卷四：「天寧寺在魯山縣，元有賜田碑，洪武年重建。」嘉靖魯山縣志卷八：「天寧一名院家峪寺，以寺在院家之峪。爲香山寺下院。周圍之竹，並黑峪之美。」

〔三〕景德傳燈録卷十六：潭州雲蓋山志元，號圓静大師。有僧問：「如何是佛？」師曰：「黃面底是。」

〔四〕蘇軾書丹元子所示李太白真詩：「西望太白横峨岷，眼高四海空無人。」

〔五〕胡注：「楊次公頌古云：『碧眼胡僧闇點頭。』」按：林逋西湖詩：「春水浄于僧眼碧，晚山濃似佛頭青。」點校本引增注：「中齋云：傳燈録：寶公謂思大和尚，胡不下山教化衆生，在山上自視霄漢作麼？」

〔六〕司馬相如大人賦：「列仙之儒，居山澤間，形容甚臞。」

〔七〕胡注：「觀普賢經：專心脩習，三生得見。維摩經：天女散花維摩詰室，至菩薩皆落，至弟子即着。摩詰云：結習未盡，花着身耳；結習盡者，花不着身。華嚴經離世間品言習氣十種。又楞嚴經偈：習氣成暴流。」按傳燈録卷二十七：「翠巖曰：『迦葉過去生中曾作樂人來，習氣未斷。』山主曰：『須彌大海莫是習氣未斷否？』翠巖無對。」

〔八〕張籍酬王祕書詩：「馬上逢人亦説山。」

重巖複嶺，蔽虧吐吞〔一〕。紛應接其未了〔二〕，萬雲忽其歸屯〔三〕。亂晦明於俄頃〔四〕，存十二之峰巒〔五〕。有木偃蹇〔六〕，樵斤所難。飽千霜與百霆兮，根不動而意安〔七〕。澹山椒之寒日〔八〕，送萬古以無言。彼飛鳥其何知，方相急而破煙。

【校】

〔忽其〕聚珍本、丁鈔「其」作「兮」，點校本引李氏藏本同。〔百霆兮〕聚珍本無「兮」字，丁鈔同，點校本引李氏藏本同。〔根不動〕原本「根」誤作「桹」，據聚珍本改。〔澹山椒之寒日〕原本「椒」下空一格，「之」下無「寒」字，蔣刻同。馮校：「莫校，聚珍本：『澹山椒之落日。』據注，當是『寒日』。」今按：馮校是也，黄本正作「寒日」，今據改。丁鈔作「落日」。點校本引李氏藏本作「澹山椒之落日」。〔飛鳥〕聚珍本、丁鈔作「棲鳥」。點校本引李氏藏本同。

【箋注】

〔一〕文選子虛賦：「岑崟參差，日月蔽虧。」注：「張揖曰：高山擁蔽，日月虧缺半見也。」韓愈陸渾山火詩：「山狂谷狠相吐吞。」

〔二〕世説新語言語：「王子敬云：從山陰道上行，山川自相映發，使人應接不暇。」

〔三〕左思魏都賦：「蓄爲屯雲。」謝靈運彭蠡詩：「巖高白雲屯。」

〔四〕歐陽修醉翁亭記：「日出而林霏開，雲歸而巖穴暝，晦明變化者，山間之朝暮也。」

〔五〕李白觀元丹丘坐巫山屏風詩：「疑是天邊十二峰，飛入君家綵屏裏。」

〔六〕淮南王安招隱士：「桂樹叢生兮山之幽，偃蹇連卷兮枝相繚。」

〔七〕杜甫茅屋爲秋風所破歌：「風雨不動安如山。」

〔八〕李嘉祐送元侍御詩：「霜林澹寒日。」漢武帝李夫人賦：「釋輿馬於山椒兮。」説文：「山頂曰顛，亦曰椒。」

須臾變没〔一〕，所見惟壁。有木上座〔二〕，夢中侍側。問上座以何見，口不能於嘖嘖〔三〕。豈彼口之真無，悟前境之非實〔四〕。

【校】

〔變没〕聚珍本「没」作「滅」，丁鈔同。點校本引李氏藏本同。

【箋注】

〔一〕維摩經：「是身如浮雲，須臾變滅。」

〔二〕吳曾能改齋漫録卷六：「東坡詩：『留我同行木上座，贈君無語竹夫人。』按，慧日至夾山，夾山問：『與甚麼人同行？』曰云：『有箇木上座。』蓋謂拄杖也。」翻譯名義：「佛言上更無人爲上座。毘婆沙論云：有三上座：一、生年上座；二、世俗上座；三、法性上座。」

〔三〕伶玄趙飛燕外傳：「帝召妹合德宫中，左右嘆賞之嘖嘖。」

〔四〕圓覺經：「妄想緣起，非實心體，已如空華。」

管城子在傍〔一〕，代對以臆〔二〕。忽風雨之驟過〔三〕，恍向來之所歷〔四〕。此其畫耶？則草木禽鳥皆似相識；抑猶夢耶？則已見囿於筆墨之跡矣〔五〕。

【箋注】

〔一〕韓愈毛穎傳：「封管城，號管城子。」

〔二〕賈誼鵩鳥賦：「口不能言，請對以臆。」

〔三〕杜甫寄李白詩：「筆落驚風雨。」

〔四〕李白夢遊天姥吟留別詩：「惟覺時之枕席，失向來之煙霞。」

〔五〕列子周穆王篇：「若將是夢見薪者之得鹿邪？詎有薪者邪？今真得鹿，是若之夢真邪？」又云：「若初真得鹿，妄謂之夢；真夢得鹿，妄謂之實。」蘇軾贊龍眠畫李端叔像：「以爲可得而見歟？則漠乎其無言；以爲不可得而見歟？則已見畫於龍眠矣。」簡齋此賦所本。

居士再至，問以此故。復寄答於一笑，持畫疾去。

【評】

劉辰翁評「飽千霜與百霆兮」至「方相急而破煙」六句：語精妙，意融縟，小賦若此，殆勝建安、逼鸚鵡矣。可愛可愛！又篇末評：賦自清麗，變態收拾儘可。第從説山答笑，從笑入夢，夢入畫，畫復入笑，笑者是禪，則夢者非矣。只此首尾已似衝決，「持畫疾去」，客主兩失之。（見點校本所引日本翻刻朝鮮本須溪先生評點簡齋詩集，以下引劉辰翁評同此。）

玉延賦〔一〕

吾聞陽公之田，不墾不耕。爰播盈斗，可獲連城〔二〕。資陰陽之淑氣，孕天地之至精〔三〕。蜿蜒赤埴之腴〔四〕，煌扈白虹之英〔五〕。驚山木之潤發〔六〕，冒朝采之餘榮〔七〕。逮百嘉之澤盡，候此玉之豐成〔八〕。王公大人方以不貪爲寶〔九〕，辭秦玉而陋楚珩〔一〇〕。雖三獻其誰售〔一一〕，乃舉贄於老生〔一二〕。

【校】

〔誰售〕聚珍本、丁鈔「誰」作「奚」。點校本引李氏藏本同。

【箋注】

〔一〕胡譜：宣和七年乙巳，「至陳留。又嘗市玉延於村西，觀魚於竇池，俱有詩賦」。按本集卷十四同楊運幹黄秀才村西買山藥詩：「潦縮田路寬，委虵散腰脚。勝日三枝杖，村西買山藥。」即此事。簡齋去年自符寶郎謫監陳留酒税，本年爲三十六歲。本草：「薯蕷處處有之，春生苗，蔓延離披，秦楚謂之玉延。」按蔡挺以南都種山藥法送介甫詩：「青青正是中分天，區種何妨試玉延。」見王安石和蔡樞密南都種山藥法詩自注。

〔二〕搜神記卷十一：「陽公伯雍，雒陽縣人也。性篤孝。父母亡，葬無終山，遂家焉。三年，有一人就飲，以一斗石子與之，使至高平好地有石處種之，云：『玉當生其中。』數歲，公至所種玉田中，得白璧五雙。」本事亦見北堂書鈔一四四引孝子傳，太平廣記二九二引孝德傳。曹丕與鍾繇書：「不損連城之價。」

〔三〕淮南子俶真訓：「譬若鍾山之玉，灼以鑪炭，三日三夜而色澤不變，則至德天地之精也。」

〔四〕史記司馬相如列傳大人賦：「驂赤螭青虬之蚴蟉蜿蜒。」書禹貢：「徐州，厥土赤埴墳。」孔傳：「土黏曰埴。」博物志物産：「蒼赤宜菽芋。」班固西都賦：「華實之毛，則九州之上腴焉。」

〔五〕司馬相如上林賦:「煌煌扈扈,照耀巨野。」聘義:「子貢問玉,子曰:氣如白虹,天也。」屈原涉江:「登崐崙兮食玉英。」

〔六〕荀子勸學篇:「玉在山而草木潤。」

〔七〕上林賦:「朝采琬琰。」顔注:「美玉每旦有白虹之氣,光彩上出,故曰朝采。」

〔八〕楚語下:「天明昌作,百嘉備舍。」韋昭注:「嘉,善也,時物畢成。舍,入室也。」歐陽修代進奉土貢狀:「百嘉咸茂,允賴聖功。」

〔九〕左傳襄公十五年:「子罕辭宋人玉,曰:我以不貪爲寶,爾以玉爲寶。」

〔一〇〕左傳文公十二年:「秦伯使西乞術來聘,襄仲辭玉。」楚語:「晉趙簡子問楚大夫王孫圉曰:楚之白珩猶在乎?爲寶幾何矣?曰:未嘗以爲寶。楚之所寶曰觀射父、左史倚相;若夫白珩,先王之玩也。」

〔一一〕韓非子和氏篇:「楚人和氏得玉璞楚山中,奉而獻之厲王。厲王使玉人相之,曰石也。王以和爲誑,而刖其左足。武王即位,和又奉其璞而獻之,武王使玉人相之,又曰石也。王又以和爲誑,而刖其右足。文王即位,和乃抱其璞而哭於楚山之下。王乃使玉人理其璞而得寶焉。」

〔一二〕左傳莊公二十四年:「男贄,大者玉帛。」漢書朱博傳:「贛老生不習吏禮。」

老生囊中之法未試〔一〕,腹内之雷久鳴〔二〕。搴石鼎以自濯,揞豕腹之彭亨〔三〕。

春江浩其波濤，遠壑颯以松聲。俄白雲之漲谷〔四〕，亂雙眼於晦明。擅人間之三絕，色味勝而香清〔五〕。捧盃盂而笑領，映户牖之新晴。斥去懶殘之芋〔六〕，盡棄接輿之菁〔七〕。收奇勳於景刻〔八〕，匕未落而體輕〔九〕。凌厲八仙〔一〇〕，掃除三彭〔一一〕。見蓬萊之夷路〔一二〕，接閶闔於初程〔一三〕。

【校】

〔以自濯〕聚珍本、丁鈔「以」作「而」，點校本引李氏藏本同。〔波濤〕丁鈔作「濤起」，點校本引李氏藏本同。〔白雲〕原無。馮校：「莫校：『之』上脱『白雲』二字。」丁鈔有「白雲」二字，聚珍本同，今據補。〔於晦明〕點校本引李氏藏本「於」作「之」。〔户牖〕聚珍本、丁鈔作「牖户」，點校本引李氏藏本同。

【箋注】

〔一〕杜甫去矣行：「未試囊中餐玉法。」

〔二〕論衡雷虚篇：「人傷於寒，寒氣入腹，腹中素温，温寒分争，激氣雷鳴。」蘇軾和孔毅父詩：「夜來飢腸如轉雷。」

〔三〕韓愈石鼎聯句：「豕腹脹彭亨。」

〔四〕顔延年遊蒜山詩：「春江壯風濤。」苕溪漁隱叢話前集卷五引西清詩話載李白遺篇：「天河從中來，白雲漲川谷。」（二老堂詩話、唐詩紀事亦載此詩，題作瀑布）劉禹錫試茶歌：「驟雨松聲入鼎來，白雲滿椀花裴回。」

〔五〕蘇軾嘗作玉糝羹詩，題云：「過子忽出新意，以山芋作玉糝羹，色、香、味皆奇絶，天上酥陀則不可知，人間決無此味也。」見施注蘇詩卷四十。

〔六〕李繁鄴侯家傳：「李泌在衡嶽，有僧明瓚號懶殘，泌察其非凡人，夜往謁之。瓚發火芋啗之，曰：勿多言，領取十年宰相。」袁郊甘澤謡：「性懶而食殘，故號懶殘。」

〔七〕皇甫謐高士傳：陸通字接輿，與妻俱隱蜀峨嵋諸名山，食菌櫨實，服黄菁子，壽數百年，俗傳以爲仙。

〔八〕謝靈運擬鄴中詩：「飲讌遺景刻。」

〔九〕本草：玉延輕身延年。

〔一〇〕劉歆遂初賦：「登句注以凌厲。」杜甫有飲中八仙歌。

〔一一〕雲笈七籤卷十一，黄庭内景經：「含漱金醴吞玉英，遂至不飢三蟲已。」梁丘子注：「洞神訣云：『上蟲白而青，中蟲白而黄，下蟲白而黑。人死則三蟲出爲尸鬼，各化爲物與形爲殃，擊之衝破也。其餘衆蟲皆隨尸而亡。故學仙者精謹備於五情之氣，服食藥物，以去三蟲。』又云：『上尸彭琚，使人好滋味，嗜欲癡滯；中尸彭質，使人貪財寶，好喜怒；下尸彭矯，使人愛衣服，耽婬女色。亦名三毒。』」

〔二〕列子湯問篇：「海東有蓬萊山，臺觀皆金玉，所居之人皆仙聖之種。」文選潘正叔贈河陽詩：「逸驥騰夷路。」

〔三〕離騷：「吾令帝閽開關兮，倚閶闔而望予。」王逸注：「閶闔，天門也。」

彼徇華之大夫，含三生之宿酲〔一〕。汙之以蜂蜜，辱之以羊羹〔二〕。合堂逸少之炙〔三〕，同傳孝儀之鯖〔四〕。嘆超然之至味，乃陸沉於聾盲〔五〕。豈皆能於我遇，亦或卿而或烹〔六〕。

【校】

〔合堂〕聚珍本「堂」作「嘗」。　〔或卿〕聚珍本「卿」作「薌」。　馮校：「『卿』，莫校云：『一作薌，非。』」

【箋注】

〔一〕張協七命：殉華大夫造沖漠公子。其第六命云：「浮蟻星沸，飛華蓱接，玄石嘗其味，儀氏進其法，傾罍一朝，可以流湎千日。」文選考異：「袁本、茶陵本『殉』作『徇』，注同。」

〔二〕韓愈石鼎聯句：「但未汙羊羹。」

〔三〕莊子德充符：「申屠嘉，兀者也，而與鄭子産合堂同席而坐。」晉書王羲之傳：「王羲之字逸少。年十三，嘗謁周顗。顗察而異之。時重牛心炙，坐客未啖，顗先割啗羲之，於是始知名。」

〔四〕西京雜記卷二:「婁護傳食五侯間,競致奇膳,乃合爲鯖,號五侯鯖。」酉陽雜俎前集七:「梁劉孝儀食鯖鮓,曰:『五侯九伯,令盡征之。』」

〔五〕莊子則陽篇:有夫妻臣妾登極者,仲尼曰:「是陸沉者也。」郭注:「人中隱者,譬無水而沉。」

〔六〕左傳哀公十六年:石乞曰:「事克爲卿,不克則烹,固其所也。」

起援筆而三叫〔一〕,驅蛇蚓以縱横〔二〕,吾何與去大夫之迷疾〔三〕,蓋以慰此玉之不平也〔四〕。

【校】

〔援筆〕聚珍本「援」作「投」。〔驅蛇蚓以縱横〕點校本引李氏藏本「以」作「而」。〔慰此玉〕原本「玉」誤作「王」,據黄本、丁鈔、聚珍本改。

【箋注】

〔一〕李白贈黄山胡公求白鷴詩序:「胡公輟贈於我,唯求一詩,聞之欣然,適會宿意。因援筆三叫,文不加點以贈之。」

〔二〕晉書王羲之傳論:「子雲近出,擅名江表,然僅得成書,無丈夫之氣,行行若縈春蚓,字字如縮秋蛇。」

〔三〕大夫，謂徇華大夫。列子周穆王篇：「秦人逢氏子有迷罔之疾，視白以爲黑，饗香以爲朽，嘗甘以爲苦也。」

〔四〕宋玉九辨：「貧士失職而志不平。」

【評】

劉辰翁評：句得賦體，有嫩有癡，蓋以典型勝滑稽。

放魚賦〔一〕

仲冬良日，二客過予，請觀魚於竇氏之陂。攝衣而興〔二〕，從客往嬉。日澹寒郊，木影陸離〔三〕。顧道旁之洫，異於他日，浩如潮之方滋。

【箋注】

〔一〕胡譜：宣和七年乙巳，在陳留，觀魚於竇池，有詩、賦。按本集卷十四有同二子觀取魚於竇家池以錢得數斗置驛西野塘中圉圉而逝我輩皆欣然詩，即胡譜所指。二子，謂楊運幹、黄秀才，其人未詳。

〔二〕史記高祖本紀：酈食其説沛公不宜踞見長者，沛公起，攝衣謝之。

〔三〕離騷：「長余佩之陸離。」王注：「參差貌。」

客曰：「是殆水師不仁，將平地以盡魚〔一〕，空其池而寓之斯也。」至則水不膚寸矣〔二〕。而百萬之鱗，瀺灂聲沸〔三〕。金橫玉偃〔四〕，失據狼狽〔五〕。赤手下捕，易若拾塊〔六〕。翻倒窟穴〔七〕，不遺細碎〔八〕。問其所以得取，則輸金錢以買諸竇氏〔九〕。

【校】

〔狼狽〕原本「狽」作「狽」，馮校：「『狽』，當從注作『狽』。」此書凡「狼狽」字，宋本多誤作「狼狽」，今據馮校訂正，此後不再出校。

【箋注】

〔一〕孫樵書褒城驛：「漁釣則必枯泉汩泥，盡魚而後止。」

〔二〕公羊傳僖公三十一年：「觸石而出，膚寸而合。」何休注：「側手爲膚，按指爲寸。」

〔三〕文選上林賦：「臨坻注壑，瀺灂霣隊。」李善注引字林曰：「瀺灂，小水聲也。」潘岳閑居賦：「遊鱗瀺灂。」史記蔡澤傳：「沸聲若雷。」韓愈公安園池詩：「魚蟲沸相嚼。」

〔四〕陳師道徙魚詩：「修鱗失水玉參差，晚日搖光金破碎。」

〔五〕荀悦漢紀論張釋之曰：「周勃狼狽失據，塊然囚執。」

〔六〕孫樵與王霖書：「如赤手捕長蛇。」陳師道徙魚詩：「赤手取魚如拾塊。」

〔七〕杜甫泛溪詩：「翻倒荷芰亂。」觀打魚詩：「日暮蛟龍改窟穴。」

〔八〕蘇軾放魚詩：「披抉泥沙收細碎。」

〔九〕蘇軾遊徑山詩：「奔走吴會輸金錢。」

噫嘻！是魚之愛其生，與我無異也。奈何使充牣之性命〔一〕，帶噞喁而就鸞割〔二〕，纔以易一朝之費。彼任公子雖永負於一魚，而淛河以東，蒼梧以北，皆歌舞其賜〔三〕。則乘除而逆計之，其得失有以相濟也〔四〕。

【校】

〔噫嘻〕原本「嘻」作「噓」，據聚珍本改。丁鈔作「嚱」，點校本引李氏藏本同。

【箋注】

〔一〕廣雅：「充牣，滿也。」子虛賦：「萬端鱗崒，充牣乎其中。」

〔二〕文選左思吴都賦：「泝洄順流，噞喁沉浮。」劉淵林注：「噞喁，魚在水中群出動口貌。」

〔三〕莊子外物篇：任公子爲大鉤，投竿東海。已而大魚食之，騖揚而奮鬐，白波若山，海水震蕩。任公子得若魚，離而腊之，自淛河以東，蒼梧以北，莫不厭若魚者。

〔四〕韓愈三星行：「名聲相乘除，得少失有餘。」

聊解我衣，救爾戢戢〔一〕。爰得數斗，護以微濕〔二〕。豈不指動〔三〕，義生相急。將逸爾於隋溝，資淮海以供給。已趣湯而幸見赦，同伏質而偶不及〔四〕。其亦知遇我之不可常，而教魴鱮以慎出入也〔五〕。

【校】

〔義生〕聚珍本、丁鈔「義」作「易」。 〔供給〕原本「供」作「共」，據聚珍本、丁鈔改。

【箋注】

〔一〕杜甫觀魚詩：「小魚脱漏不可紀，半死半生猶戢戢。」戢戢，魚噞水貌。

〔二〕莊子大宗師：「泉涸，魚相與處於陸，相呴以濕。」蘇軾岐亭詩：「又哀網中魚，開口吐微濕。」

〔三〕左傳宣公四年：「子公之食指動，曰必嘗異味。」

〔四〕漢書欒布傳：上曰：「若與彭越反邪！趣烹之。」方提趨湯，布願一言而死。乃釋布。張蒼傳：蒼從攻南陽，當斬，解衣伏質，身長大，肥白如瓠。王陵怪其美士，乃言沛公赦勿斬。質，鍖也。

〔五〕古樂府枯魚過河泣：「枯魚過河泣，何時悔復及。作書與魴鱮，相教慎出入。」

僮奴笑曰：「美則美矣，抑此賜不終〔一〕！夫巢梁之禽，智困深叢；草秀巖下，出山不豐。是魚安樂於止水之淵久矣〔二〕，一旦投之衝沙走石之流，亦鱗敗鰭折，未十里而取窮耳〔三〕！」

【校】

〔一旦〕聚珍本作「而一旦」，點校本引李氏藏本同。

【箋注】

〔一〕左傳襄公十七年：臧堅曰：「拜命之辱，抑君賜不終。」

〔二〕莊子應帝王：「止水之審爲淵，流水之審爲淵。」

〔三〕蘇洮良方：「東坡流水論：予見荆公喜放生，買活魚縱江水中，莫不洋洋然。唯鰌䱉入江水輒死。乃知鰌䱉但可居止水。又鯽魚生流水中則背鱗白，生止水中則黑，信乎止水、流水果不同也。」

不虞生異，使我辭索，遂用其言，脱魚再厄。步驛門而左轉，得渺然之平澤。其深黛黑，其淺鑑白。窮源委而四顧，知吾輩之責塞〔一〕。罄一瀉而莫留，亂藻荇之寒碧〔二〕。乍圉圉以洋洋〔三〕，忽四散而無迹。異乾魚之還鄉〔四〕，類群鱷之徙宅〔五〕。念宇宙之偉事，或偶成於戲劇。豈特爲今日之一快〔六〕，吾將候風雷於它夕也〔七〕。

【校】

〔而四顧〕點校本引李氏藏本「而」作「以」。〔無迹〕聚珍本「無」作「莫」。〔徙宅〕原本

「徙」誤「從」，黄本、蔣刻俱誤。馮校：「『從』，莫校改『徙』，與注合。」聚珍本、丁鈔並作「徙」，今據改。〔豈特〕原本「特」作「得」，據聚珍本、丁鈔改。點校本引李氏藏本同。

【箋注】

〔一〕漢書張耳陳餘傳：貫高曰：「今王已出，吾責塞矣。」師古注：「塞，當也，滿也。」

〔二〕丘遲侍宴樂遊苑送張徐州應詔詩：「巢空初鳥飛，荇亂新魚戲。」蘇軾荆門惠泉詩：「瀧瀧吐寒碧。」

〔三〕孟子萬章篇：「圉圉焉，少則洋洋焉。」注：「圉圉，魚在水羸劣之貌。」

〔四〕胡注：「即前枯魚過河泣事。」

〔五〕新唐書韓愈傳：「初，愈至潮，問民疾苦，皆曰惡溪有鱷魚，食民畜産且盡，民以是窮。數日，愈自往視，令其屬秦濟以一羊一豕投谿水而祝之。是夕，暴風震電起谿中，數日水盡涸，西徙六十里。自是潮無鱷魚患。」

〔六〕吴志吕蒙傳：吴主曰：「公瑾昔要子敬來東，致達於孤，孤與宴語，便及大略帝王之業，此一快也。」

〔七〕三秦記：江海大魚集龍門，上則爲龍。物類相感誌：魚登龍門者，輒雷震而化。

衆客忻然，三遶而退〔一〕。歸泚我筆〔二〕，以記斯會。庶幾竇氏子聞之，爲來歲之戒。

【箋注】

〔一〕圓覺經：「右遶三匝。」

〔二〕新唐書岑文本傳：「文本爲中書舍人，號善職。或策令叢遽，敕吏六七人泚筆待，分口占授，成無遺意。」

【評】

劉辰翁評：轉换婉折，不多不少，懇款濃厚，蓋無一語不實，故貴。

次韻謝文驥主簿見寄兼示劉宣叔〔一〕

斷蓬隨天風，飄蕩去何許〔二〕。寒草不自振〔三〕，生死依牆堵。兩途俱寂寞，衆手劇雲雨〔四〕。坐令習主簿〔五〕，下與雞鶩伍〔六〕。遥知竹林交〔七〕，未肯一時數〔八〕。翩翩三語掾〔九〕，智與謾相補〔一〇〕。髯劉吾所畏〔一一〕，道屈空去魯〔一二〕。子才亦落落〔一三〕，傾蓋極許予〔一四〕。四夔照河濱〔一五〕，一笑寬逆旅〔一六〕。堂堂吾景方〔一七〕，張儀掾字。去作泉下土〔一八〕。未知我露電〔一九〕，能復幾寒暑〔二〇〕。思蓴久未決〔二一〕，食薺轉覺苦〔二二〕。我不逮諸子〔二三〕，要先諸子去。不種楊惲田〔二四〕，但灌呂安園〔二五〕。未知誰善釀〔二六〕，可作孔文舉〔二七〕。十年亦晚矣，請便事斯語〔二八〕。來詩有十年之約。

【校】

〔題〕丁鈔、聚珍本「劉宣叔」作「劉宣教」，非。宋詩鈔亦誤。胡注：「今本作『劉宣教』，非是。」〔智與謾〕聚珍本、丁鈔、宋詩鈔「謾」作「慢」。〔寒暑〕原本「寒」誤「塞」，蔣刻同。馮校：「『塞』，當從注作『寒』。」潘本、丁鈔、聚珍本、宋詩鈔並作「寒」，據改。〔轉覺〕點校本引李氏藏本作「覺轉」。〔呂安〕原本「呂」誤「柳」，蔣刻同。馮校：「『柳』，當從注作『呂』，庫同。」潘本、丁鈔、宋詩鈔並作「呂」，今據正。〔來詩有十年之約〕此簡齋自注，原本誤脱。據潘本、丁鈔、聚珍本、宋詩鈔補。點校本引李氏藏本同。

【箋注】

〔一〕此集中第一首詩，政和三年（一一一三）八月作，簡齋年二十四，時在開德。宋史本傳：「登政和三年上舍甲科，授開德府教授。」張嵲紫微集卷三十五陳公資政墓誌銘（以下簡稱墓誌）：「授文林郎，開德府教授。」胡譜：「八月，充開德府教授，有示朝城簿劉宣叔詩。」按開德府舊爲澶州，崇寧四年建爲北輔，五年升爲府，見宋史地理志。宋史卷二十一徽宗紀：「政和三年三月癸酉，賜上舍生十九人及第。」簡齋於十九人中名列第三，其第一人爲陳公輔，第二人爲胡松年，詳見卷二雜書示陳國佐胡元茂詩箋。謝文驥，胡氏無注。按張元幹蘆川歸來集卷九跋蘇黄門帖：「蘇黄門頃自海康歸許下，安居云久，政和二年，晚生猶及識之。已而與其外孫文驥德偁相遇澶淵，出書帖甚富。」同書卷一又有五言古詩洛陽陳去非自符寶郎謫陳留酒官予時作丞澶淵舊僚友也有詩次韻一首，詩爲宣和七年作（詳見卷十四招張仲宗詩箋），稱簡齋爲「澶淵舊僚友」，據知元幹此時亦在開德，跋中所稱文驥，當即此文驥。東坡集有文驥字説（此文七集本不載），略云：「驥，文與可學士之孫，逸民秀才之子，蘇子由侍郎之外孫。小名驥孫，因名之曰驥；不稱其力，稱其德，字之曰元德。」則元幹所稱，乃文與可之孫，德偁，則驥之別字也（取東坡文中「不稱其力，稱其德」語意）。竊疑詩題「謝」字蓋「答謝」之義；然文驥何以不稱字而稱名，亦未得其解，當再考。劉宣叔，詳下「髯劉吾所畏」句注。

〔二〕曹植雜詩：「轉蓬離本根，飄颻隨長風。何意迴飈舉，吹我入雲中。高高上無極，天路安可窮。」杜甫遺興詩：「蓬生非無根，漂蕩隨天風。天寒落萬里，不得歸本叢。」

〔三〕鮑照蕪城賦：「孤蓬自振。」

〔四〕杜甫貧交行：「翻手作雲覆手雨，紛紛輕薄何須數。」朱鶴齡注：「一翻覆手間，雲雨已判，甚言交道之不可久也。」按韓愈從仕詩：「居閑食不足，從仕力難任。兩事皆害性，一生恒苦心。」此「斷蓬」六句，由韓詩脱化而出。

〔五〕晉書習鑿齒傳:「習鑿齒字彦威,襄陽人也。荆州刺史桓温辟爲從事,轉西曹主簿,親遇隆密。温曰:『徒三十年看儒書,不如一詣習主簿。』」此以習比文驥也。

〔六〕北史盧玄傳附玄孫思道傳:「思道字子行。隋文帝爲丞相,遷武陽太守。位下不得志,爲孤鴻賦以寄其情。其序曰:『若其雅步清音,遠心高韻,鵷鸞已降,罕見其儔。而鎩翮牆陰,偶影獨立,唼喋秕稗,鷄鶩爲伍,不亦傷乎。』」屈原卜居:「將與雞鶩争食乎。」

〔七〕晉書嵇康傳:「所與神交者惟陳留阮籍、河内山濤,豫其流者河内向秀、沛國劉伶、籍兄子咸、琅邪王戎,遂爲竹林之遊,世所謂『竹林七賢』也。」

〔八〕杜甫貽阮隱居詩:「人物世不數。」蘇軾勸陳履常飲詩:「他年五君詠,山王一時數。」

〔九〕世説新語文學:「阮宣子有令聞,太尉王夷甫見而問曰:『老莊與聖教同異?』對曰:『將無同。』太尉善其言,辟之爲掾,世謂『三語掾』。」馬永卿嬾真子卷五有釋「三語掾」義一條,可參。

〔一〇〕嵇康與山巨源絶交書:「簡與禮相背,嬾與慢相成。」列子説符:「捕而放之,恩過不相補矣。」

〔一一〕胡注:「髯劉謂宣叔。宣叔名長言,丞相忠肅公摯莘老之孫,蹟之子。按倪巨濟玉溪集有送劉宣叔主簿詩云:『吏隱髯劉故逸群。』時劉主(原本誤「生」)開德之朝城簿。」朝城縣舊屬大名府,崇寧四年改隸開德,見宋史地理志上。劉摯字莘老,永静東光人,事蹟詳宋史卷三百四十本傳及杜大珪名臣碑傳琬琰集下編卷十三引實録劉右丞摯傳。摯諸子，本傳惟稱其長子跂，直齋書録解題卷十七學易集條下又有跂弟蹈。今以胡氏此注及後題劉路宣義風月堂詩注合觀之，則劉摯四子之名當爲跂、蹈、蹟、路。吕本中紫微詩話稱路爲「莘老幼子」（詳見後風月堂詩箋），是摯僅有四子也。考元好問遺山文集卷四十題學易先生劉斯立詩帖後云：「又儀真令諱蹟者，皇統宰相宣叔之父，是先生（按指劉跂）弟昆行。有詩文二册，號南榮集，宣叔録之以備遺忘。亂後，惟余家有之。」可知宣叔後嘗仕金，且登顯要也。考金史卷一百五范拱傳：「范拱字清叔，濟南人。齊廢，梁王宗弼領行台省事，拱爲官屬。拱慎許可，而推轂士。李南、張輔、劉長言皆拱薦也。長言自汝州郟城酒監擢省郎，人不知其所以進，拱亦不自言也。」長言，即宣叔也。又金史卷五海陵王本紀：「天德三年（一一五一，紹興二十一年）三月庚寅，以翰林學士劉長言等爲宋主生日使。」同書卷六十交聘表：「海陵天德三年三月庚寅，以翰林學士中奉大夫劉長言、少府監耶律五哥爲賀宋生日使。」海陵王本紀：「正統元年三月庚子，横海軍節度使致仕劉長言起爲右丞。」同書卷九十六黄久約傳：「黄久約字彌大，東平須城人也。父勝，通判濟州。母劉氏，尚書右丞長言之妹。」此宣叔入金後事迹之可考見者。（胡注所引倪濤玉溪集，直齋書録解題卷十七有著録，其書今已亡佚。倪濤事迹見宋史卷四百四十四，東都事略卷一百一十六，宋史新編卷一百七十一。）

〔一二〕揚雄法言五百：「如詘道而信身，雖天下不爲也。」孟子萬章下：「孔子去魯，曰：遲遲吾行也，去父母國之道也。」按宋史劉摯傳：「章惇、蔡卞誣造元祐諸人事不已，因是欲殺摯及梁燾、王巖叟等，遂起同文館獄。會摯卒，遂免其子官，與家屬徙英州。凡三年，死於瘴者十人。」琬琰集：「元符（原本誤作元狩）三年三月，詔還其家屬，收叙諸子。」宣叔爲蹟之子，嘗亦嘗從徙英州，簡齋詩中「道屈去魯」之語，殆爲此而發歟？至王明清揮麈後録卷八所載劉跂爲王黼所陷，「禽赴天獄，鍛鍊訊掠，極其苦楚」，其「猶子長言聞斯立之困辱，年少氣鋭，遂自陳言從己出。獄具，長言具刑竄海島，斯立編管壽春府」。王氏稱此事在「政和中」，「時王黼爲中司」，則事在簡齋此詩之後，與「道屈去魯」之語無涉。然此事亦足見宣叔之爲人，故連及之。

〔一三〕後漢書耿弇傳：「常以爲落落難合。」李賢注：「落落猶疏闊也。」世説新語賞譽：「王平子目太尉：『阿兄形似道，而神鋒太儁。』太尉答曰：『誠不如卿落落穆穆。』」

〔一四〕家語致思：「孔子之郯，遭程子於塗，傾蓋而語終日，甚相親，取束帛以贈之。」史記鄒陽傳：「白頭如新，傾蓋如故。」杜甫義鶻行：「人生許予分，亦在顧盼間。」

〔一五〕舊唐書崔造傳：「崔造字玄宰，博陵安平人。少涉學。永泰中，與韓會、盧東美、張正則爲友，皆僑居上元，好談經濟之略，嘗以王佐自許，時人號爲『四夔』。」韓愈考功員外盧君墓銘：「愈之宗兄故起居舍人君，以道德文學伏一世，其友四人，其一范陽盧君東美，少未出仕，皆在江淮間，天下大夫士謂之『四夔』，其義以爲道可與古之夔、皋者侔，故云爾。或曰夔嘗爲相，世謂相夔，四人者雖處而未仕，天下許以爲相，故云。」李肇國史補卷下：「韓會與名輩號爲『四夔』，會爲夔頭，而善歌妙絶。」又王定保唐摭言卷四：「盧江何長師、趙郡李華、范陽盧東美，少與韓衢爲友，江淮間號曰『四夔』。」此又一説。簡齋用「四夔」以況開德諸友，即文驥、宣叔諸人，得友如此，庶可慰懷土之思，故曰「寬逆旅」也。

〔一六〕左傳僖公二年：「今號爲不道，保於逆旅。」杜注：「逆旅，客舍也。」

〔一七〕張景方，譙郡人，名未詳，張栻之兄，見廬川歸來集卷十幽岩尊祖事實張栻跋語。韓駒陵陽集卷三有贈張景方詩：「斯文萬古照乾坤，削簡沉碑僅免燔。在處自應神物護，後來難爲俗人言。仙官下取餘無幾，夾壁深藏尚半存。異日亡書購三篋，吾知漢相有賢孫。」此詩足見景方爲人梗概，蓋亦服膺元祐諸老者。張世南游宦紀聞卷六，言鄱陽自雍熙乙酉至紹定己丑登科者五百七十餘人，其間三世聯登者，有張宗諤、張琮、張栻。據知景方爲宗諤之孫。宗諤事未詳，張琮見吴廷燮北宋經撫年表及南宋制撫年表。論語子張：「堂堂乎張也。」

〔一八〕黄庭堅秋懷詩：「時方用賢髦，先成泉下土。」

〔一九〕金剛經偈：「一切有爲法，如夢幻泡影，如露亦如電，應作如是觀。」

〔二〇〕柳宗元與蕭俛書：「大都不過數十寒暑，則無此身矣。」

〔二一〕晉書張翰傳：「翰因見秋風起，乃思吴中菰菜、蓴羹、鱸魚膾，曰：『人生貴得適志，何能羈官數千里要名爵乎！』遂命駕而歸。」

〔二二〕孟郊贈崔純亮詩：「食薺腸亦苦，强歌聲無歡，出門即有礙，誰謂天地寬。」

〔二三〕曹丕與吴質書：「諸子但爲未及古人，自一時之儁也，今之存者已不逮矣。」此謂開德諸友。

〔二四〕漢書楊惲傳載其報孫會宗書云：「臣之得罪，已三年矣。田家作苦，歲時伏臘，烹羊炰羔，斗酒自勞。其詩曰：『田彼南山，蕪穢不治。種一頃豆，落而爲萁。人生行樂耳，須富貴何時！』」惲後以此得禍。

〔二五〕晉書向秀傳：「又共吕安灌園於山陽。」

〔二六〕晉書阮籍傳：「籍聞步兵厨營人善釀，有貯酒三百斛，乃求爲步兵校尉。」

〔二七〕後漢書孔融傳：「孔融字文舉，魯國人。性寬容少忌，好士，喜誘益後進。及退閑職，賓客日盈其門。常歎曰：『坐上客恒滿，尊中酒不空，吾無憂矣！』」

〔二八〕論語顔淵：「回雖不敏，請事斯語矣。」

【評】劉辰翁評「翩翩三語掾」二句：閑語得精意，可以處世。又評「我不逮諸子」二句：名言。又評「未知誰善釀」二句：三脚鐺語，終未爲然。

題劉路宣義風月堂〔一〕

長風將佳月，萬里到此堂〔二〕。天遊本無待〔三〕，邂逅今夕涼〔四〕。北窗舊竹短，南窗新竹長〔五〕。此君本無心〔六〕，風月不相忘。道人方燕坐，萬物凝清光。不獨揖霜雪〔七〕，似聞笙鶴翔〔八〕。乃知一念静，可洗千劫忙〔九〕。明當攜麴生〔一〇〕，往問安心方〔一一〕。

【箋注】

〔一〕胡譜：「政和四年甲午，任開德教官，有題劉路風月堂等詩。」按是年簡齋二十五歲。本集卷六若拙弟言汝州可居詩：「四歲冷官桑濮地。」此其第二年也。胡注：劉路「丞相莘老第四子，字斯川。」劉摯四子：跂、蹈、蹟、路（詳見前次韻謝文驥詩箋），而跂最知名。跂字斯立，有學易集二十卷，今存永樂大典本八卷。吕本中紫微詩話：「劉師川，莘老丞相幼子，力學有文。嘗贈舍弟詩云：『大阮平生余所愛，小阮相逢亦傾蓋。濟陰未識更情親，信手新詩落珠貝。楊氏作公誰料理，臧孫有後誠可喜。長亭水落風雨多，無酒飲君别如何！』余時爲濟陰主簿，大阮謂知止也。」按師川當即斯川，知止，吕欽問字，時皆在開德也（詳下送吕欽問詩箋）。劉跂學易集卷一有集句贈斯川五言古詩一首，卷二有舟行懷斯川用王介甫韻五古一首，又有與諸人步郊外作寄弟斯川五古一首。張元幹蘆川歸來集卷十幽岩尊祖事實有劉路跋語一條：「文章可以感人，非有本者不能也。仲宗去親庭，適數千里外，見于行事，皆忠厚悃愊，與世之游子異矣。故其自叙，使人讀之，慨然增丘壟之念。宣和壬寅劉路書。」此路文之僅見者。壬寅,宣和四年也。又趙德麟侯鯖録卷二:「劉路左車嘗收唐人新編當時人詩册,有老杜數十首,其間用字皆與今本不同。」不識即斯川否?俟再考。宋史卷一百六十九職官志九:宣義郎,第二十七階。

〔二〕李白關山月:「明月出天山,蒼茫雲海間。長風幾萬里,吹度玉門關。」韓愈北樓詩:「晚色將秋至,長風送月來。」

〔三〕莊子外物:「心有天遊,室無空虚,則婦姑勃谿。心無天遊,則六鑿相攘。」又逍遥遊:「夫列子御風而行,泠然善也,旬有五日而後反,彼於致福者,未數數然也。此雖免乎行,猶有所待者也。若夫乘天地之正而御六氣之辯以遊無窮者,彼且惡乎待哉?」蘇軾和陶讀山海經詩:「御氣本無待。」

〔四〕詩綢繆:「今夕何夕,見此邂逅。」

〔五〕景德傳燈録卷十五:「鄂州清平山令遵禪師造于翠微之室,問:『如何是西來的的意?』翠微下禪牀,引師入竹園,指竹曰:『遮竿得恁麼長,那竿得恁麼短?』師雖領其微言,猶未徹其玄旨。」

〔六〕世説任誕:「王子猷嘗暫寄人空宅住,便令種竹。或問暫住何煩爾,王嘯詠良久,直指竹曰:『何可一日無此君?』」

〔七〕霜雪狀月色。謝莊月賦:「柔祇雪凝。」又云:「連觀霜縞。」

〔八〕列仙傳：王子喬好吹笙，于嵩山乘白鶴而去。杜甫玉臺觀詩：「人傳有笙鶴，時過此山頭。」

〔九〕景德傳燈録卷九：「潙山云：『如今初心雖從緣得，一念頓悟自理，猶有無始曠劫習氣，未能頓浄。』」此反用其意。蘇軾遊静居寺詩：「願從二聖往，一洗千劫非。」句法所仿。

〔一〇〕鄭棨開天傳信記：「葉法善居玄貞觀會數朝士，滿坐思酒。忽有人叩門，稱麴秀才，入坐，談論不凡。法善潛以小劍擊之，應手墮地，化爲瓶榼，中有美酒。遂共飲之。皆曰：『麴生風味，不可忘也。』」孔平仲談苑卷五亦載此事。

〔一一〕景德傳燈録卷三：「慧可謂達磨曰：『我心未寧，乞師與安。』師曰：『將心來，與汝安。』曰：『覓心了不可得。』師曰：『我與汝安心竟。』」同書卷四：「慧忠禪師嘗有安心偈示衆：『人法雙浄，善惡兩忘。直心真實，菩提道場。』」蘇軾病中遊祖塔院詩：「安心是藥更無方。」

【評】

劉辰翁評「長風將佳月」二句：脱用韓語，造以己意，便非衆人風月。又評「北窗舊竹短」二句：忽忽兩語，至此甚超。又評「此君本無心」二句：又是韓意，用之愈别。

送呂欽問監酒受代歸〔一〕

以我千金帚〔二〕，逢君萬斛船〔三〕。要知窮有自，未覺懶相先。盆盎三年夢〔四〕，篇章四海傳。怱怱秣歸馬〔五〕，離恨滿霜天〔六〕。

【校】

〔受代〕原本「受」誤「授」，據聚珍本改。

【箋注】

〔一〕胡注：「欽問字知止，正獻公公著之孫，左司希績之子。」按公著諸子，宋史本傳不載希績之名，杜大珪名臣碑傳琬琰集下編卷十引實録呂正獻公公著傳有之。陸心源宋史翼卷一：「呂希績字紀常，公著之子。元豐七年，以校書郎充伴送遼國賀正旦使。八年，爲吏部員外郎、秘書少監。元祐二年，改朝奉大夫、少府少監。六年，公著喪滿，以朝散大夫除都官員外郎。元符二年，坐父公著黷先烈、變亂法度，降授朝請郎、守少府少監、分司南京，隨州居住。希績與兄希哲、弟希純皆師事康節，故伯温與之遊甚厚。崇寧二年入元祐黨籍。」（原注：長編、紀事本末、聞見近録）希績事又見東都事略卷八十八、黄震戊辰修史傳。厲鶚宋詩紀事卷四十二：「呂知止，本中從叔。」按呂本中師友雜記：「予年十八歲，從滎陽公至京師，始與從叔知止聚學，相期甚遠。」所著紫微詩話：「知止叔少時嘗作初涼詩云：『西風吹木葉，庭户乍涼時。夜有愁人嘆，寒先病骨知。』余每喜誦此句。邇來少年能爲此詩者蓋少矣。」又云：「從叔知止少年作詩云：『彭澤有琴常無絃，大令舊物惟青氊。我亦四壁對默坐，中有一牀供晝眠。』元實深賞愛之，云：『殆似山谷少時詩。』」東萊詩集卷一有用寄壁上人韻寄范元實趙才仲及從叔知止兼率山伯同賦一首，注云：「是時范元實遊蜀未歸，知止得官潁川，趙才仲在郢，久不聞耗。三子皆奇士。」按本中此詩爲大觀二年宿州作，可知其時知止嘗官潁川，此知止前此踪跡之可考見者。簡齋在開德與劉摯子孫遊，而知止則斯川「所愛」（見前風月堂詩箋注一），其與知止蓋亦甚相悉也。東萊詩集卷七寄知止詩：「濁河遠貫長淮水，峽岸遥瞻寶塔臨。」此詩編在政和六年前，「濁河」當指澶州，知止所在也。東萊詩集卷十又有頃與知止别於曹州西門外蓋今十四年矣聞嘗自澶淵過此感歎詩：「昔别是兹土，今遊獨偶然。似聞嘗小憩，猶自未真傳。」詩爲政和七年以前之作，所謂「自澶淵」云云，當即指此監酒受代歸事，則知止離開德後嘗至曹州也。

〔二〕曹丕典論論文：「里諺曰：『家有弊帚，享之千金。』斯不自見之患也。」

〔三〕顔氏家訓歸心：「昔在江南，不信有千人氈帳，及來河北，不信有二萬斛船，皆實驗也。」杜甫三韻三篇詩：「蕩蕩萬斛船。」

〔四〕胡注：「晁无咎謫監信州酒日和東坡梅詩：『落身麴蘗盆盎裏，晨坐對花無酒温。』」

〔五〕詩漢廣：「言秣其馬。」

〔六〕李白金陵江上遇蓬池隱者詩：「明晨掛帆席，離恨滿滄波。」

【評】

劉辰翁評「要知窮有自」二句：精嫩（？）。

次韻周教授秋懷〔一〕

一官不辦作生涯〔二〕，幾見秋風捲岸沙〔三〕。宋玉有文悲落木〔四〕，陶潛無酒對黄花〔五〕。天機衮衮山新瘦〔六〕，世事悠悠日自斜〔七〕。誤矣載書三十乘〔八〕，東門何地不宜瓜〔九〕。

【校】

〔世事〕潘本作「人世」，瀛奎律髓卷十二同。

【箋注】

〔一〕周教授名字未詳。宋史選舉志：「崇寧元年，宰臣請天下州縣並置學，州置教授二員。」周蓋簡齋開德僚友。詩云「幾見秋風」，似當是政和五、六年秋之作。簡齋自政和三年八月來充開德府教授，至六年八月解任，所謂「四歲冷官桑濮地」也。葛勝仲丹陽集卷八陳去非詩集序：「政和三年，以上舍釋褐，分教輔郡，益沉酣書傳，大肆于詩文。天分既高，用心亦苦，務一洗舊常畦逕，意不拔俗，語不驚人，不輕出也。」觀「大肆于詩文」之語，簡齋在開德數年，所作當不少。今集中惟次韻謝文驤、風月堂、送呂欽問及此共四首爲在開德時作，蓋後來删汰之矣。此事吴澄臨川吴文正公集卷十三黄養浩詩序嘗論之。胡譜誤以江南春等詩爲政和五年作，其間多扞格難通，蓋緣誤解襄邑道中詩所致，詳論見後。

〔二〕陳師道八月十日二首詩：「兩官不辦一丘費，五字虚隨萬里船。」

〔三〕李白江上秋懷詩：「颯颯風捲沙。」

〔四〕宋玉九辯：「悲哉，秋之爲氣也！蕭瑟兮草木摇落而變衰。」

〔五〕陶潛九日閑居詩序：「余閑居愛重九之名，秋菊盈園，而持醪靡由，空服九華，寄懷於言。」南朝宋檀道鸞續晉陽秋云：「陶元亮九日無酒，宅邊東籬下菊叢中摘盈把，坐其側。未幾，望見白衣人至，乃王弘送酒也。」杜甫復愁詩：「每恨陶彭澤，無錢對菊花。」

〔六〕潘岳悼亡詩：「曜靈運天機，四節代遷逝。」李善注：「陳琳柳賦曰：『天機之運旋，夫何逝之速也。』」按莊子天運：「天其運乎？地其處乎？日月其争於所乎？孰主張是？孰維綱是？孰居無事推而行是？意者其有機械而不得已邪？」此「天機」二字所出。

〔七〕景德傳燈録卷三十，南嶽懶瓚和尚歌：「世事悠悠，不如山丘，青松蔽日，碧澗長流。」

〔八〕晉書張華傳：「雅愛書籍，身死之日，家無餘財，惟有文史溢于机篋。嘗徙居，載書三十乘。」

〔九〕漢書蕭何傳：「召平者，故秦東陵侯。秦破，爲布衣。貧，種瓜長安城東，瓜美，故世謂東陵瓜，從召平始也。」

【評】

普聞詩論：詩家云鍊字莫如鍊句，鍊句莫若得格，格高本乎琢句，句高則格勝矣。天下之詩，莫出乎二句：一曰意句，二曰境句。境句則易琢，意句難製；境句人皆得之，獨意句不得其妙者蓋不知其旨也。陳去非詩云：「一官不辦作生涯，幾見秋風捲岸沙。」境也。着「幾見」二字，便成意句。

黄昇玉林詩話：陳簡齋次韻周教授秋懷詩：「天機衮衮山新瘦，世事悠悠日自斜。」真合在蘇、黄之右。

劉辰翁評「天機衮衮山新瘦」二句：語有壯意，不刻故也。

方回瀛奎律髓卷十二評：格高。紀昀批：惟「天機衮衮」四字惡，餘誠如虚谷之評。

正集卷二

次韻張矩臣迪功見示建除體〔一〕

建德我故國，歸哉遄我驅〔二〕。除道得歡伯〔三〕，荆棘無復餘〔四〕。滿懷秋月色，未覺飢腸虛。平林過西風〔五〕，爲我起笙竽〔六〕。定知張公子〔七〕，能共寂寞娱〔八〕。執此以贈君，意重貂襜褕〔九〕。破帽與青鞋〔一〇〕，耐久心亦舒〔一一〕。危處要進步〔一二〕，安處勿停車〔一三〕。成虧在道德〔一四〕，不在功利區。收視以爲期〔一五〕，問君此何如。開尊且復飲，辭費道已迂〔一六〕。閉口味更長〔一七〕，香斷窗櫺疎。

【校】

〔我驅〕原本「驅」誤「軀」，據丁鈔、聚珍本改。宋詩鈔亦作「驅」，點校本引李氏藏本同。〔襜褕〕原本「褕」誤「榆」。馮校：「『榆』當作『褕』。」今據馮校改。宋詩鈔亦作「褕」。點校本引李氏藏本同。

【箋注】

〔一〕簡齋以宣和六年八月解開德教官任，歸京師，此下諸詩，爲寓居東京時作。胡注：「矩臣字元方，退傅鄧公之孫，嘗爲南都幕掾。好學，喜爲詩。徐丞相擇之守睢陽時，極知之。既入相，即欲薦用，則已卒矣。」按「退傅鄧公」謂張士遜也。士遜字順之，陰城人，淳化中舉進士，仁宗朝累次入相。「康定初，累上章請老，乃拜太傅封鄧國公致仕。」事蹟見宋史卷三百十一本傳。宋祁景文集卷五十七張文懿公士遜舊德之碑（名臣碑傳琬琰集上卷亦載此文）：「皇祐元年正月己未薨於第，享年八十有六。四男子：曰友直，刑部員外郎，直史館；曰友倆，殿中丞；曰友正，將作監丞；曰友誼，奉禮郎，獨早世。上恤其孤，故友直爲史館修撰，友倆任親民官，友正選大理寺丞。」按簡齋生母張夫人乃士遜之孫，友正之女，而元方、元東爲簡齋之表兄弟，則元方當爲士遜之曾孫也。「徐丞相」謂徐處仁。宋史卷三百七十一徐處仁傳稱：「處仁字擇之，應天府穀城縣人，中進士甲科，徽宗朝累官尚書右丞，後出知揚州，以疾奉祠，歸南都。方臘起義，「處仁亟見留守薛昂，爲畫守戰之策。因語昂曰：『睢陽蔽遮江淮，乃國家受命之地，脱有非常，吾助君死守。』語聞于朝，起爲應天尹」。按此即胡注所云「守睢陽」也。「欽宗即位，召爲中書侍郎，入見，欽宗問割三鎮，處仁言不當棄，與吴敏議合。敏薦處仁爲相，拜太宰兼門下侍郎。」按此即胡注所謂「入相」事，時靖康元年三月也。（靖康要録卷三，載靖康元年三月三日處仁授通奉大夫、太宰兼門下侍郎制詞）按處仁爲徐度之父。徐度却掃編卷中：「故事，宰輔領州，而中使以事經繇，必傳宣撫問。宣和間，先公守南都，地當東南水陸之衝，使傳絡繹不絶，一歲中撫問者至十數，故嘗有謝表曰：『天闕夢回，必有感恩之淚；日邊人至，常聞念舊之言。』後因生日，府掾張矩臣獻詩曰：『幾回天闕夢，十走日邊人。』蓋用表語也。矩臣退傳家，好學喜爲詩。先公爲相時，欲稍薦用之，已卒矣。」所記正與胡注合。本集卷五有送張迪功赴南京掾詩，當即赴徐處仁幕也，可互參。又張嵲紫微集卷四贈元方叔詩：「吾叔超世士，筆力回狂瀾。作詩到何處，未謝春草篇。罷官守環堵，泠屋風蕭然。操尚非矯世，静退真所安。慷慨引濁醪，俛默窺塵編。冥搜得新語，自喜欲忘年。常言畢婚嫁，歸老漢水邊。此意有真趣，勿爲兒輩言。」此張矩臣事之可考見者。迪功，宋史職官志九：元豐寄禄格「自開府至迪功凡三十七階」。迪功郎次在第三十七，下有注：「崇寧將仕，政和再換。」按文散官：將仕郎，從九品。

胡注：「建除體起於鮑照。」按山谷外集六有定交詩效鮑明遠體呈晁无咎一首，史容注：「以建、除、滿、平、定、執、破、危、成、收、開、閉十二字冠爲句首。李淑詩苑類格：『鮑照爲此體，十二韻。』」今按建除十二辰，史、漢曆書皆不載，史記日者列傳但有「建除家以爲不吉」一句，惟淮南天文訓云：「寅爲建，卯爲除，辰爲滿，巳爲平，主生。午爲定，未爲執，主陷。申爲破，主衡。酉爲危，主杓。戌爲成，主少德。亥爲收，主大德。子爲開，主太歲。丑爲閉，主太陰。」洪邁容齋隨筆卷七嘗論之。顧炎武日知録：「建除之名，自斗而起，始見於太公六韜云：『開牙門常背建向破。』越絶書：『黄帝之元，執辰破巳。霸王之氣，見於地户。』淮南子天文訓云云(略)。漢書王莽傳：『十一月壬子直建，戊辰值定。』蓋是戰國後語。史記日者傳有建除家。」按鮑照建除詩今存，見鮑參軍集卷六(錢振倫集注本)。

〔二〕莊子山木：市南子謂魯侯曰：「南越有邑焉，名爲建德之國。其民愚而朴，少私而寡欲，知作而不知藏，與而不求其報，不知義之所適，不知禮之所將，猖狂妄行，乃蹈乎大方，其生可樂，其死可葬。吾願君去國捐俗，與道相輔而行。」按二句言欲速返朴愚，以去憂累也。

〔三〕周語：「九月除道。」韋昭注：「所以便行旅。」焦贛易林坎、兑與遯之未濟皆云：「酒爲歡伯，除憂來樂。」二句承上欲遄歸建德，言仗酒力開路，荆棘自除，無所阻也。

〔四〕陶弘景真誥：許遠遊與王逸少書：「能剪除荆棘，絶去人我，則交梨火棗，生君心中矣。」

〔五〕詩生民：「誕寘之平林。」

〔六〕杜甫玉華宫詩：「萬籟真笙竽。」

〔七〕漢書外戚傳孝成趙皇后傳：先是有童謡曰：「燕燕，尾涎涎，張公子，時相見。」杜甫贈張四學士詩：「天上張公子。」此借指元方。

〔八〕莊子天道：「寂寞無爲者，天地之平而道德之至。」揚雄解嘲：「惟寂惟寞，守德之宅。」

〔九〕張衡四愁詩：「美人贈我貂襜褕。」李善注：「蔡邕獨斷曰：『侍中、中常侍加貂蟬。』説文曰：『直裾謂之襜褕。』」

〔一〇〕杜甫奉先劉少府山水障歌：「青鞋布襪從此始。」蘇軾續麗人行：「蹇驢破帽隨金鞍。」

〔一一〕新唐書魏玄同傳：「玄同與裴炎締交，能保終始，故號『耐久朋』。」屈原哀郢：「聊以舒吾憂心。」黄庭堅答陳少章乞酒詩：「勢窮心亦舒。」

〔一二〕傳燈録長沙景岑師偈：「百尺竿頭須進步。」

〔一三〕張師正倦遊録：陳摶曰：「優游之所勿久戀，得意之所勿再往。」

〔一四〕莊子齊物論：「是非之彰也，道之所以虧也。道之所以虧，愛之所以成。果且有成與虧乎哉？果且無成與虧乎哉？」

〔一五〕陸機文賦：「收視反聽。」

〔一六〕曲禮：「不辭費。」

〔一七〕史記日者列傳：褚先生曰：「從古以來，賢者避世，有居止舞澤者，有居民間閉口不言，有隱居卜筮間以全身者。」傳燈録三十僧璨信心銘：「多言多慮，轉不相應；絶言絶慮，無處不通。」

八音歌〔一〕

金張與許史〔二〕，不知寒士名〔三〕。石交少瑕疵〔四〕，但有一麴生〔五〕。絲色隨染異〔六〕，擇交士所貴〔七〕。竹林固皆賢，山王以官累〔八〕。匏酌可延客〔九〕，藜羹無是非〔一〇〕。土思非不深〔一一〕，無屋未能歸。革華雖可侯〔一二〕，不敢踐危地。木奴會足飽〔一三〕，寬作十年計〔一四〕。

【校】

〔可侯〕丁鈔「侯」作「俟」，非。

【箋注】

〔一〕胡注：「此體始於沈炯。」按山谷外集卷六有八音歌贈晁堯民二首，史容注：「詩苑類格云：『陳沈炯爲此體。』」沈炯，陳書卷十九、南史卷六十九有傳。

〔二〕揚雄解嘲：「有談范蔡之説於金張許史之間，則狂矣。」李善注：「金日磾，張安世，許廣漢，史恭、史高也。」漢書蓋寬饒傳：「上無許史之屬，下無金張之託。」應劭注：「此四家屬無不聽。」

〔三〕唐書柳沖傳：柳芳論氏族曰：「魏氏立九品，尊世胄，卑寒士。」

〔四〕史記蘇秦傳：「所謂棄仇讎而得石交者也。」左傳僖公七年：「予取予求，不汝瑕疵也。」

〔五〕麴生，見卷一題劉路宣義風月堂詩注。

〔六〕淮南子：墨翟見練絲而悲，爲其可以黄，可以黑。

〔七〕史記蘇秦傳：「安民之本，在乎擇交。」白居易寓意詩：「乃知擇交難，須有知人明。」

〔八〕宋書顔延之傳：「延之甚怨憤，乃作五君詠以述竹林七賢，山濤、王戎以貴顯被黜。」

〔九〕詩公劉：「酌之用匏。」

〔一〇〕莊子讓王：「孔子窮於陳、蔡，藜羹不糝。」杜甫秋野詩：「吾老甘貧病，榮華有是非。」

〔一一〕漢書西域烏孫傳：公主歌曰：「居嘗土思兮心内傷，願爲黄鵠兮歸故鄉。」

〔一二〕韓愈有下邳侯革華傳，趙璘因話録以爲後人僞作。

〔一三〕習鑿齒襄陽耆舊傳：李衡種橘千株，臨終敕其子曰：「吾有千頭木奴，可以不貧。」

〔一四〕管子權脩：「十年之計，莫如樹木。」

其二

金章笑鶉衣〔一〕，玉堂陋茅茨〔二〕。石火不須臾〔三〕，白駒隙中馳〔四〕。絲鬢那可避，會當來如期〔五〕。竹固不如肉〔六〕，飛觴莫辭速〔七〕。匏竹且勿喧，聽我歌此曲〔八〕。土花玩四時〔九〕，未覺有榮辱〔一〇〕。革木要一聲〔一一〕，好異乖人情。木公不可待〔一二〕，且復舉吾觥。

【箋注】

〔一〕鮑照建除詩：「左右佩金章。」荀子大略篇：「子夏貧，衣若縣鶉。」

〔二〕漢書李尋傳：「久汙玉堂之署。」顔注：「玉堂殿在未央宫。」史記：「堯舜采椽不斲，茅茨不翦。」

〔三〕樂府大曲滿歌行古辭：「命如鑿石見火，居世竟能幾時。」

〔四〕莊子知北遊：「人生天地之間，若白駒之過隙，忽然而已。」

〔五〕蘇軾送安惇秀才詩：「惟有霜鬢來如期。」

〔六〕晉書孟嘉傳：「(桓温)又問：『聽伎，絲不如竹，竹不如肉，何謂也？』嘉答曰：『漸近使之然。』」一坐咨嗟。」

〔七〕吴都賦：「飛觴舉白。」

〔八〕古詩：「四坐且莫喧，願聽歌一言。」

〔九〕李賀金銅仙人辭漢歌：「三十六宫土花碧。」江淹雜詩：「高談玩四時。」

〔一〇〕張衡歸田賦：「苟縱心於物外，又焉知榮辱之所如。」

〔一一〕周語：「景王鑄無射，問伶州鳩，鳩對曰：『樂器重者從細，輕者從大。是以金尚羽，石尚角，瓦絲尚宫，匏竹尚徵，革木一聲。夫政象樂，樂從和，和從平。』韋注：「革，鼗鼓也。木，柷敔也。一聲，無清濁之變也。」

〔三〕仙傳拾遺：木公一名東王公，蓋有青陽之元氣，萬神之先得道者，名籍隸焉。漢初小兒歌於道曰：「着青裙，入天門，揖金母，拜木公。」言人之登仙者如此。

題牧牛圖

千里煙草綠，連山雨新足。老牛抱朝飢，向山影觳觫〔一〕。犢兒狂走先過浦，却立長鳴待其母。母子爲人實倉廩，汝飽不慚人愧汝〔二〕。牧童生來日日娛，只憂身大當把鉏〔三〕。日斜睡足牛背上，不信人間有廣輿〔四〕。

【校】

〔雨新〕聚珍本作「新雨」。〔其母〕原本「母」作「毋」，馮校：「『毋』，莫鈔作『母』。」此據聚珍本改。〔廣輿〕宋詩鈔「廣」作「黄」，非。

【箋注】

〔一〕孟子梁惠王：「吾不忍其觳觫。」

〔二〕柳宗元牛賦：「輸入官倉，己不適口。」又：「人不慚愧，利滿天下。」

〔三〕王粲從軍詩：「相隨把犁耕。」

〔四〕列子楊朱：「野人之所安，野人之所美，謂天下無過者。田夫自曝於日，不知天下之有廣廈隩室。」

【評】

劉辰翁評末句：信筆落此。

題易元吉畫麞〔一〕

紛紛騎馬塵及腹，名利之窟爭馳逐〔二〕。眼明見此山中吏〔三〕，怪底吾廬有林谷。雌雄相對目炯炯，意閑不受榮與辱。掇皮皆真豈自知〔四〕，坐令猫犬羞奴僕。我不是李衛公，欺爾無魂規爾肉〔五〕。又不是曹將軍，數肋射爾不遺鏃〔六〕。明窗無塵簾有香，與爾共此春日長。戲弄竹枝聊卒歲，不羨晉宫車下羊〔七〕。

【校】

〔眼明〕馮校：「『明』，莫鈔作『前』。」　〔雌雄〕聚珍本作「雄雌」，點校本引李氏藏本同。

〔皆真豈自知〕馮校：「『皆』、『豈』庫互易。」　〔晉宫〕潘本、丁鈔「宫」作「公」，非。

【箋注】

〔一〕增注：「米元章書畫史：『易元吉，徐熙後一人，善畫草木葉心翎毛。後畫孝嚴殿壁，畫院人妬其能，只令畫獐猿，世但以獐猿稱。竟爲人所鴆。』」陸心源宋史翼卷二十七方技：「易元吉字慶之，長沙人，官助教，善畫。初工花鳥，及見趙昌畫，乃曰：『世不乏人。』遂遊荆湖，搜奇訪古，幾與猿狖同遊，口傳心繫之妙，一寫於毫端。又於長沙舍後開園鑿池，以亂石叢篁、梅菊葭葦，馴養水禽山獸，伺其動静，以資畫意，故寫動植無出其右。尤善畫獐猿，評者謂徐熙後一人而已。治平有詔畫景靈宫迎鼇御扆，又於神遊殿作牙獐，皆極其妙。未幾，復詔畫百猿圖，給粉墨資二百千，纔畫十餘枚，感時疾而卒。或云，爲畫苑妬能者所鴆。宣和御府藏有二百四十五圖，别有獐猿孔雀、四時花鳥、寫生蔬果等傳於世。畫上自署長沙助教易元吉字。黄庭堅爲作易生畫贊。餘杭都監廳舊有燕巢二，元吉於屏上畫二鷂，自此燕不復至。」（原注：宣和畫譜、圖繪寶鑑、圖畫見聞志、畫史、山谷全書）按建炎以來繫年要録卷二十五建炎三年七月乙巳，吴國長公主入朝，嘗以易元吉畫爲獻。嘉慶一統志三百五十五湖南長沙府二古蹟：「易元吉故宅在長沙縣西。」黄庭堅易生畫獐猿猴貛贊見豫章先生文集卷十四。

葛勝仲丹陽集卷十八和陳簡齋韻詩：「馬鞭雖長不及腹，山林朝市兩角逐。華堂誰挂元吉麞，坐使朱門變林谷。龍章鳳姿自有種，山野頭顱未爲辱。長沙寫真得天趣，下視馮尹皆奴僕。君不見青州劉幡得意草，能使死麕骨再肉。又不見廣平射麕變浮屠，因罷校獵投金鏃。兩幅陵陂槲葉香，萬儔共樂春草長。昂頭妥尾無所畏，窘拘知勝觸藩羊。」原注：「吉善畫麞，尤精槲葉。」即和簡齋此詩者。

〔二〕胡注引杜甫秋述：「冠冕之窟，名利卒卒。」

〔三〕抱朴子登陟篇：山中「未日稱主人者，羊也。稱吏者，麞也」。黄庭堅觀李伯時馬詩：「眼明見此玉花驄。」

〔四〕世説賞譽：「謝公稱藍田掇皮皆真。」注引徐廣晉紀曰：「述貞審，真意不顯。」又排調：「范啓與郗嘉賓書曰：『子敬舉體無饒縱，掇皮無餘潤。』郗答曰：『舉體無餘潤，何如舉體非真者？』范性矜假多煩，故嘲之。」

〔五〕酉陽雜俎續集卷八記李德裕述「道書中言，麞鹿無魂，故可食」。又清異録卷二：「道家流書言麞鹿麂是『玉署三牲』，神仙所享，故奉道者不忌。」埤雅卷三麢條亦引道書曰：「麞鹿無魂。」參看錢鍾書管錐編六二四頁。

〔六〕南史曹景宗傳：「景宗謂所親曰：『我昔在鄉里，騎快馬如龍，與年少輩數十騎拓弓弦作礔礰聲，箭如餓鴟叫。平澤中逐麞，數肋射之，渴飲其血，飢食其脯，甜如甘露漿。覺耳後生風，鼻頭出火，此樂使人忘死，不知老之將至。』」賈誼過秦論：「秦無亡矢遺鏃之費。」

〔七〕晉書胡貴嬪傳：武帝平吴後，納孫皓宫人數千，掖庭殆將萬人，並寵甚衆，帝莫知所適。常乘羊車恣所之，至便宴寢。宫人乃取竹葉插户，以鹽洒地而引帝車。左傳襄公二十一年，叔向引詩曰：「優哉悠哉，聊以卒歲。」黄庭堅詠李伯時馬詩：「戲弄丹青聊卒歲。」

【評】

劉辰翁評「紛紛騎馬塵及腹」二句：亦欲遠出畫外，未見自然。　又評「掇皮皆真豈自知」

句：謂或利其皮。又評「坐令猫犬羞奴僕」句：謂見似不捕，然語意皆未爲到。又評「不羡晉宫車下羊」句：尤似不切。

題唐希雅畫寒江圖〔一〕

江頭雲黄天釀雪〔二〕，樹枝慘慘凍欲折〔三〕。耐寒野鴨不知歸，猶向沙邊弄羽衣。黄茅終日不自力，影亂弱藻相因依〔四〕。惟有蒼石如卧虎〔五〕，不受陰晴與寒暑。舟中過客莫敢侮〔六〕，閑伴長江了今古。

【校】

〔蒼石〕原本「石」誤「苔」，黄本同，黄校改作「石」。今按潘本、丁鈔、聚珍本、宋詩鈔三十八並作「石」，今據改。點校本引李氏藏本亦作「石」。

【箋注】

〔一〕增注：「書畫史：唐希雅作林竹，韻極清楚，但不合多作禽鳥，又作棘林戰筆小林非善，是效其主李重光耳。按五代史：江南李煜字重光。」陸心源宋史翼卷三十七方技：「唐希雅，嘉興人，妙於畫竹，作翎毛亦工。初學南唐僞主李昇金錯書，有一筆三過之法，雖若甚瘦，而風神有餘。晚年變而爲畫，故顫掣三過處，書法存焉。喜作荆檟林棘，荒野幽尋之趣，氣韻蕭疏，非畫家之繩墨所能拘也。徐鉉亦謂羽毛雖未至，而精神過之，其確論歟！」（原注：宣和畫譜）按唐希雅亦見夏文彦圖畫寶鑑卷三。陸游劍南詩稿卷五十九唐希雅雪鵲詩：「我評此畫如奇書，顔筋柳骨追歐虞。」錢鍾書管錐編一一二四頁嘗引郭若虛圖畫聞見志卷四論唐希雅畫語，謂「書法之運筆，又未嘗不可與畫法之運筆相通」，可參看。

〔二〕白居易除夜詩：「雲黄欲雪天。」

〔三〕僧齊己早梅詩：「萬木凍欲折。」

〔四〕沈約胡雁詩：「唼流牽弱藻。」謝靈運石門精舍還湖中作詩：「蒲稗相因依。」

〔五〕史記李將軍列傳：「廣出獵，見草中石，以爲虎而射之，中石没鏃，視之，石也。」

〔六〕韓愈柳州羅池廟碑：「過客李儀醉酒，慢侮堂上。」

【評】

劉辰翁評：雖卷中物色，首尾政自有識，生枝作節。

江南春〔一〕

雨後江上緑，客愁隨眼新。桃花十里影，摇蕩一江春〔二〕。朝風迎船波浪惡，暮風送船無處泊。江南雖好不如歸，老薺遶牆人得肥〔三〕。

【校】

〔客愁〕丁鈔、聚珍本、宋詩鈔「愁」作「悲」。　〔迎船〕聚珍本、宋詩鈔「迎」作「逆」。

【箋注】

〔一〕此下諸詩，政和七年丁酉（一一一七）作，簡齋年二十八，時在東京。胡譜誤以襄邑道中詩爲是年春晚入京之作，遂臆訂江南春等詩爲政和五年在開德時作，殊無確據。詳見後襄邑道中詩箋注。今按簡齋自去年八月解開德教官任，即歸京師。其江南春以下諸詩皆爲政和七年寓居汴京之作。詩云「朝風迎船波浪惡，暮風送船無處泊」，此世路風波之慨也。蠟梅詩云「家家融蠟作杏蔕」，「世間真僞非兩法」，疾巧僞之成風也。時蔡京、童貫、梁師成輩方結黨相傾，而王黼亦以巧僞乘間崛起，上行下效，靡然成風。簡齋目覩京朝弊習，發爲聲詩，亦有潔身遠引之意（「江南雖好不如歸」），諸詩必是在汴京作無疑。

〔二〕柳宗元楊白花詩：「楊白花，風吹渡江水。坐令宮樹無顔色，搖蕩春光千萬里。」

〔三〕黄庭堅和秦觀詩：「薄飯不能羹，牆陰老春薺。」

【評】

劉辰翁評「朝風迎船波浪惡」四句：四句情味俱足。

范大士歷代詩發卷二十六評「桃花十里影」二句：雋妙。

蠟梅

智瓊額黄且勿誇〔一〕，回眼視此風前葩。家家融蠟作杏蔕〔二〕，歲歲逢梅是蠟花〔三〕。世間真僞非兩法〔四〕，映日細看真是蠟。我今嚼蠟已甘腴〔五〕，況此有韻蠟不如。只愁繁香欺定力〔六〕，薰我欲醉須人扶〔七〕。不辭花前醉倒卧經月，是酒是香君試别。

【校】

〔蠟作〕全芳備祖（影宋本）作「作蠟」。〔有韻〕原本「韻」作「味」，潘本、丁鈔、聚珍本、宋詩鈔、全芳備祖並作「韻」，點校本引李氏藏本同，今據改。永樂大典卷二千八百十一作「味」。

【箋注】

〔一〕牛僧孺幽怪録：隋、唐間，巴、邛人橘園，霜後，兩橘大如三、四斗盎。剖開，有四老叟。二老叟象戲畢，一叟曰：「君輸我智瓊額黄十二枝。」少頃，共乘龍而去。集仙録：魏濟北從事弦超夢神女來從之，自稱天上玉女，姓成公，字智瓊。

〔二〕温庭筠古碌碌辭：「融蠟作杏蔕，男兒不戀家。」

〔三〕蘇軾蠟梅詩：「蜜蜂採花作黄蠟，取蠟爲花亦其物。」

〔四〕景德傳燈録卷二十九智公和尚十四科頭真僞不二章：「真妄本來不二，凡夫棄妄覓道。」又迷悟不二：「迷悟本無差別，色空究竟還同。愚人唤南作北，智者達無西東。」同書卷一，第九祖伏馱蜜多説偈曰：「真理本無名，因名顯真理。受得真實法，非真亦非僞。」蘇軾湛然堂詩：「定慧照寂非兩法。」

〔五〕楞嚴經：「於横陳時味如嚼蠟。」

〔六〕法華經：「以禪定智慧力。」智度論：「以定力故出生死。」

〔七〕黄庭堅答馬中玉詩：「錦江春色薰人醉。」又椰子冠詩：「漿成浮酒薰人醉。」錢鍾書管錐編增訂六十八頁：「黄庭堅愛花香而自責『平生習氣』，釋氏所謂『染着』也；故宫藏其行書七絶，即見竹坡詩話所引者，首句『花氣薰人欲破禪』，可相發明。此意詩中常見，如白居易榴花：『香塵擬觸坐禪人』；劉禹錫牛相公見示新什謹依本韻次用：『花撩欲定僧』；陳與義蠟梅：『祇恐繁香欺定力』；朱熹題西林院壁：『却嫌宴坐觀心處，不奈簷花抵死香』；方德亨梅花：『老夫六賊銷磨盡，時爲幽香一敗禪』（後村大全集卷一八〇詩話引）。納蘭性德淨業寺：『花香暗入定僧心』，著『暗』字，遂若遭『破』、『敗』、『欺』、『撩』而僧尚蒙然不自覺焉。」

次韻張元方春雪

雲黄天爲低〔一〕，窗白雪初作。幽人睡方覺，簾外舞萬鶴〔二〕。斜斜既可人，整整亦不惡〔三〕。不知來何暮〔四〕，遂失梅花約。東風桃杏暖，不受珠璣絡〔五〕。聊回萬斛潤，點點付藜藋〔六〕。幽人無酒飲，一笑供酬酢〔七〕。歲晚會復來，相期在丘壑。

【箋注】

〔一〕雲黄，見前題唐希雅畫詩注。

〔二〕李白宣城長史弟昭贈余琴溪中雙舞鶴詩：「謂言天涯雪，忽向窗前落。」又云：「當風振六翮，對舞臨山閣。」白居易雪中即事寄微之詩：「舞鶴庭前毛稍定。」

〔三〕黄庭堅雪詩：「曉看整整復斜斜。」禮記雜記：「管仲遇盜，取二人焉，曰：可人也。」晉書列女傳：「王郎，逸少子，不惡。」

〔四〕後漢書廉范傳：「廉叔度，來何暮。」

〔五〕漢書地理志：「多珠璣銀銅之湊。」顔注：「璣謂珠之不圓者。」

〔六〕孟浩然春雪詩：「潤從河漢下。」王安石次韻和甫喜雪詩：「平治險穢非無德，潤澤焦枯是有才。」曾鞏詠雪詩：「驅除已與塵滓隔，灌溉終令枯槁悦。」又喜雪詩：「收功歸潤物，全德在包荒。」

〔七〕易繫辭：「是故可與酬酢。」韓康伯注：「酬酢，猶應對也。」

【評】

劉辰翁評「不知來何暮」二句：癡嫩人詞。

歷代詩發卷二十六：結醒「春」字。

舍弟踰日不和雪勢更密因再賦〔一〕

密雪來催詩〔二〕，似怪子不作。蔽天白漫漫，誰辨鷺與鶴〔三〕。坐令天回笑〔四〕，未受風作惡〔五〕。急飛既繁麗，緩舞尤綽約〔六〕。稍積草木上，斷縞莾聯絡。終然要白日，印彼葵與藿〔七〕。滿眼豐歲意〔八〕，空詩信難酢。愼勿辭典衣〔九〕，已不慮填壑〔一〇〕。

【校】

〔題〕原本「和」作「知」，「勢」下無「更」字，今據聚珍本改。以詩中首二句觀之，聚珍本爲長。

〔斷縞〕原本「縞」作「槁」，聚珍本、丁鈔作「縞」，點校本引李氏藏本同，今據改。

【箋注】

〔一〕舍弟，謂陳與能也。本集卷六寄若拙弟兼呈二十家叔詩胡注：「若拙名與能，第二十九，蓋先生親弟。」集中與若拙唱酬之作甚多。葛勝仲丹陽集屢以「二陳」並稱，亦多酬答之作。丹陽集卷十九二陳作書懷詩亦次韻：「山城真稱着寒儒，繞屋青蒼似故居。吏牘糾紛慚磔鼠，齋厨蕭索待沾魚。懶如園令將移病，窮似虞卿合著書。賴得豐年民氣樂，夢回時見旐維旟。」按簡齋書懷原作，今集中不見，與能所賦，益不可知矣。丹陽集卷二十又有贈與能二詩，其一彌日詩卷承若拙編爲小集見示且有詩因次韻：「驪珠魚目兩無遺，卷帙深煩爲析釐。賦詠粗疏慚短筆，賡酬刻畫類連枝。似聞警策眈佳句，何用編摩載惡詩。敢請冠篇重作序，一難文采勝延之。」其二蒙若拙見和復次韻：「逸氣軒軒蓋縉紳，後來之秀子其人。文如范曄無空設，學似揚雄已大醇。記問五花能奪篳，風標一角共傳巾。怪來吐句皆精警，胸次應無庾亮塵。」此外酬答之作尚多，皆宣和二至四年間簡齋兄弟居喪汝州時作，詳見後箋。陳巖肖庚溪詩話卷下：「陳簡齋去非詩名夙著，而其弟之詩亦可喜。見張林甫舉其夏日晚望一聯云：『前山猶細雨，高樹已斜陽。』恨不見其全篇。」按與能詩今惟見此一聯，厲鶚宋詩紀事失收。

〔二〕謝惠連雪賦：「俄而微霰零，密雪下。」杜甫陪諸貴公子丈八溝攜妓納涼晚際遇雨詩：「片雲頭上黑，應是雨催詩。」

〔三〕韓愈雪詩：「定非燖鵠鷺。」雪賦：「皓鶴奪鮮。」

〔四〕神異傳：東王公與玉女投壺，設而不接，天爲之笑。杜甫能畫詩：「每蒙天一笑。」

〔五〕鄭懷古博異志：崔玄微月夜見女伴楊氏、陶氏、石醋醋云：「每被惡風所撓，常求封家十八姨相庇。」杜甫渼陂行：「惡風白浪何嗟及。」

〔六〕莊子逍遥游：「綽約若處子。」釋文李云：「淖約，柔弱貌。」司馬云：「好貌。」

〔七〕文選曹子建求通親表：「若葵藿之傾太陽。」

〔八〕謝惠連雪賦：「盈尺則呈瑞於豐年。」李善注：「毛萇詩傳曰：『豐年之冬，必有積雪。』」

〔九〕杜甫曲江詩：「朝回日日典春衣。」

〔一〇〕漢書汲黯傳：「臣自爲填溝壑。」

【評】

劉辰翁評「印彼葵與藿」句：皆老意之過。

雜書示陳國佐胡元茂四首〔一〕

一官專爲口〔二〕，俯仰汗我顔。顧將千日飢，换此三歲閑。冥冥雲表雁，時節自往還〔三〕。不憂稻粱絶，憂在羅網間〔四〕。絶勝杜拾遺，一飽常間關〔五〕。晚知儒冠誤，猶戀終南山〔六〕。

【箋注】

〔一〕胡注：「陳國佐名公輔，天台人，嘗任侍郎。胡元茂名松年，毗陵人，任簽書樞密院。二人與先生俱登政和三年上舍第。」按陳、胡二人事蹟，詳見宋史卷三百七十九本傳。胡譜稱松年

「政和二年上舍釋褐。」按「二」字當爲「三」字之誤。翟汝文忠惠集卷四勅賜上舍及第第一人陳公輔除承事郎第二第三人胡松年陳與義並從事郎制：「古者司徒論俊造之士，司馬辨論官材，所以崇養作成，將與爲治也。朕賓興賢能，如古學校，將以多君子使之在位，惠賚於衆庶。汝等行藝策名，朕所加禮。夫學之爲王者事久矣，其尊汝所聞。」據此知三人同年釋褐，公輔名列第一，松年第二，簡齋則第三人也。嚴州圖經卷一引登科記：「政和三年幸太學，賜貢士陳公輔十九人釋褐。」題名中有葉三省，則葉亦在十九人之列。

胡譜誤以襄邑道中詩爲政和七年春晚入京之作，則按原編次第，似前此諸詩皆簡齋在開德時作者，其實非也。考陳公輔政和三年釋褐，除平江府教授，繼移越州；胡松年則除濰州教授。當簡齋在開德時，胡、陳二人各有職守，必不能同寓開德。今依原編次第，訂此四首爲政和七年與胡、陳同寓京師之作，似較胡譜更少抵牾。按公輔除校書郎，宋史本傳不言何年。考三朝北盟會編卷三十七、靖康要録卷一，至靖康元年，公輔猶任是職，則其除授似當在政、宣間。胡松年政和八年「賜對便殿，授校書郎」，則史傳有明文，其入京當在八年之前。今詩云「十年風雨過」，若自政和三年上舍釋褐之日計之，則不足十年之數，詩蓋就太學同學之日約略言之也。詩云「一官爲口，俯仰汗顔」者，蓋追叙在開德時事。云「千日飢」、「三歲閑」者，時方閑居京師，而己意亦不樂汲汲於仕進也。「巨源」謂陳國佐，「伯始」謂胡松年。觀詩意，國佐是時蓋有欲相推轂之意，故詩中稱其「急士」，下文書懷示友又稱其「能作薦鶚書」。意者，國佐此際似已在校書郎任矣。松年依附王黼（見宋史何㮚傳，靖康要録卷九、卷十，宋會要輯稿職官六十九之十五），以致通顯。詩云「時逢下車揖」，「伯始在朝廷」，其氣焰蓋可想見，不必待賜對爲郎後也。至簡齋所以自處，則曰「不憂稻粱絶，憂在羅網間」，書懷示友亦云「功名勿念我，此心已掃除」，蓋不欲奔走形勢之途，處穢汙而不羞也。詩中於陳國佐，則稱其「隘」而「真」。考國佐生平，始則見重於李綱，終則見排於秦檜，當趙鼎假程學之名廣置徒黨時，國佐獨起而抗之。則其人品，遠非胡松年輩可比。簡齋此詩，蓋微而婉矣。宋史陳公輔傳稱公輔有文集二十卷，奏議十二卷，今不傳。厲鶚宋詩紀事卷三十八載其李伯紀丞相挽詩、廣慈院二詩。謝宷伯密齋筆記卷三云：「陳公輔詩：『白髮髯鬙未得閑，有時覽鏡笑衰顔。逢人載酒寧辭醉，寓意題詩不用删。幸有鑑湖堪寄傲，直慚書殿尚通班。豁除簿領塵埃了，却上蓬萊看好山。』州宅詩：『萬叠湖山煙水濱，朱門畫戟問松筠。登臨不踏紅塵路，燕寢長居紫府春。晝静欲驂風外駕，夜寒疑是月中身。我慚白首方懷紱，猶得蓬萊作主人。』又蓬萊閣醉歸：『蓬萊閣上醉歸時，猶索芳樽步步隨。啼鳥似來留翠佩，旁人笑爲整花枝。腰間半䩞黄金印，頭上斜欹白接䍦。拍手向他賓從道，使君未老莫扶持。』」公輔雜奏議，則靖康要録、北盟會編、建炎以來繫年要録所載尤多。其論伊川學事，永樂大典程字韻下載之甚詳。又大典卷二萬二千五百三十六陳襄古靈集條載公輔跋文一首，末署「建炎二年九月旦右司諫陳公輔謹跋」。至吴曾能改齋漫録卷十「王直方詩話記陳公輔題湖陰先生壁」云云，彼陳公輔乃是陳輔之誤。苕溪漁隱叢話後集三十六引復齋漫録無「公」字，可證。陳輔丹陽人，其人及見王荆公，見漁隱叢話前集五十三。吕頤浩忠穆集卷七有次韻陳國佐喜雨七律一首。胡松年詩惟見宋詩紀事三十八載其題觀音院德雲堂并序七古一首。孫覿内簡尺牘中致松年箋啓至多。其鴻慶居士集卷七有宣撫簽樞胡公挽詞二首。

〔二〕蘇軾食荔枝詩：「我生涉世本爲口，一官久已輕蓴鱸。」

〔三〕法言問明：「鴻飛冥冥，弋者何簒焉。」管子戒篇：「雁春北而秋南，不失其時。」

〔四〕鮑當孤雁詩：「天寒稻粱絶。」淮南子脩務：「雁銜蘆以避矰繳。」

〔五〕漢書王莽傳：「間關至漸臺。」注：「間關，猶言崎嶇展轉也。」

〔六〕杜甫奉贈韋左丞丈二十二韻詩：「儒冠多誤身。」又：「尚憐終南山。」

【評】

劉辰翁評「一官專爲口」句：快語。又評末句：因物寄興，拈出可人，反覆慨恨，極所難言，自遣類俳。

其二

杜門十日疾，因得觀妄身〔一〕。勿云千金軀，今視如埃塵〔二〕。平生老赤脚〔三〕，每見生怒嗔。揮汗煮我藥，見此愧其勤。

【箋注】

〔一〕圓覺經：「今者妄身在何處。」

〔二〕陶潛飲酒詩：「客養千金軀。」杜甫寄薛郎中詩：「人生無賢愚，飄飄若埃塵。」

〔三〕韓愈寄盧仝詩：「一婢赤脚老無齒。」

【評】

劉辰翁須溪集卷六陳生詩序：古人於奴婢猥下，寫至「孤客親僮僕」，淒然甚矣。又云：「僮僕生新敬。」則出處世態，隱約可見。又云：「犬因無主善。」則俯仰尤有不忍言者。如陳簡齋「平生老赤脚，每見生怒嗔。揮汗煮我藥，見此媿其勤」，更自風致清真。

劉辰翁評：無聊悟笑，情境畢具，又在「清晨聞叩門」上。

其三

巨源邦之楝，急士如拾珍〔一〕。定知柳下鍛〔二〕，遠勝崔史陳〔三〕。絶交雖已隘，益見叔夜真〔四〕。士要雖衣食，求仁今得仁〔五〕。釋之與王生，盛美俱絶倫〔六〕。吾評竹林詠，未可少若人〔七〕。

【校】

〔雖衣食〕丁鈔「雖」，朱筆校改作「難」，點校本引李氏藏本作「難」。聚珍本「雖」作「輕」，宋詩鈔作「雖」。按，作「雖」爲是。

【箋注】

〔一〕晉書山濤傳：「山濤字巨源，河内懷人也。」「濤甄拔隱屈，搜訪賢才，旌命三十餘人，皆顯名當時。」左傳襄公三十一年：「子産（謂子皮）曰：『子於鄭國，棟也。』」

〔二〕晉書嵇康傳：「性絶巧而好鍛。宅中有一柳樹甚茂，乃激水圜之，每夏月，居其下以鍛。」

〔三〕歷代法帖山濤書：「臣近啓崔諒、史曜、陳准可補吏部郎，詔書可爾。此三人皆衆論所推，諒尤質正少華，可以敦教，雖大化未可益，然風尚所勸，爲益者多。臣以爲宜先用諒。」

〔四〕晉書嵇康傳：「山濤將去選官，舉康自代，康乃與濤書告絶。」叔夜，嵇康字。莊子田子方：「其爲人也真。」

〔五〕陶潛庚戌歲九月中於西田穫早稻詩：「人生歸有道，衣食固其端。」論語述而：「求仁而得仁，又何怨乎。」

〔六〕漢書張釋之傳：「王生者，善爲黄老言，處士。嘗召居廷中，公卿盡會立，王生老人，曰：『吾韉解。』顧謂釋之：『爲我結韉。』釋之跪而結之。既已，人或讓王生：『獨奈何廷辱張廷尉如此！』王生曰：『吾老且賤，自度終亡益於張廷尉。廷尉方天下名臣，吾故聊使結韉，欲以重之。』諸公聞之，賢王生而重釋之。」

〔七〕見本卷八音歌注。

其四

昔吾同年友〔一〕，壯志各南溟〔二〕。十年風雨過，見此落落星〔三〕。秀者吾元茂，衆器見鼎鉶〔四〕。許身稷契間〔五〕，不但醉六經〔六〕。時逢下車揖〔七〕，慰我兩眼青〔八〕。勿憂事不理，伯始在朝廷〔九〕。

【校】

〔昔吾同年友〕原本「友」作「交」，聚珍本作「友」，宋詩鈔同，今據改。又聚珍本「昔吾」作「吾昔」。

【箋注】

〔一〕李肇國史補：「進士俱捷，謂之同年。」

〔二〕莊子逍遥遊：「南溟者，天池也。」

〔三〕胡注：「東坡別子由詩：『六十小劫風雨疾。』山谷懷王文公詩：『短世風驚雨過。』劉夢得送張盥赴舉序：『嚮所謂同年友，今來落落如晨星相望。』」今按蘇軾贈參寥詩：「故人各在天一角，相望落落如星辰。」蘇轍送退翁守懷安詩：「我懷同門客，勢若曉天星。」古樂府：「磊磊落落向曙星。」劉禹錫韋處厚集序：「古今相望，落落如騎星辰。」參看吴曾能改齋漫録卷八。

〔四〕蘇軾石鼓歌：「古器縱横猶識鼎。」

〔五〕杜甫自京赴奉先縣詠懷五百字詩：「許身一何愚，竊比稷與契。」

〔六〕文中子：子游河間之渚，河上丈人曰：「斯人也，心若醉六經。」

〔七〕段公路北户録載風土記：越人結交，盟曰：「卿乘車，我戴笠，後日相逢下車揖。」又見初學記十八交友二引。

〔八〕晉書阮籍傳：籍能作青白眼，見俚俗之士，以白眼對之。嵇康造焉，乃見青眼。

〔九〕後漢書胡廣傳：胡廣字伯始。京師諺曰：「萬事不理問伯始。」

正集卷三

書懷示友十首〔一〕

俗子令我病〔二〕，紛然來座隅〔三〕。賢士費懷思，不受折簡呼〔四〕。城東陳孟公，久闊今何如〔五〕。陳孟公謂國佐。明月照天下，此夕與君俱〔六〕。不難十里勤，畏借東家驢〔七〕。似聞有老眼〔八〕，能作薦鶚書〔九〕。功名勿念我，此心已掃除。

【校】

〔十里〕潘本作「一旦」，非。

【箋注】

〔一〕按原編次第，諸詩當是政和七年秋，寓居東京時作。「示友」，謂陳國佐、張元方兄弟。第九首言「蕭蕭十月菊」者，蓋秋中已作前數詩，以後續有所作，遂合併書之，故時令略有參差。詩云「城東陳孟公」，「不難十里勤」（第一首），「張子霜後鷹」（胡注：「疑謂元方兄弟。」是），

「相逢車馬邊」（第二首），益足證陳國佐、張元方兄弟是時同寓東京，知諸詩必非在開德時作。按張元方當徐處仁守南都時嘗爲府掾（見徐度却掃編卷中），事在宣和元、二年間，此時則閑居京師，故曰「碌碌著青袍」也。詩稱陳國佐「能作薦鶚書」，又言「功名勿念我，此心已掃除」（第一首），「人間安可比，夢中無悔尤」（第四首），「我策三十六，第一當歸田」（第五首），「試問門前客，終歲幾覆車」（第六首），於仕路艱險，常懷憂畏，不惜一再言之。考靖康要録卷九：「元年七月二十六日，太宰徐處仁劄子：昔蔡京用事之初，惡元祐臣僚之不右己也，首爲黨論以錮之。既而京與鄭居中、王黼相繼當國，各立説以相傾，凡二十餘年。搢紳士大夫除託附童貫、梁師成、李彦、朱勔及諸近習道士之外，未有不經此三人除用者。既各有所因以進其身，則凡議論之間，各黨其所厚善，而以衆寡爲勝負。故其一罷，士大夫連坐而去者數十百人。及其復用，則又源源而來。」（參看三朝北盟會編卷十八靖康元年六月五日臣僚言）據此，知簡齋「門前覆車」之嘆，非無病之呻吟矣。

〔二〕杜甫漫成詩：「眼前無俗物，多病也身輕。」韓愈與李實書：「接過客俗子，絶口不掛時事。」

〔三〕賈誼鵩鳥賦：「止於座隅。」

〔四〕魏略：王淩自縛歸罪，遥謂司馬宣王曰：「淩若有罪，公當折簡召我，何苦自來耶？」宣王曰：「以君非折簡之客故耳。」

〔五〕漢書游俠傳：「陳遵字孟公，杜陵人也。遵少孤，與張竦伯松俱爲京兆史。操行雖異，然相親友，哀帝之末俱著名字，爲後進冠。」又諸葛豐傳：「間何闊，逢諸葛。」顔師古注：「言間者何久闊不相見，以逢諸葛故也。」杜甫送孔巢父謝病歸遊江東兼呈李白詩：「道甫問訊今何如。」

〔六〕淮南子説林：「月照天下，蝕於蟾蜍。」謝莊月賦：「美人邁兮音塵闕，隔千里兮共明月。」

〔七〕杜甫偪仄行贈畢曜詩：「東家蹇驢許借我，泥滑不敢騎朝天。」

〔八〕杜甫聞惠二過東溪特一送詩：「皇天無老眼，空谷滯斯人。」

〔九〕孔融薦禰衡表：「鷙鳥累百，不如一鶚。」

【評】吴子良荆溪林下偶談卷一：後山詩：「俗子推不去，可人費招呼。」氣象淺露，絶少含蓄。陳簡齋又模而衍之，曰：「俗子令我病，紛紛來座隅。賢士費懷思，不受折簡呼。」可謂短於識而拙於才者也。

其二

張子霜後鷹〔一〕，眉骨非凡曹〔二〕。不肯兄事錢〔三〕，但欲僕命騷〔四〕。胡爲隨我輩，碌碌著青袍〔五〕。相逢車馬邊，伎癢不得搔〔六〕。

【箋注】

〔一〕朝野僉載卷四：蘇味道爲鳳閣侍郎，張元一曰：「蘇九月得霜鷹。」或問其故，曰：「得霜鷹俊捷。」胡注：「疑謂元方兄弟。」

〔二〕杜甫久雨期王將軍不至詩：「安得突騎只五千，崒然眉骨皆爾曹。」

〔三〕魯褒錢神論：「親之如兄，字曰孔方。」

〔四〕杜牧李賀集叙：「使賀未死，少加以理，奴僕命騷可也。」

〔五〕漢書蕭望之傳：「不肯録録，反抱關爲。」師古注：「録録爲循常也。」

〔六〕風俗通義六筑：「高漸離爲人傭，作苦，聞其家擊筑，伎癢。」潘岳射雉賦：「徒心煩而伎癢。」李善注：「伎藝欲逞而癢。」曲禮：「癢不敢搔。」嵇康與山巨源絶交書：「裹以章服，癢不得搔。」

其三

平生詩作祟〔一〕，腸肚困藿食〔二〕。使我忘隱憂，亦自得詩力〔三〕。絶知是餘蔽〔四〕，且復永今日〔五〕。不如付杯酒，一笑萬事畢〔六〕。毛穎僅升堂，麴生真入室〔七〕。

【校】

〔隱憂〕聚珍本「隱」作「殷」。

【箋注】

〔一〕劉蛻文冢銘：「噫，筆絶之年，而麟見祟，文其無祟乎！」黄庭堅跋自書所爲香詩後：「詩或能爲人作祟。」陳師道和陳潁詩：「只信詩書端作祟。」

〔二〕説苑説善：「晉獻公之時，東郭民有祖朝者上書獻公曰：『草茅臣東郭民祖朝，願請聞國家之計。』獻公使使出告之曰：『肉食者已慮之矣，藿食者尚何與焉？』」曹植七啓：「予甘藜藿，未暇此食也。」

〔三〕詩柏舟：「如有隱憂。」白居易傷唐衢詩：「憐君儒家子，不得詩書力。」

〔四〕荀子解蔽：「凡人之患，蔽于一曲，而闇于大理。」

〔五〕詩白駒：「以永今朝。」

〔六〕晉書張翰傳：「使我有身後名，不如即時一杯酒。」

〔七〕韓愈有毛穎傳。麴生，見前卷一題劉路宣義風月堂詩注。論語先進：「由也升堂矣，未入於室也。」

【評】

劉辰翁評：皆以反覆自笑自言，情至理盡。

其四

我夢鍾鼎食，或作山林遊〔一〕。當其適意時，略與人間侔。覺來迹便掃〔二〕，我已不悲憂。人間安可比，夢中無悔尤〔三〕。

【箋注】

〔一〕左傳哀公十四年：「左師每食擊鍾。」家語：「子路南遊於楚，列鼎而食。」張衡西京賦：「若夫翁伯濁質，張里之家，擊鍾鼎食，連騎相過。」李善注：「漢書食貨志曰：翁伯以販脂而傾縣邑，濁氏以胃脯而連騎，質氏以洗削而鼎食，張里以馬醫而擊鍾。」杜甫清明詩：「鍾鼎山林各天性。」

〔二〕杜甫贈李白詩：「山林迹如掃。」

〔三〕白居易想東遊詩：「人寰足悔尤。」

【評】

劉辰翁評：此兩「人間」轉換出没，警悟奇特。

其五

我策三十六〔一〕，第一當歸田〔二〕。柴門種雜樹〔三〕，婆娑樂餘年〔四〕。是中三益友〔五〕，不減二仲賢〔六〕。柏樹解説法〔七〕，桑葉能通禪〔八〕。

【箋注】

〔一〕南史王敬則傳：「敬則曰：『檀公三十六策，走是上計，汝父子唯應急走耳。』蓋譏檀道濟避魏事也。」

〔二〕張衡有歸田賦。

〔三〕杜甫視園樹詩：「柴門雜樹向千株。」

〔四〕詩東門之枌：「婆娑其下。」

〔五〕論語季氏：「益者三友。」

〔六〕文選歸去來辭李善注引三輔決録：「蔣詡字元卿，舍中竹下開三逕，唯求仲、羊仲從之遊，皆挫廉逃名不出。」

〔七〕古尊宿語録卷十三：「問：『如何是祖師西來意？』師云：『庭前柏樹子。』問：『柏樹子還有佛性也無？』師云：『有』。云：『幾時成佛？』師云：『待虛空落地。』云：『虛空幾時落地？』師云：『待柏樹子成佛。』」蘇軾再生柏贊：「人間不聞，瓦礫説法。今聞此柏，熾然常説。」

〔八〕孫真人千金翼正禪方：「春桑耳，夏桑子，秋桑葉，服之三日外，身輕目明，無眠睡；十日覺遠智，通初地禪。」

【評】

劉辰翁評「第一當歸田」句：劉劉乎其盡興。又末句評：借用。高處有陳元龍余（餘）子碌碌之氣。

其六

有錢可使鬼〔一〕，無錢鬼揶揄〔二〕。百年堂前燕〔三〕，萬事屋上烏〔四〕。微官不救飢，出處違壯圖〔五〕。相牛豈無經〔六〕，種樹亦有書〔七〕。如何求二頃〔八〕，歸卧淵明廬〔九〕。曝背對青山〔一〇〕，鳥鳴人意舒。試數門前客，終歲幾覆車〔一一〕。

【校】

〔亦有〕丁鈔作「豈無」。

【箋注】

〔一〕晉書魯褒傳載錢神論：「有錢可使鬼。」

〔二〕世説任誕注：羅友家貧，乞禄於桓温曰：「臣昨中路見一鬼，揶揄云：『我只見汝送人作郡，不見人送汝作郡。』」

〔三〕劉禹錫金陵懷古詩：「舊時王謝堂前燕，飛入尋常百姓家。」

〔四〕説苑：武王克殷，問太公曰：「將奈士衆何？愛其人者兼屋上之烏，憎其人者惡其儲胥。」尚書大傳以爲周公語。

〔五〕潘岳河陽縣詩：「豈敢陋官微。」蘇軾和孔郎中詩：「一字不救飢。」杜甫入洞庭湖詩：「曹公屈壯圖。」按二句蓋指「四歲冷官桑濮地」事。

〔六〕世説汰侈注：相牛經出甯戚，傳百里奚，至魏世高堂生又傳以與晉宣帝，其後王愷得其書。

〔七〕史記秦始皇本紀：李斯上焚書之議，所不去者，醫藥卜筮種樹之書。韓愈送石處士詩：「手把種樹書，人云避世士。」韓鄂四時纂要序：「採氾勝種樹之書，掇崔寔試穀之法。」

〔八〕史記蘇秦傳：「使我有負郭田二頃，豈能佩六國相印乎？」

〔九〕陶潛讀山海經詩：「吾亦愛吾廬。」

〔一〇〕列子楊朱篇：宋有田夫，自曝於日，謂其妻曰：「負日之暄，人莫知者，以獻吾君，將有重賞。」嵇康與山巨源絶交書：「野人有快炙背而美芹子者，欲獻之至尊，雖有區區之意，亦已疏矣。」

〔一二〕漢書賈誼傳：鄙語曰：「前車覆，後車戒。」按二句蓋有爲而發，已於第一首注〔一〕約略及之，今更申其旨。宋史卷三百五十二趙野傳：「時蔡京、王黼更秉政，植黨相擠，一進一退，莫能兩全者。」徐夢莘三朝北盟會編卷四十八：「靖康元年六月五日，臣僚言：自崇寧初蔡京輔政，首亂舊章，排斥異己，汲引同類，待以不次，朝脱冗散，暮翔嚴近。常情鮮克自重，於是枉道求合，汩喪廉耻，靡然成風。凡所厚善，不獨顯榮其身，又及其子孫；不獨及其子孫，又及其親戚故舊。陰相依重，盤根錯節，牢不可破。二紀之間，門生故吏充牣天下。然才者少，不才者多；省事者少，生事者多。貪殘苛刻，遠近告病。於是結附戚里内侍，交通宫禁，肆所欲爲，以耗國財，以弊民力，心欲坐視顛覆，以快不遜之志。鄧洵武、范致虚等託紹述之言以助京，刦持上下。而何執中、余深、林攄、薛昂皆其死黨，濟其奸謀，成其羽翼，使不可制。太上皇帝每下詔施行善政，皆爲此輩壅遏。是以人心日益愁怨，國勢日益凌替，權門日益强盛，朝廷日益孤弱。趙挺之、劉逵、張康國、鄭居中、劉正夫雖號與京不同，然引用群小，梗閉正路，亦率由一道。蔡卞、蔡攸及其子弟，相與違異，有若仇敵。考其蹤跡，實皆同惡相濟。至王黼爲相，奢汰愈甚，開邊黷武，禍及生靈，跡其所來，亦本由京，勢位相軋，乃相攻逐。遂致犬戎窺伺，變生一旦，太上皇播越，宗社阽危，雖其所致非一，要之造端立本，捨京而誰？」按此疏論崇、觀以來朝局頗詳具，惟側重於蔡京耳。按宋史卷四百六十八梁師成傳：「師成實不能文，而高自標牓，自言蘇軾出子。是時天下禁誦蘇文，其尺牘在人間者皆毁去。師成訴於帝曰：『先臣何罪？』自是軾之文乃稍出。以翰墨爲己任，四方儁秀名士必招致門下，往往遭點污。多置書畫卷軸於外舍，邀賓客縱觀，得其題識，合意者輒密加汲引，執政、侍從可階而升。王黼父事之。雖蔡京父子亦諂附焉。都人目爲隱相，所領職局至數十百。」此則專以羅致文士爲事者。宋史卷四百七十王黼傳：「黼父事梁師成，稱爲恩府先生。蔡京致仕，黼陽順人心，悉反其所爲。」大抵蔡、王輩權勢相傾，各結死黨，士大夫生當此際，每以潔身遠引爲難。簡齋同年友胡松年即依附王黼，以致通顯。而張嵲所撰簡齋墓誌亦云：「始公爲學官居館下，辭章一出，名動京師，諸貴要人争客之。時爲宰相者横甚，强欲知公，不且得禍。」按墓誌所稱「宰相」即王黼，蓋簡齋終不免爲王黼所累，其事在稍後數年，當於後文詳論之。今此詩致慨於「門前覆車」，亦「憂在羅網間」之意，其用心亦苦矣。考宋史卷二百五十七譚世勣傳：「除秘書省正字，時相蔡京子攸領書局，同舍郎多翕附以取貴仕。世勣獨坐直廬，繙書竟日。梁師成之客與爲隣居，數致師成願交意，謝不答。」則師成輩網羅善類，多置黨徒之一例。又卷三百五十三聶昌傳：「昌本厚王黼，既而從蔡京，爲黼所中，罷知德安府。」靖康要録卷十三：「元年閏十一月一日，侍御史胡舜陟奏：『聶昌則奸人之雄，小人之尤兇暴者。因陳邦先引爲蔡京之客，不次擢爲吏部侍郎，未幾尹京，欲爲蔡京中傷王黼，反爲黼所中，而罷居鄉郡。』」斯又「門前覆車」之一例也。

【評】

劉辰翁評「有錢可使鬼」四句：四句可入謡言。又評「相牛豈無經」二句：落落有氣。

其七

仲舒老一經〔一〕，策世非所長。瓦鼎薦蔬食〔二〕，但取充飢腸。偉哉賈生書，開闔有耿光〔三〕。既珍亦可飽，舉俗不見嘗〔四〕。

【箋注】

〔一〕漢書董仲舒傳：「董仲舒，廣川人也。少治春秋，孝景時爲博士。……武帝即位，舉賢良文學之士前後百數，而仲舒以賢良對策焉。」

〔二〕後漢書宣秉傳：「秉性節約，常服布被，蔬食瓦器。」

〔三〕西都賦：「順陰陽以開闔。」韓愈祭田横墓文：「夫子至今有耿光。」

〔四〕胡注：「先生此詩，大意以仲舒之策，緩而不切，而賈誼之書，揆之世用，皆當其實，故有是作。然考之史傳以驗其事跡，殆未易指一事爲證據。竊意先生作此詩之時，正當北虜背盟，嘆當時齬細虞而不圖大患，有感於中，故思賈生痛哭流涕之書。而仲舒厚利質子之議，班固譏其『未合當時』，有『漏於是矣』之語，姑寄興於此。不然，董賈之書，未易以是爲優劣也。」

今按此詩第七首詠董賈，第八首詠揚雄，皆託古寄興之詞，所謂「書懷」者也。胡注「思賈生痛哭流涕之書」，薄「仲舒厚利質子之議」，其説信善矣。然必指爲「北虜背盟」之時，則與原編次第大相逕庭，且詩中亦未見確有此旨也。考「北虜背盟」，事在宣和四年（宣和四年十一月，金人來議燕地，十二月，遣趙良嗣復入金，求營、平、灤三州），若政和七、八年間，則夾攻之約尚未提出，更無所謂「背盟」矣。大抵簡齋此詩，於當時積弱苟安之勢深致不滿，思朝廷有所振奮，故於董、賈作此抑揚，亦足覘簡齋襟抱。蓋陳國佐爲簡齋同年摯友，書懷之作又所以示陳、張者。試以日後情事觀之，國佐則見重於李綱，見排於秦檜，簡齋則見重於張浚，力主抗金，則二人當時議論，亦可想見，不必待「北虜背盟」而後云然也。

【評】

劉辰翁評「仲舒老一經」二句：十字全傳贊盡。又末句評：何其能言！與人意合，正是具眼。

其八

揚雄平生學，肝腎困雕鐫〔一〕。晚於玄有得，始悔賦甘泉〔二〕。使雄早大悟，亦何事於玄？賴有一言善，酒箴真可傳〔三〕。

【校】

〔平生學〕周紫芝竹坡詩話卷二引此詩「學」作「書」。

【箋注】

〔一〕韓愈贈崔立之詩：「不用雕琢愁肝腎。」

〔二〕雄嘗作甘泉賦以諷成帝，晚作太玄擬易。法言吾子篇：或問：「吾子少而好賦？」曰：「童子雕蟲篆刻，壯夫不爲。」文選楊德祖答臨淄侯箋：「脩家子雲，老不曉事，强著一書，悔其少作。」

〔三〕漢書陳遵傳：先是，黄門郎揚雄作酒箴以諷諫成帝，其文爲酒客難法度士，譬之於物，曰：「子猶瓶矣。觀瓶之居，居井之眉。處高臨深，動常近危。酒醪不入口，臧水滿懷。不得左右，牽於纆徽。一旦叀礙，爲甍所轠。身提黄泉，骨肉爲泥。自用如此，不如鴟夷。鴟夷滑稽，腹如大壺。盡日盛酒，人復借酤。常爲國器，託於屬車。出入兩宫，經營公家。繇是言之，酒何過乎？」遵大喜之。

【評】

周紫芝竹坡詩話卷二：揚子雲好著書，固已見誚於當世，後之議者紛然，往往詞費而意殊不盡。唯陳去非一詩，有議有評，而不出四十字。後之議雄者，雖累千萬言，未必能出諸此也。

劉辰翁評：每用短句，七擒七縱，讀之犁然。

其九

蕭蕭十月菊，耿耿照白草〔一〕。開窗逢一笑，未覺徐娘老〔二〕。風霜要飽更〔三〕，獨立晚更好。韓公真躁人，顧用擾懷抱〔四〕。

【校】

〔飽更〕聚珍本「更」作「經」。

【箋注】

〔一〕杜甫寄高使君詩：「隴草蕭蕭白。」李白遊獵篇：「胡馬秋肥宜白草。」

〔二〕南史梁元徐妃傳：梁元帝徐妃與暨季江私，江曰：「徐娘雖老，猶尚多情。」

〔三〕陶潛飲酒詩：「飢寒飽所更。」

〔四〕韓愈秋懷詩：「鮮鮮霜中菊，既晚何用好？揚揚弄芳蝶，爾生還不早。運窮兩值遇，婉孌死相保。西風蟄龍蛇，衆木日彫槁。由來本爾分，泯滅豈足道！」蘇軾甘菊詩：「越山春始寒，霜菊晚愈好。朝來出細粟，稍覺芳歲老。」末云：「揚揚弄芳蝶，生死何足道？頗訝昌黎公，恨爾生不早。」易繫辭下：「躁人之辭多。」

【評】

劉辰翁評末句：節制高古，理不在多。

其十

青青堂西竹，歲寒不緇磷〔一〕。蓬蒿衆小中，拭眼見長身〔二〕。澹然冬日影，此處極可人〔三〕。子猷幸見過，一洗聲色塵〔四〕。

【校】

〔衆小〕點校本引李氏藏本「小」作「草」。

【箋注】

〔一〕虞世南竹詩：「欲識凌冬性，唯有歲寒知。」論語陽貨：「不曰堅乎，磨而不磷；不曰白乎，涅而不緇。」孔安國曰：「磷，薄也。涅，可以染皂者。言至堅者磨之而不薄，至白者染之涅不黑，君子雖在濁亂，濁亂不能污也。」

〔二〕韓愈孔戣墓銘：「吾見其孫，白而長身。」蘇軾和張舜民詩：「班心突兀見長身。」

〔三〕左傳文公七年：「趙衰冬日之日也，趙盾夏日之日也。」注：「冬日可愛，夏日可畏。」

〔四〕晉書王徽之傳：時吳中一士夫家有好竹，子猷欲觀之，便出坐輿造竹下，諷嘯良久。圓覺經：「色塵清淨，故聲塵清淨。」蘇軾地黃詩：「一洗胸中塵。」

風雨

風雨破秋夕，梧葉窗前驚。不愁黃落近〔一〕，滿意作秋聲。客子無定力〔二〕，夢中波撼城〔三〕。覺來俱不見，微月照殘更〔四〕。

【箋注】

〔一〕禮記月令：季秋之月，「是月也，草木黃落」。

〔二〕法華經：「以禪定智慧力。」智度論：「以定力故出生死。」

〔三〕黃庭堅晝寢詩：「馬齕枯萁喧午枕，夢成風雨浪翻江。」

〔四〕蘇軾金山寺詩：「醒時江月墮，摵摵風響變。惟有一龕燈，二豪俱不見。」

【評】

劉辰翁評「夢中波撼城」句：造奇。

曼陀羅花

我圃殊不俗，翠蕤敷玉房〔一〕。秋風不敢吹，謂是天上香〔二〕。煙迷金錢夢，露醉木蕖妝〔三〕。同時不同調〔四〕，曉月照低昂。

【箋注】

〔一〕文選嵇康琴賦：「飛英蕤於昊蒼。」李善注：「説文曰：蕤，草木華貌。」漢書禮樂志：「神之出，排玉房。」沈佺期題椰子樹詩：「玉房九霄露，碧葉四時春。」白居易牡丹芳詩：「牡丹芳，牡丹芳，黄金蕊綻紅玉房。」

〔二〕光明經：「即雨天上曼陀羅花。」華嚴經：「六天皆有異香。」

〔三〕菊譜：「金錢，出西京，開以九月末，深黄，雙紋，重葉。」黄庭堅聞吉老縣丞按田萬安山中詩：「紅妝滿院木蕖秋。」

〔四〕謝靈運七里瀨詩：「異代可同調。」

螢火

翩翩飛蛾掩明燭，見烹膏油罪莫贖〔一〕。嘉爾螢火不自欺，草間相照光煜煜〔二〕。却馬已録仙人方〔三〕，映書曾登君子堂〔四〕。不畏月明見陋質〔五〕，但畏風雨難爲光。

【箋注】

〔一〕崔豹古今注：「飛蛾善拂燈。」藝文類聚卷九十七引符子曰：「不安其味而樂其明，是猶夕蛾去暗，赴燈而死也。」

〔二〕杜甫倦夜詩：「暗飛螢自照。」

〔三〕淮南萬畢術：「螢火却馬。」注：「取螢火裹以羊皮，置土中，馬見之鳴，却不敢行。」又千金翼方載神仙感應篇務成子螢火丸方云：「漢武威太守劉子南從道士尹公授此方，合而佩之。永平中，於武威北界遇虜，戰敗，爲寇所圍。矢下如雨，未至子南馬數尺，矢輒墮地，終不能中傷。虜以爲神人，乃解圍而去。後傳其子弟，皆未嘗被害。」抱朴子亦云：辟五兵之道，常帶螢火丸。

〔四〕晉書車胤傳：「家貧不常得油，夏月則練囊盛數十螢火以照書，以夜繼日焉。」王粲公讌詩：「高會君子堂。」

〔五〕藝文類聚卷九十七引傅咸螢火賦：「不以姿質之鄙薄，欲增暉乎太清。雖無補於日月，期自竭於陋形。」潘岳西征賦：「託菲薄之陋質。」

北風

北風掠野悲歲暮，黄塵漲街人不度〔一〕。孤鴻抱飢客千里，性命幺微不當怒。梅花欲動天作難〔二〕，蓬飛上天得盤桓。千年卧木枝葉盡，獨自人間不受寒〔三〕。

【校】

〔千年〕原本作「千里」，黄本、蔣刻同。此據馮校改。點校本引李氏藏本作「千年」。

【箋注】

〔一〕左思蜀都賦：「囂塵漲天。」

〔二〕杜甫至後詩：「梅花欲開不自覺。」王維酌酒與裴迪詩：「花枝欲動春風寒。」孫綽碧玉賦：「感郎不作難。」

〔三〕傳燈録卷七：大梅山法常師偈：「摧殘枯木倚寒林，幾度逢春不變心。」韓愈枯樹詩：「老樹無枝葉，風霜不復侵。」按傳燈録卷二十京兆永安院善静禪師云：「葉落已枝摧，風來不得韻。」本集卷五十月詩：「枯木無枝不受寒。」用意略同。

【評】

劉辰翁評末句：本是新意，亦犯古語。

正集卷四

送張仲宗押戟歸閩中〔一〕

翩然鴻鵠本不群，亦復爲口長紛紛〔二〕。去年弄影河北月，今年迎面江南雲。還家不比陶令冷〔三〕，持節正效相如勤〔四〕。青天白日映徒御〔五〕，玄髮絳旆明江濱。舟前落花慰野老〔六〕，浦口杜若愁湘君〔七〕。遥知詩成寄驛使，萬里春色當見分〔八〕。贈人以言予豈敢〔九〕，不忍負子聊云云〔一〇〕。舊山雖好慎勿過，恐有德璋能勒文〔一一〕。

【校】

〔寄驛使〕宋詩鈔「寄」作「值」，點校本引李氏藏本同。

【箋注】

〔一〕胡注：「仲宗名元幹，閩人，以將作監丞致仕，年四十餘，自號蘆川老隱。」按元幹有蘆川歸來集十卷，其自跋祭祖母劉氏墓文後，稱宣和元年八月「獲緣職事，道過墓下」。其宣和二年正月十四日跋文又云：「元幹以宣和元年出京師，六月至鄉里，十一月乃復始行。」所記還閩歲月甚詳。所謂「緣職事」，當即「押載歸閩」事，但不知所任何職也。據知簡齋此詩當作於宣和元年三月元幹出都時，詩中「舟前落花」之語，時令亦合。此詩原編次第在襄邑道中詩前，則似作於政和八年春者，疑編次偶誤耳。今訂此詩爲宣和元年春作，而不改動其次第，以存原本面貌，後皆仿此。元幹爲簡齋開德僚友，説已見前。簡齋以政和六年八月還京，元幹何時去開德，則不能詳。詩云：「去年弄影河北月」，考元幹父安道，崇寧間嘗官於鄴，與歐陽懋爲同僚，元幹少時即隨父至河北官廨，事見歐陽懋所作幽岩尊祖事實跋。意者元幹去年或仍留開德，或亦去開德而遊鄴，史料缺乏，未敢臆定。元幹宋史無傳。曾季貍艇齋詩話以元幹爲「紹興間人」，甚誤。考元幹之孫欽臣蘆川集跋云：「因誦甲戌自贊而知蘆川初度之年在辛未。」（按甲戌自贊見蘆川歸來集卷十，元幹六十四歲作。）是元幹當以元祐六年辛未生，小簡齋一歲。周必大平園續稿卷七跋張仲宗送胡邦衡詞稱其「在宣和、政和間已有能樂府聲」。胡仔苕溪漁隱叢話卷五十四言宣和間居泗上，「於王周士（按王以寧字周士）處見張仲宗詩一卷，因備録之」。是其在宣、政間已有文名。蔡戡定齋集卷十三蘆川居士詞序言元幹早歲「問道於了齋先生（按陳瓘也），學詩於東湖居士（按徐俯也），凡所遊從，皆名公勝遊。年未强仕，挂冠神武，徜徉泉石，浮湛詩酒」。今檢蘆川集，其人猶及見蘇轍（卷九跋蘇黄門帖），又從陳瓘遊甚久（卷九跋了堂先生文集）。大觀庚寅、辛卯間，在豫章問詩於徐俯，又與洪芻、洪炎、蘇堅、蘇庠、潘淳、吕本中、汪藻、向子諲等結爲文酒之社（卷九蘇養直詩帖跋尾）。而江端友、王銍、葉夢得諸人皆有贈答之作。其爲題幽岩尊祖事實者，又有游酢、劉路、歐陽懋、楊時、李綱、劉安世、蘇迨、李光諸人，皆宣、政間名流。考劉一止苕溪集、沈與求龜谿集、李彌遜筠谿集中與元幹贈答之作尤多。按靖康要録卷五、苕溪漁隱叢話後集卷三十六言靖康間置司討論舊法，李綱爲提舉，及綱爲行營使時，元幹爲其僚屬。及紹興議和，又以送胡邦衡詞侮秦檜，得罪除名（詳見王明清揮麈後録卷十）。今本蘆川詞即以贈胡銓、李綱賀新郎二詞冠卷首，其議蓋蔡戡發之（見定齋集卷十三），所以著元幹生平大節也。又元幹爲向子諲甥，見苕溪漁隱叢話卷五十四。韓元吉南澗甲乙稿卷三有挽張元幹國録詩二首。陸心源宋史翼卷七僅於王庭珪傳後附元幹事，其文甚略，故詳論之。餘見拙著張元幹及其蘆川詞一文，兹不贅述。

〔二〕史記陳涉世家：「燕雀安知鴻鵠之志哉！」蘇軾食荔枝詩：「我生涉世本爲口。」

〔三〕宋書陶潛傳：晉陶潛爲彭澤令，郡遣督郵至，縣吏白應束帶見之。潛歎曰：「我不能爲五斗米折腰向鄉里小人。」即日解印綬去職，賦歸去來。

〔四〕漢司馬相如建節使蜀，略定西南夷。

〔五〕韓愈與崔群書：「青天白日，奴隸皆知其清明。」

〔六〕杜甫有風雨看舟前落花戲爲新句詩。又哀江頭詩：「杜陵野老吞聲哭。」

〔七〕屈原湘君：「捐余玦兮江中，遺余佩兮澧浦，采芳洲兮杜若，將以遺兮下女。」

〔八〕荆州記：江南陸凱作詩寄梅一枝與長安范曄云：「折梅逢驛使，寄與隴頭人。江南無所有，聊贈一枝春。」

〔九〕荀子大略篇：曾子行，晏子從於郊，曰：「嬰聞之，君子贈人以言，庶人贈人以財。嬰貧無財，請假於君子，贈吾子以言。」

〔一〇〕漢書汲黯傳：「吾欲云云。」顔注：「猶言如此如此也。」

〔一一〕孔稚珪，字德璋。南齊書：周彦倫先隱鍾山，後出爲海鹽令，却欲過此山。會稽孔稚珪乃假山靈之意移之，使不得至，名曰北山移文，有曰：「馳煙驛路，勒移山庭。」

【評】

劉辰翁評「翩然鴻鵠本不群」二句：起得慨然。　又評「不忍負子聊云云」二句：文人樣。

胡應麟詩藪外編卷五：陳去非短歌學杜，間得數語耳，無完篇。

歷代詩發卷八評「舊山雖好慎勿過」二句：規諷妙有含藏。

襄邑道中〔一〕

飛花兩岸照船紅，百里榆堤半日風。卧看滿天雲不動，不知雲與我俱東。

【校】

〔照舡〕聚珍本「舡」作「船」。

【箋注】

〔一〕胡注：襄邑「即汴都縣，後改爲拱州」。按太平寰宇記卷二河南道二東京開封府屬：「襄邑縣，春秋時宋襄牛地也，宋襄公葬焉，故曰襄陵。今墓在縣西北隅。秦始皇改爲襄邑縣。漢以縣隸陳留郡。隋置杞州於杞縣，襄邑後屬焉。大業二年州廢，縣入梁郡。唐初復置杞州，貞觀元年州廢，縣入宋州。自朱梁與晉，改屬開封。」宋史卷八十五地理志一：「拱州保慶軍節度，本開封府襄邑縣，崇寧四年建爲州，賜軍額，爲東輔，以開封之考城、太康，南京之寧陵、楚丘、柘城來隸。大觀四年廢拱州，復爲襄邑縣，還隸開封。政和四年復爲州，又復爲輔郡。宣和二年罷輔郡，仍隸京東西路，以襄邑、太康、寧陵爲屬縣，餘歸舊隸。六年，又以寧陵歸南京，太康爲開封，復割柘城來隸。縣二：襄邑，柘城，畿。」嘉慶一統志河南歸德府：「襄邑故城在睢州西一里，州志：『古城在今城西一里許，避黄河遷今治。』」按胡譜於政和六年丙申條下云：「八月，解開德教官而歸。」不言歸京師抑是歸洛，至七年丁酉始書：「春晚入京，有襄邑道中詩。」則似簡齋六年八月解開德教官任後嘗一度歸洛，至七年春晚始自洛入京者。考本集卷九龍門詩云「不到龍門十載强」，詩爲宣和四年自汝歸洛時作，其前十年，恐不得有歸洛之事。胡氏殆由誤解襄邑道中一詩，徒見詩中有「飛花兩岸」之語,遂以爲政和七年春晚入京之作。不知襄邑在開封東南,自洛入京,不得經此。若曰六年八月解官以後仍留開德,至七年春晚入京,然自開德入汴都,亦不得經襄邑。觀詩中「百里榆堤半日風」之語,亦與遠道行役不合。且無論自開德入京或自洛入京,均不當云「雲與我俱東」也。胡氏既誤以襄邑道中詩爲政和七年春晚入京時作,則按原編次第,其前此諸詩,自次韻張矩臣建除體至送張仲宗押戟歸閩中,皆當是七年春晚入京前在開德數年間之作,則尤爲扞格難通。蓋無論陳公輔、胡松年決不能至開德,即張元方兄弟、若拙弟亦不類嘗寓開德者。今訂簡齋政和六年八月解教職後即歸汴京,其建除體以下諸詩爲寓居東都之作,至襄邑道中詩,則爲政和八年春日之作,似少抵牾。本集卷六答元方述懷作詩云:「襄陵騶隙竟難留。」簡齋自注:「襄邑周簿報病不起。」是簡齋有友人周簿時官襄邑,簡齋是時閑居京師,偶往過之,於道中作此詩也。周簿名字未詳,不知即本集卷六與周紹祖分茶詩之周紹祖否。按襄邑道中詩寫於何時,爲簡齋早期詩編年問題關鍵,故詳論之。

寄新息家叔〔一〕

風雨淮西夢,危魂費九升〔二〕。一官遮日手〔三〕,兩地讀書燈。見客深藏舌〔四〕,吟詩不負丞〔五〕。竹林雖有約,門户要人興〔六〕。

【箋注】

〔一〕胡注：「新息，蔡州縣。」按太平寰宇記卷十一河南道十一：「蔡州屬：新息縣，春秋息國，爲楚所滅。漢爲息縣，屬汝南郡。孟康曰：其後東徙，故加新字。唐武德四年置息州，貞觀初廢之，復爲縣。汝水自西流入，徑縣北，去縣十八里。」又：「蔡州，北至東京四百七十里，西至西京六百二十里。」所稱「家叔」，名字未詳。詩云「吟詩不負丞」，則其人蓋浮沉下僚者。簡齋諸叔見於本集者，又有二十叔名援字惠彦（卷六），十七叔名振字敏彦（卷七）。而敏彦元豐八年嘗與簡齋父某同赴省試者（卷九述懷詩自注）。集中又有所謂「家伯」者（卷七次十七叔去鄭詩韻自注），亦不詳其名字。

〔二〕潘岳寡婦賦：「意恍惚以遷越兮，神一夕而九升。」白居易長相思曲：「思君秋夜長，一夜魂九升。」按淮西指蔡州，叔所在地也。

〔三〕杜牧途中絶句詩：「惆悵江湖釣竿手，却遮西日向長安。」

〔四〕胡注：「馮道詩：『口是禍之門，舌是斬身刀。閉口深藏舌，安身處處牢。』」

〔五〕韓愈藍田縣丞廳壁記：崔斯立丞兹邑，喟曰：「官無卑，顧才不足塞職。」既噤不得施用，又喟曰：「丞哉丞哉，余不負丞，而丞負余！」

〔六〕晉阮籍與兄子咸俱爲竹林之遊。晉書樂廣傳：夏侯玄見樂廣，謂其父曰：「可令專學，必能興卿門户。」

年華

去國頻更歲，爲官不救飢〔一〕。春生殘雪外，酒盡落梅時。白日山川映，青天草木宜。年華不負客，一一入吾詩。

【箋注】

〔一〕檀弓：「去國則哭於墓而後行。」按二句殆追叙任開德教官事，卷三書懷示友亦云：「微官不救飢，出處違壯圖。」

【評】

瀛奎律髓卷二十一評：詩律絶高。紀昀評云：三句精詣，對亦可。

詩藪外編卷五：無己「梅柳春猶淺，關山月自明」，去非「春生殘雪外，酒盡落梅時」，却自然有唐味，然不多得。

歷代詩發卷二十六：玩結句，則客亦不負年華矣，然妙在説得一半。

茅屋

茅屋年年破〔一〕，春風歲歲來。寒從草根退，花值客愁開。時序添詩卷，乾坤進酒盃。片雲無思極，日暮却空迴。

【箋注】

〔一〕杜甫有茅屋爲秋風所破歌。

【評】

劉辰翁評「乾坤進酒盃」句：與「進弈棋」似。（按杜詩：「耕巖進弈棋。」）

酴醿〔一〕

雨過無桃李，唯餘雪覆牆。青天映妙質，白日照繁香〔二〕。影動春微透，花寒韻更長。風流到尊酒〔三〕，猶足助詩狂。

【箋注】

〔一〕朱弁曲洧舊聞卷三：「木香有二種，俗説檀心者號酴醿，不知何所據也。」張邦基墨莊漫録卷九：「酴醿花或作荼蘼，一名木香。有二品：一種花大而棘，長條而紫心者爲酴醿；一種花小而繁，小枝而檀心者爲木香。」王逵蠡海集載江南二十四番花信風，荼蘼爲第二十三，最後乃楝花風。

〔二〕白居易薔薇詩：「穠因天與色，麗與日爭光。」

〔三〕黄庭堅見諸人唱和酴醾詩輒次韻戲詠：「名字因壺酒，風流付枕幃。」任淵注：「王立之詩話云：『酴醾本酒名也，世所開花，本以其顔色似之，故取其名。』按唐書百官志：良醖署令進御則供酴醾桑落之酒。韻書曰：『幃，囊也。』今人或取落花以爲枕囊。」山谷外集又有觀王主簿家酴醾詩：「風流徹骨成春酒，夢寐宜人入枕囊。」

【評】

劉辰翁評「青天映妙質」句：不妨有樸意。

秋雨〔一〕

瀟瀟十日雨〔二〕，穩送祝融歸〔三〕。燕子經年别，梧桐昨夢非。一涼恩到骨〔四〕，四壁事多違〔五〕。衮衮繁華地〔六〕，西風吹客衣。

【校】

〔題〕原本無「秋」字，黄本同，目録亦同。潘本、丁鈔、聚珍本作「秋雨」，宋詩鈔同，今據改。

〔經年别〕原本「别」作「夢」，據潘本改。　〔昨夢非〕原本「夢」作「暮」，據瀛奎律髓卷十七改。點校本引增注：「『非』，閩本作『悲』。」　〔恩到骨〕聚珍本「恩」作「思」，非。

【箋注】

〔一〕胡譜：「政和八年戊戌，留京師，有雨詩云：『衮衮繁華地，西風吹客衣。』冬十二月，除辟雍録。」按是年簡齋二十九歲。

〔二〕詩風雨：「風雨瀟瀟。」

〔三〕月令：夏神祝融。鄭語：史伯曰：「重黎之後爲高辛氏火正，以天明地德，光照四海，故命曰祝融。」韋注：「祝，始也；融，明也。」

〔四〕按許斐梅屋四稿（顧刻群賢小集第四册）有陳宗之叠寄書籍小詩爲謝云：「城南昨夜聞秋雨，又拜新涼到骨恩。」用簡齋此語。陳宗之名起，所謂睦親坊陳道人者，葉德輝書林清話卷二嘗考其事。

〔五〕史記司馬相如列傳：「家徒四壁立。」沈約直學省愁卧詩：「纓佩空爲忝，江海事多違。」

〔六〕韋應物擬古詩：「京城繁華地。」

【評】

瀛奎律髓卷十七：簡齋五言律爲雨而作者選十九首，詩律精妙，上追老杜，仰高鑽堅，世之斯文自命者皆當在下風，後山之後，有此一人耳。紀昀評云：「穩」字不佳。三、四妙在即離之間。「恩」字似新而俚。馮舒評「一涼恩到骨」句：宋句。

須溪集卷六劉孚齋詩序：「桑麻深雨露，燕雀半生成。」以「生成」對「雨露」，字意政等，怨而不傷。使皆如「青歸柳葉，紅入桃花」，上下語脈無甚慘黯，即與村學堂對屬何異？後山識此，故云「功名不朽聊通袖，海道無違具一舟」，幾無一字偶切。簡齋識此，故云「一涼恩到骨，四壁事多違」。此今人所謂偏枯失對者，安知妙意正阿堵中。作詩如作字，横眉竪鼻，所差幾何，而清俗相去遠甚。嘗與客言老杜「親朋盡一哭，鞍馬去孤城」，客言近世戴式之亦云「此行堪一哭，何日見諸君」，余曰：「俗矣！」

劉辰翁評「一涼恩到骨」句：反語。

李東陽懷麓堂詩話：陳與義「一涼恩到骨，四壁事多違」，世所傳誦，然其支離亦過矣。

西風

木末西風起，中含萬里涼〔一〕。浮雲不愁思，盡日只飛揚〔二〕。夢斷頭將白，詩成葉自黄〔三〕。不關明主棄〔四〕，本出涸陰鄉〔五〕。

【箋注】

〔一〕屈原九歌：「搴芙蓉兮木末。」黄庭堅巽亭詩：「木末風雨來。」陸機前緩聲歌：「長風萬里舉。」杜甫夏夜嘆詩：「安得萬里風。」

〔二〕陳蔡凝雲詩：「含愁工對影，似有别離情。」杜甫山水圖詩：「群仙不愁思。」漢高祖歌：「大風起兮雲飛揚。」

〔三〕杜甫和裴迪詩：「吟詩秋葉黄。」

〔四〕唐書孟浩然傳：王維私邀入内署，俄玄宗至，浩然匿床下。維以實對，帝詔浩然問詩，浩然誦所爲，至「不才明主棄」之句，帝曰：「卿不求仕，而朕未嘗棄卿，奈何誣我？」因放還。

〔五〕晉書王沈傳：王沈字彦伯，少有俊才，仕郡文學掾，鬱鬱不得志，乃作釋時論。其辭曰「東野丈人觀時以居，隱耕汙腴之墟。有冰氏之子者，出自沍寒之谷，過而問塗。丈人曰：『子奚自？』曰：『自涸陰之鄉。』『奚適？』曰：『欲適煌煌之堂。』丈人曰：『入煌煌之堂者，必有赫赫之光。今子困於寒而欲求諸熱，無得熱之方。』」按簡齋是時方閑居京師，故有此嘆。

題許道寧畫〔一〕

滿眼長江水，蒼然何郡山？向來萬里意，今在一窗間〔二〕。衆木俱含晚，孤雲遂不還〔三〕。此中有佳句，吟斷不相關〔四〕。

【箋注】

〔一〕山谷外集有答王道濟寺丞觀許道寧山水圖七古一首，史容注引郭若虛圖畫見聞録：「許道寧，河間人，學李成山水，筆墨簡快，峰巒峭拔，自成一家。」張邦基墨莊漫録卷三：「許道寧，京兆人。少亦業儒，性頗跌宕不羈。畫山水法李成，獨造其妙，可與營丘抗衡。亦工傳神，每見人寢陋者，必戲寫貌於酒肆，識者皆笑之，爲其人毆擊之，碎衣敗面而竟不悛。後遊太華，見其峰巒峀岺，始有意於山水。清潤高秀，穠纖得法，不愧前人矣。杜祁公帥長安，道寧恃其技犯公，公怒捕之。道寧懼，欲竄避。或謂道寧曰：『杜公嚴毅，汝乃干犯，汝將何之？雖走夷狄，必獲汝矣。』時种師誼守環州，道寧乃往投誼。杜公聞之，笑曰：『道寧真善自爲謀者。』乃貽書种公，俾善遇之。在環歲餘乃歸，環學從祀弟子，乃道寧所筆也。吾舅吴順圖有道寧畫終南積雪圖八幅，真絶品也，亡於兵火，惜哉！長安涼榭大屏面亦道寧所作，殊奇偉也。」

〔二〕南史：齊竟陵王子良之孫賁，於扇上畫山水，咫尺之内，便覺萬里爲遥。蘇軾被酒獨行詩：「莫作天涯萬里意。」黄庭堅椰子詩：「向來萬里物，今在籬落間。」

〔三〕李白春日獨酌詩：「落日孤雲還。」

〔四〕傳燈録卷八：潭州龍山師頌：「浮生穿鑿不相關。」李商隱晉昌晚歸馬上贈詩：「征南予更遠，吟斷望鄉臺。」吟斷，猶云吟煞。參看張相詩詞曲語辭匯釋卷三。

【評】

劉辰翁評「向來萬里意」二句：好。

和張規臣水墨梅五絶〔一〕

巧畫無鹽醜不除〔二〕，此花風韻更清姝〔三〕。從教變白能爲黑〔四〕，桃李依然是僕奴〔五〕。

【校】

〔題〕點校本引李氏藏本「張規臣」作「張矩臣」。〔巧畫〕黄校改「巧」作「刻」。聚珍本作「巧」，注：「一作『刻』。」永樂大典卷二千八百十二作「巧」，宋詩鈔亦作「巧」，詩林廣記卷八作「刻」。〔清姝〕全芳備祖卷一「姝」作「疎」。〔從教〕艇齋詩話引作「雖然」，非。

【箋注】

〔一〕按五詩爲簡齋成名之作，歷來論者甚多，兹録其要者。胡仔苕溪漁隱叢話前集卷五十二：「去非墨梅絶句云：『含章簾下春風面』云云，後徽廟召對，稱賛此句，自此知名，仕宦亦寖顯。陳無己作王平甫文集後序云：『則詩能達人矣，未見其窮也。』故葛魯卿於去非簡齋集序遂用此語，蓋爲是也。」曾敏行獨醒雜志卷四：「花光仁老作墨花，陳去非與義題五絶句，其一云『含章簷下春風面』云云，徽廟見而喜之，召對擢用，畫因詩重，人遂爲此畫。」按胡譜：「宣和五年癸卯，任太學博士。既而徽宗宣見先生所賦墨梅詩，善之，亟命召對，有見晚之嘆。以七月除秘書省著作佐郎。」考徽宗見簡齋此詩，實由葛勝仲緻進之，事在除太學博士之前，葛立方韻語陽秋卷十八記之，詳見本集卷七聞葛工部寫華嚴經成隨喜賦詩箋注。又，據前引獨醒雜志，知畫爲花光所作。吴聿觀林詩話：「秦太虛與花光老求墨梅書云：『僕方此憂患，無以自娱，願師爲我作兩枝見寄，令我得展玩，洗去煩惱，幸甚。』涪翁和『昊』字韻梅詩云：『夢蝶真人貌黄槁，籬落逢花曾絶倒。雅聞花光能畫梅，更乞一枝洗煩惱。』謂此也。」今按和「昊」字韻梅詩，見山谷詩集卷十九，題爲花光仲仁出秦蘇詩卷思兩國士不可復見開卷絶歎因花光爲我作梅數枝及畫煙外遠山追少游韻記卷末。任淵注：「花光寺在衡州。」又云：「仲仁蓋衡州花光山長老，山谷爲作天保松銘云。」同卷又有題花光畫、題花光畫山水、所住堂三詩，皆爲花光作。山谷外集卷十七尚有贈花光老、題花光老爲曾公卷作水邊梅二詩，史容注引冷齋夜話：「衡州花光仁老以墨爲梅，魯直觀之曰：『如嫩寒春曉行孤山籬落間，但欠香耳。』」同卷又引王冕梅譜：「夫梅始自花光仁老，宋朝哲宗時僧，住衡山花光寺。老僧酷愛梅，雖所居方丈室屋邊亦植數本。每花發時，輒床據於其下，吟詠終日，人莫能知其意。月夜未寢，見疎影横於其紙窗，蕭然可愛。遂以筆戲摹其影，凌晨視之，殊有月夜之意。因此學畫，而得其無諍三昧，名稱於世。」又引劉將孫養吾集贈梅不塵子桂翁畫梅序：「和靖『暗香』『疎影』一聯，始入於畫；簡齋墨梅數絶，大昌於詩。」又引王惲秋澗集跋僧花光梅後語：「蜀僧超然字仲仁，居衡陽花光山。避靖康亂，居江南之柯山，與參政陳簡齋並舍而居。山谷所謂『研墨作梅，超凡入聖，法當冠四海而名被世』。嘗有『移船來近花光住，寫盡南枝與北枝』之句，其丰度可想見矣。」又引樓攻媿先生集題趙晞遠墨梅詩：「窗前驚見一枝斜，照眼英英十數花。千載簡齋仙去後，何人更著好詩誇？」按此所引王惲跋語，今本秋澗集無之。所稱花光避亂柯山，與簡齋並舍而居一事，亦不見於他書，當再考。至後代别集中有涉及簡齋此詩者，今略引數條。元胡祗遹紫山大全集卷七梅圖：「涪翁歌罷簡齋詩，肯放來人更措辭？不見清姿見圖畫，依然清路月西時。」清惲格甌香館集卷十二畫跋：「梅花菴主云：『墨戲之作，蓋士大夫詞翰之餘，適一時之興趣，與夫繪畫之流，大有寥廓。嘗觀陳簡齋墨梅詩云：意足不求顔色似，前身相馬九方皋。此真知畫者也。』」王昶春融堂集卷二十二舟中無事偶作論詩絶句四十六首：「故事麟臺擅舊聞（原注：程待制俱），小雲林亦具清芬（原注：沈忠敏與求），參知才思能多少，幸有梅花契道君（原注：陳去非）。」

〔二〕世説輕詆：周顗曰：「何乃刻畫無鹽，以唐突西子也？」列女傳：鍾離春者，齊無鹽邑之女，爲宣王正后，極醜無雙。

〔三〕詩静女：「静女其姝。」毛傳：「姝，美色也。」蘇軾送劉景文詩：「衹有潁水清而姝。」

〔四〕屈原懷沙：「變白而爲黑兮，倒上以爲下。」

〔五〕蘇軾梅詩：「天教桃李作輿臺。」

其二

病見昏花已數年〔一〕，只應梅蕊固依然〔二〕。誰教也作陳玄面〔三〕，眼亂初逢未敢憐〔四〕。

【校】

〔病見〕詩林廣記卷八「見」作「眼」，全芳備祖作「目」。〔固依然〕潘本、丁鈔、聚珍本、宋詩鈔「固」作「故」，全芳備祖、詩林廣記同。〔也作〕全芳備祖「也」作「色」，非。

【箋注】

〔一〕蘇軾送程六知楚州詩：「病眼昏花困書檄。」

〔二〕陳師道八月十日詩：「一夢人間四十年，只應炊竈固依然。」

〔三〕韓愈毛穎傳：「與絳人陳玄、弘農陶泓、會稽楮先生友善。」

〔四〕韓愈雪梅詩：「熒煌初亂眼。」

【評】

劉辰翁評「病見昏花已數年」句：來得特別。又評末句：此世道人物變態之感也。末七字宛轉三折，收拾曲盡。

其三

粲粲江南萬玉妃〔一〕，别來幾度見春歸。相逢京洛渾依舊，唯恨緇塵染素衣〔二〕。

【校】

〔唯恨〕容齋續筆卷八作「只恨」，永樂大典卷二千八百十二引儒學警悟作「只是」，捫蝨新語上集四引同，滹南遺老集卷四十作「祇有」。

【箋注】

〔一〕韓愈辛卯年雪詩：「白霓先啓塗，從以萬玉妃。」蘇軾梅詩：「玉妃謫墮煙雨村。」

〔二〕陸機爲顧彦先贈婦詩：「京洛多風塵，素衣化爲緇。」謝朓酬王晉安詩：「誰能久京洛，緇塵染素衣。」參看容齋續筆卷八。

【評】

劉辰翁評末句：俗之所喜。

其四

含章簷下春風面〔一〕，造化功成秋兔毫〔二〕。意足不求顔色似，前身相馬九方皋〔三〕。

【校】

〔簷下〕苕溪漁隱叢話前集卷五十二引此詩「簷」作「簾」，陳模懷古録卷中引作「閣」。〔功成〕丁鈔作「初成」，懷古録引作「工夫」。

【箋注】

〔一〕雜五行書：宋武帝壽陽公主人日卧含章簷下，梅花落額上，成五出花。杜甫詠懷古跡五首詩：「畫圖省識春風面。」

〔二〕朝野僉載：歐陽詢子善書，筆以狸毛爲心，蓋以秋兔毫。筆譜：凡作筆，須取仲秋兔毫。

〔三〕史記晏嬰傳：「子之意自以爲足。」列子説符：秦穆公欲求馬，伯樂薦九方皋，「穆公見之，使行求焉。三月而反報曰：『已得之矣，在沙丘。』穆公曰：『何馬也？』對曰：『牝而黄。』使人往取之，牡而驪。穆公不説，召伯樂而謂之曰：『敗矣，子所使求馬者！色物牝牡尚弗能知，又何馬之能知也？』伯樂喟然太息曰：『一至於此乎！是乃其所以千萬臣而無數者也。若皐之所觀天機也，得其精而忘其麤，在其内而忘其外，見其所見，不見其所不見，視其所視，而遺其所不視。若皐之相馬，乃有貴乎馬者也。』馬至，果天下之馬也」。錢鍾書管錐編一〇四九頁：「全金詩卷首上密國公璹黄華畫古柏：『黄華老人畫古柏，鐵簡將軍挽大招；意足不求顏色似，荔枝風味配江瑶。』即本蘇軾語，而『意足』句又逕取諸陳與義水墨梅詩，金人於宋人詩文，胝沫不足，復撏撦之也。」又同書一三五八頁論「神韻」一節闡述尤精詳，以文長不録。

【評】

劉辰翁評末句：猶涉比并。

其五

自讀西湖處士詩，年年臨水看幽姿。晴窗畫出横斜影〔一〕，絶勝前村夜雪時〔二〕。

【箋注】

〔一〕林逋梅詩：「疎影横斜水清淺，暗香浮動月黄昏。」

〔二〕僧齊己梅詩：「前村深雪裏，昨夜一枝開。」

【評】

洪邁容齋續筆卷八：陳簡齋墨梅絶句一篇云「粲粲江南萬玉妃」云云，語意皆妙絶。晉陸機爲顧榮贈婦詩云：「京洛多風塵，素衣化爲緇。」齊謝玄暉酬王晉安詩云：「誰能久京洛，緇塵染素衣。」正用此也。

曾季貍艇齋詩話：墨梅詩甚多，如陳去非「雖然變白能爲黑，桃李依然是僕奴」，其詞蓋幾乎駡矣。惟聞人武子一詩云：「瑶姬佇立緣何事？直到煙昏月墮時。」形容得宛轉甚佳。

陳善捫蝨新語上集卷四：客有誦陳去非墨梅詩於余者，且曰：「信古人未曾道此。」余摘其一曰：「粲粲江南萬玉妃，别來幾度見春歸。相逢京洛渾依舊，只是緇塵染素衣。世以簡齋詩爲新體，豈此類乎？」客曰：「然。」余曰：「此東坡句法也。坡梅花絶句云：月地雲階漫一尊，玉奴終不負東昏，臨春結綺荒荆棘，誰信幽香是返魂。簡齋亦善脱胎耳。簡齋又有臘梅詩曰：奕奕金仙面，排行立晚晴。殷勤夜來雪，少住作珠纓。亦此法也。」(永樂大典卷二千八百十二引儒學警悟與此條全同。)

朱熹朱子語類卷一百六十：高宗最愛簡齋「客子光陰詩卷裏，杏花消息雨聲中」。又問坐間云：「簡齋墨梅詩何者最勝？」或以「皋」字韻一首對。先生曰：「不如相逢京洛渾依舊，惟恨緇塵染素衣。」

劉辰翁評點簡齋詩集卷三：苕溪漁隱曰：簡齋墨梅詩，徽廟稱賞，乃「皋」字韻一首。朱文公語録：晦菴問學者：「簡齋墨梅詩，何者最勝？」或以「皋」字韻一首爲對。晦菴曰：「不如相逢京洛渾依舊，唯恨緇塵染素衣。」劉後村選江左絶句亦取「衣」字韻一首。(下引曾達臣獨醒雜志一條，已見前)

王若虚滹南遺老集卷四十詩話：予嘗病近世墨梅二詩，以爲過。及觀宋詩選，陳去非云：

「粲粲江南萬玉妃，别來幾度見春歸。相逢京洛渾依舊，祇有緇塵染素衣。」曹元象云：「憶昔神遊姑射山，夢中栩栩片時還。冰膚不許尋常見，故隱輕雲薄霧間。」乃知此弊有自來矣。

劉壎隱居通義卷十一：近世有詠墨梅者，一詩云：「高結長眉滿漢宫，君王圖上按春風。龍沙萬里王家女，不著黄金買畫工。」又一首：「五换鄰鐘三唱雞，雲昏月淡正低迷。金簾不著闌干角，瞥見傷春背面啼。」評詩者謂去題太遠，不知所詠何物。簡齋陳去非詠墨梅云：「粲粲江南萬玉妃，别來幾度見春歸。相逢京洛渾依舊，惟恨緇塵染素衣。」曹元象云：「憶昔神遊姑射山（下略）。」評詩者亦以爲格調雖高，去題終遠。予謂後二詩尚見髣髴，前二詩委是懸遠，然却是好詩，只欠换題目耳。坡翁云：「作詩必此詩，定知非詩人。」亦可執此語以自解。

陳模懷古録卷中：東坡云：「吟詩必此詩，定知非詩人。」陳簡齋墨梅云：「含章閣下春風面，造化工夫秋兔毫。意足不求顔色似，前身相馬九方皋。」使事而得活法者也。

夜雨

經歲柴門百事乖〔一〕，此身只合卧蒼苔〔二〕。蟬聲未足秋風起，木葉俱鳴夜雨來。棋局可觀浮世理〔三〕，燈花應爲好詩開〔四〕。獨無宋玉悲歌念〔五〕，但喜新涼入酒盃〔六〕。

【校】

〔只合〕瀛奎律髓十七「只」作「真」。點校本引增注：「『只』，閩本作『真』。」〔悲歌〕潘本「歌」作「秋」，瀛奎律髓同。

【箋注】

〔一〕按簡齋自政和六年八月解教職來京，至是猶賦閑居，故有「經歲柴門」之嘆。

〔二〕杜甫昔遊詩：「龐公任本性，攜子卧蒼苔。」

〔三〕杜甫秋興八首詩：「聞道長安似弈棋，百年世事不勝悲。」

〔四〕杜甫獨酌詩：「燈花何太喜？酒醁正相親。醉裏從爲客，詩成覺有神。」

〔五〕宋玉九辯：「悲哉，秋之爲氣也！」

〔六〕韓愈符讀書城南詩：「新涼入郊墟。」

【評】

瀛奎律髓卷十七選此詩，紀昀評云：風格自好。又云：詩固不必句句抱題，然如此五、六亦太脱。棋局外添一層，更覺迂遠。第七句笨。馮舒云：似緩散，次聯好句也，起結不相應。

又評「燈花應爲好詩開」句：厭。

劉辰翁評「木葉俱鳴夜雨來」二句：下七字好，嘗欲寫此境不能到。

連雨不能出有懷同年陳國佐

雨師風伯不吾謀〔一〕，漠漠窮陰斷送秋〔二〕。欲過蘇端泥浩蕩〔三〕，定知高鳳麥漂流〔四〕。簷前甘菊已無益〔五〕，階下決明還可憂〔六〕。安得如鴻六尺馬〔七〕，暫時相對説新愁〔八〕。

【校】

〔相對〕潘本「對」作「就」，聚珍本同，點校本引李氏藏本同。

【箋注】

〔一〕漢書郊祀志上：「雍有日月、參辰、南北斗、熒惑、太白、歲星、填星、辰星、二十八宿、風伯、雨師、四海、九臣、十四臣、諸布、諸嚴、諸逐之屬，百有餘廟。」師古注：「風伯，飛廉也；雨師，屏翳也，一曰屏號。而説者乃謂風伯，箕星也；雨師，畢星也。此志既有二十八宿，又有風伯、雨師，則知其非箕畢也。」按以風伯、雨師爲箕、畢，見周禮大宗伯、書堯典、洪範鄭注，蔡邕獨斷，淮南原道篇高注。

〔二〕鮑照舞鶴賦：「窮陰殺節。」韓愈遊曲江詩：「漠漠輕陰晚自開。」又遣興詩：「斷送一生唯有酒。」蘇軾和邦直子由詩：「閑作新詩斷送秋。」張相詩詞曲語辭匯釋卷五：「斷送，猶云推送之送或迎送之送也。言風雨推送秋來也。」

〔三〕杜甫雨過蘇端詩：「杖藜入春泥。」

〔四〕後漢書逸民傳：「高鳳字文通，南陽葉人也。少爲書生，家以農畝爲業，而專精誦讀，晝夜不息。妻嘗之田，曝麥於庭，令鳳護鷄。時天暴雨，而鳳持竿誦經，不覺潦水流麥。妻還怪問，鳳方悟之。」

〔五〕杜甫嘆庭前甘菊花詩：「簷前甘菊移時晚，青蕊重陽不堪摘。明日蕭條醉盡醒，殘花爛熳開何益。」

〔六〕杜甫秋雨嘆詩：「雨中百草秋爛死，階下決明顔色鮮。」又：「涼風蕭蕭吹汝急，恐汝後時難獨立。堂上書生空白頭，臨風三嗅馨香泣。」

〔七〕杜甫苦雨詩：「願騰六尺馬，背若孤征鴻。」

〔八〕蘇軾和子由詩：「無人可説愁。」

目疾〔一〕

天公嗔我眼常白〔二〕，故著昏花阿堵中〔三〕。不怪參軍談瞎馬〔四〕，但妨中散送飛鴻〔五〕。著籬令惡誰能對〔六〕，損讀方奇定有功〔七〕。九惱從來是佛種〔八〕，會如那律證圓通〔九〕。

【校】

〔題〕潘本作「眼疾」，瀛奎律髓四十四同。〔誰能對〕原本「對」作「繼」，黄本同。潘本、丁鈔、聚珍本皆作「對」，瀛奎律髓同，今據改。〔是佛種〕聚珍本「是」作「自」。〔會如〕瀛奎律髓「如」作「知」。

【箋注】

〔一〕葛勝仲丹陽集卷二十有和目疾韻一首：「幻翳乘虚近漆瞳，輕雲蔽月有無中。廢書暫阻讐三豕，妨射何因落兩鴻。慧眼水清如吉夢，藥師經驗表奇功。疾平豈但開巖電，反照觀身覺内通。」即和此詩。當是宣和二、三年間簡齋居憂汝州時，勝仲所追和者。

〔二〕白眼，見前卷二雜書示陳國佐胡元茂四首其四詩注。

〔三〕世説巧藝：顧愷之每畫人成，不點目精。人問之，曰：「傳神寫照，正在阿堵中。」韓愈寄崔立之詩：「玄花着兩眼。」

〔四〕世説排調：桓南郡與殷荆州語次，因共作危語。殷有一參軍在坐，云：「盲人騎瞎馬，夜半臨深池。」殷曰：「咄咄逼人。」仲堪眇目故也。

〔五〕嵇康贈秀才從軍詩：「目送歸鴻，手揮五絃。」

〔六〕摭言：方干作令，嘲李主簿目翳，曰：「只見門前著籬，未見眼中安障。」

〔七〕晉書范甯傳：范甯嘗患目痛，就張湛求方。湛因嘲之曰：「古方：損讀書，一；減思慮，二；專内視，三；簡外觀，四；旦晚起，五；夜早眠，六。凡六物熬以神火，下以氣簁，蘊於胸中七日，然後納諸方寸。修之一時，近能數其目睫，遠視尺捶之餘；長服不已，洞見墻壁之外。非但明目，乃亦延年。」

〔八〕維摩經：九惱處爲種，十不善爲種，六十二見，一切煩惱，皆是佛種。

〔九〕楞嚴經：阿那律失雙目，世尊示以樂見照明，金剛三昧，不因眼觀，見十方，遂證圓通。

【評】

瀛奎律髓卷四十四：此八句而用七事。謂詩不必用事者，殆胸中無書耳。「盲人騎瞎馬，夜半臨深池」，此世説殷仲堪參軍所作危語，仲堪眇一目，適忤之。「只見門前著籬，未見眼中安障」，此方干令以嘲李主簿。范甯武子患目疾，求方於張湛，湛戲謂此方用損讀書一，減思慮二，專内視三，簡外觀四，早晚起五，夜早眠六。凡六物，熬以神灰，下以氣簁。今刊本多誤作「捐續」，非也。白眼、阿堵、送飛鴻三事非僻。那律事出楞嚴經，無目可以證通。其要，妙在用虚字以斡實事，不可不細味也。馮舒云：參軍危語如此，初未嘗云參軍自騎也。馮班云：太堆砌，如此何得薄崑體耶？江西派承崑體之後，用事多假借扭合，往往不可通。崑體用三十六體，用事出没，皆本古法；黃、陳多杜撰，所以不及。

以事走郊外示友〔一〕

二十九年知已非〔二〕，今年依舊壯心違〔三〕。黄塵滿面人猶去〔四〕，紅葉無言秋又歸。萬里天寒鴻雁瘦，千村歲暮鳥烏微。往來屑屑君應笑〔五〕，要就南池照客衣〔六〕。

【箋注】

〔一〕墓誌於授開德府教授後，書「除辟雍録」，不言事在何年。胡譜據此詩「二十九年知已非」二句，訂此詩爲宣和元年作，並謂除辟雍録即在宣和元年，其説非也。細審「二十九年」二句，當是政和八年六月二十九歲初度後口吻，其除辟雍録，亦當在政和八年，不必待明年宣和元年三十歲始得云然也。考詩中「千村歲暮」之語，詩當是政和八年冬已除辟雍録時作，所謂「以事走郊外」，即去辟雍也。辟雍在南郊，簡齋是時尚寓城中，故有「黄塵滿面」、「往來屑屑」之嘆，而「南池」當即泮池也。若以此詩爲明年宣和元年冬作，則宣和元年春、夏、秋三季，不應無詩。細審原編次第，其和張元方歲除感懷之作當即政和八年歲除。而其後次韻張元東見寄詩簡齋自注云：「元夕獲從遊。」則是宣和二年元夕。其間共有詩十三首，則是宣和元年之作。詩中時節次第，甚顯然也。

宋史選舉志三：「崇寧三年，始定諸路增養縣學弟子員，大縣五十人，中縣四十人，小縣三十人。命將作少監李誠即南門外相地，營建外學，是爲辟雍。外學爲四講堂，百齋。齋列五楹，一齋可容三十人。士初貢至，皆入外學。經試，補入上舍、内舍，始得進處太學。太學外舍亦令出居外學。其敕令格式，悉用太學見制。國子祭酒總治學事。外學官屬：司業，丞，各一人。稍減太學博士、正、録員，歸外學。仍增博士爲十員，正、録爲五員，學生充學諭者十人，直學三人。三舍生皆由升貢，遂罷國子監補試。」此辟雍之制也。李濂汴京遺迹志卷三：「徽宗崇寧初，又建辟雍於城南，外圓内方，爲屋千八百七十二楹。」王林宋朝燕翼詒謀録卷五：「崇寧元年，徽宗創立辟雍，增生徒，共三千八百人。内上舍生二百人，内舍生六百人，教養於太學；外舍生三千人，教養於辟雍。廢太學自訟齋，太學之不率教者，移之辟雍。其後，王黼反蔡京之政，奏廢之。而辟雍之士，太學無所容矣。」永樂大典卷六百六十二引宣政雜録：「辟雍興於崇寧，而廢於宣和。中更輔相，數欲廢而未暇。張無盡在朝曰：『我有大鎖一量，終欲鎖辟雍而後已。』聞者笑曰：『既鎖則有開時，未見其廢也。』果不能鎖。後王將明爲相，遂與醫學俱廢。』」同卷又引元一統志：宋辟雍「在開封府，宋徽宗崇寧元年八月建外學，十月，即沛都之南（按「沛都」當作「汴都」），度地立學舍，因先王禮以制之、樂以和之，應名曰辟雍。外圓内方，爲一千八百七十二楹，以居天下之士。今其地則廢矣。」

〔二〕淮南子原道訓：「蘧伯玉年五十而有四十九年非。」許注：「今年所行是也，則還知去年之所行非也。」意林：「蘧伯玉五十而知四九非。」

〔三〕杜甫夜詩：「白首壯心違。」

〔四〕令狐楚塞下曲：「黄塵滿面長須戰，白髮生頭未得歸。」

〔五〕後漢書王良傳：「王良字仲子，東海蘭陵人也。代宣秉爲大司徒司直，後以病歸。一歲復徵，至滎陽，疾篤不任進道，乃過其友人。友人不肯見，曰：『不有忠言奇謀而取大位，何其往來屑屑不憚煩也？』遂拒之。良慚，自後連徵，輒稱病。」李賢注：「揚雄方言曰：『屑屑，不安也。秦、晉曰屑屑。』郭景純曰：『往來貌。』」又崔駰傳：「吾亦病子屑屑而不已也。」李賢注：「屑屑，猶區區也。」

〔六〕杜甫太平寺泉眼詩：「明涵客衣浄。」

正集卷五

十月〔一〕

十月北風催歲闌，九衢黄土污儒冠〔二〕。歸鴉落日天機熟〔三〕，老雁長雲行路難〔四〕。欲諂熱官憂冷語〔五〕，且求濁酒寄清歡。孤吟坐到三更月，枯木無枝不受寒〔六〕。

【校】

〔天機熟〕馮校：「『熟』，庫作『豁』。」

【箋注】

〔一〕此下四首，政和八年冬作，時任辟雍録。此詩云「九衢黄土污儒冠」，下一首題小室云「暫脱朝衣不當閑」，是初除辟雍録口吻。時王黼當權，網羅黨羽，士大夫無行義者争趨附之，或立致通顯，故題小室詩有「諸公自致青雲上」之嘆，而己則憂「熱官」之「冷語」，甘「長齋」於「佛前」，自幸「枯木無枝」，當「不受寒」也。「枯木」句即卷三北風詩「千年卧木枝葉盡，獨自人間不受寒」意。蓋簡齋英年筮仕，值世多艱，鑒「門前」之「覆車」（卷三書懷示友），常思潔身免禍，然終不免爲王黼所累，此所以致慨於「行路難」也。

〔二〕杜甫狄明府詩：「虎之飢，下巉喦；蛟之横，出清泚。早歸來，黄土泥衣眼易眯。」錢謙益注：「黄土泥衣，浩然本作黄污人衣。」

〔三〕莊子大宗師：「嗜欲深者天機淺。」

〔四〕古樂府有行路難。

〔五〕北齊書王昕傳：弟晞，字叔朗。帝欲以晞爲侍中，苦辭不受。或勸晞勿自疏，晞曰：「非不愛作熱官，但思之爛熟耳。」外史檮杌：孟蜀時，潘在迎以財結權要，或戒之，乃曰：「非是求援，不欲以冷語冰人耳。」

〔六〕參看卷三北風詩注。

題小室〔一〕

暫脱朝衣不當閑〔二〕，澶州夢斷已多年〔三〕。諸公自致青雲上〔四〕，病客長齋繡佛前〔五〕。隨意時爲師子卧〔六〕，安心懶作野狐禪〔七〕。爐煙忽散無蹤跡，屋上寒雲自黯然。

【校】

〔暫脱朝衣不當閑〕點校本引李氏藏本下有「自注：張籍云：朝衣暫脱見閑身。」

【箋注】

〔一〕葛勝仲丹陽集卷二十一和小室韻詩：「一味伽那已默傳，隨機任運且忘年。翻然不落摩騰後，成佛仍居謝客前。教海就舟方見聖，宗門得髓始通禪。蕭齋一炷寒沉水，了盡因緣與自然。」即追和此詩。

〔二〕張籍題韋郎中新亭詩：「新酒欲開期好客，朝衣暫脱見閑身。」

〔三〕胡注：「先生登政和三年上舍第，即爲澶州教授。」

〔四〕史記范睢傳：須賈曰：「不意君能自致於青雲之上。」

〔五〕杜甫飲中八仙歌：「蘇晉長齋繡佛前。」

〔六〕阿含經：師子夜卧，右脅在地，累足尾後，至明，見身不正則慚，正則喜。

〔七〕四家玄録：百丈大智禪師，一老人聽法，曰：「僧住此山，有人問大修行底人還落因果也無，遂對曰：不落因果，墮在野狐禪。請和尚代一轉語。」師曰：「汝但問。」老人便問，師曰：「不昧因果。」老人大悟，曰：「今已免老狐身，只在山後住，乞依亡僧例。」焚燒巖中，果見一死狐，積薪化之。蘇軾樂全先生生日以鐵拄杖爲壽詩：「遥想人天會方丈，衆中驚倒野狐禪。」

【評】

歷代詩發卷二十六：結句妙，有比興。

次韻張迪功春日〔一〕

年年春日寒欺客，今日春無一半寒。不覺轉頭逢歲换〔二〕，便須揩目待花看〔三〕。争新遊女幡垂鬢〔四〕，依舊先生日照盤〔五〕。從此不憂風雪厄〔六〕，杖藜時可過蘇端〔七〕。

【校】

〔揩目〕聚珍本「目」作「眼」，宋詩鈔、點校本引李氏藏本同。

【箋注】

〔一〕政和八年歲暮立春也。是春，與表兄張矩臣元方數相唱酬。詩云：「依舊先生日照盤。」下一首歲除感懷云：「宦情吾與歲俱闌。」皆爲辟雍録時語。

〔二〕白居易自詠詩：「萬事轉頭空。」

〔三〕蘇軾定惠院海棠詩：「忽逢絕豔照衰朽，嘆息無言揩病目。」

〔四〕歲時風土記：「立春之日，士大夫之家，剪裁爲小幡，或懸於家人之頭，或綴於花枝之下。」黄庭堅再次文潛立春三絕句韻：「鄰娃似與春争道，酥滴花枝綵剪幡。」

〔五〕唐詩紀事卷二十：「薛令之，閩之長溪人，及第，遷右庶子。開元中，東宫官僚清淡，令之題詩自悼曰：『朝日上團團，照見先生盤。盤中何所有？苜蓿長闌干。』」

〔六〕陳師道九日詩：「風雨和更作三厄。」

〔七〕莊子讓王篇：「原憲杖藜應門。」過蘇端，見前卷四連雨不能出有懷同年陳國佐詩注。

又和歲除感懷用前韻〔一〕

臣情吾與歲俱闌〔二〕，只有詩盟偶未寒〔三〕。鬢色定從今夜改，梅花已判隔年看。高門召客車稠疊〔四〕，下里燒香篆屈盤〔五〕。我亦三盃聊復爾〔六〕，夢回鵷鷺出朝端〔七〕。

【箋注】

〔一〕此政和八年歲除也。王之道相山集卷十夜泊官牌夾口大風追和陳去非歲晚感懷詩：「咿喔鄰鷄夜向闌，曉風驕挾曉霜寒。吹燈强取殘書讀，撥火重尋遠信看。緑蟻已應浮臘甕，青絲行復送春盤。旅懷欲倩高鴻寄，憑仗新詩付筆端。」即和簡齋此詩。據之道所和，所見簡齋此詩題目當作「歲晚感懷」，然以詩中「鬢色定從今夜改」二句觀之，今本作「歲除」是也。王之道字彦猷，廬州人，宋史無傳。尤袤所撰神道碑見相山集附録。

〔二〕白居易酬李少府詩：「宦情隨歲闌。」

〔三〕左傳哀公十二年：「盟可尋也，亦可寒也。」蘇軾答仲屯田詩：「千里詩盟忽重尋。」

〔四〕漢書于定國傳：「始定國父于公，其閭門壞，父老方共治之。于公謂曰：『少高大閭門，令容駟馬高蓋車。我治獄多陰德，未嘗有所寃，子孫必有興者。』至定國爲丞相，永爲御史大夫，封侯傳世云。」

〔五〕文選宋玉對楚王問：「客有歌於郢中者，其始曰下里巴人。」李賀沙路曲：「金窠篆字紅屈盤。」

〔六〕李白獨酌詩：「三杯通大道。」世説新語任誕：「阮仲容步兵居道南，諸阮居道北，北阮皆富，南阮皆貧。七月七日，北阮盛曬衣，皆紗羅錦綺。仲容以竿掛大布犢鼻幝於中庭，人或怪之，答曰：『未能免俗，聊復爾耳。』」

〔七〕隋書音樂志：「懷黄綰白，鵷鷺成行。」唐書上官儀傳：「御史供奉赤墀下，接武夔龍，簉羽鵷鷺。」

張迪功攜詩見過次韻謝之二首〔一〕

黄紙紅旗意未闌〔二〕，青衫俱不救飢寒〔三〕。久荒三徑未得返〔四〕，偶有一錢何足看〔五〕。世事豈能磨鐵硯〔六〕，詩盟聊可歃銅盤〔七〕。不嫌野外時迂蓋〔八〕，政要相從叩兩端〔九〕。

【校】

〔久荒〕聚珍本「荒」作「抛」。　〔迂蓋〕聚珍本「迂」作「紆」。

【箋注】

〔一〕此下十三首，宣和元年東京作。簡齋時年三十，在辟雍録任。詩云「不嫌野外時迂蓋」，其二云「苦恨重城催興盡」，即席重賦云「馬健莫愁歸路遠」，又云「須公走馬更來看」，知簡齋時已寓居郊外，辟雍在南郊也。

〔二〕白居易與劉十九同宿詩：「紅旗破賊非吾事，黄紙除書無我名。」蘇軾杜介熙熙堂詩：「黄紙紅旗心已灰。」宋敏求春明退朝録：「唐日曆：上元三年三月敕云：『制勑施行，既爲永式，皆用白紙，多蠹食。自今尚書省頒下諸州及縣，並用黄紙書之。』」歐陽修歸田録：「錢思公官兼將相，階、勳、品皆第一。自云平生不足，惟不得於黄紙書名，每以爲恨也。」

〔三〕白居易春去詩：「青衫不改去年身。」

〔四〕陶潛歸去來辭：「三徑就荒。」

〔五〕杜甫空囊詩：「囊空恐羞澀，留得一錢看。」

〔六〕春渚紀聞：「桑維翰試進士，有司嫌其姓，黜之。或勸勿試，維翰持鐵硯示人曰：『鐵硯穿，乃改業。』著日出扶桑賦以見志。」

〔七〕史記平原君列傳：毛遂舉銅盤進之楚王，曰：「王當歃血而定從。」

〔八〕杜甫賓至詩：「不嫌野外無供給，乘興還來看藥欄。」

〔九〕論語子罕：「有鄙夫問於我，空空如也，我叩其兩端而竭焉。」

其二

黄鷄白日唱初闌〔一〕，便覺杯觴耐薄寒〔二〕。坐上客多真足樂〔三〕，床頭易在不須看〔四〕。更思深徑挼紅蕊〔五〕，是日遊小園，張屢舉此詞。政待移厨洗玉盤〔六〕。苦恨重城催興盡，歸時落日尚雲端〔七〕。

【箋注】

〔一〕白居易醉歌：「誰道使君不解歌，聽唱黄鷄與白日。黄鷄催曉丑時鳴，白日催年酉前没。」

〔二〕楚辭九辯：「憯悽增欷兮，薄寒之中人。」蘇軾九日黄樓作詩：「薄寒中人老可畏，熱酒澆腸氣先壓。」

〔三〕坐上客，用孔融「坐上客常滿」語，詳見卷一次韻謝文驥主簿見寄兼示劉宣叔詩注。

〔四〕世説新語賞譽注引鄧粲晉紀曰：「王湛字處仲，太原人，隱德人莫之知，雖兄弟宗族亦以爲癡。兄子濟往省湛，見牀頭有周易，謂湛曰：『叔父用此何爲？頗曾看不？』湛笑曰：『體中佳時，脱復看耳。今日當與汝言。』因共談易，剖析入微，妙言奇趣，濟所未聞。嘆不能測。」

〔五〕馮延巳謁金門詞：「閑引鴛鴦香徑裏，手挼紅杏蕊。」

〔六〕杜甫嚴公枉駕詩：「竹裏行厨洗玉盤。」

〔七〕言張急於入城，未及盡興也。世説任誕：王子猷居山陰，夜大雪，忽憶戴安道。時戴在剡，即便夜乘小船就之，經宿方至，造門，不前而返。人問其故，王曰：「吾本乘興而行，興盡而返，何必見戴？」

即席重賦且約再遊二首

牆頭花定覺風闌，牆外池深酒亦寒。馬健莫愁歸路遠，詩成未許俗人看〔一〕。釣魚不用尋温水〔二〕，濯髮真如到洧盤〔三〕。一笑得君天所借〔四〕，尊前無地着憂端〔五〕。

【箋注】

〔一〕李涉葵花詩：「此花莫遣俗人看。」

〔二〕韓愈贈侯喜詩：「吾黨侯生字叔起，呼我持竿釣温水。」又云：「温水微茫絶又流，深如車轍闊容輈。蝦蟇跳過雀兒浴，此縱有魚何足求？」

〔三〕離騷：「夕歸次于窮石兮，朝濯髪乎洧盤。」王逸注：「禹大傳曰：洧盤之水，出崦嵫山，宓妃好清潔，暮舍窮石之室，朝沐洧盤之水。」

〔四〕陳師道詠周昉畫李太白真詩：「斗酒百篇天所借。」

〔五〕杜甫自京赴奉先縣詠懷五百字詩：「憂端齊終南，澒洞不可掇。」

其二

詩情不與歲情闌，春氣猶兼水氣寒。怪我問花終不語〔一〕，須公走馬更來看〔二〕。共知浮世悲駒隙〔三〕，即見平波散芡盤〔四〕。得一老兵雖可飲〔五〕，從今取友要須端〔六〕。

【校】

〔春氣〕宋詩鈔作「春風」，非。

【箋注】

〔一〕温庭筠惜春詞：「百舌問花花不語。」南部新書記嚴惲詩：「盡日問花花不語，爲誰零落爲誰開？」歐陽修蝶戀花詞：「淚眼問花花不語。」

〔二〕韓愈荷花行：「走馬來看立不正。」

〔三〕駒隙，見卷二八音歌注。

〔四〕韓愈獨酌詩：「曲樹行藤角，平池散芡盤。」

〔五〕晉書謝安傳：兄奕，字無奕，與桓温善。嘗逼温飲，温走入南康主門避之。奕遂攜酒就廳事，引温一兵帥共飲，曰：「失一老兵，得一老兵，亦何所怪。」

〔六〕孟子離婁下：「夫尹公之他端人也，其取友必端矣。」

次韻家叔〔一〕

衮衮諸公車馬塵〔二〕，先生孤唱發陽春〔三〕。黄花不負秋風意〔四〕，白髮空隨世事新〔五〕。閉户讀書真得計〔六〕，載肴從學豈無人〔七〕？只應又被支郎笑〔八〕，從者依前困在陳〔九〕。

【校】

〔依前〕潘本、聚珍本、宋詩鈔作「依然」，瀛奎律髓十二同。

【箋注】

〔一〕此「家叔」未詳何人。以首二句及「閉户讀書」句觀之，其人是時蓋同寓京師，似非在新息、汝州（二十叔）、鄭州（十七叔）之叔矣。

〔二〕杜甫醉時歌：「諸公袞袞登臺省。」韋應物有所思詩：「往來車馬塵。」

〔三〕宋玉對楚王問：「其爲陽春白雪，國中屬而和者不過數十人。」

〔四〕杜甫簡崔評事詩：「浮雲不負青春色。」

〔五〕李白寄遠詩：「白髮一何新。」蘇軾答李頎詩：「年來白髮驚秋速，長恐青山與世新。」

〔六〕楚國先賢傳：孫敬常閉户讀書。莊子徐無鬼：「於魚得計。」陳師道答顏生詩：「問舍求田真得計。」

〔七〕漢書揚雄傳：「家素貧，耆酒，人希至其門。時有好事者載酒肴從游學。」

〔八〕高僧傳：支謙博覽經籍，時人語曰：「支郎眼中黄，形軀雖細是智囊。」

〔九〕論語衛靈公：「在陳絶糧，從者病，莫能興。」

【評】

瀛奎律髓卷十二：自是一種高格英風。紀昀評：馮氏抹「支郎」二字，可謂千慮一失矣，此非僻事也。

次韻答張迪功坐上見貽張將赴南都任二首〔一〕

足錢便可不須侯〔二〕，免對妻兒賦百憂〔三〕。一笑相逢亦奇事〔四〕，平生所得是清流〔五〕。談天安用如鄒子〔六〕？掃地還應學趙州〔七〕。是日坐上談天説佛。南北東西底非夢？心閑隨處有真游〔八〕。

【箋注】

〔一〕張矩臣嘗爲應天尹徐處仁幕客，事見徐度却掃編卷中。然處仁起爲應天尹，事當方臘起義之際，則明年宣和二年冬十月以後事也（宋史徐處仁傳及徽宗紀）。簡齋此詩作於宣和元年冬，此時留守南都者當是薛昂（徐處仁傳）。蓋矩臣赴南京掾，不必由處仁辟之，至處仁爲尹時猶在幕中耳。參看卷二次韻張矩臣迪功見示建除體詩箋。

〔二〕陳書周文育傳：文育至大庾嶺，詣卜者，卜者曰：「君北下不過作令長，南入則爲公侯。」文育曰：「足錢便可，誰望公侯？」

〔三〕杜甫百憂集行：「入門依舊四壁空，老妻覩我顏色同。癡兒未知父子禮，叫怒索飯啼門東。」

〔四〕陳羽送靈一上人詩：「十年勞遠别，一笑喜相逢。又上青山去，青山千萬重。」蘇軾遊西菩寺詩：「一笑相逢那易得。」

〔五〕趙景真與嵇茂齊書：「吾子植根芳苑，擢秀清流。」

〔六〕史記孟子荀卿列傳：「騶衍之術迂大而閎辯，奭也文具難施，淳于髡久與處，時有得善言。故齊人頌曰：『談天衍，雕龍奭，炙轂過髡。』」

〔七〕景德傳燈録卷十，趙州觀音院從諗禪師：「師掃地，有人問：『和尚是善知識，爲什麽有塵？』師曰：『外來。』」

〔八〕莊子天運篇：「古之至人，假道於仁，託宿於義，以游逍遥之墟，食於苟簡之田，立於不貸之圃。逍遥無爲也，苟簡易養也，不貸無出也，古者謂是采真之游。」

其二

千首能輕萬户侯〔一〕，誦君佳句解人憂。夢闌塵裏功名晚〔二〕，笑罷尊前歲月流〔三〕。世事無窮悲客子，梅花欲動憶吾州〔四〕。明朝又作河梁别〔五〕，莫負平生馬少游〔六〕。

【校】

〔解人憂〕潘本、宋詩鈔「憂」作「愁」。　〔明朝〕丁鈔、潘本、宋詩鈔「朝」作「年」。

【箋注】

〔一〕杜牧寄張祜詩：「誰人得似張公子，千首詩輕萬户侯。」

〔二〕杜甫將曉詩：「壯惜身名晚。」陳師道别黄徐州詩：「白頭未覺功名晚。」

〔三〕孔融論盛孝章書：「歲月不居，時節如流。」

〔四〕杜甫立春詩：「忽憶兩京梅發時。」

〔五〕文選李陵與蘇武詩：「攜手上河梁，遊子暮何之？徘徊溪路側，悢悢不得辭。」

〔六〕後漢書馬援傳：援嘗從容謂官屬曰：「吾從弟少游常哀吾慷慨多大志，曰：『士生一世，但取衣食裁足，乘下澤車，御款段馬，爲郡掾史，守墳墓，鄉里稱善人，斯可矣。致求盈餘，但自苦耳。』當吾在浪泊、西里間，虜未滅之時，下潦上霧，毒氣重蒸，仰視飛鳶跕跕墮水中，卧念少游平生時語，何可得也！」

送張迪功赴南京掾二首

士固難推挽〔一〕，君其自寵珍〔二〕。詩成建安子〔三〕，名到斗南人〔四〕。晚歲還爲客，微官只爲身〔五〕。向來書盡熟，去不愧張巡〔六〕。

【箋注】

〔一〕左傳襄公十四年：臧孫曰：「衛君必入。夫二子者，或推之，或挽之，欲無入得乎？」韓愈柳子厚墓誌銘：「既退，又無相知有氣力得位者推挽，故卒死於窮裔。」黃庭堅和秦少章詩：「士固難得挽，時聞有詔除。」

〔二〕劉楨贈五官中郎將詩：「勉哉修令德，北面自寵珍。」

〔三〕建安七子：孔融、陳琳、王粲、徐幹、阮瑀、應瑒、劉楨。

〔四〕唐書狄仁傑傳：藺仁基曰：「狄公之賢，北斗以南，一人而已。」

〔五〕杜甫八哀詩哀蘇源明云：「負米晚爲身。」

〔六〕韓愈張中丞傳後叙：有于嵩者，少依於巡。嘗讀漢書，巡曰：「何爲久讀此？」嵩曰：「未熟也。」巡曰：「吾於書讀不過三遍，終身不忘也。」因誦嵩所讀書，盡卷不錯一字。

其二〔一〕

岸闊舟仍小，林空風更多。能堪幾寒暑，又作隔山河。看客休題鳳〔二〕，將書莫換鵝〔三〕。功名大槐國〔四〕，終要白鷗波〔五〕。

【箋注】

〔一〕葛勝仲丹陽集卷十九和送張元方南京掾詩：「下位沉英俊，青編樂自多。官曹依緑水，詞筆注黄河。初日嗟貪鼠，今年未飲鵝。陪京資禄養，何計免奔波。」即和此詩。

〔二〕世説新語簡傲：「嵇康與吕安善，每一相思，千里命駕。安後來，值康不在，喜出户延之，不入，題門上作『鳳』字而去。喜不覺，猶以爲欣，故作。『鳳』字，凡鳥也。」

〔三〕晉書王羲之傳：「又山陰有一道士，養好鵝，羲之往觀焉，意甚悦，固求市之。道士云：『爲寫道德經，當舉群相贈耳。』羲之欣然寫畢，籠鵝而歸，甚以爲樂。其任率如此。」李白送賀賓客歸越詩：「山陰道士如相見，應寫黄庭换白鵝。」按羲之所寫是道德經抑是黄庭，歷來聚訟紛紜，王琦注李白詩已論之。

〔四〕太平廣記卷四百七十五引異聞録：淳于棼宅南有古槐，生飲其下，醉夢乘車入槐穴，見大城朱門，題曰「大槐安國」。王以生爲駙馬，作南柯太守。後位居台輔，生五男二女，榮盛莫比。乃命生暫歸，遂寤。斜日未隱，餘尊尚温。因尋槐穴，洞然容一榻，有土壤爲城郭臺殿之狀，有蟻數斛。按此事太平廣記引異聞録題作淳于棼，李肇國史補卷下目爲李公佐南柯太守。

〔五〕杜甫奉贈韋左丞丈詩：「白鷗没浩蕩，萬里誰能馴。」一本作「白鷗波浩蕩」。仇兆鰲注引東坡志林謂「波」字乃宋敏求所改。

【評】

劉辰翁評末句：總似歇後。

梅花

高花玉質照窮臘〔一〕，破雪數枝春已多。一時傾倒東風意〔二〕，桃李争春奈晚何〔三〕。

【校】

〔玉質〕原本「玉」誤「王」，據聚珍本改。

【箋注】

〔一〕王逸九思：「委玉質兮泥塗。」

〔二〕蘇軾再和潛師詩：「化工未識蘇群槁，先向寒梅一傾倒。」

〔三〕黄庭堅寄杜家父詩：「紅紫争春觸處開。」又贈李材叟詩：「紫冠黄鈿網絲窠，蝶粉蜂圍奈晚何。」

正集卷六

與周紹祖分茶〔一〕

竹影滿幽窗，欲出腰髀懶〔二〕。何以同歲暮？共此晴雲椀〔三〕。摩挲蟄雷腹，自笑計常短〔四〕。異時分憂虞，小杓勿辭滿〔五〕。

【校】

〔腰髀〕原本「髀」作「脾」，潘本、丁鈔、聚珍本並作「髀」，今據改。〔憂虞〕潘本、丁鈔作「密雲」，聚珍本作「白雲」，皆非。

【箋注】

〔一〕周紹祖，未詳。詩云「何以同歲暮」，知是宣和元年冬日作。李清照滿庭芳詞：「生香薰袖，活火分茶。」近人王學初李清照集校注云：「分茶」，宋人常用語。王之道相山居士詞有西江月和董令升燕宴分茶詞西江月一首；陽春白雪卷三史浩臨江仙詞有「春筍慣分茶」之句。

陸游臨安雨晴詩亦有「晴窗細乳戲分茶」之句。向子諲酒邊集江北舊詞有浣溪沙一首，題云：「趙總持以扇頭來乞詞，戲有此贈。趙能著棋、寫字、分茶、彈琴。」分茶一辭，宋人無釋，各種茶譜亦不載。楊萬里誠齋集卷二有澹庵坐上觀顯上人分茶詩，中有云：「紛如擘絮行太空，影落寒江能萬變。銀瓶首下仍居高，注湯作字勢嫖姚。」曾幾茶山集卷四載迪姪屢餉新茶詩，第二首末云：「欲作柯山點（自注：所謂衢點也），當令阿造分（自注：造姪妙於擊拂）。」王明清揮麈録餘話卷一載蔡京撰延福宮曲宴記：「上命近侍取茶具，親手注湯擊拂。少頃，白乳浮醆面，如疏星落月，顧群臣曰：『此自布茶。』飲畢，皆頓首謝。」蔡襄茶譜點茶：「茶少湯多則雲脚散，湯少茶多則粥面聚。鈔茶一錢七，先注湯調令極勻，又添注入，環迴擊拂，湯上盞可四分即止。其面色鮮白，著盞無水痕爲勝。」據各家所詠或記載，蓋以茶匙（茶譜云：茶匙要重，擊拂有力）取茶（湯）注盞中，爲分茶也。簡齋此詩云「小杓勿辭滿」，當即以茶匙擊拂之意。又，董解元西厢記卷一仙吕調賞花時：「選甚嘲風詠月，擘阮分茶。」則當時北方亦有此俗。大金國志卷七稱金熙宗能分茶，以爲「盡失女真故態」。參看錢鍾書管錐編一四八九頁。

〔二〕說苑：晉文侯授綏下車，辭大夫曰：「寡人有腰髀之病，願諸大夫勿罪也。」說文：「髀，股外也。」

〔三〕茶經：第一沸湯之華，如晴天爽朗，有浮雲鱗鱗然。

〔四〕蘇軾和孔毅甫詩：「夜來飢腸如轉雷。」鮑照升天行：「窮途悔短計。」

〔五〕易繫辭上：「悔吝者，憂虞之象也。」左傳哀公五年：「二三子間於憂虞，則有疾疢，亦姑謀樂，何憂於無君。」杜甫寄裴施州詩：「堯有四岳明至理，漢二千石真分憂。」王維送朝集使歸郡詩：「來預鈞天樂，歸分漢主憂。」孟浩然同獨孤使君東齋作詩：「郎官歸華省，天子命分憂。」簡齋此句，殆由分茶而聯想及爲國分憂，勉周以從政也。

題畫兔

碎身鷹犬慚何忍〔一〕，埋骨詩書事亦微〔二〕。霜露深林可終歲，雌雄暖日莫忘機〔三〕。

【校】

〔碎身〕丁鈔「碎」作「破」。〔霜露〕丁鈔、聚珍本「露」作「落」，宋詩鈔同。〔雌雄〕聚珍本作「雄雌」。

【箋注】

〔一〕崔駰與竇憲牋：「夫鷹犬所獲，不過雉兔，而有歷險阻之難，斯乃細人匹夫之事，非王公大人所爲要資也。」（又太平御覽九百二十六引後漢書）崔顥游俠篇詩：「地迥鷹犬疾，草深狐兔肥。」

〔二〕蔡邕筆賦:「傳六經而綴百氏兮,建皇極而叙彝倫。」

〔三〕莊子天地:「功利機巧,必忘夫人之心。」

【評】

劉辰翁評末句:勝前畫纍全首。

寄若拙弟兼呈二十家叔〔一〕

退之送窮窮不去〔二〕,樂天待富富不來〔三〕。政須青山映白髮〔四〕,顧着皂蓋争黄埃〔五〕。何如父子共一壑〔六〕,龐家活計良不惡〔七〕。阿奴况自不碌碌〔八〕,白鷗之盟可同諾〔九〕。三間瓦屋亦易求,着子東頭我西頭〔一〇〕。中間共作老萊戲〔一一〕,世上樂復有此不〔一二〕?問夢膏肓應已瘳〔一三〕,歸來歸來無久留〔一四〕。竹林步兵非俗流,爲道此意思同遊〔一五〕。

【校】

〔白髮〕丁鈔、聚珍本、宋詩鈔「白」作「黑」,點校本引李氏藏本同。

【箋注】

〔一〕胡注：「若拙名與能，第二十九，蓋先生親弟。二十叔名援字惠彥。」按若拙已見卷二舍弟踰日不和雪勢更密因再賦詩箋注。是時若拙與二十叔當在汝州，簡齋與詩，欲奉母居汝，若拙則報以「汝州可居」，遂「約卜一丘」（詳下）。蓋是時簡齋生母張夫人已病，不久即病逝於汝州矣。詩云：「問夢膏肓應已瘳。」答元方述懷作亦云：「汝海蛇盃應已悟。」簡齋自注：「近聞舍弟汝州嘗服藥。」據知若拙已先在汝州，且嘗小病也。詩中「三間瓦屋」云云，其奉母居汝之意甚明。按簡齋生母張氏乃張規臣、矩臣兄弟之姑，簡齋是時與二張往還唱酬之作特多，蓋亦與奉母居汝事有關。

〔二〕韓愈送窮文：「主人於是垂頭喪氣，上手稱謝，燒車與船，延之上坐。」

〔三〕白居易浩歌行：「欲留年少待富貴，富貴不來年少去。」

〔四〕蘇軾子由復至齊安以詩迓之詩：「早晚青山映華髮，相看百事一時休。」

〔五〕後漢書輿服志上：「中二千石、二千石皆皂蓋，朱兩轓。」張相詩詞曲語辭滙釋卷三：「顧着，猶云反使也。」

〔六〕漢書叙傳：「漁釣於一壑，則萬物不奸其志。」

〔七〕後漢書逸民傳：龐公，南郡襄陽人，劉表延請不屈，乃就候之，曰：「先生苦居畎畝，而不受官禄，後世何以遺子孫乎？」公曰：「世人皆遺之危，今獨遺之安。」後攜妻子登鹿門山，因採藥不反。杜甫昔遊詩：「龐公任本性，攜子卧蒼苔。」韓愈酬崔少府詩：「活計似鋤剗。」陳師道謝寇十一詩：「書生活計亦酸寒。」

〔八〕世説識鑒：周伯仁母冬至舉酒賜三子。嵩曰：「伯仁爲人，志大而才短，名重而識闇，好乘人之弊，此非自全之道。嵩性狼抗，亦不容於世。唯阿奴碌碌，當在阿母目下耳。」阿奴，嵩弟周謨也。

〔九〕黄庭堅和東坡詩：「白鷗盟已寒。」

〔一〇〕世説賞譽：陸機兄弟住參佐廨中，三間瓦屋，士龍住東頭，士衡住西頭。

〔一一〕孝子傳：老萊子奉二親，行年七十，作嬰兒戲，著五采斑襴之衣。

〔一二〕陶潛游斜川詩：「未知從今去，當復如此不。」末云：「且極今朝樂，明日非所求。」蘇軾和陶游斜川詩：「未知陶彭澤，還有此樂不？」

〔一三〕世説文學：衛玠總角時問樂令「夢」，樂云：「是想。」衛曰：「形神所不接而夢，豈是想邪？」樂云：「因也。未嘗夢乘車入鼠穴，擣齏噉鐵杵，皆無想無因故也。」衛思「因」，經日不得，遂成病。樂聞故，命駕爲剖析之，衛即小差。樂歎曰：「此兒胸中當必無膏肓之疾。」

〔一四〕楚辭招隱士：「王孫兮歸來，山中兮不可以久留。」

〔一五〕阮籍與兄子咸爲竹林之遊。籍聞步兵厨有酒，求爲步兵校尉。韓愈薦士詩：「俗流知者誰。」

次韻謝表兄張元東見寄〔一〕

平生張翰極風流，好事工文妙九州〔二〕。燈裏偶然同一笑，書來已似隔三秋〔三〕。林泉入夢吾當隱〔四〕，花鳥催詩歲不留〔五〕。安得清談一陶寫，令人絶憶許文休〔六〕。

【校】

〔絶憶〕丁鈔「憶」作「意」。

【箋注】

〔一〕胡注：「元東名規臣。」按簡齋自注云：「元夕獲從遊。」此宣和二年元夕也，説詳下首注。

〔二〕晉書文苑傳：張翰字季鷹，吴郡吴人也。翰有清才，善屬文，而縱任不拘，時人號爲「江東步兵」。翰任心自適，不求當世。嘗言「使我有身後名，不如即時一杯酒。」時人貴其曠達。李白送張十一詩：「張翰黄花句，風流五百年。」

〔三〕詩采葛：「一日不見，如三秋兮。」

〔四〕白居易酧慕巢尚書詩：「書意詩情不偶然，苦云夢想在林泉。」

〔五〕杜甫江上值水如海勢聊短述詩：「老去詩篇渾漫與，春來花鳥莫深愁。」

〔六〕蜀志許靖傳：許靖字文休，汝南平輿人。愛樂人物，誘納後進，清談不倦。丞相諸葛亮皆爲之拜。世説言語：王右軍曰：「年在桑榆，自然至此，正賴絲竹陶寫。」

若拙弟説汝州可居已約卜一丘用韻寄元東〔一〕

四歲冷官桑濮地〔二〕，三年羸馬帝王州〔三〕。陶潛迷路已良遠〔四〕，張翰思歸那待秋〔五〕。病鶴欲飛還躑躅〔六〕，孤雲將去更遲留〔七〕。盍簪共結雞豚社〔八〕，一笑相從萬事休〔九〕。

【校】

〔題〕原本「約卜」誤作「卜約」，丁鈔、潘本、聚珍本、宋詩鈔並作「約卜」，今據正。〔桑濮〕丁鈔、潘本、宋詩鈔「桑」作「居」，非。〔將去〕原本「將」誤「欲」。丁鈔、潘本、聚珍本、宋詩鈔並作「將」，點校本引李氏藏本同，今據改。

【箋注】

〔一〕胡譜：「宣和二年庚子，春，尚爲辟雍録，有寄張元東詩云：『四歲冷官桑濮地，三年羸馬帝王州。』」按簡齋自政和六年八月解開德教官任來京，至是已三年有餘，舉成數故言三年也。是年，簡齋年三十一歲。是時，生母張夫人已病，簡齋欲奉母居汝，故與親弟與能（若拙）及張規臣兄弟計議及此。

按汝州是時方病楊戩、李彦之括田，民間「破産者比屋」，而與能言「汝州可居」，張矩臣亦欲「托若拙覓顔淵之五十畝」（詳見後詩）者，蓋以葛勝仲時爲知州，枝柱其間，有所庇蔭故也。此事最足見簡齋兄弟之立場，兹詳論之。宋史卷四百六十八楊戩傳：「戩少給事掖庭，善測伺人主意，自崇寧後日有寵……勢與梁師成埒。……有胥吏杜公才者，獻策於戩，立法索民田契，自甲之乙，乙之丙，展轉究尋，至無可證，則度地所出，增立賦租。始於汝州，浸淫於京東、西，淮南、北。括廢隄、棄堰、荒山、退灘及大河淤流之處，皆勒民主佃，額一定後，雖沖蕩回復不可減，號爲『西城所』。……一邑率於常賦外增租錢至十餘萬緡，水旱蠲税，此不得免。擢公才爲觀察使。宣和三年，戩死……而李彦繼其職。彦天資狠愎，密與王黼表裏，置局汝州，臨事愈劇。凡民間美田，使他人投牒告陳，皆指爲天荒，雖執印券皆不省。魯山闔縣盡括爲公田……訴者輒加威刑，致死者千萬。公田既無二税，轉運使亦不爲奏除，悉均諸別州。京西提舉官及京東州縣吏劉寄、任輝彦、李士漁、王滸、毛孝立、王隨、江惇、呂坯、錢棫、宋憲皆助彦爲虐，如奴事主，民不勝忿痛。」此楊戩、李彦括田病民之大略也。宋史卷四百五十四文苑葛勝仲傳：「尋知汝州，李彦括田，破産者衆。勝仲請蠲不當括者，彦怒，劾勝仲。上寢其奏。」章倧宋故左宣奉大夫顯謨閣待制致仕贈特進謚文康葛公行狀（丹陽集附録）：「國初，京西多曠土。寶元、康定間，特輕其賦，募民墾闢。歲久，地無遺利，而民益富饒。政和初，言利者始獻議增税，民不能支。其后，宦官李彦爲京西之民率盜占官地，括其田而歸之官，號西城新法。由是破産者比屋，有朝爲豪姓而暮已丐於市者。公下車數日，會彦至，一境騷然，苛暴肆行，人多逃匿以避禍。公見彦垂泣曰：『某任郡寄，當爲天子牧養斯民，而坐視其離散如此，深所不忍。願公稍霽威嚴。』退而條具不當括者數千户，請蠲之。彦大怒曰：『是欲阻壞西城新法耶？』草奏劾公。朝廷壯公敢爲，寢其奏不行。自兹西城及貢奉之事專委通判，而彦不復再至州境矣。」按李彦兇人，又與王黼表裏，勝仲獨能拒之者，蓋勝仲實王黼之黨（詳見宋會要輯稿職官六十九之十五）。行狀所謂「朝廷壯公敢爲，寢其奏不行」，實由王黼爲之奥援，雖李彦亦無可如何也。章倧爲勝仲之婿，曲爲之諱。而宋史本傳亦不詳著所由，致使事件實質，隱而不明。又行狀所稱「條具不當括者數千户」，恐亦仕官豪右之家，非編户齊民也。簡齋兄弟居汝時，甚爲勝仲所厚重（詳見卷七葛工部寫經詩箋），詳當日情勢，當李彦苛暴肆行，「破産者比屋」，「人多逃匿以避禍」，而若拙言「汝州可居」，元方亦託覓「顔淵之五十畝」，蓋是時汝州田價必甚廉，又有葛勝仲爲之蔭庇也。觀勝仲丹陽集卷二十和汝州可居詩：「汝海膏腴人共説，封疆況是接同州。」「飦鈔雲子當同飽，官職來遲且自休。」又和託覓顔淵五十畝詩：「下田彌望股清流，謀食誰言必本州。」則勝仲實已心許之矣。

又行狀所稱「貢奉之事」者，楊戩傳云：「發物貢奉，大抵類朱勔。凡竹數竿，用一大車，牛驢數十頭，其數無極，皆責辦於民。經時閲月，無休息期，農不得之田，牛不得耕墾。殫財靡芻，力竭餓死，或自縊轅輻間。如龍鱗薜茘一本，輦至之費逾百萬。喜賞怒刑，禍福轉手，因之得美官者甚衆。潁昌兵馬鈐轄范寥不爲取竹，誣刊蘇軾詩文於石爲十惡。朝廷察其捃摭，亦令勒停。當時謂朱勔結怨於東南，李彦結怨於西北。」可知貢奉之事，其擾民尤溥於括田。然觀簡齋居汝三年所爲詩，初無一語及此。民間疾苦，全在其視野之外，則立場限之也。

葛勝仲丹陽集卷二十和若拙弟説汝州可居已卜一邱韻詩：「汝海膏腴人共説，封疆況是接同州。指囷待惠知無日，負米躬耕會有秋。林下要須三徑足，橐中更莫一錢留。飣鈔雲子當同飽，官職來遲且自休。」即和簡齋此詩。

正德汝州志卷一：汝州「宋爲輔州，政和五年陞陸海軍節度，屬京西北路。」宋史地理志一：「崇寧户四萬一千五百八十七，口一十四萬一千四百九十五。縣五：梁，襄城，葉，魯山，寶豐。」太平寰宇記卷八河南道八：「汝州，東北至東京四百里，西北自伊闕縣路至西京一百七十里。」

〔二〕杜甫醉時歌：「廣文先生官獨冷。」史記樂書：「桑間濮上。」注：「濮水之上地有桑間，在濮陽南。」濮陽，宋縣，屬澶州。簡齋政和三年八月充開德府教授，六年八月解官歸京師，故云。

〔三〕韓愈贈李大夫詩：「羸馬鳴且哀。」謝朓入朝曲：「金陵帝王州。」

〔四〕陶潛歸去來辭：「實迷途其未遠，覺今是而昨非。」

〔五〕已見卷一次韻謝文驥主簿見寄兼示劉宣叔詩注。

〔六〕古樂府豔歌何嘗行：「飛來雙白鶴，乃從西北來。十十將五五，羅列行不齊。忽然卒疲病，不能飛相隨。五里一反顧，六里一徘徊。」

〔七〕陶潛詠貧士詩：「萬族各有託，孤雲獨無依。」白居易贈郭煉師詩：「孤雲難久留，十日告將歸。」

〔八〕易豫卦：「勿疑朋盍簪。」王弼注：「夫不信於物，物亦疑焉，故勿疑則朋合疾也。盍，合也。簪，疾也。」韓愈南溪始泛詩：「願爲同社日，雞豚燕春秋。」

〔九〕劉禹錫答柳子厚詩：「黄髮相看萬事休。」

元方用韻見寄次韻奉謝兼呈元東二首〔一〕

大難詞源三峽流，小難詩不數蘇州〔二〕。了無徐生齊氣累〔三〕，正值寧子商歌秋〔四〕。鵠飛千里從此始〔五〕，驥絶九衢誰得留〔六〕？歲晚煩君起我病〔七〕，兩篇三嘆不能休〔八〕。

【校】

〔徐生〕原本「徐」誤「餘」，黄、蔣同。馮校：「『餘』，當從注作『徐』，黄抄亦誤。」聚珍本作「徐」，今據改。　〔煩君〕聚珍本「君」作「公」。點校本引李氏藏本同。

【箋注】

〔一〕葛勝仲丹陽集卷二十一和元方用韻見寄次韻奉謝二首詩：「人與嚴徐是一流，英英儒雅冠吾州。白虹吐燭呈文夜，紅杏飄筵得意秋。禄薄未應腰爲折，語多共歎舌無留。令君舉善收寒俊，不進清華諒不休。」「文律高峰與激流，五言佳處似蘇州。寧甘高縣中漓酒，不羨宣城賞弈秋。白首同歸相器重，青雲一慼豈淹留。外家門閥期君大，作德雖休更勿休。」即和此二詩。

〔二〕世説新語德行：陳元方子長文有英才，與季方子孝先各論其父功德，爭之不能決，咨於太丘。太丘曰：「元方難爲兄，季方難爲弟。」杜甫醉歌行：「詞源倒流三峽水。」李肇國史補下：「韋應物立性高潔，其爲詩，馳驟建安以還，各得其風韻。」韋應物，唐代詩人，曾官蘇州刺史，世稱韋蘇州。

〔三〕文選曹丕典論論文：「徐幹時有齊氣。」李善注：「言齊俗文體舒緩，而徐幹亦有斯累。」

〔四〕文選王褒四子講德論：「昔甯戚商歌，以干齊桓。」李善注：「吕氏春秋曰：『甯戚飯牛車下，望桓公而悲，擊牛角而歌。』淮南子曰：『甯戚商歌車下，桓公慨然而悟。』許慎曰：『商，秋聲也。』」

〔五〕韓詩外傳卷二：「田饒事魯哀公而不見察，謂哀公曰：『夫雞有五德，猶曰瀹而食之者，以其所從來近也。夫黄鵠一舉千里，止君園池，啄君稻粱，君猶貴之，以其所從來遠也。故臣將去君，黄鵠舉矣。』」杜甫奉先劉少府新畫山水障歌：「青鞋布襪從此始。」

〔六〕劉禹錫送張盥赴舉詩引：「嚮所謂同年友，當其盛時，聯袂齊鑣，亘絶九衢，若屏風然。」

〔七〕杜甫贊公房詩：「湯休起我病，微笑索題詩。」

〔八〕樂記：「朱絃疏越，一唱三歎，有遺音者矣。」李觀答侯高書：「讀足下書，感歎不能休。」

其二

一歡玄髮水東流〔一〕，兩脚黄塵閱幾州〔二〕。王湛時須看周易〔三〕，虞卿未敢著春秋〔四〕。不辭彭澤腰常折〔五〕，却得邯鄲夢少留〔六〕。有句驚人雖可喜〔七〕，無錢使鬼故宜休〔八〕。

【箋注】

〔一〕謝惠連秋懷詩：「各勉玄髮歡。」白居易西樓夜詩：「年光東流水，生計南枝鳥。」

〔二〕杜甫九日寄岑參詩：「兩脚但如舊。」漢書文帝紀注：「閱，猶更歷也。」

〔三〕見卷五張迪功攜詩見過次韻謝之二首其二注。

〔四〕孔叢子執節篇：「虞卿著書名曰春秋，魏齊曰：『子無然也，春秋，孔聖所以名經也。今子之書，大抵談説而已，亦以爲名何？』答曰：『經者取其事常也，可常則爲經矣。且不爲孔子，其無經乎？』齊問子順，子順曰：『無傷也，魯之史記曰春秋，經因以爲名焉。又晏子之書亦曰春秋。吾聞泰山之上封禪者七十有二君，其見稱述，數不盈十，所謂貴賤不嫌同名也。』」史記平原君虞卿列傳：虞卿「不得意，乃著書，上採春秋，下觀近世，曰節義、稱號、揣摩、政謀凡八篇，以刺譏國家得失，世傳之曰虞氏春秋。」

〔五〕見卷四送張仲宗押戟歸閩中詩注。

〔六〕沈既濟枕中記：開元中，盧生遇道士呂翁於邯鄲逆旅，自嘆不得意。翁與一枕，曰：「當令子榮適如意。」生俛首就之，乃舉身入枕穴中，遂至家。未幾登第，出入將相五十餘年，子孫列顯仕，榮盛無比，年八十而卒。生欠伸而寤，呂翁坐其傍，主人蒸黍未熟，觸類如故。按沈氏此文，唐時已收入陳翰所編異聞集。太平廣記卷八十二據異聞集録入，題爲呂翁。

〔七〕杜甫江上值水如海勢聊短述詩：「語不驚人死不休。」

〔八〕見卷三書懷示友十首其六詩注。

元方用韻寄若拙弟邀同賦元方將託若拙覓顏淵之五十畝故詩中見意〔一〕

夢中與世極周流，錯認三刀是得州〔二〕。擬學耕田給公上〔三〕，要爲同社燕春秋〔四〕。囊間已辦青芒屨〔五〕，桑下想聞黄栗留〔六〕。儻有幽人諮出處，爲言無況莫來休〔七〕。

【校】

〔燕春秋〕聚珍本「燕」作「醉」。點校本引增注：「『燕』，閩本作『醉』。」〔桑下〕原本「下」誤「間」，據丁鈔、聚珍本改。

【箋注】

〔一〕丹陽集卷二十和元方寄若拙弟託覓顏淵之五十畝韻詩：「下田彌望股清流，謀食誰言必本州？且復種秔資口腹，早知藉稻載春秋。攜家便可隨豐儉，仕國從今委去留。饘粥粗供吾事濟，寸心安静得休休。」即和此詩。

〔二〕晉書王濬傳：濬夜夢懸三刀於卧屋梁上，須臾又益一刀，濬驚覺，意甚惡之。主簿李毅再拜賀曰：「三刀爲州字，又益一者，明府其臨益州乎？」果遷濬爲益州刺史。

〔三〕漢書楊惲傳：「身率妻子，戮力耕桑，灌園治産，以給公上。」

〔四〕韓愈南溪始泛詩：「願爲同社日，雞豚燕春秋。」

〔五〕孟浩然王山人見尋詩：「脚踏青芒屨。」

〔六〕陸璣毛詩草木疏：「黄鳥，黄鸝留也，或謂之黄栗留，當葚熟時，來在桑間。故里語曰：『黄栗留，看我麥黄葚熟不。』亦是應節趨時之鳥也。」歐陽修再至汝陰三絶：「黄栗留鳴桑椹美，紫櫻桃熟麥風凉。」

〔七〕陸經爲山陽令作詩：「薄有田園歸去好，苦無官況莫來休。」見青瑣高議。經字子履，越州人，仁宗朝集賢殿修撰，有寓山集。宋詩紀事卷十三載之。

西郊春事漸入老境元方欲出遊以無馬未果今日得詩又有舉鞭何日之嘆因次韻招之〔一〕

毛穎陳玄雖勝流〔二〕，也須從事到青州〔三〕。重吟玉樹懷崔子〔四〕。近詩懷元東，有「臨風瞻玉樹」之句。欲唱金衣無杜秋〔五〕。官柳正須工部出〔六〕，園花猶爲退之留〔七〕。籃輿自可煩兒輩〔八〕，一笑來從樾下休〔九〕。

【校】

〔題〕潘本「漸入」作「寖入」，聚珍本同。點校本引李氏藏本作「寢入」。聚珍本「今日」無「日」字。

【箋注】

〔一〕葛勝仲丹陽集卷二十一和西郊春事招元方同遊韻詩：「仙橋水殿照清流，攘攘遊人聚九州。光景從來夸輦轂，風標況是富陽秋。天開柳色春方好，月上弓形夜更留。勉作新篇書盛麗，莫令少味似韓休。」即和此詩。

〔二〕毛穎、陳玄見卷四和張規臣水墨梅五絶其二詩注。南史曹景宗傳：「景宗爲人自恃尚勝，雖公卿無所推，唯以韋叡年長，且州里勝流，特相敬重。」北史白建傳：「建以典執兵馬，致位卿相，男女婚嫁，皆得勝流。」

〔三〕世説新語術解：桓公主簿善别酒，有酒輒令先嘗，好者謂青州從事，惡者謂平原督郵。注：「青州有齊郡，平原有鬲縣，從事言到臍，督郵言在鬲上住。」

〔四〕杜甫飲中八仙歌：「宗之瀟洒美少年，舉觴白眼望青天，皎如玉樹臨風前。」崔子，謂崔宗之也。

〔五〕杜牧杜秋娘詩：「秋持玉斝醉，與唱金縷衣。」原注：「勸君莫惜金縷衣，勸君須惜少年時。花開堪折直須折，莫待無花空折枝。李錡長唱此辭。」

〔六〕杜甫西郊詩：「時出碧鷄坊，西郊向草堂。市橋官柳細，江路野梅香。」

〔七〕唐語林補遺：「韓退之有二妾，一曰絳桃，一曰柳枝，皆能歌舞。初使王庭湊，至壽陽驛絶句云：『風光欲動别長安，春半邊城特地寒。不見園花兼巷柳，馬頭惟有月團團。』蓋有所屬也。柳枝後踰垣遁去，家人追獲。及鎮州初歸詩曰：『别來楊柳街頭樹，擺弄春風只欲飛。還有小園桃李在，留花不放待郎歸。』自是專寵絳桃矣。」邵氏聞見録：「孫子陽爲余言，近時壽陽驛發地得二詩石，唐人跋云：『退之有倩桃風柳二妓，歸途聞風柳已去，故云云。』後張籍祭退之詩云：『乃出二侍女。』非此二人邪？」按此事蔣之翹韓昌黎集輯注以爲不足信。王鳴盛嘗辨之，見蛾術編。

〔八〕晉書陶潛傳：王弘要之還州，問其所乘，答云：「素有脚疾，向乘籃輿，亦足自反。」乃令一門生二兒共轝之至州。

〔九〕淮南精神訓：「今夫繇者揭钁臿，負籠土，鹽汗交流，喘息薄喉，當此之時，得茠樾下，則脱然而喜矣。」高誘注：「茠，蔭也。三輔人謂休華樹下爲茠也。楚人樹上大本小如車蓋狀爲樾，言多蔭也。」

【評】

劉辰翁評「園花猶爲退之留」句：無謂牽帥。

答元方述懷作

不見圓機論九流〔一〕，紛紛騎鶴上揚州〔二〕。令之敢恨松桂冷〔三〕，君叔但傷蒲柳秋〔四〕。汝海蛇盃應已悟〔五〕，近聞舍弟汝州嘗服藥。襄陵駒隙竟難留〔六〕。襄邑周簿報病不起。來牛去馬無窮債〔七〕，未蓋棺前盍少休〔八〕。

【校】

〔襄陵〕原本「陵」作「陽」，點校本據李氏藏本改，此從之。

【箋注】

〔一〕文中子周公篇：「安得圓機之士與之共言九流哉？」阮逸注：「圓無執張，機發必中。」

〔二〕蘇軾於潛僧綠筠軒詩：「若對此君仍大嚼，世間那有揚州鶴。」王注：厚曰：有客相從，各言所志，或願爲揚州刺史，或願多貨財，或願騎鶴上升。其一人曰：「腰纏十萬貫，騎鶴上揚州。」蓋欲兼三人者之所欲也。蘇詩合注：見殷芸小說。

〔三〕唐摭言卷十五：薛令之，閩中長溪人，神龍二年及第，累遷左庶子。時開元東宮官僚清淡，令之以詩自悼，後紀於公署曰：「朝旭上團團，照見先生盤。盤中何所有，苜蓿長闌干。飯澀匙難綰，羹稀筯易寬。何以謀朝夕，何由保歲寒？」上因幸東宮覽之，索筆判之曰：「啄木觜距長，鳳凰羽毛短。若嫌松桂寒，任逐桑榆暖。」令之因此謝病東歸。詔以長溪歲賦資之，令之計月而受，餘無所取。

〔四〕晉書殷浩傳附：「顧悦之字君叔，少有行。與簡文同年，而髮早白。帝問其故，對曰：『松柏之姿，經霜猶茂；蒲柳常質，望秋先零。』簡文悦其對。」

〔五〕太平御覽卷三百三十八引世説：「樂令有數客，闊不復來。樂問所以，答曰：『前在坐，蒙賜酒，方欲飲，見杯中有蛇，意甚惡之，既飲而疾。』於時河南廳事壁有角，角邊漆畫作蛇，樂疑是角影入杯中，復令置杯酒於前處，謂曰：『君更看杯中復有所見不？』答曰：『所見如初。』樂乃告其所以，客豁然意解，沉痾頓消。」按此條今本世説佚。

〔六〕駒隙，見卷二八音歌注。

〔七〕杜甫秋雨嘆詩：「去馬來牛不復辨。」

〔八〕杜甫自京赴奉先縣詠懷五百字詩：「蓋棺事則已。」

六言二首

莫賦澗松鬱鬱〔一〕，但吟陂麥青青〔二〕。爲婦讀劉伶傳〔三〕，教兒書甯戚經〔四〕。

【箋注】

〔一〕左思詠史詩：「鬱鬱澗底松，離離山上苗。以彼徑寸莖，蔭此百尺條。世胄躡高位，英俊沉下僚。地勢使之然，由來非一朝。」點校本引增注：「詩意謂不必羨彼之高位，而有沉下僚之嘆。」

〔二〕莊子外物：「儒以詩禮發冢。大儒臚傳曰：『東方作矣，事之何若？』小儒曰：『未解裙襦，口中有珠。詩固有之，曰：青青之麥，生於陵陂。生不布施，死何含珠爲？』」增注：「謂當辭官歸耕耳。斷章取義，於發冢無與。下云『教兒書甯戚經』，猶陂麥意也。」

〔三〕晉書劉伶傳：嘗渴甚，求酒於其妻。妻捐酒毁器，涕泣諫曰：「君酒太過，非攝生之道，必宜斷之。」伶曰：「善！吾不能自禁，惟當祝鬼神自誓耳。便可具酒肉。」妻從之。伶跪祝曰：「天生劉伶，以酒爲名。一飲一斛，五斗解醒。婦兒之言，慎不可聽。」仍引酒御肉，隗然復醉。

〔四〕見卷三書懷示友十首其六詩注。

其二

種竹可侔千户〔一〕，擁書不假百城〔二〕。何必思之爛熟，熱官無用分明〔三〕。

【箋注】

〔一〕史記貨殖列傳：「渭川千畝竹，其人與千户侯等。」

〔二〕魏書逸士李謐傳：每曰：「丈夫擁書萬卷，何假南面百城。」遂絕跡下幃，杜門却掃，棄産營書，手自删削。

〔三〕北齊書王晞傳：帝欲以晞爲侍中，苦辭不受。或勸晞勿自疏，晞曰：「非不愛作熱官，但思之爛熟耳。」

正集卷七

聞葛工部寫華嚴經成隨喜賦詩〔一〕

如來性海深復深〔二〕，著書與世湔蓬心〔三〕。畫沙累土皆佛事〔四〕，況乃一字能千金〔五〕。老郎居塵念不起〔六〕，法中龍象人師子〔七〕。前身智永心了然〔八〕，結習未空猶寄此〔九〕。怪公聚筆如須彌〔一〇〕，經成筆盡手不知。淩霄題就韋誕老〔一一〕，願力所到公何疑〔一二〕。珠函繡帙芝蘭室〔一三〕，護持金剛竦神物〔一四〕。枯葵應感不足論〔一五〕，毛穎陶泓俱見佛〔一六〕。

【校】

〔著書〕丁鈔「著」作「留」，聚珍本、點校本引李氏藏本同。　〔佛事〕聚珍本「事」作「寺」，非。

【箋注】

〔一〕此詩所稱葛工部，胡注誤以葛勝仲魯卿當之，非也。簡齋外集中與勝仲酬答之作甚多，或稱葛汝州，或稱知府，或稱判府，或稱待制，或稱大成，但未嘗以工部稱之。考宋史葛勝仲傳、章倧所述文康葛公行狀（丹陽集後附）、孫覿鴻慶居士集文康葛公丹陽集序，敘勝仲生平歷官，皆不言其曾在工部任職。此葛工部乃勝仲之兄和仲也。勝仲兄弟凡四人，丹陽集卷十五朝奉郎累贈少師特謚清孝葛公行狀（按此爲勝仲父書思，字進叔）：「子四人：次仲試大司成，兼修國史，鄆王、景王府直講，恤章贈正奉大夫，累贈少保；儀仲鄉貢進士；和仲右中奉大夫；勝仲左正議大夫，充顯謨閣待制。」四人中，自勝仲外，長兄次仲最知名。次仲字亞卿，章倧行狀敘勝仲「早年與長兄司成俱事輦轂，飲食燕遊，須臾不暫捨。宣和辛丑歲，司成不幸，而公方守汝陽，爲位哭之。」丹陽集卷十五大中大夫司成葛公行狀，即次仲也。辛丑爲宣和三年，時勝仲方知汝州。考慕容彦逵摛文堂集卷十五朝奉郎致仕武騎尉賜緋魚袋葛公墓志銘（葛書思）云：「子次仲，通仕郎吉州州學教授；儀仲，早卒；和仲將仕郎；勝仲，試太學正。孫九人：立隆，立方，立悌，立中，立大，立師，立器，立象，立授。」據墓志，書思以「崇寧三年十有一月己亥終於京師」，而儀仲已「早卒」，則勝仲三兄中存者惟和仲矣。和仲名位不顯，然與勝仲往來甚密，丹陽集中相與酬贈之作甚多，如工部兄新治小閣壘土爲火爐戲作勸召客（卷十八），登攬雲亭和工部兄韻（卷十九），弈棊有進勸工部兄召客，福國諱日壽寧院作呈工部兄，次韻工部兄見寄三首（卷二十），依韻和工部兄尋由里山泉眼，依韻和工部兄雪五首，和工部兄遷中散述懷韻等。葛立方歸愚集卷三亦有次韻伯父工部見慶塵忝之什詩，所謂工部，皆指和仲也。丹陽集卷二十一又有與兄工部邇歲離多會少樂少苦多述懷一首：「並寓僧藍得幾時（原注：同寓家太平，某數日即赴官），薄遊苕霅遽睽離。一麾爲郡乖同濟（原注：兄守瑯琊，某守南陽，本約同途，後以事參差），百謫還鄉獨後期（原注：親友皆罷官歸鄉，某留南陽數月方歸）。第隔東西希聚首（原注：相去正東與極西），憂連宗戚罕伸眉（原注：到鄉遭排岸姪之戚，繼有子崇之喪）。何時解組俱林下，松菊園寬日共窺。」據此詩則和仲嘗守瑯琊也。同書卷二十提官工部兄攜家見過輒成律詩二首上呈：「過飯今成五郡間。」原注：「某官守五郡，並蒙兄見顧，謂錢唐，東魯，漣水，汝陽及霅川。」據知勝仲知汝州時，和仲嘗來顧，得與簡齋相見。至丹陽集卷十八有呈六兄工部兼簡弟姪一首，稱「六兄」者，當是並群從言之。卷二十提官工部兄攜家見過：「枉帆雖落十人後，過飯今成五郡間。」原注：「某到官，蒙兄弟見訪者已踰十人矣，謂少川、才儒、道卿、友卿、子可、紹疏、達卿、衛卿、達可、夢錫。」是勝仲群從兄弟固甚多也。要之，簡齋此詩所稱葛工部當指和仲，則可斷言也。章倧文康葛公行狀：「晚與仲兄工部居故里，公築室山水佳處，名以二老。」此仲兄當即和仲。又丹陽集卷二十一和工部兄還中散述懷韻：「一歲連膺四命書，衣冠慶美近時無。緜長本自天資厚，憑藉由來地勢孤。襆被昔高蘭省去，彯纓今喜棘班趨。立言制行俱忠孝，豈媿堂堂七尺軀。」此詩可見和仲生平大略，所謂「一歲四命」，則未詳也。又，和仲還中散後，丹陽集中又屢以「中散兄」稱之。其卷八中散兄詩集序：「虛室先生宣和五年以中台郎賜對，上意鄉之，且拔用。先生以所親當國，力求閑秩，歸避請寄之嫌。以退爲進，人士驚其難能。自是浮沉里門，絶意華顯。會金人内侵，居第僦業俱火，廪禄不供，兒妾濱於飢寒，而晏然無隕穫之色。奔馳避地，禪寂求志之餘，不廢作詩。傷時憂國，感慨憤發，一以章什舒意。一日閲舊稿，斷自初仕以來，擇其合者，以歲月先後編削成集，凡若干篇，離爲若干卷，屬某爲之序。謹按：先生結髮學問，與兄弟同受教於先人少師清孝公，非疾病未嘗一日去書不觀。歷代史若百家雜説，皆手鈔而心記，名高衆俊。既入官，文藻益宏肆。掾瑯琊日，嘗考究其州山川地理、古迹姓氏應典籍者，爲書上於九域圖志局，精深詳博，爲天下第一，首膺進秩之寵。蓋先生所長，不特詩而已。昔司馬遷歷遊郡邑，故文增秀傑之氣；張燕公得江山之助，故詩極淒惋之美。先生以使事行天下幾半，名山峻壑瑰瑋卓絶之地，無所不歷。今其詩粹清而氣壯，平淡而趣深，亦豈勝遊之助耶？平時與伯氏太史金紫公若群從酬唱居多，以卷軸之富，故不仿李乂、竇群兄弟共爲聯珠、花萼集以行於世。昔王筠論家集，謂崔氏、應氏號累葉文才，然不過父子三兩世爾，未有若名德重光、爵位相繼、人人有集如吾門者也。予於江陰葛氏亦云。先生諱和仲，字堯卿，虚室蓋其居也。於是爲中散大夫提舉江州太平觀。」此序述和仲生平、文學尤詳，知其人亦能詩者，所作則未見也。

胡譜：「宣和二年庚子，繼丁内艱，憂居汝州，有聞葛工部寫經成詩。」按此下並簡齋憂居汝州之作。簡齋居汝三年，深蒙知州葛勝仲契重，葛立方韻語陽秋卷十八：「先文康公知汝州日，段寶臣爲教官，富季申爲魯山主簿，而陳去非以太學録持服來寓。立方先人語人曰：『是三子者，非凡偶近器也。』是時，富在外邑，則以職事處之於城中。列三人者薦於朝，以爲可用，仍以去非墨梅詩繳進。於是去非除太學博士，季申除京西漕屬，寶臣亦相繼褒擢。初，寶臣字去塵，先公一日謂之曰：『君廊廟具也，宜改字寶臣，取荀卿輔拂之人爲國寶之義。』且作序而衍其意。及三人者俱貴，先公喜曰：『吾未嘗讀五行之書，亦未嘗究命書之義，而能逆知其必大者，獨以其所爲知之耳。汝輩勉其在我者，在人者不問可也。』先公晚年寓居湖州之霅溪，季申既罷樞管，亦挈家來寓。一觴一詠，必與之俱。季申嘗有十絶，其一云：『青衫短簿汝陽天，鶚牘當時誤薦賢。承丈西樞了無補，還依文席聽韋編。』其二云：『洛陽花骨巧裁詩，曾把梅篇薦玉墀。來説他年調鼎事，只今自已鳳凰池。』其三云：『陳君談論席生風，段子文詞氣吐虹。參术膎胰皆入篋，知人誰過葛仙翁？』餘七篇不録。陳君名恬，字叔易，有高節，貧甚。先公命公庫以酒肉薪米日給之。嘗謝以詩云：『不是故人供禄米，初非縣令給猪肝。養賢禮厚隆三篚，拜賜恩深豔一簞。』建炎初，召赴行在，直秘閣。」按葛立方所記數人中，段拂字去塵，亦字寶臣，見萬斯同宋大臣年表、何異宋中興學士題名録、陳騤南宋館閣録。李心傳建炎以來繫年要録記其事尤詳。葛勝仲丹陽集卷八有段去塵字序。簡齋此集不見其人。至於陳恬、富直柔則集中屢見，當於後文詳之。

宋史卷四百四十五文苑七：「葛勝仲字魯卿，丹陽人。登紹聖四年進士第，調杭州司理參軍。林希薦試學官及詞科俱第一，除兖州教授，入爲太學正。」累官太常少卿，除國子祭酒。「尋知汝州。李彦括田，破産者衆。勝仲請蠲不當括者，彦怒，劾勝仲，上寢其奏。改湖州，尋徙鄧州。朱勔先求白雀之屬，勝仲不與，至是媒孽其短，罷歸。」建炎中復知湖州。紹興元年丐祠歸。十四年卒，年七十三，謚文康。子立方，官至侍從。孫邲，爲右相，宋史有傳。勝仲有丹陽集二十四卷，常州先哲遺書有刻本。四庫總目提要：「王信跋及章倧行狀並稱宣和北伐之時，勝仲貽書蔡京，力言其不可。然宋史本傳不載此事，集中亦無此書。勝仲爲太府少卿時，能拒盛章之援引；知汝州時，能拒李彦之括斂；知湖州時，能拒朱勔之求白雀、鸂鶒：其氣節甚偉。歷典諸州，皆有幹略。再知湖州，遭逢寇亂，復有全城之功。其宦績亦足以自傳，本不盡以文章重。即以文章論之，在南北宋間，亦褒然一作者也。」又云：勝仲「崇寧三年居父喪，盡閲釋氏大藏經，故所著作，往往闡明佛理。」陳振孫直齋書録解題卷十八：「洪慶善序其文，有所謂絶郭天信，拒朱勔，慚盛章而怒李彦者，蓋其生平出處之略也。」按勝仲除知汝州，事在宣和元年，章倧文康葛公行狀記其事云：「政和七年，遷大司成，轉朝議大夫。乃數求對，言天下治亂大計，且陳時政得失。雖削稾不以示人，然貴要咸怒切齒，公於是不能自安於朝矣。俄落職，提舉江州太平觀。宣和元年，朝廷明公非辜，復右文殿修撰，仍改宫觀。復自陳，繼除知汝州。」是其事也。簡齋居汝州時，與勝仲過從甚密，今外集中與勝仲酬答之作尤多，故於此詳論之，後不悉注。又勝仲兄弟皆佞佛，簡齋此詩及卷八織佛圖詩等亦多用佛典，想亦一時好尚使然也。

〔二〕景德傳燈録卷一，馬鳴大士問迦毗摩羅：「汝盡神力，變化若何？」曰：「我化巨海，極爲小事。」師曰：「汝化性海得否？」曰：「何謂性海？我未嘗知。」師即爲説性海云：「山河大地，皆依建立；三昧六通，由兹發現。」迦毗摩羅聞言，遂發信心。又同書卷二十七衡嶽慧思禪師示衆曰：「道源不遠，性海非遥，但向己求，莫向外覓。」

〔三〕莊子逍遥遊：「則夫子猶有蓬之心也夫。」釋文引向云：「蓬者短不暢，曲士之謂。」

〔四〕法華經方便品：「積土成佛廟，乃至童子戲聚沙爲佛塔，如是諸人等，皆已成佛道。」魏書釋老志：「苟能精致，累土聚沙，福鍾不朽。」墨藪：褚河南曰：「用筆如錐畫沙。」老子第六十四章：「九層之臺，起於累土。」

〔五〕杜甫李潮八分小篆歌：「八分一字值千金。」

〔六〕鄭谷重訪黄神谷策禪者詩：「却訪支郎是老郎。」漢武故事：帝至郎署，見一老郎，鬢髮皓白。問之，對曰：「臣姓顔名駟，文帝時爲郎。文帝好文而臣好武，景帝好老而臣尚少，陛下好少而臣已老，是以三葉不遇。」晉書隱逸索襲傳：「形居塵俗而棲心天外。」華嚴經十定品：「億劫入一念起。」傳燈録卷七，京兆興善寺惟寬禪師答白居易云：「心本無損傷，云何要修理？無論垢與浄，一切勿起念。」蘇軾題榮師湛然堂詩：「卓然精明念不起。」

〔七〕傳燈録卷三菩提達摩傳：宗勝謂天竺國王曰：「達摩是王之叔，六衆所歸，波羅提法中龍象，願王崇仰二聖，以福皇基。」高僧傳卷二曇无讖傳：「天竺法師佛馱斯那，本學大乘，天才秀發，誦半億偈，明了禪法，故西方諸國號爲人中師子。」又華嚴經卷五十如來出現品：普賢頌：「人中師子一法門，衆生億劫莫能知。」

〔八〕書斷：陳永興寺僧智永師，遠祖逸少，歷紀專精，真草唯命。尚書故實：智永積年學書，後有禿筆頭十瓮，每瓮皆數石，後瘞之，號退筆冢。明皇雜録：開元中，房琯宰桐廬，真人邢和璞暇日同出城，至一廢寺竹間，以杖叩地，令掘之。得一瓶，瓶中皆婁師德與永公書。謂琯曰：「省此乎？」琯即洒然悟爲永公後身也。因語身事，無不驗。

〔九〕結習，見卷一覺心畫山水賦注。

〔一〇〕華嚴經：「如須彌盧山，諸天咸在其中，無有窮盡。」俱舍論：「須彌盧山，此云妙高。」法苑珠林四三界編四洲部：「今據三千大千世界之中，諸佛世尊皆垂化現，現生現滅，導聖導凡，約一四天下，即以一日月所照臨處，以蘇迷盧山爲中，高三百三十六里，四寶所成。」注：「唐云妙高山，舊名須彌山，又名迷留，亦云彌婁山，此皆訛略耳。」長阿含起世經：「四洲地心，即是須彌山。山外別有八山，圍如須彌。山下大海，深八萬四千由旬。其邊八山。大海初廣八千由旬，中有八功德水。」

〔一一〕世説新語巧藝：「韋仲將能書，魏明帝起殿，欲安榜，使仲將登梯題之。既下，頭鬢皓然。因敕兒孫勿復學書。」注引文章叙録：「韋誕字仲將，京兆杜陵人，太僕端子。有文學，善屬辭。

以光禄大夫卒。」又引衛恒四體書勢：「誕善楷書，魏宫觀多誕所題。明帝立淩霄觀，誤先釘榜。乃籠盛誕，轆轤長絙引上，使就題之。去地二十五丈。誕甚危懼，乃戒子孫絶此楷法，著之家令。」

〔二〕圓覺經：「皆依无始，清净願力。」

〔三〕東都故事：隋煬帝嘉則殿書，皆用珠函繡帙。家語：「如入芝蘭之室。」

〔四〕法苑珠林：「西方有神，相貌猙獰，身披金甲，手持寶刀，名曰金剛，嘗衛世尊説法於雷音寺。」

〔五〕華嚴演義鈔：「鄧元爽寫華嚴經竟，先種蜀葵，至冬而已瘁，一朝華發。」

〔一六〕毛穎、陶泓，見卷四墨梅詩注。

次韻家弟碧線泉〔一〕

七孔穿針可得過〔二〕，冰蠶映日吐寒波〔三〕。練飛空詠徐凝水〔四〕，帶斷疑分漢帝河〔五〕。川后不愁微步襪〔六〕，鮫人暗動卷綃梭〔七〕。才高下視玄虚賦〔八〕，對此區區轉患多〔九〕。

【校】

〔疑分漢帝河〕原本「疑」誤「凝」，黄、蔣同。馮校：「『凝』，从莫校作『疑』。」丁、潘、聚珍本皆作「疑」，宋詩鈔同，今據改。又，原本「漢」誤「潢」，黄、蔣同。馮校：「『潢』，从莫校作『漢』。」潘本、聚珍本、宋詩鈔皆作「漢」，今據改。

【箋注】

〔一〕胡注：家弟「即若拙」。葛勝仲丹陽集卷十九有次韻若拙碧綫泉詩：「掉繚穿橋一綫過，濟南金色漫浮波。共疑園客春投繭，直怨鍼神夜過河。貫脱已遺交甫佩，縷飛如擲幼輿梭。晚風披拂俄中斷，拆韤雖長苦不多。」亦和此詩。

〔二〕西京雜記：漢宫七夕穿針，皆會于開襟樓，針皆七孔。

〔三〕王嘉拾遺記卷十：「員嶠山有冰蠶，長七寸，黑色，有角有鱗。以霜雪覆之，然後作繭，長一尺，其色五彩，織爲文錦，入水不濡，以之投火，經宿不燎。」

〔四〕徐凝瀑布詩：「千古長如白練飛。」

〔五〕漢書高惠高后文功臣表：封爵之誓曰：「使黄河如帶，泰山若厲，國以永存，爰及苗裔。」

〔六〕曹植洛神賦：「屏翳收風，川后静波。」「凌波微步，羅襪生塵。」

〔七〕文選左思吴都賦：「泉室潛織而卷綃。」劉淵林注：「俗傳鮫人從水中出，曾寄寓人家，積日賣綃。」李善注：見博物志。

〔八〕韓愈雜詩：「下視禹九州，一塵集毫端。」木華字玄虚，作海賦。

〔九〕晉書陸機傳：機天才秀逸，辭藻宏麗。張華嘗謂之曰：「人之爲文，常恨才少，而子更患其多。」

同家弟賦蠟梅詩得四絶句

朱朱與白白〔一〕，著意待春開。那知洞房裏〔二〕，已傍額黄來〔三〕。

【箋注】

〔一〕韓愈感春詩：「晨遊百花林，朱朱兼白白。」

〔二〕宋玉風賦：「躋于羅帷，經于洞房。」司馬相如長門賦：「阻清夜於洞房。」

〔三〕額黄，見卷二蠟梅詩注。

其二

韻勝誰能捨〔一〕，色莊那得親〔二〕。朝陽一映樹〔三〕，到骨不留塵〔四〕。

【箋注】

〔一〕文選王巾頭陀寺碑：「道勝之韻。」黄庭堅以茶送孔常父詩：「心知韻勝舌知腴。」

〔二〕禮記玉藻：「立容德，色容莊。」論語先進：「君子者乎，色莊者乎。」

〔三〕詩卷阿：「梧桐生矣，于彼朝陽。」

〔四〕杜牧自貽詩：「到骨是風塵。」

其三

黄羅作廣袂，絳紗作中單〔一〕。人間誰敢著？留得護春寒。

【校】

〔絳紗〕原本「紗」作「帳」，黄、蔣同。黄校改作「紗」。按胡注云：「『帳』，一本作『紗』。」王楙野客叢書卷二十三以「帳」字爲傳寫之誤。聚珍本作「紗」，今據改。全芳備祖卷四、永樂大典卷二千八百十一載此詩作「帳」，宋詩鈔同。

【箋注】

〔一〕唐車服志：「凡祀天地之服皆白紗中單。」炙轂子：「朝燕衮冕中有白紗中單，有明衣，皆汗衫之象，以行祭接神。至漢祖與項羽交戰，汗透中單，改名汗衫，貴賤通服之。」

【評】王楙野客叢書卷二十三：陳簡齋臘梅詩曰：「黄羅爲廣袂，絳帳作中單。」既言帳，又言中單，似覺意重。僕觀東坡詩曰：「海山仙人絳羅襦，紅紗中單白玉膚。」恐簡齋用東坡意「絳紗作中單」，而傳寫誤以爲「絳帳」耳。

其四

一花香十里，更值滿枝開。承恩不在貌〔一〕，誰敢鬭香來？

【箋注】

〔一〕杜荀鶴春宫怨詩：「承恩不在貌，教妾若爲容。」

次韻光化宋唐年主簿見寄二首〔一〕

茂林當日映群賢〔二〕，也唤畸人到席間〔三〕。棄我便驚車轍遠〔四〕，懷君端合鬢毛斑〔五〕。夢中猶得攀珠樹〔六〕，别後能忘倒玉山〔七〕？遥想詩成寄來日，筆端風雨發天慳〔八〕。

【校】

〔能忘〕原本「忘」誤「志」，據聚珍本改。〔寄來日〕原本「寄」作「記」，據聚珍本改。點校本引明本、李氏藏本作「寄」。

【箋注】

〔一〕胡注：「唐年字景純，朝散祚國字延叔之子，景文公之孫。」宋唐年事蹟未詳。勞格讀書雜識卷十宋人世系考下所載景文諸子，有俊國、廣國、惠國、輔國、奉國、服國、定國、彦國、靖國、安國、保國、順國，而無祚國；諸孫有松年、延年、頤年，而無唐年。此注可補勞氏之缺。葛勝仲丹陽集卷二十次韻宋景純寄陳去非昆仲詩：「雲臺獻納媿先賢，端合塵迷簿領間。政似陽城惟下下，文如祖詠只斑斑。看書大似屋中屋，擇禄甘從山上山。攜手量材宜置散，敢於造物怨偏慳。」即和此韻。丹陽集同卷又有景純到汝數日遽求別僕固不敢留客然宋伯舉(軒)爲兄蘇勤道(大寧)爲婦之兄遽見去似非人情輒賦是詩率二僚留之、次韻景純將赴襄陽眷戀里第、次韻景純見寄叙相從之樂、奉酬景純道中見寄之什諸詩，是唐年有兄宋軒、妻兄蘇大寧時在葛勝仲幕，唐年當是來汝省親，暫遊數日，即去襄陽也。宋軒名字，勞氏世系考亦失載。簡齋兄弟與唐年數相唱酬，今外集中所存尤多。其一首云：「余識景純，家弟出其詩見示，喜其同臭味也，輒用大成黄字韻賦八句贈之」云云，則其人其詩，當有足稱者。「大成」即葛勝仲也，説見外集。今以簡齋諸作題目及所用韻脚觀之，知是一時之作。據前引丹陽集「數日遽求別」之語，則唐年留汝爲時甚暫。諸詩當是宣和二年冬末或三年春初之作，詩語用「梅花」、「北風」（見外集再蒙寵示佳什），節令亦合也。王象之輿地紀勝卷八十七京西南路光化軍「禹貢豫州之域，春秋穀伯國。秦漢爲陰縣，爲酇縣，屬南陽郡。隋改陰曰陰城。皇朝陞陰城鎮爲光化軍，領乾德縣。又廢爲光化縣，並省乾德爲鎮（熙寧五年）。高宗紹興十一年復置爲光化軍，領光化縣。今領縣一，治光化。」明天順襄陽郡志卷一：「宋紹興（二字疑誤）十二年陞陰城鎮爲光化軍，又爲通化軍。熙寧五年廢軍，爲光化縣。元祐初復爲光化軍，光化縣屬之，隸京西道。西止本縣葫荻山，接均州界一百二十里；北止本縣杏兒山，接鄧州界九十里。」

〔二〕王羲之蘭亭集序：「群賢畢至，少長咸集，此地有崇山峻嶺，茂林脩竹，又有清流激湍，映帶左右。」

〔三〕莊子大宗師：「子貢曰：『敢問畸人？』曰：『畸人者，畸於人而侔於天。』」釋文：「畸人，司馬云：『不耦也，不耦於人，謂闕於禮教也。』李云：『畸，異也。』」

〔四〕史記陳平世家：「門外多長者車轍。」

〔五〕杜甫送韋班詩：「天涯故人少，更益鬢毛斑。」

〔六〕唐書王勃傳：「勔、勮、勃皆著才名，杜易簡稱爲三珠樹。」秦觀和東坡詩：「珠樹三株詎可攀。」

〔七〕世説容止：山公曰：「其醉也，傀俄若玉山之將崩。」李白襄陽歌：「玉山自倒非人推。」

〔八〕杜甫寄李十二白二十韻詩：「筆落驚風雨，詩成泣鬼神。」蘇軾贈舒堯文詩：「願君發豪句，嘲談破天慳。」

其二

高人主簿固非宜〔一〕，天馬何妨略受羈〔二〕。會有梅花堪寄遠〔三〕，可因蓴菜便懷歸〔四〕。相如未免家徒壁〔五〕，季子行看嫂下機〔六〕。且復哦詩置此事〔七〕，江山相助莫相違〔八〕。

【校】

〔嫂下機〕原本「嫂」作「嫂」，聚珍本作「妻」。據胡注，「嫂」字當爲誤用，詳見注〔六〕。〔哦詩〕原本「哦」誤「俄」，黄、蔣同。馮校：「『俄』，从莫校作『哦』，庫同。」丁鈔作「哦」，今據改。

【箋注】

〔一〕漢書孫寶傳：寶曰：「高士不爲主簿，而大夫君以寶爲可，一府莫言非，士安得獨自高？……且不遭者可無不爲，況主簿乎？」

〔二〕史記大宛列傳：「初，天子發書易，云『神馬當從西北來』。得烏孫馬好，名曰『天馬』。及得大宛汗血馬，益壯，更名烏孫馬曰『西極』，名大宛馬曰『天馬』云。」蘇軾和趙德麟詩：「蹀躞嬌黄不受鞿。」

〔三〕見卷四送張仲宗押戟歸閩中詩注。

〔四〕見卷一次韻謝文驥主簿見寄兼示劉宣叔詩注。

〔五〕見卷四秋雨詩注。

〔六〕胡注：「戰國策：蘇秦字季子，去秦而歸，妻不下紝，嫂不爲炊。李太白贈内詩：『來時倘佩黄金印，莫見蘇秦不下機。』白樂天讀史詩：『季子憔悴時，婦見不下機。』東坡和汪覃詩：『季子應嗔不下機，棄家來伴碧雲師。』三公用季子事，雖改『紝』爲『機』，皆謂其妻耳。今先生用下機字而以爲嫂，按戰國策及史記並無嫂不下機事，豈誤用之邪？」

〔七〕維摩經：「且置是事。」

〔八〕唐書張説傳：「爲文屬思精壯，長於碑誌，世所不逮。既謫岳州，而詩益悽惋，人謂得江山助云。」杜甫退朝詩：「暫時相賞莫相違。」

再用景純韻詠懷二首〔一〕

路斷赤墀青瑣賢〔二〕，士龍同此屋三間〔三〕。愁邊潘令鬢先白〔四〕，夢裏老萊衣更斑〔五〕。欲學大招那有賦〔六〕，試謀小隱可無山〔七〕？一錢留得真堪笑，未到囊空猶是慳〔八〕。

【校】

〔題〕原本無「二首」二字，據聚珍本補。

【箋注】

〔一〕胡譜：「宣和三年辛丑，是年詠懷詩有『路斷赤墀青瑣賢』及『夢裏老萊衣更斑』之語。又有賦織佛圖等詩。」按是年簡齋三十二歲，時憂居汝州。丹陽集卷十九有二陳作書懷詩亦次韻詩：「山城真稱著寒儒，繞屋青蒼似故居。吏牘糾紛慚磔鼠，齋厨蕭索待沽魚。嬾如園令將移病，窮似虞卿合著書。賴是豐年民氣樂，夢回時見旐維旟。」按簡齋書懷原詩今佚，姑著其目於此。

〔二〕南史何尚之傳附何胤傳：胤謂王元簡曰：「僕自棄人事，交遊路斷。」漢書梅福傳：「故願壹登文石之陛，涉赤墀之塗。」應劭注：「以丹淹泥，塗殿上也。」御覽一百三十五引漢官儀：「天子朱泥殿上，曰丹墀。」漢書元后傳：「曲陽侯根驕奢僭上，赤墀青瑣。」孟康注：「以青畫户邊鏤中，天子制也。」顔師古注：「青瑣者，刻爲連環文，而青塗之也。」李白玉壺吟：「謔浪赤墀青瑣賢。」

〔三〕見卷六寄若拙弟兼呈二十家叔詩注。

〔四〕潘岳秋興賦：「余春秋三十有二，始見二毛。」又云：「斑鬢髟以承弁兮，素髮颯以垂領。」

〔五〕萊衣見卷六寄若拙弟兼呈二十家叔詩注。時簡齋方丁内艱，故云。

〔六〕王逸大招章句：「大招者，屈原之所作也。或曰景差，疑不能明也。屈原流放九年，憂思煩亂，精神越散，與形離別，恐命將終，所行不遂，故憤然大招其魂。因以諷諫，達己之意也。」

〔七〕文選王康琚反招隱詩：「小隱隱林藪，大隱隱朝市。」

〔八〕見卷五張迪功攜詩見過次韻謝之二首詩注。

其二

木枕蒲團病更宜〔一〕，從教惡少事鞍鞿〔二〕。元無王老又何怨〔三〕，不有麴生誰與歸〔四〕。六日取蟾乖世用〔五〕，三年刻楮費天機〔六〕。只應杖屨從公處〔七〕，未覺平生與願違〔八〕。

【校】

〔誰與〕原本「誰」誤「雖」，黄同。黄校改「誰」。潘本、丁鈔、聚珍本皆作「誰」，今據正。

【箋注】

〔一〕北史郎基傳：基性清慎，無所營求，嘗語人云：「任官之所，木枕亦不須作，況重於此乎？」唐書卓行傳：「陽城嘗以木枕布衾質錢，人重其賢，爭售之。」蘇軾午窗坐睡詩：「蒲團盤兩膝。」

〔二〕漢書昭帝紀：「元鳳五年，發三輔及郡國惡少年戍邊。」韓愈贈盧仝詩：「隔牆惡少惡難似。」又送區弘南歸詩：「騰踏衆駿事鞍鞿。」

〔三〕玉泉子：王元寶富厚，以錢文如其名，因呼名爲王老。

〔四〕麴生，見卷一題劉路宣義風月堂詩注。檀弓：「死者如可作也，吾誰與歸？」

〔五〕荆楚歲時記：「五月五日，俗以此取蟾蜍爲辟兵，六日則不中用。故世云『六日蟾蜍』，起於此也。」抱朴子：「五月五日，取蟾蜍，陰乾，帶之辟五兵。」

〔六〕列子説符：「宋人有爲其君以玉爲楮葉者，三年而成。鋒殺莖柯，毫芒繁澤，亂之楮葉中而不可别也。此人遂以巧食宋國。子列子聞之，曰：『使天地之生物，三年而成一葉，則物之有葉者寡矣。故聖人恃道化而不恃智巧。』」事又見韓非喻老。

〔七〕曲禮：「侍坐于君子，君子欠伸，撰杖屨視日早莫，侍坐者請出矣。」韓愈孔公墓誌：「親戚之不仕與倦而歸者，不在東阡，在北陌，可杖屨來往也。」詩泮水：「從公于邁。」

〔八〕嵇康幽憤詩：「事與願違。」

謝楊工曹〔一〕

借屋三間稍離塵〔二〕，攜書一束謾娱身〔三〕。客居最負青春好〔四〕，世事空隨白髮新〔五〕。造化小兒真薄相〔六〕，市朝大隱亦長貧〔七〕。獨無芋栗供賓客〔八〕，虚辱先生賦北鄰〔九〕。與義新居在工曹所居之北。

【校】

〔空隨〕潘本、丁鈔、聚珍本「空」作「還」，點校本引明本、李氏藏本同。〔市朝大隱亦長貧〕點校本引李氏藏本句下有「簡齋自注工曹亦甚貧」小字注。〔芋栗〕原本「栗」誤「粟」，黄、蔣同。馮校：「『粟』，當作『栗』，莫亦誤；庫不誤。」〔北鄰〕聚珍本「北」作「比」。據簡齋自注及胡注，原本作「北」爲長。

【箋注】

〔一〕胡注：楊工曹「名景字如晦，潁昌人，嘗爲洛陽工曹云」。按揚景事蹟未詳。厲鶚宋詩紀事卷三十八據吴禮部詩話録楊景政和二年三月二十四日鄜延帥府大閲即席呈獻帥座賈公凱歌七首存三，不知即如晦否？俟再考。外集又有徙舍蒙大成賜詩一首，用韻與此全同，當是一時之作。此詩云：「客居最負青春好。」簡齋自注：「與義新居在工曹所居之北。」據知簡齋在汝州嘗有徙宅之事,詩當是宣和三年春日作。大成謂葛勝仲,勝仲原詩,今本丹陽集不載,蓋已佚矣。

〔二〕借屋三間,見卷六寄若拙弟兼呈二十家叔詩注。全唐詩卷二百五十九沈千運山中作詩:「栖隱非別事,所願離風塵。不辭城邑遊,禮樂拘束人。」

〔三〕韓愈示兒詩:「始我來京師,止攜一束書。」

〔四〕杜甫簡崔評事詩:「浮雲不負青春色。」

〔五〕蘇軾答李頎詩:「年來白髮驚秋速,長恐青山與世新。」

〔六〕唐書杜審言傳:「初,審言疾甚,宋之問、武平一等省候何如,答曰:『甚爲造化小兒相苦,尚何言。』」蘇軾和山谷病目詩:「天公戲人亦薄相。」

〔七〕市朝大隱,見本卷再用景純韻詠懷二首詩注。漢書陳平傳:「顧有美如陳平而長貧者乎?」

〔八〕杜甫南鄰詩:「錦里先生烏角巾,園收芋栗未全貧,慣看賓客兒童喜,得食堦除鳥雀馴。」

〔九〕杜甫有北鄰詩。韓愈答陳商書:「厚意不可虚辱。」

謹次十七叔去鄭詩韻二章以寄家叔一章以自詠〔一〕

鄉里小兒真可憐,市朝大隱正陶然〔二〕。固應聊頌屈原橘〔三〕,底事便歌楊惲田〔四〕。廣陌遥知駒款段〔五〕，曲池猶記鷺聯拳〔六〕。鄭州官舍有池。對床夜雨平生約〔七〕，話舊應驚歲月遷〔八〕。家叔書來喜與家伯大人相會。

【校】

〔題〕聚珍本無「謹」字。

【箋注】

〔一〕胡注：十七叔「名振，字敏彦，終於朝散郎」。按朱弁曲洧舊聞卷三「語兒梨」條：「洛中士大夫陳振著小説云：『語兒當爲禦兒，蓋地名，梨所從出也。』」當即其人。葛勝仲丹陽集卷二十有蒙若拙寵次陳敏彦（振）韻三和七律三首，有云：「廟堂仄席方求助，管庫飛芻莫辭勞」「詔顔秘殿賜恩袍，白首山城始夢刀」，與簡齋此詩「懷祖定知當晚合，次君未可怨稀遷」，又卷九述懷呈十七家叔詩簡齋自注「大人與家叔元豐八年同赴省試」云云觀之，其人蓋早得科名，繼則浮沉下僚者。又勝仲「管庫飛芻」之語，似其人曾爲京西漕屬；其去鄭，殆因人事詿誤。簡齋「蚍蜉撼樹」（第二首）之語，蓋謂此也。丹陽集卷二十又有呈去非詩：「嗣宗曠達早相逢，更喜林間識仲容。」嗣宗當指陳振，仲容則指簡齋，是其人爲勝仲舊交也。又此詩第一首「曲池猶記鷺聯拳」，簡齋自注：「鄭州官舍有池。」是簡齋前此嘗有遊鄭之事，但不知何年月也。自注又云：「家叔書來，喜與家伯大人相會。」所稱「家伯」，名字未詳。又此詩第三章「懷親更值薪如桂，作客重看栗過拳。」據知詩爲宣和三年夏日作，簡齋憂居汝州之第二年也。

嘉慶一統志卷一百八十六河南開封府：「鄭州在府西少南一百四十里。宋曰鄭州滎陽郡，景祐元年置奉寧軍節度，熙寧五年州廢，屬開封府，元豐八年復置，屬京西路。」

〔二〕蕭統陶淵明傳：「我豈能爲五斗米折腰向鄉里小兒。」大隱，見本卷再用景純韻詠懷二首詩注。

〔三〕屈原九章橘頌：「后皇嘉樹，橘徠服兮，受命不遷，生南國兮，深固難徙，更壹志兮，緑葉素榮，紛其可喜兮。」王逸注：「屈原自比志節如橘，不可移徙。」

〔四〕見卷一次韻謝文驥主簿見寄兼示劉宣叔詩注。

〔五〕見卷五次韻答張迪功坐上見貽張將赴南都任二首詩其二注。

〔六〕謝莊玩月詩：「水鷺足聯拳。」杜甫漫成一絶詩：「沙頭宿鷺聯拳静。」

〔七〕韋應物示全真元常詩：「寧知風雪夜，復此對床眠。」末云：「無將一會易，歲月坐推遷。」東坡，子由在懷遠驛讀韋詩至此句，惻然感之，相約早退，爲閑居之樂。及東坡赴官，與子由别於鄭州西門外，馬上賦詩云：「寒燈相對記疇昔，夜雨何時聽蕭瑟。」其後子由與坡相會於彭城，感追前約，作小詩云：「逍遥堂後千尋木，長送中宵風雨聲。誤喜對床尋舊約，不知漂泊在彭城。」

〔八〕蘇軾答頓起詩：「欲話先驚歲月奔。」

其二

蚍蜉堪笑亦堪憐，撼樹無功更怫然〔一〕。賦就柳州聊解祟〔二〕，詩成彭澤要歸田〔三〕。身謀共悔蛇安足〔四〕，理遣須看佛舉拳〔五〕。懷祖定知當晚合〔六〕，次君未可怨稀遷〔七〕。

【箋注】

〔一〕韓愈贈張籍詩：「蚍蜉撼大樹，可笑不自量。」莊子德充符：「我怫然而怒。」

〔二〕柳宗元有解祟賦，其序云：「柳子既謫，猶懼不勝其口，筮以玄，遇干之八，其贊曰：『赤舌燒城，吐水于瓶。』其測曰：『君子解祟也。』喜而爲之賦。」

〔三〕陶潛有歸田園詩六首。

〔四〕杜甫晦日尋崔李詩：「至今阮籍輩，熟醉爲身謀。」史記楚世家：陳軫曰：「人有遺其舍人一卮酒者，舍人相謂曰：『數人飲此，不足以徧，請畫地爲蛇，先成者獨飲之。』一人曰：『吾蛇先成。』舉酒而起，曰：『吾能爲之足。』及其爲之足而後成，人奪之酒而飲之，曰：『蛇固無足，今爲之足，是非蛇也。』」唐摭言卷六：「韓偓天復初入翰林，其年冬，車駕出幸鳳翔，偓有扈從之功。返正初，上面許偓爲相。奏云：『陛下運契中興，當復用重德，鎮風俗。臣座主右僕射趙崇可以副陛下是選。乞迴臣之命授崇，天下幸甚。』上嘉歎。翌日，制用崇暨兵部侍郎王贊爲相。時梁太祖在京，素聞崇之輕佻，贊復有嫌釁。馳入，請見於上前，具言二公長短。上曰：『趙崇是偓薦。』時偓在側，梁主叱之。偓奏曰：『臣不敢與大臣爭。』上曰：『韓偓出。』尋謫官入閩。故偓有詩曰：『……謀身拙爲安蛇足，報國危曾捋虎鬚。……』」

〔五〕晉書衛瓘傳附孫玠傳：「玠嘗以人有不及，可以情恕；非意相干，可以理遣。故終身不見喜愠之容。」楞嚴經：如來舉臂屈指爲光明拳，示阿難曰：「若無我手，不成我拳；若無汝眼，不成汝見。以汝眼根，例我拳理，其及均不？」阿難曰：「我無我眼，不成我見，例如來拳，事義相類。」

〔六〕世説新語簡傲：「謝中郎是王藍田女婿，嘗箸白綸巾，肩輿徑至揚州聽事，見王，直言曰：『人言君侯癡，君侯信癡。』藍田曰：『非無此論，但晚令耳。』」注引述别傳曰：「述少真獨退靜，人未嘗知，故有晚令之言。」按簡齋詩用「晚合」，胡注引世説及注亦作「晚合」，今世説各本均作「晚令」。考晉書謝萬傳載此事亦作「晚合」，與簡齋詩所用合。李慈銘晉書札記謂謝萬傳「晚合」當从世説作「晚令」。按王述字懷祖，封藍田侯。

〔七〕漢書蕭望之傳：子育，字次君，「育爲人嚴猛尚威，居官數免，稀遷」。

其三

鏡中無復故人憐〔一〕，却愧謀生後計然〔二〕。叔夜本非堪作吏〔三〕，元龍今悔不求田〔四〕。懷親更值薪如桂〔五〕，作客重看粟過拳〔六〕。萬事巧違高枕卧〔七〕，憂來一夕費三遷〔八〕。

【校】

〔費三遷〕原本「費」作「廢」，黄、蔣同。潘本、丁鈔、聚珍本並作「費」，今據改。

【箋注】

〔一〕杜甫呈柏中丞詩：「鏡中衰顔色，萬一故人憐。」陳師道寄曹州晁大夫詩：「鏡中當有故人憐。」

〔二〕漢書貨殖傳：范蠡歎曰：「計然之策十，用其五而得意，既以施國，吾欲施之家。」孟康注：「姓計名然，越臣也。」蔡謨注謂「計然」爲范蠡所著書篇名，顔師古已辨之。顔云：「計然一號計研，故賓戲曰『研桑心計於無垠』，即謂此也。計然者濮上人也，博學無所不通，尤善計算，嘗南遊越，范蠡卑身事之。」

〔三〕嵇康與山巨源絶交書：「有必不堪者七。」又云：「又聞道士遺言，餌朮黄精，令人久壽，意甚信之。遊山澤，觀魚鳥，心甚樂之。一行作吏，此事便廢。安能舍其所樂而從其所懼哉？」

〔四〕魏志呂布臧洪傳附陳登傳：「陳登者，字元龍，在廣陵有威名。又掎角呂布有功，加伏波將軍，年三十九卒。後許汜與劉備並在荆州牧劉表坐，表與備共論天下人。汜曰：『陳元龍湖海之士，豪氣不除。』……備問汜：『君言豪，寧有事邪？』汜曰：『昔遭亂過下邳，見元龍。元龍無主客之意，久不相與語，自上大床卧，使客卧下床。』備曰：『君有國士之名，今天下大亂，帝主失所，望君憂國忘家，有救世之意，而君求田問舍，言無可采，是元龍所諱也，何緣當與君語？如小人，欲卧百尺樓上，卧君於地，何但上下床之間邪？』表大笑。」

〔五〕戰國策：蘇秦對楚王曰：「楚國食貴於玉，薪貴於桂。」

〔六〕西京雜記：「上林苑有嶧陽栗，嶧陽都尉曹龍所獻，大如拳。」杜甫秋日夔府詠懷奉寄鄭監李賓客一百韻：「色好梨勝頰，穰多栗過拳。」

〔七〕漢書張良傳：呂澤曰：「君安得高枕而卧？」

〔八〕左傳哀公八年：「吴子聞之，一夕三遷。」

連雨書事四首〔一〕

九月逢連雨，蕭蕭穩送秋〔二〕。龍公無乃倦〔三〕，客子不勝愁。雲氣昏城壁，鐘聲咽寺樓〔四〕。 年年授衣節〔五〕，牢落向他州〔六〕。

【校】

〔題〕原本「連雨」下多「賦」字，潘本無，瀛奎律髓卷十七亦無，今據删。 又「四首」二字，原本作題下小注，潘本無二字。

【箋注】

〔一〕第四首「雲移過吴越，應爲洗餘腥」，胡注：「蓋指庚子年事。」瀛奎律髓卷十七選此四首，方回評語：「當是宣和庚子時。」謂方臘起義事也。 按宋史徽宗紀，方臘以宣和二年（庚子）十月起義，三年四月庚戌，爲辛興宗所執，六月戊子，「童貫等俘方臘以獻」。 簡齋此詩作於宣和三年（辛丑）九月，故有「餘腥」之語。 按本集寫方臘起義，惟此詩及卷十五鄧州西軒書事「東南鬼火成何事」數語。 律髓以四詩爲宣和庚子作，蓋未細玩「餘腥」二字語意，誤矣。

〔二〕杜牧憶齊安詩：「連江雨送秋。」

〔三〕蘇軾禱雨張龍公祠詩：「龍公試手初行雪。」

〔四〕杜甫别李義詩：「江山雲霧昏。」蘇軾鬱孤臺詩：「嵐氣昏晨樹，灘聲入市樓。」

〔五〕詩七月：「九月授衣。」

〔六〕陸機文賦：「心牢落而無偶。」杜甫法鏡寺詩：「身危適他州。」

【評】

紀昀云：「穩送」二字究不佳。六句從工部「鐘鼓報新晴」意對面化出。「年年」二字不接五、六。

其二

風伯方安卧，雲師亦少饕〔一〕。氣連河漢潤，聲到竹松高。老雁猶貪去，寒蟬遂不號。相悲更相識，滿眼楚人騷。

【校】

〔河漢潤〕潘本、丁鈔「潤」作「闊」。〔竹松〕丁鈔「松」作「窗」，宋詩鈔同。〔老雁〕聚珍本「雁」作「鶴」，宋詩鈔同，點校本引明本、李氏藏本亦同。〔相識〕潘本「識」作「失」，瀛奎律髓同。

【箋注】

〔一〕廣雅：「風伯曰飛廉。」西京雜記：「雲師曰屏翳。」

【評】

紀昀云：起二句太猙獰。四句勝三句。後四句悲壯。五句「貪」字不穩，而此聯句法亦複起二句。

其三

寒入薪蒭價〔一〕，連天兩眼愁〔二〕。生涯赤藤杖〔三〕，契分黑貂裘〔四〕。烏鵲無言暮，蓬蒿滿意秋。同時不同味，世事劇悠悠〔五〕。

【校】

〔薪蒭〕瀛奎律髓「薪」作「新」。〔劇悠悠〕瀛奎律髓「劇」作「極」。

【箋注】

〔一〕韓愈答胡直均書：「雨不止，薪蒭價益高。」按此即前謹次十七叔去鄭詩韻二章以寄家叔一章以自詠詩所謂「懷親更值薪如桂」意。紀昀謂「起句費解」，非。

〔二〕盧照鄰秋霖賦：「眺窮陰兮斷地，看積水兮連天。」又云：「覩皇天之淫溢，孰能不偶坐而含顰。」

〔三〕韓愈有赤藤杖歌。

〔四〕戰國策：蘇秦説秦王，書十上而説不行，黑貂之裘弊。

〔五〕世事悠悠，見卷一次韻周教授秋懷詩注。白居易永崇里觀居詩：「年光忽冉冉，世事太悠悠。」

【評】

馮舒評「契分黑貂裘」句：下言秋，則太冷些。

紀昀評：起句費解。五、六句有寄託，惜末句説破，較少味，渾之則更佳。馮氏譏貂裘太早，然此不過借言客況耳，不必如此泥。

其四

白菊生新紫，黄蕪失舊青。俱含歲晚恨，併入夜深聽。夢寐連蕭瑟，更籌亂晦冥。雲移過吴越，應爲洗餘腥〔一〕。

【校】

〔歲晚恨〕潘本「恨」作「悵」，瀛奎律髓同。　〔蕭瑟〕聚珍本「瑟」作「索」，宋詩鈔同。

【箋注】

〔一〕杜甫喜雨詩：「崢嶸群山雲，交會未斷絶。安得鞭雷公，滂沱洗吴越。」又喜聞官軍已臨賊寇二十韻詩：「已是沃腥臊。」按方臘起義其時雖被鎮壓，然其後若仇道人、余五婆、繆羅之事，層見迭起；而所謂喫菜事魔之俗，自宣和三年閏五月起即嚴申禁令（宋會要輯稿刑法二之八一），然終宋之世，訖不能絶。則所謂「餘腥」者固未易「洗」也。（參看宋史徽宗紀，童貫、韓世忠、陳遘、李邈、劉韐、王淵、楊沂中諸傳，以及李心傳建炎以來繫年要録，志磬佛祖統紀，莊季裕雞肋編，方勺青溪寇軌諸書，文長不録）

【評】

紀昀云：起四句沉着，結亦切實，亦闊遠。

正集卷八

陳叔易賦王秀才所藏梁織佛圖詩邀同賦因次其韻〔一〕

維摩之室本自空〔二〕，忽驚滿月臨丹宮〔三〕。稽首世尊真實相〔四〕，不比圖畫填青紅〔五〕。天女之孫擅天巧〔六〕，經緯星宿超庸庸。淪精入此三昧手〔七〕，一念直到祇園中〔八〕。意匠經營與佛會〔九〕，七寶欲動聲瓏瓏〔一〇〕。眉間毫光放未盡〔一一〕，指下已帶旃檀風〔一二〕。飛梭本是龍變化〔一三〕，挾大威德行神通〔一四〕。恍若祇洹遇佛影〔一五〕，豈彼臺像能比崇。共惟此事不思議〔一六〕，細看衆巧無遺蹤。日浮雞園赤爛爛〔一七〕，天入鷲嶺青叢叢〔一八〕。那知金臂是正倒〔一九〕，但覺已挫千魔鋒〔二〇〕。龍天四衆儼然侍〔二一〕，喜滿尺宅俱成功〔二二〕。向來八風幾卷地〔二三〕，衆寶行樹無摧椊〔二四〕。老蕭區區佛所憫〔二五〕，豈與十二蟯蚘同〔二六〕。重雲之殿珠作帳，一朝入海奔雷公〔二七〕。幸留此像不爲少，福聚萬紀兼千總〔二八〕。餘休八葉終灰燼〔二九〕，堅固却賴三眠蟲〔三〇〕。似聞法猛藕絲像，當時已不隨煙東〔三一〕。煌煌二寶照南北，各攝萬鬼專其雄〔三二〕。龍華已耀東坡墨〔三三〕，驚夢不假撞洪鐘〔三四〕。唯有兹圖晦幾歲，留待公句貽無窮。畫沙累土皆見佛〔三五〕，而況筆墨如此工。亦念衆生業障厚〔三六〕，要與機杼聊分攻〔三七〕。從今俱盡未來世〔三八〕，買絲不繡平原容〔三九〕。

【校】

〔直到〕聚珍本「直」作「真」。〔尺宅〕聚珍本「尺」作「火」，非。〔各攝〕原本「各」誤「客」，據聚珍本改。點校本引李氏藏本作「容」。〔分攻〕點校本引李氏藏本「攻」作「巧」，非。

【箋注】

〔一〕胡注：「叔易名恬，陽翟人，任祕書省校書郎。後棄官，卜築嵩華之間。號澗上丈人。」按郡齋讀書志（衢本）卷十九：「澗上丈人詩二十卷，右皇朝陳恬字叔易，堯叟裔孫也。博學有高志，不從選舉，躬耕於陽翟，與鮮于綽、崔鶠齊名，號陽城三士。又與晁以道同卜居於嵩山。大觀中，召赴闕，除校書郎。以道戲以詩戲之曰：『處士何人爲作牙？暫攜猿鶴到京華。故山巖壑應惆悵，六六峰前只一家。』未幾，致仕還山。建炎初再召，避地桂嶺，卒，年七十四，秩朝奉郎，直祕閣。澗上丈人者，其自號也。詩句豪健，嘗作古别離紀靖康之難，一時傳誦之。筆札清勁，與人尺牘，主皆藏弆以爲寶云。」按晁以道譏陳恬應詔赴闕詩，趙德麟侯鯖録卷七、張表臣珊瑚鈎詩話卷一、朱弁風月堂詩話卷下、馬永卿嬾真子卷四、羅大經鶴林玉露卷八皆載之，其薦之於朝者宋喬年也。張邦基墨莊漫録卷四：「許、洛兩都軒裳之盛，士大夫之淵藪也。黨論之興，指爲許、洛兩黨。崔鶠德符、陳恬叔易皆戊戌生，田晝承君、李豸方叔皆己亥生，並居潁昌陽翟，時號『戊己四先生』，以爲許黨之魁也。故諸公皆坐廢之久。」雪浪齋日記：「潁昌富文物，崔鶠、陳恬猶下士。」過庭録：「棣州陳恬叔易，以才名稱鄉里，自號澗上丈人。里人之子從叔易學文，而好刷飾頭面，舉止妖嬈，目爲澗上丈母。」建炎以來繫年要録卷二十五：「建炎三年秋七月辛丑，朝奉郎陳恬直祕閣主管崇山崇福宫。恬，堯叟元孫（原注：堯叟閬中人，祥符中爲樞密使相），少力學，屏居陽翟，躬耕養母，往來嵩、少間。上皇聞其名，詔爲祕書省正字。奉祠去，避地還蜀。大臣薦其賢，至是復召。恬以老疾求去，未幾，卒於桂州。」此陳恬事之可考者。（曲洧舊聞卷四又記其論宋敏求藏書事）陳恬是時在汝州，甚爲葛勝仲所尊禮（葛立方韻語陽秋卷十八記其事，引見卷七聞葛工部寫華嚴經成隨喜賦詩詩注）。簡齋蓋因勝仲而識其人。按陳恬與崔鶠爲友，而簡齋少時嘗學詩於崔鶠（見徐度却掃編卷中），則於簡齋爲前輩也。恬所賦織佛圖原詩未見，其澗上丈人詩二十卷亦無傳本。厲鶚宋詩紀事卷三十七録恬詩四首。

〔二〕維摩經：文殊問維摩疾，見其室空無諸所有。

〔三〕觀佛三昧經：佛外現十楞，内現空相，放之能遍十方，圓卷如秋滿月，分明皎浄。

〔四〕觀無量壽經：觀觀世音真實色身相。

〔五〕韓愈謁衡嶽廟遂宿嶽寺題門樓詩：「粉牆丹柱動光彩，鬼物圖畫填青紅。」

〔六〕史記天官書：織女，天女孫也。

〔七〕文選謝莊月賦：「淪精而漢道融。」李善注：「漢書：元后母李親夢月入懷而生后，遂爲天下母。」華嚴經十定品：「入諸佛三昧。」又云：「入此三昧已。」蘇軾謙師分茶詩：「來試點茶三昧手。」

〔八〕阿含經：給孤長者買祇陀太子園側，布黄金遍地，爲佛造寺。

〔九〕杜甫丹青引：「意匠慘淡經營中。」

〔一〇〕法華經：「或以七寶粧嚴飾作佛像。」七寶謂金、銀、瑠璃、硨磲、碼碯、真珠、玫瑰也。諸經論所説七寶，與法華略有不同。

〔一一〕法華經：「放眉間白毫相光。」

〔一二〕法華經：「旃檀香風，悦可衆心。」

〔一三〕晉書陶侃傳：「或云侃少時漁於雷澤，網得一織梭，以挂于壁。有頃雷雨，自化爲龍而去。」

〔一四〕金光明經：「有大威德。」

〔一五〕玄奘師西域記：師至祇洹寺，聞有佛影時現毒龍窟中，往觀焉，經一日一夜乃見之。

〔一六〕法苑珠林：「佛變化無量三昧力不可思議。」張相詩詞曲語辭滙釋卷二：「共惟，猶云深思也，正與細看相對。」

〔一七〕阿含經：佛在雞園。俱舍論：五百羅漢居處雞園。

〔一八〕七佛咒經：佛在給孤鷲嶺。按鷲嶺在王舍城，梵云耆闍崛山是也。佛國記：入谷搏山東南上十五里到耆闍崛山，有石窟南向，佛本於此坐禪。西北三十步，復有一石窟，阿難於中坐禪。天魔波旬化作雕鷲住窟前恐阿難，佛以神足力隔石舒手摩阿難肩，怖即得止。鳥跡手孔今悉存，故曰雕鷲窟山。其山峰秀端嚴，是五山之最高也。大論云：耆闍名鷲，崛名頭，是山頂似鷲。釋氏西域記：耆闍崛山在阿耨達山王舍城東北，望其山有兩峰雙立，相去二三里，中道鷲鳥常居其嶺，土人號曰耆闍崛山，山名耆闍，鷲也。

〔一九〕楞嚴經：如來垂金色臂，輪手下指示阿難，言：「汝見我手爲正爲倒？」阿難言：「世間以此爲倒，我不知誰正誰倒。」

〔二〇〕本行經：六欲天主彼旬領諸魔衆，雨刀劍、大石、毒蛇來惱怖佛，佛入慈悲無量定以伏之，魔自退散。

〔二一〕公乘億奬公塔碑：「天花散地，水月澄空，常與四衆天人，皆臻法要，六州士庶，盡結勝因。」按龍天，謂八部衆中之龍衆與天衆也。八部衆：一曰天衆，欲界六天，色界四禪天，無色界之四空處天也。身具光明，故名天。二曰龍衆，如法華經聽衆所列八大龍王。又四衆有四說：一說：發起衆，當機衆，應響衆，結緣衆也。二說：比丘，比丘尼，優婆塞，優婆夷，是僧伽之四衆也。三說：比丘，比丘尼，沙彌，沙彌尼，是爲出家之四衆。四說：龍象衆，邊鄙衆，多聞衆，大德衆，即四果之聖衆。

〔二二〕雲笈七籤卷十一：黄庭内景經：「雲宅既清玉帝遊。」梁丘子注釋：「面爲雲宅，一名尺宅，以眉目鼻口之所居，故爲宅也。」又經云：「外應尺宅氣色芳。」注：「尺宅，面也。」洞神經曰：「面爲尺宅。」字或作「赤澤」。

〔二三〕寶積經以利、衰、毀、譽、稱、譏、苦、樂爲八風，言能動人也。寒山詩：「八風吹不動，萬古人傳妙。」韓愈雙鳥詩：「春風卷地起。」

〔二四〕彌陀經：「微風吹動諸寶行樹。」廣雅：「桻，木末也。」

〔二五〕南史侯景傳：景曰：「要須濟江縛取蕭衍老公以作太平寺主。」

〔二六〕柳宗元東海若篇：「今有爲佛者二人，同出於毗盧遮那之海，而汩於五濁之糞，而幽於三有之瓠，而窒於無明之石，而雜於十二類之蟯蚘。」孫汝聽注：「十二類，謂子爲鼠、丑爲牛之類。」說文：「蟯，腹中短蟲也。从虫，堯聲。」廣韻：「蚘，人腹中長蟲。户恢切。」字亦作蛕，俗作蛔。

〔二七〕南史梁武帝紀：「中大通元年六月，都下疫甚，帝於重雲殿爲百姓設救苦齋，以身爲禱。」釋氏辨正理論：梁武帝得鷲峰奥旨，雞園密義，編之金簡，藏之寶印，覆以珠帳，擎以玉床。續高僧傳：梁武帝崩，以葬事有缺，欲拆重雲殿上寶物。人衆方至，忽雷雨大火焚殿，殿乘空入海，舉衆皆見。有從海來者，見殿佛事在海。蘇軾贈潘谷詩：「一朝入海尋李白。」

〔二八〕說文：「紀，絲別也。」詩羔羊：「素絲五總。」毛傳：「總，數也。」

〔二九〕胡注：「自武帝衍至琮，八葉。」

〔三〇〕荀子賦篇：「三俯三起，事乃大已，夫是之謂蠶理。」楊倞注：「俯謂卧而不食。」李白寄東魯稚子詩：「吴蠶已三眠。」

〔三一〕胡注：「傳燈録（卷二十七）：善慧大士傅翕，彌勒化身也。臨終曰：『吾去已，不得移寢床，七日，有法猛上人持像及鍾來鎮于此。』後猛師果將到織成彌勒像及九乳鍾留鎮之，須臾不見。臨安志：錢氏忠獻王往婺州發傅大士塔，取骨殖及藕絲織成彌勒像、九乳鍾、鳴榔板、扣門槌等遺物十六種，欲置於彌勒院。既至龍山，舉之不動，即其地建龍華寺，以骨殖塑大士像置于塔，併藏其遺物焉。蔡氏談叢：錢塘龍華寺有傅大士真身，仍藏所謂敲門槌、頌金剛經拍板與藕絲燈三物，蓋昔時吴越錢王從婺女雙林取來。藕絲燈者，乃梁武帝時物。謬言藕絲織成，懼不然；疑但當時之上錦爾。所織紋實華嚴會釋氏説法相狀，凡七所，即所謂七處九會者是也。有天人鬼神龍象宮殿之屬，窮極幻妙，奇特不可名。政和後，索入九禁。宣和初，既大黜釋氏教，因復以藕絲燈賜宦者梁師成。師成靖康間籍没，而藕絲燈不知所在。」

〔三二〕韓愈謁衡嶽廟遂宿嶽寺題門樓詩：「天假神柄專其雄。」

〔三三〕胡注：「未詳。」按明田汝成西湖遊覽志卷六：「龍華寺舊名龍華寶勝，錢王以瑞萼園捨建。有傅大士塔像、拍板、門椎、司馬温公祠堂，今皆不存。傅大士故漁人也，遇嵩頭陀，語曰：『我昔與汝於毗婆尸佛前，發願度生，汝今何時還兜率宫？』指令臨水觀影，大士乃見圓光寶蓋，便悟前因。夫婦雙修，頓通佛法。梁武帝召見壽光殿，共論真諦，大士曰：『息而不滅。』帝又請講金剛經，大士揮案一拍而起。帝不喻，再請講，大士乃索拍板，升座唱四十九頌，頌終而去。蘇子瞻大士像贊云：『善慧執板，南泉作舞。借我門椎，爲君打鼓。』元末燬，國朝宣德四年建。」疑所謂「東坡墨」即指此像贊也。又王文誥蘇詩編注集成卷三十一：「西湖志：龍華寺題名云：『蘇軾、王瑜、楊傑、張璹同遊龍華。元祐五年三月二日題。』按蘇軾題名，黨禁時都剗去，多出後人補刻。惟此題係原刻，故精采倍常。」似亦可參。

〔三四〕李白化成寺鐘銘序：「佛以洪鐘撞大夢。」

〔三五〕見卷七聞葛工部寫華嚴經成隨喜賦詩注。

〔三六〕造象經：「造佛形像，一切業障，莫不除滅。」

〔三七〕胡注：「熙寧中，張亶夢入海中金璧樓闕，見瓊琚琅佩者數百人，以碧玉筆硯請張賦詩，且戒之曰：『此間文章，要似隱起鸞鳳，當與織女機杼分巧。過是，則人間語耳。見西清詩話。」

〔三八〕楞嚴經：「盡未來際作佛事。」華嚴經第四十九卷：「如是未來世，有求於佛衆。」

〔三九〕李賀浩歌：「買絲繡作平原君，有酒惟澆趙州土。」

趙虛中有石名小華山以詩借之〔一〕

君家蒼石三峰様，磅礴乾坤氣象横〔二〕。賤子與山曾半面〔三〕，小窗如夢慰平生。爐煙巧作公超霧〔四〕，書册尚避秦皇城〔五〕。病眼朝來欲開懶，借君巉岫障新晴。

【校】

〔秦皇城〕丁鈔「皇」作「王」，宋詩鈔、點校本引明本同。

【箋注】

〔一〕趙虛中，未詳。

〔二〕莊子逍遥遊：「將旁礴萬物以爲一世蘄乎亂。」釋文：旁，又作磅，同。

〔三〕漢書游俠樓護傳：「成都侯（王）商子邑爲大司空，貴重，商故人皆敬事邑，唯護自安如舊節。邑亦父事之，不敢有闕。時召賓客，邑居樽下稱賤子上壽。」鮑照東武吟：「賤子歌一言。」後漢書應奉傳注引謝承書曰：「奉年二十時，嘗詣彭城相袁賀；賀時出行閉門，造車匠於内開扇出半面視奉，奉即委去。後數十年於路見車匠，識而呼之。」

〔四〕後漢書張霸傳附中子楷傳：「楷字公超，性好道術，能作五里霧。」

〔五〕按自崇寧以來，禁元祐學術。於時蘇洵、蘇軾、蘇轍、黄庭堅、張耒、晁補之、秦觀、馬涓文集，范祖禹唐鑑，范鎮東齋紀事，劉攽詩話，僧文瑩湘山野録等印板，並有詔悉行焚毁（事在崇寧二年四月），其禁至宣和時猶未除。費衮梁谿漫志卷七云：「宣和間，申禁東坡文字甚嚴，有士人竊攜坡集出城，爲閽者所獲，執送有司。見集後有一詩云：『文星落處天地泣，此老已亡吾道窮。才力漫超生仲達，功名猶忌死姚崇。人間便覺無清氣，海内何曾識古風。平日萬篇誰愛惜，六丁收拾上瑶宫。』京尹義其人，且畏累己，因陰縱之。」朱弁風月堂詩話卷上：「東坡詩文落筆輒爲人傳誦。是時朝廷雖嘗禁止，賞錢增至八十萬，禁愈嚴而其傳愈多，往往以多相夸。士大夫不能誦坡詩者，便自覺氣索，而人或謂之不韻。」此二條足見一時氛氣。簡齋此語，蓋有激而發，非泛設也。

次韻樂文卿北園〔一〕

故園歸計墮虚空〔二〕，啼鳥驚心處處同〔三〕。四壁一身長客夢〔四〕，百憂雙鬢更春風〔五〕。梅花不是人間白，日色争如酒面紅〔六〕。且復高吟置餘事〔七〕，此生能費幾詩筒〔八〕。

【校】

〔題〕瀛奎律髓卷十三「北園」作「故園」。

【箋注】

〔一〕樂文卿，未詳。本卷後文又有以紙託樂秀才擣治詩，當即其人。

〔二〕杜甫傷秋詩：「何年減豺虎，似有故園歸。」韓愈盤谷詩：「坐令再往之計墮渺茫。」蘇軾次韻舒教授詩：「懸知此歡墮虛空。」

〔三〕杜甫春望詩：「感時花濺淚，恨別鳥驚心。」

〔四〕四壁，見卷四秋雨詩注。

〔五〕杜甫有百憂集行。

〔六〕白居易飲酒詩：「賴有杯中緑，能爲面上紅。」

〔七〕班固答賓戲：「著作者前列之餘事。」

〔八〕唐語林卷二：「白居易長慶二年以中書舍人爲杭州刺史，時吴興守錢徽，吴郡守李穰，皆文學士，悉生平舊友，日以詩酒寄興。後元稹鎮會稽，參其酬唱，每以筒竹盛詩來往。」胡注引唐潘遠紀聞談：「元微之守浙東，白樂天牧蘇臺，常以竹筒著唱和詩，令驛吏遞之，號詩筒。樂天醉封詩筒詩：『爲向南州郵吏道，莫辭來去遞詩筒。』」

【評】

瀛奎律髓卷十三：此詩似新春冬末之作。紀昀云：絶有筆力。三、四江西派，然新而不野。又云：純是新春之作，不宜入之冬日。

汝州吴學士觀我齋分韻得真字〔一〕

狂夫縛軒冕〔二〕，自許稷契身〔三〕。静者樂山林，謂是羲皇人〔四〕。不如兩忘快〔五〕，内保一色醇〔六〕。偉哉道山傑〔七〕，滯此汝水濱。大來會闊步〔八〕，小憩得幽欣〔九〕。一齋有琴酒〔一〇〕，萬事無緇磷〔一一〕。不作子公書〔一二〕，肯受元規塵〔一三〕。人言君佚癡〔一四〕，我知丈人眞〔一五〕。月明泉聲細，雨過竹色新。是間有眞我〔一六〕，宴坐方申申〔一七〕。

【箋注】

〔一〕胡譜：「宣和四年壬寅，時居汝州，有吴學士觀我齋分韻并和天寧老覺心等詩及畫山水賦。」按吴學士字粹老，名未詳。葛勝仲丹陽集卷十七有次吴粹老觀我齋詩：「立我謹外楗，逐物戒内熱。樊然辨物我，此意猶屑屑。是身本虚空，何者爲六結。雖慧念不起，雖定照不滅。無我與我所，觀亦于何設。右臂彈已化，左肘柳如蘗。願君進此道，遺我自朗徹。不見魯東家，意與我俱絶。」簡齋此詩云：「偉哉道山傑，滯此汝水濱。」其人蓋久客汝州者。本集卷九又有同叔易于觀我齋分韻得「旨」字、「下」字各一首，與此得「真」字詩，當是一時之作，蓋即與陳恬、葛勝仲諸人分韻也。自此以下爲宣和四年之作，簡齋丁憂居汝之第三年也。是年，簡齋三十三歲，春末服除，即去汝歸洛矣。

〔二〕杜甫狂夫詩：「自笑狂夫老更狂。」又獨酌成詩：「苦被微官縛，低頭愧野人。」莊子繕性：「古之所謂得志者，非軒冕之謂也。軒冕在身，非性命也。」

〔三〕杜甫自京赴奉先縣詠懷五百字詩：「許身一何愚，竊比稷與契。」

〔四〕晉書陶潛傳：「嘗言夏月虚閑，高卧北窗之下，清風颯至，自謂羲皇上人。」

〔五〕莊子大宗師：「與其譽堯而非桀也，不若兩忘而化其道。」韓愈讀皇甫湜公安園池詩書其後二首詩：「誠不如兩忘。」

〔六〕漢書梅福傳：「一色成體謂之醇。」

〔七〕後漢書竇章傳：「學者以東觀爲道家蓬萊山。」黄庭堅和答子瞻和子由常父憶館中故事詩：「天網極恢疎，道山非簿領。」任淵注：「蓬萊道山，天帝圖書之府也。」

〔八〕易泰卦：「小往大來。」

〔九〕蘇軾斗野亭詩：「孤亭得小憩。」又和陶懷古詩：「果熟多幽欣。」

〔一〇〕嵇康與山巨源絶交書：「時時與親舊叙離闊，陳説平生，濁酒一盃，彈琴一曲。」

〔一一〕論語陽貨：「不曰堅乎，磨而不磷，不曰白乎，涅而不緇。」孔安國曰：「磷，薄也。」蘇軾遊惠山詩：「嘉我二三子，皎然無緇磷。」

〔一二〕漢書陳萬年傳附子咸傳：「時車騎將軍王音輔政，信用陳湯。咸數賂遺湯，予書曰：『即蒙子公力，得入帝城，死不恨。』後竟徵入爲少府。」師古注：「子公，湯之字。」

〔一三〕晉書王導傳：時庾亮雖居外鎮，而執朝廷之權，既據上流，擁强兵，趣向者多歸之。導内不能平，常遇西風塵起，舉扇自蔽，徐曰：「元規塵污人。」

〔一四〕見卷七謹次十七叔去鄭詩韻二章以寄家叔一章以自詠詩注。

〔一五〕杜甫奉贈韋左丞丈二十二韻詩：「甚知丈人真。」

〔一六〕涅槃經第三十八迦葉偈曰：「無我法中有真我。」左傳僖公三十二年：蹇叔曰：「必死是間。」

〔一七〕論語述而：「子之燕居，申申如也，夭夭如也。」馬融注：「申申、夭夭，和舒之貌也。」

送祕典座勝侍者乞麥〔一〕

一春不雨但多風，家家買龜問豐凶。天寧疏頭與天通，泚筆未了雲埋空〔二〕。一雨三日勤老龍〔三〕，隴頭滿眼十分豐。法中福將兩英雄〔四〕，自詭去立丘山功〔五〕。堂頭老師言語工〔六〕，一詩自直三千鍾〔七〕。不憂乞米送盧仝〔八〕，末章謹已藏胸中。

【箋注】

〔一〕祕典座、勝侍者當是汝州天寧寺僧衆。是春旱，葛勝仲禱雨有應，簡齋爲作二詩，外集某以雨有嘉應遂占有秋輒採用家弟韻賦二絶句少貲勤恤之誠是也。此詩云：「天寧疏頭與天通，泚筆未了雲埋空。」知禱雨即在天寧。天寧寺見卷一覺心畫山水賦注。此詩「堂頭老師」，謂覺心也。翻譯名義：「隋潤州刺史李海游命智琳爲斷事綱維，邇後寺立三綱，謂首座、維那、典座也。」因話録：「古者侍者士庶可用之，近日官至使府御史及畿令悉呼閣下。至于初命賓佐，猶呼記室，今則一例閣下，亦謂上下無別矣。其執事纔施於舉人，侍者止行于釋子而已。」

〔二〕泚筆，見卷一放魚賦注。

〔三〕蘇軾喜雨亭記：「一雨三日，伊誰之力？」

〔四〕續高僧傳：唐相法師見釋元會曰：「經云：後五百年，有福智者，此子謂乎？法之大將，豈不然哉！」又道基顧元奘師曰：「余少遊講肆多矣，未見少年神悟若斯人也。席中聽侶，僉號英雄。」

〔五〕漢書京房傳：「臣得出守郡，自詭効功。」顔注：「詭，責也。」東方朔答客難：「所欲必得，功若丘山。」陳琳檄吴將校部曲文：「故乃建丘山之功，享不訾之禄。」

〔六〕堂頭，方丈室也，亦曰丈室。后世董解元西厢記：「生不免從行者參堂頭和尚至德大師法本。」

〔七〕莊子寓言：「曾子再仕而心再化，曰：吾及親仕，三釜而心樂；後仕三千鍾而不洎，吾心悲。」成玄英疏：「六斛四斗曰鍾。」

〔八〕韓愈寄盧仝詩：「至令鄰僧乞米送，僕忝縣尹能不耻。」

食虀〔一〕

君不見領軍家有鞋一屋〔二〕，相國藏椒八百斛〔三〕。士患飢寒求免患〔四〕，癡兒已足憂不足〔五〕。伯龍平生受鬼笑〔六〕，無錢可使宜見瀆〔七〕。但當與作謫仙詩，聊復使渠終夜哭〔八〕。詩中有味甜如蜜〔九〕，佳處一哦三鼓腹〔一〇〕。空腸時作不平鳴〔一一〕，却恨忍飢猶未熟〔一二〕。冰壺先生當立傳〔一三〕，木奴魚婢何足録〔一四〕。顔生狡獪還可憐，晚食由來未忘肉〔一五〕。

【校】

〔猶未熟〕潘本、丁鈔「猶」作「尤」，非。　〔當立傳〕全芳備祖後集卷二十四作「作玄傳」。

【箋注】

〔一〕本集卷九留别心老詩：「晚説汝州禪，飽啖天寧虀。」心老即覺心。此食虀詩當亦禱雨天寧時作。外集又有昨日侍巾鉢飯于天寧蒙佳什謹次韻，蒙再示佳什不敢虚辱厚賜謹再用韻二詩，亦與葛勝仲遊天寧唱酬之作，不必即禱雨時也。

〔二〕顔氏家訓治家篇：「鄴下有一領軍，貪積已甚，家童八百，誓滿一千；朝夕每人肴膳，以十五錢爲率，遇有客旅，更無以兼。後坐事伏法，籍其家産，麻鞋一屋，弊衣數庫，其餘財寶，不可勝言。」

〔三〕新唐書元載傳：「及死，行路無嗟隱者。籍其家……胡椒至八百石。」

〔四〕國語：太子晉曰：「無飢寒乏匱之患，故上下能相固。」

〔五〕五代史馬裔孫傳：崔居儉揚言於朝曰：「孔昭序解語，是朝廷無解語人也。昭序癡兒，豈識事體。」世説新語儉嗇篇注引晉陽秋：「王戎多殖財賄，常若不足。」

〔六〕南史劉粹傳：「宗人有劉伯龍者，少而貧薄。及長，歷位尚書左丞、少府、武陵太守，貧寠尤甚。常在家慨然召左右，將營十一之方，忽見一鬼在傍，撫掌大笑。伯龍歎曰：『貧窮固有命乃復爲鬼所笑也。』遂止。」

〔七〕使鬼錢，見卷三書懷示友十首其六詩注。

〔八〕本事詩：「李太白初自蜀至京師，舍于逆旅，賀監知章聞其名，首訪之。既奇其姿，復請所爲文，出蜀道難以示之，讀未竟，稱嘆者數四，號爲謫仙。解金龜换酒，與傾盡醉，期不間日，由是聲譽光赫。賀又見其烏棲曲，嘆賞苦吟曰：此詩可以泣鬼神矣。」杜甫贈李白詩：「詩成泣鬼神。」淮南子本經：「蒼頡作書而天雨粟，鬼夜哭。」蘇軾和吴傳正枯木歌：「但當與作少陵詩。」

〔九〕四十二章經：「吾經如食蜜，中邊皆甜。」蘇軾食蜜詩：「小兒得詩如得蜜。」又和錢安道詩：「此詩有味君勿傳。」

〔一〇〕蘇軾讀孟郊詩：「佳處時一遭。」莊子胠篋：「含哺而熙，鼓腹而遊。」

〔一一〕蘇軾和葉教授詩：「空腸出秀句，吟嚼五味足。」韓愈送孟東野序：「大凡物不得其平則鳴。」又月蝕詩：「飢腸徹夜無由鳴。」

〔一二〕陸龜蒙杞菊序：「忍飢誦經，豈不知屠沽兒有酒食耶？」

〔一三〕玉壺清話：「太宗皇帝命蘇易簡講文中子，有楊素遺子食經。上因問食品何物最珍，對曰：『物無定味，適口者珍。臣知虀汁爲美，屢欲作冰壺先生傳紀其事，因循未果。』上笑然之。」按趙與虤娱書堂詩話卷下亦記此事，其下云：「陳簡齋食虀詩云：『冰壺先生當立傳，木奴魚婢何足録。』陸務觀亦云：『髯鬚主簿方用事，冰壺先生未解圍。』」

〔一四〕藝文類聚卷八十六引襄陽記曰：「李衡於武陵龍陽洲上種甘千樹，曰千頭木奴。」柳宗元種甘樹詩：「不學荆門利木奴。」古今注：「江東呼青魚爲婢。」

〔一五〕戰國策：「顔蠋願得晚食以當肉。」易坤卦：「其由來者漸矣。」

古別離

東門柳，年年歲歲征人手〔一〕。千人萬人於此別，柳亦能堪幾人折〔二〕。願君遄歸與君期，要及此柳未衰時。

【校】

〔征人〕丁鈔「征」作「在」，非。

【箋注】

〔一〕李白新林浦阻風寄友人詩：「今朝東門柳，夾道拂青絲。」劉希夷代悲白頭翁詩：「年年歲歲花相似。」

〔二〕三輔皇圖：「霸橋在長安東，跨水作橋，漢人送客至此橋，折柳贈別。」全唐詩話：「世傳韓翃有寵姬柳氏，翃成名，從辟淄青，置之都下。數歲，寄詩曰：『章臺柳，章臺柳，顔色青青今在否？縱使長條似舊垂，也應攀折他人手。』柳答曰：『楊柳枝，芳菲節，可恨年年贈離別。一葉隨風忽報秋，縱使君來豈堪折！』」

蠟梅四絶句

花房小如許〔一〕，銅切黄金塗〔二〕。中有萬斛香，與君細細輸。

【校】

〔銅切〕原本「切」作「剪」。丁鈔、宋詩鈔作「切」，今據改。點校本引明本、李氏藏本作「切」。

【箋注】

〔一〕黄庭堅蠟梅詩：「天工戲剪百花房。」

〔二〕漢書外戚傳：「孝成趙皇后居昭陽舍，其中庭彤朱，而殿上髹漆，切皆銅沓黄金塗。」師古注：「切，門限也。」

其二

來從底處所〔一〕？黄露滿衣濕〔二〕。緣憨翻得憐〔三〕，亭亭倚風立〔四〕。

【校】

〔緣憨〕潘本、丁鈔「憨」誤「澸」，宋詩鈔同。全芳備祖作「態」，亦非。〔倚風〕永樂大典二千八百十二「倚」作「依」。

【箋注】

〔一〕韓愈瀧吏詩：「潮州底處所？」

〔二〕洞冥記及東方朔別傳：母忽失朔所在，經年乃歸，曰：「兒暫之紫泥之海，息冥都崇臺，王公啗兒以丹粟霞漿，飽悶幾死。乃飲玄天黃露半合，即醒。」後武帝欲之，朔乃乘步景之馬，至東極，得玄露、青黃露，還以授帝。

〔三〕南部煙花記：隋煬帝御女袁寶兒豔冶多態。洛陽進合蒂迎輦花，帝令持之，號司花女。帝謂虞世基曰：「寶兒多憨態，卿試嘲之。」世基爲詩曰：「學畫鴉黃半未成，垂肩嚲袖太憨生。緣憨却得君王意，常把花枝傍輦行。」

〔四〕杜甫牽牛織女詩：「亭亭新妝立。」又江畔獨步尋花七絕句：「春光懶困倚微風。」李義山蜂詩：「趙后身輕欲倚風。」

其三

奕奕金仙面〔一〕，排行立曉晴。慇懃夜來雪，少住作珠瓔〔二〕。

【校】

〔少住〕全芳備組「少」作「小」。〔珠瓔〕原本「瓔」作「纓」，據聚珍本改。

【箋注】

〔一〕李白贈僧崖公詩：「授予金仙道，曠刦未始聞。」詩閟宫：「新廟奕奕。」方言：「自關而西，凡美容謂之奕。」

〔二〕維摩經：「又見珠瓔在彼佛上。」

其四

亭亭金步摇〔一〕，朝日明漢宫。當時好光景〔二〕，一似此園中。

【校】

〔此園〕全芳備祖卷四「此」作「北」。

【箋注】

〔一〕後漢書輿服志：「步摇，以黄金爲山題，貫白珠爲桂枝相繆，一爵九華。」釋名：「步摇，上有垂珠，步則摇也。」

〔二〕李白越女詞：「新妝蕩新波，光景兩奇絶。」

次韻富季申主簿梅花〔一〕

東風知君將出遊，玉人迥立林之幽〔二〕。欹牆數苞乃爾瘦，中有萬斛江南愁〔三〕。君哦新詩我聽瑩〔四〕，句裏無塵春色静〔五〕。人人索笑那得禁〔六〕，獨爲君詩起君病〔七〕。欲語未語令人嗟〔八〕，桃李回看眼中沙〔九〕。同心不見昭儀種〔一〇〕，五出時驚公主花〔一一〕。典衣重作明朝約〔一二〕，聊復寬君念歸洛。笛催疎影日更疎，快飲莫教春寂寞〔一三〕。

【校】

〔題〕原本「富」誤「傅」，馮校：「庫作『富』，與注合。」今據改。

【箋注】

〔一〕胡注：「季申名直柔，鄭公曾孫。紹興初，任同知樞密院事。時於南園賞梅有作。」宋史卷三百七十五富直柔傳：「直柔字季申，宰相弼之孫也。（按建炎以來繫年要録卷六亦云「弼孫也」。考韓元吉南澗甲乙稿卷十四富修仲家集序稱修仲爲「文忠公四世孫也。幼孤，長于伯父樞密公季申。」則直柔當是富弼之孫，胡注以爲曾孫，誤）以父任補官。（直柔父名紹庭，見張嵲紫微集卷二十資政殿學士左中大夫富直柔故父紹庭可特贈太子太傅制。按富弼諸子名第一字皆用「紹」字，見勞格讀書雜識卷十一，益足證直柔乃富弼之孫而非曾孫）少敏悟有才名。靖康初，晁説之奇其文，薦于朝，召賜同進士出身，秘書省正字。建炎二年，召近臣舉所知，禮部侍郎張浚以直柔應詔，授著作佐郎。尋除禮部員外郎，起居舍人，遷右諫議大夫。出知鼎州，遷給事中。四年，遷御史中丞，爲太常少卿；十月，除端明殿學士，簽書樞密院事；除同知樞密院事。吕頤浩、秦檜皆忌之，以本官提舉洞霄宫、六年，起復資政殿學士知鎮江府，辭不赴。起知衢州，落職奉祠。徜徉山澤，放意吟詠，與蘇遲、葉夢得諸人遊，以壽終于家。王明清玉照新志卷四記秦檜當政事始末，稱檜自北歸，「富季申爲中丞，露章乞遜其職於檜。上亦懷其前日之忠，即從季申之請。尋登政府，繼拜右揆，引（翟）公巽爲參政，季申爲右府。富、翟二公後卒不合而紛紜。二公罷政，然悉存其職名，示以報德」云云。此季申出處大略也。按簡齋建炎末被召赴闕，實季申薦之，事見周必大省齋文集卷十七、費衮梁谿漫志卷六，故於季申生平稍詳論之。又，簡齋作此詩時，季申爲魯山主簿，二人皆在汝州，同受知於葛勝仲，事見韻語陽秋卷十八，引見卷七聞葛工部寫華嚴經成隨喜賦詩注。

丹陽集卷十八有次韻去非梅花詩：「造化小兒心戀嫪，偏向水花施巧妙。冷禁霜帶曉寒飄，清宜月綴微雲照。已與鳴鳩傳酒信，更乞遊蜂供蜜料。交情萬里寄春色，度曲五更吹怨調。半樹臨溪抵死香，一枝倚竹嫣然笑。寒姿疏影太幽獨，静女貧姝真窈窕。世言嘉卉出靈山，我疑異種來圓嶠。肯挑俗子眩穠麗，只約騷人伴吟嘯。少陵牽興催衰白，廣平被惱回剛峭。

徑須相過壽此花，市遠無肴只藜藿。」按簡齋原作今佚，姑附其目於此。

〔二〕蘇軾新城道中詩：「東風知我欲山行，吹斷簷間積雨聲。」晉書衛玠傳：「總角乘羊車入市，見者皆以爲玉人，觀之者傾都。」

〔三〕庾信愁賦：「且將一寸心，能容萬斛愁。」蘇軾和宋肇惠澄心紙詩：「分我江南數斛愁。」

〔四〕莊子齊物論：「是黃帝之所聽熒也。」釋文：熒，本亦作瑩，於迥反。崔云：聽熒，「小明，不大了也」。

〔五〕杜甫傷春詩：「巴山春色静。」

〔六〕杜甫舍弟觀赴藍田取妻子到江陵喜寄三首詩其二：「巡簷索共梅花笑，冷蕊疏枝半不禁。」

〔七〕魏志王粲傳注引典略：「(陳)琳作諸書及檄，草成呈太祖。太祖先苦頭風，是日疾發，卧讀琳所作，翕然而起曰：『此愈我病。』」

〔八〕李白绿水曲：「荷花嬌欲語，愁殺蕩舟人。」

〔九〕白居易續古詩：「何意掌上玉，化爲眼中沙。」

〔一〇〕趙后外傳：飛燕加大號，昭儀奉三十六物以賀，中有五色同心結一盤。西京雜記：漢上林苑有同心梅。

〔一一〕見卷四和張規臣水墨梅五絶其四注。

〔一二〕杜甫曲江詩：「朝回日日典春衣。」

〔一三〕白居易落花詩:「留春春不住,春歸人寂寞。」韋莊詞:「滿院落花春寂寂。」

錢東之教授惠澤州呂道人硯爲賦長句〔一〕

君不見銅雀臺邊多事土,走上觚稜蔭歌舞〔二〕。餘香分盡垢不除〔三〕,却寄書林汙縑楮〔四〕。豈如此瓦凝青膏,冷面不識姦雄曹〔五〕。呂公已去泫餘泣,通譜未許弘農陶〔六〕。暮年得君真耐久〔七〕,摩挲玉質雲生手〔八〕。未知南越石虚中〔九〕,亦有文章似君否。西家撲滿本弟昆〔一〇〕,趣尚清濁何年分〔一一〕。一朝墮地真瓦礫,莫望韓公無瘞文〔一二〕。

【校】

〔題〕潘本、丁鈔、聚珍本「錢東之」作「錢東之」,點校本引明本同。又引增注云:「『東』,一作『柬』。」〔汙縑楮〕潘本、丁鈔「汙」作「汗」,宋詩鈔同。胡注引汗簡事釋此文,知所見本已作「汗」。然「汙」字於義爲長,今從原本。〔呂公〕丁鈔、聚珍本「公」作「翁」。〔趣尚清濁〕潘本、丁鈔作「趣清尚濁」。

【箋注】

〔一〕胡注:「東之名元明,通直益之子,文僖公惟演之四世孫也。」按錢益、錢元明,勞格讀書雜識卷十宋人世系考兩浙錢氏表均失載。建炎以來繫年要録卷八十二：「紹興四年十一月壬申，右從事郎新潭州州學教授錢東之特改合入官。東之避地廣西，用趙鼎薦對而有是命。」不識即錢元明否。葛勝仲丹陽集卷十八次韻去非謝前（按當是「錢」字之誤）教授餉澤州瓦硯詩：「錫花蒸成一抔土，聯坳即墨元光舞。飛鴛餘韻照文房，吕翁心機同刻楮。高平沃壤真土膏，硯與龍尾爲朋曹。剛柔得中不坯瓶，共推妙手能甄陶。郎官小様知名久，何須對面供十手。講郎尚有千載人，要此編摩論臧否。請加什襲傳後昆，阿買不獨書八分。紗帷晝静棐几滑，克肖鼻祖能綴文。」即和此詩。

劉須溪評點簡齋詩集卷四：「春渚紀聞（卷九）：高平吕老造墨常山，遇異人，傳燒金訣，煅出而視之，瓦礫也。有教之爲研者，研成，堅潤宜墨，光溢如漆。每研首必有一白書『吕』字爲誌。吕老既死，法不授子。而湯陰人盜其名而爲之甚衆，持至京師，每研不滿百錢之直。至吕老所遺，好奇之士有以十萬錢購一研不可得者。研出於陶，而以金鐵物劃之不入爲真。」又云：「悟靖處士王衷天誘所藏澄泥研，正紫色，而堅澤如端溪石，扣之鏗然有聲，以金鐵劃之，了無痕跡，疑是澤刈（當作州）吕老所作，而研首無『吕』字。」類説五十八引硯譜：「澤州道人吕翁作澄泥硯，堅重如石，手觸輒生暈，上著『吕』字。」袁文甕牖閒評卷八：「余少時，見家中一瓦硯，頭有一『品』字，多將其背試金。後因擾攘，遂失所在。及觀蘇東坡集，方知澤州金道人澄泥硯與家中瓦硯正同。蓋是時好物易得，故不甚愛惜，使今日尚在，豈不爲吾家之寶，其忍棄之耶？」按袁氏此條所記頗有錯訛，所指當是呂道人硯也。

〔二〕吴融銅雀古瓦硯賦：「觚稜金雀，競託岧嶢；玉女胡人，争來睥睨。」又云：「昔之藏歌蓋舞，庇日干霄，繁華幾代，零落一朝，委地而合隨塵土，依人而却伍瓊瑤。」文選西都賦：「上觚稜而棲金爵。」李注：「觚稜，門角。」

〔三〕陸機弔魏武帝文：武帝臨終，顧命冢嗣曰：「吾婕妤妓人皆著銅雀臺。」又曰：「餘香可分與諸夫人。」吴融銅雀古瓦硯賦：「銜來而月影重重，漏出而爐香細細。」

〔四〕蘇易簡文房四譜卷三：「魏銅雀臺遺址，人多發其古瓦，琢之爲硯，甚工，而貯水數日不滲。世傳云：昔人製此臺，其瓦俾陶人澄泥以絺綌濾過，碎胡桃油方埏埴之，故與衆硯有異焉。即今之大名、相州等處，士人有假作古瓦之狀硯以市于人者甚衆。」揚雄劇秦美新：「發秘府，覽書林。」

〔五〕清異録：「符昭遠不喜茶，嘗曰：此物面目嚴冷，了無和美之態，可謂冷面草也。」蘇軾岐亭詩：「何從得此酒，冷面妒君赤。」江總雜曲：「妾門逢春自可樂，君面未秋何意冷。」魏志武帝紀注引孫盛異同雜語：太祖「嘗問許子將：『我何如人？』子將不答。固問之，子將曰：『子治世之能臣，亂世之姦雄。』太祖大笑。」

〔六〕陶泓，見卷四和張規臣水墨梅五絶詩其二注。

〔七〕耐久，見卷二次韻張矩臣迪功見示建除體詩注。

〔八〕胡注引張少傅石硯賦：「美玉未足方其質。」又云：「韞玉吐雲。」按胡氏所引今未見。雲生手，即前引硯譜所謂「手觸輒生暈」也。

〔九〕文嵩即墨侯石虛中傳：虛中字居默，南越高要人也。隱遁不仕，因採訪遇之端溪。

〔一〇〕西京雜記下，鄒長倩與公孫弘書：「撲滿者，以土爲器以蓄錢，具有入竅而無出竅，滿則撲之。士有聚斂而不能散者，將有撲滿之敗，可不誡歟！」魏志邴原傳注引原別傳曰：「君謂僕以鄭爲東家丘，君以僕爲西家愚夫邪？」

〔一一〕韓愈題杜工部墳詩：「何人鑿開混沌殼，二氣由來有清濁。孕其清者爲聖賢，鍾其濁者成愚樸。」

〔一二〕韓愈瘞破硯文：「硯乎硯乎，與瓦礫異。」後漢書郭太傳：「孟敏字叔達，鉅鹿楊氏人也。客居太原。荷甑墮地，不顧而去。林宗見而問其意，對曰：『甑已破矣，視之何益？』」

以石龜子施覺心長老〔一〕

老龜千年作一息，天地併入支牀力〔二〕。何年生此石腸兒〔三〕，非皮裹骨骨裹皮〔四〕。君家元緒不慎口，遂與老桑同一朽〔五〕。知君遊世磨不磷〔六〕，往作道人之石友〔七〕。道人莫欺此龜無六眸〔八〕，試與話禪當點頭〔九〕。

【校】

〔千年〕聚珍本「千」誤「十」。

【箋注】

〔一〕胡注：「即汝州天寧師。」

〔二〕史記龜策列傳：「問其長老，云龜千歲乃遊蓮葉之上。」又云：「遊三千歲，不出其域。安平靜正，動不用力。壽蔽天地，莫知其極。」又云：「南方老人用龜支床足，行二十餘歲，老人死，移床，龜尚生不死。龜能行氣導引。」白居易贈王山人詩：「夜後不聞龜喘息。」

〔三〕皮日休桃花賦：「余嘗慕宋廣平，疑其鐵腸石心。」

〔四〕傳燈録卷十一：益州大隨法真禪師：「師庵側有一龜，僧問：『一切衆生皮裹骨，遮箇衆生骨裹皮如何？』師拈草履於龜邊著。僧無語。」

〔五〕類説引殷芸小説：「孫權時，有人獲大龜，欲獻吴王。夜泊越里，於大桑中，桑呼龜曰：『勤乎玄緒，奚事爾？』龜曰：『我行不擇日，乃遭拘繫。然盡南山之薪，不能潰我。』桑曰：『諸葛元遜必致相困，求我之徒煮汝，計將安出？』龜曰：『子無多言，禍將及汝。』既至建業，恪諭權取此桑烹之，龜乃立爛。」余嘉錫殷芸小説輯證：「此出異苑，但多删改。」

〔六〕論語陽貨：「不曰堅乎，磨而不磷。」孔安國曰：「磷，薄也。」

〔七〕潘岳金谷詩：「投分寄石友。」

〔八〕郭璞江賦：「有龜六眸。」南齊書祥瑞志：「昇明八年四月長山縣王惠獲六目龜一頭，腹下有萬歡字，並有封兆。」山海經：「吴興郡陽羨縣君山，上有池，池中出六眼龜。」又陳陶有和韋中丞題六眸龜嘉蓮詩。

〔九〕中吴紀聞：「虎丘千人座傍有點頭石。按十道四番志云：『生公講經於此，無信之者。乃聚石爲徒，與談至理，石皆爲點頭。』」

陪諸公登南樓啜新茶家弟出建除體詩諸公既和余因次韻〔一〕

建康九醖美〔二〕，侑以八品珍〔三〕。除瘴去熱惱，與茶不相親〔四〕。滿月墮九天〔五〕，紫面光璘璘〔六〕。平生酪奴謗〔七〕，脈脈氣未申。定論得公詩，雅好知凝神〔八〕。執持甘露椀〔九〕，未覺有等倫〔一〇〕。破睡及四座〔一一〕，愧我非嘉賓。危樓與世隔，萬事不及唇。成公方坐嘯〔一二〕，賞此玉花匀〔一三〕。收盃未要忙〔一四〕，再試晴天雲〔一五〕。開口得一笑〔一六〕，兹遊念當頻〔一七〕。閉眼歸默存〔一八〕，助發梨棗春〔一九〕。

【校】

〔題〕聚珍本「新茶」作「新茗」。〔八品〕聚珍本「品」作「味」。〔除瘴去熱惱〕點校本引李氏藏本句下有「自注本草云」五小字。〔璘璘〕原本作「磷磷」。潘本、丁鈔、聚珍本皆作「璘璘」，今據改。〔雅好〕原本「好」作「號」，據聚珍本改。

【箋注】

〔一〕諸公，當是葛勝仲、陳恬諸人，然今本丹陽集不見此題，俟再考。

〔二〕南史顧覬之傳附孫憲之傳：「憲之字士思，性尤清直。宋元徽中爲建康令。性又清儉强力，爲政甚得人和，故都下飲酒者醇旨，號爲顧建康，謂其清且美焉。」西京雜記：「漢制，宗廟八月飲酎，用九醖。以正月旦作酒，八月成，名曰九醖。」文選張衡南都賦：「九醖甘醴，十旬兼清。」李善注：「魏武集上九醖酒奏曰：『三日一釀，滿九斛米止。』廣雅曰：『醖，投也。』」

〔三〕周禮食醫：「掌和王八珍。」又膳夫：「以樂侑食。」侑，勸也。

〔四〕本草，陳藏器云：「茶苦寒，破熱除瘴。」華嚴經：「以白旃檀塗身，能除一切熱惱而得清涼。」

〔五〕茶譜：「衡山封州之西鄉茶，研膏爲之片，團如月。」盧仝謝孟諫議茶詩：「手閲月團三百片。」王安石寄茶與王平甫詩：「碧月團團墮九天，封題寄與洛中仙。」

〔六〕茶譜：「蒙頂研膏茶名紫筍。」陸羽茶經：「紫者上，緑者次。」廣雅：「璘，文也。」文選景福殿賦注引埤蒼：「璘，斑文貌。」歐陽修樂哉襄陽人詩：「磊落金盤爛璘璘。」

〔七〕洛陽伽藍記卷三：「王肅初入國，不食羊肉及酪漿等物，常飯鯽魚羹，渴飲茗汁。經數年已後，肅與高祖殿會，食羊肉酪粥甚多。高祖怪之，謂肅曰：『卿中國之味也，羊肉何如魚羹？

茗飲何如酪漿？』肅對曰：『羊者是陸産之最，魚者乃水族之長。所好不同，並各稱珍。以味言之，甚有優劣。羊比齊、魯大邦，魚比邾、莒小國。唯茗不中，與酪作奴。』高祖大笑。彭城王謂肅曰：『卿不重齊、魯大邦，而愛邾、莒小國。卿明日顧我，爲卿設邾、莒之食，亦有酪奴。』因此復號茗飲爲酪奴。」

〔八〕莊子達生篇：孔子曰：「用志不分，乃凝於神。」顔延年五君詠：「吐論知凝神。」

〔九〕王智深宋録：豫章王子尚訪曇濟道人於八公山，道人設茶茗，子尚味之曰：「此甘露也，何言茶茗！」黄庭堅飲茶詩：「非君灌頂甘露椀，幾爲談天乾舌本。」

〔一〇〕漢書甘延壽傳：「投石拔距，絶於等倫。」

〔一一〕博物志及本草皆言茶令人少睡。白居易贈王十三詩：「破睡見茶功。」

〔一二〕後漢書黨錮傳叙：南陽太守成瑨委功曹岑晊，郡爲謡曰：「南陽太守岑公孝，弘農成瑨但坐嘯。」

〔一三〕盧仝茶歌：「白花浮光凝椀面。」

〔一四〕韓愈青龍寺詩：「年少得塗未要忙。」

〔一五〕茶經：「第一沸湯之華，如晴天爽朗，有浮雲鱗鱗然。」

〔一六〕莊子盜跖篇：「開口而笑者，一月之中不過四五日而已。」

〔一七〕韓愈閑遊詩：「兹遊苦不數，再到遂經旬。」

〔一八〕列子周穆王篇：「王執化人之袪，騰而上者，中天乃止。暨及化人之宫。化人復謁王同遊，所及之處，仰不見日月，俯不見河海。既寤，王問所從來。左右曰：『王默存耳。』」蘇軾：永和清都觀道士求詩：「羈枕未容春夢斷，清都宛在默存中。」

〔一九〕陶弘景真誥：「許遠遊與王逸少書：「能剪除荆棘，絶去人我，則交梨火棗，生君心中矣。」

諸公和淵明止酒詩因同賦

愛河漂一世，既溺不能止〔一〕。不如淡生活〔二〕，吟詩北窗裏〔三〕。肺肝亦何罪，困此毛錐子〔四〕。不如友麴生，是子差可喜〔五〕。三杯取徑醉〔六〕，萬緒散莫起〔七〕。奈何劉伶婦，苦語見料理〔八〕。不如一覺睡，浩然忘彼己。三十六策中，此策信高矣〔九〕。政使江變酒〔一〇〕，誓不涉其涘。尚須學王通，藝黍供祭祀〔一一〕。

【校】

〔彼己〕原本「己」誤「已」，馮校據聚珍本改，此從之。　〔信高〕丁鈔此二字互倒。

【箋注】

〔一〕七佛咒經：「爲渴愛河漂溺生死大海。」楞嚴經：「愛河乾枯，令汝解脱。」梁武帝歸佛文：「登長樂之高山，出愛河之深際。」

〔二〕摭言：裴令公居東洛，夜宴聯句，元、白有德色。次至楊汝士，曰：「昔日蘭亭無豔質，此時金谷有高人。」白樂天曰：「笙歌鼎沸，勿作此冷淡生活。」蘇軾遊廬山次韻章傳道詩：「莫笑吟詩淡生活，當令阿買爲君書。」

〔三〕李白答王十二詩：「吟詩作賦北窗裏，萬言不直一盃水。」

〔四〕蔡琰悲憤詩：「煢煢對孤景，怛咤糜肝肺。」蘇軾送劉景文詩：「一篇向人寫肝肺，四海知我霜鬢鬚。」舊五代史史弘肇傳：「弘肇又厲聲言曰：『安朝廷，定禍亂，直須長槍大劍，至如毛錐子，焉足用哉！』三司使王章曰：『雖有長槍大劍，若無毛錐子，贍軍財賦，自何而集？』」胡三省通鑑注云：「毛錐謂筆也。以束毛爲筆，其形如錐也。」白居易代書寄微之詩：「策目穿如札，毫鋒鋭若錐。」自注：「時與微之各有纖鋒細管筆，攜以就試，相顧輒笑，目爲毫錐。」

〔五〕麴生，見卷一題劉路宣義風月堂詩注。蘇軾送江公著知吉州詩：「得郡江東差可喜。」又和陶獨飲詩：「床頭伯雅君，此子可與言。」

〔六〕韓愈感春詩：「三杯取醉不復論。」蘇軾上巳日與二三子攜酒出遊詩：「三杯卯酒人徑醉，一枕春睡日亭午。」

〔七〕列子周穆王篇：「吾頓識既往，數十年來存亡得失，哀樂好惡，擾擾萬緒起矣。」沈約内典序：「精靈起伏，萬緒千名。」

〔八〕劉伶婦，見卷六六言二首詩其二注。胡注引晉書：桓沖謂騎兵參軍王子猷曰：「卿在府日久，比當相料理。」子猷不答，直高視，以手板拄頰云：「西山朝來，致有爽氣耳。」錢鍾書管錐編八三二頁：「太平廣記卷四四八楊伯成（出廣異記）：『家人竊罵，皆爲料理。』按料理乃相苦毒，相詆侮之義，張相詩詞曲語辭匯釋卷五論『料理』有『幫助』、『排遣』、『逗引』三義，蓋不識尚有此義也。黄庭堅戲詠高節亭山礬花：『北嶺山礬取意開，輕風正用此時來；平生習氣難料理，愛着幽香未放回。』謂愛花成癖，挽銀河水洗不浄『平生習氣』，『料理』者，剷除也；又催公静碾茶：『睡魔正仰茶料理。』謂賴茶破睡，『料理』者，驅除也；陳與義諸公和淵明止酒詩因同賦：『三杯取徑醉，萬緒散莫起。奈何劉伶婦，苦語見料理。』謂劉婦諫夫毋飲，『料理』者，誡阻也：胥足發明。注山谷、簡齋詩者輒引晉書王徽之傳桓沖語，徒見用字之同，不察用意之反，亦如韓盧逐塊耳。」

〔九〕三十六策，見卷三書懷示友十首詩其五注。

〔一〇〕李白襄陽歌：「遥看漢水鴨頭緑，恰似蒲桃初醱醅。此江若變作春酒，壘麴便作糟丘臺。」

〔一一〕文中子天地篇：「子藝黍登場，歲不過數石，以供祭祀冠婚賓客之酒也，成禮則止。子之室，酒不絶。」

以紙託樂秀才擣治

古人争名翰墨藪〔一〕，柹葉桑根俱不朽〔二〕。固知老褚下歐陽〔三〕，控御管城須好手〔四〕。嫁非好時聊自强〔五〕，幅則甚短慚甚長〔六〕。聞道蔡侯閑石臼〔七〕，爲借餘力生銀光〔八〕。

【校】

〔老褚〕丁鈔「褚」誤「楮」。

【箋注】

〔一〕史記張儀列傳：張儀説秦惠王：「臣聞争名者於朝，争利者於市。」謝瞻張子房詩：「濟濟屬車士，粲粲翰墨場。」宣和書譜：「徐嶠之父師道已精於書，嶠之復以善書稱，且以法授其子浩，浩又傑然爲一家法，是亦熟於翰墨之場者也。」

〔二〕尚書故實：「廣文學士鄭虔好書，無紙，知慈恩寺貯柿葉數屋，遂借僧房居，取葉書，歲久殆遍。」紙譜：「雷孔璋曾孫穆之，猶有張華與祖書，乃桑根紙。」

〔三〕唐書歐陽詢傳：褚遂良亦以書自名，嘗問虞世南曰：「吾書孰與詢？」答曰：「吾聞詢不擇紙筆，皆得如志，君豈得比！」

〔四〕管城，見卷一覺心畫山水賦注。

〔五〕未詳。

〔六〕資暇録：「元和初，薛濤尚松花箋，而好製小詩，惜其幅大，乃命匠狹小爲之。」左傳昭公三年：子雅曰：「彼其髪短而心甚長。」

〔七〕荆州記：耒陽縣蔡子江南有石臼，云是蔡倫舂紙之臼。

〔八〕丹陽記：「江寧縣有紙官署，齊高帝造紙之所也。嘗造銀光紙賜王僧虔。」

正集卷九

述懷呈十七家叔〔一〕

兒時學道逃悲歡，只今未免憂飢寒。浮生萬事蟻旋磨〔二〕，冷官十年魚上竿〔三〕。竹林步兵亦忍辱，長安閉門出無僕〔四〕。門前故人擁爐兒，政坐向來甘録録〔五〕。公不見古人有待良不多〔六〕，利名溺人甚風波〔七〕。垂露成幃仲長統〔八〕，明月爲燭張志和〔九〕。塵中別多會日少〔一〇〕，世事欲談何可了〔一一〕。胸中萬卷已無用〔一二〕，勸公留眼送飛鳥〔一三〕。兩翁觀光今幾時〔一四〕，大人與家叔元豐八年同赴省試。賦歸有約時已稽〔一五〕。未暇藏身北山北〔一六〕，且須覓地西枝西〔一七〕。願從我翁歸洗耳〔一八〕，不用妓女汙山水〔一九〕。肩輿亦莫要僕夫，自有門生與兒子〔二〇〕。

【校】

〔閉門〕點校本引李氏藏本「門」作「户」。　〔公不見〕丁鈔、聚珍本、宋詩鈔「公」作「君」，點校本引明本同。

【箋注】

〔一〕十七叔名振，字敏彦，已見前注。詩云：「冷官十年魚上竿。」按簡齋以政和三年上舍釋褐充開德教授，至是宣和四年，適十年也。詩又云：「兩翁觀光今幾時。」自注：「大人與家叔元豐八年同赴省試。」簡齋父事蹟，諸書不載，本集亦僅見此一條。

〔二〕晉書天文志：「周髀家云：譬之於蟻行磨石之上，磨左旋而蟻右去，磨疾而蟻遲，故不得不隨磨以左迴焉。」錢鍾書管錐編九二八頁論「圓喻之多義」條略云：「黄庭堅僧景宗相訪寄法王航禪師：『一絲不掛魚脱淵，萬古同歸蟻旋磨。』演雅：『氣陵千里蠅附驥，枉過一生蟻旋磨。』又羅漢南公升堂頌：『黑蟻旋磨千里錯。』（原注：參觀陳與義簡齋詩集卷九述懷呈十七家叔云云）皆謂奔波競攘而實則未進分寸，原地不離，故我依然。」

〔三〕歸田録卷二：「梅聖俞以詩知名，三十年終不得一館職。晚年與修唐書，書成未奏而卒，士大夫莫不歎惜。其初受敕修唐書，語其妻刁氏曰：『吾之修書，可謂猢猻入布袋矣。』刁氏對曰：『君於仕宦，亦何異鮎魚上竹竿耶！』」蔡正孫詩林廣記後集卷十引謝無逸詩：「貪夫蟻旋磨，冷（原誤今）官魚上竿。」

〔四〕竹林步兵，見卷六寄若拙弟兼呈二十家叔詩注。韓愈盤谷子詩：「閉門長安三日雪。」又與衛中行書：「出無驢馬，因與人絶。」

〔五〕漢書蕭望之傳：「是時大將軍霍光秉政，長史丙吉薦儒生王仲翁與望之等數人，皆召見。先是，左將軍上官桀與蓋主謀殺光，光既誅桀等，後出入自備，吏民當見者，露索去刀兵，兩吏挾持。望之獨不肯聽，自引出閤，曰：『不願見。』……於是光獨不除用望之，而仲翁等皆補大將軍史。三歲間，仲翁至光禄大夫給事中，望之以射策甲科爲郎，署小苑東門候。仲翁出入，從倉頭廬兒，下車趨門，傳呼甚寵。顧謂望之曰：『不肯録録，反抱關爲！』望之曰：『各從其志。』」倉頭廬兒，師古注：「皆官府之給賤役者也。」

〔六〕韓愈何蕃傳：「凡貧賤之士必有待，然後能有所立，獨何蕃歟？」

〔七〕李康運命論：「將以遂志而成名也，求遂其志，而冒風波於險塗。」

〔八〕後漢書仲長統傳：作詩二篇，以見其志，有云：「垂露成幃，張霄成幄。」古樂府豔歌：「垂露承帷幄，奔星扶輪輿。」

〔九〕唐書張志和傳：「陸羽嘗問孰爲往來者，對曰：『太虚爲室，明月爲燭，與四海諸公共處，未嘗少别也。』」

〔一〇〕古詩：「百年能幾何，會少别還多。」

〔一一〕晉書王導傳：「桓彝初過江，憂懼不樂，往見導，極談世事。還謂周顗曰：『向見管夷吾，無復憂矣。』」杜甫寄高適詩：「詩名惟我共，世事與誰論？」

〔一二〕通鑑卷一六五：梁元帝之敗，命舍人高善寶焚古今圖書十四萬卷。或問何意焚書，帝曰：

「讀書萬卷，猶有今日，故焚之。」杜甫奉贈韋左丞丈二十二韻詩：「讀書破萬卷。」

〔一三〕嵇康贈秀才入軍詩：「目送歸鴻，手揮五絃。」陳師道送王元鈞詩：「直須留眼送歸鴻。」

〔一四〕易觀卦：「觀國之光，利用賓于王。象曰：觀國之光，尚賓也。」

〔一五〕陶潛賦歸去來辭，朱熹宿密菴分韻詩：「莫待迷途始賦歸。」亦用賦歸字。蘇軾送喬仝詩：「東歸有約不敢踰。」

〔一六〕蜀志法正傳注引三輔決録注：「法真字高卿，少明五經，兼通讖緯，學無常師，名有高才。常幅巾見扶風守，守曰：『哀公雖不肖，猶臣仲尼，柳下惠不去父母之邦，欲相屈爲功曹何如？』真曰：『以明府見待有禮，故四時朝覲，若欲吏使之，真將在北山之北，南山之南矣。』」

〔一七〕杜甫寄贊上人詩：「近聞西枝西，有谷杉黍稠。亭午頗和暖，石田又足收。」又有西枝村尋置草堂地宿贊公土室詩。

〔一八〕世説新語排調：「孫子荆年少時欲隱，語王武子『當枕石漱流』，誤曰『漱石枕流』。王曰：『流可枕，石可漱乎？』孫曰：『所以枕流，欲洗其耳；所以漱石，欲礪其齒。』」

〔一九〕晉書謝安傳：「安雖放情丘壑，然每游賞，必以妓女從。」

〔二〇〕見卷六西郊春事漸入老境……詩。

同叔易于觀我齋分韻得自字〔一〕

小草浪出山〔二〕，大隱乃居市〔三〕。功名一畫餅〔四〕，甚矣癡兒計〔五〕。傾身犯火宅，顧自以爲戲〔六〕。汗顔逢冰子〔七〕，更復問奚自。三肅齋中人〔八〕，本是青雲器〔九〕。雖然山上山〔一〇〕，政爾吏非吏〔一一〕。肅肅窗前竹，見引著勝地〔一二〕。世間劇寒暑，了不受榮悴。門前剥啄客〔一三〕，欲問觀我意〔一四〕。但持邯鄲枕，贈客一覺睡〔一五〕。

【校】

〔肅肅〕聚珍本「肅肅」作「蕭蕭」。〔贈客〕原本「客」作「我」，永樂大典二千五百三十七同。丁鈔、聚珍本並作「客」，點校本引李氏藏本亦作「客」，今據改。

【箋注】

〔一〕胡注：「即陳叔易。」按陳恬字叔易，已見前注。

〔二〕世説新語排調：「謝公始有東山之志，後嚴命屢臻，勢不獲已，始就桓公司馬。于時人有餉桓公藥草，中有遠志。公取以問謝：『此藥又名小草，何一物而有二稱？』謝未即答。時郝隆在坐，應聲答曰：『此甚易解，處則爲遠志，出則爲小草。』謝甚有愧色。」杜甫與蘇端詩：「龐公不浪出。」

〔三〕王康琚反招隱詩：「大隱隱朝市。」

〔四〕魏志盧毓傳：時舉中書郎，詔曰：「得其人與否，在盧生耳。選舉莫取有名，名如畫地作餅，不可啖也。」

〔五〕晉書傅玄傳附子咸傳：楊濟與傅咸書曰：「天下大器，非可稍了，而相觀每事欲了。生子癡，了官事，官事未易了也。了事正作癡，復爲快耳。」黄庭堅快閣詩：「癡兒了却公家事。」參看卷八食虀詩注。

〔六〕法華經火宅喻品：「諸子於火宅内樂着嬉戲，心不憂患，無求出意。」景德傳燈録卷五：洪州法達禪師，誦法華經三千部，爲偈贊曰：「經誦三千部，曹谿一句亡。未明出世旨，寧歇累生狂。羊鹿牛權設，初中後善揚。誰知火宅内，元是法中王。」此又進一義。

〔七〕冰子，見卷四西風詩注。

〔八〕左傳成公十六年：「郤至三肅使者而退。」杜注：「肅，手至地。」周禮大祝：「九曰肅拜。」

〔九〕顔延年五君詠：「仲容青雲器，實稟生人秀。」

〔一〇〕古樂府：「藁砧今何在，山上更有山。何當大刀頭，破鏡飛上天。」山上山，隱出字。

〔一一〕晉書孫楚傳附孫綽傳：「嘗鄙山濤，而謂人曰：『山濤吾所不解，吏非吏，隱非隱。』」

〔一二〕世説新語任誕：王衛軍云：「酒正自引人著勝地。」黄庭堅對酒歌：「一杯引人著勝地。」著，猶到也。參看詩詞曲語辭匯釋卷三。

〔一三〕韓愈剥啄行：「剥剥啄啄，有客至門。」

〔一四〕易觀卦：「六三，觀我生進退。」又：「九五，觀我生，君子無咎。」

〔一五〕見卷六元方用韻見寄次韻奉謝兼呈元東二首詩其二注。

觀我齋再分韻得下字

一慵縛兩脚，閉户了晨夜。夢攀城西樹，起造君子舍。紫髯出堂堂〔一〕，見客披衣謝。平生功名手〔二〕，嗜静如食蔗〔三〕。小齋劇冰壺〔四〕，中明外無罅。要知日用事〔五〕，趺坐看鳥下〔六〕。主人心了了〔七〕，竹石亦閒暇。兒童慣看客〔八〕，我車當日駕。平分齋中閒〔九〕，風月不待借〔一〇〕。還須酒屢費〔一一〕，不用牛心炙〔一二〕。

【校】

〔還須〕聚珍本、宋詩鈔「還」作「要」。

【箋注】

〔一〕吴志孫權傳注引獻帝春秋：張遼問吴降人：「向見紫髯將軍，長上短下，便馬善射，是誰？」降人答曰：「是孫會稽。」杜甫送張參軍因呈楊侍御詩：「御史新驄馬，參軍舊紫髯。」蘇軾懷孫莘老詩：「烹魚得尺素，好在紫髯翁。」

〔二〕蘇軾王莽詩：「入手功名事事新。」

〔三〕世説新語排調：顧長康噉甘蔗，先食尾，問所以，云：「漸至佳境。」

〔四〕姚崇冰壺賦序：「冰壺者，清潔之至也。君子對之，示不忘乎清也。」五燈會元：「慧劍無纖缺，冰壺徹底清。」

〔五〕傳燈録龐居士傳：石頭問：「子自見老僧已來，日用事作麽生？」呈一偈云：「日用事無別，唯吾自偶諧。頭頭非取捨，處處勿張乖。朱紫誰爲號，丘山絶點埃。神通併妙用，運水及搬柴。」

〔六〕楞嚴經：「世尊結跏趺坐。」列子黄帝篇：「漚鳥舞而不下。」陳師道春江秋野圖詩：「倏看雙鳥下。」

〔七〕傳燈録卷二鶴勒那傳：偈曰：「認得心性時，可説不思議。了了無可得，得時不説知。」又卷三十騰騰和尚了元歌：「心中了了總知，且作佯癡縛鈍。」

〔八〕杜甫南鄰詩：「慣看賓客兒童喜。」

〔九〕杜甫秦州雜詩：「水竹會平分。」

〔一〇〕李白寄裴隱詩：「揚帆借天風。」孟郊夜集汝州郡齋聽陸僧辯彈琴詩：「徹文北山外，借月南樓中。」

〔二〕晉書謝安傳：「又於土山營墅，樓館林竹甚盛，每攜中外子姪往來遊集，肴饌亦屢費百金，世頗以此譏焉，而安殊不以屑意。」

〔三〕見卷一玉延賦注。

寄題商洛宰令狐勵迎翠樓〔一〕

西來金衣鶴，書落汝水湄〔二〕。雲霞映道路，中有迎翠詩。遥知五斗粟〔三〕，未辦買山資〔四〕。政要百尺樓〔五〕，了此浮天眉〔六〕。森然詩中畫〔七〕，想見憑欄時。朝曦與暮靄，百變皆令姿〔八〕。君方領此意，簿書何急爲。衆手劇雲雨〔九〕，唯山不瑕疵。當年四老翁，視世輕於芝〔一〇〕。坐令山偃蹇〔一一〕，不受人招麾〔一二〕。誰歟樓中客？俯仰與山期。顧要君折腰，督郵真小兒〔一三〕。因之感我意〔一四〕，故巖歸已遲。便攜靈運屐〔一五〕，不待德璋移〔一六〕。

【箋注】

〔一〕外集有用大成四桂坊韻賦詩贈令狐昆仲一首，當是一時之作。葛勝仲丹陽集卷二十四桂坊引有「燉煌令狐吉光首以文藝第進士，其季茂之、壽域、子建皆繼登科，並時顯仕，蔚爲冕紱盛家。余爲汝州，榜其坊曰四桂。豈獨門閥之懿，且以勸來者」云云。按令狐勵當即四人之一。商洛，春秋楚商邑，漢置商縣，隋改爲商洛。今陝西商州東。

〔二〕李白代壽山答孟少府移文書：「淮南小壽山，謹使東峰金衣雙鶴銜飛雲錦書于維揚孟公足下。」

〔三〕見卷四送張仲宗押戟歸閩中詩注。

〔四〕世説新語排調：「支道林因人就深公買印山，深公答曰：『未聞巢由買山而隱。』」雲溪友議卷上記于頔事：「有匡廬符載山人遣三尺童子齎數幅之書乞買山錢百萬，公遂與之。」

〔五〕見卷七謹次十七叔去鄭詩韻二章以寄家叔一章以自詠詩其三注。

〔六〕韓愈南山詩：「天宇浮修眉，濃緑畫新就。」

〔七〕東坡志林：「味摩詰之詩，詩中有畫；觀摩詰之畫，畫中有詩。」

〔八〕歐陽修醉翁亭記：「日出而林霏開，雲歸而巖穴暝，晦明變化者，山間之朝暮也。」傅咸贈何劭王濟詩：「煌煌發令姿。」

〔九〕衆手雲雨，見卷一次韻謝文驥主簿見寄兼示劉宣叔詩注。

〔一〇〕高士傳：秦世坑儒，四皓退而作歌曰：「莫莫高世，深谷逶迤。曄曄紫芝，可以樂飢。唐虞世遠，吾將誰歸」云云。乃共入商洛，隱地肺山，漢高帝招之不至。

〔一一〕蘇軾越州張中舍壽樂堂詩：「青山偃蹇如高人，常時不肯入官府。高人自與山有素，不待招邀滿庭户。」

〔二〕史記汲黯傳：嚴助曰：「招之不來，麾之不去。」

〔三〕見卷七謹次十七叔去鄭詩韻……詩其一注。

〔四〕李白別崔侍御詩：「因之出寥廓。」李商隱井泥詩：「因之感物理。」

〔五〕宋書謝靈運傳：「尋山陟嶺，必造幽峻，巖障千重，莫不備盡。登躡常著木屐，上山則去其前齒，下山去其後齒。」

〔六〕見卷四送張仲宗押戟歸閩中詩注。

次韻謝天寧老見貽

庭柏不受寒〔一〕，依然照人緑。霧收晨光發，可玩不可掬〔二〕。道人方出定〔三〕，不復辨羊鹿〔四〕。微雲度遥天，一笑立於獨〔五〕。嗟予晚聞道〔六〕，學看傳燈録。三生蠹書魚〔七〕，萬卷今可束〔八〕。轂雖已破碎，猶欲大其輻〔九〕。是身堪底用，況乃五斗粟〔一〇〕。自從識師面，日月幾轉轂〔一一〕。受師爐中煙，無處著榮辱〔一二〕。周妻與何肉〔一三〕，恨我未免俗〔一四〕。從今謝百事〔一五〕，請作龜頭縮〔一六〕。却笑長沙傅，區區問淹速〔一七〕。聊將非舌言〔一八〕，往和無譜曲〔一九〕。

【校】

〔題〕原本題下注「覺心」二字，馮校：「庫無。」點校本引李氏藏本「覺心」上有「自注」二字。

【箋注】

〔一〕杜甫陪李北海宴歷下亭詩：「修竹不受暑。」

〔二〕柳宗元詣超師院詩：「日出霧露餘，青松如膏沐。」朱灣壁畫古松詩：「孤標可玩不可取，能使支公道場古。」蘇軾和李白詩：「泠然洗我心，欲飲不可掬。」

〔三〕定謂心凝一境，不散動也。六度集經：「復有四種禪定，具足智慧：一、常樂獨處；二、常樂一心；三、求禪及通；四、求無礙佛智。」金陵語録：「定有出定入定之意，非若士無所不定慧者，見微而已，不若止觀，無所不見。」方干贈江南僧詩：「思山海上月，出定印香終。」

〔四〕法華經：「以羊車、鹿車、牛車誘引諸子，出離火宅。」傳燈録卷五：洪州法達禪師問：「經説三車，大牛之車與白牛車如何區別？」祖曰：「經意分明，汝自迷背，諸三乘人不能測佛智者，患在度量也。況經文明向汝道無二無三，汝何不省？三車是假，爲昔時故；一乘是實，爲今時故。」按此即所謂「不復辨羊鹿」意。

〔五〕莊子田子方：「先生似違物離人而立於獨也。」

〔六〕莊子漁父：「惜哉，子之早湛於人僞而晚聞大道也！」蘇軾子由自南都來陳三日而别詩：「嗟我晚聞道，款啓如孫休。」

〔七〕三生，見卷一覺心畫山水賦注。韓愈雜詩：「何殊蠹書魚，生死文字間。」

〔八〕韓愈寄盧仝詩：「春秋三傳束高閣。」蘇軾和劉湜詩：「舊學閑可束。」

〔九〕老子：「三十輻共一轂。」考工記輪人：「則轂雖敝不藃。」（注：「藃，藃暴。」）又：「輪人參分其轂長，二在外，一在內，以置其輻。」今轂碎而猶欲大其輻，則無所輳也。意謂闇於大道，空尚知聞，無所折衷也。

〔一〇〕見卷四送張仲宗押戟歸閩中詩注。

〔一一〕賈島古意：「碌碌復碌碌，百年雙轉轂。」蘇軾和辯才詩：「日月轉雙轂。」

〔一二〕列子力命：「北宫子終身逌然，不知榮辱之在彼也，在我也。」張衡歸田賦：「苟縱心於物外，安知榮辱之所如。」

〔一三〕南史周朗傳附族孫顒傳：顒音辭辯麗，長於佛理，清貧寡欲，終日長蔬，雖有妻子，獨處山舍。何胤亦精信佛法，無妻。文惠太子問顒：「卿精進何如何胤？」顒曰：「三塗八難，共所未免，然各有累。」太子曰：「累伊何？」對曰：「周妻何肉。」又何尚之傳附何胤傳：初，胤侈於味，食必方丈。後稍欲去其甚者，猶食白魚、䱉脯、糖蟹，以爲非見生物。周顒與胤書勸令食菜，故胤末年遂絶血味。

〔一四〕世説新語任誕：阮仲容步兵居道南，諸阮居道北，北阮皆富，南阮貧。七月七日，北阮盛曬衣，皆紗羅錦綺。仲容以竿挂大布犢鼻幝於中庭，人或怪之，答曰：「未能免俗，聊復爾耳。」

〔一五〕韓愈盛山詩序：「令人棄百事而往與之遊。」

〔一六〕史記龜策傳：「龜縮頸而却。」蘇軾贈陳季常見過詩：「人言君畏事，欲作龜頭縮。」

〔一七〕賈誼鵩鳥賦：「請問于鵩鳥，余去何之？吉乎告我，凶言其災，淹速之度，語余其期。」

〔一八〕傳燈録卷二十九玄沙宗一大師頌云：「有語非關舌，無言却要辭。」

〔一九〕蘇軾蒜山亭詩：「唱我三人無譜曲，馮夷亦合舞幽宫。」

陳叔易學士母阮氏挽詞二首〔一〕

典刑奕奕照來今〔二〕，鶴髮魚軒汝水潯〔三〕。避地梁鴻不偕老〔四〕，弄烏萊子若爲心〔五〕。送喪忽見三千乘〔六〕，奉祱那聞五百金〔七〕。婦德母儀俱不愧〔八〕，碑銘知已託張林〔九〕。晁説之許銘墓。

【校】

〔送喪〕原本「喪」作「葬」，據聚珍本改。

【箋注】

〔一〕其二云「去年披霧識儒先」，據知簡齋與陳恬相識，當始於宣和三年。

〔二〕詩大雅蕩：「雖無老成人，尚有典刑。」張景陽雜詩：「此理著來今。」

〔三〕庾信竹杖賦：「予老矣，鶴髮鷄皮。」左傳閔公二年：「夫人乘魚軒。」杜注：「魚皮飾車。」

〔四〕後漢書梁鴻傳：梁鴻與妻孟光隱居避患，共入霸陵山中。詩鄘風：「君子偕老。」

〔五〕孝子傳：老萊奉二親，行年七十，或弄烏於親側，欲之喜焉。

〔六〕漢書樓護傳：樓護字君卿，與谷永俱爲五侯上客，母死，送葬者致車二三千兩。

〔七〕漢書朱建傳：辟陽侯欲知建，建不肯見。及建母死，貧未有以發喪。方假貸服具，辟陽侯用陸賈計，迺奉百金祱。列侯貴人以辟陽故，往賻，凡五百金。顔師古注：「贈終者之衣被曰祱，言以百金爲衣被之具。」

〔八〕周禮九嬪：「婦言婦德。」後漢書馮衍傳：衍與任武達書云：「既無婦道，又無母儀。」

〔九〕藝文類聚卷十八人部二：晉張林陳夫人碑曰：「夫人姓徐，吳郡嘉興人也。夫人少膺靈粹，誕茲淑貞，聰哲明敏，温恭柔順。體仁足以長人，嘉德（當作「會」）足以合禮，恭順不隋（當作「惰」）其心，明烈實備其體。若夫柔惠清順，中和聖善，婦德既備，母道亦踐，志厲冰玉，厥德靡顯。靡靡其操，翼翼其仁，明景内映，朗節外新，芳徽風邁，淑慎其身。」此句下簡齋自注：「晁説之許銘墓。」蓋以張林擬説之也。然今本嵩山集不見此文，蓋已佚矣。（陳振孫直齋書録解題卷十八載説之景迂集二十卷，説之孫子健所裒集，陳氏已稱其「所逸者多矣」。景迂集即嵩山集别題，「蓋一書而兩名」者，説見四庫題要集部别集類七。）

其二

去年披霧識儒先〔一〕，欲拜萱堂未敢前〔二〕。盧壺要傳紗縵業〔三〕，王裒忽廢蓼莪篇〔四〕。秀眉隔夢黄壚裏〔五〕，落日驅風丹旐邊〔六〕。佛子歸真定何處〔七〕？空令苦淚漲黄泉〔八〕。

【校】

〔披霧〕原本「披」誤「坡」，據丁鈔、聚珍本改。　〔紗縵〕聚珍本「縵」作「幔」。

【箋注】

〔一〕晉書樂廣傳：尚書令衛瓘，朝之耆舊，逮與魏正始中諸名士談論，見廣而奇之，曰：「自昔諸賢既没，常恐微言將絶，而今乃復聞斯言於君矣。」命諸子造焉，曰：「此人之水鏡，見之瑩然，若披雲霧而覩青天也。」

〔二〕詩伯兮：「焉得諼草，言樹之背。」毛傳：「背，北堂也。」

〔三〕晉書韋逞母宋氏傳：苻堅嘗幸其太學，問博士經典，乃憫禮樂遺闕。時博士盧壺對曰：「廢學既久，書傳零落，比年綴撰，正經粗集，唯周官禮注未有其師。竊見太常韋逞母宋氏世學家女，傳其父業，得周官音義，今年八十，視聽無闕，自非此母無可以傳授後生。」於是就宋氏家立講堂，置生員百二十人，隔絳紗幔而受業，號宋氏爲宣文君，賜侍婢十人。周官學復行於世，時稱韋氏宋母焉。

〔四〕晉書王裒傳：裒少立操尚，行己以禮。痛父非命，未嘗西向而坐，示不臣朝廷也。廬于墓側，旦夕常至墓所拜跪，攀柏悲號，涕淚著樹，樹爲之枯。母性畏雷，母没，每雷，輒到墓曰：「裒在此。」及讀詩至「哀哀父母，生我劬勞」，未嘗不三復流涕，門人受業者並廢蓼莪之篇。

〔五〕李白山人勸酒詩：「秀眉霜雪桃花貌。」淮南子覽冥訓：「上際九天，下契黄壚。」高誘注：「黄泉下有壚土也。」説文：「壚，黑土也。」

〔六〕賀循葬禮：「旐，古以緇布，今以絳繒。」杜甫悼房相詩：「丹旐飛飛日。」

〔七〕法華經：「佛子行道已。」列子天瑞：「精神離形，各歸其真，故謂之鬼。」

〔八〕左傳隱公元年：「不及黄泉，無相見也。」韓愈弔東野失子詩：「滴地淚到泉。」

歸洛道中〔一〕

洛陽城邊風起沙，征衫歲歲負年華。歸途忽踐楊柳影，春事已到蕪菁花〔二〕。道路無窮幾傾轂〔三〕，牛羊既飽各知家。人生擾擾成底事，馬上哦詩日又斜。

【箋注】

〔一〕胡譜:「宣和四年壬寅,春末歸洛,有道中及龍門詩。夏,服除。七月,擢太學博士入京,有過中牟、遊葆真等詩。冬,有和王堯明郊祀顯相詩。」按此詩乃簡齋去汝歸洛時作。正德汝州志卷一:「汝州西至洛陽縣,界在臨汝鋪六十里,又一百二十里抵縣。」外集有留别葛汝州詩,當是一時之作。詩云「西州杖履三寒暑」,簡齋自宣和二年丁内艱寓居汝州,至是已三年也。按簡齋寓汝三年,作詩甚多,其中與葛勝仲唱酬之作尤衆。以丹陽集校之,大抵外集諸詩,凡稱「葛汝州」、「知府」、「判府」、「待制」、「大成」者,皆與勝仲唱酬之作。弟與能亦連枝同氣,數相唱于。當於後文詳之。

〔二〕韓愈感春詩:「黄黄蕪菁花,桃李事已退。」蘇軾望江南詞:「春色屬蕪菁。」

〔三〕此亦卷三書懷示友十首詩「試數門前客,終歲幾覆車」意。

道中寒食二首

飛絮春猶冷,離家食更寒〔一〕。能供幾歲月,不辦了悲歡。刺史蒲萄酒〔二〕,先生苜蓿盤〔三〕。一官違壯節〔四〕,百慮集征鞍〔五〕。

【校】

〔題〕原本無「二首」二字，潘本、丁鈔、聚珍本有，今據補。又潘本「道中」作「中道」。〔壯節〕丁鈔、聚珍本「節」作「志」。

【箋注】

〔一〕荆楚歲時記：「去冬節一百五日即有疾風甚雨，謂之寒食。」

〔二〕後漢書張讓傳注引三輔決録注：「(孟)佗字伯郎，以蒲萄酒一斗遺讓，讓即拜佗爲涼州刺史。」此刺史指葛勝仲。

〔三〕苜蓿盤，見卷五次韻張迪功春日詩注。先生，自謂。

〔四〕莊子逍遥遊：「知效一官。」後漢書戴就傳：「薛安奇就壯節。」

〔五〕易繫辭：「一致而百慮。」

【評】

瀛奎律髓卷十六，馮舒評：「甚好，後山猶可及，黄則千里。」紀昀云：「此詩逼近後山。馮抹『食更寒』三字，七言中，老杜『佳辰强飯食猶寒』句，又不敢抹，此全以人之唐宋爲詩之工拙。」又云：「五六用蒲萄酒換涼州事。」

其二

斗粟淹吾駕〔一〕，浮雲笑此生〔二〕。有詩酬歲月，無夢到功名。客裏逢歸雁〔三〕，愁邊有亂鶯〔四〕。楊花不解事〔五〕，更作倚風輕〔六〕。

【校】

〔有詩〕原本「詩」作「酒」，丁鈔、聚珍本、瀛奎律髓、宋詩鈔並作「詩」，點校本引李氏藏本同，今據改。〔有亂鶯〕潘本「有」作「又」。

【箋注】

〔一〕斗粟，即五斗米意，見卷四送張仲宗押載歸閩中詩注。

〔二〕浮雲，見卷一覺心畫山水賦注。杜甫遣悶詩：「高枕笑浮生。」

〔三〕杜甫王司馬弟出郭相訪兼遺營茅堂貲詩：「客裏何遷次。」又歸雁詩：「萬里衡陽雁，今年又北歸，雙雙瞻客上，一一背人飛。」唐宋遺史：如意中女子送兄詩：「所嗟人異雁，不作一行歸。」

〔四〕愁邊，見卷七再用景純韻詠懷二首其一詩注。杜甫贈王二十四侍御契四十韻詩：「曉鶯工迸淚。」韋應物聽鶯曲：「何處愁人憶故園。」洞微志載錢汚詩：「一聲鶯送一般愁。」

〔五〕韓愈晚春詩：「楊花榆莢無才思，唯解漫天作雪飛。」杜甫彭衙行：「小兒强解事。」

〔六〕倚風，見卷八蠟梅四絶句其二詩注。

【評】

瀛奎律髓卷十六，紀昀評：「後四句意境、筆路皆佳，綽有工部神味，而又非相襲。」

龍門〔一〕

不到龍門十載强〔二〕，斷崖依舊掛斜陽。金銀佛寺浮佳氣〔三〕，花木禪房接上方〔四〕。羸馬暫來還徑去，流鶯多處最難忘。老僧不作留人意〔五〕，看水看山白髮長〔六〕。

【校】

〔題〕海虞文徵卷二十八載此詩題作「破山寺」。〔佛寺〕原本「寺」作「事」，黄本同，黄校改作「寺」。丁鈔亦作「事」，朱筆改「寺」。潘本、聚珍本、宋詩鈔均作「寺」，今據改。〔暫來〕馮校：「『暫』，庫作『乍』。」宋詩鈔作「乍」，點校本引明本同。

【箋注】

〔一〕胡注：「龍門在西京河南縣。地志曰：『闕塞山一名伊闕，而俗名龍門。』韋述東都記：『龍門號雙闕，與大内對峙，若天闕焉。』」嘉慶一統志卷二百五河南河南府山川：「括地志：『伊闕在洛陽南十九里，今名鍾山，又謂之龍門。』宋祁曰：『伊闕，洛陽西南之險也。自汝、潁北去，必道伊闕，其間山谷相連，阻阨可恃。』」同書卷二百六：「龍門鎮在洛陽縣南二十里。」河南通志卷五十二：「龍門龕在府城南三十里。兩山對峙，東曰香山，石壁峭立。伊水中出，又名伊闕。壁間鑿龕石佛大小千萬數，皆後魏及唐時所鑿。極大者三龕，唐魏王泰爲長孫皇后所造。」按此下七首爲簡齋歸洛以後之作。簡齋以崇寧五年遊太學，至是已十六年，詩云「不到龍門十載强」者，蓋自釋褐之日言之。簡齋以政和三年上舍釋褐，其後則「四歲冷官桑濮地，三年羸馬帝王州」，繼則居憂汝州，三易寒暑，前後十年，其間未嘗歸洛，故曰「十載强」也。

〔二〕杜甫別常徵君詩：「卧病一秋强。」

〔三〕杜甫龍門詩：「氣色皇居近，金銀佛寺開。」

〔四〕常建題破山寺後禪院詩：「竹徑通幽處，禪房花木深。」

〔五〕杜甫西閣詩：「肯別定留人。」

〔六〕胡注：「靈徹(當作澈)詩：『看水看山待月明。』」按全唐詩卷八一〇靈澈歸湖南作詩此句作「山邊水邊待月明。」當依胡氏所見本校正。

次韻謝心老以緣事至魯山〔一〕

禪師瓶貯幾多空〔二〕，欲問以書無去鴻〔三〕。魯縣人迎波若杖〔四〕，天寧樹起吉祥風〔五〕。荒山春色篇章裏，快士交情筆硯中〔六〕。聞師見富主簿甚款。一日塵沙雙碧眼〔七〕，歸時應與去時同。

【校】

〔碧眼〕聚珍本作「眼碧」。

【箋注】

〔一〕胡注：「魯山，汝州縣名。」正德汝州志卷一：「魯山縣在州治正南一百三十里。」嘉慶一統志卷二百二十四河南汝州：「魯山縣在州西南一百二十里，宋屬汝州陸海軍。」心老謂覺心。簡齋詩中自注：「聞師見富主簿甚款。」富主簿，富直柔也。直柔是時爲魯山主簿，見葛立方韻語陽秋卷十八，引見卷七聞葛工部寫華嚴經成隨喜賦詩注。

〔二〕楞嚴經：「譬如人取頻伽瓶，塞其兩孔，滿中貯空，千里遠餉它國。」

〔三〕韓愈與李秘書書：「不果鞠恭親問而以書。」漢書蘇武傳：「天子射上林中，得雁足有繫帛書，言武在某澤中。」

〔四〕晉書藝術傳:「沙門曇霍持一錫杖,令人跪曰:『此是波若眼,奉之可以得道。』人或藏其錫杖,大哭數聲,閉目須臾,起而取之。」點校本引增注:「『波若』,閩本作『般若』,非。」今按波若或譯般若、班若、鉢若、般羅若,此言智慧也,增注誤。

〔五〕華嚴經世主妙嚴品:「生吉祥風,主空神。」

〔六〕蜀志黃權傳:宣王與諸葛亮書曰:「黃公衡,快士也,每坐起歎述足下不去口。」

〔七〕杜甫大雲寺贊公房四首詩:「苦見塵沙黃。」碧眼,見卷一覺心畫山水賦注。

友人惠石兩峰巉然取杜子美玉山高並兩峰寒之句名曰小玉山

舊喜看書今不看,且留雙眼向孱顏〔一〕。從來作夢大槐國〔二〕,此去藏身小玉山。暮靄朝曦一生了,高天厚地兩峰閑。九華詩句喧寰宇〔三〕,細比真形伯仲間〔四〕。家有壺中九華石刻。

【箋注】

〔一〕大人賦:「放散畔岸,驤以孱顏。」顏師古注:「孱顏,不齊也。」李商隱荆山詩:「壓河連望勢孱顏。」蘇軾峽山寺詩:「攝衣步孱顏。」

〔二〕見卷五送張迪功赴南京掾二首其二詩注。

〔三〕黄庭堅山谷内集卷十七有次韻詩，其小序云：「湖口人李正臣蓄異石九峰，東坡先生名曰壺中九華，並爲作詩。後八年，自海外歸湖口，石已爲好事者所取，乃和前篇以爲笑，實建中靖國元年四月十六日。明年，當崇寧之元五月二十日，庭堅繫舟湖口，李正臣持此詩來。石既不可復見，東坡亦下世矣。感歎不足，因次前韻」云云。按東坡和前韻以自解詩有云：「尤物已隨清夢斷，真形猶在畫圖中。」坡自注：「道藏有五岳真形圖。」施注：「道士張素卿於青城丈人觀畫五岳真形。」查注引晁補之雞肋集，謂此石爲當塗郭祥正以八十千取去。

〔四〕曹丕典論論文：「傅毅之於班固，伯仲之間耳。」杜甫詠懷古跡五首：「伯仲之間見伊吕。」

秋夜

中庭淡月照三更，白露洗空河漢明。莫遣西風吹葉盡，却愁無處著秋聲〔一〕。

【校】

〔淡月〕丁鈔作「月淡」。〔葉盡〕墨莊漫録卷六引此詩「盡」作「落」。〔却愁〕墨莊漫録「却」作「只」。

【箋注】

〔一〕歐陽修有秋聲賦。傳燈録卷二十京兆永安院善静禪師云：「葉落已枝摧，風來不得韻。」詩意蓋自此脱化而出。

跋外祖存誠子帖〔一〕

亂眼龍蛇起平陸〔二〕，前身羲獻已黄壚〔三〕。客來空認袁公額〔四〕，淚盡慚無楊惲書〔五〕。

【校】

〔前身〕丁鈔、聚珍本「前」作「後」，點校本引明本、李氏藏本同。〔黄壚〕點校本引增注：「『墟』，閩本作『壚』。」

【箋注】

〔一〕胡注：「張友正字義祖，退傅鄧國文懿公之幼子。自少學書，常居一小閣上，杜門不治他事，積三十年不輟，遂以書名。神宗嘗評其草書爲本朝第一。號存誠子。」按簡齋生母張氏，乃士遜之孫（見張嵲所撰簡齋墓誌），友正則簡齋外祖也。士遜字順之，陰城人。淳化中舉進士，仁宗朝三度入相，康定初拜太傅，封鄧國公，致仕，皇祐元年卒，年八十六，謚文懿。事迹見宋史卷三百十本傳、宋祁景文集卷五十七張文懿公士遜舊德之碑、胡宿文恭集卷四十太傅致仕鄧國公張公行狀。碑云：士遜「四男子：曰友直，刑部員外郎，直史館；曰友倆，殿中丞；曰友正，將作監丞；曰友誼，奉禮郎，獨早世。上恤其孤，故友直爲史館修撰，友倆任親民官，友正選大理寺丞。」簡齋生母，友正所出也。宋史張士遜傳：「友正字義祖，士遜幼子。自少學書，常居一小閣上，杜門不治他事，積三十年不輟，遂以書名。神宗嘗評其書爲本朝第一。號存誠子。」徐度却掃編卷中：「張友正字義祖，退傅鄧公之子。自少學書。……予頃在館中，與其族孫巨山同舍，嘗出所藏義祖家書數卷，每幅不過數十字便了，詞語皆如晉、宋間人。蓋閲古之久，不自知其然也。」葉夢得避暑録話卷下：「張友正，鄧公之季子，少喜學書，不出仕。有別業價三百萬，盡鬻以買紙。筆跡高簡，有晉、宋人風味，尤工於草書。故廬在甜水巷，一日棄去，從水櫃街僦小屋，與染工爲鄰。或問其故，答曰：『吾欲假其縑素學書耳。』於是與約，凡欲染皂者，先假之，一端酬二百金，如是日書數端。友正既未嘗仕，其性介，不多與人通，故其書知之者少，但不逮元章耳。」董逌廣川書跋卷八：「張友正所書，自云得漢人心法。其用筆過爲鋒長，而力弱殆不可持，故使筆常動摇，勢若宛轉，世人故自不能用。今考其書，别稱一體，自得成就。雖神明潛發不逮古人，然自然處正自逼人也。今人不知古人用筆，或妄詆者，不知書者也。近時趙睿彦思學友正用筆,至于草字,已能輕舉迅速,頡頏筆墨間,自與握一寸筆頭,拘制方寸間者異也。」按簡齋書法,實規模其外祖。張嵲所撰簡齋墓誌云:「公之外王父,鄧公之季子也,自號存誠子,善行草書,高視一世。其書過清,世俗莫知。公初規模其外家法,晚益變體出新意,姿態横出,片紙數字,得之者咸藏弆之。」劉克莊後村詩話後集卷二:「陳簡齋墓誌,張巨山筆也。稱公詩體物寓興,清邃超特,紆餘閎肆,高舉横絶,上下陶、謝、韋、柳之間。又云:公外王父存誠子善行草書,世俗莫知,公初規模其外家法,晚益變體出新意,片紙數字,得者藏去。乃知簡齋筆法本存誠子。巨山,簡齋表姪也。」按簡齋書法在當時亦有重望,紹興中,嘗奉詔定法帖,其法帖釋文一卷,説郛卷八十九載之。至其零箋斷墨,亦深爲後世所寶重,其雜見於諸書者:岳珂寶真齋法書贊卷二十三載陳參政簡易帖(行書六行)及跋,陳參政陰雨詩帖;樓鑰攻媿集卷七十有跋陳簡齋戲學;朱熹文公文集卷八十一有跋陳簡齋帖;周必大省齋文集卷十七有跋陳簡齋法帖奏稿,卷十八有題陳去非謝御書等帖,又有跋陳去非帖;吴澄臨川吴文正公文集卷四十六有題簡齋陳參政奏稿後;陶宗儀輟耕録卷六淳化祖石刻條記有簡齋跋語。其遺迹可見者:文徵明停雲館帖,畢沅經訓堂帖並刊有簡齋手書詩卷。文氏題識云:「詩字如瑶臺雪鶴,不著一塵。」畢氏所刻,即朱熹欲刻之江東道院而未果者。又故宫博物館藏有簡齋手書水仙詩墨跡,猶可窺見一斑。宋史藝文志載張友正文集一卷,今佚。

〔二〕杜甫寄裴施州詩：「龍蛇動篋蟠銀鈎。」陰符經：「天發殺機，龍蛇起陸。」盧諶贈崔温詩：「平陸引長流。」黄庭堅劉明仲墨竹賦：「遊戲翰墨，龍蛇起陸。」

〔三〕白居易狂歌辭：「焉用黄墟下，珠衾玉匣爲？」

〔四〕南史王筠傳：沈約見筠，以爲似外祖袁粲，謂僕射張稷曰：「王郎非爲額類袁公，風韻都欲相似。」

〔五〕漢楊惲母，司馬遷女也。惲始讀外祖太史公記，頗爲春秋，以材能稱。見漢書楊敞傳附惲本傳。

詠蟹

量才不數制魚額〔一〕，四海神交顧建康〔二〕。但見横行疑長躁〔三〕，不知公子實無腸〔四〕。

【校】

〔顧建康〕原本作「顧長康」，點校本據李氏藏本改。〔長躁〕黄校「長」改作「是」。潘本、丁鈔、聚珍本均作「是」。

【箋注】

〔一〕酉陽雜俎廣動植篇：「寧去累世宅，不去制魚額。」臨海異物志亦載此二語。又云：「制魚甚肥，炙食甘美。」

〔二〕班固答賓戲：「皆俟命而神交，匪詞言之所信。」吴志諸葛瑾傳：孫權曰：「孤與子瑜，可謂神交。」潘岳夏侯湛誄：「心照神交，唯我與子。」胡注：「顧長康事未詳。」點校本引增注：「當作顧建康，謂酒也。前卷陪諸公登南樓詩云：『建康九醖美。』是也。事詳前卷注。」

〔三〕雲溪友議載皮日休螃蟹詩：「莫道無心畏雷電，海龍王處也横行。」荀子勸學篇：「蟹六跪而二敖，非蛇蟺之穴無所寄託者，用心躁也。」

〔四〕抱朴子登涉篇：山中辰日稱無腸公子者，蟹也。

留别心老〔一〕

老心霜下松，名與隆公齊〔二〕。人物北斗南〔三〕，佛事東院西〔四〕。平生四海脚，不踏四海泥〔五〕。晚説汝州禪，飽啖天寧虀〔六〕。夢中與我遇，相扶兩枯藜〔七〕。每見眼自明，不復煩金篦〔八〕。却從夢中别，未免意慘悽。它時訪生死〔九〕，林深路應迷。

【校】

〔題〕點校本引李氏藏本題下有「汝州天寧師」小注五字。〔飽啖〕丁鈔、聚珍本「啖」作「噉」，點校本引明本、李氏藏本同。

【箋注】

〔一〕按覺心前此以緣事至魯山，此際當是自魯山來洛，又自洛歸汝，因得與簡齋面别。

〔二〕高僧傳：惠隆姓湯，汝南周顒目之曰隆公。蕭散森疎，若霜下之松竹。江西有智誕，善經論，與隆比德。

〔三〕唐書狄仁傑傳：藺仁基曰：「狄公之賢，北斗以南，一人而已。」

〔四〕傳燈録卷十：一婆子問趙州從諗師云：「和尚住什麽處？」師云：「趙州東院西。」又廣燈録：楊億偈：「欲識真歸處，趙州東院西。」

〔五〕傳燈録卷十六：天台智勤師頌：「今年五十五，脚未踏寸土。山河是眼睛，大海是我肚。」又同書卷七麻谷山寶徹師，僧問佛法大意，師默然。僧又問石霜：「此意如何？」霜曰：「主人勤拳帶累，闍梨拖泥涉水。」

〔六〕傳燈録卷十五牛頭微禪師傳：僧問如何是和尚家風，師曰：「山畲粟米飯，野菜澹黄虀。」又僧問伏龍山奉璘師家風，師曰：「長虀冷飯。」

〔七〕白居易送晉上人歸廬山詩：「與僧俱是夢，夢裏暫相逢。」

〔八〕杜荀鶴贈韋書記歸京詩：「韋杜相逢眼自明。」涅槃經：「如目盲人爲治目故，造詣良醫，即以金篦刮其眼膜。」北史孝行傳：後周張元，乃祖喪明，元燃燈讀經，乞祖目明，後夢一翁以金篦療其祖目，後果明。

〔九〕漢書蒯通傳：「使人候聞其死生。」柳宗元與王參元書末云：「因人南來致書訪生死。」

正集卷十

中牟道中二首〔一〕

雨意欲成還未成，歸雲却作伴人行。依然壞郭中牟縣，千尺浮屠管送迎〔二〕。

【箋注】

〔一〕胡譜：「宣和四年壬寅，夏，服除。七月，擢太學博士，入京，有過中牟、遊葆真等詩。」墓誌：「丁内艱，服除，爲太學博士。」本傳：「累遷太學博士。」樂史太平寰宇記卷二河南道二東京下開封府屬：「中牟縣，貞觀元年隸汴州，龍朔二年又隸鄭州。按郡國縣道記云：春秋所説中牟在趙地，非此也。後漢和帝時，魯恭爲中牟宰，有善政，即此。朱梁與晉隸開封。」歐陽忞輿地廣記卷五：「東京開封府：畿，中牟縣。」嘉慶一統志卷一百八十六河南開封府：「中牟縣在府西七十里。五代梁屬開封府，唐屬鄭州，晉仍屬開封府，宋因之。」同書卷一百八十七：「中牟故城，在今中牟縣東。按中牟有二，史記正義云：相州蕩陰縣西有牟山，趙中牟邑在山側。此中牟乃鄭地,其名中牟始於漢,非趙中牟也。班志謂趙獻侯自耿徙此,誤。」

〔二〕梵語浮屠,華言塔。晉書佛圖澄傳:「浮圖一鈴獨鳴。」蘇軾佛日山詩:「山中只有蒼髯叟,數里蕭蕭管送迎。」又南鄉子詞:「誰似臨平山上塔,亭亭,迎客西來送客行。」

其二

楊柳招人不待媒〔一〕,蜻蜓近馬忽相猜。如何得與涼風約,不共塵沙一并來〔二〕?

【箋注】

〔一〕孟子滕文公下:「不待父母之命,媒妁之言。」

〔二〕末二句亦素衣緇塵之意,是將入京時口吻。

秋雨〔一〕

塵起一月憂無禾〔二〕,瓦鳴三日憂雨多〔三〕。書生重口輕肝腎,不如牆角蚯蚓方長哦〔四〕。少昊行秋龍洒道〔五〕,風作萬木皆商歌〔六〕。病夫强起開户立〔七〕,萬箇銀竹驚森羅〔八〕。人間偉觀如此少，倚杖不覺泥及靴。菊叢欹倒未足道，老境知奈梧桐何〔九〕！是事且置當務本〔一〇〕，菜圃已添三萬科。

【校】

〔老境〕聚珍本、宋詩鈔「境」作「景」。

【箋注】

〔一〕詩爲宣和四年秋寓京師作。「菊叢」二句刺時也。時北開邊釁，内營艮嶽，君子道消，國力日敝，故有「務本」之歎也。

〔二〕文選運命論：「風發塵起。」

〔三〕蘇軾和陶懷古詩：「雨急瓦鳴新。」

〔四〕重口，謂以口腹爲重，即首句「憂無禾」意，蘇軾游博羅香積寺詩：「書生説食真膏肓。」語意可參。輕肝腎，謂苦吟也。韓愈贈崔立之詩：「勸君韜養待徵詔，不用雕琢愁肝腎。」黄庭堅次韻謝公定王世弼贈答詩：「何用苦吟肝腎愁，但知把酒更無憂。」崔豹古今注：「蚯蚓善長吟於地中，江東謂之歌女，或謂之鳴砌。」

〔五〕月令：秋帝少皞。杜甫同諸公登慈恩寺塔詩：「少昊行清秋。」韓非子：「風伯進掃，雨師灑道。」

〔六〕莊子齊物論：「大塊噫氣，其名爲風，作則萬竅怒號。」王褒四子講德論：「甯戚商歌以干齊桓。」注：「商，秋聲也。」

〔七〕漢書張良傳：「良疾，强起至曲郵。」

〔八〕史記貨殖傳：「竹竿萬箇。」李白宿鰕湖詩：「白雨映寒山，森森似銀竹。」杜甫冬日洛城北謁玄元皇帝廟詩：「森羅移地軸。」

〔九〕李白秋登宣城謝朓北樓詩：「秋色老梧桐。」

〔一〇〕維摩經：「且置是事。」論語：「君子務本。」此指農事，下句以菜圃云云足成之。

中秋不見月〔一〕

去年中秋端正月，照我霑襟萬條血〔二〕。姮娥留笑待今年〔三〕，浄洗金觥對銀闕〔四〕。高唐妬婦心不閑〔五〕，招得封姨同作難〔六〕。豈惟恨滿月宮裏，腸斷西山吴綵鸞〔七〕。却疑周生懷月去，待到三更黑如故〔八〕。人間今乏趙知微，無復清遊繼天柱〔九〕。南枝烏鵲不敢譁〔一〇〕，倚杖三嘆風枝斜〔一一〕。明年强健更相約〔一二〕，會見林間金背蟇〔一三〕。

【校】

〔封姨〕原本「封」作「風」，據聚珍本改。點校本引明本、李氏藏本作「封」。

【箋注】

〔一〕詩云：「高唐妬婦心不閑，招得封姨同作難。」「却疑周生懷月去，待到三更黑如故。」蓋刺時也。時王黼、蔡攸、梁師成、童貫之流方弄柄，結黨相傾，蒙蔽日甚。「南枝烏鵲」，則簡齋自慨。此詩寄興深微，難於實指也。

〔二〕韓愈和崔舍人詠月詩：「三秋端正月，今夜出東溟。」江淹恨賦：「但聞悲風汩起，泣下霑襟。」二句言時丁母憂也。

〔三〕後漢書天文志劉注載張衡靈憲言羿請不死之藥於西王母，姮娥竊之以奔月，遂託身月中。異聞集感異記：「姮娥妬人，不肯留照。」

〔四〕太平廣記卷二十二引續神仙傳：藍采和踏歌：「長景明輝在空際，金銀宫闕高嵯峨。」蘇軾中秋月詩：「一杯未盡銀闕湧。」

〔五〕宋玉高唐賦：昔者先王嘗遊高唐，夢一婦人曰：「妾巫山之神女，朝爲行雲，暮爲行雨。」

〔六〕封姨，見卷二舍弟蹌日不知雪勢密因再賦注，參看錢鍾書管錐編八一三頁。

〔七〕陳元靚歲時廣記卷三十三引裴鉶傳奇入仙壇條：鍾陵西山有遊帷觀，每至中秋，車馬喧闐，士女櫛比，數十里若闤闠。其間有豪傑，多以金召名姝善謳者，夜與丈夫間立，握臂連踏而唱，惟對答敏捷者勝。大和末，有書生文簫亦往觀焉，覩一姝甚麗。聆其詞理，脱塵出俗。其詞曰：「若能相伴陟仙壇，應得文簫駕彩鸞。自有繡襦并甲帳，瓊臺不怕雪霜寒。」生意其神仙，植足不去，姝亦盼生。歌罷，秉燭穿大松徑將盡，陟山捫石，冒險而升。生亦潛躡其踪。姝回首面詰：「莫非文簫耶？」遂相引至絶頂坦然之地。忽風雷擺裂帳帷，傾覆香几。俄有仙童持天判曰：「吳彩鸞以私欲而泄天機，謫爲民妻一紀。」姝遂號泣，與生攜手下山而歸鍾陵。曾慥類説亦節引此事。

〔八〕太平廣記卷七十五引宣室志：唐太和中，周生有道術。方中秋，霽月澄瑩，有數客來，周曰：「我能挈月致之懷袂。」因命虛一室，翳四垣，不使有纖隙。又命以筯數百，繩而架之，曰：「我將梯此取月去。」久之，數客步庭中，且伺焉。忽覺天地曛晦，仰而視之，即又無纖雲。俄聞生呼曰：「某至矣！」手舉其衣，出月寸許，忽一室光明，寒逼肌骨。因又閉户，其外尚昏晦，食頃方如初。類説卷二十二亦載此條。

〔九〕太平廣記卷八十五引三水小牘：趙知微有道術。去歲中秋，自朔霖霪，至于望夕。趙遍召諸生，謂曰：「能昇天柱峰玩月否？」少頃，趙君曳杖而出，諸生景從。既闢荆扉，而長天廓清，皓月如晝。及峰之巔，趙君處玄豹之茵，諸生藉芳草列侍，俄舉巵酒，詠郭景純遊仙詩數篇。以至寒蟾隱于遠岑，方歸山舍。既各就第，而凄風飛雨宛然，衆方服其奇致。

〔一〇〕魏武帝短歌行：「月明星稀，烏鵲南飛，繞樹三匝，無枝可依。」書費誓：「嗟人無譁聽命。」

〔一〕杜甫茅屋爲秋風所破歌：「歸來倚杖自嘆息。」

〔二〕杜甫九日藍田崔氏莊詩：「明年此會知誰健？」

〔三〕酉陽雜俎：長慶中，有人中秋夜見月光屬於林中如疋布，視之，一金背蝦蟇，疑是月中者。

九日賞菊

黄花不負秋，與秋作光輝。夜霜猶作惡，朝日爲解圍。今晨豈重九，節意入幽菲。孤芳擅天地，衆卉亦已微。慇懃黄金靨〔一〕，照耀白板扉〔二〕。沽酒欲壽花，孔兄與我違〔三〕。清坐絶省事，未覺此計非〔四〕。夕英豈不腴，騷人自難肥〔五〕。

【校】

〔猶作惡〕全芳備祖卷十二作「爲作意」，非。〔幽菲〕原本「菲」作「扉」，與下句複。丁鈔、聚珍本作「菲」，今據改。全芳備祖「幽菲」作「芳菲」。〔孔兄〕全芳備祖「兄」作「方」。〔清坐〕全芳備祖「清」作「静」。

【箋注】

〔一〕酉陽雜俎卷八：「近代粧尚靨，如射月，曰黄星（胡注「星」作「金」）靨。靨鈿之名，蓋自吴孫和鄧夫人也。和寵夫人，嘗醉舞如意，誤傷鄧頰，血流，嬌婉彌苦。命太醫合藥。醫言得白獺髓，雜玉與琥珀屑，當滅痕。和以百金購得白獺，乃合膏。琥珀太多，及差，痕不滅，左頰有赤點如痣，視之，更益甚妍也。諸嬖欲要寵者，皆以丹點頰，而後進幸焉。」李賀御溝水詩：「宫人正靨黄。」

〔二〕白居易渭村退居詩：「晝扉扃白板，夜碓掃黄粱。」

〔三〕孔兄，見卷三書懷示友十首其二詩注。陶潛歸去來辭：「世與我而相違。」

〔四〕晉書荀勗傳：「省吏不如省官，省官不如省事，省事不如清心。」蘇軾送劉景文詩：「清坐十日一事無。」又發洪澤湖遇風復還詩：「掛帆却西邁，此計未爲多。」

〔五〕離騷：「夕餐秋菊之落英。」

遊葆真池上〔一〕

牆厚不盈咫，人間隔蓬萊。高柳唤客遊，我輩御風來〔二〕。坐久落日盡，澹澹池光開。白雲行水中，一笑三徘徊〔三〕。鴨兒輕歲月，不受急景催〔四〕。試作弄篙驚，徐去首不迴。無心與境接，偶遇信悠哉〔五〕。再來知何似〔六〕，有句端難裁。

【箋注】

〔一〕胡注：「京師重華葆真宫。」東京夢華録卷二，朱雀門外街巷：「草場街，南葆真宫。」宋會要輯稿方域一之一：東京舊城「南三門，中曰朱雀」。劉昌詩蘆蒲筆記卷十，有上元詞鷓鴣天十五首，述宣政之盛，有云：「五日都無一日陰，往來車馬鬧如林。葆真行到燭初上，豐樂遊歸夜已深。」陳鵠耆舊續聞卷二：「宣和間，重華葆真宮（原注：曹王南宮也）燒燈都下，癸卯上元，館職約集，而蔡老攜家以來，珠翠闐溢，僮僕雜行，諸名士幾遭排斥。已而少過池北，遊人縱觀。時少蓬韓駒子蒼詠小詩曰：『玉作芙蓉院院明，博山香度小崢嶸。誰言水北無人到，亦有槃跚勃窣行。』」餘詳後夏日集葆真池上詩箋注。

〔二〕莊子逍遥游：「夫列子御風而行，泠然善也。」

〔三〕吴融經汴洛詩：「長亭一望一徘徊。」

〔四〕鮑照舞鶴賦：「急景凋年。」

〔五〕謝朓觀雨詩：「懷古信悠哉。」

〔六〕蘇軾和子由澠池懷舊詩：「人生到處知何似？」

【評】

劉辰翁評「坐久日落盡」二句：佳句。又評「試作弄篙驚」二句：世間常有此景，要人拾得。

次韻王堯明郊祀顯相之作〔一〕

奏書初不待衡譚〔二〕，奠璧都南萬玉參〔三〕。黄屋倚霄明半夜〔四〕，紫壇承月昡諸龕〔五〕。聲喧大吕初終六〔六〕，影動玄圭陟降三〔七〕。可是天公須羯鼓，已回寒馭作春酣〔八〕。

【箋注】

〔一〕胡注：「王俊乂字堯明，海陵人。宣和元年賜上舍第，與承事郎，兩學職事。四年，任太學博士。圓壇午龕行事賦詩云：『平日郊丘事口談，今朝相祀列星參（午階祀七星）。大裘衮冕升南陛，小次龍床近午龕。韋杜去天真尺五，嵩神祀聖似呼三。清都佩玉人歸後，尚聽笙鏞萬谷酣。』當時和者多名士，如趙承之諸公，皆次韻焉。」宋史徽宗紀：「宣和四年冬十一月丙辰朔，行新璽。戊辰，朝獻景靈宫。己巳，饗太廟。庚午，祀昊天上帝于圜丘，赦天下。」宋會要輯稿禮二之四十一：「宋初因舊制，每歲冬至圜丘，正月上辛祈穀，孟夏雩祀，季秋大享，凡四祭昊天上帝。親祀則並皇地祇位，作壇于國城之南薰門外。」王堯明事跡未詳。吕本中東萊集卷八有贈堯明詩，題云：「病中夜聞雪作，時堯明有廣陵之行未歸，思爲數語奉寄，久之未就。它日堯明歸，攜詩相過，飄然有馭風凌雲之氣，因以前詩答之。」同卷又有次韻堯明貢院詩。二詩編次在政和六年後，本中時當在海陵掾任也。同書卷九又有次韻李叔友賀堯明登第三首，次韻堯明見和因及李蕭遠五首，則宣和元年堯明登第時作也。點校本引增注：「公時與堯明同官。」

〔二〕漢書郊祀志：成帝即位，丞相匡衡、御史大夫張譚奏言：「帝王之事，莫重於郊祀，祭天於南郊，瘞地於北郊。天之於天子也，因其所都而各饗焉。甘泉泰畤、河東后土，宜徙置長安。」於是王商等引禮記，議郊處各在聖王所都之南北，宜徙。天子從之。

〔三〕韓愈元和聖德詩：「宵升於丘，奠璧獻斝。」

〔四〕漢書高帝紀：「乘王車黄屋。」李注：「天子車以黄繒爲蓋裏。」

〔五〕漢書郊祀志：匡衡言紫壇有文章采鏤黼黻之節。

〔六〕周禮大司樂：「歌大吕以祀天神。」又：「冬日至於地上之圜丘奏之，若樂六變，則天神皆降，可得而禮矣。」

〔七〕胡注：「玄圭，古鎮圭也。政和二年，中人譚稹得而上之。或云丁晉公家舊物，上付庭臣議之，以是歲冬至御大慶殿受圭。詳見蔡氏國史後補。」詩閔予小子：「陟降庭止。」

〔八〕羯鼓録：唐明皇嘗二月初詰旦，巾櫛方畢，時宿雨始晴，景色明麗，帝曰：「對此景物，豈可不與判斷之乎？」命取羯鼓，臨軒縱擊，曲名春光好，回顧柳杏，皆已微坼。上笑曰：「此一事不唤我作天公可乎？」

端門聽赦詠雪〔一〕

雲葉垂雞竿〔二〕，雪花眩鸞旗〔三〕。一天豐年意〔四〕，飄入萬壽巵〔五〕。茫茫玉妃班〔六〕，影亂千官儀〔七〕。也知樓頭喜，舞態方自持〔八〕。教坊可憐女〔九〕，面赤婆娑時。天公一笑罷〔一〇〕，未覺風來遲。小儒驚偉觀，到笏不敢吹。歸家得細説，平分遺妻兒。茅簷玉三尺，坐玩可樂飢〔一一〕。生活太冷淡，侑以一篇詩〔一二〕。

【校】

〔題〕點校本引李氏藏本題下有「漢書五行志注端門宫之正門」小注十二字。

【箋注】

〔一〕宋史徽宗紀：「宣和四年十一月庚午，祀昊天上帝於圜丘，赦天下。東南官吏昨緣寇盜貶責者，並次第移放。上書邪上等人，特與磨勘。」按簡齋少年時嘗學詩於崔鶠（見徐度却掃編卷中、方勺泊宅編十卷本卷九），而崔鶠則以上書入邪等，長期遭受貶斥者（見宋史崔鶠傳）。詩云：「天公一笑罷，未覺風來遲。」蓋有感而云然。蘇軾上元夜詩：「端門萬枝燈。」王注：「次公曰：端門，宣德門也。」按江休復江隣幾雜志：「肆赦宣德門，登降用樂懸，又排仗盡如外朝之儀。」孟元老東京夢華録卷十下赦：「車駕登宣德樓，樓前立大旗數口。內一口大者，與宣德樓齊，謂之蓋天旗，旗立御路中心不動。次一口稍小，隨駕立，謂之次黄龍。青城、太廟隨逐立之，俗亦呼爲蓋天旗。亦設宫駕樂作。須臾擊柝之聲。旋立雞竿，約高十數丈，竿尖有一大木盤，上有金雞，口銜紅幡子，書「皇帝萬歲」字。盤底有綵索四條垂下，有四紅巾

（原誤「中」）者争先緣索而上，捷得金鶏紅幡，則山呼謝恩訖，樓上以紅綿索通門下一綵樓，上有金鳳啣赦而下，至綵樓上，而通事舍人得赦宣讀。開封府、大理寺排列罪人在樓前，罪人皆緋縫黄布衫，獄吏皆簪花鮮潔，聞鼓聲，疎枷放去，各山呼謝恩訖。樓下鈞容直樂作雜劇舞旋，御龍直裝神鬼斫真刀倬刀，樓上百官賜茶酒，諸班直呈拽馬隊，六軍歸營，至日晡時，禮畢。」此北宋肆赦之儀制也。岳珂愧郯録卷十五：「徽宗在位二十五年，大赦一；兩郊、明堂受寶圭、定鼎、謁原廟、皇子生、復熙豐制度、收復燕雲之赦，凡二十五；常赦十四；德音二十七。」此徽宗一朝肆赦之大凡也。此詩所詠，則緣行新璽，有事於南郊而赦也。

〔二〕古今注：「黄帝與蚩尤戰，常有五色雲氣，金枝玉葉，止於帝上。」宋史卷一百四十八儀衛志：「雞竿，附竿爲雞形，金飾，首銜絳幡，承以綵盤，維以絳索，揭以長竿，募衛士先登争得雞者，官給以纈襖子，或取絳幡而已。大禮畢，麗正門肆赦則設之。其義則雞爲巽神，主號令，故宣號令則象之。陽用事則雞鳴，故布宣陽澤則象之。一曰天雞星動焉，爲有赦，故王者以天雞爲度。金雞事六朝已有之，或謂起于西京。」高承事物紀原三引楊文公談苑曰：「杜鎬言金雞肆赦，不知起於何代。關東風俗傳曰：『宋孝王問司馬膺之後魏、北齊赦日立金雞事。膺之曰：按海中星占云：天雞星動爲有赦，蓋王者以天雞爲度。』隋書刑法志：『北齊赦日，令武庫設金雞及鼓於閶門右，撾鼓千聲，宣赦建金雞。』或云起于西涼吕光，未知孰是。究其旨，蓋西方主兑，兑爲澤，雞者巽神，巽主號令，故合二物置其形揭于長竿，使衆覩之。唐百官志曰：『中尚令赦日立金雞於仗南，有雞黄金飾首，銜絳幡，承以采盤，維以絳繩，教坊小兒得雞首者，官以錢購，或取絳幡而已。』蓋此禮起於有唐也。」趙昇朝野類要卷一：「大禮畢，車駕登樓。有司于麗正門下肆赦，即立金雞竿盤，令兵士捧之。在京係左右軍百戲人，今乃瓦市百戲人爲之。蓋天文有天雞星，明，則人間有恩赦。」

〔三〕韓詩外傳：「雪花六出。」揚雄甘泉賦：「咸翠蓋而鸞旗。」

〔四〕文選雪賦：「盈尺則呈瑞於豐年。」

〔五〕漢書高帝紀：「上奉玉巵爲太上皇壽，群臣皆稱萬歲。」

〔六〕韓愈辛卯年雪詩：「白帝盛羽衛，鬖髿振裳衣。白霓先啓塗，從以萬玉妃。」

〔七〕杜甫喜達行在所三首詩：「猶瞻太白雪，喜遇武功天。影静千官裏，心蘇七校前。」荀子正論篇：「古者天子千官。」後漢紀：「復見漢官威儀。」

〔八〕文選傅毅舞賦：「軼態横出。」宋玉神女賦：「頩薄怒以自持。」

〔九〕唐玄宗精曉音律，以太常禮樂之司，不應典倡優雜伎，乃更置左右教坊。

〔一〇〕天公一笑，見卷二舍弟踰日不和雪勢密因再賦詩注。

〔一一〕謝惠連雪賦：「申娱玩之無已。」詩衡門：「泌之洋洋，可以樂飢。」

〔一二〕生活冷淡，見卷八諸公和淵明止酒詩因同賦詩注。蘇軾雪中遊西湖詩：「樽前侑酒只新詩。」

【評】劉辰翁評「舞態方自持」句：下（？）同想像。

遊玉仙觀以春風吹倒人爲韻得吹字〔一〕

清遊天不借，破帽沙疾吹。下馬榱桷鳴，未恨十里陂。風餘簷鐸語〔二〕，坐定爐煙遲〔三〕。新春碧瓦麗，古意喬木奇。黄冠見客喜〔四〕，此士定不羈〔五〕。但愧城中塵，浼子青松枝。人間争奪醜〔六〕，我亦寄枯棋〔七〕，輸贏共一笑，馬影催歸時。

【箋注】

〔一〕胡譜：「宣和五年癸卯，任太學博士，有遊玉仙觀、集葆真、遊慧林等詩。」按詩云「新春碧瓦麗」，下一首歸路馬上再賦云「春風所經過，水色如潑油」，謂宣和五年春也。苕溪漁隱叢話後集卷二十七引復齋漫録：「玉仙觀在京城東南宣化門七八里間。仁宗時，陳道士所修葺，花木亭臺，四時遊客不絶。東坡詩所謂『玉仙洪福花如海』是也。」「春風吹倒人」，蘇軾大寒步東坡詩句。

〔二〕蘇軾金山詩：「塔上一鈴獨自語。」

〔三〕韋應物對雪詩：「金爐上煙遲。」

〔四〕新唐書方技李淳風傳：「父播，仕隋高唐尉，棄官爲道士，號黄冠子，以論撰自見。」韓愈送張道士詩：「詣闕三上書，臣非黄冠師。」

〔五〕漢書司馬遷傳：「僕少負不羈之才。」

〔六〕杜甫贈蜀僧詩：「漠漠世界黑，區區争奪繁。」

〔七〕韋曜博弈論：「枯棋三百，孰與萬人之將？」

歸路馬上再賦

偶然思玉仙，便到玉仙遊。興盡未及郭，玉仙失回頭。成毁俱一念，今昔浪百憂。未知横笛子，亦解此意不？春風所經過，水色如潑油〔一〕。垂鞭見落日，世事劇悠悠。

【校】

〔歸路〕各本「歸路」並作「路歸」，以意校乙。〔見落日〕聚珍本「見」作「看」，宋詩鈔同，點校本引明本亦同。又引增注：「『見』，閩本作『看』。」

【箋注】

〔一〕白居易泛明月灣詩：「泓澄緑水一盆油。」又答客問杭州詩：「湖號錢塘瀉緑油。」

【評】

劉辰翁評「世事劇悠悠」句：情境喟然，不多不少。

來禽花〔一〕

來禽花高不受折，滿意清明好時節。人間風日不貸春，昨暮胭脂今日雪。舍東蕪菁滿眼黃〔二〕，胡蝶飛去專斜陽。妍媸都無十日事，付與梧桐一夏涼。

【校】

〔昨暮胭脂〕聚珍本、宋詩鈔「暮」作「夜」。點校本引明本同。「胭」，原本作「煙」，據丁鈔改。

〔專斜陽〕聚珍本「專」作「轉」，非。〔妍媸〕原本「媸」作「嗤」，聚珍本作「媸」，全芳備祖同，今據改。

【箋注】

〔一〕李綽尚書故實：「王內史書帖有與蜀郡守朱（原注：不記名）書，求櫻桃來禽，日給藤子（原注：來禽言味甘來衆禽也，俗作林檎）。」廣志：「林檎似赤奈子，一名黑禽，亦名來禽，言味甘，熟則來禽也。」

〔二〕韓愈感春詩：「黃黃蕪菁花。」

放慵

暖日薰楊柳，濃春醉海棠〔一〕。放慵真有味〔二〕，應俗苦相妨〔三〕。宦拙從人笑〔四〕，交疎得自藏〔五〕。雲移穩扶杖，燕坐獨焚香〔六〕。

【校】

〔濃春〕朱子語類卷一百四十引首二句「春」作「陰」。

【箋注】

〔一〕杜甫早朝大明宫詩：「九重春色醉仙桃。」朱鶴齡注：「言春色之濃，桃花如醉。」

〔二〕白居易四年春詩：「近日放慵多不出。」又晚起詩：「放慵長飽睡。」

〔三〕後漢書王充傳論：「雖周物之智，不能研其推變；山川之奥，未足況其紆險。則應俗適事，難以常條。」

〔四〕潘岳閑居賦：「岳嘗讀汲黯傳，至司馬安四至九卿，而良史書之，題以巧宦之目，未嘗不慨然廢書而歎，曰：嗟乎，巧誠有之，拙亦宜然！」

〔五〕莊子山木篇：「孔子曰：吾犯此數患，親交益疎。」初學記卷十八引顔延之庭誥：「甚矣，貧之爲病也！不唯形色麤黶，或亦神心沮廢；豈但交友疎棄，必有家人誚讓。」

〔六〕韋應物郡齋雨中與諸文士燕集詩：「燕寢凝清香。」唐國史補：「韋應物立性高潔，鮮食寡欲，所在焚香掃地而坐。」

【評】

朱子語類卷一百四十：古人詩中有句，今人詩更無句，只是一直說將去。這般去，一日作百首也得。如陳簡齋詩：「亂雲交翠壁，細雨濕青松。」「暖日薰楊柳，濃陰醉海棠。」他是什麽句法？

瀛奎律髓卷二十三：此公氣魄尤大，起句十字，朱文公擊節，謂「薰」字「醉」字下得好，又何必專事晚唐。　馮舒云：此亦未見勝晚唐。　紀昀云：二字誠佳，然以詆晚唐則不然，此正晚唐字法也。

仇兆鰲注杜甫何氏山林詩：後人需丐杜詩，皆成佳句。杜有「春色醉仙桃」句，陳簡齋云：「暖日薰楊柳，濃陰醉海棠。」杜有「紅綻雨肥梅」之句，范石湖云：「梅肥朝雨細，茶老暮煙寒。」各見脱化之妙。

清明二絶

街頭女兒雙髻鴉〔一〕，隨蜂趁蝶學妖邪〔二〕。東風也作清明節，開遍來禽一樹花。

【校】

〔題〕聚珍本、宋詩鈔「二絶」作「二首」。點校本引明本同。

【箋注】

〔一〕東京夢華録卷七：「尋常京師以冬至後一百五日爲大寒食，前一日謂之炊熟。子女及笄者，多以是日上頭。」

〔二〕王延壽夢賦：「嗟妖邪之怪物。」東京夢華録卷七，清明節，「四野如市，往往就芳樹之下，或園囿之間，羅列杯盤，互相勸酬。都城之歌兒舞女，遍滿園亭，抵暮而歸」。

其二

卷地風抛市井聲〔一〕，病夫危坐了清明〔二〕。一簾晚日看收盡，楊柳微風百媚生〔三〕。

【校】

〔病夫〕丁鈔、潘本、聚珍本、宋詩鈔「夫」作「扶」，點校本引明本同。

【箋注】

〔一〕韓愈雙鳥詩：「春風卷地起。」黄庭堅張處士仁亭詩：「市聲鼉午枕。」陳師道春夜詩：「風回晚市聲。」

〔二〕史記日者傳：「賈誼正襟危坐。」范攄雲谿友議卷下王梵志詩：「不願大大富，不願大大貧。昨日了今日，今日了明晨。」

〔三〕白居易長恨歌：「回頭一笑百媚生。」

春日二首

朝來庭樹有鳴禽，紅緑扶春上遠林。忽有好詩生眼底，安排句法已難尋〔一〕。

【校】

〔題〕原本無「二首」二字，據聚珍本、宋詩鈔補，點校本引明本、李氏藏本同。詩林廣記卷八題作「春曉」。

【箋注】

〔一〕謝靈運晚出遊詩：「安排徒空言。」蘇軾和王蘇州詩：「安排詩律追强對。」按傳燈録卷二十九香巖襲燈大師智閑與學人玄機云：「妙旨迅速，言語來遲，才隨語會，迷却神機。」數語頗足與簡齋詩意相參。

【評】

愛日廬叢鈔卷三：陳去非云：「忽有好詩生眼底，安排句法已難尋。」呂居仁云：「忽見雲天有新語，不知風雨對殘書。」静中置心，真與見聞無毫末隔礙，始得此妙。

魏慶之詩人玉屑卷三不可作意條引小園解後録：「朝來庭樹有鳴禽，紅緑扶春上遠林，忽有好詩生眼底，安排句法已難尋。」此簡齋之詩也。觀末後兩句，則詩之爲詩，豈可以作意爲之耶？（詩林廣記卷八引同）。

吴師道吴禮部詩話：世稱宋詩人句律流麗，必曰陳簡齋；對偶工切，必曰陸放翁。今（唐）子西所作，流布自然，用故事古語，融化深穩，前乎二公，已有若人矣。（子西）春日郊外詩：「水生看欲倒垂楊。」絶句：「疑此江頭有佳句，爲君尋取却茫茫。」簡齋有「水光忽倒樹」及「忽有好詩生眼底，安排句法已難尋」之句，非襲用其語，則亦暗合者與？

其二

憶看梅雪縞中庭，轉眼桃梢無數青。萬事一身雙鬢髪，竹牀攲卧數窗櫺〔一〕。

【校】

〔攲卧〕聚珍本「卧」作「枕」。

【箋注】

〔一〕柳宗元述懷詩：「隔淚數殘葩。」蘇軾汲江煎茶詩：「坐數荒村長短更。」又縱筆詩：「谿邊古路三叉口，獨立斜陽數過人。」説文：「樞，楯間子也。」

夏日集葆真池上以緑陰生晝静賦詩得静字〔一〕

清池不受暑〔二〕，幽討起予病〔三〕，長安車轍邊，有此荷萬柄。是身惟可懶，共寄無盡興〔四〕。魚遊水底涼，鳥語林間静〔五〕。談餘日亭午，樹影一時正〔六〕。清風不負客，意重百金贈〔七〕。聊將兩鬢蓬〔八〕，起照千丈鏡〔九〕，微波喜摇人，小立待其定〔一〇〕。梁王今何許？柳色幾衰盛〔一一〕。人生行樂耳，詩律已其賸〔一二〕。邂逅一樽酒，它年五君詠〔一三〕。重期踏月來〔一四〕，夜半嘯煙艇。

【校】

〔題〕宋詩紀事卷三十八詩題於「夏日」下多「偕五同舍」四字；「池上」下多「避暑」二字；「以緑陰」作「取緑陰」；「得静字」下多「分韻」二字。又，原本「得静字」誤作「得静日」，馮校據莫校改「日」爲「字」。按諸本皆作「字」，馮校是。〔荷萬柄〕容齋四筆卷十四引「荷萬」作「萬荷」，宋詩紀事同。〔惟可懶〕原本「惟」誤「雖」,據聚珍本改。容齋四筆、宋詩鈔、宋詩紀事均作「唯」。〔鳥語〕原本「語」作「宿」,據聚珍本改。點校本引明本、李氏藏本亦作「語」,容齋四筆、宋詩鈔、宋詩紀事並同。〔千丈〕詩林廣記卷八「千」作「十」。

【箋注】

〔一〕韋應物遊開元精舍詩:「緑陰生晝静,孤花表春餘。」容齋四筆卷十四陳簡齋葆真詩條:「自崇寧以來,時相不許士大夫讀史作詩,何清源至于修入令式,本意但欲崇尚經學,痛沮詩賦耳。於是庠序之間,以詩爲諱。政和後稍復爲之,而陳去非遂以墨梅絶句擢直館閣。嘗以夏日偕五同舍集葆真宫池上避暑,取『緑陰生晝静』分韻賦詩,陳得『静』字。其詞曰云云。詩成,出示坐上,皆詫爲擅場。朱新仲時親見之,云京師無人不傳寫也。」苕溪漁隱叢話後集卷三十四引詩説雋永:「京師葆真宫垂楊映沼,有山林之趣。去非將罷尚符日,題其池亭云:『聊將兩鬢蓬,起照千丈鏡。微波喜摇人,小立待其定。』」(按詩林廣記卷四所引略同,惟結末尚有「蓋有深意寓也」一句)按簡齋此詩,洪邁以爲作於在館閣日,其説得之朱翌。翌既親見其事,所言當可據信。詩説雋永以爲作於「將罷尚符日」,按罷尚符事在明年(宣和六年)冬,不特時令與詩不合,且與原詩編次大相逕庭,兹所不取。至崇寧以來不許士大夫讀史作詩事,則諸書所記,各有詳略,兹不具録。簡齋於此際特以詩鳴,尤屬難能。直齋書録解題卷二十:「崇、觀間尚王氏經學,風雅幾絶,而去非獨以詩鳴,中興後遂顯用。」蓋指此也。

〔二〕杜甫陪李北海宴歷下亭詩：「修竹不受暑。」

〔三〕杜甫贈李白詩：「脱身事幽討。」又大雲寺贊公房二首詩：「湯休起我病，微笑索題詩。」

〔四〕蘇軾懷吴越山水詩：「乘此無盡興。」

〔五〕顔氏家訓文章篇：王籍入若耶溪詩云：「蟬噪林逾静，鳥鳴山更幽。」静字韻蓋自此脱化。

〔六〕劉禹錫池亭詩：「日午樹陰正。」

〔七〕李白古風詩：「意輕千金贈。」

〔八〕杜甫暮春題瀼西新賃草屋五首詩：「身世雙蓬鬢。」

〔九〕韓愈荷花行：「曲江千頃秋波浄，平鋪紅蕖蓋明鏡。」

〔一〇〕莊子漁父：「刺船而去，延緣葦間。……孔子不顧，待水波定，不聞拏音而後敢乘。」王安石歲晚詩：「俯窺憐浄緑，小立佇幽香。」按蘇軾子由生日詩：「上天不難知，好惡與我一。方其未定時，人力破陰隲。小忍待其定，報應真可必。」簡齋此語，實自坡詩脱化而出。吴澄謂「簡齋古體自東坡氏」（吴文正公全集卷九董震翁詩序），此類是也。

〔一一〕胡注：「汴都，故大梁也。史記魏惠王三十一年徙都大梁。世傳葆真池即梁王故沼。」

〔一二〕楊惲報孫會宗書：「人生行樂耳。」陳師道寄答王直方詩：「人生如此耳，文字已其間。」

〔一三〕五君詠，見卷二八音歌注。簡齋此遊偕同舍五人，故有此語。

〔一四〕白居易夜宿直詩：「寂默挑燈坐，沉吟踏月行。」

【評】

吴禮部詩話：柳柳州云：「微風一披拂，林影久參差。」陳簡齋云：「微波喜摇人，小立待其定。」語有所見而意不同。

潘德輿養一齋詩話卷五：洪容齋考訂他書極詳，於唐、宋詩證據亦核，獨其所録同時人詩，不盡得風旨。如陳簡齋池上避暑詩：「長安車轍邊，有此萬荷柄。談餘日亭午，樹影一時正。清風不負客，意重百金贈。微波喜摇人，小立待其定。」詞意新峭可喜，雖西江風格，而能藥俗，録之可也。若其墨梅詩云：「粲粲江南萬玉妃，别來幾度見春歸，相逢京洛渾依舊，惟見緇塵染素衣。」猝乍閲之，幾不省爲何題，而亦喜而録之，此殆由宋詩習氣薰染至深耳。

歷代詩發卷二十六：精細入微，含毫渺然之作。

陳衍石遺室詩話：陳簡齋五言古，在宋人幾欲獨步。以宋人學常建、劉昚虚及韋、柳者尠也。至夏日葆真池上一首，尤爲壓卷之作，厲樊榭平生所心摹力追者，全在此種。

正集卷十一

遊慧林寺以三峽炎蒸定有無爲韻得定字是日欲逃暑閣下而守閣童子持不可〔一〕

我如東郊馬，欹側甘瘦病〔二〕。今晨舉足輕，起行得幽勝〔三〕。撫窗喚懶融，槁面初出定〔四〕。眼中無長物〔五〕，坐久爐煙正。門前幾烏帽〔六〕，來往送朝暝。豈知帽影邊，有地白日静〔七〕。寶閣陰肅肅〔八〕，童子色不令〔九〕。年來惜違人，一笑取歸徑。願言捐何肉〔一〇〕，終歲奉清淨。簷鐸豈印吾〔一一〕？出門有餘聽。

【校】

〔題〕點校本引李氏藏本「三峽」作「三伏」。〔欹側〕原本「欹」誤「歌」，馮氏據莫校改「欹」，聚珍本同，今據正。〔眼中無長物〕丁鈔「眼中」作「眼明」，「長」作「常」，聚珍本同。點校本引明本、李氏藏本作「眼明」。〔來往〕丁鈔「來往」作「往來」，聚珍本同，點校本引明本亦同。

【箋注】

〔一〕此詩不載同遊姓名，胡氏亦無注。按張元幹蘆川歸來集卷九跋蘇詔君楚語後：「頃在京都，一日，陳去非、吕居仁諸公同余避暑資聖閣，以『二儀清濁還高下，三伏炎蒸定有無』分韻賦詩，會者適十四人。從周詩頗佳，爲諸公印可。然則阮嗣宗喜仲容，又常曰：『吾不如與阿戎語。』方之養直，惓惓如此，不爲過也。」據知元幹、本中實同遊，而蘇庠亦與焉。從周則庠之姪也。簡齋此詩所稱「閣下」，當即資聖閣也。李濂汴京遺蹟志卷十：「相國寺在縣治東。神宗元豐中，增建東西廂，又立八院。東曰寶嚴、寶梵、寶覺、慧林，西曰定慈、廣慈、普慈、智海。金、元兵燬。」河南通志卷五十：「慧林禪院，俗呼爲鐵佛寺，在相國寺東馬道街路北。明末經河水没。」杜甫又作此奉衛王詩：「二儀清濁還高下，三峽炎蒸定有無。」

〔二〕杜甫瘦馬行：「東郊瘦馬使我傷，骨骼硉兀如堵牆。絆之欲動轉欹側，此豈有意仍騰驤。」又云：「惆悵恐是病乘黄。」

〔三〕蘇軾和楊次公詩：「勝遊無礙脚殊輕。」

〔四〕傳燈録卷四金陵牛頭山法融禪師，潤州延陵人，姓韋氏。後入牛頭山幽棲寺北巖之石室。唐貞觀中，四祖遥觀氣象，知彼山有奇異之人，乃躬自尋訪，問寺僧：「此間有道人否？」别僧云：「此去山中十里來，有一懶融，見人不起，亦不合掌，莫是道人？」祖遂入山見師。出定，見卷九次韻謝天寧老見貽詩注。

〔五〕晉書王恭傳：王忱見恭所坐六尺簟，忱謂其有餘，因求之。恭輒以送焉，遂坐薦上。忱聞而大驚，恭曰：「吾平生無長物。」其簡率如此。

〔六〕樂府詩集卷四十六吴聲歌曲三讀曲歌：「白門前，烏帽白帽來。白帽郎是儂，良不知烏帽郎是誰？」

〔七〕杜甫題省中院壁詩：「落花遊絲白日静。」

〔八〕謝朓直中書省詩：「紫殿肅陰陰。」莊子田子方：「至陰肅肅。」

〔九〕論語學而：「巧言令色。」詩十月之交：「不寧不令。」

〔一〇〕何肉，見卷九次韻謝天寧老見貽詩注。

〔一一〕秦譯維摩經弟子品：「若能如是坐者，佛所印可。」

道山宿直〔一〕

離離樹子鵲驚飛，獨倚枯筇無限時。千丈虚廊貯明月，十分奇事更新詩。人間路絶窗扉語〔二〕，天上雲空閣影移。遥想王戎燭下算〔三〕，百年辛苦一生癡〔四〕。

【箋注】

〔一〕胡譜：「宣和五年癸卯，任太學博士，有遊玉仙觀、集葆真、遊慧林等詩。既而徽宗見先生所賦墨梅詩，善之，亟命召對，有見晚之嘆。以七月除祕書省著作佐郎，有道山宿直詩。」按胡譜以除秘書省著作佐郎爲七月事，蓋據此詩有「鵲驚飛」之語推斷而言，未必然也。今按諸書所記，簡齋葆真池上詩爲在館閣時作，則其除省郎當在遊葆真前，不必待宿直道山而後然也。按宋史本傳：「累遷太學博士，擢符寶郎。」不言除著作佐郎事。墓誌云：「丁内艱，服除，爲太學博士，著作佐郎，司勳員外郎，擢符寶郎。」於除著作事所叙亦甚略。葛立方韻語陽秋卷十八：「先文康公知汝州日，段寶臣爲教官，富季申爲魯山簿，而陳去非以太學録持服來寓。立方先人語人曰：『是三子者，非凡偶近器也。』是時，富在外邑，則以職事處之於城中，列三人者薦於朝，以爲可用。仍以去非墨梅詩繳進，於是去非除太學博士。」據知簡齋以墨梅詩受知，實由葛勝仲薦之。然韻語陽秋云「於是去非除太學博士」，不言除秘書省著作佐郎者，蓋勝仲乃王黼之黨，其繳進墨梅，當是先進之王黼，於是除學博；至是又爲徽宗所賞，乃除省郎也。觀勝仲所撰陳去非詩集序（丹陽集卷八）云：「宣和中，徽宗皇帝見所賦墨梅詩善，亟命召對，有見晚之嗟。遂登册府，擢掌符璽。」不言除太學博士一事，蓋着重於受知徽宗而言。勝仲親歷其事，所言當可據信。胡仔苕溪漁隱叢話前集卷五十二：「去非墨梅絶句『含章簷下春風面』云云，後徽廟召對，稱賞此句，自此知名，仕宦亦寖顯。」曾敏行獨醒雜志卷四：「花光仁老作墨花，陳去非與義題五絶句，其一云：『含章簷下春風面』云云，徽廟見而喜之，召對擢用。畫因詩重，人遂爲此畫。」洪邁容齋四筆卷十四：「自崇寧以來，時相不許士大夫讀史作詩，政和後稍復爲之，而陳去非遂以墨梅絶句擢直館閣。」（周密齊東野語卷十六略同）諸書所記，或明言「擢直館閣」，或但言「召對擢用」、「仕宦寖顯」，皆指除秘書省著作佐郎事也。參看卷四和張規臣水墨梅五絶、卷七聞葛工部寫華嚴經成隨喜賦詩詩箋。道山，見卷八汝州吴學士觀我齋分韻得真字詩注。

〔二〕陳師道和鄭户部寶集文室詩：「衝風窗自語，涴壁蟲成字。」

〔三〕晉書王戎傳：「性好興利，廣收八方園田水碓，周徧天下。積實聚錢，不知紀極。每自執牙籌，晝夜算計，恒苦不足。而又儉嗇，不自奉養，天下人謂之膏肓之疾。」世説新語儉嗇：「司徒王戎既貴且富，區宅僮牧膏田水碓之屬，洛下無比，契疏鞅掌，每與夫人燭下散籌算計。」

〔四〕蘇軾和王晉卿題伯時馬詩：「人已半生癡。」

【評】劉辰翁評「百年辛苦一生癡」句：驕吝同俗。

雨晴

天缺西南江面清，纖雲不動小灘横〔一〕。墻頭語鵲衣猶濕，樓外殘雷氣未平〔二〕。盡取餘涼供穩睡〔三〕，急搜奇句報新晴。今宵絶勝無人共〔四〕，卧看星河盡意明〔五〕。

【校】

〔江面清〕原本「清」誤「晴」，據丁鈔改。潘本、聚珍本、宋詩鈔、瀛奎律髓十七均作「清」。

〔絶勝〕丁鈔作「勝絶」，聚珍本、宋詩鈔、點校本引明本、李氏藏本同。

【箋注】

〔一〕錢鍾書宋詩選注：「天空一小塊雲像江面一個小灘。陳與義在晚步詩裏也説：『停雲甚可愛，重疊如沙汀。』山谷内集卷六詠雪和廣平公：『連空春雪明如洗，忽憶江清水見沙。』任淵注：『沙以喻雪。』手法相同。」參看管錐編增訂七十八頁。

〔二〕錢鍾書管錐編九九一頁：「程浩雷賦：『及夫白日雨歇，長虹霽後……蓄殘怒之未洩，聞餘音之良久。』（全唐文卷四四三）即陳與義雨晴：『牆頭語鵲衣猶濕，樓外殘雷氣未平。』竊謂『氣』不如『怒』，胡穉注簡齋集未參程賦。」

〔三〕宋詩選注：「採用杜甫一個詩題的字面：『七月三日亭午已後較熱退，晚加小涼，穩睡有詩。』」

〔四〕蘇軾和子由柳湖詩：「如今勝事無人共。」

〔五〕杜甫天河詩：「秋至輒分明。」

【評】

瀛奎律髓卷十七紀昀評：三、四眼前景，而寫得新警。馮班評「急收奇句報新晴」句：厭。

十月

十月天公作許悲，負霜鴻雁不停飛。莽連萬里雲一去〔一〕，紅盡千林秋徑歸。病夫搜句了節序，小齋焚香無是非。睡過三冬莫開户，北風不貸芰荷衣〔二〕。

【校】

〔一去〕潘本「一」作「山」，聚珍本、宋詩鈔、瀛奎律髓十三同。紀昀云：「『山』字必誤，再校。」按作「一」義長，詳見注〔一〕。

【箋注】

〔一〕杜甫遣懷詩：「芒碭雲一去，雁鶩空相呼。」

〔二〕杜甫醉爲馬所墜諸公攜酒相看詩：「共指西日不相貸。」離騷：「製芰荷以爲衣兮。」按墓誌云：「時爲宰相者横甚，强欲知公，不且得禍。」宰相指王黼。詩云：「睡過三冬莫開户，北風不貸芰荷衣。」語蓋爲此而發。時王黼總治三省事，進爵太傅，炙手可熱。簡齋雖因葛勝仲而進，然於王黼殆非樂於依附者。觀前此諸詩，於蔡、王相傾之際，每多危苦之言，常思所以潔身遠引之道，可以觀志矣。

【評】

瀛奎律髓卷十三：簡齋詩獨是格高，可及子美。紀昀云：簡齋風骨高出宋人之上，此評是。又云：五、六便嫌習氣太重。

漫郎

漫郎功業大悠然〔一〕，拄笏看山了十年〔二〕。黑白半頭明鏡裏〔三〕，丹青千樹惡風前〔四〕。星霜屢費驚人句〔五〕，天地元須使鬼錢〔六〕。踏破九州無一事，只今分付結跏禪〔七〕。

【校】

〔大悠然〕聚珍本、宋詩鈔「大」作「太」，點校本引明本同。

【箋注】

〔一〕元結自釋：「及有官，人以爲浪者亦漫爲官乎？呼爲漫郎。」

〔二〕世説新語簡傲：「王子猷作桓車騎參軍，桓謂王曰：『卿在府久，比當相料理。』初不答，直高視，以手版拄頰云：『西山朝來，致有爽氣。』」

〔三〕白居易白髮詩：「最憎明鏡裏，黑白半頭時。」

〔四〕杜甫夔州歌：「楓林橘樹丹青合。」惡風，見卷二舍弟踰日不和雪勢密因再賦詩注。

〔五〕驚人句，見卷六元方用韻見寄次韻奉謝兼呈元東二首其二詩注。

〔六〕使鬼錢，見卷三書懷示友十首其六詩注。

〔七〕白居易洛濱禊飲詩：「踏破魏王堤。」又清渭吟：「若不結跏禪，即須開口笑。」大智度論卷七：「諸坐法中，結跏趺坐最安穩，不疲極，此是坐禪人坐法。」按釋家以兩脚交叉置于左右股上而坐，謂之全跏坐；單以一脚置另一股上，曰半跏坐。參看慧琳一切經音義卷八。

柳絮

柳送腰支日幾回〔一〕，更教飛絮舞樓臺〔二〕。顛狂忽作高千丈，風力微時穩下來〔三〕。

【校】

〔柳送〕原本「送」誤作「絮」，據聚珍本、宋詩鈔改，全芳備祖卷十八同。

【箋注】

〔一〕杜甫漫興詩：「隔户楊柳弱嫋嫋，恰似十五女兒腰。」

〔二〕吴處厚青箱雜記載晏殊詩：「樓臺側畔楊花過，簾幕中間燕子飛。」

〔三〕杜甫漫興詩：「顛狂柳絮隨風舞。」吴叙秘閣閑談：武人陳繼達紙鳶詩：「霄漢只因風送去，無風還有下來時。」

【評】

劉辰翁評「風力微時穩下來」句：調笑近厚。

侯處士女挽詞

疇昔翁才比太師〔一〕，固應生女作門楣〔二〕。人間似夢風旌出〔三〕，佛子何之宰樹悲〔四〕。五百涚金空繐帳〔五〕，三千車乘忽荒陂〔六〕。它年不共江流去，突兀張林婦德碑〔七〕。

【校】

〔太師〕原本「太」作「大」，據丁鈔、聚珍本改。　〔涚金〕原本「涚」作「帨」，據聚珍本改。

【箋注】

〔一〕韓愈試大理評事王君墓誌銘：「妻上谷侯氏，處士高女。高固奇士，自方阿衡太師。」

〔二〕楊妃外傳：時謡曰：「生女勿悲酸，生男勿喜歡。」又曰：「男不封侯女作妃，君看女却爲門楣。」

〔三〕楞嚴經：「却來觀世間，猶如夢中事。」

〔四〕公羊傳僖公三十三年：「秦伯怒，曰：『若爾之年者，宰上之木拱矣。』」何休注：「宰，冢也。」

〔五〕見卷九陳叔易學士母阮氏挽詞二首其一詩注。又漢書鮑宣傳：「莽太子遺使祱以衣衾。」注：「贈喪衣服曰祱。」

〔六〕見卷九陳叔易學士母阮氏挽詞二首其一詩注。

〔七〕見卷九陳叔易學士母阮氏挽詞二首其一詩注。

登天清寺塔〔一〕

爲眼不計脚，攀梯受微辛。半天拍闌干，驚倒地上人〔二〕。風從萬里來，老夫方岸巾〔三〕。荒荒春浮木，浩浩空納塵〔四〕。夕陽差萬瓦，赤鯉欲動鱗。須臾暮煙合，青魴映奫淪〔五〕。萬化本日馳，高處覺眼新。借問龕中仙〔六〕，坐穩今幾辰？俗子書滿壁，潧然不生嗔。唯有太行山，修供獨慇懃〔七〕。

【校】

〔題〕原本「天」誤作「大」，馮校據聚珍本改「天」。丁鈔、宋詩鈔並作「天」。潘本題作「登天清塔」。〔映𥧌淪〕宋詩鈔「映」作「隱」。〔幾辰〕丁、潘、聚珍本「辰」作「晨」，宋詩鈔同。〔太行山〕原本「太」作「大」，丁、潘、聚珍本、宋詩鈔均作「太」，今據改。點校本引明本、李氏藏本亦作「太」。

【箋注】

〔一〕李濂汴京遺蹟志卷十：「天清寺在陳州門裏繁臺上，周世宗顯德中創建。世宗初度之日曰天清節，故名其寺亦曰天清寺。寺内磚塔曰興慈塔，俗名繁塔，宋太平興國二年重修。元末兵燹，寺塔俱廢。」按簡齋所登，當即興慈塔也。詩云：「荒荒春浮木。」當是宣和六年春日作。

〔二〕劉禹錫登棲靈塔詩：「步步相攜不覺難，九重雲外倚闌干。忽然笑語半天上，無限遊人舉眼看。」

〔三〕杜甫夏夜歎詩：「安得萬里風，飄颻吹我裳？」晉書謝安傳附兄奕傳：奕字無奕，少有名譽。與桓溫善，溫辟爲安西司馬，猶推布衣好。在溫坐，岸幘笑詠，無異常日。桓溫曰：「我方外司馬。」

〔四〕杜甫漫成詩：「野日荒荒白，春流泯泯清。」蘇軾真興寺閣詩：「山川與城郭，漠漠同一形；

市人與鴉鵲，浩浩同一聲。」

〔五〕葛洪神仙傳：蔡少霞夢人托書紫陽真人山玄卿所撰新宫銘，其略云：「碧瓦鱗差，瑶堦肪截。」

〔六〕法帖：褚遂良書：「聞久棄塵滓，與彌勒同龕。」

〔七〕黄庭堅所供堂詩：「天女來修散花供。」

【評】

劉辰翁評末句：觸目戲言，無倫無理，得之迭宕。

歷代詩發卷二十六評「爲眼不計脚」二句：語最俚，却最趣。

浴室觀雨以催詩走群龍爲韻得走字〔一〕

微雲生屋脊，攲枕看培塿。崔嵬亂一瞬，泰華入搔首〔二〕。須臾萬銀竹，壯觀驚户牖〔三〕。摧擊竟自碎，映空白煙走。餘飄送未了，日色在井口〔四〕。去冬三寸雪，寒日澹相守。商量細細融〔五〕，未覺經旬久。誰能料天工，辦此穎脱手〔六〕！一涼滿天地，平分到庭柳。葉端嘯餘風，送我一杯酒。畫屏題細字，盡記同來友。俗眼之所遺，此事當不朽〔七〕。

【校】

〔餘飄〕原本作「餘颷」,與下文「葉端嘯餘風」意複,今據聚珍本、宋詩鈔改。點校本云:諸本俱作「餘飄」。〔天工〕聚珍本、宋詩鈔「工」作「公」,點校本引明本、李氏藏本亦作「公」。〔穎脱〕聚珍本、宋詩鈔作「脱穎」,點校本引明本、李氏藏本同。

【箋注】

〔一〕胡注:「浴室,實汴都浴室院。」按胡氏所云浴室院,疑即興國寺浴室也。東坡嘉祐元年入京,館於興國寺浴室;其後三十年自登州召還,再過浴室;又六年自杭州召還,又一年自揚州召還,皆嘗寓此。山谷集有跋浴室院六祖師文,元祐三年題。東坡又有書魯直題名後,皆興國浴室也。王文誥蘇詩總案卷一、卷三十考之甚詳,可參看。蘇軾行瓊儋間詩:「急雨豈無意,催詩走龍蛇。」

〔二〕胡注:「此蓋淵明『夏雲多奇峰』之變也。」王安石道人北山來詩:「道人北山來,問松栽東崗。舉手指屋脊,云今如此長。」左傳襄公二十四年:「部婁無松柏。」杜注:「小阜也。」部婁即培塿。詩卷耳:「陟彼崔嵬。」陸機文賦:「撫四海於一瞬。」詩静女:「搔首踟蹰。」

〔三〕李白宿鰕湖詩:「白雨映寒山,森森似銀竹。」西都賦:「盛娛遊之壯觀。」

〔四〕盧綸晚到盩厔耆老家詩:「亂藤穿井口,流水到籬根。」賈島原上秋居詩:「鳥從井口出,人自岳陽過。」

〔五〕杜甫江畔獨步尋花七絶句詩：「嫩葉商量細細開。」又晚出左掖詩：「樓雪融城濕。」

〔六〕杜甫杜鵑詩：「蒼天變化誰料得。」史記平原君列傳：毛遂曰：「使遂得早處囊中，乃穎脱而出。」杜甫上水遣懷詩：「各藉穎脱手。」

〔七〕曹丕典論論文：「文章經國之大業，不朽之盛事。」

【評】

劉辰翁評「日色在井口」句：自然語。又評末句：嚴整故好，脱嚴整又好。

夏至日與同舍會葆真二首

微官有閥閲〔一〕，三賦池上詩。林密知夏深，仰看天離離〔二〕。官忙負遠興，觴至及良時。荷氣夜來雨〔三〕，百鳥清晝遲。微風不動蘋〔四〕，坐看水色移。門前争奪場，取歡不償悲。欲歸未得去，日暮多黄鸝。

【校】

〔題〕聚珍本「與」下有「太學」二字，宋詩鈔同。〔閥閲〕宋詩鈔作「閲閥」。

【箋注】

〔一〕漢書車千秋傳：「無伐閲功勞。」顔注：「伐，積功也。閲，經歷也。」

〔二〕詩湛露：「其桐其椅，其實離離。」毛傳：「離離，垂也。」

〔三〕韋應物南塘泛舟詩：「雨微荷氣涼。」

〔四〕宋玉風賦：「夫風生於地，起於青蘋之末。」

【評】

劉辰翁評「微官有闕閲」二句：好。又評末句：少少許，不可極。

其二

明波影千柳，紺屋朝萬荷〔一〕。物新感節移，意定覺景多。遊魚聚亭影〔二〕，鏡面散微渦〔三〕。江湖豈在遠，所欠雨一簑〔四〕。忽看帶箭禽，三嘆無奈何〔五〕。是日有惡少射水禽，一箭中臆，悲鳴飛去。

【箋注】

〔一〕蘇軾遊樊山詩：「紺宇出青蓮。」

〔二〕韓愈新亭詩：「瓦影蔭龜魚。」

〔三〕白居易東樓詩：「水心如鏡面。」文選江賦：「盤渦谷轉。」

〔四〕張志和漁歌子詞：「青箬笠，緑簑衣，斜風細雨不須歸。」

〔五〕韓愈有雉帶箭詩。

【評】

劉辰翁評末句：古今朝士自道所不能及。

翁高郵挽詩〔一〕

萬里功名路，三生翰墨身〔二〕。暮年銅虎重〔三〕，浮世石羊新〔四〕。天地慳豪傑，山川泣吏民。空傳四十誄，竟不識斯人〔五〕。

【箋注】

〔一〕胡注：「翁彦約，字行簡，建州崇安人。登政和二年第。宣和初，爲太常博士；五年，卒於高郵，終承議郎。士特名挺，即其長子也。」厲鶚宋詩紀事卷三十八：「翁彦約，字行簡，崇安人。政和二年進士，遷太常博士，提舉河北西路學事，除知高郵軍。」宋詩紀事録彦約毛竹洞詩一首。按彦約乃彦國、彦深之兄，翁挺之父。陸心源宋史翼卷七：「翁彦國，字端朝，福建崇安人。登紹聖四年進士，累官御史中丞。」建炎以來繫年要録記其事頗詳。宋詩紀事卷三十四：「彦國字端朝，彦約弟。紹聖四年進士，累官至御史中丞。靖康之難，爲江淮荆浙制置轉運使，充經制使，領兵入援，貽書切責張邦昌。高宗即位，兼江南東西路經制使，卒贈少保。」宋詩紀事録其西巖寺詩一首。建炎以來繫年要録卷六：「建炎元年六月甲子，集英殿修撰新知亳州翁彦深太常少卿。彦深，彦國弟。」胡寅斐然集卷二十六右朝奉大夫集英殿修撰翁公神道碑：「公諱彦深，字養源，世居建州崇安縣之白水。考仲道三子，公仲也。」碑文不言彦深兄弟名字，但云：「會公弟爲御史中丞，公引嫌自列，即從秘書監。」御史中丞當指彦國，是彦國乃彦深之弟，所叙與繫年要録不同。胡寅乃彦深孫婿（斐然集卷二十七有祭外大舅翁殿撰文），所叙當不誤。據知彦約兄弟三人，彦約居長，次彦深，次彦國，而仲道乃其父也。宋詩紀事卷四十：「翁挺字士特，崇安人，彦約子。政和中，以季父彦國恩補官，調宜章尉。朝臣交薦，改授少府監，終尚書考功員外郎，號五峰居士，有集。」宋詩紀事録挺詩一首。此彦約兄弟父子大略也。胡注稱彦約宣和五年卒於高郵，簡齋此詩當作於此年，原編次第小誤耳。

〔二〕白居易題河南廳西壁詩：「世説三生如不謬，共疑巢許是前身。」

〔三〕史記孝文帝紀：「初與郡國守相爲銅虎符，竹使符。」

〔四〕炙轂子：「秦漢以來，帝王陵寢有石麟、辟邪、兕馬。人臣有石人、羊、虎、柱之類，皆表飾壠上，如生前儀衛。」

〔五〕晉書郗鑒傳附超傳：「及死之日，貴賤操筆而爲誄者四十餘人，其爲衆所宗貴如此。」

秋試院將出書所寓窗〔一〕

門前柹葉已堪書〔二〕，弄鏡燒香聊自娱〔三〕。百世窗明窗暗裏，題詩不用著工夫〔四〕。

【箋注】

〔一〕按此詩及下一首秋日詩，當是去年宣和五年秋作，以時令求之，此一卷原編次第頗有差舛。胡譜：「宣和五年癸卯，八月，爲考官，有書試院所寓窗詩。」是也。

〔二〕見卷八以紙託樂秀才擣治詩注。

〔三〕詩出其東門：「聊可與娱。」漢書南粤王趙佗傳：「老夫故敢妄竊帝號，聊以自娱。」

〔四〕蘇軾送劉攽詩：「作詩不須工。」黄庭堅和楊明叔詩：「學要盡工夫。」

【評】

劉辰翁評末句：有省。此與「安排句法已難尋」，皆自得於文字語言之外。

秋日

琢句不成添鬢絲，且揞笻杖看雲移〔一〕。槐花落盡全林緑，光景渾如初夏時。

【箋注】

〔一〕杜甫恨別詩：「憶弟看雲白日眠。」

夏日

赤日可中庭〔一〕，樹影斂不開。燭龍未肯忙，一步九徘徊〔二〕。夢中驚耳鳴，欲覺聞遠雷。屋山奇峰起，欹枕看雲來〔三〕。變化信難料〔四〕，轉頭失崔嵬。雖然不成雨，風起亦快哉〔五〕。槐葉萬背白〔六〕，少振十日埃。白團豈辦此〔七〕，擲去羞薄才。蜻蜓泊牆陰，近人故多猜。牆西豈更熱？已去却飛迴〔八〕。

【校】

〔欲覺〕聚珍本「欲」作「忽」，宋詩鈔同。點校本引明本、李氏藏本亦作「忽」。〔屋山〕聚珍本、宋詩鈔「山」作「上」。〔白團〕原本「團」誤「圍」，據聚珍本、宋詩鈔改。〔却飛迴〕聚珍本、宋詩鈔「却」作「復」。

【箋注】

〔一〕劉禹錫生公講堂詩：「一方明月可中庭。」

〔二〕楚辭天問：「日安不到，燭龍何照？」王逸注：「言天之西北，有幽冥無日之國，有龍銜燭而照之也。」洪興祖補注：「山海經云：『鍾山之神，名曰燭陰，視爲晝，瞑爲夜，吹爲冬，呼爲夏，不飲不食，不喘不息，身長千里，人面蛇身，赤色。』注曰：『即燭龍也。』」李白通塘曲：「十去九徘徊。」

〔三〕韓愈寄盧仝詩：「每騎屋山下窺瞰。」奇峰，見本卷浴室觀雨以催詩走群龍爲韻得走字詩注。

〔四〕杜甫杜鵑詩：「蒼天變化誰料得。」

〔五〕文選風賦：「快哉此風。」

〔六〕蘇軾法喜寺詩：「荷背風吹白。」

〔七〕古樂府沈約團扇詩：「青青林中竹，可作白團扇。」

〔八〕卷十中牟道中二首詩亦云：「蜻蜓近馬忽相猜。」可參看。

送王周士赴發運司屬官〔一〕

寧食三斗塵，有手不揖無詩人；寧飲三斗醋，有耳不聽無味句〔二〕。牆東草深蘭發薰〔三〕，君先夢我我夢君〔四〕？小窗誦詩燈花喜，窗外北風怒未已〔五〕；書生得句勝得官〔六〕，風其少止盡人歡〔七〕！五更月暈一千丈〔八〕，明日君當泛淮浪。去去三十六策中，第一買酒鏖北風〔九〕。

【校】

〔題〕原本「司」誤「同」，據聚珍本、宋詩鈔改。〔燈花喜〕聚珍本「喜」作「起」。

【箋注】

〔一〕胡注：「周士名以寧。」靖康要録卷一：「靖康元年正月三十日，發運司管勾文字王以寧，進士任申先、沈穀並召赴三省審察。」此詩所謂「發運司屬官」，當即指管勾文字事也。以寧宋史無傳。建炎以來繫年要録卷三十二：「建炎四年三月己酉，張浚以本司參議官直秘閣王以寧代程千秋爲京西制置使，使圖桑仲，假以便宜。以寧，開封人。政和中，自小校换授。建炎初，以樞密院編修官出知鼎州，爲浚所辟。以寧至襄陽，見仲方彊，乃卑辭假道而去，引其兵屯潭州。」宋詩紀事卷四十二：「王以寧，字周士，湘潭人。由太學生仕鼎、澧帥幕。靖康初徵天下兵，以寧走鼎州，乞師解太原圍。建炎中，以宣撫司參謀制置襄、鄧。有詞一卷。」全宋詞第一〇六二頁：「以寧字周士，湘潭人。宣和三年(一一二一)，以成忠郎换文資爲從事郎。建炎初，以樞密院編修官出守鼎州。建炎二年(一一二八)，京西制置使，陞直顯謨閣。尋落職降三官，責監台州酒税。紹興二年(一一三二)，責永州别駕，潮州安置。五年(一一三五)，特許自便。十年(一一四〇)，復右朝奉郎、知全州。有詞一卷。」二書所叙以寧籍貫與建炎以來繫年要録不同，俟再考。其靖康初解太原圍事，靖康要録卷十四：「朝廷以知樞密院李綱爲宣撫使，督諸將救太原。京畿提刑王以寧節制浙兵。八月五日，粘罕至太原。至九月五日，城遂陷。九月十九日，朝廷召李綱回，以折彦質爲宣撫判官，召范瓊、以寧歸國，俄而以寧罷。」（參看畢沅續資治通鑑卷九十七）。其建炎以後行跡，則繫年要録記之尤詳，兹撮書其要：「建炎四年秋七月己未，初，宣撫處置使司參議官京西制置使王以寧爲桑仲所逼，以所部走潭州。（以）寧以本司便宜之命節度湖南軍馬，更易全郡守臣，科歛無度，官吏有被誅者，民甚苦之。至是，以寧言欲赴朝奏事，而病未能行，請以所部於岳、鄂、潭州聽旨。詔以寧還本司供職。時以寧已提兵在長沙，而朝廷未知也。」（卷三十五）「八月，鼎、澧鎮撫使程昌寓既受命，傳檄二州。新除辰、沅、靖州鎮撫使孔彦舟聞之，自鼎州渡江，入益陽縣。守臣向子諲在衡、永間，未至。宣撫處置司參議官王以寧率所部拒之，爲所敗。以寧遁去，彦舟遂入潭州。」（卷三十六）「十一月壬寅，輔臣奏事。先是，王以寧以私書遺張浚，桑仲得而上之。上因言以寧黨其所知。范宗尹曰：『以寧本李綱所薦。』上曰：『二聖朝黨與之大者，惟蔡京，次即綱也。如張浚一心爲國，極不可得，但所用一二狂生爲累。若責去之，乃所以保全浚也。』」（卷三十九）「紹興二年九月辛未，降授右宣教郎監台州酒務王以寧既貶，其母陳氏干張浚乞自便，浚以聞。會朱勝非爲呂頤浩言，以寧向在荆、湖，妄用便宜，專殺掊歛，害及兩路。頤浩白其言。上曰：『以寧罪大責輕，今又干宣司，從之則兩朝廷也。』乃責永州別駕,潮州安置。」(卷五十八。按中興小紀卷十二:「紹興二年正月,先是,節制兵馬王以寧擅興外境,徑造漳州,戮命官,移守將,爲言者所論,纔降官充監當。」此事繫年要録未載)「紹興十年五月己卯,右奉議郎王以寧復右朝奉郎,知全州。」(卷一百三十五)綜觀以寧生平,其人先後爲李綱、張浚所重,殆亦所謂主戰派者。史傳於其人多微詞,恐不免有誇大失實之言。又以寧在當時亦頗有文譽,墨莊漫録卷八載其道中聞九里香詩云:「不見江梅三百日,聲斷紫簫愁夢長。何許緑裙紅帔客,御風來獻返魂香。」苕溪漁隱叢話後集卷三十六:「王周士和人詩云:『人情千里白頭浪,世事幾番黄葉風。』皆善造語,亦可喜也。」吕本中東萊詩集卷十四有贈王周士諸公詩一首;曾幾茶山集有七律一首,題云:「王周士顯謨自閩中歸溈山舊隱,道經臨川,惠然先辱,且出示吕居仁送行詩,有見及之語,因次其韻贈周士。」張元幹蘆川歸來集卷一有五言古詩一首,題云:「乙卯秋,奉送王周士龍圖自貶所歸鼎州太夫人侍下。」按乙卯爲紹興五年,以寧於紹興二年九月責授永州别駕、潮州安置。至五年特許自便,詩當作於以寧去潮歸鼎時也。

〔二〕新唐書權懷恩傳:「懷恩賞罰明,見惡輒取。時語曰:『寧飲三斗塵,無逢權懷恩。』每盛服,妻子不敢仰視。」北史崔弘度傳:「弘度性嚴酷,官屬百工見之,無敢欺隱。長安爲之語曰:『寧飲三斗醋,不見崔弘度。』」李白行路難詩:「有耳莫洗潁川水,有口莫食首陽蕨。」

〔三〕後漢書逢萌傳:「避世牆東王君公。」劉孝標廣絶交論:「曾、史蘭薰雪白。」家語:「芝蘭生於深林，不以無人而不芳。」

〔四〕本事詩卷五：「元相公稹爲御史，鞫獄梓潼。時白尚書在京，與名輩遊慈恩，小酌花下，爲詩寄元曰：『花時同醉破春愁，醉折花枝當酒籌。忽憶故人天際去，計程今日到梁州。』時元果及褒城，亦寄夢遊詩曰：『夢君兄弟曲江頭，也向慈恩院裏遊。驛吏喚人排馬去，忽驚身在古梁州。』千里神交，合若符契，友朋之道，不期至歟！」

〔五〕杜甫獨酌成詩：「燈花何太喜，酒緑正相親。」莊子齊物論：「夫大塊噫氣，其名爲風，是唯無作，作則萬竅怒呺。」

〔六〕鄭谷靜吟詩：「騷雅荒涼我未安，月和餘雪夜吟寒。相門相客應相笑，得句勝於得好官。」

〔七〕曲禮：「君子不盡人之歡。」

〔八〕李白橫江詞：「月暈天風霧不開。」

〔九〕三十六策，見卷三書懷示友十首其五詩注。漢書霍去病傳：「合短兵鏖戰皋蘭下。」顏注：「鏖，苦戰也。」黄庭堅次韻答斌老病起獨遊東園詩：「西風鏖殘暑，如用霍去病。」又平陰張澄居士隱處詩：「市聲鏖午枕，常以此心觀。」

【評】方回桐江集卷三讀劉章稊誌：劉章稊誌疑陳簡齋集二詩爲非簡齋所作，其一：「敲門俗子令我病，面有三寸康衢埃。風饕雪虐君馳去，蓬户那無酒一杯。」其二：「寧食三斗塵，有手不揖無詩人。」予謂此二詩怒詈誠太露，然詩人每惡俗人，山谷云：「德人泉下夢，俗物眼中埃。」下一句不已甚乎？劉評詩不當者多。

歷代詩發卷二十六：粗豪之氣迸露行間，要以雄渾代尖巧，非一味跅弛者也。

試院春晴〔一〕

今日天氣佳〔二〕，忽思賦新詩。春光挾晴色，併上桃花枝。白雲浩浩去〔三〕，天色青陸離〔四〕。餘霏遇晚日，彩翠紛新奇〔五〕。天公出變化，驚倒癡絶兒〔六〕。逶迤或耐久，美好固暫時。平生一枝筇，穩處念力衰。澹然意已足〔七〕，却赴青燈期。

【校】

〔紛新奇〕原本「紛」作「分」，丁鈔、潘本、聚珍本均作「紛」，今據改。點校本引明本、李氏藏本亦作「紛」。

【箋注】

〔一〕胡譜：「宣和六年甲辰，閏三月，除司勳員外郎，爲省闈考官，有試院春晴。」按宋史徽宗紀：「宣和六年閏三月庚子，御集英殿策進士。夏四月癸丑，賜禮部奏名進士及第、出身八百五人。」詩當作於御試前也。是年，簡齋三十五歲。

〔二〕陶潛諸人共游周家墓柏下詩：「今日天氣佳，清吹與鳴彈。」

〔三〕杜甫送長孫九侍御赴武威判官詩：「雲雨白浩浩。」

〔四〕離騷：「紛總總其離合兮，斑陸離其上下。」廣雅釋訓：「陸離，參差也。」

〔五〕王維送方尊師詩：「瀑布杉松常帶雨，夕陽彩翠忽成嵐。」白居易寄元微之詩：「樹曖枝條弱，山晴彩翠奇。」

〔六〕晉書顧愷之傳：「愷之有三絶：才絶，畫絶，癡絶。」癡兒，見卷八食虀詩注。蘇軾送陳伯修詩：「驚倒同舍兒。」

〔七〕柳宗元讀禪經詩：「澹然離言説，悟悦心自足。」

試院書懷

細讀平安字〔一〕，愁邊失歲華。疎疎一簾雨，淡淡滿枝花。投老詩成癖〔二〕，經春夢到家〔三〕。茫然十年事，倚杖數棲鴉。

【箋注】

〔一〕杜甫所思詩：「欲問平安無使來。」李商隱送鄭大台文南覲詩：「南風無處附平安。」胡注：「今試院有平安曆。」

〔二〕白居易醉後贈晦叔詩：「各以詩成癖。」又峽中與元微之別詩：「別來盡是詩成癖。」

〔三〕盧綸長安春望詩：「家在夢中何日到。」

【評】

苕溪漁隱叢話前集卷五十三：陳去非詩平淡有工，如：「疎疎一簾雨，淡淡滿枝花。」

瀛奎律髓卷十七：雖止一句說雨，與花作一串，漁隱叢話盛稱此聯。紀昀評：通體清老，結亦有味。

正集卷十二

次韻何文縝題顔持約畫水墨梅花二首〔一〕

窗間光景晚來新〔二〕，半幅溪藤萬里春〔三〕，從此不貪江路好〔四〕，賸拚心力喚真真〔五〕。

【校】

〔題〕聚珍本「韻」字在「花」字下。〔窗間光景晚來新〕原本「景」作「影」，據丁鈔、聚珍本改。毛晉宋六十家詞烘堂詞刻本跋語引此二詩，「間」作「前」，「影」作「景」，「來」作「清」。〔江路好〕烘堂詞跋引「好」作「遠」。〔賸拚〕丁鈔、聚珍本「拚」作「拋」。全芳備祖卷一「賸」作「猛」。

【箋注】

〔一〕胡注：「文縝名㮚，仙井監人，政和中廷試爲天下第一，欽宗朝任右僕射。」宋詩紀事卷三十九：「何㮚字文縝，仙井監人。政和五年進士第一，歷官尚書右僕射兼中書侍郎，死靖康之難。建炎初,贈觀文殿大學士。上庠録:政和丙申(當作乙未)殿試,何㮚爲狀元,潘良貴次之,皆年少有丰貌,而第三郭孝友頗古怪。唱名日,呵出御街,觀者皆曰:狀元真何郎,榜眼真潘郎,第三人真郭郎也。」按何㮚宋史卷三百五十三有傳,言徽宗「欲付以言責,或論㮚與蘇軾鄉黨,宗其曲學,出知遂寧府。已而留爲御史中丞,論王黼姦邪專横十五罪。黼既抗章請去,而猶豫未決,㮚繼上七章,黼及其黨胡松年、胡益等皆罷」。欽宗立,宰相主割三鎮,㮚論辨不已,曰:「河北之民,皆吾赤子,棄地則並其民棄之,豈爲父母意哉?」㮚請建四道總管,使統兵入援。金兵傅城下,拜爲尚書右僕射兼中書侍郎,建議請以康王爲元帥,密草詔稿上之。「京城失守,從幸金帥營,遂留不返。既而議立異姓,金人曰:惟何㮚、李若水毋得預議。既陷逆廷,㮚仰天大慟,不食而死,年三十九。建炎初,詔以爲觀文殿大學士、提舉玉局觀使,禄其家。訃聞,贈開府儀同三司。議者指其誤國,不行。秦檜自北還,具道其死時狀,乃改贈大學士,官其家七人。」按何㮚實力勸欽宗再幸金營者,本傳不言,蓋諱之也。靖康要録載㮚言行尤詳;其贈官事,建炎以來繫年要録卷四十四載之,文長不録。

又胡注:「持約名博文,靖康初爲中書舍人。」宋詩紀事卷四十二:「顔博文字持約,德州人。靖康初,官著作佐郎,金人立僞楚時,充事務官,草勸進表。南渡初,竄澧州,移賀州,死。清河書畫舫:顔持約晚有鄭虔之貶。作山水,横看頗有清致。在五羊賣畫自活,竟死瘴鄉。」按顔博文宋史無傳,建炎以來繫年要録載其事云:「建炎元年三月壬辰,金人以……秘書省著作郎顔博文爲事務官，限三日立（張）邦昌，不然，下城盡行焚戮。博文，安德人也。」（卷三。此事靖康要録卷十六記在靖康二年三月二日，即建炎元年也）建炎元年四月辛酉，「邦昌降手書曰：『天下承平幾二百載，百姓安樂，豈復知兵？乃者，姦臣首結邊難，招致禍變，城守不堅，嗣君皇帝越在郊野。予以還歸，横見推迫，有堯舜之揖讓，無湯武之干戈。四方之廣，弗通者半年；京城之大，無君者三月。從宜康濟，庶拯艱危。可依下項應手書到日昧爽以前，罪無輕重，常赦所不原者，並特釋放。遣官省視陵寢；諸州天慶觀天寧節仍舊行香；官吏並與推恩；勤王之師，令管押歸元來去處存恤；諸處宗室，除於租税招免賊盜等事，令禮部徧牒施行。』赦與覃恩同，但改赦字爲手書而已。時四方勤王兵大集，吴幵、莫儔爲邦昌謀，令散還諸路，故僞赦首及之。其文，秘書省著作郎顔博文筆也」。（卷四）「五月辛丑，延康殿學士趙子崧言：『臣聞京城士人籍籍，謂王時雍、徐秉哲、吴幵、莫儔、范瓊、胡思、王紹、王及之、顔博文、余大均，皆左右賣國，逼太上皇，取皇太子，汙辱六宫，捕繫宗室，盜竊禁中之物，公取嬪御，都城無大小指此十人者爲國賊，此天下所不赦者也。張邦昌未有反正之心，敵騎甫退，此十人者，皆日夕締交密謀，勸以久假。未肆赦間，又復督迫之。……博文則曰：雖欲避堯之子，其如畏天之威。……伏望將此十人付獄鞫治，明正典刑，以爲萬世臣子之戒。』」（卷五）「六月癸亥，議僞命臣僚。時在圍城中者，（李）綱皆欲深罪之。（吕）好問曰：『王業艱難，正納汙含垢之時，遽繩以峻法，懼者衆矣。』綱不聽。綱以……秘書省著作郎顔博文草檄赦文……博文澧州，並安置。」（卷六）建炎三年閏八月庚寅，起居郎胡寅上疏曰：「靖康二年，著作郎顔博文佞諛張邦昌，則曰：『非湯武之干戈，同堯舜之禪讓。』及爲邦昌作請罪表，則曰：『仲尼從佛肸之召，本爲興周；紀信乘漢王之車，固將誑楚。』博文近世所謂能文之士也，其操術反覆如此！故廉耻道消，四維大壞，則社稷隨之。」（卷二十七）「紹興二年三月癸巳，責授果州别駕顔博文乞以赦叙，權刑部侍郎王依擬叙奉議郎，與差遣。而吏部侍郎綦宻禮言：『博文嘗撰僞楚赦書，今使之通籍朝端，公議未允。』乃詔博文永不收叙。」（卷五十二）此博文生平大略也。楊萬里誠齋詩話：「張邦昌既僭竊竄謫，謝高宗表云：『孔子從佛肸之召，蓋欲興周；紀信乘漢王之車，固將誑楚。』其黨顔博文之詞也。邦昌初立時，博文首上賀表云：『非湯武之干戈，同堯舜之禪讓。』其反覆如此。」博文能詩善畫，張邦基墨莊漫録卷七載其詠末利花詩：「竹梢脱青錦，榕葉隨黄雲。嶺頭暑正煩，見此萼緑君。欲言嬌不吐，藏意久未分。最憐月初上，濃香夢中聞。蕭然六曲屏，西施帶微醺。叢深珊瑚帳，枝轉翡翠裙。譬如追風驕，一抹萬馬群。銅瓶汲清泚，聊復爲子勤。願言少須臾，對此髯參軍。」吴曾能改齋漫録卷十七載其舟次五羊品令詞一首：「夜蕭條，側耳聽，清海樓頭吹角。停歸棹，不覺重門閉，恨只恨、暮潮落。偷想紅啼緑怨，道我真箇情薄。紗窗外，厭厭新月上，應也則、睡不着。」吴氏評之，以爲「不減唐人語」。夏文彦圖畫寶鑑卷三，稱博文「長於水墨作人物，筆法、位置如李伯時，但氣韻差短耳。又善畫墨花」。永樂大典卷二千八百十二引張守昆陵集席大光邀同賦墨梅花顔博士畫六首，亦題顔博文畫也。

〔二〕韓愈酬裴功曹詩：「是時山水秋，光景何鮮新。」

〔三〕紙譜：剡溪之藤爲紙最妙。唐舒元輿云：「今之錯爲文者，皆夭閼剡溪藤之流也。」

〔四〕杜甫西郊詩：「江路野梅香。」

〔五〕于逖聞奇録：唐進士趙顔得一軟障，圖一婦人甚麗。顔曰：「如何令生，某願納爲妻。」工曰：「余神畫也，此亦有名，曰真真。呼其名百日，晝夜不歇，即必應；應則以百家彩灰酒灌之，必活。」顔如其言，遂下步，言語飲食如常，終歲生一兒。友人曰：「此妖也，必與君爲患。」真真乃泣曰：「妾南嶽地仙也，君今疑妾，妾不可住。」言訖，攜其子却上軟障，嘔出先所飲百家彩灰酒。覩其障，惟添一子，皆是畫焉。

其二

奪得斜枝不放歸〔一〕，倚窗承月看熹微〔二〕，墨池雪嶺春俱好，付與詩人説是非〔三〕。

【校】

〔承月〕毛刻烘堂詞跋語引「承」作「乘」。

【箋注】

〔一〕林逋梅詩：「屋簷斜入一枝低。」

〔二〕陶潛歸去來辭：「恨晨光之熹微。」永樂大典卷二千八百十二引王冕梅譜：「夫梅始自花光仁老，宋朝哲宗時僧，住衡山花光寺。老僧酷愛梅，唯所居方丈室屋邊亦植數本。每花發時，輒床據於其下，吟詠終日，人莫能知其意。月夜未寢，見疎影橫於紙窗，蕭然可愛，遂以筆戲摹其影，凌晨視之，殊有月夜之意。因此學畫，而得其無諍三昧，名播於世。」按簡齋此語，殆暗用花光筆戲事也。

〔三〕范攄雲谿友議卷中：「崔涯者，吴、楚之狂生也，與張祜齊名。每題一詩於倡肆，無不誦之於衢路，譽之則車馬繼來，毁之則盃盤失錯。嘗嘲李端端：「黄昏不語不知行，鼻似煙囱耳似鐺。獨把象牙梳插鬢，崑崙山上月初生。」端端得此詩，憂心如病。使院飲迴，遥見二子躡屐而行，乃道傍再拜兢灼曰：「端端祇候三郎、六郎，伏望哀之。」又重題一絶句粉飾之，贈詩曰：「覓得黄騮被繡鞍，善和坊裏取端端。揚州近日渾成美，一朵能行白牡丹。」於是大賈巨豪競臻其户。或戲之曰：「李家娘子纔出墨池，便登雪嶺，何期一日黑白不均？」（此條雲谿友議原本頗有誤奪，依胡注所引互校。）

【評】

劉辰翁評末句：比舊作更化。

又六言

未央宫裏紅杏，羯鼓三聲打開〔一〕。大庾嶺頭梅萼〔二〕，管城呼上屏來〔三〕。

【校】

〔題〕聚珍本作「題顔持約水墨梅花」。

【箋注】

〔一〕見卷一〇次韻王堯明郊祀顯相之作詩注。

〔二〕李商隱對雪詩：「梅花大庾嶺頭發。」馮浩注引白帖：「大庾嶺上梅，南枝落，北枝開。」

〔三〕管城，見卷一覺心畫山水賦注。

題持約畫軸

日落川更闊，煙生山欲浮。舟中有閑地，載我得同遊〔一〕。

【箋注】

〔一〕世説新語德行：「華歆、王朗俱乘船避難，有一人欲依附，歆輒難之。朗曰：『幸尚寬，何爲不可?』後賊追至,王欲舍所攜人。歆曰:『本所以疑,正爲此耳。既已納其自託,寧可以急相棄耶?』遂攜拯如初。世以此定華、王之優劣。」

爲陳介然題持約畫〔一〕

層層水落白灘生,萬里征鴻小作程。日暮微風過荷葉,陂南陂北聽秋聲。

【校】

〔日暮〕聚珍本「暮」作「落」,點校本引明本同。

【箋注】

〔一〕胡注:「介然名璘,興化人。靖康初,爲吏部左侍郎官。時先生爲介然題持約所畫瀟湘秋晚圖。」按陳璘事蹟未詳。京口耆舊傳卷六别有一陳璘,字季文,金壇人,與蘇庠遊尤厚,與此無涉。當再考。

寄題兖州孫大夫絶塵亭二首〔一〕伯野之父。

不讀遠遊賦〔二〕,放懷兹地宜。雲山繞窗户,萬態争紛披〔三〕。世故日已遠,風水方逶迤。倚杖夜來雨，東山煙散遲。人間許長史〔四〕，不與此心期〔五〕。

【校】

〔題〕丁鈔「兖州」下多「府」字。

【箋注】

〔一〕胡注：「大夫名琪，靖康初知博州，領兵勤王，渡河，遇虜而死。兖之泗水人。先生自注：『伯野之父。』伯野名傳，靖康間知樞密院。」今按「琪」當作「振」。「傳」點校本作「傅」，是。建炎以來繫年要録卷三：「靖康元年三月壬寅，是日，副元帥宗澤與金人戰於韋城縣，敗之。先是，知博州孫振以軍民之兵二千人至冠氏縣，王命屯濮州，受澤節制（原注：去年十二月己丑）。至是，聞澤與敵戰，其親兵皆懼，且懷鄉土，乃殺振，分取軍實，散而北歸。振，傅父也。」（原注：耿延熙中興記云：「振墜馬死。」今從汪伯彦中興日曆。俟考。）宋史卷三百五十三孫傅傳：「孫傅字伯野，海州人。登進士第，中詞學兼茂科，爲祕書省正字，校書郎，監察御史，禮部員外郎。時蔡翛爲尚書，傅爲言天下事，勸其亟有所建，不然必敗。翛不能用。（同書卷四百七十二蔡翛傳：「時翛兄弟亦知事勢日異，其客傅墨卿、孫傅等復語之曰：『天下事必敗，蔡氏必破，當亟爲計。』翛心然之，密與攸議，稍持正論，故與京異。然皆蓄縮不敢明言，遂引吴敏、李綱、李光、楊時等用之，以挽物情。」）遷祕書少監，至中書舍人。宣和末，高麗入貢，使者所過，調夫治舟，騷然煩費。傅言『索民力以妨農功，而於中國無絲毫之益』。宰相謂其所論同蘇軾，奏貶蘄州安置。……靖康元年，召爲給事中，進兵部尚書，上章乞復祖宗法度。欽宗問之，傅曰：『祖宗法惠民，熙、豐法惠國，崇、觀法惠姦。』時謂名言。十一月，拜尚書右丞，俄改同知樞密院。金人圍城，傅日夜親當矢石。……二年正月，欽宗詣金帥營，以傅輔太子留守，仍兼少傅。帝兼旬不返，傅屢貽書請之。及廢立檄至，傅大慟曰：『吾惟知吾君可帝中國爾！苟立異姓，吾當死之。』金人來索太上帝后諸王妃主，傅留太子不遣，密謀匿之民間；别求狀類宦者二人殺之，並斬十數死囚，持首送之；紿金人曰：『宦者欲竊太子出，都人争鬭殺之，誤傷太子。因帥兵討定，斬其爲亂者以獻。苟不已，則以死繼之。』越五日，無肯承其事者，傅曰：『吾爲太子傅，當同生死，金人雖不吾索，吾當與之俱行，求見二酋，面責之，庶或萬一可濟。』……遂以留守事付王時雍，而從太子出。至南薰門，范瓊力止之，金守門者曰：『所欲得太子，留守何預？』傅曰：『我宋之大臣，且太子傅也，當死從！』是夕，宿門下。明日，金人召之去。明年二月，死於朔廷。紹興中，贈開府儀同三司，謚曰忠定。」苕溪漁隱叢話後集卷三十六引詩説雋永：「孫伯野宣和中爲中書舍人，論麗人入貢，所過騷動，貶散官，居于蘄州。許崧老時爲給事中，乃封駁曰：『孫傅山東野人，乞從末減。』楊時中時爲省郎，以詩送孫曰：『清議豈徒光四户，直聲應已到三韓。黄門有手能批敕，太學無人爲舉幡。』四六談麈：「孫伯野論麗人騷擾，中批云：『至乃用蘇軾語，全無顧忌。』孫表云：『不知言語之合前人，但見裔夷之負中國。』」

〔二〕王逸楚辭章句：「遠遊者，屈原之所作也。屈原履方直之行，不容於世，上爲讒佞所譖毁，下爲俗人所困極，章皇山澤，無所告訴……遂叙妙思，託配仙人，與俱遊戲，周歷天地，無所不到。然猶懷念楚國，思慕舊故，忠信之篤，仁義之厚也。」

〔三〕黄庭堅摘裴休句作清涼國師真贊云：「萬象紛披。」

〔四〕真誥：紫微王夫人謂許長史曰：「玉醴金漿，交生神梨，方丈火棗，玄光靈芝，我當與山中許道士，不以與人間許長史。」長史名謐，字思玄，爲晉護軍長史。道士即長史第三子，名翽，字道翔。

〔五〕柳宗元南澗詩：「誰爲後來者，當與此心期。」李商隱幽居詩：「不與夙心期。」

【評】

劉辰翁評末句：興趣自然。

其二

境空納浩蕩〔一〕，日暮生泬寥〔二〕。竹聲池邊起，欲斷還蕭蕭〔三〕。丈人方微吟，萬象各動摇〔四〕。林間光景異，月出東山椒〔五〕。門前誰剥啄？已逝不須邀〔六〕。

【校】

〔丈人〕原本「丈」誤「文」,據聚珍本改。

【箋注】

〔一〕蘇軾送參寥師詩:「空故納萬境。」

〔二〕宋玉九辯:「泬寥兮天高而氣清。」

〔三〕李白潯陽感秋詩:「何處聞秋聲,修修北窗竹。」

〔四〕杜甫奉贈盧五丈參謀琚詩:「説詩能累夜,醉酒或連朝。藻翰唯牽率,湖山合動揺。」

〔五〕蘇軾赤壁賦:「少焉,月出於東山之上,徘徊於斗牛之間。」

〔六〕韓愈剥啄行:「剥剥啄啄,有客至門。」

【評】

劉辰翁評末句:極是達意。

梅花兩絶句〔一〕

客行滿山雪,香處是梅花〔二〕。丁寧明月夜,認取影横斜〔三〕。

【校】

〔認取〕全芳備祖卷一「認」作「記」。

【箋注】

〔一〕二詩疑亦題畫之作，否則時令與編次爲不倫矣。

〔二〕王安石梅詩：「遥知不是雪，爲有暗香來。」

〔三〕林逋梅詩：「疎影横斜水清淺。」

其二

曉天青脈脈，玉面立疎籬〔一〕，山中爾許樹〔二〕，獨自費人詩。

【校】

〔曉天〕全芳備祖「曉」作「晚」。　〔立疎籬〕全芳備祖作「一疎枝」。　〔獨自費人〕全芳備祖「自」作「汝」，「費」作「負」。

【箋注】

〔一〕楚辭七諫：「厭白玉以爲面兮，懷琬琰以爲心。」梁簡文帝烏棲曲：「織成屏風金屈膝，朱唇玉面燈前出。」

〔二〕華嚴經入法界品：「如是壽命，經爾許時。」

送善相僧超然歸廬山〔一〕

九疊峰前遠法師〔二〕，長安塵染坐禪衣〔三〕。十年依舊雙瞳碧〔四〕，萬里今持一笑歸。鼠目向來吾自了〔五〕，龜腸從與世相違〔六〕。酒酣更欲煩公説，黄葉漫山錫杖飛〔七〕。

【校】

〔漫山〕丁鈔「漫」作「滿」。

【箋注】

〔一〕超然，未詳。永樂大典卷二千八百十二引王惲秋澗集跋花光梅後語：「蜀僧超然字仁仲，居衡陽花光山。避靖康亂，居江南之柯山，與參政陳簡齋並舍而居。山谷所謂『研墨作梅，超凡入聖，法當冠四海而名被世。』嘗有『移船來近花光住，寫盡南枝與北枝』之句，其丰度可想見矣。」按今本秋澗集無此文。諸書言花光事，不言其善相；簡齋此詩又不言超然能畫。圖畫寶鑑卷三有僧超然「善畫山水」，又不言其善相；同書又别有花光仁仲條，云「仁和會稽人」，皆與大典所引秋澗集不合。俟再考。

〔二〕高僧傳卷六：釋慧遠「見廬峰清静，足以息心，始住龍泉精舍」，後「復於山東更立房殿，即東林是也。遠創造精舍，洞盡山美，却負香爐之峰，傍帶瀑布之壑，仍石疊基，即松栽構，清泉環階，白雲滿室」。法苑珠林日月篇卷三引異苑：「沙門釋慧遠棲神廬嶽，嘗有游龍翔其前。」李白廬山謡寄盧侍御虚舟詩：「廬山秀出南斗傍，屏風九疊雲錦張。」

〔三〕塵染，見卷四和張規臣水墨梅五絶其三詩注。

〔四〕高僧傳：達摩眼紺青色，稱碧眼胡僧。

〔五〕唐書李揆傳：「初，苗晉卿數薦元載，揆輕載地寒，謂晉卿曰：『龍章鳳姿士不見用，麞頭鼠目子乃求官邪？』載聞，銜之。」

〔六〕南史檀道濟傳附兄孫珪傳：「珪字伯玉，位沅南令。元徽中，王僧虔爲吏部尚書，以珪爲征北板行參軍。珪訴僧虔求禄不得，與僧虔書曰：『僕一門雖謝文通，乃忝武達，群從姑叔，三媾帝姻，而令子姪餓死，遂不荷潤，蟬腹龜腸，爲日已久。』」陶潛歸去來辭：「世與我而相違。」

〔七〕韋應物贈全椒道士詩：「落葉滿空山，何處覓行跡？」孫綽天台山賦：「應真飛錫以躡虚。」杜甫留别公安太易沙門詩：「徐飛錫杖出風塵。」

休日早起

曨曨窗影來，稍稍禽聲集。開門知有雨，老樹半身濕。劇讀了無味，遠遊非所急〔一〕。蒲團着身寬，安取萬户邑〔二〕。開鏡白雲度，捲簾秋光入。飽受今日閑，明朝復羈縶〔三〕。

【校】

〔曨曨〕聚珍本「曨」作「朧」，宋詩鈔同。〔劇讀〕原本「讀」作「談」，潘本、丁鈔、聚珍本、宋詩鈔均作「讀」，今據改。點校本引增注：「『讀』一作『談』，非。」又引明本、李氏藏本均作「讀」。

【箋注】

〔一〕遠遊，見本卷寄題兖州孫大夫絶塵亭二首其一詩注。

〔二〕史記滑稽優孟傳：「奉以萬户之邑。」

〔三〕公羊傳襄公二十七年：衛公子鱄辭獻公曰：「夫身負羈縶，執鈇鑕，從君東西南北，則是臣僕庶孽之事也。」

【評】

胡穉詩箋正誤：昔招隱居士龔相聖任嘗學詩於先生，先生以此十字（按指「開門知有雨，老樹半身濕」十字）書扇贈之，且屢語之曰：「此吾平生得意句，子宜飽參。」居士之子宗簿養正云。按龔頤正芥隱筆記：陳去非嘗語先君云：「吾生平得意十字，云：開門知有雨，老樹半身濕。」先君故效之，作感興詩云：「夜半露雨濕，凌晨春草長。」謂頤正云：「吾十字似有味。」後讀河嶽英靈集閻訪詩：「荒庭人何許，老樹半空腹。」殷璠謂皎然可佳，殆亦有所祖云。龔頤正，字養正，父相，字聖任。宋詩紀事卷五十及卷五十九載其詩。

傳自得韋齋集序：故吏部員外郎韋齋先生朱公，建炎、紹興間，詩聲滿天下，一時名公鉅卿，交口稱薦，詞人墨客，傳寫諷誦如不及。予少時學詩，嘗以作詩之要扣公。公不以輩晚遇我，而許從遊。間宿於閩部憲臺從事官舍之東軒，夜對榻語，蟬聯不休。比晨起，則積雨初霽，西風淒然。公因爲予舉簡齋「開門知有雨，老樹半身濕」，及韋蘇州「諸生時列坐，共愛風雨林」之句，且言古之詩人，貴衝口直致，蓋與彭澤「把菊東籬下，悠然見南山」同一關捩。三人者，出處窮達雖不同，誦此詩，則可見其人之蕭散清遠，此殆太史公所謂難與俗人言者。予時心開神會，自是始知詩之趣。

劉辰翁評「遠遊」二句：閑處有商量。

王辰詩録五言古卷二評「開門知有雨」二句：淡景入妙。又評「飽受今日閑」二句：是休日語。

歷代詩發卷二十六：練語新雋，故能矯矯出塵。

夏夜

幽窗報夕霽，微月在屋橑〔一〕。手中白羽扇〔二〕，共此夜寥寥。六月天正碧，三更樹微摇。緬懷山中景，兹夕感路遥。長嘯送行雲〔三〕，可望不可招〔四〕。夜闌林光發，白露濡青條。

【箋注】

〔一〕廣雅釋室：「橑，椽也。」

〔二〕裴啓語林：諸葛武侯持白羽扇指揮三軍。

〔三〕柳宗元茅亭記：「手揮絲桐，目送還雲。」

〔四〕杜甫出塞詩：「浮雲暮南征，可望不可攀。」

棋

長日無公事，閑圍李遠棋〔一〕。傍觀真一笑〔二〕，互勝不移時〔三〕。幸未逢重霸〔四〕，何妨着獻之〔五〕。晴天散飛雹〔六〕，驚動隔牆兒。

【箋注】

〔一〕唐語林卷二：「宣宗坐朝，次對官趨至，必待氣平息均然後問事。令狐綯進李遠爲杭州，上曰：『我聞李遠詩云：長日惟消一局棋。何以臨郡？』對曰：『詩人言不足有害也。』仍薦廉察可任，乃許之。」亦見幽閒鼓吹。

〔二〕韓愈祭柳子厚文云：「巧匠旁觀，縮手袖間。」

〔三〕杜甫遣興詩：「漢虜互勝負。」

〔四〕北夢瑣言：「蜀簡州刺史安重霸瀆貨無厭。州民有油客者，姓鄧，能棋，其家亦贍。重霸召對敵，只令立侍，每落一子，俾其退立於西北牖下，俟我算路，乃始進之。終日才下十數子而已。鄧生倦立，且飢，殆不可堪。次日又召。或有諷鄧生曰：『此侯好賂，本不爲棋，何不獻賂而自求退？』乃獻中金千鋌獲免。」

〔五〕晉書王獻之傳：獻之「年數歲，嘗觀門生樗蒱，曰：『南風不競。』門生曰：『此郎亦管中窺豹，時見一斑。』獻之怒曰：『遠慚荀奉倩，近愧劉真長。』遂拂衣而去」。

〔六〕黃庭堅慈孝寺餞顧子敦詩：「飛雹落文楸。」

與伯順飯于文緯大光出宋漢傑畫秋山〔一〕

焚香消午睡，開畫逢秋山。皇都馬聲中，有此四士閑。離離南國樹，閃閃湘水灣。悠悠孤鳥去，澮澮晨輝還。屐上十年蠟〔二〕，未散腰脚頑〔三〕。不如一詣君，坐此巖石間〔四〕。遠峰如修眉〔五〕，近峰如墮鬟〔六〕。書生飽作祟〔七〕，眼亂紛斕斑〔八〕。一笑遺世人，聊破千載顔〔九〕。詩成即畫記，可益不可删〔一〇〕。

【校】

〔題〕原本「伯」作「百」，據聚珍本改。點校引明本、李氏藏本同。〔皇都〕點校引增注：「『皇都』，閩本作『長安』。」

【箋注】

〔一〕胡注：「耿伯順，名延禧（原本「禧」作「熙」，點校本據李氏藏本改），官至龍圖閣學士，門下侍郎南仲之子。」宋史耿南仲傳：「耿南仲，開封府人。政和二年以禮部員外郎爲太子右庶子，在東宫十年。欽宗即位，「升尚書左丞、門下侍郎。金人再舉向京師，請割三鎮以和。議者多主戰，惟南仲與吳幵堅欲割地。康王使軍前，請南仲偕，帝以其老，命其子中書舍人延禧代行。金人次洛陽，不復言三鎮，直請畫河爲界。於是議遣大臣往，南仲以老辭，聶昌以親辭。上大怒，命南仲出河東，昌出河北，議割地。高宗既即位，薄南仲爲人，因其請老，罷爲觀文殿大學士提舉杭州洞霄宫；延禧以龍圖閣直學士出知宣州。已而，言者論其主和誤國罪，詔鐫學士秩；延禧亦落職與祠。尋謫南仲臨江軍居住。御史中丞張澂又言南仲趣李綱往救河東，以致師潰，蓋不恤國事，用此報讐。命降授别駕，安置南雄。行至吉州卒」。宋史高宗紀：「靖康元年十一月，詔帝使河北，奉衮冕玉輅、尊金主爲伯，上尊號十八字，被命即發京師。以門下侍郎耿南仲主和議，請與俱。乃以其子中書舍人延禧爲參議官。」建炎以來繫年要録卷一：「靖康元年十一月己巳，（金）兩軍渡河。是日，復用王雲計，亟遣（康）王使河北止師。王以耿南仲主和議，請與俱。乃拜其子中書舍人延禧爲龍圖閣直學士，與知東上閤門事高世則並爲參議官。」按南仲當靖康擾攘之際，力主割地求和，排斥李綱，實小人之尤者。延禧蓋亦其父之流，其生平行事，唯見此從康王北使一節，建炎以後，則久在謫籍。簡齋紹興元年在康州嘗與相遇，參看本集卷二十七康州小舫與耿伯順李德升席大光鄭德象夜語以更長愛燭紅爲韻得更字詩箋。

大光，席益字也。宋史席旦傳：「旦字晉仲，河南人。徽宗朝，歷官至述古殿直學士，知成都府。」「子益，字大光，紹興初，參知政事。」宋史不詳席益事本末。靖康要録卷二：「靖康元年二月七日，中書舍人席益除徽猷閣待制、知河中府。」建炎以來繫年要録記益事尤詳，兹撮要節録之：「建炎元年正月甲寅，陝西宣撫使范致虚以勤王兵次華州。先是，致虚在長安，繕兵爲守河計。有萬花寺僧宗印者，孝義人，本姓趙，避亂過河中，題詩佛寺。守臣席益見而奇之，薦於致虚。致虚喜其口辯，善言兵，即以便宜假宗印中散大夫、直龍圖閣、充宣撫使參議官，兼節制軍馬奇兵軍正，以統制官王偉等隸之。」（卷一。按汴都之破，實與誤信宗印「奇兵」有關。）「五月丙午，初，金人犯河中，守臣席益遁去。」（卷五）「九月甲午，益坐棄河中落職。」（卷九）「二年三月癸卯，河東制置使趙宗印自襄陽移屯郢州，守臣席益請之也。」（卷十四）「三年六月，知郢州席益再任直龍圖閣。以守境，故有是命。」（卷二十四）「四年五月，試中書舍人。」（卷三十三）「紹興元年九月，兼權直學士院。辛亥，合祭天地於明堂，益草赦文，有曰：『上蒼懷悔禍之心，群臣竭定傾之力，六師奏凱，九扈成功，爰舉宗祈，聿修大報。』上以爲夸大，不悦。會益草吕頤浩復相制，有曰：『朕中興聖緒，兼創業守文之難。』上尤不喜。乃出益爲顯謨閣待制，知温州。」（卷四十七）冬十月，代孫覿知臨安府。（卷四十八）二年正月，移知衢州。（卷五十一）四月，移知平江府。（卷五十三）「八月壬辰，觀文殿學士朱勝非復知紹興府。先是，吕頤浩自江上還，欲傾秦檜，而未得其要。過平江，守臣席益謂之曰：『目爲黨可也。然黨魁在鎖闥，當先去之。』頤浩大喜，乃引勝非爲助，故以勝非同都督諸軍事。」（卷五十七）「九月壬戌，集英殿修撰知平江府席益試尚書吏部侍郎，尋兼侍講。」（卷五十八）「三年春正月己巳，尚書吏部侍郎兼侍講席益試工部尚書兼權吏部尚書，中書舍人兼侍講陳與義試吏部侍郎。」（卷六十二）「二月辛亥，席益參知政事。」（卷六十三）「四年春正月丙子，時朱勝非當國，不可否事；徐俯在樞府，每倨視之。而（左司諫劉）大中因入見，論席益懷姦固寵，全不任責。上將罷之，故大中以爲請。」（卷七十二）「二月癸未，參知政事席益充資政殿學士提舉江州太平觀。先是，諫官劉大中既奏其罪，前一日，殿中侍御史常同入對，論『益本盧杞之姦邪，兼逢吉之險譎。初爲王黼之客，復入蔡京之門。陛下略其宿愆，欲觀後效。去歲議遣大臣使金，益獨以母老爲辭。近者金使對揚榻前，默無一言之助。輔臣若此，將焉用之？至於心術不端，力庇邪佞，中傷善類，陰奪相權，蓋天資險薄可畏如此！望速賜罷黜，以慰公論。』故益遂罷。大中章再上，後三日，詔益落職奉祠。」（卷七十三）「六月丁酉，復端明殿學士知潭州。」（卷七十七）「七月庚戌，充荆湖南路安撫制置大使、兼知潭州。」（卷七十八）「五年十月乙卯，爲資政殿學士，成都潼川夔州利州路安撫制置大使，兼知成都府。」（卷九十四）「十一月壬午，益上漕運六策，令學士院降詔獎諭。」（卷一百六）「九年四月甲戌，前資政殿大學士席益未免喪，薨於温州。」（卷一百二十七）以上爲該書所載席益生平仕履大略也。莊季裕雞肋編卷二：「元祐末，已有紹述之説，時來之邵爲御史，議事率多首鼠，世目爲『兩來子』。紹興中，吕元直爲相，驟引席益爲參政，故席感恩，悉力爲助。已而徐師川在西樞得君，與吕不協，席乃陰與徐結。於是又號爲『二形人』，謂陽與吕合，而陰與徐交也。吕既出而欲爲刺虎之術，竟不能就而反被逐，士夫莫不快之。」按席益建炎間與簡齋過從甚密，宋史不爲立傳，胡氏亦無注，故詳言之。

文緯，未詳。詩云：「皇都馬聲中，有此四士閑。」謂耿、席、文緯及己也。

宋漢傑名子房，宋選之子，宋迪之姪，東坡集有跋宋漢傑畫：「僕曩與宋復古遊，見其畫瀟湘晚景，爲作三詩，其略云：『遥遥趨後崦，水會赴前溪。』復古云：『子亦善畫也耶？』今其猶子漢傑亦復有此學，假之數年，當不減復古。元祐三年四月五日書。」又云：「唐人王摩詰、李思訓之流畫山水峰麓，自成變態，雖蕭然有出塵之姿，然頗以雲物間之，作浮雲杳靄，與孤鴻落照滅没於江天之外，舉世宗之，而唐人之典型盡矣。近歲惟范寬稍存古法，然微有俗氣。漢傑此山，不古不今，稍出新意，爲之不已，當作著色山也。」又云：「觀士人畫，如閲天下馬，取其意氣所到。乃若畫工，往往只取鞭策皮毛、槽櫪芻秣，無一點俊發，看數尺許便卷。漢傑真士人畫也。」東坡集又有謝宋漢傑惠李承晏墨七絶一首，蘇詩合注引鄧椿畫繼：「宋子房字漢傑，鄭州滎陽人。選之子，復古之猶子也。官止正郎。坡公跋其畫，謂其真士人畫也。所著畫法六論，極其精到。」圖畫寶鑑卷三稱其「善畫山水，不古不今，稍出新意。」即用東坡跋中語也。按復古，宋迪字，宣和畫譜載之。宋選，東坡在鳳翔日府主也，坡集屢見之。

〔二〕晉書阮孚傳：「或有詣阮，正見自蠟屐，因自嘆曰：『未知一生當著幾量屐！』神色甚閑暢。」

〔三〕蘇軾出城詩：「此行亦何事，聊散腰脚頑。」

〔四〕晉書習鑿齒傳：桓温曰：「徒三十年讀書，不如一詣習主簿。」世説巧藝：「顧長康畫謝幼輿在巖石裏。人問其所以，顧曰：『謝云：『一丘一壑，自謂過之。』此子宜置丘壑中。」

〔五〕韓愈南山詩：「天宇浮修眉，濃緑畫新就。」

〔六〕蘇軾餞正輔詩：「兩山遥對雙烟鬟。」後漢書梁冀傳：「冀妻孫壽，色美而善爲妖態，作愁眉、啼妝，墮馬髻、折腰步、齲齒笑，以爲媚惑。」

〔七〕史記田叔傳：「久乘富貴，禍積爲祟。」胡注：「山谷有湯餅作祟、茗椀爲祟之言。」

〔八〕韓愈雪梅詩：「熒煌初亂眼，浩蕩忽迷神。」蘇軾書王晉卿畫詩：「澗谷紛斕斑。」

〔九〕杜甫諸將五首詩：「將軍且莫破愁顔。」

〔一〇〕韓愈有畫記。蘇軾西菩寺詩：「一笑相逢那易得，數詩狂語不須删。」

九日宜春苑午憩幕中聽大光誦朱迪功詩〔一〕

酒酣耳熱不能歌〔二〕，奈此一川黄菊何〔三〕！卧聽西風吹好句〔四〕，老夫無恨幕生波〔五〕。

【校】

〔題〕丁鈔、聚珍本「朱」作「宋」，點校引明本同。〔不能〕聚珍本「能」作「成」，點校引明本同。〔老夫無恨〕丁鈔、聚珍本「夫」作「天」。又原本「恨」作「限」，據聚珍本改。丁鈔「限」作「眼」，非。

【箋注】

〔一〕葉夢得石林燕語卷一：「瓊林苑、金明池、宜春苑、玉津園，謂之四園。宜春苑本秦悼王園，因以皇城宜春舊苑富國倉，遂遷於此。俗但稱庶人園，以秦王故也。」李濂汴京遺蹟志卷八：「宜春苑有二：一在固子門外，宋人號西御園；一在麗景門外，號東御園。」嘉慶一統志卷一百八十七：「宜春苑在祥符縣東門外，宋史：建隆元年，幸宜春苑。玉海：玉津、瓊林、瑞聖、宜春，宋時爲四苑園。」按本集卷十七簡齋建炎元年重陽有感再賦：「憶昔甲辰重九日，天恩曾與宴城東。」按宋史徽宗紀：「宣和六年八月壬戌，以復燕、雲，赦天下。九月辛巳，大饗明堂。」「宴城東」，當即此時事。據知此宜春苑乃麗景門外東御園也。朱迪功，未詳。

〔二〕漢書楊惲傳：「酒後耳熱，仰天拊缶，而呼烏烏。」曹丕與吴質書：「每至觴酌流行，絲竹並奏，酒酣耳熱，仰而賦詩，忽然不自知其樂。」杜甫醉歌行：「酒酣耳熱忘頭白，感君意氣無所惜，一爲歌行歌主客。」

〔三〕韓愈石鼓歌：「才薄將奈石鼓何。」

〔四〕蘇軾送周正孺詩：「西風吹好句。」

〔五〕李賀夜坐吟：「西風羅幕生翠波。」

冬至二首

少年多意氣〔一〕，老去一分無。閉户了冬至〔二〕，日長添數珠〔三〕。北風不貸節〔四〕，鴻雁天南驅〔五〕。烏帽亦何幸〔六〕，七日守屋廬〔七〕。石爐深炷火，撩亂一榻書。只可自怡悦，不堪寄張扶〔八〕。

【校】

〔不貸〕丁鈔、聚珍本、宋詩鈔「貸」作「待」，非。　〔亦何幸〕聚珍本、宋詩鈔「亦」作「獨」，點校引明本同。

【箋注】

〔一〕史記晏嬰傳：「意氣揚揚。」

〔二〕雲谿友議卷下王梵志詩：「昨日了今日，今日了明晨。」

〔三〕杜臺卿玉燭寶典：「冬至日，南極景長。」杜甫至後詩：「冬至至後日初長。」又小至詩：「刺繡五紋添弱線。」

〔四〕杜甫醉爲馬所墜諸公攜酒相看詩：「共指西日不相貸。」

〔五〕淮南子時則：仲秋之月，「候雁來」。高誘注：「候時之雁，從北漠中來過周雒，南至彭蠡也。」

〔六〕烏帽，見卷十一遊慧林寺……詩注。

〔七〕胡注：「假寧法：冬至七日。」

〔八〕陶弘景答齊高祖詔：「山中何所有？嶺上多白雲。祇可自怡悦，不堪持贈君。」漢書薛宣傳：「及日至休吏，賊曹掾張扶獨不肯休，坐曹治事。」

【評】

趙與虤娛書堂詩話卷下：陶弘景隱居華山，梁高祖問曰：「山中何所有？」弘景以詩答曰：「山中何所有？嶺上多白雲。只可自怡悅，不堪持贈君。」陳簡齋嘗倣之云：「石爐深炷火，撩亂一榻書。只可自怡悅，不堪寄（原誤「奇」）張扶。」

其二

人生本是客，杜叟顧未知〔一〕。今年我聞道，悲樂兩脱遺〔二〕。日色如昨日，未覺墉陰遲。不須行年記〔三〕，異代尋吾詩。東家窈窕娘，融蠟幻梅枝〔四〕，但恐負時節，那知有愁時。

【箋注】

〔一〕古詩：「人生天地間，忽如遠行客。」杜甫冬至詩：「年年至日長爲客。」

〔二〕莊子天運：「孔子行年五十有一而不聞道。」韓愈忽忽詩：「忽忽乎余未知爲生之樂也，願脱去而無因。」末云：「死生哀樂兩相棄，是非得失付閑人。」

〔三〕唐書藝文志有劉仁軌行年記二十卷。按蘇軾答陳師仲書：「足下所至詩，但不擇古律，以日月次之，異日觀之，便是行記。」詩意所本。

〔四〕見卷二蠟梅詩注。

【評】

劉辰翁評末二句：忽得二語動興。

西省酴醾架上殘雪可愛戲同王元忠席大光賦詩〔一〕

酴醾花底當年事，夜雪模糊照酒闌〔二〕。北省今朝枝上雪，還揩病眼作花看。

【箋注】

〔一〕胡注：「元忠名寓，九江人。靖康元年任尚書右丞。」宋史卷三百五十二耿南仲傳附王寓傳：「王寓字元忠，江州人。父易簡，資政殿大學士兼侍講。寓歷校書郎、著作佐郎、度支員外郎、兼充編修官、國子司業，爲起居舍人，改中書舍人，兼蕃衍宅直講。欽宗立，以給事中命兼邇英殿經筵侍講，轉吏部侍郎，升禮部尚書，翰林學士。康王之使金也，以寓爲尚書左丞副之。寓憚行，假夢兆丐免；易簡亦上書以請。上震怒，追毁左丞命，降單州團練副使，新州安置；並易簡宫祠黜之。建炎四年，賊馬進破江州，易簡等三百人俱被害。」又宰輔表：「靖康元年九月丁丑，王寓自禮部尚書除尚書左丞。十月戊午，坐辭使軍前責授單州團練副使，新州安置。」靖康要録卷十二：「靖康元年十月二十六日，左丞王寓憚遠行，以夢誣上，乞免行。上震怒，責寓散官，安置新州。黜其父易簡宫祠，擢馮澥知樞密院事，代寓。」建炎以來繫年要録卷四十一：「紹興元年春正月戊申，是日，馬進陷江州，守臣直龍圖閣沿江安撫使姚舜明棄城遁。……李成聞江州已陷，乃渡江入城，坐其州治，括寓客及郡縣官僅二百員，悉殺於庭下。端明殿學士王易簡與其子責授單州團練副使寓，皆死於亂兵。……寓，靖康中嘗除尚書右丞。」王明清揮麈録卷三：「本朝以來，以遺逸起達者，惟种明逸、常夷甫二人而已。徽宗朝，王易簡、蔡密、吕注自布衣拜崇政殿説書，然薦紳間多不與之也。易簡即寓之父，九江人。大觀中，家祖守郡，首薦之。其後改節以媚權官，官至資政殿大學士。寓仕靖康，驟拜二府，被命使虜，託夢寐以辭行。欽宗震怒，竄嶺外。父子南下，中途爲盜所害。」

〔二〕白居易雪詩：「平明山雪白模糊。」

對酒〔一〕

新詩滿眼不能裁，鳥度雲移落酒盃。官裏簿書無日了〔二〕，樓頭風雨見秋來。是非衮衮書生老，歲月怱怱燕子回。笑撫江南竹根枕，一樽呼起鼻中雷〔三〕。

【校】

〔官裏簿書無日了〕優古堂詩話、能改齋漫録卷八，引「官裏」作「案上」，「無」作「何」。〔風雨見秋來〕優古堂詩話、能改齋漫録引「雨」作「月」，「見」作「又」。

【箋注】

〔一〕詩云「樓頭風雨見秋來」，知是秋日之作。原編在西省酴醿架上殘雪可愛戲同王元忠席大光賦詩詩後，次第小誤。又，後三日再賦一首，用韻與此詩同，亦當是秋日之作。

〔二〕了官事，見卷九同叔易于觀我齋分韻得自字詩注。

〔三〕韓愈石鼎聯句序：「道士倚牆睡，鼻息如雷鳴。」

【評】

吴幵優古堂詩話：近時稱陳去非詩「案上簿書何日了，樓頭風月又秋來」之句。或者曰：「此東坡官事無窮何日了，菊花有信不吾欺耳。」予以爲本唐人羅鄴僕射坡晚望詩：「身事未知何日了，馬蹄惟覺到秋忙。」（能改齋漫録卷八同）

瀛奎律髓卷二十六：此詩中兩聯俱用變體，各以一句説情，一句説景，奇矣。坡詞有云：「官事何時畢，風雨外，無多日。」即前聯意也。後聯即與前詩「世事紛紛」、「春陰漠漠」一聯用意亦同，是爲變體。學許渾詩者能之乎？此非深透老杜、山谷、後山三關不能也。紀昀評：結不雅。

後三日再賦

天生癭木不須裁，説與兒童是酒杯〔一〕。落日留霞知我醉，長風吹月送詩來〔二〕。一官擾擾身增病，萬事悠悠首獨回。不奈長安小車得，睡鄉深處作奔雷〔三〕。

【校】

〔不須裁〕原本「裁」誤「我」，蔣刻同。馮校：「『我』，從莫校作『裁』。」丁鈔、聚珍本、宋詩鈔均作「裁」，今據正。〔小車得〕聚珍本「得」作「過」。

【箋注】

〔一〕新唐書隱逸武攸緒傳：「冬蔽茅椒，夏居石室，所賜金銀鐺鬲、野服，王公所遺鹿裘、素障、癭杯，塵皆流積，不御也。」皮日休夏景無事因懷章來二上人詩：「澹景微陰正送梅，幽人逃暑癭柟杯。」陸龜蒙夜會問答詩：「癭木杯，杉贅楠瘤刳得來，莫怪家人畔邊笑，渠心祇愛黄金罍。」

〔二〕李白送賓明府詩：「長風吹月度海來，遥勸仙人一杯酒。」韓愈北樓詩：「長風送月來。」

〔三〕蘇軾睡鄉記：「睡鄉蓋與齊州接，而齊州之民無知者。昔黄帝聞而樂之，蓋至其鄉，既寤而天下大治，似睡鄉焉。」郭璞遊仙詩：「登仙撫龍駟，迅駕乘奔雷。」杜甫朝獻太清宫賦：「萬神開，八駿迴，旗掩月，車奮雷。」黄庭堅寄杜家父詩：「九衢終日犢車雷。」張相詩詞曲語辭匯釋卷一：「得，語助辭，用於動辭之後。……陳與義後三日再賦詩：『不奈長安小車得，睡鄉深處作奔雷。』此云不奈得也。」

【評】

劉辰翁評「一官擾擾」二句：好。

將赴陳留寄心老〔一〕

今日忽不樂，圖書從糾紛〔二〕。不見汝州師，但見西來雲〔三〕。長安豈無樹？憶師堂前柳。世路九折多〔四〕，遊子百事醜〔五〕。三年成一夢，夢破説夢中〔六〕。來時西門雨，去日東門風。書到及師閑，爲我點枯筆。畫作謫官圖，羸驂帶寒日〔七〕。他時取歸路，千里作一程。飽喫殘年飯，就師聽竹聲〔八〕。

【校】

〔他時〕聚珍本「時」作「日」，點校本引明本同。

【箋注】

〔一〕胡譜：「宣和六年甲辰，閏三月，除司勳員外郎，爲省闈考官，有試院春晴及書南鎮酒税務，有赴陳留詩云：『全家無十人。』〔二〕又，赴陳留二首胡注：「時先生自符寶郎謫監陳留酒。」按宋史本傳：「累遷太學博士，擢符寶郎，尋謫監陳留酒稅。」不言致謫之由。墓誌則云：「爲太學博士，著作佐郎，司勳員外郎，擢符寶郎，謫監陳留酒。始公爲學官，居館下，辭章一出，名動京師，諸貴要人争客之。時爲宰相者横甚，强欲知公，不且得禍。公爲其薦達，宰相敗，因是得罪。」又不言宰相何人，蓋諱之也。建炎以來繫年要録卷三十三：「建炎四年五月壬子，宣教郎陳與義守尚書兵部員外郎。與義，希亮曾孫，宣和末，嘗爲符寶郎，坐王黼累斥去，至是再召。」章定名賢氏族言行類編卷十一亦云：「宣和中，擢館職符寶郎，坐王黼罷相例出。」據知墓誌所云宰相，即王黼也。簡齋本以葛勝仲繳進其墨梅詩擢任館職，而勝仲實王黼之黨，則其爲王黼所籠絡，無足異也。考王黼之罷在宣和六年十一月丙子，其黨徒亦相繼斥去。宋會要輯稿職官六十九之十五：「(宣和六年)十二月十一日，龍圖閣直學士知成都府王復，提舉西京嵩山崇福宮；顯謨閣待制知鄧州葛勝仲，提舉江州太平觀，並落職。……皆王黼黨也。」勝仲之謫在十二月十一日，簡齋陳留之謫，勢當在勝仲之後。赴陳留詩云：「舊歲有三日，全家無十人。」是已在十二月尾矣。是年，簡齋三十五歲。歐陽忞輿地廣記卷五：「東京開封府，畿，陳留縣。」嘉慶一統志卷一百八十六河南開封府，「陳留縣，在府東少南五十里。」

〔二〕蘇軾送笱芍藥與公擇詩：「今日忽不樂，折盡園中花。」

〔三〕傳燈録：「達摩西來。」韓愈送令縱師序：「其來也雲凝，其去也風休。」

〔四〕漢書王尊傳：「先是，琅邪王陽爲益州刺史，行部至邛郲九折阪，歎曰：『奉先人遺體，奈何數乘此險？』後以病去。」

〔五〕傳燈録卷七：藥山對栢巖明哲師云：「跛跛挈挈，百醜千拙。」

〔六〕莊子齊物論：「夢之中又占其夢焉，覺而後知其夢也。且有大覺而後知其大夢也。而愚者自以爲覺，竊竊然知之。」按簡齋以宣和四年春末去汝歸洛，稍後，覺心以緣事至魯山，得相晤，至是已三年矣。夢破，猶言夢醒，參看詩詞曲語辭匯解卷三。

〔七〕韓愈和雨聯句：「深路到羸驂。」

〔八〕杜甫病後過王倚飲贈歌詩：「但使殘年飽喫飯，只願無事長相見。」

正集卷十三

赴陳留二首〔一〕

草草一夢闌，行止本難期。歲晚陳留路，老馬三振鬐。自看鞭袖影〔二〕，曠野日落遲。柳林行不盡，想見春風時〔三〕。點點羊散村，陣陣鴻投陂。城中那有此？觸處皆新詩。舉手謝路人，醉語勿瑕疵〔四〕。我行有官事，去作三年癡〔五〕。遥聞辟穀仙，閲世河水湄〔六〕。時從玩木影，政爾不憂飢。

【校】

〔自看〕原本「看」作「着」，丁鈔、聚珍本、宋詩鈔作「看」，今據改。〔陣陣〕宋詩鈔作「陳陳」。

【箋注】

〔一〕詩云「歲晚陳留路」，又云「舊歲有三日」，是宣和六年歲暮，初去汴京之作。

〔二〕胡注：「佛言如出世良馬，見鞭影而行。」

〔三〕温庭筠錦被詩：「柳長行不盡。」杜牧隋堤柳詩：「夾岸垂楊三百里，祇應圖畫最相宜。自嫌流落西歸疾，不見東風二月時。」

〔四〕列仙傳：「王子喬乘白鶴，舉手謝時人而去。」陶潛飲酒詩：「但恨多謬誤，君當恕醉人。」左傳僖公七年：「予取予求，不汝瑕疵也。」

〔五〕按宋史徽宗紀：是年十月癸酉，「詔内外官並以三年爲任，治績著聞者再任，永爲式。」故詩曰「三年癡」也。

〔六〕胡注：「陳留有張良廟。」史記留侯世家：「願棄人間事，從赤松子遊耳。乃學辟穀導引輕身。」陸機嘆逝賦：「世閲人而爲世。」

【評】

鄧郯（中齋）評「自看鞭袖影」二句：盡低佪顧懷，淒涼淡薄意。（點校本引增注）

其二

馬上摩挲眼，出門光景新〔一〕。鴉鳴半陂雪，路轉一林春。舊歲有三日，全家無十人。平生鸜鵒盞〔二〕，今夕最關身〔三〕。

【箋注】

〔一〕白居易睡覺茶興詩：「睡足摩挲眼。」李白越女詞：「新妝蕩新波，光景兩奇絶。」

〔二〕酉陽雜俎卷十二：梁宴魏使，魏肇師舉酒勸陳昭。俄而酒至鸚鵡杯，徐君房飲不盡，屬肇師，肇師曰：「海蠡蜿蜒，尾翅皆張，非獨爲玩好，亦所以爲罰，卿今日真不得辭責。」李白襄陽歌：「鸕鷀杓，鸚鵡杯。」

〔三〕白居易感春詩：「除非一杯酒，何物更關身。」又春詩：「二事最關身，安寢加餐飯。」

至陳留〔一〕

煙際亭亭塔〔二〕，招人可得回？等閑爲夢了〔三〕，聞健出關來〔四〕。日落河冰壯〔五〕，天長鴻雁哀〔六〕。平生遠遊意，隨處一徘徊。

【校】

〔聞健〕聚珍本「聞」作「老」，非。〔平生〕聚珍本、宋詩鈔「生」作「安」。

【箋注】

〔一〕胡譜：「宣和七年乙巳，至陳留，有至鎮、赴縣及題酒務壁詩。又嘗市玉延於村西，觀魚於竇池，俱有詩、賦。」是年，簡齋三十六歲。

〔二〕張衡西京賦：「干雲霧而上達，狀亭亭以苕苕。」蘇軾南鄉子送述古詞：「誰似臨平山上塔，亭亭，迎客西來送客行。」

〔三〕劉禹錫竹枝詞：「長恨人心不如水，等閑平地起波瀾。」等閑，有無端義，參看詩詞曲語辭匯釋卷四。

〔四〕聞，趁也。聞健，猶言趁健，有乘興之意。白居易晚起詩：「放慵成飽睡，聞健且閑行。」又秋遊平泉詩：「山頭及澗底，聞健且相隨。」王建醉後憶山中故人詩：「遇晴須看月，聞健且登樓。」參看詩詞曲語辭通釋卷五。

〔五〕左傳昭公四年：「夫冰以風壯，而以風出。」

〔六〕杜甫別贊上人詩：「天長關塞寒。」詩鴻雁：「哀鳴嗷嗷。」

【評】

劉辰翁評「煙際亭亭塔」二句：甚未忘情。

客裏

客裏東風起，逢人只四愁〔一〕。悠悠雖唯唯〔二〕，莫莫更休休〔三〕。窗影鳥雙度〔四〕，水聲船逆流。一官成一集，盡付古河頭〔五〕。

【校】

〔河頭〕苕溪漁隱叢話後集卷三十四、浩然齋雅談卷上引「河」作「沙」。

【箋注】

〔一〕張衡有四愁詩。

〔二〕新唐書蔣儼傳：「於是田游巖興處士，爲洗馬，太子所尊禮，儼詒書責之曰：『太子年鼎盛，聖道有所未盡，足下受調護之寄，居責言之地，唯唯悠悠，不出一談。向使不湌王粟，僕何敢議？今禄及親矣，尚何酬塞？』游巖愧不能答。」

〔三〕雞跖集：司空圖歌曰：「休休休，莫莫莫，伎倆雖多性靈惡，賴是長教閑處着。」

〔四〕杜甫和裴迪登新津寺寄王侍郎詩：「鳥影渡寒塘。」

〔五〕苕溪漁隱叢話後集卷三十四：「去非詩云：『一官成一集，盡付古沙頭。』蓋用王筠事，而楊大年亦如此。南史：王筠自撰其文章，以一官爲一集，自洗馬、中書、中庶、吏部、左佐、臨海、太府，各十卷；尚書三十卷，凡一百卷，行於世。本朝名臣傳：楊億爲文，每官成一集，所著括蒼、武夷、潁陰、韓城、退居、汝陽、蓬山、辭榮、冠鼇等集。」周密浩然齋雅談卷上：「坡翁謂陳師仲曰：『足下所至詩，但不擇古律，以日月次之，異日觀之，便成行記。』此説極佳。故王筠以一官爲一集，楊大年亦然，所著自括蒼、武夷、潁陰、韓城、退居、汝陽、蓬山、冠鼇辭之類。簡齋所謂『一官成一集，盡付古沙頭』是也。」參看卷十二冬至二首詩箋。

【評】

劉辰翁評「悠悠雜唯唯」二句：十字開合，有無涯之悲。

初至陳留南鎮夙興赴縣

五更風摇白竹扉〔一〕，整冠上馬不可遲。三家陂口鷄喔喔〔二〕，早於昨日朝天時〔三〕。行雲弄月翳復吐〔四〕，林間明滅光景奇〔五〕。川原四望鬱高下，蕩摇蒼茫森陸離〔六〕。客心忽動群烏起〔七〕，馬影漸薄村墟移。須臾東方雲錦發〔八〕，向來所見今難追。兩眼聊隨萬象轉，一官已判三年癡〔九〕。只將乘除了吾事〔一〇〕，推去木枕收此詩〔一一〕。寫我新篇作畫障，不須更覓丹青師〔一二〕。

【校】

〔群烏〕丁鈔、聚珍本「烏」作「雁」。

【箋注】

〔一〕李商隱夢令狐學士詩：「山驛荒涼白竹扉。」

〔二〕傳燈録：洪州東山慧師答僧問：「岩主是甚麽人？」云：「三家村裏覓什麽？」王季友代賀

若令譽贈沈千運詩：「山上雙松長不改，百年唯有三家村。」白居易新秋晚興詩：「喔喔雞下樹，輝輝日上梁。」

〔三〕杜甫飲中八仙歌：「汝陽三斗始朝天。」

〔四〕杜甫法鏡寺詩：「洩雲蒙清晨，初日翳復吐。」

〔五〕杜甫雨詩：「明滅洲景微。」

〔六〕蘇軾海市詩：「蕩搖浮世生萬象。」杜甫發秦州詩：「蒼茫雲霧浮。」離騷：「斑陸離其上下。」

〔七〕列子黃帝篇：「海上之人有好漚鳥者，每日之海上，從漚鳥游，漚鳥之至者住而不止。其父曰：『吾聞漚鳥皆從汝游，汝取來，吾玩之。』明日之海上，漚鳥舞而不下也。」注云：「心動於內，形變於外，禽鳥猶覺，人理豈可詐哉？」

〔八〕木華海賦：「雲錦散文於沙汭之際。」注云：「雲錦，朝霞也。」

〔九〕三年癡，見本卷赴陳留二首其一詩注。

〔一〇〕韓愈三星行：「名聲相乘除，得少失有餘。」

〔一一〕木枕，見卷七再用景純韻詠懷二首其二詩注。

〔一二〕杜甫丹青引：「丹青不知老將至。」

【評】劉辰翁評「五更風搖白竹扉」句：初謫至官，況味次第，甚怨不傷。　又評「推去木枕收此詩」

句：好。

遊八關寺後池上〔一〕

落日生春色，微瀾動古池〔二〕。柳林橫絶野，藜杖去尋詩。不有今年謫，爭成此段奇〔三〕？慇勤雪顱老，隨客轉荒陂〔四〕。

【箋注】

〔一〕永樂大典卷一萬三千八百二十二八關寺條引元一統志：「寺在汴梁路陳（原誤「東」）留縣。簡齋陳與義有詩。」其下引再遊八關及初夏遊八關寺二詩及胡注。按佛徒有八戒：一、殺生，二、不與取，三、非梵行，四、虚誑語，五、飲諸酒，六、塗飾香鬘歌舞觀聽，七、眠坐高廣嚴麗牀坐，八、食非時食。此八者，在所當離。其中第八離非時食，是齋法，因總名之曰八戒齋，一曰八關齋。寺蓋緣此得名。

〔二〕孟郊列女操：「波瀾誓不起，妾心古井水。」

〔三〕王羲之帖：「欲一游目汶嶺，得果此緣，一段奇事也。」

〔四〕蘇軾書麿公詩後：「霜顱隱白毫。」又次荆公詩：「騎驢渺渺入荒陂。」

種竹

種竹不必高，摇緑當我楹。向來三家墅〔一〕，無此笙簫聲〔二〕。皇天有老眼，爲閔十日晴。護我蕭蕭碧，偉事鄰翁驚。同林偶落此，相向意甚平。何須俟迷日，可笑世俗情〔三〕。明年萬夭矯，穿地聽雷鳴〔四〕。但恨種竹人，南山合歸耕〔五〕。它時夢中路，留眼記所更。蒼雲屯十里〔六〕，不見陳留城。

【校】

〔同林〕丁鈔、聚珍本「林」作「休」，點校引明本同。〔十里〕丁鈔、聚珍本「十」作「千」，點校引明本同。

【箋注】

〔一〕三家墅，見前本卷初至陳留南鎮夙興赴縣詩注。

〔二〕藝文類聚卷八十九引盛弘之荆州記：「臨賀冬山中有大竹，數十圍，高亦數十丈。有小竹生其旁，皆四五圍。未至（據太平御覽九百六十二補「至」字）數十里間，風吹此竹，如簫管之音。」同卷又引丹陽記：「江寧縣南三十里，有慈母山，積石臨江，生簫管竹。」初學記卷二十八引丹陽記同。

〔三〕藝苑雌黄：「五月十三日，人謂竹醉日。筍譜謂竹生日，移竹宜用之。」避暑録話：「世言五月十三日爲竹醉，可移。不必此日，凡夏日皆可移也。」全唐詩卷六百四十五李咸用雪詩：「犬狂南陌上，竹醉小池前。」黄庭堅書自草秋浦歌後：「小雨清潤，十三日所移竹及田野中人致紅蓮三十本，各已蘇息。唯自籬外移橙一株著籬裏，似無生意。蓋十三日竹醉，而使橙亦醉，亦失其性矣。」迷日，當即竹醉日也。

〔四〕張衡思玄賦：「偃蹇夭矯。」陳陶竹詩：「誰道乖龍不行雨，春雷入地馬鞭狂。」歐陽修竹詩：「驚雷迸狂鞭。」

〔五〕漢書楊惲傳：「田彼南山。」

〔六〕韓愈送劉師服詩：「夏槐作雲屯。」蘇軾和趙景貺栽檜詩：「汝陰多老檜，處處屯蒼雲。」

對酒

陳留春色撩詩思〔一〕，一日搜腸一百迴〔二〕。燕子初歸風不定，桃花欲動雨頻來。
人間多待須微禄〔三〕，夢裏相逢記此盃。白竹扉前容醉舞〔四〕，煙村渺渺欠高臺。

【校】

〔題〕聚珍本題下注：「在陳留作。」　〔煙村〕瀛奎律髓卷十九「村」作「波」。注云：「一作

『邨』。」

【箋注】

〔一〕韓愈同冠峽詩：「猿鳥莫相撩。」王安石南浦詩：「物華撩我有新詩。」

〔二〕杜甫絶句：「一日須來一百迴。」

〔三〕錢鍾書管錐編一二六一頁：「釋道安答郗超書：『損米千斛，彌覺有待之爲煩。』按『有待』詞出莊子。逍遥遊列子御風，『此雖免乎行，猶有所待者也』；齊物論景答罔兩，『吾有待而然者邪？吾所待又有待而然者邪？』寓言景答罔兩，『彼吾所以有待邪？而況乎以有待者乎？』列子所待者，風；影所待者，形。逍遥遊郭象注、世説文學門劉峻注述向秀、郭象『逍遥義』及『支氏逍遥論』，皆泛論『萬物』『不失其所待』，『物之芸芸，同資有待』，『若有欲當足』，『非至足無以逍遥』；『無待』則如王夫之莊子解卷一云：『不待物以立己，不待事以立功，不待實以立名。』晉人每狹用，以口體所需、衣食之資爲『有待』，如道安此書即謂糧食。……唐宋詩中如駱賓王帝京篇：『相顧百齡皆有待。』陳與義對酒：『人間多待須微禄。』均謂人生都須營求衣食，陳熙晉駱臨海集箋注、胡穉簡齋詩集箋注未了然也。」杜甫官定後戲贈詩：「耽酒須微禄。」

〔四〕白竹扉，見本卷初至陳留南鎮夙興赴縣詩注。

【評】

瀛奎律髓卷十九：簡齋詩響得自是別。紀昀評：三、四有托寓。

寒食

草草隨時事，蕭蕭傍水門。濃陰花照野，寒食柳圍村。客袂空佳節，鶯聲忽故園〔一〕。不知何處笛，吹恨滿清尊。

【箋注】

〔一〕韋應物聽鶯曲：「何處愁人憶故園？」

再遊八關

古鎮易爲客，了身一籃輿。貪遊八關寺，忘却子公書〔一〕。青青天氣肅，澹澹春意初。東風經古池，滿面生紆餘〔二〕。卯申縛壯士，人世信少娛〔三〕。時來照兹水，點檢鬢與鬚。日暮登古原，微白見遠墟。念我遂初賦〔四〕，徘徊月生裾〔五〕。悠悠不同抱，悄悄就歸途〔六〕。

【校】

〔點檢〕聚珍本作「檢點」，點校本引明本同。

【箋注】

〔一〕子公書，見卷八汝州吴學士觀我齋分韻得真字詩注。

〔二〕王巾頭陀寺碑：「百雉紆餘。」

〔三〕胡注引倉庫法：「早入晚出。」注：「早謂日出，晚謂申時。」點校本引增注：「按『卯申縛壯士』，後篇題酒務壁又有『卯申』之句，蓋公時謫官監酒，故云。又馮異中贈李于詩：『犯卯不須愁，且乞醉過申。』」

〔四〕古文苑：劉歆爲朝廷大臣，以疾出爲五原太守，作遂初賦以寄意，其辭有云：「昔遂初之顯禄兮，遭閶闔之開通。」世説新語言語：「孫綽賦遂初，築室畎川，自言見止足之分。」晉書孫綽傳：桓温欲經緯中國，以河南粗平，將移都洛陽。綽乃上疏諫之，桓温見綽表，不悦，曰：「致意興公，何不尋君遂初賦，知人家國事邪！」

〔五〕庾肩吾和徐主簿望月詩：「樓上徘徊月，窗中愁思人。」

〔六〕詩終風：「悠悠我思。」又柏舟：「憂心悄悄。」韋應物林園晚霽詩：「同遊不同意，耿耿獨傷魂。」

【評】

鄧郯評：此詩似儲光羲。（點校本引增注）

感懷

少日争名翰墨場〔一〕，只今扶杖送斜陽。青青草木浮元氣〔二〕，渺渺山河接故鄉。作吏不妨三折臂〔三〕，搜詩空費九迴腸〔四〕。子房與我同覊旅，世事千般酒一觴〔五〕。

張子房所封，乃彭城之留，而陳留廟食甚盛。

【箋注】

〔一〕史記張儀列傳：張儀説秦惠王：「臣聞争名者於朝，争利者於市。」李肇國史補卷下：「進士爲時所尚久矣，是故俊乂實進其中，由此出者，終身爲聞人。故争名常切，而爲俗亦弊。」文選謝瞻張子房詩：「粲粲翰墨場。」杜甫壯遊詩：「往昔十四五，出遊翰墨場。」

〔二〕漢書律曆志：「太極中央元氣，故爲黄鍾。」李白西嶽雲臺歌：「白帝金精運元氣，石作蓮花雲作臺。」

〔三〕孔叢子嘉言篇：「孔子曰：『三折臂然後爲良醫。』」

〔四〕司馬遷報任安書：「是以腸一日而九迴。」

〔五〕文選傅亮爲宋公修張良廟教：「塗次舊沛，佇駕留城。」李善注：「漢書：沛郡有留縣。又曰：張良爲留侯。」沛郡即彭城也。

竇園醉中前後五絶句

東風吹雨小寒生〔一〕，楊柳飛花亂晚晴。客子從今無可恨，竇家園裏有鶯聲。

【箋注】

〔一〕盧綸長安春望詩：「東風吹雨過青山。」

【評】

劉辰翁評「客子從今無可恨」二句：極是恨意。

其二

海棠脈脈要詩催〔一〕，日暮紫綿無數開〔二〕，欲識此花奇絶處，明朝有雨試重來。

【校】

〔脈脈〕苕溪漁隱叢話後集卷二十二引復齋漫録論此詩作「默默」，全芳備祖卷七、詩林廣記卷八同。

【箋注】

〔一〕古詩：「脈脈不得語。」

〔二〕沈立海棠記：「唯紫綿色者最佳之海棠，餘乃棠梨花耳。」黄庭堅碧桃詩：「紫綿揉色海棠開。」

【評】

苕溪漁隱叢話後集卷二十二引復齋漫録：鄭谷蜀中海棠詩二首，前一云：「穠豔最宜新着雨，妖嬈全在欲開時。」一云：「浣花溪上堪惆悵，子美無情爲發揚。」故錢希白海棠詩云：「子美無情甚，郎官着意頻。」歐公以鄭詩爲格卑。近世陳去非嘗用鄭意賦海棠云：「海棠默默要詩催」云云，雖本鄭意，便覺才力相去不侔矣。山谷亦有「紫綿揉色海棠開」之句。

其三

不見海棠相似人〔一〕，空題詩句滿花身。酒闌却度荒陂去，驅使風光又一春〔二〕。

【校】

〔驅使〕丁鈔「驅」作「馳」，宋詩鈔同，非。

【箋注】

〔一〕楊妃外傳：「妃子醉倚殘粧，釵横鬢亂，不能再拜。明皇笑曰：『是豈妃子醉邪，海棠睡未足耳。』」李白于闐採花詩：「于闐採花人，自言花相似。」

〔二〕杜甫江畔獨步尋花七絶句詩：「詩酒尚堪驅使在。」

【評】

劉辰翁評末句，無不恨恨。

其四

三月碧桃驚動人，滿園光景一時新。賸傾老子樽中玉〔一〕，折盡殘枝不要春〔二〕。

【校】

〔殘枝〕聚珍本、宋詩鈔「殘」作「繁」，點校引明本、李氏藏本同。

【箋注】

〔一〕十洲記：「瀛洲有玉酒。」西京雜記：枚乘柳賦：「罇盈縹玉之酒。」杜甫少年行：「傾銀注玉驚人眼。」

〔二〕點校本引增注：「中齋云：『不要春，見杜詩。』」

【評】

劉辰翁評末句：每有狂意。

其五

一樽相屬莫辭空〔一〕，報答今朝吹面風〔二〕。自唱新詩與明月〔三〕，碧桃開盡曲聲中〔四〕。

【校】

〔曲聲〕丁鈔、聚珍本、宋詩鈔「曲」作「雨」。

【箋注】

〔一〕韓愈八月十五夜贈張功曹詩：「一杯相屬君當歌。」杜甫酬孟雲卿詩：「寧辭酒盞空。」

〔二〕杜甫江畔獨步尋花七絶句：「報答春光知有處，應須美酒送生涯。」又上巳日詩：「吹面受和風。」

〔三〕李白聞王昌齡左遷龍標遥有此寄詩：「我寄愁心與明月。」

〔四〕胡注：「此蓋明皇擊羯鼓，柳杏皆坼之意。」按事見羯鼓録。

【評】

劉辰翁評末句：寫得耿耿。

雨

沙岸殘春雨，茅簷古鎮官〔一〕。一時花帶淚〔二〕，萬里客憑欄。日晚薔薇重〔三〕，樓高燕子寒〔四〕。惜無陶謝手〔五〕，盡力破憂端〔六〕。

【校】

〔盡力〕丁鈔、聚珍本「力」作「意」，潘本作「可」，瀛奎律髓卷十七作「日」。

【箋注】

〔一〕時簡齋寓居陳留南鎮，故云。

〔二〕杜甫春望詩：「感時花濺淚。」

〔三〕杜甫春夜喜雨詩：「花重錦官城。」

〔四〕白居易有燕子樓詩三首，序云：「徐州故張尚書有愛妓曰盼盼，善歌舞，雅多風態。予爲校書郎時，遊徐、泗間，張尚書宴予，酒酣，出盼盼以佐歡，歡甚。予因贈詩云：『醉嬌勝不得，風嫋牡丹花。』一歡而去。爾後絶不相聞，迨兹僅一紀矣。昨日司勳員外郎張仲素績之訪予，因吟新詩，有燕子樓三首，詞甚婉麗。詰其由，爲盼盼作也。繢之從事武寧軍累年，頗知盼盼始末，云：『尚書既没，歸葬東洛，而彭城有張氏舊第，第中有小樓名燕子。盼盼念舊愛而不嫁，居是樓十餘年，幽獨塊然，於今尚在。』予愛繢之新詠，感彭城舊遊，因同其題，作三絶句。」

〔五〕杜甫江上值水如海勢聊短述詩：「焉得思如陶謝手。」

〔六〕憂端，見卷五即席重賦且約再遊二首詩注。

【評】

劉辰翁評「一時花帶淚」二句：此集五言之最。

瀛奎律髓卷十七紀昀評：深穩而清切，簡齋完美之篇。

食筍

竹君家多才〔一〕，楚楚皆席珍〔二〕。成行着錦袍〔三〕，玉色映市人〔四〕。惠然集吾宇〔五〕，老眼簷光新〔六〕。麴生亦税駕〔七〕，共慰藜藿貧〔八〕。不待月與影，三人宛相親〔九〕。可憐管城子，頭秃事苦辛〔一〇〕。按譜雖同宗〔一一〕，聞道隔幾塵〔一二〕？詩成聊使寫〔一三〕，一笑驚比鄰〔一四〕。

【校】

〔多才〕原本「才」作「林」，據聚珍本改，點校引明本同。全芳備祖後集卷二十三作「材」。

〔成行〕全芳備祖後集卷二十三「行」作「竹」，非。　〔使寫〕丁鈔、聚珍本「使」作「便」，非。

【箋注】

〔一〕竹君，見卷一題劉路宣義風月堂詩注。

〔二〕詩蜉蝣：「衣裳楚楚。」禮記儒行：「儒有席上之珍。」

〔三〕冷齋夜話卷二：「老杜詩曰：『竹根稚子無人見，沙上鳧雛並母眠。』世或不解『稚子無人見』何等語。唐人食筍詩曰：『稚子脱錦綳，駢頭玉香滑。』則稚子爲筍明矣。」

〔四〕禮記玉藻：「山立，時行，盛氣顛實揚休，玉色。」鄭玄注：玉色，「色不變也。」晉書衛玠傳：「總角乘羊車入市，見者以爲玉人，觀者傾都。」

〔五〕詩終風：「惠然肯來。」

〔六〕韓愈苦寒詩：「晨光入前簷。」

〔七〕麴生，見卷一題劉路宣義風月堂詩注。史記李斯列傳：「物極則衰，吾未知所税駕也。」方言：「舍車曰税。」

〔八〕見卷三書懷示友十首其三詩注。

〔九〕李白月下獨酌詩：「舉杯邀明月，對影成三人。」

〔一〇〕韓愈毛穎傳：「秦皇帝使恬賜之湯沐而封諸管城，號曰管城子。」又云：「上見其髮禿，又所摹畫不能稱上意，上嘻笑曰：『中書君老而禿，不任吾用。』」

〔一一〕僧贊寧有筍譜。

〔一二〕續仙傳：異人丁約，隱於卒伍，韋子威師事之。一日辭去，謂韋曰：「郎君得道，尚隔兩塵。」問之，曰：「儒曰世，釋曰劫，道曰塵。」

〔一三〕韓愈贈張徹詩：「詩成使之寫。」

〔一四〕蘇軾凌虛臺詩：「一笑驚塵寰。」

初夏遊八關寺

閉門睡過春，出門緑滿城。八關池上柳，絮罷但藏鶯〔一〕。世故劇千蝟〔二〕，今朝此閑行〔三〕。草木隨時好，客恨終難平〔四〕。寺有石壁勝，詩無康樂聲〔五〕。扶鞍不得上，新月水中生。

【校】

〔閉門〕原本「閉」誤「閑」，馮校據聚珍本改。

【箋注】

〔一〕梁簡文帝金樂歌：「槐香欲覆井，楊柳正藏鴉。」

〔二〕新唐書王世充竇建德傳贊云：「煬帝失德，天醜其爲，生人顪辜，群盜乘之，如蝟毛而奮。其劇者，若李密因黎陽，蕭銑始江陵，竇建德連河北，王世充舉東都，皆磨牙摇毒以相噬螫。」

〔三〕杜牧移居雲溪館詩：「景物登臨閑始見，願爲閑客此閑行。」

〔四〕杜甫寄杜位詩：「峽中爲客恨。」又不歸詩：「終身恨不平。」

〔五〕謝靈運石壁精舍詩：「昏旦變氣候，山水含清輝。清輝能娱人，遊子澹忘歸。」

【評】

劉辰翁評末句：甚無緊要，甚未易得。

鄧郯（中齋）評末句：此有「采菊東籬下，悠然見南山」，「諸生時列坐，共愛風滿林」意。（點校本引增注）

題酒務壁〔一〕

野馬本不羈，無奈卯與申〔二〕。當時彭澤令，定是英雄人〔三〕。客來兩繩牀〔四〕，客去一欠伸〔五〕。市聲自雜沓〔六〕，爐煙自輪囷〔七〕。鶯聲時節改，杏葉雨氣新。佳句忽墮前，追摹已難真〔八〕。自題西軒壁，不雜徐庾塵〔九〕。

【箋注】

〔一〕談鑰吴興志卷八：「儲米曰倉，貯財曰庫，茶鹽曰場，酒税曰務，皆取諸民而資公家之用者也。」

〔二〕卯申，見本卷再遊八關詩注。

〔三〕黄庭堅宿舊彭澤懷陶令詩：「潛魚願深眇，淵明無由逃。彭澤當此時，沉冥一世豪。」

〔四〕晉書佛圖澄傳：「襄國城塹水源暴竭，澄至故泉源上，坐繩牀，燒安息香，呪願數百言，如此三日，水大至，隍塹皆滿。」岑參惠淨上人幽居詩：「江雲入袈裟，山月吐繩牀。」張籍題清徹上人院詩：「遇齋長不出，坐卧一繩牀。」

〔五〕禮記曲禮：「君子欠伸，撰杖屨。」

〔六〕黄庭堅張處士仁亭詩：「市聲鏖午枕。」文選蜀都賦：「輿輦雜沓。」

〔七〕史記天官書：「若煙非煙，若雲非雲，郁郁紛紛，蕭索輪囷，是謂卿雲。」

〔八〕黄庭堅奉答子高見贈詩：「詩卷墮我前，謂從天上落。」蘇軾臘日遊孤山訪惠勤惠思二僧詩：「作詩火急追亡逋，清景一失後難摹。」

〔九〕北史文苑庾信傳：「父肩吾爲梁太子中庶子，掌管記。東海徐摛爲右衛率。摛子陵及信並爲抄撰學士。父子東宫，出入禁闥，恩禮莫與比隆。既文並綺麗，故世號爲『徐庾體』焉。」文

【評】

選劉孝標辨命論：「亭亭高竦，不雜風塵。」

劉辰翁評「野馬本不羈」二句：一樣卯申，此語永白。

正集卷十四

秋夜詠月

庭樹日日疎〔一〕，稍覺夜月添〔二〕。推愁了此段〔三〕，捲我三間簾。黄花牆陰遠，白髮露氣嚴〔四〕。平生六尺影，隨我送涼炎〔五〕。踏破千憂地，投老乃自嫌〔六〕。尚想采石江，宮錦映霜蟾〔七〕。夜半賦詩成，起舞魚龍兼〔八〕。辦此詎難事？取快端宜廉！

【箋注】

〔一〕張協雜詩：「密葉日夜疎。」高蟾宫詞：「君恩秋後葉，日日向人疎。」

〔二〕韓愈竹逕詩：「若要添風月，應除數百竿。」

〔三〕全三國文卷十九曹植釋愁文：「愁之爲物，惟惚惟怳，不召自來，推之勿往。」海録碎事卷九聖賢人事部下載庾信愁賦：「閉户欲推愁，愁終不肯去。」參看錢鍾書管錐編五六二頁。王羲之帖:「欲一遊目汶嶺,得果此緣,一段奇事也。」黄庭堅戲和舍弟船場探春詩:「城南一段春如錦,唤取詩人到酒邊。」

〔四〕韓愈短檠歌:「風露氣入秋堂涼。」

〔五〕史記晏嬰列傳:「長不滿六尺。」李白月下獨酌詩:「影獨隨我身。」

〔六〕杜甫水會渡詩:「入舟已千憂。」晉書王羲之傳:「懷祖投老,可得僕射。」又劉毅傳:「頗自嫌事。」白居易花前歎詩:「幾人得老莫自嫌。」

〔七〕唐書李白傳:「白嘗乘舟,與崔宗之自采石至金陵,着宮錦袍坐舟中,旁若無人。」

〔八〕李白月下獨酌詩:「我歌月徘徊,我舞影零亂。」

入城

竹輿聲伊鴉,路轉登古原。孟冬郊澤曠,細水鳴蘆根。霧收浮屠立,天闊鴻雁奔。平生厭喧鬧,快意三家村〔一〕。思生長林内〔二〕,故園歸不存〔三〕。欲爲唐衢哭,聲出且復吞〔四〕。

【校】

〔伊鴉〕聚珍本「伊鴉」作「咿啞」。

【箋注】

〔一〕三家村，見卷十三初至陳留南鎮夙興赴縣詩注。

〔二〕嵇康與山巨源絶交書：「此由禽鹿少見馴育，則服從教制；長而見羈，則狂顧頓纓，赴蹈湯火。雖飾以金鑣，饗以嘉肴，逾思長林而志在豐草也。」

〔三〕卷八次韻樂文卿北園詩：「故園歸計墮虚空。」亦是此意。卷十九同左通老用陶潛還舊居韻：「故園非無路，今已不念歸。」則更進一義矣。

〔四〕國史補卷中：「唐衢，周、鄭客也，有文學，老而無成。唯善哭，每發一聲，音調哀切，聞者泣下。常遊太原，遇享軍，酒酣乃哭，滿坐不樂，主人爲之罷宴。」舊唐書唐衢傳：「世稱唐衢善哭。左拾遺白居易遺之詩曰：『賈誼哭時事，阮籍哭路歧。唐生今亦哭，異代同其悲。唐生者何人？五十寒且飢。不悲口無食，不悲身無衣。所悲忠與義，悲甚則哭之。太尉擊賊日，尚書叱盜時。大夫死兇寇，諫議謫蠻夷。每見如此事，聲發涕輒隨。我亦君之徒，鬱鬱何所爲？不能發聲哭，轉作樂府辭。』其爲名流稱重若此。」杜甫閬州東樓筵奉送十一舅往青城縣得昏字詩：「臨風欲慟哭，聲出已復吞。」

夜步隄上三首

世故生白髮〔一〕，意行無與期〔二〕。平生木上座，臨老始相知〔三〕。月中沙岸永，歲暮河流遲。留侯廟前柳，葉盡空離離。百年信難料〔四〕，賸賦奇絶詩。

【箋注】

〔一〕嵇康與山巨源絶交書：「機務纏其心，世故繁其慮。」

〔二〕列子楊朱篇：「恣意之所欲行。」劉禹錫蠻子歌：「意行無舊路。」

〔三〕木上座，見卷一覺心畫山水賦注。杜甫得家書詩：「臨老羈孤極。」又得弟消息二首詩：「不知臨老日。」

〔四〕杜甫龍門閣詩：「百年不敢料。」

其二

人間睡聲起，幽子方獨步。倚杖看白雲，亭亭水中度。十月雁背高，三更河流去。物生各擾擾，念此煎百慮〔一〕。聊將憂世心〔二〕，數遍橋西樹。

【箋注】

〔一〕莊子天道：「堯曰：膠膠擾擾乎，子天之合也，我人之合也。」杜甫羌村三首詩：「撫事煎百慮。」

〔二〕杜甫西閣曝日詩：「胡爲將暮年，憂世心力弱。」

其三

旋買青芒鞋〔一〕，去踏沙頭月〔二〕。争教冠蓋地〔三〕，着此影突兀〔四〕。樹寒栖鳥動，風轉孤管發。月色夜夜佳，人生事如髮〔五〕。夢中續清遊，濃露濕銀闕。

【箋注】

〔一〕青芒鞋，見卷六元方用韻寄若拙弟邀同賦……詩注。

〔二〕蘇軾送陳傳道詩：「君行踏殘月」。

〔三〕黄庭堅餞顧子敦詩：「祇園冠蓋地。」

〔四〕蘇軾和張舜民詩：「班心突兀見長身。」

〔五〕詩都人士：「綢直如髮。」韓愈送文暢師詩：「時日多如髮。」

【評】

劉辰翁評結句：嫩。

早起

竟夜聞落木，雨歇窗如新。披衣有忙事，簷前看歸雲〔一〕。初陽上林端，鴉背明紛紛〔二〕。我亦迫經課，日計在一晨〔三〕。再燒結願香，稍洗三生勤〔四〕。群公持世故，白髮到幽人〔五〕。幸不識奇字，門絶車馬塵〔六〕。誰能共此窗？竹影可與分。

【校】

〔如新〕丁鈔「如」作「前」。　〔稍洗〕丁鈔「稍」作「消」，聚珍本同。

【箋注】

〔一〕韓偓即日詩：「須信閑人有忙事，早來衝雨覓漁師」。

〔二〕温庭筠春日野行詩：「鴉背夕陽多。」

〔三〕韓鄂四時纂要正月雜木門：俗云：「一日之計在一晨，一年之計在一春。」

〔四〕樹萱録：有郎官夢謁老僧于松竹中，前有爐，香煙甚微。僧曰：「此是檀越結願香，香煙尚存，檀越已三生，三榮朱紫矣。」蘇軾和陶示周掾詩：「未補平生勤。」

〔五〕詩雲漢：「群公先正。」世故，見前夜步隄上三首其一詩注。點校本引增注：中齋云：「群公二句，即曹劌鄉人所謂『肉食者謀之』，劌曰：『肉食者鄙，未能遠謀』之意，可謂怒而不易。」

〔六〕漢書揚雄傳贊：「劉棻嘗從雄學作奇字。……家素貧，耆酒，人希至其門。時有好事者，載酒肴從游學。」車馬塵，見卷五次韻家叔詩注。

晚步

手把古人書，閑讀下廣庭。荒村無車馬，日落雙檜青。曠然神慮静〔一〕，濁俗非所寧〔二〕。逍遥出荆扉，佇立瞻郊坰。須臾暮色至〔三〕，野水皆晶熒。却步面空林，遠意更杳冥。停雲甚可愛，重疊如沙汀〔四〕。

【校】

〔閑讀〕原本「閑」誤「閉」，據聚珍本、宋詩鈔改。

【箋注】

〔一〕嵇康養生論：「外物以累心不存，神氣以醇白獨著，曠然無憂患，寂然無思慮。」

〔二〕班固西都賦：「實列仙之攸館，非吾人之所寧。」

〔三〕柳宗元始得西山宴游記：「蒼然暮色，自遠而至。」韋應物郡中對雨詩：「沉沉暮色至。」

〔四〕陶潛停雲詩：「靄靄停雲，濛濛時雨，八表同昏，平路伊阻。」

【評】

劉辰翁評末句：看似偶然。

同楊運幹黄秀才村西買山藥〔一〕

潦縮田路寬，委虵散腰脚〔二〕。勝日三枝杖〔三〕，村西買山藥。崗巒相吞吐，遠木互前却〔四〕。天陰野水明，歲暮竹籬薄。田翁領客意，發筐堆磊落〔五〕。玉質緗色裘〔六〕，用世乃見縛。屠門幾許快〔七〕，夜語尋幽約。石鼎看雲翻，門前北風惡〔八〕。

【校】

〔三枝杖〕聚珍本「三」作「一」。全芳備祖後集卷二十五「杖」作「筇」。〔吞吐〕原本「吐」作「去」，據丁鈔、聚珍本、宋詩鈔改。點校引明本亦作「吐」。〔看雲〕全芳備祖「看」作「春」。

【箋注】

〔一〕胡譜：「宣和七年乙巳，至陳留，嘗市玉延於村西，觀魚於竇池，俱有詩、賦。」按卷一玉延賦與此詩當是一時之作，可互參。

〔二〕詩羔羊：「委蛇委蛇。」蘇軾出城詩：「此行亦何事，聊散腰脚頑。」

〔三〕漢書郊祀志：「各以勝日。」晉書衛玠傳：「遇有勝日，親友時請一言。」黃庭堅送劉士彥詩：「官閑得勝日，杖履之林皋。」

〔四〕鮑照登大雷岸與妹書：「吐吞百川，寫泄萬壑。」司空圖詩品：「觀化匪禁，吞吐大荒。」文選江賦：「巨石硉矹以前却。」詩燕燕：「頡之頏之。」鄭箋：「頡頏，興戴嬀將歸，出入前却。」

〔五〕杜甫太子張舍人遺織成褥段詩：「領客珍重意。」韓愈永貞行：「火齊磊落堆金盤。」

〔六〕劉琨勸進表：「玉質幼張，金聲夙振。」說文：「緗，帛淺黃色。」

〔七〕曹植與吳質書：「過屠門而大嚼，雖不得肉，貴且快意。」

〔八〕卷一玉延賦：「搴石鼎以自濯。」又云：「俄白雲之漲谷。」謂煮山藥也。時北事已亟，結語「北風惡」殆有寓意。下文招張仲宗詩：「北風日日吹茅屋。」蓬齋詩：「會有打窗風雪夜。」均非泛設。

【評】

劉辰翁評「勝日三枝杖」二句：無趣之趣，宜有新語。

同一二子觀取魚於竇家池以錢得數斗置驛西野塘中圉圉而逝我輩皆欣然也〔一〕

閉户讀書生白髮，閑向村東看魚穴〔二〕。曾隨樹影數圓波〔三〕，鐵面漁師肝肺別。

向來癡腹負此翁〔四〕，只可買放蓮塘中。萬事成虧等閑裏〔五〕，他年此地費雷風。

【校】

〔題〕原本「驛」誤「騎」，據聚珍本改。丁鈔「竇家」作「竇園」，無「以錢得數斗」及「我輩皆欣然」十字。又聚珍本「同二子」作「同楊運幹黄秀才」，蓋聚珍本分體爲書，前無所承，故出「二子」之名。〔閉户〕聚珍本「户」作「門」，點校引明本、李氏藏本同。〔漁師肝肺别〕聚珍本「師」作「翁」。點校本引增注：「閩本『肝肺』作『肺肝』。」〔蓮塘〕原本「塘」作「溏」，蔣刻同。馮校云：「『溏』，從莫抄作『塘』，庫同。」今據改。

【箋注】

〔一〕卷一放魚賦：「仲冬良日，二客過予，請觀魚於竇氏之陂。」二客，謂楊運幹、黄秀才也。可互參。陸游劍南詩稿卷四十六有閑中信筆二首其一追和陳去非韻其一追和王履道韻，其和陳一首，即和此詩韻。

〔二〕左思蜀都賦：「嘉魚出於丙穴。」

〔三〕潘岳河陽縣詩：「遊魚動圓波。」李白觀魚潭詩：「日暮紫鱗躍，圓波處處生。」

〔四〕蘇軾寄子姪詩：「莫指癡腹笑空洞。」又聞子由瘦詩：「從來此腹負將軍。」自注：「俗諺云：大將軍食飽，捫腹而嘆曰：『我不負汝！』左右曰：『將軍固不負此腹，此腹負將軍。』未嘗出知少慮也。」

〔五〕莊子齊物論：「無成與虧，故昭氏之不鼓琴也。」

早起

曉寒生木枕〔一〕，窗白夢難續。自起開柴扉，空庭立喬木。濛濛井氣上〔二〕，澹澹天容肅〔三〕。塵心忽昭曠〔四〕，何異居澗谷。學道審不遥〔五〕，忍飢差已熟〔六〕。皇天賜豐年，菜本如白玉〔七〕。一簡了百事，狡獪嗤顔歜〔八〕。幽鳥行屋山〔九〕，悠然寄吾目。

【校】

〔菜本〕丁鈔「本」誤「木」。〔一簡〕點校本引增注：「『簡』，閩本作『閑』，非。按上下文意，『簡』字是。惟『簡』故能『了百事』，若『閑』則無事矣。公自號簡齋，即此意也。」〔吾目〕原本「目」誤「日」，據聚珍本改。

【箋注】

〔一〕白居易春夜喜雪詩：「微寒生枕席。」木枕，見卷七再用景純韻詠懷二首其二詩注。

〔二〕韓愈何蕃傳：「天將雨，水氣上。」

〔三〕蘇軾渡海詩：「天容海色本澄清。」又六言詩：「明月自寫天容。」

〔四〕晉書謝道韞傳：「又嘗譏玄學植不進，曰：『爲塵務經心，爲天分有限邪？』」漢書鄒陽傳：「獨觀乎昭曠之道。」顔注：「明廣也。」謝靈運富春渚詩：「懷抱既昭曠。」

〔五〕中庸：「道不遠人，人之爲道而遠人。」

〔六〕陸龜蒙杞菊序：「忍飢誦經，豈不知屠沽兒有酒食耶！」

〔七〕孝德傳：陽公雍伯種菜，其本化爲白璧。程俱北山小集卷五枯枿間得蒸菌詩：「君非老浮圖，菜本可長齧。」杜甫七月三日亭午已後校熱退晚加小涼穩睡有詩因論壯年樂事戲呈元二十一曹長詩：「園蔬抱金玉。」

〔八〕戰國策：顔斶願得晚食以當肉。本集卷八食虀詩：「顔生狡獪還可憐，晚食由來未忘肉。」亦是此意。

〔九〕韓愈寄盧仝詩：「每騎屋山下窺瞰。」

【評】劉辰翁評「自起開柴扉」二句：是翁先得，每在此處。

招張仲宗〔一〕

北風日日吹茅屋，幽子朝朝只地爐〔二〕。客裏賴詩增意氣，老來唯嬾是工夫。空庭喬木無時事，殘雪疎籬當畫圖。亦有張侯能共此，焚香相待莫徐驅〔三〕。

【校】

〔徐驅〕聚珍本作「徐徐」，非。

【箋注】

〔一〕仲宗，張元幹字，已見卷四送張仲宗押戟歸閩中詩注。按蘆川歸來集卷一有洛陽陳去非自符寶郎謫陳留酒官予時作丞澶淵舊僚友也有詩次韻詩：「寒水繞近郊，棲鴉蔽高原。映帶幽人居，暝色起草根。衡門東南開，濁河日夜奔。所喜古堤月，初出煙江村。不入城市久，懶訪亡與存。羨子了萬事，坐以一氣吞。」據此詩，知元幹是時方作丞陳留，其所和，即前入城詩韻也。考靖康要録卷五：靖康元年，吴敏請置局辟屬，討論舊法，徐處仁薦元幹（原本誤作「張先幹」）爲兵房。苕溪漁隱叢話後集卷三十六引詩説雋永，言李綱爲行營使時，元幹爲其屬。則元幹明年復入京矣。蘆川歸來集卷三上張丞相詩：「罪放丙午末，歸來辛亥初。」丙午爲靖康元年，所云「罪放」，當是李綱獲譴後事。同書同卷又有感事四首丙午冬淮上作、丙午春京師圍解口號等詩，卷九又有跋江天暮雨圖，稱丙午冬與劉質夫、蘇粹中同遊焦山，則元幹此一二年内蹤跡之可考見者。

〔二〕白居易即事重題詩：「重裘暖帽寬氈履，小閣幽窗深地爐。身穩心安眠未起，西京朝士得知無？」

〔三〕白居易送崔郎中赴闕詩：「却要徐驅穩着鞭。」

【評】

瀛奎律髓卷二十一：此「空庭喬木無時事」一句尤奇，人所不能道者，比「小齋焚香無是非」更高。紀昀評：此是江西粗調，不似簡齋他作。又云：「幽子」二字生。

宴坐之地籧篨覆之名曰蓬齋〔一〕

不須杯勺了三冬〔二〕，旋作蓬齋待朔風。會有打窗風雪夜，地爐孤坐策奇功〔三〕。

【校】

〔風雪〕丁鈔、聚珍本「風」作「飛」，點校引明本、李氏藏本同。

【箋注】

〔一〕玉篇：「籧篨，竹席也。江東人謂之籧篨。」

〔二〕杜甫奉送十七舅下邵桂詩：「絶域三冬暮，浮生一病身。」

〔三〕韓偓訪同年虞部李郎中詩：「地爐貰酒成狂醉，更覺襟懷得喪齊。」又地爐詩：「兩星殘火地爐畔，夢斷背燈重擁衾。」漢書陳湯傳：「湯爲人沈勇有大慮，多策謀，喜奇功。」

寓居劉倉廨中晚步過鄭倉臺上〔一〕

紗巾竹杖過荒陂，滿面東風二月時。世事紛紛人老易〔二〕，春陰漠漠絮飛遲〔三〕。士衡去國三間屋〔四〕，子美登臺七字詩〔五〕。草邊天西青不盡，故園歸計入支頤〔六〕。

【校】

〔紗巾竹杖〕聚珍本作「綸巾鶴氅」。〔東風二月時〕瀛奎律髓卷二十六「東」作「春」，宋詩鈔同。原本「時」誤作「詩」，蔣刻同，馮校：「『詩』从莫校作『時』。」潘本、聚珍本均作「時」，瀛奎律髓、宋詩鈔同，今據改。〔老易〕丁鈔、聚珍本、瀛奎律髓、宋詩鈔均作「易老」，點校引明本同。

【箋注】

〔一〕詩云「滿面東風二月時」，以時令推之，此詩當編在上卷再遊八關詩前，原編次第偶誤。

〔二〕蘇軾看潮詩：「造物亦知人易老。」

〔三〕韓偓春陰詩：「春陰漠漠土脈潤。」

〔四〕禮記檀弓：「去國則哭於墓而后行也。」三間屋，見卷六寄若拙弟兼呈二十家叔詩注。

〔五〕杜甫登高詩：「萬里悲秋常作客，百年多病獨登臺。」

〔六〕杜甫望嶽詩：「齊魯青未了。」莊子漁父：「右手持頤而聽。」劉禹錫答李侍郎惠蘗詩：「引几支頤對落輝。」

【評】

劉辰翁評「世事紛紛人老易」二句：好。

瀛奎律髓卷二十六：以「世事」對「春陰」，以「人老」對「絮飛」，一句情，一句景，與前「客子」、「杏花」之句律令無異。但如此下兩句，後面難措手。簡齋胸次却會變化斡旋，全不覺難，此變體之極也。馮班評「子美登臺」句：村態，不好在「七字」兩字。紀昀評：三、四二句意境深微，勝「客子光陰」二句。

八關僧房遇雨

脱履坐明窗，偶至晴更適。池上風忽來，斜雨滿高壁〔一〕。深松含歲暮，幽鳥立晝寂。世故方未闌〔二〕，焚香破今夕〔三〕。

【校】

〔晴更適〕潘本、丁鈔、聚珍本「晴」作「情」，宋詩鈔同。

【箋注】

〔一〕杜甫雨詩：「風吹蒼江樹，雨灑石壁來。」

〔二〕潘尼迎駕詩：「世故尚未夷，崤函方險澀。」宋史徽宗紀：是年夏四月庚申，蔡京復致仕。秋九月，河東言粘罕至雲中，詔童貫復宣撫。冬十二月乙巳，童貫自太原遁歸京師。己酉，中山奏金人斡離不、粘罕分兩道入攻。郭藥師以燕山叛，北邊諸郡皆陷。又陷忻、代等州，圍太原府。丙辰，金人犯中山府。庚申，詔内禪，皇太子即皇帝位。時北事孔急，詩云：「世故方未闌。」所慨深矣。

〔三〕破，猶云安排也。言以焚香消遣今夕。參看張相詩詞曲語辭匯釋卷三。

【評】

劉辰翁評末句：太逼柳州。

贈黄家阿莘〔一〕

君家阿莘如白玉〔二〕，呼出燈前語録續〔三〕。可憐郎罷窮一生〔四〕，只今有汝照茅屋〔五〕。猪生十子豚復豚〔六〕，阿莘明年可當門〔七〕。階庭一笑不外索〔八〕，萬事紛紛何足論。

【校】

〔語録〕聚珍本「録」作「陸」，宋詩鈔同。

【箋注】

〔一〕阿莘，疑是黄秀才之子。

〔二〕詩白駒：「其人如玉。」

〔三〕韓愈贈張籍詩：「有兒雖甚憐，教示不免簡。君來好呼出，踉蹡越門限。」後山詩話：「謝師厚廢居于鄧。王左丞存，其妹婿也，奉使荆湖，枉道過之，夜至其家，師厚有詩云：『倒著衣裳迎户外，盡呼兒女拜燈前。』」按二句亦見王直方詩話，王氏以爲編之杜集亦無媿者。元稹連昌宫詞：「色色龜兹聲録續。」

〔四〕苕溪漁隱叢話後集卷三十一云：「予居閩中，見其風俗呼父爲『郎罷』，呼子爲『囝』。顧况有詩云：『郎罷别囝』，『囝别郎罷』，『及至黄泉，不得在郎罷前』。乃知顧況用其方言也。山谷送秦少章往餘杭從蘇公詩：『斑衣兒啼真自樂，從師學道也不惡。但使新年勝故年，即如常在郎罷前。』唐子西詩：『兒餒嗔郎罷。』皆用顧況語也。」

〔五〕世説新語容止：「見裴叔則如玉山上行，光映照人。」

〔六〕朝野僉載：俗諺：「豬生十子豚復豚，虎生一子當谷蹲。」

〔七〕傅玄豫章行：「男兒當門户，墮地自生神。」

〔八〕世説新語言語：謝太傅問諸子姪：「子弟亦何預人事？而正欲使其佳！」諸人莫有言者。車騎（謝玄）答曰：「譬如芝蘭玉樹，欲使其生於階庭耳。」

發商水道中〔一〕

商水西門路，東風動柳枝。年華入危涕〔二〕，世事本前期〔三〕。草草檀公策〔四〕，茫茫杜老詩〔五〕。山川馬前闊，不敢計歸時。

【校】

〔馬前闊〕聚珍本「闊」誤「澗」。

【箋注】

〔一〕胡譜：「靖康元年丙午，正月，北虜入寇。復丁外艱，自陳留尋避地出商水，由舞陽，次南陽。」墓誌：「既王室始騷，丁外艱，避地襄、漢。」按是年春正月丁卯朔，金斡離不軍破相州。己巳，金人濟河。庚午，徽宗奔亳州，百姓多潛遁。癸酉，金人犯京師。自是至二月乙巳，金人始退師，京師解嚴。簡齋時在陳留，去汴京纔五十里，故出奔也。簡齋父事蹟不詳，本集亦僅在卷九述懷呈十七家叔一詩自注中言其曾赴元豐八年省試。其歿當在陳留，觀卷十三赴陳留詩「全家無十人」之語，知簡齋謫居之始，當是舉家同行者。時簡齋方以父憂去官，非擅離酒監職守也。是年，簡齋三十七歲。自是年至紹興元年四十二歲除兵部員外郎，前後五、六年間，所謂「避地襄、漢，轉徙湖、湘間，踰嶺嶠」（墓誌），「身履百罹，而詩益高」（樓鑰簡齋詩箋叙）者也。

太平寰宇記卷十：河南道陳州屬：「商水縣，漢汝陽縣，地屬汝南郡。隋開皇三年廢郡，仍以汝陽縣入陳州。十六年，改爲溵水縣，以縣界溵水爲名。」又云：「陳州西北至東京二百四十五里，西至西京七百里。」歐陽忞輿地廣記卷九：京西北路陳州：「商水縣本漢汝陽縣，地屬汝南郡。唐屬陳州。皇朝建隆元年改爲商水。」嘉慶一統志卷一百九十一：河南陳州府：「商水縣在府西南七十里。」

〔二〕江淹恨賦：「孤臣危涕。」

〔三〕劉禹錫競渡曲：「百勝本自有前期。」

〔四〕檀公策，見卷三書懷示友十首其五詩注。

〔五〕杜甫南池詩：「干戈浩茫茫。」又惜别行送劉僕射詩：「九州兵革浩茫茫。」

【評】

劉辰翁評「年華入危涕」二句：亂離多矣，何是公之能語也。又評「草草檀公策」四句：經歷如新，不可更讀。

次舞陽〔一〕

客子寒亦行，正月固多陰。馬頭東風起，緑色日夜深。大道不敢驅，山徑費推尋。丈夫不逢此，何以知嶇嶔〔二〕？行投舞陽縣，薄暮森衆林。古城何年缺？跋馬望日沉〔三〕。憂世力不逮〔四〕，有淚盈衣襟。嵯峨西北雲，想像折寸心〔五〕。

【校】

〔題〕點校本引李氏藏本題下有「潁昌縣」三小字注。〔望日〕丁鈔、聚珍本「望」作「看」，點校引明本同。又引增注：「『望』，閩本作『看』。」

【箋注】

〔一〕按靖康要録卷一云：「靖康元年正月十八日，是日，統制官馬忠以西京募兵至，遇金人於鄭州南門外，乘勢擊之，殺獲甚衆。於是金人始懼，游騎不敢旁出，自京城以南，民始奠居。」則前此固有金人「游騎旁出」之擾。葉夢得避暑録話卷下：「兵興以來，盜賊夷狄，所及無噍類。有先期奔避，伏匿山谷林莽間者，或幸以免。忽襁負嬰兒啼聲聞於外，亦因得其處。於是避賊之人，凡嬰兒未解事，不可戒語者，率棄之道旁以去，纍纍相望。」詩云「大道不敢驅」云云，蓋紀實也。

太平寰宇記卷七河南道七許州屬：「舞陽縣，本漢舊縣，隸潁川郡，在舞水之陽，因以名縣，自漢至晉不改。宋省，其後因之。唐開元四年，復於古城置，隸許州。」又：「許州東北至東京二百一十五里，西北至西京三百三十里。」嘉慶一統志卷二百十：河南南陽府：「舞陽縣在府東北二百七十里，宋屬潁昌府，本朝屬南陽府。」同書卷二百十一古蹟：「舞陽故城在今舞陽西。括地志：在葉縣東十里。」

〔二〕南史宋宗室及諸王上武帝諸子傳：廬陵王義真爲虜騎所敗，單馬而歸，謂參軍段宏曰：「丈夫不經此，何以知艱難！」范曄樂遊應詔詩：「遵渚攀蒙密，隨山上嶇嶔。」

〔三〕嚴武巴嶺答杜二見憶詩：「跋馬望君非一度，冷猿秋雁不勝悲。」

〔四〕杜甫西閣曝日詩：「憂世心力弱。」

〔五〕曹丕雜詩：「西北有浮雲，亭亭如車蓋。」注云：「自喻也。」陸士衡前緩聲歌：「慶雲鬱嵯峨。」謝靈運登江中孤嶼詩：「想像昆山姿。」江淹別賦：「心折骨驚。」杜甫冬至詩：「心折此時無一寸。」

【評】

劉辰翁評「古城何年缺」二句：自然可及。又評「憂世力不逮」四句：好，似夔後。

次南陽〔一〕

今日東北雲，景氣何佳哉〔二〕。我馬且勿驅，當有吉語來〔三〕。春寒欺客子，滿意旗下盃。百年耳頻熱〔四〕，萬事首不回。卧龍今何之？有家今半摧〔五〕。空餘喬木地〔六〕，薄暮鴉徘徊。懷古視落日，愧我非長才〔七〕。却凭破鞍去，風林生七哀〔八〕。

【校】

〔旗下〕丁鈔、聚珍本「下」作「亭」。

【箋注】

〔一〕太平寰宇記卷一百四十二山南東道一：「鄧州東北至東京八百里，西北至西京九百五里。」嘉慶一統志卷二百十河南南陽府：「南陽縣，隋開皇初屬鄧州，大業初屬南陽郡。唐武德三年置宛州，貞觀八年州廢，縣仍屬鄧州。五代即宋因之。」又：「鄧州在府西南一百二十里，五代梁置宣化軍節度，唐改威勝軍，周改武勝軍，宋亦曰鄧州南陽郡、武勝軍節度，屬京西南路。」

〔二〕殷仲文南州桓公九井作詩：「景氣多明遠。」後漢書光武紀：望氣者蘇伯阿爲王莽使，至南陽，遥望見春陵郭，唶曰：「氣佳哉，鬱鬱葱葱然！」

〔三〕蘇軾和陶飲酒詩：「前山正可數，後騎且勿驅。」漢書陳湯傳：西域都護爲烏孫所圍，上問湯，湯曰：「不出五日，當有吉語聞。」

〔四〕耳熱，見卷十二九日宜春院午憩幕中聽大光誦朱迪功詩注。

〔五〕胡注：「蜀志諸葛亮傳：徐庶曰：『諸葛孔明，卧龍也。』家于南陽之鄧縣，在襄陽城西二十里，號曰隆中。後葬漢中定軍山，因近其墓，立廟沔陽。今先生言南陽有冢，未詳。」嘉慶一統志卷二百十二南陽府三陵墓：「諸葛氏墓在葉縣北平山下，有斷石幢，相傳此地有諸葛舊墳墟，疑是亮祖塋也。石幢爲隋開皇二年物。」簡齋所詠當指此。

〔六〕孟子梁惠王下：「所謂故國者，非謂有喬木之謂也，有世臣之謂也。」

〔七〕杜甫遣懷詩：「懷古視平蕪。」嵇康與山巨源絶交書：「然使長才廣度，無所不淹，而能不營，乃可貴耳。」

〔八〕文選曹植七哀詩，吕向注：「七哀謂痛而哀，義而哀，感而哀，怨而哀，耳目聞見而哀，口歎而哀，鼻酸而哀也。」

【評】劉辰翁評末句：何其慷慨能言，每讀墮淚。

西軒寓居

牢落西軒客，巡簷費獨吟〔一〕。桃花明薄暮，燕子鬧微陰。辛苦元吾事〔二〕，淹留更此心〔三〕。小窗隨意寫，蛇蚓起相尋〔四〕。

【箋注】

〔一〕陸機文賦：「心牢落而無偶。」杜甫舍弟觀赴藍田取妻子到江陵喜寄三首詩：「巡簷索共梅花笑。」

〔二〕莊子讓王：卞隨曰：「非吾事也。」左傳襄公五年：「有陳非吾事也。」

〔三〕九辯：「蹇淹留而無成。」杜甫秦州雜詩二十首：「心折此淹留。」

〔四〕晉書王羲之傳論：「子雲近出，擅名江表，行行若縈春蚓，字字如綰秋蛇。」

〔宋〕陳與義 著
白敦仁 校箋

陳與義集校箋

附年譜

中

上海古籍出版社

正集卷十五

鄧州西軒書事十首〔一〕

小儒避賊南征日〔二〕，皇帝行天第一春。走到鄧州無脚力，桃花初動雨留人〔三〕。

【校】

〔避賊〕聚珍本「賊」改「地」。

【箋注】

〔一〕按十首非一時之作，蓋七月以前陸續寫成，俟後編爲一什者。第一首云：「桃花初動雨留人。」是初來鄧州情事也。宋史欽宗紀（摘要）：「宣和七年十二月庚申，徽宗詔皇太子嗣位，自稱曰道君皇帝，趣太子入禁中，被以御服。泣涕固辭，因得疾，又固辭，不許。辛酉，即皇帝位，御垂拱殿見群臣。是時，金人已分道犯境，甲子，斡離不陷信德府，粘罕圍太原。詔京東淮西浙募兵入衛。丙寅，詔改元。靖康元年春正月丁卯朔，金人破相州，戊辰，破濬州。

威武軍節度使梁方平師潰，河北河東路制置副使何灌退保滑州。己巳，灌奔還，金人濟河。詔親征，道君皇帝東巡。庚午，道君皇帝如亳州，百官多潛遁。宰相欲奉帝出襄、鄧，李綱諫止之。壬申，金人渡河，遣使督諸道兵入援。癸酉，金人犯京師，是夜，金人攻宣澤門，李綱禦之，斬獲百餘人，至旦始退。乙亥，金人攻通津、景陽等門，李綱督戰，自卯至酉，斬首數千級，何灌戰死。李梲與蕭三寶奴、耶律忠、王汭來索金帛數千萬，且求割太原、中山、河間三鎮，並宰相親王爲質，乃退師。丙子，括借金銀，籍倡優家財。庚辰，命張邦昌副康王使金軍。甲申，統制官馬忠以京西募兵至，擊金人於順天門外，敗之。丁亥，靖難軍節度使、河北河東路制置使种師道督涇源、秦鳳兵入援，以師道同知樞密院事，爲京畿、河北、河東宣撫使，統四方勤王兵及前後軍。二月丁酉朔，命都總制姚平仲將兵夜襲金人軍，不克而奔。戊戌，罷李綱以謝金人。辛丑，太學諸生陳東等及都民數萬人伏闕上書，請復用李綱及种師道，乃復綱右丞，充京城防禦使。癸卯，命肅王樞使金軍。乙巳，康王至自金軍。金人遣韓光裔來告辭，遂退師，京師解嚴。」此靖康元年春，金人第一次圍汴京概況，所謂「皇帝行天第一春」者也。蓋自金兵入侵，京畿騷動，金兵遊騎有至鄭州一帶者，汴都以南，民鮮奠居（詳靖康要録卷一，引見前卷次舞陽詩箋注）。至陳留一帶情況，雖無詳細記載，然建炎以來繫年要録卷四云：「建炎元年四月丁卯，陳留潰散戈兵李忠率衆入和州清水鎮，濠州巡檢及定遠界土豪許氏、徐氏、金氏槍校手遮境拒之，殺李忠。」同書同卷又云：「建炎元年夏四月庚申朔，金左副元帥宗維退兵，淵聖皇帝北遷。初，敵縱兵四掠，東及沂、密，西至曹、濮、兖、鄆，南至陳、蔡、汝、潁，北至河朔，皆被其害。殺人如刈麻，臭聞數百里，淮、泗之間，亦蕩然矣。」所紀雖金人第二次圍汴京後事，然當簡齋「避賊南征」之日，其倉皇擾攘之況，亦可想見而知也。莊季裕雞肋編卷中：「自靖康丙午歲金人亂華，六七年間，山東、京西、淮南等路，荆榛千里，斗米至數十千，且不可得。盗賊、官兵，以至居民，更互相食，人肉之價，賤於犬豕。肥壯者一枚不過十五千，全軀暴以爲臘。登州范温率忠義之人紹興癸丑泛海到錢唐，有持至行在猶食者。老瘦男子，廋詞謂之『饒把火』，婦女少艾，名爲『不羨羊』，小兒呼爲『和骨爛』，又通目爲『兩脚羊』。殺戮、焚溺、飢餓、疾病、陷墮，其死已衆；又加以相食！杜少陵謂『喪亂死多門』，信矣！」大抵兵興以來，非徒金人爲患也，其間科配調發，固已不勝其擾。靖康要録卷四：「元年三月二十六日，臣僚上言：契勘前日金賊犯順，朝廷下詔調集大兵，起發財物，而監司守令奉行不一，適以擾民。姑以所聞江西一路言之，調發科配，縣各爲政。或概勒編户，應募爲勇敢；或遂用税籍，敷出僱夫錢；此州縣所行也。或朝廷拋糴數外，別作名目，復糴數十萬斛，而未嘗有本錢；或詔令已罷，非從拋置，而遣官催促，起來如故；此漕司所行也。或起諸路歲額合用錢，而聚寄於所在屬縣廨宇；此司倉所行也。或令州縣盡數起發槍杖手，資給發遣；或令諸縣且教閲槍杖手，別無指揮；此憲司帥司移檄之異也。凡此數端，乃其大者，民間洶洶，一日數驚。」同書卷五：「元年五月六日，詔曰：頃緣捍寇，俾招戰士，聞荆、湖間，至居民等第雇募，財匱力屈，軍食調發，固已騷動，而京西漕臣驅民陸運，牛車擔負，老壯道斃。今若此類則云少間，然而貪吏盗攘，苛吏掊克，種種如故。租税折科，至增數倍；供億和市，或勿與直。吏治之悖繆如此！」然所招既非驍勇，其間正兵逃竄，往往聚而爲盗。靖康要録卷六：「元年五月三日聖旨：所招敢勇，皆非驍勇之士，其間正兵逃竄，以應募僥倖，大失軍政，往往作盗賊嘯聚。」凡此皆見於當時廟堂文字者。其蜩螗顛沛之勢，未可一二數也。大抵讀簡齋此類詩者，心目中若無一靖康之亂總體印象，殆難於心知其意矣。

〔二〕杜甫南征詩：「老病南征日，君恩北望心。」

〔三〕蘇軾西湖詩：「晚雨留人入醉鄉。」

其二

千里空攜一影來〔一〕，白頭更著亂蟬催。書生身世今如此，倚遍周家十二槐〔二〕。

【箋注】

〔一〕第三首亦云：「可憐小陸不同居。」似簡齋蓋隻身南來者，故卷十六北征詩有「獨銜七月暑」之句。

〔二〕點校本引增注：「按『倚遍周家十二槐』句，此詩在鄭州，必周元翁家也。」參看本卷後難老堂周元翁家詩箋。

其三

瓦屋三間寬有餘，可憐小陸不同居〔一〕。易求蘇子六國印〔二〕，難覓河橋一字書〔三〕。

【校】

〔難覓〕丁鈔、聚珍本、宋詩鈔「覓」作「得」，點校本引李氏藏本同。

【箋注】

〔一〕見卷六寄若拙弟兼呈二十家叔詩注。杜甫答鄭十七郎詩：「把文驚小陸。」

〔二〕史記蘇秦列傳：「使我有負郭田二頃，豈能佩六國相印乎！」

〔三〕晉書陸機傳：陸機爲大將軍，與長沙王戰，列軍自朝歌至于河橋。又，機常以駿犬黃耳通家書。

其四

莫嫌啖蔗佳境遠〔一〕，橄欖甜苦亦相并〔二〕。都將壯節供辛苦，准擬殘年看太平。

【校】

〔佳境〕丁鈔「境」作「景」，宋詩鈔同。

【箋注】

〔一〕見卷九觀我齋再分韻得下字詩注。

〔二〕歐陽修水谷夜行寄子美聖俞詩：「初如食橄欖，真味久愈在。」蘇軾橄欖詩：「待得餘甘回齒頰，已輸崖蜜十分甜。」黄庭堅橄欖詩：「想共餘甘有瓜葛，苦中真味晚方回。」

【評】

劉辰翁評末句：可哀。

其五

皇家卜年過周曆〔一〕，變故未必非天仁〔二〕。東南鬼火成何事？終待胡鋒作争臣〔三〕。

【校】

〔未必〕原文「未」誤「朱」，蔣刻同。馮校：「『朱』，當從莫抄作『未』，庫同。」今據正。〔終待胡鋒〕宋詩鈔「待」作「朝」，非。鶴林玉露卷十六引二句「待」作「藉」，「胡鋒」誤作「胡銓」。聚珍本「胡」作「邊」，馮校：「按四庫本凡『胡』、『虜』等字皆與宋本異，殆校上時有所諱而改耶？」宋詩鈔「鋒」誤作「蜂」。

【箋注】

〔一〕左傳宣公三年：「周成王定鼎于郟鄏，卜世三十，卜年七百。」漢書諸侯王表：「周過其曆。」

〔二〕荀子榮辱篇：「夫起於變故，成於修爲。」點校本引增注：「董仲舒策：國家將有失道之敗，天迺先出災害以譴告之，以此見天心之仁愛人者，而欲止其亂也。」

〔三〕點校本引增注：「陳勝、吴廣起兵，行卜，卜者曰：『足下卜之鬼乎？』乃於叢祠中夜篝火狐鳴。後村詩話：『東南鬼火成何事？終待胡鋒作争臣。謂方臘不能爲患，直待粘罕耳。』中齋云：按此指宣和政失民怨。方臘起浙，未足以儆戒，直待敵國外患以爲法家拂士耳。今按國史：宣和二年十一月，睦州方臘反。明年四月，討平之。七年十二月，金人入寇，乃行内禪。」

【評】

劉辰翁評末句：不忍言，不忍言！

其六〔一〕

楊劉相傾建中亂〔二〕，不待白首今同歸〔三〕。只今將相須廉藺〔四〕，五月并門未解圍〔五〕。

【校】

〔并門〕原本「并」誤「荆」，據丁鈔改。

【箋注】

〔一〕點校本引增注：中齋云：「此言小人相傾致亂者已誅，而靖康將相又不相能，不念國家之急也。」

〔二〕唐書劉晏傳：「始楊炎爲吏部侍郎，晏爲尚書，盛氣不相下。晏治元載罪，而炎坐貶。及炎執政，銜宿怨，將爲載報仇，遂罷晏使，貶忠州刺史。炎必欲傳其罪，知庾準與晏素憾，乃擢爲荆南節度使。準即奏晏與朱泚書，語言怨望；又蒐卒擅取官物，脅詔使，謀作亂。炎證成之。建中元年，詔中人賜晏死，天下以爲寃。」

胡注謂首二句「疑謂蔡京、王黼」，其說是也。按蔡、王相傾事，前引靖康要録所載徐處仁劄子及宋史趙野傳等已略論之（見卷十二將赴陳留寄心老詩箋）。徐夢莘三朝北盟會編卷四十八：「靖康元年六月五日庚子，臣僚言：自崇寧初，蔡京輔政，首亂舊章，排斥異己，汲引同類，待以不次，朝脱冗散，暮翔嚴近。常情鮮克自重，於是枉道求合，汩喪廉耻，靡然成風。凡所厚善，不獨顯榮其身，又及其子孫；不獨及其子孫，又及其親戚故舊。陰相依重，盤根錯節，牢不可破，二紀之間，門生故吏充牣天下。然才者少，不才者多；省事者少，生事者多。貪殘苛刻，遠邇告病。於是結附戚里内侍，交通宫禁，肆所欲爲，以耗國財，以弊民力。心欲坐視顛覆，以快不遜之志。鄧洵武、范致虚等託爲紹述之言以助京，刼持上下。而何執中、余深、林攄、薛昂皆其死黨，濟其奸謀，成其羽翼，使不可制。太上皇帝每下詔書施行善政，皆爲此輩壅遏。是以人心日益愁怨，國勢日益陵替，權門日益强盛，朝廷日益孤弱。趙挺之、劉逵、張康國、鄭居中、劉正夫雖號與京不同，然引用群小，梗閉正路，亦率由一道。蔡卞、蔡攸乃其子弟，相與違異，有若仇敵。考其蹤跡，實皆同惡相濟。至王黼爲相，奢汰愈甚，開邊黷武，禍及生靈。迹其所來，亦本由京，勢位相軋，乃相攻逐。遂至犬戎窺伺，變生一旦，太上皇播越，宗社阽危。雖其所致非一，要之造端立本，捨京而誰？」又同書卷四十九引中興姓氏姦邪録：「蔡京自政和二年後召拜太師，領三省事，陰爲壞國之計，天下大權，一歸於己。日請上遊宴，以酒色困之。宣和初，内侍馮浩力言京必亂天下，宜速誅之。京怒譖於上，編管浩循州，至蔡州，使人殺之，自後言路絶矣。有識之士，比之王莽。方臘反於浙西，四方已亂。王黼言於上，子攸亦屢言京之短，乃勸京致仕。四年、五年，河北、京東群盜蠭起，各十餘萬，民被其害者數千里，皆京所致也。七年，復起京領三省，俄以目疾罷。大金入寇，京勸徽宗幸江西，京舉族皆行。太學生陳東上書言京爲六賊之魁。靖康初，臣寮力言其罪，移徽州安置，至潭州，卒於東明寺，年八十。天下之民以不誅之爲恨。」靖康要録卷五：「元年四月三十日，御史中丞陳過廷又奏：自蔡京作相二十年，假紹述之名，而無紹述之實，作威作福，紛更妄舉，致使熙、豐法度，蕩然掃地。王黼繼之，七八年間，托享上爲名，而無享上之實，懷奸營私，招權納貨，致使奸賊之吏，布滿天下。凡於古無所稽考，於今無所依據，則必曰自我作古；臺諫敢有論列，有司敢有申明，則必曰規摇時政；竭民力，耗國用，以博虚名，則必曰此三代甚盛之舉也；崇儉約，抑浮冗，以圖實效，則必曰此五代鐫削之計也。每建一議，立一法，未見是非利害，必立嚴禁，不得干與；又立重賞，許人告訐，大臣坐視而不敢言，黎庶懷憤而無所訴，監司守令觀望風旨，惟恐奉行之緩。天下化之，悉爲文具，於今而後，不可不戒。」按蔡京、王黼之奸，論之者史不絶書，此特擇其一二尤痛切者録之如上。又宋史王黼傳：「(童)貫謀起蔡京以間黼，黼懼。是時，朝廷已納趙良嗣之計，結女真共圖燕，大臣多不以爲可。黼曰：『南北雖通好百年，然自累朝以來，彼之慢我者多矣。兼弱攻昧，武之善經也。今弗取，女真必彊，中原故地將不復爲我有。』帝雖向其言，然以兵屬貫，命以保民觀釁爲上策。黼復折簡通誠於貫曰：『太師若北行，願盡死力。』時帝方以睦寇故悔其事，及黼一言，遂復治兵。」觀此，則知前引靖康臣僚所云「勢位相軋，乃相攻逐，遂至犬戎窺伺，變生一旦」者，非泛論也。靖康之禍，實由蔡、王相傾，有以召之。

〔三〕文選潘岳金谷集作詩：「投分寄石友，白首同所歸。」李善注：「世説曰：孫秀既恨石崇不與緑珠，又憾潘岳昔遇之不以禮。後秀爲中書令，岳於省内謂秀曰：『孫令，憶疇昔周旋不？』秀曰：『中心藏之，何日忘之？』岳於是始知不免。後收石崇，同日取岳。石先送市，亦不相知，潘後至，石謂潘曰：『安仁，卿亦復爾耶？』潘曰：『可謂白首同所歸。』岳金谷集詩乃成其讖。」

宋史欽宗紀：「靖康元年春正月己巳，金人濟河。貶太傅致仕王黼爲崇信軍節度副使，安置永州；賜翊衛大夫、安德軍承宣使李彦死，並籍其家；放寧遠軍節度使朱勔歸田里。庚寅，盗殺王黼於雍丘。二月甲寅，貶太師致仕蔡京爲秘書監，分司南京；太師、廣陽郡王童貫爲左衛上將軍；太保、領樞密院事蔡攸爲太中大夫，提舉亳州明道宮。三月甲午，籍朱勔家。丙申，貶蔡京爲崇信軍節度副使。四月癸丑，貶童貫爲昭化軍節度副使，安置郴州。乙丑，貶蔡攸節度副使，安置朱勔於循州。秋七月乙亥，安置蔡京於儋州，攸，雷州，童貫，吉陽軍。乙酉，詔蔡京子孫二十三人已分竄遠地，遇赦不許量移。是日，京死於潭州。辛卯，遣監察御史張澂誅童貫。」此所謂「不待白首今同歸」也。

〔四〕史記廉頗藺相如列傳：相如拜上卿，位在廉頗右，頗羞爲之下，宣言欲辱相如。相如聞，不肯與會，每朝時常稱病，不欲與廉頗争列。已而出，望見頗，引車避匿。舍人爲相如羞之，相如曰：「夫以秦王之威，而相如廷叱之，辱其群臣，相如雖駑，獨畏廉將軍哉？顧吾念之，彊秦之所以不敢加兵於趙者，徒以吾兩人在也。今兩虎共鬭，其勢不俱全。吾所以爲此者，以先國家之急而後私讎也。」廉頗聞之，肉袒負荆至相如門謝罪，卒相與驩，爲刎頸之交。

〔五〕胡注：「太原自宣和七年十二月初被圍，至明年九月。見靖康要録。」按廉、藺之喻，蓋痛李綱之遭讒忌也。宋史陳公輔傳：「時吴敏、李綱不協，公輔奏：陛下初臨萬機，正賴其同心合謀，而二臣不和，已有其跡，願諭以聖訓，俾務一心，以安國家。」其後論三事，「其一言李綱書生不知軍旅，遣援太原，乃爲大臣所陷，必敗事」。公輔爲簡齋同年摯友，所見當不甚相遠。此詩致思於廉、藺，蓋亦公輔疏中語意，爲李綱憂，亦爲國事痛也。宋史陳東傳：「金人迫京師，李邦彦議與金和，李綱及种師道主戰。邦彦因小失利罷綱，而割三鎮。東復率諸生伏宣德門下上書曰：『在廷之臣，奮勇不顧，以身任天下之重者，李綱是也，所謂社稷之臣也。其庸繆不才，忌疾賢能，動爲身謀，不恤國計者，李邦彦、白時中、張邦昌、趙野、王孝迪、蔡懋、李棁之徒是也，所謂社稷之賊也。陛下拔綱列卿之中，不一二日爲執政，中外相慶，知陛下之能任賢矣。斥時中而不用，知陛下能去邪矣。李綱任而未專，時中斥而未去，復相邦彦，又相邦昌，自餘又皆擢用，何陛下任賢猶未能勿貳，去邪猶未能勿疑乎？今又聞罷綱職事，臣等驚疑，莫知所以。綱起自庶官，獨任大事，邦彦等疾如仇讐，恐其成功，因用兵小不利，遂得乘間投隙，歸罪於綱。』」（陳東疏靖康要録、京口耆舊傳五載之尤詳）按陳東之言，當時之公言也。李綱當靖康阽危之際，力排衆議，一身任國，其見嫉於群小者深矣。至援太原一事，則耿南仲輩蓄意欲陷之。宋史李綱傳：「宰執進迎奉太上儀注，耿南仲議欲屏太上左右，車駕乃進。綱言：『如此是示之以疑也。天下之理，誠與疑、明與闇而已。自誠明而推之，可至於堯舜；自疑闇而推之，其患有不可勝言者。耿南仲不以堯、舜之道輔陛下，乃闇而多疑。』南仲佛然曰：『臣適見左司諫陳公輔乃爲李綱結士民伏闕者，乞下御史置對。』上愕然。綱曰：『臣與南仲所論，國事也，南仲乃爲此言，臣何敢復有所辯！願以公輔事下吏，臣得乞身待罪。』章十餘上，不允。」及太原事亟，「种師中戰没，師道病歸，南仲曰：『欲援太原，非綱不可。』上以綱爲河東北宣撫使。綱言：『臣書生，實不知兵。在圍城中不得已爲陛下料理兵事，今使爲大帥，恐誤國事。』因拜辭，不許。退而移疾，乞致仕，章十餘上，不允。臺諫言綱不可去朝廷，上以其爲大臣遊説，斥之。或謂綱曰：『公知所以遣行之意乎？此非爲邊事，欲緣此以去公，則都人無辭耳！公堅卧不起，讒者益肆，上怒且不測，奈何！』許翰書『杜郵』二字遺綱，綱皇恐受命。」按此段言李綱被排始末甚悉，即陳公輔所謂「爲大臣所陷」也。考建炎以來繫年要録卷一：「五月丙子，用門下侍郎耿南仲議，以知樞密院事李綱爲河東北宣撫使，將兵萬二千以援太原。」簡齋此詩云：「五月并門未解圍。」非偶合也。（太

原被圍始末，三朝北盟會編卷五十三，靖康要録卷二、卷七、卷九言之尤詳，文長不録）

【評】

劉辰翁評末句：多見世事，存之彷彿。

其七

不須夜夜看太白〔一〕，天地景氣今如斯〔二〕。始行夷狄相攻策，可惜中原見事遲〔三〕。

【校】

〔夷狄〕聚珍本作「蟜蚌」，館臣妄改。宋詩鈔此二字闕。

【箋注】

〔一〕史記天官書：「熒惑從太白，軍憂；離之，軍却。出太白陰，有分軍；行其陽，有偏將戰。當其行，太白逮之，破軍殺將。」又云：「太白光見景，戰勝。」索隱引宋均云：「太白宿，主軍來衝拒也。」

〔二〕晉書天文志：「景雲，喜氣也，太平之應。」文選殷仲文南州桓公女井作詩：「景氣多明遠，風物自淒緊。」

〔三〕後漢書班超傳：超使西域，攻破疏勒，欲因平諸國，上疏曰：「今拜龜茲侍子白霸爲國王，以步騎數百送之，與諸國連兵，歲月之間，龜兹可擒，以夷狄攻夷狄，計之善者也。」史記范睢蔡澤列傳：范睢曰：「吾聞穰侯智士也，其見事遲。」

胡注云：「此詩疑謂邢倞從趙倫結余覩事，詳見靖康要録。」按靖康要録卷十二：「元年十一月十日，新差知鼎州邢倞除名勒停。先是二月間，斡離不軍既還，粘罕尚留隆德府，詔遣路允迪等以和議之書往。粘罕聞斡離不軍獲金帛寶貨，而已無所得，遣使數輩來求賂。時勤王之師踵至，大臣有輕敵意，猥曰：吾兵强盛如此，當與虜抗衡而滅之。彼既領吾肅王過河，吾何不亦留其使與之相當？於是館其使述者等逾月不遣。有都管趙倫者，燕人，獪狡，懼不得歸，乃詐以情告館伴邢倞曰：『金國有余都金吾者，領契丹精鋭甚衆，貳於金人，願歸大國。大國可結之，圖其二酋。』倞遂以聞，朝廷大臣信之，即以詔書授倫賜余都，納衣領中；仍送賜倫等各帛千匹，白金千兩。倫至粘罕所，首以其書獻之。粘罕大怒，以倫書表聞其主，且具道南宋反覆之狀。其主復報云：『入宋攻討事無大小委元帥府從長措置。』遂破太原，提兵向京師。朝廷以倞始禍，故有是命。」同書卷九：「七月九日，左正言程瑀奏：伏覩朝廷見遣使至燕山斡離不所，蓋緣王雲自燕山還，傳道斡離不之意，以謂粘罕得所與余都蠟書，堅言中國不可信，欲敗和約，望朝廷遣使解釋此事。臣訪聞使者朝夕出門，而朝廷所授意旨及賜斡離不書，皆未嘗解釋蠟書之有無。臣度朝廷所以略而不言者，慮失余都之約耳。夫我書既爲粘罕所得，余都未嘗遣使于我，亦何約之有？又況余都起事有無，蓋未可知；藉使有焉，勝負又未可知也。而金人圍重鎮，留貴質，屯兵界上，日謀南犯，事至急矣。我乃不先與要約，使解圍歸質，休兵息民，各保土宇；而持兩端以生疑貳，臣竊所不喻。朝廷觀時度勢，遣約和議，既得其權；卑辭厚禮，名貨重寶，務協其情，亦云可矣。顧懷余都之事，未肯明言蠟書之非，臣恐猜疑不解，和好無成，使人徒往，厚禮虚辱，而兵革未有休期，邊鄙或不抗拒，藉曰未遽渡河，則河朔重遭暴殄，可不念哉！」以上靖康要録所載邢倞、余都事，與他書所記，略有異同，亦有足資補充者。建炎以來繫年要録卷一：「靖康元年四月己亥，金國相宗維（即粘罕）在雲中，聞宗傑（即斡離不）獲金幣不貲，而己無所得，遣使者蕭仲恭來求賂。大臣以勤王之師踵至，有輕敵意。初命尚書度支員外郎邢倞館客，既而拘之。都管趙倫懼不得歸，始告倞以元帥府右都監耶律伊都貳於金人，願歸大國。宰相徐處仁、吳敏共議，甲辰，以蠟書授倫，厚賜之金錢，使結伊都。倞，恕子，穀熟人。仲恭、倫，皆燕人也。倫歸白其書，宗維大怒。」李氏原注載有與伊都詔書（即所謂「蠟書」），全文云：「靖康元年四月日，大宋皇帝致書於左金吾衛上將軍右都監耶律太師：昔我烈祖章聖皇帝與大遼結好澶淵，敦信修睦，百有餘年，邊境晏安，蒼生蒙福，義同一家，靡有兵革戰鬬之事，通和之久，振古所無。金人不道，稱兵朔方，拘縻天祚，翦滅其國。在於中國誓好之舊義，當興師以拯顛危。而奸臣童貫等迷國擅命，沮國信使，結納讐仇，搆以金繒，分據燕土。金匱之約，藏在廟祧，委棄弗遵，人神恫怒。致金人之彊暴，敢肆陸梁，俶擾邊境，達於都畿，則惟此之故。太上皇帝深悼前非，因成内禪。肆朕初即大位，惟懷永圖，念烈祖之遺德，思大遼之舊好，輟食興念，無時敢忘。凡前日大臣先誤國構禍，皆已竄逐。思欲重體先時，親仁善鄰，以爲兩國生靈之福。此志既定，未有以達。而使人蕭仲恭、趙倫之來，能道遼國與燕雲之遺民不忘耶律氏之德，冀假中國詔令，擁立耆哲。衆望所屬，宜於國人，無若金吾者。實諧至意，良用忻懌。昔聞金吾前爲遼國將兵，數有大功，謀立晉王，實爲大遼宗社之計。不幸事不克就，避禍去國。向使前日之謀行，晉王有國，則天祚安享營養，耶律氏不亡，然則於天祚不害其爲忠，而於耶律氏則至忠矣。宗室之英，天人所相，是宜繼有遼國，克紹前休，以慰遺民之思。方今總兵於外，且有西南招討太師同姓之助，雲中留守尚書顯宗之佐，一德協心，足以共成大事。以中國之勢竭力擁衛，有何不成！謀事貴斷，時不可失，惟金吾圖之。書不盡言，已令蕭仲恭、趙倫面道曲折。天時蒸溽，再冀金吾保綏。」細觀此書，則當日情勢犁然可見。李氏原注又云：「趙甡之遺史：『先是，麟府折可求獻言：夏國之北有天祚子梁王與林牙蕭太師統兵十萬，出榜稱：金人不道，南朝奸臣結納，毀我宗社。今聞南朝天子悔過遜位，嗣君聖明，如能合擊金人，立我宗社，則前日敗盟之事，當不論也。吴敏以爲然，乃奏上，令致書梁王，由河東入麟府，遂爲尼瑪哈遊兵所得。』按此與實録諸書不同，疑傳聞之誤。」按畢沅續資治通鑑於靖康元年秋七月壬辰書結余都事，又於八月庚子書吴敏勸帝致書西遼事，蓋兩存之。李氏疑趙甡之所記爲傳聞之誤，殊無確據。今考三朝北盟會編卷五十八載靖康元年十月十八日庚戌，粘罕軍合（令）楊天吉、王汭持書問朝廷遺契丹（梁）王及余覩蠟書並元割三鎮事（原書文長不録）。其下云：「先是麟府折可求獻言夏國之北有大遼天祚子梁王」云云，所記與趙甡之略同。大抵當時本有此一種「以夷制夷」之妄計，觀靖康要録卷二：「靖康元年二月，先是，差同知樞密院事李棁與鄭望之往使，夜至孳生盟見斡離不。斡離不但訝國家違盟，如受歸朝官，及賜平州張瑴殺金賊之詔（原注：見謀夏録），如此三五事，却不及和議。」是當時除邢倞、余覩一事外，尚有其他勾結，則簡齋「夷狄相攻」之語，或不專指邢倞一事也。（諸書或稱余覩、余都、伊都，乃譯音之異）點校本引增注：中齋云：「漢人謂夷狄相攻，中國之利。宣和夾攻之策既失之，今又結契丹餘黨，何見事之遲也。曹公亦云：劉備有智而遲。」所稱「結契丹餘黨」，蓋亦指余覩事也。

其八

詔書憂民十六事〔一〕，父老祝君一萬年。白髮書生喜無寐〔二〕，從今不仕可歸田〔三〕。

【箋注】

〔一〕宋史欽宗紀：「靖康元年五月丁丑，詔以儉約先天下，澄冗汰貪，爲民除害，授監司郡縣奉行所未及者，凡十有六事。」靖康要録卷七：「靖康元年五月十二日手詔：『朕托位兆庶之上，永念民惟邦本，思所以憫恤安定之。會有金寇之難，久未暇遑。乃者減乘輿服御，放宮女，罷苑囿，焚玩好，務以率先天下；減冗官，澄濫賞，汰貪吏，爲民除害。又詔西通解鹽，以便商賈；北復糧鈔，以實邊鄙；東興轉般，以通漕運；修舉法度，惟恐不及。方詔減正供收買之額，蠲有司煩苛之令，輕刑薄賦，務安元元；而田里之間，愁痛未蘇，倘不蠲革，何以靖民？今詢酌庶言，疎剔衆弊，舉其綱目，以授四方。朕賴天地宗社之靈，與民休息，慎守此志，庶幾太平。詔到，監司郡縣其悉力奉行，應民所疾苦不在此詔者，許推類聞奏。播告天下，使知朕意。一，常賦之外，横加糴買、均糴、貽糴、結糴，其名甚衆，惟以官告度牒之類等第科配。已詔三省，自靖康元年正月已來拋給諸路糴本，並用實錢。仰今後州縣並須置場，不得復行科配。監司互察，違者許人越訴。一，税租加耗，自有定法，比年所在漕司拋樁者爲明耗，州縣暗樁者爲暗耗。廉吏以助經費，貪吏以入公庫。初則稍加數分，後遂增過一倍。今後並仰依省耗受納外，如有增加升合，别廒盛貯，别曆收附之類，受納官吏等並坐贓論；知通監司故縱，與同罪；不覺察，減三等。一，户口逃移，合蠲租税，吏避責罰，相爲蒙蔽。或取於鄰田，謂之交涉；或取於交業之家，謂之得産户；取於管税人，謂之催税保長。

一户既逃，害及鄰保，展轉增加，逃亡相繼。應諸路逃田，並令提刑司委逐縣知令根括，在靖康元年正月以前者，並令開落舊額，租税不理，爲官吏殿最。限一季，許元逃户投狀歸業，並與免舊來公私欠負。限滿别召人佃，已上，並與免起租税三科。仍令提刑司專覺察奉行違慢官吏，按劾以聞。一，州縣差保正副及保長，其地分中如有租税逃移，船栰抛失，茶鹽透漏，盜賊經劫，率皆任責。又緣官吏之乞取騷擾，使令鞭韃甚衆。是致人户被差，望風逃避；或互相論訴，久不能定。仰今後所在差役，並須選定實業人差，不得縱容虚指，以生弊倖。應保正副合覺察私鑄，令五家爲保，自此逐放，城郭差坊正副承受文引，追呼百端，部填錢物，無所赴訴，或析居逃移，以避差役。可應大觀元年以後所置坊正副等指揮，更不施行。一，和預買絹，本以利民，比年以來，或量支雜物，或仍給虚券，其害甚多。今仰轉運使預取一路合依之數，分下州縣，通融常平司錢，隔季樁辦。其轉運司不以見錢而以他物，不以正月而以他月給散者，並以違制論。一，州縣市户，非聖節不許借借，自有定制。比來貪吏以和雇、和賃爲名，須索無厭。或經隔年歲，不爲給還。又容縱公吏典賣使用，以致民户供應不前，窮困失業。仰諸路提、轉覺察，除借借依法斷罪外，其借借市户以和雇、和賃爲名者，依借借法；雇賃人船車乘准此。一，土木之役，傷財害民，比來監司守令營造料率，或差人夫，或役禁旅，或取木植，或供上位，或入私家；又有分科寺觀、認造亭榭之類，百端騷擾。仰應諸司並州縣，除經殘破地分及諸路修建城壁樓櫓外，餘並罷修造三年。應日前科下修造物色，並免納。敢有因緣結絶未罷及尚有科催者，並計所支所催坐贓論。應被受朝旨修造准此。一，坑冶之興，使民逐末，有如民因相仇恨，遂假告發，以壞良田。至於科立重額，不能輸納，或至旋買金銀以爲坑冶所出之物，理宜蠲革。應諸路坑冶，仰常平司體究。如實苗礦微細，或舊有今無，並從蠲減。應買樸金場並罷。如出産浩瀚，即相度差官監取施行。一，職田本以養廉，理須有田，然後催科。訪聞諸路租存田亡者甚衆，督責平民歲代輸納，深可矜憫。仰提刑司隔州差官根括，如無實田，再差官覆視，特與開落租額。其有開落之處，委提刑司將一州職田等第，重均爲額。所委官根括不實，如係知道監司職田者，坐贓論。餘官，減一等。一，州縣賦入有常，轉運司以上供物科爲名，盡將本州所入拘占，致本州闕用，或將軍兵月糧取於民户。仰轉運司除諸州依格上供數外，轉運司移用錢物，不得侵過本州有額上供三分之一，違者徒三年。一，諸州公庫，約束周備，近緣起發金銀，深慮官司因緣率斂，以償所闕，重困民力，可將鋟道金銀更不追發。其賣醋息錢，特依舊法收入公庫，仍令提刑司覺察歲終其有無，仰配科率聞奏。一，州縣官監酒務河，有昨緣差官經制增添價錢，重困民力，可應緣經制司所添酒錢並罷。一，倉庫出納收頭子錢皆有定法，東南九路，昨緣盧宗原申請，數外增收，重困民力，可應宗原申請所添頭子錢並罷。一、京東科納免夫，向緣人户就燕山借免郭藥師錢物，訪聞州縣尚行理索，深可傷痛，並與除放。一，京西昨緣張徽言、王璹創起新税，已令御史臺取索蠲減。今來夏秋在近，可令本路將元增數以十分爲率，先次減放四分；餘候御史臺定到蠲減分數施行。』」按詔書所舉實十五事，與本紀所稱「十六事」不同，簡齋此詩亦言「十六事」，與本紀合。至本紀於八月辛丑書「詔求民之疾苦者十七事，悉除之。」當別是一詔矣。時金人退兵不久，統治者意在牢絡民心，故連頒二詔。然從所列諸事，亦足以概見民瘼之殷。簡齋此詩，非無謂之謳歌也。

〔二〕孟子告子下：「吾聞之喜而不寐。」

〔三〕張衡有歸田賦。

其九

范公深憂天下日，仁祖愛民全盛年〔一〕。遺廟只今香火冷，時時風葉一騷然〔二〕。

【箋注】

〔一〕胡注：「文正公慶曆間守鄧，凡三年。歐陽文忠作公神道碑云：『公常自誦曰：士當先天下之憂而憂，後天下之樂而樂也。』末云：『其爲政所至，民多立祠畫像。』鮑照蕪城賦：『當昔全盛之時。』」點校本引增注：中齋云：「此謂范公當盛時憂西北，乞城京師，皆憂深思遠之謀也。」杜甫憶昔二首詩：「憶昔開元全盛日。」

〔二〕嘉靖鄧州志卷十五良牧志：「范仲淹字希文，蘇州人。仁宗時，以資政殿學士知鄧州，孜孜民事，政平訟理。公餘營花圃，爲臺榭之勝，許民遊樂。進給事中，徙荆南，鄧人遮使者請留，仲淹亦願留鄧，許之。子純粹亦知是州，民便其政。」同書卷十三祀典志：「范文正祠，在百花洲上。」又卷八古蹟志：「百花洲在外城東南隅，宋范仲淹所營。黄庭堅詩：『范公種竹水邊亭，飄泊來遊一客星。神理不應從此盡，百年草樹至今青。』」按山谷外集卷三又有陪謝師厚遊百花洲槃礴范文正祠下道羊曇哭謝安石事因讀生存華屋處零落歸山丘爲十詩，其中二首云：「公歸未百年，鸛巢荒古屋。我吟殄瘁詩，悲風韻喬木。」「傷心祠下亭，在時公燕處。臨水不相猜，江鷗會人語。」據史容注，山谷諸詩乃元豐元年所作，蓋其時范祠已荒廢矣。嘉慶一統志卷二百十一河南南陽府二古蹟：「春風閣在鄧州治内，宋范仲淹建。」又：「嘉賓亭在鄧州治内，宋范仲淹爲州守時建，黄庭堅有詩。」又：「百花洲在鄧州城東南隅，宋州守范仲淹營爲遊詠之所。又菊臺在洲南，仲淹嘗植菊於此。」又祠廟：「三君子祠，在鄧州西關，祀唐韓愈，宋寇準、范仲淹。」

其十

諸葛經行有夕風〔一〕，千秋天地幾英雄？弔古不須多感慨，人生半夢半醒中。

【箋注】

〔一〕嘉靖鄧州志卷八古蹟志：新野縣有「議事堂，在縣儒學大成殿東，世傳蜀昭烈屯兵新野時，徐庶上謁，薦孔明之賢，於此議事，至今堂址猶存。」嘉慶一統志卷二百十一河南南陽府二古蹟：「議事堂在新野縣儒學内，世傳先主與徐庶議往顧諸葛亮於此，後人建堂。今爲文昌祠。」又：「諸葛草廬在南陽縣西南七里卧龍岡。」同書卷二百十二南陽府三陵墓：「諸葛氏墓，在葉縣北平山下，有斷石幢，相傳此地有諸葛舊墳墟，疑是亮祖塋也。石幢爲隋開皇二年物。」又祠廟：「忠武祠在府西南卧龍岡，即諸葛亮故廬，舊爲祠以奉之，春秋祭祀，前代碑文俱存。」

【評】

詩藪外編卷五：陳去非諸絶雖亦多本老杜，而不爲已甚，悲壯感慨，時有可觀處。

晚步順陽門外〔一〕

六尺枯藜了此生〔二〕，順陽門外看新晴。樹連翠篠圍春晝〔三〕。水泛青天入古城。夢裏偶來那計日，人間多事更聞兵〔四〕，只應千載溪橋路，欠我嫛婗勃窣行〔五〕。

【校】

〔千載〕丁鈔、聚珍本、宋詩鈔「千」作「十」。

【箋注】

〔一〕宋史地理志：京西南路鄧州屬縣五：「順陽中下太平興國六年升順陽鎮爲縣。」嘉慶一統志卷二百十一河南南陽府二古蹟：「順陽故城在淅川縣東，本漢淅縣之順陽鄉，唐爲順陽鎮，宋太平興國六年復升爲縣，屬鄧州。括地志：順陽故城在穰縣西一百四十里。明統志：内鄉縣有順陽保。」按此順陽門或係鄧州城門之名。嘉慶一統志卷二百十：「鄧州城，内城周四里有奇，門四；外城周十五里有奇，門五。」惜不載諸門之名。考張嵲紫微集卷三有自順陽至均房道五首用陳符寶去非韻，似簡齋嘗至順陽者。然細讀張嵲和作，其第一首所用乃北征詩韻，第二首乃曉發葉城詩韻，第三首乃美哉亭詩韻，第四首乃山路晚行詩韻，第五首乃道中書事詩韻，則五詩爲後來追和者，未必簡齋嘗有順陽之行也。當再考。

〔二〕世説新語任誕：「畢茂世云：『一手持蟹螯，一手持酒杯，拍浮酒池中，便足了一生。』」

〔三〕古樂府：「繡幕圍春風。」

〔四〕嵇康與山巨源絶交書：「不喜作書，而人間多事。」

〔五〕司馬相如子虛賦：「媻姍勃窣上金堤。」顔注：「媻姍勃窣，謂行於叢薄之間也。」

【評】

劉辰翁評「樹連翠篠」二句：怨景入微。　又評末句：寫得徹頭徹尾。

縱步至董氏園亭三首

池光修竹裏，笻杖季春頭〔一〕。客子愁無奈〔二〕，桃花笑不休〔三〕。百年今日勝〔四〕，萬里此生浮〔五〕。莽莽樽前事，題詩記獨遊。

【箋注】

〔一〕漢書張騫傳：在大夏見笻竹杖，問之，云：「此客乃賈人，市之身毒國。」

〔二〕韓愈秋雨聯句：「客子歌無奈。」

〔三〕李白古風：「桃花開東園，含笑誇白日。」李商隱即日詩：「夭桃唯是笑。」

〔四〕日勝，見卷十四同楊運幹黄秀才村西買山藥詩注。

〔五〕莊子刻意：「其生若浮。」杜甫重題（哭李尚書之芳）詩：「兒童相顧盡，宇宙此生浮。」

其二

槐樹層層新綠生，客懷依舊不能平。自移一榻西窗下，要近叢篁聽雨聲〔一〕。

【箋注】

〔一〕陳師道齋居絶句：「青奴白牯静相宜，老罷形骸不自持。一枕西窗深閉閣，卧聽叢竹雨來時。」

其三

客子今年駝褐寬〔一〕，鄧州三月始春寒。簾鈎掛盡蒲團穩，十丈虚庭借雨看〔二〕。

【校】

〔駝褐〕原本「褐」誤「楬」，蔣刻同。馮校：「『楬』，當从注作『褐』，庫同。」今據改。

【箋注】

〔一〕歐陽修下直詩：「輕寒漠漠侵駝褐，小雨班班作燕泥。」

〔二〕王勃滕王閣詩：「珠簾暮捲西山雨。」

【評】

劉辰翁評：「借」字用得奇傑。

海棠

春雨夜有聲,連林杏花落。海棠已復動,寒食豈寂寞。人間有此麗,赴我隔年約〔一〕。花葉兩分明,春陰耿簾幙。東風吹不斷〔二〕,日暮臙脂薄〔三〕。何可無我吟〔四〕,三叫恨詩惡〔五〕。

【校】

〔耿簾幙〕丁鈔「耿」作「秋」,全芳備祖卷七作「取」,均誤。

【箋注】

〔一〕白居易草詞畢遇芍藥初開偶成十六韻:「應愁明日落,如恨隔年期。」蘇軾江月詩:「幽人赴我約。」

〔二〕李白瀑布詩:「海風吹不斷。」

〔三〕杜甫曲江對雨詩:「林花着雨臙脂落。」點校本引增注:中齋云:「海棠既開而色淡。近世劉後村詞云:『東風日暮無聊賴,吹得臙脂成粉。』蓋用公意,盡發之耳。」

〔四〕蘇軾富陽詩:「春山磔磔鳴春禽,此間不可無我吟。」

〔五〕三叫,見卷一玉延賦注。李肇國史補卷中:「杜太保在淮南,進崔叔清詩百篇,德宗謂使者曰：『此惡詩，焉用進？』時呼爲『准敕惡詩。』」

雨中觀秉仲家月桂〔一〕

月桂花上雨，春歸一憑欄。東西南北客〔二〕，更得幾回看〔三〕。紅衿映肉色〔四〕，薄暮無乃寒〔五〕。園中如許樹，獨覺賦詩難。

【校】

〔月桂花〕全芳備祖卷二十作「月季花」。〔紅衿映肉色〕聚珍本「肉」作「玉」，點校引明本同。

〔如許樹〕全芳備祖「樹」作「多」。

【箋注】

〔一〕秉仲，未詳，俟再考。

〔二〕禮記檀弓：「丘也東西南北之人也。」高適人日寄杜二拾遺詩：「龍鍾還忝二千石，愧爾東西南北人。」

〔三〕蘇軾遊徑山詩：「此身更得幾回來。」

〔四〕蘇軾海棠詩：「翠袖捲紗紅映肉。」

〔五〕杜甫佳人詩：「天寒翠袖薄，日暮倚修竹。」

香林四首〔一〕

絶愛公家花氣新，一林清露百般春。是中宴坐應容我，只恐微風喚起人。

【箋注】

〔一〕按向子諲有別墅名薌林，樓鑰攻媿集卷五十二薌林居士文集序記之尤詳。苕溪漁隱叢話前集卷五十四記張元幹有香林九詠，字亦作「香」。元幹乃子諲甥，其詩爲子諲作也（參看蘆川歸來集卷四）。考向子諲酒邊詞卷上有西江月一首，題云：「政和年間，卜築宛邱，手植衆薌，自號薌林居士」云云。是子諲政和間居宛邱時已以薌林自號。宛邱在今河南淮陽縣，地近商水、舞陽。簡齋自陳留至鄧州或嘗過之，有此題詠也。四詩編次似當移至次舞陽詩前後。

其二

丈人延客非俗物〔一〕，百和香中進一盃〔二〕。乞取齊奴錦步障〔三〕，與春遮斷曉風來。

【校】

〔錦步障〕原本「障」誤「帳」，據聚珍本改。

【箋注】

〔一〕世説新語排調：「嵇、阮、山、劉在竹林酣飲，王戎後往。步兵曰：『俗物已復來敗人意。』王笑曰：『卿輩意亦復可敗邪！』」

〔二〕何遜七夕詩：「月映九微火，風吹百和香。」杜甫即事詩：「花氣渾如百和香。」

〔三〕世説新語汰侈：「王君夫作紫絲步障碧綾裏四十里，石崇作錦步障五十里以敵之。」晉書石苞傳：「崇字季倫，生於青州，故小名齊奴。」

其三

誰見繁香度牖時，碧天殘月映花枝。固應撩我題新句〔一〕，壓倒韋郎宴寢詩〔二〕。

【校】

〔固應〕聚珍本「固」作「故」。

【箋注】

〔一〕王安石南浦詩：「物華撩我有新詩。」

〔二〕韋應物郡齋燕集詩：「兵衛森畫戟，宴寢凝清香。」王定保唐摭言卷三：楊汝士於楊嗣復坐賦詩，元、白覽之失色。汝士歸謂子弟曰：「我今日壓倒元、白。」

其四

簡齋居士不飲酒〔一〕，一入香林更不醒。驅使小詩酬曉露，絕勝辛苦廣騷經〔二〕。

【箋注】

〔一〕詳見下一首題簡齋詩注。

〔二〕杜甫江畔獨步尋花七絕句詩：「詩酒尚堪驅使在。」漢書揚雄傳：「又旁離騷作重一篇，名曰廣騷。」師古注：「旁，依也。」

題簡齋〔一〕

我窗三尺餘，可以閱晦明。北省雖巨麗，無此風竹聲。不着散花女〔二〕，而況使鬼兄〔三〕。世間多歧路〔四〕，居士繩牀平〔五〕。未知阮遥集〔六〕，幾屐了平生。領軍一屋鞋〔七〕，千載笑絕纓。槐陰自入户，知我喜新晴。覓句方未了，簡齋真虛名〔八〕。

【箋注】

〔一〕胡氏續添詩箋正誤：「先生建炎己酉在岳陽，借郡圃君子亭居之，即所寓室榜曰簡齋，乃賦是詩。非丙午入鄧州時所作也。」按胡氏此説非也，劉辰翁已駁之。點校本引劉氏評點本增注云：「胡氏按云云。今按此詩中云：『北省雖巨麗，無此風竹聲。』蓋去祕省纔三年耳，故及之。又云『槐陰自入户』，與董氏亭『鄧州三月始春寒』、『槐樹層層新緑生』之時正合。又以香林詩『簡齋居士不飲酒』及登樓詩『歸嫌簡齋陋』之句觀之，則公在鄧固有簡齋之號矣。考岳陽諸詩皆二月春寒之作，且無一語及簡齋者，謂岳陽郡圃榜簡齋，豈不或然；而因所聞遂疑詩之爲岳陽作則非也。又按：公在岳陽借郡圃居時，自號園公。」按劉氏所論甚精，登城樓詩明言「今年夢鄧州」，其爲鄧州之作無疑。又西軒書事詩云「倚遍周家十二槐」，今此詩云「槐陰自入户」，非偶合也。

〔二〕散花女，見卷一覺心畫山水賦注。韓愈調張籍詩：「騰身跨汗漫，不着織女襄。」不着，不用也。參看張相詩詞曲語辭匯釋卷三。

〔三〕使鬼兄，見卷三書懷示友十首其六詩注。

〔四〕列子説符：「大道以多歧亡羊。」鮑溶歧路詩：「人間多歧路，常恐終身行。」

〔五〕繩牀，見卷十三題酒務壁詩注。

〔六〕阮遥集，見卷十二與伯順飯于文緯大光出宋漢傑畫秋山詩注。

〔七〕領軍鞋，見卷八食虀詩注。史記滑稽列傳：「淳于髡仰天大笑，冠纓索絶。」

〔八〕蘇軾和子由詩：「玉樹真虚名。」

印老索鈍庵詩〔一〕

人言融公懶，牀上揖賓客〔二〕。我來兩忘揖，團團一庵白〔三〕。戲談鄧州禪，分食天寧麥。竹風亦喜我，蕭瑟至日夕。出家丈夫事〔四〕，軒冕本兒劇〔五〕。願香鷺餘煙〔六〕，世故感陳迹〔七〕。固應師未鈍，使我不安席〔八〕。時求一滴水，爲洗三生石〔九〕。

【校】

〔蕭瑟〕丁鈔「瑟」作「索」，聚珍本同。〔軒冕〕原本「冕」作「裳」，據丁鈔、聚珍本改。點校本引明本，李氏藏本亦作「冕」。

【箋注】

〔一〕印老事蹟未詳。詩云：「戲談鄧州禪，分食天寧麥。」胡氏題下注：「鄧州天寧寺。」當是寺僧也。

〔二〕懶融，見卷十一遊慧林寺以三峽炎蒸定有無爲韻……詩注。傳燈録卷十趙州從諗禪師云：「自小持齋身已老，見人無力下禪牀。」又云：「第一等人來，禪牀上接；中等人來，下禪床接；末等人來，三門外接。」

〔三〕柳宗元禪堂詩：「發地結菁茅，團團抱虛白。」

〔四〕李肇國史補卷上：崔趙公嘗問徑山：「弟子出家得否？」答曰：「出家是大丈夫事，非將相所爲也。」

〔五〕蘇軾送小本禪師詩：「山林等憂患，軒冕亦戲劇。」

〔六〕見卷十四早起詩注。

〔七〕嵇康與山巨源絶交書：「世故繁其慮。」王羲之蘭亭集序：「俛仰之間，已爲陳迹。」

〔八〕法華經：「衆生諸根鈍。」史記蘇秦傳：楚王曰：「寡人卧不安席。」

〔九〕傳燈録：僧問浄惠禪師：「如何是曹源一滴水？」師云：「是曹源一滴水。」僧惘然，韶國師於坐側，大悟。冷齋夜話載贊寧所録：僧圓觀將亡，謂李源曰：「吾已三生爲比丘，居湘西嶽麓寺，有巨石林間，嘗習禪其上。」後源至孤山，月下見之，扣牛角而歌曰：「三生石上舊精魂，賞月吟風不要論。慚愧情人遠相訪，此身雖異性長存。」亦載甘澤謡中，與此小異。蘇軾南華寺詩：「借師卓錫泉，洗我綺語硯。」

春雨

花盡春猶冷，羈心只自驚〔一〕。孤鶯啼永晝，細雨濕高城〔二〕。擾擾成何事，悠悠送此生〔三〕。蛛絲閃夕霽，隨處有詩情。

【箋注】

〔一〕謝靈運七里瀨詩：「羈心積秋晨。」杜甫歲暮詩：「寂寞壯心驚。」

〔二〕杜甫乾元中寓居同谷縣作七首詩：「林猿爲我啼清晝。」顧況答韋應物詩：「飛雨灑高城。」

〔三〕杜甫水檻遣興二首詩：「淺把涓涓酒，深憑送此生。」

【評】

瀛奎律髓卷十七紀昀評：三、四不減隨州「柳色孤城裏，鶯聲細雨中」句。結有閑致，若再承感慨説下，便入窠臼。

難老堂周元翁家〔一〕

城南烏聲和且都，我識丈人屋上烏〔二〕。難老堂中一樽酒〔三〕，不教霜雪上髭鬚。樊侯種梓用莫竭〔四〕，丈人向來亦種德〔五〕。挽回萬事入繩牀，花竹相看有佳色。人生知足一飽多，當時恨我棄漁蓑。題詩素壁蛇蚓集〔六〕，五百年後公摩挲〔七〕。

【校】

〔題〕原本「元翁」作「元公」，據點校本所引李氏藏本改。李氏藏本題作「難老堂」，題下有「自

注：周元翁家」六小字。聚珍本無「周元翁家」四字。永樂大典七千二百三十八載此詩，題作「難老堂爲周元公作」。〔不教〕聚珍本「教」誤「敢」。〔莫竭〕永樂大典「竭」誤「謁」。

【箋注】

〔一〕胡注：「元公名壽，濂溪先生茂叔之子，仕至徽猷閣待制。」按宋文鑑卷一百四十四潘興嗣周茂叔墓誌銘：「子二：曰壽，曰燾，皆補太廟齋郎。」宋史周敦頤傳亦載二子之名，是壽爲敦頤長子。嘉慶一統志卷三百七十一湖南永州府人物：「周壽，元公子，元豐五年進士。初任吉州司户，次秀州知縣，終司封郎中。」黄庭堅跋壽所撰龍眠居士大悲贊云：『元翁純粹動金石，其言語文章，發明妙慧，非爲作使之合，蓋其中心純粹而生光耳。』弟燾，元祐進士，爲黄池令，兩浙轉運使。時蘇軾知杭州，與燾唱酬甚夥。後終寶文閣待制。」按黄庭堅豫章集卷三十跋周元翁龍眠居士大悲贊：「吾友周壽元翁。」又云：「茂叔有子。」是周壽字元翁，此詩原本及胡注作「元公」者，字之誤也。至周敦頤賜謚元公，事在嘉定十三年，見宋史道學傳，去簡齋之殁久矣。至一統志所稱「元公」，乃敦頤，非壽也。又鄧州西軒書事詩「倚遍周家十二槐」，疑即指元翁家。周燾政和中爲成都帥，王文誥蘇詩總案卷三十考其事尤詳。

〔二〕詩有女同車：「洵美且都。」屋上烏，見卷三書懷示友十首其六詩注。又杜甫贈李四詩：「丈人屋上烏，人好烏亦好。」

〔三〕詩泮水：「永錫難老。」

〔四〕後漢書樊宏傳：「嘗欲作器物，先種梓漆，時人嗤之。然積以歲月，皆得其用，向之笑者咸求假焉。」宏後「追爵謚爲壽張敬侯」。

〔五〕史記貨殖列傳：「居之一歲，種之以穀；十歲，樹之以木；百歲，來之以德。德者，人物之謂也。」蘇軾爲王復家名亭曰種德詩云：「木老德亦熟，吾言豈荒唐。」又寄子姪詩：「積德已自三世種。」

〔六〕見卷一玉延賦注。

〔七〕後漢書方術薊子訓傳：「時有百歲翁，自説童兒時見子訓賣藥會稽市，顔色不異於今。後人復於長安東霸城見之，與一老公共摩挲銅人，相謂曰：『適見鑄此，已近五百歲矣。』顧視見人而去，猶駕昔所乘驢車也。」

登城樓〔一〕

去年夢陳留，今年夢鄧州〔二〕。幾夢即了我，一笑城西樓。新晴草木麗，落日淡欲收。遠川如動摇，景氣明田疇〔三〕。百年幾憑欄，亦有似我不？城陰坐來失〔四〕，白水光不流。丈夫貴快意，少住寬千憂。歸嫌簡齋陋，局促生白頭〔五〕。

【箋注】

〔一〕謂鄧州外城樓也。嘉慶一統志卷二百十河南南陽府：「鄧州城，內城周四里有奇，門四，池廣一丈五尺；外城周十五里有奇，門五，池廣六丈，引刁河水注之。」詩云「白水光不流」，當指刁河水。

〔二〕簡齋以宣和六年冬謫監陳留酒，今年（靖康元年）正月自陳留避地來鄧州，至是已三月矣。詩云「新晴草木麗」云云，似春末夏初語。

〔三〕殷仲文南州桓公九井詩：「景氣多明遠，風物自淒緊。」

〔四〕詩詞曲語辭匯釋卷四：「言少頃之間，城陰已失也。」

〔五〕史記魏其武安侯列傳：「局趣效轅下駒。」應劭注：「局趣，纖小之貌。」局趣猶局促也。

【評】

劉辰翁評「百年幾憑欄」句：重。　又評末句：末有無轉身處，人自未悟。

雨

忽忽忘年老，悠悠負日長。小詩妨學道，微雨好燒香。簷鵲移時立〔一〕，庭梧滿意涼。此身南復北，髣髴是它鄉。

【箋注】

〔一〕白居易春盡感事詩：「閑聽鶯語移時立。」

【評】

瀛奎律髓卷十七：詩亦閑淡有味，惟結處別化一意，與前六句不甚兜結。

遊董園

西園可散髮〔一〕，何必賦遠遊〔二〕。地曠多雄風〔三〕，葉聲無時休〔四〕。幸有濟勝具〔五〕，枯藜支白頭。平生會心處〔六〕，未覺身淹留。散坐青石牀〔七〕，松意淡欲秋。薄雨青衆卉〔八〕，深林耿微流。一涼天地德，物我俱夷猶〔九〕。東北方用武，六月事戈矛〔一〇〕。甲裳無乃重，腐儒故多憂。珍禽叫高樹，且復寄悠悠。

【箋注】

〔一〕嵇康幽憤詩：「散髮嵓岫。」

〔二〕見卷十二寄題兖州孫大夫絶塵亭二首其一詩注。

〔三〕宋玉風賦：「此大王之雄風也。」陳師道晚立詩：「野曠自多風。」

〔四〕杜甫同諸公登慈恩寺塔詩：「烈風無時休。」

〔五〕世説新語棲逸：「許掾好遊山水，而體便登陟，時人云：『許非徒有勝情，實有濟勝之具。』」

〔六〕世説新語言語：「簡文入華林園，顧謂左右曰：『會心處不必在遠，翳然林水，便自有濠、濮間想也。』」

〔七〕蘇軾遊桓山詩：「散坐洪上石。」陳陶杜鵑詩：「東西青石牀，似有幽人蹤。」

〔八〕韋應物田家詩：「微雨衆卉新。」

〔九〕賈島北岳詩：「有時起霖雨，一灑天地德。」九歌：「君不行兮夷猶。」

〔一〇〕當指太原之圍。宋史欽宗紀：「靖康元年五月丁丑，姚古將兵至威勝，聞粘罕將至，衆驚潰，河東大震。河北河東路制置副使种師中與金人戰於榆次，死之。乙未，詔姚古援太原。六月戊戌，令中外舉文武官才堪將帥者。時太原圍急，群臣欲割三鎮地，李綱沮之。乃以李綱代种師道爲宣撫使援太原。」是其事也。

夏雨

三伏過幾日〔一〕，坐數令人瘦〔二〕。片雲忽西行，庭樹生光景。須臾萬銀竹〔三〕，壯觀發異境。天公終老手〔四〕，一笑破日永。龍公勿憚煩〔五〕，事了亦俄頃。修竹恬變化，依然半窗影。

【箋注】

〔一〕初學記卷四引曆忌釋曰：「四時代謝，皆以相生，立春木代水，水生木；立夏火代木，木生火；立冬水代金，金生水。至於立秋，以金代火，金畏火，故至庚日必伏。庚者金也。」(藝文類聚卷五引同)又引陰陽書曰：「從夏至後第三庚爲初伏，第四庚爲中伏，立秋後初庚爲後伏，謂之三伏。曹植謂之三旬。」

〔二〕三國志賈逵傳注引魏略：「逵前在弘農，與典農校尉争公事，不得理，乃發憤生癭。」黄庭堅送李德素詩：「此士落江湖，熟思令人癭。」

〔三〕李白宿鰕湖詩：「白雨映寒山，森森似銀竹。」

〔四〕蘇軾遊蔣山詩：「老手王摩詰。」

〔五〕蘇軾禱雨張龍公祠詩：「龍公試手初行雨。」孟子滕文公上：「何許子之不憚煩？」

【評】

劉辰翁評「龍公勿憚煩」句：疊了。

夏夜

閑弄玉如意〔一〕，天河白練横。時無李供奉，誰識謝宣城〔二〕？兩鶴翻明月，孤松立快晴。南陽半年客〔三〕，此夜滿懷清。

【校】

〔兩鶴〕聚珍本、宋詩鈔「鶴」作「鵲」。　〔此夜〕丁鈔、聚珍本、宋詩鈔作「復此」，點校本引明本同。

【箋注】

〔一〕南史梁簡文帝紀：「手執玉如意，不相分辨。」

〔二〕謝朓暫使下都夜發新林至京邑贈西府同僚詩：「金波麗鳷鵲，玉繩低建章。」又晚登三山還望京邑詩：「餘霞散成綺，澄江静如練。」李白月夜獨酌懷謝朓詩：「天上何所有？迢迢白玉繩。斜低建章闕，耿耿對金陵。漢水舊如練，霜江夜清澄。長川瀉落月，洲渚曉寒凝。獨酌板橋浦，古人誰可徵？玄暉難再得，灑酒氣填膺。」又金陵城樓詩：「解道澄江静如練，令人還憶謝玄暉。」李白嘗供奉翰林，謝朓嘗爲宣城太守。

〔三〕簡齋以靖康元年正月來鄧，至是半年矣。

又兩絶

虚庭散策晚涼生，斟酌星河亦喜晴。不記牆西有修竹，夜風還作雨來聲。

【校】

〔題〕聚珍本作「夏夜二首」。

其二

待到天公放月時，東家喬柏兩虯枝。懸知滿地疎陰處，不及遥看突兀奇〔一〕。

【校】

〔天公〕丁鈔、聚珍本「公」作「宫」，點校本引明本同。

【箋注】

〔一〕末二句即「常人貴遠賤近，向聲背實」（曹丕典論論文）之意。鬼谷子内揵、鄧析子無厚亦云：「日近前而不御，遥聞聲而相思。」簡齋此語，蓋有慨於李綱、种師道之見排於群小歟？

積雨喜霽

積雨得一晴，開窗送吾目。疊雲帶餘憒〔一〕，遠樹增新緑。天公信難料，變化雜神速〔二〕。夕霞盡意紅，詰朝固難卜〔三〕。西軒一盃酒，未負將軍腹〔四〕。竹林懷微風，餘韻久回復〔五〕。熱官豈辦此？何必思爛熟〔六〕。曳杖出門行〔七〕，栖鴉息枯木。

【校】

〔題〕聚珍本「霽」作「晴」。〔辦此〕原本「辦」誤「辨」，據聚珍本改。

【箋注】

〔一〕韋應物立夏詩：「疊雲纔吐嶺。」文選丘遲侍宴樂遊苑詩：「雨息雲猶積。」

〔二〕杜甫杜鵑行詩：「蒼天變化誰料得。」唐書李靖傳：「兵機以速爲神。」

〔三〕左傳僖公二十八年：欒枝曰：「詰朝相見。」按「天公」以下數語，似有寓意，以時事驗之，疑謂蔡京諸人之相繼竄逐也。宋史欽宗紀：「靖康元年七月乙亥，安置蔡京於儋州；攸，雷州；童貫，吉陽軍。乙酉，詔蔡京子孫二十三人分竄遠地，遇赦不許量移。是日，蔡京死於潭州。」前夏雨詩「天公終老手」云云，亦當作如是觀。

〔四〕見卷十四同二子取魚於竇家池以錢得數斗置驛西野塘中圉圉而逝我輩皆欣然也詩注。

〔五〕左思吴都賦：「潮波汩起，回復萬里。」

〔六〕見卷五十月詩注。

〔七〕禮記檀弓：「孔子曳杖逍遥於門。」

鄧州城樓

鄧州城樓高百尺，楚岫秦雲不相隔。傍城積水晚更明，照見綸巾倚樓客。李白上天不可呼〔一〕，陰晴變化還須臾。獨撫欄干詠奇句，滿樓風月不枝梧〔二〕。

【校】

〔城樓〕點校本引增注：「閩本作『城頭』。」〔楚岫〕胡注：「一作『楚樹』。」〔欄干〕聚珍本、宋詩鈔作「危闌」，點校本引明本同。

【箋注】

〔一〕韓愈琴操：「巫咸上天兮識者其誰？」蘇軾送劉景文詩：「白雲在天不可呼。」

〔二〕漢書項籍傳：「莫敢枝梧。」如淳曰：「枝梧，猶枝扞也。」臣瓚曰：「小柱爲枝，邪柱爲梧。」杜甫聽許十誦詩詩：「陶謝不枝梧。」

正集卷十六

北征[一]

世故信有力，挽我復北馳。獨衝七月暑，行此無盡陂。百卉共山澤，各自有四時。華實相後先，盛過當同衰。亦復觀我生[二]，白髮忽及期。夕雲已不征，客子今何之？願傳飛仙術，一洗局促悲[三]。披襟閬風觀，濯髮扶桑池[四]。

【箋注】

〔一〕胡譜：「靖康元年丙午，七月，復北征，還陳留。未幾，再從汝州葉縣經方城，至光化，上崇山，俱有詩。」按鄧州西軒書事詩：「千里空攜一影來。」又云：「可憐小陸不同居。」此詩云：「獨衝七月暑。」是今春簡齋來鄧，家屬實未同行，此次北征，殆爲省家耳。既而金人再次南侵，遂攜家自汝、葉趨光化，自是不復北歸矣。建炎以來繫年要録卷一：「八月，金人既不得三鎮地，癸卯，以書來責叛盟；復引兵深入。九月丙申，左副元帥宗維（即黏罕）陷太原。十月丁酉，右副元帥宗傑（即斡離不）破真定。十一月乙亥，兩軍分道渡河。丙戌，右副元帥宗傑犯京師；閏月丁酉，左副元帥宗維犯京師。」此是年秋冬形勢大略也。

張嵲紫微集卷三有自順陽至均房道五首用陳符寶去非韻，其第一首即和此詩韻，詩云：「行客路正遠，曦馭已西馳。霜風吹草樹，眇眇連荒陂。如何羈旅懷，更值搖落時。四序歎已晚，我生可無衰。尚紆俗吏袍，久負南山期。吾廬豈固好，此身自安之。胡爲終歲別，使我心泪悲。故園松菊荒，歸計勿差池。」

〔二〕易觀卦：「觀我生，君子无咎。」顔之推有觀我生賦。

〔三〕十洲記：「蓬萊山周迴五千里，有圓海繞山，無風而洪波百丈，不可往來，惟飛仙能到其處耳。」陸機雲賦：「飛仙凌雲，隨風遊騁。」蘇軾赤壁賦：「挾飛仙以遨遊，抱明月而長終。」

〔四〕宋玉風賦：「披襟而當之。」離騷：「朝濯髮乎洧盤。」十洲記：「崑崙北角曰閬風之巔。」山海經：「暘谷有扶木，十日所浴。」郭璞注：「扶木，扶桑也。」淮南子天文：「日出暘谷，浴于咸池，拂于榑桑。」榑桑，即扶桑。

【評】

劉辰翁評「世故信有力」二句：喟然而得所以言。又評「獨銜七月暑」六句：優柔歎詠中有無涯之思，賢於流涕。

詩人玉屑卷十九引玉林詩話：先君嘗於逆旅間録一詩云：「山行險而修，老我驂且羸。獨驅六月暑，躡此千仞梯。世故不貸人，牽去復挽歸。茗盌參世味，甘苦常相持。白雲抱溪石，令人心媿之。豈無趺坐處，逸固不療飢。大叫天上人，涼風爲吹衣。」蓋學簡齋詩法者，莫知其爲何人作也。

秋日客思〔一〕

南北東西俱我鄉，聊從地主借繩牀〔二〕。諸公共得何侯力〔三〕，遠客新抄陸氏方〔四〕。老去事多藜杖在，夜來秋到葉聲長。蓬萊可託無因至〔五〕，試覓人間千仞崗〔六〕。

【校】

〔南北東西〕原本「東西」誤「東北」，蔣刻同。馮校：「下『北』，當作『西』。」瀛奎律髓卷十二作「西」，今據改。〔繩牀〕丁鈔、聚珍本、宋詩鈔「繩」作「胡」，點校本引明本、李氏藏本同。〔何侯〕原本「何」誤「河」，蔣同。馮校：「『河』，當從注改『何』，庫本同。」瀛奎律髓、宋詩鈔並作「何」，今據改。

【箋注】

〔一〕詩云「聊從地主借繩牀」，按簡齋在陳留有家，不必「從地主借繩牀」，此詩當是再去陳留、趨光化道中之作，故曰「客思」也。按靖康要録卷五：「元年四月九日，少宰吴敏奏：『伏望明詔宰執，置司辟屬，遵上皇詔旨，取祖宗舊法悉加討論，復其宜於今者。』奉聖旨：『依奏置司討論。』既而詔少宰吴敏、太宰徐處仁各薦舊官十員，仍差宰臣充詳議提舉官。徐處仁踏逐到吕本中、范宗尹爲吏房，趙桝、李軍爲户房，劉寧止、張元幹（原本誤作「張先幹」）爲兵房，安元、方若爲禮房，莫儔爲刑房，劉彦遠爲工房。吴敏踏逐到梅執禮、晁説之爲吏房，張慤、向子諲爲户房，折彦質爲兵房，孫傅爲禮房，胡安國、李朴爲刑房，李彌大、江端友爲工房。於尚書省會廳置司，以侍從官爲參議，餘官爲檢討，分六房，使各討論，限半年結局。奉聖旨：『依奏。』提舉官差李綱、吴敏、徐處仁。」簡齋此詩「諸公共得何侯力」句，當指此事。瀛奎律髓卷十二：「『共得何侯力』，以指新進。」語猶未確。又云：「『新抄陸氏方』，以憐遷客。」其説是也。蓋簡齋此際再去陳留，將之光化，征途信宿，偶與居停主人言及中朝近事，聞舊人之復起（其中若吕本中、張元幹、向子諲、孫傅等皆簡齋友人），共得力於「何侯」，而己則猶在謫中，心有餘悸，故取「避謗不著書」意，借陸氏今古集驗方以自解。此下一首道中書事詩：「客愁無處避，世事不堪論。」亦是此意。紀昀以此詩爲避亂襄、漢時作，又以「陸氏方」一語爲形容多病，皆非也。

〔二〕左傳哀公十二年：「地主歸餼，以相辭也。」杜預注：「地主，所會主人也。」繩牀，見卷十三題酒務壁詩注。

〔三〕漢書何武傳：「武爲人仁厚，好進士，奬稱人之善。爲楚内史，厚兩龔；在沛郡，厚兩唐；及爲公卿，薦之朝廷。此人顯於世者，何侯力也。」師古曰：「兩龔，龔勝、龔舍也；兩唐，唐林、唐遵也。」

〔四〕新唐書陸贄傳：贄以言裴延齡奸貶忠州别駕，「既放荒遠，常闔户，人不識其面。又避謗不著書，地苦瘴癘，祇爲今古集驗方五十篇示鄉人云」。芝田録：「陸宣公至忠州，端坐抄藥方，兒姪亦罕與語。」

〔五〕漢書郊祀志：「蓬萊三神山，其傳在渤海中。未至，望之如雲。及到，三神山反居水下。」

〔六〕左思詠史詩：「振衣千仞崗，濯足萬里流。」

【評】

瀛奎律髓卷十二：「共得何侯力」，以指新進；「新抄陸氏方」，以憐遷客。漢何武、唐陸贄傳可考，此詩家用事之妙。五、六尤佳。紀昀評：五、六深微。又云：此簡齋南渡時避亂襄、漢時所作，借用陸氏集方以形容多病耳。虚谷坐實遷客，上下文遂不相接，宜爲馮氏之所譏。

道中書事〔一〕

臨老傷行役〔二〕，籃輿歲月奔〔三〕。客愁無處避〔四〕，世事不堪論〔五〕。白道含秋色〔六〕，青山帶雨痕。壞梁斜鬭水，喬木密藏村。易破還家夢〔七〕，難招去國魂〔八〕。一身從白首，隨意答乾坤。

【箋注】

〔一〕張嵲紫微集卷三自順陽至均房道五首用陳符寶去非韻，其第五首即用此篇韻，詩云：「蓐食帶殘月，驅僕事西奔。煙塵猶未息，去住敢輕論。道古留餘險，溪寒減漲痕。鳴桴聞遠驛，吠犬應前村。境絶增詩興，山深畏客魂。吾生久已定，漂轉任乾坤。」

〔二〕詩君子于役小序：「君子行役無期度，大夫思其危難以風焉。」

〔三〕晉書陶潛傳：刺史王弘要之還州，問其所乘，答云：「素有脚疾，向乘籃輿，亦足自反。」

〔四〕庾信愁賦：「深藏欲避愁，愁已知人處。」（按庾信愁賦今佚，葉廷珪海録碎事卷九載其十數句。參看錢鍾書管錐編一五三一頁）

〔五〕杜甫園官送菜詩：「世事固堪論。」

〔六〕李商隱無題詩：「白道縈迴入暮霞，斑騅嘶斷七香車。」

〔七〕陳師道宿齊河詩：「還家只有夢，更著曉寒侵。」

〔八〕杜甫冬深詩：「難招楚客魂。」柳宗元南澗詩：「去國魂已遠。」

將次葉城道中〔一〕

荒野少人去，竹輿伊軋聲。晴雲秋更白，野水暮還明。寂寞信吾道〔二〕，淹留諳物情〔三〕。王喬有餘舄，借我一東征〔四〕。

【校】

〔物情〕原本「物」作「世」，丁鈔、潘本、聚珍本均作「物」，據胡注，作「物」爲是；點校本引明本、李氏藏本亦作「物」，今據改。

【箋注】

〔一〕宋史地理志一京西北路：「汝州，輔，臨汝郡，陸海軍節度。本防禦州，政和四年賜軍額。縣五：梁中，襄城緊，葉上，魯山中，寶豐中。」嘉慶一統志卷二百十河南南陽府：「葉縣在府北一百三十里。東至舞陽縣界五十里，西至汝州魯山縣界二十五里，西南至鄧州界一百二十里。春秋楚葉邑，漢置葉縣，唐屬汝州，五代及宋因之。本朝屬南陽府。」同書卷二百十一古蹟：「葉縣故城在今葉縣南三十里，名舊葉縣。」

〔二〕揚雄解嘲：「惟寂惟寞，守德之宅。」

〔三〕杜甫久客詩：「淹留見俗情。」晉書劉毅傳：「及敗於桑洛，知物情已去。」

〔四〕後漢書王喬傳:「喬爲葉令,有神術,每月朔望詣臺朝。帝怪其來數,密令太史伺之,有雙鳧從東南飛來,舉網張之,得雙舄,乃所賜尚書官屬履也。」胡注:「汝州葉縣,有王喬雙鳧觀在焉。」

至葉城

蘇武初逢雁〔一〕,王喬欲借鳧〔二〕。深知念行李,爲報了長途〔三〕。難穩三更枕,遥憐五歲雛。却思正月事,不敢恨榛蕪〔四〕。

【箋注】

〔一〕見卷九次韻心老以緣事至魯山詩注。

〔二〕見本卷將次葉城道中詩注。

〔三〕左傳僖公三十年:「若舍鄭以爲東道主,行李之往來,供其困乏。」又襄公八年:「亦不使一介行李告于寡君。」按簡齋有族人在汝、葉,此次南來,其人蓋先有所聞,且有書札往來(「初逢雁」),以行李爲念也。不得據此遂謂簡齋爲「汝州葉縣人」也(郡齋讀書志卷十九)。此事已於拙著陳與義年譜詳論之。陳師道寄外舅郭大夫詩:「深知報消息,不敢問何如。」句法所本。

〔四〕杜甫北風詩：「不敢恨危塗。」又哭台州鄭司户蘇少監詩：「天地日榛蕪。」正月事，指北虜入寇，自陳留避地南奔事也。

曉發葉城〔一〕

竹輿開兩牖，秋色爲横分。左送廉纖月，右揖離披雲。詩情滿行色〔二〕，何地着世紛〔三〕。欲語王縣令〔四〕，三叫不能聞〔五〕。

【校】

〔題〕聚珍本「曉」作「晚」。

【箋注】

〔一〕張嵲紫微集卷三自順陽至均房道五首用陳符寶去非韻，其第三首即用此篇韻，詩云：「桑柘共平陸，過橋野色分。冬序日向深，冒山多薄雲。驚飈入長林，黄葉久紛紛。山前有人家，雞犬時一聞。」

〔二〕莊子盜跖：「車馬有行色。」

〔三〕文選顔延年陶徵士誄：「遂乃解體世紛，結志區外。」李善注：「嵇康幽憤詩曰：世務紛紜。」

〔四〕王喬也。

〔五〕三叫，見卷一玉延賦注。

方城陪諸兄坐心遠亭〔一〕

客中日食三斗塵〔二〕，北去南來了今歲。暫時亭中一盃酒，與兄同宗復同味〔三〕。博山雲氣終日留〔四〕，竹君蕭蕭不負秋〔五〕。世路明年儻無故，却攜藜杖更來遊。

【校】

〔客中〕原本「客」誤「容」，蔣刻同。馮校云：「『容』，疑『客』。」聚珍本作「客」，點校本引李氏藏本同，今據改。

【箋注】

〔一〕胡注：「郡國志：『方城山在葉縣西南十八里。』」太平寰宇記卷一百四十二：「黄城山即方城山也。地志：南陽葉縣方城邑有黄城山。」宋史地理志：京西南路唐州屬縣：「方城下，後魏縣，慶曆四年廢爲鎮，入鄧州南陽縣。元豐元年復爲縣，隸州。」嘉慶一統志卷二百十河南南陽府山川：「方城山在葉縣南四十里，跨裕州境。」同書卷二百十一古蹟：「心遠亭在裕州舊方城縣治，相近有美哉亭，宋陳與義有詩。」

〔二〕見卷十一送王周士赴發運司屬官詩注。

〔三〕儀禮喪服子夏傳：「同宗則可爲之後。」禮記大傳：「同姓從宗合族屬。」左傳襄公八年：「今譬於草木，寡君在君，君之臭味也。」杜預注：「言同類。」世説新語輕詆：「孫長樂作王長史誄云：『余與夫子，交非勢利。心猶澄水，同此玄味。』」黄庭堅答李任道分豆粥詩：「與公同味更同餐。」

〔四〕漢故事：「諸王出閣，則賜博山香爐。」吕大臨考古圖：「爐象海中博山，下盤貯湯，使潤氣蒸香，以象海之回環。」古詩：「博山爐中百和香。」韋應物長安道中詩：「博山吐香五雲散。」

〔五〕竹君，見卷十三食筍詩注。

美哉亭〔一〕

西出城皋關，土谷僅容駝。天掛一匹練，雙崖鬬嵯峨〔二〕。忽然五丈缺，亭構如危窠。青山麗中原〔三〕，白日照大河。下視萬里川，草木何其多。臨高一吐氣〔四〕，却奈雄風何〔五〕。辛苦生一快，造物巧揣摩〔六〕。險易終不償，翻身下殘坡。

【校】

〔容駝〕宋詩鈔誤作「容馳」。〔造物〕聚珍本、宋詩鈔「物」作「化」，點校本引明本同。

【箋注】

〔一〕張嵲紫微集卷三自順陽至均房道五首用陳符寶去非韻，其第三首即用此詩韻，詩云：「我行均陽道，岡阜如群駝。澗石既齒齒，寒山亦峩峩。喬林木葉盡，仰見鸛鶴窠。風景固不殊，舉目異山河。我生雖尚壯，百慮紛已多。祇今且如此，後日當奈何。細較平生中，憂樂恒相摩。悲吟誰復聽，日暮越前坡。」

〔二〕詩詞曲語辭匯釋卷二：「鬬，猶湊也。言兩崖相接湊也。」

〔三〕謝靈運應詔詩：「白日麗江皋。」杜甫絶句詩：「遲日江山麗。」

〔四〕班固東都賦：「咸含和而吐氣。」蘇軾泛舟詩：「一吐千丈氣。」

〔五〕雄風，見卷十五遊董園詩注。詩詞曲語辭匯釋卷二：「奈何，猶云對付也，處分也。言臨高吐氣，却可以對付雄風也。」

〔六〕蘇軾百步洪詩：「險中得樂雖一快。」史記蘇秦列傳：「於是得周書陰符，伏而讀之，期年，以出揣摩，曰：『此可以説當世之君矣。』」索隱引江邃曰：「揣人主之情，摩而近之。」

【評】

劉辰翁評「青山麗中原」四句：寫得曲盡形勢。又引中齋評：寬壯巨麗，似阮嗣宗語。

山路曉行〔一〕

兩崖夾曉月〔二〕，萬壑分秋風。今朝定何朝，孤賞莫與同〔三〕。石路抱壁轉，雲氣青濛濛。籃輿拂露枝，亂點驚僕童。微泉不知處，玉佩鳴深叢〔四〕。平生慕李愿，即此行旅中〔五〕。居人輕佳境，過客意無窮。山木好題詩〔六〕，恨我行匆匆。

【校】

〔題〕原本「曉」誤「晚」，據聚珍本改。點校本引明本、李氏藏本同。〔抱壁〕聚珍本「壁」作「巖」，點校本引明本、李氏藏本同。〔拂露枝〕聚珍本「拂」作「扶」，點校本引明本同。

【箋注】

〔一〕張嵲紫微集卷三自順陽至均房道五首用陳符寶去非韻，其第四首即用此詩韻，詩云：「行客日暮時，愁聞蕭條風。雲山當我前，適與清興同。夕澗生白煙，蒸空自溟濛。林壑豈不佳，陟降煩奴僮。徑側有黃花，淒疎隱珍叢。我欲採落英，恨無聖賢中。徘徊戀幽意，欲住興未窮。山深月正黑，投驛尚怱怱。」

〔二〕曹丕芙蓉池詩：「丹霞夾明月。」

〔三〕謝靈運往北山詩：「不惜去人遠，但恨莫與同。孤遊非情歎，賞廢理難通。」柳宗元遊南亭詩：「孤賞誠所悼。」

〔四〕陸機招隱詩：「飛泉漱鳴玉。」柳宗元小石潭記：「隔篁竹，聞水聲如鳴佩環。」

〔五〕韓愈有送李愿歸盤谷序。

〔六〕胡注：仙傳拾遺：唐寒山子隱天台翠屏巖，好爲詩，每得一篇，輒題於人間石上。

題董宗禹園先志亭宗禹之父早失母萬方求得之此其晚節色養之地也〔一〕

作客古南陽，問俗仁孝敦。坐讀杜羔傳〔二〕，起訪城西園。偉哉是家事，作傳堪千言。當年懷橘處〔三〕，華屋澹曉暾〔四〕。大松蔭後楹，小松羅前軒〔五〕。風露所沐浴，千載當連根〔六〕。我已廢蓼莪〔七〕，感兹淚河翻〔八〕。葉聲含三嘆，送我出園門。

【校】

〔感兹〕點校本引李氏藏本「兹」作「此」。

【箋注】

〔一〕董宗禹未詳。點校本引增注：「中齋云：『此默用歐公許子春南園記。』今按記云：『予見許氏孝悌著于三世矣。凡海陵之人過其園者，望其竹樹，覩其臺榭，思其宗族少長相從，愉愉而樂於此也。愛其人，化其善，自一家而形一鄉，由一鄉而推之無遠邇。使許氏之子孫世久而愈篤，則不獨化及其人，將見其園間之草木有駢枝而連理也，禽鳥之翔集於其間者，不争巢而棲，不擇子而哺也。嗚呼！事患不爲，與夫怠而止爾！唯力行而不怠以止，然後知予言之可信也。』」

〔二〕李肇國史補卷中：「杜羔有至行。父爲河北一尉而卒，母氏非嫡，經亂不知所之，羔嘗抱終身之慼。會堂兄兼爲澤潞判官，嘗鞫獄于私第，有老婦辯對，見羔出入，竊謂人曰：『此少年狀類吾兒。』詰之，乃羔母也，自此迎侍而歸。又往來河北求父厝所，邑中故老已盡，不知所詢。館于佛廟，日夜悲泣。忽覩屋柱煙煤之下見字數行，拂而視之，乃其父遺跡，言：『後我子孫若求吾墓，當于某村某家詢之。』羔號泣而往，果有老父年八十歲餘，指其邱壠，因得歸。羔至工部尚書，致仕。」

〔三〕吴志陸績傳：「陸績字公紀，吴郡吴人也。父康，漢末爲廬江太守。績年六歲，於九江見袁術。術出橘，績懷三枚，去，拜辭墮地。術謂曰：『陸郎作賓客而懷橘乎？』績跪答曰：『欲歸遺母。』術大奇之。」

〔四〕楚辭：「暾將出兮東方。」王逸注：「日始出，其形暾暾而盛大。」謝靈運石門詩：「晚見朝日暾。」

〔五〕陶潛歸田園詩：「榆柳蔭後簷，桃李羅堂前。」

〔六〕柳宗元讀經詩：「日出霧露餘，新松如膏沐。」

〔七〕見卷九陳叔易學士母阮氏挽詞二首其二詩注。又南史隱逸顧歡傳：「歡早孤，讀詩至『哀哀父母』，輒執書慟泣，由是受學者廢蓼莪篇，不復講焉。」按簡齋是時方丁外艱，故詩用王裒、顧歡事。

〔八〕世説新語言語：「顧長康拜桓宣武墓，作詩云：『山崩溟海竭，魚鳥將何依。』人問之曰：『卿憑重桓乃爾，哭之狀其可見乎？』顧曰：『鼻如廣莫長風，眼如懸河決溜。』或曰：『聲如震雷破山，淚如傾河注海。』」韓愈雜詩云：「淚如九河翻。」

同繼祖民瞻遊賦詩亭二首〔一〕

邂逅今朝一段奇〔二〕，從來華屋不關詩。諸君且作留連意〔三〕，正是微風到竹時〔四〕。

【校】

〔諸君〕聚珍本「君」作「公」。

【箋注】

〔一〕繼祖、民瞻均未詳。按王廷珪亦字民瞻，嘗以送胡銓詩有盛名於紹興間，然考周必大省齋文集卷二十九王公廷珪行狀稱其宣和末即「知時事阽危，無宦遊意」，隱居衡州茶陵縣之瀘溪。則廷珪是時，恐無由至光化，此民瞻當别是一人。又靖康要録有劉民瞻，靖康間爲京西漕臣，亦非其人，以本集例稱字也。又有喬民瞻，嘗與曾幾、熊彦詩等遊，見周必大省齋文集卷二十。其人事蹟不詳，亦難臆定也，當再考。按明年春有題繼祖蟠室三首，則此二絶，當是到光化後作。

〔二〕詩綢繆：「今夕何夕，見此邂逅。」

〔三〕蘇軾松江詩：「舟師不會留連意。」

〔四〕李白對雪詩：「子猷聞風動窗竹。」

其二

浩浩白雲溪一色，冥冥青竹鳥三呼。只今那得王摩詰，畫我憑欄覓句圖〔一〕。

【箋注】

〔一〕新唐書王維傳：王維字摩詰，工草隸，善畫，「畫思入神，至山水平遠，雲勢石色，繪工以爲天機所到，學者不及也」。

題崇山〔一〕

短篷如鳧鷖〔二〕，載我萬斛愁〔三〕。試登山上亭，却望沙際舟。世故莽相急〔四〕，長江去悠悠。西南浸山影〔五〕，晦明分中流。蕩摇寶鑑面〔六〕，翠髻千螺浮〔七〕。去程雖云阻，兹地固堪留。客路惜勝日〔八〕，臨風搔白頭〔九〕。衆色忽已晚〔一〇〕，川光抱巖幽。三老呼不置〔一一〕，我興方未收〔一二〕。下山事復多，題詩記曾遊〔一三〕。

【校】

〔短篷〕原本「篷」誤「蓬」，據聚珍本改。〔蕩摇〕丁鈔、聚珍本「摇」作「漾」，點校本引明本同。〔不置〕聚珍本「置」作「至」。

【箋注】

〔一〕宋史地理志：「京西南路光化軍，同下州。乾德二年，以襄州陰城鎮建爲軍，析穀城縣三鄉置乾德縣隸焉。熙寧五年廢軍，改乾德爲光化縣，隸襄州。元祐後復爲軍。」天順襄陽郡志卷一：光化縣「西止本縣葫荻山，接均州界一百二十里；北止本縣杏兒山，接鄧州界九十里」。嘉慶一統志卷三百四十六湖北襄陽府：「光化縣，北至河南南陽府鄧州界五十里。」按崇山即固封山。前書同卷山川：「固封山在光化縣西北五里。九域志：光化縣有固封山。輿地紀勝：在城西北九里，順陽王城西，本名崇山，唐天寶六載改名。」又卷三百四十七古蹟：「順陽王城在光化縣北。寰宇記：晉咸寧中，封扶風王子暢爲順陽王。城上有順陽碑。府志：順陽王城在固封山下。」胡注：崇山「在襄州江化縣」。「江化」當是「光化」之誤。按簡齋是冬遂留寓光化，至明年正月始自光化復入鄧。此詩云：「去程雖云阻，茲地固堪留。」謂留居光化也。

〔二〕蘇軾至巴河詩：「孤舟如鳧鷖。」

〔三〕庾信愁賦：「且將一寸心，能容萬斛愁。」

〔四〕杜甫寄劉峽州伯華使君四十韻詩：「世故莽相仍。」

〔五〕杜甫渼陂行：「半陂已南純浸山。」

〔六〕白居易登東樓詩：「水心如鏡面。」

〔七〕劉禹錫望洞庭詩：「湖光秋月兩相和，潭面無風鏡未磨。遥望洞庭山水翠，白銀盤裏一青螺。」古今注：「螺有文章，故婦女髻盤結似螺。」蘇軾過廣愛寺詩：「亂峰螺髻出。」

〔八〕鮑照還都道中詩：「客行惜日月。」勝日，見卷十四買山藥詩注。

〔九〕杜甫春望詩：「白頭搔更短。」

〔一〇〕杜甫上水遣懷詩：「蒼蒼衆色晚。」

〔一一〕杜甫撥悶詩：「長年三老遥憐汝。」蔡注：「峽中以篙師爲長年，柁工爲三老。」嵇康與山巨源絶交書：「卧喜晚起，而當關呼之不置。」

〔一二〕韋應物府舍月遊詩：「心期與浩景，蒼蒼殊未收。」韓愈遠遊聯句：「離思春冰泮，爛漫不可收。」

〔一三〕王安石登冶城詩：「稍記曾遊處。」

正集卷十七

與季申信道自光化復入鄧書事四首〔一〕

孫子白木杖，富子黑油笠，我獨白竹籃，差池復相及。夕陽橋邊畫，岸幘歸雲急。勿語城中人，從渠慎出入〔二〕。

【校】

〔題〕聚珍本「復入鄧」下有「州」字。又原本「四首」二字作題下小注，此據聚珍本。〔橋邊畫〕宋詩鈔「畫」作「盡」。

【箋注】

〔一〕胡譜：「建炎元年丁未，正月，與富季申、孫信道自襄陽光化復入鄧，有書事詩云：『再來生白髮，重見鄧州春。』又有述懷詩云：『物態紛如許，世事再嗚呼。』」又胡注：「富季申，前已見。孫信道名確，沈晦榜擢甲科。建炎初，作京西運司屬官，僅改京秩而死，年止四十。」按張嵲紫微集卷八有哭孫信道并序詩，序云：「信道名確，沈晦榜擢甲科。建炎初，作京西運司屬官，蔬食破裘，晏如也。山中抄書無慮數千卷。今不幸改京秩死，年止四十。嗚呼，天之生才，而顧使之齎志泉壤哉！」詩云：「悲君刻意異時流，十載經春著敝裘。新隴預知成馬鬣，舊書何苦似蠅頭。孟郊骨相終齎志，賈誼才能竟不侯。寂寞聲名千古事，定知無益夜堂幽。」胡注即本張嵲詩序也。按簡齋此詩云：「依舊城西路。」又云：「卜居得窮巷。」又云：「城西望城南，十日九相隔。」寄季申詩云：「雨歇城南泥未乾，遥知獨立整衣冠。」據知簡齋此次來鄧，實寓居城西，而季申則寓城南也。季申名直柔，簡齋汝州舊交，已見卷八次韻富季申主簿梅花詩箋注。是年，簡齋三十八歲。嘉慶一統志卷二百十河南南陽府：「鄧州西南至襄陽府光化縣界六十里。」

〔二〕蘇軾蔓菁羹詩：「勿語貴公子，從渠嗜羶腥。」古樂府：「作書與魴鱮，相教慎出入。」

【評】劉辰翁評末句：善用古語，自出新意。

其二

賣舟作歸計，竹籃穩如舟。霧收青皐濕，行路當春遊。老馬不自知，意欲踏九州〔一〕。依然還故櫪，寂寞壯心休〔二〕。

【校】

〔竹籃〕聚珍本「籃」作「輿」。

【箋注】

〔一〕蘇軾醉墨堂詩：「駿馬倏忽踏九州。」

〔二〕曹操短歌行：「老驥伏櫪，志在千里。烈士暮年，壯心不已。」杜甫歲暮詩：「寂寞壯心驚。」

【評】

劉辰翁評末句：語語好。

其三

再來生白髮，重見鄧州春。依舊城西路，桃花不記人〔一〕。卜居得窮巷，日色滿窗新。微吟驚市卒，獨鶴語城闉〔二〕。

【箋注】

〔一〕本事詩：唐崔護清明獨遊都城南，酒渴求飲，有女子以盃水至，獨倚小桃斜柯佇立，而意屬殊厚。來歲清明，護再往尋之，門院如故，而已鎖扃之。崔因題詩於左扉曰：「去年今日此門中，人面桃花相映紅。人面不知何處去，桃花依舊笑春風。」

〔二〕搜神後記卷一：「丁令威本遼東人，學道於靈虚山。後化鶴歸遼，集城門華表柱。時有少年舉弓欲射之，鶴乃飛，徘徊空中而言曰：『有鳥有鳥丁令威，去家千年今始歸，城郭如故人民非，何不學仙冢纍纍。』遂高上沖天。」漢書梅福傳：「福一朝棄妻子去九江，至今傳以爲仙，其後人有見福於會稽者，變名姓，爲吴市門卒云。」

其四

城西望城南，十日九相隔。何如三枝杖，共踏江上石。門前流水過，春意滿渠碧。遥知千頃江，如今好顏色〔一〕。

【校】

〔何如〕點校本引李氏藏本作「如何」。　〔滿渠〕原本「渠」作「江」，丁鈔本、聚珍本、宋詩鈔作「渠」，點校本引李氏藏本同，今據改。

【箋注】

〔一〕杜甫花底詩：「深知好顏色。」

寄季申

雨歇城南泥未乾，遥知獨立整衣冠。舊時鄴下劉公幹〔一〕，今日遼東管幼安〔二〕。緑陰展盡身還遠，黄鳥飛來節已闌。安得一樽生耳熱〔三〕，暫時相對説悲歡。

【校】

〔城南〕聚珍本「南」作「西」。

【箋注】

〔一〕胡注：「鄴，相州也。劉楨字公幹，乃東平人，而謂之鄴下，何也？蓋魏文帝爲太子時，在鄴宫，相從文士有七子之目，而公幹在焉。江淹雜擬詩三十首，比謝靈運所擬鄴中集詩，而於諸人中特取劉楨、王粲二人。總叙曰：『五言之興，諒自夐古。但關西、鄴下，既已罕同；河外、江南，頗爲異詠。』此『鄴下』字，正指公幹、仲宣二人也。」按此句指宣和初同在汝州依葛勝仲時事也。黄庭堅以梅饋晁深道戲贈二首云：「前身鄴下劉公幹，今日江南庾子山。」句法所本。

〔二〕魏志管寧傳：「管寧字幼安，北海朱虚人也。天下大亂，聞公孫度令行於海外，遂與（邴）原及平原王烈等至于遼東。度虚館以候之。既往見度，乃廬於山谷。時避難者多居郡南，而寧居北，示無遷志，後漸來從之。」

〔三〕見卷十二九日宜春苑午憩幕中聽大光誦朱迪功詩注。

題繼祖蟠室三首〔一〕

雲起爐山久未移〔二〕，功名不恨十年遲〔三〕。日斜疏竹可窗影〔四〕，正是幽人睡足時。

【箋注】

〔一〕建炎以來繫年要録卷五：「建炎元年五月庚寅朔，兵馬大元帥康王即皇帝位於南京，改元建炎。」大赦天下。「布衣有材略者，令禁從監司郡守限十日各舉一員。」此詩第三首云「中興天子要人才」，謂此也。則詩爲五月後作矣。

〔二〕見卷十六方城陪諸兄坐心遠亭詩注。

〔三〕白居易初除制誥與三舍人中書同宿詩：「莫怪不知君氣味，此中來校十年遲。」陳師道除正字詩：「敢恨十年遲。」

〔四〕劉禹錫生公講堂詩：「一方明月可中庭。」詩詞曲語辭匯釋卷一：「可，猶當也。可窗，言當窗也。白居易宿張雲舉院詩：『隔房招好客，可室致芳筵。』可室，言當室也。」

其二

萬卷吾今一字無，打包隨處野僧如〔一〕。短檠未盡殘年債〔二〕，欲問班生試借書〔三〕。

【校】

〔隨處〕聚珍本「隨」作「借」。〔殘年債〕丁鈔、聚珍本「債」作「興」。〔試借書〕聚珍本作「借賜書」。

【箋注】

〔一〕打包，行脚僧人所背包裹。宋鄭克折獄龜鑑卷五俞獻卿：「按僧之富者必不能出遊；出遊也，則必治裝告別，亦不能如打包僧翩然往也。」蘆浦筆記：「行路曰打包。」

〔二〕韓愈短檠歌：「此時提攜當案前，看書到曉那能眠。」

〔三〕漢書叙傳：班彪與從兄嗣共遊學，家有賜書，桓譚欲借，嗣不進。

其三

中興天子要人才〔一〕，當使生擒頡利來〔二〕，正待吾曹紅抹額〔三〕，不須辛苦學顔回〔四〕。

【校】

〔當使〕原本「當」作「要」,丁鈔、聚珍本作「當」,點校本引李氏藏本同,今據改。

【箋注】

〔一〕建炎以來繫年要録卷五云:「建炎元年五月庚寅朔,兵馬大元帥康王即皇帝位於南京,改元建炎。大赦天下。命西京留守司修奉祖宗陵寢;罷青苗錢;應死節及殁於王事者並推恩;奉使未還者,禄其家一年;選人在職、非在職者,並循資;臣僚因寇去官者,限一月還任;潰兵、群盜,咸許自新;係官欠負,不以名色,皆免;南京及大元帥府嘗駐軍一月以上者,其夏税悉蠲之;應天府特奏名舉人,並與同出身,免解人與免省試;諸路特奏名三舉以上及宗室嘗預貢者,並推恩;州郡保守無虞者,與推賞;應募兵勤王之人,以所部付州縣主兵官訖,赴行在;中外臣僚並許直言;自今命官犯罪,更不取特旨裁斷;布衣有材略者,令禁從監司郡守限十日各舉一員。餘如累朝故事。」詩云「要人材」,據赦令所云言也。

〔二〕新唐書李靖傳:「頡利走保鐵山,遣使者謝罪,請舉國内附。以靖爲定襄道總管往迎之。又遣鴻臚卿唐儉、將軍安修仁尉撫。靖謂副將張公謹曰:『詔使到,虜必自安,若萬騎齎二十日糧,自白道襲之,必得所欲。』公謹曰:『上已與約降,行人在彼,奈何?』靖曰:『機不可失，韓信所以破齊也。如唐儉輩何足惜哉！』督兵疾進，行遇候邏，皆俘以從，去其牙七里乃覺，部衆震潰。斬萬餘級，俘男女十萬，禽其子疊羅施，殺義成公主。頡利亡去，爲大同道行軍總管張寶相禽以獻。於是斥地自陰山北至大漠矣。」

〔三〕愛日廬叢鈔卷五：「元和聖德詩云：『以紅帕首。』注者引實録曰：『禹會塗山之夕，大風雷震。有甲卒千餘人，其不被甲者，以紅綃帕抹其額。自此遂爲軍容之服。』又退之送幽州李端公序：『紅帕首。』『帕』，一作『抹』。送鄭權尚書序：『帕首韡袴。』蓋屢用之。……唐婁師德使吐蕃，諭國威信，虜爲畏悦。後募猛士討吐蕃，乃自奮戴紅抹額來應詔。此近塗山軍容之遺制。雖不敢以釋帕首，其云戴紅抹額，抑亦帕首巾幘之物爾。」

〔四〕論語雍也：「一簞食，一瓢飲，在陋巷，人不堪其憂，回也不改其樂。」秦韜玉貴公子行：「學得顔回忍飢面。」

述懷〔一〕

閉户生白髮，逍遥步城隅。野外晴林滿，天末暮雲孤。水容澹春歸，草色帶雨濡。物態紛如昨，世事再嗚呼〔二〕。京洛了在眼，山川一何迂。乘槎莽未辨〔三〕，且復小踟躕。

【校】

〔乘槎〕原本「乘」誤「垂」，據聚珍本改。

【箋注】

〔一〕按汴京以去年靖康元年閏十一月丙辰陷，至今年四月辛酉，金人始全部退兵。建炎以來繫年要録卷四：「敵之圍城也，京城外墳壠，發掘略徧，出屍取棺爲馬槽，城内疫死者幾半。物價踴貴，米升至三百，豬肉斤六千，羊八千，驢二千，一鼠亦直數百。道上横屍，率取以食；間有氣未絶者，亦剜削以去，雜豬馬肉食之。」「城中猫犬殘盡，游手凍餒死者十五六，遺胔所在枕籍。」此東京情况也。又自金人再入，西道都總管王襄於去年閏十一月棄河南，奔襄陽。西京一帶亦相繼淪陷。至今年三月辛丑，又有范致虚千秋鎮之潰（詳見繫年要録卷三）。致虚前軍於鄧州澠池間，簡齋於時寓鄧，可謂近在眉睫。詩云「京洛了在眼」，所慨深矣。

〔二〕杜甫遣懷詩：「吾衰將焉託，存没再嗚呼。」

〔三〕博物志卷十：「舊説云：天河與海通。近世有人居海渚者，年年八月有浮槎去來，不失期。人有奇志，立飛閣於查上，多齎糧，乘槎而去。十餘日中猶觀星月日辰，自後茫茫忽忽，亦不覺晝夜。去十餘日，奄至一處，有城郭狀，屋舍甚嚴。遥望宫中多織婦，見一丈夫牽牛渚次飲之。牽牛人乃驚問曰：『何由至此？』此人具説來意，並問此是何處，答曰：『君還至蜀郡訪嚴君平則知之。』竟不上岸，因還如期。後至蜀，問君平，曰：『某年、月、日，客星犯牽牛宿。』計年月，正此人到天河時也。」

【評】

劉辰翁評「京洛了在眼」二句：此語可痛。又評末句：俯仰且是。

寄題趙景温筠居軒〔一〕

相逢漢江邊，盜起方如雲〔二〕。當時蒼黄意，亦可無此君〔三〕。俗士固鮮歡，王孫終逸群。清秋不可負，牖壁看修筠。碧幹立疎雨，叢梢冒斜曛。引君著勝地〔四〕，世事從糾紛〔五〕。何時微月夕，胡牀與子分〔六〕。高吟呼天風，夜半笙簫聞〔七〕。

【校】

〔題〕原本脱「居」字，據丁鈔、聚珍本補。〔糾紛〕原本作「紛紛」，據丁鈔、聚珍本改。〔與子〕原本「子」作「予」，點校本引李氏藏本作「子」，今據改。〔夜半〕點校本引增注：「閩本『夜半』作『半夜』」。

【箋注】

〔一〕趙景温殆宗室也，故詩以「王孫」稱之，其事蹟未詳。張嵲紫微集卷四有題趙景温筠居一首，當是一時之作。詩云：「西遊安康道，野竹曉森森。疎籬隱茅茨，置屋何幽深。卜鄰嗟未辦，長夢秋風林。如何嘉公子，得此蕭寺陰。作軒面蒼根，坐卧當幽尋。夜雨老苔色，微風動哀音。軒前置緑蟻，軒後陳素琴。我料子之意，必無朝市心。宜邀能賦客，爲擬效古今。折簡索我詩，高詠慚南金。」

〔二〕漢書食貨志：「令禁鑄錢，則錢必重，重則其利深，盜鑄如雲而起。」師古曰：「言其多。」按建炎以來繫年要録卷六：「建炎元年六月癸亥，自金再圍城，京西、湖北諸州，悉爲賊侵犯。隨州陸德先，復州趙縱之，郢州舒舜舉與荆南德安皆失守，獨知汝州徽猷閣待制趙子櫟、知襄陽府直徽猷閣黄叔敖、知黄州直祕閣閻孝忠、知漢陽軍朝散大夫李彦卿，能守境捍賊。」同書卷七：秋七月庚寅，「自宣和末，群盜蜂起，其後勤王之兵，往往潰而爲盜。至是祝靖、薛廣、党忠、閻瑾、王存之徒，皆招安赴行在，凡十餘萬人。……獨淮寧之杜用，山東之李昱，河北之丁順、王善、楊進皆擁衆數萬，不可招。而拱州之黎澤，單州之魚台，亦有潰卒數千爲亂。……丁順者，嘗爲滄州兵馬鈐轄；王善者，爲雷澤尉，皆以罷從軍，不得志。楊進者，以才爲(王)淵所忌，懼罪亡去，號没角牛，兵尤衆。又李孝忠既破襄陽，擾京西諸郡」。詩云「相逢漢江邊，盜起方如雲」，蓋謂此也。

〔三〕孔稚珪北山移文：「蒼黄反覆。」世説新語任誕：「王子猷嘗暫寄人空宅住，便令種竹。或問暫住何煩爾，王嘯詠良久，直指竹曰：『何可一日無此君？』」

〔四〕世説新語任誕：王衛軍云：「酒正自引人著勝地。」按卷九觀我齋分韻得自字詩亦云：「肅肅窗前竹，見引著勝地。」著，猶到也。參見卷九注。

〔五〕皇甫冉鬲雲客舍詩：「世事徒糾紛。」

〔六〕世説新語容止：「庾太尉在武昌，秋夜氣佳景清，使吏殷浩、王胡之之徒登南樓理詠，音調始遒，聞函道中有屐聲甚厲，定是庾公。俄而率左右十許人步來，諸賢欲起避之，公徐云：『諸君少住，老子於此處興復不淺。』因便據胡牀，與諸人詠謔，竟坐甚得任樂。」

〔七〕天風，見卷一次韻謝文驥主簿見寄兼示劉宣叔詩注。笙簫，見卷十三種竹詩注。

【評】

劉辰翁評「相逢漢江邊」二句：鑿户納竹，所謂好事，發明得又别，千古名言。

重陽

去歲重陽已百憂，今年依舊歎羈遊〔一〕。籬底菊花唯解笑，鏡中頭髮不禁秋。涼風又落宫南木，老雁孤鳴漢北州。如許行年那可記〔二〕，謾排詩句寫新愁。

【箋注】

〔一〕按簡齋建炎三年在岳州和粹翁用奇父韻賦九日詩云：「前年鄧州城，風雨傾客居。何嘗疎麴生，麴生自我疎。豈無登高地，送目與雲俱。門生及兒子，勸我升籃輿。出門復入門，戈旆填街衢。」所紀即今年重九事，所謂「歎羈遊」也。

〔二〕行年記，見卷十二冬至二首其二詩注。

【評】

劉辰翁評「涼風又落宫南木」二句：可感。

瀛奎律髓卷二十六：「菊花」對「頭髮」，即老杜「蓬鬢」、「菊花」一聯定例。（按此指杜詩「即今蓬鬢改，但愧菊花開」一聯也。）紀昀批三、四兩句：「頭髮」二字不雅，此避「黄花」、「白髮」耳。

有感再賦

憶昔甲辰重九日，天恩曾與宴城東〔一〕。龍沙此日西風冷，誰折黄花壽兩宫〔二〕！

【校】

〔憶昔〕聚珍本、詩林廣記卷八「昔」作「得」，點校本引李氏藏本同。又引增注：「『得』，一作『昔』。」〔曾與〕丁鈔、聚珍本、詩林廣記、宋詩鈔「與」作「預」，點校本引李氏藏本同。又引增注：「『預』，一作『與』。」〔此日〕點校本引增注：「『此日』，後村選本作『北望』。」詩林廣記作「北望」。

【箋注】

〔一〕甲辰，宣和六年。時以復燕、雲，赦天下，大饗明堂。「宴城東」，即大饗時事也。簡齋有九日宜春苑午憩幕中聽大光誦朱迪功詩記其事，見本集卷十二，可互參。

〔二〕徽、欽二帝於是年三月丁巳、四月庚申先後北遷。建炎以來繫年要録卷九：「九月庚子，道君太上皇帝、淵聖皇帝自燕山徙居中京。中京者，在燕山之北千里，金人謂之霫部，蓋古奚國也。二帝既至，即相府院居焉。時嗣濮王仲理等千八百餘人尚在燕，金人計口給糧，監視嚴密，宗室之死者甚衆。」此詩所以有「誰折黄花」之痛也。按北遷事繫年要録卷三、卷四、卷五、卷六、卷七、卷九紀之甚詳，文長不録。後漢書班超傳贊：「咫尺龍沙。」李賢注：「白龍堆沙漠也。」

【評】

劉辰翁評「龍沙此日西風冷」二句：直須寫至此，不忍下筆。

蔡正孫詩林廣記卷八：簡齋此詩，悲慨之情溢于言外，有老杜風，此後村所以謂其「造次不忘憂愛」也。

仇遠金淵集卷六讀陳去非九日詩：憶昔甲辰重九日，宣和遺恨幾番秋。蔣陵依舊西風在，一度黄花一度愁。

詩藪外編卷五：王維「遥知兄弟登高處，遍插茱萸少一人」，岑參「遥憐故園菊，應傍戰場開」，皆佳句也。去非重九一聯云：「龍沙北望西風冷，誰折黄花壽兩宫。」五言云：「菊花紛四野，作意爲誰秋？」雖用前人之意，而不襲其語，殊自蒼然。

感事

喪亂那堪説〔一〕，干戈竟未休。公卿危左衽，江漢故東流〔二〕。風斷黄龍府，雲移白鷺洲〔三〕。云何舒國步〔四〕，持底副君憂！世事非難料，吾生本自浮。菊花紛四野，作意爲誰秋〔五〕？

【校】

〔左衽〕聚珍本作「北顧」，當是館臣所改。〔自浮〕丁鈔「自」作「是」。〔紛四野〕潘本「紛」作「分」。

【箋注】

〔一〕詩桑柔：「天降喪亂。」

〔二〕論語憲問：「微管仲，吾其被髮左衽矣。」禹貢：「江漢朝宗於海。」點校本引增注：「中齋云：『危』字本漢書。荆公梅詩：『鬚撚黄金危欲墮』。」建炎以來繫年要録：「建炎元年正月辛丑，淵聖皇帝在青城……於是鄆王楷、景王杞、濟王栩、祁王模、莘王植、徐王棣、沂王㮙、和王栻、信王榛等九人，與宰執何㮚、馮澥、曹輔，翰林學士承旨吴开，學士莫儔，中書舍人權直學士院孫覿，禮部侍郎譚世勣，太常少卿汪藻，皆留城外。」「丙午，降授通奉大夫劉韐死於金營。……太學生徐揆出見金帥，請車駕還宫，爲所殺。」「丙辰，金人來索法駕仗衛。……又遣鴻臚卿康執禮、祕書省校書郎劉才邵、國子博士熊彦詩等押監書及道釋經板、館閣圖書納敵營。」（以上卷一）「二月丙寅，金左副元帥宗維傳其主之命，議立異姓。……時事出不意，（何）㮚等皆震懼不知所爲。吏部侍郎李若水獨前持帝曰：『陛下不可易服！』敵命數人曳以去，復大呼曰：『吾君華夏真主，若輩欲加無禮耶！』敵擊之，面目爲傷，若水氣結仆地，良久乃蘇。」「丁卯，道君太上皇帝出詣金營。……於是安康郡王楃、相國公梴、瀛國公樾、建安郡王楧、嘉國公椅、温國公棟、儀國公桐、昌國公柄、潤國公樅等九人，及龍德宫王貴妃、喬貴妃、韋賢妃、王婉容、閻婉容、任婉容、王婕妤、喬婕妤、小王婕妤、崔夫人、康王夫人邢氏，與諸王夫人、帝姬及上皇十四孫皆出。」「戊辰，取光禄少卿范寅敷等四人赴軍前。」「辛未，監國皇太子諶出詣敵營。」「壬申，（孫）傅、（張）叔夜坐堅留詔旨，告立趙氏，押赴軍前。叔夜至敵營，抗議如初，不少屈，敵拘之。」「乙亥，金人取秦檜及太學生三十人，博士正録十員，何㮚以下隨駕在軍前人，並取家屬。」「辛巳，尚書吏部侍郎李若水爲金人所殺。」「乙酉，户部尚書梅執禮、禮部侍郎陳知質、刑部侍郎程振、給事中安扶，爲金人所殺。」（以上卷二）

「三月壬辰，金人……限三日立(張)邦昌，不然，下城盡行焚戮，都人震恐，有自殺者。」「丁巳，金右副元帥宗傑退師，道君太上皇帝北遷，自滑州路進，后妃諸王以下皆從。」「夏四月庚申朔，金左副元帥宗維退兵，淵聖皇帝北遷。尚書右僕射兼中書侍郎何㮚、同知樞密院事兼太子少傅孫傅、資政殿學士簽書樞密院事張叔夜、御史中丞秦檜、尚書兵部侍郎司馬樸從。樸，光兄孫也。城始破，樸詣軍前納款。逮將北還，樸遺書二帥，請存趙氏，金人憚之，挾以北去。」(以上卷三)此靖康衣冠之禍概略也，詩云「危左衽」者，此類是也。

〔三〕點校本引增注：「五代漢高祖天福十二年，契丹以晉主重貴爲負義侯，置於黄龍府，即慕容氏和龍城。丹陽記：白鷺洲在江中心，南邊新林浦，西邊白鷺洲，上多白鷺，故名。按國史：建炎元年九月二日，自燕山如中京。在燕山北千里，謂之霍郡□□國也。(今按「霍郡」當是「霫部」之訛；所缺當係「古奚」二字，見前引繫年要録卷九。)是年十月，高宗自南京幸揚州，三年二月幸杭州，四月幸建康府。先是，諫議大夫鄭瑴累章請移蹕建康，上不聽。」瀛奎律髓卷三十二：「黄龍府謂二帝北狩；白鷺洲謂高廟在金陵。」其説近是而未確；增注所云亦未諦。按駐蹕問題，實建炎初政一大事，李綱嘗以去就争之。大抵宗澤主都汴京；李綱議先駐蹕襄、鄧，以係中原之望，竢兩河就緒，即還汴京。其議與宗澤不悖，皆上策也。而黄潛善、汪伯彦之流力持幸東南，意在逃竄，李綱之議，格而不行。南宋之不競，兆於此矣。簡齋時在襄、鄧間，於李綱經營襄、鄧之議，當所習聞。詩云「雲移白鷺洲」，蓋有慨於朝局之中變也。蓋當時雖有移駐江寧之議（衛尉少卿衛膚敏亦請駐蹕建康。又是年八月，「徙諸宗室於江、淮以避敵，於是南宫北宅皆移江寧府」。又李綱罷相後，詔書亦有「可檢會李綱乞都江寧奏狀榜示，以解衆惑」之語，是李綱初亦有移駐江寧之奏），然本年實未移蹕金陵。至九月己酉，詔「暫駐淮西」，十月丁巳朔，「登舟幸淮甸」，其後遂入揚州矣。駐蹕事詳見建炎以來繫年要録卷六、卷七、卷八，文長不具録。

〔四〕詩桑柔：「國步斯頻。」

〔五〕杜甫九日寄岑參詩：「是節東籬菊，紛披爲誰秀？」

【評】

劉克莊後村詩話前集卷二：按師川聞捷云：「時時傳破虜，日日望修門。」又云：「諸公宜努力，荆棘已千村。」陳簡齋感事云：「風斷黄龍府，雲移白鷺洲。」「菊花紛四野，作意爲誰秋。」頗逼老杜。瀛奎律髓卷三十二：「危」「故」二字最佳。黄龍府，謂二帝北狩；白鷺洲，謂高廟在金陵。

馮班評：好。紀昀評：此詩真有杜意，乃氣味似，非面貌似也。第八句「底」字繆鄙。

送客出城西

鄧州誰亦解丹青？畫我羸驂晚出城〔一〕。殘年政爾供愁了，末路那堪送客行〔二〕？寒日滿川分衆色，暮林無葉寄秋聲。垂鞭歸去重回首，意落西南計未成。

【校】

〔晚出城〕丁鈔、聚珍本、宋詩鈔「晚」作「曉」。

【箋注】

〔一〕胡注引杜甫逸詩：「洛陽無限丹青手，還有工夫畫我無？」

〔二〕戰國策：「行百里者半九十里，此言末路之難。」謝靈運酬惠連詩：「末路值令弟，開顔披心胸。」

【評】

瀛奎律髓卷二十四：五、六一聯絶妙，「分」字、「寄」字奇。紀昀評：簡齋風骨自不同，六句警絶，前人未道。以「分」字、「寄」字取之，淺矣。

劉辰翁評「殘年政爾供愁了」四句：四句情景無餘。

得席大光書因以詩迓之〔一〕

十月高風客子悲，故人書到暫開眉〔二〕。也知廊廟當推轂〔三〕，無奈江山好賦詩。

萬事莫論兵動後，一杯當及菊殘時。喜心翻倒相迎地〔四〕，不怕荒林十里陂。

【校】

〔題〕原本「大」誤作「犬」，蔣刻同，馮校云：「『犬』，當從莫作『大』。」今據改。又聚珍本無「因」字。點校本引李氏藏本「迓」下無「之」字。〔高風〕聚珍本作「風高」。〔翻倒〕原本「倒」作「到」，宋詩鈔同，據聚珍本改。點校本引李氏藏本亦作「倒」。〔荒林〕聚珍本「荒」作「寒」。

【箋注】

〔一〕胡注：「大光名益，紹興三年參知政事。」按席益已見前卷十二宋漢傑畫秋山詩注。益於靖康元年二月七日以中書舍人除徽猷閣待制知河中府（靖康要録卷二），至今年五月金人犯河中，棄城遁去（建炎以來繫年要録卷五），至是將赴石城，來過鄧州，得與簡齋相晤也。按汪藻浮溪集卷十二知河中府席益落職制責益「弗思爲國，專主謀生」，「坐令百萬之民，皆被侵陵之毒」，其詞甚厲。玩此詩「萬事莫論兵動後」之語，殆亦爲益解嘲耳。

〔二〕白居易偶寄元微之詩：「歧分兩回首，書到一開眉。」

〔三〕漢書鄭當時傳：「其推轂士及官屬丞史，誠有味其言也。」師古注：「推轂，言薦舉人如車轂之運轉也。」

〔四〕杜甫喜達行在詩：「喜心翻倒極。」

送大光赴石城〔一〕

石城高嵂嵲〔二〕，城下是江波。莫愁織綺地〔三〕，年來戰馬過。秀眉使君醫國手〔四〕，却把江頭無事酒〔五〕。山川勃鬱不平處〔六〕，澆以三盃一搔首〔七〕。半江樓影白逶迤〔八〕，想見春流二月時。待予去掃仲宣賦〔九〕，走馬還朝亦未遲。

【校】

〔題〕原本「大」誤「犬」，此從馮校據莫抄改。〔春流〕丁鈔「流」作「風」。〔待予〕點校本引李氏藏本「予」作「子」。

【箋注】

〔一〕按席益建炎二年知郢州，見王象之輿地紀勝卷八十四，此行蓋赴郢州之任，故詩有「秀眉使君」之句。輿地紀勝卷八十四京西南路郢州景物上：「石城，輿地廣記云：晉羊祜鎮荆州，立石城以爲固。富水志云：子城東北南三面基墉皆天造，正西絶壁，下臨漢江。」嘉慶一統志卷三百四十二湖北安陸府：「石城，今府治。晉書羊祜傳：石城去襄陽七百餘里。水經注：沔水南經石城西，城因山爲固，晉太傅羊祜鎮荆州，立。地理通釋：郢州子城，三面牆基皆天造，正西絶壁，下臨漢江，石城之名本此。府志：府治居漢水東，即石城舊址也。」

〔二〕杜甫自京赴奉先縣詠懷五百字詩：「御榻在嵽嵲。」

〔三〕唐書樂志：「莫愁樂者，出於石城樂。石城有女子名莫愁，善歌謡，石城樂和中復有忘愁聲，因有此歌。」梁武帝河中之水歌：「莫愁十三能織綺。」

〔四〕南史何尚之傳附何點傳：「點明目秀眉，容貌方雅。」李白山人勸酒詩：「秀眉霜雪顔桃花，骨青髓緑長美好。」國語晉語：醫和曰：「上醫醫國，其次醫人。」

〔五〕史記張儀列傳：陳軫過梁，犀首見之，陳軫曰：「公何好飲也？」犀首曰：「無事也。」蘇軾送王守詩：「惟有使君千里來，欲飲三堂無事酒。」

〔六〕劉禹錫楚望賦：「山川鬱乎不平。」風賦：「勃鬱煩寃。」

〔七〕世説新語簡傲：「王孝伯問王大：『阮籍何如司馬相如？』王大曰：『阮籍胸中壘塊，故須酒澆之。』」韓愈感春詩：「數杯澆腸雖暫醉。」詩静女：「搔首踟蹰。」

〔八〕王粲登樓賦：「路逶迤而修迥兮。」韓愈送李翺詩：「山重江逶迤。」

〔九〕王象之輿地紀勝卷七十八荆湖北路荆門軍古迹：「仲宣作賦樓，盛弘之荆州記云：當陽縣城樓，王仲宣登之而作賦者也。賦曰：『倚曲沮』、『挾清漳』，則當在沮、漳之間也。」

夢中送僧覺而忘第三聯戲足之

兩鴻同一天，羽翼不相及〔一〕。偶然一識面，别意已超忽〔二〕。去程秋光好，萬里無斷絕。雖無仁人言，贈子以明月〔三〕。

【箋注】

〔一〕左傳僖公四年：「唯是風馬牛不相及也。」

〔二〕李白金陵留別詩：「別意與之誰短長？」文選頭陀寺碑：「七里超忽。」

〔三〕張衡四愁詩：「何以報之明月珠。」

【評】

劉辰翁評末句：渾成語。

無題〔一〕

六經在天如日月〔二〕，萬事隨時更故新。江南丞相浮雲壞〔三〕，洛下先生宰木春〔四〕。孟喜何妨改師法〔五〕，京房底處有門人〔六〕。舊喜讀書今嬾讀〔七〕，焚香閱世了閑身。

【校】

〔孟喜〕丁鈔「喜」誤「嘉」，宋詩鈔同誤。　〔舊喜〕聚珍本「喜」作「愛」。

【箋注】

〔一〕胡注：「此詩意爲王氏、程氏發也。宣和五、六年間，先生與内翰綦公叔厚俱爲太學博士，道合志一，力救文弊，黜三舍偶儷體，去王氏之論，而尊用程氏，稍索理致，爲一時之法。參政周公葵時爲諸生，專取先生之文以爲準的，士類歸之。後人唯知渡江後趙元振尊尚程氏，殊不知陳、綦二公實有以唱之也。」按綦崇禮字叔厚，高密人，後徙北海。登重和元年上舍第。高宗朝拜翰林學士，退居台州，卒年六十。事蹟詳宋史卷二百七十八本傳。本傳稱崇禮「幼穎達」，「及入太學，諸生溺於王氏新説，少能詞藝者。徽宗幸太學，崇禮出二表，祭酒與同列大稱其工」。則其不滿王氏新説，自爲諸生時已然矣。考崇禮於高宗朝自兵部侍郎御筆親除翰林學士，事在紹興二年九月乙亥，見建炎以來繫年要録卷五十八。至紹興十二年九月丙申，以寶文閣學士提舉江州太平觀，卒於台州（建炎以來繫年要録卷一百四十六）。上距重和元年登上舍第實二十五年；則釋褐之年爲三十五歲，故本傳有「中年頓挫場屋，晚方登第」之語也。胡注言「宣和五、六年間，先生與内翰綦公叔厚俱爲太學博士」。據年譜，簡齋以宣和四年七月擢太學博士入京，至五年七月除祕書省著作佐郎，其在學博任適一年，至六年，則已去太學職久矣。注中「五六年」當作「四五年」爲是。至於崇禮，則固久於太學博士一職者。永樂大典卷七千五百二十五引綦崇禮北海集載其除授宣教郎制：「敕，從事郎太學博士綦某，朕精選師儒之官，俾司訓導之事，略去銓部之格，以示待遇之優。以爾經術淵源，性質夷粹，久顓講席，克厭士心。疇其歲月之勞，具應庠序之法，改榮京秩，時乃茂恩。可特授宣教郎，依前太學博士。」原注：「宣和六年十一月初八日。」據知崇禮至宣和六年冬猶在太學博士任，而周葵則以宣和六年擢進士甲科者。崇禮有北海集四十六卷，今存四庫全書著録本十卷。樓鑰攻媿集卷五十一有北海先生文集序，文長不録。又按周葵從簡齋受業事，宋史周葵傳不載，賴胡氏此注言之。考晁公武郡齋讀書志（衢本）卷十九：「陳參政簡齋集二十卷，周葵得其家所藏五百餘篇刊行之，號簡齋集。」葛勝仲丹陽集卷八陳去非詩集序：「紹興壬戌，毘陵周公葵自柱史牧吴興郡，剸裁豐暇，取公詩離若干卷，委僚屬讐校，而命工刻板，且見屬爲序。」按壬戌爲紹興十二年，距簡齋之歿甫四年。周氏所刻，實爲簡齋集之最早刻本，則其於師門固甚厚也。宋史卷三百八十五周葵傳：「周葵字立義，常州宜興人。」「宣和六年擢進士甲科。」「高宗移蹕臨安，」「吏部侍郎陳與義密薦之，召試館職」。趙鼎罷，「陳與義執政，改湖南提刑，以親老易江東，皆不就」。孝宗即位，「除兵部侍郎兼侍講，拜參知政事，兼權知樞密院事。淳熙元年正月薨，年七十七」。按葵在紹興間敢於言事，先侮趙鼎，又得罪於秦檜，建炎以來繫年要録載其言行尤詳。又莊季裕雞肋編卷下記葵以薦吕廣問而得罪秦檜一事，則本傳已載之。張嵲紫微集卷十七有周葵元是起居郎爲臣寮言挾私薦吕廣問奉聖旨落職與宫祠遇明堂大禮合行檢舉復直祕閣制，汪應辰文定集卷八有新除資政殿大學士致仕周葵辭免恩命不允詔。

陸游老學庵筆記卷八云：「唐人詩中有曰無題者，率杯酒狎邪之語，以其不可指言，故謂之無題，非真無題也。近歲吕居仁、陳去非亦有曰無題者，乃與唐人不類。或真無其題，或有所避，其實失於不深考耳。」

〔二〕文選序：「若夫姬公之籍，孔父之書，與日月而俱懸。」

〔三〕胡注：「謂王文公。」維摩經：「是身如浮雲，須臾變滅。」蘇軾作贈文公太傅制云：「浮雲何有，脱屣如遺。」

〔四〕胡注：「意謂二程先生。」辛木，見卷十一侯處士女挽詞詩注。

〔五〕漢書孟喜傳：「乃使喜從田王孫受易，喜好自稱譽，得易家陰陽災變書，詐言師田生且死時，枕喜厀，獨傳喜。諸儒以此耀之。同門梁丘賀疏通證明之曰：『田生絶於施讎手中，時喜歸東海，安得此事？』……博士缺，衆人薦喜，上聞喜改師法，遂不用喜。」

〔六〕漢書梁丘賀傳：「賀從京房受易，「房出爲齊郡太守，賀更事田王孫。宣帝時，聞京房爲易明，求其門人，得賀」。

〔七〕後漢書邊韶傳：「弟子私嘲之曰：『邊孝先，腹便便，嬾讀書，但欲眠。』」

【評】朱子語類卷一百四十：劉叔通屢舉簡齋「六經在天如日月，萬事隨時更故新。江南丞相浮雲壞，洛下先生宰木春」（前謂荆公，後謂伊川）。先生曰：「此詩固好，然也須與他分一個是非始得。

天下之理，那有兩個都是？必有一個非。」

劉辰翁評末句：其時其人，可以意會。末二句盡難言之感，南渡之中興以此。

正月十二日自房州城遇金虜至奔入南山十五日抵回谷張家〔一〕

久謂事當爾，豈意身及之〔二〕。避虜連三年，行半天四維〔三〕。我非洛豪士，不畏窮谷飢〔四〕。但恨平生意〔五〕，輕了少陵詩。今年奔房州，鐵馬背後馳。造物亦惡劇，脱命真毫釐〔六〕。南山四程雲，布襪傲險巇。籬間老炙背〔七〕，無意管安危。知我是朝士，亦復顰其眉〔八〕。呼酒軟客脚〔九〕，菜本濯玉肌〔一〇〕。窮途士易德〔一一〕，歡喜不復辭。向來貪讀書，閉户生白髭。豈知九州内，有山如此奇。自寬實不情，老人亦解頤〔一二〕。投宿恍世外，青燈耿茅茨。夜半不能眠，澗水鳴聲悲。

【校】

〔題〕原本無「金」字，據丁鈔、聚珍本補。點校本引李氏藏本亦有「金」字。又，聚珍本「虜」字改作「兵」，無「城」字。宋詩鈔「虜」字闕，下同。〔避虜〕聚珍本「虜」作「兵」。

【箋注】

〔一〕胡譜：「建炎二年戊申，正月，自鄧往房州，遇虜，奔入南山，抵回谷，與孫信道、夏致宏、張巨山會于山中，有唱酬詩。至春末出山，至青溪，有石壁詩。」按是年簡齋三十九歲。建炎以來繫年要録卷十二：「建炎二年正月戊子(初三)，金女真萬户尼楚赫陷鄧州。初，觀文殿學士京西南路安撫使范致虚既受命，會河東制置使趙宗印引兵自商山出武關，欲趨行在，與致虚會於方城，因將其軍偕至。致虚之未至也，轉運副使右文殿修撰劉汲攝守事，營繕儲峙，所以待乘輿之具甚備。時中原俶擾，汲初受命，即遣家屬還鄉，益治兵爲戰守計。至是，尼楚赫將壓境，州兵不滿萬人。致虚聞風亟遁，汲除安撫使。語諸將曰：『國家養汝曹久，不力戰，無以報；且吾不令汝曹獨死也。』士皆感奮。汲募敢死士得四百餘人，乃遣兵馬都監戚鼎以兵三千出東門迎敵；靳儀以兵九百出南門；趙宗印以兵三千出西門犄之。汲以牙兵四百登陴以望，見宗印遁，即自至鼎軍中，歷其衆陣，以待敵至。士争死鬭，敵爲却。俄而儀亦敗，敵以二軍夾乘之，矢如雨。軍中請汲去蓋，汲不許，曰：『使敵知安撫使在此，樂爲國致死。』敵大至，汲死之。宗印率軍民自房陵奔襄陽。……甲午(初九)，簽書武勝軍節度判官廳公事權鄧州李操降於金人。……丙申(十一日)，金萬户尼楚赫陷均州。……丁酉(十二日)，金人陷房州。」(畢沅續通鑑：「金史作『馬五取房州』，北盟會編作『尼楚赫陷房州』。蓋尼楚赫乘勝進取房州也。會編紀日與宋史同。」)此當日鄧、房一帶情勢也。簡齋自鄧州出奔，當在正月初三日尼楚赫陷鄧州之前，或即隨趙宗印南奔之衆也。其抵房州，適當十二日金人陷房州時。詩云：「今年奔房州，鐵馬背後馳。造物亦惡劇，脱命真毫釐。」蓋紀實也。簡齋自十五日抵回谷，至春末始出山。其間，金人以正月二十七日焚掠鄧州，繼則陷唐、蔡，陷淮寧，去房、鄧北歸，則二月底以前事，簡齋時在山中也。

王象之輿地紀勝卷八十六京西南路房州房陵郡，保康軍節度：「禹貢梁州之域，春秋爲房子國，戰國屬楚，秦屬漢中郡，唐改遷州，又於竹山置房州。武后時，中宗居房州，改爲房陵郡。皇朝隸京西路，太宗時陞爲保康軍。……今領縣二，治房陵。」同書同卷景物上：「南山，在房陵縣南三里，陳簡齋有自房州遇虜奔入南山詩。」(祝穆方輿勝覽卷三十三略同)嘉慶一統志卷三百四十九湖北鄖陽府：「南山，在房縣南三里，一名鳳凰山。」

張嵲紫微集卷三有避賊一首，當是一時避難之作，附録於此，以相參證。詩云：「避賊入深谷，乘桴復悠悠。四顧江上山，群峰如薺稠。是時雪霜霽，林壑氛霧收。茂樹蔭石壁，澄潭深不流。蓧蕩擁荒崗，衝飈忽颼飀。山水深更佳，溪喧鳥啼幽。平昔慕尋勝，所見良未儔。舉世逢禍樞，我獨成兹遊。暫賞興復闌，自謂寬百憂。捨棹陟絶巘，林光與雲浮。却觀來時江，碧緑縈長洲。一室苟自處，兩飯無餘求。彼蒼未厭亂，生民何時休。傳聞敵人營，近在瀨漢州。尚恐復飄轉，詎敢辭淹留。已與農父言，傭耕事田疇。耘耔輸井臼，蠶績允衣裘。尚享黄髮期，庶幾諧首丘。」

〔二〕柳宗元覺衰詩：「久知老會至，不意便見侵。今年宜未衰，稍已來相尋。」句法所本。

〔三〕淮南子天文訓：「東北爲報德之維，西南爲背陽之維，東南爲常羊之維，西北爲蹏通之維。」

〔四〕康駢劇談録：唐乾符中，洛中有豪士，承藉薰蔭，錦衣玉食，極口腹之欲。嘗謂門僧聖剛曰：「凡以炭炊飯，先燒令熟，謂之煉火，方可入爨；不然猶有煙氣難餐。」及大寇先陷瀍、洛，財産剽盡，昆仲數人，與聖剛同潛伏山谷，不食者三日。賊烽稍遠，徒步往河橋道中小店買脱粟飯，於土坏同食，美於粱肉。僧笑曰：「此非鍊炭所炊。」但慚靦無對。

〔五〕世説新語言語：「郗太尉拜司空，語同坐曰：『平生意不在多，值世故紛紜，遂至台鼎。朱博翰音，實愧於懷。』」

〔六〕蘇軾和王子立風雨詩：「願君付一笑，造物亦戲劇。」又遊羅洛佛迹巖詩：「山靈莫惡劇，微命安足賭。」柳宗元寄韋珩詩：「鬼手脱命争纖毫。」

〔七〕炙背，見卷三書懷示友十首其六詩注。

〔八〕史記日者列傳：「賈誼曰：吾已見朝士大夫。」莊子天運：「西施病心而矉，其里之醜人亦捧心而矉。」晉書隱逸戴逵傳：「是猶美西施而學其顰眉。」

〔九〕唐書楊國忠傳：「諸楊湯沐館在宮東垣，連蔓相照。帝臨幸，必徧五家，賞賚不訾計。出有賜，曰『餞路』；返有勞，曰『軟脚』。」大唐遺事：「郭子儀自同州歸，詔大臣就宅作『軟脚局』。」

〔一〇〕菜本，見卷十四早起（曉寒生木枕）詩注。

〔一一〕史記平原君列傳：「士方其危苦之時，易德耳。」

〔一二〕列子天瑞：孔子見榮啓期曰：「善乎，能自寬者也。」漢書匡衡傳：「匡説詩，解人頤。」

【評】

劉辰翁評「久謂事當爾」二句：恨恨無涯，又勝子厚白髮，每見潸然。　又評「我非洛豪士」二句：情語自別。　又評「亦復顰其眉」句：隔世誦此，如對當日避世，常有此不能言。　又評末句：轉换餘情，殆不忍讀，欣悲多態，尚覺北征爲煩。

點校本引增注：中齋云：「此詩盡艱苦歷落之態，雜悲喜憂畏之懷，玩物適意語，時見於奔走倉皇中，杜北征、柳南澗，蓋兼之。」

永樂大典卷八百二十三引羅志仁姑蘇筆記：柳子厚覺衰一首云：「久知老會至，不謂便見侵。」陳簡齋房州避難起語云：「久謂事當爾，豈意身及之。」事不同而情同，有吻合如此。

正月十六夜二絶

正月十六夜，竹籬田父家。明月照樹影，滿山如龍蛇〔一〕。

【箋注】

〔一〕黄庭堅八月十四日夜刀坑口對月詩：「寒藤老木被光景，深山大澤皆龍蛇。」

其二

二更風薄竹，悲吟連夜分。村西遞餘韻，應勝此間聞。

【評】

劉辰翁評末句：又似笛詩。

坐澗邊石上

三面青山圍竹籬，人間無路訪安危〔一〕。扶筇共坐槎牙石〔二〕，澗水悲鳴無歇時。

【箋注】

〔一〕點校本引增注：中齋云：「『人間無路訪安危』，謂竄伏山中，不知外間消息。」

〔二〕庾信枯樹賦：「森梢百頃，槎牙千年。」

正集卷十八

十七日夜詠月〔一〕

月輪隱東峰，奇彩在南嶺〔二〕。北崖草木多，蒼茫映光景。玉盤忽微露〔三〕，銀浪瀉千頃。巖谷散陸離，萬象雜形影〔四〕。不辭三更露，冒此白髮頂〔五〕。老筇無前遊，危處有新警。澗光如翻鶴，變態發遥境。回首房州城，山中夜何永。

【校】

〔奇彩〕原本「奇」誤「可」，蔣刻同。馮校：「『可』，從莫校作『奇』，與四庫本合。」按丁鈔、宋詩鈔均作「奇」，今據改。點校本引李氏藏本亦作「奇」。〔雜形影〕丁鈔「雜」誤「離」。

【箋注】

〔一〕輿地紀勝卷八十六房州房陵郡引「回首房州城，山中夜何永」二句。按獨立詩云：「偷生亦聊爾，難與衆人言。」採菖蒲詩云：「明朝却覓房州路，飛下山顛不要扶。」想見山中愁苦之狀。

〔二〕謝靈運遊南亭詩：「遠峰隱半規。」謝莊月賦：「揚彩軒宫。」

〔三〕李白古朗月行：「小時不識月，呼作白玉盤。」

〔四〕景德傳燈録卷三十一鉢歌：「青天寥寥月初上，此時影空含萬象。」

〔五〕杜甫毒熱寄簡崔評事十六弟：「執熱露白頭。」

【評】

劉辰翁評「澗光如翻鶴」句：甚新。

獨立

籬門一徙倚〔一〕，今夜天星繁。獨立人世外，唯聞澗水喧。叢薄凝露氣〔二〕，群峰帶春昏〔三〕。偷生亦聊爾〔四〕，難與衆人言〔五〕。

【箋注】

〔一〕屈原遠遊：「步徙倚而遥思。」王逸注：「彷徨東西，意愁憤也。」

〔二〕淮南子俶真訓：「獸走叢薄之中。」高誘注：「聚木曰叢，深草曰薄。」

〔三〕李賀感諷詩：「春昏弄長嘯。」

〔四〕荀子榮辱篇：「以偷生反側於亂世之間。」世説新語任誕：「未能免俗，聊復爾耳。」

〔五〕司馬遷報任安書：「然此可爲智者道，難爲俗人言也。」

【評】

劉辰翁評末句：最是情鍾此語。

採菖蒲

閑行澗底採菖蒲〔一〕，千歲龍蛇抱石臞〔二〕。明朝却覓房州路，飛下山顛不要扶〔三〕。

【校】

〔不要〕全芳備祖後集卷十一「要」作「用」。

【箋注】

〔一〕本草：「菖蒲，採石澗所生緊如魚鱗者，服之輕身。」耆域方：「石菖蒲，服之，行如奔馬。」

〔二〕蘇軾和子由園中菖蒲詩：「下有千歲根，蹙縮如蟠虬。」

〔三〕杜甫寄薛三郎中詩：「上馬不用扶。」白居易不準擬詩：「上山仍未要人扶。」蘇軾送喬仝詩：「上山如飛瞋人扶。」

與信道遊澗邊〔一〕

斜陽照亂石，顛崖下雙筇。試從絶壑底，仰視最奇峰。迴碕發澗怒〔二〕，高靄生樹容。半巖菖蒲根，翠葆森伏龍〔三〕。豈無避世士，於此儻相逢〔四〕。客心忽悄愴，歸路迷行蹤。

【箋注】

〔一〕孫確，字信道，已見卷十七與季申信道自光化復入鄧書事四首其一詩注。此時蓋與夏致宏、張巨山同避地來山中者。

〔二〕左思吴都賦：「碕岸爲之不枯。」

〔三〕杜牧華清宫三十韻詩：「嫩嵐滋翠葆。」

〔四〕蘇軾過宜賓詩：「豈無避世士，高隱煉精魂。」

【評】

劉辰翁評「豈無避世士」四句：正可如此。

詠西嶺梅花

雨後衆崖碧，白處紛寒梅。遥遥迎客意，欲下山坡來。窮村愛春晚，邂逅今日開。絳領承玉面，臨風一低回。折歸無可贈〔一〕，孤賞心悠哉〔二〕。

【校】

〔窮村〕聚珍本「村」作「谷」。

【箋注】

〔一〕折贈，見卷四送張仲宗押載歸閩中詩注。

〔二〕柳宗元遊南亭詩：「孤賞誠所悼。」

【評】

劉辰翁評「絳領承玉面」句：拙。

遊南嶂同孫信道〔一〕

遥瞻南嶂深復深，雙崖與天藏太陰。青鞋濟勝不能懈〔二〕，踏破積雪窮崎嶔。空中朽樹抱孤篠，無竅蒼壁生橫林。孤禽三叫危石裂〔三〕，欲返未返神蕭森。磴迴忽然何處所，當面煙如翠蛟舞〔四〕。石門泄風無晝夜，古木截道藏雷雨。丹丘赤城去幾許〔五〕，下視人間足塵土〔六〕。放身天地不自知〔七〕，導以龍蛇翼熊虎。山中異事記今晨，杖藜得道孫與陳。

【校】

〔放身天地不自知〕二句，原本誤置篇首，蔣刻同誤，馮校：「二句在『塵土』下。」丁鈔、聚珍本、宋詩鈔此二句均在「塵土」下，今據移。

【箋注】

〔一〕輿地紀勝卷八十六房州房陵郡引簡齋遊南嶂詩二句：「石門泄風無晝夜，古木截道藏雷雨。」

〔二〕濟勝，見卷十五遊董園詩注。

〔三〕國史補卷下：李牟月夜泛舟，吹煙竹笛。俄有客呼船請載，既至，請笛而吹，其聲清壯，山石可裂。及入破，呼吸盤擗，其笛應聲粉碎。

〔四〕蘇軾洞霄宮詩：「庭下流泉翠蛟舞」。

〔五〕孫綽遊天臺山賦：「赤城霞起而建標。」又：「仍羽人於丹丘。」點校本引增注：「丹丘、赤城皆在天臺。赤城山，其上石壁霞色，望之如雉堞，故名。楚辭晦庵注：『丹丘，晝夜常明之處也。』」

〔六〕白居易夢仙詩：「半空直下視，人世塵冥冥。」

〔七〕五代史一行傳論：「孰若無愧於心，放身而自得。」

【評】

劉辰翁評「古木截道藏雷雨」句：此詩兩「藏」字，「雷雨」、「太陰」全犯。

遊東巖〔一〕

散策東巖路，夢中曾記經〔二〕。斜暉射殘雪，崖谷遍晶熒。鵶鳴山寂寂，意迴川冥冥。乘興欲窮討，會心還少停〔三〕。新晴遠村白，薄暮群峰青。危途通仙境，勝日行畫屏〔四〕。豈獨淨一念〔五〕，將期朝百靈〔六〕。不同南澗詠，悲慨滿中扃〔七〕。

【校】

〔崖谷〕原本「崖」作「巖」，據聚珍本改。〔少停〕丁鈔、聚珍本「少」作「小」，點校本引李氏藏本同。

【箋注】

〔一〕輿地紀勝卷八十六京西南路房州房陵郡保康軍節度引「新晴遠村白，薄暮群峰青」二句。

〔二〕蘇軾書王晉卿山水詩：「夢中記我亦曾遊。」

〔三〕世説新語任誕：王子猷曰：「吾本乘興而行，興盡而返。」會心，見卷十五登城樓詩注。

〔四〕勝日，見卷十四同楊運幹黄秀才村西買山藥詩注。李白贈崔秋浦詩：「山逼畫屏新。」柳宗元宿界圍巖詩：「幽巖畫屏倚。」

〔五〕景德傳燈録卷九潭州潙山靈佑禪師云：「一念頓悟自理，猶有無始曠劫習氣，未能頓浄。」

〔六〕杜甫橋陵詩三十韻因呈縣内諸官詩：「兹山朝百靈。」

〔七〕柳宗元南澗中題詩：「孤生易爲感，失路少所宜。索寞竟何事？徘徊祇自知。」東坡嘗題此詩後云：「柳儀曹南澗詩，憂中有樂，樂中有憂，蓋絶妙古今矣。然老杜云：『王侯與螻蟻，同盡隨丘墟。』儀曹何憂之深也！」淮南子主術篇：「中扃外閉。」

【評】

劉辰翁評「乘興欲窮討」二句：學始至若有得。又評末句：極自洗煉。

晚望信道立竹林邊

修竹林邊煙過遲，幅巾藜杖立疎籬〔一〕。恨無顧陸同攜手，寫取孫郎覓句時〔二〕。

【校】

〔覓句時〕原本「時」作「詩」，據丁鈔、聚珍本改。

【箋注】

〔一〕後漢書符融傳：「融幅巾奮袠，談辭如雲。」李賢注：「幅巾者，以一幅爲之也。袠，古袖字。」

〔二〕北史辛術傳：術少愛文史，其定淮南，惟大收典籍，「並顧陸之徒名畫，二王以下法書，數亦不少。」談賓録（説郛本）：「晉以來顧長康、陸探微爲畫家之祖。」名畫記：「上古之畫，迹簡而意淡，顧陸之流是也。」世説新語巧藝：謝太傅云：「顧長康畫，有蒼生來所無。」藝文類聚卷七十四載梁元帝謝東宮賚陸探微畫啓，稱其「工踰畫馬，巧邁圖龍」。

雨晴徐步

百年幾晴朝，徐步山徑濕。忽悟春已深，鳴禽飛相及〔一〕。雪消衆緑浄，霧罷群峰立〔二〕。澗邊千嵁巖，今日可復集〔三〕。

【校】

〔可復集〕原本「可」作「何」，點校本引李氏藏本作「可」，於義爲長，今據改。

【箋注】

〔一〕謝朓夏始和劉潺陵詩：「浮雲去欲窮，暮鳥飛相及。」

〔二〕韓非子難勢篇：「雲罷霧霽，而龍蛇與螾螘同矣。」

〔三〕莊子在宥：「故賢者伏處大山嵁巖之下。」王先謙莊子集解：「俞云：嵁，當爲湛。文選封禪文李注：湛，深也。山以大言，巖以深言。」

【評】

劉辰翁評末句：似可漸近晉人，酷欲復勝南磵，亦不可得，然已逼。

同信道晚登古原

幽懷忽牢落，起望登古原〔一〕。微吹度修竹，半林白翻翻。日暮紛物態，山空銷客魂。惜無一樽酒，與子醉中言〔二〕。

【箋注】

〔一〕李商隱登樂遊原詩：「向晚意不適，驅車登古原。」

〔二〕杜甫春日憶李白詩：「何時一樽酒，重與細論文。」

【評】

劉辰翁評末句：甚似，甚似。

岸幘

岸幘立清曉〔一〕，山頭生薄陰。亂雲交翠壁，細雨濕青林。時改客心動，鳥鳴春意深。窮鄉百不理，時得一閑吟。

【校】

〔青林〕朱子語類卷一百四十引「林」作「松」，誤。〔鳥鳴〕瀛奎律髓卷十七「鳴」作「啼」。點校本引增注：閩本作「鳥啼」。

【箋注】

〔一〕晉書謝安傳附兄奕傳：奕在桓温坐，「岸幘笑詠，無異常日」。

【評】

劉辰翁評「亂雲交翠壁」二句：此以上句勝。

瀛奎律髓卷十七紀昀評：此有杜意。又云：五、六有味。

雨

雲起谷全暗，雨晴山復明〔一〕。青春望中色，白澗晚來聲。遠樹鳥群集，高原人獨耕。老夫逃世日，堅坐聽陰晴。

【校】

〔全暗〕潘本、丁鈔、宋詩鈔「暗」作「曙」。〔雨晴〕原本「晴」作「時」，據潘本、丁鈔、聚珍本改。〔逃世日〕潘本、丁鈔、聚珍本「日」作「久」，宋詩鈔同。

【箋注】

〔一〕虞世南雨後應令詩：「日下林全暗，雲收嶺半空。」

【評】

瀛奎律髓卷十七紀昀批：語不必奇，而情迥無甜熟之味。

醉中至西徑梅花下已盛開

梅花亂發雨晴時，褪盡紅綃見玉肌。醉中忘却頭邊雪〔一〕，横插繁枝歸竹籬。

【箋注】

〔一〕杜甫寄杜位詩：「鬢髮還應雪滿頭。」

出山二首〔一〕

陰巖不知晴，路轉見朝日。獨行修竹盡，石崖千丈碧。

【箋注】

〔一〕輿地紀勝卷六十二荆湖南路武岡軍詩輯，引「山空樵斧響」二句。按此二首及下入山二首，輿地紀勝所引均編在荆湖南路武岡軍詩輯中，則此四首當是建炎四年客邵州所作，原本編次偶誤。

其二

山空樵斧響，隔嶺有人家〔一〕。日落潭照樹，川明風動花。

【校】

〔隔嶺〕輿地紀勝卷六十二引「隔」作「陽」。

【箋注】

〔一〕參寥東園詩:「隔林彷彿聞機杼,知有人家在翠微。」

入山二首〔一〕

出山復入山,路隨溪水轉。東風不惜花,一暮都開遍。

【箋注】

〔一〕輿地紀勝卷六十二引此首,編入荆湖南路武岡軍詩輯。

其二

都迷去時景,策杖煙漫漫。微雨洗春色,諸峰生晚寒〔一〕。

【校】

〔去時景〕丁鈔、聚珍本、宋詩鈔「景」作「路」。

【箋注】

〔一〕韓愈望秋詩:「長安雨洗新秋出。」

寒食

竹籬寒食節，微雨澹春意。喧譁少所便〔一〕，寂寞今有味。空山花動摇，亂石水經緯。倚杖忽已晚，人生本何冀。

【箋注】

〔一〕謝靈運過始寧墅詩：「拙疾相倚薄，還得静者便。」劉長卿歸弋陽山居詩：「偶俗機偏少，安閑性所便。」又卧病喜田九見過詩：「不解謝公意，翻令静者便。」

清明

雨晴閑步澗邊沙，行入荒林聞亂鴉。寒食清明驚客意，暖風遲日醉梨花〔一〕。書生投老王官谷〔二〕，壯士偷生漂母家〔三〕。不用鞦韆與蹴踘〔四〕，只將詩句答年華。

【校】

〔雨晴〕瀛奎律髓卷二十六作「清明」。〔遲日、梨花〕原本「遲」作「晴」，「梨」作「黎」，據潘本、丁鈔、聚珍本改。

【箋注】

〔一〕全唐詩卷五百六十五韓琮春愁詩：「勸君年少莫遊春，暖風遲日濃於酒。」

〔二〕唐書司空圖傳：「圖本居中條山王官谷，有先人田，遂隱不出。作亭觀素室，悉圖唐興節士文人，名亭曰休休，作文以見志。」投老，見卷十四秋夜詠月詩注。

〔三〕史記淮陰侯列傳：「信釣於城下，諸母漂，有一母見信飢，飯信，竟漂數十日。」

〔四〕古今藝術圖：「以綵繩懸木立架，士女坐立其上，推引之，謂之鞦韆。」漢書藝文志：蹴踘二十五篇。顏注：「鞠，以韋爲之，實以物，蹴蹋爲戲樂也。」荆楚歲時記：「寒食有打毬、鞦韆、施鉤之戲。」杜甫清明詩：「十年蹴踘將雛遠，萬里鞦韆習俗同。」

【評】

瀛奎律髓卷二十六：三、四變體，又頗新異。嗚呼！古今詩人，當以老杜、山谷、後山、簡齋四家爲一祖三宗，餘可預配饗者有數焉。　馮舒評：山谷著他看門，後山著他掃地，簡齋姑用捧茶。又評「壯士偷生漂母家」句：史只言進食，不曾到漂母家，子美有此漏逗否？　又馮班評：「偷生漂母家」，不惟「家」字不穩，一句全不妥。

與夏致宏孫信道張巨山同集澗邊以散髮巖岫爲韻賦四小詩〔一〕

哦詩谷虚響，散髮下巖半。披叢澗影摇，集鳥紛然散。

【校】

〔夏致宏〕丁鈔「宏」作「弘」。〔散髮〕聚珍本作「微步」，點校本引李氏藏本同。

【箋注】

〔一〕嵇康幽憤詩：「採薇山阿，散髮巖岫。」按張嵲字巨山，襄陽光化人，簡齋表姪。嘗學詩於簡齋。紹興中，官司勳員外郎，中書舍人，實録院修撰。有紫微集三十六卷，今有四庫輯本。簡齋墓誌即其所作。事蹟見宋史卷四百四十五文苑本傳。本傳稱其宣和三年上舍中第後，「調唐州方城尉，改房州司刑曹」，此時當在房州任，與孫確、夏珙亦因避寇入山，得與簡齋相會。建炎以來繫年要録卷八十九：「紹興五年五月丙子，左迪功郎張嵲特改左承仕郎。嵲，光化人。（原注：「熊克小歷云：嵲，襄陽人也。今從曾慥百家詩序。」）早從陳與義學詩，以薦召對，遂除祕書省正字。」輿地紀勝卷八十七京西南路光化軍人物：「張士遜，東都事略云：士遜，光化人。」又：「石滲字會川，光化人。博通古今，其詩淡泊，時出偉麗。仕既不遭，晚歲自晦於田里，官至朝散郎，有滄浪集十卷，陳與義去非爲作集引。子嵲，字巨山。陳去非少學詩於會川，巨山復問詩於去非。既登科，以文學受知當路，終敷文閣待制，嘗上中興復古詩。」按張士遜爲簡齋外曾祖，會川既爲張嵲之父，則簡齋之表兄，元方、元東兄弟行也。世徒知簡齋少時嘗學詩於崔鶠，鮮有知其亦得法於外家者，賴有輿地紀勝此文載之。然石滌二字不可解，或「石」上蒙上文省「張」字，或「石」字爲「張」字之誤。宋史張嵲傳不載其父、祖之名，諸書亦未見有張嵲封先代制詞。考正德光化縣志卷三鄉賢載石滌事，則全襲輿地紀勝之文，而不言其爲張嵲之父，又删去原文與簡齋關涉處。嘉慶一統志卷三百四十八湖北襄陽府人物石滌條，又全襲正德光化縣志文，無足取也。會川滄浪集，宋史藝文志及晁、陳二目均不載，簡齋所撰滄浪集引亦佚，姑著其目於此，俟再考。按張嵲在當時亦甚有詩名，朱熹文公文集卷六十四答鞏仲至書：「張巨山乃學魏晉六朝之作，非宗江西者。其詩閑澹高遠，恐不可謂不深於詩者也。」劉克莊後村詩話後集卷二：「陳簡齋墓誌，張巨山筆也。稱『公詩體物寓興，清邃超特，紆餘閎肆，高舉横絶，上下陶、謝、韋、柳之間。』又云：『公外王父存誠子善行草書，世俗莫知。公初規模其外家法，晚益變體出新意，片紙數字，得者藏去。』乃知簡齋筆法本存誠子。巨山，簡齋表姪也。……與簡齋五言云：『紛紛世上兒，啾啁亂鳴蜩。惟公妙句法，字字陵風騷。……癯瘦藏真美，和平蓄餘豪。……顧我吟風苦，知公心力勞。……柳韋儻可作，論詩應定交。』他人莫不自夸大，惟巨山能踐其言。」後村詩話同卷又載張嵲論梅聖俞、黃庭堅詩語，皆確有見地者。陳振孫直齋書録解題卷十八：「張巨山集三十卷，中書舍人光化張嵲巨山撰。嵲爲司勳郎，金人再取河南，秦檜惶恐上章，引伊尹『善無常主』及周任『不能者止』之文以自解，嵲之筆也。秦德之，遂擢修注掌制。而其具藁倉卒，誤以伊尹告太甲爲告湯，及周任之言爲孔子自言。時祕書省寓傳法寺，有書其門曰：『周任爲孔聖，太甲作成湯。』秦疑諂館職爲之，多被逐。（此事周必大二老堂詩話亦載之；又朱子語類所論尤詳，四庫提要已引及。）然嵲亦以答檜三折肱之語，謂其貳於己，無幾亦罷。」又徐度却掃編卷下記嵲論柳子厚文，王正德餘師録載嵲序管子文，茲不具引。四庫紫微集提要稱嵲「大抵絶句清和婉約，較勝與義；其他雖未能遽相方駕，而氣體高朗，頗足以自名一家。至古文典雅沉實，亦尚有北宋矩矱。」又言「惟紹興復古詩一章，貢諛秦檜，深玷生平。」則篤論也。按張嵲與簡齋文章姻婭，關係較密，故詳論之。

夏致宏，宋史無傳。胡注：「致宏名廙，嘗任湖北漕。」按張嵲紫微集中與致宏唱酬往來之作甚多，猶可略見其爲人。紫微集卷三十一歲寒堂記：「竹山，古庸國也。宣和六年秋，會邑多故，州度爲令者不足以辦事，欲擇他吏以攝之。於是，令夏珙致宏自房陵丞往莅邑事，以才選也。致宏九江人，文莊英公之裔孫，讀書作文，頗有致思。竹山之政，大抵以此緣飾，非文俗吏所能辦也。」同書卷四有過大包閣寄夏漕致宏五古一首。同卷又有五言長詩一首，題云：「去年十一月十二日，致宏如秦州，僕餞之餘口，復到生口作別。明年六月十二日，僕自竹山避地,泝游上餘口,由生口,復經分手之地。感時書事,奉寄致宏,時建炎四年也。」卷五有七古一首,題云:「夏致宏方城道中以詩見寄,避地窮山,秋雨仍作,因次其韻。」卷六又有偶成寄致宏五律一首。卷七有奉酬致宏贈别七律二首。卷八有戲寄夏致宏、新春偶書寄致宏、和夏致宏詠梅七律各一首。據知致宏名珙,九江人,夏竦之後,宣和六年,嘗自房陵丞攝竹山令,此際則當在京西漕屬,避地入山,得與簡齋酬和也。胡注云「致宏名廙」,與紫微集不合,俟再考。

紫微集卷八有與陳去非夏致宏孫信道遊南澗同賦四首,其一:「策杖南澗邊,菖蒲如緑髮。石亂水流分,山空鳥聲歇。」其二:「山桃深復淺,亂發傍幽巖。無人慰寂寞,晴日自毿毿。」其三:「共坐石上苔,坐久溪陰轉。峰外晚林稠,山腹晴雲散。」其四:「三日山中遊,溪山未全究。却羡畬田人,春晴劇烟岫。」按四詩與簡齋此詩當是一時同遊之作,以簡齋集訂之,第三首當移作第一首爲是。又按紫微集卷二將至臨安途中偶成呈表叔陳給事去非詩:「末契託外親,夙昔承顧盼。鄧鄙聽論詩,房陵共遭亂。蒼黄南山路,大雪將没骭。事定訪田家,山花已如霰。燃薪代燈燭,新詩仰華絢。雨餘登近嶺,春晴集南澗。彷佛紙坊山,泉石眼中見。」云云。詩爲紹興五年張嵲以薦召對,除祕書省正字前,至臨安途中之作,所叙即此際房州避虜入南山時事也。

【評】

劉辰翁評此詩：南礀。

其二

亂石披淺流，水紋如紺髮〔一〕。馳暉忽西没〔二〕，林光相映發。

【校】

〔披淺流〕丁鈔作「飛沙淺」。聚珍本「淺流」作「沙淺」。

【箋注】

〔一〕白居易送毛仙翁詩：「紺髮絲並緻。」

〔二〕謝朓送西府同僚詩：「馳暉不可接。」

【評】

劉辰翁評此詩：輞川。

其三

舉頭山圍天，濯足樹映潭。山中記今日，四士集空巖〔一〕。

【校】

〔山圍天〕丁鈔「山」作「四」。

【箋注】

〔一〕四士，謂夏致宏、孫信道、張巨山及己也。

其四

張子卧石榻，夏子理泉竇，孫子獨不言，搘頤數煙岫〔一〕。

【箋注】

〔一〕搘頤，見卷十四寓居劉倉廨中晚步過鄭倉臺上詩注。

【評】

劉辰翁評此詩：並畫。

出山宿向翁家〔一〕

紙坊山絶頂，直下夕陽斜。却看來處路，南北兩巖花。田翁邀客宿，笑指林下家。問我出山意，無乃貴喧譁〔二〕？

【校】

〔來處路〕原本「處路」作「路處」，據丁鈔、聚珍本改。輿地紀勝卷八十六引亦作「處路」。點校本引李氏藏本同。

【箋注】

〔一〕胡譜：「建炎二年戊申，至春末出山，至青溪，有石壁詩。」輿地紀勝卷八十六京西南路房州房陵郡保康軍節度詩輯引「紙坊山絶頂，直下夕陽斜，却看來處路，南北兩巖花」四句。按陳杰自堂存稿卷一有七言古詩一首，題云：「武岡向權叔家有陳、魏祠堂，合祀簡齋、鶴山，惟兩公世異事殊，實難牽合，諸公既極推引，復徵予言。」詩云：「簡齋以詩冠兩都，鶴山以文擅江東。兹溪僻在萬山底，遼絶安能來兩公？或撞天關忤九虎，或走窮海隨六龍。畏途迂車一笑粲，遠謫信仗雙音跫。誰其主者林下叟(原注：句指陳簡齋)，又誰嗣之大雅翁(原注：句指魏鶴山)。詩題田家足渾樸(原注：見陳詩)，帖送石刻何春容(原注：魏送學記)。」云云。又王義山稼村類稿卷三亦有武岡向敏衡無加莊詩，詩云：「恭惟陳簡齋，與鶴山魏公……遺跡所到處，百世猶高風。武岡有向氏，乃祖家詩禮。簡齋曾來訪，鶴山亦踵至。」云云，據陳、王二家所記，則此出山宿向翁家詩，當是建炎四年客寓邵州時作，「向翁家」當即「武岡向權叔家」。（參看附録二）然考張嵲紫微集卷二將至臨安途中偶成呈表叔陳給事去非詩（見前引）追叙嵲與簡齋避虜南山時事云：「彷彿紙坊山，泉石眼中見。」則紙坊山當在房州，輿地紀勝以此詩編入房州詩輯，絶非無據。張嵲乃簡齋至親，又躬莅其事，所紀當不誤也。唯輿地紀勝不載紙坊山名，它書亦未見，當再考。

〔二〕蜀都賦：「喧譁鼎沸。」柳宗元酬新茶詩：「出此蓬瀛侶，無乃貴流霞。」

出山道中〔一〕

雨歇滄春曉，雲氣山腰流。高崖落絳葉，恍如人世秋。避地時忽忽，出山意悠悠。溪急竹陰動，谷虛禽響幽。同行得快士，勝處頻淹留。乘除了身世〔二〕，未恨落房州。

【校】

〔竹陰〕聚珍本「陰」作「影」。

【箋注】

〔一〕王象之輿地紀勝卷八十六京西南路房州房陵郡保康軍節度引「同行得快士，勝處頻淹留。乘除了身世，未恨落房州」四句。祝穆方輿勝覽卷三十三京西路房州題詠亦引此四句。

〔二〕韓愈三星行：「名聲相乘除，得少失有餘。」

詠青溪石壁

青溪宜曉日，曲處千丈晦。天開蒼石屏，影落西村外。虛無元氣立，明滅河漢對。人行崢嶸下，鳥急浩蕩内。向來千萬峰，瑣細等蓬塊〔一〕。老夫倚杖久，三嘆造物大。惜哉太史公，意短遺此快。更欲訪野人，窮探視其背。

【校】

〔向來〕丁鈔「來」作「東」。〔造物〕丁鈔、聚珍本、宋詩鈔「物」作「化」。

【箋注】

〔一〕博物志卷六：「徐州人謂壚土爲蓬塊。」按「蓬塊」即「蓬堁」，亦作「蓬顆」，聲之轉也。莊子大宗師篇釋文引崔譔：「齊人以風塵爲蓬堁。」漢書賈山傳注：「東北人名土塊爲蓬顆。」宋玉風賦：「堀堁揚塵。」淮南子主術：「譬猶揚堁而弭塵。」注：「堁，塵，塺也，楚人謂之堁。堁，動塵貌。」隋書五行志：陳初童謡云：「合盤貯蓬塊，無復揚塵已。」

【評】

點校本引增注：中齋云：「此詩擬杜萬丈潭。」

劉辰翁評「老夫倚杖久」二句云：偉哉造物。又評末句：賢於「壯士擲天外」之誕。（按杜甫石筍行：「安得壯士擲天外，使人不疑見本根。」）

正集卷十九

聞王道濟陷虜〔一〕

海内堂堂友，如今在賊圍。虚傳袁盎脱〔二〕，不見華元歸〔三〕。浮世身難料〔四〕，危途計易非。雲孤馬息嶺〔五〕，老淚不勝揮〔六〕。

【校】

〔題〕潘本、丁鈔「虜」作「賊」，聚珍本改「敵」，瀛奎律髓卷三十三、永樂大典卷一萬八百七十七均作「虜」。點校本引明本、李氏藏本作「賊」。〔賊圍〕聚珍本「賊」改作「敵」。〔雲孤〕丁鈔、聚珍本「息」誤「西」。〔老淚〕瀛奎律髓「淚」作「涕」。

【箋注】

〔一〕胡譜：「建炎二年戊申，夏，至均陽，有聞王道濟陷虜詩。」按簡齋是年正月，自鄧州往房州，避寇入南山，抵回谷，春末出山，遂去均陽。詩云「雲孤馬息嶺」，考馬息山在房陵北七十里，馬息驛在房陵縣北六十里，據知詩爲去房赴均道中之作也。宋史地理志：均州武當郡屬京西南路。輿地紀勝卷八十四：「治武當。」按均陽，南朝梁置，唐省。故城在今湖北均縣東北丹江入漢水處，與河南接近。王道濟宋史無傳。黄庭堅山谷外集卷十五有王道濟寺丞觀許道寧山水圖七古一首，史容注本編在元祐二年丁卯山谷在祕書省兼史局時作，疑即其人。（簡齋亦有題許道寧畫詩，見卷四）葉夢得石林詞有滿庭芳一首，題爲「次韻答蔡州王道濟大夫見寄」。道濟知蔡州未知何年，考建炎以來繫年要録，是年二月，尼楚赫陷蔡州時，其守臣爲閻孝忠；道濟守蔡，當在此前也。建炎以來繫年要録卷十二：「建炎二年正月戊子（初三），金女真萬户尼楚赫陷鄧州。丁酉（十二日），金人陷房州。壬子（二十七日），金人焚鄧州。初，上既用李綱議營南陽，於是，留四川輕齎及聚芻粟甚衆，城破，悉爲金有。金又需百工伎藝人及民間金幣，如根括京城之法，凡再旬乃盡。至是，將退師。使人諭城中富民，令獻犀象金銀以謝不死。城中人既出，尼楚赫諭之曰：『大金欲留兵十萬屯於鄧州，爾當供其芻粟。』衆曰：『鄧州多水，非屯兵地。』尼楚赫曰：『爾曹既已投拜，皆大金之民矣。今引兵而去，後有他盜若何？』衆莫對。尼楚赫傳令竭誠北遷，士大夫許調官，緇黄歸寺觀，商賈使居市，農家給田種作。城中傳聞皆大慟。少頃，金兵四面縱火，盡驅城中人入大寨中。後四日，擁之而去。中塗量給食，細民之死者殆盡。」同書卷十三：「二月戊午（初四），尼楚赫陷唐州，遂縱焚掠，城市一空。癸酉（十九日），尼楚赫陷蔡州。初，金人自唐州北歸，守臣直祕閭閻孝忠聞之，先遣其家往西平，依土豪翟沖以避寇，而自聚軍民守城。金圍之數日，城陷於東南隅。居人自東奔者皆達，其餘皆死。知汝陽縣丞郭贇朝服罵賊不肯降，敵執之，贇罵不絶口而死。金人遂焚掠城中而去。孝忠爲所執，金人見其貌陋而侏儒，不知爲守臣，乃令荷擔。孝忠乘間奔西陵。丙子（二十二日），金人陷淮寧府，知府事起復中散大夫向子韶死之。」以上是年正、二月間事。道濟陷虜，當在其時，但不知其在蔡抑在鄧；簡齋至是始聞之也。

〔二〕史記爰盎傳：吴、楚反，「盎以太常使吴。吴王欲使將，不肯。欲殺之，使一都尉以五百人圍守盎軍中。」一從史救之得脱。

〔三〕左傳宣公二年：「鄭公子歸生受命于楚伐宋，宋華元、樂吕御之。二月壬子，戰于大棘，宋師敗績，囚華元，獲樂吕。……宋人以兵車百乘，文馬百駟，以贖華元于鄭，半入，華元逃歸。」

〔四〕岑參衙郡守還詩：「世事何反覆，一身難可料。」

〔五〕輿地紀勝卷八十六京西南路房州房陵郡保康軍節度：「馬息山，在房陵北七十里；馬息驛，在房陵縣北六十里。」嘉慶一統志三百四十九湖北鄖陽府：「馬息山，在房縣北七十五里，有馬息古驛。」

〔六〕文選蘇武詩：「俛仰内傷心，淚下不可揮。」

【評】

劉克莊後村詩話前集卷二：士大夫當離亂時，有幸有不幸者。簡齋云：「浮世身難料，危途計易非。」東萊云：「後死翻爲累，偷生未有期。」誦之皆可悲慨。

瀛奎律髓卷三十二：三、四善用事，五、六有無窮之痛焉。　馮舒評：簡齋如此儘佳。　馮班評：如此用事，可謂清楚。　紀昀評：此亦似杜。　又評：六句千古。　又評：五、六乃良友相期以正之意，非痛詞也。

劉辰翁評末句：愈讀愈恨，諸集所無。

均陽官舍有安榴數株著花絶稀更增妍麗〔一〕

庭際安榴樹〔二〕，花稀更可憐。青旌擁絳節，伴我作神仙〔三〕。遲日耿不暮〔四〕，微陰眩彌鮮。一樽兼百慮，心賞竟悠然〔五〕。

【校】

〔庭際〕全芳備祖卷二十四「際」作「前」。　〔遲日耿不暮〕丁鈔、聚珍本此句作「日遲景不暮」。點校本引明本「遲日」作「日遲」。　〔竟悠然〕丁鈔、聚珍本「竟」作「更」，全芳備祖作「覺」。

【箋注】

〔一〕輿地紀勝卷八十五京西南路均州名宦：「陳與義號簡齋居士，建炎二年知州。」按簡齋知均州，宋史本傳、張嵲墓誌、胡譜均失載，惟輿地紀勝載之。否則此「官舍」詩及以下諸詩皆有難於索解者。觀同通老用淵明獨酌韻詩：「紛紛吏民散，還我以兀然。」又：「向來房州客，採藥危得仙。忽駕太守車，出處寧非天。」觀江漲詩：「可爲一官妨快意，眼中唯覺欠扁舟。」其嘗親蒞職事甚明。和王東卿詩：「來日安榴花尚稀，壓牆丹實已垂垂。」其來均陽，當在夏初；至八月則又離均去岳，其間居官之日甚短。竊意簡齋是年知均州及明年知郢州皆係權攝，非正式除授，故本傳、墓誌皆略去不書。按宋制，權攝官，自太祖、太宗時已累禁之。宋會要輯稿職官六二之三八：「太祖開寶四年五月詔：『今後諸道州縣，不得更差攝官。凡有闕員，晝時以聞，當旋與注官。若正官未到，各以見任他官權管。如有日前已差攝者，限以敕到日停罷。』又太宗太平興國六年十月詔：『應諸道州軍，不得占前州縣官假攝他職。』先是，京西轉運上言：『管内諸州闕員，多以前資官充攝，不給俸禄，恐乖廉耻之道，願一切罷之。』故有是詔。」自後，惟廣南東西路等邊遠惡地，仍許管内保奏權攝外，其餘諸州，不復見有權攝之事。自靖康以來，中原俶擾，各地闕官者衆，復行權攝之事。故宋會要輯稿職官六二之四五：「建炎四年七月十三日詔：『應監司郡守違法差權官並罷。』紹興元年九月五日詔：『諸州縣闕官，除係繁難知縣及係獨員無官可無去處，並許選官權攝幹當，其餘正上令以次官兼權。其未降指揮以前已差攝官並罷。』」據此，則前此嘗有權攝之事，至是復禁之也。又莊季裕雞肋編卷下：「靖康之後，時方用兵，急於人才，故士大夫多奪哀起復。自是凡軍假攝，有不待朝命而行者。已而雖非軍旅及藉材幹，多以急禄而起。」按簡齋是時方丁外艱，蓋亦奪哀起復者。又按建炎以來繫年要録卷二十：「建炎三年二月乙丑，詔：『應緣金人曾到州軍逃避守貳兵官，並令本路監司尋訪，遣歸任。』」簡齋以八月離均州，未詳去職所由。至明年去郢，則因「避貴寇入洞庭」（詳後），但此後不聞有「尋訪遣歸任」之事；而晚步湖邊詩云：「幸無大夫責，得伴諸子遊。」如係正式除授之官，不得云「幸無大夫責」也。據知今年知均、明年知郢，均係權攝無疑。又按洪邁容齋隨筆卷十：「除省郎者，初降指揮，但云除某部郎官。蓋以知州資序者當爲郎中，不及者爲員外郎。」考簡齋於紹興元年始除兵部員外郎，則其不及知州資序甚明。益足證均州、郢州皆是權攝，非正式除授者。

〔二〕文選潘岳閑居賦注引博物志：「張騫使大夏，得石榴。」又廣韻平聲下榴字云：「石榴，果名。博物志云：張騫使西域迴所得。」

〔三〕皇甫冉韋師升仙歌：「絳節青童迎少君。」

〔四〕蘇軾巽亭詩：「梅雪耿黄昏。」

〔五〕謝靈運擬魏太子詩序：「天下良辰、美景、賞心、樂事四者難併。」又詩：「邂逅賞心人，與我傾懷抱。」謝朓京路夜發詩：「文奏方盈前，懷人去心賞。」

【評】

劉辰翁評「青旌擁絳節」二句：無謂之謂。

和王東卿絶句四首〔一〕

少年走馬洛陽城，今作江邊瓶錫僧〔二〕。説與虎頭須畫我，三更月裏影崚嶒〔三〕。

【箋注】

〔一〕胡注：「東卿名震，開封人。宣和初爲太學官，紹興初知沅州，移漕湖北而卒。」按胡寅斐然集卷二十六左朝請大夫王公墓誌銘：「公諱震，字東卿，姓王氏。四世祖仕江南，從其主歸命，遂爲開封人。七歲時，得歐陽公五代史，一讀輒成誦。既冠，遊太學，再舉禮部，登大觀三年上舍第，注均州司法參軍。提舉曾弼愛其才，荐爲教官。政和四年，調太原陽曲丞。七年，改京秩，爲坊州教授，歲滿除太學正。以貧丐外，宣和三年，爲京西轉運司主管文字。七年，改鄜延路經略司主管機宜文字，除判西京國子監。靖康元年，有旨以一時之秀，召赴闕。未赴，轉徙南渡，奉親隱約，雖薪水皆躬之，迄不求人。紹興元年，應荆南鎮撫使辟爲參謀。六年，知沅州。八年，除湖南轉運判官，以母老，丐祠官歸養，主管台州崇道觀。十三年，再爲湖北轉運判官，代還，卜居武陵。十六年七月一日，無疾而終，享年六十有八。通亮純厚，不汲汲進取，廉潔自持，誠心好善。誦前漢書寒暑不懈，爲文典麗，議論有經據，長於詩歌。孝友之志，老而彌篤。有文集二十卷。」同書卷七又有答沅州王守東卿啓、謝湖北王漕東卿啓。簡齋此詩，當是震「轉徙南渡，奉親隱約」時作；詩云「走馬洛陽」，當指震爲京西轉運司主管機宜文字事。按震在京西則抗李彦，在鄜延則抗童貫，其人蓋有足稱者，則墓誌已詳之。

〔二〕傳燈録卷五温州永嘉玄覺禪師「與東陽策禪師同詣曹溪，初到，振瓶攜錫，繞祖三匝。」

〔三〕杜甫題玄武禪師屋壁詩：「何年顧虎頭，滿壁畫瀛洲。」歷代名畫記：「愷之小字虎頭。」沈約鍾山詩：「崚嶒起青嶂。」

其二

來日安榴花尚稀，壓牆丹實已垂垂〔一〕。何時著我扁舟尾，滿袖清風信所之〔二〕。

【箋注】

〔一〕詩詞曲語辭匯釋卷六：「來日，猶云往日也。與作將來解者異。言往日則榴花尚稀，而今則榴子已結也。」按來日，謂初來均陽官舍之日，前均陽官舍詩可證，不必如張氏所釋。

〔二〕鮮于子駿和蘇子由金山詩：「一棹扁舟信所之。」蘇軾南堂詩：「更有南堂堪著客。」又送魯元翰知衡州詩：「冗士無著處。」著，猶安也，置也，容也。參看詩詞曲語辭匯釋卷三。

其三

只今當代功名手，不數平生粥飯僧〔一〕。獨立江風吹短髮，暮雲千里倚崚嶒〔二〕。

【校】

〔倚崚嶒〕丁鈔「倚」作「已」。

【箋注】

〔一〕五代史李愚傳：愚仕唐爲相，時兵革方興，天下多事，而愚動欲依古，時以其迂闊不用。廢帝亦謂愚等無所事，常目宰相曰：「此粥飯僧耳。」以其飽食終日，無所用心也。杜甫貽阮隱居詩：「人物不比數。」

〔二〕王維觀獵詩：「回看射雕處，千里暮雲平。」

其四

平生不得吟詩力〔一〕，空使秋霜入鬢垂。大岳峰前滿樽月，爲君聊復一中之〔二〕。

【箋注】

〔一〕劉禹錫郡齋書懷詩：「謾讀圖書三十車，年年爲郡老天涯。一生不得文章力，百口空爲飽暖家。」

〔二〕魏志徐邈傳：文帝問徐邈曰：「頗復中聖人不？」對曰：「昔子反斃於穀陽，御叔罰於飯酒，臣嗜同二子，不能自懲，時復中之。」

觀江漲

漲江臨眺足消憂，倚杖江邊地欲浮。疊浪並翻孤日去〔一〕，兩津橫卷半天流。黿鼉雜怒爭新穴〔二〕，鷗鷺驚飛失故洲。可爲一官妨快意，眼中唯覺欠扁舟〔三〕。

【校】

〔鷩飛〕潘本作「飛鷩」。　〔唯覺〕點校本引增注：「『唯』，閩本作『微』。」

【箋注】

〔一〕杜甫宿江閣詩：「孤月浪中翻。」

〔二〕木華海賦：「或屑没於黿鼉之穴。」

〔三〕此用王子猷雪夜棹舟訪戴安道事，見世説新語任誕。

【評】

瀛奎律髓卷十七：紀昀評：雄闊稱題。

同左通老用陶潛還舊居韻

故園非無路，今已不念歸。秋入漢水白，葉脱行人悲〔一〕。東西與南北，欲往還覺非〔二〕。勿云去年事，兵火偶脱遺。可憐竛竮影〔三〕，殘歲聊相依。天涯一尊酒，細酌君勿推〔四〕。持觴望江山，路永悲身衰。百感醉中起〔五〕，清淚對君揮。

【校】

〔不念歸〕點校本引增注：「『念』，閩本作『願』。」〔勿推〕原本「推」作「催」，丁鈔作「推」，朱筆改「催」。按陶詩原韻，當作「推」，今據改。點校本引李氏藏本作「摧」，當是「推」字之誤。

【箋注】

〔一〕李白江上寄元大詩：「霜落江始寒，楓葉緑未脱。行客悲清秋，永路苦不達。」

〔二〕韓愈感春詩：「東西南北皆欲往，千山隔兮萬山阻。」

〔三〕竛竮，同伶俜。廣弘明集卷二十九上梁武帝孝思賦序：「年未髫齔，内失所恃，餘喘竛竮，孀媪相長。」

〔四〕杜甫春日憶李白詩：「何時一尊酒，重與細論文？」

〔五〕白居易别韋蘇州詩：「萬感醉中來。」

【評】

劉辰翁評「可憐竛竮影」二句：短短語自可憐。又評末句：自然之然，不忍言好。

同通老用淵明獨酌韻

紛紛吏民散，還我以兀然。悄悄今夕意，鳥影馳隙間〔一〕。向來房州谷，採藥危得仙〔二〕。忽駕太守車，出處寧非天〔三〕。何妨暫閲世，謀行要當先。西齋一壺酒，微雨新秋還。蛛網閃明晦，葉聲餞歲年。呼兒具紙筆，録我醉中言〔四〕。

【校】

〔鳥影〕聚珍本「鳥」作「駒」。

【箋注】

〔一〕張協雜詩：「人生瀛海内，忽如鳥過目。」杜甫貽柳少府詩：「餘生如過鳥。」過隙，見卷二八音歌詩其二注。

〔二〕漢書宣元六王傳：東平王宇曰：「今暑熱，縣官年少，持服恐無處所，我危得之。」孟康注：「危，殆也。」師古注：「危者，猶今之言險不得之也。」唐書李抱真傳：「好方士，謂不死可致。有孫季長者爲治丹，且曰：『服此當仙去。』……餌丹二萬丸，不能食，且死，醫以彘肪穀漆下之。疾少間，季長曰：『危得仙，何自棄也？』益服三千丸，卒。」按此二句言是年春避寇入南山事。

〔三〕蘇軾除夜詩：「出處非人謀。」又寄晁美叔詩：「獨專山水樂，付與寧非天。」

〔四〕杜甫春陵行：「呼兒具紙筆，隱几臨軒楹。」蘇軾和陶飲酒詩：「呼兒具紙筆，醉語輒録之。」

欲離均陽而雨不止書八句寄何子應〔一〕

江城八月楓葉凋，城頭哦詩江動摇。秋雨留人意戀戀〔二〕，水風泛樹聲蕭蕭。綸巾老子無遠策〔三〕，長作東西南北客〔四〕。不如何遜在揚州，坐待梅花映粧額〔五〕。

【校】

〔水風〕聚珍本「風」作「色」，宋詩鈔作「光」，點校本引明本亦作「光」。〔聲蕭蕭〕潘本、丁鈔、聚珍本、宋詩鈔「聲」作「風」，點校本引明本同。

【箋注】

〔一〕胡注：「子應名麒，任太常少卿，張天覺丞相外孫。」按何麒宋史無傳，汪藻浮溪集卷三十有何子應少卿作金華書院要老夫作詩因成長句二首，詩云：「向來奮舌動天意，不怕惠文霜凛凛。忽然飄落九疑山，坐對秋風行兩稔。」同書卷三十一又有題何子應竹君軒一首；卷三十二有次韻何子應七月十八日書事詩二首。又，王十朋梅溪先生後集卷八有題何子應金華圖詩一首，略云：「太平宰相張居士，外甥似舅金華子。胸中萬卷杜陵翁，筆下千篇謫仙李。向來衣冠拜僞楚，我乃宋臣惟有死。何曾著眼癡宰相，況肯低頭驄御史。天邊卿月落九疑，口誦離騷吊湘水。誅茅築室小東山，天下蒼生望公起。」此詩有梅溪自注一條引子應和顏范祠堂詩：「鐵面金華誰氏子，要須相與嗣前塵。」合汪、王二詩觀之，知何麒乃張商英之甥，商英自號無盡居士，故王詩有「張居士」之語。何麒當張邦昌僭號之際，頗著直節。其人似嘗因言事久竄湖、湘者。又，馮時行縉雲文集卷一有和何子應夜讀書詩。張嵲紫微集有贈何子應侍兒詩，則胡注已引，詳見下文。宋詩紀事卷四十二載何麒詩三首，於麒生平事蹟亦未論及。永樂大典卷九百十八引播芳大全集有何子應賀韓少師致仕啓，文長不録。

〔二〕史記范睢列傳：「以綈袍戀戀，有故人之意。」蘇軾西湖詩：「晚雨留人入醉鄉。」

〔三〕世説新語簡傲：「謝萬嘗衣白綸巾，乘平肩車。」沈約長歌行：「局涂頓遠策。」

〔四〕檀弓：「丘也，東西南北之人也。」黄庭堅和兄弟九日詩：「晚作東西南北人。」

〔五〕胡注：「老杜和裴迪早梅詩：『東閣官梅動詩興，還如何遜在揚州。』梅妝，見四卷墨梅詩。先生此句，蓋爲子應侍兒發也。按張巨山贈何子應侍兒絶句云：『何郎當日在房州，曾見梅花倚郡樓。賦罷凌風人已朽，後來白盡幾人頭。』張自注云：『先生有詩贈何，兼及侍兒。』」據此注，則簡齋作此詩時，何麒當在房州。

均陽舟中夜賦〔一〕

遊子不能寐，船頭語輕波。開窗望兩津，煙樹何其多。晴江涵萬象，夜半光蕩摩〔二〕。客愁彌世路，秋氣入天河。汝洛塵未銷，幾人不負戈〔三〕。長吟宇宙内，激烈悲蹉跎〔四〕。

【校】

〔晴江〕原本「晴」誤「情」，據丁鈔、聚珍本改。

【箋注】

〔一〕胡譜：「建炎二年戊申，八月，離均陽，經高舍，度石城，上岳陽，有登樓詩云：『乾坤萬事集雙鬢，臣子一謫今五年。』」

〔二〕杜甫魏將軍歌：「翠蕤雲旓相蕩摩。」

〔三〕建炎以來繫年要録卷十三：「建炎二年二月壬午，初，群盜冀德、韓清乘金人入犯，嘯聚不逞，出没汝、洛之間，有衆萬人，屯留山寺及艾蒿坪。至是，西京留守司統制翟興以輕騎襲之，一擊而潰。德爲興所擒，清脱身遁去。獲財物甚衆，皆給麾下；婦女數百，悉縱還其家。」又宋史高宗紀：「三月壬辰，黏罕焚西京去。庚子，河南統制官翟進復西京。夏四月，翟進以兵襲兀室於河南，兵敗，其子亮死之。進又率御營統制韓世忠、京城都巡檢使丁進等兵，戰於文家寺，又敗。世忠收餘兵南歸。兀室復入西京，尋棄去。」又：「冬十月甲子，楊進復叛，攻汝、洛，命翟進擊之鳴皋山，翟進戰死。」此是年汝、洛一帶亂況也。建炎以來繫年要録卷二十五又云：「建炎三年秋七月乙巳，京西南路招捉副使王俊掠汝州。京西北路制置使翟興聞之，親往招俊。既入境，命塞井夷竈以困興。興至城下，俊欲出兵擊之，興曰：『吾以好意來，而俊敢爾！』命攻之。將士應時登城，俊引其衆遁歸繖蓋山。興按轡入城，秋毫無犯，百姓皆安堵。後三日，引兵至繖蓋山，俊出戰，又敗之。」則「汝、洛」之「塵」，至明年秋仍「未消」也。

〔四〕文選蘇武詩：「長歌正激烈。」杜甫寄高三十五書記詩：「且得慰蹉跎。」

【評】

劉辰翁評「開窗望兩津」二句：自然是箇中。

舟次高舍書事〔一〕

漲水東流滿眼黄，泊舟高舍更情傷。一川木葉明秋序，兩岸人家共夕陽。亂後江山元歷歷，世間歧路極茫茫。遥指長沙非謫去，古今出處兩淒涼。唐人多有此體，蓋書生之便宜也〔二〕。

【箋注】

〔一〕高舍，未詳。詩云：「遥指長沙非謫去，古今出處兩淒涼。」知簡齋此行，已作湖南之計矣。

〔二〕胡注：「按老杜白帝城樓詩、嚴武憶老杜詩，皆用此格。漢賈誼謫爲長沙王太傅。」

【評】

劉辰翁評「亂後江山元歷歷」二句：每以平平傾盡磊塊，故自難得。

石城夜賦〔一〕

初月光滿江，斷處知急流。沉沉石城夜，漠漠西漢秋。爲客寐常晚，臨風意難收〔二〕。三更柁樓底〔三〕，身世入搔頭。

【校】

〔西漢〕丁鈔、聚珍本「西」作「河」，點校本引明本亦作「河」，又引李氏藏本作「兩岸」。

【箋注】

〔一〕石城，郢州子城也。東北南三面基墉皆天造，正西絶壁，下臨漢江。詳見輿地紀勝卷八十四引富水志。嘉慶一統志卷三百四十二湖北安陸府：「石城，今府治。」按簡齋建炎三年九日和粹翁用奇父韻賦九日與義同賦兼呈奇父詩：「去年郢州岸，孤檝對壞郛。」又云：「亦復躋荒戍，日暮野踟躕。」所紀即經石城事也。

〔二〕蘇軾和子由詩：「此心浩難收。」

〔三〕杜甫遊何將軍山林詩：「翻疑柁樓底，晚飯越中行。」

登岳陽樓二首〔一〕

洞庭之東江水西〔二〕，簾旌不動夕陽遲。登臨吴蜀横分地〔三〕，徙倚湖山欲暮時。萬里來遊還望遠，三年多難更憑危〔四〕。白頭弔古風霜裏，老木滄波無限悲。

【校】

〔題〕原本無「二首」兩字，據聚珍本補，宋詩鈔同。〔風霜〕蔣刻句奪「白」字。丁鈔、聚珍本、

〔無限〕原本「限」誤「恨」，丁鈔、潘本、聚珍本、宋詩鈔作「霜風」，點校本引明本、李氏藏本同。瀛奎律髓、宋詩鈔均作「限」，今據改。

【箋注】

〔一〕胡注：「即岳州城西門。據圖志，經始於張燕公，慶曆中，滕宗諒守岳，始加增飾，規制宏敞。」輿地紀勝卷六十七荆湖北路：「岳州巴陵郡岳陽軍節度，今領縣四（按巴陵、平江、臨湘、華容），治巴陵。」同書同卷景物下：「岳陽樓，寰宇記云：『唐開元四年，唐張說自中書令爲岳州刺史，常與才士登此樓，有詩百餘篇，列於樓壁。』岳陽風土記曰：『岳陽樓，城西門樓也。下瞰洞庭，景物寬廣。』皇朝郡縣志云：『慶曆四年，郡守滕宗諒重建，取古今賦詠刻石其上。范文正公仲淹爲之記。』」方輿勝覽卷二十八湖北路岳州：「岳陽樓在郡治西南，南面洞庭，左顧君山，不知創始爲誰。唐開元四年，中書令張說出守是邦，日與才士登臨賦詠，自爾名著。滕宗諒作而新之，范希文爲之記，蘇子美書其丹，邵竦篆其首，時稱四絶。」嘉慶一統志卷三百五十九湖南岳州府古蹟：「岳陽樓在府城西門上。按唐張說詩止有南樓，並無稱岳陽樓者。其與趙冬曦登南樓詩有云：『危樓瀉洞湖，積水照城隅。』是樓在城隅而臨湖岸，所登即岳陽樓也。又唐崔魯詩稱洞庭樓，李群玉又稱洞庭驛樓，意其時樓未定名，岳陽樓於郡署爲南，而洞庭則以湖稱耶？」洞庭湖志（綦世基原本，夏大觀補輯）卷六遊覽：「陳與義去非，汝州葉縣人，登甲科，歷太學博士。南渡後避亂湖、湘，召爲兵部員外郎，累官參知政事。有洞庭野望等詩。」同書卷十一藝文載此詩及下一首，題云「登岳陽樓二首」。

〔二〕輿地紀勝卷六十九荆湖北路岳州景物：「洞庭湖，皇朝郡縣志云：『在巴陵縣西，南連青草，亘赤沙，七八百里。』風土記云：『鼎、澧、沅、湘，合諸蠻黔南之水，匯於洞庭，至巴陵，與荆江合。中有金沙堆，高百尺，延袤十里許。』」嘉慶一統志卷三百五十八湖南岳州府：「洞庭湖在巴陵縣西南，爲湖南衆水之匯。巴陵居其東，華容及澧州之安鄉二縣居其北，常德府之龍陽縣居其西南，沅江縣居其南，長沙府之湘陰縣居其東南。」

〔三〕錢鍾書宋詩選注：「三國時吴和蜀奪取荆州，吴將魯肅曾率兵萬人駐紮在岳陽。」

〔四〕錢鍾書宋詩選注：「這是建炎二年（公元一一二八年）秋天的詩，陳與義從靖康元年（公元一一二六年）春天開始逃難，所以説『三年』。要是明代的『七子』作起來，準會學杜甫送鄭十八虔、登高、春日江村第一首等詩，把『百年』來對『萬里』，正象他們自己一夥人所説：『百年、萬事，何其層見而疊出也！』（李夢陽空同子集卷六十二再與何氏書）」杜甫登樓詩：「萬方多難此登臨。」

【評】

點校本引增注：中齋云：第五、六句用老杜「萬里悲秋長作客，百年多病獨登臺」體。

劉辰翁評「洞庭之東江水西」四句：情景融至，尚屬細嫩。

瀛奎律髓卷一：簡齋登岳陽樓凡三詩，又有巴丘書事一詩，皆悲壯激烈。如「晚木聲酣洞庭野，晴天影抱岳陽樓」；「四年風露欺遊子，十月江湖吐亂洲」；又如「乾坤萬事集雙鬢，臣子一謫今五年」。近逼山谷，遠詣老杜。今全取此首，乃建炎中避地時詩也。白樂天有此樓詩云：「春岸綠時連夢澤，夕波紅處是長安。」下一句好，上一句涉妝點。馮舒評：「簾旌不動」無著落。馮班評：次句瑣碎，氣勢不振。紀昀評：意境宏深，真逼老杜。「簾旌不動」，乃地上閑寂之景，馮氏以爲上下不接，非是。

胡應麟詩藪外編卷五評「登臨吴蜀横分地」二句：此雄麗冠裳，得杜調者也。

其二

天入平湖晴不風，夕帆和雁正浮空。樓頭客子杪秋後，日落君山元氣中〔一〕。北望可堪回白首，南遊聊得看丹楓〔二〕。翰林物色分留少，詩到巴陵還未工〔三〕。

【校】

〔北望〕丁鈔「望」作「看」，宋詩鈔同。

【箋注】

〔一〕劉長卿岳陽館中望洞庭湖詩：「疊浪浮元氣，中流没太陽。」

〔二〕點校本引增注：「博物志：洞庭君山，堯二女居之，曰湘君、湘夫人。又荆州圖經：湘君所遊，故曰君山。楚辭招魂：『湛湛江水兮上有楓，目極千里兮傷春心，魂兮歸來哀江南。』詩意用此。」按增注殊牽强，姑存之以備一説。

〔三〕胡注：「老杜遊岳麓、道林二寺，見宋之問所作，故云：『宋公放逐曾題壁，物色分留與老夫。』李太白有題此樓詩，故先生用是事。」

【評】

劉辰翁評「日落君山元氣中」句：須要一語如此。又評「北望可堪回白首」二句：好。

巴丘書事〔一〕

三分書裏識巴丘〔二〕，臨老避胡初一遊。晚木聲酣洞庭野，晴天影抱岳陽樓。四年風露侵遊子〔三〕，十月江湖吐亂洲〔四〕。未必上流須魯肅，腐儒空白九分頭〔五〕。

【校】

〔避胡〕聚珍本「胡」作「兵」，館臣妄改。

【箋注】

〔一〕吴志吴主傳：「建安十九年，使魯肅以萬人屯巴丘，以禦關羽。」裴松之注：「巴丘，今曰巴陵。」水經湘水：「又北至巴丘山入江。」注：「山在湘水左岸，山有巴陵故城，本吴之巴丘邸閣城也。晉太康元年立巴陵縣於此。」輿地紀勝卷六十九荆湖北路岳州景物：「巴丘山，皇朝郡縣志云：在巴陵縣境，西臨大江。吳使魯肅以萬人屯巴丘，即此。通鑑：青龍二年，漢宗預使吳，對吳王曰：『東益巴丘之戍。』即此也。」嘉慶一統志卷三百五十八湖南岳州府：「巴丘山在府城西南隅，亦名巴陵，又名天岳。」同書卷三百五十九岳州府古蹟：「巴丘故城，即今府治。本名巴丘，晉置巴陵縣，歷代因之。」洞庭湖志卷十一藝文三録簡齋此詩。

〔二〕三分書，指三國志。

〔三〕簡齋自靖康元年正月自陳留避地南奔，至是已三年又十月，舉成數得云四年也。

〔四〕嘉慶一統志卷三百五十八湖南岳州府：「洞庭湖在巴陵縣西南，爲湖南衆水之匯。每夏秋水漲，周圍八百餘里。其沿邊則有青草湖、翁湖、赤沙湖、黄驛湖、安南湖、大通湖並名，合爲洞庭。至冬春水落，衆湖俱涸，則退爲洲汊溝港。」

〔五〕左傳昭公十七年，司馬子魚曰：「我得上流，何故不吉？」吳志吕蒙傳：「知（關）羽居國上流，其勢難久。」按二句言謀國者之無識，不知上流重鎮，當得如魯肅者屯守之，以爲未必須此；書生雖有所知見，無補於廟謨，故自慨「空白頭」而已。此等論時政得失，憂憤深廣，逼近子美。參看卷末里翁行。

【評】

劉辰翁評「晚木聲酣洞庭野」二句：亦是極意壯麗，而語少情。

詩藪外編卷五：周尹潛「斗柄闌干洞庭野，角聲淒斷岳陽城。」陳去非「晚木聲酣洞庭野，晴天影抱岳陽樓。」二君同時，二聯語甚相類，皆得杜聲響，未易優劣。

高步瀛唐宋詩舉要卷六評「晚木聲酣洞庭野」二句：雄秀。又評「十月江湖吐亂洲」句：言水落而洲出也，「吐」字下得奇響。

晚步湖邊〔一〕

客間無勝日〔二〕，世故可暫逃。杖藜迎落照，寒彩偏平皋。夕湖光景麗，晴鶴聲音豪。天長蒹葭響，水落城堞高。萬象各摇動，慰此老不遭〔三〕。楚纍經行地，處處餘離騷〔四〕。幸無大夫責，得伴諸子遨〔五〕。終然動懷抱，白髮風中搔。

【校】

〔大夫責〕聚珍本「責」作「貴」，宋詩鈔同。

【箋注】

〔一〕洞庭湖志卷十一藝文載此詩。

〔二〕杜甫送李長史詩：「客間頭最白。」勝日，見卷十四同楊運幹黄秀才村西買山藥詩注。

〔三〕漢書孫寶傳：「且不遭者可無不爲。」後漢書馮衍傳：「喟然長歎，自傷不遭。」

〔四〕漢書揚雄傳載雄反離騷：「因江潭而淮記兮，欽弔楚之湘纍。」李奇注：「諸不以罪死曰纍。……屈原赴湘死，故曰湘纍也。」

〔五〕按簡齋是年夏知均州，八月，離均陽，上岳陽，官係權攝，故得云「無大夫責」，已於前箋論之。胡注以「（屈）原嘗爲三閭大夫」説之，非。

【評】

劉辰翁評「杖藜迎落照」六句：又選語所不能也。　又評末句：收縱纚纚，類勝前人。

再登岳陽樓感慨賦詩〔一〕

岳陽壯觀天下傳，樓陰背日堤綿綿。草木相連南服内〔二〕，江湖異態欄干前〔三〕。乾坤萬事集雙鬢〔四〕，臣子一謫今五年〔五〕。欲題文字弔古昔，風壯浪湧心茫然〔六〕。

【校】

〔題〕宋詩鈔無「慨」字。　〔古昔〕聚珍本作「今古」。

【箋注】

〔一〕洞庭湖志卷十一藝文三載此詩。

〔二〕顔延年巴陵城樓詩：「衡巫奠南服。」

〔三〕司馬相如上林賦：「蕩蕩乎八川，分流相背而異態。」

〔四〕杜甫暮春題瀼西新賃草堂詩：「身世雙蓬鬢，乾坤一草亭。」

〔五〕簡齋自宣和六年甲辰冬自符寶郎謫監陳留酒税，至是適五年矣。

〔六〕陳師道舟中詩：「惡風横江江卷浪，黄流湍猛風用壯。」李白行路難：「拔劍四顧心茫然。」

【評】

劉辰翁評「草木相連南服内」句：時事隱約。又評末句：寫得至此，氣盡語達，乃不復可加。

里翁行

里翁無人支緩急〔一〕，天雨牆壞百憂集〔二〕。賣衣雇人築得牆，不慮偷兒披户入。夜寒干掫不經過〔三〕，偷兒若來知奈何。君不見巴丘古城如培塿，魯肅當年萬人守〔四〕。

【校】

〔干掫〕原本「掫」誤「陬」，據聚珍本改。

【箋注】

〔一〕史記游俠列傳序：「且緩急人之所時有也。」漢書袁盎傳：「一旦有緩急，寧足恃乎？」

〔二〕韓非説難：「宋有富人，天雨牆壞，其子曰：『不築必將有盜。』暮而果大亡其財。」杜甫有百憂集行。

〔三〕左傳襄公二十五年：「陪臣干掫有淫者。」杜注云：「干掫，行夜。」説文：「掫，夜戒有所擊也。」

〔四〕按此詩亦巴丘書事之旨，特假里翁事發之耳。當互參。

正集卷二十

居夷行[一]

遭亂始知承平樂，居夷更覺中原好[二]。巴陵十月江不平，萬里北風吹客倒[三]。洞庭葉稀秋聲歇，黄帝樂罷川杲杲[四]。君山偃蹇横歲暮，天映湖南白如掃[五]。人世多違壯士悲[六]，干戈未定書生老[七]。揚州雲氣鬱不動[八]，白首頻回費私禱。后勝誤齊已莫追[九]，范蠡圖越當若爲[一〇]？皇天豈無悔禍意[一一]，君子慎惜經綸時[一二]。願聞群公張王室[一三]，臣也安眠送餘日。

【校】

〔湖南〕點校本引李氏藏本「南」作「面」。〔揚州〕原本「揚」誤「楊」，據諸本改。〔悔禍〕丁鈔、聚珍本「禍」作「過」，宋詩鈔同。

【箋注】

〔一〕洞庭湖志卷七事紀：「丁未，高宗建炎元年，金人掠岳州，流賊劉鍾入寇。時金兵潰散，掠岳州。而自宣、靖以來，湖、湘盜賊四起。是年八月，劉鍾入寇平江，據白面寨。加以趙壽之徒，張用、曹成、馬友之衆，縱横爲害，所在殘毁。民非匿山谷，則泛江湖，邑境爲墟。至紹興四年，賊始平。——出丙寅郡志。」按此文略見靖康以來岳州一帶亂況，此簡齋詩所以有「遭亂始知承平樂」之慨也。宋史高宗紀：「建炎二年春正月丙戌朔，帝在揚州。」又：「冬十月甲寅，命揚州濬隍修城，閲江、淮州郡水軍。」按是時金人犯青州，揚州形勢危急，而汪、黄當國，不以爲意。至明年正月，金人連陷青州、濰州，猶「詔百官聞警遣家屬避兵、致物情動揺者，流。」至「二月庚戌朔，始聽士民從便避兵」。時金兵已陷徐州，迫淮甸矣。既而「江淮制置使劉光世阻淮拒金人，敵未至，自潰」。金人犯楚州，又陷天長軍。二月壬子，「内侍鄺詢報金兵至，帝被甲馳幸鎮江府」，始狼狽出奔。此詩云：「揚州雲氣鬱不動。」蓋幸之，亦深憂之也。建炎以來繫年要録卷十八：「建炎二年十二月戊寅，禮部侍郎張浚兼御營使參贊軍事。時金人横行山東，群盜李成輩因之爲亂。金左副元帥宗維將自東平歷徐、泗以趨行在，而宰相黄潛善、汪伯彦皆無遠略，且斥堠不明，東京委之御史，南京委之留臺，泗州委之郡守，所報皆道聽途説之辭，未嘗多以金繒使人伺金之動息。於是淮北屢有警報，而潛善等謂成餘黨，無足畏者。金諜知朝廷不戒，亦僞稱成黨以疑我師。上以邊事未寧，詔百官言所見。吏部尚書呂頤浩上備禦十策，曰：收民心，定廟算，料彼此，選將帥，明斥堠，訓强弩，分甲器，備水戰，控浮橋，審形勢。其説甚備。户部尚書葉夢得亦請上南巡，阻江爲險，以備不虞。上曰：『自揚州至瓜州五十里，聞警而動未晚。』夢得曰：『河道僅容一舟，恐非一日可濟也。』夢得又請以重臣爲宣撫使，一居泗上，總兩淮及東方之師以待敵；一居金陵，總江、浙之路以備退保。上一日召諸軍議事，中軍統制官張俊奏敵勢方張，宜且南渡。復請移左藏庫於鎮江。吏部侍郎劉珏亦言：『備敵之計，兵食爲先，今以降卒爲見兵，以糴本爲見糧，二者無一可恃。維揚城池未修，卒有不虞，何以待敵？』不報。殿中侍御史張守上防江、淮利害六事，大率尤以遠斥堠探報爲先。別疏論金人犯淮甸之路有四，宜取四路帥臣守倅，銓擇能否，各錫緡錢，責之募戰士，儲芻粟，繕甲兵，明斥堠，公賞罰，使之夙夜盡力扞敵。疏至再上。又請詔大臣惟以選將治兵爲急，凡細微不急之務，付之都司六曹。潛善、伯彦滋不悦，及請遣守撫諭京城，守即日就道。至是聞北京陷，議者以爲敵騎且來，而廟堂晏安不爲備。（張）浚率同列爲執政力言之。潛善、伯彦笑且不信，乃命浚兼參贊軍事，與頤浩教習河朔長兵。」按此文記叙當時大敵當前，汪、黄誤國，晏然無備之勢甚詳。簡齋此詩中「后勝誤國」之語，雖若指東京蔡京、王黼之輩誤國之罪而言，其意亦實在汪、黄也。洞庭湖志卷十一藝文三載此詩。

〔二〕論語子罕：「子欲居九夷。」嘉慶一統志卷三百五十八：岳州，禹貢荆州之域，爲三苗國地。

春秋時屬楚，亦爲麋、羅二國地。故詩以「居夷」爲言也。

〔三〕蘇軾大寒步東坡詩：「春風吹倒人。」

〔四〕莊子天運：「黄帝張咸池之樂於洞庭之野。」

〔五〕高適登百丈峰詩：「漢壘青冥冥，胡天白如掃。」

〔六〕陶潛歸去來辭：「世與我而相違。」杜甫移居公安詩：「流年壯士悲。」

〔七〕杜甫苦戰行：「干戈未定失壯士。」

〔八〕漢書高帝紀：「季所居，上常有雲氣。」

〔九〕戰國策：后勝相齊，受秦間金，勸王建朝秦，不修攻戰之備。後齊王入秦，處之松柏之間，餓而死。

〔一〇〕史記越王勾踐世家：「范蠡事越王勾踐，既苦身戮力，與勾踐深謀二十餘年，竟滅吴，報會稽之耻。」

〔一一〕左傳隱公十一年：「天其以禮悔禍于許。」

〔一二〕易屯卦：「君子以經綸。」

〔一三〕左傳宣公十八年：「公孫歸父欲去三桓以張王室。」

又登岳陽樓

岳陽樓前丹葉飛，欄干留我不須歸。洞庭鏡面平千里，却要君山相發揮〔一〕。

【校】

〔不須〕丁鈔、聚珍本「須」作「思」，點校本引明本、李氏藏本同。

【箋注】

〔一〕白居易登東樓詩：「水心如鏡面，千里無纖塵。」蘇軾次韻答劉涇詩：「微風不起鏡面平，安得一舟如葉輕。」劉禹錫楊柳枝詞：「桃紅李白皆誇好，須得垂楊相發揮。」

除夜二首〔一〕

城中爆竹已殘更〔二〕，朔吹翻江意未平〔三〕。多事鬢毛隨節换，盡情燈火向人明。比量舊歲聊堪喜〔四〕，流轉殊方又可驚。明日岳陽樓上去，島煙湖霧看春生。

【校】

〔題〕原本無「二首」二字，據丁鈔補。點校本引李氏藏本同。

【箋注】

〔一〕洞庭湖志卷十一藝文三載此詩，題作「巴陵除夕」。

〔二〕神異經：「西方山中有人長尺餘，見之即病，曰山臊，畏爆竹聲，聞則驚遁。」

〔三〕蘇軾和秦少章詩:「潮打西陵意未平。」

〔四〕去年除夕,簡齋在鄧州,時尼楚赫犯鄧。正月,自鄧奔房,遇虜入南山,所謂「脱命真毫釐」者,故此言「聊堪喜」也。

【評】

瀛奎律髓卷十六:紀昀評:氣機生動,語亦清老,結有神致。又云:末二句閒淡有味。

其二

萬里江湖憔悴身,鼕鼕街鼓不饒人〔一〕。只愁一夜梅花老,看到天明付與春。

【箋注】

〔一〕唐書馬周傳:「京師晨暮傳呼以警衆,周建白置鼓代之,俗曰鼕鼕鼓。」

火後問舍至城南有感〔一〕

魂傷瓦礫舊曾遊,尚想奔煙萬馬遒。遂替胡兒作正月,絶知回禄相巴丘〔二〕。書生性命驚頻試,客子茅茨費屢謀。唯有君山故窈窕,一眉晴緑向人浮〔三〕。

【校】

〔舊曾遊〕點校本引李氏藏本「舊」作「滿」，增注：「『滿』，一作『舊』，非。」〔胡兒〕聚珍本作「他人」，館臣妄改。〔驚頻〕聚珍本作「曾經」。〔屢謀〕原本「謀」誤「諶」，蔣刻同。馮校：「『諶』，從莫校作『謀』，庫同。」今據改。

【箋注】

〔一〕胡譜：「建炎三年己酉，留岳陽，從使君王粹翁借後圃君子亭居之，自號園公。有春寒詩。」按建炎以來繫年要録卷二十四引馮檝時議録，有建炎四年代袁埴與李允文書云：「巴陵先於去年春間延燒殆盡，至夏，又遭貴仲正殘破。」簡齋此詩即建炎三年春間在巴陵作，其借寓君子亭，則在大火覓屋事後。貴仲正即詩題所謂「貴寇」，詳見後箋。

〔二〕左傳昭公十八年：「鄭子產「禳火于玄冥、回禄」，杜注：「玄冥，水神；回禄，火神也。」柳宗元賀王參元失火書：「是祝融、回禄之相吾子也。」

〔三〕韓愈南山詩：「天宇浮修眉，濃緑畫新就。」詩詞曲語辭匯釋卷四：「故，猶仍也；還也；尚也。故窈窕，猶云仍窈窕或尚窈窕也。」

曉登燕公樓〔一〕

欄干納清曉，拄杖追黄鵠〔二〕。燕公不相待，使我立於獨〔三〕。霧收天落川，日動春浮木。舉手謝時人〔四〕，微風吹野服〔五〕。

【校】

〔題〕原本「曉」作「晚」，據聚珍本改。洞庭湖志卷十一藝文三載此詩亦作「曉」。

【箋注】

〔一〕胡注：「唐張説封燕公，嘗坐累徙岳州。今樓在城北。」輿地紀勝卷六十九荆湖北路岳州古蹟：「燕公樓，在岳陽樓北。滕宗諒序以爲張説作守時作，岳陽風土記以爲後太守所作，小有不同。」嘉慶一統志卷三百五十九湖南岳州府古蹟：「岳陽樓在府城西門上。……其後太守於樓北百步復創樓，名曰燕公樓。」

〔二〕韓詩外傳：田饒事魯哀公，不見察，謂哀公曰：「夫黄鵠一舉千里，止君園池，貴之，以其從來遠也。今臣將去，黄鵠舉矣。」

〔三〕莊子田子方：「孔子見老聃，老聃新沐，方將被髮而乾，慹然似非人。孔子便而待之，少焉見曰：『丘也眩與？其信然與？向者先生形體掘若槁木，似遺物離人而立於獨也！』」杜甫觸目詩：「鸞皇不相待。」

〔四〕列仙傳：「王子喬乘白鶴，舉手謝時人而去。」

〔五〕禮記郊特牲：「草笠而至，尊野服也。」

【評】

劉辰翁評「欄干納清曉」二句：覓脱情語。　又評「霧收天落川」句：勝下句。

火後借居君子亭書事四絶呈粹翁〔一〕

天公惡劇逐番新〔二〕，賴是今年有主人。　君子亭中眠白晝，燕公樓上眺青春。

【箋注】

〔一〕胡注：「粹翁姓王名接，樞密彦霖名巖叟之子。」王接事蹟未詳。宋史王巖叟傳：「王巖叟，字彦霖，大名清平人。」「元祐六年，拜樞密直學士簽書院事。」卒年五十一。本傳不載其子孫名字。建炎以來繫年要録卷一百六：「紹興六年十一月丁卯，太常謚王巖叟曰恭簡。以其孫右迪功郎循友有請也。」不知循友即粹翁之子因叔否（因叔詳後）。張芸叟撰巖叟墓誌，三朝名臣言行録有摘引，亦不及其子孫，俟再考。簡齋春寒詩：「二月巴陵日日風，春寒未了怯園公。」自注：「借居小園，遂自號園公。」方輿勝覽卷二十八湖北路岳州名賢：「陳與義嘗假館郡圃，所居室自號簡齋。」按簡齋之號不始於居岳州時，劉辰翁已辨之，祝氏此説蓋沿胡注而誤。詳見卷十五題簡齋詩箋注。又袁説友東塘集卷七有絶句一首，題爲：「故參知政事陳公嘗寓郡圃，號曰簡齋，今舊址尚存。」詩云：「胸中元自有江山，故向巴丘見一斑。明月清風收拾盡，簡齋詩遂滿人間。」亦沿誤也。

〔二〕蘇軾遊羅洛佛迹巖詩：「山靈莫惡劇，微命安足賭。」

其二

祝融回禄意佳哉〔一〕，挽我梅花樹下來。一夜東風不知惜，月明滿樹十分開。

【箋注】

〔一〕祝融，見卷四雨詩注。回禄，見本卷前火後問舍至城南有感詩注。

其三

斫竹和梢編作籬，微風如在竹林時。無人來訪龐居士〔一〕，晚日疎陰光陸離〔二〕。

【箋注】

〔一〕傳燈録卷八：襄州居士龐藴者，衡州衡陽縣人也。字道玄。有詩偈三百餘篇傳於世。

〔二〕廣雅釋訓：「陸離，參差也。」

其四

入山從此不須深，君子亭中人不尋。青竹短籬圍晝静，梅花兩樹照春陰。

用前韻再賦四首

西園芳氣雨餘新，喚起亭中入定人〔一〕。爲報使君多釀酒，梅花落盡不關春。

【校】

〔題〕原本作「再賦」，據聚珍本改。點校本引明本、李氏藏本同。

【箋注】

〔一〕入定，見卷九次韻謝天寧老見貽詩注。

其二

揚州雲氣鬱佳哉，百慮方横吉語來〔一〕。却看詩書安隱在〔二〕，竹籬陰裏得時開。

【校】

〔揚州〕原本「揚」誤「楊」，據聚珍本改。　〔安隱〕聚珍本「隱」作「穩」。點校本引增注：「按佛書『隱』讀與『穩』同。」

【箋注】

〔一〕建炎以來繫年要録卷十九：「建炎三年春正月庚辰朔，上在揚州。丁亥，金人陷青州，又陷濰州，焚其城而去。戊戌，御史中丞張澂以邊事未寧，請詢於衆，爲禦寇之策。」時呂頤浩、葉夢得、張守諸人皆有所論列，而汪、黄不能納。「庚子，詔：『有警而見任官輒搬家者，徒二年；因而摇動人心者，流二千里。』由是士大夫皆不敢動。」按庚子爲正月二十一日。詩云「百慮方横吉語來」，當指庚子詔書而言。時揚州形勢危急，而防淮、渡江，迄無定算，故曰「百慮方横」，深以爲憂也。及聞詔旨，而簡齋遠在岳州，無由詳知行在之事，以爲詔書禁輕動，似廟堂已有成算，故曰「吉語來」也。至丙午（正月二十七日），金人陷徐州，韓世忠軍潰於沭陽。己酉（正月三十日），金人犯泗州，帝於是倉皇出走，其間不得再有所謂「吉語」矣。

〔二〕楞嚴經：「是大安隱。」杜甫聞官軍收河南河北詩：「却看妻子愁何在，漫卷詩書喜欲狂。」

其三

危樓只隔一重籬〔一〕，誰見扶筇獨上時。如許江山懶搜句，燕公應笑我支離〔二〕。

【箋注】

〔一〕望燕公樓下李花詩亦云：「燕公樓下繁華樹，一日遥看一百回。」與此言「只隔一重籬」吻合，知簡齋寓居，當在燕公樓側近。

〔二〕莊子人間世：「夫支離其形者猶足以養其身，終其天年，又況支離其德者乎？」

其四

欲識道人門徑深，水仙多處試來尋。青裳素面天應惜〔一〕，乞與西園十日陰〔二〕。

【箋注】

〔一〕蘇軾喜雪詩：「瓊瑶欲盡天應惜，更遣清光續殘月。」

〔二〕漢書朱買臣傳：「買臣乞其夫錢，令葬。」乞，去既切，給與也。左傳昭公十六年：「毋或匄奪。」孔穎達疏：「匄之與乞，一字也，取則入聲，與則去聲也。」秦觀牽牛花詩：「仙衣染得天邊碧，乞與人間向曉看。」

二十一日風甚明日梅花無在者獨紅萼留枝間甚可愛也

昨日梅花猶可攀，今朝殘萼便斕斑。群仙已御東風去，總脱絳袂留林間。

【校】

〔題〕丁鈔、聚珍本無「甚」、「也」二字，點校本引明本同。又引李氏藏本「甚」作「亦」。

詠水仙花五韻

仙人緗色裘，縞衣以裼之〔一〕。青帨紛委地，獨立東風時。吹香洞庭暖，弄影清晝遲。寂寂籬落陰，亭亭與予期。誰知園中客，能賦會真詩〔二〕。

【校】

〔青帨〕原本「帨」作「帨」，據丁鈔、聚珍本改。點校本引李氏藏本亦作「帨」。又引增注云：「『青帨』，據閩本作『帨』，箋本及武岡本作『幌』，非。」全芳備祖卷二十一作「幌」。〔東風〕全芳備祖卷二十一作「春風」。〔寂寂籬落陰，亭亭與予期〕故宮博物院藏簡齋手書此詩墨蹟，此二句作「萬里北渚雲，亭亭竟何期」。疑墨蹟乃簡齋初稿，傳本則後來改定者。又全芳備祖「予」作「子」。〔誰知〕手稿作「唯應」。

【箋注】

〔一〕禮記玉藻：「君衣狐白裘，錦衣以裼之。」鄭注：「裘褻，故爲衣覆之，使可裼也。袒而有衣曰裼。」

〔二〕元稹鶯鶯傳，太平廣記卷四百八十八雜傳記類載之。後人以張生賦會真詩三十韻，又名曰會真記。唐人以詩文張之者，元稹有續會真詩三十韻，楊巨源有崔娘詩，李紳有鶯鶯歌。

【評】

劉辰翁評「仙人緗色裘」二句：語好。又評末句：亦好。

望燕公樓下李花〔一〕

燕公樓下繁華樹，一日遥看一百回〔二〕。羽蓋夢餘當晝立〔三〕，縞衣風急過牆來〔四〕。洛陽路不容春到，南國花應爲客開。今日豈堪簪短髮，感時傷舊意難裁。

【校】

〔豈堪〕全芳備祖卷九「豈」作「喜」。

【箋注】

〔一〕洞庭湖志卷十一藝文三載此詩。

〔二〕杜甫三絶句之二：「一日須來一百迴。」

〔三〕蜀志先主傳：「舍東南角籬上有桑樹生高五丈餘，遥望見童童如小車蓋。先主少時，與宗中諸小兒於樹下戲，言『吾必當乘此羽葆蓋車。』」此借用以喻君國之思，與下「洛陽路」句皆所謂「感時」者。

〔四〕韓愈李花詩：「長姬香御四羅列，縞裙練帨無等差。」王安石寄蔡氏女詩：「積李兮縞夜。」

陪粹翁舉酒於君子亭亭下海棠方開

世故驅人殊未央〔一〕，聊從地主借繩牀〔二〕。春風浩浩吹遊子〔三〕，暮雨霏霏濕海棠。去國衣冠無態度〔四〕，隔簾花葉有輝光〔五〕。使君禮數能寬否，酒味撩人我欲狂〔六〕。

【校】

〔題〕「亭下」之「亭」字原本無，據瀛奎律髓卷二十六補。點校本引李氏藏本亦重「亭」字。

【箋注】

〔一〕文選蘇武詩：「歡樂殊未央。」

〔二〕此簡齋自用秋日客思（卷十六）舊句。

〔三〕杜牧東兵詩：「使逐春風浩浩聲。」

〔四〕荀子修身篇：「容貌、態度、進退、趨行，由禮則雅。」

〔五〕南史夏侯詳傳附子亶傳：亶「晚年頗好音樂，有伎妾十數人，並無被服姿容，每有客，常隔簾奏之。時謂簾爲夏侯妓衣。」蘇軾岐亭贈陳季常詩：「家有紅頰兒，能唱緑頭鴨。行當隔簾見，花霧輕冪冪。」阮籍詠懷詩：「夭夭桃李花，灼灼有輝光。」按此句似暗指粹翁家伎妾，故下文言及「使君禮數」也。

〔六〕杜甫嚴公仲夏枉駕草堂兼攜酒饌得寒字詩：「自識將軍禮數寬。」漢書蓋寬饒傳：「無多酌我，我乃酒狂。」

【評】

瀛奎律髓卷二十六：此詩中四句皆變，兩句説己，兩句説花，而錯綜用之，意謂花自好，人自愁耳。亦其才能驅駕，豈若瑣瑣鐫砌者之詩哉！紀昀評：此從杜詩「風吹客衣日杲杲，樹攪離思花冥冥」化出，却無痕迹。三、四二句又勝「世事紛紛」一聯。又云：「無態度」三字不雅，未熨貼。

春夜感懷寄席大光 郢州〔一〕

管寧白帽且蹁躚〔二〕，孤鶴歸期難計年〔三〕。倚杖東南觀百變，傷心雲霧隔三川〔四〕。江湖氣動春還冷，鴻雁聲迴人不眠。苦憶西州老太守，何時相伴一燈前。

【校】

〔題〕蔣刻題下無「郢州」二字，馮校：「『光』下莫抄注『郢州』，此奪。」〔蹁躚〕原本「蹁」作「便」，據丁鈔、聚珍本改，宋詩鈔同。〔東南〕點校本引李氏藏本作「東風」。增注：「『東南』，閩本作『東風』，此據武岡本。」〔百變〕原本「百」作「北」，馮校：「『北』，當從四庫本作『百』。」丁鈔、宋詩鈔均作「百」，今據改。〔苦憶〕丁鈔「憶」作「意」，宋詩鈔同。

【箋注】

〔一〕胡注：「時大光知郢州。」輿地紀勝卷八十四：「席益，建炎二年知郢州。」按建炎以來繫年要録卷十四：「建炎二年三月癸卯，河東制置使趙宗印自襄陽移屯郢州，守臣席益請之也。」至是年四月，簡齋有「差知郢州」之命（胡譜），當是代席益也。故江行野宿寄大光詩有「平生正出元子下」之語（卷二十四），戲謂席棄而己取也。

〔二〕魏志管寧傳：「常著皁帽、布襦袴、布裙，隨時單複。」藝文類聚卷六十七引魏略：「管寧在家，恒著皁帽。」杜甫嚴中丞枉駕見過詩：「扁舟不獨如張翰，白帽應兼似管寧。」錢謙益注：「『白』，一作『皁』。」

〔三〕見卷十七與季申信道自光化復入鄧書事四首其三詩注。

〔四〕三川謂洛陽，簡齋與席益皆洛人，故有此語。白居易贈皇甫六張十五李二十三賓客詩：「昨日三川新罷守，今日四皓盡分司。」上句謂居易罷河南尹，下句謂己與皇甫鏞、張仲方、李紳四人俱分司東都也。秦置三川郡，其治或云滎陽，或云洛陽，胡三省已辨之。

夜賦寄友

賣藥韓康伯〔一〕，談經管幼安〔二〕。向來甘寂寞，不是爲艱難。微月扶疏樹〔三〕，空園浩蕩寒。細題今夕景，持與故人看。

【校】

〔微月〕丁鈔、聚珍本「微」作「明」，宋詩鈔同。點校本引明本亦作「明」。〔持與故人看〕原本「故」作「古」，據丁鈔、聚珍本改，宋詩鈔同。按胡注引王戎「當於古人中求」云云，知所見本已誤作「古」。

【箋注】

〔一〕後漢書逸民列傳：「韓康字伯休，一名恬休，京兆霸陵人。家世著姓。常采藥名山，賣於長安市，口不二價，三十餘年。時有女子從康買藥，康守價不移。女子怒曰：『公是韓伯休那？乃不二價乎？』康歎曰：『我本欲避名，今小女子皆知有我，何用藥爲？』乃遯入霸陵山中。博士公車連徵不至。」點校本引增注：「胡氏箋：『韓康伯，名伯，晉人也。本傳及世説並無賣藥事，蓋誤用耳。』今按：此正用後漢韓伯休，非誤。蓋古有二名而獨舉一字以成文者，如春秋策書『晉重』、『魯申』，及子美、蘇州詩中『馬卿』、『丁令』之類不一。此蓋合姓、名、字並舉，而減其一字以成文耳。須溪先生詩中用『米嘉』，亦此例。中齋云：『韓康伯乃合姓、名、字而用之，如昔綺里季之類。』」

〔二〕見卷十七寄季申詩注。

〔三〕陶潛讀山海經詩：「孟夏草木長，繞屋樹扶疏。」

陰風〔一〕

陰風三日吹南極，二月巴陵寒裂石〔二〕。長林巨木受軒輊〔三〕，洞庭倒流瀟湘黑。

君不見古廬竹扉聲策策〔四〕，中有跉竮落南客〔五〕。曾經破膽向炎官〔六〕，敢不修容待風伯〔七〕。

【校】

〔題〕原本「風」作「雨」。丁鈔、聚珍本、宋詩鈔均作「風」，洞庭湖志卷十一亦作「風」，今據改。按岳珂寶真齋法帖贊卷二十三載此詩帖，云「按先生集題篇爲陰雨」，則岳氏所見本已作「雨」，與原本合。然詳詩意自以作「風」爲是。〔巴陵〕寶真齋法帖贊「巴陵」作「巳晴」。

【箋注】

〔一〕岳珂寶真齋法帖贊卷二十三陳參政陰雨詩帖，草書七行。（以下載原詩，今略。）岳氏跋云：「右簡齋先生陰雨詩帖真蹟一卷。按先生集題篇爲陰雨，今書則無之，蓋惟以寓草聖也。舊與帖同卷（按：謂簡易帖也），既別詩文，亦別而彙之。贊曰：世謂北客惟暑之畏，亦何至是，先生之詩，殆他有所謂。新亭之泣，如王導輩，亦何嘗賜死于吴地，蓋惟以其舉目有山河之異耳。予侍先君子，每見言及河朔舊事，未嘗不潸然隕涕。嗚呼，先生之作此詩，其亦以是耶！予家河南者三世矣，歲月易易，後生者當不復記，傳此帖以示，庶毋忘斯意。」

〔二〕蘇軾梅詩：「一夜東風吹石裂。」

〔三〕詩六月：「如輊如軒。」杜甫送弟詩：「清海天軒輊。」

〔四〕白居易秋月詩：「落葉聲策策。」

〔五〕文選潘岳寡婦賦：「少伶俜而偏孤兮。」注：「單孑貌。」古猛虎行：「伶俜到他鄉。」伶俜、跉竮、伶俜，字通。韓愈南海神廟碑：「人士之落南不得歸者。」

〔六〕漢書谷永傳：「臣永所以破膽寒心。」顔注：「言懼甚。」韓愈青龍寺詩：「赫赫炎官張火傘。」按此句指是年春岳州大火事，已見火後問舍至城南有感詩箋。

〔七〕檀弓：「子貢入於其廄而修容焉。」

雨〔一〕

霏霏三日雨，藹藹一園青。霧澤含元氣〔二〕，風花過洞庭〔三〕。地偏寒浩蕩，春半客跉竮。多少人間事，天涯醉又醒。

【校】

〔藹藹〕聚珍本作「靄靄」，點校本引明本同。

【箋注】

〔一〕洞庭湖志卷十一藝文三載此詩。

〔二〕見卷十九登岳陽二首其二詩注。

〔三〕李白送陳郎中歸衡陽詩：「迴飈吹散五峰雪，往往飛花入洞庭。」

【評】

瀛奎律髓卷十七紀昀評：三、四笨而滯。又云：寒不可説「浩蕩」，結亦落套。

春寒〔一〕

二月巴陵日日風，春寒未了怯園公〔二〕。借居小園，遂自號園公。海棠不惜臙脂色，獨立濛濛細雨中。

【箋注】

〔一〕洞庭湖志卷十一藝文三載此詩。

〔二〕胡注：「按陳留志：襄邑園，庾始居園中，故代謂之園公。」

次韻傅子文絶句〔一〕

風雨門前十日泥〔二〕，荒街相伴只笻枝。從今老子都無事，落盡園花不賦詩。

【校】

〔荒街〕宋詩鈔「街」作「階」。

【箋注】

〔一〕傅子文，未詳。

〔二〕杜甫狂歌行：「長安秋雨十日泥。」

周尹潛雪中過門不我顧遂登西樓作詩見寄次韻謝之三首〔一〕

曉窗飛雪愜幽聽，起覓新詩自啓扃。不覺高軒牆外過〔二〕，貪看萬鶴舞中庭〔三〕。

【校】

〔題〕原本「潛」下無「雪中」二字，據丁鈔、聚珍本補。又「作詩」，丁鈔、聚珍本作「賦詩」，點校本引明本同。　〔曉窗〕點校本引明本「曉」作「晴」。

【箋注】

〔一〕胡注：「尹潛名莘，錢唐周邠字開祖之孫也。嘗爲岳州決曹掾。苦思爲詩，先生與諸公皆欽畏之。」按瀛奎律髓卷三十二載周尹潛野泊對月有感一首：「可憐江月亂中明，應識逋逃病客情。斗柄闌干洞庭野，角聲淒斷岳陽城。酒添客淚愁仍濺，浪卷歸心暗自驚。欲問行朝近消息，眼中群盜尚縱橫。」注：「尹潛名莘，爲岳陽決曹掾，陳簡齋集屢見詩題。乃錢塘人，東坡所與交周長官開祖之孫也。詩有老杜氣骨，簡齋亦欽畏之。只『江月亂中明』一句便高。三、四悲壯；併結句自可混入老杜集。」紀昀評周莘此詩：「起得超脱。」又云：「深穩之中，氣骨警拔，自是簡齋勁敵。虛谷評亦非過許。」按周莘爲開祖之孫，則詞人周邦彦從姪也。其詩惜不多見，厲鶚宋詩紀事卷四十四亦僅録此一首。

〔二〕唐摭言卷五：「韓文公、皇甫補闕見李長吉，時年七歲，二公不之信，因面試高軒過一篇。」

〔三〕白居易雪中即事寄微之詩：「舞鶴庭前毛稍定。」

其二

堪笑臞仙也耐寒〔一〕，飛花端合上樓看。深知壯觀增詩律〔二〕，洗盡元和到建安〔三〕。

【箋注】

〔一〕司馬相如大人賦：「列仙之儒居山澤間，形容甚臞。」

〔二〕杜甫承沈八丈東美除膳部員外阻雨未遂馳賀奉寄此詩：「詩律群公問。」

〔三〕胡注：「唐元稹傳：稹長於詩，與白居易名相埒，天下傳諷，號『元和體』。劉勰云：『建安體』，陳思爲之傑，劉、王次之。」

其三

敲門俗子令我病，面有三寸康衢埃〔一〕。風饕雪虐君馳去〔二〕，蓬户那無酒一杯〔三〕？

【箋注】

〔一〕列子仲尼篇：「堯微服遊於康衢。」爾雅：「四達謂之衢，五達謂之康。」

〔二〕韓愈祭張員外文：「歲弊寒兇，雪虐風饕。」

〔三〕史記游俠列傳：「故季次、原憲終身空室蓬户。」杜甫江樓夜宴詩：「對月那無酒？」

城上晚思〔一〕

獨憑危堞望蒼梧〔二〕，落日君山如畫圖。無數柳花飛滿岸，晚風吹過洞庭湖。

【箋注】

〔一〕洞庭湖志卷十一藝文三載此詩。

〔二〕蒼梧山，一名九疑山。史記五帝本紀：「（舜）南巡狩，崩於蒼梧之野。」

【評】

王士禛池北偶談：偶與朱錫鬯太史彝尊舉宋人絶句可追踪唐賢者，得數十首，聊記於此。（下舉此詩，今略。）

雨中對酒庭下海棠經雨不謝〔一〕

巴陵二月客添衣，草草杯觴恨醉遲〔二〕。燕子不禁連夜雨，海棠猶待老夫詩〔三〕。天翻地覆傷春色，齒豁頭童祝聖時〔四〕。白竹籬前湖海闊，茫茫身世兩堪悲。

【校】

〔湖海〕瀛奎律髓卷十七「海」作「水」。

【箋注】

〔一〕宋史高宗紀：「建炎三年春正月庚辰朔，帝在揚州。丁亥，金人再陷青州，又陷濰州，焚城而去。丙午，黏罕陷徐州，以騎兵三千取彭城間道趣淮甸。戊申，至泗州。二月庚戌朔，金人犯楚州。辛亥，金人陷天長軍。壬子，帝被甲馳幸鎮江府。是日，金兵過揚子橋。癸丑，游騎至瓜州。是夕，發鎮江，次吕城鎮。金人入真州。甲申，次常州。丙辰，次平江府。丁巳，金人犯泰州。戊午，次吴江縣。金人陷滄州。己未，次秀州。庚申，次崇德縣。壬戌，駐蹕杭州。金人陷晉寧軍。癸亥，下詔罪己。戊辰，金人焚揚州。庚午，金人去揚州。」此是年春正、二月金兵南侵概略也。而岳州是時亦有貴仲正之亂（詳後），此簡齋所以有「天翻地覆傷春色」之慨。洞庭湖志卷十一藝文三載此詩。

〔二〕王安石示長安君詩：「草草杯盤供笑語，昏昏燈火話平生。」

〔三〕杜甫遺興詩：「誦得老夫詩。」

〔四〕韓愈進學解：「頭童齒豁。」

【評】

瀛奎律髓卷十七紀昀評：意境深闊；題外燕子，題内海棠，不覺添出，用筆靈妙。此南渡後詩，故有「天翻地覆」四字。又「海棠猶待老夫詩」句，馮舒評：不好。馮班評：厭。

正集卷二十一

尋詩兩絶句

楚酒困人三日醉，園花經雨百般紅〔一〕。無人畫出陳居士，亭角尋詩滿袖風。

【校】

〔尋詩〕原本「詩」誤「酒」，黄本、蔣刻同。黄校：「『尋酒』，當作『尋詩』。」馮校：「『酒』，從莫校作『詩』。」聚珍本、宋詩鈔作「詩」，今據改。

【箋注】

〔一〕韓愈晚春詩：「百般紅紫鬭芳菲。」

其二

愛把山瓢莫笑儂〔一〕，愁時引睡有奇功〔二〕。醒來推户尋詩去，喬木崢嶸明月中。

【箋注】

〔一〕韋應物寄釋子良史酒詩：「應瀉山瓢裏，還寄此瓢來。」又重寄：「復寄滿瓢去，定見空瓢來。若不打瓢破，終當費酒材。」又答釋子良史送酒瓢：「此瓢今已到，山瓢知已空。」

〔二〕白居易晚亭逐涼詩：「趁涼行繞竹，引睡卧看書。」陳師道贈知命詩：「請將飲酒換吟詩，酒不窮人能引睡。」

寒食日遊百花亭

晴氣已復濁，虚館可淹留〔一〕。微花耿寒食〔二〕，始覺在他州。自聞鞞鼓聒，不恨歲月流。亂代有今夕〔三〕，兹園況堪遊。雲移樹陰失，風定川華收。曳杖新城下，日暮禽語幽。群行意易分〔四〕，獨賞興難周。永嘯以自暢〔五〕，片月生城頭。

【校】

〔今夕〕聚珍本「夕」作「日」。　〔樹陰〕聚珍本「陰」作「影」。

【箋注】

〔一〕謝靈運齋中讀書詩：「虚館絶争訟。」杜甫晦日詩：「二宅可淹留。」

〔二〕蘇軾巽亭詩：「梅雪耿黄昏。」

〔三〕杜甫寄柏學士林居詩：「亂代飄零余到此。」

〔四〕韓愈陪侍御詩：「群行忘後先。」

〔五〕招魂：「永嘯呼些。」

【評】

劉辰翁評「晴氣已復濁」二句：勝選。又評「風定川華收」句：佳語。又評「群行意易分」二句：甚有商量。

王應仲欲附張恭甫舟過湖南久未决今日忽聞遂登舟作詩送之并簡恭甫〔一〕

我身如孤雲，隨風墮湖邊〔二〕。牆東木陰好，初識避世賢〔三〕。從來有名士，不用無名錢〔四〕。披君三逕草，分我一味禪〔五〕。胡爲黄鵠舉，忽上湖南船。竟隨文若去〔六〕，聊伴元禮仙〔七〕。洞庭煙發渚，瀟湘雨鳴川。三老好看客，天高柁樓前〔八〕。子魚獨留滯，坐送管邴還〔九〕。華歆與管寧、邴原相友善，管、邴同縣人也。及還遼東，而子魚獨不與。應仲、恭甫亦同縣人也。作詩相棹謳，寄恨餘酸然〔一〇〕。

【箋注】

〔一〕胡注：「應仲名鉌，紹興壬戌任中書舍人。」按王鉌紹興間歷官起居舍人、中書舍人，兼侍講、實録院修撰，紹興十二年三月庚子卒。事蹟見建炎以來繫年要録卷一百三十一、一百三十五、一百三十七、一百四十二、一百四十四等。張嵲紫微集卷二十有試中書舍人王鉌故父仁恕可特贈承議郎制。劉一止苕谿集卷四十三有范濬王鉌左司都官潘特竦魏良臣右司都官制，稱鉌「安恬樂易，遇事必爲」。同書卷四十六又有程克俊起居郎王鉌起居舍人制，稱其「博物能言，絶出倫類」。簡齋此詩云：「牆東木陰好，初識避世賢。」是鉌當時避地岳州，所居與簡齋鄰近；簡齋是時則寓郡圃君子亭也。胡注又云：「恭甫名叔獻(「叔獻」二字原本誤奪，點校本據李氏藏本補)，樞密(此二字原本在『仲』字下，點校本據李氏藏本移)叔夜稽仲之子，嘗知臨安府。」按張叔夜字嵇仲，開封人。歷官簽書樞密院事，靖康殉難，謚忠文。宋史卷三百五十三有傳。又靖康要録卷三、十三、十六；建炎以來繫年要録卷五載其勤王死節之事甚詳。然諸書皆不著其子孫名字。本傳：「城陷，叔夜被創，猶父子力戰。」靖康要録卷十三：「叔夜率先勤王，以其二子領前後軍，屯陳州門，屢戰有功。」此所稱「父子」、「二子」云云，不知其中有叔獻否，俟再考。簡齋詩又云：「竟隨文若去。」是王鉌隨叔獻舟過湖南，爲避難也。時岳州方有貴仲正之警，詳見後注。

〔二〕陶潛詠貧士詩：「萬族各有託，孤雲獨無依。」

〔三〕後漢書逸民逢萌傳：「初，萌與同郡徐房、平原李子雲、王君公相友善，並曉陰陽，懷德穢行。房與子雲養徒各千人，君公遭亂獨不去，儈牛自隱。時人謂之論曰：『避世牆東王君公。』」胡注：「王君公謂應仲。」

〔四〕史記張耳傳：「耳，魏之名士。」漢書張安世傳：「安世以父子封侯太盛，乃辭禄不受，詔都内别藏張氏無名錢以百萬數。」胡注：「蓋謂恭甫。」按胡注泥於張姓爲説，義殊不貫，此句當仍指應仲。

〔五〕三輔決録：「蔣栩舍中竹下開三徑，唯羊仲、求仲從與之遊。」廣語：「有僧辭歸宗，云：往諸方學五味禪。歸宗云：我這裏有一味禪，爲甚不學？』僧云：『如何是一味禪？』宗便打。」

〔六〕魏志荀彧傳：「荀彧字文若，潁川潁陰人也。……董卓之亂，求出補吏，除亢父令。遂棄官歸，謂父老曰：『潁川，四戰之地也，天下有變，當爲兵衝，宜亟去之，無久留。』鄉人多懷土猶豫。會冀州牧同郡韓馥遣騎迎之，莫有隨者。彧獨與宗族至冀州。……卓遣李傕等出關東，所過虜略，至潁川、陳留而還。鄉人留者多見殺略。」

〔七〕後漢書郭太傳：「郭太字林宗，太原界休人也。……始見河南尹李膺，膺大奇之，遂相友善，於是名震京師。後歸鄉里，衣冠諸儒送至河上，車數千兩。林宗唯與李膺同舟而濟，衆賓望之，以爲神仙焉。」元禮，李膺字。

〔八〕三老，見卷十六題崇山詩注。王定保唐摭言卷十三：「令狐趙公鎮維揚，處士張祜嘗與狎譏,公因視祜,改令曰:『上水船,風又急,帆下人,須好立。』祜應聲答曰:『上水船,船底破,好看客,莫倚柁。』」

〔九〕世説新語德行注引魏志:「(華)歆字子魚。平原高唐人。」又引魏略:「靈帝時與北海邴原、管寧俱遊學相善,時號三人爲一龍。謂歆爲龍頭,寧爲龍腹,原爲龍尾。」

〔一〇〕漢武帝秋風辭:「簫鼓鳴兮發棹歌。」晉書殷仲堪傳:仲堪鎮江陵,將之任,又詔曰:「卿去有日,使人酸然。」

【評】

羅大經鶴林玉露卷四:士大夫若愛一文,不直一文。陳簡齋詩云:「從來有名士,不用無名錢。」

周尹潛以僕有郢州之命作詩見贈有横槊之句次韻謝之〔一〕

一歲憂兵四閲時,偷生不恨隙駒馳。如何南紀持竿手〔二〕,却把西州破賊旗〔三〕。儻有青油盛快士〔四〕,何妨畫戟入新詩〔五〕。因君調我還增氣〔六〕,男子平生政要奇〔七〕。

【校】

〔政要奇〕丁鈔、聚珍本、宋詩鈔「政」作「竟」，點校本引明本、李氏藏本同。

【箋注】

〔一〕胡譜：「建炎三年己酉，四月，差知郢州，有和周尹潛（原本「潛」誤作「贊」）詩。」按簡齋代席益知郢州，宋史本傳及張嵲墓誌均不載，事係權攝也。說已見前。此詩云：「如何南紀持竿手，却把西州破賊旗。」江行野宿寄大光詩：「平生自出元子下。」（卷二十四）似嘗躬莅職事者。然四月受命，五月二日即因避貴仲正之亂入洞庭，其間在郢，爲時甚暫，此後亦不復再歸郢也。歐陽忞輿地廣記卷八：「郢州，春秋、戰國屬楚，秦屬南郡，二漢屬江夏郡，晉、宋爲竟陵郡，唐武德四年曰郢州。今縣二：長壽，京山。」嘉慶一統志卷三百四十二湖北安陸府：「鍾祥縣，北至襄陽府宜城縣界一百二十里。唐武德四年爲郢州治。貞觀元年屬鄀州，八年屬温州，十七年仍爲郢州治，五代及宋因之。本朝爲安陸府治。」

〔二〕詩四月：「滔滔江漢，南國之紀。」杜甫公安送李二十九弟晉肅入蜀余下沔鄂詩：「南紀連銅柱。」杜牧途中一絶詩：「惆悵江湖釣竿手，却遮西日望長安。」

〔三〕白居易與劉十九同宿詩：「紅旗破賊非吾事，黄紙除書無我名。」

〔四〕南史梁宗室上長沙宣武王懿傳附蕭韶傳：「韶昔爲幼童，庾信愛之。……後爲郢州，信西上江陵，途經江夏，韶接信甚薄，坐青油幕下，引信入宴，坐信別榻，有自矜色。」韓愈晚秋聯句：「從軍古云樂，談笑青油幕。」蜀志黃權傳：「黃公衡，快士也。」

〔五〕韋應物郡齋燕集詩：「兵衛森畫戟，宴寢凝清香。」

〔六〕袁宏三國名臣贊：「後生擊節，懦夫增氣。」

〔七〕韓愈試大理評事王君墓誌銘：「天下奇男子王適，願見將軍白事。」

次韻尹潛感懷〔一〕

胡兒又看繞淮春，嘆息猶爲國有人〔二〕。可使翠華周寓縣〔三〕，誰持白羽靜風塵〔四〕？五年天地無窮事〔五〕，萬里江湖見在身〔六〕。共説金陵龍虎氣〔七〕，放臣迷路感煙津〔八〕。

【校】

〔胡兒〕聚珍本「胡兒」作「干戈」，館臣妄改。宋詩鈔闕二字。〔白羽〕潘本「羽」作「扇」。

〔感煙津〕潘本「感」作「惑」，瀛奎律髓同。

【箋注】

〔一〕瀛奎律髓卷三十二以此詩爲紹興元年作，非也。按此詩當是建炎三年春，黏罕破揚州，有痛於汪、黃之誤國而作，故曰「嘆息猶爲國有人」也。自靖康元年至此已四年有奇，詩云「五年天地無窮事」者，舉成數約略言之，或上溯至宣和七年謫居陳留時，不必泥也。若紹興元年，則去靖康之變已六年，與「五年」之數不合；且彼時簡齋已去賀州，不得與周莘唱和也。建炎以來繫年要録卷十九：「建炎三年春正月庚辰朔，上在揚州。丁亥，金人陷青州，又陷濰州。丙午，金左副元帥宗維陷徐州。御營平寇左將軍韓世忠軍潰於沭陽。己酉，金人犯泗州，於泗州之上數十里間計置渡淮。是夕，泗州奏金人且至，上大驚，軍中倉皇以内帑所有通夕搬挈。」同書卷二十：「二月庚戌朔，上駕御舟，泊河岸。都人惶怖，莫知所爲。知天長軍楊晟惇奏已拆浮橋，始詔士民從便避敵，官司毋得禁。上即欲渡江，黄潛善等力請少留竢報，且搬左藏庫金帛三分之一，上許之。户部尚書葉夢得即具舟檝，從大將假二千人津發，一日而畢。然公私舟交河中，跬步不容進矣。金人以數百騎掩至，天長軍統制官俱重、成喜將萬人俱遁。亟遣江淮制置使劉光世將所部迎敵，行都人謂光世必能禦敵，而士無鬭志，未至淮即潰。金人以支軍犯楚州。是日，揚州城内居民争門以出，踐死者無數。從官有詣都堂問二相者，黄潛善、汪伯彦皆曰：『已有措置，不必慮。』百官聞此，復自相慰，以爲知事實者莫如宰相，今既云爾，未宜輕動；居民亦以爲然。夜，江都縣火，皆戍卒自焚其居。壬午，金人陷天長軍。上聞報，即介胄走馬出門，惟御營統制王淵、内侍省押班康履五、六騎隨之。過市，市人指之曰：『大家去也！』俄有宫人自大内星散而出，城中大亂。上與行人並轡而馳。黄潛善、汪伯彦方會都堂，或有問邊耗者，猶以不足畏告之。堂吏呼曰：『駕行矣！』二人乃戎服鞭馬南騖。軍民爭門而出，死者不可勝數。上次揚子橋，一衛士出語不遜，上掣手劍刺殺之。軍民怨黄潛善刻骨，司農卿黄鍔至江上，軍士呼曰：『黄相公在此！』數之曰：『誤國害民，皆汝之罪！』鍔方辨其非是，而首已斷矣。少卿史徽、丞范浩繼至，亦死。給事中兼侍講黄哲方徒步，一騎士挽弓射之，中四矢而卒。是晚，金游騎至揚州。上至鎮江，宿於府治。從行無寢具，上以一貂皮自隨，卧覆各半。癸丑，金游騎至瓜州。民未渡者尚十餘萬，奔迸墮江而死者半之。舟人乘時射利，停橈水中，每一人必一金乃濟。比敵至，皆相抱沉江；或不及者，金兵驅而去。金帛珠玉積江岸如山。是夕，上宿吕城鎮，金人入真州。甲寅，上次常州。乙卯，上至無錫縣。是日，金人去真州。丙辰，上次平江府，始脱介胄，御黄袍，侍衛者皆有生意。丁巳，下詔慰撫維揚遷徙官吏軍民。金人犯泰州。戊午，是夕，上舟泊吴江。是日，金人陷滄州。己未，上次秀州。庚申，御舟次崇德縣。辛酉，御舟泊臨平縣。壬戌，上至杭州。是日，金人陷晉寧軍。癸亥，朝群臣於行宫，降詔罪己。戊辰，金人焚揚州。庚午，金人去揚州。」此所謂「胡兒又看繞淮春」，「可使翠華周寓縣」者也。詩又云「共説金陵龍虎氣」者，建炎以來繫年要録卷二十一云：「三月己卯朔，詔：金人已退，當進幸江寧府，經理中原。」時汪、黄既罷（汪、黄於二月己巳罷，御史中丞張澂上疏劾潛善、伯彦大罪二十，文長不録），方以朱勝非爲相，有進幸江寧之詔，故云。若繫此詩於紹興元年，此等處皆無着落矣。

〔二〕賈誼政事疏：「猶爲陳國有人乎？」

〔三〕司馬相如上林賦：「建翠華之旗。」史記秦始皇本紀：登之罘，刻石：「宇縣之中，承順聖意。」集解：「宇，宇宙。縣，赤縣。」北史周高帝紀：「朕君臨宇縣，十有九年。」宇亦作寓。唐書蘇安恒傳：「唐家親事戎狄，以平寓縣，指河爲誓，非李氏不王，非功臣不封。」謝朓和伏武昌登孫權故城詩：「聖期缺中壤，霸功興寓縣。」

〔四〕裴啓語林：「諸葛武侯持白羽扇，指揮三軍。」

〔五〕杜甫絶句漫興九首詩：「莫思身外無窮事。」

〔六〕牛僧孺贈劉中丞詩：「且鬭樽前見在身。」

〔七〕寰宇記：孔明謂吴帝曰：「鍾山龍蟠，石城虎踞，真帝王都也。」杜甫喜聞賊盗蕃寇摠退口號五首詩：「北極轉愁龍虎氣。」

〔八〕馬融長笛賦：「放臣逐子。」禰衡鸚鵡賦：「放臣爲之屢嘆。」

【評】

瀛奎律髓卷三十二：周尹潛詩亦學老杜。此詩壯哉，乃思陵即位之五年紹興元年也。馮班評「白扇」句：「白」字若作「羽」，更勝。紀昀評：次句縮一字，宋人有此句法。五、六警動。

五月二日避貴寇入洞庭湖絶句〔一〕

鼓發嘉魚千面雷〔二〕，亂帆和雨向湖開。何妨南北東西客，一聽湘妃瑶瑟來〔三〕。

【箋注】

〔一〕胡譜：「建炎三年己酉，五月，避貴寇入洞庭，過君山，泊宋田港，復從華容道還，有書事詩及與粹翁、奇父唱酬詩。」按貴寇，謂貴仲正也。宋史高宗紀：「建炎三年春正月庚辰朔，京西賊貴仲正陷岳州。」建炎以來繫年要録卷十九：「建炎三年春正月庚辰朔，是日，賊貴仲正引兵犯岳州。」又同書卷二十四於建炎三年六月末書云：「是夏，賊貴仲正破岳州，詔遣兵討捕。既而起復奉議郎通判襄陽府程千秋招降之，千秋因留以爲將。」李氏原注云：「日曆只於正月書『貴仲正犯岳、鄂』一句，更無首尾。惟紹興三年五月庚午，知岳州范寅敷奏乞免税狀云：『本州昨日貴仲正占據州城，蒙朝廷遣大兵殺散。』它書亦無仲正事迹。按趙甡之遺史有千秋統兵官貴仲正，即其人也，故附此。或是千秋爲沿江制置時所招，亦未可知。馮檝時議録有建炎四年代袁埴與李允文書云：『巴陵於去年春間，延燒殆盡，至夏，又遭貴仲正殘破。』則岳州之破，決不在此時，但無書考其日月耳。仲正之死，附今年十一月丁未，蓋以紹興元年六月甲寅解潛爲渠成乞贈官狀修入，亦須詳考。」貴仲正破岳州事，宋史語焉不詳；三朝北盟會編、中興小紀、續宋中興編年資治通鑑諸書均失載；惟李氏建炎以來繫年要録記之，然亦不能詳其日月。今以簡齋此詩及下二十二日自北沙移舟作是日聞賊革面詩證之，則貴仲正之據岳州，其事當在五月初二日至二十二日之間，可補史志之闕。宋史高宗紀：「建炎三年六月乙亥，是夜，賊貴仲正降。」南宋書與紀同，蓋據聞奏時日書之也。又宋史「正月庚辰朔，京西賊貴仲正陷岳州」一語，其説蓋本之日曆。然日曆所書爲「犯岳、鄂」，以簡齋此詩「鼓發嘉魚」之語考之，是仲正以正月犯鄂州，至五月二日復自鄂犯岳，且破岳州也。宋史於正月書陷岳州者實誤，不如建炎以來繫年要録書「犯」爲近情實。

〔二〕宋史地理志第四十一：嘉魚縣，屬鄂州。蘇軾惜花詩：「腰鼓百面如春雷。」

〔三〕楚辭遠遊：「使湘靈鼓瑟兮，令海若舞馮夷。」

過君山不獲登覽〔一〕

我夢君山好，萬里來南州。青眉横玉鏡〔二〕，色照城中樓。勝日空倚眺，經年未成遊。今朝過山下，賊急不敢留。嵌空浪吞吐〔三〕，薈蔚風颼飀〔四〕。龍吟雜虎嘯〔五〕，九夏含三秋〔六〕。了與遥賞異，況乃行巖幽。蚍蜉何當掃，延佇回我舟〔七〕。擲去九節筇〔八〕，褰裳走林丘。會逢湘君降，翠氣衣上浮〔九〕。山椒望蒼梧，寄恨舒冥搜〔一〇〕。

【校】

〔颸颵〕原本作「颸颼」，據點校本引李氏藏本改。

【箋注】

〔一〕嘉慶一統志卷三百五十八湖南岳州府：「君山在巴陵縣西南洞庭湖中，一名湘山，亦稱洞庭山。方輿紀要：山方六十里，狀如十二螺鬢。元和志：君山在巴陵縣西三十里。」洞庭湖志卷十一藝文三載此詩。

〔二〕李白洞庭詩：「帝子瀟湘去不還，空餘秋草洞庭間。淡掃明湖開玉鏡，丹青畫出是君山。」

〔三〕杜甫鐵堂峽詩：「嵌空太始雪。」

〔四〕詩候人：「薈兮蔚兮。」廣雅：「小風曰颸，大風曰颵。」

〔五〕歸田賦：「龍吟方澤，虎嘯山丘。」

〔六〕上林賦：「盛夏含凍。」

〔七〕韓愈調張籍詩：「蚍蜉撼大樹，可笑不自量。」離騷：「延佇乎吾將返。」

〔八〕真誥：「楊義夢蓬萊仙翁拄九節赤杖而視白龍。」黄庭堅和石七三六言詩：「生涯一九節筇。」

〔九〕輿地紀勝卷六十九荆湖北路岳州景物上：「君山，博物志云：君山，洞庭之山是也。帝之二女居之，曰湘夫人。庾穆之荆州記云：昔秦皇欲入湘觀衡山，而遇風浪溺敗，至此山而免，因號君山。荆州圖經云：湘君所遊，故曰君山。」九歌湘夫人：「帝子降兮北渚。」揚雄甘泉賦：「颺翠氣之宛延。」

〔一〇〕禮記檀弓下：「舜葬於蒼梧之野，蓋二妃未之從也。」文選天台山賦：「遠寄冥搜。」

細雨

避寇煩三老〔一〕，那知是勝遊〔二〕。平湖受細雨〔三〕，遠岸送輕舟。天地悲深阻〔四〕，山川慰久留。參差發隣舫，未覺壯心休。

【校】

〔勝遊〕丁鈔、聚珍本「勝」作「舊」。

【箋注】

〔一〕三老，見卷十六題崇山詩注。

〔二〕韓愈秋字詩：「江山多勝遊。」二句言「悦山樂水，苦中强樂，而非全心一意者」。錢鍾書管錐編增訂八十二頁嘗論之。

〔三〕杜甫春歸詩：「輕燕受風斜。」又上巳日徐司録林園宴集詩：「吹面受和風。」

〔四〕干寶晉紀總論：「高祖性深阻，有若城府。」杜甫宿青溪驛詩：「乾坤此深阻。」

【評】

劉辰翁評末句：好。

瀛奎律髓卷十七，紀昀評：亦近杜。

泊宋田遇厲風作〔一〕

逐隊避狂寇，湖中可盤嬉〔二〕。泊舟宋田港，俯仰看雲移。造物猶不借，顛風忽橫吹〔三〕。洞庭何其大，浪挾雷車馳〔四〕。可憐岸上竹，翻倒不自持〔五〕。老夫元耐事〔六〕，淹速本無期〔七〕。會有天風定，見汝亭亭時。五月念貂裘〔八〕，竟生薄暮悲。蕭蕭不自暢，耿耿獨題詩。

【校】

〔不借〕丁鈔、聚珍本「借」作「惜」，宋詩鈔同。　〔雷車〕丁鈔、聚珍本「雷」作「雲」，宋詩鈔同。

〔天風〕丁鈔、聚珍本「天」作「大」，宋詩鈔同。

【箋注】

〔一〕洞庭湖志卷十一藝文三載此詩。

〔二〕韓愈病鴟詩：「飽滿盤天嬉。」

〔三〕杜甫偪仄行：「曉來急雨春風顛。」蘇軾大風留金山兩日詩：「明日顛風當斷渡。」

〔四〕淮南子原道訓：「電以爲鞭策，雷以爲車輪。」韓愈訟風伯：「雷鞭車兮電摇幟。」

〔五〕莊子知北遊：「真其實知，不以故自持。」郭注：「與變俱也。」子虛賦：「澹乎自持。」

〔六〕唐書婁師德傳：「其弟守代州，辭之官，教之耐事。」

〔七〕賈誼鵩鳥賦：「淹速之度，語余其期。」

〔八〕李白遊水西詩：「五月思貂裘，謂言秋霜落。」

二十二日自北沙移舟作是日聞賊革面〔一〕

宛宛轉湖灘，遥遥隔城邑。是時雨初霽，衆緑帶餘濕。曉澤澹不波，菰蒲覺風入。我生莽未定，世故紛相襲。靦然賀蘭面，安視一坐泣〔二〕。豈知虎與狼，義感功反集〔三〕。堯俗可盡封〔四〕，嗚呼吾何及。氣蘇巨浸内〔五〕，未恨乏供給〔六〕。日曆會有窮，吾行豈須急。近樹背人去，遠樹久凝立。聊以憂世心，寄兹忘怏悒〔七〕。

【校】

〔帶餘濕〕聚珍本「餘」作「微」，點校本引明本同。又引李氏藏本作「遞餘濕」。〔菰蒲〕原本「蒲」作「浦」，據聚珍本改。〔日曆〕點校本引明本、李氏藏本「曆」作「歷」。又引增注：「『歷』，胡箋本作『曆』，此從閩本。」

【箋注】

〔一〕貴仲正降事，已見前五月二日避貴寇入洞庭絶句詩箋注。按仲正降後，爲程千秋裨將，於是年十一月桑仲陷襄陽時被殺。建炎以來繫年要録卷二十九記之甚詳。（宋史高宗紀所書甚略。）又，桑仲陷襄陽事，三朝北盟會編在四年八月一日辛未，與建炎以來繫年要録不合。以劉時舉續宋中興編年資治通鑑卷二證之，當以建炎以來繫年要録爲是。

〔二〕韓愈張中丞傳後叙：「南霽雲之乞救於賀蘭也，賀蘭嫉巡、遠之聲威功績出己上，不肯出師救；愛霽雲之勇且壯，不聽其語，彊留之。具食與樂，延霽雲坐。霽雲慷慨語曰：『雲來時，睢陽之人不食月餘日矣！雲雖欲獨食，義不忍；雖食，且不下咽！』因拔所佩刀，斷一指，血淋漓以示賀蘭。一座大驚，皆感激，爲雲泣下。」詩何人斯：「有靦面目。」越語：「余雖靦然而人面哉。」

〔三〕杜甫三絶句：「群盜相隨劇虎狼。」隋書孝義郭儁傳：「郭儁字弘乂，太原文水人也。家門雍睦，七葉共居，犬豕同乳，烏鵲通巢，時人以爲義感之應。」北史卷八十五作郭世儁。

〔四〕漢書王莽傳：「唐虞之時，可比屋封。」後漢書楊終傳：「終與(馬)廖交善，以書戒之曰：『終聞堯舜之民，可比屋而封；桀紂之民，可比屋而誅。』」

〔五〕周禮職方氏：「東南曰揚州，其浸五湖。」蘇軾鑒空閣詩：「巨浸與天永。」杜甫湘江宴餞裴二端公赴道州詩：「氣蘇君子前。」

〔六〕杜甫送重表姪王殊評事使南海詩：「家貧無供給。」

〔七〕杜甫早發射洪縣南途中作詩：「風景開快悒。」

贈傅子文〔一〕

漁子牧兒談笑新，先生勝日步湖湄。沙邊忽見長身士〔二〕，頭上仍欹折角巾〔三〕。豺虎不能寬遠俗〔四〕，山川終要識詩人。蘆叢如畫斜陽裏，拄杖相尋無雜賓〔五〕。

【箋注】

〔一〕傅子文，未詳。此詩云：「豺虎不能寬遠俗。」下晚晴野望詩云：「兵甲無歸日，江湖送老身。」皆避亂湖中時語。

〔二〕韓愈孔戣墓銘：「吾見其孫，白而長身。」蘇軾和張舜民詩：「班心突兀見長身。」

〔三〕後漢書郭太傳：「身長八尺，容貌魁偉，褒衣博帶，周遊郡國。嘗於陳、梁閒行遇雨，巾一角墊，時人乃故折巾一角，以爲『林宗巾』。」

〔四〕王粲七哀詩：「西京亂無象，豺虎方遘患。」

〔五〕南史謝弘微傳附曾孫譓傳：「譓不妄交接，門無雜賓。有時獨醉，曰：『入吾室者，但有清風；對吾飲者，唯當明月。』」

晚晴野望

洞庭微雨後，涼氣入綸巾。水底歸雲亂，蘆藂返照新。遥汀横薄暮，獨鳥度長津。兵甲無歸日，江湖送老身。悠悠只倚杖，悄悄自傷神。天意蒼茫裏，村醪亦醉人。

【校】

〔題〕馮校：「此詩四庫本無。」今按此詩聚珍本在卷十三，馮校誤，點校本亦誤。〔蘆藂〕原本「藂」誤「聚」，據潘本改。

【評】

瀛奎律髓卷十七：「兵甲」二句句法，詩家高處。馮舒評：此亦不減唐人。紀昀評：

此首入之杜集，殆不可辨。又云：「兵甲」二句誠爲高唱。結意沉摯。

雨中

雨打船篷聲百般，白頭當夏不禁寒〔一〕。五湖七澤經行遍〔二〕，終憶吾鄉八節灘〔三〕。

【校】

〔船篷〕原本「篷」作「蓬」，據聚珍本改。

【箋注】

〔一〕杜甫王竟攜酒高亦同過用寒字詩：「頭白恐風寒。」

〔二〕周禮職方氏：「其浸五湖。」點校本引增注：「張勃吴録：五湖者太湖之别名，以其周行五百餘里，故名。或説以太湖、射陽湖、上湖、洮湖、滆湖爲五湖。」文選子虚賦：「臣聞楚有七澤」。杜甫岳麓山道林二寺行詩：「暮年且喜經行近。」

〔三〕唐書白居易傳：「東都所居履道里，疏沼種樹，構石樓香山，鑿八節灘，自號醉吟先生，爲之傳。」

正集卷二十二

舟抵華容縣〔一〕

篙舟入華容，白水繞城堞。夾津列茂樹，倒影青相接。遠色分村塢，微涼動蘆葉。天地困腐儒，江湖託孤檝〔二〕。

【校】

〔繞城堞〕原本「繞」作「滿」，據聚珍本改，宋詩鈔同。

【箋注】

〔一〕嘉慶一統志卷三百五十八湖南岳州府：「華容縣，在府西一百八十里。古雲夢地，宋至和元年徙治，屬岳州。」

〔二〕杜甫江漢詩：「江漢思歸客，乾坤一腐儒。」

夜賦

泊舟華容縣，湖水終夜明。淒然不能寐，左右菰蒲聲。窮途事多違，勝處亦心驚。三更螢火鬧，萬里天河橫。阿瞞狼狽地，山澤空崢嶸〔一〕。强弱與興衰，今古莽難評。腐儒憂平世〔二〕，況復值甲兵。終然無寸策，白髮滿頭生。

【校】

〔華容縣〕原本「華」誤「葉」，蔣刻同。馮校：「『葉』，從莫校作『華』，庫同。」今據改。後村詩話前集卷二引作「華」，是。〔亦心驚〕點校本引李氏藏本作「心亦驚」，詩林廣記卷八同。〔狼狽〕原本「狽」訛作「狽」，據馮、莫校正。〔山澤〕丁鈔闕「澤」字，朱筆補作「川」。〔强弱〕聚珍本作「弱强」。〔莽難評〕丁鈔、聚珍本「評」作「平」，宋詩鈔同。點校本引增注：「『莽難平』，諸本（點校者注：指胡箋本、武岡本、閩本）作『評』，疑非，蓋以下有『平世』字重，誤改耳。此從先生（按：指劉辰翁）定本。」今按：作「評」字義自勝，不必改。

【箋注】

〔一〕魏志武帝紀注引山陽公載記：「公（曹操）船艦爲備所燒，引軍從華容道步歸，遇泥濘，道不通，天又大風，悉使羸兵負草填之，騎乃得過。羸兵爲人馬所蹈藉陷泥中，死者甚衆。軍既得出，公大喜，諸將問之，公曰：『劉備，吾儔也。但得計少晚；向使早放火，吾徒無類矣。』備尋亦放火而無所及。」阿瞞，曹操小字。

〔二〕孟子離婁下：「禹稷當平世。」蘇軾田表聖奏議序：「古之君子，必憂治世而危明主。」

【評】

劉克莊後村詩話前集卷二引「泊舟華容縣」以下六句；又引「腐儒憂平世」以下四句，評云：造次不忘憂愛，以簡潔掃繁縟，以雄渾代尖巧，第其品格，故當在諸家之上。

劉辰翁評「泊舟華容縣」二句：古語平平，如「清晨聞扣門」者，貴其真也。不如此起，眼前俯拾便是。又評「强弱與興衰」二句：若無此十字，亦屬氣索。又評「腐儒憂平世」四句：人人有此懷，獨寫得至黯然銷魂而不失悲壯，故是家數。

月夜

獨立夜轇轕〔一〕，蘆聲泛遥津。月下風起波，莽莽白龍鱗〔二〕。陰彩凝草木，暑氣森星辰。天地塵未消，江湖氣聊伸。人生幾今夕，亂代偶此身。胡爲不少樂，况乃迹易陳〔三〕。三更大魚舞，悄愴驚心神〔四〕。永懷騎鯨士，發興煙中新〔五〕。

【箋注】

〔一〕楚辭遠遊：「騎膠葛以雜亂兮。」劉向九歎思古：「溽浸轇轕、雷動電發、馺高舉兮。」上林賦：「張樂乎膠葛之寓。」注：「廣大也。」轇轕、膠葛義同。

〔二〕韋應物盱眙縣詩：「浩浩風起波。」白居易游龍門詩：「弱水細浪鱗甲生。」

〔三〕王羲之蘭亭集序：「向之所欣，俛仰之間，已爲陳迹。」

〔四〕杜甫陪王侍御同登東山最高頂宴姚通泉晚攜酒泛江詩：「燈前往往大魚出，聽曲低昂如有求。三更風起寒浪湧，取樂歡呼覺船重。」柳宗元至小丘西小石潭記：「淒神寒骨，悄愴幽邃。」

〔五〕杜甫送孔巢父謝病歸遊江東兼呈李白詩「南尋禹穴見李白」，一本作「若逢李白騎鯨魚」。蘇軾讀杜甫詩詩：「騎鯨遁滄海，捋虎得綈袍。」又杜甫題鄭縣亭子詩：「户牖平高發興新。」

晚晴

幽臥不知晴，檣梢見斜日。披衣起四望，天際山争出。光輝渚蒲浄，意氣沙鷗逸。避寇半九圍〔一〕，兩脚不遺力。川陵各異態，艱險常一律。胡爲作弧矢，前聖意莫詰。豈知百代後，反使姦宄密〔二〕。腐儒徒嘆嗟，救弊知無術〔三〕。人生如歸雲，空行雜徐疾。薄暮俱到山，各不見蹤跡〔四〕。念此百年内，可復受憂戚。林水方翳然，放懷陶兹夕。

【校】

〔百代〕原本「代」誤「伐」，黄本、蔣刻同。黄校：「『百伐』，當作『百代』。」按聚珍本、宋詩鈔作「代」，今據改。〔嘆嗟〕馮校：「『嘆嗟』，倒。」按聚珍本作「嗟嘆」。〔林水〕丁鈔、聚珍本「水」作「木」，宋詩鈔同。點校本引增注：「閩本作『林木』，非。」〔兹夕〕點校本引李氏藏本「兹」作「今」。

【箋注】

〔一〕詩長發：「帝命式于九圍。」毛傳：「九州也」。

〔二〕杜甫寫懷二首詩：「古者三皇前，滿腹志願畢。胡爲有結繩，陷此膠與漆。禍首燧人氏，厲階董狐筆。君看燈燭張，轉使飛蛾密。」易繫辭：「弧矢之利，以威天下。」舜典：「蠻夷猾夏，寇賊姦宄。」

〔三〕蘇軾戲子由詩：「致君堯舜知無術。」

〔四〕蘇軾贈何秀才寫真詩：「此身常擬同外物，浮雲變化無蹤跡。」

寥落

寥落洞庭野，微風泛客裾。袁宏詠史罷〔一〕，孫登清嘯餘〔二〕。月明流水去，夜静芙蓉舒。城郭方多事，野興一蕭疏。

【箋注】

〔一〕晉書袁宏傳：「謝尚時鎮牛渚，秋夜乘月，率爾與左右微服泛江。會宏在舫中諷詠，聲既清會，辭又藻拔，遂駐聽久之，遣問焉。答云：『是袁臨汝郎誦詩。』即其詠史之作也。尚傾率有勝致，即迎升舟，與之譚論，申旦不寐，自此名譽日茂。」

〔二〕晉書阮籍傳：「籍嘗於蘇門山遇孫登，與商略終古及栖神導氣之術，登皆不應。籍因長嘯而退，至半嶺，聞有聲若鸞鳳之音，響乎巖谷，乃登之嘯也。遂歸著大人先生傳。」

自五月二日避寇轉徙湖中復從華容道烏沙還郡七月十六日夜未出小江口泊焉徙倚柂樓書十二句〔一〕

回環三百里，行盡力都窮。巴丘左移右〔二〕，章華西轉東〔三〕。江聲摇斗柄，秋事彌葭叢。群木立波上，芙蕖披月中。鏡湖應足比，剡溪那可同〔四〕。世將非識事，孤嘯聊延風〔五〕。

【校】

〔題〕聚珍本「從」作「徙」，按畢沅經訓堂帖所刊簡齋此詩手稿作「從」。又「烏沙」原本誤作「烏紗」，據手稿改。又「還」字手稿作「趨」，又於「趨」字旁注改爲「欲還」二字。原本「未」作「半」，「泊」作「宿」，據帖改。原本「書」下多「事」字，帖無，今據刪。〔章華〕原本「華」誤「葉」，黄本同。黄校：「『章葉』，當作『章華』。」丁、潘、聚珍本均作「華」，帖同，今據改。〔搖斗柄〕原本脱「搖」字，據聚珍本與帖補。〔秋事彌葭叢〕原本「事」作「色」，胡注：「『秋色彌葭叢』，一作『秋令行葭叢』。」點校本引增注：「中齋以一作爲是。」按此句帖作「秋事彌葭叢」，今據改。〔波上〕聚珍本「波」作「江」。〔鏡湖應足比，剡溪那可同〕此二句帖作「青溪何足比，鏡湖聊可同」，又改「聊」字爲「應」字。

【箋注】

〔一〕按簡齋轉徙湖中，凡二月又十四日，至是復還岳州也。烏沙、小江口未詳。

〔二〕巴丘山，又名巴陵山，在湖南岳陽縣治西南隅，濱臨洞庭湖。

〔三〕章華臺，春秋楚靈王造，在湖北監利縣西北。左傳昭公七年「楚子成章華之臺」，即此。

〔四〕點校本引增注：「鏡湖在越州城南，東西二十里，南北數里，縈帶郊郭，連屬峰岫，白水翠巖，互相映發，若鑑若圖。唐賀知章還秘書監，請爲道士還鄉里，詔賜鏡湖一曲。剡溪在嵊縣南，溪上古藤緜四、五百里，居人取以爲紙，稱剡藤。晉王子猷雪夜泛舟剡溪，訪戴安道，不前而返。」李白子夜吴歌四首其二：「鏡湖三百里，菡萏發荷花。」

〔五〕晉書王廙傳：「王廙字世將，丞相導從弟，而元帝姨弟也。……廙性倜率，嘗從南下，旦自尋陽迅風飛帆，暮至都，倚舫樓長嘯，神氣甚逸。王導謂庾亮曰：『世將爲傷時識事。』亮曰：『正足舒其逸氣耳。』」成公綏嘯賦：「集長風乎千里。」柳宗元松詩：「幽貞夙有慕，持以延清風。」

閏八月十二日過奇父共坐翠竇軒賞木犀花玲瓏滿枝光氣動人念風日不貸此花無五日香矣而王使君未之知作小詩報之〔一〕

清露香浮黄玉枝，使君未到意低迷〔二〕。極知有日交銅虎〔三〕，可使無情向木犀？

【箋注】

〔一〕胡注：「孫奇父名偉，自號七澤先生。使君，謂粹翁也。」按孫偉，蒲中人也。朱熹文公集卷九十五上魏國張公行狀叙張浚爲山南府士曹參軍時事：「蒲中孫偉奇父，名士也。時過府與帥飲，至夜分，帥命繼酒於公所，公謂其使曰：『此爲何時，而欲發鑰取酒酣飲乎！郡人其謂何！某不敢也。』復命，帥未應。奇父整冠拱手曰：『公有賢屬如此，某罪人也。』問公姓名志之，即登車而去。」胡寅斐然集卷二十七祭孫判監奇父文稱其「雄詞本乎騷誦，逸學窮乎篆籀」，「中歲念亂，孤憤心疚」，「流離困躓，以逮皓首」。斐然集中與偉唱酬之作甚多。嘉慶一統志卷四百六十二廣西桂林府流寓：「孫偉，謫融州，久寓静江，以講學爲務，桂林學問之源自此始。」其人是時蓋亦流寓岳州者。王粹翁，已見前。

〔二〕嵇康養生論：「夜分而坐，則低迷思寢。」

〔三〕史記孝文帝紀：「初與郡國守相爲銅虎符，竹使符。」

再賦二首呈奇父 奇父自號七澤先生。

國香薰坐先生醉〔一〕，秋葉藏花客子迷〔二〕。驅使晚風同勝地，東軒不用鎮帷犀〔三〕。

【校】

〔驅使〕聚珍本「驅」誤「馳」。

【箋注】

〔一〕左傳宣公三年：「蘭有國香。」黄庭堅答馬中玉詩：「錦江春色薰人醉。」

〔二〕李白春遊羅敷潭詩：「客到花間迷。」又夢遊天姥吟留别詩：「迷花倚石忽已暝。」

〔三〕杜牧秋娘詩：「虎睛珠絡褓，金盤犀鎮帷。」蘇軾四時詩：「夜風摇動鎮帷犀。」

其二

香遍東園花一枝，尋花覓路忽成迷〔一〕。先生莫道心如鐵〔二〕，喜氣朝來横角犀〔三〕。

【校】

〔香遍〕丁鈔、聚珍本「遍」作「過」，點校本引明本同。〔莫道〕聚珍本「道」作「謂」。

【箋注】

〔一〕陶潛桃花源記：「太守遣人隨其往，尋向所誌，遂迷，不復得路。」

〔二〕皮日休桃花賦：「余嘗慕宋廣平，疑其鐵心石腸。」蘇軾題崔徽真詩：「未道廣平心似鐵。」

〔三〕國語鄭語：史伯曰：「今幽王惡角犀豐盈，而近頑童窮固。」韋昭注：「頂角伏犀，賢明之相。」

十三日再賦二首其一以贊使君是日對花賦此韻詩落筆縱橫而郡中修水戰之具方大閱於燕公樓下也其一自叙所感憶年十五在杭州始識此花皆三丈高木嘗賦詩焉〔一〕

我丈風流元祐枝〔二〕，晴軒雨雹筆端迷〔三〕。從容文武一時了，賦罷木犀觀水犀〔四〕。

【校】

〔題〕原本「落筆」作「筆落」，據丁鈔、聚珍本改，點校本引明本同。又「方大閱」，原本「大」誤「太」，據聚珍本改。又「其一自叙」，丁鈔「一」作「二」。又「嘗賦詩焉」，聚珍本無「焉」字。〔雨雹〕丁鈔「雹」作「電」。

【箋注】

〔一〕按「憶年十五」云云，乃回憶崇寧三年十五歲時事，簡齋少作之可考者，惟見此題，詩則佚矣。又外集再和葛勝仲涉汝詩云：「念昔涉濤江，怒鼉如山峙。天風怖殺人，舟定舷有泚。」所叙當即十五遊杭事，此簡齋少年踪跡之可考者。但何事遊杭，則不可考，恐係隨親宦遊；然簡齋父生平仕履亦不詳，難於臆訂也。

〔二〕粹翁爲王巖叟之子，巖叟元祐六年拜樞密直學士簽書院事，故云。

〔三〕蘇軾謝秦太虛黄樓賦詩：「夫子獨何妙，雨雹散雷推。」

〔四〕國語越語：「今夫差衣水犀之甲者億有三千。」

其二

武林曾識最高枝〔一〕，百感重逢歲月迷。向日擘牋須彩鳳〔二〕，如今執楯要文犀〔三〕。

【校】

〔擘牋〕原文「擘」誤「璧」，據聚珍本改。　〔如今執楯要文犀〕點校本引李氏藏本此句下有「自注」二小字。

【箋注】

〔一〕漢書地理志上會稽郡：「錢唐，西部都尉治。武林山，武林水所出。」點校本引增注：「武林山在錢塘舊治北，今爲錢塘門内太一宫道院土阜，故杭州稱武林。」

〔二〕紙譜：陳後主常令八婦人擘彩牋，製五言詩。又云：唐初將相官誥，用金鳳牋書之。劉禹錫和崔舍人中秋玩月詩：「静對揮宸翰，閑臨擘綵牋。」

〔三〕國語吴語：「奉文犀之渠。」韋注：「盾也。」

九月八日登高作重九奇父賦三十韻與義拾餘意亦賦十二韻〔一〕

二禪老同自燕公樓過冠鼇亭。

九日風景好，節意滿天涯。書生尊所聞，登高亂城鴉〔二〕。雖無後乘麗，前驅載黄花。兩樓壓波壯〔三〕，衆澤分天斜。居夷驚有苗〔四〕，訪古悲章華〔五〕。蕭條湖海事，勝日一笑譁〔六〕。興移三里亭〔七〕，木影雜蛟蛇。二士醉藜杖，兩禪風袈裟〔八〕。奇哉古無有，未覺欠孟嘉〔九〕。天公亦喜我，催詩出微霞〔一〇〕。賦罷迹已陳，憂樂如轉車〔一一〕。却後五百歲，遠俗增雄誇。

【校】

〔題〕題下自注聚珍本無。　〔九日〕原本「日」作「月」，據丁鈔、聚珍本改，宋詩鈔同。點校本引明本、李氏藏本亦作「日」。

【箋注】

〔一〕簡齋自注：「二禪老同自燕公樓過冠鼇亭。」詩云：「二士醉藜杖，兩禪風袈裟。」兩禪，指開、旦二禪老，詳見下文兩絶句詩箋；二士，謂己及孫奇父也。洞庭湖志卷十一藝文三載此詩，題作九日登岳陽樓。

〔二〕漢書董仲舒傳：「尊其所聞，則高明矣。」續齊諧記：汝南桓景隨費長房遊學，長房謂曰：「九月九日，汝家當有災患，急令家人縫絳囊，盛茱萸繫臂上，登高飲菊花酒，此禍乃消。」景從其言。夕還，見雞犬皆已暴死。

〔三〕兩樓，謂岳陽樓、燕公樓也。輿地紀勝卷六十九：「燕公樓在岳陽樓北。」

〔四〕大禹謨：「七旬而有苗格。」孔傳：「三苗之國，左洞庭，右彭蠡。」

〔五〕左傳昭公七年：楚子「爲章華之宫」，又云：「楚子成章華之臺。」杜注：「章華，南郡華容縣。臺今在華容城内。」史記楚世家：太史公曰：「楚靈王方會諸侯於申，誅齊慶封，作章華臺，求周九鼎之時，志小天下；及餓死于申亥之家，爲天下笑。操行之不得，悲夫！」王逸九思：「顧章華兮太息。」

〔六〕蘇軾泗州除夜雪中黄師是送酥酒詩：「使君夜半分酥酒，驚起妻孥一笑譁。」

〔七〕杜甫何將軍山林詩：「興移無洒掃。」三里亭，指冠鼇亭。

〔八〕點校本引增注：中齋云：「風袈裟，疑用楞嚴經風吹伽梨角語。」

〔九〕晉書桓温傳附孟嘉傳：「九月九日，温燕龍山，僚佐畢集。時佐吏皆著戎服，有風至，吹嘉帽墮落，嘉不之覺。温使左右勿言，欲觀其舉止。嘉良久如廁，温令取還之，命孫盛作文嘲嘉，著嘉坐處。嘉還見，即答之，其文甚美，四坐嗟嘆。」

〔一〇〕杜甫陪諸貴公子丈八溝攜妓納涼詩：「片雲頭上黑，應是雨催詩。」

〔一一〕蘇軾和子由逍遥堂詩：「此別還同一轉車。」

兩絶句

西風吹日弄晴陰，酒罷三巡湖海深〔一〕。岳陽樓上登高節，不負南來萬里心。

【校】

〔題〕經訓堂帖刊有此二詩手稿，題作「九日與孫奇父戴菊登高已而開旦二禪老至自岳陽樓步至冠鼇亭」。　〔三巡〕聚珍本「巡」作「更」。

【箋注】

〔一〕歐陽修答杜相公寵示之作：「平生未省降詩敵，到處何嘗訴酒巡。」左傳桓公十二年：「三巡數之。」杜注：「巡，遍也。」今俗謂遍斟座客酒一次爲一巡。

其二

二士相隨風滿巾，兩禪同隊景彌新。但得黄花不牢落，莫嫌驚倒岳州人〔一〕。

【箋注】

〔一〕蘇軾和秦觀詩：「忽然一鳴驚倒人，縱横所值無不可。」又以鐵柱杖壽樂全先生詩：「遥想人天會方丈，衆中驚倒野狐禪。」

粹翁用奇父韻賦九日與義同賦兼呈奇父〔一〕

安隱輕節序，艱難惜歡娱。先生守苜蓿〔二〕，朝士誇茱萸〔三〕。前年鄧州城，風雨傾客居〔四〕，何常疎麴生，麴生自我疎〔五〕。豈無登高地，送目與雲俱。門生及兒子，勸我升籃輿〔六〕。出門復入門，戈旆填街衢〔七〕。去年郢州岸，孤檝對壞郛。莫招大夫魂，誰攬使君鬢〔八〕。獨題懷古句，枯硯生明珠〔九〕。亦復躋荒戍，日暮野踟躕〔一〇〕。白衣終不至，眇眇空愁予〔一一〕。今年洞庭上，九折餘崎嶇〔一二〕。時憑岳陽樓，山川看縈紆。孫兄語蟬連〔一三〕，王丈色敷腴〔一四〕。不用踏筵舞〔一五〕，秋風摇菊株。樂哉未曾有，是夢其非歟？丈夫各堂堂，坐受世故驅。會須明年節，醉倒還相扶〔一六〕。此花期復對，勿令墮空虚〔一七〕。明日風景佳，南翔先一凫〔一八〕。何言知機早，政爾因鱸魚〔一九〕。分襟肺肝熱，撫事歲月迂〔二〇〕。歸來問瓶錫，生理何必餘〔二一〕。相期衡山南，追步凌忽區〔二二〕。回首望堯雲，中原莽榛蕪〔二三〕。臣豈專愛死〔二四〕，有懷竟不舒。老謀與壯事，二者慚俱無〔二五〕。

【校】

〔樂哉〕原本「樂」誤「幾」，黄本、蔣刻同。黄校：「『幾哉』，當作『樂哉』。」莫、馮校同。聚珍本、宋詩鈔作「樂」，今據改。〔何言〕原本「何」誤「可」，據丁鈔、聚珍本改。點校本引明本、李氏藏本亦作「何」。〔肺肝〕聚珍本作「肝肺」。〔壯事〕聚珍本「事」作「士」，非。

【箋注】

〔一〕按簡齋此詩，自叙三年踪跡甚詳，前文已有所引述。詩云「前年鄧州城」者，謂建炎元年丁未也。簡齋建炎元年正月與富季申、孫信道自襄陽光化復入鄧，至二年戊申正月以避寇自鄧奔房，則丁未重陽時居鄧州也。建炎以來繫年要録卷十二：「建炎二年正月戊子（初三日），金女真萬户尼楚赫陷鄧州。初，觀文殿學士京西南路安撫使范致虚既受命，會河東制置使趙宗印引兵自商山出武關，欲趨行在，與致虚會於方城，因將其軍偕至。致虚之未至也，轉運副使右文殿修撰劉汲攝守事，營繕儲峙，所以待乘輿之具甚備。時中原俶擾，汲初受命，即遣家屬還鄉，益治兵爲戰守計。」原注：「日曆亦於九月壬寅書劉汲知鄧州。」此詩中「出門復入門，戈旆填街衢」之語，蓋指劉汲「益治兵爲戰守計」時事也。詩又曰「去年郢州岸」云云，「去年」，謂建炎二年戊申也。簡齋以二年八月離均陽，經高舍，度石城，上岳陽。詩云「郢州岸」，當指度石城時。輿地紀勝卷八十四京西南路郢州：「漢江在州之西，自北來，經石城而南，歷竟陵、漢陽入大江。」石城在漢江側，故曰「郢州岸」也。詩又云「明日風景佳，南翔先一鳧」，「相期衡山南，追步凌忽區」，時將作湖南之行矣。

〔二〕見卷五次韻張迪功春日詩注。

〔三〕杜甫九日五首詩：「茱萸賜朝士，難得一枝來。」

〔四〕蘇軾題歐陽叔弼小齋詩：「江湖渺故國，風雨傾舊廬。東來三十年，愧此一束書。尺椽亦何有，而我常客居。」

〔五〕麴生，見卷一題劉路宣義風月堂詩注。蘇軾答任師中家漢公詩：「何常疎小人，小人自闊疎。」

〔六〕見卷六西郊春事漸入老境元方欲出遊……詩注。

〔七〕杜甫九日寄岑參詩：「出門復入門，雨脚但如舊。」

〔八〕晉書桓宣傳附族子伊傳：伊撫箏而歌怨詩，謝安泣下沾衿，捋其鬚曰：「使君於此不凡！」蘇軾答舒教授詩：「别時流涕攬君鬚。」

〔九〕杜甫奉和賈至舍人早朝大明宫詩：「詩成珠玉在揮毫。」

〔一〇〕文選李陵與蘇武詩：「屏營衢路側，執手野踟蹰。」杜甫贈韋左丞丈濟詩：「日暮且踟蹰。」

〔一一〕續晉陽秋：陶潛嘗九日無酒，東籬摘菊盈把，坐其間，望見白衣人至，乃江州刺史王弘送酒，便就飲，醉歸。楚辭九歌：「目眇眇兮愁予。」

〔一二〕漢書王尊傳：王陽至邛崍九折阪，歎曰：「奉先人遺體，奈何數乘此險！」

〔一三〕晉書外戚王藴傳：「時王悦來拜墓，藴子恭往省之，素相善，遂留十餘日方還。藴問其故，恭曰：『與阿大語，蟬連不得歸。』」白居易歲日家宴詩：「猶有詩張年少處，笑呼張丈唤殷兄。」

〔一四〕鮑照行路難：「人生苦多歡樂少，意氣敷腴在盛年。」杜甫遣懷詩：「兩公壯藻思，得我色敷腴。」

〔一五〕韓愈感春詩：「豔歌踏筵舞，清眸刺劍戟。」

〔一六〕杜甫九日藍田崔氏莊詩：「明年此會知誰健。」蘇軾水調歌頭詞：「醉倒須君扶我。」

〔一七〕蘇軾答舒教授詩：「懸知此歡墮空虚。」

〔一八〕無名氏擬蘇武答李陵詩：「雙鳧俱北飛，一鳧獨南翔。」

〔一九〕世説新語識鑒：「張季鷹辟齊王東曹掾，在洛見秋風起，因思吳中菰菜羹、鱸魚膾，曰：『人生貴得適意爾，何能羈宦數千里以要名爵？』遂命駕便歸。俄而齊王敗，時人皆謂爲見機。」蘇軾張翰詩：「不須更説知機早，直爲鱸魚也自賢。」

〔二〇〕杜甫夏日揚長寧宅送崔侍御常正字入京得深字詩：「還對欲分襟。」又鐵堂峽詩：「飄蓬踰三年，回首肝肺熱。」文選傅季友修張良廟教：「撫事彌深。」

〔二一〕蘇軾送小本禪師赴法雲詩：「林泉有舊約，何年挂瓶錫。」杜甫北征詩：「生理焉得説。」

〔二二〕淮南子精神訓：「同精於太清之本，而遊於忽區之旁。」注：「忽怳無形之區旁也。」

〔二三〕史記五帝本紀：「帝堯者，放勳。其仁如天，其知如神，就之如日，望之如雲。」杜甫贈韋左丞丈濟詩：「亦足慰榛蕪。」

〔二四〕檀弓：「申生不敢愛其死。」

〔二五〕晉語：「獻公伐翟柤，郤叔虎將乘城，其徒曰：『棄政而役，非其任也。』郤叔虎曰：『既無老謀，又無壯事，何以事君？』被羽先升，遂克之。」

【評】

劉辰翁評末句：常以短語述無限，跌宕可思。

周煇清波雜志卷六：東坡上元詩：「前年侍玉輦，端門萬枝燈。璧月掛罘罳，珠燈照觚稜。

去年中山府，老病亦宵興。牙旗穿夜市，鐵馬響春冰。今年江海上，雲房寄山僧。亦復舉膏火，松間見層層。散策桄榔林，林疎月翳翳。使君置海䍦，簫鼓轉松陵。狂生來索酒，一舉輒數升。浩歌出門去，我亦歸瞢騰。」王初寮履道象州上元詩：「二年白玉堂，揮翰供帖子。風生起草臺，墨照澄心紙。三年文昌省，拜賜近天咫。紅蔘肦御盤，金幡裊宫蕊。晚爲日南客，環堵隱烏几。朝來聞擊鼓，土牛出城市。幽懷不自閑，欲逐春事起。安得五畝園，種蔬引江水。」三篇之詩，先後而作，何語意切類如此！按周氏所論，得簡齋此詩而三矣，録以相參。

送王因叔赴試〔一〕

楓落南紀明，秋高洞庭白〔二〕。自是天涯人，更送湖上客。人生險易乘除裏〔三〕，富貴功名從此始。不須惜別作酸然，滿路新詩付吾子。

【校】

〔從此始〕丁鈔、聚珍本、宋詩鈔「始」作「起」，點校本引明本同。

【箋注】

〔一〕胡注：「因叔，粹翁之子。」按王因叔事蹟未詳，不識即王循友否？循友紹興六年爲右迪功郎，嘗爲其祖巖叟請謚者，事見建炎以來繫年要録卷一百六，前箋已引。洞庭湖志卷十一藝文三載此詩。

〔二〕詩四月：「滔滔江漢，南國之紀。」杜甫公安送李二十九弟晉肅入蜀余下沔鄂詩：「南紀連銅柱。」王維送邢桂州詩：「日落江湖白。」

〔三〕易繫辭上：「是故卦有小大，辭有險易。」乘除，見卷一放魚賦注。黄庭堅跋元聖庚清水巖記：「夫奇與常相倚也，險與易相乘也。古之人正心誠意而遊於萬物之表，故六經，我之陳迹也，山林冠冕，吾又何擇焉。」

正集卷二十三

己酉九月自巴丘過湖南別粹翁〔一〕

離合不可常〔二〕，去住兩無策〔三〕。眇眇孤飛雁，嚴霜欺羽翼。使君南道主，終歲好看客〔四〕。江湖尊前深，日月夢中疾〔五〕。世事不相貸，秋風撼瓶錫。南雲本同征，變化知無極〔六〕。四年孤臣淚，萬里遊子色。臨別不得言，清愁漲胸臆。

【校】

〔題〕丁鈔、聚珍本無「己酉」二字，點校本引明本、李氏藏本同。又聚珍本「月」作「日」，非。

〔去住〕原本「住」作「處」，據丁鈔、聚珍本改。

【箋注】

〔一〕胡譜：「建炎三年己酉，九月，別巴丘，由南洋抵湘潭，有與其帥向伯恭玉剛卯詩。復自長沙過衡嶽，有道中諸詩。」按此詩云：「使君南道主，終歲好看客。」別岳州詩亦云：「經年岳陽樓，不見宮南樹。」簡齋自去秋自均陽來岳陽，至是適一年也。卷二十四初至邵陽詩：「湖北彌年所，長沙費月餘。」稱「彌年所」者，蓋通在均、房日計之。簡齋自靖康元年春避地南奔，至是已四年有餘，詩云「四年孤臣淚，萬里遊子色」，舉成數約略言之也。

〔二〕陸機爲顧彥先贈婦詩：「離合非有常，譬彼絃與括。」

〔三〕蘇軾和辯才詩：「去住兩無礙。」

〔四〕魏書裴延儁傳附從弟仲規傳：「咸陽王禧爲司州牧，辟爲主簿，仍表行建興郡事。車駕自代還洛，次於郡境，仲規備供帳朝於路側。……車駕達河梁，見咸陽王，謂曰：『昨得汝主簿爲南道主人，六軍豐贍，元弟之寄，殊副所望。』」好看客，見卷二十一王應仲欲附張恭甫舟過湖南……詩注。

〔五〕杜甫暮春江陵送馬大卿公恩命追赴闕下詩：「尊前江漢闊，後會且深期。」

〔六〕杜甫出塞詩：「浮雲暮南征。」文選高唐賦：「其上獨有雲氣，崪兮直上，忽兮改容，須臾之間，變化無窮。」列子周穆王篇：「千變萬化，不可窮極。」

【評】

劉辰翁評「離合不可常」二句：暢似後山。

留別康元質教授〔一〕

腐儒身世已百憂，此去行年豈堪記〔二〕。岳陽樓前一杯酒，與子同州復同味〔三〕。洞庭秋氣連蒼梧，天高地遠魚龍呼。莫倚仲宣能作賦〔四〕，不隨文若事征途〔五〕。

【校】

〔同州〕聚珍本「州」作「舟」，非。〔連蒼梧〕原本「連」誤「運」，據丁鈔、聚珍本改。〔地遠〕丁鈔「遠」作「冷」，聚珍本同。

【箋注】

〔一〕康元質，未詳。詩云「與子同州復同味」，則其人當爲洛陽人。

〔二〕行年記，見卷十二冬至二首其二詩注。

〔三〕柳宗元與崔黯書：「恨吾與子不同州郡。」

〔四〕魏志王粲傳：粲字仲宣，以西京擾亂，乃之荆州依劉表。文選登樓賦注引盛弘之荆州記：「當陽縣城樓，王仲宣登之而作賦。」

〔五〕見卷二十一送王應仲欲附張恭甫舟過湖南……詩注。詩意蓋勸康南行也。

留別天寧永慶乾明金鑾四老〔一〕

我生能幾何，兩脚疲世故。忽破巴丘夢，還尋邵陽路。窮鄉得四老，足以慰遲暮〔二〕。勝事遠公蓮〔三〕，深心懶殘芋〔四〕。本是群山雲，暫聚當別去〔五〕。那知天風便，不得還相聚。凡情我未免，臨別吐幽句。慎勿過虎溪，曉霜侵杖屨〔六〕。

【校】

〔幽句〕原本「句」誤「處」，據丁鈔、聚珍本改。

【箋注】

〔一〕詩云：「忽破巴丘夢，還尋邵陽路。」則此時已決計作邵陽之行矣。

〔二〕杜甫羌村三首詩：「且用慰遲暮。」

〔三〕廬山記：惠遠法師與十八賢同修淨土，爲白蓮社。杜甫不離西閣二首詩：「平生耽勝事。」

〔四〕懶殘芋，見卷一玉延賦注。顏延年陶徵士誄：「深心追往。」

〔五〕顧況華山西岡遊贈隱叟詩：「想見悠悠雲，可契去留躅。」

〔六〕廬山記：惠遠法師送客，以虎溪爲界。一日，陶淵明同道士陸修静謁師，師送之，三人共語，不覺過虎溪，遂大笑。

【評】

劉辰翁評末句：別語皆淺淺，自不可堪。

別岳州〔一〕

朝食三斗葱〔二〕，暮飲三斗醋〔三〕，寧受此酸辛，莫行歲晚路。丈夫少壯日，忍窮不自恕〔四〕，乘除冀晚泰〔五〕，乃復逢變故。經年岳陽樓，不見宮南樹。辭巢已萬里，兩脚未遑住。水落君山高，洞庭秋已素〔六〕。浮雲易歸岫〔七〕，遠客難回顧。飄然一瓶錫，未知所掛處〔八〕。寂寞短歌行，蕭條遠遊賦〔九〕。學道始恨晚，爲儒孰非腐〔一〇〕。乾坤杳茫茫〔一一〕，三嘆出門去。

【校】

〔自恕〕丁鈔「恕」作「怒」，非。〔逢變故〕聚珍本「逢」作「遭」。〔宮南〕聚珍本、宋詩鈔作「南宮」，點校本引明本同。〔未知〕聚珍本「未」作「不」。

【箋注】

〔一〕洞庭湖志卷十一藝文三載此詩。

〔二〕唐書屈突通傳：「擢左武衛將軍，蒞官勁正，有犯法者，雖親無所回縱。其弟蓋爲長安令，亦以方嚴顯。時爲語曰：『寧食三斗艾，不見屈突蓋；寧食三斗葱，不逢屈突通。』」

〔三〕三斗醋，見卷十一送王周士赴發運司屬官詩注。

〔四〕韓愈贈崔立之詩：「枚皋即召窮且忍。」

〔五〕乘除，見卷一放魚賦注。

〔六〕初學記卷三引梁元帝纂要：秋曰素秋，風曰素風，節曰素節。

〔七〕陶潛歸去來辭：「雲無心以出岫。」

〔八〕蘇軾送小本禪師詩：「林泉有舊約，何年掛瓶錫。」

〔九〕魏武帝短歌行：「對酒當歌，人生幾何。」楚辭遠遊：「山蕭條而無獸。」

〔一〇〕蘇軾和陶讀山海經詩：「學道雖恨晚。」荀子非相篇：「故易曰：『囊括無咎無譽。』腐儒之謂也。」楊注：「腐儒，如朽腐之物，無所用也。」

〔一一〕杜甫成都府詩：「中原杳茫茫。」

奇父先至湘陰書來戒由禄唐路而僕以它故由南洋路來夾道皆松如行青羅步障中先寄奇父〔一〕

雲接湘陰百里松，肅肅穆穆湖南風〔二〕。隨時憂樂非人世，迎我笙簫起道中〔三〕。

竹輿兩面天明滅，秋令不到林西東。未必祿唐能辨此，題詩著畫寄興公〔四〕。

【校】

〔題〕「南洋」，丁鈔作「陽」，聚珍本同。〔人世〕聚珍本「世」作「事」，點校本引明本、李氏藏本同。

【箋注】

〔一〕時簡齋方去湘潭也。南洋未詳，其地似應在自岳陽至湘陰途中。祿唐，宋史地理志四荊湖南路全州清湘縣有祿塘砦，未知即其地否。嘉慶一統志卷三百五十四湖南長沙府：「湘陰縣，在府北一百二十里，南至長沙縣六十里，北至岳州府巴陵縣界六十五里。宋初屬鼎州，乾德二年隸岳州，淳化四年改屬潭州。」

〔二〕文選王仲寶褚淵碑：「肅肅焉，穆穆焉。」

〔三〕杜甫七月一日題終明府水樓二首詩：「疎松隔水奏笙簧。」

〔四〕晉書孫綽傳：「綽字興公，博學善屬文。」按此指孫奇父。詩詞曲語辭匯釋卷三：「著，猶作也。」意言借詩作畫。

初識茶花

伊軋籃輿不受催，湖南秋色更佳哉。青裙玉面初相識，九月茶花滿路開〔一〕。

【校】

〔題〕原本脱「花」字，蔣刻同。馮校：「莫校云：『荼下當脱花字。』按目録正有，庫本同。」丁鈔、宋詩鈔均有「花」字，今據補。〔青裙玉面〕全芳備祖卷二十「裙」作「裾」，優古堂詩話引「玉」作「白」。〔九月〕優古堂詩話引「九」作「十」。

【箋注】

〔一〕吴幵優古堂詩話：「陳去非荼花詩云：『青裙白面初相識，十月荼花滿路開。』蓋用白樂天江岸桃花詩意：『梨花有思緣和葉，一樹江頭惱殺君。最似孀閨少年婦，白妝素面碧紗裙。』」

以玉剛卯爲向伯恭生朝〔一〕

仲冬吉日，風穆氣休〔二〕。我出剛卯，以壽元侯〔三〕。祝融之玉，奠此離方。元侯佩之，如玉之剛。攘除厲凶，以迪明王〔四〕。南門不鍵，有室則强〔五〕。三肅元侯，既贈既禱。曷其報我，當以剛卯〔六〕。

【校】

〔題〕馮校：「庫本在卷一雜文内。」按此一首丁鈔編在卷十五末跋郭節度父墓誌銘後；又「生朝」下丁鈔、聚珍本均有「贊」字。又「恭」字原本作「共」，據丁鈔、聚珍本改。點校本引明本亦有「贊」字，又引李氏藏本在十四卷。〔莫此〕丁鈔作「真此」，聚珍本作「色比」，均非。〔以迪〕聚珍本「迪」作「迎」。〔曷其報我〕原本「其」作「以」，據丁鈔、聚珍本改。點校本引增注：「箋本作『曷以』，非。」〔剛卯〕原本脱此二字，蔣刻同。馮校：「莫校云：集本『以』下是『剛卯』，四庫本同。」丁鈔有此二字，今據補。

【箋注】

〔一〕胡注：「玉剛卯，佩印也。以正月卯日作，刻銘于上，以辟邪厲。詳見王莽傳及後漢輿服志。按先生此詩凡十六句，句四字，皆如剛卯之銘，而其意又同，蓋效其體也。」點校本引增注：「建炎三年長沙作。」按後漢書輿服志：佩雙印，長寸二分，方六分。乘輿、諸侯王、公、列侯以白玉，中二千石以下至四百石皆以黑犀，二百石以至私學弟子皆象牙。上合絲，乘輿以縢貫白珠，赤罽蕤，諸侯王以下以綔赤絲蕤，縢綔各如其印質。刻書文曰：『正月剛卯既決，靈殳四方，赤青白黄，四色是當。帝令祝融，以教夔龍，庶疫剛癉，莫我敢當。疾日嚴卯，帝令夔化，慎爾周伏，化兹靈殳。既正既直，既觚既方，庶疫剛癉，莫我敢當。』凡六十六字。又按王莽傳注，服虔曰：『剛卯以正月卯日作，佩之，長三寸，廣一寸，四方；或用玉，或用金，或用桃；著革帶佩之。』晉灼曰：『剛卯長一寸，廣五分，四方；當中央從穿作孔，以綵絲葺其底，如冠纓頭蕤。刻其上面，作兩行書。』師古曰：『今往往有土中得玉剛卯者，按大小及文，服説是也。』今按，公此詩句字一如剛卯之銘，蓋效其體云。」按説文：「毅改，大剛昴，以逐鬼也。」玉篇：「開改，剛卯大印，以避鬼也。」陶宗儀輟耕録卷二十四剛卯條有詳考，文長不録。又馬永貞嬾真子卷三：「僕仕於關中，於士人王毖君求家見一古物似玉，長短廣狹，正如中指；上有四字，非篆非隸，上二字乃『正月』字也，下二字不可認。問之君求，云：前漢『剛卯』字也。漢人以正月卯日作，佩之，銘其一面曰：『正月剛卯。』乃知今人立春或戴春勝、春幡，亦古制也。蓋剛者，强也；卯者，劉也。正月佩之，尊國姓也。與陳湯所謂『强漢』者同義。」

胡注又云：「伯恭名子諲，文簡公敏中之元孫也。任户部侍郎，掛冠而去，號薌林居士。」按向子諲事蹟詳見宋史卷三百七十七本傳。其知潭州，本傳不詳年月。宋史高宗紀：「建炎三年九月丙辰，張浚承制，罷知潭州辛炳，起復直龍圖閣向子諲代之。」考建炎以來繫年要録卷二十八：「建炎三年九月丙辰，初，張浚調兵潭州，而帥臣直龍圖閣辛炳懦怯不能遣，幾至生變，浚罷之，起復直龍圖閣向子諲知潭州，至是以聞。」原注：「日曆於此日書二人除罷。按此月壬申，潭州軍變，子諲已在本州，相去纔十六日，不應赴鎮如是之遽。蓋浚先除後奏耳。」同書又云：「壬申，是夜，潭州禁卒自城南縱火，殺一兵官於市，劫其將，使爲主。其將譎之以入甲仗庫，至子城，反關拒之。郡卒焚東西城樓，火市民居，放水自馬軍營始。馬軍營忿之，出戰。賊掠金銀，遂自東門出瀏陽路。城中大亂，殺戮攘奪，至旦未息。帥臣向子譓命通判州事孟彦卿、趙民彦以將領馬軍等追之。至醴陵、攸縣間，與鄉兵戰，爲寨栅所阻，不能去，遂招安。歸至城門，皆搜索而入。畏其黨與，不敢盡誅。」此所謂「潭州軍變」事也。本紀所記，蓋本之日曆。要之，子譓帥潭時日，當以李氏「先除後奏」之説爲是。其赴鎮之日，不得早於閏八月乙巳「張浚自建康至襄陽」時也（建炎以來繫年要録卷二十七）。簡齋至潭，當在是年十月；其作此詩，則在冬月，詩中「仲冬吉日」之語可證。其時，子譓爲潭帥已三月餘矣。至冬月末簡齋離潭赴衡（别伯恭詩云：「猶能十日客。」知去潭在冬月末），觀卷二十四初至邵陽詩「長沙費月餘」之語，知當於十月至潭也。按子譓亦一時名士，靖康中拒僞楚命；建炎初爲李綱所善，故見斥於黄潛善；守潭州能抗擊金人；紹興中以不肯拜金詔而忤秦檜意；其節義有足稱者。汪應辰文定集卷二十一有徽猷閣直學士右大中大夫向公墓誌銘；樓鑰攻媿集卷五十二有薌林居士文集序，卷七十八有跋向薌林構僞楚檄稿，又薌林家規跋；周必大益公題跋卷四有大元帥康王與向子譓咨目及御筆等跋，又卷五有跋向子譓遺書；孫覿内簡尺牘卷四有與向侍郎二首，附薌林銘序。如此甚多。子譓有酒邊詞二卷傳於世。

〔二〕詩小雅南有嘉魚之什有吉日篇。九歌：「吉日兮辰良。」詩烝民：「穆如清風。」文選任昉宣德皇后令：「休氣四塞。」

〔三〕魯語：「元侯作師。」韋注：「元侯，大國之君也。」又：「天子所以饗元侯」。注：「元侯，乃牧伯也。」

〔四〕漢書王莽傳：剛卯銘：「帝令祝融，以教夔龍，庶疫剛癉，莫我敢當。」出師表：「攘除奸凶。」

〔五〕左傳僖公三十二年：杞子告秦曰：「鄭人使我掌其北門之管，若潛師以來，國可得也。」又文公十六年傳：「麇人將伐楚，於是申、息之北門不啓。」南史齊始興簡王鑑傳：鑑爲益州刺史。先是，夷人抄掠，常閉北門。鑑曰：「古人云：『善閉無關楗。』且在德不在門。」即令開之。戎夷慕義，自是清謐。南都賦：「排鍵陷扃。」注：「鍵，拒門者也。」書立政：「乃有室大競。」孔傳：「有卿大夫，室家大强。」胡注：「伯恭時爲潭帥，故云。」點校本引增注：中齋云：「老子：『善閉，無關鍵而不可開。』蓋本此意。」

〔六〕詩木瓜：「報之以瓊琚。」張衡四愁詩：「何以報之英瓊瑤。」

別伯恭

樽酒相逢地，江楓欲盡時〔一〕。猶能十日客，共出數年詩。供世無筋力〔二〕，驚心有別離〔三〕。好爲南極柱〔四〕，深慰旅人悲。

【箋注】

〔一〕韓愈贈鄭兵曹詩：「樽酒相逢十載前。」

〔二〕陳師道巨野詩：「將身供世事。」

〔三〕别賦：「心折骨驚。」杜甫春望詩：「恨别鳥驚心。」

〔四〕列子湯問：「物有不足，故昔者女媧氏練五色石以補其闕，以立四極。其後，共工氏與顓頊争爲帝，怒而觸不周之山，折天柱，絶地維。故天傾西北，日月星辰就焉，地不滿東南，故百川水潦歸焉。」楚辭天問：「斡維焉係，天極焉加，八柱何當，東南何虧。」注：「言天有八山焉。」杜甫送長孫侍御赴武威判官詩：「西極柱亦傾，如何正穹昊。」

【評】

瀛奎律髓卷二十四：此長沙帥向子諲，字伯恭。此詩絶似老杜。紀昀評：後四句言己衰朽不堪報國，惟以立功望故人耳。四句連讀，方見其意。

再别〔一〕

多難還分手，江邊白髮新〔二〕。公爲九州督〔三〕，我是半途人〔四〕。政爾傾全節〔五〕，終然却要身〔六〕。平生第温嶠〔七〕，未必下張巡〔八〕。

【校】

〔傾全節〕潘本「傾」作「須」，瀛奎律髓卷二十四同。〔第温嶠〕瀛奎律髓「第」作「慕」，非。

〔未必〕瀛奎律髓「未」作「不」，點校本引閩本、武岡本同。

【箋注】

〔一〕詩云：「平生第温嶠，未必下張巡。」紀昀以爲「此陰解出郭迎降之事」。其説非也。詩用温嶠、張巡者，蓋以太真之「謀敦翦峻，奮節摛名」，以美子諲建炎初元輸誠帥府及拘僞楚使事也。宋史向子諲傳：「建炎元年，時康王次濟州，子諲遣進士李植獻金帛及本司錢穀之在濟州者，以助軍費。張邦昌僭位，遣人持勑書往廬州問其家安否，子諲檄郡守馮詢、提舉范仲使拘之，以俟王命。邦昌又使其甥劉達齎手書來，子諲不啓封焚之，械繫達于獄。遣子澹請康王率諸將渡河，出其不意，以救二帝。遣將王儀統勤王兵至城下。」樓鑰攻媿集卷五十二薌林居士文集序：「靖康元、二間，爲江淮制置發運使，一聞僞楚之變，即移文合肥，拘留其家屬，以折其姦心，聞者韙之。高宗初開元帥幕府，以羽檄起四方兵，未有應者。公募士人李植，首齎金幣以濟艱難之用；上章勸進，切中事機。上深嘉之，承制補植以官。公之功名及受不世之知，實始于此。」同書卷七十八跋向薌林拘僞楚檄藁：「僞楚虛有其表，中實謬懦。向公一聞奇變，即檄合肥拘其家，想其方在惶擾憂恐中聞此，寧復敢桀耶！封府庫，以臣名奉昭慈垂簾，而上璽綬于高宗，雖出一時諸公之議，而此舉實中其機，此豈淺丈夫所能及哉？」蓋子諲當時，實以勸進康王、拘僞楚使二事見稱於世，故詩以温嶠儗之。又按曾敏行獨醒雜志卷二：「張楚僭僞，遣使行親事往廬州省視其家，經由淮南，向公子諲伯恭時爲發運使，因拘囚之。驗其文券，見南京副總管嘗資給其人甚厚，伯恭遂檄使勤王，有『不可汙張巡、許遠之地』等語。後達上聽，深嘉伯恭之慷慨忠節也。」蓋子諲檄文言及張、許，簡齋因以「未必下張巡」目之，語尤切至；非指帥潭後事也。且子諲自本年八、九月間帥潭（詳見前文），簡齋此詩，當是冬月所作，其間惟有潭州軍變一事，初無所謂「出郭迎降」也。至金人犯潭州，乃建炎四年二月乙亥事，時簡齋已離潭州，過衡嶽；而子諲亦未嘗有「出郭迎降」之事，更不得謂此詩爲預爲之「陰解」也。建炎以來繫年要録卷三十一記金人陷潭州事：「敵既破江西諸郡，乃移兵犯湖南，帥臣直龍圖閣向子諲初聞警報，率軍民固守，且禁士庶無得出城。賊騎至潭，呼令開門投拜，軍民皆不從，請以死守。」云云。是「開門投拜」，乃敵騎所呼之語，子諲方率軍民以死守，初無所謂「出郭迎降」之事。故簡齋傷春（卷二十六）詩亦有「稍喜長沙向延閣，疲兵敢犯犬羊鋒」之句。紀氏云「陰解出郭迎降之事」，殊爲無據；且温嶠亦無「迎降」之事，何得引以相儗哉？至子諲後爲曹成所拘，則紹興元年十一月壬戌事，時子諲已移鄂州，時地尤不相及，且其事亦非「迎降」也。詳見建炎以來繫年要録卷四十九。

〔二〕李商隱贈鄭處士詩：「浪跡江湖白髮新。」

〔三〕點校本引增注：「晉桓玄補義興，歎曰：『父爲九州伯，兒爲五湖長。』遂棄官歸。」

〔四〕中庸：「君子遵道而行，半途而廢。」

〔五〕晉書温嶠傳：史臣曰：「負荷受遺，繼之全節。」

〔六〕白居易偶吟詩：「尊榮富貴難兼得，閑坐思量最要身。」

〔七〕晉書温嶠傳：王敦構逆，嶠率衆與賊戰。擊王含，敗之，追錢鳳於江寧。及蘇峻反，京師傾覆，嶠率義兵直指石頭，斬峻，降其黨。

〔八〕唐書張巡傳：安禄山反，巡起兵討賊，至雍丘，爲令狐潮所圍，大小數百戰，潮遂敗走。後與許遠守睢陽，爲尹子奇所圍，大小四百戰，食盡城破，爲子奇所殺。點校本引增注云：「世説：世論温太真爲過江第二流之高者，時名輩共説人物，第一流盡之間，温常失色。張巡睢陽之守，許遠自以材不及巡，授之柄而處其下，巡受不辭。今按『第』字、『下』字本此。中齋云：『此二句以成功靖難望之。』」

【評】

瀛奎律髓卷二十四：温嶠、張巡之説，當觀時義，殷有三仁，或死或不死，自靖自獻而已。

紀昀評：此陰解出郭迎降之事。又云：六句未醒豁。

别孫信道

萬里鷗仍去〔一〕，千年鶴未歸〔二〕。極知身有幾，不奈世相違〔三〕。歲暮蒹葭響，天長鴻雁微。如君那可別，老淚欲霑衣。

【校】

〔蒹葭〕原本「蒹」誤「兼」，據丁鈔、聚珍本改。

【箋注】

〔一〕杜甫贈韋左丞丈濟詩：「白鷗没浩蕩，萬里誰能馴。」

〔二〕見卷十七與季信道自光化復入鄧書事四首其三詩注。

〔三〕左傳文公十七年：「畏首畏尾，身其餘幾。」陶潛歸去來辭：「世與我而相違。」

遊道林嶽麓〔一〕

耽耽衡山麓〔二〕，翠氣横古今。濟勝得短筇〔三〕，未怕山行深〔四〕。路盤天開闔，風動龍噫吟〔五〕。峰巒慘澹處〔六〕，照以布地金〔七〕。世尊諸天上，燕坐朝千林。向來修何行〔八〕，不受安危侵。道人輕殊勝〔九〕，來客費幽尋〔一〇〕。恍然結願香，獨會三生心〔一一〕。山中日易晚，坐失尋木陰〔一二〕。勿唾此山地〔一三〕，後日重窺臨。

【校】

〔風動〕點校本引李氏藏本「風」作「松」。〔獨會〕丁鈔、聚珍本「獨」作「未」，點校本引明本同。

【箋注】

〔一〕方輿勝覽卷二十三湖南路潭州：「麓山，又名靈麓峰，乃嶽山七十二峰之數，自湘西古渡登岸，夾徑喬松，泉澗盤繞，諸峰叠秀，下瞰湘江。嶽麓寺、道林寺、嶽麓書院皆在焉。」又：「嶽麓寺在山上，百餘級乃至，今名惠光寺。下有李邕麓山寺碑。」又：「道林寺在嶽麓山下，距善化縣八里。寺有四絶堂，保大中馬氏建。謂沈傳師、裴休筆札，宋之問、杜甫篇章。治平間，蔣穎叔作記，乃爲詮次，以沈書、歐書、杜詩、韓詩爲四絶。」嘉慶一統志卷三百五十四湖南長沙府一：「嶽麓山在善化縣西十里，又名麓山。」同書卷三百五十六長沙府三：「嶽麓寺在善化縣西嶽麓山上，晉太始元年建，即古麓苑，一名慧化寺。明萬曆間又賜名萬壽寺。」又：「道林寺在善化縣西嶽麓山下，有唐歐陽詢書道林寺碑。宋圓悟禪師居此。嶽麓志：自碧虛盤紆而下，衍爲平坂之區者，道林也。林蔚茂而谷幽清，大江在其襟袖，唐馬燧作藏修精舍，名曰道林。又杜甫嶽麓山道林二寺行所謂『玉泉之南麓山殊，道林林壑争盤紆』是也。」

〔二〕西京賦：「大厦眈眈。」吴都賦：「玄陰眈眈。」

〔三〕濟勝，見卷十五遊董園詩注。

〔四〕杜甫法鏡寺詩：「神傷山行深。」

〔五〕老子：「天門開闔。」杜甫灩澦詩：「風雨時時龍一吟。」

〔六〕杜甫丹青引：「意匠慘澹經營中。」

〔七〕阿含經：給孤獨長者側布黃金八十頃買祇陀太子園，爲佛建立精舍，曰祇洹。今呼爲金地。

〔八〕陳師道城南寓居詩：「潭潭光明殿，稽首西方仙。平生修何行，步有黃金蓮。」

〔九〕華嚴經如來出現品：號佛殊勝境界。

〔一〇〕杜甫西枝村尋置草堂地夜宿贊公土室二首詩：「幽尋豈一路。」

〔一一〕見卷十四早起詩注。

〔一二〕詩詞曲語辭匯釋卷四：「坐失，猶云旋失也。」

〔一三〕杜甫丈人山詩：「自爲青城客，不唾青城地。」

【評】

劉辰翁評「不受安危侵」句：併用後山語，而句意彌高。　又評末句：藹然餘情，不廢願望。

正集卷二十四

江行野宿寄大光〔一〕

檣烏送我入蠻鄉〔二〕，天地無情白髮長〔三〕。萬里回頭看北斗〔四〕，三更不寐聽鳴榔〔五〕。平生正出元子下〔六〕，此去還經思曠傍〔七〕。投老相逢難衮衮，共恢詩律撼瀟湘〔八〕。

【校】

〔看北斗〕潘本「看」作「望」。〔不寐〕丁鈔、聚珍本、宋詩鈔「寐」作「睡」，點校本引明本同。〔思曠傍〕丁鈔「思」作「師」，非。〔撼瀟湘〕原本「撼」作「憾」，據聚珍本改。

【箋注】

〔一〕按席益建炎二年知郢州，至本年四月，簡齋有「差知郢州」之命，代席益也。詩云「平生正出元子下」，即指此事，戲言席棄而己取也。益之去郢，當在今年四月之前，而建炎以來繫年要録卷二十四云：「三年六月，徽猷閣待制知郢州席益再任直龍圖閣，皆以守境，故有是命。」似本年六月席益猶在郢州者，史臣蓋就除命之日書之，不知是時益已去郢也。以簡齋此集考之，益去郢之後，當即南下衡、湘，至四年五月壬子與胡交修並試中書舍人（見建炎以來繫年要録卷三十三），其間蓋流寓衡麓，觀後文別大光詩「恍然衡山前，相逢各白髮」之語可證。簡齋此詩，乃離長沙、赴衡嶽時作，以益先已在衡，故有「此去還經思曠旁」之語。要之，五、六二句，用事精切，紀昀妄以「江西習氣」斥之，不深考當日情事，疏矣。又建炎以來繫年要録卷二十四原注云：「季陵外制集有席益渭州告詞，不知在何時，當考。」按席益知渭州，自李氏已不能訂其時日，參之本集，似不得在建炎三、四年間也，當再考。

〔二〕陰鏗廣陵岸送北使詩：「亭嘶背櫪馬，檣轉向風烏。」杜甫瞿塘峽詩：「燕子逐檣烏。」點校本引增注：「蓋檣竿上刻烏形，以占風。」王粲七哀詩：「荆蠻非我鄉。」

〔三〕杜甫新安吏詩：「天地終無情。」

〔四〕杜甫秋興八首詩：「每依北斗望京華。」「萬里風煙接素秋。」

〔五〕潘岳西征賦：「鳴榔厲響。」注：「扣木爲聲，以驅魚也。」

〔六〕世説新語品藻：「殷侯既廢，桓公語諸人曰：『少時與淵源共騎竹馬，我棄去，已輒取之，故當出我下。』」按元子，桓温字也。

〔七〕晉書阮籍傳附阮裕傳：「裕字思曠……成帝崩，裕赴山陵，事畢便還。諸人相與追之，裕亦審時流必當逐己，而疾去，至方山不相及。劉惔歎曰：『我入東，正當泊安石渚下耳，不敢復近思曠傍。』」

〔八〕杜甫酬孟雲卿詩：「相逢難衮衮。」又承沈八丈東美除膳部員外阻雨未遂馳賀奉寄此詩：「詩律群公問。」

【評】

瀛奎律髓卷三十四紀昀評：四句太不對，五、六江西習氣，結不妥。

寄信道〔一〕

衡山未見意如飛，浩蕩風帆不可期。却憶府中三語掾〔二〕，空吟江上四愁詩〔三〕。高灘落日光零亂〔四〕，遠岸叢梅雪陸離〔五〕。賸欲平分持寄子〔六〕，白頭才盡只成悲〔七〕。

【校】

〔未見〕點校本引李氏藏本「見」作「覺」。〔平分〕聚珍本「分」作「生」，非。

【箋注】

〔一〕孫確是時當在長沙，前文別孫信道詩可證。

〔二〕三語掾，見卷一次韻謝文驥主簿見寄兼示劉宣叔詩注。

〔三〕文選張衡四愁詩序：「張衡不樂久處機密，陽嘉中，出爲河間相。……時天下漸弊，鬱鬱不得志，爲四愁詩。」

〔四〕杜甫戲爲雙松圖歌：「已令拂拭光零亂。」

〔五〕杜甫岳陽樓詩：「雪岸叢梅發。」

〔六〕高適贈杜二拾遺詩：「尋經賸欲翻。」陳師道寄寇十一詩：「賸欲同君賦惱公。」杜甫秦州雜詩：「水竹會平分。」

〔七〕梁書江淹傳：「淹少以文章顯，晚節才思微退，時人皆謂之才盡。」

適遠

處處非吾土〔一〕，年年備虜兵。何妨更適遠〔二〕，未免一傷情。石岸煙添色〔三〕，風灘暮有聲。平生五字律，頭白不貪名〔四〕。

【校】

〔題〕丁鈔題作「遠適」。〔備虜〕聚珍本作「避敵」，館臣妄改。

【箋注】

〔一〕王粲登樓賦：「雖信美而非吾土兮，曾何足以少留。」

〔二〕杜甫南征詩：「適遠更霑襟。」又發同谷縣詩：「杳杳更遠適。」

〔三〕杜甫雨詩：「煙添纔有色。」

〔四〕蘇軾和許朝奉詩：「何如五字律，相與一樽留。」史記商君列傳：趙良曰：「非其名而有之曰貪名。」

【評】

劉辰翁評末句：負恃不淺。

衡嶽道中四首〔一〕

野客元耕崧嶽田〔二〕，得遊衡岳亦前緣。避兵徑度吾豈忍〔三〕，欲雨還休神所憐〔四〕。世亂不妨松偃蹇，林空更覺水潺湲。非無拄杖終傷老，負此名山四十年。

【校】

〔題〕原本題下無「四首」二字，據丁鈔、宋詩鈔補，點校本引李氏藏本同。又，聚珍本無「道中」二字。

〔亦前緣〕丁鈔、聚珍本「亦」作「是」，宋詩鈔同。

【箋注】

〔一〕按簡齋至湘潭，當在是年十月；其去長沙，更在此後，則道中諸詩，當是十一月末至十二月間之作。嘉慶一統志卷三百六十二湖南衡州府：「宋曰衡州衡陽郡，屬荆湖南路。衡山縣，在府治北一百里。」又：「衡山，在衡山縣西三十里，五嶽之一也。」

〔二〕簡齋洛陽人，故有此語。

〔三〕蘇軾鐵拄杖詩：「便尋轍迹訪崆峒，徑度洞庭探禹穴。」

〔四〕韓愈謁衡嶽詩：「我來正逢秋雨節，陰氣晦昧無清風。潛心默禱若有應，豈非正直能感通。須臾静掃衆峰出，仰見突兀撑青空。」黄庭堅過洞庭青草詩：「似爲神所憐，日雪上杲杲。」

【評】

荆溪林下偶談卷三：簡齋之詩晚而工，如「世亂不妨松偃蹇，林空更覺水潺湲」，皆佳句。

其二

客子山行不覺風，龍吟虎嘯滿山松。綸中一幅無人識，勝業門前聽午鐘〔一〕。

【箋注】

〔一〕胡注：「勝業寺，在衡山下。」

【評】

吴曾能改齋漫録卷八：陳去非衡嶽道中詩：「客子山行不覺風」云云。按唐黄巢既敗，爲僧，投張全義，舍於南禪寺，有寫真絹本，巢題詩其上云：「猶憶當年草上飛，鐵衣脱盡掛僧衣。天津橋上無人識，獨倚闌干看落暉。」去非詩意同。

其三

城中望衡山，浮雲作飛蓋〔一〕。朅來巖谷遊，却在浮雲外〔二〕。

【箋注】

〔一〕魏文帝雜詩：「西北有浮雲，亭亭如車蓋。」

〔二〕大人賦：「回車朅來兮，絶道不周。」李白送魏萬詩：「朅來遊嵩峰。」詩詞曲語辭匯釋卷四：「意言遠望山時，浮雲在山頂，何以至遊山時，却在浮雲外也。『却在浮雲外』，猶云反在浮雲上，意以狀山之高。」

其四

危亭見上方〔一〕，林壑帶殘陽。今日豈無恨，重遊却味長。

【箋注】

〔一〕解琬登慈恩寺浮圖應制詩：「瑞塔臨初地，金輿幸上方。」温庭筠宿雲居寺詩：「衆星中夜少，圓月上方明。」

跋任才仲畫兩首大光所藏〔一〕

遠遊吾不恨，扁舟載幅巾。山色暮暮改，林氣朝朝新〔二〕。野客初逢句，薄霧欲生春。因知子任子，胸懷非世人。

【校】

〔題〕原本「大」誤「太」，據潘本、丁鈔改。聚珍本此題作「跋大光所藏任才仲畫二首」。點校本引李氏藏本「兩首」下有「自注」二小字，「大光所藏」四字亦作小字。〔薄霧〕原本「霧」作「暮」，據點校本引李氏藏本改。〔子任子〕潘本作「予任子」，非。

【箋注】

〔一〕圖畫寶鑑卷三：「任誼，字才仲，宋復古之甥。畫山水髣髴寵濟，清潤可喜。亦能畫花。隸書學蔡中郎。官至澧州通判。」按本集卷二十七有七言短歌一首，題云：「己酉中秋之夕，與任才仲醉于岳陽樓上。明年十一月二十日，南遊過道，謁姜光彦。出才仲畫軸，則寫是夕事也。翦燭觀之，恍然一笑，書八句以當畫記。」按己酉即建炎三年，才仲是年中秋當在岳州，嘗與簡齋醉于岳陽樓者。至明年十一月二十日簡齋於道州見其畫，或其人先已去道也。此詩「前年與孫子」云云，胡注：「孫子謂信道。」按簡齋建炎元年春正月有與季申信道自光化復入鄧書事詩（卷十七），至二年正月「自房州遇虜至，奔入南山」，又有與信道遊澗邊、遊南嶂同孫信道、晚望信道立竹林邊、同信道登古原、與夏致宏孫信道張巨山同集澗邊諸詩。今此詩「共作南山客」、「偃蹇澗邊石」云云，則所述當指建炎二年避虜南山時事。詩稱二年爲「前年」，則跋畫二首當是建炎四年之作，原編偶失次耳。

〔二〕南史張貴妃傳：陳後主詩：「璧月夜夜滿，瓊樹朝朝新。」

其二〔一〕

前年與孫子，共作南山客。扶疎月下樹，偃蹇澗邊石。賦詩題古蘚，三叫風脱幘。任子不同遊，毫端有疇昔。

【校】

〔題〕經訓堂帖刊有簡齋此詩手稿，題作「跋任才仲畫」。

【評】

劉辰翁評此詩：造意脱洒，語更不費。

跋江都王畫馬〔一〕

天上房星空不動，人間畫馬亦難逢〔二〕。當年筆下千金鹿〔三〕，此日窗前八尺龍〔四〕。

【校】

〔題〕原本無「畫」字，據聚珍本補。〔筆下〕點校本引李氏藏本作「下筆」。〔窗前〕丁鈔、聚珍本「前」作「間」。

【箋注】

〔一〕胡注：「老杜畫馬圖引：『國初以來畫鞍馬，神妙獨數江都王。』按名畫記：江都王緒，霍王元軌之子。」苕溪漁隱叢話後集卷二十六：「山谷題伯時天育驃騎圖云：『明窗盤礴萬物表，寫出人間真乘黄。邂逅今生猶姓李，可非前世江都王。』山谷用此事於伯時，尤爲親切，姓與藝皆同也。江都王畫馬，今猶有存者，陳去非嘗跋以小詩云云。」

〔二〕漢書天文志：「房爲天府，曰天駟。」隋書天文志：「天馬星動則車騎滿野。」白居易八駿圖詩：「穆王得之不爲戒，八駿駒來周室壞。至今此物世稱珍，不知房星之精下爲怪。」

〔三〕韓非子外儲説：「夫馬似鹿者，而題之千金。」淮南子説山訓：「馬之似鹿者千金，而天下無千金之鹿。」

〔四〕周禮庾人：「馬八尺以上爲龍。」

【評】

劉辰翁評：「千金鹿」三字難用。

與王子焕席大光同遊廖園

三枝笻竹興還新，王丈席兄俱可人。僑立司州溪水上〔一〕，吟詩把酒對青春。王席皆洛人。

【校】

〔題〕原本「大」誤「太」，據聚珍本改。〔溪水〕原本「溪」作「春」，據丁鈔、聚珍本改。

【箋注】

〔一〕郡國志：魏文受禪，都洛陽。陳留王以司隸校尉所掌置司州，領河南、河東、河内、弘農、平陽五郡。晉書地理志：晉元帝渡江之後，僑置司州於徐，非本所也。後以弘農、河東人流寓於尋陽等郡，僑立爲弘農等郡。

【評】

點校本引增注：中齋云：「用『僑立』字新。」

除夜次大光韻大光是夕婚

一盃節酒莫留殘〔一〕，坐看新年上鬢端。只恐梅花明日老，夜瓶相對不知寒。

【校】

〔題〕原本「大」誤「太」，據聚珍本改。　〔留殘〕丁鈔「留」作「辭」。

【箋注】

〔一〕黄庭堅西江月詞：「杯行到手莫留殘，不道月明人散。」

除夜不寐飲酒一杯明日示大光

萬里鄉山路不通，年年佳節百憂中。催成客睡須春酒，老却梅花是曉風。

【校】

〔萬里鄉山〕原本「里」誤「事」，據丁鈔、聚珍本改，宋詩鈔同。又，丁鈔「鄉」作「江」。

元日〔一〕

五年元日只流離，楚俗今年事事非。後飲屠蘇驚已老〔二〕，長乘舴艋竟安歸〔三〕。攜家作客真無策〔四〕，學道刳心却自違〔五〕。汀草岸花知節序，一身千恨獨霑衣〔六〕。

【校】

〔驚已老〕丁鈔「驚」作「今」，朱筆改「驚」。宋詩鈔亦作「今」。〔舴艋〕原本「艋」誤「艋」，據莫、馮校改，聚珍本同。

【箋注】

〔一〕胡譜：「建炎四年庚戌，自衡嶽，歷金潭，下甘棠（原本誤作「泉」），至邵陽，過孔雀灘，抵貞牟，即紫陽山居焉。有謝主人及遠軒等詩。」按此詩建炎四年元日作也，瀛奎律髓卷十六以爲紹興元年元日，非是。詩云「五年元日只流離」，蓋自靖康元年丙午計之，至是適五年也。靖康元年丙午，正月，北虜入寇，簡齋自陳留避地，出商水，由舞陽，次南陽；建炎元年丁未，正月，與富季申、孫信道自襄陽光化復入鄧；建炎二年戊申，正月，自鄧往房州，遇虜，奔入南山；建炎三年己酉，留岳陽；至是建炎四年庚戌元日，時方客衡嶽，且將有邵陽之行：故曰「只流離」也。若紹興元年，則簡齋已出臨賀，與原編次第及詩中時地迥不相及矣。又詩云「攜家作客真無策」，知家人亦同行也。

〔二〕荆楚歲時記：「正月一日，是三元之日也，長幼以次拜賀，進屠蘇酒。董勛云：正月飲酒先小者，以小者得歲，先酒賀之，老者失歲，故後與酒。」陳延之小品方：「屠蘇酒，此華佗方也。元日飲之，辟不正之氣，從少至長，次第飲之。」蘇軾除夜詩：「不辭最後飲屠蘇。」

〔三〕廣雅釋水：「舴艋，舟也。」王念孫疏證：「玉篇：『舴艋，小舟也。』小舟謂之舴艋，小蝗謂之蚱蜢，義相近也。」藝文類聚引元嘉起居注：「餘姚令何玢之作舴艋一艘，精麗過常。」蘇軾發洪澤遇風詩：「風浪忽如此，吾行欲安歸。」

〔四〕蘇軾與姪夜坐詩：「便思絶粒真無策。」

〔五〕莊子天地篇：「夫道覆載萬物，洋洋乎大哉，君子不可以刳心焉。」

〔六〕杜甫憶弟二首詩：「即今千種恨。」

【評】後村詩話前集卷二摘「後飲屠蘇驚已老，長乘舴艋竟安歸」二句，以爲「造次不忘憂愛」。瀛奎律髓卷十六：此紹興元年辛亥元日也。紀昀評：簡齋詩格高於宋人，措語亦修整而不甜。結句稍弱。

别大光〔一〕

堂堂一年長，渺渺三秋闊。恍然衡山前，相遇各白髮。歲窮窗欲霰，人老情難竭。君有杯中物〔二〕，我有肝肺熱〔三〕。飲盡不能起，交深忘事拙〔四〕。乾坤日多虞〔五〕，遊子屢驚骨〔六〕。衡陽非不遥，雁意猶超忽〔七〕。一生能幾回，百計易相奪〔八〕。滔滔江受風，耿耿客孤發。他夕懷君子，巖間望明月。

【校】

〔杯中〕丁鈔「杯」作「林」，非。〔肝肺〕丁鈔作「肺肝」。

【箋注】

〔一〕此建炎四年春日詩也。簡齋時年四十一，詩云「堂堂一年長」，則席益已四十二矣。簡齋建炎元年在鄧州，有得席大光書以詩迓之及送大光赴石城詩，今此詩云「渺渺三秋闊」，蓋自鄧州之别計之，至去冬，復相遇於衡麓，其間適三年也。時簡齋將有邵陽之行，故有「江受風」、「客孤發」之句。無住詞有虞美人大光祖席醉中賦長短句詞：「明朝酒醒大江流，滿載一船離恨向衡州。」當是一時之作。

〔二〕陶潛責子詩：「天運苟如此，且進杯中物。」

〔三〕杜甫鐵堂峽詩：「飄蓬踰三年，回首肝肺熱。」

〔四〕杜甫投簡成華兩縣諸子詩：「況乃疎頑臨事拙。」

〔五〕杜甫北征詩：「乾坤含瘡痍，憂虞何時畢。」

〔六〕文選別賦：「心折骨驚。」

〔七〕淮南子：「雁南翔衡陽，避祁寒也。」杜甫雁詩：「萬里衡陽雁。」文選頭陀寺碑：「東望平皋，千里超忽。」

〔八〕杜甫絶句漫興九首詩：「漸老逢春能幾回。」

【評】

劉辰翁評「滔滔江受風」二句：情語自別。

道中〔一〕

雨子收還急〔二〕，溪流直又斜。迢迢傍山路，漠漠滿村花。破水雙鷗影，掀泥百草芽。川原有高下，隨處著人家。

【校】

〔雨子〕瀛奎律髓卷十七「子」作「勢」，非。　〔滿村〕原本「村」作「林」，據瀛奎律髓改。點校本引李氏藏本亦作「村」。

【箋注】

〔一〕建炎四年春，離衡嶽，去金潭道中作。

〔二〕荀子賦篇：「友風而子雨。」

【評】

瀛奎律髓卷十七紀昀評：夷猶有致。

金潭道中〔一〕

晴路籃輿穩，舉頭閑望賒。前岡春泱漭，後嶺雪槎牙〔二〕。海内兵猶壯〔三〕，村邊歲自華〔四〕。客行驚節序，回眼送桃花。

【校】

〔籃輿〕原本「籃」誤「藍」，據聚珍本改。〔送桃花〕聚珍本注：「『送』，一作『望』。」

【箋注】

〔一〕金潭，地未詳。詩云「海内兵猶壯」，下曉發杉木詩云「紛紛世上事，寂寞水邊行」，謂金人再次南侵也。自去冬，金人再次南侵，南渡江、淮，以追高宗；西取陝西，以窺蜀。金兵既分渡江、淮，江東西皆陷，建康亦不守。高宗用吕頤浩策入海避兵，兀朮追至明州不及，始焚掠而北，平江尤罹其毒。其别部進攻陝西，賴張浚經營其間，僅得保蜀而已。簡齋此詩，作於是年正月，時高宗南遁海中，金人方陷明州，其别部方陷陝府。又建炎以來繫年要録卷三十一：「建炎四年春正月丁卯，金人犯潭州。時敵自南昌掠袁、筠，至長沙城下，遂圍之。」時衡、湘亦甚危急也。是月丁卯，復有虔州從衛諸軍之亂；而鍾相以二月甲午起義於鼎州，湖、湘之間，如火燎原矣。簡齋「海内兵猶壯」之語，則專爲金人南侵而發也。

〔二〕上林賦：「過乎泱漭之野。」東京賦：「泱漭無疆。」庾信枯樹賦：「槎牙千年。」劉禹錫天壇遇雨詩：「槎牙玉山碎。」

〔三〕左傳宣公十二年：隋季曰：「楚師方壯。」

〔四〕顏延年秋胡詩：「今也歲載華。」

【評】

瀛奎律髓卷二十一：「後嶺雪槎牙」，於雪如畫，佳句也。且詩律絶高。　紀昀評：後四句雄深圓足。末句「送」字較「望」字有味。

絶句

野鴨飛無數，桃花濕滿枝。竹輿鳴細雨〔一〕，山客有新詩。

【校】

〔題〕永樂大典卷一萬四千五百七十六杉木鋪條下載此詩，無題目，無作者姓名。

【箋注】

〔一〕公羊傳文公十五年：「脅我西歸之笱將而來也。」何休注：「笱者竹箯，一名編輿，齊魯以北名之曰笱。」

甘棠道中〔一〕

笱輿礙石一悠然〔二〕，正月微風意已便。桃花向來渾不數，山中時見絶堪憐。

【箋注】

〔一〕胡氏詩箋正誤：「甘棠鋪，在邵州邵陽縣仁風鄉。」按光緒湖南通志卷四十四津梁一引舊志：邵陽縣：「甘棠渡，在縣東三十里，相傳周召伯巡行處，舊有祠。」

〔二〕高適酬李少府詩：「驅馬出大梁，原野一悠然。」

將至杉木鋪望野人居〔一〕

春風漠漠野人居，若使能詩我不如。數株蒼檜遮官道，一樹桃花映草廬。

【箋注】

〔一〕嘉慶一統志卷三百六十一湖南寶慶府：「杉木江砦，在邵陽縣東北五十里。」光緒湖南通志卷三十四古蹟三：邵陽縣：「古杉木鋪，在縣東八十里。宋參政陳與義過此有詩。國朝道光二十五年，知府張鎮南建杉木亭及陳參政祠。」鄧顯鶴南村草堂文鈔卷二古杉倡和詩序：杉木鋪，「即今之黑田鋪，士人所稱乾杉樹是也」。文中考杉木鋪事甚詳，參看附録六。

曉發杉木

古澤春光淡，高林露氣清。紛紛世上事，寂寂水邊行。客子凋雙鬢，田家自一生。有詩還忘記，無酒却思傾。

【校】

〔題〕永樂大典卷一萬四千五百七十六杉木鋪條載此詩，題作「曉發杉木詩」，無作者姓名。

〔寂寂〕原本作「寂寞」，據丁鈔改。

先寄邢子友〔一〕

作客經年樂有餘，邵陽岐路不崎嶇。山川好處欹紗帽，桃李香中度筍輿。欲見舊交驚歲月，剩排幽話説艱虞〔二〕。人間書疏非吾事〔三〕，一首新詩未可無。

【校】

〔經年〕永樂大典卷一萬四千三百八十「經」作「今」。〔幽話〕丁鈔、聚珍本「話」作「語」，宋詩鈔同。點校本引明本同。

【箋注】

〔一〕胡注：「子友名洛人，時爲郡倅。」按注文「名」下當有脱字，「洛人」當是「洛人」之誤（馮校云：「莫作『洛』。」），蓋子友乃簡齋鄉人也。無住詞有虞美人邢子友會上詞一首，胡注引大生法帖載簡齋一帖云：「予庚戌歲客邵州，時鄉人邢子友爲監郡，一日過之。會天大暑，子友置席于超然臺上，得白蓮花置樽間，相對劇飲，至夜踏月而歸，嘗作此詞。後九年，予守吴興，病歸越，而堂下白蓮盛開，意欣然，賞其高麗，爲獨酌一杯。數年多病，意緒衰落，不復爲詩矣。偶記此詞，恍然如昨日云。紹興戊午五月廿四日。」按胡譜：「紹興八年戊午，五月，以疾請去，除資政殿學士左太中大夫復知湖州。」帖即是時所作。至十一月二十九日，簡齋即病逝矣。帖中所稱「庚戌歲」，即建炎四年客邵州時也。永樂大典卷一萬四千三百八十引邵陽志載簡齋此詩，亦未標明作者姓名。邢子友事蹟未詳。胡寅斐然集卷二有贈邢子友詩：「憶昔筮仕初，典教洛學省。故家多遺俗，往叩冠屨整。得交邢公子，伯仲皆豪穎。……官閒日從君，何宴不酩酊。……湘流平似席，告別理歸艇。願言頻惠音，庶以代欬謦。」此詩編在戊辰年，則紹興十八年也。同書卷三又有和邢子友七律一首，首二句云：「可憐牒訟汩華年，賴有神交肯惠然。」五、六云：「浮雲空解遮人境，止水何曾染世緣。」二詩猶可想見子友生平概略。

〔二〕北齊書封隆之傳：「高祖謂冀州行事司馬子如曰：『封公積德履仁，體通性達，自出納軍國，垂二十年，契闊艱虞，始終如一。』」陳師道寒夜詩：「留滯常思動，艱虞悔却來。」

〔三〕嵇康與山巨源絶交書：「素不便書，不喜作書，而人間多事，堆案盈几。不相酬答，則犯教傷義；欲自勉强，則不能久。」談藪：陶弘景隱茅山，自稱華陽隱居，人間書疏，皆以此代名。

立春日雨

衡山縣下春日雨，遠映青山絲樣斜〔一〕。容易江邊欺客袂，分明沙際濕年華。竹林路隔生新水，古渡船空集亂鴉。未暇獨憂巾一角〔二〕，西溪當有續開花。

【校】

〔題〕潘本無「日」字。　〔衡山〕宋詩鈔「山」作「陽」。

【箋注】

〔一〕文選張景陽雜詩：「密雨如散絲。」杜甫雨不絶詩：「鳴雨既過漸細微，映空揺颺如絲飛。」

〔二〕巾一角，見卷二十一贈傅子文詩注。

【評】

瀛奎律髓卷十七紀昀評：亦有姿致，然非高作。　又云：「絲樣斜」三字欠雅。

正月十二日至邵州十三日夜暴雨滂沱〔一〕

邵州正月風氣殊，鶉尾之南更山塢〔二〕。昨日已見三月花，今夜還聞五更雨。牋與天公一破顔〔三〕，走避北狄趨南蠻〔四〕。夢到龍門聽澗水，覺來簷溜正潺潺。

【校】

〔五更〕丁鈔、聚珍本「更」作「月」，點校本引明本同。　〔北狄〕聚珍本「狄」作「騎」。

【箋注】

〔一〕輿地紀勝卷五十九荆湖南路寶慶府：「邵陽縣，望，附郭。本漢昭陵縣，屬長沙國。後漢改曰邵陽，晉曰邵陵。元和郡縣志曰：以在邵水之陽，故名。……今爲邵州理所。」嘉慶一統志卷三百六十湖南寶慶府：「在湖南省治西南五百里。西南至廣西桂林府全州治四百二十里，東北至長沙府治四百五十里。宋曰邵州邵陽郡，屬荆湖南路，寶慶元年升爲寶慶府。」

〔二〕胡注：「鶉尾當翼軫之宿，於地屬楚分。邵州，楚地之南也。」

〔三〕初學記卷十九奴婢第六有劉謐之與天公牋，喬道元與天公牋。黄庭堅次韻石七三六言：「此事可牋天公。」任注引蘇子美愛愛歌：「此樂亦可牋天公。」(今本蘇學士集佚)

〔四〕王制：「南方曰蠻，有不火食者。北方曰狄，有不粒食者。」

初至邵陽逢入桂林使作書問其地之安危〔一〕

湖北彌年所，長沙費月餘。初爲邵陽夢，又作桂林書。老矣身安用，飄然計本疎。管寧遼海上，何得便安居〔二〕。

【校】

〔題〕此詩外集重出。「作書」，外集作「以書」。〔桂林〕外集「林」作「州」。〔便安居〕宋詩鈔「便」作「更」。又，「安」，原本作「端」，經訓堂帖所刊此詩手稿作「安」，外集同，今據改。

【箋注】

〔一〕嘉慶一統志卷四百六十一廣西桂林府：「北至湖南寶慶府城步縣界三百二十里。宋仍爲桂州始安郡静江軍節度，屬廣南路，至道三年分置廣南西路，大觀元年升爲帥府，紹興三年升爲静江府。」按簡齋自建炎二年正月自鄧往房州遇虜奔入南山，至三年九月别巴丘，自南洋，抵湘潭，其間凡一年又八、九月，故曰「湖北彌年所」也。其在湘潭，有與向伯恭諸詩；既而復自長沙過衡嶽。據玉剛卯詩「仲冬吉日」之語，其抵湘潭，蓋在三年十月；至十一月末即離潭赴衡，故曰「長沙費月餘」也。三年蹤跡，數語盡之矣。

〔二〕管寧，見卷十七寄季申詩注。

舟泛邵江

老去作新夢，邵江非舊聞。灘前群雁起，柁尾川華分。落花棲客鬢，孤舟遡歸雲。快然心自足〔一〕，不獨避囂紛。

【校】

〔群雁〕原本「雁」作「鷺」，據經訓堂帖所刊簡齋手稿改。

【箋注】

〔一〕王羲之蘭亭集叙:「快然自足。」

過孔雀灘贈周靜之〔一〕

海内無堅壘,天涯有近親。不辭供笑語〔二〕,未慣得殷勤〔三〕。舟楫深宜客,溪山各放春〔四〕。高眠過灘浪,已寄百年身。

【校】

〔深宜客〕潘本「宜」作「容」。

【箋注】

〔一〕嘉慶一統志卷三百六十湖南寶慶府:「孔雀灘,在府治西四十里資水中。」輿地紀勝卷五十九荆湖南路寶慶府人物:「陳與義號簡齋,建炎初,避地邵陽周氏之家,有詩甚富。後召爲參政。」(按「建炎初」當作「建炎末」爲是)同書武岡軍景物下:「紫陽山,周儀諫議,嘉祐名臣,有讀書堂在紫陽山,千尋石室,前瞰溪,簡齋所謂『雷霆鬼神之所爲,非人力之所能就也』。」同書同卷人物:「周儀,紫陽人,登雍熙甲科。子湛,登天禧第。少讀書山中,刻勵於學。後爲諫議大夫,實嘉祐名臣。臨終遺命,邵陽祖疇,悉分家族。」(以上三條,方輿勝覽卷二十六略同）又輿地紀勝卷六十二荆湖南路武岡軍風俗形勝引陳簡齋周氏讀書石室銘：「嘉祐名臣，其子孫食舊德之名氏者，於今不絕。」據知簡齋避地邵陽，實依紫陽周氏以居。詩中周静之，當即周儀之後，亦即以下諸詩所稱「地主」、「主人」者。詩云「天涯有近親」，則周氏於簡齋爲近親。按墓誌，簡齋妻氏周。邵陽諸周，即簡齋妻族也。（卷二十六次周漕示族人韻詩，點校本引增注：「武岡本有拾遺一卷。……古汴姜桐跋云：『建炎庚戌，公因避地挈來紫陽周氏甥館之所作也。』」是其證。）簡齋去年離岳州時留别詩中已有「忽破巴丘夢，還尋邵陽路」之語，是當時已決意來相依矣。又，簡齋書堂石室銘，胡注本無之，聚珍本亦但載銘語，不載序文，惟李氏藏本卷十四載之，點校本即據以補入外集，今從之。

〔二〕杜甫百憂行：「强將笑語供主人。」

〔三〕司馬遷報任安書：「未嘗啣盃酒，接殷勤之餘歡。」

〔四〕杜甫留别公安太易沙門詩：「江縣紅梅已放春。」

【評】瀛奎律髓卷三十四紀昀評：簡齋詩畢竟大雅。「勤」字入真韻，唐人部分如是，宋韻乃入文韻。

江行晚興〔一〕

曾聽石樓水，今過邵州灘。一笑供舟子，五年經路難。雲間落日淡，山下東風寒。煙嶺叢花照，夕灣群鷺盤。生身後聖哲，隨俗了悲歡。淹旅非吾病，悠悠良足歎。

【校】

〔經路難〕丁鈔、聚珍本、宋詩鈔「經」作「行」，點校本引明本同。按明長洲文氏停雲館帖所刊此詩手稿作「經」，與原本合。〔良足歎〕丁鈔「良」作「長」，按停雲館帖作「良」，與原本合。

【箋注】

〔一〕詩云「五年經路難」，下今夕詩亦云「偷生經五載」，自靖康元年春計之，至是適五年也。

夜抵貞牟〔一〕

野暝猶聞遠，川明不恨遲〔二〕。焚山隔岸火，及我繫船時。夜半青燈屋，籬前白水陂。殷勤謝地主，小築欲深期〔三〕。

【箋注】

〔一〕貞牟，停雲館帖所刊簡齋手稿「貞」作「征」，其地未詳，當在武岡州東，紫陽山麓。詩云：「殷勤謝地主，小築欲深期。」貞牟書事云：「眷此貞牟野，息駕吾其終。」簡齋貞牟所寓，當在紫陽山下也。

〔二〕韋應物春遊詩：「川明氣已變。」點校本引增注：中齋云：「『遠』謂其地，『遲』謂其至。」

〔三〕杜甫畏人詩：「畏人成小築。」又暮春江陵送馬大卿公恩命追赴闕下詩：「後會且深期。」又寄岳州賈司馬六丈巴州嚴八使君兩閣老五十韻詩：「深期列大賢。」

晚步

畎畝意不釋，出門聊散憂。雨餘山欲近〔一〕，春半水争流。衆籟夕還作〔二〕，孤懷行轉幽。溪西篁竹亂，微徑雜歸牛。

【校】

〔不釋〕瀛奎律髓卷十七「釋」作「適」。〔春半水争流〕原本此句作「春水半溪流」，據潘本、丁鈔、聚珍本改，瀛奎律髓同。

【箋注】

〔一〕白居易中書寓直詩：「天晴更覺南山近。」

〔二〕莊子齊物論：「地籟則衆竅是已。」又：「夫大塊噫氣，其名爲風，是唯無作，作則萬竅怒號。」

【評】瀛奎律髓卷十七紀昀評：別有淡遠之意。

雨

雲物澹清曉〔一〕，無風溪樹閑。柴門對急雨，壯觀滿空山〔二〕。春發蒼茫内〔三〕，鳥鳴篁竹間。兒童笑老子，衣濕不知還。

【校】

〔溪樹〕原本「樹」作「自」，據停雲館帖所刊手稿改，潘本、律髓與帖同。點校本引李氏藏本亦同。又引增注：「『樹』，諸本同，箋本作『自』。」

【箋注】

〔一〕左傳僖公五年：「凡分至啓閉，必書雲物。」孟浩然詩：「微雲澹河漢。」

〔二〕東京賦：「信天下之壯觀。」

〔三〕文選潘岳哀永逝文：「視天日兮蒼茫。」注：「荒寂貌。」

【評】瀛奎律髓卷十七紀昀評：四句鄙。「發」字稍稚。

今夕

今夕定何夕〔一〕，對此山蒼然。偷生經五載，幽獨意已堅〔二〕。微陰拱衆木，静夜聞孤泉。唯應寂寞事，可以送餘年。

【校】

〔獨意〕原本作「意獨」，據停雲館帖所刊手稿改。點校本引李氏藏本與帖同。

【箋注】

〔一〕詩綢繆：「今夕何夕。」

〔二〕杜甫久雨詩：「空山無以慰幽獨。」又客堂詩：「受性本幽獨。」

暝色

殘暉度平野〔一〕，列岫圍青春〔二〕。柴門一枝筇，日暮棲心神。暝色著川嶺，高低鬱輪囷〔三〕。水光忽倒樹，山勢欲傍人。萬化元相尋〔四〕，幽子意自新。肅肅夜將久，空明動邊垠〔五〕。田鸛吟相應，我獨荒無鄰〔六〕。短篇可不就，所寄聊一伸〔七〕。

【校】

〔川嶺〕停雲館帖「嶺」作「領」。　〔輪囷〕原本「囷」誤「困」，蔣同，馮據莫校改「囷」，與聚珍本合。按帖作「囷」，點校本引李氏藏本同，今據正。　〔倒樹〕丁鈔、聚珍本、宋詩鈔「倒」誤「到」。按帖作「倒」，與原本合，吴師道禮部詩話引此句亦作「倒」。　〔相尋〕聚珍本「尋」誤「孚」。　〔田鸛〕原本「鸛」作「鶴」，據帖改。　〔荒無鄰〕原本「荒無鄰」，誤作「無荒鄰」，據帖改。　點校本引李氏藏本不誤。　〔可不〕原本「可不」誤作「不可」，據帖改。　點校本引李氏藏本不誤。

【箋注】

〔一〕梁簡文帝雉朝飛操：「平野度春翬。」

〔二〕古樂府：「繡幕圍春風。」

〔三〕史記鄒陽傳：「蟠木根柢輪囷離詭，而爲萬乘器者。」文選枚乘七發：「龍門之桐高百尺而無枝，中鬱結之輪囷。」

〔四〕陶潛九日詩：「萬化相尋繹。」

〔五〕韓愈祭李使君文：「航北湖之空明。」蘇軾赤壁賦：「擊空明兮泝流光。」又示孫志舉詩：「蹭蹬阻風水，横斜挂邊垠。」

〔六〕司空曙喜外弟盧綸訪宿詩：「静夜四無鄰，荒居舊業貧。」

〔七〕顏延年五君詠：「酒頌雖短章，深衷自此見。」

【評】

吴師道吴禮部詩話：世稱宋詩人句律流麗，必曰陳簡齋；對偶工切，必曰陸放翁。今（唐）子西所作，流布自然，用故事古語，融化深穩，前乎二公，已有若人矣。（子西）春日郊外詩：「水生看欲倒垂楊。」絶句：「疑此江頭有佳句，爲君尋取却茫茫。」簡齋有「水光忽倒樹」及「忽有好詩生眼底，安排句法已難尋」之句，非襲用其語，則亦暗合者與？

貞牟書事

留侯辟穀年〔一〕，漢鼎無餘功〔二〕。子真策不售，脱迹市門中〔三〕。神仙非異人，由來本英雄〔四〕。撫世獨餘事，用舍何必同〔五〕。眷此貞牟野，息駕吾其終〔六〕。蒼山雨中高，緑草溪上豐。仲春水木麗，禽鳴清晝風〔七〕。禍福兩合繩，既解一身空〔八〕。榮華信非貴，寂寞亦非窮〔九〕。

【校】

〔題〕停雲館帖「貞」作「征」，下同。歲寒堂詩話卷一亦作「征」。此蓋避宋仁宗諱。〔眷此〕丁鈔、聚珍本、宋詩鈔「此」作「兹」，點校本引明本同。

【箋注】

〔一〕史記留侯世家：留侯乃稱曰：「家世相韓，及韓滅，不愛萬金之資，爲韓報讎彊秦，天下振動。今以三寸舌爲帝者師，封萬户，位列侯，此布衣之極，於良足矣。願棄人間事，欲從赤松子游耳。」乃學辟穀，道引輕身。

〔二〕漢書吾丘壽王傳：及汾陰得寶鼎，群臣皆上壽，賀曰：「陛下得周鼎。」壽王獨曰：「此天之所以與漢，乃漢寶，非周寶。」此句言漢鼎已定，留侯則以功成身退也。

〔三〕漢書梅福傳：福字子真，自南昌尉去官歸壽春，數上書，終不爲納。後王莽專政，福一朝棄妻子，去九江，至今傳以爲仙。後有見福於會稽者，變名爲吴市門卒云。

〔四〕點校本引補注：二句「與坡公安期生詩『乃知經世士，出處或乘龍』意同」。

〔五〕莊子天道：「以此進而撫世，則功大名顯。」論語述而：「用之則行，舍之則藏。」

〔六〕向子期思舊賦：「息吾駕兮城隅。」

〔七〕杜甫宿鑿石浦詩：「仲春江山麗。」文選謝叔源西池詩：「景昊鳴禽集，水木湛清華。」

〔八〕賈誼鵩鳥賦：「夫禍之與福，何異糾纆？」注：「禍福相爲表裏，如糾繩索相附會也。」字林曰：「糾，兩合繩；纆，三合繩。」

〔九〕嵇康與山巨源絶交書：「吾頃學養生之術，方外榮華，去滋味，游心於寂寞，以無爲爲貴。」點校本引增注：「淵明詩：『榮華誠足貴，亦復可憐傷。』」按所引見陶潛擬古。

山中

當復入州寬作期〔一〕，人間踏地有安危〔二〕。風流丘壑真吾事，籌策廟堂非所知〔三〕。白水春陂天澹澹，蒼峰晴雪錦離離。恰逢居士身輕日，正是山中多景時。

【校】

〔題〕馮校：「此詩見外集，題作『欲入州不果』，庫本亦作『山中』。」〔春陂〕潘本「陂」作「波」，瀛奎律髓卷二十三同。〔蒼峰〕潘本「峰」作「松」。

【箋注】

〔一〕杜甫遣興詩：「昔聞龐德公，未曾入州府。」

〔二〕蘇軾魚蠻子詩：「踏地出賦租，不如魚蠻子。」

〔三〕世説新語品藻：「明帝問謝鯤：『君自謂何如庾亮？』答曰：『端委廟堂，使百僚準則，臣不如亮；一丘一壑，自謂過之。』」

【評】

胡仔苕溪漁隱叢話後集卷三十四：去非舊有詩云：「風流丘壑真吾事，籌策廟堂非所知。」其後登政府，無所建明，卒如其言。

點校本引增注：此詩正言似反，以寄恨意。苕溪之評，是以成敗論，非知人者，非知詩者。瀛奎律髓卷二十三：參政簡齋陳公，名與義，字去非，洛陽人。自黄、陳紹老杜之後，惟去非與吕居仁亦登老杜之壇。居仁主活法，而去非格調高勝，舉一世莫之能及。初以墨梅詩見知徽廟，「客子光陰詩卷裏，杏花消息雨聲中」，大爲高廟所賞。欲學老杜，非參簡齋不可。此乃不欲赴召之詩，「風流」、「籌策」一聯，苕溪詩話似乎未會此意。後學宜細味此等詩與許丁卯高下如何。紀昀評：起二句未佳，後六句風格自健，但無意味耳。又云：評簡齋，确；惟以吕居仁並稱，則究嫌非偶。江西亦有一種套子，其俗較丁卯更甚，亦不可不知。

入城

舴艋泝溪水，款段踏山去〔一〕。入城緣底事，要識崎嶇路。稻塍白縱横，茅嶺青盤互〔二〕。牧兒歌不休，孤客自多懼。士行猶運甓〔三〕，文公亦習步〔四〕。我敢忘艱難，衝煙問荒渡。

【校】

〔泝溪水〕原本「泝」誤「沂」，蔣刻同。馮校：「『沂』，從莫校作『泝』，庫同。」今據改。

【箋注】

〔一〕款段，見卷七謹次十七叔去鄭詩韻二章以寄家叔一章以自詠詩注。

〔二〕杜牧戰論：「高山大河，盤互交錯。」

〔三〕晉書陶侃傳：侃字士行，爲廣州刺史，在州無事，朝運百甓於齋外，暮運於内。人問其故，對曰：「吾方致力中原，過爾優逸，不堪事事。」其勵志勤力如此。

〔四〕後漢書方術傳：任文公曉天官風角秘要，辟司空掾。平帝即位，稱疾歸家。王莽篡後，文公推數，知當大亂。乃課家人負物百斤，環舍趨走，日數十。時人莫知其故。後兵寇並起，其逃亡者少能自脱，惟文公大小負糧捷步，悉得完免。

正集卷二十五

謝主人〔一〕

春禽勸我歸，主人留我住。一笑謝主人，我自歸無處。擬借溪邊三畝春，結茅依樹不依隣。伐薪政可煩名士〔二〕，分米何須待故人〔三〕。

【校】

〔歸無處〕聚珍本、宋詩鈔作「無歸處」，點校本引明本、輿地紀勝卷六十二同。〔依隣〕原本「隣」誤「憐」，蔣刻同，馮據莫校改「隣」，今據正。

【箋注】

〔一〕輿地紀勝卷六十二荆湖南路武岡軍引「春禽勸我歸，主人留我住。一笑謝主人，我自無歸處」四句。按主人，當指邵陽周氏也。

〔二〕酉陽雜俎前集卷二壺史：「邢和璞偏得黄老之道，善心算。……又曾居終南，好道者多卜築依之。崔曙年少，亦隨焉。伐薪汲泉，皆是名士。」

〔三〕杜甫酬高使君相贈詩：「古寺僧牢落，空房客寓居。故人分祿米，鄰舍與園蔬。」

羅江二絶

荒村終日水車鳴，陂北陂南共一聲。灑面風吹作飛雨，老夫詩到此間成〔一〕。

【箋注】

〔一〕杜甫四松詩：「清風爲我起，灑面若微霜。」

【評】

劉辰翁評末句：創奇。

其二

山翁見客亦欣然，好語重重意不傳。行過竹籬逢細雨，眼明雙鷺立青田。

洛頭書事

綸巾古鶴氅〔一〕，日暮槲林間。誰使翁迎客？應聞屐響山〔二〕。占年又得熟，勸我不須還。村酒困壯士，水風吹醉顏。

【箋注】

〔一〕晉書謝萬傳：「簡文帝作相，聞其名，召爲撫軍從事中郎。萬著白綸巾，鶴氅裘，履版而前。既見，與帝共談移日。」

〔二〕見卷九寄題商洛宰令狐勵迎翠樓詩注。

【評】

劉辰翁評「村酒困壯士」二句：甚有奇氣。

三月二十日聞德音寄李德升席大光新有召命皆寓永州〔一〕

塵隔斗牛三月餘〔二〕，德音再與萬方初〔三〕。又蒙天地寬今歲，且掃軒窗讀我書。

自古安危關政事，隨時憂喜到樵漁。零陵併起扶顛手〔四〕，九廟無歸計莫疎〔五〕。

【校】

〔題〕原本「升」誤「外」，蔣同，馮校從莫作「升」。聚珍本作「升」，今據改。〔計莫疎〕點校本引李氏藏本「計」作「術」。

【箋注】

〔一〕宋史高宗紀：「建炎四年二月丙申，以金兵退，肆赦。」建炎以來繫年要録卷三十一：建炎四年二月丙戌，「是日，金人自臨安退兵。丙申，以上還温州，德音，釋天下徒刑，應士民家屬有自金來歸者，所在量給錢米，於寺院安泊，訪還其家。以洪州三省樞密院淹延刑禁，自今奏讞，並令赴行在」。詩云「德音再與萬方初」，謂此也。胡注：「李擢字德升，濟南人，嘗任工部侍郎、徽猷閣直學士。」按，李擢宋史無傳，然靖康要録、建炎以來繫年要録載其事頗詳。其人靖康時已任殿中侍御史、左司諫、中書舍人。建炎初爲給事中。建炎元年六月，李綱同執政進呈議僭僞劄子，以擢嘗受僞命，責郴州安置（二年，馬伸亦言擢靖康間黨附耿南仲倡爲和議），汪、黄秉政復進用，以爲徽猷閣待制，權兵部郎中。建炎三年九月，金人追隆佑太后至大冶縣，擢遁去。簡齋爲此詩時，其人方流寓永州。詩云「零陵併起扶顛手」，按李擢、席益與簡齋同時起用，事在本年五月壬子，見建炎以來繫年要録卷三十二，此云「新有召命」

者，或李、席二人先已被召，至五月復與簡齋同召，史失書耳。席益是時當是自衡來永者。擢紹興間歷給事中、知嚴州、知平江府、試尚書工部侍郎、禮部尚書、知婺州。雞肋編卷中有李擢除工部侍郎詞，洪炎所行。嚴州圖經卷一載朱翌所作知州題名記有李擢題名。李彌遜筠溪集卷四有所行李擢袁州李正民筠州制，劉一止苕溪集卷四十二有李擢磨勘轉左朝散大夫進封開國伯加食邑三百户制。孫覿內簡尺牘卷三有與宮使李尚書書十三首，注云：「名擢，字德升。」綦崈禮北海集中與擢唱酬之作尤多。又周必大二老堂雜志卷二記擢子益能召試事，文長不録。

〔二〕漢書地理志：「斗牛，吴、越分。」

〔三〕漢書董仲舒傳：「陛下發德音，下明詔。」杜甫收京三首詩：「依然七廟略，更與萬方初。」

〔四〕零陵郡即永州。論語季氏：「危而不持，顛而不扶。」

〔五〕胡注：「本朝崇寧初，增建九廟，翼祖、宣祖，皆歸本室。」

夏夜

遠遊萬事裂〔一〕，獨立數峰青〔二〕。明月照山木，荒村饒夜螢。翻翻雲渡漢，歷歷水浮星。遥舍燈已盡，幽人門未扃。

【箋注】

〔一〕柳宗元寄許京兆書：「立身一敗，萬事瓦裂。」

〔二〕錢起湘靈鼓瑟詩：「曲終人不見，江上數峰青。」

題東家壁

斜陽步屧過東家〔一〕，便置清樽不煮茶。高柳光陰初罷絮，嫩鳧毛羽欲成花。群公天上分時棟〔二〕，閑客江邊管物華〔三〕。醉裏吟詩空跌宕〔四〕，借君素壁落栖鴉〔五〕。

【校】

〔時棟〕點校本引增注：「『棟』，一作『政』。」〔素壁〕原本「壁」誤「璧」，據聚珍本改。

【箋注】

〔一〕南史袁粲傳：粲爲丹陽尹，嘗步屧白楊郊野間，道遇一士大夫，便呼與酣飲。杜甫遭田父泥飲美嚴中丞詩：「步屧隨春風，村村自花柳。」

〔二〕袁宏諸葛孔明贊：「釋褐中林，鬱爲時棟。」李善注引袁山松後漢書：郭林宗與陳留盛仲明書：「足下諸人，爲時棟梁。」

〔三〕杜甫曲江陪鄭八丈南史飲詩：「且盡芳樽戀物華。」王勃滕王閣序：「物華天寶。」

〔四〕文選恨賦：「脱略公卿，跌宕文史。」

〔五〕法書苑：鄔彤善草書，如寒林栖鴉。蘇軾次王鞏詩：「平生痛飲處，遺墨鴉棲壁。」黄庭堅和王世弼詩：「大字如棲鴉，已不作肥軟。」

【評】

瀛奎律髓卷二十三：三、四極天下之工，亦止言景耳。五、六遜時棟於天上群公，而以江邊閑客自許，氣岸高峻，骨格開張，殆天授，非人力，然亦力學則可及矣。紀昀評：「時棟」字出文選，然字太古奥，入律不宜，馮氏抹之，是也。

劉辰翁評「高柳光陰初罷絮」二句：清麗。

曳杖

柳條一何長，我髮一何短。餘日會有幾〔一〕，經春卧荒疃〔二〕。曳杖陂西去，悠悠寄蕭散。田壠粲高低，白水一時滿。農夫暮猶作，媿我讀書嬾。且復棄今兹，前峰青蹇嵼〔三〕。

【箋注】

〔一〕韓愈南溪詩：「餘年諒無幾。」白居易酬夢得見喜疾瘳詩：「餘年有幾何？」

〔二〕詩東山:「町畽鹿場。」說文:「畽,禽獸所踐處也。」

〔三〕上林賦:「蹇嵼溝瀆。」張注:「屈折也。」

雷雨行〔一〕

憶昨炎正中不融,元帥仗鉞臨山東。萬方嗷嗷叫上帝,黄屋已照睢陽宫〔二〕。嗚呼吾君天所立,豈料四載猶服戎〔三〕。禹巡會稽不到海,未省駕舶觀民風〔四〕。定知諫諍有張猛〔五〕,不可危急無高共〔六〕。自古美惡周必復,犬羊汝莫窮妖凶〔七〕。吉語四奏元氣通,德音夜發春改容。雷雨一日遍天下,父老感泣霑其胸〔八〕。臣少憂國今成翁,欲起荷戟傷疲癃〔九〕。小遊太一未移次〔一〇〕,大樹將軍莫振功〔一一〕。劉琨祖逖未足雄〔一二〕,晏球一戰腥臊空〔一三〕。諸君努力光竹素,天子可使塵常蒙〔一四〕?君不見夷門山頭虎復龍,向來佳氣元葱葱〔一五〕。

【校】

〔題〕原本作「雷行雨」,誤,據聚珍本改。〔張猛〕原本「猛」誤「猛」,馮依莫校改,聚珍本同,今據正。〔犬羊〕聚珍本作「兵戈」,館臣妄改。〔元氣通〕原本「通」誤「道」,蔣刻同。馮校:

「『道』，從四庫本作『通』，莫校同。」今據改。　〔腥臊〕聚珍本「腥臊」作「煙塵」，館臣妄改。

【箋注】

〔一〕胡注：「庚戌歲聞赦作。實建炎四年。」據點校本引李氏藏本，知「庚戌歲聞赦作」六字，乃簡齋自注也。「實建炎四年」五字，則胡氏所加。胡譜：「建炎四年庚戌，五月聞赦，有雷雨行。」按宋史高宗紀：「建炎四年二月丙申，以金兵退，肆赦。」簡齋前此已有三月二十日聞德音詩，至是復有此作也。簡齋集中七古不多，此詩沉鬱頓挫，頗似少陵，其聲情跌宕，蒼涼悲壯，尤與冬狩行諸篇爲近，蓋力作也。

〔二〕胡注：「高廟以靖康元年十二月，開大元帥府于相州。明年五月，即位于睢陽。」建炎以來繫年要録卷一：「靖康元年十一月丙戌，右副元帥宗傑犯京師；閏月丁酉，副元帥宗維犯京師。耿南仲至衛州，衛人不受，南仲馳至相州。辛丑，見王，辭以面受睿旨，盡起河北一路將兵入衛。王乃同南仲召募勤王之師。殿中侍御史胡唐老見京城危，議以王爲元帥，何㮚是之。己酉，遣閤門祗候秦仔等八人持親筆蠟書縋城詣相州，拜王河北兵馬大元帥，俾率兵入援。辛酉，淵聖皇帝幸敵營。秦仔至相州，於頂髮中出蠟書黄絹三寸，王讀之嗚咽，軍民感動。十有二月壬戌朔，王開元帥府，有兵萬人，蓋樞密院官劉浩即相州所募義士及信德府勤王兵、大名府救河東兵，與所招太原、真定府、遼州潰兵而已。分爲五軍。」同書卷五：「建炎元年五月。庚寅朔，兵馬大元帥康王即皇帝位於南京，改元建炎。乃命有司築壇於應天治門之左，命王府記室參軍滕康作册告天，撰文肆赦。赦文詆斥圍城士大夫，有憤怒意。王命（耿）延禧改定。其叙邦昌事，但云『仍抑臣僚，俾僭位號』而已。又云：『圍城士大夫一切不問。』遂以南仲爲禮儀使，而延禧讀册文。時太常寺主簿張浚自京師馳至，因以浚攝太常少卿，導引行事。昧爽，皇帝登壇寅受天命。上時年二十一。後名所築壇曰中興受命之壇。」詩云「黄屋已照睢陽宫」，此其事也。

〔三〕左傳襄公十四年：「天生民而立之君，使司牧之。」内則：「六十不與服戎。」

〔四〕史記夏本紀：「帝禹東巡狩，至于會稽西崩。」按此指去冬今春，金人再次南侵，高宗用吕頤浩策，入海逃竄事。詩云「未省駕舶觀民風」，蓋不以航海避敵之舉爲然，諷之，亦痛之也。建炎以來繫年要録卷二十九：「建炎三年十一月己巳，上發越州，次錢清堰，夜得杜充奏，我師敗績。上謂輔臣曰：『充守江不利，陳淬戰没，王燮擁兵南遁，金國人馬必臨浙江追襲。事迫矣，卿等意如何？』吕頤浩曰：『臣有一策，望聖意詳度，斷在必行。』上曰：『何如？』頤浩奏：『金人以騎兵取勝，今鑾輿一行，皇族百司官吏兵衛家小甚衆，若陸行山險之路，糧運不給，必至生變。兼金人既渡浙江，必分遣輕騎追襲。今若車駕乘海舟以避敵，既登海舟之後，敵騎必不能襲我。江、浙地熱，敵亦不能久留，俟其退去，復還二浙，彼入我出，彼出我入，此正兵家之奇也。』上沉吟久之，曰：『此事可行！卿等熟議，來日召侍從臺諫至都堂參議可否。』庚午，上遽回鑾，晚次越州城下，從官對于河次亭上。侍御史趙鼎言：『衆寡不敵，勢難與戰，宜姑避之。』呂頤浩乃聚議航海。新除吏部侍郎御營使參贊公事鄭望之後至，獨謂：『自古興王未有乘舟檝者。』權户部侍郎葉份，中書舍人綦密禮曰：『若別有策，甚善；不然，舍海道將安之？』頤浩晚朝奏事，上曰：『航海之事，朕昨夕熟思之，斷在必行；卿等速尋船！』遂決策移四明。頤浩奏：令從官已下各從便而去。上曰：『士大夫當知義理，豈可不扈從？若如此，則朕所至乃同寇盜耳！』於是郎官已下或留越，或徑歸者多矣。辛未，金人陷建康。癸酉晚中，上發越州，雨始作。自是連雨泥淖，吏卒暴露，不勝其苦。是日，金人犯無爲軍。」同書卷三十：「十二月己卯，上次明州，提領海船張公裕奏已得千舟，上甚喜。王綯曰：『豈非天邪！』辛巳，金人陷廣德軍。壬午，金人犯安吉縣。是日，定議航海避敵。……是日，完顏宗弼自安吉進兵，過獨松嶺，歎曰：『南朝可謂無人！若以羸兵數百守此，吾豈能遽渡哉？』乙酉，完顏宗弼犯臨安府。己丑，上幸定海縣，御樓船，參知政事張守收後。前一日，臺諫請對，上諭以不得已之意。夜，諜報敵逼臨安。知越州李鄴奏至。是日天雨，群臣入朝，至殿門，有旨放朝，惟執政入對。上於御袍中出鄴奏示之。既退，上自州治乘馬出東渡門，登樓船，宰執皆從之。詔止親兵三千人自隨，百官有司隨便寓浙東諸郡。時上既廢諸班直，獨神武中軍辛永宗有衆數千，而御營使呂頤浩之親兵將姚端衆最盛，上皆優遇之。晚朝，二府登舟奏事，參知政事范宗尹曰：『敵騎雖百萬，必不能追襲，可以免禍矣！』上曰：『惟斷乃成，此事是也。』是日，金人陷臨安府。」此建炎三年冬至四年春航海避敵之情事也。至其展轉南竄之跡，前箋已具之矣。

〔五〕漢書薛廣德傳：「上酎祭宗廟，出便門，欲御樓船。廣德當乘輿車，免冠頓首曰：『宜從橋！』詔曰：『大夫冠。』廣德曰：『陛下不聽臣，臣自刎，以血汙車輪，陛下不得入廟矣！』上不説。先敺光禄大夫張猛進曰：『臣聞主聖臣直。乘船危，就橋安，聖主不乘危。御史大夫言可聽！』上曰：『曉人不當如是邪？』乃從橋。」按用張猛事以指鄭望之之流不主航海者。

〔六〕史記趙世家：「三國攻晉陽，歲餘，引汾水灌其城，城不浸者三版。城中懸釜而炊，易子而食。群臣皆有外心，禮益慢，唯高共不敢失禮。襄子懼，乃夜使相張孟同私於韓、魏。韓、魏與合謀，以三月丙戌，三國反滅知氏，共分其地。於是襄子行賞，高共爲上。張孟同曰：『晉陽之難，唯共無功。』襄子曰：『方晉陽急，群臣皆懈，惟共不敢失人臣禮，是以先之。』」按此用高共事以諷從官徑歸者之多也，語意深至。點校本引增注：「『禹巡會稽不到海，未省駕舶觀民風』二句有諷意，謂高宗南奔泛海，不能勵志中原也。故下用張孟同、高共事，皆有所指而言。後篇傷春『豈知窮海看飛龍』，亦『禹巡會稽不到海』之意。按國史：建炎三年冬，高宗自明州航海。四年春，舟次台州，夏，復次明州，又次越州。而公此詩乃四年五月作也。」

〔七〕左傳昭公十一年：子産曰：「三年，王其有咎乎？美惡周必復，王惡周矣。」文選劉越石勸進表：「逆胡劉曜，縱逸西都，敢肆犬羊，陵虐天邑。」李善注引漢名臣奏曰：「應劭議以爲鮮卑隔在漠北，犬羊爲群。」

〔八〕易解卦：「雷雨作解，先王以赦過宥罪。」唐書陸贄傳：李抱貞曰：「陛下在奉天山南時，赦令至山東，士卒皆感泣思奮。臣是以知賊不足平。」

〔九〕漢書陳湯傳：「小臣罷癃，不足以策大事。」

〔一〇〕漢書郊祀志：「亳人謬忌奏祠泰一方，曰：『天神貴者泰一。』」易緯乾鑿度注：「太一者，北辰之神名也。」楊億談苑：「太平興國中，方士楚芝蘭上言：按太一經：『五福太乙，爲天大貴神。凡行五宮，四十五年一徙。今當入吴分。五福所至，民獲其祐。』乃築宫蘇州，後改築京城南蘇村。凡十殿，曰：君綦、民綦、臣綦、九氣、大游、小游、十神、天一、地一、五福爲十。」點校本引增注：「楊維德景祐太一福應經：『五福所至，民獲其佑；小遊所至，民受其殃。』今以其法乘之，宣和後，五福太一方入西河乾地，小遊太一正歷古雍、梁、兖、揚州之境。」

〔一一〕後漢書馮異傳：「謙退不伐，每所止舍，諸將並坐論功，異常獨屏樹下，軍中號『大樹將軍』。」

〔一二〕晉劉琨與祖逖友善，意氣相期。琨枕戈待旦，志梟逆虜；逖度江擊楫，誓清中原，並有英氣。俱見晉書本傳。

〔一三〕五代史王晏球傳：「定州王都反，以晏球爲招討使，與宣徽南院使張延朗等討之。都遣人北招契丹，契丹遣秃餒將萬騎救都。晏球聞秃餒等兵且來，留張延朗屯新樂，自逆於望都。而契丹從他道入定州，與都出不意擊延朗軍，延朗大敗。收餘兵會晏球，趨曲陽，都乘勝追之。晏球先至水次，方坐胡牀指麾，而都衆掩至，晏球與左右十餘人連矢射之，都衆稍却，而後軍亦至。晏球立高岡，號令諸將，皆櫜弓矢，用短兵，回顧者斬。符彦卿以左軍攻其左，高行珪以右軍攻其右，中軍騎士抱馬項馳入都軍，都遂大敗。自曲陽至定州，横尸棄甲六十餘里。都與秃餒入城，不敢復出。契丹又遣惕隱以七千騎益都，晏球遇之唐河，追擊至滿城，斬首二千級，獲馬千匹。契丹自中國多故，彊於北方，北方諸夷，無大小皆畏伏；而中國之兵遭契丹者，未嘗少得志。自晏球擊敗秃餒，又走惕隱，其餘衆奔潰投村落者，村落之人以鋤櫌白梃所在擊殺之，無復遺類。惕隱與數十騎走至幽州西，爲趙德鈞擒送京師。明宗下詔責誚契丹。契丹後數遣使至中國求歸惕隱等，辭甚卑遜，輒斬其使以絶之。於是時，中國之威，幾於大震，而契丹少衰伏矣，自晏球始也。」按此用王晏球事以美韓世忠鎮江阻擊之功也。其事則宋史韓世忠傳載之，而建炎以來繫年要録卷三十二所記尤詳，以文長不録。大抵宋人記金山之捷，雖不免有所誇飾，然得此一戰，稍挫敵鋒，亦足以振奮人心，故簡齋以晏球事擬之也。又據建炎以來繫年要録卷三十二引中興大事記云：「張俊以孤軍敢與金戰，而有明州城下之捷；陳思恭邀擊於吴縣而有太湖之捷；牛皋邀擊於荆南而有寶豐之捷；岳飛邀擊於荆南而有静安之捷；而韓世忠捷於鎮江，敵勢尤爲窮蹙。雖海舟無風，天時未順，而頤浩固請幸浙西，下詔親征，兵勢稍振，而敵自是不敢復過江矣。」則當時將士，固非不能戰者，而廟堂無策，一味逃竄，遂至狼狽耳。

〔一四〕後漢書鄧禹傳：禹曰：「但願明公威德加於四海，禹得效其尺寸，垂功名於竹帛耳。」左傳僖公二十四年：臧文仲曰：「天子蒙塵於外，敢不奔問官守。」杜甫冬狩行：「草中狐兔盡何益，天子不在咸陽宫。朝廷雖無幽王禍，得不哀痛塵再蒙。」按建炎以來繫年要録卷三十載張匯論靖康以來形勢，以爲失在二和二退，其論建炎事云：「至建炎三年春，尼瑪哈犯揚州，時御營之師必有十萬，而尼瑪哈只有五、六千騎。自建炎二年秋九月離雲中，下太行，渡黎陽，攻澶濮山東諸州郡，以至犯揚州，可見疲勞之甚矣。此强弩飄風之末，無足畏也。兼是時兩河州郡尚有未陷者，山東州郡十陷二三，人心未安，糧道未集，盜賊蜂起，而不顧後患，投身深入我境，又可見其無知之甚也。時若我師乘其遠來新至，行列未定而擊之可也；或則深池堅城，拒而勿戰，以剉其鋭，以沮其意，且多方出兵，邀其出掠者；彼萬里孤軍，後無委積，忌於相持，利於速戰，求戰不能，糧道不繼，又且野不能掠，以此制之，其遁必矣。俟其既遁，襲而擊之，舍而縱之皆可也。而乃望風之際，車駕渡江，六師自潰，而敵乘之，席捲而去，此失於退一也。至是烏珠之犯江南也，朝廷豈不知敵所利者騎也，我所利者舟師與步兵也，江、浙之地，騎得以爲利乎？此皆騎之危地也，舟師步兵之利地也。烏珠有知，豈肯致身於此耶？若御駕親征，諸路進討，烏珠之敗必矣。而復望風之際，車駕泛海，朝廷自散，爲敵乘之，得志而去，此失於退二也。凡此四者，非敵之善，乃我靖康之兩和，建炎之兩退所自致也。大抵朝廷自來每自視如火，視敵如水，謂火必不可以敵水，既以此處之，焉有不爲敵勝耶？此當時失於料敵，不知彼我之過也。」按張匯，兖州人，從父官保州，嘗陷敵不得歸。建炎以來繫年要録卷一百三十四載其事。其人蓋曉知敵情者，所論靖康、建炎兩和兩退之失，可謂切中時弊；其「自視如火，視敵如水」之喻，尤深切。要之建炎四年航海避敵之舉，有識者皆知其非。簡齋「天子可使塵常蒙」之歎，蓋深有責於時相也。

〔一五〕夷門，汴都也。史記魏公子列傳：太史公曰：「吾過大梁之墟，求問所謂夷門者，城之東門也。」龍虎，見卷二十一次韻尹潛感懷詩注。佳氣，見卷十四次南陽詩注。

開壁置窗命曰遠軒〔一〕

鍾妖嗚吾旁，楊獠舞吾側。東西俱有礙，群盜何時息〔二〕。丈夫堂堂軀，坐受世褊迫〔三〕。仙人千仞崗〔四〕，下視笑予戹。誰能久鬱鬱，持斧破南壁。窗開三尺明，空納萬里碧。崑霏雜川靄，奇變供几席。誰見老書生，軒中岸玄幘。蕩漾浮世裏，超遥送兹夕〔五〕。倚楹發孤嘯，呼月出荒澤〔六〕。天公亦粲然，林壑受珠璧〔七〕。會有鶴駕賓，經過來見客〔八〕。

【校】

〔鍾妖〕原本「鍾」作「鐘」，據聚珍本改。〔笑予厄〕原本「予」誤「子」，據丁鈔、聚珍本改，宋詩鈔同。〔蕩漾〕原本「漾」誤「樣」，據聚珍本、宋詩鈔改。〔駕賓〕宋詩鈔「駕」作「賀」，非。

【箋注】

〔一〕胡注：「謂建炎間湖南『劇賊』鍾相、楊夭，政先生轉側兵間避地時也。」按詩云「鍾妖」、「楊獠」，亦猶前此謂方臘曰「餘腥」，曰「鬼火」，自是封建士大夫口吻。按鍾相於是年二月甲午起義，「鼎、澧、荆南之民響應」，相遂稱楚王，改元天戰。「自是鼎州之武陵、桃源、辰陽、沅江，澧州之澧陽、安鄉、石門、慈利，荆南之枝江、松滋、公安、石首，潭州之益陽、寧鄉、湘陰、江化，峽州之宜都，岳州之華容，辰州之沅陵，凡十九縣」，紛紛響應。至三月戊辰，相爲湖北捉殺使孔彦舟所擒，旋被害。六月庚辰，「其黨楊華、楊夭等聚衆於龍陽。相雖敗，而華等恃水出没未已也。太年幼，楚人謂幼爲麽（同么），故以麽目之」。詳見建炎以來繫年要録卷三十一、三十二、三十四。簡齋是時在邵陽，仍客紫陽周氏家，詩當作於是年三月鍾相未敗時也。

〔二〕杜甫石龕詩：「熊羆咆我東，虎豹號我西，我後鬼長笑，我前狨又啼。」詩語自此脱化。

〔三〕韓愈答友人書：「緣府中褊迫。」大人賦：「悲世俗之迫隘。」蘇軾和陶雜詩：「藍橋近得道，常苦世褊迫。」

〔四〕左思詠史詩：「振衣千仞崗。」

〔五〕韓愈遠遊聯句：「觀怪忽蕩漾。」又汴泗交流詩：「超遥散漫兩閑暇。」

〔六〕李賀官街鼓詩：「暮聲隆隆呼月出。」

〔七〕漢書天文志：「五星如連珠，日月如合璧。」

〔八〕述異記：「荀環潛棲却粒，嘗東遊，憩江夏黄鶴樓上。望西南有物，飄然降自霄漢，俄頃已至，乃駕鶴之賓也。鶴止户側，仙者就席，羽衣虹裳，賓主歡對。已而辭去，跨鶴騰空，渺然煙滅。」

再賦〔一〕

清曉坐南軒，望山頭屢側。居士亦豈癡，飛雲方未息。樂哉此遠俗，亂世免怵迫。那知百戰禍〔二〕，豈識三空厄〔三〕。閉門美熟睡，開門瞻翠壁。遠客謝主人，分此一窗碧〔四〕。新晴鳥鳴簷，微暑風入席。蕭然此白首，豈更冒朝幘〔五〕。誓將老兹地，不復數晨夕〔六〕。但恨食無肉，臞仙出山澤〔七〕。蟄雷轉空腸，吐句作圭璧〔八〕。一笑示隣家，向來無此客〔九〕。

【校】

〔熟睡〕原本「熟」誤「享」，據丁鈔、聚珍本改。　〔圭璧〕原本「璧」誤「壁」，馮校據庫本改，此從之。　〔隣家〕原本「隣」作「僯」，馮校據莫校、聚珍本改，點校本引明本同，此從之。

【箋注】

〔一〕建炎以來繫年要録卷四十一：「紹興元年春正月癸亥，監察御史韓璜言：『臣誤蒙使令，將命湖外，民間疾苦，法當奏聞。自江西至湖南，無問郡縣與村落，極目灰燼，所至殘破，十室九空。詢其所以，皆緣金人未到，而潰敗之兵先之；金人既去，而襲逐之師繼至。官兵盜賊，劫掠一同。城市鄉村，搜索殆遍。盜賊既退，瘡痍未蘇，官吏不務安集，而更加刻剥。兵將所過縱暴，而唯事誅求。嗷嗷之聲，比比皆是。民心散畔，不絶如絲。』」按韓璜建炎四年十月受命往湖南劾鍾相事，所言江西、湖南殘破情事，出自親見。簡齋「那知百戰禍，豈識三空厄」之語，蓋紀實也。

〔二〕杜甫陪柏中丞觀宴將士二首詩：「誰知百戰場。」

〔三〕後漢書陳蕃傳：延熹六年，車駕幸廣成校獵，蕃上疏諫曰：「夫安平之時，尚宜有節，況當今之世，有三空之厄哉！田野空，朝廷空，倉庫空，是謂三空。」

〔四〕李白别賈舍人詩：「遠客謝主人，明珠難暗投。」

〔五〕釋名釋首飾：「帽，冒也。」漢書雋不疑傳：「着黄冒。」注云：「冒，所以覆冒其首。」

〔六〕陶潛移居二首詩：「聞多素心人，樂與數晨夕。」

〔七〕蘇軾綠筠軒詩：「可使食無肉？」司馬相如大人賦：「列仙之儒居山澤間，形容甚臞。」

〔八〕蘇軾和葉教授詩：「空腸出秀句。」

〔九〕晉書謝安傳：謝安見桓温，温甚喜，言生平，歡笑竟日。既出，温問左右：「頗嘗見我有如此客不？」蘇軾和陳傳道雪中觀燈詩：「祇恐樽前無此客。」黄庭堅和王觀復詩：「鄰里頗怪有此客。」

又賦

我昨在衡山，傷心衢路側。豈知得此地，一坐數千息〔一〕。易安生痛定〔二〕，過美出飢迫〔三〕。誓言如齊侯，常戒在莒厄〔四〕。要將萬里身，獨面九年壁〔五〕。如何不已奈，開窗玩霏碧。招呼面前山，浮翠落衾席。一笑等兒戲，都忘雪侵幘。人生何不娱，今夕定何夕。向來萬頃胸，餘地吞七澤〔六〕。念此亦細事，未遽瑕生璧〔七〕。聊使山中人，永記山下客〔八〕。

【校】

〔飢迫〕原本「飢」誤「肌」，蔣刻同，馮校據庫本改。此從之。　〔不已奈〕點校本引李氏藏本作

「已不耐」。聚珍本「奈」作「那」。〔生璧〕原本「璧」誤「壁」，蔣同，馮校據庫本改，此從之。

【箋注】

〔一〕蘇軾夢與人論神仙道術詩：「照夜一燈長耿耿，閉門千息自濛濛。」雲笈七籤：「子但閉固千息，經青氣周流色自成。」

〔二〕陶潛歸去來辭：「審容膝之易安。」韓愈答李翺書：「如痛定之人，思當痛之時，不知何能自處也。」

〔三〕蘇軾和王子立詩：「但恐陶淵明，每爲飢所迫。」

〔四〕史記齊世家：齊襄淫於婦人，數欺大臣，群弟恐禍及，糾奔魯，召忽傅之；小白奔莒，鮑叔傅之。無知弑襄公，雍林人殺無知，議立君。高、國先陰召小白於莒，魯亦送公子糾，而使管仲將兵遮莒道，射中帶鉤。小白佯死，管仲使人馳報魯，魯送糾者行益遲。六月至齊，則小白已立，號桓公。新序云：桓公與管仲、鮑叔、甯戚飲，鮑叔曰：「祝君無忘在莒也，管仲無忘束縛而從魯也，甯子無忘飯牛車下也。」公曰：「寡人與三夫皆無忘夫子之言，齊之社稷必不廢矣。」

〔五〕傳燈録卷三：二十八祖菩提達摩自天竺國泛重溟，凡三周寒暑，達于南海，見梁帝，不契，回江北，止嵩山少林寺，面壁九年。

〔六〕世説德行：「（黄）叔度汪汪如萬頃之陂。」子虛賦：「臣聞楚有七澤，嘗見其一，未覩其餘也。

臣之所見，蓋特其小小者耳，名曰雲夢。」又：「吞若雲夢者八九於胸中曾不蔕芥。」

〔七〕史記藺相如列傳：「璧有瑕，請指示王。」

〔八〕蘇軾和辯才嶺上亭詩：「聊使此山中，永記二老遊。」

正集卷二十六

傷春〔一〕

廟堂無策可平戎〔二〕，坐使甘泉照夕烽〔三〕。初怪上都聞戰馬〔四〕，豈知窮海看飛龍〔五〕。孤臣霜髮三千丈，每歲煙花一萬重〔六〕。稍喜長沙向延閣〔七〕，疲兵敢犯犬羊鋒〔八〕。

【校】

〔題〕聚珍本無此首，當是館臣所删。

【箋注】

〔一〕建炎以來繫年要録卷三十一：「建炎四年春，正月丁卯，金人犯潭州。時敵自南昌掠袁、筠，至長沙城下，遂圍之。二月乙亥，金人陷潭州。敵既破江西諸郡，乃移兵湖南。帥臣直龍圖閣向子諲聞警報，率軍民固守，且禁士庶無得出城。敵騎至潭，呼令開門投拜，軍民皆不從，請以死守。宗室成忠郎聿之隸東壁,子諲巡城督察官吏,顧謂聿之曰:『君宗室,不可效此曹苟簡。』聿之感激流涕。敵圍之八日,既而登城,四面縱火。子諲率官吏奪南楚門亡去,城遂陷。聿之拔刀自殺。城之始破也,將官成忠郎劉玠率餘兵巷戰,身中數十矢,戰愈力,敵又以槍中之。衆欲扶持而去,玠揮衆直前,死於陣。敦武郎新杭州兵馬都監王暕部民兵守朝宗門,亦死。敵掠潭州數日,屠其城而去。子諲乃復入,辛巳,金人去潭州。」詩云「稍喜長沙向延閣,疲兵敢犯犬羊鋒」,謂此也。按子諲守潭事,胡宏五峰集卷三向侍郎行狀記之尤詳,文云:「是冬(指建炎三年冬),金兵大入,一道自鄞城南度,略武昌,由咸寧、蒲圻,將襲豫章,州縣望風投拜,有司擁隆祐太后去之。敵遂入豫章,所過殺掠,不可勝計。抵長沙境上。公分布將卒火甲,得萬餘人,爲守計。或曰:『衆烏合而城大,敵鋒不可當,盍避諸!』公曰:『朝廷使我守此藩也,委而去之,非義矣。』於是敵騎傅城,檄公欲降,公以檄報之,大略言朝廷無負於金國,中外之限,如天地之有陰陽也,不可亂。敵知不可屈,大治攻具,悉衆薄城。公登門誓衆,激以忠義。將士協力,晝夜捍禦。雖殺傷相當,而驍將皆死。凡八日而城破。公率軍民入子城,巷戰兩日,敵縱火,燒延府舍,公猶在譙樓督戰。敵兵已四合,兵民懼公之陷於敵也,擁公下樓,死戰,焚敵柵,奪門以出。遂渡水,軍於江西。長沙之人咸從公,以忠義自奮,無一降賊者,敵以故不敢離城縱掠,留四日而遁。公即入城,鋤治彊蠹,撫安良善,上章以失守自劾。朝中不樂公者,以抗賊爲罪,坐落職放罷,而以轉運使賈收權州事。於是王以寧以京西路節制入横長沙中，群盜孔彦舟以鼎澧鎮撫使趨長沙，逐以寧。居數月，大縱殺掠，上趨衡、永。而群盜馬友自江北入據長沙，賦税不復入王府。上始思公，乃降詔奬諭，復還職任。公乞持餘服，至於四五，不許。公方於所部視事。」此長沙戰守始末也。又按前引建炎以來繫年要録有李氏原注一條云：「潭州之陷，日曆不載。趙甡之遺史繫之正月甲子，熊克小歷繫之去年十一月。按今年四月癸巳、五月癸丑湖南轉運司兩次所奏，及紹興四年閏二月王暕家乞恩澤狀，並云『敵騎二月二日打破州城』，故繫於此。」今按，以簡齋此集證之，益見李氏抉擇之精；若去年十一月，則簡齋尚在潭州也。

〔二〕唐書王忠嗣傳：忠嗣爲朔方節度使，上平戎十八策，斬米施可汗，自是虜不敢盜塞。

〔三〕漢書匈奴傳：孝文十四年，胡騎入燒回中宫，候騎至雍、甘泉。李白塞下曲：「烽火動沙漠，連照甘泉雲。」

〔四〕西都賦：「實用西遷，作我上都。」此言汴都之陷。

〔五〕後漢書耿恭傳論：「余讀蘇武傳，感其茹毛窮海，不爲大漢羞。」此言高宗航海避敵事。

〔六〕李白秋浦歌：「白髮三千丈，緣愁似箇長。不知明鏡裏，何處得秋霜。」杜甫傷春五首詩：「西京疲百戰，北闕任群凶。關塞三千里，煙花一萬重。」

〔七〕晉書摯虞束皙傳論：「或攝官延閣，裁成言事之書；或莅政秩宗，參定禋郊之禮。」六典：「漢書府有延閣，内庫書也。」庾信預麟趾殿校書詩：「芸香上延閣，碑石向鴻都。」點校本引增注：范純禮復天章閣待制詞云：「延閣侍從之邃。」此指向子諲，子諲嘗直秘閣也。杜甫諸將五首詩之三：「稍喜臨邊王相國，肯銷金甲事春農。」此用其句法。

〔八〕犬羊鋒，見卷二十五雷雨行注。

【評】

瀛奎律髓卷三十二：謂潭州向伯恭。馮舒評：學杜，故下句俱露。但杜尚有不盡之致。馮班評「孤臣」句：此亦不工，宋人不會用古語。紀昀評：此首真有杜意。又云：「白髮三千丈」，太白詩；「煙花一萬重」，少陵句。配得恰好。

題水西周三十三壁二首

不管先生巾欲摧〔一〕，雨中艇子便撐開。青山隔岸迎人去，白鷺銜煙送酒來〔二〕。

【校】

〔題〕經訓堂帖刊有此二詩手稿，題下無「二首」二字。

【箋注】

〔一〕折巾事，見卷二十一贈傅子文詩注。

〔二〕魏書官氏志：「初，帝欲法古純質，每於制定官號，多不依周、漢舊名，或取諸身，或取諸物，或以民事，皆擬遠古雲鳥之義。諸曹走使謂之鳧鴨，取飛之迅疾；以伺察者爲候官，謂之白鷺，取其延頸遠望。」續晉陽秋：王弘九日遣白衣人送酒與陶淵明。

其二

周子篘中早得春〔一〕，喚人同渡一溪雲〔二〕。貪看雨歇前峰變，不覺斟時已十分。

【箋注】

〔一〕白居易嘗酒詩：「一甕香醪新種篘。」

〔二〕李賀憶昌谷詩：「誰棹滿溪雲。」

山齋二首

夏郊緑已遍，山齋晝自遲。雲物忽分散〔一〕，餘碧暮逶迤。寒暑送萬古，榮枯各一時〔二〕。世紛幸莫及，我塵得常持〔三〕。

【校】

〔題〕原本無「二首」兩字，據聚珍本補，點校本引明本、李氏藏本同。按經訓堂帖刊有二詩手稿。〔莫及〕帖作「已遠」。〔我塵〕原本「塵」誤「麈」,黄、蔣同。據黄、莫、馮校改「塵」。丁鈔、聚珍本均作「塵」,帖同。

【箋注】

〔一〕雲物,見卷二十四雨詩注。

〔二〕黄庭堅謝黄迪畫竹詩:「風雲煙霧雨,榮枯各一時。」

〔三〕陶潛述酒詩:「閑居離世紛。」晉書王衍傳:「每捉玉柄麈尾,與手同色。」

其二

雖愧荷鉏叟,朝來亦不閑。自剪牆角樹,盡納溪西山〔一〕。經行天下半,送老此窗間。日暮煙生嶺,離離飛鳥還〔二〕。

【箋注】

〔一〕白居易截樹詩:「一朝持斧斤,手自截其端。萬葉落頭上,千峰來面前。」又:「豈不愛柔條,不如見青山。」

〔二〕陶潛雜詩:「山氣日夕佳,飛鳥相與還。」白居易截樹詩:「始有清風至,稍見飛鳥還。」

散髮〔一〕

百年如寄亦何爲〔二〕，散髮清狂未足非〔三〕。南澗題詩風滿面〔四〕，東橋行藥露霑衣〔五〕。松花照夏山無暑，桂樹留人吾豈歸〔六〕。藜杖不當軒蓋用，穩扶居士莫相違。

【校】

〔行藥〕原本「藥」誤「樂」，據聚珍本、宋詩鈔改。輿地紀勝卷六十二引不誤。點校本引李氏藏本亦作「藥」。

【箋注】

〔一〕按題水西周三十三壁以下諸詩當是建炎四年夏閑居紫陽之作。輿地紀勝卷六十二荆湖南路武岡軍引「南澗題詩風滿面」四句，方輿勝覽卷二十六武岡軍題詠亦引此四句。

〔二〕魏文帝樂府：「人生如寄，多亦何爲。」

〔三〕杜甫遣興五首詩：「賀公雅吴語，在位常清狂。」

〔四〕柳宗元有南澗題詩。

〔五〕鮑照有行藥至東橋詩。

〔六〕楚辭招隱士：「桂樹叢生兮山之幽，攀援桂枝兮聊淹留，王孫遊兮不歸，春草生兮萋萋。」

又：「王孫兮歸來，山中兮不可以久留。」

六月六日夜

蘊隆豈不壞，涼氣亦徐還〔一〕。獨立清夜半，疏星蒼檜間。晦明莽相代〔二〕，天地本長閑。四顧何寥落，微風時動關。

【校】

〔清夜半〕原本「清」誤「秋」，據丁鈔、聚珍本改。點校本引明本、李氏藏本同。

【箋注】

〔一〕詩雲漢：「蘊隆蟲蟲。」毛傳：「蘊蘊而暑，隆隆而雷。」阮籍詠懷詩：「開秋兆涼氣。」

〔二〕莊子齊物論：「日夜相代乎前而莫知其所明。」

六月十七夜寄邢子友〔一〕

暑雨雖不足，涼風還有餘〔二〕。樂此城陰夜，何殊山崦居。月明蒼檜立，露下芭蕉舒。試問澄虛閣，今夕復焉如〔三〕。

【箋注】

〔一〕無住詞虞美人邢子友會上詞胡注引大生法帖：「予庚戌歲客邵州，時鄉人邢子友爲監郡。一日過之，會天大暑，置席于超然臺上。得白蓮花置樽間，相對劇飲。是夜，踏月而歸，嘗作此詞。」所記當即一時前後之事。又外集有次韻邢子友詩云「三春勝日喜同遊」，則是是年春日作矣。永樂大典卷一萬四千三百八十引邵陽志載此詩，未標作者姓名。

〔二〕書君牙：「夏暑雨。」月令：「孟秋涼風至。」

〔三〕澄虛閣，未詳。當是子友所居。

觀雨〔一〕

山客龍鍾不解耕〔二〕，開軒危坐看陰晴。前江後嶺通雲氣，萬壑千林送雨聲。海壓竹枝低復舉〔三〕，風吹山角晦還明。不嫌屋漏無乾處〔四〕，正要群龍洗甲兵〔五〕。

【校】

〔龍鍾〕原本「鍾」誤「鐘」，蔣刻同，馮校據庫本改，此從之。〔千林〕方輿勝覽卷二十六「林」作「嶺」，非。〔海壓〕潘本、聚珍本「海」作「梅」，瀛奎律髓同。丁鈔「海」作「濕」，非。

【箋注】

〔一〕輿地紀勝卷六十二荆湖南路武岡軍引「前江後嶺通雲氣，萬壑千林送雨聲」二句。方輿勝覽卷二十六武岡軍題詠亦引此二句。

〔二〕劇談録：「裴晉公曰：『見我龍鍾，故作戲耳。』」蘇鶚演義：「龍鍾，不昌熾、不翹舉貌，反字之音也。」黄朝英緗素雜記：「古語有二聲合爲一者，如『不可』爲『叵』，『何不』爲『盍』，字之原也。『龍鍾』、『潦倒』，正如二合之音。龍鍾切『癃』字，潦倒切『老』字。老羸癃疾即以龍鍾潦倒目之者，亦此義也。」

〔三〕杜甫太清宫賦：「九天之雲下垂，四海之水皆立。」白居易有木詩：「雪壓低復舉。」點校本引增注：「坡詩『天外黑風吹海立』，此云『海壓竹枝』，正用其字以爲奇耳。」

〔四〕杜甫茅屋爲秋風所破歌：「牀頭屋漏無乾處。」

〔五〕六韜：太公曰：「祖行之日，雨，輜車至軫，是洗濯甲兵也。」杜甫洗兵馬詩：「安得壯士挽天河，净洗甲兵長不用。」

【評】

瀛奎律髓卷十七紀昀評：前六句猶是常語，結二句自見身分。

寄大光二絶句〔一〕

心折零陵霜入鬢〔二〕，更修短札問何如。江湖不是無來雁，只慣平生作報書〔三〕。

【校】

〔題〕原本無「二絶句」三字，據丁鈔、聚珍本補。

【箋注】

〔一〕胡注「心折零陵霜入鬢」句云：「零陵，謂大光在永州。」按前有三月二十日聞德音寄李德升席大光新有召命皆寓永州詩，胡注所本。嘉慶一統志卷三百七十湖南永州府：「宋曰永州零陵郡，屬荆湖南路。」第二首云「客子殊方五月寒」，知二詩當是建炎四年五月在邵陽作。

〔二〕文選別賦：「心折骨驚。」

〔三〕李翱答獨孤舍人書：「性頗慵懶，便一切晝斷，秖作報書。」

其二〔一〕

芭蕉急雨三更鬧，客子殊方五月寒。近得會稽消息否？稍傳荆渚路歧寬。

【箋注】

〔一〕按自金人退兵，行在大事，無逾議駐蹕及易相二事。自范宗尹代吕頤浩爲相，方大力起用廢籍，故諸人特關心焉。詩中所謂「會稽消息」，蓋指易相事也。建炎以來繫年要録卷三十二：「建炎四年三月乙丑，上次台州松門寨，宰執奏事。吕頤浩因言：『此行未審駐會稽，爲復須到浙右？』上曰：『須由蘇、杭往湖州，或如卿所奏往宣州。朕以謂會稽只可暫駐，若稍久，則人懷安而不樂屢遷。』頤浩又曰：『將來且在浙右爲當，免謀入蜀。』上曰：『朕謂倚雍之彊，資蜀之富固善，但張浚奏漢中止可備萬人糧，恐太少。兩浙若委付得人，錢帛猶可泝流而西，至於糧斛，豈可漕運。』頤浩曰：『若第攜萬兵入蜀，則淮、浙、江、湖以至閩、廣，將爲盜區，皆非國家之有矣。』上曰：『當益進上流，用淮、浙榷貨鹽鐵以贍軍費，運江、浙、荆、湖之粟以爲軍食。』王綯曰：『議者但知輕議晉元帝還都建鄴，不能恢復中原，而多言入蜀便。殊不知自秦用張儀至本朝遣王繼恩，下蜀者八矣，取輒得之，不勞再舉，則亦未可謂之便也。』范宗尹曰：『臣謂若便入蜀，恐兩失之；據江表而徐圖關陝之事，則兩得之。決擇取捨，不可不審。』上曰：『然。』既而浚復上疏，言：『陛下果有意於中興，非幸關陝不可。願先幸鄂渚，臣當糾率將士，奉迎鑾輿，永爲定都大計。』上不許。四月甲戌，御史中丞趙鼎言：『吴、越介在一隅，非進取中原之勢。荆、襄左顧川、陝，右視湖、湘，而下瞰京、洛，在三國必争之地。宜以公安爲行闕，而屯重兵於襄陽，以爲屏翰。運江、浙之粟，資川、陝之兵，經營大業，計無出此。願詔張浚未可長驅深入，姑令五路各守其地，犄角相援可也。』癸未，上次越州，駐蹕州治。乙酉，御史中丞趙鼎爲翰林學士。自建炎初，置御營使，本以行幸總齊軍中之政，而宰相兼領之，遂專兵柄，樞密院幾無所預。呂頤浩在位，顓恣尤甚，議者數以爲言。上自海道還，鼎率其屬共論頤浩之過。會鼎復駁親征之議，頤浩聞之，乃移鼎翰林。鼎引司馬光故事，以不習駢儷之文，不肯就職。丙申，通議大夫守尚書右僕射同中書門下平章事兼御營使呂頤浩罷。先是，趙鼎復辭吏部尚書之命，且攻頤浩之過，章十數上，頤浩乃求去。時王綯與頤浩論頗同，乃累章匄免。於是范宗尹攝行相事，遂留會稽，無復居上流之意矣。」此議駐蹕、易相二事大略也。至宗尹用人事，當於下寄德升大光詩箋詳及之。又詩言「稍傳荆渚路歧寬」者，蓋指牛皋寶豐之捷而言。建炎以來繫年要録卷三十一：「建炎四年二月，金人自江西還過荆門軍，劉超率衆避之。」同書卷三十二：「四月，金人犯江西者，自荆門北歸。留守司統制牛皋潛軍於寶豐之宋村，擊敗之。京西捉殺副使王俊以皋爲武功大夫和州防禦使，充五軍都統制。」然是時荆湖群盜據州連郡，朝廷力不能制，羈縻弗絶而已。同書卷三十三：「建炎四年五月甲辰，時江北荆湖諸路盜益起，大者至數萬人，據有州郡，朝廷力不能制；盜所不能至者，則以土豪、潰將或攝官守之，皆羈縻而已。」原注：「諸路宣撫使桑仲、李成、孔彦舟、薛慶皆起於群盜；翟興、劉位皆土豪；李彦先、郭仲威皆潰將；吴翊、趙霖、馮長寧皆攝官。朝廷及大臣出使所除，惟趙立、陳規、解潛、岳飛、范之才而已。」簡齋云「稍傳」者,有深慨焉。

寄德升大光〔一〕

君王優詔起群公,也寘樵夫尺一中〔二〕。易著青衫隨世事,難將白髮犯秋風。共談太極非無意〔三〕,能繫蒼生本不同〔四〕。却倚紫陽千丈嶺,遥瞻黄鵠九霄東〔五〕。

【校】

〔題〕此詩編次,丁鈔在别諸周二首後,點校本引明本、李氏藏本同。〔君王〕原本「王」誤「玉」,據聚珍本改。〔太極〕原本「太」作「大」,馮校:「『大』,莫作『太』。」聚珍本、瀛奎律髓卷四十二、宋詩鈔均作「太」。

【箋注】

〔一〕胡注:「時先生被召,以病辭免,作此寄李給事、席舍人。」按宋史本傳:「高宗南遷,遂避亂襄、漢,轉湖、湘,踰嶺嶠,久之,召爲兵部員外郎。」張嵲墓誌同。建炎以來繫年要録卷三十三:「建炎四年五月辛亥,上謂大臣曰:『從班人極少,卿等當共議,務取其實,不厭多也。今乘輿服御悉從節儉,除一省郎,未爲甚費;苟得其人,其利溥矣。』范宗尹曰:『用人之法,須擇可爲執政者方除從官,可爲從官者方除省郎,則選精而真材出。』上曰:『善。』……尋又詔（綦）崈禮兼直學士院，中書舍人李正民、右諫議大夫富直柔、徽猷閣待制李擢並給事中，徽猷閣待制席益、胡交修並試中書舍人，……宣教郎陳與義守尚書兵部員外郎。與義，希亮曾孫，宣和末，嘗爲符寶郎，坐王黼累斥去，至是再召。……言者以朝班多闕，請命臺諫及左右司郎官以上各薦士二人，仍令執政同擇，在外侍從，雖在謫籍，别無大過，而政事才學實可用者，廣行召擢，以備獻納論思之職。從之。於是范宗尹爲政，多引用靖康圍城得罪之人，故言者以爲請。」此當日起用謫籍情事，簡齋即於此時被召，事在五月壬子後也。按簡齋之召，實由富直柔論薦之。費衮梁谿漫志卷六：「建炎末，樞密富公（直柔）爲中執法，以先大父及參政陳公（與義）、中書舍人張公（犯御名）論薦，高宗記憶先大父姓名，亟加收召。二公既赴闕，並躋顯用，而先大父獨不起。」按費氏所稱「先大父」者指費肅，「張公」謂張擴。周必大省齋文集卷十七有跋陳與義費肅張擴被召省劄：「三英之召，或云富季申爲中丞日所薦館閣才也。」是知簡齋之召，富直柔與有力焉。直柔，簡齋寓汝州時舊友也。惟據前引建炎以來繫年要録，直柔是時方自右諫議大夫除試事中；其除御史中丞，乃是年八月辛卯事（見該書卷三十六），費氏「爲中執法」之語，當是記述小誤耳。簡齋既被召，初則以病爲辭。觀此詩「易著青衫隨世事，難將白髮犯秋風」，次韻邢九思第二首「玄晏不堪長抱病，子真那復更爲官」之語，皆辭病時自道也。其拜詔，當在秋初，觀遥碧軒作呈使君少隱時將拜詔詩云「西峰木脱亂鬟擁」，已是秋日景色也。聚珍本有拜詔一首（胡注本無之），當是一時之作。

〔二〕後漢書李雲傳：「政化日損，尺一拜用不經御省。」李賢注：「尺一之板謂詔策也。見漢官儀。」又陳蕃傳：「尺一選舉。」注：「謂板長尺一，以寫詔書也。」

〔三〕晉書紀瞻傳：「太安中，棄官歸家，與顧榮等共誅陳敏。召拜尚書郎，與榮同赴洛，在途共論易太極。……至徐州，聞亂日甚，將不行。會刺史裴盾得東海王越書，若榮等顧望，以軍禮發遣。乃與榮及陸玩等各解船棄車牛，一日一夜行三百里，得還揚州。」按此句言己之辭命。

〔四〕晉書謝安傳：「征西大將軍桓温請爲司馬，將發新亭，朝士咸送。中丞高崧戲之曰：『卿累違朝旨，高卧東山，諸人每相與言，安石不肯出，將如蒼生何！蒼生今亦將如卿何！』安甚有愧色。」按此句勉李、席以從政也。

〔五〕點校本引增注：「集中有三月二十日寄李德升席大光新有召命，故此詩有『遥瞻黄鵠九霄東』之語。」

【評】

點校本引增注：後村詩話：李義山答令狐補闕云：「人生有通塞，公等繫安危。」於升沉得喪之際，婉而成章。簡齋南渡初被召，簡同時召客云：「共談太極非無意，能繫蒼生本不同。」則氣象益開闊矣。

劉辰翁評「共談太極非無意」二句：優柔悃疑，甚可諷味，與前「舊喜讀書今懶讀」之詩同意。

瀛奎律髓卷四十二紀昀評：看似率易，而筆力極爲雄闊。

次韻謝邢九思〔一〕

平生不接里閭歡〔二〕，豈料相逢虺蜮壇〔三〕。能賦君推三世事〔四〕，倦遊我棄七年官〔五〕。流傳惡語知誰好〔六〕，勾引新篇得細看〔七〕。六月山齋當暑令，風霜獨發卷中寒〔八〕。

【校】

〔題〕丁鈔、聚珍本無此首。點校本引李氏藏本題下有「二首」兩字，其第二首即後「百年鼎鼎雜悲歡」也。

【箋注】

〔一〕胡譜：「建炎四年庚戌，六月，次邢九思韻，有『倦遊我棄七年官』之語。」按簡齋以宣和六年甲辰謫監陳留酒，至是已七年也。又，胡注：「九思名繹，和叔尚書恕之孫。」按邢恕字和叔，鄭州陽武人。「紹聖初，章惇、蔡卞得政，將甘心元祐諸人，引恕自助，召爲刑部侍郎，再遷吏部尚書兼侍讀，改御史中丞。」事蹟見宋史姦臣傳一。據本傳，恕有二子。長居實，卒時年十九；次倞，以結伊都事坐貶，其事已詳具卷十五鄧州西軒書事詩箋。宋史邢恕傳稱：「倞時出知岳州，詔責其始禍，削籍停官。」（建炎以來繫年要録卷二十八：「建炎三年九月辛酉，朝議大夫知岳州邢倞坐結伊都事再責汝州團練副使，英州安置。」)九思，疑即倞子，倞嘗官岳州，或有家在湖、湘也。俟再考。

〔二〕司馬遷報任少卿書：「未嘗銜盃酒，接殷勤之餘歡。」

〔三〕鮑照蕪城賦：「壇羅虺蜮，階鬭麏鼯。」

〔四〕詩定之方中傳：「升高能賦，可以爲大夫。」三世事，蓋並其父、祖言之。

〔五〕漢書司馬相如傳：「長卿故倦遊。」

〔六〕蘇軾和劉貢父詩：「門前惡語誰傳去。」

〔七〕杜甫風雨看舟前落花戲爲新句詩：「影遭碧水潛勾引。」

〔八〕西京雜記：淮南王安著鴻烈，自云「字中皆挾風霜」。

村景〔一〕

黄昏吹角聞呼鬼，清曉持竿看牧鵝〔二〕。蠶上樓時桑葉少，水鳴車處稻苗多。

【校】

〔題〕丁鈔此題共二首，其第二首即下「諫議遺踪尚可望」一詩，點校本引明本同。原本無第二首，説詳下首。

【箋注】

〔一〕此簡齋寓居武岡時詩也。陳杰自堂存稿卷一有武岡向權叔家有陳魏祠堂合祀簡齋鶴山惟兩公世異事殊實難牽合諸公既極推引復徵予言詩，見卷十八出山宿向翁家詩注引。又王義山稼村類稿卷三題武岡向敏衡無加莊詩：「恭維陳簡齋，與鶴山魏公。堂堂二先生，後學之所宗。遺迹所到處，百世尚高風。武岡有向氏，乃祖家詩禮。簡齋曾來訪，鶴山亦踵至。二先生來時，草木亦光貴。主人踻蹐迎，出門見大賓。大帶束深衣，整容而肅襟。揖客坐上座，樽酒與細論。向氏家本儒，苦無黃金籯。惟有無加莊，留以遺子孫。此莊不在田，非謂三百囷。莊者敬之謂，爲學之入門。乃祖燕後人，有書便不貧。能會二先生，肯來共斯文。向來吾南昌，隱者蘇雲卿。魏公令地主，而來訪一民。匹夫道義重，王侯失其尊。古人不傲士，此風今猶存。」此二詩足徵簡齋寓居武岡時踪跡，兹附記於此，所稱向氏無加莊未詳。又光緒湖南通志卷三十四古蹟武岡州載有簡齋萬玉亭、宣風樓詩各一首，諸本所無，已收入佚詩文卷中。

〔二〕後漢書逸民高鳳傳：「妻嘗之田，曝麥於庭，令鳳護鷄。時天暴雨，而鳳持竿誦經，不覺潦水流麥。」

次周漕示族人韻〔一〕

諫議遺踪尚可望，曳裾不必效鄒陽〔二〕。但修天爵膺人爵〔三〕，始信書堂有玉堂〔四〕。

【校】

〔題〕自此詩至別諸周二首共七首，原本及蔣刻、黃本俱無，而丁鈔、聚珍本有之。點校本引明本、李氏藏本亦有此七首，其來源詳見注一。此首丁鈔、明本連前首共題作「村景」，聚珍本題作「偶成」，李氏藏本題作「次周漕示族人韻」，今依李氏藏本。〔膺人爵〕丁鈔、聚珍本「膺」作「要」，點校本引明本同。此據李氏藏本。〔有玉堂〕丁鈔、聚珍本「有」作「即」，點校本引明本同。此據李氏藏本。

【箋注】

〔一〕點校本引增注：「按武岡本有拾遺一卷，次周漕示族人韻及詠水車、山居、拜詔、別諸周，凡七首。古汴姜桐跋云：『建炎庚戌，公因避地挈來紫陽周氏甥館之所作也。』合附於此。」又云：「宋周儀登雍熙科，子湛登天禧第，武岡人。少讀書紫陽山千尋石室，後爲諫議，稱嘉祐名臣。」參看卷二十四過孔雀灘贈周静之詩箋。

〔二〕文選鄒陽上書吴王：「飾固陋之心，則何王之門，不可曳長裾乎？」

〔三〕孟子告子：「古之人修其天爵，而人爵從之。」注：「天爵以德，人爵以禄。」

〔四〕點校本引增注：「書堂謂紫陽山石室，公嘗作銘。沈存中筆談：翰林院在禁中，玉堂、承明、金鑾皆在焉。又熙陵以玉堂之名其來尚矣，飛白書『玉堂之署』以賜本院。」

水車

江邊終日水車鳴，我自平生愛此聲。風月一時都屬客，杖藜聊復寄詩情。

山居二首

點檢行年書閥閱〔一〕，山中共賦幾篇詩。如今未有驚人句，更待秋風生桂枝〔二〕。

【箋注】

〔一〕史記高祖功臣侯者年表：「古者人臣功有五品，以德立宗廟定社稷曰勳，以言曰勞，用力曰功，明其等曰伐，積日曰閱。」漢書車千秋傳注：「伐，積功也；閱，經歷也。」閥，通作伐。

〔二〕杜甫江上值水如海勢聊短述詩：「爲人性僻耽佳句，語不驚人死不休。」沈約遊鍾山詩應西陽王教：「春光發隴首，秋風生桂枝。」

其二

宅圖不必煩丘令〔一〕，已卜坡東澗水邊。更與我爲燒藥竈〔二〕，只愁君要買山錢〔三〕。

【校】

〔坡東〕聚珍本作「東坡」，點校本引明本同。今據點校本引李氏藏本。

【箋注】

〔一〕點校本引增注：「王右軍書中一帖云：『丘令送此宅圖，云可得□畝，爾者爲佳。可與水丘共行視佳者，決便當取問其賈。』」

〔二〕杜甫寄彭州高三十五使君適虢州岑二十七長史參詩：「竹齋燒藥竈，花嶼讀書牀。」

〔三〕何氏語林：「于頔鎮襄陽，廬山符載齎書就于乞買山錢百萬，于即時與之。」

拜詔〔一〕

紫陽山下開皇牒，地藏階前拜詔書〔二〕。乍脱緑袍山色翠，新披紫綬佩金魚〔三〕。

【箋注】

〔一〕胡譜：「建炎四年庚戌，至秋被召，以病辭，不允。自紫陽入邵州，出石限，遊浯溪，之愚溪，經道州，上九嶷，度桂嶺，登秦巖，至賀州，冬杪矣。」

〔二〕點校本引增注：「地藏，必紫陽山之近寺名。」

〔三〕宋史輿服制五：「元豐元年，去青不用，階官至四品服紫，至六品服緋，皆象笏，佩魚。九品以上則服緑，笏以木。……中興仍元豐之制。四品以上紫，六品以上緋，九品以上緑。服緋、紫者必佩魚，謂之章服，非官至本品不以假人。」簡齋本官宣教郎，正七品，服緑；至是改服緋也。宋史輿服制五：「魚袋，其制自唐始，蓋以爲符契也。其始曰魚符，一左一右，左者進内，右者隨身，刻官姓名，出入合之，因盛以袋，故曰魚袋。宋因之，其制以金銀飾爲魚形，公服則繫於帶，而垂於後，以明貴賤，非復如唐之符契也。」

别諸周二首〔一〕

風送孤蓬不可遮，山中城裏總非家。臨行有恨君知否，不見籬前稻著花。

【校】

〔題〕又丁鈔、聚珍本「周」誤「州」，今據點校本所引李氏藏本。

【箋注】

〔一〕輿地紀勝卷六十三荆湖南路武岡軍詩輯引「風送孤蓬不可遮，山中城裏總非家」二句，方輿勝覽卷二十六武岡軍題詠引同。

其二

隴雲知我欲船開，飛過江東還復回。不似周顒趨闕去，山靈應許却歸來〔一〕。

【箋注】

〔一〕點校本引增注：「周彦倫隱鍾山，出爲海鹽令，却過北山。孔珪德璋乃假山靈之意移之，使不得至，名曰北山移文。」

題向伯共過峽圖二首

旌旗翻日淮南道，興罷歸來雪一船〔一〕。正有佛光無處著，獨將佳句了山川〔二〕。

【校】

〔雪一船〕丁鈔、聚珍本「一」作「滿」，點校本引明本同。

【箋注】

〔一〕世説任誕：「王子猷居山陰，夜大雪，眠覺，開室，命酌酒，四望皎然，因起仿偟，詠左思招隱詩，忽憶戴安道，時戴在剡，即便夜乘小船就之，經宿方至，造門不前而返。人問其故，王曰：『吾本乘興而行，興盡而返，何必見戴！』」

〔二〕點校本引增注：「嘉州峨眉山，普賢示現處也。有光相寺在山頂，時時雨後雲霧四起，佛光現焉。大如圓鏡，四圍青黄紅緑之色，光明洞澈，毫髮畢照。而觀者但見自己形貌，不見他人，謂之攝身光。范石湖帥蜀，嘗記其事。按：過峽乃入蜀之路，佛光疑用此。中齋云：『佛光疑用退之見大顛語。』」

其二

過峽新圖世所傳，峽中猶説泛舟仙。柱天勳業須君了〔一〕，借我茅齋看十年。

【校】

〔過峽〕原本「峽」作「硤」，下同，據丁鈔、聚珍本改。〔須君了〕聚珍本「了」作「子」，非。

【箋注】

〔一〕點校本引增注：「後漢劉縯字伯升，慷慨有大節，進圍宛城，自號柱天大將軍。張祐詠武人王智興侍中詩：『王氏柱天勳業外，李陵章句右軍書。』」

題趙少隱青白堂三首〔一〕

小謝爲州不廢詩〔二〕，庭中草木有光輝〔三〕。一林風露非人世，更着梅花相發揮〔四〕。

【校】

〔題〕聚珍本「隱」誤「尹」。又，原本「青」作「清」，據聚珍本改。

【箋注】

〔一〕胡注：「趙少隱，名子岩，終於朝議大夫、廣西漕使。建炎三年守邵陽日，植梅竹於郡齋，榜曰『青白』，賦詩云：『北庵竹玉青，南階梅雪白。吏散隱几坐，觀化聊自適。竹青表勁節，梅白留佳實。太守謝二友，麄官謾陳力。取名吾有寄，梅竹葢假借。青白遺子孫，先訓存金石。斯民彫瘵餘，政教當尚德。雖微甘棠化，韋弦託三益。』至紹興，林機景度爲守，更榜曰『定應』。」

〔二〕南史謝裕傳附朓傳：「朓善草隸，長五言詩，沈約常云：『二百年來無此詩也。』」婁炤謝宣城詩集跋：「南齊吏部郎謝朓，長五言詩，其在宣城所賦，藻繢尤精。故李太白詠『澄江』之句而思其人，杜少陵亦曰『詩接謝宣城』也。」李白宣州謝朓樓餞別校書叔雲詩：「蓬萊文章建安骨，中間小謝又清發。」

〔三〕黄庭堅呈孫莘老詩：「甓社湖中有明月，淮南草木借光輝。」陳師道西湖詩：「三年哦五字，草木借光輝。」

〔四〕王安石扇詩：「青冥風露非人世。」劉禹錫楊柳枝詞：「桃李紅白皆誇好，須得垂楊相發揮。」

其二

使君堂上無俗客，白白青青兩勝流〔一〕。添得吟詩老居士，千年一笑澤南州〔二〕。

【箋注】

〔一〕南史曹景宗傳：「以韋叡年長，且州里勝流，特相敬重。」北史白建傳：「建以典執兵馬，致位卿相，男女婚嫁，皆得勝流。」又許惇傳：「惇無學術，不爲勝流所重。」

〔二〕杜牧憶齊安郡詩：「平生睡足處，雲夢澤南州。」點校本引增注：「澤南州乃借用，邵陽亦楚地也。」

其三

雪裏芭蕉摩詰畫〔一〕，炎天梅蕊簡齋詩。它時相見非生客，看倚瑯玕一段奇〔二〕。

【箋注】

〔一〕江少虞宋朝事實類苑卷五十：「書畫之妙，當以神會，難可以形器求也。世之觀畫者，多能指摘其間形象位置彩色瑕疵而已，至於奧理冥造者，罕見其人。如彥遠畫評，言王維畫物，多不問四時，如畫花，往往以桃杏芙蓉蓮花同畫一景。予家所藏摩詰畫袁安卧雪圖，有雪中芭蕉，此乃得心應手，意到便成，故其理入神，迥得天意，此難可與俗論也。」參看錢鍾書管錐編一三〇四頁論繪畫中時代錯亂條。

〔二〕蘇軾遊廬山詩序：「庶幾它日不作生客也。」王羲之帖：「欲一游目汶嶺，得果此緣，一段奇事也。」

次韻邢九思

百年鼎鼎雜悲歡〔一〕，老去初依六祖壇〔二〕。玄晏不堪長抱病〔三〕，子真那復更爲官〔四〕。山林未必容身得，顏面何宜與世看。白帝高尋最奇事，共君盟了不應寒〔五〕。

嘗約同入蜀。

【箋注】

〔一〕陶潛飲酒詩：「鼎鼎百年内。」

〔二〕傳燈録卷五：六祖慧能大師，届南海，遇印宗法師於法性寺講涅槃經，邀師入室，徵風幡之義，爲之剃髮。二月八日，就法性寺智光律師受滿分戒，其戒壇，即宋朝求那跋陀三藏之所置也。三藏記云：「後當有肉身菩薩在此壇受戒。」又梁末真諦三藏於壇之側手植二菩提樹，謂衆曰：「却後一百二十年，有大開士於此樹下演無上乘，度無量衆。」韶州刺史韋據請於大梵寺轉妙法輪，並受無相心地戒，門人紀録，目爲壇經，盛行于世。

〔三〕晉書皇甫謐傳：謐字士安，自號玄晏先生，後得風痺疾，遂不仕。其後武帝頻下詔敦逼不已，謐上疏自稱草莽臣曰：「臣惟頑蒙……久嬰篤疾，軀半不仁，右脚偏小，十有九載。」謐辭切言至，遂見聽許。蘇軾王文玉挽詞：「玄晏一生都卧病，子雲三世不遷官。」

〔四〕子真，見卷二十四貞牟書事詩注。杜甫送楊六判官使西蕃詩：「子雲清自守，今日起爲官。」

〔五〕杜甫望岳詩：「稍待秋風涼冷後，高尋白帝問真源。」左傳哀公十二年：「盟可尋也，亦可寒也。」

遥碧軒作呈使君少隱時欲赴召

我本山中人〔一〕，尺一喚起趨埃塵〔二〕。君爲邊城守，作意邀山入窗牖〔三〕。朝來爽氣如有期〔四〕，送我憑軒一杯酒。丈夫已忍猿鶴羞〔五〕，欲去且復斯須留〔六〕。西峰木脱亂鬟擁，東嶺煙破修眉浮。主人愛客山更好，醉裏一笑驚蠻州〔七〕。丁寧雲雨莫作厄，明日青山當送客〔八〕。

【校】

〔題〕丁鈔「隱」誤「尹」。〔送客〕聚珍本、宋詩鈔「送」誤「逐」。

【箋注】

〔一〕白居易遊悟真詩：「我本山中人，誤爲塵網牽。」

〔二〕尺一，見本卷寄德升大光詩注。晉書潘岳傳：「岳性輕躁，趨世利，與石崇等諂事賈謐，每候其出，與崇輒望塵而拜。」

〔三〕蘇軾張仲舍壽樂堂詩：「青山偃蹇如高人，常時不肯入官府。高人自與山有素，不待招邀滿庭户。」

〔四〕世説簡傲：「王子猷作桓車騎參軍，桓謂王曰：『卿在府久，比當相料理。』初不答，直高視，以手版拄頰，云：『西山朝來，致有爽氣！』」

〔五〕文選北山移文：「蕙帳空兮夜鶴怨，山人去兮曉猿驚。」

〔六〕文選李陵與蘇武詩：「長當從此別，且復立斯須。」

〔七〕世説排調：郝隆爲桓公南蠻參軍，曰：「千里投公，始得蠻府參軍，那得不作蠻語也。」

〔八〕漢書谷永傳："以丁寧陛下。"顔注："丁寧，謂再三告示也。"陳師道九日詩："欲留歌舞盡客意，風雨和更作三厄。"林逋長相思詞："兩岸青山相送迎。"

石限病起〔一〕

幽人病起山深處，小院鴉鳴日午時。六尺屏風遮宴坐，一簾細雨獨題詩。

【箋注】

〔一〕胡譜："建炎四年庚戌，至秋被召，以病辭，不允。自紫陽入邵州，出石限，遊浯溪……"石限，未詳，疑是"占限"之訛。顧祖禹讀史方輿紀要卷八十一："邵陽縣引志云："縣有十五砦，宋初以蠻寇抄掠，置砦戍守。曰武岡、真田、白沙、水竹、界岡、三堂、羅尾、盆溪、塘兒、占限、查水、新興、安定、三門、沙口，環列縣境，遺址猶存。"是占限乃舊砦名，簡齋離邵之永，路經此也。當再考。

正集卷二十七

同范直愚單履遊浯溪〔一〕

瀟湘之流碧復碧，上有鐵立千尋壁。河朔功就人與能，湖南碑成江動色〔二〕。文章得意易爲好，書雜矛劍天假力〔三〕。四百年來如創見〔四〕，雷公雨師知此石〔五〕。小儒五載憂國淚〔六〕，杖藜今日溪水側。欲搜奇句謝兩公，風作浪湧空心惻〔七〕。

【校】

〔人與能〕聚珍本「與」作「預」。〔矛劍〕聚珍本作「劍矛」。

【箋注】

〔一〕胡注：「浯溪在湖南永州，溪上刻石，刻元結所作大唐中興頌。先生此詩，實建炎庚戌九月四日作，見浯溪集録。」輿地紀勝卷五十六荆湖南路永州景物上：「浯溪在祁陽縣南五里。唐上元中，元結居此，以所著中興頌刻之崖石，顔真卿書之。結又爲峿台、㾉亭、㾉堂諸銘。

元祐間，陳潛夫爲笑峴亭記曰：『次山之意，以爲好嗜與世異而我所獨也，故以吾名之。其言曰：命曰浯溪，旌吾之所獨有也。』又陳衍題浯溪圖云：『元氏始命之意，因水以爲浯溪，因山以爲峿山，作屋以爲庴亭，三吾之稱，我所自也。制字從水、從山與广，我所命也。三者之自，皆自吾焉，我所擅而有也。』」吴曾能改齋漫録卷十四：「湖南浯溪，在永州北一百餘里，流入湘江，其溪水石奇絶。唐上元中，邕管經略使元結罷任居焉，以其所著中興頌刻之崖石，撫州刺史顔真卿書。結復爲浯溪石堂西峰四獻亭銘，皆刻于崖石。本朝乾德中，左補闕王仲來知永州，維舟於此，留詩。元公序云：『浯溪在湘水之南，北匯于湘。愛其勝異，遂家溪畔。溪，世無名稱者也，爲愛之，故命曰浯溪，銘于溪口。』銘曰：『湘水一曲，淵洄倚（按：次山集作「傍」）山。山開石門，溪流潺潺。山門（集作「開」）如何，巉巉雙石。臨彼淵岸（集作「臨淵斷岸」），夾溪絶壁。水石尤（集作「實殊」）怪，石文尤異。吾欲求退，將老茲地。溪古地荒（集作「荒溪」），蕪没蓋久。命曰浯溪，旌吾獨有。人誰遊之，銘在溪口。』王仲詩云：『湘州佳致有浯溪，元結雄文向此題。想得後人難以繼，高名長與白雲齊。』」

范直愚、單履，未詳。按周必大省齋文集卷三十四朝散大夫直秘閣陳公（從古）墓誌銘（淳熙十一年）：「希望（按：當作「希顔」）陳氏，諱從古，金壇人。自高曾以來，世工篇什。君及從吕居仁、向伯恭、蘇養直遊，往往得其句法。尤愛陳去非詩，取簡齋集盡次其韻。」同書卷十七跋陳晞顔（從古）和簡齋陳去非詩：「淳熙五年正月丁巳，天寒甚，獨直玉堂，快讀同年晞顔和簡齋詩五百一十餘首。已愧王摩詰，不能致孟浩然之伴直；當如裴迪，他日對草吉甫制耳。」楊萬里誠齋集卷七十九亦有陳晞顔和簡齋詩集序，文長不録。按晞顔和簡齋集世無傳本，唯今浯溪崖壁仍存陳從古題七言古詩一首，即和簡齋此詩者。詩云：「浯溪一股寒流碧，聳起雙峰如削壁。兩公文墨照溪津，至今草木增顔色。想當忠憤欲吐時，盡挽江山供筆力。我來弔古不勝情，豈但登臨愛泉石。漁陽舊事忍再論，僅賴令公安反側。書生百感夜不眠，起讀新詩轉悽惻。」摩崖八行，行十四字，字大徑五寸許。末題：「紹興辛巳（三十一年）秋，過浯溪，誦簡齋詩，用其韻。」此晞顔和簡齋詩之僅見者，未見諸家記載，厲鶚宋詩紀事亦不載陳晞顔姓名，特表出之。

〔二〕易繫辭：「百姓與能。」班固典引：「君臣動色，左右相趨。」李白贈韋守詩：「覽君荆山作，江鮑堪動色。」

〔三〕書苑：「歐陽詢真行之書，出於大令，森然如武庫矛戟。」杜甫鄭典設自施州歸詩：「他日辱銀鉤，森疏見矛戟。」又李潮八分小篆歌：「況潮小篆逼秦相，快劍長戟森相向。」陳師道寄晁載之詩：「鈎章棘句天與力。」

〔四〕漢書司馬相如傳：「不特創見。」顔注：「初創而見。」

〔五〕點校本引增注：「世傳魯公爲雷吏。魯公平生手書石刻，無不震烈，惟浯溪獨全，故有『雷公雨師知此石』之句。」

〔六〕杜甫謁先主廟詩：「向來憂國淚，寂寞灑衣巾。」

〔七〕胡注：「兩公，謂顏、元也。」

【評】

荆溪牀下偶談卷三：讀中興頌詩前後非一，惟黄魯直、潘大臨皆可爲世主規鑒。若張文潛之作，雖無之可也。陳去非篇末云：「小儒五載憂國淚，杖藜今日溪水側。欲搜奇句謝兩公，風作浪湧心空惻。」蓋當建炎亂離奔走之際，猶庶幾少陵不忘君之意耳。

愚溪〔一〕

小閣當喬木，清溪抱竹林。寒聲日暮起〔二〕，客思雨中深。行李妨幽事〔三〕，欄干試獨臨。終然遊子意〔四〕，非復昔人心。

【校】

〔題〕瀛奎律髓卷十七作「雨思」。

【箋注】

〔一〕胡注：「永州灌水之陽有溪，東流入于瀟水，曰冉溪。柳子厚謫爲永州司馬，因居焉，乃改名愚溪。」輿地紀勝卷五十六荆湖南路永州：「愚溪，在州西一里，色如藍，謂之染水。或曰冉氏嘗居于此，故曰冉溪，又曰染溪。柳子厚名曰愚溪，作八愚詩紀于溪石上云。」按柳宗元有愚溪詩序。又所謂八愚詩者今佚。

〔二〕李白勞勞亭歌：「苦竹寒聲動秋月。」

〔三〕行李，見卷十六至葉城詩注。杜甫早起詩：「幽事頗相關。」

〔四〕李白送友人詩：「浮雲游子意。」

【評】

瀛奎律髓卷十七紀昀評：亦閑雅。又評末句：「人」字似當作「年」字，再校。

劉辰翁評「終然遊子意」三句：好。

己酉中秋之夕與任才仲醉於岳陽樓上明年十一月二十日南遊過道州謁姜光彦出才仲畫軸則寫是夕事也剪燭觀之恍然一笑書八句以當畫記〔一〕

去年中秋洞庭野，寒瑶萬頃兼天瀉。岳陽樓上兩幅巾，月入欄干影瀟灑。世間此境誰能孤，狂如我友人所無。一夢經年無續處，道州還見倚樓圖。

【校】

〔題〕原本無「州」字，點校本據李氏藏本補，此從之。〔此境〕原本「境」作「影」，據點校本所引李氏藏本改。

【箋注】

〔一〕嘉慶一統志卷三百七十湖南永州府：「道州，在府南一百五十里。宋曰道州江華郡，屬荆湖南路。」任才仲，名誼，已見卷二十四跋任才仲畫兩首大光所藏詩注。胡注：「光彦名仲謙，嘗任湖北漕。」厲鶚宋詩紀事卷四十四：「光彦字仲謙，號松菴，淄州人。」又引岳州府志載其一詩：「己酉中秋，任才仲、陳去非會飲岳陽樓上，酒半酣，高談大笑，行草間出，誠一時俊遊也，爲賦云：『岳陽樓高幾千尺，俯視洞庭方酒酣。萬頃波光天上下，兩山秋色月東南。興來鸞鵠隨行草，夜永魚龍駭笑談。我欲煩公釣鰲手，盡移雲水到松菴。』」觀末二句，似亦題畫之作。按姜仲謙名字，厲氏與胡注所説互異，以簡齋此集證之，當以胡注爲是。

【評】

劉辰翁評「一夢經年無續處」二句：兩句首尾畢備。

甘泉吳使君使畫史作簡齋居士像居士見之大笑如洞山過水覩影時也戲書三十二字〔一〕

兩眉軒然，意像無寄〔二〕。而服如此，又不離世。鑑中壁上，處處皆是。簡齋雖傳，文殊無二〔三〕。

【校】

〔題〕聚珍本「吳使君」作「吾君」，點校本引李氏藏本作「吳君」。原本「三十二」誤作「二十三」，據聚珍本改。又此篇聚珍本編入第一卷雜文；點校本引明本、李氏藏本編在卷十四銘贊類。

〔軒然〕聚珍本「然」作「昂」，點校本引李氏藏本同。　〔無寄〕聚珍本「無」作「如」。

【箋注】

〔一〕點校本引增注：「建炎四年秋，道州作。按集中有題甘泉書院詩云：『甘泉坊裏林影黑，吳氏舍前書榜鮮。』則吳君所居在甘泉坊也。」傳燈録卷十五：「筠州洞山良价禪師，會稽人也，姓俞氏。又問雲巖：『和尚百年後，忽有人問：還邈得師真不？如何祇對？』雲巖曰：『但向伊道：即遮箇是。』師良久，雲巖曰：『承當遮箇事，大須審細。』師猶涉疑。後因過水覩影，大悟前旨，因有一偈曰：『切忌從他覓，迢迢與我疏。我今獨自往，處處得逢渠。渠今正是我，我今不是渠。應須恁麼會，方得契如如。』」

〔二〕文選北山移文：「眉軒席次。」漢書李廣傳：「意象慍怒。」顏注：「言色形於外。」

〔三〕首楞嚴經：文殊云：「我真文殊，無是文殊。若有是者，則二文殊。」

題道州甘泉書院

甘泉坊裏林影黑，吴氏舍前書榜鮮。牀座畧容摩詰借〔一〕，桂枝應待小山傳〔二〕。兵横海内猶紛若，風到湖南還穆然。勉效周生述孔業〔三〕，賦詩吾獨愧先賢。

【校】

〔題〕原本「道州」二字作題下小注，據丁鈔、聚珍本改。　〔桂枝〕原本「枝」作「林」，據聚珍本改。

【箋注】

〔一〕維摩詰經：舍利佛念室中無牀座，維摩現神通力，東方須彌燈王佛遣三萬二千獅子座來入其室。

〔二〕楚辭招隱士：「攀援桂枝兮聊淹留。」點校本引增注：「朱文公曰：『招隱士者，淮南小山之所作也。淮南王安好古愛士，招致賓客，有八公之徒，分造辭賦，以類相從，或稱大山，或稱小山，如詩之有大、小雅焉。』劉禹錫詩：『淮南桂樹小山辭。』」

〔三〕南史顔延之傳：「雁門周續之，隱廬山，儒學著稱。永初中，徵入都下，開館居之。宋武帝親幸，朝彦畢至。」梁昭明太子陶淵明傳：「時周續之入廬山事釋惠遠，彭城劉遺民亦遯迹匡山，淵明又不應徵命，謂之『潯陽三隱』。後刺史檀韶苦請續之出州，與學士祖企、謝景夷三人，共在城北講禮，加以講校，所住公廨，近於馬隊，是故淵明示其詩云：『周生述孔業，祖謝響然臻。馬隊非講肆，校書亦已勤。』」

度嶺〔一〕

年律將窮天地温，兩州風氣此横分。已吟子美湖南句〔二〕，更擬東坡嶺外文〔三〕。隔水叢梅疑是雪〔四〕，近人孤嶂欲生雲〔五〕。不愁去路三千里，少住林間看夕曛。

【校】

〔題〕原本題下有「一首」二字，丁鈔、聚珍本均無，點校本引明本、李氏藏本亦無，今據删。又，李氏藏本題下有「賀州桂嶺」四小字注。〔兩州〕潘本「州」誤「川」。

【箋注】

〔一〕嘉慶一統志卷四百六十七廣西平樂府：「桂嶺，在富川縣東南一百二十里，賀縣東北百里，與湖南江華縣，廣東連山縣接界，即古臨賀嶺也。一名萌渚嶠。裴淵廣州記：『五嶺，一曰臨賀。』鄧德明南康記：『五嶺，第四曰臨賀萌渚嶺。』水經注：『萌渚之嶠，五嶺之第四嶺也。』元和志：『萌渚嶠，在馮乘縣北一百三十里。桂嶺，在桂嶺縣東十五里。』寰宇記：『嶺高三千餘丈，東接連州，北接通州。』名勝志：『萌渚嶠，廢馮縣基在焉。晉陶侃之擊杜宏，宋潘美之擊劉鋹，岳飛之擊曹成，俱由於此。』」按簡齋由道州去臨賀，所度當是萌渚嶺也。

〔二〕王洙杜工部集記：「起太平時，終湖南所作。」吕大防杜少陵年譜後記：「考其辭力，少而銳，壯而肆，老而嚴，非妙於文章，不足以至此。」

〔三〕魏慶之詩人玉屑卷十七：「余觀東坡自南遷以後詩，全類子美夔州以後詩，正所謂老而嚴者也。子由云：『東坡謫居儋耳，獨善爲詩，精深華妙，不見老人衰憊之氣。』魯直亦云：『東坡嶺外文字，讀之使人耳目聰明，如清風自外來也。』觀二公之言如此，則余非過論矣。」

〔四〕古樂府陳蘇子卿落梅詩：「只言花是雪，不悟有香來。」

〔五〕杜甫登兖州城樓詩：「孤嶂秦碑在。」又假山詩：「幽處欲生雲。」

【評】

瀛奎律髓卷二十九：「欲生雲」，用老杜假山詩也。　馮班評：次句好。　紀昀評：此首最淺俗，不似簡齋之筆。首句笨，結稍可。

遊秦巖〔一〕

秦巖昧舊聞，勝會非復常。異哉五里祕，發此一日狂。篝燈破大陰〔二〕，拄杖入仙鄉。散途楊梅實，承磴菡萏房。石液白瑶墮，泉氣青霓翔。度危心欲動，逢衍興未央。眩人黝谷深，覆我翠極長。降登窮田壠，開闔到鞠場。龍遮側岸路，猫護高廩藏。力士倒履空〔三〕，應真儼成行〔四〕。碾缺神所吝，帳空仙莫量。水鳴泬寥内，柱立森羅傍。語聞受遠響，力極生微陽。夢中出小竇，立處忽大荒。塵緣信深重〔五〕，仙事豈渺茫〔六〕。靈武唐業開，湘濱耀文章〔七〕。望夷秦政壞，嶺底畏禍殃〔八〕。隱顯非士意，安危存國綱〔九〕。且復置此事，更將適何方。賦詩意未愜，吾欲棲僧廊。

【校】

〔鞠場〕原本「場」誤「埸」，馮校據庫本改，此從之。〔碾缺〕原本「缺」誤「鈌」，馮校據庫本改，點校本引李氏藏本同，此從之。丁鈔作「鐵」，非。〔柱立〕原本「柱」誤作「柆」，點校本據李氏藏本改，此從之。聚珍本作「鳥集」。〔大荒〕原本「大」作「太」，據丁鈔、聚珍本改。

【箋注】

〔一〕點校本引增注：「按祝穆方輿勝覽：秦山，在賀州富川縣西百八十里，北連道州。荊州記：

孫權時，此山夜雷暴震，開爲六洞。」

〔二〕史記陳涉世家：「夜篝火。」徐廣曰：「篝者，籠也。」淮南子墬形訓許慎注：「龍銜燭以照太陰。」按自此句至「力極生微陽」句，記洞中所見。

〔三〕寶積經有密跡力士。

〔四〕文選天台山賦：「應真飛錫以躡虚。」李善注：「百法論曰：并及八輩應真僧。應真謂羅漢也。」杜甫數陪章梓州泛江有女樂在諸舫戲爲豔曲二首詩：「雲鬟儼分行。」

〔五〕韓愈華山女詩：「仙梯難攀俗緣重。」

〔六〕韓愈桃源行：「神仙有無何渺茫。」

〔七〕唐書肅宗紀：「甲子，即皇帝位于靈武。」文章，指元結大唐中興頌，刻于湘江之浯溪石崖。

〔八〕史記秦始皇本紀：趙高遣閻樂將吏卒千餘人至望夷宫殿門，樂遂斬衛令，直將吏入，二世自殺。高士傳：四皓見秦政虐，乃逃入藍田山，後共入商洛山，以待天下定。

〔九〕晉書庾冰傳：「朝之得失，必關聖聽；人之情僞，必達天聰。然後覽其大當，以總國綱。」

戲大光送酒

折得嶺頭如玉梅，對花那得欠清盃。不煩白水真人力〔一〕，便有青州從事來〔二〕。

【箋注】

〔一〕後漢書光武紀論：「及王莽篡位，已惡劉氏，以錢文有金刀，故改爲貨泉。或以貨泉字文爲『白水真人』。」

〔二〕青州從事，見卷六西郊春事漸入老境元方欲出遊……詩注。

次韻謝吕居仁居仁時寓賀州〔一〕

別君不覺歲時荒，豈意相從魑魅鄉〔二〕。篋裏詩書總零落，天涯形貌各昂藏〔三〕。江南今歲無胡虜〔四〕，嶺表窮冬有雪霜。儻可卜鄰吾欲住，草茅爲蓋竹爲梁。

【校】

〔題〕原本「寓」字上無「居仁時」三字，據聚珍本補，點校本引明本同。李氏藏本僅有「居仁」二字，丁鈔僅有「時」字。宋詩鈔與丁鈔同。瀛奎律髓卷二十七「居仁寓賀州」五字作題下小注。

〔相從〕點校本引明本、李氏藏本「從」作「逢」，瀛奎律髓同。〔零落〕聚珍本、宋詩鈔「零」作「寥」，點校本引明本同。〔胡虜〕聚珍本「胡虜」作「征戰」，館臣妄改。〔卜鄰吾欲住〕丁鈔「鄰」作「居」。聚珍本「吾」作「我」。

【箋注】

〔一〕方輿勝覽卷十一廣西路賀州：「臨賀，輿地廣記云：『臨水西流，右合賀水，縣對二水之會，故以臨賀爲名。』」同書同卷名賢：「吕居仁，避地於此。」又：「陳與義，避地於此。」宋史吕本中傳：「吕本中，字居仁，好問之子。靖康元年，遷職方員外郎，以父嫌奉祠。丁父憂，服除，召爲祠部員外郎，以疾告去。」同書吕好問傳：「避地，卒於桂州。」按建炎以來繫年要録卷四十六：「紹興元年秋七月乙卯朔，資政殿學士提舉臨安府洞霄宫吕好問薨於桂州。」是好問以明年七月卒於桂州，本中此時，當是侍親在桂，故得於賀州與簡齋相晤也。東萊詩集卷十二賀州聞席大光陳去非諸公將至作詩迎之：「五年避地走窮荒，嶺海江湖半是鄉。歡喜聞君俱趣召，衰頽如我合深藏。曉寒已静千山瘴，窮霧先吞萬瓦霜。日日江頭望行李，幾回驅馬度浮梁。」據知簡齋由永來賀，實與席益同行。前此戲大光送酒一詩，當是道中所作。簡齋本首即次本中此詩韻也。

〔二〕左傳文公十八年：「流四凶族，投諸四裔，以禦魑魅。」白居易勸劉夢得酒詩：「何客新投魑魅鄉。」按簡齋與本中相交，不知始於何年。據張元幹蘆川歸來集，宣和五年夏，簡齋嘗與本中、元幹諸人同遊慧林寺，分韻賦詩（詳見卷十一遊慧林寺……詩箋）。於時本中方自大名府帥司幹管除樞密院編修官，簡齋方除祕書省著作佐郎，俱在東京也。至宣和六年冬簡齋謫監陳留酒，本中仍在東京，無由相見矣，故曰「不覺歲時荒」也。又，簡齋政和五年在開德有送吕欽問詩，欽問爲本中從叔，與本中論詩相契（見吕本中師友淵源記、紫薇詩話），然考本中仕歷，其時未嘗至開德。東萊詩集卷一有開德道中一首，以編次求之，當是政和八年以後之作，時簡齋已去開德，無由與本中相晤也。

〔三〕杜甫追酬高蜀州人日詩：「不意清詩久零落。」北史高昂傳：「昂字敖曹，幼有壯氣，及長俶儻，膽力過人。其父以其昂藏敖曹，故以名字之。」李泌長歌行：「焉能不貴復不去，空作昂藏一丈夫。」

〔四〕意指金人自是年二月自臨安退兵，幸未再次大舉南犯，言「今歲」者，較去年、前年而言，蓋幸之，亦痛之也。蓋自建炎建元，金人已兩次大舉南侵。始高宗畏金之逼，走避東南，李綱請幸關中，宗澤請還汴都，皆不聽。金人聞帝南走，分兵追襲，兩河遂陷，山東東北各地悉爲金有。至建炎二年八月，金復會兵攻大名。三年春，破徐州，又破淮陽、泗、楚等州，遂由徐、泗以攻揚州（詳宇文懋昭大金國志卷五太宗紀三）。三年二月，「金人攻揚州，帝倉卒渡江」（宋史王淵傳），金人焚揚州而去。此第一次南侵也。建炎三年秋七月壬寅，「完顔弼請侵江、浙，左副元帥宗維許之」（建炎以來繫年要録卷二十五）。「遂分兩道，一自滁、和攻江東，一自蘄、黄攻江西（大金國志卷五太宗紀三）」。「十一月辛未，金人陷建康」（建炎以來繫年要録卷二十九），「吕頤浩遂進航海之策」（宋史吕頤浩傳）。高宗既南遁入海，宗弼追至明州不及，始焚掠而北（建炎四年二月丙子。建炎以來繫年要録卷三十一）。此二次南侵也。自宗弼此次北歸，金人慮山東、河南地廣難治，乃立劉豫爲齊帝，使介金、宋之間，以爲屏藩；此後金兵南侵，即以助豫攻取，非復向日之長驅深入，而江南得苟安焉。詩云「江南今歲無胡虜」，亦紀實也。按大金國志卷六太宗紀：「雲中留守高慶裔獻議於黏罕曰：『吾君舉兵，止欲取兩河，故汴京既得，而復立張邦昌。後以邦昌廢逐，故再有河南之役。方今兩河州郡既下之後，而官制不易，風俗不改者，可見吾君非貪土，亦欲循邦昌之故事也。元帥可首建此議，無以恩歸他人。』黏罕從之。」於是立劉豫爲齊帝。按高慶裔之言，建炎以來繫年要録卷三十二亦載之，事在建炎四年三月末。由是可知，金人非無意於江南，蓋力不足也。

【評】瀛奎律髓卷二十九：讀諸家詩忽到后山、簡齋，猶捨培塿而瞻太華，不勝高聳，自是一種風調。馮班評：猶去華堂而入廁屋，后山尚可，簡齋可恨。紀昀評：「荒」字欠妥。

舟行遣興〔一〕 賀溪舟中。

會稽尚隔三千里，臨賀初盤一百灘。殊俗問津言語異〔二〕，長年爲客路歧難。背人山嶺重重去，照鵠梅花樹樹殘〔三〕。酌酒柁樓今日意，題詩船壁後來看。

【校】

〔題〕題下簡齋自注，原本無，據點校本引李氏藏本補。

【箋注】

〔一〕胡譜：「紹興元年辛亥，春，出賀溪，泝康成，過封州，經五羊，度庾嶺，上羅浮，歷漳州，遊雁山，之天台，至夏，抵會稽在所。」按是年簡齋四十二歲。

〔二〕陶潛桃花源記：「後遂無問津者。」

〔三〕淮南子本經：「龍舟鷁首，浮吹以娱。」注：「鷁，水鳥也，畫其象着船頭，故曰鷁首。」晉書東皙傳：「憑鷁首以涉洪流。」方言作艗首，注：「鷁，鳥名，今江東貴人船前作青雀，是其像也。」艗與鷁同。蕭子顯南征曲：「照鷁竦江神。」

【評】

瀛奎律髓卷二十九紀昀評：八句皆對，用宗楚客格，雖無深致，而不失樸老。又云：「照鷁」二字，雜。

康州小舫與耿伯順李德升席大光鄭德象夜話以更長愛燭紅爲韻得更字〔一〕

萬國衣冠京國舊〔二〕，一船風雨晉康城。燈前顔面重相識，海内艱難各飽更。天闊路長吾欲老，夜闌酒盡意還傾。明朝古峽蒼煙道，都送新愁入櫓聲。

【校】

〔題〕原本「伯」作「百」，據聚珍本改。原本「話」作「語」，據聚珍本改，點校本引明本同。〔意還傾〕聚珍本、宋詩鈔「還」作「難」，點校本引明本同。

【箋注】

〔一〕嘉慶一統志卷四百四十七廣東肇慶府：「德慶州，在府西一百八十里，西至封州縣界六十里，北至廣西梧州府懷集縣一百六十五里。唐武德四年置南康州，兼置都督府，貞觀十二年更名康州。宋爲端州，屬廣南東路。紹興元年升爲德慶府。」

鄭滋，字德象，建德人(建炎以來繫年要録卷七)。政和八年嘉王榜及第(嚴州圖經卷一引登科記)。宣和七年，自侍御史除中書舍人(靖康要録卷一)。建炎以來繫年要録卷七：「建炎元年七月己丑朔，徽猷閣待制知平江府鄭滋責授秘書少監分司南京，筠州居住，坐圍城時日事燕飲，爲轉運通判官顧彦成所劾者。或曰，李綱之罷行營使也，滋當具責詞，頗肆醜詆，故彦成以私書言之於綱，復下彦成體量，而有是命。」同書卷十七：「建炎二年八月辛未，鄭滋復徽猷閣待制，以言者論滋爲李綱所惡，謫非其罪也。」同書卷五十八：「紹興二年九月己未，徽猷閣待制提舉臨安洞霄宫鄭滋試尚書兵部侍郎。」簡齋作此詩時，滋方奉祠閑居也。

揮麈餘録卷二：「鄭德象滋，晚守京口，怠於爲政。湯致遠鵬舉爲兩浙漕，宣言俟應辦虜使至郡按治之。時秦會之當國，德象求援於秦。蓋宣和初，秦赴試南宫，鄭爲參詳官，其所取也。至是，湯别秦以行，秦云：『鄭德象久不通問，有少書信，煩爲提攜達。』因面授之。湯視緘題云：『稟目，申呈判府顯學侍郎先生門下，具位秦檜謹封。』湯得之，幡然而改，乃奏其治狀，遂移帥江東。」按鄭滋爲李綱所惡，秦檜所厚，則其人生平大略可見。張嵲紫微集卷二十有顯謨閣直學士鄭滋故父集成可特贈銀青光禄大夫制，胡寅斐然集卷十二有鄭滋顯謨閣學士宫祠制。耿延禧、李擢、席益均已見前。時諸人皆在謫中，故詩有「海内艱難各飽更」之句。

〔二〕王維和賈至舍人早朝大明宫之作詩：「萬國衣冠拜冕旒。」

與大光同登封州小閣〔一〕

去程欲數莽難知，三日封州更作遲。青嶂足稽天下士〔二〕，錦囊今有嶠南詩〔三〕。共登小閣春風裏，回望中原夕靄時。萬本梅花爲我壽，一盃相屬未全癡〔四〕。

【箋注】

〔一〕嘉慶一統志卷四百四十七廣東肇慶府：「封州縣，在府西三百三十里。宋開寶五年爲封州臨封郡，至道二年屬廣南東路。」

〔二〕後漢書馬援傳：「天下雄雌未定，公孫不吐哺走迎國士，與圖成敗，反修飾邊幅，如偶人形，此子何足久稽天下士乎？」

〔三〕李商隱李長吉小傳：「恒從小奚奴，騎距驉，背一古破錦囊，遇有所得，即書投囊中。」

〔四〕韓愈八月十五夜贈張功曹詩：「一盃相屬君當歌。」

【評】

瀛奎律髓卷一：老杜詩爲唐詩之冠，黄、陳詩爲宋詩之冠。黄、陳學老杜者也。嗣黄、陳而恢張悲壯者，陳簡齋也；流動圓活者，吕居仁也；清勁潔雅者，曾茶山也。七言律，他人皆不敢望此六公矣。若五言律詩，唐人之工者無數，宋人當以梅聖俞爲第一，平淡而豐腴。捨是，則又有陳後山耳。

紀昀評：格不甚高，讀之只似近人詩。三句、八句亦太露，江西習氣。

登海山樓〔一〕

萬航如凫鷖，一水如虚空〔二〕。此地接元氣，壓以樓觀雄。我來自中州，登臨眩沖融〔三〕。白波動南極，蒼鬢承東風。人間路浩浩，海上春濛濛。遠遊爲兩眸，豈恤勞我躬〔四〕。仙人欲吾語，薄暮山葱瓏。海清無蜃氣，彼固蓬萊宫〔五〕。

【校】

〔題〕點校本引李氏藏本題下有小注「廣州」二字。〔白波〕原本脱「白」字，據丁鈔、聚珍本補。〔承東風〕原本「承」誤「永」，據丁鈔、聚珍本改。〔豈恤〕聚珍本、宋詩鈔「恤」作「惜」，點校本引明本同。〔葱瓏〕聚珍本「瓏」作「龍」。

【箋注】

〔一〕方輿勝覽卷三十四廣東路廣州樓台：「海山樓，在城南。陳去非詩：『百尺欄干横海立，一（此字原闕）生襟抱與山開。岸邊天影隨潮入，樓上春容帶雨來。』」（按所引爲再賦中語，見下）嘉慶一統志卷四百四十二廣東廣州府古蹟：「海山樓，在南海縣東門外，樓下即市舶亭，宋嘉祐時經略魏炎建。」

〔二〕蘇軾至巴河詩：「孤舟如鳧鷺。」李白别宋之悌詩：「楚水清若空。」白居易泛太湖詩：「飄然舟似入虚空。」

〔三〕文選海賦：「浮天無岸，沖融滉瀁。」

〔四〕詩小宛：「我躬不閲，遑恤我後。」

〔五〕史記天官書：「海旁蜃氣象樓台。」又封禪書：「自威、宣、燕昭使人入海求蓬萊、方丈、瀛洲。

此三神山者，其傳在勃海中，去人不遠；患且至，則船風引而去。蓋嘗有至者，諸仙人及不死之藥皆在焉。其物禽獸盡白，而黄金銀爲宫闕。」

【評】

劉辰翁評末句：不著亂字，更是慨然。

次韻大光五羊待耿伯順之作〔一〕

康州艇子來不急，過岸櫓聲空復長。百尺樓頭堪望遠，淡煙斜日晚荒荒〔二〕。

【箋注】

〔一〕胡注：「南越志：廣州昔有五仙人騎五色羊至此，故名五羊。」能改齋漫録卷九：「高適送柴司户之嶺外詩云：『海對羊城闊，山連象郡高。』按南部新書云：『吴修爲廣州刺史，未至州，有五仙人騎五色羊負五穀而來。今州廳梁上畫五仙人騎五色羊爲瑞，故廣南謂之五羊城。』又廣州記云：『六國時，廣州屬楚，高固爲楚相，五羊銜穀至其庭，以爲瑞，因以五羊名其地。』又鄭熊撰番禺雜記云：『廣州昔有五仙騎羊而至，遂名五羊。』新書與熊所記同，惟廣州記爲異，當有辨其是非者。」詩云「康州艇子來不急」，是耿延禧猶在康州也。

〔二〕杜甫漫成二首詩：「野日荒荒白。」

雨中再賦海山樓

百尺闌干横海立，一生襟抱與山開〔一〕。岸邊天影隨潮入，樓上春容帶雨來。慷慨賦詩還自恨，徘徊舒嘯却生哀〔二〕。滅胡猛士今安有？非復當年單父臺〔三〕。

【校】

〔題〕原本「樓」下有「詩」字，據聚珍本删，點校本引明本、李氏藏本同。〔舒嘯〕丁鈔「嘯」誤「笑」，宋詩鈔同。〔滅胡猛士今安有〕聚珍本「滅胡」作「世間」，館臣妄改。又，「有」，聚珍本作「在」。

【箋注】

〔一〕杜甫奉待嚴大夫詩：「身老時危思會面，一生襟抱向誰開？」詩詞曲語辭匯釋卷四：「與，猶向也。」

〔二〕陶潛歸去來辭：「登東皋以舒嘯。」

〔三〕杜甫昔遊詩：「昔者與高李，晚登單父臺。寒蕪際碣石，萬里風雲來。……是時倉廩實，洞達寰區開。猛士思滅胡，將帥望三台。」按單父，古邑，屬宋州。寰宇記：子賤琴臺在縣北一里，高三丈。

題長樂亭〔一〕

遠山雲迷顛，近山浄如沐。客子曳竹輿，伊鴉過山麓。我行一何遲，時序一何速。東風所經過，林水一時緑。疎雨忽飛墜，聲在道邊木。淑氣自遠歸，光景變川陸〔二〕。遥知存存子，明亦戒征軸〔三〕。霽色雖宜詩，不見此清穆〔四〕。

【校】

〔伊鴉〕丁鈔「伊鴉」作「伊啞」，宋詩鈔同；聚珍本作「伊啞」。

【箋注】

〔一〕按簡齋與席益自永州同行來嶺南，至是益與李擢先行去廣，此詩云：「遥知存存子，明亦戒征軸。」下文題長岡亭云：「兩公茂名實，自是宜鼎軸。發發不可遲，帝言頻郁穆。」知席、李實先行也。後文又有甘棠驛懷李德升席大光，據知席、李蓋同行；又和大光云「嶺南二月無桃李」，則事在紹興元年二月也。通觀諸詩，則當日情事自明。

〔二〕杜審言和晉陵陸丞早春遊望詩：「淑氣催黄鳥，晴光轉緑蘋。」

〔三〕胡注：「席大光自號存存子。」文選謝朓和王著作八公山詩：「浩蕩别親知，連翩戒征軸。」

〔四〕文選潘岳閑居賦：「其東則有明堂辟廱，清穆敞閑。」

和大光道中絶句

已費天工十日晴，今朝小雨送潮生。轉頭雲日還如錦，一抹葱瓏畫不成。

【校】

〔天工〕聚珍本「工」作「公」。

又和大光

寂寂孤村竹映沙，檳榔迎客當煎茶〔一〕。嶺南二月無桃李，夾路松開黄玉花。

【箋注】

〔一〕南方草木狀：「檳榔葉似甘蔗，葉下繫數房，房綴數十實，實大如桃李，天生棘重累其下，所以禦衛其實也。味苦澀，以扶留籐，古賁灰並食，則滑美。下氣，消穀。出林邑，彼人以爲貴，婚族客必先進。一名『賓門藥餞』。」

題長岡亭呈德升大光〔一〕

久客不忘歸，如頭垢思沐〔二〕。身行江海濱，夢繞嵩少麓〔三〕。馬何預得失〔四〕？鵬何了淹速〔五〕？匣中三尺水，瘴雨生新緑〔六〕。胡爲古驛中，坐聽風吟木？既非還吳張〔七〕，亦異赴洛陸〔八〕。兩公茂名實，自是宜鼎軸〔九〕。發發不可遲，帝言頻郁穆〔一〇〕。

【校】

〔題〕原本「呈」誤「皇」，據丁鈔、聚珍本改。〔嵩少〕丁鈔、聚珍本「少」作「山」，宋詩鈔同。

〔三尺水〕丁鈔、聚珍本「水」作「冰」，宋詩鈔同。〔發發〕點校本引增注：「『發發』，閩本作『夕發』，武岡本同箋本。」

【箋注】

〔一〕點校本引增注：「此和長樂亭韻。」

〔二〕白居易喜雨詩：「如頭得膏沐。」黄庭堅寄六弟詩：「客心如頭垢，日欲撩千篦。」

〔三〕嵩高、少室二山，在洛陽登封縣。簡齋洛人也，故云。李白鳴皋歌：「去時應過嵩少間。」

〔四〕淮南子人間訓：「塞上之人有善術者，馬無故亡而入胡，人皆弔之，其父曰：『此何遽不能爲福乎？』居數月，其馬將胡駿馬而歸，人皆賀之，其父曰：『此何遽不能爲禍乎？』家富良馬，其子好騎，墮而折其髀。人皆弔之，其父曰：『此何遽不能爲福乎？』居一年，胡人大入塞，丁壯者控弦而戰，塞上之人，死者十九，此獨以跛之故，父子相保。故福之爲禍，禍之爲福，化不可極，深不可測也。」

〔五〕見卷九次韻謝天寧老見貽詩注。

〔六〕李賀春坊正字劍子歌：「先輩匣中三尺水，曾入吳潭斬龍子。」

〔七〕張翰事，見卷一次韻謝文驥主簿見寄兼示劉宣叔詩注。

〔八〕陸機晉太康末，與弟雲俱入洛。庾信哀江南賦：「逢赴洛之陸機，見離家之王粲。」

〔九〕司馬相如封禪文：「斐英聲，騰茂實。」漢書彭宣傳：「三公鼎足承君，一足不任，則覆亂美實。」師古注：「易鼎卦九四爻辭曰：『鼎折足，覆公餗。』餗，食也。故宣引以爲言。」漢書車千秋傳贊：「車丞相履伊、吕之列，當軸處中。」

〔一〇〕文選劉琨答盧諶詩：「郁穆舊姻。」注：「郁穆，和美貌。」

正集卷二十八

甘棠驛懷李德升席大光〔一〕

破驛難並休，差池便薪水。山川會心地，還思對君子。道邊千尺榕，午蔭清且美〔二〕。極知非世用〔三〕，我愛不能已。東風吹南服〔四〕，莽莽緑萬里。此地亦可耕，胡爲蠒予趾〔五〕。

【箋注】

〔一〕嘉慶一統志卷四百二十五福建福州府古蹟：「甘棠驛，在龍溪縣南四十里，接漳浦縣界，元置。」按：據簡齋此詩，則置驛不當始於元代也。

〔二〕異物志：榕樹棲棲，長與少殊，高出林表，廣蔭原丘，孰知初生，葛藟之儔。嶺表録異：榕樹，桂、廣、容、南府郭之内多栽。此樹葉如冬青，秋冬不凋。

〔三〕莊子逍遥遊：「今子有大樹，患其無用，何不樹之於無何有之鄉。……無所可用，安所困苦哉。」

〔四〕南服，見卷十九再登岳陽樓感慨賦詩注。

〔五〕淮南修務訓：「昔者楚欲攻宋，墨子聞而悼之，自魯趍而往，十日十夜，足重繭而不休息。」杜甫觀公孫大娘弟子舞劍器行：「老夫不知其所往，足繭荒山轉愁疾。」蠒，繭俗字，見廣韻。

贈漳州守綦叔厚〔一〕

過盡蠻荒興復新，漳州畫戟擁詩人〔二〕。十年去國九行旅，萬里逢公一欠伸〔三〕。王粲登樓還感慨〔四〕，紀瞻赴召欲逡巡〔五〕。繩牀相對有今日，臏醉齋中軟脚春〔六〕。叔厚自兼直得漳州，蒙犯霜雪，以十二月到郡，適公庫新造臘酒成，因名曰軟脚春，蓋取郭子儀軟脚局字以寓意焉。

【校】

〔臏醉齋中軟脚春〕句下注文，原本混入胡注，點校本引李氏藏本作簡齋自注，今據正。

【箋注】

〔一〕嘉慶一統志卷四百二十九福建漳州府：「在福建省治西南六百八十里，五代初屬王閩，後屬南唐，改曰南州，宋乾德四年復曰漳州，屬福建路。」同書同卷名宦：「綦崇禮，高密人，建炎四年知漳州。屬有巨寇起建州，聲撼鄰境，崇禮牧民禦衆，一如常日，盜息，安堵如故。」按崇禮爲簡齋宣和四、五年任太學博士時僚友，事迹已見卷十七無題詩箋。其知漳州，則在建炎四年十月。建炎以來繫年要録卷三十八：「建炎四年十月丁亥，尚書吏部侍郎兼權直學士院綦崈禮充徽猷閣直學士知漳州。」自宣和四年至是已十年，故詩有「十年去國」之句。永樂大典卷七千五百二十五引北海集載崈禮降授宣教郎制，原注：「建炎四年十一月七日。」蓋出知之後繼以降授也。此詩簡齋自注稱崈禮「以十二月到郡」，時序亦合。降授宣教郎制云：「敕：朕體無私於天地，行罰不阿於近臣；考大法於春秋，責人常備於賢者。確持此義，斷以不疑。徽猷閣直學士通直郎新差知漳州軍州事兼管内勸農使賜紫金魚袋綦某，夙以藝文，徑躋華近，雖暫司於銓部，仍兼職於鑾坡，遽爲避外之行，實徇急難之請，方趨厥服，忽致煩言。謂借牘之愆，雖去官而可免；而持槖之重，當薄罰以示愆。服我訓詞，毋忘祇慎。可特降授宣教郎，依前徽猷閣直學士，差遣賜如故。」至崈禮以何事「忽致煩言」，建炎以來繫年要録及宋史本傳皆不詳，當再考。

〔二〕韋應物郡齋燕集詩：「兵衛森畫戟，宴寢凝清香。」

〔三〕曲禮：「君子欠伸，撰杖屨。」

〔四〕登樓賦：「心悽愴以感發兮，意忉怛而憯惻。」

〔五〕晉書紀瞻傳：召拜尚書郎，與顧榮同赴洛。至徐州，聞亂日甚，將不行。會刺史裴盾得東海王越書，若榮等顧望，以軍禮發遣，乃與榮及陸玩等各解船棄車牛，一日一夜行三百里，得還揚州。明帝後以瞻爲散騎常侍，瞻固辭不起。詔曰：「瞻忠亮雅正，識局經濟，屢以年耆病久，逡巡告誠。朕深明此操，重違高志，今聽所執。」

〔六〕大唐遺事：郭子儀自同州歸，詔大臣就宅作軟脚局。蘇軾仇池筆記：唐人名酒多以「春」，若國史補所載「不凍春」之類。

【評】

瀛奎律髓卷四十二紀昀評：「一欠伸」三字不妥。

宿資聖院閣

暮投山崦寺，高處絶人群。遠岫林間見，微泉舍後聞。閣虚雲亂入，江闊野横分。欲與僧爲記，今年懶作文。

【校】

〔題〕經訓堂帖刊有簡齋手書此詩，無「閣」字。〔遠岫〕帖本「遠」作「列」。

題大龍湫〔一〕

曉行蒼壁中，窮處仍高崖。白龍三百丈，欲下層顛來。映日灑飛雨，繞山行怒雷〔二〕。潭影納浩蕩，雲氣扶崔嵬。小儒歎造化，辨此何雄哉〔三〕。亦知天下絶，尊者所徘徊〔四〕。三生清淨願，俗緣故難開〔五〕。踐勝吾豈敢，稽首儻興哀〔六〕。

【校】

〔仍高崖〕丁鈔「仍」作「乃」，聚珍本同。

【箋注】

〔一〕沈括夢溪筆談卷二十四：「温州雁蕩山，天下奇秀，然自古圖牒未嘗有言者。祥符中，因造玉清宫，伐山取材，方有人見之，此時尚未有名。……謝靈運爲永嘉守，凡永嘉山水，遊歷殆遍，獨不言此山，蓋當時未有雁蕩之名。余觀雁蕩諸峰，皆峭拔嶮怪，上聳千尺，穹崖巨谷，不類他山，皆包在諸谷中，自嶺外望之，都無所見，至谷中，則森然干霄。原其理，當是爲谷中大水衝激，沙土盡去，唯巨石巋然挺立耳。如大、小龍湫，水簾、初月谷之類，皆是水鑿之穴。自下望之，則高巖峭壁，從上觀之，適與地平，以至諸峰之頂亦低於山頂之地面。……既非挺出地上，則爲深谷林莽所蔽，故古人未見，靈運所不至，理不足怪也。」按雁蕩有二，一在樂清縣，一在平陽縣北，在平陽者曰南雁蕩。方輿勝覽卷九浙東路瑞安府山川：「南雁蕩在平陽縣北。平陽雁蕩，五代已著；樂清雁蕩，乃祥符始見。」下引沈存中筆談。勝覽又云：「龍湫在雁蕩山，陳去非詩：『白龍三十丈，欲下層顛來。』」據知簡齋所遊，乃樂清之雁蕩也。嘉慶一統志卷三百四浙江温州府山川：「雁蕩山在樂清縣東九十里，東連温嶺，西接白巖，南跨玉環，北控蒼嶺，盤曲凡數百里。……絶頂有湖，方十餘里，水常不涸，雁之春歸者留宿焉，故曰雁蕩。有大、小龍湫，會諸澗水，懸崖數百丈，飛瀑之勢，如傾萬斛水從天而下。沈括謂天下奇秀，無逾此山。」

〔二〕韓愈盧郎中雲夫寄示送盤谷子詩兩章歌以和之詩：「是時新晴天井溢，誰把長劍倚太行？衝風吹破落天外，飛雨白日灑洛陽。」韋應物聽江水聲詩：「雷轉空山驚。」

〔三〕李白望廬山瀑布詩：「仰觀勢轉雄，壯哉造化功。」

〔四〕夢溪筆談卷二十四：「按西域書：阿羅漢諸矩羅，居震旦東南大海際雁蕩山芙蓉峰龍湫。唐僧貫休爲諾矩羅贊，有『雁蕩逕行雲漠漠，龍湫宴坐雨濛濛』之句。此山南有芙蓉峰，下芙蓉驛，前瞰大海，然未知雁蕩龍湫所在。後因伐山，始見此山。山頂有大池，相傳以爲雁蕩，下有二潭水，以爲龍湫。又有經行峽，宴坐峰，皆後人以貫休詩名之也。」

〔五〕樹萱録：有郎官夢謁老僧于松林中，前有爐，香煙甚微。僧曰：「此是檀越結願香，香煙尚存，檀越已三生，三榮朱紫矣。」韓愈華山女詩：「仙梯難攀俗緣重。」

〔六〕韓愈汴州亂詩：「孤士何者自興哀。」

雨中宿靈峰寺〔一〕

雁蕩山中逢晚雨，靈峰寺裏借繩牀。只應護得綸巾角〔二〕，還費高僧一炷香。

【箋注】

〔一〕方輿勝覽卷九浙東路瑞安府山川：「雁蕩山在樂清縣。叙山云：此山數百，谷邃峰疊，行者不能遍。分而爲東西谷，列而爲十八寺，始有駐足之地。能仁寺，今爲雁山第一刹。靈巖寺，所擅奇怪，爲雁山第一峰。又北有白巖，石溪九折，仙橋跨焉，斯水之奇也。」按靈峰寺當是十八寺之一，當再考。

〔二〕巾角，見卷二十一贈傅子文詩注。

自黄巖縣舟行入台州〔一〕

宴坐峰前衝雨急〔二〕，黄巖縣裏借舟遲。百年癡黠不相補〔三〕，萬事悲歡豈可期。莽莽滄波兼宿霧，紛紛白鷺落山陂。只應江海淒涼地，欠我臨風一賦詩。

【校】

〔題〕點校本引李氏藏本題下有「按黄巖縣屬台州」七字。　〔滄波〕丁鈔、聚珍本「滄」作「蒼」，宋詩鈔同。

【箋注】

〔一〕嘉慶一統志卷二百九十七浙江台州府：「黄巖縣，在府東南六十里，南至温州府樂清縣界五十里，北至臨海縣界十里。唐上元二年析置永寧縣，屬台州，天授元年改曰黄巖，五代及宋因之。」又「黄巖山，在黄巖縣西一百二十里。」永樂大典卷三千一百四十七引赤城續志：「陳與義，「建炎中，避地臨海，有詩集行於世。又見天台續集」。方輿勝覽卷七浙江路台州人物：「陳與義，「建炎(「炎」字原脱)中，避地臨海」。按台州，宋曰台州臨海郡。簡齋應召自閩入台，事在紹興元年，二書所云「建炎中避地臨海」者，誤也。

〔二〕宴坐峰，見夢溪筆談，引見本卷題大龍湫詩注。

〔三〕晉書顧愷之傳：「初，愷之在桓温府，常云：『愷之體中癡黠各半，合而論之，正得平耳。』」列子説符篇：「恩過不相補。」

過下杯渡〔一〕

夜宿下杯館，朝鳴一棹東。湖平天盡落，峽斷海横通。冉冉雲隨舸，茫茫鳥遡風。仙人蓬島上，遥見我乘空〔二〕。

【箋注】

〔一〕下杯渡及下首王孫嶺均未詳。胡注過下杯渡詩題云：「一云過鹽田渡。」按福建霞浦縣西有鹽田鎮，鹽田渡或當在其近側。若然，則二詩與泛舟入前倉詩皆當是由閩入浙初時之作，其編次恐當在宿資聖院閣詩前。參看下泛舟入前倉詩注。

〔二〕王維送晁秘監還日本詩：「積水不可極，安知滄海東。九州何處去，萬里若乘空。」

王孫嶺

已過長溪嶺更危，伏龍莽莽向川垂〔一〕。斜陽照見林中石，記得南山隱去時〔二〕。

【箋注】

〔一〕蘇軾起伏龍行詩叙：「或云置虎頭潭中可致雷雨，用其説作起伏龍行。」

〔二〕當指建炎二年春自房州遇虜奔入南山事。

泛舟入前倉〔一〕

曾鼓鹽田棹，前倉不足言。盡行江左路，初過浙東村。春去花無迹，潮歸岸有痕。百年都幾日〔二〕，聊復信乾坤。

【箋注】

〔一〕胡注：「前倉並海，屬温州平陽縣。」按簡齋自閩入浙，當先經平陽，歷瑞安，遊雁蕩，然後自黄巖入台。以實地按之，此詩及前二詩當是最初入浙之作，故曰「初過浙東村」也。原編次第，疑小有差舛，姑存此説，以俟再考。嘉慶一統志卷三百四浙江温州關隘：「前倉鎮，在平陽縣南二十里，亦名錢倉。」又「平陽縣在府西南一百三十里，南至福建福寧府霞浦縣界一百八十里，北至瑞安縣界三十五里」。簡齋當先至平陽，然後至樂清，遊雁蕩也。

〔二〕元稹遣悲懷三首詩：「百年多是幾多時。」

送熊博士赴瑞安令〔一〕

衣冠衮衮相逢處〔二〕，草木蕭蕭未變時。聚散同驚一枕夢〔三〕，悲歡各誦十年詩〔四〕。山林有約吾當去〔五〕，天地無情子亦飢〔六〕。笑領銅章非失計〔七〕，歲寒心事欲深期。

【校】

〔相逢處〕原本「處」作「地」，據丁鈔、聚珍本改，瀛奎律髓卷二十四、宋詩鈔並同。點校本引明本、李氏藏本亦作「處」。〔當去〕點校本引增注：「『去』，閩本作『老』。」

【箋注】

〔一〕胡譜：「紹興元年辛亥，至夏，抵會稽在所，繼除兵部員外郎，以紹興元年夏至行在所。」宋史本傳同。詩云：「衣冠衮衮相逢處，草木蕭蕭未變時。」是已達行在時語，時令亦合也。胡注：「熊名彦詩，字叔雅，番陽人。嘗爲祠部郎，知永州。」按熊彦詩，字叔雅，安仁人（據宋詩紀事卷四十二）。熊本之孫，王時雍之婿，宋史無傳。其人靖康中爲太學博士，當金人圍城時，嘗受命押經書印板並館中圖籍詣金營交割，靖康要録、建炎以來繫年要録、三朝北盟會編並記其事。簡齋此詩云「悲歡各誦十年詩」，則其與彦詩相識當在十年之前，即宣和四、五年簡齋在東京任太學博士時，彦詩彼時，或已在太學矣。建炎以來繫年要録卷五：「建炎元年五月乙未，工部尚書王時雍提舉成都府玉局觀，放辭謝。言者論時雍昨留守東京，金人取皇族，遣之殆盡；及取其婿太學博士熊彦詩，則設爲免，故時雍遂罷。自是，受僞命者稍稍引退矣。」同書卷六十四：「紹興三年夏四月壬辰，左奉議郎知瑞安縣熊彦詩進一官。」今參以簡齋此詩，是彦詩於建炎初因王時雍累廢黜，至今年起令瑞安，直至紹興三年猶在瑞安任也。至紹興四年九月，彦詩守秘書監，則趙鼎引用之。事見建炎以來繫年要録卷八十。其後，以秘書省著作佐郎兼都督府主管機宜文字，提舉兩浙東路常平鹽茶公事，又嘗奉張浚命與劉子羽同往川、陜撫諭吴玠，遷尚書工部員外郎，移祠部（見建炎以來繫年要録卷八十七、九十六、九十七、一百一）。王明清揮麈後録卷十一：「熊叔雅彦詩，伯通之孫，早有文名。紹興初，入館權郎，秦會之秉鈞，指爲趙元鎮客，擯不用者十年。慈寧回鑾，會之以功陛維垣。叔雅以啓賀之云：『大風動地，不移存趙之心；白刃在前，獨奮安劉之略。』會之大喜，起知永州。已而擢漕湖北。」彦詩終以貢諛秦檜得官，其晚節殆無足取。簡齋爲此詩時，乃以「歲寒心事」「深期」之，其用意亦深微矣。然彦詩當時頗著文譽，楊萬里誠齋詩話：「汪伯彦、黄潛善爲相時，太學生陳東以上書誅。既而高宗深悔之，贈東諫議大夫，而罷汪、黄二相。後趙鼎爲相，汪、黄有啓謝廟堂，鄱陽熊彦詩叔雅爲趙客，代趙答之云：『一男子之上書，彼將焉罪；諸大夫曰可殺，公亦何心。』」按此事沈作喆寓簡卷五亦載之，云：「汪伯彦罷相，吕元直當國，汪自辨殺陳少陽事，吕令熊彦詩報答云云。」二書不同，當以誠齋所記爲是。若吕頤浩當國時，彦詩猶坐王時雍累，未歸朝也。又周煇清波雜志卷四：「頃年番江初刊唐子西集，時寓公熊叔雅來見先人，偶案間寘此書，顧煇曰：『曾看否？第九卷第一篇惠州謝復官表首云：始以爲夢，既而果然。語簡而意足，可法也。』退而先人語煇曰：『前輩觀書不苟簡類如此，雖一覽亦記篇目，後生豈可不勉？』」王洋東牟集卷三有寄熊叔雅詩云：「天上郎官宿，人間又幾年。莫思華轂貴，好種錦溪田。」卷五又有楊先寄安仁因簡熊叔雅趙令並次前韻詩，今不具録。厲鶚宋詩紀事卷四十二録彦詩詩一首。嘉慶一統志卷三百四浙江温州府：「瑞安縣，在府南八十里。南至平陽縣界十五里，北至永嘉縣界五十二里。唐上元元年割屬温州，天復二年改曰瑞安，五代及宋因之。」

〔二〕杜甫酬孟雲卿詩：「相逢難衮衮。」

〔三〕蘇軾和李公擇詩：「聚散細思都是夢。」

〔四〕白居易歲暮寄元微之詩：「枕上從妨一夜睡，燈前誦盡十年詩。」

〔五〕白居易投簡陽明洞天詩：「白首青山約，抽身去得無？」蘇軾送小本師詩：「林泉有舊約，何年掛瓶錫。」

〔六〕李翺與陸傪書：「李觀之文章如此，官止於太子校書郎，年止於二十九，雖有名於時俗，其卒深知其至者果誰哉？信乎天地鬼神之無情於善人而不伐罪也甚矣，爲善者將安所歸乎？」

〔七〕漢書百官公卿表：縣令，銅印黑綬。

【評】

瀛奎律髓卷二十四：簡齋詩氣勢渾雄，規模廣大。杜之後有黄、陳，又有簡齋，又其次則吕居仁之活動，曾吉甫之清峭，凡五人焉。　馮舒評：余差他去杜家遞茶不謬。　紀昀評：語語沉着。

賀裳載酒園詩話卷五：選南宋後詩，務取短中之長，有以一聯收者，以一句録者，必求首尾温麗，幾無詩矣。陳簡齋詩以趣勝，不知正其著魔處。然其俊氣自不可揜。如雨晴詩：「牆頭語雀衣猶濕，樓外殘雷氣未平。」以事走郊外示友：「黄塵滿面人猶去，紅葉無言秋又歸。」觀江漲：「疊浪併翻孤日去，兩津横捲半天流。」俱可觀。送熊博士赴瑞安令一作尤佳，「衣冠衮衮相逢處」云云（引全詩），雖格調不足言，頗爲入情也。

歷代詩發卷二十六評「聚散同驚一枕夢」二句：語有現成之妙。

病中夜賦

抱病喜清夜，形羸心獨開。不知藥鼎沸，錯認雨聲來〔一〕。歲晚燈燭麗，天長鴻雁哀。書生惜日月，欹枕意茫哉。

【校】

〔題〕原本無「病中」二字，據丁鈔、聚珍本補，宋詩鈔同，點校本引明本亦同。〔歲晚〕原本「晚」作「時」，據丁鈔、聚珍本改，宋詩鈔同。

【箋注】

〔一〕劉禹錫試茶詩：「驟雨松聲入鼎來。」

【評】

劉辰翁評「抱病喜清夜」二句：語意灑然。又評「書生惜日月」句：五字自是。

喜雨〔一〕

秦望山頭雲，昨日鸞鳳舉〔二〕。冥冥萬里風，淅淅三更雨。小臣知君憂，起坐聽簷語。風力有去來，龍工雜文武。燈花識我意，一笑相媚嫵〔三〕。泥翻早朝路，瀰瀰光欲吐〔四〕。欝然蒼龍闕〔五〕，佳氣接南畝。千官次第來，豫色各眉宇〔六〕。記事以短篇，不工還自許。

【校】

〔萬里風〕點校本引李氏藏本「風」作「潤」。〔佳氣〕丁鈔「氣」作「意」。

【箋注】

〔一〕胡譜：「紹興元年辛亥，至夏，扺會稽（行）在所，繼除兵部員外郎。八月，遷起居郎，有喜雨及醉中等詩。」張嵲紫微集卷五陳公資政墓志銘：「久之，召爲兵部員外郎，以紹興元年夏至行在所，爲起居郎。」宋史本傳不書爲起居郎，略之也。建炎以來繫年要録卷四十六：「紹興元年秋八月壬申，尚書兵部員外郎陳與義試起居郎。」

嘉慶一統志卷二百八十三浙江杭州府山川：「秦望山，在錢唐縣西南十二里。陳顧野王輿地志：秦始皇東遊，登此山瞻望，欲渡會稽，故名。」同書卷二百八十四杭州府古蹟：「錢塘故城，在今錢唐縣西。咸淳志：古州城，隋楊素創，周迴三十六里九十步。唐天順元年，錢鏐築新夾城五十里。景福二年，鏐又築羅城，自秦望山由夾城東亘江干，泊錢塘湖霍山范浦，周七十里。」同書卷二百九十四浙江紹興府山川：「秦望山，在會稽縣東南四十里。水經注：山在州城正南，爲衆峰之傑，陟境便見。」簡齋此詩云：「秦望山頭雲，昨日鸞鳳舉。」是在會稽作矣。又是冬所作雨詩云：「老龍經秋卧，歲暮始一舉。」蓋是年秋旱，故喜雨詩有「小臣知君憂，起坐聽簷語」之句。醉中云「詩裏江湖摇落時」，則秋日作矣。

〔二〕陸機浮雲賦：「鸞翔鳳翥，鴻驚鶴奮。」漢書宣帝紀：「鸞鳳高舉。」

〔三〕蘇軾於潛女詩：「逢郎樵歸相媚嫵。」

〔四〕蘇軾出城舟中詩：「稀星乍明滅，暗水光瀰瀰。」

〔五〕三輔舊事：「未央宫東有蒼龍闕，北有玄武闕。」亦見三輔黄圖。

〔六〕孟子公孫丑：「夫子若有不豫色然。」易豫卦鄭氏注：「豫，喜豫，悦樂之貌也。」

醉中

醉中今古興亡事，詩裏江湖摇落時〔一〕。兩手尚堪盃酒用，寸心唯是鬢毛知。稽山擁郭東西去，禹穴生雲朝暮奇〔二〕。萬里南征無賦筆，茫茫遠望不勝悲〔三〕。

【校】

〔興亡〕原本「亡」作「衰」，潘本作「亡」，瀛奎律髓卷十九同，今據改。〔朝暮奇〕潘本「奇」作「期」，非。

【箋注】

〔一〕杜甫兼葭詩：「江湖後摇落，亦恐歲蹉跎。」

〔二〕史記太史公自序：「二十而南遊江、淮，上會稽，探禹穴。」集解引張晏曰：「禹巡狩至會稽而崩，因葬焉。上有孔穴，民間云禹入此穴。」正義引吴越春秋云：「禹乃登宛委之山，發石，乃得金簡玉字，以水泉之脈。山中又有一穴，深不見底，謂之禹穴。」

〔三〕梁書張緬傳附弟纘傳：「九年，遷宣惠將軍，丹陽尹，未拜，改爲使持節都督湘、桂、東寧三州諸軍事，湘州刺史，述職經途，乃作南征賦。」

【評】

瀛奎律髓卷十九：此以醉中爲題耳。三、四絶妙，餘意感慨深矣。紀昀評：十四字一篇之意，妙於作起，若作對句，便不及。

不見梅花六言

荆楚歲時經盡〔一〕，今年不見梅花。想得蒼煙玉立，都藏江上人家。

【校】

〔題〕聚珍本無「六言」二字。

【箋注】

〔一〕梁宗懔有荆楚歲時記一卷。

梅花二首

鐵面蒼髯洛陽客，玉顔紅領會稽仙〔一〕。街頭相見如相識，恨滿東風意不傳。

【校】

〔題〕原本題下有「一本云行市得梅一枝」小注九字，聚珍本無，點校本引明本亦無；李氏藏本則有之。〔紅領〕丁鈔「領」作「頷」。

【箋注】

〔一〕點校本引增注：「第一句自謂，第二句謂梅。此詩與後卷月桂詩『人間跌宕簡齋老，天下風流月桂花』意同。」

其二

畫取維摩室中物〔一〕，小瓶春色一枝斜。夢回映月窗間見，不是桃花與李花。

【校】

〔一枝斜〕原本「斜」誤「斜」，蔣刻同，依馮、莫校正。

【箋注】

〔一〕維摩經：「舍利佛念室中無牀座，維摩現神通力，東方須彌燈王佛遣三萬二千師子座來入其室。」又云：「有一玉女，見諸天人聞所説法，便現其身，即以天花散諸菩薩大弟子上。」

雨

聽雨披夜襟，衝雨踏晨鼓〔一〕。萬珠絡笋輿，詩中有新語〔二〕。老龍經秋卧，歲暮始一舉。成功亦何遲，光采變蔬圃。道邊聞井溢，可笑遽如許〔三〕。舊山百尺泉，不知旱與雨。

【校】

〔夜襟〕聚珍本「夜」作「衣」。〔絡笋輿〕聚珍本「絡」作「落」，宋詩鈔同。〔聞井溢〕原本「聞」誤「開」，據聚珍本改。

【箋注】

〔一〕韓愈病中詩：「不踏曉鼓朝。」

〔二〕杜牧弄水亭詩：「萬珠跳猛雨。」列子周穆王篇：「化人之宫，絡以珠玉。」公羊傳文公十五年：「笱將而來。」注：「笱，竹輿也。」

〔三〕後漢書桓帝紀：「郡國地裂，水涌井溢。」又左慈傳：「慈入羊群，化老羝，人立而言曰：『遽如許。』」

瓶中梅

明窗淨棐几，玉立耿無鄰。紅綠兩重袂，慇懃滿面春。曾爲庾嶺客，本是洛陽人〔一〕。老我何顏貌，東風處處新〔二〕。

【校】

〔顏貌〕原本「貌」作「面」，潘本、丁鈔、聚珍本均作「貌」，今據改。點校本引增注：「『顏貌』，箋本作『顔面』，非，此據閩本及武岡本。」

【箋注】

〔一〕白帖：「大庾嶺上梅，南枝落，北枝開。」二句簡齋自謂也，卷三十梅花詩亦云：「昔歲曾遊大庾嶺，今年聊作小乘僧。」

〔二〕陳師道寄答王直方詩：「念子頗似之，老我何所恨。」任淵注：「筆談曰：歐公詩：『老我倦鞍馬，誰能事吟哦。』王介甫詩：『老我孤主恩，結草以爲期。』此文章佳話也。」檢今本夢溪筆談不見此條。

正集卷二十九

除夜〔一〕

疇昔追歡事，如今病不能〔二〕。等閑生白髮，耐久是青燈。海内春還滿〔三〕，江南硯不冰。題詩餞殘歲，鐘鼓報晨興。

【箋注】

〔一〕紹興元年除夕也，簡齋時任起居郎。

〔二〕杜甫九日登梓州城詩：「追歡筋力異。」

〔三〕謝朓春晴詩：「春色滿皇州。」

【評】

瀛奎律髓卷十六：「海内春還滿」，此一句壯甚。　紀昀評：四句沉着有味，六句偏枯。　又評「海内春還滿」句：此句有偏安之感，非壯語也。

雨中

北客霜侵鬢，南州雨送年。未聞兵革定，從使歲時遷〔一〕。古澤生春靄，高空落暮鳶〔二〕。山川含萬古，鬱鬱在樽前。

【箋注】

〔一〕杜甫寄岳州賈司馬六丈巴州嚴八使君兩閣老五十韻詩：「甘與歲時遷。」

〔二〕後漢書馬援傳：援乃擊牛釃酒，勞饗軍士。從客謂官屬曰：「吾從弟少游常哀吾慷慨多大志，曰：士生一世，但取衣食裁足，乘下澤車，御款段馬，爲郡掾史，守墳墓，鄉里稱善人，斯可矣。致求盈餘，但自苦耳。當吾在浪泊、西里間，虜未滅之時，下潦上霧，毒氣熏蒸，仰視飛鳶跕跕墮水中，卧念少游平生時語，何可得也！」

【評】

瀛奎律髓卷十七紀昀評：此首近杜，意境深闊，妙是自運本色，不似古人。

渡江〔一〕

江南非不好，楚客自生哀〔二〕。摇櫂天平渡，迎人樹欲來。雨餘吴岫立〔三〕，日照海門開〔四〕。雖異中原險，方隅亦壯哉〔五〕。

【箋注】

〔一〕胡譜：「紹興二年壬子，春，從駕來臨安，有渡錢塘詩。」宋史高宗紀：「紹興元年十一月戊戌，詔移蹕臨安。二年春正月癸巳朔，帝在紹興府。壬寅，帝發紹興，丙午，帝至臨安府。」按移蹕之議，實自吕頤浩發之。建炎以來繫年要録卷四十九：「紹興元年十一月戊戌，詔以會稽漕運不繼，移蹕臨安。先是，尚書左僕射吕頤浩言：『今國步多艱，中原隔絶，江、淮之地，尚有巨賊，駐蹕之地，最爲急務。伏惟陛下發中興之誠心，行中興之實事，要當先定駐蹕之地，使號令易通於川、陝，將兵順流而可下，漕運不至於艱阻。然後速發大兵，一軍從江西、湖南以平群寇；一軍往池州，至建康府，處置已就，招安尚懷反側之人。於明年二、三月間，使民得務耕桑，則我之根本立矣。然後乘大暑之際，遣精鋭之兵，與劉光世渡淮，犄角而北去，由淮陽軍、沂州入密州，以摇青、鄆；命張浚躬親統兵由河中府入絳州，以撼河東。乘兩路餘民心懷我宋未泯之時，知王師有收復中原之意，則中興之業可覬也。』至是遂定移蹕之議。」按頤浩此議，論當時形勢頗詳。建炎以來繫年要録卷五十一：「紹興二年春正月癸巳朔，上在紹興。是日，從官以下先發，以將還浙西也。壬寅，上御舟發紹興，神武軍右軍都統制張俊、中軍統制巨師古以其軍從，留右軍統制官劉寶收後。以吏部侍郎李彌大知紹興府，節制内外軍馬。時百司先渡江，扈衛者獨執政與給事中直學士院胡交修、中書舍人程俱、侍御史沈與求而已。晚，執政登御舟奏事。上至錢清堰，乘馬而行。丙午，上至臨安。」按簡齋是時爲起居郎，當是與從官以下先行渡江者，時則正月癸巳朔也。此詩云：「雖異中原險，方輿亦壯哉。」紀昀云：「言雖屬偏安，然形勝如是，天下事尚可爲；而惜當時之無能爲也。」按以前引吕頤浩之言觀之，紀説是也。方回謂此詩爲由閩入越、渡浙江所題，不知此爲移蹕而作，謬矣。

嘉慶一統志卷二百八十三浙江杭州府：「錢塘縣，附郭，在府治西南，南宋曰臨安府治。」同書同卷山川：「浙江，在府城東南，自嚴州府桐廬縣流入富陽縣，爲富春江；經錢塘、仁和兩縣界，爲錢塘江；又東至海寧州界海門入海。」

〔二〕楚辭招魂：「魂兮歸來哀江南。」

〔三〕點校本引增注：「吴山，在錢塘縣南六里，上有伍子胥廟。」

〔四〕點校本引增注：「鳳凰山，在錢塘城中，下瞰大江，直望海門。楊巨源送章孝標歸杭州詩：『曾過靈隱江邊寺，獨宿東樓看海門。潮色銀河鋪碧落，日光金柱出紅盆。』」

〔五〕杜甫贈李十五丈别詩：「汧公制方隅。」

【評】

瀛奎律髓卷一：此謂渡浙江也。簡齋紹興初避地廣南，赴召，由閩入越，行在時寓會稽，過錢塘。簡齋洛陽人，詩逼老杜。於渡浙江所題如此，可謂亦壯矣哉。馮舒評：第四句是好句，然亦何必是江。「立」字欠自然。到落句應生出哀。馮班評末句：至此不見生哀意，何也？何焯評：「楚客」用屈平，「險」字不如「盛」字。此句爲南渡言之，「險」字貼大江，「盛」字寬矣。即宋詩亦不可輕易譏評也。紀昀評：頗見風格。末言雖屬偏安，然形勝如是，天下事尚可爲，而惜當時之無能爲也。馮氏譏其與「自生哀」意不合，失其旨矣。查慎行評：簡齋與後山才力相追，而烹煉不及後山，觀其全集自見。又云：結語微含諷意。

夙興〔一〕

美哉木枕與菅席，無耐當興戴朝幘。巷南巷北聞鍛聲，舍後舍前唯月色。事國無功端未去，竹輿伊鴉猶昨日。不見武林城裏事，繁華夢覺生荆棘〔二〕。成壞由來幾古今，乾坤但可著山澤〔三〕。西湖已無金碧麗，雨抹晴粧尚娱客〔四〕。會當休日一訪之，摩挲蒼蘚慰崖石。只恐冷泉亭下水，發明白髮增嗟息〔五〕。

【校】

〔無耐〕丁鈔、聚珍本「耐」作「禁」，宋詩鈔同，點校本引明本亦同。〔事國〕聚珍本作「國事」。〔伊鴉〕丁鈔、聚珍本、宋詩鈔「鴉」作「軋」，點校本引明本同。〔夢覺〕原本「覺」作「裏」，丁鈔、聚珍本、宋詩鈔作「覺」，點校本引增注同，今據改。〔成壞〕聚珍本、宋詩鈔「壞」作「敗」，點校本引明本同。

【箋注】

〔一〕胡譜：「紹興二年壬子春，從駕來臨安，有渡錢塘詩；至武陵，有夙興詩。」詩云：「會當休日一訪之。」知是臨安之作。方輿勝覽卷一浙西路臨安府：「西湖，在州西，周迴三十里，其澗（間）出諸澗泉，山川秀發，四時畫舫遨遊，歌舞之聲不絶。」嘉慶一統志卷二百八十三浙江杭州府山川：「舊志：西湖即古明聖湖，三面環山，溪谷諸水匯而爲湖，周三十里，以在郡西，故名西湖。一名錢塘湖，亦名上湖；又有外湖、裏湖、後湖之稱。」

〔二〕晉書索靖傳：「（靖）知天下將亂，指洛陽宫門銅駝，歎曰：『會見汝在荆棘中耳！』」阮籍詠懷詩：「繁華有憔悴，堂上生荆杞。」點校本引增注：「按國史：建炎三年，金人陷杭、越等州，詩中『夢覺生荆棘』謂此。」

〔三〕詩詞曲語辭匯釋卷三：「著，猶愛也，亦猶云注重也。黄庭堅思山齋詩：『吴兒心著吴山深，滿目終南不開眼。』心著吴山深，猶云心愛吴山深也。陳與義夙興詩云云，著山澤，猶云愛山水也；意言繁華荆棘，成壞由來無定，天地間但有山水可愛而已。」按張氏釋「著山澤」義殊未諦，此「著」字當讀如和王東卿詩「何時着我扁舟尾」之「著」，即匯釋第十二項「著，猶安也，置也；容也」義。「着山澤」者，即世説巧藝顧長康謂謝幼輿「此子宜置丘壑中」意，言如此乾坤，但可置我山澤間耳。故下文有「休日一訪之」之語。

〔四〕蘇軾飲湖上初晴後雨詩：「水光瀲灩晴方好，山色空濛雨亦奇。欲把西湖比西子，淡粧濃抹總相宜。」

〔五〕文選風賦：「發明耳目。」點校本引增注：「冷泉亭，在錢塘飛來峰下。」

幽窗〔一〕

貧士工用短〔二〕，壯夫溺於詩。破壁爲幽窗，我筆還得持。高鳥度遺影〔三〕，風扉語移時〔四〕。迨我休暇日，與物聊同嬉〔五〕。古來賢哲人，畎畝策安危〔六〕。一行或大謬〔七〕，半隱良亦癡〔八〕。寄言山中友，即歲以爲期〔九〕。

【校】

〔溺於詩〕宋詩鈔「溺」誤「弱」。〔遺影〕丁鈔「遺」誤「移」。〔移時〕原本「移」作「多」，據丁鈔、聚珍本改。

【箋注】

〔一〕詩云：「怠我休暇日，與物聊同嬉。」亦夙興詩「會當休日一訪之」意。蓋簡齋初至行朝，常懷去思，故有「寄言山中友，即歲以爲期」之句也。

〔二〕淮南子説山訓：「物莫措其所修而用其短也。」晉書劉隗傳：隗伯父訥，字令言，有人倫鑒識。初入洛，見諸名士而歎曰：「周弘武巧於用短，杜方叔拙於用長。」

〔三〕點校本引增注：天衣懷禪師語云：「譬如雁過長空，影沉寒水，雁無遺踪之意，水無涵影之心。」

〔四〕杜甫雨詩：「風扉掩不定。」陳師道和鄭户部詩：「衝風窗自語。」

〔五〕詩伐木：「迨我暇矣。」歸田賦：「追漁父以同嬉。」

〔六〕漢書劉向傳：向既免爲庶人，上封事曰：「忠臣雖在甽畝，猶不忘君，惓惓之義也。」又曰：「和氣致祥，乖氣致異，祥多者其國安，異衆者其國危。」

〔七〕嵇康與山巨源絶交書：「一行作吏，此事便廢。」司馬遷報任安書：「而事乃有大謬不然者。」

〔八〕唐書王播傳附王龜傳：「龜字大年，性高簡，博知書傳，無貴胄氣。常以光福第賓客多，更住永達里，林木窮僻，構半隱亭以自適。」

〔九〕詩氓：「秋以爲期。」

題伯時畫温溪心等貢五馬〔一〕

漠漠河西塵幾重〔二〕，年來畫馬亦難逢。題詩記着今朝事，同看聯翩五疋龍。

【校】

〔題〕原本脱「貢」字，據聚珍本補。

【箋注】

〔一〕胡注：「元祐初，西域貢三馬。明年，温溪心有良馬，不敢進，請於邊吏，願以餽太師潞國公，詔許之。見東坡三馬贊、德威堂銘。」按三馬圖贊并引見東坡後集卷九，略云：「元祐初，……西域貢馬，首高八尺，龍顱而鳳膺，虎脊而豹章，出東華門，入天駟監，振鬣長鳴，萬馬皆瘖，父老縱觀，以爲未始見也。然上方恭默思道，八駿在廷，未嘗一顧。其後圉人起居不以時，馬有斃者，上亦不問。明年，羌温溪心有良馬，不敢進。請於邊吏，願以餽太師潞國公，詔許之。蔣之奇爲熙河帥，西蕃有貢駿馬汗血者，有司以非入貢歲月，留其使與馬於邊。……軾嘗私請於承議郎李公麟，畫當時三駿馬之狀，而使鬼章青宜結效之，藏於家。」又德威堂銘見東坡後集卷八。

〔二〕杜甫秋日夔府詠懷詩：「兵戈塵漠漠。」

休日馬上

休日不自休，騎馬踏荒徑。却扇受景風〔一〕，今朝我無病。春雲閟晨耀，群緑澹相映。山川與朝市，一動自一静。九衢行萬人，誰抱此懷勝。不得與之語，蕭蕭寄孤詠。

【箋注】

〔一〕爾雅：「四時和爲通正，謂之景風。」杜甫上巳日徐司録林園宴集詩：「吹面受和風。」

題畫〔一〕

分明樓閣是龍門，亦有江流曲抱村〔二〕。萬里家山無路入，十年心事與誰論？

【校】

〔與誰〕原本「與」作「有」，據丁鈔、聚珍本、宋詩鈔改。

【箋注】

〔一〕按簡齋自宣和四年春末歸洛，有龍門詩，中更喪亂，流轉湖、湘，至是已十年，故詩中云爾。以上諸詩爲紹興二年癸丑作，自此以後，作詩漸少矣，當於後文論之。

〔二〕杜甫江村詩：「清江一曲抱村流。」

題崇蘭圖二首〔一〕

兩公得我色敷腴〔二〕，藜杖相將入畫圖。我已夢中都識路，秋風舉袂不踟躕〔三〕。

【校】

〔都識路〕丁鈔、聚珍本、宋詩鈔「都」作「多」，點校本引明本同。

【箋注】

〔一〕按二詩爲紹興五年秋，在衢州與程俱、趙子晝唱酬之作。胡譜：簡齋以紹興二年春從駕來臨安，「四月，除左通直郎，中書舍人。七月，兼侍講。三年正月，除吏部侍郎，兼侍講。四年二月，以病辭劇，改禮部侍郎，兼侍講。至九月，丐閑，除徽猷閣直學士，知湖州。五年三月，復召爲給事中。六月，又以病告，除顯謨閣直學士，提舉江州太平觀，乃寓青鎮壽聖院塔下，有示智老天經詩」。按簡齋集中，紹興三年、四年、七年皆無詩。無住詞虞美人邢子友會上詞胡注引大生法帖：「數年多病，意緒衰落，不復爲詩矣」云云。帖爲簡齋紹興八年戊午五月二十四日手筆，所稱「數年」，即指紹興三年以後也。然考簡齋紹興五年六月至六年五月及紹興八年七月以後，兩次奉祠，寓居青鎮，其間所作詩詞頗多，惟在朝則否。則所云「多病」者，蓋有託而然耶？又九日示大圓洪智詩：「自得休心法，悠然不賦詩。」帖云「意緒衰落」，詩云「休心法」，其意殆可想見。按董斯張吳興備志卷十二人物徵引烏青志云：「葉懋字天經，少師陳簡齋與義。初，與義勸之仕，懋不答。及與義參知政事，動見格於執政，氣抑抑不得伸，乃嘆曰：『吾今始知天經之高也。』」所叙雖後此數年事，然入朝見忌，其來蓋非一日，此所以「意緒衰落」、「抑而不伸」，至以「不賦詩」爲「休心法」者歟？不然，則何以一至閑居又下筆不休也！（參看拙著陳與義年譜）此崇蘭圖二首，則五年六月第一次奉祠閑居，寓居青墩後作。是秋，簡齋嘗遊衢州，與趙、程相聚。胡注：「趙叔問居三衢，治園築館，取楚辭之言，名之曰崇蘭。嘗與先生及程致道從容其中，命江參貫道爲之圖，又令畫史各繪像其上，乃賦詩焉。今留叔問子平甫家。叔問名子晝，嘗爲禮部侍郎。致道名俱，終於中書舍人，徽猷閣。」據注文則胡氏嘗見此圖也。按趙子晝，宋宗室，燕懿王德昭五世孫，事蹟見程俱北山小集卷三十三贈左通奉大夫趙公墓誌銘。程俱衢州開化人，事蹟見宋史卷四百四十五本傳及北山小集後附程瑀所撰行狀。北山小集趙公墓誌銘：「久之，懇請祠宫，以兵部侍郎召，至行在，力申前請，遂以舊職提舉江州太平觀。寓止衢州凡七年，未嘗有留滯之歎。自言慕司馬徽之爲人，若所謂入獸不亂群，舍者與之争席，蓋優爲之。得寬閑之地城南之郊，爲池亭林圃，間與交舊遊其間，浩然若將終身而不厭者。」墓誌不言子晝奉祠在何年。考建炎以來繫年要録卷八十：「紹興四年九月庚午，尚書兵部侍郎趙子晝乞補外，罷爲徽猷閣直學士知秀州。」同書卷九十一：「五年七月丙申，徽猷閣直學士趙子晝試尚書兵部侍郎。」

未言其自秀州召還之日即得奉祠。然同書卷九十二於八月癸丑書云：「中書門下省檢正諸房公事吕祉權兵部侍郎。」則子畫實未就試兵侍職；以墓誌「力申前請」之語觀之，則子畫奉祠得請當在是年七月丙申後也。程俱爲中書舍人，以繳還徐俯除諫議大夫制詞爲言者所中傷，罷爲提舉江州太平觀，事在紹興二年二月甲申，見建炎以來繫年要録卷五十一。至六年六月乙巳，同書又載：「集英殿修撰提舉台州崇道觀程俱復徽猷閣待制。」則其人至明年六月猶奉祠閑居也。簡齋自六月丁巳引疾求去，是時亦閑寓青鎮。三人皆閑居，故得有衢州之聚也。北山小集卷十一有七絶四首，題云：「叔問作崇蘭館圖畫叔問去非與余相從林壑間二公各題二絶句余同賦四首。」其一：「嬰朔千年契義深，祇今林壑共幽尋。同心更結崇蘭伴，衰世誰知有斷金。」其二：「崇蘭深寄北山幽，何日追隨得自由。下石向來多賣友，斷金投老得良儔。」其三：「道義寧論故與新，紛紛誰復繼雷陳。圖形預作山林約，笑殺青雲得路人。」其四：「置我正須巖石裏，如公摠合上凌煙。要令他日看圖畫，不愧平生與昔賢。」其詩即一時之作。觀「道義寧論故與新」之語，則簡齋與俱，蓋新交也。子畫之作未見。其人與程俱交誼甚厚，北山小集中與子畫酬答之作尤多。江參，字貫道，衢人。夏文彦圖繪寶鑑卷四云：「貫道居霅川，深得湖天之景，平遠曠蕩，盡在方寸。長於山水，師董源、巨然。趙叔問居三衢，治園築館，取楚辭之言，名之曰崇蘭。嘗與陳簡齋、程致道從容其中。命貫道爲之圖，令畫史各畫其上，乃賦詩焉。」按圖繪寶鑑所記，蓋即出自胡氏詩注，「各畫」下當脱「像」字。劉克莊跋江貫道山水叙貫道事蹟尤詳，詳見後文。嘉慶一統志卷三百一浙江衢州府：「衢州府，在浙江省治西南五百六十里。南宋屬浙東路。」又流寓：「趙子晝，宋宗室，建炎中，以公族爲侍從，遷知秀州，既而奉祠以歸，寓於衢，爲崇蘭圃於城南，與程俱諸人酬唱其中。」

〔二〕杜甫遣懷詩：「兩公壯藻思，得我色敷腴。」

〔三〕文選沈約别范安成詩：「夢中不識路，何以慰相思。」李善注：「繆襲嘉夢賦曰：『心灼爍其如陽，不識道之焉如。』韓非子曰：六國時，張敏與高惠二人爲友，每相思，不能得見，敏便於夢中往尋。但行至半道，即迷不知路，遂回。如此者三。」詩静女：「搔首踟躕。」

其二

奕奕天風吹角巾，松聲水色一時新。山林從此不牢落，照影溪頭共六人。

【校】

〔山林從此〕原本脱去「從此」二字，黄本、蔣刻同。黄校云：「『山林』下有『從此』二字。」馮、莫校同，聚珍本同，今據補。

秋夜獨酌〔一〕

涼秋佳夕天氛廓，河漢之涯秋漠漠。月出未出林彩變，幽人露坐方獨酌〔二〕。自歌新詞酒如空，天星下飲觥船中。忽思李白不可見，夜半喬木摇西風〔三〕。百年佳月幾今夕，憂樂相尋老來疾。瓊瑶滿地我影横〔四〕，添酒賦詩何可失。

【校】

〔佳夕天氛〕聚珍本「氛」作「氣」，點校本引李氏藏本「夕」作「氣」。〔新詞〕聚珍本、宋詩鈔「詞」作「調」，點校本引明本同。〔幾今夕〕聚珍本誤作「今幾夕」。

【箋注】

〔一〕此首作於紹興五年秋。無住詞有浣溪沙一首，題云：「離杭日，梁仲謀（謨）惠酒，極清而美。七月十二日晚卧小閣，已而月上，獨酌數杯。」此詩云「自歌新詞酒如空」，所歌即浣溪沙詞也，互詳詞箋。

〔二〕蘇軾病告獨酌詩：「幽人得佳蔭，露坐方獨酌。」

〔三〕李白前有一樽酒行：「玉壺美酒清若空。」又月下獨酌詩：「天若不愛酒，酒星不在天。」

〔四〕蘇軾西江月詞：「莫教踏碎瓊瑶。」

九日示大圓洪智〔一〕

自得休心法，悠然不賦詩〔二〕。忽逢重九日，無奈菊花枝。

【箋注】

〔一〕胡注後文與智老天經夜坐詩：「智老，即大圓洪智；天經，姓葉名懋。」又胡譜：「紹興五年乙卯，六月，又以病告，除顯謨閣直學士，提舉江州太平觀，乃寓青鎮壽聖院塔下，有示智老天經詩。」據知此詩當是五年九月寓居青鎮時作。大圓洪智，疑即壽聖院僧也。胡氏注後文懷天經智老因訪之詩：「謂洪智老居西庵，葉天經居北柵，皆青鎮中。」可證。餘詳後箋。

〔二〕傳燈録卷三十菩提達摩略辨大乘入道四行序：「師感其精誠，誨以真道，令如是安心，如是發行，如是順物，如是方便，此是大乘安心之法。」按簡齋自紹興二年四月以後，至八年十一月病卒，此數年間，除五年六月至六年五月以病奉祠及八年七月以病乞閑，前後兩次寓居青鎮頗事吟詠外，其間惟玉堂儤直一首，爲六年十一月除翰林學士知制誥時作，其餘在朝時期皆無詩。此事已於前箋論之。胡譜：「紹興六年六月，被召，適時相有不樂公者，復用爲中書舍人」云云。所謂「時相」，謂趙鼎也。大抵簡齋入朝後親附張浚，而與趙鼎不協（見建炎以來繫年要録卷一百六），其以「不賦詩」爲「休心法」，蓋有所避忌也。莊綽雞肋編卷二：

「紹興三年七月，朱勝非以右僕射丁母憂，未卒哭，降起復制詞，吏部侍郎權直學士院陳與義之文也。以『兹宅大憂』四字，令翰林學士綦密禮帖改爲『方服私艱』，陳待罪而放。議者謂麻制中有『於戲，邦勢若此，念積薪之已然；民力幾何，懼奔駟之將敗。朕之論相，何可以不備；卿之圖功，亦在於攸終』。同列惡其言，故以『宅憂』疵之。」觀此事則當時傾軋之勢，至以文字陷人，簡齋固嘗躬罹之，其「悠然不賦詩」者，殆猶有餘悸歟？

劉大資挽詞二首〔一〕

天柱欹傾日〔二〕，堂堂墮虜圍。遂聞王蠋死〔三〕，不見華元歸〔四〕。一代名超古，千年淚染衣。當時如有繼，猶足變危機〔五〕。

【校】

〔墮虜〕聚珍本「虜」作「急」，館臣妄改。

【箋注】

〔一〕二詩聚珍本編在五言律詩之末，次第在外集諸詩之後，未必爲是年之作。胡注：「靖康要録：前資政殿學士、四壁守禦官劉韐，字仲偃，建州人。靖康二年正月，虜欲用爲樞密，不肯受。復遣韓政諭之，許以家屬行。韐爲謝，覬少須之。是夕，自書家信於片紙，曰：『金人不以予爲有罪,而以余爲可用。夫正女不事二夫,忠臣不事兩君,況主憂臣辱,主辱臣死,以順爲正者,此妾婦之道也。此予所以有死也。』付指揮使陳灌、劉玠,使乘間入城,歸報諸子,因闔户以衣絛自經而死。虜酋大怒,尸之於途,曰:『是不從大國之命者。』久之,事稍變,灌等竊其尸,瘞之蔬圃,因逃入城中。胡馬既去,子子羽同灌等出城棺歛。時幾百日,顔色如生,觀者異之。卒年六十一。實乾道樞密珙之祖,一字潛袞。」按韐乃子羽之父,珙之祖。建炎元年贈資政殿大學士,謚忠顯。事蹟見宋史卷四百四十六忠義傳、靖康要録卷十五,獨醒雜志卷二記其事尤詳。簡齋此詩稱「劉大資」,則當作於建炎元年贈官予謚之後,然其時簡齋方轉徙湖、湘,恐無暇及此。考同時諸人集中,多有挽韐之作。劉一止苕溪集卷八有悼忠顯劉公二首,李彌遜筠溪集卷二十有忠顯劉公挽詩二首,沈與求龜谿集卷三有劉資政韐挽詞二首,胡寅斐然集卷二十七有挽劉忠顯二首。似當時嘗有追悼之事,簡齋此詩及諸人所作似皆追悼之作,但不知事在何年也。觀劉一止詩:「至今瞻拱木,人口勝豐碑。」沈與求詩:「隻雞已負它年約,下客傷心兩鬢斑。」其追悼語氣甚明。當再考。

〔二〕列子湯問:「昔女媧斷鼇足以立四極。其後,共工氏與顓頊争爲帝,怒而觸不周之山,折天柱,絶地維,故天傾西北,地不滿東南。」南史梁元帝紀:王僧辨勸進表:「天柱傾而更植。」

〔三〕史記田單傳:燕入齊,聞畫邑王蠋賢,引軍環之,欲以爲將。蠋固謝,燕人曰:「子不聽,吾屠畫邑。」蠋曰:「忠臣不事二君,貞女不更二夫,與其生而無義,固不如烹!」遂經其頸於樹枝，自奮絶脰而死。

〔四〕見卷十九聞王道濟陷虜詩注。

〔五〕杜甫傷春五首詩：「不成誅執法，焉得變危機。」

其二

一死公餘事，由來虜亦人。使知臨難日，猶有不欺臣〔一〕。河洛傾遺憤，英雄歎後塵。煌煌中興業，公合冠麒麟〔二〕。

【校】

〔虜亦人〕聚珍本「虜」作「彼」，館臣妄改。〔歎後塵〕原本「歎」誤「艱」，據丁鈔、聚珍本改。

【箋注】

〔一〕公羊傳宣公十五年：子反曰：「以區區之宋，猶有不欺人之臣，可以楚而無乎？」

〔二〕漢書蘇武傳：「甘露三年，單于始入朝，上思股肱之美，迺圖畫其人於麒麟閣，法其形貌，署其官爵姓名。凡十一人。」

【評】

瀛奎律髓卷四十三：詩家不專用實句實字，而或以虚爲句。句之中以虚字爲工，天下之至難也。後山曰：「欲行天下獨，信有俗間疑。」「欲行」、「信有」四字是工處。「剩欲論奇字，終能諱秘方。」「剩欲」、「終能」四字是工處。簡齋曰：「使知臨難日，猶有不欺臣。」「使知」、「猶有」四字是工處。他皆倣此。

與智老天經夜坐〔一〕

殘年不復徙他邦，長與兩禪同夜釭。坐到更深都寂寂，雪花無數落天窗〔二〕。

【校】

〔題〕原本「經」誤「涇」，據丁鈔、聚珍本改。〔他邦〕丁鈔、聚珍本「邦」作「鄉」，非。〔天窗〕原本「天」作「前」，據丁鈔、聚珍本改，點校本引明本、李氏藏本同。

【箋注】

〔一〕胡注：「智老，即大圓洪智；天經姓葉，名懋，先生之子洪（本之）嘗從其學云。」董斯張吳興備志卷十二人物徵引烏青志：「葉懋字天經，烏程人。少嗜學多識，談論亹亹不窮。善爲文，尤長於詩。少師陳簡齋與義，高僧大圓洪智，皆擅詩名。嘗唱酬芙蓉浦上，後名其處曰三友亭。與義嘗移書於懋，『忽憶扁舟尋二子』，蓋指懋與洪智也。初，與義勸之仕，懋不答。及與義參知政事，動而見格於執政，氣抑抑不得伸，乃歎曰：『吾今始知天經之高也。』當時以詩鳴於里者，有張愛松、張可庵、丁鶴林、張石谷、莫岫雲、張竹曜云。」張嵲陳公資政墓誌銘：「男曰洪，某官。」周必大省齋文集卷十八跋陳去非帖「陳公之子本之」云云。本之，即洪字也。蓋葉懋嘗學詩於簡齋，而簡齋子洪又受學於懋也。

〔二〕文選別賦：「冬缸凝兮夜何長。」魯靈光殿賦：「天窗綺疏。」注：「高窗也。」

觀雪

無住菴前境界新〔一〕，瓊樓玉宇總無塵。開門倚杖移時立，我是人間富貴人〔二〕。

【箋注】

〔一〕無住菴，簡齋所居。

〔二〕陳師道春江秋野圖詩：「江山富貴人。」

題江參山水橫軸畫俞秀才所藏二首〔一〕

卷中袞袞溪山去，筆下明明開闢初〔二〕。不肯一禪爲婦計〔三〕，俞郎作計未全疎〔四〕。

【校】

〔題〕丁鈔、聚珍本作「題俞秀才所藏江參山水横軸二首」,點校本引明本同。〔溪山去〕聚珍本「去」作「出」。〔作計〕聚珍本「計」作「意」。

【箋注】

〔一〕江參,已見前箋。劉克莊後村題跋卷四跋江貫道山水:「故參與莊敏龔公家有江貫道山水一巨軸,用匹絹作,其布置疎密,點綴濃淡,與竹溪此卷皆合,但巨軸之後,有葉石林、陳簡齋詩跋。龔畫今在其外孫方君采處。貫道名參,衢人。其畫因石林得名。南渡召至杭,未見,一夕卒。」按跋語稱簡齋詩跋,不知劉氏所見即俞秀才舊藏否。又吴興備志卷二十五書畫徵引鄧公壽畫繼:「江參字貫道,江南人,長於山水。形貌清癯,嗜香茶,以爲生。初以葉少藴右丞薦於宇文湖州季蒙,今其家有泉石五幅圖一本,筆墨學董源,而豪放過之。季蒙欲多取其畫,而貫道忽被召去,止得此圖,居以爲慊。後劉季高侍郎再寄江居圖一卷,作無盡景,始少慰焉。」吴則禮北湖集贈貫道之作尤多。胡注:「俞秀才名愷,字義仲。」其人事蹟未詳。

〔二〕文選魯靈光殿賦:「上紀開闢遂古之初。」

〔三〕世説德行:「范宣潔行廉約,韓豫章遺絹百匹,不受;減五十匹,復不受;如是減半,遂至一匹;既終不受。韓後與范同載,就車中裂二丈與范,云:『人寧可使婦無幝邪?』范笑而受之。」

〔四〕黄庭堅贈李彦深詩：「斯人用意未全疎。」

其二

萬壑分煙高復低，人家隨處有柴扉。此中只欠陳居士，千仞崗頭一振衣〔一〕。

【箋注】

〔一〕左思詠史詩：「振衣千仞崗，濯足萬里流。」

【評】

劉辰翁評：等閑兩絶，跌宕。

小閣晨起〔一〕

紙帳不知曉，鴉鳴吾當興。開窗面老松，相對寒峻嶒。幸無公家責，欲懶還不能。汲井頮我面〔二〕，銅盆旋敲冰。梳頭風入檻，紛散霜滿膺。四瞻郊澤間，蒼煙慘朝凝。却望塔顛日，光景舒層層。乾坤有奇事，變化忽相乘。客來無可語，語此不見膺。今晨胡牀冷，愧我無毾㲪〔三〕。

【校】

〔不知曉〕丁鈔「知」作「自」。〔吾當〕聚珍本誤作「當吾」。〔紛散〕聚珍本、宋詩鈔作「散髮」，點校本引明本同。

【箋注】

〔一〕此紹興五年冬日作。簡齋以是年六月自給事中以病告，提舉江州太平觀，寓居青鎮，故詩中有「幸無公家責」之語。建炎以來繫年要録卷九十：「紹興五年六月丁巳，給事中陳與義充顯謨閣直學士，提舉江州太平觀。與義與趙鼎論事不合，故引疾求去。」據此，則「幸無公家責」及「乾坤有奇事」云云，皆有激而然也。詩云「却望塔顛日」，塔指壽聖院塔，詩、詞中屢見。

〔二〕内則：「其間面垢，燂湯請靧。」靧，同頮，洗臉也。

〔三〕後漢書西域傳：「天竺國有細布好毾㲪。」東觀漢紀：「景丹率衆至廣阿，光武出城外，下馬坐毾㲪上，設酒肉。」一切經音義十四引通俗文：「毛蓐細者謂之毾㲪。」字亦作毾毲，古樂府：「毾毲五木香。」

【評】

劉辰翁評：「客來無可語」二句：屢語不合。

小閣晚望

澤國候易變〔一〕，孟冬乃微和。解襟憑小閣，日暮歸雲多。蒼蒼散草木，莽莽雜山河。荒野蟲亂鳴，長空鳥時過。萬象各無待，唯人顧紛羅。備物以養己〔二〕，更用干與戈。天風吹我來，衣袂生微波。幽懷眇無寄，蕭瑟起悲歌。

【箋注】

〔一〕周禮掌節：「澤國用龍節。」謝靈運石壁精舍詩：「昏旦變氣候。」

〔二〕左傳僖公三十年：「國君文足昭也，武可畏也，則有備物之饗，以象其德。」

正集卷三十

梅花〔一〕

一枝斜映佛前燈，春入銅壺夜不冰。昔歲曾遊大庾嶺，今年聊作小乘僧〔二〕。

【校】

〔曾遊〕點校本引李氏藏本「遊」作「行」。

【箋注】

〔一〕點校本引增注：「時公寓壽聖院，故有『佛前燈』、『小乘僧』之句。」

〔二〕蘇軾和欽長老詩：「我是小乘僧。」

得張正字書〔一〕

送老茅屋底〔二〕，天寒人迹稀。一觴猶有味，萬事已無機〔三〕。歲暮塔孤立〔四〕，風生鴉亂飛。此時張正字，書札到郊扉〔五〕。

【校】

〔題〕原本「書」作「詩」，據丁鈔、聚珍本改，宋詩鈔同。〔猶有味〕聚珍本、宋詩鈔「猶」作「尤」，點校本引明本同。

【箋注】

〔一〕胡注：「張，謂巨山。」按張嵲爲簡齋表姪，已見前箋。宋史文苑傳：「張嵲字巨山。紹興五年召對，除秘書省正字。」建炎以來繫年要録卷八十九：「紹興五年五月丙子，左迪功郎張嵲特改左承仕郎。嵲，光化人，早從陳與義學詩，以薦召對，遂除秘書省正字。」詩題稱「張正字」，又云「歲暮塔孤立」，其爲是年冬日寓居青鎮之作無疑。張嵲紫微集卷二有將至臨安途中偶成呈表叔陳給事去非詩：「末契託外親，夙昔承顧盼。鄧鄙聽論詩，房陵共遭亂。蒼黄南山路，大雪將没骭。事定訪田家，山花已如霰。燃薪代燈燭，新詩仰華絢。雨餘登近嶺，春晴集兩澗。仿佛紙坊山，泉石眼中見。形影一西東，音聲隔河縣。駑駘自拘攣，鴻鵠謝羈絆。俄瞻九天上，更覺斯文焕。鄙賤集釁深，十年兩遭難。稠重荷顧存，凡庸辱推薦。窮途感一飯，況此膺深眷。門牆行欲近，仰止極昏旦。餘生不自意，復得親談宴。存没割中腸，中章淚滂濺。」此詩叙建炎二年春正月自鄧往房州避虜入南山事頗詳。觀「凡庸辱推薦」之語，則張嵲之召，實簡齋薦之。故嵲撰簡齋墓誌亦云：「頃公寓居漢上，某從公遊，質問詩文利病。其後仕學，公頗有力，不專爲親也。」胡寅斐然集卷十二有所行張嵲秘書省正字制詞。

〔二〕杜甫秦州雜詩：「何時一茅屋，送老白雲邊。」點校本引增注：「傳燈録：咸澤禪師住杭州廣嚴院，有僧問：『如何是廣嚴家風？』師曰：『一塢白雲，三間茅屋。』又，老杜巳上人茅齋詩：『巳公茅屋下，可以賦新詩。』按公時居青墩鎮之僧舍，故用『茅屋』事。『歲暮塔孤立』，正指寺中之塔也。」

〔三〕莊子天地：「有機事者必有機心。」

〔四〕胡注：「時先生居青鎮壽聖寺塔下。」

〔五〕劉禹錫答李侍郎惠藥詩：「故人書信到柴扉。」陳師道答蘇迨詩：「幾時書札到林泉。」

江梅〔一〕

風雪集歲暮，江梅開不遲。朝來幽窗底，明璫綴青枝。上天播淑氣，百卉分四時。寒村值西子，足以昌吾詩〔二〕。

【校】

〔題〕丁鈔、聚珍本作「詠江梅」，點校本引明本同。　〔足以〕全芳備祖卷一作「似是」。

【箋注】

〔一〕紹興五年冬寓居青鎮作，故有「寒村值西子」之語。

〔二〕韓愈貞曜先生墓誌銘：「嗚呼貞曜，維執不猗，維出不訾，維卒不施，以昌其詩。」

雪

窮臘見三白〔一〕，江南無舊聞。天上春已暮，盡日花繽紛〔二〕。平生雖畏寒，遇雪心所欣。擁衾未敢出，投隙致慇懃〔三〕。窗户忽相照，川陵已難分。二儀有巨麗〔四〕，老我不能文。高吟黄竹詩〔五〕，薄暮心無垠。浮屠似玉筍，突兀倚重雲〔六〕。

【校】

〔老我不能文〕聚珍本「老我」作「我老」；又「文」誤作「聞」。

【箋注】

〔一〕朝野僉載：「正月見三白，田公笑赫赫。」又北人諺曰：「要宜麥，見三白。」王安石和王勝之雪霽詩：「前年臘歸三見白，霽色嶺上班班留。」

〔二〕雪賦：「至夫繽紛繁鶩之貌。」

〔三〕雪賦：「終開簾而入隙。」韓愈雪詩：「騁巧先投隙。」陳師道雪詩：「投隙穿帷巧致身。」

〔四〕曹植惟漢行：「太極定二儀，清濁始以形。」上林賦：「君未覩夫巨麗也。」

〔五〕雪賦：「姬滿申歌於黄竹。」李善注引穆天子傳曰：「天子遊黄臺之丘，大寒，北風雨雪，天子作詩三章，以哀人夫：『我徂黄竹員閟寒。』乃宿於黄竹。」

〔六〕浮屠，壽聖院塔也。杜甫茅屋爲秋風所破歌：「何時眼前突兀見此屋。」

小閣〔一〕

欄干横歲暮，徙倚度陰晴〔二〕。木落太湖近，梅開南紀明〔三〕。病餘仍愛酒，身後更須名〔四〕？鸖鶴忽雙起，吾詩還欲成。

【校】

〔太湖近〕原本「太」作「大」，據丁鈔、聚珍本改，宋詩鈔同。又荆溪林下偶談卷三引「近」作「白」。〔身後〕點校本引李氏藏本「後」作「外」；又引增注：「『身外』，閩本、武岡本同，箋本作『身後』，非。」

【箋注】

〔一〕壽聖院小閣也。青鎮在桐鄉北，北接吴江，與太湖近，故有「木落太湖近」之語。

〔二〕登樓賦：「步棲遲以徙倚兮。」

〔三〕詩四月：「滔滔江漢，南國之紀。」

〔四〕晉書張翰傳：「使我有身後名，不如即時一杯酒。」陳師道懷遠詩：「生前只爲累，身後更須名？」

【評】

劉辰翁評「身後更須名」句：明犯後山，改一「外」字自可。

元夜〔一〕

今夕天氣佳，上天何澄穆〔二〕。列宿雨後明，流雲月邊速。空簷垂斗柄，微吹生叢竹。對此不能寐，步繞庭之曲。遥睇浮屠顛，數星紅煜煜〔三〕。悟知燒燈夕，節意亦滿目〔四〕。歷代能幾詩，遍賦雜珉玉〔五〕。棲鴉亦未定，更鳴伴我獨。百年滔滔内，憂樂兩難復。唯應長似今，寂寞送寒燠。

【校】

〔題〕聚珍本題作「元夕」。〔燒燈〕原本「燒」誤「曉」，據丁鈔、聚珍本改。

【箋注】

〔一〕自此以下至玉堂儤直詩，皆紹興六年之作。是年，簡齋四十七歲。胡譜：「紹興六年丙辰，春，居青鎮僧舍，有訪智老天經詩。六月，被召，適時相有不樂公者，復用爲中書舍人，兼侍講，直學士院。九月，從駕幸平江。十一月，除翰林學士，知制誥，有玉堂儤直詩。」

〔二〕蘇軾在告獨酌詩：「月華稍澄穆。」

〔三〕蘇軾宿南山中蟠龍寺詩：「嶺上疎星紅煜煜。」

〔四〕史記樂書：「漢家常以正月上辛祀太一，以昏時祠到明。」初學記卷四：「今人正月望日夜遊觀燈，是其遺事。」春明退朝録：「上元燃燈，或云沿漢祠太一故事。」

〔五〕禮記聘義：子貢曰：「君子貴玉而賤珉。」鮑照見賣玉詩：「涇渭不可雜，珉玉當早分。」

懷天經智老因訪之

今年二月凍初融，睡起苕溪緑向東〔一〕。客子光陰詩卷裏，杏花消息雨聲中。西菴禪伯還多病，北栅儒先只固窮〔二〕。忽憶輕舟尋二子，綸巾鶴氅試春風。

【校】

〔題〕潘本「因」下多「以」字，瀛奎律髓卷二十六同。

【箋注】

〔一〕點校本引增注：「湖州有苕溪，岸多蘆葦，故名。」

〔二〕胡注：「謂洪智老居西庵，葉天經居北栅，皆青鎮中。」論語衛靈公：「君子固窮。」

【評】

苕溪漁隱叢話前集卷五十二：陳去非詩平淡有工，如：「疎疎一簾雨，淡淡滿枝花。」「官裏簿書何日了，樓頭風雨見秋來。」「客子光陰詩卷裏，杏花消息雨聲中。」

朱子語類卷一百四十：高宗最愛簡齋「客子光陰詩卷裏，杏花消息雨聲中」。

詩人玉屑卷三宋朝警句七言：客子光陰詩卷裏，杏花消息雨聲中。

方回桐江續集卷二十八至節前一日六首：「客子光陰詩卷裏，杏花消息雨聲中。」我謂簡齋此奇句，元來出自後山翁。原注：「『老形已具臂膝痛，春事無多櫻筍來』，後山詩也。簡齋詩本諸此，然亦出於少陵翁也。」

瀛奎律髓卷二十六：以「客子」對「杏花」，以「雨聲」對「詩卷」，一我一物，一情一景，變化至此，乃老杜「即今蓬鬢改，但媿菊花開」，賈島「身事豈能遂，蘭花又已開」，翻窠換臼，至簡齋而益奇也。後山「老形已具臂膝痛，春事無多櫻筍來」一聯，極其酸苦；而此聯有富貴閒雅之味。後山窮，簡齋達，亦可覘云。馮舒評：此老尚不厭。馮班評「睡起」句：睡時不向西。紀昀評：次句言睡起出門，正見苕溪東流耳，馮氏以「睡時不向西」詆之，亦奇。

瞿佑歸田詩話卷中：陳簡齋詩云：「客子光陰詩卷裏，杏花消息雨聲中。」陸放翁詩云：「小樓一夜聽春雨，深巷明朝賣杏花。」皆佳句也，惜全篇不稱。葉靖逸詩：「春色滿園關不住，一枝紅杏出墻來。」戴石屏詩：「一冬天氣如春暖，昨日街頭賣杏花。」句意亦佳，可以追及之。

歷代詩發卷二十六：三、四見賞於宋高宗，蓋清思秀句，出於自然，正如琦樹瓊花，故應動九重之盼也。

黄修職雨中送芍藥五枝〔一〕

微雨濕清曉，老夫門未開。煌煌五仙子，並擁翠蕤來〔二〕。胭脂洗盡不自惜，爲雨歸來更無力〔三〕。老夫五十尚可癡〔四〕，憑軒一賦會真詩〔五〕。

【校】

〔胭脂〕原本「胭」誤「烟」，蔣刻同，馮校據聚珍本改，此從之。〔可癡〕全芳備祖卷二「可」作「兒」。

【箋注】

〔一〕黄修職，未詳。按簡齋是年四十七歲，詩云「老夫五十尚可癡」者，舉成數約略言之。

〔二〕杜甫魏將軍歌：「翠蕤雲旓相蕩摩。」

〔三〕高唐賦：楚襄王夢婦人曰：「妾在巫山之陽，高丘之阻，旦爲行雲，暮爲行雨。」唐摭言卷十三：「裴慶餘，咸通末佐北門李公淮南幕，嘗遊江，舟子刺船，誤爲竹篙濺水，濕近坐之衣。公爲之色變。慶餘遽請彩牋，紀一絶曰：『滿額鴉黄金縷衣，翠翹浮動玉釵垂。從教水濺羅衣濕，知道巫山行雨歸。』」

〔四〕陳後山詩話：昔之黠者，滑稽以玩世，曰：「令新視事，而不習吏道，召胥魁，具道笞十至五十及折杖數。令遽止之曰：『我解矣，笞六十爲杖十四耶？』魁笑曰：『五十尚可，六十猶癡耶！』」

〔五〕見卷二十詠水仙花五韻詩注。

櫻桃

四月江南黄鳥肥，櫻桃滿市粲朝暉〔一〕。赤瑛盤裏雖殊遇〔二〕，何似筠籠相發揮〔三〕。

【校】

〔何似〕全芳備祖後集卷九「似」作「必」。

【箋注】

〔一〕呂氏春秋仲夏紀：「仲夏之月，羞含桃。」高注：「爲鶯鳥所含，故曰含桃。」月令：「羞以含桃。」鄭注：「櫻桃也。」

〔二〕藝文類聚卷八十六：「後漢明帝於月夜宴群臣於照園，太官進櫻桃，以赤瑛爲盤，賜群臣。月下視之，盤與桃同色，群臣皆笑，云是空盤。」此條太平御覽卷九百六十九作拾遺録。

〔三〕杜甫野人贈朱櫻詩：「西蜀櫻桃也自紅，野人相贈滿筠籠。」相發揮，見卷二十又登岳陽樓詩注。

【評】

劉辰翁評末句：「相發揮」屢見，亦不爲佳。

葉枘惠花〔一〕

無住菴中老居士，逢春入定不銜盃。文殊罔明俱拱手〔二〕，今日花枝喚得迴〔三〕。

【箋注】

〔一〕點校本引增注：「按集中有與葉懋詩，葉枘必懋之兄弟也。」

〔二〕罔明經：文殊欲出女人定，託昇梵天，不能出，罔明彈指一聲，女即從定而起。

〔三〕黄庭堅寄杜家父詩：「閑情欲被春將去，鳥唤花驚只麽回。」

牡丹〔一〕

一自胡塵入漢關，十年伊洛路漫漫〔二〕。青墩溪畔龍鍾客〔三〕，獨立東風看牡丹。

【校】

〔胡塵〕聚珍本「胡」作「邊」，館臣妄改。

【箋注】

〔一〕詩云「十年伊洛路漫漫」，自靖康元年至是年（紹興六年），適十年也。

〔二〕點校本引增注：「伊水出河南陸渾山，入河；洛水出上洛山，至河南鞏縣入河。」

〔三〕青墩，即青鎮也。無住詞虞美人云：「乙卯歲（紹興五年），自瑣闥以病得請奉祠，卜居青墩。」胡譜：「乃寓青鎮壽聖院塔下。」按嘉慶一統志卷二百八十七浙江嘉興府古蹟：「陳與義宅，在桐鄉縣青鎮廣福院後芙蓉浦上。與義自號簡齋居士，扁所居曰『南軒』。元趙子昂榜其室曰『簡齋讀書處』。」同書同卷：「桐鄉縣在府西南五十五里。」一統志言「廣福院」，不言「壽聖院」者，考談鑰吴興志卷十三云：「廣福禪院，在縣（按指烏程縣）東南九十里烏鎮，本朝治平中建，熙寧中元年名壽聖，隆興元年改賜今額。」則廣福即壽聖也。然談志稱廣福在烏鎮，與一統志所云青鎮不合。談志卷十：「烏程縣烏墩鎮，在縣東南九十里。」蓋青墩、烏墩二鎮，相隔止一水，當時似嘗合治（董斯張吴興備志中屢引烏青志，是二鎮嘗合治之證），得統稱歟？一統志卷二百八十七關隘：「青墩鎮，在桐鄉縣北二十五里，與湖州之烏鎮止隔一水。」要之，簡齋所居在青墩，本集固已彰彰言之。青墩亦稱青鎮者，以避光宗諱省。

【評】

劉辰翁評「青墩溪畔龍鍾客」二句：語絶。

盆池

三尺清池窗外開，茨菰葉底戲魚回。雨聲轉入浙江去，雲影還從震澤來〔一〕。

【箋注】

〔一〕點校本引增注：「書傳：震澤，吴南太湖名。」

【評】

劉辰翁評「雨聲轉入浙江去」二句：善賦。

松棚

黯黯當窗雲不驅，不教風日到琴書。只今老子風流地，何似茅山陶隱居〔一〕？

【箋注】

〔一〕南史隱逸陶弘景傳：弘景字通明，隱居茅山，自號華陽陶隱居。特愛松風，庭院皆植松，每聞其響，欣然爲樂。

西軒

平生江海志，歲暮僧廬中〔一〕。虛齋時獨步，遡此西窗風。初夏氣未變，幽居念方沖。三日無客來，門外生蒿蓬〔二〕。輕陰映夕幌，窈窕瓶花紅。未知古今士，誰與此心同？

【校】

〔蒿蓬〕原本「蒿蓬」誤「蓬蒿」，據聚珍本改。〔輕陰映夕幌〕宋詩鈔無「輕陰」以下四句。〔古今〕丁鈔「今」作「來」。

【箋注】

〔一〕歲暮，指年齡言，簡齋時年四十七矣，非謂節令也。

〔二〕高士傳：張仲蔚所處，蓬蒿滿門，寂無車馬。

玉堂儤直〔一〕

庭葉瓏瓏曉更青，斷雲吐日照寒廳。只應未上歸田奏，貪誦楞伽四卷經〔二〕。

【校】

〔吐日照〕丁鈔、聚珍本「吐」作「度」，點校本引明本同。　〔只應〕丁鈔、聚珍本「應」作「因」。

【箋注】

〔一〕胡譜：「紹興六年丙辰，十一月，除翰林學士知制誥，有玉堂儤直詩。」宋史本傳：「十一月，拜翰林學士知制誥。」墓誌同。建炎以來繫年要録卷一百六：「紹興六年十一月辛未，中書舍人兼直學士院兼侍講陳與義爲翰林學士。」原注引趙鼎事實：「張浚既因群小離間，遂有見迫之意。會中書舍人陳與義不樂於鼎，遂傾心附之。乃以資善引范沖之説告之，浚以爲奇貨。劉子羽與聞其事，嘗爲人言之。」按張浚之再用，趙鼎實力薦之。至是劉豫兵分三路入侵，諜報豫挾金兵來寇，鼎專爲守江之計，而浚力督諸將進兵，以此異議。而浚賓客呂祉之徒往來其間，二人遂有隙。觀王縉疏言：二三大臣「或出而總戎，或處而秉軸，交修政事之間，進退人才之際，謀慮有不相及，則初意未必盡同。苟無私心，惟其當而已。願戒大臣俾同心同德，絶猜間之萌，以同濟國事」。則嫌隙固已顯見。（王縉疏在是年九月。）至十二月甲午朔，陳公輔奏劾鼎，而鼎亦遂罷。事詳建炎以來繫年要録卷一百五至一百七。簡齋舊與趙鼎不合，其後參政，實張浚引之，則其傾心附浚，固無可疑。至謂「乃以資善引范沖之説告之，浚以爲奇貨」云云，考趙鼎忠正德文集卷七辨誣筆録，有資善堂汲引親黨條，同書卷三乞除朱震職名狀亦涉資善堂事，其間皆未言及簡齋。要之，如趙鼎事實所記，事涉曖昧，未可以爲必然也。此詩末二句「未上歸田奏」之語，蓋有激於趙鼎之隙而云然耶？

玉堂，學士院正廳也。楊億文公談苑：「蘇易簡爲學士，最被恩遇。上作五七言詩各一首賜之，爲真草行三體，刻於石。又飛白書『玉堂之署』四字以賜本院，今龕於堂南門之上。」葉夢得石林燕語卷七：「學士院正廳曰玉堂，蓋道家之名。初，李肇翰林志未言居翰院者，皆謂凌玉清，溯紫霄，豈止於登瀛州哉？亦曰登玉堂焉。自是遂以玉堂爲學士院之稱，而不爲榜。太宗時，蘇易簡爲學士，上嘗語曰：『玉堂之設，但虚傳其説，終未有正名。』乃以紅羅飛白『玉堂之署』四字賜之。易簡即扃鐍置堂上，每學士上事，始得一開視，最爲翰林盛事。紹聖間，蔡魯公爲承旨，始奏乞摹就杭州刻榜揭之。以避英廟諱，去下二字，止曰『玉堂』云。」汪應辰燕語辨：「既曰『玉堂之署』，則當以漢書李尋傳所云爲據。金坡遺事云：御書飛白

『玉堂之署』，以素繒二幅書之。明道二年，詔學士院刻石。」此「玉堂」之名由來也。儤直，封演封氏見聞記：「御史舊例，初入臺，陪直二十五日，爲伏豹，取未出之義，謂之豹直亦然。」李匡義資暇録：「新官併宿本署，曰爆直，合作豹字。豹性潔，善服氣，雨雪霜露，伏而不出，慮污其身。則併宿公署，雅是豹伏之義。」錢易南部新書：「御史舊例，初入臺，陪直二十五日，節假直五日，謂之伏豹直。百司州縣初授官陪直者，皆有此名。杜易簡解伏豹之義云：直宿者離家獨宿，人情所違，其人初蒙榮拜，故以此相處。伏豹直者，言衆官皆出，此人獨留，如藏伏之豹，伺候待搏，故曰伏豹耳。韓琬則解爲爆直，言如燒竹，遇節則爆。封演以爲舊説南山赤豹，愛其毛體，每雪霜霧露，諸禽獸皆出取食，唯赤豹深藏不出。豹直者，蓋取不出之義。初官陪直，已有伏豹之名，何必以遇節而比燒節之爆也。」張表臣珊瑚鈎詩話卷二亦謂「取豹伏之象，非爆迸之義」。按舊説多以豹伏釋儤直，其説非也。姚寬西溪叢話卷下：「儤，音豹，越也。唐制，官新到官府併上者謂之儤。今俗謂程外課作者謂之儤工。玉篇：儤，連直也。凡當直之法，自給舍丞郎入者，三直無儤；自起居郎官入者，五直一儤；御史補闕入者，七直兩儤；其餘雜入者，十直三儤。或有作豹伏之義，非也。」簡齋此詩，當是初除翰林入直時作也。

〔二〕傳燈録卷三：菩提達磨謂慧可曰：「吾有楞伽經四卷，亦用付汝，即是如來心地要門。」注引宣律師續高僧傳可大師傳：「初，達磨以楞伽經授可曰：『我觀漢地，唯有此經，仁者依行，自得度世。』」光聰諧有不爲齋隨筆丁卷：「憨山觀楞伽記云：『昔達摩授二祖，以此爲心印，自五祖教人讀金剛經，則此經束之高閣，知之者希矣。』陳簡齋玉堂儤直詩云云。以憨山之語證之，方明此詩之意。蓋言此經惟秘館有之，歸田去則難求誦矣。」錢鍾書管錐編八百四十八頁：「劉宋天竺三藏求那跋陀羅譯楞伽經一切佛語心品……（白）居易見元九悼亡詩因以此寄：『人間此病治無藥，只有楞伽四卷經。』正謂宋譯；自唐譯七卷本流行，四卷本遂微。陳與義簡齋詩集卷三玉堂儤直：『只應未上歸田奏，貪誦楞伽四卷經。』用居易舊句恰合。光聰諧有不爲齋隨筆卷丁本憨山心語，謂楞伽經爲金剛經所掩，『惟秘館有之，歸田去則難求誦』，故陳詩云然。似欠分雪，唐譯『楞伽七卷經』初不『難求』，未足爲不『歸田』之藉口也。」

病骨〔一〕

病骨瘦始輕，清虚日來入〔二〕。今朝僧閣上，超遥久風立〔三〕。茂林榴萼紅，細雨離黄濕〔四〕。物色乃可憐〔五〕，所悲非故邑。

【校】

〔始輕〕聚珍本「始」作「如」，非。　〔離黄〕聚珍本「離」作「鵹」。

【箋注】

〔一〕自此以下，紹興八年七月以後之作，至十一月二十九日，簡齋病逝矣。簡齋紹興七年全年無詩，前已論之。胡譜：「紹興七年丁巳，正月，除左中大夫，參知政事。三月，從幸建康。八年戊午春，扈蹕還臨安。五月，以疾請去，除資政殿學士、左太中大夫，復知湖州。七月，疾益侵，丐閑得請，差提舉臨安府洞霄宮，還青鎮僧舍，有病骨、晨起等詩。」本傳、墓誌略同。建炎以來繫年要録卷一百十八：「紹興八年三月甲午，左中大夫參知政事陳與義罷爲資政殿學士，特遷左太中大夫、知湖州，仍加恩。與義本張浚所引，故稱疾，而有是命。與義在政府未滿歲也。」（張浚因酈瓊之叛已於去年九月罷去）談鑰嘉泰吴興志卷十四郡守題名：「陳與義，紹興八年四月初二日以資政殿學士、左中大夫到任。至七月十一日，準敕依所乞，提舉臨安府洞霄宮。」按詩云：「今朝僧閣上，超遥久風立。」則已還寓青鎮矣。

〔二〕世説新語言語：「庾公造周伯仁，伯仁曰：『君何所欣説而忽肥？』庾曰：『君復何所憂慘而忽瘦？』伯仁曰：『吾無所憂，直是清虚日來，滓穢日去耳。』」

〔三〕韓愈汴泗交流詩：「超遥散漫兩閑暇。」莊子天地：「禹就下風立而問焉。」

〔四〕説文：「離黄，倉庚也。」字亦作「鵹黄」，爾雅：「鵹黄，楚雀。」注：「即倉庚也。」

〔五〕韓愈和張院長憶花詩：「可憐物色阻攜手，空展霜縑吟九詠。」

晨起

寂寂東軒晨起遲，蒙籠草木暗疏籬〔一〕。風來衆緑一時動，正是先生睡足時。

【校】

〔晨起遲〕丁鈔、聚珍本「遲」誤作「時」。〔蒙籠〕聚珍本「蒙籠」作「朦朧」，宋詩鈔同。

【箋注】

〔一〕漢書鼂錯傳：「屮木蒙蘢，支葉茂接。」師古注：「蒙蘢，覆蔽之貌也。」

登閣

今日天氣佳，登臨散腰脚〔一〕。南方宜草木，九月未黄落〔二〕。秋郊乃明麗，夕雲更蕭索。遠遊吾未能，歲暮依樓閣。

【箋注】

〔一〕李嶠謝加賜金禄表：「臣苦腰脚軟弱，不獲躬詣闕庭拜謝。」

〔二〕月令：「季秋之月，草木黄落。」杜甫發秦州詩：「草木未黄落。」

芙蓉

白髮飄蕭一病翁，暮年身世藥瓢中。芙蓉牆外垂垂發〔一〕，九月憑欄未怯風。

【箋注】

〔一〕杜甫和裴迪登蜀州東亭送客逢早梅相憶見寄詩：「江邊一樹垂垂發。」

歲華

歲華日已凋，飛葉鳴古瓦。白頭倚危檻，高旻覆平野〔一〕。遥瞻疎柳林，下有清溪瀉。三春既繁麗，九秋亦瀟灑〔二〕。平生萬事過，所欠茅一把〔三〕。山川鬱日夕，有抱無與寫。賦詩老不工，開篇詠風雅。

【箋注】

〔一〕爾雅：「秋爲旻天。」杜甫暇日小園散病將種秋菜督勤耕牛兼書觸目詩：「側頸訴高旻。」

〔二〕張昇離亭燕詞：「風物向秋瀟灑。」

〔三〕蘇軾贈鄭清叟詩：「平生萬事過，所欠唯一死。」傳燈録卷十五，朗州德山宣鑒禪師：師抵于溈山。溈山問衆：「還識遮箇師也無？」衆曰：「不識。」溈曰：「是伊將來有把茅蓋頭，罵佛罵祖去。」

得長春兩株植之窗前

鄉邑已無路，僧廬今是家。聊乘數點雨，自種兩叢花。籬落失秋序，風煙添歲華。衰翁病不飲，獨立到棲鴉。

【校】

〔兩叢〕全芳備祖卷二十「叢」作「株」。〔籬落失秋序〕全芳備祖引「籬落」以下分作第二首。

【評】

劉辰翁評「聊乘數點雨」二句：頹然天成。

九月八日戲作兩絶句示妻子〔一〕

今夕知何夕，都如未病時。重陽莫草草，剩作幾篇詩。

【箋注】

〔一〕胡譜：「紹興八年戊午，七月，病益侵，丐閑得請，還青鎮僧舍。九月八日，有示妻子絶句。冬，病革，以十一月二十九日薨，時年四十九。」

其二

小甕今朝熟，無勞問酒家。重陽明日是，何處有黄花〔一〕。

【箋注】

〔一〕杜甫九日請人集于林詩：「九日明朝是。」白居易九月八日詩：「陶家明日是重陽。」

【評】

劉辰翁評末句：語甚不長。

拒霜〔一〕

拒霜花已吐，吾宇不淒涼。天地雖肅殺，草木有芬芳。道人宴坐處，侍女古時粧。濃露濕丹臉，西風吹緑裳。

【校】

〔淒涼〕原本「淒」作「悽」，據聚珍本改。〔雖肅殺〕丁鈔「雖」作「有」。

【箋注】

〔一〕陶岳零陵記：「拒霜花，樹叢生，葉大而峻，花甚紅。九月霜降時開，故謂之拒霜。」

微雨中賞月桂獨酌〔一〕

人間跌宕簡齋老〔二〕，天下風流月桂花。一壺不覺叢邊盡，暮雨霏霏欲濕鴉。

【校】

〔月桂花〕全芳備祖卷二十作「月季花」。

【箋注】

〔一〕此簡齋絶筆也。墓誌：「是年冬，疾大甚，十一月某甲子(胡譜：十一月二十九日)，薨于烏墩之僧舍，年四十九。」(宋史本傳、熊克中興小紀卷二十五、建炎以來繫年要録卷一百二十三略同。)葬歸安縣廣德鄉上强里之岩山，張嵲誌其墓。(見張嵲紫微集卷三十五、牟巘陵陽集卷十一簡齋記、董斯張吴興備志卷二十四金石徵、嘉慶一統志卷二百八十九浙江湖州府)紹興十二年壬戌，周葵刻簡齋集于吴興，葛勝仲爲之序。(丹陽集卷八、郡齋讀書志卷十

九）

〔一一〕江淹恨賦：「脱略公卿，跌宕文史。」

【評】愛日廬叢鈔卷二：時稱白石者：樂清錢文子文季，番陽姜夔堯章，三山黄景説巖老，各因其居號之爾。故姜堯章自謂居苕溪上，與白石洞天爲鄰，潘德久字之曰白石道人。詩云：「屋角紅梅樹，花前白石生。」或評樂天「黄醅酒」對「白侍郎」，陳去非「簡齋老」對「月桂花」，此祖其格者。

陳與義集校箋

附年譜

下

〔宋〕陳與義 著
白敦仁 校箋

上海古籍出版社

無住詞十八首

法駕導引三首

世傳頃年都下市肆中，有道人携烏衣椎髻女子，買斗酒獨飲，女子歌詞以侑，凡九闋，皆非人世語。或記之，以問一道士，道士驚曰：「此赤城韓夫人所製水府蔡真君法駕導引也。」烏衣女子疑龍云。得其三而亡其六，擬作三闋〔一〕。

朝元路，朝元路〔二〕，同駕玉華君〔三〕。千乘載花紅一色，人間遥指是祥雲。回望海光新。

東風起，東風起，海上百花摇。十八風鬟雲半動〔四〕，飛花和雨著輕綃。歸路碧迢迢。

簾漠漠，簾漠漠，天澹一簾秋。自洗玉舟斟白醴，月華微映是空舟〔五〕。歌罷海西流。

【校】

〔調〕原本詞調名皆在題後，今依聚珍本列在題前，毛晉刻六十名家詞（以下簡稱毛刻）同。

〔斗酒〕原本「斗」作「㪷」，據聚珍本改。毛刻無「斗」字。〔亡其六〕丁鈔、聚珍本、毛刻「六」作「二」，非。〔月華微映是空舟〕點校本引增注：「武岡本作『月華清映是瀛洲』。」

【箋注】

〔一〕點校本引增注：「無住者，湖州青墩僧舍之菴名也，公紹興間奉祠寓居焉。卷中詩詞皆可考，而詞亦多其時所作，故以題集。金剛經『應無所住而生其心』，菴名本此。」按增注之説大體得之，然十八首中，惟虞美人（扁舟三日秋塘路）以下八首爲寓居青墩之作。此三首，竊意以爲當是靖康以前在東京時作。苕溪漁隱叢話前集卷五十八引夷堅志：「陳東，靖康間嘗飲於京師酒樓，有倡打坐而歌者，東不顧。乃去倚闌獨立，歌望江南詞，音調清越。東不覺傾聽；視其衣服，皆故敝，時以手揭衣爬搔，肌膚綽約如雪。乃復呼使前再歌之，其詞曰：『闌干曲，紅颺繡簾旌。花嫩不禁纖手捻，被風吹去意還驚。眉黛蹙山青。鏗鐵板，閑引步虛聲。塵世無人知此曲，却騎黃鶴上瑶京。風冷月華清。』東問何人製，曰：『上清蔡真人也。』歌罷得數錢，即下樓，亟遣僕追之，已失矣。」（今本夷堅志在甲志卷第七，詩話總龜後集卷四十亦載之）又，苕溪漁隱叢話後集卷三十八引復齋漫録：「李定記：宣和中，太學士人飲於任氏酒肆，忽有一婦人粧飾甚古，衣亦穿弊，肌膚雪色，而無左臂。右手執拍板，乃鐵爲之。唱詞曰：『闌干曲，闌干曲（三字原脱），紅颺繡簾旌。花嫩不禁纖手捻，被風吹去意還驚。眉恨蹙山青。』諸公怪其詞異，即問之曰：『此何辭也？』答曰：『此上清蔡真人法駕導引也。妾本唐人，遭五季之亂，左手爲賊所斷。今遊人間，見諸公飲酒：求一杯之適耳。』遂與一杯，飲罷而去。諸公送之出門，杳無所見。」苕溪漁隱曰：「夷堅志所記與此小異，此仍少詞一半，未詳孰是。」按此等小説家言，原不必問其孰是孰非；然由此可知法駕導引一調，在東都時已頗在民間流傳。簡齋殆賞其音調激越，依聲擬作，又故爲謬悠之辭，託遊仙以諷時政耳。蓋徽宗崇信道教，政和七年，至諷道録院册己爲「教主道君皇帝」。後宫劉貴妃，本酒保家女，能迎意旨，擅愛顓席。而道士林靈素，謂帝爲「長生帝君」，妃爲「九華玉真安妃」；每神霄降，必别置安妃位，圖畫肖妃像。（見宋史徽宗紀，劉貴妃傳，續通鑑卷九十四）觀此詞第三章結尾「歌罷海西流」之語，蓋非泛泛遊仙之語。此等自可以意逆志，不必膠柱求也。萬樹詞律卷一：「起兩句，重用。此調似憶江南，而首多一疊句耳。按此詞三首，各刻俱作：『烏衣女子歌之，或問一道士，曰：此赤城韓夫人作水府蔡真君法駕導引也。』今按簡齋無住詞首即載此，題下注前事，云是『擬作三闋』，是爲陳詞耳。」（按揚慎詞品卷一，即誤以此三首爲赤城韓夫人作）四庫總目卷四十無住詞提要：「開卷法駕導引三闋，與義已自注其詞爲擬作，而諸家選本尚有稱爲赤城韓夫人所製，列之仙鬼類中者。證以本集，亦足訂小説之誣焉。」

〔二〕雍録：「朝元閣在驪山，天寶七載，玄元皇帝見于朝元閣，改名降聖閣。」白居易遇天寶樂叟歌：「是時天下太平久，年年十月坐朝元。」王建霓裳詞：「朝元閣上風初起，夜聽霓裳玉露寒。」又宮詞：「太平天子朝元日，五色雲車駕六龍。」李商隱華清宮詩：「朝元閣迥羽衣新，首按昭陽第一人。」姚鵠玉貞觀訪趙尊師不遇詩：「羽客朝元晝掩扉。」

〔三〕雲笈七籤卷八三洞經教部釋三十九章經：「天皇上真玉華三元君，曰天皇上真者，是上清真人之典禁主玉華仙女之母，故號曰玉華三元君也。乘神徊之車，登雲飆之宮，入流逸之室。神徊者，是真人一輪車名。」

〔四〕點校本引增注：「唐柳毅客涇陽，見一婦人，風鬟雨鬢，牧羊於野。坡詩：『霧鬢風鬟木葉衣。』」

〔五〕周禮春官司尊彝注引鄭司農云：「舟，尊下臺，若今承槃。」此謂酒樽也。李白樽酒行：「玉壺美酒清若空。」

虞美人　亭下桃花盛開，作長短句詠之〔一〕。

十年花底承朝露，看到江南樹〔二〕。洛陽城裏又東風，未必桃花得似舊時紅。

燕脂睡起春纔好，應恨人空老。心情雖在只吟詩，白髮劉郎孤負可憐枝〔三〕。

【校】

〔盛開〕丁鈔「盛」誤「甚」。

【箋注】

〔一〕此一首當是宣和四年春自汝歸洛之作，故曰「洛陽城裏又東風」也。龍門詩云「不到龍門十載強」，此亦云「十年花底承朝露」。蓋簡齋自政和三年上舍釋褐，服官開德，「四歲冷官桑濮地，三年贏馬帝王州」，繼以居憂汝州，三易寒暑，其去洛蓋逾十年矣。

〔二〕黄庭堅古詩二首上蘇子瞻：「桃李終不言，朝露借恩光。」

〔三〕劉禹錫贈看花君子詩：「玄都觀裏桃千樹，都是劉郎去後栽。」蘇軾送劉攽倅海陵詩：「劉郎應白髮，桃花開不開？」

【評】

劉辰翁評上闋：讀之，宛然當日之痛。

憶秦娥 五日移舟明山下作〔一〕。

魚龍舞，湘君欲下瀟湘浦〔二〕。瀟湘浦，興亡離合，亂波平楚〔三〕。獨無樽酒酬端午，移舟來聽明山雨。明山雨，白頭孤客，洞庭懷古。

【校】

〔調〕雅詞作「雙荷葉」。

【箋注】

〔一〕此及下一首臨江仙，皆建炎三年在岳州所作。是年五月二日，簡齋因避貴仲正之亂入洞庭，轉徙湖中凡二月餘，始歸岳州。此二首則五月五日移舟明山作也。考簡齋生平，唯是年五月五日在洞庭，二首必是年之作無疑。嘉慶一統志卷三百五十八湖南岳州府：「明山，在平江縣南五十里，一名奉國山。高七十餘丈，周迴三十餘里，三面峭絶，惟一徑可通。」平江地近汨羅，故臨江仙云「試澆橋下水，今夕到湘中」。又湘西芷江縣北二十里亦有明山，地屬沅州（嘉慶一統志卷三百六十八），與洞庭無涉，簡齋行蹤亦未嘗至其地。點校本引增注：「明山，沅州郡主山也。」誤矣。

〔二〕點校本引增注：「坡詩：『魚龍舞洞庭。』瀟、湘，二水名。」屈原九歌有湘君篇。李白陪族叔刑部侍郎曄及中書賈舍人至遊洞庭詩：「日落長沙秋色遠，不知何處吊湘君。」

〔三〕謝朓郡内登望詩：「寒城一以眺，平楚正蒼然。」説文：「楚，叢木也。」

【評】

劉辰翁評上闋：隱約濃淡。　又評下闋：調意名稱。

臨江仙

高詠楚詞酬午日，天涯節序匆匆〔一〕。榴花不似舞裙紅〔二〕。無人知此意，歌罷滿簾風。　萬事一身傷老矣，戎葵凝笑牆東〔三〕。酒杯深淺去年同。試澆橋下水，今夕到湘中〔四〕。

【校】

〔調〕原本作「又」，無詞調名。丁鈔作「又，臨江仙」，聚珍本、毛刻作「臨江仙，前題」。今從全宋詞。中興以來絶妙詞選（以下簡稱絶妙詞選）作「臨江仙・端午」。〔凝笑〕丁鈔「凝」作「擬」，樂府雅詞作「疑」。

【箋注】

〔一〕荊楚歲時記：「俗謂五月五日是屈原死汨羅日，傷其死所，並命將舟楫以拯之，至今爲俗。」

〔二〕樂府黄門歌：「點黛方初月，縫裙學石榴。」白居易贈盧侍御小妓詩：「山石榴花染舞裙。」

〔三〕爾雅：「菺，戎葵。」郭注：「今蜀葵也。」凝笑，笑之不已，猶云癡笑也。參看詩詞曲語辭匯釋卷五。

〔四〕續齊諧記：「屈原五月五日自投汨羅而死，楚人哀之，每至此日，以竹筒貯米投水而祭之。」

點校本引增注：「『試澆橋下水』，蓋反獨醒意，以弔靈均也。」

【評】

劉辰翁評下闋：婉約綸至，詩人之詞也。

虞美人

大光祖席，醉中賦長短句〔一〕。

張帆欲去仍搔首，更醉君家酒。吟詩日日待春風，及至桃花開後却匆匆。

歌聲頻爲行人咽，記著樽前雪。明朝酒醒大江流，滿載一船離恨向衡州〔二〕。

【校】

〔題〕永樂大典卷二萬三百五十三作「大光祖席醉中」。絶妙詞選作「祖席醉中」。

【箋注】

〔一〕此建炎四年春日作。簡齋建炎三年冬，與席益會於衡山之下，有與王子焕席大光同遊廖園、除夜次大光韻、明日示大光及爲大光題畫諸詩（見卷二十四）。至是，簡齋將去邵陽，與席益别，復作别大光詩（卷二十四）及此詞。别大光詩云：「衡陽非不遥，雁意猶超忽。」「滔滔江受風，耿耿客孤發。」此詞云：「明朝酒醒大江流，滿載一船離恨向衡州。」據知當是一時之作。

〔二〕冷齋夜話：「東坡與秦少遊飲別，作虞美人詞云：『無情汴水日東流，只載一船離恨向西州。』」

【評】

劉辰翁評「明朝酒醒大江流」三句，不犯坡翁句否？

點絳唇　紫陽寒食〔一〕

寒食今年，紫陽山下蠻江左。竹籬烟鎖，何處求新火〔二〕？　不解鄉音，只怕人嫌我。愁無那。短歌誰和？風動梨花朵。

【箋注】

〔一〕建炎四年春，簡齋避地邵陽，寓居紫陽周氏之家，作詩甚多，所謂「紫陽山下蠻江左」也。參看卷二十四過孔雀灘贈周靜之詩箋。

〔二〕周禮秋官司烜氏：「中春，以木鐸修火禁于國中。」注：「爲季春將出火也。」唐制，清明賜百官新火。杜甫清明詩：「朝來新火起新煙。」

虞美人　邢子友會上〔一〕

超然堂上閑賓主，不受人間暑〔二〕。冰盤圍坐此州無〔三〕，却有一瓶和露玉芙蕖。　亭亭風骨涼生牖，消盡樽中酒。酒闌明月轉城西，照見紗巾藜杖帶香歸。

【校】

〔此州〕絶妙詞選「州」作「間」，樂府雅詞同。　〔消盡〕絶妙詞選「消」作「更」。　〔明月〕點校本引增注：「『明月』，一作『踏月』。」按絶妙詞選作「踏月」。樂府雅詞「明」作「踏」，注：「一作明。」　〔紗巾〕絶妙詞選「紗」作「幅」。

【箋注】

〔一〕此建炎四年夏日作也。邢子友，簡齋舊友，已見前箋。簡齋將來邵州時，有先寄邢子友詩（卷二十四）。六月十七夜，又有寄邢子友一詩（卷二十六），詩云：「樂此城陰夜，何殊山崦居。」與此詞當是一時前後之作。子友時爲監郡（見下文），簡齋時寓紫陽周氏塴館；紫陽雖屬武岡，然其地與邵陽更近，故簡齋間亦入城（入城詩可證），得與子友相聚也。胡注引大生法帖云：「予庚戌歲客邵州，時鄉人邢子友爲監郡。一日過之，會天大暑，子友置酒于超然臺上，得白蓮花置樽間，相對劇飲至夜，踏月而歸，嘗作此詞。後九年，予守吴興，病歸越，而堂下白蓮盛開，意欣然，賞其高麗，爲獨酌一杯。數年多病，意緒衰落，不復爲詩矣。偶追記此詞，恍然如昨日云。紹興戊午五月廿四日。」按戊午爲紹興八年，帖中所記，即此超然堂上事也。又，外集有次韻邢子友一首，詩云「三春勝日喜同遊」，則當是是年春日作矣。

〔二〕杜甫宴歷下亭詩：「修竹不受暑。」

〔三〕士林紀實：隋煬帝迷樓記：帝虛敗煩燥，諸院美人各市冰盤，俾帝望之，以蠲煩燥。韓愈李花詩：「冰盤夏薦碧實脆。」

漁家傲 福建道中〔一〕

今日山頭雲欲舉，青蛟素鳳移時舞。行到石橋聞細雨，聽還住，風吹却過溪西去。

我欲尋詩寬久旅，桃花落盡春無所。渺渺籃輿穿翠楚，悠然處，高林忽送黃鸝語。

【校】

〔題〕詞品作「閩中」。〔溪西〕丁鈔「西」作「南」。〔無所〕詞品「所」作「數」，絕妙詞選同。

【箋注】

〔一〕胡譜：「紹興元年辛亥春，出賀溪，泝康成，過封州，經五羊，度庾嶺，上羅浮，歷漳州，遊雁山，之天台，至夏，抵會稽（行）在所。」此詞則是年春暮由閩入浙道中作也。

【評】

劉辰翁評上闋：妙語迥非邪淫綺語之比。

虞美人

予甲寅歲，自春官出守湖州。秋杪，道中荷花無復存者。乙卯歲，自瑣闥以病得請奉祠，卜居青墩。立秋後三日，行舟之前後，如明霞相映，望之不斷也。以長短句記之〔一〕。

扁舟三日秋塘路，平度荷花去。病夫因病得來遊〔二〕，更值滿川微雨洗新秋。

去年長恨拏舟晚，空見殘荷滿。今年何以報君恩？一路繁花相送過青墩〔三〕。

【校】

〔題〕聚珍本、毛刻、樂府雅詞「青墩」下有「鎮」字。聚珍本、毛刻、彊村叢書本「明霞」作「朝霞」，點校本引明本同。〔過青墩〕丁鈔、聚珍本、毛刻「過」作「到」。龔牖閒評卷七引同。

【箋注】

〔一〕胡譜：「紹興四年甲寅，二月，以病辭劇，改禮部侍郎、兼侍講。至九月，丐閑，除徽猷閣直學士，知湖州。五年乙卯，三月，復召爲給事中。六月，又以病告，除顯謨閣直學士、提舉江州太平觀。乃寓青鎮壽聖院塔下。」建炎以來繫年要録卷九十：「紹興五年六月丁巳，給事中陳與義充顯謨閣直學士、提舉江州太平觀。與義與趙鼎論事不合，故引疾求去。」觀此詞「今年何以報君恩」云云，蓋有怨於趙鼎也。

〔二〕蘇軾病中遊祖塔院詩：「因病得閑殊不惡。」

〔三〕蘇軾梅詩：「幸有清溪三百曲，不辭相送到黄州。」

【評】

袁文甕牖閒評卷七：夫蓮花在諸花中亦甚奇特，前輩賦詠之者多矣。許彦周詩話云：「世間花卉無踰蓮花者，蓋諸花皆藉暄風暖日，惟蓮花得意於水月。」可謂紀其實矣。而陳去非乃獨以「繁花」目之，其詞有云：「今年何以報君恩，一路繁花相送到青墩。」使蓮花有知，寧不稱屈耶？

徐獻忠吴興掌故集卷十二：姜堯章云：「吴興號水晶宫，荷花盛麗。」陳簡齋云：「今年何以報君恩？一路荷花相送到青墩。」東坡守湖時，與王子昆仲及子邁泛舟繞城觀荷花，登峴山亭，晚入飛英塔，其詩云：「環城三十里，處處皆佳絶。浦蓮浩如海，時見舟一葉。」然湖人務本力穡，雖士人視此境界，只尋常耳，皆不知其樂也。

浣溪沙

離杭日，梁仲謀惠酒，極清而美。七月十二日晚卧小閣，已而月上，獨酌數杯〔一〕。

送了棲鴉復暮鐘，欄干生影曲屏東〔二〕。卧看孤鶴駕天風。　起寫一樽明月下，秋空如水酒如空〔三〕。謫仙已去與誰同〔四〕？

【校】

〔題〕丁鈔、聚珍本、毛刻無「數杯」二字，點校本引明本同。　〔起寫〕原本「寫」作「舞」，點校本據明本、李氏藏本改。又引增注：「『起寫』，箋本作『起舞』，非。」樂府雅詞作「寫」，今據改。　〔如空〕樂府雅詞「空」作「虹」，非。

【箋注】

〔一〕胡注：「仲謀名汝嘉，括蒼人，嘗任户部尚書。」按「仲謀」當作「仲謨」，梁汝嘉宋史卷三百九十四有傳，建炎以來繫年要録載其事尤詳。周必大平園續稿卷十有所撰汝嘉神道碑。建炎以來繫年要録卷八十五：「紹興五年二月癸卯，尚書户部侍郎權知臨安府梁汝嘉充徽猷閣待制知臨安府。以汝嘉言心力有限，不能當兩處繁劇故也。」同書卷一百四：「紹興六年八月丙午，顯謨閣直學士知臨安府梁汝嘉爲巡幸隨駕轉運使。」據知簡齋離杭之日，汝嘉方在臨安府任也。卷二十九有秋夜獨酌詩，與此詞當是一時之作；詩云「自歌新詞酒如空」，所歌當即此浣溪沙詞也。

〔二〕列子天瑞篇：「形動不生形而生影。」

〔三〕李白別宋之悌詩：「楚水清若空。」又前有樽酒行：「玉壺美酒清若空。」

〔四〕本集卷二十九秋夜獨酌詩：「忽思李白不可見，夜半喬木摇西風。」李白有月下獨酌詩。

玉樓春　青鎮僧舍作〔一〕

山人本合居巖嶺，聊問支郎分半境〔二〕。殘年藜杖與綸巾，八尺庭中時弄影。

呼兒汲水添茶鼎，甘勝吴山山下井〔三〕。一甌清露一爐雲，偏覺平生今日永。

【校】

〔調〕樂府雅詞作「木蘭花」。〔題〕聚珍本、毛刻、樂府雅詞「青鎮」作「青墩」。〔山人〕點校本引李氏藏本「山」作「仙」。

【箋注】

〔一〕自虞美人（扁舟三日秋塘路）以下六闋，皆紹興五年寓居青鎮之作。簡齋寓居青鎮，前後凡兩次：一爲紹興五年六月，以給事中告病奉祠，至六年六月被召，其間居青鎮凡一年；一爲紹興八年七月疾益侵，丐閑得請，復還青鎮，至十一月二十九日病卒，其間才四、五月。以原編次第求之，大抵自虞美人（扁舟三日秋塘路）以下諸闋，皆爲第一次寓居青鎮之作。試以最末一首臨江仙憶洛中舊遊觀之，詞云「二十餘年如一夢」，按簡齋自政和三年釋褐至今，其間惟宣和四年春末一度歸洛，旋即去洛入汴，時當春夏之交，不得有「杏花疏影」，則所謂「洛中舊遊」，當指政和三年筮仕之前。自政和三年至紹興五年，亦二十三年矣。若紹興八年，則其去「洛中舊遊」（政和三年以前）且三十年，與詞語不符矣。

〔二〕高僧傳：「支謙博覽經籍，時人語曰：『支郎眼中黄，形軀雖細是智囊。』」劉禹錫和宣上人詩：「借問至公誰印可，支郎天眼定中觀。」

〔三〕點校本引增注：「吴山在錢塘縣南，山下有井泉清而甘。」

清平樂　木犀〔一〕

黄衫相倚〔二〕，翠葆層層底。八月江南風日美，弄影山腰水尾〔三〕。　楚人未識孤妍，離騷遺恨千年。無住菴中新事，一枝唤起幽禪〔四〕。

【校】

〔楚人〕點校本引增注：「『楚人』，一作『三閭』。」樂府雅詞作「三閭」。　〔新事〕苕溪漁隱叢話後集卷三十五引作「新夢」。

【箋注】

〔一〕王灼碧雞漫志卷二：「向伯恭用滿庭芳賦木犀，約陳去非、朱希真、蘇養直同賦，『月窟蟠根，雲巖分種』者是也。然三人皆用清平樂和之。去非云：『黄衫相倚』云云（詞略）。希真云：『人間花少，菊小芙蓉老。冷淡仙人偏得道，買定西風一笑。前身元是江梅，黄姑點破冰肌。只有暗香猶在，飽參清似南枝。』養直云：『斷崖流水，香度青林底。元配騷人蘭與芷，不數春風桃李。淮南叢桂小山，詩翁合得躋攀。身到十洲三島，心遊萬壑千巖。』後伯恭再賦木犀，亦寄清平樂，贈韓璜叔夏云：『吴頭楚尾，踏破芒鞋底。萬壑千巖秋色裏，不奈惱人風味。如今老我薌林，世間百不關心。獨喜愛香韓壽，能來同醉花陰。』韓和云：『秋光如水，釀作鵝黄蟻。散入千巖佳樹裏，惟許修門人醉。輕鈿重上風鬟，不禁月冷霜寒。步障深沉歸去，依然愁滿江山。』初，劉原父亦於清平樂賦木犀云：『小山叢桂，最有人留意。拂葉攀花無限思，雨濕濃香滿袂。別來過了秋光，翠簾昨夜新霜。多少月宫閒地，姮娥借與微芳。』同一花、一曲，賦者六人，必有第其高下者。」按伯恭滿庭芳詞，見酒邊詞卷上，編在「江南新詞」中。題下小序云：「巖桂風韻高古，平生心醉其間。昔轉漕淮南，嘗手植堂下，薌林此花爲多，戲作是詞，當邀徐師川諸公同賦。」不云約簡齋同作。王氏所記，當别有所本。又點校本引增注：「中齋云：『此詞疑用山谷晦堂問答。』」

〔二〕杜甫少年行：「黄衫年少來無數。」

〔三〕鮑照舞鶴賦：「疊霜毛而弄影。」黄庭堅臘梅詩：「淺色春花弄風日。」

〔四〕韓愈送靈師詩：「高士著幽禪。」黄庭堅和王晉卿絶句：「花氣薰人欲破禪。」

定風波　重陽

九日登臨有故常〔一〕，隨晴隨雨一傳觴〔二〕。多病題詩無好句，孤負，黄花今日十分黄〔三〕。　記得眉山文翰老，曾道，四時佳節是重陽〔四〕。江海滿前懷古意，誰會，欄干三撫獨淒涼。

【校】

〔登臨〕聚珍本、毛刻、彊村叢書本「臨」作「高」，點校本引明本同。

【箋注】

〔一〕莊子天運篇：「變化齊一，不主故常。」韓愈平淮西碑：「欲事故常。」

〔二〕張衡南都賦：「授爵傳觴。」

〔三〕陳師道九日詩：「十年爲客負黄花。」黄庭堅呈楊康國詩：「要看霜後十分黄。」

〔四〕蘇軾與李公擇小簡：「秋色佳哉，想有以爲樂。人生唯寒食、重九切勿虚擲，四時之美，無如此節者。」

【評】

苕溪漁隱叢話後集卷三十四：九日詞云：「九日登臨有故常，隨晴隨雨一持觴。」用退之淮西碑「欲事故常」之語。

菩薩蠻 荷花

南軒面對芙蓉浦〔一〕，宜風宜月還宜雨。紅少緑多時，簾前光景奇。　繩牀烏木几，盡日繁香裏。睡起一篇新，與花爲主人〔二〕。

【校】

〔調〕全宋詞校：「按此首别誤作康與之詞，見歷代詩餘卷九。」

【箋注】

〔一〕嘉慶一統志卷二百八十七浙江嘉興府古蹟：「陳與義宅，在桐鄉縣青鎮廣福院後芙蓉浦上。與義自號簡齋居士，扁所居曰『南軒』。元趙子昂榜其室曰『簡齋讀書處』。」

〔二〕白居易花前嘆詩：「南州桃李北州梅，且喜年年作花主。」蘇軾答王晉卿惠花詩：「若問此花誰是主，天教閑客管青春。」

南柯子　塔院僧閣

矯矯千年鶴，茫茫萬里風。欄干三面看秋空，背插浮屠千尺冷煙中〔一〕。　林塢村村暗，溪流處處通。此間何似玉霄峰，遥望蓬萊依約晚雲東〔二〕。

【校】

〔秋空〕詞品卷四「秋」作「晴」。　〔晚雲〕丁鈔、聚珍本、毛刻「晚」作「曉」，點校本引明本同。

【箋注】

〔一〕蘇軾同王勝之游蔣山詩：「略彴横秋水，浮屠插暮煙。」

〔二〕沈汾續仙傳：謝自然曰：「每登玉霄峰，即見滄海蓬萊亦應非遠。」

臨江仙　夜登小閣憶洛中舊遊〔一〕。

憶昔午橋橋上飲〔二〕，坐中多是豪英。長溝流月去無聲。杏花疎影裏，吹笛到天明。　二十餘年如一夢，此身雖在堪驚。閑登小閣看新晴。古今多少事，漁唱起三更。

【校】

〔題〕草堂詩餘（雙照樓影刊洪武本）後集卷二「洛中」作「吴中」，絶妙詞選卷一同，皆非。

〔憶昔〕原本作「昨夜」，據丁鈔、聚珍本改。毛刻、彊村叢書、苕溪漁隱叢話後集卷三十四、樂府雅詞、草堂詩餘、絶妙詞選均作「憶昔」。〔杏花疏影裏二句〕全宋詞校：「按弇州山人詞評引『杏花疏影裏』二句，誤作蘇軾詞。」〔如一夢〕草堂詩餘、絶妙詞選「如」作「成」。

【箋注】

〔一〕此詞乃簡齋紹興五年寓居青鎮追憶洛中舊遊之作，作「吴中」者非也。宋史本傳稱簡齋「天資卓偉，爲兒時已能作文，致名譽，流輩斂袵，莫敢與抗」。詞云：「坐中多是豪英。」其少年英俊之概可想。

〔二〕嘉慶一統志卷二百六河南府：「午橋莊，在洛陽縣南十里。即唐裴度所居之緑野堂也。築山穿池，有風亭水榭，燠閣涼臺之勝。宋張齊賢致政後居之，有詩云：『午橋今得晉公廬，水竹煙花興有餘。』」新唐書裴度傳：度晚居洛陽，有别墅在午橋，「號緑野堂。激波其下。度野服蕭散，與白居易、劉禹錫爲文章，把酒，窮晝夜相歡，不問人間事」。梅堯臣有上巳日午橋石瀨中得雙鱖魚詩。邵氏聞見録卷八言午橋在長夏門外。

【評】

苕溪漁隱叢話後集卷三十四：憶洛中舊遊詞云：「憶昔午橋橋上飲，坐中多是豪英。長溝流月去無聲。杏花疎影裏，吹笛到天明。」此數語奇麗。簡齋集後載數詞，惟此詞爲優。

張炎詞源：詞之難於令曲，如詩之難於絶句，不過十數句，一句一字閑不得。末句最當留意，有有餘不盡之意始佳。當以唐花間集中韋莊、温飛卿爲則。又如馮延巳、賀方回、吴夢窗亦有妙處。至若陳簡齋「杏花疎影裏，吹笛到天明」之句，真自然而然。大抵前輩不留意於此，有一兩曲膾炙人口，餘多鄰乎率。近代詞人却有用功於此者。倘以爲專門之學，亦詞家之射鵰手。

劉辰翁評：詞情俱盡，俯仰如新。

點校本引增注：太原元裕之自叙樂府云：「山谷漁父詞：青箬笠前無限事，緑簑衣底一時休，斜風細雨轉船頭。及陳去非臨江仙二闋，詩家謂之言外句，含咀之久，不傳之妙，隱然眉睫間，惟具眼者乃能賞之。」所載公詞，「多是」作「都是」，「二十餘年如一夢」作「三十年來成一夢」，「小閣看新晴」作「高閣賞新晴」。

沈際飛草堂詩餘正集：意思超越，腕力排奡，可摩坡仙之壘。又云：流月無聲，巧語也；吹笛天明，爽語也；漁唱三更，冷語也。功業則歉，文章自優。

李攀龍草堂詩餘雋：「天地無情吾輩老，江山有恨古人休。」亦弔古傷今之意。

王世貞藝苑卮言：子瞻「與誰同坐？明月清風我」，「明月幾時有？把酒問青天」，快語也；「大江東去，浪淘盡、千古風流人物」，壯語也；「杏花疎影裏，吹笛到天明」，爽語也。此詞在濃與淡之間。

彭孫遹金粟詞話：詞以自然爲宗，但自然不從追琢中來，亦率然無味。如所云絢爛之極，仍歸平淡。若使語意淡遠者稍加刻劃，縷金錯彩者漸近天然，則駸駸乎絶唱矣。若無住詞之「杏花疎影裏，吹笛到天明」，石林詞之「美人不用斂蛾眉，我亦多情無奈酒闌時」，自然而然者也。

許昂霄詞綜偶評：神到之作，無容拾襲。漁隱稱爲清婉，玉田稱爲自然而然，不虚也。

張宗橚詞林紀事：按思陵嘗喜簡齋「客子光陰詩卷裏，杏花消息雨聲中」之句，惜此詞未經乙覽，不然，其受知更當如何耶？

陳廷焯白雨齋詞話：筆意超脱，逼近大蘇。

劉熙載藝概：詞之好處有在句中者，有在句之前後際者，陳去非虞美人「吟詩日日待春風，及至桃花開後却匆匆」，此好在句中者也；臨江仙「杏花疎影裏，吹笛到天明」，此因仰承「憶昔」，俯注「一夢」，故此二句不覺豪酣轉成悵悒，所謂好在句外者也。儻謂現在如此，則騃甚矣。

黄蓼園蓼園詞選：按「長溝流月」即「月湧大江流」之意，言自去滔滔而興會不歇。首一闋是憶昔，至第二闋則感懷也。

外集

畫梅[一]

娥眉淡淡自成粧[二]，驛使還家空斷腸[三]。脂粉不施憔悴盡，失身來嫁易元光[四]。

【校】

〔來嫁〕原本「來」誤「未」，聚珍本亦誤，據丁鈔改。

【箋注】

〔一〕此詩未知寫於何年，所畫則墨梅也。

〔二〕張祜集靈臺詩：「却嫌脂粉污顏色，淡掃蛾眉朝至尊。」

〔三〕荆州記：「陸凱與范曄相善，自江南寄梅花一枝詣長安與曄，因贈以詩：『折梅逢驛使，寄與隴頭人。江南無所有，聊贈一枝春。』」

〔四〕易元光，謂墨也。蘇易簡文房四譜卷五墨譜引文嵩松滋侯易元光傳云：「易元光，字處晦，燕人也。其先號青松子。家世通元處素，其壽皆永。嘗與南越石虛中爲研究雲水之交，與宣城毛元鋭、華陰楮知白爲文章濡染之友。明天子重儒元，慕其有道，世爲文史之官，特詔常侍御案之右，拜中書監、儒林待制，封松滋侯。其宗族蕃盛，布在海内，少長皆親硯席，以文顯用也。」黄庭堅戲詠猩猩毛筆詩：「政以多知巧言語，失身來作管城公。」

竹

高枝已約風爲友，密葉能留雪作花。昨夜常娥更瀟灑，又攜疎影過窗紗。

心老久許爲作畫未果以詩督之〔一〕

布衲王摩詰〔二〕，禪餘寄筆端。試將能事迫〔三〕，肯作畫工難。秋入無聲句〔四〕，山連欲雨寒。平生夢想處，奉乞小巑岏〔五〕。

【校】

〔能事迫〕原本「迫」上衍「畢」字，蔣刻同。馮校：「『畢』衍，四庫本無。」今據删。宜秋館本

「迫」作「畢」，注：「一作『迫』。」

【箋注】

〔一〕心老，汝州天寧寺僧覺心也，前集屢見。此詩當是宣和二、三年居憂汝州時作，參看卷一覺心畫山水賦箋。

〔二〕新唐書文藝王維傳：「王維字摩詰，「工草隸，善畫，名盛於開元、天寶間，豪英貴人虚左以迎，寧、薛諸王待若師友。畫思入神，至山水平遠，雲勢石色，繪工以爲天機所到，學者不及也。兄弟皆篤志奉佛，食不葷，衣不文綵」。

〔三〕杜甫戲題畫山水圖歌：「能事不受相促迫，王宰始肯留真跡。」

〔四〕黄庭堅次韻子瞻子由題憩寂圖詩：「李侯有句不肯吐，淡墨寫出無聲詩。」

〔五〕楚辭九歎：「登巑岏以長企兮，望南郢而闚之。」注：「巑岏，鋭山也。」廣雅：「岑崟、巑岏，高也。」

偶成古調十六韻上呈判府兼贈劉興州〔一〕

稽首蘇耽仙，乘雲去無跡〔二〕。尚留橘井在，與世除狂疾〔三〕。誰能不飲此，識味亦可録〔四〕。坐令鄭玄牛〔五〕，亦抱荆山玉〔六〕。偉哉稚川裔，神交接朝夕〔七〕。游戲及小道，造化入大筆〔八〕。優爲吴詩父〔九〕，雅命楚騷僕〔一〇〕。豈其橘井助？本自同仙籙。坐中子劉子，知是當日客。書懸元和脚〔一一〕，語經建康力〔一二〕。先我登公門，不數鷟鳥百〔一三〕。曾挹兩仙袖，自然生羽翼〔一四〕。嗟我無長才，學架屋下屋〔一五〕。詩雖兩牛腰〔一六〕，事亦幾蛇足〔一七〕。已窮猶不悔，政荷師友德。文盟儻許予，幸不疑籍湜〔一八〕。

【校】

〔子劉子〕原本「劉」誤「列」，蔣刻同誤，據丁鈔、聚珍本改。〔當日客〕原本「日客」誤作「客日」，蔣刻同。馮校據聚珍本乙，此從之。

【箋注】

〔一〕洪邁容齋三筆卷十四：「國朝著令，僕射、宣徽使、使相知州、府者爲判，其後改僕射爲特進，官稱如昔時。今世蕞爾小壘，區區一朝官承乏作守，吏民稱爲判府，彼固偃然居之不疑，風俗淳澆之異，一至於此。」按此詩及下一首當是宣和二年秋冬間簡齋居憂初至汝州不久時作。判府，謂葛勝仲也。章倧文康葛公行狀（丹陽集後附）：「政和七年遷大司成，俄落職，提舉江州太平觀。宣和元年，復右文殿修撰，仍改宫觀。繼除知汝州。」簡齋客寓汝州時，勝仲方以國子祭酒起復任知州，其稱判府，亦循俗也。葛勝仲丹陽集卷十六次去非韻簡元忠使君，即和此詩，詩云：「翻飛墮青冥，巖色漫濡跡。脱無賢己交，久矣去移疾。興州天下士，奇節非碌碌。魁然索價高，未肯輕沽玉。居閒時過我，端居右尹夕。文詞天分工，沈詩更潤筆。蟬連語入微，不覺聽更僕。舊交半廊廟，勳閥藏帝籙。毋寧一麾出，不屈數旬客。五十始過二，榮途尚努力。才資況加人，何止什與百。是事姑置之，秋日方在巽。鮮鮮黃金花，冷豔照牆屋。郊原沐時雨，枯槁蘇霑足。城南天息河，流水有令德。相攜共擊汰，泛此寒湜湜。」劉興州，劉元忠也，其人事跡未詳。

〔二〕水經耒水注：「黃溪東有馬嶺山，漢末，有郡民蘇耽栖遊此山。桂陽列仙傳：『耽，郴縣人，少孤，養母至孝。言語虛無，時人謂之癡。即面辭母云：受性應仙，當違供養。涕泗。又說年將大疫，死者將半，穿一井飲水，可得無恙。如是有哭聲甚哀。後見耽乘白馬還此山中，百姓爲立壇祠，民安歲登，因號爲馬嶺山。』」太平廣記卷十三引洞仙傳略同。王維送方尊師歸嵩山詩：「借問迎來雙白鶴，幾曾衡嶽送蘇耽。」

〔三〕神仙傳：「蘇仙公白母曰：『某受命當仙，被召有期。』母曰：『汝去之後，使我如何存活？』先生曰：『明年天下疫疾，庭中井水，簷邊橘樹，可以代養。井水一升，橘葉一枚，可療一人。』」（太平廣記卷十三引）杜甫奉送二十三舅録事之攝郴州詩：「郴州頗涼冷，橘井尚淒清。」

〔四〕黃庭堅食蓮感賦詩：「食蓮誰不甘，識味良獨少。」法言：「棄常珍而嗜乎異饌者，烏覩其識味也。」

〔五〕白居易雙鸚鵡詩：「鄭牛識字吾常嘆，丁鶴能歌爾亦知。」自注：「鄭康成家牛，觸牆成八字。」

〔六〕曹植與楊德祖書：「家家自謂抱荆山之玉。」

〔七〕晉葛洪，字稚川，自號抱朴子。稚川裔，指葛勝仲。晉書阮籍嵇康向秀傳論：「愴神交於晚笛，或相思而動駕。」袁宏山濤别傳：「阮籍、嵇康，濤初不識，一與相遇，便爲神交。」

〔八〕論語子張：「雖小道必有可觀者焉。」書斷：「太宗爲真草屏風示群臣，筆力遒利，爲一時之絶。嘗謂群臣：書學雖小道，非急務，時或留心，亦勝棄日。」李賀高軒過詩：「筆補造化天無功。」李商隱韓碑詩：「濡染大筆何淋漓。」

〔九〕鍾嶸詩品：「湯休謂吴邁遠云：『吾詩可爲汝詩父。』以訪謝光禄，云：『不然，爾湯可爲庶兄。』」

〔一〇〕杜牧李長吉歌詩叙：「使賀且未死，少加以理，奴僕命騷可也。」

〔一一〕劉禹錫酬柳柳州家雞之贈詩：「柳家新樣元和脚，且盡薑芽斂手徒。」蘇軾柳氏二外甥求筆迹詩：「君家自有元和脚，莫厭家雞更問人。」

〔一二〕見前集卷八陪諸公登南樓啜新茶家弟出建除體詩諸公既和余因次韻詩注。

〔一三〕史記趙世家：「趙簡子曰：鷙鳥累百，不如一鶚。」孔融薦彌衡表用之。

〔一四〕郭璞游仙詩：「左挹浮丘袖，右拍洪崖肩。」兩仙，謂葛勝仲與劉元忠也。駱賓王帝京篇：

「倏忽搏風生羽翼，須臾失浪委泥沙。」

〔一五〕世説新語文學：「庾仲初作揚都賦，謝太傅云：『此是屋下架屋耳。』」劉孝標注引王隱論揚雄太玄經曰：「玄經雖妙，非益也。是以古人謂其屋下架屋耳。」御覽卷六百一引三國典略：「齊武成令宋士素録古來帝王言行要事三卷，名爲御覽，置於齊祖巾箱。陽休之創意取華林遍略加十六國春秋、六經拾遺録、魏史等書，以士素所撰之名，稱爲元州苑御覽，後改聖壽堂御覽。至是祖珽等又改爲修文殿上之。徐之才謂人曰：『此可謂牀上之牀，屋下之屋也。』」顔氏家訓序致篇：「魏晉以來所著諸子，理重事複，遞相模斆，猶屋下架屋，牀上施牀耳。」

〔一六〕李白醉後贈王歷陽詩：「書禿千兔毫，詩裁兩牛腰。」蘇頌云：「言其卷大如牛腰也。」

〔一七〕見前集卷七謹次十七叔去鄭詩韻二章以寄家叔一章以自詠其二詩注。

〔一八〕蘇軾潮州韓文公廟碑：「汗流籍湜走且僵。」指張籍、皇甫湜。

再用迹字韻成一首呈判府

風雨一葉過，黄花已陳迹。人貧交舊疎，歲暮日月疾。貪人積胡椒，智不到鬼録〔一〕。那知庾郎菜，地瘦飽金玉〔二〕。不如學服氣，清坐了晨夕〔三〕。尚餘煙月債，驅使入吟筆〔四〕。晚逢葛先生，憐我出無僕。借車得時詣，謬窺文字錄。談詩不知疲，或作夜半客〔五〕。揮毫寫珠玉〔六〕，治郡蓋餘力。不羨江千萬〔七〕，不慕李八百〔八〕。願傳公句法，容我附風翼。城東劉子政〔九〕，著書方滿屋。昨示一篇詩，三日歎未足。仍聞供筆硯，家有樊通德〔一〇〕。元忠有侍妾，常謂某曰：「若人有可愛處，吾嘗記書中事不審，使之尋，輒能知其處。詩成或使之寫，亦往往如人意。」陳學士願聞斯語。但恐裴公門，從此近捨湜〔一一〕。

【校】

〔貪人〕原本此下有小注：「一作富人。」聚珍本無，點校本引明本亦無。〔庾郎菜〕原本「菜」誤「萊」，蔣刻同，馮校據聚珍本改。點校本引明本作「菜」，今據改。〔清坐〕原本「坐」作「座」，據宜秋館本、聚珍本、宋詩鈔改。〔三日〕原本「日」誤「百」，蔣刻同，馮校據聚珍本改。按宜秋館本、宋詩鈔作「日」，點校本引明本同，今據改。

【箋注】

〔一〕新唐書元載傳：「及死，行路無嗟隱者。籍其家，鍾乳五百兩，詔分賜中書門下臺省官，胡椒至八百石，它物稱是。」文選魏文帝與吳質書：「覽其姓名，已爲鬼録。」

〔二〕南史庾杲之傳：「清貧自業，食唯有韮葅、瀹韮、生韮雜菜。任昉嘗戲之曰：『誰謂庾郎貧？

食鮭嘗有二十七種。』」

〔三〕晉書許邁傳：「初，采藥于桐廬縣之桓山，常服氣，一氣千餘息。」又張忠傳：「永嘉之亂，忠隱于泰山，恬静寡欲，清虚服氣，飡芝餌石，修導養之法。」柳宗元集有答李睦州服氣書。

〔四〕白居易欲攜酒訪沈四詩：「顧我酒狂久，負君詩債多。」

〔五〕後漢書彭寵傳：「王莽爲宰衡時，甄豐旦夕入謀議，時人語曰：『夜半客，甄長伯。』」

〔六〕黄庭堅雙井茶送子瞻詩：「想見東坡舊居士，揮毫百斛瀉明珠。」

〔七〕南史南平王恪傳：「賓客有江仲舉、蔡薳、王臺卿、庾仲容四人，但被接遇，並有積蓄。人間歌曰：『江千萬，蔡五百，王新車，庾大宅。』」

〔八〕太平廣記卷七引神仙傳：「李八百，蜀人也，莫知其名，歷世見之，時人記其年八百歲，因以爲號。」又「李阿者，蜀人，傳世見之不老」云云。按李八百之名，異説紛紜。錢鍾書管錐編六四七頁太平廣記卷李阿條論之云：「按抱朴子内篇道意，則阿亦名李八百，故李寬冒其稱。卷六一李真多（出集仙録）記李脱又號李八百，即晉書周札傳所言道士李脱『自號李八百』，妖術鬼道，惑衆作亂，爲王敦殺者。北宋黄休復茅亭客話卷一車轍跡記當時有虎耳先生李洞賓，有道之士，『時呼爲李八百』。正如上古善射者皆曰羿，美女子皆曰西施耳。」

〔九〕漢劉向，字子政。此借指劉興州。

〔一〇〕伶半千趙飛燕外傳序：「半千買妾樊通德，頗能言飛燕姊弟故事。」

〔二〕新唐書皇甫湜傳：「求分司東都，留守裴度辟爲判官。度修福先寺，將立碑，求文於白居易。湜怒曰：『近捨湜而遠取居易，請從此辭。』度謝之。」按「近捨湜」事詳見唐闕史卷上裴晉公大度條，太平廣記卷二百四十四亦載之。姚範援鶉堂筆記卷三十三、蕭穆敬孚類稿卷六再跋皇甫持正集皆疑無撰碑事。參看錢鍾書管錐編七三五頁。

蒙示黄磵佳詩三讀欽羨輒繼韻仰報嘉錫〔一〕

癡兒了官事，官事那可訖〔二〕。豈知公偷閑，臨水照纓紱。雖微八川雄，暴怒常至沸〔三〕。儻或似山陰，清流可共祓〔四〕。貪德實以濟，行地不鬱鬱〔五〕。趙洛與陶丘〔六〕，相比亦彷彿。解后逢公賞，一洗伏流屈〔七〕。可愛不可唾，衆議那可咈〔八〕。彼是公餘波，本來非俗物〔九〕。

【校】

〔那可訖〕宜秋館本「那」作「乃」。　〔以濟〕丁鈔、聚珍本「以」作「似」，點校本引明本同。

〔行地〕原注：「一作『地中』。」

【箋注】

〔一〕按此詩當亦憂居汝州與葛勝仲唱酬之作，勝仲原唱，今本丹陽集佚之。正德汝州志卷二：

「黄澗河，在州東三十里，俗呼爲趙落河。發源于左村之北，南流合于汝河。」嘉慶一統志卷二百二十四河南汝州一山川：「黄水，在州東三十里，南流合于汝，一名黄澗河。明統志：『黄澗，俗名趙落河，源發左郗之北山，流合汝水。』」

〔二〕晉書傅咸傳：「生子癡，了官事，官事未易了也；了事正作癡，復爲快耳。」黄庭堅登快閣詩：「癡兒了却公家事，快閣東西倚晚晴。」又因話録卷二：劉栖楚爲京兆尹，謂僚屬曰：「諸公各自了本分公事，晴天美景，任恣意遊賞，勿致拘束。」（唐語林卷一、類説卷十四同）

〔三〕原注：「子虚賦説八川云：『沸乎暴怒。』沸，音弗。」（「音弗」，原本誤作「云弗」，據聚珍本改。）按「子虚賦」當作「上林賦」，賦云：「蕩蕩乎八川分流，相背而異態。」其下云：「觸穹石，激堆埼，沸乎暴怒，洶湧彭湃。」郭璞注：「沸，水聲也。音拂。」

〔四〕王羲之蘭亭集序：「會于會稽山陰之蘭亭，修禊事也。」「又有清流激湍，映帶左右。」

〔五〕「貪德」句，義未詳。易坤卦：「行地無疆。」孟子滕文公：「水由地中行。」

〔六〕原注：「禹貢：濟水于陶丘北也。」按禹貢：「導沇水東流爲濟，入于河溢爲滎，東出于陶丘北。」正義引郭璞云：「今濟陰定陶城中有陶丘。」趙洛，疑當作「趙落」，黄澗别稱也，見注〔一〕。

〔七〕解后，同邂逅。

〔八〕韓愈題合江亭寄刺史鄒君詩：「紅亭枕湘江，蒸水會其左。瞰臨眇空闊，緑净不可唾。」書堯典：「帝曰：吁，咈哉。」注：「咈，戾也。」

〔九〕世説新語排調：嵇、阮、山、劉在竹林酣飲，王戎後往。步兵曰：「俗物已復來敗人意！」

蒙示涉汝詩次韻〔一〕

城南天倒影，緑浪摇十里。使君雲夢胸，猶復録此水〔二〕。舟行及雨霽，秋色在葭葦。煙涵翠縠潤，月照金波委〔三〕。知公已忘機，鷗鷺宛停峙。向來趨熱士，説似頽應泚〔四〕。俗子與清游，自古劇函矢〔五〕。如何有雙脚，受垢不受洗〔六〕。異哉公殊嗜，記此兩苦李〔七〕。詩成墮衡門，名字污紙尾〔八〕。公詩賜某及家弟也。明當躡公迹，佳處不待指。會逢白沙渚，我舍真可徙。嗚騶儻重來〔九〕，傍舫傾我耳。

【箋注】

〔一〕二詩宣和二、三年寓汝州作。葛勝仲丹陽集卷十七涉汝詩并序云：「汝河，在臨汝門外半里所，余累攜客坐河橋上，觀水石搏激，爲雷霆洶湧之聲，然未汎舟也。今歲秋七月甲子，連雨三日，水暴漲數丈，渺如湖海，始招三舟，攜二子出汎。以微熱，不敢率去非昆仲。歸作是詩：居官行兩周，出郭劣半里。名稱臨汝守，初未涉汝水。今朝破巨浪，萬頃寄一葦。源從天息山，此地乃其委。青嵩正北湧，紫邏復西峙。兩岸千萬峰，落影照清泚。下瀨劇迅速，舟輕如激矢。周南滯留恨，此段聊一洗。悵無周旋人，同載如郭李。以聞汝陰湖，揚塵清潁尾。醉翁漾舟處，無復碧染指。歲月供感慨，人事有遷徙。兹水美洋洋，正堪行樂耳。」正德汝州志卷二：「汝河，在州南五里。其源出天息山，逕蔡潁州入淮。」嘉慶一統志卷二百二十河南汝州山川：「汝水，自河南府嵩縣東北流入伊陽縣界，經縣南，又東，經州城南，又東南，經寶豐縣北，又東，經郟縣南，又東南，入許州襄城縣界。」

〔二〕司馬相如子虛賦：「吞若雲夢者八九於其胸中曾不蔕芥。」録，記載也，采取也。公羊傳成公八年：「録伯姬也。」注謂「詳録其禮，所以殊於衆女」。韓愈送諸葛覺往隨州讀書詩：「屢爲丞相言，雖懇不見録。」

〔三〕漢郊祀歌：「月穆穆以金波。」

〔四〕晉書王沉傳：「融融者皆趨熱之士，其得爐冶之門者，唯挾炭之子，苟非斯人，不如其已。」羅鄴宮中詩：「鸚鵡飛來説似人。」晏殊漁家傲詞：「無人説似長相憶。」似，猶與也，向也。蘇軾邵伯梵行寺山茶詩：「説似與君君不會，爛紅如火雪中開。」參看詩詞曲語辭匯釋卷三。

〔五〕孟子公孫丑：「矢人豈不仁於函人哉？矢人惟恐不傷人，函人惟恐傷人。」

〔六〕内則：「足垢燂湯請洗。」

〔七〕晉書王戎傳：「又嘗與群兒嬉於道側，見李樹多實，等輩競趨之，戎獨不往。或問其故，戎曰：『樹在道邊而多子，必苦李也。』取之信然。」蘇軾詩：「君知先竭是甘井，我願得全如苦李。」

〔八〕南史蔡廓傳：「我不能爲徐干木署紙尾。」

〔九〕孔稚珪北山移文：「及其鳴騶入谷，鶴書赴隴。」

再和〔一〕

洪河豈不壯，餘潤彌九里〔二〕。海内所詠歌，在德不在水〔三〕。德人經行地，可敬及蒲葦。況有水如此，浪去劇雪委。念昔涉濤江〔四〕，怒鼉如山峙。天風怖殺人，舟定舷有泚。惕然三夜夢，沙礫下飛矢。至今逢溝壑，敢照不敢洗。忽誦涉汝詩，五字擬蘇李。快言擊汰事〔五〕，想見魚掉尾。十年疑此樂，始誤斗柄指〔六〕。便當策我足，歲月忽轉徙。未辦志和舟〔七〕，且洗子荆耳〔八〕。

【箋注】

〔一〕丹陽集卷十七再和涉汝詩呈去非伯仲詩：「清汝如荆溪，不異我州里。奔流相𩘚蹙，敢謂衣帶水。擕賓汎漫汗，畫鷁延緑葦。出城散腰脚，朱墨逃紛委。却望城中塔，煙林隱孤峙。何人貌清景，筆筆可就泚。幽尋要關健，善飽未遺矢。塵纓正堪濯，凡髓亦可洗。不須學東山，韶顔載桃李。顧當似白傅，口粒炊船尾。膾縷砍鮮鱗，遣客動食指。風流得一事，一官不願徙。脱有戚戚時，晤言消之耳。」簡齋再和勝仲此篇也。

〔二〕西都賦：「帶以洪河涇渭之川。」莊子列禦寇：「河潤九里，澤及三族。」

〔三〕左傳宣公三年：「在德不在鼎。」

〔四〕文選七發：「並往觀濤乎廣陵之曲江。」本集卷二十二在岳陽賦木犀詩序：「憶年十五，在杭州始識此花。」云云。此詩「涉濤江」，當指少時遊浙觀潮之事，其詳則不可知矣。

〔五〕楚辭涉江：「乘舲船余上沅兮，齊吴榜而擊汰。」

〔六〕承上言少涉濤江，久存餘悸，不敢近水。今讀勝仲詩，始覺涉汝之樂，如瞻斗極，知所向往也，故下句有「當策我足」之語。

〔七〕新唐書隱逸張志和傳：「顔真卿爲湖州刺史，志和來謁，真卿以舟敝漏，請更之。志和曰：『願爲浮家泛宅，往來苕霅間。』」

〔八〕世説新語排調：「孫子荆年少時，欲隱，語王武子『當枕石漱流』，誤曰『漱石枕流』。王曰：『流可枕，石可漱乎？』孫曰：『所以枕流，欲洗其耳；所以漱石，欲礪其齒。』」

遊峴山次韻三首〔一〕

夜度一程雲，平明踏山址。山神豈妬我？飛雨亂眸子〔二〕。重岳衮衮去，前傑後俊偉〔三〕。晦明更百態,始望那及此。路窮得精廬,稅駕詣祖始。老僧千金意,佳處相指似〔四〕。先生一笑領,得句易翻水〔五〕。安石未歸山,却要山料理〔六〕。奇哉此一段,驚世無前軌。酬山以快飲,春蕨正滋旨。一丘儻許予,高卧飽松髓〔七〕。城中謾拄笏,那知有兹事〔八〕。

【校】

〔題〕原本無「三首」二字,據聚珍本補。〔山址〕原本「址」誤「地」,蔣刻、宜秋館本誤同。馮校據聚珍本改,宋詩鈔同。點校本引明本亦作「址」,今據改。

【箋注】

〔一〕丹陽集卷十七有游峴山一首,當是一時前後之作。詩云:「山隨宇宙結,千古真苒苒。登臨足覽勝,兹來余復忝。山椒聳太華,夷路謝躋險。溶溶鴨頭水,緑浄衣可染。漁師網槎頭,盡以紅鮮掩。金刀膾縷飛,來佐華觴灩。前修俱鬼録,勛閥謾琬琰。谷虚禽響答,月皎煙華歛。同登幸曠士,形迹孰拘檢。長嘯揖清流,一洗鄒湛謟。」簡齋所稱原唱則未見,當是今本丹陽集佚之。

〔二〕李賀金銅仙人辭漢歌:「東關酸風射眸子。」

〔三〕此句自韓愈南山詩「或如賁育倫,賭勝勇前購,先强勢已出,後鈍嗔詎譳」意脱化而出。

〔四〕竇群贈阿史那都尉詩：「年來馬上渾無力，望見飛鴻指似人。」元稹連昌宫詞：「指似旁人應慟哭。」

〔五〕韓愈寄崔二十六立之詩：「文如翻水成，初不用意爲。」

〔六〕晉書謝安傳：「安雖受朝寄，然東山之志始末不渝。」料理，有排遣義。黄庭堅催公静碾茶詩：「睡魔正仰茶料理，急遣溪童碾玉塵。」參看詩詞曲語辭匯釋卷五。

〔七〕鮑照在江陵歎年傷老詩：「方瞳起松髓，頳髮疑桂腦。」博物志：「松柏脂入地，千年化爲茯苓。」

〔八〕世説新語簡傲：王子猷以手版拄頤云：「西山朝來，致有爽氣。」

其二

高人買山隱，百萬猶恨少〔一〕。客兒最省事，有屐一生了〔二〕。東莊良不遥，十里望縹緲。縈紆並麥壠，翠浪四山繞。先生滯鹿車〔三〕，去程通鳳沼〔四〕。暫來山泉上，思與飛雲杳。雲北接雲南，一逕絶紛擾。竹林懷風雨，目斷極窈窈。從來無世塵，相對真不撓〔五〕。龍兒争地出，頭角已表表〔六〕。先生囑支郎，勿使斤斧夭〔七〕。終當乞一杖，險路扶吾老〔八〕。

【箋注】

〔一〕世説新語排調：「支道林因人就深公買印山，深公答曰：『未聞巢由買山而隱。』」又何氏語林：「于頔鎮襄陽，廬山符載賫書就于乞買山錢百萬，于即時與之。」

〔二〕鍾嶸詩品：「初，錢唐杜明師夜夢東南有人來入其館，是夕，即靈運生于會稽。旬日而謝玄亡。其家以子孫難得，送靈運於杜治養之。十五方還都，故名客兒。」宋書謝靈運傳：「尋山陟嶺，必造幽峻，巖障千重，莫不備盡，登躡常著木屐，上山則去前齒，下山去其後齒。」又世説新語雅量：阮遥集自吹火蠟屐，因歎曰：「未知一生當箸幾量屐！」

〔三〕後漢書鮑宣妻傳：「妻乃悉歸侍御服飾，更著短布裳，與宣共挽鹿車，歸鄉里。」又趙熹傳李賢注引風俗通：「俗説鹿車窄小，裁容一鹿。」

〔四〕獨孤及見中書賈舍人巴陵詩集代書寄贈詩：「公遊鳳凰沼，獻可在筆端。」杜甫贈韋左丞詩：「鴒原荒宿草，鳳沼接亭衢。」晉書荀勗傳：「勗自中書監除尚書令，人賀之，勗曰：『奪我鳳凰池，諸君何賀耶！』」

〔五〕戰國策魏策四：「（唐且）挺劍而起，秦王色撓。」

〔六〕盧仝寄男抱孫詩：「竹林吾最惜，新笋好看守。萬籜包龍兒，攢迸溢林藪。」韓愈柳子厚墓誌銘：「嶄然見頭角。」又祭柳子厚文：「子之自著，表表愈偉。」

〔七〕莊子逍遥遊：「不夭斧斤。」

〔八〕陶潛歸去來辭：「策扶老以遊憩。」

其三

轉路山突兀，衆山之所望〔一〕。懶融不下山，揖山會虚堂〔二〕。大空出盤嬉，小空時侍傍〔三〕。我遊瞻鐵鳳〔四〕，力盡隨木羊〔五〕。石窗非人世，意欲凌風翔。巉巉窗中人，出定髪有霜。過眼幾浮煙，關身一禪牀。教我安心法，入鳥不亂行〔六〕。似知使君尊，起炷柏子香。隴雲亦堪寄，分作我歸裝。好在窗前竹，伴師老蒼蒼。

【校】

〔懶融〕原本「融」誤「慵」，蔣刻同。聚珍本作「融」，校云：「案前第四卷（胡注本十五卷）印老索鈍菴詩云：『人言融公嬾。』一本改此『懶融』作『懶慵』，非。」今據改。〔分作我〕聚珍本「作我」作「我作」。

【箋注】

〔一〕爾雅釋山：「梁山，晉望也。」郭注：「晉國所望祭者。」郝懿行義疏：「望者，書云：『望乎山川。』周禮有『四望』。詩韓奕正義引孫炎曰：『晉國所望祭也。』」

〔二〕懶融,見傳燈録卷四金陵牛頭山法融禪師條。本集卷十一遊慧林寺詩、卷十五印老索鈍庵詩屢用此事。

〔三〕傳燈録卷八潭州華林善覺禪師:「一日,觀察使裴休訪之,問曰:『師還有侍者否?』師曰:『有一兩箇。』裴曰:『在什麽處?』師乃唤『大空、小空』,時二虎自庵後而出。裴覩之驚悸。師語二虎曰:『有客,且去!』二虎哮吼而去」。

〔四〕陸倕石闕銘:「銅雀鐵鳳之工。」王勃九成宫頌序:「鐵鳳連甍,傃還飇而佇立。」

〔五〕列仙傳:「葛由者,羌人也。周成王時,好刻木羊賣之,一旦騎羊而入西蜀。蜀中王侯貴人追之上綏山,隨之者不復還,皆得仙道。」

〔六〕傳燈録卷三:慧可謂達磨:「我心未寧,乞師與安。」師曰:「將心來,與汝安。」曰:「覓心了不可得。」師曰:「我與汝安心竟。」莊子山木:「入獸不亂群,入鳥不亂行,禽獸不惡,而況人乎。」

再賦三首

堂堂李杜壇〔一〕,誰敢躡其址?先生坐壇上,持鉞令餘子。由來文字伯,不但表奏偉。高懷淡無嗜,寓興或留此。平生上林手,避謗淹二始〔二〕。登臨意超然,筆落風雨似〔三〕。事異柳司馬，辛苦記山水〔四〕。樂哉邦無事，那待猛政理〔五〕。駕言慰吾民，不愧城門軌〔六〕。看山笑鄒湛，句外寄深旨〔七〕。巖樹閲幾客，尚餘堯時髓〔八〕。撫板歌公詩，未暇知餘事。

【箋注】

〔一〕杜牧雪晴訪趙嘏街西所居三韻詩：「命代風騷將，誰登李杜壇？」

〔二〕南史顏延之傳：「屢遷始興太守。謝晦謂延之曰：『昔荀勗忌阮咸，斥爲始平郡，今卿又爲始興，可謂二始。』」又裴邃傳：「左遷始安太守，致書于吕僧珍曰：『昔阮咸、顏延，有二始之嘆。吾才不逮古人，今爲三始，非其願也，將如之何！』」按章倧文康葛公行狀（丹陽集後附）：「政和七年，遷大司成，轉朝議大夫。乃數求對，言天下治亂大計，且陳時政得失。雖削藁不以示人，然貴要咸怒切齒，公于是不能自安于朝矣。俄落職，提舉江州太平觀。宣和元年，朝廷明公非辜，復右文殿修撰，仍改宫觀；復自陳，繼除知汝州。」詩云「避謗淹二始」，指落職奉祠事也。

〔三〕杜甫寄李十二白詩：「筆落驚風雨，詩成泣鬼神。」

〔四〕韓愈柳子厚墓誌銘：「居閑，益自刻苦，務記覽，爲詞章，泛濫停蓄，爲深博無涯涘，而自肆於山水間。」柳宗元字子厚，貶永州司馬，有永州八記。

〔五〕後漢書王充等傳論：「太叔致猛政之褒，國子流遺愛之涕。」注：「左傳曰：鄭子産有疾，謂子大叔曰：『我死，子必爲政。唯有德者能以寬服人，其次莫如猛。』」

〔六〕孟子盡心：「城門之軌，兩馬之力與。」

〔七〕晉書文苑傳：「鄒湛字潤甫，南陽新野人也。湛少有才學知名，深爲羊祜所重，所著詩及論事議二十五首，爲時所重。」又羊祜傳：「祜樂山水，每風景，必造峴山，置酒言詠，終日不倦。嘗慨然歎息，顧謂從事中郎鄒湛等曰：『自有宇宙，便有此山。由來賢達勝士，登此遠望，如我與卿者多矣，皆湮滅無聞，使人悲傷。如百歲後有知，魂魄猶應登此也。』湛曰：『公德冠四海，道嗣前哲，令聞令望，必與此山俱傳。至若湛輩，乃當如公言耳。』」

〔八〕原注：「宗炳登山詩：『長松列靖肅，下凝堯時髓。』」

其二

興公賦天台，千字一何少〔一〕。峴山逢巧匠，籠絡六詩了。餘情到娘子〔二〕，心動雲縹緲。髣髴山阿人，薜荔一身繞〔三〕。殷勤供泚筆，路轉得龍沼。應龍喜公來，噓氣紛霧杳。忽然張蓋起，知不受人擾〔四〕。詩成中有畫〔五〕，幽情雜荒窈。從公雖一快，顧有和詩撓。是事始置之，歸路迷日表。安得永兹樂，彭鏗尚爲夭〔六〕。但愁歸城中，念山令人老。

【箋注】

〔一〕晉書孫綽傳：「綽字興公，嘗作天台山賦，辭致甚工。初成，以示友人范榮期，云：『卿試擲地，當作金石聲也。』榮期曰：『恐此金石非中宫商。』然每至佳句，輒云：『應是我輩語。』」

〔二〕娘子，未詳。

〔三〕楚辭山鬼：「若有人兮山之阿，被薜荔兮帶女蘿。」

〔四〕原注：「山有龍沼，鄉人語曰：『峴山張蓋雨霶霈。』事出三水小牘。霧沓，出文選。」按三水小牘云：「安定郡有峴陽峰，峰上有池，若雨，則雲起池中，若張蓋然。故里諺曰：『峴山張蓋雨滂沱。』」（類説卷四十四引）文選江賦：「氣滃浡以霧杳，時鬱律其如煙。」淮南子覽冥：「服應龍。」高誘注：「駕應德之龍。一説：應龍，有翼之龍也。」文選答賓戲：「應龍潛於潢汙。」李善注引項岱曰：「天有九龍，應龍有翼。」韓愈雜説：「龍嘘氣成雲。」

〔五〕東坡志林：「味摩詰之詩，詩中有畫；觀摩詰之畫，畫中有詩。」

〔六〕莊子齊物論：「天下莫大於秋毫之末，而太山爲小；莫壽於殤子，而彭祖爲夭。」楚辭天問：「彭鏗斟雉帝何饗。」注：「彭祖姓籛名鏗，帝顓頊之玄孫。善養性，能調鼎，進雉羹於堯，堯封於彭城。歷夏經殷至周，年七百六十七歲而不衰。」

其三

修眉入幽夢，起費西南望〔一〕。終願學柳文，買泉築愚堂〔二〕。錯磨高壁翠〔三〕，日日在我旁。忽在新野鄉，行從泰山羊〔四〕。城中瞻使君，駕鶴高馳翔。詩成墮人世，字字含風霜〔五〕。平生仰止勤，不但上下牀〔六〕。願許俗士駕，平參丈人行〔七〕。封姨豈嗔予，震怒挾阿香〔八〕。知公終可恃，不記當趨裝。清歡豈有極，夜色來蒼蒼。

【箋注】

〔一〕原注：「城中望山，正在西南。」韓愈南山詩：「天空浮修眉，濃緑畫新就。」

〔二〕柳宗元愚溪詩序：「愚池之東爲愚堂。」

〔三〕杜甫渼陂西南臺詩：「錯磨終南翠，顛倒白閣影。」

〔四〕鄒湛、羊祜，見外集前詩注。

〔五〕西京雜記：「淮南王安著鴻烈二十一篇，自云字中皆挾風霜。」

〔六〕詩小雅甫田車舝：「高山仰止。」魏志陳登傳：「劉備謂許汜曰：『如小人，欲卧百尺樓上，卧君於地，何但上下牀之間耶？』」

〔七〕漢書匈奴傳：「漢天子，吾丈人行。」杜甫李潮八分小篆歌：「丞相中郎丈人行。」

〔八〕太平廣記卷四百十六崔玄微（出酉陽雜俎及博異記）：「封十八姨，乃風神也。」錢鍾書管錐編八一三頁云：「『封』諧『風』音，入耳心通；『十八姨』者，隱本易説卦『巽爲木，爲風，爲長女』，唐國姓『李』之讖曰『十八子』，『木』析爲『十八』，『長女』視作『姨』。」搜神記：「永和中，義興人姓周，出都，日暮，道邊有一新草小屋，一女子出門，周求寄宿。一更中，聞外有小兒喚『阿香』聲，云：『官喚汝推雷車。』女乃辭去，夜遂大雷雨。向曉，周看所宿處，止見一新冢。」

秋月〔一〕

袢暑推不去〔二〕，快風喜來過。西榮遲明月，與子聊婆娑。初如金盆湧〔三〕，稍若玉鑑磨〔四〕。亭亭倚華魄，豔豔舒凍波〔五〕。夜氣清入骨，奈此光景何。一盃幸相屬，安能廢吟哦〔六〕。纖阿無停輪〔七〕，衰鬢颯已多。及時會行樂〔八〕，無惜醉顔酡。

【校】

〔金盆〕聚珍本「盆」作「盤」。

【箋注】

〔一〕此詩未詳何年所作。

〔二〕詩君子偕老：「蒙彼縐絺，是紲袢也。」毛傳：「絺之靡者爲縐，是當暑袢延之服也。」孔疏：「袢延，是熱之氣也。」説文繫傳：「袢，煩溽也。」晉書鄧攸傳：「鄧侯拖不留，謝令推不去。」

〔三〕杜甫贈蜀僧閭丘師兄詩：「夜闌接軟語，落月如金盆。」

〔四〕李商隱蝶詩：「初來小苑中，稍與瑣闈通。」又微雨詩：「初隨林藹動，稍共夜分涼。」王安石秋露詩：「初疑宿雨泫，稍怪曉霜稠。」稍，猶旋也；已而也；還也。參看詩詞曲語辭匯釋卷二。

〔五〕韓愈八月十五夜贈張功曹詩：「清風吹空月舒波。」

〔六〕韓愈八月十五夜贈張功曹詩：「一杯相屬君當歌。」詩詞曲語辭匯釋卷二：「奈何，猶云對付也，處分也。言對付此好光景，酒之外，安能廢詩也。」

〔七〕史記司馬相如傳：「陽子驂乘，纖阿爲御。」索隱引服虔曰：「纖阿爲月御。」又引樂産曰：「纖阿，山名，有女子處其巖，月歷數度，躍入月中，因爲月御也。」

〔八〕楊惲報孫會宗書：「人生行樂耳，須富貴何時？」

初至邵陽逢入桂林使以書問其地之安危

湖北彌年所，長沙費月餘。初爲邵陽夢，又作桂州詩。老矣身安用，飄然計本疎。管寧遼海上，何得便安居。

【校】

〔題〕馮校：「此詩見前集卷二十四，『以』作『作』。」點校本引明本同。〔桂州〕馮校：「『州』作『林』。」點校本引明本同。〔安居〕馮校：「『安』作『端』。」點校本引明本同。

均臺辭二首〔一〕

小桃借春春已來，平分和氣入均臺。夜來臺邊草環緑，今朝芒生滿三木〔二〕。街頭拍手鬧千兒，齊唱中和宣布曲〔三〕。使君坐嘯鬧如雲〔四〕，請釀百川壽使君。但願使君長樂職，不須更看杓虚實。

【校】

〔題〕原本無「二首」兩字，據聚珍本補。

【箋注】

〔一〕二詩當是在汝州頌葛勝仲之作，「均臺」疑是「鈞臺」之誤。正德汝州志卷二古蹟志：「郟縣鈞臺，在下黄道保。世傳黄帝問道于廣成子，駐蹕於此，大奏鈞天之樂，故名。」嘉慶一統志卷二百二十五河南汝州二古蹟作「鈞天臺」。

〔二〕漢書司馬遷傳:「魏其大將也,衣赭衣,貫三木。」注:「三木,在頸及手足。」按此句即黄庭堅送舅氏野夫之宣城詩「桁楊卧訟庭」之意,謂刑措不用也。

〔三〕漢書王褒傳:「於是益州刺史王襄欲宣風化於衆庶。聞王褒有俊材,請與相見,使褒作中和、樂職、宣布詩,選好事者全依鹿鳴之聲習而歌之。」李白襄陽歌:「襄陽小兒齊拍手,攔街争唱白銅鞮。」

〔四〕此句「鬧如雲」疑當作「閑如雲」,蒙上文「鬧千兒」而誤也。各本皆然,姑存此以俟考。

其二

東家西家爾盍來,聽説空圄如春臺〔一〕。决曹高卧印生緑,叢棘化爲交遜木〔二〕。策勳此木那可遺〔三〕,動地風摇枝不曲。願我無訟到來雲〔四〕,莫辭着力借寇君〔五〕。借得賢侯雖爾職,但恐朝廷要人調鼎實〔六〕。

【校】

〔盍來〕聚珍本「盍」作「我」。

【箋注】

〔一〕管子五輔：「倉廩實而囹圄空。」老子：「衆人熙熙，如登春臺。」

〔二〕酉陽雜俎：「武陵郡記：白雉山有木名『交讓』，衆木敷榮後方萌芽，亦更歲迭榮也。」江鄰幾雜誌：「橘樹直竦，枝葉不相妨，蜀人謂之『讓木』。」按，交遜，猶交讓也。

〔三〕左傳桓公二年：「反行，凡公行，告於宗廟，飲至、舍爵、策勳焉，禮也。」

〔四〕爾雅釋親：「玄孫之子爲來孫，來孫之子爲晜孫，晜孫之子爲仍孫，仍孫之子爲雲孫。」

〔五〕後漢書寇恂傳：「恂初爲潁川太守，後爲執金吾。車駕南征，恂從至潁川，盜賊悉降，而竟不拜郡。百姓遮道請曰：『願從陛下復借寇君一年。』」

〔六〕舊唐書裴度傳：「更俟調鼎之功。」黄庭堅上蘇子瞻詩：「古來和鼎實，此物升廟廊。」書説命：「若作和羹，爾爲鹽梅。」

長沙寺桂花重開〔一〕

天遣幽花兩度開，黄昏梵放此徘徊〔二〕。不交居士卧禪榻，唤出西厢共看來。

【箋注】

〔一〕不識此寺即江陵之長沙寺否？若然，則詩當是建炎二、三年間流寓荆、襄時作。高僧傳卷五釋曇翼傳：「晉長沙太守滕含之於江陵捨宅爲寺，告（道）安求一僧爲總領。安謂翼曰：『荆、楚士庶始欲師宗，成其化者，非爾而誰？』翼遂仗錫南征，締構寺宇，即長沙寺是也。」

〔二〕杜甫大雲寺贊公房詩：「梵放時出市，鐘殘仍殷牀。」

和若拙弟得陪游後園二首〔一〕

西園冠蓋坐生風〔二〕，更欲長繩繫六龍〔三〕。惟有病夫能省事，北窗三友是過從〔四〕。

【校】

〔題〕原本題下無「二首」兩字，據聚珍本補。又「陪」字，原本、蔣刻、宜秋館本均誤「倍」，據聚珍本改。

【箋注】

〔一〕宣和二、三年間汝州作。

〔二〕曹植公讌詩：「清夜遊西園，飛蓋相追隨。」

〔三〕太平御覽卷七六六引傅玄九曲歌：「安得長繩繫白日。」初學記卷一引梁李鏡遠日詩：「迴戈安得中，長繩不可羈。」王勃秋日宴洛陽序：「願長繩以繫日，幾近光陰。」初學記卷一引淮南子：「爰止羲和，爰息六螭，是謂懸車。」注：「日乘車駕以六龍，羲和御之。」

〔四〕白居易北窗三友詩：「昨日北窗下，自問何所爲？所親惟三友，三友者爲誰？琴罷輒飲酒，酒罷輒吟詩。三友遞相引，循環無已時。」

其二

壯夫三箭功名手〔一〕，儒士百篇藜莧腸〔二〕。莫道人人握珠玉〔三〕，應須字字挾風霜〔四〕。

【箋注】

〔一〕新唐書薛仁貴傳：「時九姓衆十餘萬，令驍騎數十來挑戰，仁貴發三矢，輒殺三人，於是虜氣懾，皆降。軍中歌曰：『將軍三箭定天山，壯士長歌入漢關。』九姓遂衰。」

〔二〕韓愈酬崔少府詩：「三年國子師，腸肚習藜莧。」

〔三〕曹植與楊德祖書：「人人自謂握靈蛇之珠，家家自謂抱荆山之玉。」

〔四〕見外集再賦三首其三詩注。

季高送酒〔一〕

自接麴生蓬户外〔二〕，便呼伯雅竹牀頭〔三〕。真逢幼婦著黄絹〔四〕，直遣從事到青州〔五〕。

【箋注】

〔一〕季高，未詳。此詩亦不詳何年所作。

〔二〕麴生，見卷一題劉路宣義風月堂詩注。

〔三〕典論：「劉表子好酒，爲三爵：大曰伯雅，受七升；次曰仲雅，受五升；次曰季雅，受三升。」何遜七召：「於是伯雅陳席，百味開卬。」

〔四〕世説新語捷悟：「魏武嘗過曹娥碑下，楊修從。碑背上見題作『黄絹幼婦、外孫虀臼』八字。魏武謂修曰：『解不？』答曰：『解。』魏武曰：『卿未可言，待我思之。』行三十里，魏武乃曰：『吾已得。』令修别記所知。修曰：『黄絹，色絲也，於字爲絶；幼婦，少女也，於字爲妙；外孫，女子也，於字爲好；虀臼，受辛也，於字爲辭。所謂絶妙好辭也。』魏武亦記之，與修同。乃嘆曰：『我才不及卿，乃覺三十里。』」按此但取「絶妙」二字，言酒也。

〔五〕見前集卷六西郊春事漸入老境……詩注。

欲入州不果

當復入州寬作期，人間踏地有安危。風流丘壑真吾事，籌策廟堂非所知。白水春陂天淡淡，蒼峰晴雪錦離離。恰逢居士身輕日，正是山中多景時。

【校】

〔題〕馮校：「此詩見前卷二十四，題作『山中』。」　〔春陂〕丁鈔「陂」作「波」。

墨戲二首〔一〕

鄂州遷客一花説〔二〕，仇池老仙五字銘〔三〕。併入晴窗三昧手〔四〕，不須辛苦讀騷經。

右蘭

【校】

〔題〕原本無「二首」兩字，據聚珍本補。

【箋注】

〔一〕二詩未知何年作。

〔二〕鄂州遷客，指黄庭堅。庭堅紹聖初出知宣州，改鄂州；章惇、蔡卞與其黨論之，貶涪州別駕，黔州安置；移戎州。徽宗即位，起監鄂州税；崇寧元、二年間又久寓鄂州，故以此稱之也。豫章文集卷二十五書幽芳亭云：「蘭蕙叢生，初不殊也。至其發華，一榦一華而香有餘者，蘭；一榦五七華而香不足者，蕙。蕙雖不若蘭，其視椒榝則遠矣。」山谷此説，朱熹楚辭辨證嘗論之，文長不録。

〔三〕仇池老仙，謂蘇軾。蘇軾雙石引云：「忽憶在潁州日，夢人請往一官府，榜曰『仇池』，覺而誦杜子美詩曰：『萬古仇池穴，潛通小有天。』」杜集舊注：「世傳仇池穴出神魚，食之者仙。」故以此稱之也。東坡集有題楊次公春蘭一首，又題楊次公蕙一首，皆五言，所謂「五字銘」也。題春蘭云：「春蘭如美人，不采羞自獻。時聞風露香，蓬艾深不見。丹青寫真色，欲補離騷傳。對之如靈均，冠佩不敢燕。」題蕙云：「蕙本蘭之族，依然臭味同。曾爲水仙佩，相識楚辭中。幻色非真實，真香亦竟空。云何起微馥，鼻觀已先通。」

〔四〕三昧，梵語，一作三摩提，意爲正定。智度論七：「善心一處不動，是名三昧。」引申爲奥妙。李肇國史補中：「長沙僧懷素好草書，自言得草聖三昧。」董逌廣川書跋三勘書圖：「至於神明頓發，意態隨出，顧非畫入三昧，不能造此也。」

其二

人間風露不到畹〔一〕，只有酪奴無世塵〔二〕。何須更待秋風至，蕭艾從來不共春〔三〕。

右蕙

【箋注】

〔一〕離騷：「余既滋蘭之九畹兮，又樹蕙之百畝。」説文：「田三十畝曰畹。」

〔二〕見前集卷八陪諸公登南樓啜新茶家弟出建除體詩諸公既和余因次韻詩注。

〔三〕離騷：「何昔日之芳草兮，今直爲此蕭艾也。」

和孫升之〔一〕

姬國餘芳代有人〔二〕，于今公子秀溪濆。處心如水尚書市〔三〕，能賦臨流靖節君〔四〕。花島紅雲春句麗〔五〕，月梅疎影夜香聞〔六〕。囊開古錦湖山出〔七〕，何意一星窺妙文〔八〕。此和升之詠周堅仲。十二年前到周子壁間，有詩曾見之，故有「一星窺妙文」之句。

【校】

〔靖節〕原本「靖」作「静」，據聚珍本改。　〔夜香〕聚珍本「夜」作「異」。

【箋注】

〔一〕孫升之，未詳，此詩亦未詳何年作。

〔二〕鄧名世古今姓氏書辨證卷七：「孫，出自姬姓。衛康叔八世孫和生公子惠孫，惠孫生耳，爲衛上卿，食采於戚，生武仲乙，以王父字爲氏。」

〔三〕漢書鄭崇傳：「哀帝時爲尚書僕射，上責崇曰：『君門如市人，何以欲禁切主上？』崇對曰：『臣門如市，臣心如水。』」

〔四〕南史陶潛傳：「世號靖節先生。」陶潛歸去來辭：「登東皋以舒嘯，臨清流而賦詩。」漢書藝文志：「登高能賦，可以爲大夫。」按「升高能賦」，語見詩定之方中毛傳。

〔五〕韓愈奉和虢州劉給事使君三堂新題二十一詠詩：「欲知花島處，水上覓紅雲。」

〔六〕林逋梅詩：「暗香浮動月黄昏。」

〔七〕李商隱李長吉小傳：「恒從小奚奴，騎距驢，背一古破錦囊，遇有所得，即書投囊中。及暮歸，太夫人使婢受囊出之，見所書多，輒曰：『是兒要當嘔出心乃已爾！』上燈，與食，長吉從婢取書，研墨疊紙足成之，投他囊中。」

〔八〕一星，謂一周星也，歲星十二年一周，白居易與劉蘇州書：「歲月易得，行復周星。」

【評】

歷代詩發卷二十六評「花島紅雲春句麗」二句：新麗更在温、李之上。

寺居〔一〕

招提遠占一牛鳴〔二〕，阻絶干戈得暫經〔三〕。夢境了知非有實，醉鄉不入自常醒〔四〕。樓臺近水涵明鑑，草樹連空寫素屏。物象自堪供客眼，未須覓句户長扃〔五〕。

【校】

〔一牛〕原本「牛」誤「年」，蔣刻同，據聚珍本、宜秋館本改。

【箋注】

〔一〕以首二句觀之，當是晚年寓居青鎮壽聖院時作。

〔二〕杜甫遊龍門奉先寺詩：「已從招提遊，更宿招提境。」王洙注：「僧史：魏太武始先元年，創造伽藍，立招提之名。」朱鶴齡注：「唐會要：官賜額爲寺，私造者爲招提蘭若。僧輝記：招提者，梵言拓鬬提奢，唐言四方僧物，但傳筆者訛『拓』爲『招』，去『鬬』、『奢』，留『提』字，即今十方住持寺院耳。」黃庭堅高至言溪亭詩序：「余先君之弊廬，望高子所築，不過十牛鳴耳。」史容注：「釋氏書：五里爲一牛鳴。王荆公詩：『潮溝直下兩牛鳴，十畝漣漪一草亭。』又詩：『京峴城南隱映深，兩牛鳴地得禪林。』」能改齋漫録卷七：「按唐西域記云：『夫數量之稱，謂踰繕那（舊曰由旬）。踰繕那者，曰古聖王一日軍行。舊傳一踰繕那，四十里矣。印度國俗乃三十里，教所載唯十六里。窮微之數，分一喻繕那四十里爲八拘盧舍。八拘盧舍者，謂大牛鳴聲所極聞，爲拘盧舍。分一拘盧舍爲五百弓，分一弓爲四肘，分一肘爲二十四指，分一指爲七宿度。乃至虱、蟣、隙塵、牛毛、羊毛、兔毫、銅水次第七分，以至細塵。細塵七分爲極細塵。極細塵者，不可復折。折即歸空，故曰極微。』」

〔三〕杜甫恨別詩：「兵戈阻絶老江邊。」

〔四〕唐書王績傳：「績著醉鄉記，以次劉伶酒德頌。」

〔五〕黄庭堅病起荆江亭即事詩：「閉門覓句陳無己。」朱子語録：「陳無己平時出行，覺有詩思，便急歸擁被，卧而思之，呻吟如病者，或累日而後起，真是閉門覓句。」

某竊慕東坡以鐵拄杖爲樂全生日之壽今以大銅瓶上判府待制庶幾因物以露區區且作詩二首將之亦東坡故事〔一〕

要學東坡壽樂全，此瓶端合供儒先。鐵如意畔無憂畏〔二〕，玉唾壺傍耐歲年〔三〕。

項似董宣真是强〔四〕，腹如邊孝故應便〔五〕。與公剩貯爲霖水〔六〕，不羨宫門承露仙〔七〕。

【校】

〔題〕聚珍本「某」作「與義」二字。　〔鐵如意畔〕原本「畔」作「伴」，據聚珍本改。

【箋注】

〔一〕宣和二年冬，壽葛勝仲也。外集後文又有七言古詩一首，亦爲勝仲生日作，其首二句云：「歲星欲吐芒不開，昴星避次光低徊。」則勝仲生日當在冬月。（詳後注）簡齋自宣和二年夏居憂寓汝，至四年夏服除歸洛，其間唯二、三兩年得逢勝仲生日。今以此二首與七古相較，則後者意尤詼肆，似相悉更久之語。故訂此二首爲宣和二年冬作，而以七古一首屬之明年，似亦不爲無據也。東坡集有樂全先生生日以鐵拄杖爲壽七律二首，樂全，張方平别號也。

〔二〕晉書石崇傳：「崇便以鐵如意擊之，應手而碎。」

〔三〕王嘉拾遺記七：「（薛靈芸）至升車就路之時，以玉唾壺承淚，壺則紅色。」

〔四〕後漢書酷吏董宣傳：「帝令小黄門持之，使宣叩頭謝主，宣不從。彊使頓之，宣兩手據地，終不肯俯。主曰：『文叔爲白衣時，藏亡匿死，吏不敢至門；今爲天子，威不行一令乎？』帝笑曰：『天子不與白衣同。』因敕：『彊項令出。』賜錢三十萬。」

〔五〕後漢書文苑邊韶傳：「邊韶，字孝先，陳留浚儀人也。以文學知名，教授數百人。韶口辯，曾晝日假卧，弟子私謿之曰：『邊孝先，腹便便，懶讀書，但欲眠。』韶潛聞之，應時對曰：『邊爲姓，孝爲字。腹便便，五經笥。但欲眠，思經事。寐與周公通夢，静與孔子同意。師而可謿，出何典記？』」

〔六〕書經説命上：「若歲大寒，用汝作霖雨。」

〔七〕三輔舊事：「建章宫承露盤高二十六丈，大七圍，以銅爲之，上有仙人掌承露，和玉屑飲之。」

其二

不與觀音伴柳枝，要令奇相解公頤〔一〕。會逢白氏編書日〔二〕，猶夢陶家貯粟時〔三〕。安用作盤供歃血〔四〕，也勝爲鉢困催詩〔五〕。千年秀結重重緑，長映先生鬢與眉。

【箋注】

〔一〕漢書匡衡傳：諸儒語曰：「無説詩，匡鼎來。匡説詩，解人頤。」

〔二〕類説卷五十二引談苑：「白居易作六帖，以陶家瓶數千，各題名目，作千層架列齋中，命諸生采集事類投瓶中，倒取抄録成書，故所記時代無次。」

〔三〕陶潛歸去來辭序：「余家貧，耕植不足以自給，幼稚盈室，瓶無儲粟，生生所資，未見其術。」

〔四〕史記平原君傳：平原君與楚合從，日中不決。毛遂按劍歷階而上，責楚王，楚王曰：「唯唯。」遂曰：「從定乎？」王曰：「定矣。」毛遂捧銅槃而跪進之楚王曰：「王當歃血而定從。」，遂定從於殿上。

〔五〕南史王僧孺傳：「竟陵王嘗夜集學士，刻燭爲詩，四韻者則刻一寸，以此爲率。蕭文琰曰：『何難之有？』乃與丘令楷、江洪等共打銅鉢立韻，響滅則詩成，皆可觀覽。」

又用韻春雪〔一〕

急雪催詩興未闌，東風肯奈烏烏寒。最憐度牖勤勤意〔二〕，更接飛花細細看。連夜抛回三白瑞〔三〕，及時驚動五辛盤〔四〕。袁安久絶干人望，春破還思綺一端〔五〕。

【校】

〔干人望〕原本「干」作「千」，各本皆然，今以意改。〔綺一端〕原本「綺」誤「騎」，蔣刻同，馮校據聚珍本改。丁鈔、宋詩鈔並作「綺」，點校本引明本同，今據改。

【箋注】

〔一〕按此詩用韻與卷五次韻張迪功春日諸詩同，當是宣和元、二年冬春間與張元方在東京唱酬之作,簡齋時在辟雍録任。

〔二〕李紳蘇州畫龍記:「飛雨度牖,疏雪殷空。」

〔三〕朝野僉載:「正月見三白,田公笑赫赫。」又引北人諺曰:「要宜麥,見三白。」王安石和王勝之雪霽詩:「前年臘歸三見白,霽色嶺上斑斑留。」

〔四〕風土記:「元日造五辛盤。五薰鍊形,五辛所以發五藏之氣。」

〔五〕後漢書袁安傳注引汝南先賢傳曰:「時大雪積地丈餘,洛陽令自出案行,見人家皆除雪出,有乞食者。至袁安門,無有行路。謂安已死,令人掃雪入户,見安僵卧。問何以不出,安曰:『大雪人皆餓,不宜干人。』令以爲賢,舉爲孝廉也。」陶潛詠貧士:「袁安門積雪,邈然不可干。」古詩:「客從遠方來,遺我一端綺。」小爾雅:「倍丈謂之端。」集韻:「布帛六丈曰端。」

次韻邢子友〔一〕

壯士如今爛莫收〔二〕,尚思抽矢射旄頭〔三〕。不堪苦霧侵衰鬢,稍喜和煙入戍樓。萬里中原空費夢〔四〕,三春勝日偶成遊。青松遠嶺偏驚眼,薄晚闌干更少留。

【校】

〔薄晚〕丁鈔「晚」作「映」。

【箋注】

〔一〕建炎四年，簡齋流寓邵州，與子友數相酬唱，詩當作於是時。參看卷二十四先寄邢子友詩及無住詞虞美人邢子友會上詞箋。

〔二〕韓愈遠遊聯句：「離思春冰泮，爛漫不可收。」史記張儀列傳：「儀之趙，求見蘇秦，蘇秦數讓之曰：『以子材能，乃自令困辱至此，吾寧不能言而富貴子，子不足收也。』」按收字當取此義。

〔三〕史記天官書：「昴曰旄頭，胡星也。」

〔四〕子友爲簡齋鄉人，時皆流寓不能歸洛，故有此語。

某用家弟韻賦絶句上浼清視蕪詞累句非敢以爲詩也願賜一言卒相之〔一〕

萬里平生幾蛇足〔二〕，九州何路不羊腸〔三〕？只應緑士蒼官輩，却解從公到雪霜〔四〕。

【校】

〔題〕聚珍本作「上知府用家弟韻」。

【箋注】

〔一〕宣和三、四年汝州作，詩當是呈葛勝仲者。

〔二〕蛇足，見外集偶成古調十六韻上呈判府兼贈劉興州詩注。

〔三〕史記魏世家：「魏伐趙，斷羊腸，拔閼與。」正義云：「羊腸阪道，在太行山上。」張爲主客圖摘鮑溶句云：「萬里歧路多，一身天地窄。」皆哀情苦語，莫非局蹐靡騁之遺意也。參看錢鍾書管錐編一四一頁。

〔四〕樊紹述絳守居園池記：「有柏蒼官青士，擁列與槐爲友。」趙仁舉注：「蒼官、松，青士、竹。」吳師道注：「松、竹，據注云爾，不知樊意合然否。後來王介甫之用『蒼官』，楊廷秀之用『青士』，亦謂出於樊也。」梅聖俞寄題絳守園池詩：「蒼官巤槐朋在庭。」王安石酬王濬賢良松泉二詩：「封植蒼官蔭華皓。」緑士，即青士也。

某以雨有嘉應遂占有秋輒採用家弟韻賦二絶句少旹勤恤之誠也〔一〕

雲氣初看龍起湫，雨聲旋聽樹驚秋。已教農父歌田守〔二〕，更遣虞人信魏侯〔三〕。

某比蒙宿戒遊富家池，明日微雨猶不廢出，故有是句。

【校】

〔題〕聚珍本「某」作「與義」。題下有館臣案云：「此二絶當亦是上知府之作，而編録者缺書。」

【箋注】

〔一〕宣和三、四年間汝州作。

〔二〕杜甫遭田父泥飲美嚴中丞詩：「田翁逼社日，邀我嘗春酒。酒酣誇新尹，畜眼未見有。」

〔三〕正德汝州志卷二：「黑龍潭在州東左村口，禱雨有應，鄉人建祠于濱。」不知即所謂富家池否。戰國策魏策：「文侯與虞人期獵，是日飲酒樂，天雨。文侯將出，左右曰：『今日飲酒樂，天又雨，公將焉之？』文侯曰：『吾與虞人期獵，雖樂，豈可不一會期哉！』乃往。」

其二

紀德刊碑不厭豐，龍眠深洞一言通。坐看緑浪摇千里，拔薙栽榆未當功〔一〕。

【箋注】

〔一〕後漢書龐參傳：「爲漢陽太守，郡人任棠有奇節，隱居教授，參到，先候之。棠不與言，但以薤一大本，水一盂，置户屏前，自抱孫兒，伏于户下。主簿白以爲倨。參思其微意，良久曰：『棠是欲曉太守也。水者，欲吾清；拔大本薤者，欲吾擊强宗；抱兒當户，欲吾開門恤孤也。』」吴融和馬使君題所居詩：「三年拔薤成仁政，一日誅茅葺所居。」漢書龔遂傳：「遂爲渤海守，勸民務農桑，令口種一樹榆，百本薤，五十本葱，一畦韭。」又魏志鄭渾傳：「轉爲山陽、魏郡太守。又以郡下百姓苦乏材木，乃課樹榆爲籬，並益樹五果；榆皆成藩，五果豐實。」

梅

愛欹纖影上窗紗，無限輕香夜遶家。一陣東風濕殘雪，强將嬌淚學梨花〔一〕。

【校】

〔愛欹〕原本「欹」誤「歌」，據宋詩鈔改。

【箋注】

〔一〕白居易長恨歌：「梨花一枝春帶雨。」

蒙知府寵示秋日郡圃佳製遂侍杖屨逍遥林水間輒次韻四篇上瀆台覽〔一〕

歲月移文外，乾坤杖屨中。鏗然五字律，健在百夫雄〔二〕。秋入池深碧，寒欺葉遞紅。此間兼吏隱〔三〕，端不減遊嵩。客有遊嵩山者，歸以語公，公以不得遊爲恨。

【校】

〔題〕聚珍本作「知府示秋日郡圃佳製次韻四首」。〔五字律〕原本「律」字下有「一作句」小注三字，聚珍本無。

【箋注】

〔一〕知府謂葛勝仲，然今本丹陽集不見勝仲原作。四詩宣和二、三年汝州作。

〔二〕陳子昂送别出塞詩：「平生聞高義，書劍百夫雄。」

〔三〕汝南先賢傳：「鄭欽吏隱於蟻陂之陽。」杜甫院中晚晴懷西郭芳舍詩：「浣花溪裏花饒笑，肯信吾兼吏隱名。」

其二

鳥語知公樂，晴山及我游。盡排物外事，拚作酒中浮〔一〕。菊蕊離雙鬢，林聲隱四愁〔二〕。騷人例喜賦，政自不關秋。

【校】

〔晴山〕聚珍本作「山晴」。

【箋注】

〔一〕晉書畢卓傳：「卓嘗謂人曰：『得酒滿數百斛船，四時佳味置兩頭，右手持酒杯，左手持蟹螯，拍浮酒船中，便足了一生矣。』」

〔二〕張衡有四愁詩。

其三

竹際笙簧起，回聽衆籟微。時陪物外賞，肯念日斜歸？草色違秋意，池光浄客衣。吟公清絶句，政爾不能肥。

其四

一笑聊開口〔一〕，千憂不上眉。林深受風得，柏老到霜知。小憩逢筠洞，幽尋及枳籬。願公勤秉燭，裁詠棗離離〔二〕。

【校】

〔霜知〕丁鈔「知」作「枝」，非。

【箋注】

〔一〕莊子盜跖：「上壽百歲，中壽八十，下壽六十，除病瘦死喪憂患，其間開口而笑者，一月之中，不過四五日而已。」

〔二〕潘岳笙賦：「棗下纂纂，朱實離離。宛其死矣，化爲枯枝。人生不行樂，死何以虛謚爲？」古詩：「晝短苦夜長，何不秉燭遊。」

【評】

歷代詩發卷二十六：四詩不亢不卑，與善事上官，獻諛不絶口者真有雅俗之分。

送人歸京師〔一〕

門外子規啼未休，山村日落夢悠悠。故園便是無兵馬，猶有歸時一段愁〔二〕。

【箋注】

〔一〕此詩寫作年代未詳，以詩中「山村」之語觀之，或爲建炎四年春寓居紫陽山時作歟？

〔二〕詩詞曲語辭匯釋卷一：「便，猶雖也；縱也；就使也。言就使無兵禍也。便字與猶字相應。」

雪〔一〕

仙人手持白鸞尾〔二〕，夜半朝元明月裏〔三〕。羽衣三振風不斷，下視銀潢一千里。玉軑載花分後前〔四〕，欲落未落天恍然。餘標從向人間去，乞與袁安破曉眠〔五〕。

【校】

〔仙人手持〕原本「人手」誤作「手人」，宜秋館本誤同，據丁鈔、聚珍本乙。〔玉軑〕原本「軑」誤「軟」，蔣刻同，據聚珍本、宜秋館本改。

【箋注】

〔一〕此詩未詳何年作。

〔二〕李賀仙人詩：「手持白鸞尾，夜歸南山雲。」

〔三〕姚鵠玉貞觀訪趙尊師不遇詩：「羽客朝元晝掩扉。」參看無住詞法駕導引注。

〔四〕離騷：「屯余車其千乘兮，齊玉軑而並馳。」

〔五〕袁安，見外集又用韻春雪詩注。

賦康平老銅雀硯〔一〕

鄴城臺殿已荒涼，依舊山河滿夕陽。瓦礫却鑱今日硯，似教人世寫興亡。

【箋注】

〔一〕康平老，未詳。按李彌遜筠谿集樂府有浪淘沙鵬年坐上次康平仲留別韻一首，不識平仲即平老否？又吕頤浩忠穆集卷六與康平仲書云「頃在維揚，同班列之次」，則其人嘗仕行朝，與頤浩爲同列也。銅雀硯，參見卷八錢東之教授惠澤州吕道人硯爲賦長句詩注。又何薳春渚紀聞：「相州魏武故都所築銅雀臺，其瓦所用鉛丹雜胡桃油搗治火之，取其不滲雨，遇即乾耳。後人於其故基掘地得之，鑱以爲研，雖易得墨，而終乏温潤，好事者但取其高古也。」

和顏持約〔一〕

半篙寒碧秋垂釣，一笛西風夜倚樓〔二〕。多少巫山舊家事〔三〕，老來分付水東流。

【箋注】

〔一〕本集卷十二有次韻何文縝題顏持約畫水墨梅花二首、又六言一首，又有題持約畫軸五絶一首，此詩或係一時之作，則當在宣和六年也。

〔二〕趙嘏長安晚秋詩：「殘星幾點雁横塞，長笛一聲人倚樓。」

〔三〕詩詞曲語辭匯釋卷六：「舊家，猶云從前。家爲估量之辭，與作世家解之舊家異。歐陽修玉樓春詞：『尋思還有舊家心，蝴蝶時時來役夢。』」

早行〔一〕

露侵駝褐曉寒輕，星斗闌干分外明。寂寞小橋和夢過，稻田深處草蟲鳴。

【校】

〔和夢過〕原本「和」誤「知」，宜秋館本同；丁鈔、聚珍本、宋詩鈔作「和」，今據改。〔草蟲〕聚珍本「草」作「野」。

【箋注】

〔一〕此詩未詳何年作。錢鍾書宋詩選注：「南宋群賢小集第十册張良臣雪窗小集裏有首曉行詩，也選入詩家鼎臠卷上，跟這首詩大同小異：『千山萬山星斗落，一聲兩聲鐘磬清。路入小橋和夢過，豆花深處草蟲鳴。』韋居安梅磵詩話卷上引了李元膺的一首詩，跟這首只差兩個字：『露』作『霧』，『分』作『野』。」

海棠

春雨夜有聲，連林杏花落。海棠已復動，寒食豈寂寞。人間有此麗，赴我隔年約。花葉兩分明，春陰耿簾幕。東風吹不斷，日暮胭脂薄。何可無我吟，三叫恨詩惡。

【校】

〔題〕此詩已見本集卷十五。丁鈔無此首。〔胭脂〕原本「胭」作「煙」，馮校依聚珍本改，此從之。

寄題康平老眄柯亭

高懷志丘壑，既足不願餘。惜哉三逕荒〔一〕，滯彼天一隅。小築聊自適，空園闢榛蕪。清影吊高槐，氣與西山俱〔二〕。何以開子顔？庭柯作森疏〔三〕。月露洗塵翳，天風吹笙竽。方其寓目時，萬象供嘯呼。終然成坐忘〔四〕，天地猶空虚。券外果何有？浮雲只須臾。乃知鐘鼎豐，未勝山林癯〔五〕。淵明死千年，日月走名譽。不肯見督郵，歸來守舊廬〔六〕。可憐骨已朽，後有誰繼渠。願子副名實，此事吾欲書。

【校】

〔小築〕蔣刻「築」誤「菜」，馮校據聚珍本改，此從之。

【箋注】

〔一〕陶潛歸去來辭：「三逕就荒，松菊猶存。」

〔二〕見本集卷二十六遥碧軒作呈使君少隱時欲赴召詩注。

〔三〕歸去來辭：「引壺觴以自酌，眄庭柯以怡顔。」

〔四〕莊子大宗師：「顔回曰：『回坐忘矣。』仲尼蹵然曰：『何謂坐忘？』顔回曰：『墮肢體，黜聰明，離形去知，同於大通，此謂坐忘。』」

〔五〕杜甫清明詩：「鐘鼎山林各天性。」

〔六〕晉書陶潛傳：「素簡貴，不私事上官。郡遣督郵至縣，吏白應束帶見之。潛歎曰：『吾不能爲五斗米折腰，拳拳事鄉里小人邪？』義熙三年，解印去縣。」

余識景純家弟出其詩見示喜其同臭味也輒用大成黃字韻賦八句贈之〔一〕

阿奴喜氣照人黃〔二〕，傳得新詩細作行。可愛懸知似楊柳〔三〕，忘憂復不待檳榔〔四〕。魏收已獲崔昂譽〔五〕，摩詰仍推相國長〔六〕。曷不少留東閣醉〔七〕，剩收篇詠作歸裝。

【校】

〔復不〕丁鈔、聚珍本作「不復」。

【箋注】

〔一〕景純，宋唐年字，大成，謂葛勝仲，勝仲嘗爲國子祭酒，故以大成相稱；章倧文康葛公行狀：「政和七年，遷大司成。」本集卷七有次韻光化宋唐年主簿見寄二首、再用景純韻詠懷二首，並宣和二年冬日在汝州時作。丹陽集卷二十有詩題云:「景純到汝數日,遽求別。僕固不敢留客,然宋伯舉(軒)爲兄,蘇勤道(大寧)爲婦之兄,遽見去,似非人情。輒成是詩,率二僚留之。」云云。據知唐年兄軒及婦之兄蘇大寧時在葛勝仲幕,唐年此時自光化來汝省親,故簡齋此詩云:「魏收已獲崔昂譽,摩詰仍推相國長。」崔昂,指蘇大寧,摩詰,指宋軒,一指妻兄,一指兄,用事甚精切也。觀丹陽集「數日遽求別」之語,則唐年留汝爲時甚暫,此詩必爲宣和二年冬作無疑。

〔二〕阿奴,謂若拙也。世説新語識鑒:「周伯仁母冬至舉酒賜三子。嵩曰:『伯仁好乘人之弊,嵩性狼抗,惟阿奴碌碌,當在阿母目下耳。』」阿奴,嵩弟謨也。韓愈贈馬侍郎馮李二員外詩:「城上赤雲呈勝氣,眉間黄色見歸期。」

〔三〕南史張緒傳:「劉悛之爲益州,獻弱柳數株,枝條甚長,狀若絲縷。時舊宫芳林苑始成,武帝以植于太昌靈和殿前,嘗賞玩咨嗟,曰:『此楊柳風流可愛,似張緒當年時。』其見賞愛如此。」

〔四〕南史劉穆之傳:「穆之少時,家貧誕節,嗜酒食,不修拘檢,好往妻兄家乞食,多見辱,不以爲恥。其妻江嗣女,甚明識,每禁不令往。江氏有慶會,屬令勿來,穆之猶往。食畢,求檳榔。江氏兄弟戲之曰:『檳榔消食,君乃常饑,何忽須此?』妻復截髮市肴饌,爲其兄弟以餉穆之,自此不對穆之梳沐。及穆之爲丹陽尹,將召妻兄弟,妻泣而稽顙以致謝。穆之曰:『本不匿怨,無所致憂。』及至醉,穆之乃令廚人以金柈貯檳榔一斛以進之。」按詩云「忘憂」,當取

「本不匿怨，無所致憂」之意；用「妻兄」事，當與蘇大寧有關。唐年此次來汝，「數日遽求去」，其間恐有曲折，未能詳也。

〔五〕北齊書魏收傳：「收娶其舅女，崔昂之妹。」又崔昂傳：「未幾，復侍讌金鳳臺，帝歷數諸人，咸有罪責。至昂，曰：『崔昂直臣，魏收才士，婦兄妹夫，俱省罪過。』」詩言「已獲崔昂譽」者，言收因昂而同時被譽也。崔昂，指蘇勤道。

〔六〕舊唐書王縉傳：「王縉字夏卿，河中人也。少好學，與兄維早以文翰著名。」杜甫解悶詩：「不見高人王右丞，藍田丘壑漫寒藤。最傳秀句寰區滿，未絶風流相國能。」錢謙益注：「金壺記：唐王維字摩詰，弟縉字夏卿，二公名望，首冠一時。時議云：『論詩則王維、崔顥，論筆則王縉、李邕，祖詠、張説，不得與焉。』盧氏雜記：王縉好與人作碑銘，有送潤毫者誤叩其兄門，維曰：『大作家在那邊。』」按摩詰指宋軒，相國指唐年也。

〔七〕漢書公孫弘傳：「於是起客館，開東閣，以延賢人。」李商隱哭遂州蕭侍郎詩：「早歲思東閣，爲邦屬故園。」又九日詩：「郎君官貴施行馬，東閣無因再得窺。」此用「東閣」，以寓葛勝仲留賓之意也。

次韻景純道中寄大成〔一〕

聞道歌行伏李紳〔二〕，古來賢守是詩人。久欽樂廣懷披霧〔三〕，一見周瑜勝飲醇〔四〕。海内期公黄閣老〔五〕，尊前容我白綸巾〔六〕。佳篇咀嚼真堪飽，此日何憂甑有塵〔七〕。

【校】

〔題〕原本「大成」誤作「大城」，蔣刻同，據丁鈔、聚珍本改。

【箋注】

〔一〕景純原唱未見，丹陽集卷二十奉酬景純道中見寄之什詩：「慚無才望照簪紳，割竹藩方誤長人。堪笑爲官常拓落，獨知取友愛真醇。吏休時著煎茶帽，客去今閒漉酒巾。曷日清揚重會面，划開河漢滌心塵。」與簡齋此作皆次景純韻者，當是宣和二年冬作。

〔二〕唐詩紀事卷三十九：「李紳字公垂，中書令敬玄曾孫，號『短李』。樂天贈紳詩云：『一篇長恨有風情，十首秦吟近正聲。每被老元偷格律，苦教短李伏歌行。』注云：『元九往江陵，余以詩一軸贈行，自是格變。李二十嘗自負歌行，近見余樂府五十首，默然心服。』」

〔三〕晉書樂廣傳：「尚書令衛瓘，朝之耆舊，逮與魏正始中諸名士談論，見廣而奇之，命諸子造焉，曰：『此人之水鏡，見之瑩然，若披雲霧而覩青天也。』」

〔四〕吴志周瑜傳注引江表傳：「（程）普頗以年長數凌侮瑜，瑜折節容下，終不與校。普後自敬服而親重之，乃告人曰：『與周公瑾交，若飲醇醪，不覺自醉。』時人以其謙讓服人如此。」

〔五〕杜甫將赴成都草堂途中有作先寄嚴鄭公五首詩：「生理祇憑黄閣老，衰顔欲付紫金丹。」

〔六〕晉書謝萬傳：「萬早有時譽，簡文帝作相，召爲撫軍從事中郎，著白綸巾，鶴氅裘，履版而前。既見，與帝共談移日。」

〔七〕後漢書范冉傳：「桓帝時爲萊蕪長，遭黨人禁錮，窮居自若，言貌無改。閭里歌之曰：『甑中生塵范史雲，釜中生魚范萊蕪。』」

景純再示佳什殆無遺巧勉成二章一以報佳貺一以自貽〔一〕

睆睆休嫌笏與紳〔二〕，如公本是九包人〔三〕。來詩云：「還山終戴鹿皮巾。」讀書只用三冬足〔四〕，學道從來一色醇〔五〕。太尉談辭仍玉麈〔六〕，侍中風韻更紗巾〔七〕。誰言上界多官府，亦許散仙追後塵〔八〕。

【校】

〔題〕原本「景純再示佳什」作「再蒙寵示佳什」，此據聚珍本。〔仍玉麈〕丁鈔「仍」作「揮」，聚珍本、點校本引明本同。

【箋注】

〔一〕二首宣和二年冬作。

〔二〕莊子天地篇：「睆睆然在纆徽之中。」釋文引李云：「窮視貌。」一云：「眠目貌。」

〔三〕九包人，未詳。九包，疑即九苞。小學紺珠：「鳳六象九苞：頭象天，目象日，背象月，翼象風，足象地，尾象緯；口包命，心合度，耳聰達，舌詘伸，色光彩，冠矩朱，距鋭鉤，音激揚，腹文户。」（語出論語摘衰聖）

〔四〕漢書東方朔傳：「朔年十三學書，三冬文史足用。」

〔五〕漢書梅福傳：「一色成體謂之醇。」

〔六〕晉書王衍傳：「每捉玉柄麈尾，與手同色。」又：「遷太尉，尚書令如故。」

〔七〕唐語林卷四：「路侍中巖，風貌之美爲世所聞。鎮成都日，委執政于孔目吏邊咸，日以妓樂自隨，宴于江津；都人士女，懷擲果之羨，雖衛玠、潘安不足爲比。善巾裹，蜀人見必效之。後乃翦紗巾之角，以異于衆也。閭巷有袪服修容者，人必譏之，曰：『爾非路侍中耶？』」（語出北夢瑣言）

〔八〕韓愈奉酬盧給事雲夫曲江荷花行見寄詩：「上界真人足官府，豈如散仙鞭笞鸞鳳終日相追陪。」

其二

諸公衮衮坐垂紳〔一〕，誰信北風欺得人。遮眼讀書何用解〔二〕，發顔要酒可須醇〔三〕。十年白社空看鏡〔四〕，萬里青天一岸巾。少待奇章到三日，試將冠蓋拂埃塵〔五〕。

【箋注】

〔一〕杜甫醉時歌：「諸公衮衮登臺省。」

〔二〕傳燈録卷十四澧州藥山惟儼禪師：「師看經，有僧問：『和尚尋常不許人看經，爲什麽却自看？』師曰：『我只圖遮眼。』」陶潛五柳先生傳：「好讀書，不求甚解。」

〔三〕原注：「文選：醇醴發顔。」按，語出嵇康養生論：「勁刷理鬢，醇醴發顔。」

〔四〕晉書董京傳：「初與隴西計吏俱至洛陽，被髮而行，逍遥吟詠，常宿白社中。」逸士傳：「董威在洛陽，隱居白社。」李商隱和劉評事永樂閒居見寄詩：「白社幽閒君暫居，青雲器業我全疎。」杜甫江上詩：「勳業頻看鏡，行藏獨倚樓。」

〔五〕唐書牛僧孺傳：「敬宗即位，加中書侍郎銀青光禄大夫，封奇章子，邑五百户。十二月，加金紫階，進封郡公。」雲溪友議卷中中山悔載劉禹錫奉和牛尚書詩：「猶有當時舊冠劍，待公三日拂埃塵。」

同家弟用前韻謝判府惠酒二首〔一〕

銜盃樂聖便稱賢〔二〕，無酒猶堪卧甕間〔三〕。使者在門催僕僕〔四〕，麴車入夢正班班〔五〕。不煩白水真人力〔六〕，來自青城道士山〔七〕。千載王弘同並美，未應杞菊賦寒慳〔八〕。

【校】

〔題〕原本無「二首」二字，據聚珍本補。此二首聚珍本編次在本集卷七再用景純韻詠懷二首後。

〔催僕僕〕聚珍本「催」作「雖」。

【箋注】

〔一〕本集卷七有次韻宋唐年主簿見寄二首及再用景純韻詠懷二首，此詩所謂「用前韻」即用景純「慳」字、「違」字韻也，知是一時之作，當在宣和二年冬也。

〔二〕杜甫飲中八仙歌：「左相日興費萬錢，飲如長鯨吸百川，銜盃樂聖稱避賢。」本事詩：「李適之罷免，意憤，日飲醇酒，且爲詩云：『避賢初罷相，樂聖且銜盃。爲問門前客，今朝幾箇來？』林甫愈怒，終遂不免。」

〔三〕晉書畢卓傳：「比舍郎釀熟，卓因醉，夜至其甕間盜飲之，爲掌酒者所縛。明旦視之，乃畢吏部也，遽釋其縛。卓遂引主人宴於甕側，致醉而去。」

〔四〕孟子萬章：「子思以爲鼎肉使己僕僕爾亟拜也。」注：「僕僕，煩猥貌。」

〔五〕杜甫飲中八仙歌：「道逢麴車口流涎。」後漢書五行志：「桓帝之初，京都童謡曰：『……車班班，入河間。』」

〔六〕後漢書光武紀論云：「及王莽篡位，忌惡劉氏，以錢文有金刀，故改爲貨泉。或以貨泉字文爲白水真人。」

〔七〕杜甫謝嚴中丞送青城山道士乳酒一瓶詩：「山瓶乳酒下青雲，氣味濃香幸見分。」

〔八〕南史陶潛傳：「江州刺史王弘欲識之，不能致也。潛嘗往廬山，弘令潛故人龐通之齎酒具於半道栗里要之。潛有脚疾，使一門生二兒舉籃轝，及至，欣然便共飲酌。俄頃弘至，亦無忤也。」陸龜蒙甫里集卷十四杞菊賦序：「天隨子宅荒，少牆屋，多隙地，著圖書所，前後皆樹以杞菊。春苗恣肥，日得以採擷之，以供左右杯桉。及夏五月，枝葉老硬，氣味苦澀，旦暮猶責兒輩擷拾不已。遂作杞菊賦。」蘇軾東坡集卷十九後杞菊賦叙：「及移守膠西，意且一飽，而齋厨索然，不堪其憂。日與通守劉君廷式循古城廢圃求杞菊食之，捫腹而笑，然後知天隨之言可信不謬，作後杞菊賦以自嘲。」又再過超然臺詩：「躬持牛酒勞行役，無復杞菊嘲寒慳。」

其二

日飲知非貧士宜〔一〕，要逃語穽税心機〔二〕。所須唯酒非虚語〔三〕，以醉爲鄉可徑歸〔四〕。鸜鵒鸕鶿俱得道〔五〕，螟蛉蜾蠃共忘機〔六〕。狂言戲作麻姑送，無奈閻人與我違〔七〕。

【校】

〔税心機〕丁鈔「税」作「説」。

【箋注】

〔一〕漢書袁盎傳：「南方卑濕，絲能日飲，亡何，説王毋反而已。」

〔二〕韓愈秋懷詩：「詰詘避語穽，冥茫觸心兵。」原注：「楚辭：心鞿羈而不亂。」按所引出九章悲回風：「心鞿羈而不形兮，氣繚轉而自締。」王逸注：「肝膽係結，難解釋也。『形』一作『開』。」洪興祖補注：「鞿羈見騷經。不形，謂中心係結，不見於外也。」此引「不形」作「不亂」，當是傳刻之誤。錢鍾書管錐編六一六頁説此義甚精，可參。

〔三〕易需卦：「九五，需于酒食，貞吉。」孔穎達疏：「『需于酒食，貞吉』者，五既爲需之主，已得天位，無所復需，但以需待酒食，以遽相宴樂，而得貞吉。」世説新語任誕：「卒謂庾冰曰：『出自廝下，不願名器。少苦執鞭，恒患不得快飲酒。使其酒足餘年畢矣，無所復須。』」

〔四〕唐書王績傳：「績著醉鄉記，以次劉伶酒德頌。」

〔五〕李白襄陽歌：「鸕鶿杓，鸚鵡杯，百年三萬六千日，一日須傾三百杯。」

〔六〕劉伶酒德頌：「二豪侍側焉，如蜾蠃之與螟蛉。」孔平仲大雪郡侯送酒詩：「醉眼瞢騰視天地，蜾蠃螟蛉輕二豪。」

〔七〕國史補卷上：「李相泌以虚誕自任，嘗對客曰：『令家人速灑掃，今夜洪崖先生來宿。』有人遺美酒一榼，會有客至，乃曰：『麻姑送酒來，與君同傾。』傾之未畢，閽者云：『某侍郎取榼子。』泌命倒還之，略無怍色。」

次韻家弟所賦〔一〕

曹劉方駕信優爲〔二〕，不廢東郊坐保釐〔三〕。投蚓問公逢老手〔四〕，聯珠及我媿連枝〔五〕。定知來者傾三歎，共了流年費幾詩。瘀絮車斜敢將去，樂天那畏一微之〔六〕。

【校】

〔優爲〕原本「優」誤「擾」，蔣刻同，馮校據聚珍本改，此從之。〔費幾詩〕原本「費」作「廢」，據聚珍本改。

【箋注】

〔一〕丹陽集卷二十有贈若拙二詩，其一彌日詩卷承若拙編爲小集見示且有詩因次韻：「驪珠魚目兩無遺，卷帙深煩爲析釐。賦詠麤疏慚短筆（原注：自謂），賡酬刻畫類連枝。似聞警策耽佳句，何用編摩載惡詩。敢請冠篇重作序，二難文采勝延之。」其二蒙若拙見和復次前韻：「逸氣軒軒蓋縉紳，後來之秀子其人。文如范曄無空設，學似揚雄已大醇。記問五花能奪簟，風標一角共傳巾。怪來吐句皆精警，胸次應無庾亮塵。」按簡齋此詩所用韻與勝仲第一詩同，皆次若拙韻也。勝仲第二詩所用韻即次韻景純道中寄大成詩「紳」字韻者，據知諸詩皆宣和二年冬日作。

〔二〕杜甫寄高常侍詩：「總戎楚蜀應全未，方駕曹劉不啻過。」

〔三〕書畢命：「以成周之衆命畢公保釐東郊。」白居易上司徒令公詩：「保釐東宅静，守護北門牢。」按，語指葛勝仲。

〔四〕隋書薛道衡傳：「陳使傅縡聘齊，以道衡兼主客郎接對之。縡贈詩五十韻，道衡和之，南北稱美。魏收曰：『傅縡所謂以蚓投魚耳。』」

〔五〕按此句答勝仲原詩「連枝」句意。

〔六〕白居易和微之詩二十三首並序：「微之又以近作四十三首寄來，命僕繼和，其間『瘀絮』四百字，『車斜』二十篇者流，皆韻劇辭殫，瓌奇怪譎。又題云：『奉煩祇此一度，乞不見辭。』意欲定霸取威，置僕於窮地耳。大凡依次用韻，韻同而意殊；約體爲文，文成而理勝。此足下素所長者，僕何有焉。今足下果用所長，過蒙見窘。然敵則氣作，急則計生，四十二章麾掃並畢，不知大敵以爲如何。」按此言若拙以險韻見投，勝仲無所懼也。

徙舍蒙大成賜詩〔一〕

南北東西共一塵，得坻隨處可收身〔二〕。卜居賦就知謀拙〔三〕，入宅詩成覺意新。三徑蓬蒿猶恨淺〔四〕，九流賓客未嫌貧〔五〕。不須更待高軒過〔六〕，袖有珠璣已照隣〔七〕。

【校】

〔題〕此詩聚珍本編次在同家弟用前韻謝判府惠酒之後，謝楊工曹用前韻之前。館臣按：「此詩與前二首原本並錯置第十二卷景純再示佳什二章之後，致前二首所用韻，及後一首謝楊工曹所用韻，各離隔不屬，今校正。」〔袖有〕原本「袖」誤「神」，蔣刻同，馮校據聚珍本改。按丁鈔作「袖」，點校本引明本同，今據改。

【箋注】

〔一〕本集卷七謝楊工曹詩用韻與此全同，簡齋自注：「與義新居在工曹所居之北。」知二詩爲一時之作,時在宣和三年也。葛勝仲原唱今本丹陽集佚之。

〔二〕賈誼鵩鳥賦:「乘流則逝兮,得坻則止。」説文:「坻,小渚也;一曰水中高地。」

〔三〕楚辭有屈原卜居篇。

〔四〕文選陶潛歸去來辭注引三輔決録曰:「蔣詡字元卿,舍中三逕,唯羊仲、求仲從之遊,皆挫廉逃名不出。」黄庭堅題宛陵張待舉曲肱亭詩:「仲蔚蓬蒿宅,宣城詩句中。」任淵注:「三輔決録注曰:張仲蔚,平陵人,所居蓬蒿没人。淵明詩曰:仲蔚愛窮居,遶宅生蓬蒿。」

〔五〕梁書蕭子顯傳:「子顯性凝簡,頗負才氣,及掌選,九流賓客,不交一語,但舉扇一揮而已,衣冠竊恨之。」

〔六〕唐書李賀傳:「七歲能辭章,韓愈、皇甫湜始聞未信,過其家,使賀賦詩,援筆輒就如素構,自目曰高軒過。二人大驚,自是有名。」

〔七〕杜甫上韋左相二十韻詩:「獨步才超古,餘波德照隣。」

次韻宋主簿詩〔一〕

九折灣中萬斛舟〔二〕,怪公隨處得心休。未應菊徑關心急〔三〕,聊爲魚槎盡意留〔四〕。陸子舊蹤餘馬頂〔五〕,羊公遺碣見龜頭〔六〕。遥知太白無多事,醉裏詩成不待搜〔七〕。

【校】

〔題〕聚珍本無「詩」字。

【箋注】

〔一〕丹陽集卷二十有次韻景純將赴襄陽眷戀里第詩，簡齋此詩，當是景純去襄陽後唱酬之作，故用「魚槎」、「馬頂」、「羊公碣」、「太白詩」諸事。時宣和三年春也。

〔二〕蘇軾送表弟程懿叔赴夔州通判詩：「譬如萬斛舟，行此九折灣。」

〔三〕陶潛歸去來辭：「三徑就荒，松菊猶存。」

〔四〕杜甫解悶十二首詩：「復憶襄陽孟浩然，清詩句句盡堪傳。即今耆舊無新語，漫釣槎頭縮項鯿。」錢謙益注：「襄陽耆舊傳：峴山下漢水中出鯿魚，味極肥而美，襄陽人採捕，遂以槎斷水，因謂之槎頭鯿。孟浩然詩『試垂竹竿釣，果得槎頭鯿』是也。」

〔五〕陸子，謂陸抗也；馬頂，謂馬頭岸。水經注卷三十四江水：「又南過江陵縣南。」注云：「洲上有奉城，故江津長所治，亦曰江津戍也。戍南對馬頭岸，昔陸抗屯此，與羊祜相對，大宏信義，談者以爲華元、子反復見於今矣。」

〔六〕晉書羊祜傳：「襄陽百姓於峴山祜平生遊憩之所建碑立廟，歲時饗祭焉。望其碑者莫不流涕，杜預因名爲墮淚碑。」

〔七〕李白有襄陽歌。

用大成四桂坊韻賦詩贈令狐昆仲〔一〕

鄉人洗眼看銀黄〔二〕，得桂連枝手尚香〔三〕。盛事固應傳雁塔〔四〕，新詩不減住雞坊〔五〕。醍酥乳酪元同味〔六〕，羯末封胡更合堂〔七〕。從此葛帔門下客，知名可但一楊方〔八〕。

【校】

〔題〕聚珍本「四桂坊」下無「賦詩」二字。　〔楊方〕原本「楊」作「揚」，據宜秋館本改。

【箋注】

〔一〕本集卷九有寄題商洛宰令狐勵迎翠樓詩，宣和四年春作。令狐勵當是令狐兄弟之一，與此詩當爲一時前後之作。丹陽集卷二十四桂坊並引：「燉煌令狐吉光首以文藝第進士，其季茂之、壽域、子建皆繼登科，並時顯仕，蔚爲冕紱盛家。余爲汝州，榜其坊曰四桂。豈獨門閥之懿，且以勸來者：蕊榜連年詔墨黄，聯翻恩綬月中香。家聲舊踵三槐位，儒學今標四桂坊。酬唱共傳花萼集，笑談應聚德星堂。門閥列戟知非晚，定遣鄉評服義方。」簡齋詩即次勝仲此韻而作。

〔二〕漢書楊僕傳：「懷銀黄，乘三組，夸鄉里。」注：「銀，銀印也；黄，金印也。」文選廣絶交論：「近世有樂安任昉，海内俊傑，早綰銀黄，夙昭民譽。」李頎行路難詩：「父子兄弟綰銀黄，躍馬鳴珂朝建章。」

〔三〕葉夢得避暑録話：「世以登科爲折桂，此謂郤詵對策東堂，自云桂林一枝也。自唐以來用之。温庭筠詩云：『猶喜故人先折桂，自憐羈客尚飄蓬。』事文類聚：『五代末竇禹鈞五子儀、儼、侃、偁、僖相繼登科，馮道贈詩曰：靈椿一株長，丹桂五枝芳。』」

〔四〕李肇國史補：「進士爲時所尚久矣。既捷，列名慈恩寺塔，謂之題名。」王定保唐摭言：「進士題名，自神龍之後，過關宴後，率皆集於慈恩塔下題名。故貞元中，劉太真侍郎試慈恩寺望杏園花發詩。」又曰：「白樂天一舉及第，詩曰：『慈恩塔下題名處，十七人中最少年。』」戴埴鼠璞：「余得唐雁塔題名石刻，細閲之，凡留題姓名，僧道士庶，前後不一，非止新進士也。唐進士特於曲江宴賞之暇有此會。」

〔五〕杜甫西郊詩：「時出碧雞坊，西郊向草堂。」

〔六〕新唐書穆寧傳：「四子：贊、質、員、賞。兄弟皆和粹，世以珍味目之：贊少俗，然有格，爲酪；質美而多入，爲酥；員爲醍醐；賞爲乳腐。」本草别録：「佛書稱乳成酪，酪成酥，酥成醍醐。」故曰「元同味」也。太平廣記一百七十引國史補：「貞元中，楊氏、穆氏弟兄，人物氣概，不相上下。或云楊氏弟兄賓客皆同，穆氏弟兄賓客皆殊，以此優劣。穆氏弟兄四人：贊、質、員、賞。時人謂贊俗而有格，爲酪；質美而多仁，爲酥；員爲醍醐；賞爲乳腐。」按據此，穆寧傳「多入」當是「多仁」之訛。今本國史補卷中：「員爲醍醐，言粹而少用；賞爲乳腐，言最凡固也。」語較詳悉。

〔七〕晉書謝萬傳：「子韶，字穆度，少有名。時謝氏尤彦秀者稱封、胡、羯、末。封謂韶，胡謂朗，羯謂玄，末謂川，皆其小字也。」

〔八〕晉書楊方傳：「楊方字公回，少好學，有異才。初爲郡鈴下威儀。公事之暇，輒讀五經，鄉邑未之知。内史諸葛恢見而奇之，待以門人之禮，由是始得周旋貴人間。」

留别葛汝州〔一〕

平生師友塵莫數〔二〕，兩眼偏明向公許。一時盛德人中驥〔三〕，四海知名地上虎〔四〕。東序堦墀再韡板〔五〕，西州杖屨三寒暑〔六〕。我方庶兄湯惠休〔七〕，公乃小兒楊德祖〔八〕。未頒還朝尺一詔〔九〕，不愧專城丈二組〔一〇〕。爲公剩買銀管筆〔一一〕，容我時親玉柄麈〔一二〕。近蒙五字落珠璣〔一三〕，如服一丸生翅羽。别離真成惜夜燭〔一四〕，感歎更值歌朝雨〔一五〕。行看入侍玉皇案〔一六〕，與進不待金剛杵〔一七〕。勸公慎勿學孔光，薦士何妨似張禹〔一八〕。

【校】

〔偏明〕原本「偏」誤「徧」，蔣刻同，馮校據聚珍本改。點校本引明本作「偏」，此據改。〔慎勿〕原本「勿」誤「物」，據聚珍本改，點校本引明本同。

【箋注】

〔一〕簡齋自宣和二年憂居汝州，至四年春末歸洛，此詩當是離汝時作。丹陽集卷十八次韻去非留別詩：「餘子碌碌不足數，太丘晚出吾所許。淹盤此境未金馬，邂逅相逢慰銅虎。與超宗語不知寒，從季遠遊那覺暑。祥琴皋月欻戒行，征馬譙門聊出祖。平生種學與績文，自信扶珪兼綴組。分無桃李把歌扇，只有松枝當談麈。行裝未辦纏頭帛，衣食何施擇木羽。從來文豹深隱霧，此去老蛟真得雨。長卿蜀肆初滌器，伯鸞吴廡曾舂杵。青雲直上不作難，那復笑人憂鄧禹。」

〔二〕李商隱哭劉蕡詩：「平生風義兼師友。」

〔三〕南史徐勉傳：「宗人孝嗣見之，嘆曰：『此所謂人中之騏驥，必致千里。』」

〔四〕北史高昂傳：「神武以昂爲西南道大都督，徑趨商、洛，渡河，祭河伯曰：『河伯水中之神，高敖曹地上之虎，行經君所，故相決酹。』」

〔五〕禮記王制：「夏后氏養國老於東序。」注：「東序，太學。在王宮之東。」葛勝仲自兖州教授入爲太學正，累官太常少卿，國子祭酒，故曰再鞾板。

〔六〕西州，謂汝州，簡齋以宣和二年來汝，至是已三年。

〔七〕詩品：「湯休謂吳邁遠云：『吾詩可爲汝詩父。』以訪謝光禄，云：『不然，爾湯可爲庶兄。』」

〔八〕後漢書禰衡傳：「唯善魯國孔融及弘農楊修，常謂曰：『大兒孔文舉，小兒楊德祖，餘子碌碌，莫足數也。』」按蘇軾遊羅浮和子過詩：「汝當奴隸蔡少霞，我亦季孟山玄卿。」二句句法所本。

〔九〕後漢書陳蕃傳：「尺一選舉。」注：「尺一謂板長尺一，以寫詔書也。」吳均答蕭新浦詩：「身紆丈二組，手擎尺一詔。」

〔一〇〕漢書嚴助傳：「陛下以方寸之印，丈二之組，鎮撫方外。」古辭陌上桑：「四十專城居。」

〔一一〕全唐詩話：「韓定辭聘燕，贈幕客馬彧詩曰：『盛德好將銀筆述。』後彧答聘常山，問韓『銀筆』之事，韓曰：『昔梁元帝爲湘東王時，好學著書，常紀忠臣義士及文章之善者，筆有三品，或以金銀雕飾，或以斑竹爲管。忠孝全者用金管書之，德行清粹者用銀筆書之，文章贍麗者以斑竹書之。故湘東之譽，振于江表。』」

〔一二〕玉柄麈，見外集再蒙寵示佳什殆無遺巧……詩注。

〔一三〕杜牧新轉南曹未叙朝散秋暑退出守吳興書此篇以自見志：「五字弄珠璣。」

〔一四〕杜牧贈别二首詩：「蠟燭有心還惜别，替人垂淚到天明。」

〔一五〕王維送元二使安西詩：「渭城朝雨浥輕塵，客舍青青柳色新。勸君更盡一杯酒，西出陽關無故人。」

〔一六〕蘇軾次韻錢越州詩：「謫仙歸侍玉皇案，老鶴來乘刺史轓。」元稹越州寄白樂天詩：「我是玉皇香案吏，謫居猶得住蓬萊。」

〔一七〕唐摭言十二：「薛保遜好行巨編，自號金剛杵。太和中，貢士不下千餘人，公卿之門，卷軸填委，率爲閽媪脂燭之費，因之平易者曰：若薛保遜卷，即所得倍於常也。」法苑珠林：「風輪堅固，不可沮壞，有大洛那力人以金剛杵擊之，杵碎，風輪無損。」論語述而：「與其進也，不與其退也。」

〔一八〕原注：「孔光傳云：弟子見光居大位，幾得其助，光終無所薦，其公如此。張禹傳云：禹成就弟子尤著者，淮陽彭宣至大司空，沛郡戴崇至少府九卿。」

蒙賜佳什欽歎不足不揆淺陋輒次元韻〔一〕

退之高文仰東岱，籍湜傳盟其足賴？固知法嗣要龍象，先生端是毗陵派〔二〕。方駕曹劉蓋餘力，壓倒元白聊一快〔三〕。向來班門收衆材，賓履費公珠幾琲〔四〕。三熏

南州
但知樓仰百尺顛，豈覺波涵千頃外〔七〕。

會有堪此事〔五〕，群犬未免驚所怪〔六〕。
短簿令公喜，巍峨峨冠陸離佩〔八〕。有如若士那可無〔九〕，筆勢已超聲律界。相將問
道留十日，滿座真成折牀會〔一〇〕。清詩忽復墮華牋，要使握瑜誇等輩〔一一〕。

【校】

〔題〕原本「蒙」誤「夢」，據丁鈔、聚珍本改，宜秋館本、點校本引明本同。〔聊一快〕原本「聊一」誤作「一聊」，據聚珍本乙。〔群犬〕聚珍本「犬」作「吠」。〔令公喜〕原本「令」誤「今」，宜秋館本同，據聚珍本改。

【箋注】

〔一〕此亦酬葛勝仲也。勝仲原作，今本丹陽集佚之。

〔二〕此言籍、湜未足以嗣退之，文章需要傳人，而以獨孤及之開啓風氣推勝仲也。毗陵派，指獨孤及，及嘗爲常州刺史，有毗陵集二十卷傳世，爲韓、柳先河。勝仲丹陽人，地與常州爲近，故以稱之。陳師道贈知命詩：「黑頭居士元方弟，不肯作公稱法嗣。」達摩傳：「波羅提法中龍象。」維摩經：「菩薩勢力譬如龍象蹴踏，非驢所堪。」梅堯臣朝謁建龍寺詩：「五天龍象護經窗。」

〔三〕方駕曹劉，見外集次韻家弟所賦詩注。唐摭言卷三：寶曆中，楊嗣復大宴於新昌里第，時

元、白俱在，皆賦詩於席上，唯刑部楊汝士侍郎詩後成，元、白覽之失色。詩曰「隔坐應須賜御屏」云云。汝士其日大醉，歸謂子弟曰：「我今日壓倒元、白。」詩話總龜前集卷十七，詩林廣記卷二引古今詩話亦載此事。

〔四〕漢書叙傳：「班輸榷巧於斧斤。」注：「班輸，即魯公輸班也；一説班，魯班也，與公輸氏爲二人，皆有巧藝也。故樂府云：『誰能爲此器，公輸與魯班。』」歐陽修與梅聖俞書：「昨在真定，有詩七八首。今録去。班門弄斧，可笑可笑。」史記春申君列傳：「趙使欲夸楚，爲瑇瑁簪，刀劍室以珠玉飾之，請命春申君。春申君客三千人，其上客皆躡珠履，以見趙使，趙使大慚。」

〔五〕國語齊語：「莊公將殺管仲，齊使者請生之。於是束縛以予齊使，比至，三釁三浴之。」注：「以香塗身曰釁，或爲熏。」韓愈答呂毉山人書：「方將坐足下三浴而三熏之，聽僕之所爲。」

〔六〕史記屈原傳：「邑犬群吠兮，吠所怪也。誹駿疑桀兮，固庸態也。」柳宗元答韋中立書：「庸蜀之南，恒雨少日，日出則犬吠。」

〔七〕百尺樓，屢見。世説新語德行：「郭林宗詣黄叔度，乃彌日信宿。人問其故，林宗曰：『叔度汪汪如萬頃之陂，澄之不清，擾之不濁，其器深廣，難測量也。』」

〔八〕南州短簿，謂富直柔。葛立方韻語陽秋卷十八：「先文康公知汝州日，段實臣爲教官，富季申爲魯山簿，而陳去非以太學録持服來寓。立方先人語人曰：『是三子者，非凡偶近器也。』

是時，富在外邑，以職事處之城中。列三人者薦於朝，以爲可用。」是其事也。世説新語寵禮：「王珣、郗超並有奇才，爲大司馬所眷拔。珣爲主簿，超爲記室參軍。超爲人多須，珣狀短小。于時荆州爲之語曰：『髯參軍，短主簿，能令公喜令公怒。』」楚辭涉江：「帶長鋏之陸離兮，冠切雲之崔巍。」

〔九〕淮南子道應：盧敖游乎北海，經乎太陰，入乎玄闕，至於蒙轂之上，見一士焉，軒軒然方迎風而舞。盧敖語之曰：「子殆可與敖爲友乎？」若士者曰：「……子處矣，吾與汗漫期於九垓之外，吾不可以久駐。」若士舉臂而竦身，遂入雲中。

〔一〇〕傳燈録卷七湖南東寺如會禪師，始興曲江人也。初謁徑山，後參大寂，學徒既衆，僧堂内牀榻爲之陷折，時稱折牀會也。

〔一一〕史記屈原傳：「何故懷瑾握瑜而自令見放爲？」

某蒙示詠家弟所撰班史屬辭長句三歎之餘輒用元韻以示家弟謹布師席〔一〕

雋永雜俎雖甚旨〔二〕，何似三冬足文史〔三〕。羨子皮裹西京書，議論逼人驚亹亹〔四〕。戲爲韻語網所遺，人皆百能子千之〔五〕。雖非張巡徧記誦〔六〕，豈與李翰争毫鼇〔七〕。不待區區隸古定〔八〕，便令景宗知去病〔九〕。掇要虛煩四十篇〔一〇〕，三卷之博能擬聖。儒林丈人摛藻春〔一一〕，作詩印可融心神〔一二〕。我亦從今悔迂學，不須更辨瓚稱臣〔一三〕。

【校】

〔題〕聚珍本無「某」字。〔韻語〕原本誤作「語韻」，據聚珍本乙。〔去病〕丁鈔、聚珍本「去」誤「競」，點校本引明本同。原本合。〔丈人〕聚珍本「丈」誤「文」，點校本引明本。

【箋注】

〔一〕若拙班史屬辭諸家著録未見，所稱葛勝仲題詠之作今本丹陽集亦無之。

〔二〕漢書蒯通傳：「通論戰國時説士權變，亦自序其説，凡八十一首，號曰雋永。」注：「雋，字兖反。雋，肥肉也；永，長也。言其所論甘美而義源長也。」唐書經籍志：「酉陽雜俎三十卷，段成式撰。」

〔三〕漢書東方朔傳：「朔年十三學書，三冬文史足用。」

〔四〕世説新語賞譽下：「桓茂倫云：『褚季野皮裏陽秋。』謂其裁中也。」梁書劉孝綽傳：「孝綽子諒，字求信，少好學有文才，尤博習晉代故事，時人號曰『皮裏晉書』。」晉書謝安傳：「此客亹亹，爲來逼人。」

〔五〕禮記中庸：「人一能之己百之，人十能之己千之。」

〔六〕韓愈張中丞傳後序：「嘗見嵩讀漢書，謂嵩曰：『何爲久讀此？』嵩曰：『未熟也。』巡曰：『吾於書讀不過三徧，終身不忘也。』因誦嵩所讀書，盡卷不錯一字。嵩驚，以爲巡偶熟此卷，因亂抽他帙以試，無不盡然。嵩又取架上書試以問巡，巡應口誦無疑。」

〔七〕舊唐書文苑傳下：「（李）華宗人翰，亦以進士知名，爲文精密，用思苦澀。禄山之亂，從友人張巡客宋州。巡率州人守城，賊攻圍經年，食盡矢窮，方陷。當時薄巡者言其降賊，翰乃序巡守城事迹，撰張巡、姚誾等傳兩卷上之。肅宗方明巡之忠義，士友稱之。」韓愈張中丞傳後序：「翰以文章自名，爲此傳頗詳密。然尚恨有闕者，不爲許遠立傳，又不載雷萬春事首尾。」

〔八〕書序：「科斗書廢已久，時人莫能知者，以所聞伏生之書考論文義，定其可知者，爲隸古定，更以竹簡寫之。」

〔九〕南史曹景宗傳：「帝於華光殿宴飲連句，令左僕射沈約賦韻。景宗不得韻，意色不平，啓求賦詩。時韻已盡，唯餘競、病二字。景宗便操筆，斯須而成，其辭曰：『去時兒女悲，歸來笳鼓競。借問行路人，何如霍去病。』帝歎不已。」

〔一〇〕唐書敬播傳：「房喬思顏師古注漢書文繁，令掇其要，爲四十篇。」

〔一一〕晉書王沉傳：「裴秀爲儒林丈人。」黄庭堅次韻王炳之惠玉版紙詩：「儒林丈人有蘇公，相如子雲再生蜀。」

〔二〕維摩經：「不于三界現身意，是爲宴坐，不起滅定而見諸威儀，是爲宴坐。能如是宴坐，佛即印可。」蘇軾入寺詩：「來從佛印可，稍覺魔忙奔。」

〔三〕顏師古漢書叙例：「臣瓚，不詳姓氏及郡縣。」按臣瓚姓氏，自裴駰、韋稜、劉孝標、酈道元、姚察已紛紛論之，或以爲于，或以爲薛，或以爲傅。顏師古云：「後人斟酌瓚姓，附之傅族耳，既無明文，未足取信。」

蒙再示屬辭三歎之餘讚巨麗無地托言輒依元韻再成一章非獨助家弟稱謝區區少褒之使進學焉亦師席善誘之意也

書如嘉穀要知旨，區區太沖空詠史〔一〕。百年能挂幾牛角，火急編摩時亹亹〔二〕。子柳家文類今無遺〔三〕，可忍行事空違之。此書真是群玉府〔四〕，事辭所不遺毫釐。不見劉勰書成要人定〔五〕，豈但令人愈頭病〔六〕。偶向車前問沈公，果符夢裏隨先聖〔七〕。兩詩入手喜生春，從今護持知有神〔八〕。便可繕寫持獻御，注解不須煩五臣〔九〕。

【校】

〔題〕聚珍本「讚」下有「美」字。又「稱」作「致」。

【箋注】

〔一〕左思有詠史詩。

〔二〕唐書李密傳：「密聞包愷在緱山，往從之。以蒲韉乘牛，挂漢書一帙牛角上，行且讀。越國公楊素適見於道，按轡躡其後，曰：『何書生勤如此？』」楚辭九辯：「時亹亹而過中兮。」

〔三〕新唐書藝文志：「柳宗直西漢文類四十卷。」

〔四〕穆天子傳：「群玉之山阿平無險，四徹中繩，先王之所謂册府，寡草木而無鳥獸。」

〔五〕南史劉勰傳：「初，勰撰文心雕龍五十篇，論古今文體。既成，未爲時流所稱。勰欲取定於沈約，無由自達，乃負書候約於車前，狀若貨鬻者。約取讀，大重之，謂深得文理，常陳諸几案。」

〔六〕魏志王粲傳注引典略曰：「（陳）琳作諸書及檄，草成，呈太祖。太祖先苦頭風，是日病發，卧讀琳所作，翕然而起，曰：『此愈我病！』數加厚賜。」

〔七〕文心雕龍序志篇：「予生七齡，乃夢彩雲若錦，則攀而採之。齒在踰立，則嘗夜夢執丹漆之禮器，隨仲尼而南行。旦而寤，迺怡然而喜。」

〔八〕新唐書劉禹錫傳：「（禹錫）素善詩，晚節尤精，與白居易酬復頗多。居易以詩自名者，嘗推爲『詩豪』，又言：『其詩在處應有神物護持。』」

〔九〕新唐書藝文志：「五臣注文選三十卷，衢州常山尉呂延濟、都水使者劉承祖男良、處士張銑、呂向、李周翰注。開元六年，工部侍郎呂延祚上之。」

昨日侍巾鉢飯于天寧蒙佳什謹次韻〔一〕

朱門未知禪脱義〔二〕，富不期奢奢自至〔三〕。二韮雖寒故是公〔四〕，萬羊賈禍徒封衛〔五〕。我公居塵不染塵，便隨一鉢遺甘辛〔六〕。出家雖非將相事〔七〕，食菜要是英雄人〔八〕。臞儒一生用心苦，何曾夢見雞映黍〔九〕。中丞惜福幸見分，晚食從公當羔羜〔一〇〕。

【校】

〔題〕聚珍本「蒙」下有「示」字。　〔二韮〕聚珍本「韮」作「薤」。

【箋注】

〔一〕此詩亦當是酬葛勝仲者，勝仲原作未見。

〔二〕法華經：「如來知見廣大深遠，無量無礙，禪定解脱，三昧深入無際，成就一切，未曾有法。」

白居易自覺詩：「我聞浮屠教，中有解脱門。」蘇軾謝惠方舄詩：「擬學梁家名解脱，便於禪坐作跏趺。」

〔三〕戰國策趙策三載平原君語：「公子牟游於秦，且東，而辭應侯。應侯曰：『公子將行矣，獨無以教之乎？』曰：『且微君之命命之也，臣固且有效於君。夫貴不與富期而富至，富不與粱肉期而粱肉至，粱肉不與驕奢期而驕奢至，驕奢不與死亡期而死亡至。累世以前，坐此者多矣。』」舊唐書音樂志：「儀鳳三年七月，上在九成宫咸亨殿宴集，奏破陣樂，舞，既畢，上顧謂韓王、霍王曰：『古人云：富貴不與驕奢期，驕奢自至。朕謂時見此舞，以自誡勗，冀無盈滿之過，非爲歡樂奏陳之耳。』」

〔四〕洛陽伽藍記卷三：「陳留侯李崇性多險悋，惡衣麤食，常無肉味，止有韭菹。崇客李元祐語人云：『李公一食十八種。』人問其故，元祐曰：『二韭一十八。』聞者大笑。」按太平廣記卷一百六十五引洛陽伽藍記「李崇」作「李崇」，又「韭菹」上多「韭茹」二字，當據補。

〔五〕太平廣記卷一百五十六引補録記傳：「李德裕爲太子太傅、分司東都時，嘗聞一僧善知人禍福，因召之。僧曰：『公災未已，當南行萬里。』德裕甚不樂，明日，復召之。……且問南行還乎，曰：『公食羊萬口，有五百未滿，必當還矣。』德裕歎曰：『師實至人！我於元和中，爲北都從事，嘗夢行至晉山，盡目皆羊，有牧者數十，謂我曰：此侍御食羊也。嘗記此夢，不泄於人，今知冥數固不誣矣。』後旬餘，靈武帥送米暨饋羊五百，大驚，召僧告其事，且欲還之。僧曰：『羊至此，是已爲相國有矣，還之無益，南行其不還乎！』」太平廣記卷九十八、類説卷二十三引宣室志略同。德裕封衛國公也。

〔六〕傳燈録：守清禪師，有僧問如何是和尚家風，曰：「一瓶兼一鉢，到處是生涯。」

〔七〕原注：「崔趙公問徑山曰：『弟子出家得否？』答曰：『出家是大丈夫事，非將相所爲。』出李肇國史補（卷上）。」

〔八〕南史何胤傳：「初，胤侈於味，食必方丈。汝南周顒與胤書，勸令食菜，故胤末年遂絶血味。」續高僧傳：「道基顧元奘師曰：『余少遊講肆多矣，未見少年神悟若斯人也。』席中聽侶，僉號英雄。」

〔九〕論語微子：「殺雞爲黍而食之。」

〔一〇〕原注：「洪州廉使問一禪師曰：『弟子喫酒肉即是，不喫酒肉即是？』答曰：『若喫是中丞禄，不喫是中丞福。』」按事見錢易南部新書卷己，原文作「江西廉使問馬祖」云云。又見傳燈録卷六，五燈會元卷三。參看錢鍾書管錐編三四九頁。

蒙再示佳什不敢虚辱厚賜謹再用韻

先生明經令蔡義〔一〕，念佛仍師大勢至〔二〕。食菜不待周顒書〔三〕，要斷貪殺兼自衛。顔回平生拾墮塵〔四〕，蓼蟲食蓼忘其辛〔五〕。先生種福我無禍〔六〕，成佛定是同功人。兩詩見戒言甚苦，肯賦黄雞啄秋黍〔七〕。從今但見懶殘芋〔八〕，不敢求嘗鑒虚犴〔九〕。

【校】

〔不敢求嘗鑒虚犴〕聚珍本此下有館臣案云：「以上五首，原本連接留别葛汝州詩後，未標所指何人。」

【箋注】

〔一〕漢書蔡義傳：「蔡義，河内温人也，以明經給事大將軍莫府。」

〔二〕原注：「大勢至王子曰：『我本因地以念佛，心入無生地。』」（下「地」字原本誤作「也」，據聚珍本改。）傳燈録卷三第二十六祖不如蜜多謂王曰：「此國當有聖人而繼於我。」是時，有婆羅門子年二十許（原本作「計」），幼失父母，不知名氏。或自言纓絡，故人謂之纓絡童子。遊行閭里，丐求度日。尊者謂王曰：「此童子非他，即大勢至菩薩是也。此聖之後，後出二人，一人化南印度，一人緣在震旦。」按纓絡童子即第二十七祖般若多羅也，事見同書同卷。

〔三〕南史何胤傳：「汝南周顒與胤書，勸令食菜，曰：『變之大者莫過死生，生之所重無逾性命，性命之於彼極切，滋味之在我可賒。若云三世之理誣，則幸矣良快，如使此道果然，而受形未息，一往一來，生死常事，則傷心之慘，行亦自及。丈人於血氣之類，雖不身踐，至於晨凫夜鯉，不能不取備屠門。財貝之經盜手，猶爲廉士所棄，生性之一啓鑾刀，寧復慈心所忍？騶虞雖飢，非自死之草不食，聞其風者，豈不使人多媿？丈人得此有素，聊復片言發起耳。』故胤末年遂絶血味。」

〔四〕家語：「孔子窮於陳、蔡之間，顏回得米而爨之。孔子望見回攫甑中飯而食之。飯熟，進孔子。孔子曰：『今夢見先君，食潔，欲饋。』回曰：『不可，向者炱煤入甑中，棄食不祥，因攫而食之。』孔子歎曰：『所信者目，所恃者心，今心目不足信而恃矣。』」李白雪讒詩：「拾塵掇蜂，疑聖猜賢。」柳宗元酬婁秀才將之淮南見贈之什詩：「機事齊飄瓦，嫌猜比拾塵。」炱煤，煙塵也。

〔五〕文選王粲七哀詩：「蓼蟲不知辛。」

〔六〕魏志陳思王植傳注引魏略：「（丁）廙嘗從容謂太祖曰：『臨菑侯天性仁孝，發於自然，而聰明智達，其殆庶幾。至於博學淵識，文章絶倫。當今賢才君子，不問少長，皆願從其遊而爲之死。實天之所以種福於大魏，而永受無窮之祚也。』」

〔七〕李白南陵别兒童入京詩：「白酒新熟山中歸，黄雞啄黍秋正肥。呼兒烹雞酌白酒，兒女嬉笑牽人衣。」末云：「仰天大笑出門去，我輩豈是蓬蒿人。」

〔八〕類説二引鄴侯家傳：「（李）泌在衡嶽，有僧明瓚，號懶殘。泌察其非凡人也，中夜前往謁焉。

懶殘命坐，發火煨芋以啗之，曰：『勿多言，領取十年宰相。』」亦見太平廣記卷三十八引鄴侯外傳，類説三十六、廣記九十六引甘澤謡。

〔九〕趙璘因話録卷四：「元和中，僧鑒虚本爲不知肉味，作僧素無道行。及有罪伏誅，後人遂作鑒虚煮肉法，大行於世。不妨他僧爲之，置於鑒虚耳。」

承知府待制誕生之辰輒廣善思菩薩故事成古詩一首仰惟經世之外深入佛海而某欲託辭以寄款款適獲此事發寤於心似非偶然者獨恨荒陋不足以侈此殊慶耳〔一〕

歲星欲吐芒不開〔二〕，昴星避次光低徊〔三〕。麒麟鸑鷟紛夾侍，善思菩薩當重來〔四〕。仙公風流今幾歲〔五〕，再託高門瑞當世。買香趁浴驚衆聾，要識此僧今我是。金粟後身何足言〔六〕，釋迦親送非虚傳。稽首西來大菩薩，住世小劫須千年。辛官説法聊應會〔七〕，餘事文章亦三昧。世間底物堪壽公？本自金剛無可壞〔八〕。

【校】

〔題〕原本「善思菩薩」作「善懷菩薩」，馮校：「四庫本作『思』，與注合，下同。」今據改。原本

「獨」下有「依」字，丁鈔、聚珍本俱無，今據刪。點校本改「依」作「恨」，未知所據。〔避次〕聚珍本「次」作「此」，非。

【箋注】

〔一〕宣和三年冬壽葛勝仲作，説見前外集某竊慕東坡以鐵拄杖爲樂全生日之壽今以大銅瓶上判府待制……詩注。

〔二〕史記天官書：「察日月之行，以揆歲星順逆。」漢書李尋傳：「歲星主歲事，爲統首，號令所紀。」晉書天文志：「歲星降爲貴臣。」

〔三〕書堯典：「日短星昴，以正仲冬。」次，謂躔次也。唐書天文志：「漢以後，表測景晷，以正地中，分列境界，上當星次，皆略依古。」事物紀原：「帝王世紀曰：『黄帝受命，乃推行星次，以定律度。』劉昭補漢志亦曰『黄帝定星次』。即今爾雅所記十二次與二十八舍之度，皆自黄帝創之也。」

〔四〕原注：「葛仙公起居注云：『于時在葛尚書家，尚書時年八十，始有此子。時有沙門自稱天竺僧，於市大買香，市怪問，僧曰：我昨夜夢善思菩薩生葛尚書家，將以香浴之。到生時，僧至，燒香，右繞三匝，禮拜恭敬，沐浴而止。』靈寶法輪經云：『葛仙公生始數日，有外國沙門見仙公（原本作「翁」，據聚珍本改），禮拜抱持，而告仙公父母曰：此是西方善思菩薩，今來漢地教化衆生。』」

〔五〕晉書葛洪傳：「從祖玄，吴時學道得仙，號曰葛仙公。」陶弘景吴太極左仙公葛公碑記葛玄事，語殊不明。參看錢鍾書管錐編一四三三頁。

〔六〕文選頭陀寺碑：「金粟來儀，文殊戾止。」李善注：「發迹經曰：『净名大士，是往古金粟如來。』」唐詩紀事：「佛家有金粟影如來，王摩詰援筆寫之，放大毫光，觀者皆倍施其財。」李白答湖州迦葉司馬問白是何人詩：「金粟如來是後身。」

〔七〕法華經普門品：「應以宰官身得度者，即現宰官身而爲説法。」

〔八〕法苑珠林：「西方有人神，相貌猙獰，身披金甲，手持寶刀，名曰金剛。嘗衛世尊説法于雷音寺。」指月録：「婺州木陳從朗禪師，因金剛倒，僧問：『既是金剛不壞身，爲甚却倒地？』師敲禪牀曰：『行住坐卧。』」傳燈録卷八：汾州無業禪師曰：『汝等當知心性本自有之，非因造作。猶如金剛，不可破壞。』」

遊紫邏洞〔一〕

我不願封萬户侯，願向紫邏從公游〔二〕。鄆州溪堂虢州洞，未有退之詩可留〔三〕。水近山流清澈底，竹飽千霜節如此。廊廟之具千金軀〔四〕，底事便著山巖裹〔五〕。蒲鞭掛壁一事無〔六〕，環佩聲中了朝晡〔七〕。祝融不到林深處，客至五月懷貂狐。徇華大夫無此樂〔八〕，從渠遮山用翠幙〔九〕。若問此間奇絶處，但道胸中有丘壑。

【校】

〔林深〕聚珍本作「深林」。

【箋注】

〔一〕正德汝州志卷十二：「紫邏山，在伊陽縣東北十里。」嘉慶一統志卷二百二十四河南汝州山川：「紫邏山，在伊陽縣東十里，相傳山口爲大禹所鑿，導汝水自東出。杜甫送賈至出汝州詩：『雲山紫邏深。』即此。九域志：梁縣有紫邏山。」葛勝仲丹陽集卷十八次韻去非題紫邏洞詩：「一麾謬作東諸侯，邂逅兩玉陪遨游。引泉疊山作竹洞，持以奉客充淹留。瀰瀰清流出潭底，辟疆萬箇那勝此。奇礓丈六照幽亭，雅稱幼輿巖石裏。人所應無君盡無，哦詩擁卷窮晨晡。指物成形直題署，便欲相稱詩董狐。雲水相從樂復樂，汝陽太守自賓幕。不用飛章乞會稽，聳秀交流看巖壑。」觀勝仲所和，則此洞乃人工構築，取紫邏以爲名耳。詩當作於宣和二至四年間。

〔二〕李白與韓荆州書：「生不願封萬户侯，但願一識韓荆州。」

〔三〕韓愈有鄆州溪堂詩。又有奉和虢州劉給事使君三堂新題詩二十一首，其竹洞一首云：「竹洞何年有？公初斫竹開。洞門無鎖鑰，俗客不曾來。」

〔四〕三國志蜀志許靖傳：「許靖夙有名譽……蔣濟以爲『大較廊廟器也』。」史記袁盎傳：「臣聞千金之子，坐不垂堂。」

〔五〕世説新語巧藝：「顧長康畫謝幼輿在巖石裏，人問其所以，顧曰：『謝云：一丘一壑，自謂過之。此子宜置丘壑中。』」

〔六〕後漢書劉寬傳：「典歷三郡，温仁多恕，吏人有過，但用蒲鞭罰之，示辱而已。」異苑：「崔景真作守，有惠政，常懸一蒲鞭而不用。」

〔七〕柳宗元至小丘西小石潭記：「隔篁竹，聞水聲，如鳴佩環。」

〔八〕文選張景陽七命：「於是殉華大夫聞而造焉。」李善注：「殉，營也；華，浮華。」

〔九〕因話録二：「(李約)笑曰：『某所賞者，疎野耳。若遠山將翠幕遮，古松用綵物裹，腥羶涴鹿掊泉，音樂亂山鳥聲，此則實不如在叔父大廳也。』」

書堂石室銘并序〔一〕

諫議周公讀書之石室，在武岡之紫陽山。千尋石室，其下廣焉〔二〕，延袤十丈〔三〕，蓋雷霆鬼神之爲，非人力所就者。前臨溪水，左右微徑，曠絶峭嶢，登者所難。公於是學焉，既成出仕，遂列法從，爲嘉祐名臣。其子孫食舊德之名氏者，至于今不絶。建炎庚戌之春，與義避地過焉。公不可復見，其石室巋然，因感歎慕，鑿其傍而銘之曰：

巍巍仁祖，軼堯邁禹〔四〕。揆厥所因，中外有人。有列周公，聰明正直〔五〕。推原厥本，功在石室。仁祖在天〔六〕，公在列星〔七〕。石室在茲，公實臨之。咨爾山鬼，護而勿失〔八〕。咨爾裔孫，肅茲草木〔九〕。後有興者，無愧茲石。

【校】

〔題〕原本無此文，丁鈔、聚珍本亦僅有銘語，無序文。點校本據李氏藏本第十四卷補入，此從之。

〔有列〕聚珍本「列」作「懷」。

【箋注】

〔一〕點校本引增注：「武岡本拾遺有石室銘一首，建炎四年，紫陽周氏甥館之作。」今按輿地紀勝卷五十九荆湖南路寶慶府人物：「陳與義，號簡齋，建炎初，避地邵陽周氏之家。有詩甚富。後召爲參政。」（按「建炎初」當作「建炎末」。）同書武岡軍景物下：「紫陽山，周儀諫議，嘉祐名臣，有讀書堂在紫陽山。千尋石室，前瞰溪，簡齋所謂『雷霆鬼神之所爲，非人力之所能就也』。」同書同卷人物：「周儀，紫陽人，登雍熙甲科。子湛，登天禧第。少讀書山中，刻勵於學。後爲諫議大夫，實嘉祐名臣。臨終遺命，邵陽祖疇，悉分家族。」（以上三條，方輿勝覽卷二十六略同。）又輿地紀勝卷六十二荆湖南路武岡軍風俗形勝引陳簡齋周氏讀書石室銘：「嘉祐名臣，其子孫食舊德之名氏者，於今不絕。」即此序中語也。嘉慶一統志卷三百六十湖南寶慶府：「武岡州，在府西南二百八十里，東至邵陽縣界一百五十里。宋崇寧三年升爲武岡軍，治武岡縣，屬荆湖南路。」又：「紫陽山，在武岡州東一百五十里。」又：「諫議書院，在武岡州東紫陽山，宋諫議周儀讀書處，明成化間建。」是石室至明代嘗改建書院也。

〔二〕增注：「按字書，廣，魚掩切，因巖爲屋。」今按：據增注，則字當作广，説文：「广，因厂爲屋也。」段注：「厂者山石之崖巖，因之爲屋，是曰广。」廣韻：「广，因巖爲屋。魚檢切。」是也。

〔三〕增注：「王褒聖主得賢臣頌云：『崇臺五增，延袤百丈。』按字書：袤，長也，東西曰廣，南北曰袤。」

〔四〕增注：「揚雄河東賦：『軼五帝之遐跡。』唐孫伏伽傳：『隋失天下，自謂功德盛五帝，邁三王。』」

〔五〕左傳莊公三十二年：「神聰明正直而壹者也。」

〔六〕增注：「詩云：『三后在天。』」

〔七〕增注：「莊子：『傅説乘東維，騎箕尾，而比於列星。』」

〔八〕增注：「楚辭有山鬼篇。」

〔九〕增注：「詩：『維桑與梓，必恭敬止。』注：『謂鄉里有祖父所植之木在焉，不敢不敬。』」

研銘〔一〕

無住菴，老居士。紫玉池，娱晚歲。不出菴，書誦偈。誰使之，践朝市？入承明〔二〕，司帝制。如智井〔三〕，久不治。百尺泉，來莫冀。古之人，輕百計。惟出處，不敢易。嗟已晚，覺非是。勒斯銘，戒後世。

【箋注】

〔一〕此文未詳何年所作。本集卷二十九觀雪詩始見無住菴之名，詩爲紹興五年冬寓居青鎮之作。銘云：「入承明，司帝制。」則最早亦當作於紹興二年四月試中書舍人兼掌内制之後。

〔二〕漢書嚴助傳：「君厭承明之廬。」張晏注：「承明廬在石渠閣外。」

〔三〕左傳宣公十二年：「目於智井而拯之。」釋文：「智，烏丸反。智井，廢井也。」

頤軒記〔一〕

余客汝州，識治獄掾陳德潤，與之語，肺肝無溪壑也〔二〕。奔走百僚之底，未嘗一日有怠容。後官太學，而其弟道醇肄業焉。宦學萬里，貧不振；天子幸學，官之，澹然不色喜。余以是媿其兄弟。道醇間語曰：「我又有隱居不稼之兄，廬西山之下，其燕居所，榜之曰頤軒。前崖岫之嶜崒，後磵壑之琮琤，煙雲草木，晦明寒暑，出天地之奇變以娱軒中之人。世之得喪利害無所經其懷。我與汝州掾心不能忘也。」余面贊之曰：「鍾皓有兄不仕，皓亦逡巡難進，居官有聞〔三〕。何點棲遁求志，而其子弟遺進退之節，後世莫訾焉〔四〕。而今而後，知二子之師友不在他，在頤軒爾。」於其歸也，申以告之曰：「大丈夫用世非難也，無媿子頤軒之兄爲難也。其亦告子頤軒之兄：不仕非難也，行義風烈有聞於鄉里，無愧乎前之山，後之磵，爲難也。古之君子，居也，其仕也，其道一也而已。二子方將爲軒冕所縻，異日風績振耀，而用舍行藏，可觀可紀〔五〕，則頤軒之進德，亦可占矣。」道醇曰：「是蓋頤軒之紀！盍書之？」乃録大略，使歸書之其壁，且以告德潤云。洛陽陳去非記。

【校】

〔治獄掾〕原本「掾」誤「椽」，據丁鈔、聚珍本改，下同。點校本引明本同。〔宦學〕原本「宦」作「官」，據聚珍本改。〔不稼〕聚珍本「稼」作「仕」。〔磵壑〕聚珍本作「澗」。〔無媿子〕聚珍本「子」作「于」，點校本引明本同。〔其亦告子〕聚珍本「子」作「于」，點校本引明本同。

【箋注】

〔一〕此文當作於宣和四、五年間簡齋任太學博士時。葛勝仲丹陽集卷二十一有次韻德升頤軒書懷一首，卷二十二又有次韻德升頤軒詩五首，不識即此頤軒否？德升，當即李擢，已見前。

〔二〕國語：「叔魚生，其母視之，曰：『是虎目而豕喙，鳶肩而牛腹，谿壑可盈，是不可饜也。』」鹽鐵論：「川流不能實漏巵，山海不能澹谿壑。」注：「澹，古贍字。」顏延之庭誥：「古人耻以身爲谿壑者，屏欲之謂也。」

〔三〕後漢書鍾皓傳：「鍾皓字季明，潁川長社人也。爲郡著姓，世善刑律。皓少以篤行稱，公府連辟，爲二兄未仕，避隱密山，以詩律教授門徒千餘人。……前後九辟公府，徵爲廷尉正、博士、林慮長，皆不就。時皓及荀淑並爲士大夫所歸慕。李膺常歎曰：『荀君清識難尚，鍾君至德可師。』」

〔四〕南史何尚之傳附何點傳：「點字子晳……家本素族，親姻多貴仕，點雖不入城府，性率到，好狎人物，遨游人間，不簪不帶。以人地並高，無所與屈，大言踑踞公卿，敬下。或乘柴車，躡草屩，恣心所適，致醉而歸。故世論以點爲孝隱士，弟胤爲小隱士，大夫多慕從之。時人稱重其通，號曰游俠處士。」又弟胤傳：「初，胤二兄求、點並棲遁，求先卒，至是胤又隱，世號點爲大山，胤爲小山，亦曰東山。兄弟發迹雖異，克終皆隱，世謂『何氏三高』。」

〔五〕論語述而：「用之則行，舍之則藏。」

跋郭節度父墓誌銘〔一〕

自古將帥之世，其功名福祚，鮮有克全。至漢辛武賢父子始傳世爲名將，史氏賢之,又發於叙傳,榮華至今〔二〕。本朝郭氏,乃有累世之美,勳業書於竹帛,閥閲耀於一時。至殿帥益顯,遂以宿將用也。不見其形,願察其影,其受祉若此,則其所行可知矣。夫當頌以規者,同郡之至情也。天下方有難,非血誠壯烈不足以解國家之憂,殿帥勉之!亦以告意氣之同者。

【校】

〔又發於叙傳〕丁鈔「發」作「録」。聚珍本「叙」作「序」。〔國家之憂〕聚珍本無「之」字。

【箋注】

〔一〕郭節度,未詳。以本文結尾觀之,當是南渡以後之作。

〔二〕謂辛武賢及子慶忌也。漢書辛慶忌傳:「慶忌居處恭儉……爲國虎臣。遭世承平,匈奴、西域親附,敬其威信。年老卒官。長子通,爲護羌校尉;中子遵,函谷關都尉;少子茂,水衡都尉,出爲郡守,皆有將帥之風。宗族支屬至二千石者十餘人。」又叙傳:「武賢父子,虎臣之俊。」

附録一　佚詩文

詩

山居

以下四首輯自厲鶚宋詩紀事卷三十八引珊瑚網。

耿耿虚堂一榻秋，人間高枕幾王侯。亂雲未放曉山出，片月不隨溪水流。檢校一身渾是嬾，平章千古得無愁。湘波見説清入骨，恨不移家阿那州。

雨過

水堂長日静鷗沙，便覺京塵隔鬢華。夢裏不知涼是雨，卷簾微濕在荷花。

按李日華六硯齋筆記卷一：甲午十二月十有七日，過項公定，出觀書畫卷二十餘函，内有宋陳簡齋詩卷，書法高朗頎秀似李北海，而清栗踰之。有句云：「夢裏不知涼是雨，醒來微濕在荷花。」殊幽蒨可喜。

長干行

妾家長干里，春慵晏未起。花香襲夢回，略略事梳洗。妝臺罷鬬鏡，盛色照江水。郎帆十幅輕，渾不聞櫓聲。曲岸轉掀蓬，一見兮目成。羞聞媒致辭，心許郎深情。一牀兩年少，相看悔不早。酒懽娛藏鬮，園嬉索鬬草。含笑盟春風，同心以偕老。郎行有程期，郎知妾未知。鵠首生羽翼，蛾眉無光輝。寄來紙上字，不盡心中事。問遍相逢人，不如自見真。心苦淚更苦，滴爛閨中土。寄語里中兒，莫作商人婦。

九日家中

風雨吴江冷，雲天故國賒。扶頭呼白酒，揩眼認黄花。客夢蛬聲歇，邊心雁字斜。明年又何處，高樹莫啼鴉。

荔支

此一首輯自全芳備祖後集卷一，原書無標題。

炎精孕秀多靈植，荔子佳名聞自昔。絳囊剖雪出瑚盤，尋常百果無顔色。閩天六月雨初晴，星火熒煌耀川澤。歘如彩鳳戲翺翔，爛若彤雲堆翕赩。中郎栽品三十二，陳紫方紅冠儔匹。

鹽烝蜜漬尚絶倫，啄瓊空羡南飛翼。我聞至和全盛時，貢輸不減開元日。涪州距雍已云遠，況此奔馳來海側。繡衣使者動輶車，黄紙封林遍阡陌。浮航走轍空四郊，妙品人間無復得。似聞供給只纖毫，往往盡入公侯室。驪山廢苑狐兔静，艮嶽新宫鼙鼓急。繁華今古共凄涼，遶樹行吟悲野客。西風刮地戰塵昏，一聽胡笳雙淚滴。

春晚 此一首輯自胡應麟詩藪。

舍南舍北草萋萋，原上行人路欲迷。已是春寒仍禁火，楝花風急子規啼。

詩藪外編卷五：陳去非「舍南舍北草萋萋……」（春晚）。右諸絶皆宋人近似者，然率中晚唐詩耳。

萬玉亭 以下二首輯自光緒湖南通志。

萬玉中間作此亭，規模雖小意高深。稚篁畏日生簷下，老樹禁風長緑陰。不道官中盡湯火，誰知鬧裏有山林。公餘獨在斜陽外，百歲頑身萬古心。

宣風樓

樓迥雲隨畫栱飛，捲簾又映雪晴時。千林凍解陰霾掃，放出青山分外奇。

光緒湖南通志卷三十四古蹟，武岡州：九曲亭在州東，有流泉，昔人作亭其上以流杯，又名萬玉亭（明統志）。宋陳與義萬玉亭詩云云。又：宣風樓在州治東，宋建（一統志）。宋陳與義宣風樓詩云云。

蠟梅　輯自全芳備祖卷四。

不施千點白，別是一家春。

文

賀丘侍郎（宗）啓　輯自永樂大典卷七千三百四引陳簡齋集。

顯承天寵，晉貳地官，涣汗之揚，師言惟允。某官清朝偉望，昭代英才，風人二雅之文，皆有典則；方伯三監之効，蓋出緒餘。頃從畿甸之聯，來定曲臺之禮。凡所建白，色動冕旒；立皆施行，功在宗廟。矧是遠交之好，誰知專達之才。豈煩使之徒云，將寵光之狎至。求諸掌故，在此勞還，屬省禁之缺員，宜周行之循次。上方弄印，謂見大夫之無人；公未入疆，出諸君子之不意。徑從絶域，遂扈某泉，以睿簡之彌勤，非民曹之可久。某受知最厚，贊善實多。公論不誣，猶曰用賢之晚；交情所屬，政惟行道之難。

劉一止除起居郎制 輯自苕溪集卷五十五，原注：「紹興二年七月十五日，陳與義行。」

敕：左奉議郎守監察御史劉某。朕于干戈多故之辰，崇奬文士；人物凋喪之後，選擇近班。庶幾朝廷之光，以副天下之望，肆于所得，不次命之。以爾儒服退然，執義甚固，文聲藉甚，進官晚成。比由中秘之聯，稍與南臺之選，載稽公議，有簡朕心。遂賜贊書，俾司史事，進直螭陛，退居鸞臺，極于儒者一時之榮，以爲多士稽古之勸。往哉祗服，益勵爾修。可特授依前官試起居郎。

劉一止除宫祠制 輯自苕溪集卷五十五，原注：「紹興二年八月三十日下，陳與義行。」

敕：左奉議郎試起居郎劉某。朕于艱難之際，雖暴衣露蓋，不敢康寧，而旁招四方之才，與之治天職，食天禄，延見訪問，禮貌加焉，惟恐失士大夫之心，可謂無負矣。苟或負朕，其可不懲！爾自少吏列耳目之官，又親擢之以爲柱史，冀爾助朕，以成中興之績。今乃不然，朋比奸回，更相借譽，竊弄威柄，漸不可長，抑而不揚，何以爲政？其罷所任，往食祠宫，尚禮寬恩，無忘循省。可罷起居郎，特授依前官主管台州崇道觀。

論人材

以下四篇輯自建炎以來繫年要録。

臣竊見陛下憂勤庶政，日昃不食。臣嘗深思政治之要，不過擇人，欲無遺才，不若素察。陛下垂意黎庶，不爲不切，而近郡之守，或一歲之間乃至數易。選擇在廷之臣按查諸路，猶或失之，至於改命，皆以見在人材寡少故也。若稍修臺省寺監之缺，悉召天下之材，聚之朝廷，詳試以考其能，還觀以究其藴，緩急任使，豈憂乏人？或謂大農之資不可增，則今州縣添差之官豈不食於民力，而於此顧惜之乎？自古急於人材之代，必有收訪之術。今之士大夫，雖更數年夷狄盜賊之禍，而流落堙晦，散在諸路，尚多有之。其不願從仕者少，而困於無津，不能自達者多。若使諸郡每一季或半年，以里居不仕及流寓之人並列姓名爵里以聞，則披籍一覽，可以盡知矣。

建炎以來繫年要録卷六十：紹興二年十月乙丑，中書舍人兼侍講陳與義言云云。又：詔諸路州軍如所陳，開具尚書省。

論選人

自艱難以來，選人用恩賞改官者甚多，用舉主改官者甚少。欲自今磨勘改官人，從上收使五員外，有賸數，從本部行下所舉官司令再舉，庶幾少寬士人平進之路。

建炎以來繫年要録卷七十一：紹興三年十二月丁未，吏部侍郎陳與義言云云。　又：從之。

請搜訪上書黨籍人姓名録

陛下褒恤元祐黨籍及元符上書人，碩大光明者既已盡録；亦有姓名不熟於人，而多故之後，無籍以考。昨黄策以蔡京所書黨碑及國子監所印上書黨籍人姓名録白來上，付在有司，遭火不存。則有子孫自陳者，乃以胥吏私鈔之本定其是非。望再行搜訪。

建炎以來繫年要録卷七十三：紹興四年二月乙未，左朝請郎致仕翁昇特遷一官，以自言元符末上書入籍故也。吏部侍郎陳與義言云云。　又：乃命吏部訪尋真本，繳申左右司審驗乞，送部使。原注：「昇遷入邪中等第三十四人。日曆：與義奏下在丙申，今附出此。」

請申嚴奏讞不當之令

司馬光嘗奏乞天下州軍勘到强盜，情理無可憫，刑名無疑慮，輒敢奏聞者，並令刑部舉駁，重行典憲。應奏大辟，刑部於奏鈔後別用貼黄，聲説情理如何可憫，刑名如何疑慮，今擬如何施行。門下省審，如有不當及用刑破條，即奏行取勘。光以道德名臣，議論如此，豈其樂殺人哉？

乃所以禁姦暴，申寃枉，期於庶獄平允，而措一世於無刑也。陛下哀矜庶獄，恐中外之吏容心毁法，而州郡妄奏以出入人之罪者尚多有之。伏望睿意，採用司馬光之言，申嚴立法，以幸元元。

建炎以來繫年要録卷八十八：紹興五年四月壬子，給事中陳與義言云云。按：建炎以來朝野雜記甲集卷六姚次韓論奏讞條「紹興初，陳去非在黄門，始申嚴奏讞不當之令」云云，當即指此。

論選人改官事 以下三篇輯自宋會要輯稿。

建炎三年四月八日敕文：遵用嘉祐法。自敕降後，諸路奏舉選人改官，其監司舉改官員額，若用嘉祐之數，係行增添，自合遵依元豐法。

宋會要輯稿職官二之三四：紹興三年六月九日，吏部侍郎陳與義言云云。又：從之。

言事

本部昨承指揮，令諸州軍以遠近每月每季隨官資四選，各具闕狀一本申部，其諸屬官未有取索闕，乞令逐路依紹興二年已得指揮施行。

宋會要輯稿職官八之十一：紹興三年八月二十日，吏部侍郎陳與義言云云。又：從之。

於古。

議明堂之禮

竊惟明堂之禮，有西漢武帝汶上之制，紹興元年實已行之。若再舉而行，適宜於今，無戾於古。

宋會要輯稿禮二四之八六：紹興四年四月六日，禮部太常寺言，禮部侍郎兼侍講權直學士院陳與義奏云云。

朱勝非起復制　輯自雞肋編、四六談麈。

卷予次輔，方宅大憂。

於戲！邦勢若此，愈積薪之已然；民力幾何，懼奔駟之將敗。朕之論相，何可以不備？卿之圖功，亦在於攸終。

莊綽雞肋編卷二：紹興三年七月，朱勝非以右僕射丁母憂，未卒哭，降起復制，吏部侍郎權直學士院陳與義文也。以「茲宅大憂」四字，令翰林學士綦崈禮貼改爲「方服私艱」，陳待罪而放。議者謂麻制中有「於戲！邦勢若此……亦在於攸終」。同列惡其言，故以「宅憂」疵之。又：謝伋四六談麈：陳去非草故相義陽公起復制云：「卷予次輔，方宅大憂。」有以「宅憂」爲言者，令貼麻。陳改云「方服私艱」，說者又以爲語忌。又苕溪漁隱叢話後集卷三十四亦引此條。費衮梁谿漫志卷五：近世謝景思伋作四六談麈，載罪，非令其自貼改也。又三朝北盟會編卷一百五十五：七月，朱勝非起復尚書右僕射同中書門下平章事。朱勝非丁母憂，執喪居廬，遣使奪哀，强起之。三辭不獲，王人踵至。賜詔有曰：「念同心相與而共吾事，惟二三臣；其一日不可以違朕躬，如左右手。」又曰：「朕方興復是圖，蓋一切當從權以有濟；卿既安危所繫，何三年不從政之可言。」勝非辭愈切，及叙本朝典故，屬同列開陳。上謂「匪卿疇克任者」，虚府以有待。又賜親筆詔曰：「卿罹私艱，已踰卒哭之制，而朕待卿爲政，奚啻三秋耶！蓋恩由義斷，情以理奪，古所然也。況成命已頒，輿情胥悦，卿毋濡滯，以咈朕心。」勝非得詔，皇恐不敢辭。上命督促甚至，不得已而造朝。按三朝北盟會編所載前詔，未著何人所行，疑即簡齋所行制詞中語，存以俟考。

陳去非草義陽朱丞相起復制云云。按景思記此二事皆誤。「宅憂」二字，乃有旨令綦處厚貼麻，去非曾待

待罪狀

輯自建炎以來繫年要録。

今月二十一日晚，伏蒙宣詔，令草朱勝非起復制。切覩二十三日三省同奉聖旨，令綦崈禮貼改四字。（下缺）

建炎以來繫年要録卷六十七：紹興三年秋七月乙亥，朱勝非起復舊官，守尚書右僕射同中書門下平章事兼知樞密院事，特命睿思殿祗候陳彦臣宣押赴行在。初召當直學士陳與義草麻，右二日，復命學士綦崈禮貼改四字。與義上疏待罪，詔釋之。原注：「熊克小曆：『七月癸酉，右僕射朱勝非起復。』蓋從日曆所書也。樓鑰所修宰相拜罷録在乙亥，而洪遵中興玉堂制草乃注云『七月二十三日』，三書不同。按與義待罪狀云云。二十一日，甲戌也。據此，則與義以甲戌草制，乙亥宣麻。不知日曆何以差誤，今不取。」

法帖釋文刊誤進書表 輯自説郛。

右臣先准御前降到法帖一十卷並釋文一册，付臣校正。臣將劉次莊所釋子細尋究，其誤者改之，闕者補之。亦有次莊以意妄釋，臣雖疑之，而不能曉其何字者，則存之不敢妄改。臣學書不廣，不能仰副使令，俯惟震懼。伏望陛下乙夜之閑，特賜睿覽定，以幸學者。所有法帖一十卷，釋文一册，謹具上進。

説郛卷八十九有簡齋法帖釋文一卷，書前載此表。周必大省齋文集卷十七跋陳簡齋法帖奏稿稱此書爲簡齋爲侍從時奉敕所撰。四庫總目卷二十一子部藝術類一墨經二卷附法帖釋文刊誤一卷，提要嘗論之。

淳化閣石帖跋 輯自輟耕録。

魏、晉法書，非人間合有。自我太宗皇帝刻石寵錫下方，見不滿十數。臣與義頓首謹書。

陶宗儀輟耕録卷六淳化祖石刻條：大梁劉衍卿世昌云：「大德己亥，婦翁張君錫攜余同觀淳化閣石帖，卷尾各有題跋。第七卷陳簡齋奉旨觀於秋香亭下」云云。

簡易帖 輯自寶真齋法書贊。

台眷，伏惟均被新祉。城中有委，願聞之。蒙眷照之厚，儻有所論，片紙見之，以從簡易，不識可乎？與義再拜。

岳珂寶真齋法書贊卷二十三陳參政簡易帖行書六行云云。跋云：「右紹興參政資政學士簡齋先生陳公與義字去非簡易帖真蹟一卷。公以詩翰宗於一時，而致位丞弼，直躬事上，終始無闕，如公者亦可以爲名臣矣。嘉泰甲子，予來行都，遇公之孫某於湖上，從容幾月，而得此帖。又二十載，乃褾而贊之」云云。

與夫人帖 輯自誠齋集卷二十六。

平江尚留兩日，（書中説）錢盡，再遣四尊。

大生帖 輯自無住詞胡注。

予庚戌歲客邵州，時鄉人邢子友爲監郡，一日過之。會天大暑，子友置席于超然臺上，得白蓮花置樽間，相對劇飲。至夜，踏月而歸，嘗作此詞。後九年，予守吴興，病歸越，而堂下白蓮盛開，意欣然，賞其高麗，爲獨酌一杯。數年多病，意緒衰落，不復爲詩矣。偶追記此詞，怳然如昨日云。紹興戊午五月廿四日。

無住詞邢子友會上虞美人詞，胡注引大生法帖云云。

徽宗皇帝謚册文（存目）

建炎以來繫年要録卷一百八：紹興七年春正月丁亥……報道君皇帝、寧德皇后相繼上仙。又卷一百九：二月甲辰，命參知政事陳與義撰謚册文，張守書，同知樞密院事沈與求篆謚寶。庚戌，吏部尚書孫近等請謚大行太上皇帝曰聖文仁德顯孝，廟號徽宗。按：簡齋所撰册文今未見，宋會要輯稿亦未載，今存其目。

顯恭皇后謚册文（存目）

建炎以來繫年要録卷一百九：紹興七年六月己酉，命參知政事陳與義撰顯恭皇后謚册文，吏部尚書孫近、兵部尚書吕祉篆三謚寶。按：宋會要輯稿帝系一之一四：「五月二十三日，命給事中胡世將譔謚議，參知政事張守譔册文，知樞密院沈與（求）書册文，參知政事陳與義篆寶文。」所記與要録不同。按會要謂命張守撰册文，事在五月二十三日，要録謂命簡齋撰册文，事在六月己酉，疑初以册文命張守，既而改命簡齋也。然今本簡齋集、毘陵集均不見此册文，姑從要録存此目，以俟再考。

滄浪集引（存目）

王象之輿地紀勝卷六十七京西南路光化軍人物：石溹字會川，光化人。博通古今，其詩淡泊，時出偉麗。

仕既不遭，晚歲自晦於田里。累官至朝散郎。有滄浪集十卷，陳與義去非爲作集引。子嵲，字巨山。陳去非少學詩於會川，巨山復問詩於去非。既登科，以文學受知當路，終敷文閣待制。嘗上中興復古詩。

按：會川既爲張嵲之父，則簡齋之表兄，元方、元東之兄弟行也。然「石潒」二字不可解，疑「石」字上蒙上文省「張」字（輿地紀勝石潒上一人爲張士遜），或「石」字爲「張」字之訛。宋史張嵲傳不載其父、祖名字，諸書亦未見有張嵲誌狀及封贈先代制詞，當再考。

附録二　誌傳之屬

陳公資政墓誌銘

張嵲

陳氏本居京兆，亡其世系所出。後遷眉之青城。至太常少卿贈太子太保諱希亮始以進士起家，官仁祖時，位雖不大通顯，而受知人主，知名當世，號鉅人長者。太常生恂，爲奉議郎，贈太子太傅。太傅生（疑有脱字），爲朝請大夫，贈太子太師。皆世其業，蓄德不施，鍾慶於後。太師元配馬氏，贈蘄春郡夫人。次配張氏，贈博平郡夫人，退傅鄧國文懿公之孫也。公諱與義，字去非。自其太王父歷官中朝，始又遷洛，故今爲洛人。公資卓偉，自爲兒童時已能作文辭，致名譽，流輩斂衽，莫敢與抗矣。登政和三年上舍甲科，授文林郎，開德府教授，除辟雍録。丁内艱，服除，爲太學博士，著作佐郎，司勳員外郎，擢符寶郎，謫監陳留酒。始公爲學官，居館下，辭章一出，名動京師，諸貴要人争客之。時爲宰相者横甚，强欲知公，不且得禍，公爲其薦達。宰相敗，用是得罪。既王室始騷，丁外艱，避地襄、漢，轉徙湖、湘間，踰嶺嶠。久之，召爲兵部員外郎。以紹興元年夏至行在所，爲起居郎，遷中書舍人，兼掌内制，天下以爲任職。拜吏部侍郎，以病劇辭，改禮部。後以徽猷閣直學士知湖州。召爲給事中，駁議詳雅。又以病告，爲顯謨閣直學士提舉江州太平觀。被召，會宰相適不樂公者，復用爲中書舍人。服以朝，且以狀言，有詔不許；既謝，上諭曰：「朕當自以卿爲内相。」九月，駕幸平江；十一月，拜翰林學士、知制誥。明年正月，爲參知政事。三月，從幸建康，是歲，紹興七年也。明年春，扈蹕還臨安，以疾請去，凡五請而後許，以資政殿學士特轉太中大夫、知湖州。陛辭，上勞問甚渥，且云：「姑遂雅志，行復用卿矣。」於是公疾益侵，遂請閒，提舉臨安府洞霄宫。是年冬，疾大甚，十一月某甲子，薨於烏墩之僧舍，年四十九。訃聞，贈某官，令有司給葬事，以某年月日葬某所。公清慎靖一，與人語，唯恐傷之。遇有可否，必微示端倪，終不正言極議。然容狀儼恪，不妄笑言。世皆知其以文字擅聲當世，而其謀略議慮，自過絶於人。參大政日淺，每師用道德以輔朝廷之闕失，張施措置，務於尊主威而振綱紀，調娛補察甚衆。平居與人接，謙下甚，然内剛不可犯。初，上流大將項領已成，宰相不善是，欲去之而不果。會其來朝，見公，頗自矜大。公正色謂曰：「藉使無若輩，朝廷豈乏使耶！」將色阻，不復敢出一語。公立朝無所附麗，前後官遷，一出於上。上遇公甚厚，而公益畏慎。其爲吏部侍郎，實司左選，會有武弁與吏部私鬭，不樂公者欲因是中之。事聞，他日公對，但具左選之在部者名數上之，終不自辨。喜薦達後輩，有一善，必極口稱借，或抑己善以奬之。其薦人於上，退未嘗語人，士以是慕嚮。唯上益知公忠順，故倚以大用，而公不幸早世，有識之士爲斯文惜焉。公尤邃於詩，體物寓興，清邃超特，紆餘閎肆，高舉横厲，上下陶、謝、韋、柳之間。公之外王父，鄧公之季子也，自號存誠子，善行草書，高視一世。其書過清，世俗莫知。公初規模其外家法，晚益變體出新意，姿態横出，片紙數字，得之者咸藏弆之。公娶周氏，某官之女，某郡夫人。男曰洪，某官。公之母與某同六世祖，視之爲叔祖姑。頃公寓居漢上，某從公遊，質問詩文利病。其後仕學，公頗有力，不專爲親也。既葬公若干年，洪謂某曰：「先公之墓木長矣，而銘文未立，使德善功烈不白著於後，奈何？願以銘屬。」予既辭謝不得，則爲取其世系行事而論次之，以爲之銘。其辭曰：

陳氏之先，蜀眉青城，本自秦徙，世系莫存。奉常起家，家始以大，官非甚達，顯融於代。歷官在東，更宅於洛，父子傅師，相繼有作。蓄往固本，以厚厥垂，是生哲人，爲世表儀。以文擅聲，以德致位，考其始終，無所恨媿。持身清慎，體不勝衣，摧折悍剛，不借色辭。薦士於朝，退不出口，一時慕想，士衆奔走。歷官閫政，惟上是擢，毗輔王猷，號令允鑠。來軫方遒，未晡而税，云亡之傷，實深其類。位雖不窮，維德有耀，勒銘墓碑，來世是詔。

紫微集卷三十五

陳與義傳

脱脱等

陳與義字去非，其先居京兆，自曾祖希亮始遷洛，故爲洛人。與義天資卓偉，爲兒時已能作文，致名譽，流輩歛衽，莫敢與抗。登政和三年上舍甲科，授開德府教授。累遷太學博士，擢符寶郎，尋謫監陳留酒稅。及金人入汴，高宗南遷，遂避亂襄、漢，轉湖、湘，踰嶺嶠。久之，召爲兵部員外郎。紹興元年夏，至行在，遷中書舍人，兼掌内制，拜吏部侍郎。尋以徽猷閣直學士知湖州。召爲給事中，駁議詳雅。又以顯謨閣直學士提舉江州太平觀。被召，會宰相有不樂與義者，復用爲中書舍人，直學士院。六年九月，高宗如平江。十一月，拜翰林學士、知制誥。七年正月，參知政事，唯師用道德以輔朝廷，務尊主威而振紀綱。時丞相趙鼎言人多謂中原有可圖之勢，宜便進兵，恐他時咎今日之失機。上曰：「今梓宫與太后、淵聖皆未還，若不與金議和，則無可還之理。」與義曰：「若和議成，豈不賢於用兵；萬一無成，則用兵必不免。」上曰：「然。」三月，從帝如建康。明年，扈蹕還臨安。以疾請，復以資政殿學士知湖州。陛辭，帝勞問甚渥。遂請閒，提舉臨安洞霄宫。十一月，卒，年四十九。與義容狀儼恪，不妄笑言，平居雖謙以接物，然内剛不可犯。其薦士於朝，退未嘗以語人，士以是多之。尤長於詩，體物寓興，清邃紆餘，高舉横厲，上下陶、謝、韋、柳之間。嘗賦墨梅，徽宗嘉賞之，以是受知於上云。

宋史卷四百四十五文苑七

陳與義傳

章定

陳與義，西洛人。河目海口，大耳聳峙，識者知其爲貴人也。政和中，以上舍釋褐；宣和中，擢館職，符寶郎。坐王黼罷相例出。建炎中，召爲臺郎，遷左史，除中書舍人，歷吏、禮二部侍郎，除直學士知湖州，復召爲西掖，遷内相，旋參大政，以資政殿學士奉祠。僑寓烏墩，壽不及中，詩人多恨之。有簡齋集十卷。葛勝仲爲集引云：「徽宗見所賦墨梅詩，善之，亟命召對，有見晚之歎。」

名賢氏族言行類稿卷十一

陳與義傳

柯維騏

陳與義字去非，其先居京兆，後爲洛人。登上舍甲科，歷太學博士，擢符寶郎，尋謫監陳留酒税。及高宗南遷，遂避亂襄、漢，轉湖、湘，踰嶺嶠。久之，召爲兵部員外郎。紹興中，累官翰林學士、知制誥，至參知政事。以疾請，與祠，卒，年四十九。與義容狀儼恪，不妄言笑，雖謙以接物，然内剛不可犯。其薦士於朝，退未嘗以語人，士以此多之。尤長於詩，體物寓興，深邃紆餘，高舉横厲，上下陶、謝、韋、柳之間。嘗賦墨梅，徽宗嘉賞之，以是受知於上云。

宋史新編卷一百七十一文苑三

陳與義傳

錢士升

陳與義字去非，洛人。上舍甲科，歷太學博士。高宗南遷，避亂襄、漢，轉湖、湘，踰嶺嶠，紹興中，累官翰林學士、知制誥，至參知政事，予祠，卒。容狀儼恪，不妄言笑。薦士於朝，退未嘗以語人。長於詩，體物寓興，清邃紆餘，上下陶、謝、韋、柳間。自號簡齋居士。有無住詞一卷。南宋書卷六十三文苑傳

簡齋記

牟巘

人之有宗族，猶水之有源委，木之有根幹，其所從來遠矣。司馬子長、班孟堅皆嘗自叙，李翺及舊史皆稱韓氏自叙其先本漢司空稜，潁川人，後徙陳留中，昌黎韓文公之先世也。世之自叙，率本諸此。惟陳氏本京人，繼遷蜀之青神，太常公徙雒陽。長子忱，京東轉運使。靖康中，運使子慈州司士參軍揮，避地蒲之猗氏，遂家焉。簡齋則太常次子恂之孫也。靖康南來，紹興間參知政事。以疾請去，除資政殿學士知湖州，歸老烏墩之精舍。既歿，遂窆于歸安縣廣德鄉上强里之岩山。南北隔絶，二百五十餘年，兩房子孫，簪纓不絶，但不復相聞。區宇混一以來，參軍之五世孫損齋公來爲浙東廉訪使，參政之五世孫垕訪損齋浙東，叙兄弟焉。離而復合，夫豈偶然。然損齋慨念水木本源，自浙東謁告來霅，拜簡齋之墓。漢人以過家上冢爲榮，公之此行，蓋爲得之。俾予識其顛末，將刻石列之冢祠。予與簡齋之先俱蜀人，今寓于霅，竊慕公尊祖敬宗之義，不敢以固陋云。永樂大典卷二千五百三十五齋字韻「簡齋」條；又陵陽集卷十一

武岡向權叔家有陳魏祠堂合祀簡齋鶴山惟兩公世異事殊實難牽合諸公既極推引復徵予言

陳　杰

簡齋以詩冠兩都，鶴山以文擅江東。茲溪僻在萬山底，遼絶安能來兩公？或擅天關忤九虎，或走窮海隨六龍。畏途迂車一笑粲，遠謫信仗雙音跫。誰其主者林下叟（句指陳簡齋），又誰嗣之大雅翁（句指魏鶴山）。詩題田家足渾朴（見陳詩），帖送石刻何舂容（魏送學記）。百年向氏兩奇遇，千載江山真發矇。到今窗户有佳色，尚想林壑生清風。恭惟人物一代幾，伊洛既竭岷峨空。艱虞各行天下半，名數況復參樞崇。高吟大册照寰宇，如此過化良亦匆。泥上指爪東西鴻，精神如水行地中。偶然流落亦安計，牽合推引驚盲聾。二公德業吾豈敢，淺陋最識詩文工。平生此兩大家數，秤較力量能無同。創聞合祀適有契，一瓣聊借歌詞通。

自堂存稿卷一

題武岡向敏衡無加莊

王義山

恭惟陳簡齋，與鶴山魏公，堂堂二先生，後學之所宗。遺跡所到處，百世猶高風。武岡有向氏，乃祖家詩禮。簡齋曾來訪，鶴山亦踵至。二先生來時，草木亦光賁。主人踴躍迎，出門見大賓。大帶束深衣，整容而肅襟。揖客坐上座，樽酒與細論。向氏家本儒，苦無黄金籯。惟有無加莊，留以遺子孫。此莊不在田，非謂三百囷。莊者敬之謂，爲學之入門。乃祖燕後人，有書便不貧。能令二先生，肯來共斯文。向來吾南昌，隱者蘇雲卿。魏公令地主，而來訪一民。匹夫道義重，王侯失其尊。古人不傲士，此風今猶存。稼村類稿卷三

嘉泰吴興志

談鑰

陳與義，紹興四年九月二十日，以徽猷閣直學士、左奉議郎到任，五年二月二十五日，召除給事中。紹興八年四月初二日，以資政殿學士、左大中大夫到任，至七月十一日，准勅，依所乞提舉臨安府洞霄宫。卷十四郡守題名

吴興備志

董斯張

葉懋字天經，烏程人，少嗜學多識，談論亹亹不窮。善爲文，尤長於詩歌，少師陳簡齋與義、高僧大圓洪智，皆擅詩名，嘗唱酬芙蓉浦上，後名其處曰「三友亭」。與義嘗移書於懋：「忽憶扁

舟尋二子。」蓋指懋與洪智也。初，與義勸之仕，懋不答。及與義參知政事，動而見格於執政，氣抑抑不得伸，乃歎曰：「吾今始知天經之高也。」當時以詩鳴里者，有張愛松、張可庵、丁鶴林、張石谷、莫岫雲、張竹曜云。

卷十二人物徵引烏青志

又

特進陳與義墓誌銘，禮部侍郎張嵲撰，在廣德鄉。

卷二十四金石徵

嘉慶一統志

陳與義宅，在桐鄉縣青鎮廣福院後芙蓉浦上。與義自號簡齋居士，扁所居曰「南軒」。元趙子昂榜其堂曰「簡齋讀書處」。

卷二百八十七浙江嘉興府古蹟

又

陳與義墓，在歸安縣西南上强里。

卷二百八十九浙江湖州府

附録三　制詔、酬贈、哀祭

勑賜上舍及第第一人陳公輔除承事郎第二人第三人胡松年陳與義並從事郎制

翟汝文

古者司徒論俊造之士，司馬辨論官材，所以崇養作成，將與爲治也。朕賓興賢能，如古學校，將以多君子使之在位，惠賚於衆庶。汝等行藝策名，朕所加禮。夫學之爲王者事久矣，其尊汝所聞。

忠惠集卷四

賜新除吏部侍郎陳與義辭免恩命不允詔

綦宗禮

勑與義：省所奏辭免恩命事，具悉。選部舊爲劇曹，自南渡以來，典籍散亡，姦弊百出。或者當用文學之吏治之，庶幾能勝，則又大不然。夫銓綜之地，多士所趨，而專以吏道繩焉，其肯退聽？昔人蓋有簡要清通之目，非吾儒學之臣，其素節雅望足以領袖後進者，顧未易以厭服士心而見推平允也。朕今擢卿於詞掖，而行之選事，豈苟然者？亟祇厥官，毋留成命。所請宜不允。故兹詔示，想宜知悉。

北海集卷十五

賜左奉議郎試尚書吏部侍郎兼侍講兼權直學士院陳與義乞除一小郡或宫觀差遣並不允詔

綦崈禮

勅與義：省所奏陳乞事，具悉。朕閔勞多虞，事皆草創，而銓選之法壞，比命有司裒輯科條，聚爲成書，庶幾遵行稍有定制。但今輿圖半没，仕路猶廣，衣冠流離，失職者衆。而州縣之員有限，不足以充其求；乃至逆用數年之缺，先者未至，已復揭牓而待其後矣。苟於是中尚容姦倖，則可乎？軫于朕懷，申飭憲禁。方賴卿等革兹弊源，而遽求罷去，豈朕所望！如卿才能學識，蓋一時之選，惟悉乃心，勤乃職，使吏不得用法，而士無謗言，朕復何慮。所請宜不允。故兹詔示，想宜知悉。

北海集卷十五

賜左奉議郎試尚書吏部侍郎兼侍講陳與義乞除一在外宮觀不允詔

綦崈禮

勑與義：省所奏乞除一在外宮觀差遣事，具悉。朕建立邦國於剥亂陵夷之後，號召人材於流離解散之餘，有德于兹，將收其用，夫豈無故而遐棄之！卿以碩學懿文，宏材贍智，來從孤遠，越置近嚴。綸閣摛辭，識王言之體；天官典選，得士譽之公。方觀厥成，克副朕志。遽以疾諗，欲輕去朝，何嫌何疑，而爲計出此？姑安乃職，毋復多言。所請宜不允。故兹詔示，想宜知悉。

北海集卷十五

賜吏部侍郎兼直學士院兼侍講陳與義乞除一在外宮觀差遣不允詔

綦崈禮

勑與義：省所奏乞除一在外宮觀差遣事，具悉。朕惟銓衡人物，必有清通之才；勸講經帷，必有鴻博之學；發揮帝制，必有典雅之文，夫然後稱。卿以時望，登于從班，兼兹三長，獲爲朕用。矧其辭章爲後來之冠，議論合當世之宜，求之在庭，幾見其比！人才難得，國步猶艱，顧如卿者,可因引疾而聽其去哉?勉體眷知,毋徒辭費。所請宜不允。故兹詔示,想宜知悉。

北海集卷十五

賜新除禮部侍郎陳與義辭免恩命不允詔

綦崈禮

勑與義:省所劄子奏辭免恩命事,具悉。卿以經術之深,既資勸講;辭華之贍,兼俾代言。而總任銓曹,日攖繁務,惟精明之立斷,在剸撥而有餘,然而必將責吏事之能,則非所以用儒臣之意。貳卿之列,掌禮是優,品秩雖同,劇閒則異。方訂裁容典,固有賴於刓經;則潤色絲綸,蓋無妨於視草。欲賢勞之少佚,極清選以良宜,初匪超踰,奚煩遜避。所請宜不允。故兹詔示,想宜知悉。

北海集卷十五

賜左奉議郎試尚書禮部侍郎兼侍講兼權直學士院陳與義乞除一在外宫觀或僻小一郡不允詔

綦崈禮

勑與義:省所奏乞除一在外宫觀或僻小一郡事,具悉。卿之求去,蓋屢矣而不止;朕之留卿,則確然而莫移。顧委質事君,將内外之奚擇?而用人立國,患賢才之未充。眷予侍從之流,有此英奇之望。平允甚宜於文部，直清復見於秩宗。矧視草禁嚴，方待宣公之中助；且執經帷幄，可容楊秉之外遷？卿雖自處之有辭，朕豈苟遺而無故？體兹至意，毋復固陳。所請宜不允。故兹詔示，想宜知悉。

北海集卷十五

陳與義除禮部侍郎

張綱

朕選六卿之亞，皆民譽也。故治官掌權衡之政，而宗伯總禮文之事。然劇易之職不同，至于佐其長以率屬，則協心盡悴，厥任惟均。具官某，蚤以異材，亟登邇列，分職文部，期年于兹。姦弊既除，譽言無間。念方使之進陪經幄，兼直玉堂，若猶責以煩劇之勞，將恐妨於論思之益。宜從所便，易畀簡曹。且禮所以治神人，和上下，豈在區區文物之間爲哉！爾其勉修厥職，使夫日力有裕，而專意于問學文章，以奉我清閒之燕。朕心所望，尚克體之。

華陽集卷五

回湖州交代陳侍郎與義

李光

三載投閒，分老江湖之上；一麾假守，職還侍從之班。顧惟踈拙之蹤，猥繼仁賢之躅，退循忝冒，尤劇兢慚。伏惟某官，學貫百家，身兼數器。文章爾雅，追還兩漢之風；道德淵深，根極中庸之學。早踐揚於華實，浸騰踔於英躔。當聖哲馳騖之時，實儁乂功名之會。輟自承宣之地，暫司封駁之聯。金馬玉堂，即還舊物；黄扉紫闥，遂聽新除。某猥以庸虚，獲相先後。長牋加厚，有踰褒衮之榮；短技易窮，終負續貂之愧。　莊簡集卷十三

與陳去非

鄭剛中

癸巳辟雍，獲陪燈火。其後間關險阻，垂二十年，南北升沉，無從瞻晤。今者偶以枯朽發榮，而舍人方隱躋清切，正此騰上，其爲幸會，亦豈偶然。屬坐愚拙，人事極疏，得官海邦，待三年之闕，未有驅策之便爾。臨書豈勝增情。　北山文集卷九

與陳去非

鄭剛中

某頓首再拜：掌制勸講，朝廷之妙選，儒者之至榮；直院舍人，被九重睠倚之隆，兼三職清華之寵。伏惟歡慶，器業益茂，中外咸仰，其所以屬望我公者，甚大且遠，未敢以此而言賀也。

半面微生，姑見區區拜候之誠。

北山文集卷三十

鄭剛中

又

某頓首再拜：王公之門，名位益隆，則寒賤之人，跡日以疏。直院舍人，袞袞騰上，行入夔龍之室矣。如某者，不識尚可以寸紙短緘爲修問之資否乎？執事上或許之，則記室几案之上，時有三十年白首同舍生之書，亦敦篤風教之一也。皇恐皇恐。

北山文集卷三十

賀陳内翰去非

朱　翌

聞道催宣召，傳呼入翰林。堂高初上玉，帶重更垂金。煩悉周公誥，丁寧葛亮心。調元知有日，天意向君深。

夢獲生花筆，祥開視草儒。奉天專仰陸，元祐只傳蘇。蓮影光分燭，絲綸細結絇。禁中頗牧在，夙夜贊神謨。

夜到甘泉捷，光摇建曉魁。唐家方再造，漢德已重開。太史書雲後，群公賀雪回。十行寬大詔，早晚出銀臺。

賀陳參政啓

濰山集卷二　王洋

帝思作對，賚我元臣，國有正符，相予碩輔。驚輿言之乍喜，審臚命之初傳，政屬巨人，物無異論。竊以有心於事者，志每不遂；無求於物者，功或可成。故小智自私，每輕從於進取；而達人大觀，當退託於謙沖。方自放於溪山之中，若兼忘於塵寰之表。引疾謝事，寧知軒冕之榮；感物寓懷，殆逐蟲魚之樂。然帝心攸屬，民望所依。病若留侯，雖靡煩於征討；謀如叔向，終難徇於優遊。果膺同德之求，遂正七人之列。某官宅心淡薄，稟然粹美。無甚親，無甚疏，固自分於涇渭；用則行，舍則止，實有繫於安危。横岷峨峻聳之奇，導河洛中和之美。民有望矣，天實從之，凡在聽聞，孰不欣蹈！某趨承惟舊，嚮慕彌崇，喜廟算之益奇，期軍行之決勝。相儒臣待命之氣，摩礪以須；笑腐儒紀德之誠，執筆以俟。甚爲幸願，難罄敷宣。

賀陳大資與義知湖州啓

東牟集卷十一　葛勝仲

以心膂臣而暫辭機政，以股肱郡而來布教條，旌纛再臨，山河增重。恭惟某官，式是百辟，媚茲一人，文辭獨行於中朝，器業藹聞於早歲。繇北扉之清近，擢東府之贊襄。天賦之才，蓋天下士而非國士；人究其實，乃社稷臣何止功臣。初違咫尺之顔，如失左右之手。昔之往矣，留千里之袴襦；今也來茲，被三公之衮繡。行聞召節，登拜冢司。

丹陽集卷五

賀陳參政知湖州啓

張擴

伏審得請嚴宸，分憂近服，輒借疑丞之重，少伸師帥之尊。霅水可杭，覺長安之未遠；棠陰故在，慰吳地之見思。卧治無煩，令行自屈。恭惟某官，浩氣直養，純誠内融。廣大精微，如親授孔、顔之學；雄深雅健，初不多崔、蔡之文。早懷經濟之才，出佐艱難之運，徧儀禁路，參贊國鈞。學而後臣，伊尹專格天之美；用之無敵，仲尼致侵疆之歸。暫辭繁機，出膺外閫，以龜鑑廟堂之餘論，復糠粃州縣之疲民。嘗屑意於區區，已得名於赫赫。凡樂職中和之化，皆大儒調一之功；矧思時魚稻之鄉，乃今日股肱之郡。蓴鱸登市，雅稱澤國之上流；山水優賢，更託老仙之補處。風流可尚，今昔相望。某猥以庸虚，誤蒙采録，昨滯江湖之遠，每霑牙頰之餘。雖鳥羽獸皮，卒不登於器用；然牛溲馬勃，猶未外於牢籠。某屬守荒城，阻趨崇仞，謬勤緘尺，莫既忱誠。願計日於及瓜，請摳衣於函丈。豈但文章之事，附子貢以得聞；庶幾名利之心，見紫芝而俱盡。

贈陳符寶去非

張　嵲

東窗集卷十五

大雅久不作，此風日蕭條。紛紛世上兒，啁啾亂鳴蜩。唯公妙句法，字字陵風騷。如鼓清廟絃，聽者無淫滔。癯瘦藏具美，和平蓄餘豪。思苦理自寄，志深言益高。顧我吟風苦，知公心力勞。世無杜陵老，誰知何水曹？柳韋儻可作，論詩應定交。

陳參政挽詩三首

張　嵲

紫微集卷四

今古雖同盡，存亡惕遽分。人誰助爲善？天不右斯文！莫遂三年築，空悲四尺墳。音塵竟何所？俯仰歎蒿焄。

脱屣違人代，振容即路歧。名流祠洗馬，白旐痛元規。一代風流盡，千年翰墨垂。傷心墓前水，故作夜深悲。

徒知天可恃，豈謂病終侵！遽使儀型意，翻成殄瘁心。開阡賢子力，卜遠外姻臨。墓木看初種，俄悲已茂林。

祭陳參政去非文

張嵲

維紹興九年四月朔二十日，表姪左奉議郎新差權發遣荆湖南路轉運判官張嵲，謹以清酌庶羞之奠，致祭于殁故參政大資陳公之靈：

惟晉東渡，始披荆棘，衣冠踵來，異士亦出，王庾賀顧，同贊王室。我宋用人，亦雜南北。維南多士，櫛比周行，北客凋零，曉星相望。憧憧衆士，競爽是期，豈繄國棟，而遽奪之！昔漢倚相，惟壺洎韓，韓躓于外，壺不待年。顯顯惟公，異世而然。嗚呼哀哉！雒陽街居，冠蓋是集，公起故家，超世特立。甲科既射，遂以文鳴，詩章一出，紙貴都城，諸公游士，讓實推名。未幾遭亂，轉徙江湖，間關海嶠，來覲清都。旋躋掖垣，贊爲名命，號令宣明，文章雅正。天官宗伯，迭貳其司，銓材考禮，有譽無疵。作鎮來歸，黄闥是居，封還付外，兩誼庶乎。屬疾自言，外祠均佚，有命來朝，復居辭掖。人謂公屈，公則怡然，命出自中，北扉遂遷。一時詔令，温純炳蔚，淮瀆德音，父老歎息。天子曰俞，貳我政機，挺然孤立，無所附依。同不爲比，異不近名，王臣之節，物望所傾。扈蹕而東，乞身甫力，近藩是殿，復去以疾。神明雖壯，沉痾内攻，中冬辛亥，罹此閔凶。嗚呼哀哉！惟公之德，清慎靖端，色莊以和，不妄笑言。高識絶世，洞照今古，閎博精深，議論證據。文章雅麗，不蹈前躅，賈馬曹劉，是配是續。風神峻深，況若塵外，不假矜莊，自然高邁。薦寵後進，不遺餘力，摘奇掇英，如自己出。群士慕想，競拽其裾，主盟吾道，期繼歐蘇。忽焉及此，士皆楷模，失聲相弔，有淚沾濡。嗚呼哀哉！嵲粵從早歲，謬忝公知，親惟外叔，義實師資，飲食教載，其施不資，厚德莫報，寧以我悲，臨穴長慟，何痛如之！嗚呼哀哉！伏惟尚饗。

紫微集卷三十六

代參政乞宫觀第一劄

張　嵲

臣以介特之跡，荷殊絶之恩，曾不十年，遂聯二府。初無一人之借助，皆由神聖之親除，故雖孤立之易危，終恃眷憐而知免。然竊禄既過，則災所由生；尸素已多，則釁乃易會。輒傾愚懇，仰冒威尊。伏念臣預聞政機，已踰歲律，曾無尺寸，仰稱恩私，宿夜深惟，頭髮爲白。使在平强之日，尚不如人，況當衰病之年，何能有益！伏祈睿照，許上印章。方疆埸之無虞，既不嫌於避事；乘疵瑕之未露，庶得遂於乞身。若乃持禄無嫌，妨賢固位，不知戒懼，更歷歲時。苟人心增惡其滿盈，鬼神助興其兇惡，一罹咎悔，遂至顛隮，不徒昧人臣進退之機，顧不累聖君始終之遇？蓋臣今兹請去，不獨專爲身謀。伏望聖慈，俯鑑懇誠，哀憐病瘁，特賜臣一在外宫觀差遣。

臣無任祈天俟命激切屏營之至。

紫微集卷二十三，以下三篇同。

按此四劄當是紹興八年代與義作，墓誌所謂「凡五請而後許」是也。

第二劄

臣蒙恩優隆，初無報塞，而遂稱疾匄去，圖欲自安，迹其事則固合誅矣，論其心則不無意焉。竊以謂古人有功庸於國，當平定之日，猶或逃禄而不敢受，避寵而不久居；況臣以一介無庸，奉令承教於多事之日，既才能之素下，復疾病之日侵，任重丘山，效微毫髮，高位重禄，豈得久要？臣之懇祈，以此之故。迨上恩之未替，庶幾終賜於保全；若官謗之已加，深恐曲煩於善貸。伏望睿慈，矜憐悃愊。垂末光之照，察其肺肝；推從欲之仁，置之閑散。苟餘生之未泯，尚圖報之有時。臣無任祈天俟命激切屏營之至。

第三劄

封章繼上，鄙塞未伸，三瀆天威，懼於大戾。然以匹夫之不奪，冀淵聽之必回。臣請得以披陳：被遇之隆，義當圖報，而今茲請去，蓋有不能自已者，庶幾感動天意，終賜允俞。臣頃由一介，獲造闕庭，叨塵從班，與聞政事，超踰過甚，覆露洪多。顧臣惷愚，未知所稱。昨因請對便殿，親奉玉旨，謂臣始終擢任，皆自聖明，初無一人爲臣遊説。聞命感激，不覺涕零。君施如斯，誓將死報。而臣早衰多病，食飲寡薄，外瘠中乾，日就羸薾。儻獲少加休養，庶他時尚任於使令；若乃强其不能，則不日遂隣於顛仆。雖草菅之何惜，懼職任之或隳，一致人言，遂孤恩遇。是以陳情瀝懇，不避重誅，仰匄天心，俯從人欲。苟危敗之姿，未先於朝露，則臨期之際，不憚於殺身。臣無任祈天俟命震懼隕越之至。

第四劄

臣伏奉詔旨，訓諭丁寧，仰戴恩私，感極流涕。雖聖人優游，未賜於矜從；而螻蟻賤微，有不能但已。竊以臣被遇之盛，寵名之隆，與夫所以誓將報國之誠，及力不逮心之狀，敷陳已竭，至於無辭；惟有至誠，冀動天聽。臣實以早歲逢疾，中年更劇，心志憒耗，無以贊帷幄之謀；氣血不强，無以著股肱之力。在平居尚能充位，若遇事必至顛隕。恐平生事國之本心，十年遭遇之渥澤，立朝一敗，掃地無餘。仰冀天慈，終全去就之概，不使爲世觀笑，所以愛惜臣子，是爲國養恩，宣昭德音，風動在列，知聖主之哀憐如此，使爲臣者皆有奮心，則臣之就閑，未爲無補。冒犯嚴威，臣無任瞻天俟命屏營彷徨之至。

附録四　各本序跋

陳去非詩集序

葛勝仲

世言詩能窮人。唐李太白號謫仙，然以樂府忤妃子，卒阨窮不振。劉夢得坐種桃句，黜刺連州。白樂天坐新井篇，黜坐溢浦。孟浩然、賈浪仙輩俱有能詩聲，然以詩忤明皇、宣宗，終坎壈州縣。故言詩能窮人者取是爲左驗。予謂詩非惟不能窮人，且能達人。今夫窮閻挾策之士，生右文世，病碌碌無以自表見爾；使其能以詞藝達細氈之視，而被華衮之褒，則塗轍之升，一歲九遷而不爲鋭。孰謂詩人例當窮哉？參知政事西洛陳公諱與義，少踔厲不群。篇籍之在世者無不讀，既讀輒記不忘。政和三年，以上舍解褐，分教輔郡，益沉酣書傳，大肆於詩文。天分既高，用心亦苦，務一洗舊常畦逕，意不拔俗，語不驚人，不輕出也。宣和中，徽宗皇帝見所賦墨梅詩，善之，亟命召對，有見晚之嗟。遂登册府，擢掌符璽，向進用矣。會兵興搶攘，避地湖、廣，汎洞庭，上九疑、羅浮，雖流離困厄，而能以山川秀傑之氣益昌其詩，故晚年賦詠尤工。搢紳士庶争傳誦，而旗亭傳舍摘句題寫殆徧，號爲「新體」。今天子夢想名士，以臺郎召還，以詩文被簡注,偏掌内外翰。無幾何,遂以器業預政。所謂詩能達人,公殆其一也。彼有旌「殿角微涼」之句,而親題禁苑,賞「春城飛花」之句,而擢守宣城者,誠么麽不足道。紹興壬戌,毘陵周公葵自柱史牧吴興郡,剸裁豐暇,取公詩離爲若干卷,委僚屬讐校,而命工刻板,且見屬爲序。蓋將指南後學,而益求功名於不腐。在詩有之:「載色載笑,匪怒伊教。」又曰:「有斐君子,終不可諼兮。」賢侯處心,一舉而二美具,可無述哉!

丹陽集卷八,常州先哲遺書本

簡齋詩箋叙

樓　鑰

少陵、東坡詩,出入萬卷書中,奥篇隱帙,無不奔湊筆下,固已不易盡知;況復隨意模寫,曲盡物態,非親至其處,洞知曲折,亦未易得作者之意。蜀趙彦材注二詩最詳,讀之使人驚歎,然亦有未盡處。少陵留花門詩有曰:「連雲屯左輔,百里見積雪。」彦材略而不言,讀者亦謂止言其多爾。若此,則上句足矣,何用「積雪」之語?惟能知回鶻之人衣冠皆白,然後少陵之意涣然矣。東坡佛日山榮長老方丈數絶,其曰「東麓」、「雲根」、「金沙」、「渥窪」等語,余嘗到山間,方盡見詩意。彦材蓋未知也。參政簡齋陳公,少在洛下,已稱詩俊;南渡以後,身履百罹而詩益高,遂以名天下。雄詞傑句,争先傳誦。至用事深隱處,讀者撫卷茫然,不暇究索。曉江胡君穉仲孺，約居力學，日進不已。得此詩，酷好之。隨事標注，遂以成編。吏部蘇公訓直愛其書，屬余爲叙，因得細觀之。貫穿百家，出入釋老，旁取曲引，能發簡齋之秘，用意亦勤矣。少陵、東坡二詩至多，彦材以一力兼注之，故雖盡平生之工，而猶有所遺。胡君用心既專，數年之間，朝夕從事；而簡齋之作不過六百篇，故注釋精詳，幾無餘蘊。視彦材之作，力不及而實過之云。紹熙壬子正月吉日，四明樓鑰大防叙。

又叙

胡　穉

詩者，性情之谿也，有所感發，則軼入之，不可遏也。其正始之源，出於風、騷，達於陶、謝，放於孟、王，流於韋、柳，而集於今簡齋陳公。故公之詩，勢如川流，滔滔汩汩，靡然東注，非激石而旋，束峽而逸，則静正平易之態常自若也。特其用意深隱，不露鱗角，凡採擷諸史百子以資筆端者，莫不如自其己出。是以人惟見其沖融滉瀁，深博無涯涘而已矣。若夫蝼蛇蜿蜒之怪，交舞於後先，有不能徧識也。余因暇日，網斷義，摘所得，踰十八、九，乃編紀歲月而悉箋之，將使覽者目擊心諭，可撫而玩焉。而或人笑之曰：「古今作者衆多，子獨疲精神，蠹鉛槧，唯簡齋是好，不其惑歟！」余應之曰：「高涯之曝（當作「瀑」），窮谷之湍，非不清且美矣，其源深而流長，或未有如江、漢者。則宜以公爲正。況其憂國愛民之意，又與少陵無間；自坡、谷以降，誰能企之？余故竊嗜焉。若謂探賾索隱，曾不能發明聖經之萬一，顧乃用力於此，徒費光陰，則余所自笑而深悔，不待人言而後知也。夫羊棗之好，雖曾皙之所獨，不當以律天下之人；然天下之人，豈得無好羊棗者？姑留以示同志而已，君無誚云。」紹熙改元臘月上澣，竹坡胡穉仲孺識。

序

劉辰翁

詩無論拙惡，忌矜持。「瞻彼日月」，不在情景入玄；「彼黍離離」，不分奇聞異事。流盪自然，要以暢極而止。彼「訏謨定命，遠猶辰告」，雖爲德人深致；若論其感發濃至，故不如「昔我往矣，楊柳依依」之句，比之柔腸易斷，復何以學問著力爲哉！詩至晚唐已厭，至近年江湖又厭。謂其和易如流，殆於不可莊語，而學問爲無用也。荆公妥帖排奡，時出經史，然格體如一。及黄太史矯然特出新意，真欲盡用萬卷，與李、杜争能於一辭一字之頃，其極至寡情少恩，如法家者流。余嘗謂晉人語言使壹用爲詩，皆當掩出古今，無它，真故也。世間用事之妙，韓淮陰所謂「是在兵法，諸公未知之」者，豈可馬尾而數，蟲魚而注哉？後山自謂黄出，理實勝黄。其陳言妙語，乃可稱破萬卷者；然外示枯槁，又如息夫人絶世一笑自難。惟陳簡齋以後山體用後山，望之蒼然，用光景明麗，肌骨勻稱。古稱陶公用兵得法外意，以簡齋視陳、黄節制，亮無不及；則後山比簡齋刻削，尚似矜持未盡去也。此詩之至也。吾執鞭古人，豈敢叛去，獨爲簡齋放言。

或問：「宋詩簡齋至矣，畢竟比坡公何如？」曰：「詩道如花，論高品則色不如香，論逼真則香不如色。」廬陵須溪劉辰翁序。

以上三篇，均見四部叢刊影宋本增廣箋注簡齋詩集卷首

簡齋詩集引

晦齋

詩至老杜極矣。東坡蘇公、山谷黄公奮乎數世之下，復出力振之，而詩之正統不墜。然東坡賦才也大，故解縱繩墨之外，而用之不窮；山谷措意也深，故游泳口味之餘，而索之益遠。大抵同出老杜，而自成一家，如李廣、程不識之治軍，龍伯高、杜季良之行己，不可一概詰也。近世詩家知尊杜矣，至學蘇者乃指黄爲强，而附黄者亦謂蘇爲肆；要必識蘇、黄之所不爲，然後可以涉老杜之涯涘。此簡齋陳公之説云耳，予游吴興得之。乃知公所學如此，故能獨步一代。頃邑士有欲刻公詩者，因出所聞，爲冠集首，庶學者知公淵源所自，且以折近世黨同伐異之説云。公名與義，字去非。初賦墨梅，受知徽考，入校中秘書，遂掌帝制，後參紹興大政。簡齋，其自謂也。玄默敦牂中秋，晦齋書。

四部叢刊影元鈔本簡齋詩外集卷首

須溪評點簡齋詩集跋

柳希春

陳簡齋集未能盛行於東方，有志學詩者恨之。歲癸卯，宋相麟壽出按湖南，多刊書册，而是集亦預焉。縣前宰柳侯泗掌其事，未畢而箇滿去。今年五月功乃訖。噫！宋相開廣文籍，嘉惠後學之意，於此亦可見其千一云。嘉靖二十三年甲辰五月上澣，承議郎行茂長縣監柳希春謹跋。

又

江宗白

宋詩之刊行於國朝者，蘇、黄二家而已。其他至如後山、簡齋，今之學者或未嘗稱其名者。余謂簡齋之詩可謂至，未必出蘇、黄之下矣。劉後村曰：「元祐後詩人迭起，至簡齋始以老杜爲師。第其品格，當在諸家之上。」善哉言乎！嘗得是集，手寫自珍，遂欲鋟梓，廣其傳於不朽矣。於是以付剞劂氏，且欲便童蒙，加以和訓，恐未無差訛，請讀者訂焉。甲申冬十月，江宗白謹跋。

又

李盛鐸

此日本翻刻朝鮮本簡齋詩集，昔年購之東京市上，亦未以爲珍異也。頃得八千卷樓鈔本，姑取此校，十三卷以前，兩本編次皆同。至丁本十四卷係無住詞，十五卷係外集，凡詩六十餘首，文六篇（此本十四卷玉剛卯等三篇亦在内）。而字句之間，則瞿氏書目所列宋刊胡穉箋注本佳處，此本與之悉合；丁本之誤，與官刻不相上下也。則此須溪評點本源出宋刊本無疑。且箋注雖不全，所存者胡注必不少。瞿氏所藏乃宋槧孤本，得此亦彷佛虎賁中郎矣。乙卯夏至後七日，盛鐸記。

以上三篇載日本翻刻朝鮮本須溪評點簡齋詩集，轉引自中華書局一九八二年點校本陳與義集

蔣刻本增廣箋注簡齋詩集序

馮煦

簡齋詩集三十卷，南宋胡穉仲孺所箋。凡「匡」、「桓」字皆缺筆，確爲紹熙所刊。舊藏常熟瞿氏鐵琴銅劍樓，蘇厂影鈔者也。己未夏四月，蘇厂出以示予，予乃假劉君翰怡所藏舊鈔本、爲獨山莫子偲先生手校者取以對勘。人事牽率，作輟不恒，至今年正月始得卒業。莫校本亦鈔自瞿氏，與此本略同。偲老所訂正者十得三四，予補偲老所不及又得十之六七；其中有所疑不及檢原引之書、或原引之書爲插架所無者尚十之二三，乃歎年衰學落，而校書之不易也。然視原刻已有上下牀之別矣。徐君隨厂復有舊鈔本簡齋外集一卷，亦曾藏瞿氏者，蘇厂又影鈔附於胡箋本後。瞿氏原跋云：「凡古今體詩五十二首，文三首，皆胡箋本所無。」予按外集内海棠一首，

已見胡箋本卷十五；問安危一首、欲入州不果一首，並見胡箋本卷二十四，惟欲入州不果題作山中耳。其字體視胡箋本爲精，而無箋注，殆胡箋本既出後而搜得者邪？且兩本板心相近，惟胡箋本葉二十行，行十八字，外集葉十八行，行十七字，爲小異耳。校既竟，復取四庫本六卷本、一曰武英殿本校之。四庫本雖分體，然其排比之次與胡箋本初無差池，且合外集而一之，故外集之詩皆附各體之末。疑館臣校上，曾見胡箋本與外集也。其雜文中書堂石室銘一首，七絶中偶成至别諸州七首，均爲胡箋本及外集所無；亦有胡箋本有而四庫本無者，如卷十七送大光赴石城一首，卷二十六傷春一首，次韻謝邢九思一首是也。四庫本與胡箋本間有異文，亦多臆改之字；且於「胡」、「虜」等字皆以他字代之。如卷十九聞王道濟陷虜云：「如今在賊圍。」「虜」、「賊」均作「敵」。卷二十一次韻尹潛感懷云：「胡兒又看繞淮春。」「胡兒」作「干戈」。卷二十四適遠云：「年年備虜兵。」「虜」字作「敵」。又正月十二日至邵州云：「走避北狄趨南蠻。」「狄」作「騎」。卷二十七次韻謝呂居仁云：「江南今歲無胡虜。」「胡虜」作「征戰」之類，必非陳詩之舊，或校上時文網猶密，有所諱而致然邪？今一以胡箋本爲定，而擇四庫本之善者從之，自附於簡齋之勞臣，仲孺之諍友而已。抑又思之，提要云：「瀛奎律髓以杜甫爲一祖，以黄庭堅、陳師道及與義爲三宗。雖一家門户之論，然就江西派中言之，庭堅之後，師道之前，實高置一席無媿也。」其於簡齋推崇甚至。近世作者鑒於中晚之末失，往往祧唐祖宋，於回所稱三宗者，奉爲泰斗，争相攀附。蓋其一種蕭寥逋峭之致，譬之繚磵邃壑，絶遠塵壒。既非若七寶樓臺，拆下不成片段，又非若繩樞甕牖，貌朴古而實寒陋，無惑乎世之踵武而趨也。蘇厂儻以予所校胡箋本授之剟氏，今之治詩者必且日手一編，先覩爲快；蘇厂或亦欣然資益於世邪！庚申上元，七十八叟馮煦。

又

蔣國榜

宋本胡注簡齋詩集，向藏常熟罟里瞿氏鐵琴銅劍樓。予初謀諸審言師，乃浼徐隨庵丈商之瞿氏，復敦丁秉翁督寫官影之。蒿盦先生八十高年，欣然爲假劉君翰怡藏莫郘亭校本密爲推勘，書眉册尾，細書精嚴，試校原書，直上下牀之别矣。隨庵丈復以所藏瞿氏元鈔本外集一卷，影以見惠。閒考張嵲紫微集中有簡齋墓誌，當丐陳君仁先從文淵閣寫寄，遂謀付諸剟氏。此集四庫未著録，阮文達始以進呈，餘見之愛日精廬藏書志。皕宋樓藏書志作十五卷，係元刊本；又一部則明初刊本，近已流海外矣。王君雪岑録有楊惺吾先生藏東瀛刊劉辰翁評本。蓋此集珍秘可知。乃綿歷數百年，若隱若顯。非諸先生贊導推引，曷能使重光于世，與東坡施注、荆公李注、黄、陳、任、史之注爭一日之短長耶？著述之顯晦，洵有時哉！國榜初學爲詩，何敢妄執唐、宋之界；亦以漢、魏絶未易攀躋，下窺三唐，一若杜、韓以至蘇、黄、二陳，雖面貌各異，精神相續；竊謂稱詩道性情、述雅頌者，所不可不熟讀深思。簡齋思力彌摯，工於變化，不若漁洋

「鈍根」之誚後山，故私嗜尤深。彼固守西江，自見其陋；而「一祖三宗」之説既立，又覺未遽易也。往居湖上，與俞觚庵先生鄰。先生藏有王伯沅寫贈汲古閣本簡齋詩，假讀不忍釋手。得此益自喜，惜不得起觚庵於地下共讀爲快；翁固瓣香簡齋者也。又聞吾鄉朱述之先生藏有宋刊簡齋集，錢警石曝書雜記所云「雖半屬影宋鈔，亦極精審」者，此本不知尚在人間否？今此集刊布，允足尊重前賢，廣被後學矣。庚申秋八月，蔣國榜謹識。

以上二篇見江寧蔣氏湖上草堂本影宋增廣箋注簡齋詩集

宜秋館本陳簡齋外集跋

李之鼎

陳去非在南渡後，詩文婉雅，卓犖不群。惜全集已佚，所存者祇館臣輯自永樂大典、刊於聚珍版叢書中、僅存十六卷本耳。（按聚珍本非輯自大典，此説誤。）外集尤世少傳本。此爲影元鈔本，從南陵徐積餘觀察迻録者。卷首有延祐七年二月雲禁書齋題識云：「簡齋外集罕見其本，錢唐王心田以余愛之，持以見贈。」審是則元以前已如星鳳矣。所存雖不多，尚係宋編之舊，吉光片羽，允爲後人所宜珍護者爾。戊午花朝後，振唐識。

宜秋館迻録南陵徐氏景宋舊鈔校刊陳簡齋外集

陳簡齋先生詩小引

潘是仁

公諱與義，字去非，洛陽人也。官居參政。初以墨梅詩見知徽廟；如「客子光陰詩卷裏，杏花消息雨聲中」，又大爲高廟所賞。劉辰翁稱公詩「以後山體用後山，望之蒼然，而光景明麗，肌骨勻稱，似陶公兵，得法外意。」則公之詩有定評矣。它日，人又問：「比坡公何如？」則又曰：「詩道如花，論高品則色不如香，論逼真則香不如色。」味此一語，不惟得簡齋面目，且爲坡公寫照矣。潘是仁識。

潘是仁宋元詩四十二種，北京圖書館藏萬曆刊本

簡齋詩鈔序

吴之振

陳與義字去非，號簡齋，汝州葉縣人。登上舍甲科，歷太學博士，擢符寶郎，尋謫監陳留酒稅。南渡後，避亂襄、漢，轉湖、湘，逾嶺嶠。召爲兵部員外郎。紹興中，累官翰林學士、知制誥，至參知政事。卒年四十九。少學詩於崔德符，問作詩之要，崔曰：「工拙所未論，大要忌俗而已。」嘗賦墨梅，受知徽宗，遂登册府。高宗尤喜其「客子光陰詩卷裏，杏花消息雨聲中」之句。天分既高，用心亦苦，意不拔俗，語不驚人，不輕出也。晚年益工，旗亭傳舍摘句題寫殆遍，號爲

「新體」。體物寓興,清邃紆徐,高舉横厲,上下陶、謝、韋、柳之間。劉後村謂「元祐後詩人迭起,不出蘇、黄二體,及簡齋始以老杜爲師。建炎間,避地湖嶠,行萬里路,詩益奇壯。造次不忘憂愛。以簡嚴掃繁縟,以雄渾代尖巧,第其品格,當在諸家之上。」劉須溪序其詩,亦謂較勝黄、陳,比東坡,云如論花,「高品則色不如香,逼真則香不如色」,其推尊如此。簡齋自言曰:「詩至老杜極矣,蘇、黄復振之,而正統不墜。東坡賦才大,故解縱繩墨之外,而用之不窮;山谷措意深,故游泳玩味之餘,而索之益遠。要必識蘇、黄之所不爲,然後可以涉老杜之涯涘」。味此足以定其品格矣。簡齋晚年讀書吾邑之□□鄉,有遺蹟云。

宋詩鈔

無住詞跋

毛　晉

陳與義字去非,其先蜀人,東坡所傳陳希亮公弼者,其曾祖也。後爲汝州葉縣人,每自稱洛陽陳某,又别號簡齋。少年賦墨梅詩,受知於徽宗,遂入中秘。建炎中掌帝制,參紹興大政。以詩名世。劉後村軒輊元祐後詩人,不出蘇、黄二體,惟陳簡齋以老杜爲師。建炎以後,避地湖嶠,行路萬里,詩益奇壯。或問劉須溪:「宋詩簡齋至矣,畢竟比坡公何如?」須溪曰:「詩論如花,論高品則色不如香,論逼真則香不如色。」雌黄具在,予于其詞亦云:古虞毛晉識。

汲古閣六十一家詞本無住詞　吴昌綬

又

右無住詞一卷，在竹坡胡仲孺穉箋簡齋集後，影宋鈔本。鮑淥飲以明刻毛校互勘，原本字句與汲古閣六十一家詞刊本略同，此云毛校，轉多違異，疑出斧季之手。如法駕導引「玉舟」改「玉尊」；虞美人「只吟詩」改「不吟詩」，「此州」改「此間」；浣溪沙「起舞」改「起寫」；臨江仙「起三更」改「雨三聲」，未詳所據，仍從原本爲是。其明本增出數字，汲古亦闕，今並據補。胡箋殊未詳備，又意在注詩，多云見某卷，惟超然堂注一條，足證本事。宋人注宋詞，獨此僅存，所當珍惜。授經大理假惲學士藏本見示，重勘一過，寫寄漚尹先生審正。戊申五月，仁和吴昌綬記。

彊村叢書本無住詞

附録五　諸家著録、題識

郡齋讀書志

晁公武

陳參政簡齋集二十卷　右皇朝陳與義，字去非，汝州葉縣人。中進士第。宣和中，徽宗見其所賦墨梅詩，喜之，遂登册府。建炎中，掌内外制，拜參知政事以卒。晚年詩尤工。周葵得其家所藏五百餘篇刊行之，號簡齋集。

衢本卷十九別集類下

直齋書録解題

陳振孫

簡齋集十卷　參政洛陽陳與義去非撰。其先蓋蜀人，東坡所傳陳希亮公弼者，其曾祖也。崇、觀間，尚王氏經學，風雅幾廢絶，而去非獨以詩鳴。中興後遂顯用。

卷二十詩集類下

四庫全書總目提要

紀昀等

簡齋集十六卷(浙江鮑士恭家藏本)　宋陳與義撰。與義字去非,洛陽人,簡齋其號也。登政和三年上舍甲科,紹興中官參知政事,事蹟具宋史本傳。是集第一卷爲賦及雜文九篇,第十六卷爲詩餘十八首,中十四卷皆古今體詩。方回瀛奎律髓稱簡齋集中無全首雪詩,惟以金潭道中一首有「後嶺雪槎枒」句編入雪類。今考集中古體、絶句並有雪詩,與回所言不合。蓋回所撰録,惟五、七言近體,故但就近體言之,非後人有所竄入也。與義之生,視元祐諸人稍晚,故吕本中江西宗派圖中不列其名。然靖康以後,北宋詩人凋零殆盡,惟與義爲文章宿老,巋然獨存。其詩雖源出豫章,而天分絶高,工於變化,風格遒上,思力沈摯,能卓然自闢蹊徑。瀛奎律髓以杜甫爲一祖,以黄庭堅、陳師道及與義爲三宗,是固一家門户之論。然就江西派中言之,則庭堅之下,師道之上,實高置一席無愧也。初,與義嘗作墨梅詩,見知於徽宗。其後,又以「客子光陰詩卷裏,杏花消息雨聲中」句爲高宗所賞,遂馴至執政,在南渡詩人之中最爲顯達。然皆非其傑構。至於湖南流落之餘,汴京板蕩以後,感時撫事,慷慨激越,寄託遥深,乃往往突過古人。故劉克莊後村詩話謂其「造次不忘憂愛,以簡嚴掃繁縟,以雄渾代尖巧,第其品格,當在諸家之上」。其表姪張嵲爲作墓誌云:「公詩體物寓興,清邃超特,紆餘閎肆,高舉横厲。」亦可謂善於形容。至以陶、謝、韋、柳擬之，則殆爲不類，不及克莊所論爲得其真矣。

卷一百五十六集部别集類

無住詞一卷（安徽巡撫採進本）　宋陳與義撰。與義有簡齋集，已著録。陳振孫書録解題載其無住詞一卷。以所居有無住菴，故以名之。與義詩師杜甫，當時稱陳、黄之後無逾之者。其詞不多，且無長調，而語意超絶。黄昇花菴詞選稱其「可摩坡仙之壘」。至於虞美人之「及至桃花開後却匆匆」，臨江仙之「杏花疎影裏，吹笛到天明」等句，胡仔漁隱叢話亦稱其「清婉奇麗」。蓋當時絶重其詞也。此本爲毛晉所刊，僅十八闋。而吐言天拔，不作柳亸鶯嬌之態，亦無蔬筍之氣，殆於首首可傳，不能以篇帙之少而廢之。方回瀛奎律髓稱杜甫爲一祖，而以黄庭堅、陳師道及與義爲三宗。如以詞論，則師道爲勉强學步，庭堅爲利鈍互陳，皆迥非與義之敵矣。開卷法駕導引三闋，與義已自注其詞爲擬作，而諸家選本尚有稱其爲赤城韓夫人所製，列之仙鬼類中者，證以本集，亦足訂小説之誣焉。

卷一百九十八集部詞典類

四庫未收書目提要

阮　元

增廣箋注簡齋詩集三十卷，無住詞一卷　宋陳與義撰，胡穉箋。簡齋集十六卷，四庫全書已著録。此本作三十卷，未附詞一卷，蓋穉作注時去雜文，每卷釐爲二卷。首有樓鑰序，並穉自序；又穉所編與義年譜，續添詩箋正誤。鑰序稱穉「約居力學，日進不已」，「隨事標注，遂以成編」，「貫穿百家，出入釋老」云云。今觀所注，多鈎稽事實，能得作者本意，絶無捃拾類書，不究出典之弊。凡集中所與往還諸人，亦一一考其始末，固讀與義集者所不廢也。

孯經室外集本卷三

墨林快事

安世鳳

宋刻陳簡齋集　余有宋刻陳簡齋集，是公自書上木者。醇古豐圓，出自黄庭。余寶之，時以爲玩，因熟公詩。即朋知以宋詩爲余戒，如不聞也。以證文先生停雲館收者，真行各擅，而情思如一。詩則又集中最合作者。余因以稔寄木之可以長久，遂與入石者等壽。其實，宋詩亦未爲惡道。即如此「雲間落日淡，山下東風寒」；又「生身後聖哲，隨俗了悲歡」；又「微陰拱衆木，静夜聞孤泉」；又「殘輝度平野，列岫圍青春」，已膾炙藝林，況於集之大全，恨不及請益，以竟公蘊也。天啓甲子九月十二日。

卷七。北京圖書館藏抄本十二卷，王蘭泉舊藏。第二卷末尾署「崇禎庚午中元日七十三歲老人安世鳳書」。安氏蓋啓、禎間人，書中稱文氏停雲館帖，殆衡山門人

蕘圃藏書題識再續録

黄丕烈

增廣箋注簡齋詩集三十卷(元刻抄配本)　余向收得高麗板簡齋詩集箋注本,因借香嚴書屋藏本勘之,無一合者,蓋彼所藏乃胡仲孺增廣箋注簡齋詩集本也。渠本闕三十卷無住詞以下,而目録尚全,可考其顛末。其書實係元版。然傳是樓宋版書目有云:「簡齋詩集九卷,三本,胡穉,宋版。」方疑别是一刻,何獨云九卷?或傳是所儲非全本也。今秋,我友吴春生攜一殘本來,却止九卷而三本裝者,且首册有墨箋題云:「胡注簡齋先生詩(宋刊殘本)。」卷中雖無徐氏圖記,然向來藏書家以此爲宋本,有明徵矣。又安知九卷者非即前目所載者乎?遂假香嚴本補其闕失,仍舊裝册數而裝之。其九卷以下,擬别録以足之云。乙丑冬十月十七日蕘翁識於百宋一廛。

越十日,雨窗無聊,重以周本勘一過。於蠹痕紙損處,一一手自填補,真異乎不知妄作者矣。前所補鈔,即屬影寫。或因字跡模糊,或因臨時筆誤,亦皆親爲校正。每歎古書難得;即得矣,又未必完善,所賴後人留心補緝耳。蕘翁。

以上卷九末

丁丑秋,賈人復攜蔣本至,幾忘昔年曾見之矣。然余所鈔周本十至十二卷,中有殘損處,因命鈔胥以黄筆補之,誌所自也。十三卷中亦有黄筆補字,鈔胥以意補耳。蕘翁。

十二卷末

簡齋詩箋注，從香嚴藏本補全，第十卷至二十九卷，纖悉影寫，即遇原刻訛字及紙板破損處，無不仍其舊觀，誠慎之至也。第三十卷未知可從他處獲全否？丙寅夏五月望後三日，蕘翁識。

書此跋畢，檢所抄補者三十卷中詩，止闕幾行，惟無住詞失之，前跋偶誤耳。錢唐何夢華影抄得嘉禾人家所藏全本，屬補其闕。戊辰三月，道經吴門，因以抄補八葉贈我。命工損裝足之，亦快事也。紙色墨痕均非一律，留此以見古書完善之難。必屢加蒐訪而始得全璧，勿謂小種書籍，不必大費苦心也。顧余猶有憾者，嘉禾藏者，刻與抄尚未分明；即周本紙渝墨敝處，尚未能一一全寫，難之中又有難焉。孰云此書已臻美善耶？是在讀書無倦耳。復翁。

辛未季冬，同郡賜書樓蔣氏攜出此書元刻，僅存一至十二卷。若取補余藏本，可多元刻十至十二計三卷。惜物主視爲至寶，所索價出於意料之外，余以一笑置之。可見古書流傳，大半散佚，此本幸遇余爲之補全。即末卷，非親見元刻，勝於無矣。□月望前一日燒燭書。時積雪映几，嚴寒逼人，歲殘清冷之致，聊以自娱。復翁識。

丁丑秋，重觀蔣本，卷首年譜起首葉有乾學、徐健菴二印，目録剜去十三卷下，序全失。蕘翁又記。

以上卷末

須溪先生評點簡齋詩集十五卷（日本刻本）　毛藏本，每葉十六行，每行十六字，末無刊刻時、地、人名，似活板印行者。

簡齋集刻本世不多有，即抄本亦鮮傳録，惟汲古閣珍秘本書目兩載之：一云簡齋詩集，四本，高麗紙，宋板，四兩；一云陳簡齋詩集十五卷，四本，陳與義字去非，舊抄，二兩。當時顧抱沖訪書華陽橋顧氏，曾得一本，云是高麗板。余却未曾借讀，故板刻款式未甚分明。近顧千里以一本示余，謂與抱沖本同。余按其板刻款式，定爲日本刻。且柳希春跋有嘉靖二十二年字樣，則非宋板矣。不識毛藏果與此有異，抑辨之不明？否則故矜珍秘，故視爲宋板爾。至于卷數，毛目不載。今檢此本卷數，却與毛目舊抄者合。此所刻者爲劉須溪評點本，固非陳氏書録解題所云簡齋集十卷、簡齋詞一卷本矣。特以書來海外，因購而藏焉。蕘翁記。

七月二十五日，五柳主人招飲白堤，晤邵松巖。松巖，即日爲小讀書堆攜書出售者也。詢以所見之高麗板陳簡齋集，渠云是小讀書堆之物。始知抱沖向所收於華陽顧氏者此也。故本數與汲古目合。千里之歸余者，别是日本刻，非一板矣。惟高麗宋板，家刻所據汲古目如是，而吴枚庵手抄本止云高麗板。證以今所見本，紙墨間毫無宋刻氣息，乃知現刊毛目衍「影宋」二字，遂使蓄疑到今，必得目驗而始悉其非宋板也。可見目録之學，未可輕議聞知，尤貴見知，一書如是，餘書可知，甚矣其難言哉！蕘夫記。

庚辰秋，坊友以洋紙印本簡齋詩集示余，適爲毛藏，却四本，未識即高麗宋板否也。余曾遇高麗使臣朴員蕤,云:日本書旁有和訓,彼國無之。今所見無和訓,當是高麗本矣。

右黄丕烈各條,據吴縣王大隆輯黄顧遺書本。王氏在目録中標明:箋注簡齋詩元刻抄配本,藏至德周氏;須溪評點簡齋集,日本刻本,藏長沙葉氏。至德周氏即周暹叔弢,其所藏書已捐贈北京圖書館

愛日精廬藏書志

張金吾

增廣箋注簡齋詩集三十卷附無住詞一卷(宋刊本)　宋竹坡胡穉仲孺箋,前有穉所編簡齋年譜暨續添詩箋正誤。簡齋之詩,風格遒上,思力沈摯,于南渡詩人中實能自樹一幟。且生當北宋之季,汴京板蕩,臨安播遷,感時撫事,寄託遥深。仲孺以宋人注宋詩,時代既近,聞見較確。故是注鈎稽事實,皆能得作者本意,絶無浮塵掠影之談。而集中所與酬贈諸人,亦一一考其始末,洵爲讀簡齋集者所不可廢。且猶是南宋舊槧,首尾完善,洵可貴也。

曝書雜記

錢泰吉

平湖家夢廬翁天樹篤嗜古籍,嘗於張氏愛日精廬藏書志眉間記其所見,猶隨齋批注書録解題也。余曾手鈔。翁下世已有年,平生所見,當不止此,録之以見梗概。……箋注簡齋詩集,余向有宋槧不全本十餘卷,今亦散去,後無無住詞,不識與此同一版否?

丁酉之秋，余始識上元朱述之於屠筱園所。時述之將入闈分校，不及過從。及壬寅冬寓杭城，與述之鄰，方録金陵詩及注曹子建集，相與商榷者旬餘。戊申，權知海昌，始得縱觀所藏書。述之鈔文瀾閣宋、元人集，已得十之七八。他所購藏甚富。其尤愛賞者，宋刻胡穉增廣箋注簡齋詩集三十卷，無住詞一卷，年譜一卷，又續添正誤四葉。雖半屬影宋鈔，亦極精審。有紹興改元臘月上澣竹坡胡穉仲孺自序。前有樓大防序，大略謂「曉江胡君仲孺，約居力學，日進不已，得此詩，酷愛之，隨事標注，遂以成編。吏部蘇公訓直愛其書，屬余爲叙」云云。此注爲四庫所未收。愛日精廬藏書志及儀徵相國經進書目皆有之。亦未詳竹坡生平事蹟也。余擬助述之編纂所藏書目，未踰年，述之調任嘉興，遂不果。後其書載歸金陵，已付劫灰矣，可爲痛恨。

卷下

郘亭知見傳本書目

莫友芝

增廣箋注簡齋集三十卷無住詞一卷　宋胡穉箋注，阮文達曾進呈内府。昭文張金吾有宋刊本，前有穉編簡齋年譜一卷，暨續添詩箋正誤。穉字仲孺，以宋人注宋詩，見聞較確，能得作者本意。集中酬贈諸人，亦一一考其始末。南宋舊槧，首尾完善。自序題紹熙改元，樓鑰序題紹熙壬子間，則三年也。
卷十三

皕宋樓藏書志
陸心源

須溪先生評點簡齋詩集十五卷（元刊本，稽瑞樓舊藏）　須溪劉辰翁序（不録）　按此元刊本，每葉十六行，每行十六字，小字雙行，大黑口。第一卷賦，二之十四卷詩，第十五卷則無住詞也。稺字仲孺，號竹坡，宋紹興時人。其注皆注出處，不同稗販；而與酬贈諸人，皆一一考明里貫仕履，真爲簡齋功臣。張氏藏書志所載宋刊三十卷本，前有樓鑰及稺自序，此元刊合並本，兩序已失。
卷八十

簡齋詩集十五卷（明初刊本）　劉辰翁序（不録），晦齋跋（不録）。
卷八十

儀顧堂題跋
陸心源

宋麻沙本陳簡齋詩注跋　須溪先生評點陳簡齋詩集十五卷，前有劉辰翁序。卷一賦，卷二至十三詩，卷十四雜著，卷十五無住詞。年譜散入詩題之下，續添正誤散入每卷之後，與張月霄所進呈之三十卷本分卷不同，編次亦異，或即辰翁所合併歟？注爲胡穉作，又有增注，以黑質白章别之，不知出自何人，今不可考。有汲古閣、稽瑞樓、方氏若衡、曾觀貽典、姚婉貞、芙初女史諸印。目録後有文文肅題字，卷六後有張丑題字。蓋經毛子晉、陸敕先、陳子準、方芙初諸家收藏者。

卷十二

鐵琴銅劍樓藏書目録

瞿鏞

增廣箋注簡齋詩集三十卷，無住詞一卷（宋刊本）題竹坡胡穉仲孺箋。有自序，四明樓鑰序，仲孺撰簡齋年譜，又續添詩箋正誤。每半葉十行，行十八字，注每行字數同。書成紹熙初元，距簡齋在時僅越五十年，故所箋出處、時事及朋友酬答甚詳。如卷中無題詩箋云：「此詩意爲王氏、程氏發也。宣和五、六年間，先生與綦公叔厚俱爲太學博士，黜三舍偶儷體，去王氏之論而尊用程氏，士類歸之。後人惟知渡江後趙元振尊尚程氏，殊不知陳、綦二公實有以唱之也。」微此書，簡齋之學行世猶不盡知，而但以詩人目之也。其詩按年編次，與今官刻本分體者不同，又不載外集詩文，官本則併入矣。字句互異處，足以訂正官本者甚多。如古體詩中：雜書云「昔我同年友」，不作「我昔」。陪諸公登南樓云「侑以八品珍」，不作「八味」。同叔易於觀我齋分韻，不作「周叔易」，箋云：「即陳叔易。」詩云「雖然山上山」，不作「山止山」。浴室觀雨云「辨此穎脱手」，不作「脱穎」。冬至云「北風不貸節」，不作「不待」。種竹云「同林偶落此」，不作「同休」；「蒼雲屯十里」，不作「千里」。食筍云「詩成聊使寫」，不作「便寫」。雨中觀月桂云「紅衿映肉色」，不作「玉色」，箋云：「東坡海棠詩：『翠袖卷紗紅映肉』。」山路曉行云「籃輿拂露枝」，不作「扶霧枝」。均陽官舍安榴云「遲日耿不暮」，不作「日遲景」。晚步湖邊云「幸無大夫責」，不作「大夫貴」。遊道林岳麓云「向來修何行」，不作「回來」。暝色云「萬化元相尋」，不作「相乎」。遠軒云「會有鶴駕賓」，不作「鶴賀賓」。題長岡亭云「匣中三尺水」，不作「三尺冰」。題大龍湫云「窮處仍高崖」，不作「乃高崖」。詠雨云「聽雨披夜襟」，不作「衣襟」；「萬珠絡筍輿」，不作「落筍輿」。梁織佛圖詩云「喜滿尺宅俱成功」，不作「火宅」。送王周士赴發運司屬官云「小窗誦詩燈花喜」，「小窗」上不衍「夢君」二字，「喜」不作「起」。欲離均陽而雨不止云「水風泛樹聲蕭蕭」，不作「水色泛樹」。居夷行云「皇天豈無悔禍意」，不作「悔過」。秋夜獨酌云「百年佳月幾今夕」，不作「今幾夕」。近體詩中詠雨云「一涼恩到骨」，不作「思到骨」。目疾云「九惱從來是佛種」，不作「自佛種」。樂文卿北園云「此生能費幾詩筒」，不作「此身」。十月云「莽連萬里雲一去」，不作「雲山去」。招張仲宗云「焚香相待莫徐驅」，不作「徐徐」。晚步過鄭倉臺云「世事紛紛人老易」，不作「人易老」。寄信道云「臢欲平分持寄子」，不作「平生」。謝呂居仁云「篋裏詩書總零落」，不作「寥落」。九日示大圓洪智云「無奈菊花枝」，不作「無耐」。竇園醉中云「碧桃開盡曲聲中」，不作「雨聲中」；箋云：「此蓋明皇擊羯鼓，柳杏皆拆之意。」晨起云「寂寂東軒晨起遲」，不作「晨起時」。蓬齋云「不須杯勺了三冬」、「會有打窗風雪夜」，除夜不寐云「老却梅花是曉風」，葉柟惠花云「文殊罔明俱拱手」，以上數句皆無闕文。又增多詩三首：送大光赴石城云：「石城高嵂崒，城下是江波。莫愁織綺地，年來戰馬過。半江樓影白逶迤，想見春流二月時。待予去掃仲宣賦，走馬川勃鬱不平處，澆以三杯一搔首。秀眉使君醫國手，却把山頭無事酒。山還朝猶未遲。」又次韻謝邢九思云：「平生不接里閭歡，豈料相逢虺蜮壇。能賦君推三世事，倦遊我棄七年官。流傳惡語知誰好，句引新篇得細看。六月山齋當暑令，風霜獨發卷中寒。」又傷春一首，亦見瀛奎律髓忠憤類，茲不復録。

卷二十一

善本書室藏書志

丁丙

簡齋詩集十五卷附集外詩一卷（舊抄本，千頃堂藏書） 宋陳與義撰。與義字去非，汝州葉縣人。其先蜀人，東坡所傳陳希亮公弼者，乃其曾祖也。中進士第，徽宗見所賦墨梅詩，喜之，遂登册府。建炎中，掌内外制，拜參知政事。周葵得其家藏五百餘篇刊行之，號簡齋集。昭德讀書志、書録解題作二十卷。劉後村稱其詩以老杜爲師,建炎以後避地湖嶠,行路萬里,詩益奇壯,其品格在諸家之上。此舊抄本,前列廬陵須溪劉辰翁序、朱晦齋小跋。又有明正德十二年春壬三月三十日購于金陵鷄鳴寺,紫泉道人馬駢伯次父識,殆録自原題也。有「千頃堂圖書」、「宛平王氏家藏」、「慕齋鑒定」、「茨邨藏本」諸印。

卷二十九

藝風堂藏書記

簡齋詩集十五卷(舊抄本)　前有須溪劉辰翁序,後有晦齋小跋,當出舊刻。

卷六

經籍訪古志

日本森立之等

陳簡齋詩注十五卷(朝鮮國刊本,求古樓藏)劉辰翁評點本。卷首有辰翁序,卷末有嘉靖二十三年甲辰,朝鮮柳希春跋云:「歲癸卯,宋相麟壽出按湖南,多刊書册,而是集亦預焉。」末署校正、都邑、刻手等名銜。每卷有「多福文庫」印及「仁正侯藏」印。

卷六

寐叟題跋

沈曾植

影元本簡齋詩集跋　舊抄簡齋集十五卷，第一卷賦，第二至十三詩，十四無住詞，十五外集。前有劉辰翁序。卷中闕文壞字皆摹存，無住詞題書在上，調書在下。蓋影抄元本僅存者。雖經批抹，故是佳本，不可忽也。此集四庫著録本以五七言古律分卷，而宋刻胡穉箋注本編年。據第五卷冬至詩：「不須行年記，異代尋吾詩。」則簡齋自定本係編年。宋人詩集，編年者多，其以五七言分編者，大都出明人之手。四庫本已經羼亂，賴此舊鈔，猶存簡齋本來面目耳。壬子孟冬之月，遜齋記於上海租界麥根路寓樓。

簡齋集，解題、史志皆作十卷，通考作陳參政簡齋集二十卷。頗疑通考所據是周葵刊本，書題卷數，即周本書題卷數也。胡箋本不録外集詩，瞿氏書目録舊鈔單行本外集一卷，有元延祐七年錢良有（疑良祐）題語云「簡齋外集罕見其本，錢塘王心田以余愛之，持以見贈」云云。證以通考周葵得其詩五百餘首刊之之説，檢今集中詩數，適得五百八十餘首。若益以外集之詩，則六百餘首矣。以此知胡本無外集，周本亦無外集；集中詩是簡齋自訂，外集詩則後人拾遺。蛛絲馬跡，猶可尋蹤。四庫本分體合編，則無可研覈矣。是又此抄本可貴一事也。次日又書。

今日校朝鮮本詩注，得周葵刻詩，釐爲十卷之説，果與愚之臆測相合，爲之一快。

墨林快事：「宋刻陳簡齋集，是公自書上木，醇古豐圓，出自黄庭。」然則周葵所刻，非但爲公自訂本，且爲自書本也。

卷一

中國善本書提要

王重民

簡齋集十六卷　四册（四庫總目卷一百五十六）（國會）清聚珍版底本　〔八行，字數不等（20.1×12.8）〕宋陳與義撰。按此爲校印聚珍版叢書時底本，卷九至十二爲印本校樣，餘用四庫全書稿紙鈔寫。第二册面葉有樊增祥題記云：「是書爲袁漱六芳英家藏本，卷首有翰林院典籍關防，蓋四庫館中物也。雲門識。」按武英殿校印時另繕稿本，故鈐「翰林院典籍關防」，與四庫底本所鈐印不同。〔四庫底本鈐翰林院大方印，此印爲長方，僅有一半大。〕考乾隆三十九年二月二十三日永瑢等奏云：「辦理四庫全書，所有永樂大典内採出散篇，彙集成部者，頗有堪刊行之書，應行刊刻。因此等散篇，原録草本，移改增易，行字參差，難以照式排版；而正本又不便令其校對，致有汙損。臣等公同酌議，此等應刊書籍，非另辦副本不可。擬于國子監揀派現食膏火之内肄業貢生十名，到武英殿照現在行走貢生例，專供校録刊本之用。」是其明證。是集雖非輯自大典，付印前自應遵例録副也。故字體草率，不及庫本之整齊美觀。持與聚珍版叢書相校，印本間有誤字，〔余未見鮑氏原本，持校四部叢刊影印宋刊胡穉增廣箋注本，可以知之。〕此所以翻本愈多，而誤字亦愈多也。其卷九至十二校樣，〔當是底本有散佚，故以校樣補之。〕每葉首有畫押，爲負責人所簽署；尾有蘇州字碼所記全葉字數。其校例凡用△，表示刻字欠美觀；〔如太粗，太細，或不正應另刻者。〕用—表示應移下或推上；〔即横列要整齊。〕用—，在字左表示應左推，在字右應右移。〔即直行要整齊。〕此等校印樣方法不見記載，今賴此猶可窺見一二。又下書□所記校書人姓氏，如關槐、朱攸等，檢以陳援菴先生所作四庫館職員記過統計表，在館年月，並與校印是集相值；然則武英殿校印書人員，亦與辦書處校寫書人員同樣記過。卷内有「古潭州袁臥雪廬收藏」印記。

集部 別集類

藏園群書經眼録

傅增湘

簡齋集十六卷宋陳與義撰

舊寫本。鈐有盧文弨藏印。（盛昱書。壬子）

增廣箋注簡齋詩集三十卷無住詞一卷胡學士續添簡齋詩箋正誤一卷簡齋先生年譜一卷宋陳與義撰　胡穉注　存卷一至九，餘影寫補完。元刊本，十行十八字，注雙行同，黑口，左右雙闌。前有宋劉辰翁序，行書七行。紹熙壬子樓鑰序，紹熙改元竹坡胡稚序。行書九行。目録十二行二十二字，年譜同。有黄丕烈跋七首録後：（略）。前二跋潦草録畢。因迫欲乘車赴津，遂攜末册來津，子刻手書五跋如右。原書因火急催還，不能久留，又索值至四百五十元，歲暮無力舉之，書此志慨。乙丑十二月廿四日記。沅叔。

增廣箋注簡齋詩集三十卷宋陳與義撰　胡稺注元刊本，十行十八字，注雙行同，黑口，左右雙闌，版心雙魚尾，上魚尾下記「簡齋注幾」，次行題「竹坡胡稺仲孺箋」。鈐印有「汪士鐘印」白、「三省」葫蘆朱、「棲雲樓」橢朱、「非昔珍藏」朱、「趙建私印」、「舊山樓秘笈」朱。（徐森玉送來，云是徐梧生家物。乙丑）

須溪先生評點簡齋詩集十五卷宋陳與義撰

日本翻朝鮮古刻本，十一行二十字，注雙行，黑口四周雙闌，版心題「簡齋箋」。評語雙行，附本句下，行間有圈點，注附每篇後，雙行，低一格。卷一賦，卷二至十三詩，卷十四銘贊，卷十五無住詞。有劉辰翁序，又朝鮮柳希春跋，録後：（略）。又有日本江宗白翻刊跋，其略曰：（略）。（余藏）

簡齋詞一卷宋陳與義撰

舊寫本，十行二十字。目録接本文，行欵與南唐二主詞同。有跋録後：

「右詞三卷從磬室借録，因再閲。原本乃磬室手鈔，可愛，遂留之，而以此本歸焉。磬室知余之重其手跡，當亦不吝也。第一卷爲南唐二主，第二卷爲陽春集，南唐相馮延巳所著，志南唐君臣競尚浮靡，逐於聲律技藝，而不復知政理之事，其敗亡晚矣。然其詞調往往逸麗流暢，無不可誦，至於怨聲鮮不嗚咽，要亦奇風之餘習也。知音之事當不棄焉。第三卷爲簡齋去非詞，尤古雅頓挫，闋闋可咏，字字可愛。人言簡齋善冥搜静覓，頗得佳句，信哉！閒窗漫題，兼質諸磬室，他日□定，當爲刻之以傳。嘉靖甲辰冬十一月二日少岳道人復初氏識。」

按：此帙馮詞已不存，字迹亦非明人手筆，當是乾、嘉人從之轉録，審其款式，必出宋本矣。（己未）

附録六　集評

徐度

陳參政去非少學詩於崔鷃德符，嘗請問作詩之要。崔曰：「凡作詩，工拙所未論，大要忌俗而已。天下書雖不可不讀，然慎不可有意於用事。」去非亦嘗語人，言本朝詩人之詩，有慎不可讀者，有不可不讀者。慎不可讀者，梅聖俞；不可不讀者，陳無己也。却掃編卷中

方勺

陳去非謂予曰：「秦少游詩如刻就楮葉，陳無己詩如養成内丹。」又曰：「凡詩人，古有柳子厚，今有陳無己而已。」又曰：「崔鷃能詩，或問作詩之要，答曰：『但多讀而勿使，斯爲善。』」泊宅編十卷本卷九。名賢詩旨引李希聲詩話同

張戒

乙卯冬，陳去非初見余詩，曰：「奇語甚多，只欠建安、六朝詩耳。」余以爲然。及後見去非詩全集，求似六朝者尚不可得，況建安乎？詞不逮意，後世所患。鄒員外德久嘗與余閱石刻，余問唐人書雖極工，然不及六朝之韻，何也？德久曰：「一代不如一代，天地風氣生物只如此耳。」言亦有理。

歲寒堂詩話卷一

「獨坐燒香静室中，雨聲初罷鳥聲空。瓦溝柏子時時落，知有寒天木杪風。」此絶句非余得意者，而陳去非獨稱誦不已。張巨山出去非詩卷，戒獨愛其征牟書事一首云：「神仙非異人，由來本英雄。……蒼山雨中高，緑草溪上豐。」而去非不自以爲奇也。王雱云：「作文字易，識文字難。刪詩定書，須仲尼乃可。蕭統文選之有不當，又何怪也。」

同前

王灼

陳去非、徐師川、吕居仁、韓子蒼、朱希真、陳子高、洪覺範（詞），佳處亦各如其詩。

碧雞漫志卷二

陳善

客有誦陳去非墨梅詩於予者，且曰：「信古人未曾道此。」予摘其一曰：「『粲粲江南萬玉妃，别來幾度見春歸。相逢京洛渾依舊，只是緇塵染素衣。』世以簡齋詩爲新體，豈此類乎？」客曰：「然。」予曰：「此東坡句法也。坡梅花絶句云：『月地雲堦漫一樽，玉奴終不負東昏。臨春結綺荒荆棘，誰信幽香是返魂？』簡齋亦善奪胎耳。」簡齋又有臘梅詩曰：「奕奕金仙面，排行立曉晴。慇懃夜來雪，少住作珠纓。」亦此法也。

捫蝨新語上集卷四

張邦基

七言絶句，唐人之作往往皆妙。頃時王荆公多喜爲之，極爲清婉，無以加焉。近人亦多佳句，其可喜者不可概舉。余每愛……陳與義去非秋夜云：「中庭淡月照三更，白露洗空河漢明。莫遣西風吹葉落，只愁無處著秋聲。」如此之類甚多，不愧前人。

墨莊漫録卷六

胡仔

陳去非詩，平淡有工。如：「疎疎一簾雨，淡淡滿枝花。」「官裏簿書何日了，樓頭風雨見秋來。」「客子光陰詩卷裏，杏花消息雨聲中。」……去非墨梅絶句云：「含章簾下春風面，造化功成秋兔毫。意足不求顔色似，前身相馬九方臯。」徽廟召對，稱賞此句，自此知名，仕宦亦寖顯。陳無己作王平甫文集後序云：「則詩能達人矣，未見其窮也。」故葛魯卿於去非簡齋集叙遂用此語，蓋爲是也。

苕溪漁隱叢話前集卷五十三

去非舊有詩云：「風流丘壑真吾事，籌策廟堂非所知。」其後登政府，無所建明，卒如其言。九日詞云：「九日登臨有故常，隨晴隨雨一持觴。」用退之淮西碑「欲事故常」之語。又憶洛中舊游詞云：「憶昔午橋橋上飲，坐中多是豪英。長溝流月去無聲。杏花疎影裏，吹笛到天明。」此數語奇麗。簡齋集後載數詞，惟此詞爲優。

同前後集卷三十四

葛立方

陳去非嘗謂余言，唐人皆苦思作詩，所謂「吟安一箇字，撚斷數莖鬚」，「句向夜深得，心從天外歸」，「吟成五字句，用破一生心」，「蟾蜍影裏清吟苦，舴艋舟中白髮生」之類是也。故造語皆工，得句皆秀。但韻格不高，故不能參少陵逸步。後之學詩者，儻或能取諸人語而掇入少陵繩墨步驟中，此善學古者也。余嘗以此語似葉少藴，少藴云：「李益詩云：『敲門風動竹，疑是故人來。』沈亞之詩云：『徘徊花上月，虛度可憐宵。』皆佳句也。鄭谷掇取而用之，乃云：『睡輕可忍風敲竹，飲散那堪月在花。』真可與李、沈作僕奴。由是論之，作詩者興致先自高遠，則去非之言可用；儻不然，便與鄭都官無異。」

韻語陽秋卷二

先文康公知汝州日，段寶臣爲教官，富季申爲魯山主簿，而陳去非以太學録持服來寓。立方先人語人曰：「是三子者，非凡偶近器也。」是時，富在外邑，則以職事處之于城中。列三人者薦于朝，以爲可用。仍以去非墨梅詩繳進。于是去非除太學博士，季申除京西漕屬，寶臣亦相繼褒擢。

同前卷十八

洪邁

杜詩所用「受」、「覺」二字皆絶奇。……用之雖多，然每字命意不同，又雜於千五百篇中，學者讀之，惟見其新工也。若陳簡齋亦好用此二字，未免頻複者，蓋只在數百篇内，所以見其多。如：「未受風作惡」，「不受珠璣絡」，「不受折簡呼」，「不受人招麾」，「不受安危侵」，「飽受今日閒」，「却扇受景風」，「語聞受遠響」，「坐受世故驅」，「庭柏不受寒」，「可復受憂戚」，「寧受此酸辛」，「滔滔江受風」，「坐受世徧迫」，「清池不受暑」，「平池受細雨」，「窮村受春晚」，「不受急景催」，「肯受元規塵」，「了不受榮悴」，「意閒不受榮與辱」，「獨自人間不受寒」，「枯木無知不受寒」，「天馬何如略受羈」，「來禽花高不受折」，「不受陰晴與寒暑」，「長林巨木受軒輊」；「未覺懶相先」，「未覺壯心休」，「未覺身淹留」，「未覺墉陰遲」，「未覺欠孟嘉」，「未覺有等倫」，「未覺風來遲」，「未覺經旬久」，「欲往還覺非」，「獨覺賦詩難」，「稍覺夜月添」，「菰蒲覺風入」，「未覺此計非」，「高處覺眼新」，「意定覺景多」，「未覺徐娘老」，「未覺有榮辱」，「未覺飢腸虚」，「未覺平生與願違」，「村空更覺水潺湲」，「眼中微覺欠扁舟」，「居夷更覺中原好」，「便覺杯觴耐薄寒」，「牆頭花定覺風闌」。可謂多矣。蓋喜用其字，自不知下筆所著也。

容齋四筆卷七

周必大

淳熙五年正月丁巳，天寒甚，獨直玉堂，快讀同年晞顔和簡齋詩五百一十餘首。已愧王摩詰，不能致孟浩然之伴直，當如裴埳，他日對草吉甫制耳。

省齋文集卷十七跋陳晞顔從古和簡齋陳去非詩

希望（當作希顔）陳氏，諱從古，金壇人。自高曾以來，世工篇什。君及從吕居仁、向伯恭、蘇養直遊，往往得其句法。尤愛陳去非詩，取簡齋集盡次其韻。

同前卷三十四朝散大夫直秘閣陳公從古墓誌銘

楊萬里

詩宗已上少陵壇，筆法仍抽逸少關。直躋總歸天上去，獨留奏草在人間。

誠齋集卷二十六跋陳簡齋奏草

古之詩，倡必有賡，意焉而已矣。韻焉而已矣，非古也，自唐人元、白始也。然猶加少也。至吾宋蘇、黄，倡一而十賡焉，如東坡之和陶是也。然猶加少也，蓋淵明之詩纔百餘篇爾。至有舉前人數百篇之詩而盡賡焉，如吾友敦復先生陳晞顔之於簡齋者，不既富耶乎？昔韓子蒼答士友書，謂詩不可賡也，作詩則可矣，故蘇、黄賡韻之體不可學也，豈不以作焉者安，賡焉者勉故歟？不惟勉也，而又困焉。意流而韻止，韻所有，意所無也，夫焉得而不困？今晞顔是詩，賡乎人者也，而非賡乎人者也，寬乎其不逼也，暢乎其不塞也。然則子蒼之所艱，晞顔之所易；豈惟易子蒼之所艱，又將增和陶之所少也。大抵夷則遜，險則競，此文人之奇也，亦文人之病也，而詩人此病爲尤焉。惟其病之尤，故其奇之尤。蓋疾行於大逵，窮高於千仞之山、九縈之蹊，二者孰奇孰不奇也。然奇則奇矣，而詩人至於犯風雪，忘飢餓，竭一生之心思，以與古人争險以出奇，則亦可憐矣。然則險愈競，詩愈奇，病愈痼矣。今是詩也，韻聽乎簡齋，而詞出乎晞顔；詞出乎晞顔，而韻若未始聽乎簡齋者，不以其争險故歟？使晞顔不與簡齋競於險以寒其奇，此其心必有所鬱於中而不快，而其詞必有所渟於藴而不決也。然晞顔與簡齋争言語之險以出其奇，則躄矣，抑猶在癡黠之間乎？劬於詩而紓於仕，鋭於追前輩而鈍於取世資。晞顔之黠也，秖其爲癡也；晞顔之癡也，秖其爲賢也。晞顔諉某書其後。年月日，楊萬里序。

同前卷七十九陳晞顔和簡齋詩集序

朱熹

簡齋陳公手寫所爲詩一卷以遺寶文劉公，劉公嗣子觀文公愛之，屬廣漢張敬夫爲題其籤。予嘗借得之，欲摹而刻之江東道院，竟以不能得善工而罷。間獨展玩，不得去手，蓋歎其詞翰之絶倫，又歎劉公父子與敬夫之不可復見也。俯仰太息，因書其末以歸之劉氏云。

朱文公全集卷八十一

古人詩中有句，今人詩更無句，只是一直説將去。這般去，一日作百首也得。如陳簡齋詩：「亂雲交翠壁，細雨濕青松。」「暖日薰楊柳，濃陰醉海棠。」他是什麽句法？

朱子語類卷一百四十

樓鑰

承平時，洛中有八俊：陳簡齋詩俊，巖壑詞俊，富季中文俊，皆一時奇才也。

攻媿集卷七十一跋朱巖壑鶴賦及送閭丘使君

嚴羽

以人而論，則有蘇、李體，曹、劉體，陶體，謝體，徐、庾體，沈、宋體，陳拾遺體，王、楊、盧、駱體，張曲江體，少陵體，太白體，高達夫體，孟浩然體，岑嘉州體，王右丞體，韋蘇州體，韓昌黎體，柳子厚體，韋、柳體，李長吉體，李商隱體，盧仝體，白樂天體，元、白體，杜牧之體，張籍、王建體，賈浪仙體，孟東野體，杜荀鶴體，東坡體，山谷體，後山體，王荆公體，邵康節體，陳簡齋體（陳去非與義也，亦江西之派而小異），楊誠齋體。

滄浪詩話詩體

劉克莊

南渡詩尤盛於東都，炎、紹初，則王履道、陳去非、汪彥章、呂居仁、韓子蒼、徐師川、曾吉甫、劉彥沖、朱新仲、希真，乾、淳間，則范至能、陸放翁、楊廷秀、蕭東夫、張安國一二十公，皆大家數。後村先生大全集卷九十七中興絶句續選

元祐後詩人迭起，一種則波瀾富而句律疏，一種則煅煉精而情性遠，要之不出蘇、黄二體而已。及簡齋出，始以老杜爲師。墨梅之類，尚是少作。建炎以後，避地湖嶠，行路萬里，詩益奇壯。元日云：「後飲屠蘇驚已老，長乘舴艋竟安歸。」除夕云：「多事鬢毛隨節换，盡情燈火向人明。」記宣靖事云：「東南鬼火成何事，終待胡鋒作争臣。」(原注：謂方臘不能爲患，直待粘、斡耳。)岳陽樓云：「登臨吴蜀横分地，徙倚湖山欲暮時。」又云：「乾坤萬事集雙鬢，臣子一謫今五年。」聞德音云：「自古安危關政事，隨時憂喜到漁樵。」五言云：「泊舟華容縣，湖水終夜明。淒然不能寐，左右菰蒲聲。窮途事多違，勝處心亦驚。三更螢火鬧，萬里天河横。腐儒憂平世，況復值甲兵。終然無寸策，白髮滿頭生。」造次不忘憂愛，以簡潔掃繁縟，以雄渾代尖巧。第其品格，故當在諸家之上。後村詩話前集卷二

薛能云：「詩深不敢論。」鄭谷云：「暮年詩力在，新句更幽微。」詩至於深微，極玄絶妙矣，然二子皆不能踐此言。唐人惟韋、柳，本朝惟崔德符、陳簡齋能之。

後村詩話續集卷二

放翁長短句……其激昂感慨者，稼軒不能過；飄逸高妙者，與陳簡齋、朱希真相頡頏；流麗緜密者，欲出晏叔原、賀方回之上，而世歌之者絶少。

同前卷四

吴子良

簡齋之詩晚而工，如：「木落太湖白，梅開南紀明。」「慷慨賦詩還自恨，徘徊舒嘯却生哀。」「山林有約吾當去，天地無情子亦饑。」「樓頭客子杪秋後，日落君山元氣中。」「世亂不妨松偃蹇，村空更覺水潺湲。」皆佳句。又有晚晴獨步及題董宗禹園先志亭等古詩，亦皆佳。

荆溪林下偶談卷三

羅大經

自黄、陳之後，詩人無逾陳簡齋。其詩緜簡古而發穠纖，遭值靖康之亂，崎嶇流落，感時恨別，頗有一飯不忘君之意。如：「涼風又落宮南木，老雁孤鳴漢北洲。」「乾坤萬事集雙鬢，臣子一謫今五年。」「天翻地覆傷春色，齒豁頭童祝聖時。」「近得會稽消息不？稍傳荆渚路歧寬。」「東南鬼火成何事，終藉胡鋒作争臣。」「龍沙此日西風冷，誰折黄花壽兩宮？」皆可味也。

鶴林玉露卷十六

黄昇

陳去非名與義，自號簡齋居士，以詩文被簡注於高宗皇帝，入參大政。有無住詞一卷。詞雖不多，語意超絶，識者謂其可摩坡仙之壘也。

中興以來絶妙詞選卷一

先君嘗於逆旅間録一詩云：「山行險而修，老我驂且羸。獨驅六月暑，躡此千仞梯。世故不貸人，牽去復挽歸。茗盌參世味，甘苦常相持。白雲抱溪石，令人心愧之。豈無趺座處，逸固不療飢。大叫天上人，涼風爲吹衣。」蓋學簡齋詩法者，莫知爲何人作也。

詩人玉屑卷十九引玉林詩話

元好問

唐歌詞多宮體，又皆極力爲之。自東坡一出，情性之外不知有文字，真有一洗萬古凡馬空氣象，雖時作宮體，亦豈可以宮體概之？人有言樂府本不難作，從東坡放筆後便難作。此殆以工拙論，非知坡者。……自今觀之，東坡聖處，非有意於文字之爲工，不得不然之爲工也。坡以來，山谷、晁無咎、陳去非、辛幼安諸公，俱以歌詞取稱。吟詠情性，留連光景，清壯頓挫，能起人妙思。亦有語意拙直，不自緣飾，因病成妍者。皆自坡發之。

遺山先生文集卷三十六新軒樂府引

方回

友人羅裳相與鈔誦少陵、山谷、後山律詩，似未有所得。別看陳簡齋詩，始有入門。於是改調，通老杜、黄、陳、簡齋玩索。……大概律詩當專老杜、黄、陳、簡齋，稍寬則梅聖俞，又寬則張文潛，此皆詩之正派也。

桐江集卷一送俞唯道序

劉章稊誌疑陳簡齋集二詩爲非簡齋所作，其一：「敲門俗子令我病，面有三寸康衢埃。風饕雪虐君馳去，蓬户那無酒一杯。」其一：「寧食三斗塵，有手不揖無詩人。」予謂此二詩怒詈誠太露，然詩人每惡俗人。山谷云：「德人泉下夢，俗物眼中埃。」下一句不已甚乎？劉評詩不當者甚多。

同前卷三續劉章稊誌

周伯弜詩法，分頷聯、頸聯、四實、四虛、前後虛實，此不過情景之分。如陳簡齋「官裏簿書何日了，樓頭風雨見秋來」，「是非衮衮書生老，歲月匆匆燕子回」，乃是一聯而一情一景，伯弜所不能道。老杜云：「舟中得病移衾枕，洞口經春長薜蘿。」山谷云：「霜髭雪髮共看鏡，萸糝菊英同送秋。」後山云：「老形已具臂膝痛，春事無多櫻筍來。」此一脈自老杜以來，知而能用者，惟三數公。豈掣鯨碧海與翡翠蘭苕故不同耶。

同前卷四跋仇仁近詩

少隱紹興元年避地山中，不能盡挈群書，唯有柳子厚、劉夢得、杜牧之、黄魯直、杜子美、張文潛、陳無己、陳去非八家詩，鈔爲詩八珍。以爲皆適有之，非擇而取。予謂此豈適然？學詩者不可不會此意。取柳不取韓，取黄不取蘇，取杜不取李，有深意也。

同前讀太倉稊米集跋

老杜、陳簡齋詩，兩句景即兩句情，兩句麗即兩句淡。「紅入桃花嫩，青歸柳葉新」，此一聯也。「轉添愁伴客，更覺老隨人」，即如此續下聯。簡齋又有一句景對一句情者，妙不可言。下聯如或用故事，或他出議論，不情不景，其格無窮。

同前卷五吴尚賢詩評

黄、陳二老詩，各成一家，未有能及之者。然論老筆名手，黄、陳之外，江西派中多有作者，吕居仁、陳簡齋其尤也。

同前卷五劉元輝詩評

堂堂陳去非，中興以詩鳴。呂曾兩從槖，殘月配長庚。尤蕭范陸楊，復振乾淳聲。爾後頓寂寥，草蟲何薨薨。永嘉有四靈，詞工格乃平。上饒有二泉，旨淡骨獨清。學子孰取舍，吾非私重輕。極玄雖有集，豈得如淵明。

桐江續集卷二秋晚雜書三十首

詩至於老杜而集大成。陳子昂、沈佺期、宋之問律體，沿而下之，麗之極莫如玉溪，以至西崑；工之極莫如唐季，以至九僧。三百五篇有麗者、工者，非有意於麗與工也。風、賦、比、興，緣事起云耳。而麗之極、工之極，非所以言詩也。謂如老杜七言律詩：「魚吹細浪摇歌扇，燕蹴飛花落舞筵」，「自去自來堂上燕，相親相近水中鷗」，「林花着雨臙脂濕，水荇牽風翠帶長」，「風含翠篠娟娟静，雨裛紅蕖冉冉香」，學者能學此句法，未足爲雄。撲棗詩云：「不爲困窮寧有此，衹緣恐懼轉須親。」憶梅詩云：「幸不折來傷歲暮，若爲看去亂鄉愁。」春菜詩云：「巫峽寒江那對眼，杜陵野老不勝悲。」送僧詩云：「念我能書數字至，將詩不必萬人傳。」此等詩不麗不工，瘦硬枯勁，一斡萬鈞。惟山谷、後山、簡齋得此活法，又各以其數萬卷之心胸氣力，鼓舞跳盪。

同前卷八讀張功父南湖集并序

三百年來工五七，追雅媲騷誰第一？獨聞彭城陳正字，向來得法金華伯。終古不朽語言在，以詩數人人不識。善學少陵而不爲，殆如孟子不言易。……姚合許渾精儷偶，青必對紅花對柳。兒童效之易不難，形則肖矣神何有？求之雕刻繪畫間，鵠乃類鶩虎勝狗。由陳入黄據杜壇，當知掬水月在手。後生可畏嘗聞之，君友何人師者誰？雙井白門浣花脈，實字用正虚字奇。鬱輪袍曲異筝笛，藐姑射姿無粉脂。梯危磴絶不可近，尚有簡齋橫一枝。

同前卷十四過李景安論詩爲作長句

後山與簡齋，僅年四十九。詩少句句佳，天地同不朽。

同前卷二十二七十翁吟五言古體十首

承天寺一碑，宜州萬里走。後山與簡齋，各年四十九。李杜俱有厄，郊島終不偶。今人好作詩，曾不鑒前否。

同前卷二十八學詩吟十首

萬古陶兼杜，誰堪配饗之？赦還儋耳海，謫死瘴城宜。無己玉堂凍，去非榕嶺馳。更添韓與柳，欲築八賢祠。

同書卷二十八詩思十首

古之經皆文也，皆詩也。後世下筆未易及經，則分爲兩途。文則先秦、兩漢，而後始有韓昌黎，次則柳子厚，又其後有歐、曾、蘇。詩自離騷降爲蘇、李，而建安四子，晉、宋間，至唐參以律體，其極致莫如杜少陵。若陳子昂、李太白、韋、柳，皆其尤。宋則歐、梅、黄、陳。過江則吕居仁、陳去非。至乾、淳猶有數人。今之學者，必也所得既飽而後於此用力，取其文若詩效之，初如書字摹臨古帖，至其熟，則不必摹臨而似之矣。

同前卷三十贈邵山甫學說

聚奎以來，崑體盛行，而歐、梅革之。爰及黃、陳，始宗老杜，而議者署爲江西派。過江而後，呂居仁、陳去非、曾吉父，皆黃、陳出也。

同前卷三十一孟衡湖詩集序

詩學晚唐，不自四靈始。宋剗五代舊習，詩有白體、崑體、晚唐體。白體如李文正、徐常侍昆仲、王元之、王漢謀；崑體則有楊、劉西崑集傳世，二宋、張乖崖、錢僖公、丁崖州皆是；晚唐則九僧最逼真，寇萊公、魯三交、林和靖、魏仲先父子、潘逍遥、趙清獻之父，凡數十家，深涵茂育，氣極勢盛。歐陽公出焉，一變爲李太白、韓昌黎之詩。蘇子美二難相爲頡頏，梅聖俞則唐體之出類者也。晚唐於是退舍。蘇長公踵歐陽公而起。王半山備衆體，精絶句，古五言或三謝。獨黃雙井專尚少陵，秦、晁莫窺其藩。張文潛自然有唐風，別成一宗。惟呂居仁克肖。陳後山棄所學學雙井，黃致廣大，陳極精微，天下詩人北面矣。立爲江西派之説者，銓取或不盡然，胡致堂詆之。乃後，陳簡齋、曾文清爲渡江之巨擘。乾、淳以來，尤、范、楊、陸、蕭其尤也。道學宗師於書無所不通，於文無所不能，詩其餘事，而高古清勁，盡掃餘子，又有一朱文公。嘉定而降，稍厭江西，永嘉四靈復爲九僧舊，晚唐體非始於此四人也。後生晚進，不知顛末，靡然宗之，涉其波而不究其源，日淺日下。然尚有餘杭二趙，上饒二泉，典刑未泯。今學詩者不於三千年間上泝下沿，窮探邃索，而徒追逐近世六七十年間之所偏，非區區所敢知也。

同前卷三十二送羅壽可詩序

予之詩，初學張宛丘，次學蘇滄浪、梅都官，而出入於楊誠齋、陸放翁。後乃悔其腴而不癯也，惡其弱而不勁也，束之以黃、陳之深嚴，而　之以簡齋之開宏。

同前卷三十二虚谷桐江續集序

陳後山年四十九，其文集謝克家爲序。陳簡齋年四十九，其詩集葛勝仲爲序。二公年不壽而文壽，不待序而後稱也。

同前卷三十三柳州教授王北山詩序

牟巘

昔李誠公以詩送質肅公，蓋用進退韻，世傳爲落韻詩者殆非。質肅語特高古，千古去國一身在，此詩爲失對耳。故陳簡齋亦欲學詩者以唐人掇入少陵步驟繩墨中，大抵句律是尚。師善以質肅之孫，參簡齋之語，千古一月，當印此心。

陵陽集卷十三唐月心詩序

程文海

自劉會孟盡發古今詩人之秘，江西詩爲之一變。今三十年矣，而師昌谷、簡齋最盛，餘習時有存者。無他，李變昡，觀者莫敢議；陳清俊，覽者無不悦，此學者急於人知之弊也。變昡、清俊，固非二子之本，亦非會孟教人之意也，因其所長，各有取焉。

雪樓集卷十五

吴澄

宋參政簡齋陳公於詩，超然悟入。吾嘗窺其際，蓋簡齋古體自東坡氏，近體自後山氏，而神化之妙，簡齋自簡齋也。近世往往尊其詩，得其門者或寡矣。

吴文正公全集卷九董震翁詩序

學詩者若有適也，必於其道，則未至而可至，不以其道，則愈至而愈不至。清江聶文儼詩，不俗不腐，蓋望參政陳公之門而適之以其道者，余知其至也有日矣。

同前卷九聶文儼詩序

丁酉冬，見諶季巖詩，詠物工而用事切，謂曰：「詩誠佳，然吟詩必此詩，或非詩人所尚爾。」

壬寅春，又見之，則體格與昔大異，問曰：「近讀何詩？」曰：「簡齋。」余曰：「得之矣。」乃題而歸其篇。

同前卷九諶季巖詩序

近代參政簡齋陳公，比之陶、韋，更新更巧。

同前卷十三何敏則詩序

幼深弟出驪海獨吟一篇示余，余讀之，喜曰：「此何人也？何其詩之似簡齋也！」讀之竟，其於簡齋有未似者，有近似者，有酷似者，於以見其進進之未已。

同前卷九董雲龍詩序

世所選諸家詩，每令人手披口誦不忍釋，及閱其全集，則又不然，雖李、杜大家，亦不篇篇可人意，於以見詩之不易爲也。獨近代簡齋陳參政集無可揀擇，蓋自選之，而凡不可者不復存也。樂安黃養浩有詩一帙，不滿五十題，亦必自選，而不以多爲貴也。意態聲響，宛然參政公之彷彿。作詩如是，可謂不苟作者矣。披誦至三四，因書卷首，以志吾之喜，而歸其編。

同前卷九黃養浩詩序

徐明善

余嘗論詩自漢、魏以降，大抵沈浸於山樞、蟋蟀，其托物引興以抒長懷，寄永慨，皆祖離騷，蓋變小雅之遺聲也。……又降而唐晚，束字五七，而雕飾無遺巧，於是「楊柳依依」之遺聲乃復盡散，而雅幾乎絶。賴唐杜氏、韓氏詩行世不泯。宋黄山谷、陳簡齋、曾茶山振微引墜，式克至於今日。

芳谷集卷二西洲詩集序

吴師道

世稱宋詩人句律流麗，必曰陳簡齋；對偶工切，必曰陸放翁。今（唐）子西所作，流布自然，用故事古語，融化深穩，前乎二公，已有若人矣。……（子西）春日郊外詩：「水生看欲到垂楊。」絶句：「疑此江頭有佳句，爲君尋取却茫茫。」簡齋有「水光忽到樹」及「忽有好詩生眼底，安排句法已難尋」之句，非襲用其語，則亦暗合者與？

吴禮部詩話

危素

右宋参知政事資政殿學士陳公去非文翰一卷。按宣和六年，公以司勳員外郎謫監陳留南鎮酒税，越三年，金人犯汴京，公丁外艱，自是奔走無寧歲。此卷云五月二日，蓋建炎三年。孫奇父諱偉，自號七澤先生。向伯共諱子諲，自號薌林居士，文簡公之元孫，任户部侍郎，挂冠而去，公以玉剛卯爲壽者也。向公祭奇父之文有曰：「器重公輔，學藴經綸。胡不百年，致主澤民。」則奇父之爲人蓋可知已。孫信道諱確，建炎初作京西運司屬官，僅改京秩而死。征牟，集中「征」作「貞」。公至征牟，則四年事也。公當承平時，以文章遇知人主。曾未數年，遭世離亂，倉皇轉徙，故筆札之傳於世者甚少。此爲寶文閣直學士劉公彦修書，而張宣公標題其上。朱文公跋云觀文公者，樞密忠肅公也。是年，張公即世，故其詞益悲。慈溪徐政敏道得此於京師，珍襲篋笥。朱氏以不得善工摹刻爲恨，敏道異日南還，求徐仁作、胡淵於里中，皆稱善工，可以畢朱氏之志云。後朱氏百八十一年，大元至正二十年癸酉，後學臨化危素崇教坊寓舍識。

簡齋詩翰跋語，原載畢沅經訓堂帖

許有壬

靖康板蕩，思陵踽踽東南，中原士大夫有能自拔以從其君，於間關流離之際，丁急賢之會，收録宜何如？然用之而未至者人也，得之而復失者天也。簡齋陳公既參大政，尋以疾辭，遂至不起，用世之學，不究其施，豈非天乎！君子於此，有以見勝國之不能復有中土也。世知其詩之工，而不知其心之苦，若「向來萬里意，今在一窗間」之句，予每三復而悲之。墓誌有不能盡

者焉。永樂大典卷三千一百四十七陳字韻陳與義條引許有壬文集題陳璧家藏簡齋墓誌後

仇遠

簡齋吟集是吾師，句法能參杜拾遺。宇宙無人同叫嘯，公卿自古嘆流離。窮途刦刦誰憐汝？遺恨茫茫不在詩。莫道墨梅曾遇主，黄花一絶更堪悲。仇山村遺集讀陳去非集

宋濂

元祐之間，蘇、黄挺出，雖曰共師李、杜，而競以己意相高，而諸作又廢矣。自此以後，詩人迭起，或波瀾富而句律疎，或煅煉精而情性遠，大抵不出於二家。觀於蘇門四學士及江西宗派諸詩，蓋可見矣。陳去非雖晚出，乃能因崔德符而歸宿於少陵，有不爲流俗之所移易。宋學士全集卷二十八答章秀才論詩書。浦起龍釀蜜集卷二略同

鄭善夫

唐、宋之間，惟五言近體於杜爲似，蓋亦菀菀然充其性焉耳。杜詩渾涵淵澄，千彙萬狀，兼古今而有之。他人不足，彼乃有餘；又善陳時事，精深至千言不少衰。世之學者，劬情畢生，往往只得其一肢半體，杜亦難哉！山谷最近而較少思，後山散文過山谷遠，而氣力弗逮，簡齋躅而少春融。宋詩人學杜無過三子者乃爾，其他可論耶？

鄭少谷先生全集卷十下葉古厓集序

楊慎

陳去非，蜀之青神人，陳季常之孫也。徙居河南。宋南渡後又居建康。詩爲高宗所眷注，而詞亦佳。語意超絶，筆力排奡，識者謂其可摩坡仙之壘，非溢美云。草堂詞惟載「憶昔午橋」一首。其閩中漁家傲云：「今日山頭雲欲舉，青蛟翠鳳移時舞。行到石橋聞細雨，聽還住，風吹却過溪西去。我欲尋詩寬久旅，桃花落盡春無數。渺渺籃輿穿翠楚，悠悠處，高林忽送黄鸝語。」又虞美人云：「吟詩日日待東風，及至桃花開後却匆匆。」又點絳脣云：「愁無那，短歌誰和？風動梨花朵。」又南柯子云：「闌干三面看晴空，背插浮圖千尺冷煙中。」皆絶似坡仙語。

詞品卷四

李開先

薛西原詩能逼唐，後會馬西玄於濠梁，曰：「古來詩人，惟一陳簡齋。」

李開先全集閒居集序

胡應麟

二陳五言古皆學杜，所得惟粗强耳。其沈鬱雄麗處，頓自絶塵。無己後參魯直，故尤相去遠。大抵宋諸君子以險瘦生澀爲杜，此一代認題差處，所謂七聖皆迷也。工部詩盡得古今體勢，其中何所不有，而僅僅若此耶？

詩藪外編卷五

陳去非短歌學杜，間得數語耳，無完篇。

同前

劉辰翁陳去非集序云：「黄太史矯然特出新意，真欲與李、杜爭衡於一字之頃；其極，至寡情少恩，如法家者流。余嘗謂晉人語言，使一用爲詩，皆當掩出古今。無他，真故也。世間用事之妙，豈可馬尾而數，蟲魚而注哉？後山自謂黄出，理實勝黄。其陳言妙語，乃可稱破萬卷者。然外貌枯槁，如息夫人絶世，一笑自難。惟陳簡齋望之蒼然，而光景明麗，肌骨匀稱。古稱陶公用兵，得法外意，以簡齋視陳、黄節制，亮無不及，則後山比簡齋刻削，尚似矜持未盡去也。」右劉評宋三家，切中肯綮，且内多名言快語，録之。

同前

宋之學杜者，無出二陳。師道得杜骨，與義得杜肉；無己瘦而勁，去非贍而雄；後山多用杜虚字，簡齋多用杜實字。

同前

宋之爲律者，吾得二人：梅堯臣之五言，淡而濃，平而遠；陳去非之七言，渾而麗，壯而和。梅多得右丞意，陳多得工部句。

同前

南渡諸人詩，尚有可觀者，如尤、楊、范、陸，時近元和；永嘉四靈，不失晚季。至陳去非宏壯，在杜陵廊廡，謝皋羽奇奥，得長吉風流，尤足稱賞。以其才，則遠不如王、蘇、黄、陳。

同前

宋之學陳子昂者，朱元晦；學杜者，王介甫、蘇子美、黄魯直、陳無己、陳去非、楊廷秀……

總之不離宋人面目。 同前

「令嚴鐘鼓三更月，野宿貔貅萬竈烟。」「萬馬不嘶聽號令，諸蕃無事樂耕耘。」「登臨吴蜀橫分地，徙倚湖山欲暮時。」「四野凍雲隨地合，九河清浪著天流。」「天開雲霧東南碧，日射波濤上下紅。」此雄麗冠裳，得杜調者也。 同前

「多事鬢毛隨節换，盡情燈火向人明。」「蕭條寒巷荒三徑，突兀晴空聳二樓。」「九日清尊欺白髮，十年爲客負黄花。」「四壁一身長客夢，百憂雙鬢更春風。」「五年天地無窮事，萬里江湖見在身。」此瘦硬沉深，得杜意者也。 然調近者不失唐風，意近者遂成宋格，得失判矣。 同前

去非句，如「湖平天盡落，峽斷海橫通。」「摇楫天平渡，迎人樹欲來。」「風斷黄龍府，雲移白鷺洲。」「亂雲交翠壁，細雨濕青林。」「一時花帶淚，萬里客憑闌。」皆宏麗沉雄，得杜體，且多得杜字法。 同前

陳去非諸絶，雖亦多本老杜，而不爲已甚。 悲壯感慨，時有可觀處。 同前

王維「遥知兄弟登高處，遍插茱萸少一人」，岑參「遥憐故園菊，應傍戰場開」，皆佳句也。去非重九二絶七言云：「龍沙北望西風冷，誰折黄花壽兩宫？」五言云：「菊花紛四野，作意爲誰秋？」雖用前人之意，而不襲其語，殊自蒼然。

同前

大抵南宋古體當推朱元晦，近體無出陳去非。

詩藪雜編卷五

梅聖俞之學唐，陳去非之學杜，皆錚錚躍出，庸詎可以宋概耶？

少室山房類稿卷一百十八

賀裳

選南渡後詩，務取短中之長，有以一聯收者，以一句録者，必求首尾温麗，幾無詩矣。陳簡齋詩以趣勝，不知正其著魔處，然其俊氣自不可掩。如雨晴詩：「牆頭語雀衣猶濕，樓外殘雷氣未平。」以事走郊外示友：「黄塵滿面人猶去，紅葉無言秋又歸。」觀江漲：「疊浪併翻孤日去，西津横捲半天流。」俱可觀。送熊博士赴瑞安令一作尤佳：「衣冠袞袞相逢處，草木蕭蕭未變時。聚散同驚一枕夢，悲歡各誦十年詩。山林有約吾當去，天地無情子亦饑。笑領銅章非失計，歲寒心事欲相期。」雖格調不足言，頗爲入情也。

載酒園詩話卷五

吴喬

唐人作詩，自述己意，不必求人知之，亦不在人人説好；宋人皆欲人人知我意，明人必欲人人説好，故不相入。然宋詩非一種，如梅聖俞却有古詩意，陳去非得少陵實落處。

答萬季埜詩問

王士禛

宋、明以來詩人學杜子美者多矣，予謂退之得杜神，子瞻得杜氣，魯直得杜意，獻吉得杜體，鄭繼之得杜骨。它如李義山、陳無己、陸務觀、袁海叟輩又其次也。陳簡齋最下，後村詩話謂簡齋以簡嚴掃繁縟，以雄渾代尖巧，其品格在諸家之上，何也？

池北偶談、帶經堂詩話卷一源流

陳去非語人云：「本朝詩慎不可讀者，梅聖俞也；不可不讀者，陳無己也。」見却掃編。如此議論，殊不可解。

古夫于亭雜録、帶經堂詩話卷二評駁

徐敦立記陳去非語:「本朝之詩,慎不可讀者,梅聖俞也;不可不讀者,陳無已也。」此意殊不可解。去非之學杜,亦予所未解也。香祖筆記、帶經堂詩話卷二評騭

偶爲朱錫鬯太史(彝尊)舉宋人絶句可追蹤唐賢者,得數十首,聊記於此……「獨憑危堞望蒼梧,落日君山似畫圖。無數柳花飛滿岸,晚風吹過洞庭湖。」(陳去非與義簡齋城上晚思)池北偶談、帶經堂詩話卷九標舉

喬億

宋之後山、簡齋五律宗杜,皆粗硬乏温醇之氣。劍谿説詩卷十

翁方綱

自山谷以下,後來語學杜者,率以後山、簡齋並稱。然而後山似黄,簡齋則似杜;後山近於黄而太膚淺,簡齋近於杜而全滯色相矣。雖云較後來之空同蒼老有骨,而其假冒則一也。七言律詩鈔卷首凡例

宋犖

南渡後，陸游學杜、蘇，號爲大宗。又有范成大、尤袤、陳與義、劉克莊諸人，大概杜、蘇之支分派别也。　　漫堂説詩

陳錫路

「閉門知有雨，老樹半身濕。」此陳簡齋得意句也。六硯齋筆記稱簡齋手寫詩卷，有句云：「夢裏不知涼是雨，醒來微濕在荷花。」書法高朗，詩句幽倩可喜。按此兩句正不如前語之自然。　　黄嬭詩話卷六

浦起龍

哲宗元祐之間，蘇軾、黄庭堅挺出，雖曰共師李、杜，而競以己意相高，而諸作又廢矣。自此以後，詩人迭起，大抵不出乎二家。觀於蘇門四學士（黄庭堅、秦觀、晁無咎、張耒）諸作以及江

西宗派諸詩可見矣。陳與義雖晚出，乃能因崔德符而歸於少陵，有不爲流俗之所移易。醸蜜集卷二宋以後詩

厲鶚

自唐五代迄宋，以詩賦決科，故詩人最重知遇，往往有刻意苦吟，旬鍛月煉，槁項黄馘，無人過而問焉者。如唐處士至以詩藁納瓢投水中，幸人接得以傳。陸天隨以遺藁置白蓮寺像腹，不幸爲俗子沈於水。蓋不獨生前榮進爲不易致，即身後流播以慰其魂者，亦有幸有不幸焉。嗚呼！其亦可悲也已。若夫一吟一詠，生邀萬乘特達之知，殁而聲名焜燿於無窮，有如唐韓翃、宋陳與義者，尤爲詩人所不多覯。樊榭山房文集卷二汪司馬半舫集序

姚壎

王黄州、歐陽文忠精深雄渾，始變宋初詩格，而一則學白樂天，一則學韓退之。梅聖俞則出於王右丞，郭功父則出於李供奉。學王建者有王禹玉，學陳子昂者有朱紫陽。又若王介甫之峭厲，蘇子美之超横，陳去非之宏壯，陳無己之雄肆，蘇長公之門有晁、秦、張、王之徒，黄涪翁之派

有三洪、二謝、陳、潘、汪、李之輩，俱宗仰浣花草堂，或得其神髓，或得其皮骨，而原本未嘗不同。

宋詩略卷首自序

王昶

故事麟臺擅舊聞（程待制俱），小雲林亦具清芬（沈忠敏與求），參知才思能多少，幸有梅花契道君（陳去非）。

春融堂集卷二十二舟中無事偶作論詩絶句四十六首

潘德輿

宋絶句尤不似唐，然王漁洋池北偶談專録宋七絶之似唐者數十首，何嘗不可與唐人匹？予又從近人嚴長明用晦所選千首宋人絶句中反覆揀擇，得其似唐者百數十首，承漁洋之風旨，廣漁洋所未備，世之於唐、宋分左右袒者，喙亦可以息矣。第用晦此本較之洪容齋唐人萬首絶句纂次頗核，所選詩皆有可觀，亦較勝王漁洋唐人萬首絶句選本，而宋人絶句之佳者，仍未盡於是也。如……陳簡齋清明云：「卷地風拋市井聲，病扶危坐了清明。一簾晚日看收盡，楊柳微風百媚生。」……此十數絶句，與唐人聲情氣息不隔累黍，何故遺之？且無論唐、宋，即以詩論，亦明珠美玉，千人皆見，近在眼前，而嚴氏置若無睹，故操選枋爲至難也。

養一齋詩話卷五

洪容齋考訂他書極詳，於唐、宋詩證據亦核，獨其所録同時人詩，不盡得風旨。……如陳簡齋池上避暑詩：「長安車轍邊，有此萬荷柄。談餘日亭午，樹影一時正。清風不負客，意重百金贈。微波喜摇人，小立待其定。」詞意新峭可喜，雖西江風格，而能藥俗，録之可也。若其水墨梅詩云：「粲粲江南萬玉妃，别來幾度見春歸。相逢京洛渾依舊，惟見緇塵染素衣。」猝乍聞之，幾不省爲何題，而亦喜而録之，此殆由宋詩習氣蒸染至深耳。

同前卷九

謝啓昆

居士尋詩墨未乾，杏花消息雨聲寒。誰言詩到蘇黄盡，萬里南征眼界寬。（陳與義）

樹經堂詩集初集卷十一讀全宋詩仿元遺山論詩絶句二百首

胡薇元

陳與義簡齋無住詞才十八首，而首首可傳。簡齋詩師杜少陵，與山谷、後山爲三宗。其詞吐言天拔，無蔬筍氣。然山谷詞利鈍互見，後山則勉强學步，迥非與義之敵。至開卷法駕導引三闋，選本乃作赤城韓夫人仙子作，列入仙鬼類，原作注爲擬作，可知小説之謬。

歲寒居詞話

黃統

昔人以子美爲一祖，以山谷、後山、簡齋爲三宗；謂子美不可學，學子美宜徑二陳、涪翁而泝上之。此其言本不足括唐、宋詩家，後人學詩亦多不由此；然而扶質以樹敦厚之教，亦庶幾焉。道光中，家大人守遵義，（莫）子偲尊甫猶人先生爲教授，大人修府志，子偲以同官子弟延郡署事編輯。……縱言及詩，則曰：「品詩者謂杜聖、李仙，是子美詩孔子也，昌黎當詩孟子，唐義山，宋山谷、二陳，其詩之孫卿、子雲乎？」

郘亭詩草序

劉熙載

詞之好處，有在句中者，有在句之前後際者。陳去非虞美人：「吟詩日日待春風，及至桃花開後却匆匆。」此好在句中者也。臨江仙：「杏花疏影裏，吹笛到天明。」此因仰承「憶昔」，俯注

「一夢」，故此二句不覺豪酣，轉成悵悒，所謂好在句外者也。儻謂現在如此，則騃甚矣。

藝概卷四詞曲概

鄧顯鶴

宋南渡之際，陳簡齋先生以避亂來湖、湘，寓吾郡久，今簡齋詩鈔可歷按也。其將至杉木鋪望野人居及別杉木詩所云「數株蒼檜遮官道，一樹桃花暎草廬」者，即今之黑田鋪，土人所稱乾杉樹是也。按爾雅釋木：柀，煔。注：似松。又：樅，松葉柏身；檜，柏葉松身。題云「杉木鋪」，而詩曰「蒼檜」，實同類也。比年，余承修郡志，考杉木鋪所在，蓋已無有能言其處者。彭曉杭學博曰：「今黑田官道旁，有雙杉屹立，非其遺跡乎？」余聞而喜，急思往視。會去秋八月，有長沙之行，取道黑田，憩兩杉樹下。鐵幹銅柯，挺然道左，古光油然，殆千餘年物也，摩挲嗟玩不能去。因思此種神物，日溷於風塵雜遝中，蕘夫牧子既熟悉而無睹，高官貴人冠蓋馳逐，又不肯停車坐玩，少浣征塵，仰其高風古趣，乃並簡齋之詩亦不知作何語，可歎也已。歸語曉杭，擬作石欄圍之，構亭其上，榜以「古杉木鋪」，而別作一祠爲「簡齋草堂」，大書兩詩，刻於貞珉。適吾友黃虎癡黔陽書來，訊雙杉無恙，並以所著三長物齋長語見示，知已纂入湖南方物志，竊幸好古有同心。顧具語詳於杉而未及詩，以虎癡博覽耆奇尚如此，又何以責諸尋常佔畢之侶？因宜其闕八百年之久，方志、别集無一語道及，而此杉此詩，遂長湮滅於蠻煙瘴雨中，無由自白矣，豈不重可歎哉！自來詩人多漫浪湖、湘間，如少陵、退之、柳州及劉夢得，王龍標輩，皆託跡沅、澧、郴、湘、衡、永間，絶無有至吾郡者，有之自簡齋始。而邦之人無能稱道，方志且誤入名宦，俗子又競爲鄙俚詩詞以附會之。集中名作，如貞牟、羅江、遠軒之類，不一而足，皆吾郡掌故，絶不之及。吁，國猶有人，不若是之陋也。謹按：簡齋先生詩，以老杜爲宗，避亂湖嶠，間關萬里，流離乞食，造次不忘憂愛，亦與少陵同。其清明詩云：「書生投老王官谷，壯士偷生漂母家。」蓋明明以少陵自處。傷春詩云：「廟堂無策可平戎，坐使甘泉照夕烽。初怪上都聞戰馬，豈知窮海看飛龍。孤臣霜髮三千丈，每歲煙花一萬重。稍喜長沙向延閣，疲兵敢犯犬羊鋒。」欲不謂之少陵，不得也。少陵詩至夔州而始盛，簡齋詩至湖嶠而益昌。今湘潭人士取子美「岸花飛送客」句，作「岸花詩社」，又於鑿石浦構少陵草堂，與退之之祠郴，柳州之祠永，夢得之祀朗，龍標之祀沅同。況簡齋寓吾郡最久，紫陽洞壁間，溪影山光，流風未沫；而所謂杉木鋪者，巋然尚存。祠之與少陵草堂，並垂天壤，光我湖嶽，亦邦人君子好古之心所不容已於中者也。既作歌以張其事，二三君子倡和成帙，命兒琮録爲一册鋟木，並附黔陽三長物齋長語於後。守吾郡爲孝義張儷卿先生，聞之欣然，以修建爲己任，且寄書大定黃先生。二公先後守郡，皆樂爲吾鄉興廢舉墜者也。道光丁未八月。

南村草堂文鈔卷二古杉倡和詩序

張佩綸

閱簡齋集。……孿經室外集呈進增廣箋注簡齋詩集三十卷、無住詞一卷，阮撰提要云……按聚珍本第一卷雜文，第十六卷詞；胡箋去雜文，每卷釐爲二卷，則詩二十八卷，其二卷乃續箋也。不知詩之首數與此集有增益否？阮提要略之，疏矣。宋詩鈔編年，聚珍則分體，其七古類中旨字疊韻二首、義字疊韻次葛汝州後，不知所和爲何人。阮云集中往還諸人，一一考其始末，亦未拈出此節爲何人，似於兩本初未推勘也。簡齋當南渡時，仕至參知政事，不爲不達，非下吏沈淪者比。乃閱其傳中，趙鼎主用兵，上主議和，與義言：「若和議成，豈不賢於用兵？萬一無成，則用兵必不免。」於君相之間，調停兩可，初無剴切深透之論。雖旋即引疾，然其所藴蓄，亦頗可覩矣。文人論事，全無實用，而徒於詩中作慷慨激越之音，終爲浮聲空響耳。徽宗以墨梅詩賞之，高宗後以「客子光陰書卷裹，杏花消息雨聲中」二語激賞，以至執政，又以見其用人之輕。此何時，而以詩拔人耶？至二劉目論，後村以爲簡齋以老杜爲師，造次不忘憂愛；須溪以爲較勝黄、陳，比東坡，云如論花，高品則色不如香，逼真則香不如色。吴鈔取之，尤屬井鼃之見。晦齋序述與義論詩之旨，云學蘇者指黄爲强，附黄者指蘇爲肆，必識蘇、黄之所不爲，然後可以涉老杜之涯涘。然簡齋亦未能自行其言也。

潤于日記，光緒壬辰三月二十六日

馮煦

周少隱自言少喜小晏，時有似其體製者。晚年歌之，不甚如人意。今觀其所指之三篇，在竹坡集中誠非極詣，若以爲有類小山，則殊未盡然。蓋少隱誤認幾道爲清倩一派，比其晚作，自覺未逮。不知北宋大家，每從空際盤旋，故無椎鑿之迹。至竹坡、無住諸君子出，漸於字句間凝鍊求工，而昔賢疏宕之致微矣。此亦南、北宋之關鍵也。

蒿菴論詞

陳衍

今人强分唐詩、宋詩，宋人皆推本唐人詩法，力破餘地耳。廬陵、宛陵、東坡、臨川、山谷、後山、放翁、誠齋，岑、高、李、杜、韓、孟、劉、白之變化也；簡齋、止齋、滄浪、四靈，王、孟、韋、柳、賈島、姚合之變化也。

石遺室詩話卷一

詩貴風骨，然亦要有色澤，但非尋常脂粉耳；亦要有雕刻，但非尋常斧鑿耳。有花卉之色澤，有山水之色澤，有彝鼎圖書種種之色澤。王右丞，金碧樓臺山水也；陳後山，淡淡靛青

巒頭耳；黄山谷則如赭石，時復著色硃砂；陳簡齋自别於蘇、黄之外，在花卉中爲山茶、蠟梅、山礬。　同前卷二十三

附録七　胡穉簡齋先生年譜

元祐五年庚午(一〇九〇)

先生以是年六月,生於洛陽。

政和三年癸巳(一一一三)

時年二十四,以釋褐賜上舍第,授文林郎。八月,充開德府教授,有示朝城簿劉宣叔詩。

政和四年甲午(一一一四)

任開德教官,有題劉路風月堂等詩。

政和五年乙未(一一一五)

在開德,有江南春等詩。

政和六年丙申(一一一六)

八月,解開德教官而歸。

政和七年丁酉(一一一七)

春晚入京,有襄邑道中詩。

政和八年戊戌(一一一八)

留京師,有雨詩云:「衮衮繁華地,西風吹客衣。」至十月,除辟雍録。

宣和元年己亥(一一一九)

爲辟雍録,時年三十,有示友詩云:「二十九年知已非,今年依舊壯心違。」

宣和二年庚子(一一二〇)

春,尚爲辟雍録,有寄張元東詩云:「四歲冷官桑濮地,三年羸馬帝王州。」繼丁内艱,憂居汝州,有聞葛工部寫經成詩。

宣和三年辛丑(一一二一)

是年詠懷詩有「路斷赤墀青瑣賢」及「夢裏老萊衣更斑」之語。又有賦織佛圖等詩。

宣和四年壬寅(一一二二)

時居汝州,有吴學士觀我齋分韻並和天寧老覺心等詩,又畫山水賦。春末歸洛,有道中及龍門詩。夏,服除。七月,擢太學博士,入京,有過中牟、遊葆真等詩。冬,有和王堯明郊祀顯相詩。

宣和五年癸卯(一一二三)

任太學博士,有遊玉仙觀、集葆真、遊慧林等詩。既而徽宗見先生所賦墨梅詩,善之,亟命召對,有見晚之歎。以七月除秘書省著作佐郎,有道山宿直詩。八月,爲考官,有書試院所寓窗詩。

宣和六年甲辰（一一二四）

閏三月，除司勳員外郎，爲省闈考官，有試院春晴及書南鎮酒税務，有赴陳留詩云：「全家無十人。」

宣和七年乙巳（一一二五）

至陳留，有至鎮赴縣及題酒務壁詩。又嘗市玉延於村西，觀魚於竇池，俱有詩、賦。

靖康元年丙午（一一二六）

正月，北虜入寇，復丁外艱。自陳留尋避地，出商水，由舞陽，次南陽。七月，復北征還陳留。未幾，再從汝州葉縣，經方城，至光化，上崇山，俱有詩。

建炎元年丁未（一一二七）

正月，與富季申、孫信道自襄陽光化復入鄧，有書事詩云：「再來生白髮，重見鄧州春。」又有述懷詩云：「物態紛如昨，世事再嗚呼。」

建炎二年戊申（一一二八）

正月，自鄧往房州，遇虜，奔入南山，抵回谷，與孫信道、夏致宏、張巨山會于山中，有唱酬詩。至春末出山，至青溪，有石壁詩。夏，至均陽，有聞王道濟陷虜詩。八月，離均陽，經高舍，度石城，上岳陽，有登樓詩云：「乾坤萬事集雙鬢，臣子一謫今五年。」

建炎三年己酉（一一二九）

留岳陽，從使君王粹翁得後圃君子亭居之，自號園公，有春寒詩。四月，差知郢州，有和周尹潛詩。五月，避貴寇入洞庭，過君山，泊宋田港，復從華容道還，有書事詩及與粹翁、奇父唱酬詩。九月，別巴丘，由南洋抵湘潭，有與其帥向伯共玉剛卯詩。復自長沙，過衡嶽，有道中諸詩。

建炎四年庚戌（一一三〇）

自衡嶽歷金潭，下甘泉，至邵陽，過孔雀灘，抵貞牟，即紫陽山居焉，有謝主人及遠軒等詩。五月，聞赦，有雷雨行。六月，次邢九思韻有「倦遊我棄七年官」之語。至秋被召，以疾辭，不允。自紫陽入邵州，出石限，遊浯溪，之愚溪，經道州，上九嶷，度桂嶺，登秦巖，至賀州，冬杪矣，有詩云：「江南今歲無胡虜，嶺表窮冬有雪霜。」

紹興元年辛亥（一一三一）

春，出賀溪，泝康成，過封州，經五羊，度庾嶺，上羅浮，歷漳州，遊雁山，之天台，至夏，抵會稽在所，繼除兵部員外郎。八月，遷起居郎，有喜雨及醉中等詩。

紹興二年壬子（一一三二）

春，從駕來臨安，有渡錢塘詩。至武陵，有夙興詩云：「西湖已無金碧麗，雨抹晴妝尚娱客。」四月，除左通直郎、中書舍人。七月，兼侍講。

紹興三年癸丑（一一三三）

正月，除試吏部侍郎，兼侍講。

紹興四年甲寅（一一三四）

二月，以病辭劇，改禮部侍郎，兼侍講。至九月，丐閑，除徽猷閣直學士、知湖州。

紹興五年乙卯（一一三五）

三月，復召爲給事中。六月，又以病告，除顯謨閣直學士、提舉江州太平觀。乃寓青鎮壽聖院塔下，有示智老天經詩。

紹興六年丙辰(一一三六)

春,居青鎮僧舍,有訪智老天經詩。六月,被召,適時相有不樂公者,復用爲中書舍人,兼侍講,直學士院。九月,從駕幸平江。十一月,除翰林學士、知制誥,有玉堂儤直詩。

紹興七年丁巳(一一三七)

正月,除左中大夫、參知政事。三月,從幸建康。

紹興八年戊午(一一三八)

春,扈蹕還臨安。五月,以疾請去,除資政殿學士、左太中大夫,復知湖州。七月,疾益侵,丐閑得請,差提舉臨安府洞霄宫,還青鎮僧舍,有病骨、晨起等詩。九月八日,有示妻子絶句云:「今夕知何夕,都如未病時。」冬,病革,以十一月二十九日薨,時年四十九。

陳與義年譜

年譜目録

前言

陳與義字去非，號簡齋，洛陽人。生於北宋哲宗元祐五年（一〇九〇），卒於南宋高宗紹興八年（一一三八），和他的前輩詩人陳師道一樣，二人都只活了四十九歲。

陳與義二十四歲以太學上舍釋褐，被分到開德府做了幾年教授，回東京後又先後做了兩任教官。由於他的墨梅詩受到徽宗趙佶的賞識，由太學博士、著作佐郎、司勳員外郎很快擢升到符寶郎。因宰相王黼得罪受到牽連，謫監陳留酒稅。靖康之難，他從陳留避地南奔，開始了五年多的流亡生活，由河南、湖北、湖南、廣西、廣東、福建、浙江，於紹興元年最後到達當時的行在所會稽。此後，歷任兵部員外郎、起居郎、中書舍人、吏部和禮部侍郎，出知湖州，入爲給事中、翰林學士等職。在政治上，他積極支持主戰派張浚，張浚秉政，與義爲參知政事。不到一年，張浚罷相，與義亦引疾求去，不久病死在湖州。他的生平事迹詳見宋史卷四百四十五文苑七陳與義傳和張嵲紫微集卷三十五陳公資政墓誌銘。

陳與義生活的時代正是北宋王朝末年、南宋王朝初年，民族矛盾和階級矛盾非常尖鋭。他的一生，經歷了北宋滅亡、南宋偏安，以及方臘起義，鍾相、楊么起義；經歷了崇寧、大觀以來中央王朝以蔡京、王黼爲代表的黨派傾軋的激烈鬥争。特别是靖康以來的戰亂，使他從過去那種象牙塔式的書齋跨了出來，接觸到廣闊的、粗獷的，然而也是生動豐富的社會現實生活。民族的苦難，國家的破敗和屈辱，流亡生活的痛苦和艱辛，遍及南北的廣大人民的抗金救亡的呼聲，這一切，激勵着詩人，他終於唱出了充滿愛國激情的、高昂的戰歌：

中興天子要人才，要使生擒頡利來。正待吾徒紅抹額，不須辛苦學顏回〔一〕。

這一類公然宣稱要上馬殺敵的雄壯歌聲，反映了人民的意願，和同時代另一位詩人曾幾茶山集中的一些戰鬥詩篇，同樣可以看作偉大愛國詩人陸游的先河。

自從方回論詩，把陳與義和杜甫、黄庭堅、陳師道拉在一起，硬派做江西詩派的一祖三宗〔二〕，一些以耳代目的人，擁護江西的就真的把他當做祖宗一樣來崇拜，反對江西的，也不加分析地把他當做「江西惡派」而一概加以抹殺，這是一種歷史性的誤會。

我們知道，陳與義早在開德任教官時就和吕本中的叔父兼詩友吕知止相好，並在一起寫詩，他和吕本中本人也不止一次在一起互相唱酬〔三〕。可是，吕本中論詩，從來没有提到過陳與義，更没有把他的名字列入江西宗派圖。一些和與義接近或稍後一點的人也只説他「上下陶、謝、韋、柳」〔四〕，或者把他和崔鶠連在一起相提並論〔五〕，而不算他做江西派。陳善捫蝨新語上集卷四云：「世人簡齋詩爲新體。」也没有提江西宗派。嚴羽滄浪詩話論詩體則列有「陳簡齋體」一項，注云：「亦江西之派而小異。」這條注文很值得研究。

首先來看看所謂「亦江西之派」。我們知道，當陳與義作爲一個青年詩人登上詩壇時，正是黄、陳詩風風靡一世的時候，要他一點也不受影響是不能想像的。試把他的鄧州西軒書事十首和黄庭堅的病起荆江亭即事十首這兩組七言絶詩拿來比較，則其所受黄詩影響是再顯然不過的。此外，與義論詩十分推重陳師道，把陳詩看做是「不可不讀者」〔六〕，劉辰翁也認爲與義的詩是「以後山體用後山」〔七〕。嚴氏所謂「亦江西之派」指的不外就是這些内容。只要想一想陸游、楊萬里、姜夔這些詩人的創作生活的早期都曾受過江西派的影響，則陳與義詩的「亦江西」是不足爲怪的。這裏重要得多的倒是嚴氏説的後半句「而小異」三字，正是這點「小異」，才足以説明陳簡齋之爲陳簡齋。

與義少時曾學詩於崔鶠，他後來經常提到崔鶠給他的兩點啓示：一是「忌俗」，二是「不可有意用事」〔八〕。這兩點，實際上是説對於當時流行的江西派詩風，必須揚長避短。「忌俗」原是江西派的主張，黄庭堅就説過「寧用字不工，不可語俗」，陳師道也主張「寧僻毋俗」。這種主張，就其唾棄凡庸、不主故常、提倡詩歌創作中的獨創精神來説，是具有積極意義的。葛勝仲在評論與義詩時就指出，他的詩「務一洗舊常畦徑，意不拔俗，語不驚人，不輕出也」〔九〕。這正是「忌俗」精神的體現。所謂「不可有意於用事」，則顯然是針對江西派所提倡的「脱胎换骨」、「點鐵成金」、「無一字無來歷」之類的「以學爲詩」的不良傾向提出的，與義的詩歌創作在一定程度上實踐了這一啓示。他嘗舉「開門知有雨，老樹半身濕」（休日早起）二語以示人，認爲這是平生最得意的句子；而龔相、朱松也特意拈出這兩句詩來揣摩簡齋詩法〔一〇〕。這種衝口直致、淺語入妙的詩和江西派「蒐獵奇書，穿穴異聞」〔一一〕的作風何止存在「小異」？而這恰恰正是陳與義努力追求的詩境。張戒在歲寒堂詩話中叙述自己和與義論詩，曾舉出與義征牟書事中的「神仙非異人，由來本英雄」、「蒼山雨中高，緑草溪上豐」幾句大加贊揚〔一二〕。這也是鍾嶸所謂「多非補假，皆由直尋」的好詩，和江西末流的「拘攣補衲」也是大相徑庭的。

陳與義不像那些「預此宗流，便稱才子」的人，對於詩，他有自己的見解和風格。劉克莊説：「元祐以後，詩人迭起，一種則波瀾富而句律疏，一種則煅煉精而性情遠，要之不出蘇、黄二體而已。及簡齋出，始以老杜爲師。」「以簡嚴掃繁縟，以雄渾代尖巧，第其品格，當在諸家之上〔一三〕。」劉辰翁説：「惟陳簡齋以後山體用後山，望之蒼然，而光景明麗，肌骨匀稱。」「則後山比簡齋刻削，尚似矜持未盡去也。〔一四〕」這些評論，着重指出與義詩能在蘇、黄、陳諸大家影響之外自開户牖，發展自己獨創的詩歌風格。這一點，與義自己是清楚地意識到了的，他説：「要必識蘇、黄之所不爲，然後可以涉少陵之涯涘。」〔一五〕爲了擺脱蘇、黄的影響，他廣泛地向前代詩人學習。他不僅提倡學建安，學六朝〔一六〕，而且有取於晚唐的苦吟；然其心目中的最高標準則始終是杜甫。他認爲晚唐詩人「造語皆工，得句皆奇，但韻格不高，故不能參少陵逸步」。他主張「取諸人語，而掇入少陵繩墨之中」〔一七〕。應該說，在宋代學杜的詩人中，陳與義是最有成績的一個，因爲他能做到骨肉停勻。

要在一篇簡短的前言中全面評述陳與義的詩並不容易，這裏，請允許我引用一段錢鍾書先生在宋詩選注中說過的話，我認爲這是對陳與義詩最恰當、最深刻的評論。錢先生說：

在北宋南宋之交，也許要算他（陳與義）是最傑出的詩人。他雖然推重蘇軾和黄庭堅，却更佩服陳師道，把對這些近代人的揣摩作爲學杜甫的階梯；同時他跟江西派不很相同，因爲他聽説過「天下書雖不可不讀，然慎不可以有意於用事」。我們看他前期的作品，古體詩主要受了黄、陳的影響，近體詩往往要從黄、陳的風格過渡到杜甫的風格。杜甫律詩的聲調音節是公推爲唐代律詩裏最弘亮而又沉著的，黄庭堅和陳師道費心用力的學杜甫，忽略了這一點。陳與義却注意到了，所以他的詩儘管意思不深，可是詞句明浄，而且音調響亮，比江西派的討人喜歡。靖康之難發生，宋代詩人遭遇到天崩地塌的大變動，在流離顛沛之中，纔深切體會出杜甫詩裏所寫安史之亂的境界，起了國破家亡、天涯淪落的同感，先前只以爲杜甫「風雅可師」，這時候更認識他是個患難中的知心伴侶。……詩人要抒寫家國之恨，就常常自然而然效法杜甫這類蒼涼悲壯的作品……何況陳與義本來是個師法杜甫的人。他逃難的第一首詩發商水道中可以説是他後期詩歌的開宗明義：「草草檀公策，茫茫杜老詩！」他的正月十二日自房州城遇虜至又説：「但恨平生意，輕了少陵詩。」表示他經歷了兵荒馬亂纔明白以前對杜甫還領會不深。他的詩進了一步,有了雄闊慷慨的風格。在他以前,這種風格在李商隱學杜甫的時候偶然出現;在他以後,明代的「七子」像李夢陽等專學杜甫這種調門,而意思很空洞,幾乎像有聲無字的吊嗓子,比不上陳與義的作品。〔一八〕

陳與義在中國文學史上是一個有影響的詩人。他最初登上詩壇,正值崇寧以來禁詩賦、罷史學的時期。當時勅令明文規定「諸士庶傳習詩賦杖一百」,詩賦被視爲「元祐學術」而遭到厲禁,連陶淵明、李白、杜甫都被拉來和黄庭堅、張耒、晁補之、秦觀一起受到譴責;爲了禁止蘇軾詩文,懸賞竟「增至八十萬」。於是「庠序之間,以詩爲諱」,「畏者至不敢作詩」,真是弄到了「酒間李杜皆投筆,地下班揚亦引車」的「風雅幾絶」的程度〔一九〕。在這種情況下,陳與義却以他的墨梅詩受到皇帝本人的賞識,他的另一首夏日偕五同舍集葆真池上的詩剛一脱稿就「京師無人不傳寫」〔二〇〕。這一方面説明這位青年詩人的出現給當時沉悶的詩壇帶來了某種活氣;另一方面,正像元稹所説「世忌則詩隱」,也使我們更容易理解爲什麽與義早期以及許多江西派詩人都喜歡追求技巧,他們的作品一般都缺乏深廣的社會政治内容,除了世界觀和狹隘的生活局限,上述政治背景,恐怕也不能説毫無關係。

朱熹稱陳與義「詞翰絶倫」〔二一〕,他的父親朱松、叔父朱槔,以及龔頤正的父親龔相,陳與義的表侄張嵲都是陳與義詩風影響下的詩人〔二二〕。陸游集中也有追和陳去非韻的詩〔二三〕。連道旁逆旅偶然出現一首無名詩人的題詩，人們也一見而知其爲「蓋學陳簡齋詩法者」〔二四〕。特別值得一提的是，一個名叫陳從古的詩人竟然次韻和了簡齋集中全部五百多首詩〔二五〕！這除了東坡和陶，方千里、楊澤民、陳允平和清真詞，在文學史上也是很少見的。到了明代，「那些推崇盛唐詩的明代批評家對『蘇門』和江西派不甚許可，而看陳與義倒還覺得很順眼」〔二六〕。清末學宋詩之風大行，受他影響的就更多了〔二七〕，而他的「微波喜摇人，小立待其定」這個寄興深微的詩句，七百多年後，還在人們心中引起强烈的共鳴〔二八〕。

陳與義除了寫詩，在他創作的後期，還寫了數量不多但質量却很高的詞，收在現存無住詞中的僅僅只有十八首。這些詞，黄昇稱之爲「語意超絶，識者謂可摩坡仙之壘」〔二九〕，王灼稱他「佳處一如其詩」〔三〇〕。元好問説：「坡以來，山谷、晁無咎、陳去非、辛幼安俱以歌詞取稱。吟詠性情，留連光景，清壯頓挫，能起人妙想；亦有語意拙直，不自緣飾，因病成妍者，皆自坡發之。」〔三一〕如果説陳與義的某些愛國詩篇開了陸游詩的先河，那麽，無住詞在某種意義上説也開了稼軒詞的先河。

最先給陳與義編年譜的是南宋胡穉。胡氏去與義時代不遠，耳目相接，一些材料可能直接得自故老傳聞，其篳路藍縷的首創之功是不可磨滅的。然胡譜過於求簡，僅寥寥兩三頁；而且，正由於時代隔得太近，一些我們今天所能見到的材料，在當時還未流傳開來，反而不能見到（例如葛勝仲的丹陽集等），這就使胡譜不可避免地會出現某些漏略和失誤。我寫這個年譜，重點放在人、地、時、事的徵實，意在爲治簡齋詩者提供一點知人論世的材料。爲了節省翻檢時間，所引材料盡量保存原來面目，這一來不免篇幅增多，顯得臃腫；也由於徵引的歷史文獻較多，我的叙述語言只好採用淺顯的文言，以免太不合色，這是没有辦法的事。

末了，我要感謝錢鍾書先生在這本小書的寫作過程中，一再給我的鼓勵和幫助；感謝我的老友王利器、屈守元同志，他們都看過這本小書初稿的全稿，並給我提過寶貴的意見；感謝王仲鏞、徐永年同志幫我找尋陳與義的墨迹和字帖。自己學識淺短，書中失誤恐所難免，這却是該我自己負責的。

白敦仁

一九八二年一月三十日

〔一〕增廣箋注簡齋詩集卷十七題繼祖蟠室三首之三。

〔二〕散見方回的著作裏，例如桐江集卷五劉元暉詩評、桐江續集卷三十一孟衡湖詩集序、瀛奎律髓卷十六陳與義道中寒食詩批語等。

〔三〕詳見政和五年、宣和五年夏、建炎四年冬本譜。

〔四〕張嵲紫微集卷三十五陳公資政墓誌銘、胡穉箋注簡齋詩序。

〔五〕劉克莊後村詩話續集卷二。

〔六〕徐度却掃編卷中。

〔七〕增廣箋注簡齋詩集卷首簡齋詩箋序。

〔八〕方勺泊宅編(十卷本)卷九、徐度却掃編卷中。

〔九〕葛勝仲丹陽集卷八陳去非詩集序。

〔一〇〕胡穉續添簡齋詩箋正誤卷十二、龔頤正芥隱筆記、傅自得韋齋集序。

〔一一〕劉克莊江西宗派小序。

〔一二〕張戒歲寒堂詩話卷一。

〔一三〕劉克莊後村詩話前集卷二。

〔一四〕劉辰翁簡齋詩箋序。

〔一五〕簡齋詩外集卷首載晦齋簡齋詩集引。

〔一六〕張戒歲寒堂詩話卷一。

〔一七〕葛立方韻語陽秋卷二。

〔一八〕錢鍾書宋詩選注一九七九年版,第一一六至一一七頁。

〔一九〕以上葛立方韻語陽秋卷五,參看葉夢得石林燕語卷八、避暑録話卷下、朱弁風月堂詩話卷上、費衮梁溪漫志卷七、吴曾能改齋漫録卷十二、宋史卷三百五十五上官均傳、李心傳建炎以來繫年要録卷十八。

〔二〇〕洪邁容齋四筆卷十四、陳振孫直齋書録解題卷二十、周密齊東野語卷十六。

〔二一〕朱熹文公文集卷八十一跋陳簡齋帖。

〔二二〕朱松、龔相見注〔一〇〕。朱椲玉瀾集有夜坐池上用簡齋韻。張嵲見宋史卷四百四十五文苑張嵲傳。

〔二三〕陸游劍南詩稿卷四十六有閑中信筆二首，其一追和陳去非韻，其一追和王履道韻詩。

〔二四〕魏慶之詩人玉屑卷十九引玉林詩話。

〔二五〕周必大省齋文集卷三十四朝散大夫直秘閣陳公從古墓誌銘、同書卷十七跋陳晞顔從古和簡齋陳去非詩、楊萬里誠齋集卷七十九陳晞顔和簡齋詩集序。

〔二六〕同注〔一七〕。

〔二七〕陳衍石遺室詩話卷三。

〔二八〕李慈銘越縵堂日記第四十三册云：「（沈）子培言及人情之變幻，因舉似東坡詩云：『微波偶摇人，小立待其定』，爲我輩今日説法也。」按所引乃陳與義夏日集葆真池上以緑陰生晝静賦詩得静字詩，「偶」當作「喜」，日記偶誤。

〔二九〕黄昇中興以來絶妙詞選卷一。

〔三〇〕王灼碧雞漫志卷二。

〔三一〕元好問遺山文集卷三十六新軒樂府引。

卷首

陳與義字去非，號簡齋。

按簡齋之號，始見於本集卷十五香林詩，時靖康元年春避寇南征，客寓鄧州。劉辰翁已論之，詳見靖康元年本譜。

洛陽人。

宋史卷四百四十五文苑七陳與義傳（以下簡稱本傳）云：「其先居京兆，自曾祖希亮始遷洛，故爲洛人。」張嵲紫微集卷三十五陳公資政墓誌銘（以下簡稱墓誌）云：「自其太王父歷官中朝，始又遷洛，故今爲洛人。」按諸書言及簡齋籍貫，皆曰洛陽，或曰西洛。惟晁公武郡齋讀書志（衢本，下引同）卷十九云：「汝州葉縣人。」後世頗有沿其誤者。厲鶚宋詩紀事卷三十八亦兩存其説，云：「洛人，一云汝州葉縣人。」遂致紛紜。今以本集驗之，簡齋固一再自言其爲洛人也。卷二十八瓶中梅云：「曾爲庾嶺客，本是洛陽人。」卷二十四與王子渙席大光同遊廖園云：「僑立司州春水上。」簡齋自注云：「王、席皆洛人。」以三人皆洛陽人，又同時避地衡麓，故有「僑立司州」之戲也。

至外集頤軒記末署「洛陽陳去非記」，尤爲確證。又本集卷九有歸洛道中及龍門等詩，宣和四年春、夏間作。龍門云：「不到龍門十載强。」考簡齋以政和三年八月充開德府教授，政和六年八月解職入京，宣和元年爲辟雍録，所謂「四歲冷官桑濮地，三年羸馬帝王州」（卷六寄元東語）也。自宣和二年丁内艱，憂居汝州，至四年春末歸洛，通計前後，適與十載不到之數合。是簡齋本洛人，且少時居洛之明證。無住詞憶洛中舊遊臨江仙云：「二十餘年如一夢。」按詞爲紹興五年作（見後譜），所謂「二十餘年」，蓋指政和三年筮仕之前，自政和三年至紹興五年，亦二十三年矣。是簡齋晚年，猶眷眷不忘於洛中舊遊也。至簡齋之居汝州，則宣和二年夏初至宣和四年春末間事。詩集卷六有寄若拙弟兼呈二十家叔、若拙弟説汝州可居已約卜一丘等詩。詳諸詩語意，蓋簡齋有二十叔原居汝州，至是因簡齋生母張夫人病，故簡齋兄弟亦欲奉母居汝，尋丁内艱，遂客寓汝州，至四年春末服除即歸洛，不得據此遂謂簡齋爲汝州人也。又本集卷十六有將次葉城道中、至葉城、曉發葉城諸詩，乃靖康元年秋，自陳留再次南征，道經汝、葉之作。觀方城陪諸兄坐心遠亭詩云：「客中日食三斗塵，北去南來了今歲。暫時亭中一盃酒，與兄同宗復同味。」「世路明年儻無故，却攜藜杖更來遊。」其作客語氣甚明。蓋簡齋有群從兄弟寓居汝州葉縣，簡齋此次來葉，其人蓋事先已得消息，故至葉城詩有「深知念行李，爲報了長途」之句，不得據此遂謂簡齋爲汝州葉縣人也。蓋陳氏世家大族，子孫散居各地，觀蘇軾方山子傳稱陳慥季常「其家在洛陽，園宅壯麗，與公侯等」。又稱其「河北有田，得帛千匹」。而慥則「遯於光、黄間」。慥，簡齋之族祖也。又姚燧牧庵集卷十三宋太常少卿陳公神道碑言簡齋曾祖希亮「以治平二年卒，葬洛陽，其後子孫以官爲家，死不以返葬」，則簡齋有族人在汝州葉縣，固無足怪也。

其先世居京兆，唐廣明中，遷蜀之青神。

宋史本傳：「其先居京兆，自曾祖希亮始遷洛。」墓誌云：「陳氏本居京兆，亡其世系所出，後遷眉之青神。」按簡齋先世，自希亮以上，則蘇軾東坡集卷三十三陳公弼傳言之甚詳。傳云：「公諱希亮，字公弼，姓陳氏，眉之青神人。其先京兆人也，唐廣德中始遷於蜀。曾祖延禄，祖瓊，父顯忠，皆不仕。」姚燧牧庵集卷十三宋太常少卿陳公神道碑云：「其先潁川人，唐遷於京兆，廣明中，違亂於蜀，家眉之青神。其可系者：瓊生延禄，延禄生贈兵部侍郎顯忠，兵部生希亮。」所叙世次，與東坡集小有歧異。姚氏自稱獲見陳氏家乘，其言當可據信。至陳氏由京兆遷眉一事，范鎮陳少卿希亮墓誌銘（見杜大珪名臣碑傳琬琰集卷三十一）言之尤詳。墓誌云：「其先京兆人，唐廣明中避難於蜀，遂家眉州青神之東山。初，自唐之亂，歷王、孟世，蜀之邑里多盜，故君家依山以自固。宋興，蜀既平，祖夫人史氏議徙邑中，乃西過江，擲金釵中流，曰：『今聖人在上，天下一統，吾不復過此，以與賊爲仇。』自君與從子庸、諭二人同年登科以歸（原注：天聖五年），縣大夫張逸更其所居坊曰三俊坊云。」按簡齋先世嘗居蜀，故牟巘陵陽集卷十一簡齋記云：「予與簡齋之先俱蜀人。」而楊慎詞品卷四竟云：「陳去非，蜀之青神人。」則就其祖籍言之也。

又陳氏既由青神東山徙居邑中，故希亮得與蘇洵父子交往。此事於簡齋先世及其文學淵源有關，今略論之。蘇軾陳公弼傳云：「公於軾之先君子爲丈人行，而軾官於鳳翔，實從公二年。方是時，年少氣盛，愚不更事，屢與公争議，至形於言色，已而悔之。竊嘗以爲古之遺直，而恨其不甚用，無大功名，獨當時士大夫能其所爲。公殁十四年，故人長老日以衰少，恐遂就湮没，欲私記其行事，而恨不能詳。得范景仁所爲公墓誌，又以所聞見補之，爲公傳。軾平生不爲行狀墓碑，而獨爲此文，後有君子，得以考覽焉。」按軾祖名序（見曾鞏所撰蘇序墓誌），三子：澹、涣、洵（歐陽修蘇明允墓誌）。希亮蓋與序爲友，故於洵爲「丈人行」也。陳公弼傳言希亮與蘇氏交誼甚詳。邵博聞見後録卷十五云「陳希亮字公弼，天資剛正人也。嘉祐中，知鳳翔府，東坡初擢制科，簽書判官事。吏呼蘇賢良，公弼曰：『府判何賢良也！』杖其吏不顧。或謁入不得見，故東坡客位假寐詩：『雖無性命憂，且復忍斯須。』又九日獨不預府宴、登真興寺閣詩：『憶弟恨如雲不散，望鄉心似雨難開。』其不堪如此。又東坡詩案云：『任鳳翔府簽判日，爲中元節不過知府廳，罰銅八斤。』亦公弼案也。東坡作府齋醮禱祈諸小文，公弼必塗墨改定，數往反。至爲公弼作淩虛臺記，曰：『東則秦穆公祈年、橐泉，南則漢武帝長楊、五柞，北則隋之仁壽，唐之九成。計一時之盛，宏傑詭麗，堅固而不可動者，豈特百倍於臺而已哉！然數世之後，欲求其髣髴，破瓦頹垣，無復存者，既已化爲禾黍荆棘、丘墟隴畝矣，而況於此臺歟！夫臺不足恃以長久，而況於人事之得喪，忽往而忽來者歟！或者欲以夸世而自足，則過矣。』公弼覽之，笑曰：『吾親蘇明允猶子也，某猶孫也。平日故不以辭色假之者，以其年少暴得大名，懼夫滿而不勝也，乃不吾樂耶！』不易一字，亟命刻之石。後公弼受他州饋酒，從贓坐，沮辱抑鬱抵於死。或云：歐陽公憾於公弼，有曲折，東坡不但望公弼相遇之薄也。公弼子慥季常，居黄州之岐亭，慕朱家、郭解爲人，閭里之俠者皆歸之。元豐初，東坡謫黄州者，執政疑公弼廢死自東坡，委於季常甘心焉。然東坡、季常相得驩甚，故東坡特爲公弼作傳，至比之汲黯，曰：『軾官鳳翔，實從公二年，方是時，年少氣盛，略不更事，屢與公争議，至形於言色，已而悔之。』崔德符戲語予曰：『果如元豐執政之疑，東坡之悔，豈釋氏懺悔之悔乎？』」同書卷二十又云：「東坡先謫黄州，熙寧執政妄以陳季常鄉人任俠，家黄之岐亭，有世讐；後謫惠州，紹聖執政妄以程之才姊之夫有宿怨，假以憲節，皆使之甘心焉。然季常、之才從東坡甚驩也。」按所謂「世讐」，即上引或説「沮辱抵死」之意。邵氏雖存此一説，其意實不甚信之，觀所引崔鶠戲言及「季常從東坡甚驩」之語可見。又張舜民畫墁集卷六房州修城碑陰記云：「子瞻在岐，與陳公不相叶，竟至上聞。其來，陳公以鄉里長者自處，子瞻少年氣剛，不少下。子瞻後悔此事，不喜人聞之，於是作陳公弼傳，亦補過之言云。」按邵、張二家所記，蓋得之當時黨派流言，亦緣誤解傳文中「已而悔之」之意，遂曲爲之説。東坡原文固已以「古之遺直」許希亮，其間並無「不喜人聞之」之意，更無所謂「世讐」也。考蘇轍所撰軾墓誌銘云：「長吏以公文人，不以吏事責之。」軾與希亮關係，此爲得其實。要之，簡齋先世與蘇氏通家舊好，簡齋少時又學時於崔鷗，而鷗固服膺元祐諸老者。今觀簡齋集中，於東坡實至推崇，其非「世讐」甚明，此不可不詳也。

自曾祖希亮始遷洛。

本傳：「自曾祖希亮遷洛，故爲洛人。」錢大昕廿二史考異卷二十下云：「按希亮傳：『其先京兆人，唐廣明中違難遷眉州青神之東山。』不云遷洛。希亮子慥又隱居光、黄間，而蘇子瞻爲作傳，稱其『洛陽園宅壯麗，與公侯等。』此希亮遷洛之證也。」今案宋史卷二百九十八陳希亮傳云：「陳希亮字公弼，其先京兆人，唐廣明中違難遷眉州青神之東山。中天聖八年進士第。初爲大理評事知長沙縣。」後因富弼薦，「起知房州」。歷知宿州、滑州、曹州、廬州。嘉祐二年，入爲開封府判官，判三司户部勾院。「自請補外，乃以爲京西轉運使，賜三品服。遷京東轉運使，移知鳳翔。」英宗即位，遷太常少卿，公司南京。致仕，卒。年六十四。史稱「希亮爲政嚴而不殘」，目爲「良吏」。不言其遷洛事。杜大珪名臣碑傳琬琰集卷三十一載范鎮陳少卿希亮墓誌銘云：「治平二年四月丁丑，朝奉郎守太常少卿致仕上柱國賜紫金魚袋陳君卒於河南府思順坊之第。明年十二月壬辰，葬於河南縣南宫里之西原。」宋史卷八十五地理志京西北路：「河南府洛陽郡，因梁、晉之舊爲西京。縣十六：河南（赤）、洛陽（赤，熙寧五年省入河南，元祐二年復）」等。墓誌所稱「河南府思順坊之第」，殆即東坡所謂「洛陽園宅」者，此希亮遷洛之又一證也。姚燧牧庵集卷十三宋太常少卿陳公神道碑記希亮八世孫元凱於大德戊戌馳書於燧，請曰：「吾八世祖宋太常少卿公以治平二年卒葬洛陽。其後子孫以官爲家，死不以返葬。故於太常墓失其地所。曾祖少中公訪而得之，筆地之名，與距城幾何里步，以詔後昆，志亦懃哉！會薦離大兵，終無有能至者，七十餘年矣，元凱始成其志。如所筆，發墓驗之，果得范公鎮所撰誌銘。」是希亮洛陽之墓及范鎮所撰墓誌，元大德間猶存也。希亮事又見東都事略卷七十五、宋史新編卷九十二。

祖恂，奉議郎，贈太子太傅。

墓誌云：「太常生恂，爲奉議郎，贈太子太傅。」王明清揮麈後録卷三云：「東坡先生平生爲人碑誌絶少，蓋不妄與可故也。其作陳公弼希亮傳，叙其剛方明敏之業，殆數千言，至比長孺，非有以心未易得之。（按此句疑有脱誤。）然其後世無聞，心竊疑焉。比閲孫叔易外制集，載其所行陳簡齋去非爲參知政事封贈三代告詞，始知迺公弼之孫。取張巨山所作去非墓碑視之，又知公弼仲子忱之孫焉。簡齋出處氣節、翰墨文章，爲中興大臣之冠。善惡之報，時有先後，其可謂無乎！」王氏稱簡齋爲「公弼仲子忱之孫」，與今本紫微集不合。考宋史陳希亮傳：希亮四子：悦，度支郎中；恪，滑州推官；恂，大理寺丞；慥，字季常，即東坡所謂方山子也。東坡陳公弼傳所記與宋史略同，云：「忱，今爲度支郎中；恪，卒於滑州推官；恂，今爲大理寺丞；慥，未仕。」范鎮墓誌銘則云：「忱，尚書都官員外郎；恪，忠州南賓尉；恂，遂州司户參軍；慥，舉進士未第。」據蘇、范二家所記，宋史「悦」字當是「忱」字之誤。二家所記四子官職不同，蓋各據爲文時見任者言之。范誌在前，蘇傳在後也。至希亮四子，長曰忱，次曰恪，次曰恂，次曰慥，則二家與史傳皆同。據今本紫微集，簡齋乃希亮三子恂之孫，而非仲子；且仲子名恪，不名忱；忱乃長子之名。揮麈後録所記，無一合處。按姚燧牧庵集卷十三宋太常少卿陳公神道碑記希亮子孫云：「太常生京東轉運使忱，轉運生簡州司士參軍揮，司士生金儒林郎灝，儒林生國子監丞克基，國子生耀州三白渠規措使仲謙，規措生皇東平勸農使賡，勸農使生嘉議大夫建康路總管兼管内勸農事，則元凱也。」所叙忱以下子孫凡六世甚悉，則簡齋不得爲忱之孫甚明。又牟巘陵陽集卷十一簡齋記云：「簡齋則太常次子恂之孫也。」與紫微集合。牟氏此記乃爲簡齋五世孫扆作。牟、姚二氏皆嘗見陳氏家乘，所言當可據信。則揮麈後録所謂「公弼之孫」或「仲子忱之孫」者皆誤也。又揮麈後録所稱孫叔易外制集及所行簡齋封贈三代告詞今未見。孫叔易亦所未詳，疑即孫近，近字叔誼，據沈該宋中興學士院題名云：「孫近，紹興四年七月以吏部侍郎兼直院，五年二月除翰林學士，十一月除吏部尚書兼權翰林學士。六年八月除龍圖閣學士知紹興府。」又「紹興八年十月，以龍圖閣學士知紹興府除翰林學士承旨。十一月除參知政事。」其人久在翰院，告詞或由其所行。然王氏所稱爲外制而非内制，又簡齋參知政事，在紹興七年正月至八年五月，時近方在紹興府任，似告詞又非出其手者，俟再考。

父某，朝請大夫，贈太子太師。

墓誌云：「太傅生□爲朝請大夫，贈太子太師。皆世其業，蓄德不施，鍾慶於後。」按簡齋父某事蹟，他書不見記載。本集亦惟在卷九述懷呈十七家叔詩「兩翁觀光今幾時」句下有簡齋自注一條云：「大人與家叔元豐八年同赴省試。」僅此一語。墓誌又云：「既王室始騷，丁外艱，避地襄漢。」按簡齋自陳留避地南奔，事在靖康元年丙午，則某之卒，當在其時也。考本集卷二十二再賦木犀詩小序云：「憶年十五，在杭州，始識此花」云云。外集再和葛勝仲示涉汝詩云：「念昔涉濤江，怒鼉如山峙」云云。簡齋十五歲，乃崇寧三年甲申，其時竟能遠道去杭，頗疑其是隨親宦遊，似其父宦游官江南，但無確據耳。當再考。要之，觀墓誌「蓄德不施」之言，則簡齋父、祖二代，在當時皆無所建樹，則可斷言也。

母張氏，退傅鄧國公張士遜之孫，贈博平郡夫人。

墓誌云：「太師元配馬氏，贈蘄春郡夫人。次配張氏，贈博平郡夫人，退傅鄧國文懿公之孫也。」按張士遜字順之，陰城人。淳化中舉進士，仁宗朝嘗三度入相，康定初拜太傅，封鄧國公，致仕。皇祐元年卒，年八十六，謚文懿。事蹟見宋史卷三百十張士遜傳及宋祁景文集卷五十七張文懿公士遜舊德之碑。碑云：士遜「四男子：曰友直,刑部員外郎,直史館;曰友侢,殿中丞;曰友正,將作監丞;曰友誼,奉禮郎,獨早世。上恤其孤,故友直爲史館修撰,友侢任親民官,友正選大理寺丞。」簡齋之母,友正所出也。

外祖張友正,號存誠子,以書法名當世。

宋史張士遜傳云:「友正字義祖,士遜幼子。自少學書,常居一小閣上,杜門不治他事,積三十年不輟,遂以書名,神宗嘗評其草書爲本朝第一。號存誠子。」墓誌云:「公之外王父,鄧公之季子也,自號存誠子。善行、草書,高視一世。其書過清,世俗莫知。公初規模其外家法,晚益變體出新意,姿態横出,片紙數字,得者咸藏弆之。」友正以善書名當世,徐度却掃編卷中云:「張友正字義祖,退傅鄧公之子。自少學書,常居一小閣上,杜門不治他事,積三十年不輟,遂以書名。神宗嘗評其草書,以爲本朝第一。予頃在館中,與其族孫巨山同舍,嘗出所藏義祖家書數卷,每幅不過數十字便了,詞語皆如晉、宋間人。蓋閲古之久,不自知其然也。董逌廣川書跋卷八云:「張友正所書,自云得漢人心法。其用筆過爲鋒長,而力弱殆不可持,故使筆常動摇,勢若宛轉,世人故自不能用。今考其書,别稱一體,自得成就。雖神明潛發不逮古人,然自然處正自逼人也。今人不知古人用筆,或妄詆者,不知書者也。近時趙叡彦思學友正用筆,至於草字,已能輕舉迅速,頡頏筆墨間。自與握一寸筆頭、拘制方寸間者異也。」

按簡齋學藝,蒙其外家影響者實鉅。其書法規模其外祖,自張嵲墓誌外,劉克莊後村詩話後集卷二亦嘗論之。本集卷九跋外祖存誠子帖云:「客來空認袁公額,淚盡慚無楊惲書。」簡齋固已言之。互詳宣和四年本譜。至簡齋詩法,世但知其少時嘗學詩於崔鶠,鮮有知其亦得法於外家者。按王象之輿地紀勝卷六十七京西南路光化軍人物云:「石滁字會川,光化人。博通古今,其詩淡泊,時出偉麗。仕既不遭,晚歲自晦於田里。累官至朝散郎。

有滄浪集十卷，陳與義去非爲作集引。子嵲字巨山。陳去非少學詩於會川，巨山復問詩於去非。既登科，以文學受知當路，終敷文閣待制，嘗上中興復古詩。」按會川既爲張嵲之父，則簡齋之表兄，元方、元東兄弟行也。此事他書不載，賴輿地紀勝記之。然「石瀑」二字不可解，或「石」字上蒙上文省「張」字，（紀勝石瀑前一人即張士遜。）或「石」字爲「張」字之誤。宋史張嵲傳不載其父、祖之名，諸書亦未見有張嵲封贈先代制詞，俟再考。滄浪集、宋史藝文志及晁、陳二目均不載，簡齋滄浪集引今亦佚。又簡齋從會川學詩，未知事在何年，姑於此記之。考正德光化縣志卷三鄉賢云：「石瀑爲朝散郎，博通古今，其詩淡泊，時出偉麗，仕既不遭，晚自晦田里，有滄浪集。」按此叙石瀑事，全襲輿地紀勝之文，而不言其爲張嵲之父，名次亦列於張嵲之後，又删去原文中與簡齋關涉之處。蓋亦因「石瀑」二字難解，意在掩蓋矛盾也。然此亦足見正德修志時所見輿地紀勝已作「石瀑」，無「張」字也。至嘉慶一統志卷三百四十八湖北襄陽府人物亦載石瀑事，又全襲正德光化縣志文，無足取也。

妻周氏。

墓誌云：「公娶周氏，某官之女，某郡夫人。」按墓誌所稱「某官」，未知何人。考簡齋建炎四年春避地邵陽，依紫陽周氏以居。其贈周静之詩云：「天涯有近親」，至秋拜詔始離去，有别諸周詩，其間依周氏以居者逾半年，賓主相得甚歡。竊疑邵陽之周或即簡齋妻族也。若然，則簡齋之妻，當是「嘉祐名臣」諫議大夫周儀之後矣。俟再考。互詳建炎四年本譜。

子洪，字本之。

墓誌云：「男曰洪，某官。」本集卷二十九與智老天涇夜坐詩胡注云：「智老即大圓洪智，天涇姓葉名懋，先生之子洪本之嘗從其學云。」周必大省齋文集卷十八跋陳去非帖云：「紹興乙亥歲，某初仕王畿，陳公之子本之爲郎、爲監，家藏手澤甚富。每休務，輒求觀竟日。今踰三十年，本之之子仁和宰復示此軸。前輩翰墨，愈久則愈可敬。而本之墓木已拱，又可嗟也。淳熙丙午二月十三日。」此簡齋子孫事跡略可考見者。葉懋字天涇，烏程人，明董斯張吴興備志卷三引烏青志載其事，詳見紹興五年本譜。

弟與能，字若拙，亦能詩。

本集卷六寄若拙弟兼呈二十家叔詩胡注云：「若拙名與能，第二十九，蓋先生親弟。」集中與若拙唱酬之作甚多。葛勝仲丹陽集屢以二陳並稱，亦多酬答之作。丹陽集卷十九二陳作書懷詩亦次韻云：「山城真稱著寒儒，繞屋青蒼似故居。吏牘糾紛慚磔鼠，齋厨蕭索待泔魚。嬾如園令將移病，窮似虞卿合著書。賴是豐年民氣樂，夢回時見旐維旟。」按簡齋書懷原作，今集中不見，與能所賦，益不可知矣。丹陽集卷二十尚有贈與能二詩，其一云：彌日詩卷承若拙編爲小集見示且有詩因次韻：「驪珠魚目兩無遺，卷袠深煩爲析釐。賦詠麤疏慚短筆，（原注：「自謂。」）賡酬刻畫類連枝。似聞警策耽佳句，何用編摩載惡詩。敢請冠篇重作序，一難文采勝延之。」其二：蒙若拙見和復次韻：「逸氣軒軒蓋縉紳，後來之秀子其人。文如范曄無空設，學似揚雄已大醇。記問五花能奪轡，風標一角共傳巾。怪來吐句皆精警，胸次應無庾亮塵。」此外酬答之作尚多，皆宣和二至四年間簡齋兄弟居憂汝州時作，詳具後譜。陳巖肖庚溪詩話卷下云：「陳簡齋去非，詩名夙著，而其弟之詩亦可喜。見張林甫舉其夏日晚望一聯云：『前山猶細雨，高樹已斜陽。』恨不見其全篇。」按與能詩今惟見此一聯。

卷一

宋哲宗元祐五年庚午(一〇九〇),一歲。

是年六月,簡齋生於洛陽。

胡穉簡齋先生年譜(以下簡稱原譜)云:「先生以是年六月生於洛陽。」按李心傳建炎以來繫年要録卷一百二十三云:「紹興八年十一月,資政殿學士提舉臨安府洞霄宫陳與義薨於湖州。」墓誌、本傳並云:「年四十九。」自紹興八年上數至元祐五年,實爲四十九年也。

章定名賢氏族言行類稿卷十一云:「陳與義,西洛人。河目海口,大耳聳峙。」按諸書言簡齋外貌者,惟見此一條。録之以資博聞。

是年春二月庚戌,文彦博致仕。三月壬申,以韓忠彦同知樞密院事,蘇頌爲尚書左丞(以上宋史哲宗紀)。夏六月,自元祐初,一新庶政,至是五年,人心已定,唯元豐舊黨分布中外,多起邪説以撼在位。吕大防、劉摯患之,欲稍引用,以平宿怨,謂之調停。乙卯,御史中丞蘇轍入對,即面斥其非,調停之説遂已(畢沅續資治通鑑)。秋七月，劉摯初以吏額房事與呂大防議稍不合。及摯遷右僕射，與大防同列，未滿歲，言者爭詆摯，摯尋罷。朋黨之論，遂不可破，其本蓋自吏額始（李燾續資治通鑑長編）。

是年，蘇軾（子瞻）年五十五，時知杭州。（軾自去年三月出知杭州，見李燾長編）黄庭堅（魯直）年四十六，在史局。（任淵山谷詩注）陳師道（無己）自徐移潁州教授，時年三十八。（任淵後山詩注。按後山以皇祐五年癸巳生，是年爲三十八歲。）蘇轍（子由）五十二歲。（孫汝聽蘇潁濱年譜）秦觀（少游）四十二歲。（秦瀛淮海年譜）晁補之（無咎）三十八歲。（名臣碑傳琬琰集）張耒（文潛）三十七歲。（余嘉錫疑年録稽疑）王直方（立之）二十一歲。（晁説之嵩山集王立之墓誌銘）唐庚（子西）二十歲。（姜亮夫歷代人物年里碑傳綜表）葉夢得（少藴）十四歲。（葉石林年譜）汪藻（彦章）十二歲。（孫覿所撰墓誌）曾幾（吉甫）七歲。（陸游撰墓誌）李清照（易安）七歲。（俞正燮易安居士事蹟跋）是年，蔡京（元長）四十四歲。（宋史卷四百七十二）宗澤（汝霖）三十二歲。（忠簡集附録）李綱（伯紀）八歲。（林侗李忠定年譜）趙鼎（元鎮）六歲。（自撰壙志）張俊（伯英）五歲。（宋史卷三百六十九）韓世忠（良臣）二歲。（名臣碑傳琬琰集上）

簡齋交遊有年可考者：崔鶠（德符）、陳恬（叔易）並三十三歲。（墨莊漫録卷四：「崔鶠德符、陳恬叔易皆戊戌生。」按戊戌，嘉祐三年也。）葛勝仲（魯卿）三十二歲（丹陽集附行狀）。晁説之（以道）三十二歲（嵩山集跋尾）。陳公輔（國佐）十五歲（宋史卷三百七十九）。程俱（致道）十三歲（北山小集附行狀）。王震（東卿）十一歲（胡寅斐然集卷二十六王公墓誌銘）。綦崈禮（處厚）八歲（北海集附録）。呂本中（居仁）七歲。（曾幾東萊詩集序云：「與居仁皆生於元豐甲子。」）向子諲（伯恭）五歲（胡宏五峰集卷三向侍郎行狀）。胡松年（元茂）四歲（宋史卷三百七十九）。鄭剛中（亨仲）三歲（北山集附行狀）。趙子晝（叔問）二歲（程俱撰墓誌銘）。何㮚（文縝）二歲（宋史卷三百五十三）。席益（大光）二歲。（本集卷二十四別大光詩云：「堂堂一年長。」）

是年，李常（公擇）卒（秦觀撰行狀）。孫覺（莘老）卒（宋史卷三百四十四）。洪興祖（慶善）生（宋史卷四百三十三、參繫年要録）。秦檜（會之）生（宋史卷四百七十三）。

元祐六年辛未（一〇九一），二歲。

是年春正月丙戌，龍圖閣直學士知杭州蘇軾爲吏部尚書（長編）。二月辛卯，以劉摯爲尚書右僕射兼中書侍郎，王巖叟簽書樞密院事。癸巳，以蘇轍爲尚書右丞（宋史哲宗紀）。五月庚辰，翰林學士承旨蘇軾兼侍讀。八月壬辰，罷。詔以龍圖閣學士知潁州（長編）。

是年六月，黃庭堅丁母憂。（任淵山谷詩注）張方平（安道）卒。（蘇軾撰墓誌銘）張元幹（仲宗）生。（蘆川歸來集附録）

元祐七年壬申（一〇九二），三歲。

是年六月辛酉，以吕大防爲右光禄大夫，蘇頌爲尚書右僕射兼中書侍郎，韓忠彦知樞密院事，蘇轍爲門下侍郎，范百禄爲中書侍郎（宋史哲宗紀）。秋七月癸卯，以龍圖閣學士知揚州蘇軾爲兵部尚書。八月癸酉，兼侍讀（畢沅續通鑑）。

是年正月，黃庭堅護母喪歸里（任淵山谷詩注）。

元祐八年癸酉（一〇九三），四歲。

是年秋七月丙子朔，以范純仁爲尚書右僕射兼中書侍郎（宋史哲宗紀）。九月戊戌，太皇太后高氏崩。戊子，蘇軾出知定州。時國事將變，軾不得入辭。既行，上書（畢沅續通鑑）。

是年十月二十三日，蘇軾到定州任（王文誥蘇詩編注集成總案）。黃庭堅居母喪（任淵山谷詩注）。陳師道在潁州

（任淵後山詩注）。

是年，劉子羽（彥修）生（朱熹神道碑）。　李侗（愿中）生（朱熹行狀）。　王之道（彥猷）生（相山集附録）。

紹聖元年甲戌（一〇九四），五歲。

是年二月丁未，以李清臣爲中書侍郎，鄧潤甫爲尚書右丞。　三月乙亥，吕大防罷（宋史哲宗紀）。　乙酉，哲宗御集英殿試進士，時考官取進士答策者，多主元祐，及楊畏覆考，乃悉下之，而以主熙豐者置前列。　自此紹述之論大興，國是遂變矣（續通鑑）。　壬戌，以資政殿學士章惇爲尚書左僕射兼門下侍郎。　范純仁罷。　五月癸丑，類編元祐群臣章疏及更改事例（宋史哲宗紀）。

是年，蘇軾以三月二十六日謫守汝州。　閏四月二日，謫知英州州軍事。　六月二十五日，責授建昌軍司馬，惠州安置。　八月，再貶寧遠軍節度副使，仍惠州安置。　十月二日，到貶所（王文誥總案）。　黄庭堅以六月管勾亳州明道宫，於開封府界居住。　十二月甲午，謫涪州别駕，黔州安置（任淵詩注）。　陳師道是年春初罷潁學（任淵詩注）。

紹聖二年乙亥（一〇九五），六歲。

是年春二月乙亥，吕大防以監修史事貶秩，分司南京，安州居住。　冬十月甲戌，以吏部尚書許將爲尚書左丞，翰林學士蔡卞爲尚書右丞（宋史哲宗紀）。　丙子，以户部尚書蔡京爲翰林學士兼侍讀，修國史（續通鑑）。

是年，蘇軾年六十，在惠州（王文誥總案）。　黄庭堅以四月二十三日至黔州貶所（任淵詩注）。

陳師道以三月丁母憂（任淵詩注）。

是年，王安禮（和甫）卒（宋史卷三百二十七）。

紹聖三年丙子（一〇九六），七歲。

是年，章惇獨相（宋史宰輔表）。

蘇軾在惠州（王文誥總案）。　黄庭堅在黔南（任淵詩注）。　陳師道寓曹州（任淵詩注）。

魯訔（知晦）生（周必大省齋文集卷三十二墓誌銘）。

紹聖四年丁丑（一〇九七），八歲。

是年閏二月壬寅，以曾布知樞密院事，許將爲中書侍郎，蔡卞爲尚書左丞，黄履爲尚書右丞，林希同知樞密院事（宋史哲宗紀）。　蘇軾以六月十一日渡海達瓊州，七月二日到昌化軍貶所（王文誥總案）。　黄庭堅在黔南（任淵詩注）。　陳師道寓曹州，既而歸徐（任淵詩注）。

是年，文彦博卒（宋史哲宗紀）。　吕大防卒（同上）。　韓縝（玉汝）卒（同上）。　劉摯（莘老）卒（同上）。　錢勰（穆父）卒（宋史卷三百十七，又李綱梁溪集）。　江端禮（子和）卒（晁説之撰墓誌）。　朱松（韋齋）生（朱熹行狀）。

張浚（德遠）生。（建炎以來朝野雜記甲集九，言浚執政時年三十三。按浚建炎三年四月除知樞密院，據知當以是年生。）

元符元年戊寅（一〇九八），九歲。

是年，蘇軾在儋州（王文誥總案）。　黄庭堅三月離黔，六月初抵戎州（任淵詩注）。　陳師道在徐州（任淵詩注）。

韓維（持國）卒（南陽集附録）。　范祖禹（淳甫）卒（宋史哲宗紀）。　朱翌（新仲）生（陸心源宋史翼）。　周葵（立義）生（宋史卷三百八十五）。　胡寅（明仲）生（宋史卷四百三十五）。

元符二年己卯（一〇九九），十歲。

簡齋兒時已能作文章，致名譽。

本傳云：「與義天資卓偉，爲兒時，已能作文，致名譽，流輩斂衽，莫敢與抗。」按此數語全取張嵲墓誌。此等殊難確指何年，姑繫於此。

是年，蘇軾在儋州（總案）。黄庭堅在戎州（詩注）。陳師道在徐州（詩注）。

元符三年庚辰（一一〇〇），十一歲。

是年春正月己卯，帝崩。皇太后諭遺制立弟端王，即位於柩前，皇太后權同處分軍國事（宋史哲宗紀）。二月庚申，以韓忠彦爲門下侍郎，黄履爲尚書右丞（宋史徽宗紀）。三月辛卯，以日食求直言，筠州推官雍丘崔鶠應詔上書，帝覽而善之，以爲相州教授（續通鑑）。夏四月甲辰，以韓忠彦爲尚書右僕射兼中書侍郎，李清臣爲門下侍郎，蔣之奇同知樞密院事。五月乙酉，蔡卞罷。秋九月辛未，章惇罷。冬十月丙申，蔡京出知永興軍。丁酉，以韓忠彦爲尚書左僕射兼門下侍郎。壬寅，以曾布爲尚書右僕射兼中書侍郎。乙未，詔禁曲學偏見，妄意改作，以害國事者（以上徽宗紀）。

是年六月，蘇軾離儋州，七月，至廉州貶所，八月，遷舒州團練副使，永州居住。至英州，又奉敕授朝奉郎，提舉成都玉局觀，在外州軍任便居住。十二月，抵韶州（總案）。黄庭堅七月自戎州至青神，十月，改奉議郎，簽書寧國軍節度判官。十一月，復還戎。十二月，發戎州，過江安，遂作歲於此（詩注）。陳師道在徐州，七月，除棣州教授。十一月，除祕書省正字（詩注）。秦觀（少游）卒，年五十三。（淮海年譜又疑年録）魯訔（季欽）生（周必大省齋文集卷三十四）。

徽宗建中靖國元年（一一〇一），十二歲。

是年正月，蘇軾度嶺北歸，七月二十八日，卒於毘陵，年六十六（總案）。黄庭堅於正月解舟江安，三月至峽州。改知舒州。四月至荆南，泊家沙市。又召以爲吏部員外郎。時病癰初愈，辭免恩命，乞知太平州，留荆南待命，遂踰冬（詩注）。陳師道是年在館中，十一月二十九日卒，年四十九（詩注）。

是年，蘇頌（子容）卒（宋史卷三百四十）。范純仁（堯夫）卒（宋史卷三百十四）。范純粹（德儒）卒（忠宣集附録）。

劉子翬（彦沖）生（朱熹墓表）。

崇寧元年壬午（一一〇二），十三歲。

是年夏五月庚申，韓忠彦罷。庚辰，以許將爲門下侍郎，温益爲中書侍郎，蔡京爲尚書右丞，趙挺之爲尚書左丞。六月壬戌，曾布罷。七月戊子，以蔡京爲尚書右僕射，兼中書侍郎。己丑，禁元祐法。九月乙未，詔中書籍元符三年臣僚章疏姓名，爲正上、正中、正下三等，邪上、邪中、邪下三等。十月戊寅，以蔡卞知樞密院事。十二月丁丑，詔諸邪説詖行，非先聖賢之書及元祐學術、政事，並勿施用（以上宋史徽宗紀）。

是年春初，黄庭堅在荆南，既而歸分寧，還江州。六月，赴太平州，九日而罷，管勾洪州玉隆觀。九月，至鄂州，寓居踰年（詩注）。

是年，陸佃（農師）卒（宋史卷三百四十三）。胡銓（邦衡）生（楊萬里行狀）。

崇寧二年癸未（一一〇三），十四歲。

是年二月丁未，以蔡京爲尚書左僕射兼門下侍郎。三月乙酉，詔黨人子弟毋得擅到闕下（宋史徽宗紀）。四月乙亥，詔蘇洵、蘇軾、蘇轍、黄庭堅、張耒、晁補之、秦觀、馬涓文集，范祖禹唐鑑，范鎮東齋紀事，劉攽詩話，僧文瑩湘山野録等印板，悉行焚毁（續通鑑）。九月辛丑，令天下監司長吏廳各立元祐姦黨碑。冬十一月庚辰，以元祐學術、政事聚徒傳授者，委監司舉察，必罰無赦（徽宗紀）。

是年,徐積(仲車)卒(節孝集附行狀)。　岳飛(鵬舉)生(岳珂岳鄂王行實編年)。

崇寧三年甲申(一一〇四),十五歲。

是年,簡齋曾遊杭州,並賦木犀詩。

本集卷二十二在岳陽賦木犀詩序云:「憶年十五,在杭州,始識此花,皆三丈高木,嘗賦詩焉。」按簡齋少作之可考者,惟見此題,詩則佚矣。又外集再和葛勝仲涉汝詩云:「念昔涉濤江,怒鼍如山峙。天風怖殺人,舟定舷有泚。」所敘當即是年事。簡齋何事來杭,則不可考,恐係隨親宦遊也。然簡齋父生平仕履亦不詳,難於臆訂也。互詳卷首。

是年春正月辛巳,詔上書邪等人毋得至京師。二月己酉,詔王珪、章惇别爲一籍,如元祐黨。夏六月戊午,詔重定元祐、元符黨人及上書邪等者合爲一籍,通三百九人,刻石朝堂,餘並出籍,自今毋得復彈奏(宋史徽宗紀)。

是年五、六月間,黄庭堅至宜州貶所(詩注)。

蔣之奇(穎叔)卒(宋史卷三百四十三)。　鄭樵(漁仲)生(余嘉錫疑年録稽疑)。

崇寧四年乙酉(一一〇五),十六歲。

簡齋嘗從崔鶠問作詩之要。

徐度却掃編卷中云:「陳參政去非少學詩於崔鶠德符,嘗請問作詩之要。崔曰:『凡作詩,工拙所不論,大要忌俗而已。天下書雖不可不讀,然慎不可有意於用事。』去非亦嘗與人言:『本朝詩人之詩,有慎不可讀者,有不可不讀者。慎不可讀者梅聖俞,不可不讀者陳無己也。』」又方勺泊宅編(十卷本)卷九云:「陳去非謂予曰:『秦少游詩如刻就楮葉，陳無己詩如養成内丹。』又曰：『凡詩人古有柳子厚，今有陳無己而已。』又曰：『崔鷗能詩，或問作詩之要，答曰：但多讀而勿使，斯爲善』。」（名賢詩旨引李希聲詩話同。）所記鷗語與却掃編略同，但不言簡齋實親從鷗問詩，蓋畧之也。按宋史卷三百五十六崔鷗傳云：「崔鷗字德符，雍丘人。父毗，徙居潁川，遂爲陽翟人。徽宗初立，以日食求言，鷗上書。帝覽而善之，以爲相州教授。後蔡京復籍上書人，以鷗爲邪等，免所居官，久之，調績溪令，移病歸。始居郟城，治地數畝，爲婆娑園。屏退十餘年，人無貴賤長少悉尊師之。宣和六年，起通判寧化軍，召爲殿中侍御史。既至而欽宗即位，授右正言。累章極論。時議歸重。」旋病卒。按鷗在當時，劾章惇，劾馮澥，劾蔡京，頗著直聲。郡齋讀書志卷十九稱其與陳恬、鮮于綽齊名，號「陽城三士」。馬永卿懶真子卷五云：「許洛之間極多奇士。宣和中，崔朝奉鷗德符監洛陽稻田務，一日，送客於會節園。宦官容佐拘入會節，以爲景華御苑，德符不知也。晚春，復騎瘠馬與老兵遊園内，坐梅下，哦詩其間，有曰：『去年白玉花，結子緑枝間。少憩藉舊影，低頷啄餘酸。』次日，佐入園，見地有馬糞，知是崔朝奉。是時，府官事佐恐不及，而德符未嘗謁之。因此劾奏德符擅入御苑作踐，遂勒停。德符傳食於諸人家，久之，斂錢復歸陽翟。」按此事墨莊漫録卷三、容齋四筆卷二皆載之，頗足見其爲人風概。（容齋續筆卷二又載其劾馮澥事。）吕本中師友雜志云：「崔德符元符庚辰以上書被廢，爲人清苦，然非矯激。交遊間嘗設珍饌召，却而不食，曰：『此玉食也，不敢受。』宣和末，何㮚爲中丞，薦爲殿中侍御史，復以上書人罷。靖康間，以諫官召，力攻馮澥專主王氏。頃之病卒。病時每歎天下事不可爲，其所居官，合是元邈做底。」此其人生平大畧也。至其詩，在當時亦有重名。宋史本傳稱其「清峭雄深，有法度」。郡齋讀書志卷十九稱其「清婉敷腴，有唐人風」。苕溪漁隱叢話前集卷五十二引雪浪齋日記云：「崔德符所謂『食鯨老氣横九州』。廬山詩云：『遥知金刹近，林表颺幡尾。』滕王閣詩云：『小艇元從天上來，白雲自向盃中落。』潁昌富文物，崔鷗、陳恬猶爲下士。」同書（同卷）引漫叟詩話云：「潁昌崔鷗德符博學能詩，嘗惠予三詩，其一潛心齋詩：『雙扉掩餘香，一榻下涼幔。前人嗟不死，萬古映黄卷。時時擷英華，一一詣微遠。鼎食姑置之，此味良不淺。』止遽軒詩：『我如萬斛船，歲久腰已懶。誰能逐相師，終日問手板？去謀一寸安，輒被三尺挽。憐公謝蠻觸，鼓卧旗亦偃。』丈室詩：『此家英妙姿，玉雪照冠冕。新詩一何似？鸞鵠見蕭散。躡屣往從之，寧復念重趼。』」後村詩話續集卷二云：「薛能云：『詩深不敢論。』鄭谷云：『暮年詩律在，新句更幽微。』詩至於深微，極玄絶妙矣，然二子不能踐此言。唐人惟韋、柳，本朝惟崔德符、陳簡齋能之。」後村詩話前集卷二又云：「崔德符詩幽麗高遠，了不蹈襲，蓋用功最深者。觀魚云：『小魚喜親人，可釣亦可網。大魚自有神，隱見誰能量。老禪雖無心，施食不肯嘗。時於千尋底，隱見如龍章。』桃花云：『如何一朽株，孕此千億花。雖云行且闌，明朝亦再華。豈如世上人，一老不復佳。』過湖云：『誰見詩顛顛發時，鄱陽湖裏月明知。無人爲覓昭華管，自卷秋蘆片葉吹。』皆精詣可誦。」周紫芝竹坡詩話卷二云：「江淮間有水禽號魚虎，翠羽而紅首，顔色可愛，人罕識之。崔德符通羊道中詩所謂『翠裘錦帽初相識，魚虎彎環略岸飛』是也。每誦德符詩，想像一見而已。」曾季貍艇齋詩話云：「崔德符詩：『人間火定熱，我死不肯炙。』真節士之詩。」又困學紀聞卷十八云：「或問崔德符作詩之要，曰：『但多讀而勿使，斯爲善。』張芸叟云：『年踰耳順，方敢言詩』。」原注云：「未窺六甲，先製五言者，觀此可以戒。」其爲通人碩學所稱道如此。又能改齋漫録卷七云：「崔德符以所作詩文曰婆娑集，蓋取四子講德論：『婆娑謳吟，鼓腋而笑』。」河南通志卷五十二古蹟汝州：「婆娑園在郟城縣西二十里，宋崔鶠居此。又名石牛莊。崔鶠詩：『晚禽噪竹百千翅，殘菊横枝三兩花。好在山園寄衰廢，風波不到野人家』。」嘉慶一統志卷一百八十九河南開封府人物云：「崔鶠，舊志開封府、許州府俱載入，詳略各異。而志雍丘者不注明陽翟，志陽翟者不注明雍丘，今據宋史詳悉載明，歸入杞縣。」按崔鶠婆娑集三十卷，宋史藝文志及晁、陳二目皆載之，然世無傳本。其佚文雜見他書徵引者：宋文鑑載其詩七首（卷二十、二十一、二十三、二十六、二十八），文五首（卷六十二、七十三、一百零一），厲鶚宋詩紀事卷三十二録其詩十七首，永樂大典卷八百九十六載其絶句五首。按靖康要録（卷四、卷七）：鷗之劾馮澥，前後凡三疏，宋文鑑載其一、二兩疏。其劾蔡京劄子，惟三朝北盟會編卷五十載之。宋史本傳約諸疏以爲一，殊欠明晰。鷗之思想、文學，於簡齋實著影響，故詳論之。

按簡齋從崔鷗學爲詩，却掃編不言事在何年。以崔鷗傳：「始居郟城，屏處十餘年，人無貴賤長少，悉尊師之」數語觀之，或即在「屏處」時也。此事宋史叙在宣和六年前，自宣和六年上數十餘年，則當是崇寧、大觀之世。然簡齋去年在杭州，明年以後則已在太學，（詳後）其間惟此年可能至郟與鷗相見。至鷗宣和中監洛陽稻田務，其時簡齋方服官東京，無由與鷗相接，且與却掃編「少學」之語不合矣。

是年，黄庭堅在宜州，九月三十日卒，年六十二（黄罃山谷年譜）。章惇卒（宋史徽宗紀）。

崇寧五年丙戌（一一〇六），十七歲。

簡齋在太學。

據本傳、墓誌，簡齋以政和三年登上舍甲科釋褐，諸書不言其何年始入太學。今按鄭剛中北山文集卷三十有與陳去非二柬，自稱「三十年白首同舍生」。考二柬乃紹興六年六月簡齋任中書舍人兼侍講直學士院時作。自紹興六年上數三十年爲崇寧五年，則本年簡齋已入太學，且與剛中同舍也。互詳紹興六年本譜。又樓鑰攻媿集卷一百八贈金紫光禄大夫姜公墓誌銘云：「姜氏當承平時，富盛甲京師，婚姻多后妃侯王之家，聲勢翕赫。而最重儒學，藏書築館，延太學名士以訓子弟。禮意隆洽，賓至亦留設盛饌。參政簡齋陳公及一時勝遊皆求閲未見書。或登科以去，又請舉其友若昆弟，題名家塾，多有顯人。如參政謝公克家、待制高公至臨、少師江公思温及其季吏部思齊皆在焉。」按簡齋就姜浩家求閲未見書，樓氏未確指何年，意當是此後數年間事。此簡齋太學生活之可考見者。

是年春二月丁未，除黨人一切之禁。二月丙寅，蔡京罷爲開府儀同三司、中太乙宫使。以趙挺之爲特進、尚書右僕射、兼中書侍郎（宋史徽宗紀）。

是年，范純禮（彝叟）卒（宋史卷三百十四）。史浩（直翁）生（樓鑰純誠厚德元老之碑）。

大觀元年丁亥（一一〇七），十八歲。

簡齋在太學。

是年春正月甲子，以蔡京爲尚書左僕射兼門下侍郎。三月丁酉，趙挺之罷（宋史徽宗紀）。

是年，米芾（元章）卒（程俱北山小集卷十六題米元章墓）。程頤（正叔）卒（朱熹伊川年譜）。曾布（子宣）卒（宋史卷四百七十一）。曾肇（子開）卒（楊時行述）。

大觀二年戊子（一一〇八），十九歲。

簡齋在太學。

是年春正月己未，蔡京進太師，加童貫節度使，仍宣撫。戊寅，河東北盜起。（宋史徽宗紀）

是年，陳長方（齊之）生（唯實集附行狀）。

大觀三年己丑（一一〇九），二十歲。

簡齋在太學。

是年六月丁丑，蔡京罷。辛巳，以何執中爲特進、尚書左僕射，兼門下侍郎（徽宗紀）。

是年，韓忠彦（師朴）卒（徽宗紀）。李廌（方叔）卒（宋史卷四百四十四、又墨莊漫録）。王直方（立之）卒（晁説之墓誌銘)。黄公度(師憲)生(知稼翁集附録)。錢端禮(處和)生(樓鑰行狀)。

大觀四年庚寅(一一一〇),二十一歲。

簡齋在太學。

是年六月乙亥,以張商英爲尚書右僕射兼中書侍郎(宋史徽宗紀)。

是年,晁補之(無咎)卒(琬琰集中卷三十四)。虞允文(彬甫)生(楊萬里神道碑)。

政和元年辛卯(一一一一),二十二歲。

簡齋在太學。

是年八月丁巳,張商英罷。九月,鄭允中、童貫使遼,以李良嗣來,良嗣獻取燕、雲之策,詔賜姓趙(宋史徽宗紀)。

是年,吕惠卿(吉甫)卒(續通鑑)。鄒浩(志完)卒(李兆洛道鄉先生年譜)。

政和二年壬辰(一一一二),二十三歲。

簡齋在太學。

是年五月己巳,蔡京落致仕,三日一至都堂議事。十一月辛巳,蔡京進封魯國公。以何執中爲少傅、太宰,兼門下侍郎。十二月丙戌,以武信軍節度使童貫爲太尉(宋史徽宗紀)。

是年,蘇轍(子由)卒,年七十四(孫汝聽蘇潁濱年譜)。王十朋(龜齡)生(汪應辰墓誌銘)。

政和三年癸巳(一一一三),二十四歲。

三月癸酉,簡齋以上舍及第釋褐,名列第三,授文林郎。

胡氏原譜云：「時年二十四，以釋褐歸上舍第，授文林郎。」本傳云：「登政和三年上舍甲科。」墓誌云：「登政和三年上舍甲科，授文林郎。」章定名賢氏族言行類編卷十一云：「政和中，以上舍釋褐。」按宋史徽宗紀云：「政和三年三月癸酉，賜上舍生十九人及第。」考十九人中，簡齋名列第三，其第一人爲陳公輔，第二人爲胡松年。翟汝文忠惠集卷四有勅賜上舍及第第一人陳公輔除承事郎第二人第三人胡松年陳與義並從事郎制，是其證。制詞云：「古者司徒論俊造之士，司馬辨論官材，所以崇養作成，將與爲治也。朕賓興賢能，如古學校，將以多君子使之在位，惠賚於衆庶。汝等行藝策名，朕所加禮。夫學之爲王者事久矣。其尊汝所聞。」宋史卷三百七十九陳公輔傳云：「公輔字國佐，台州臨海人。政和三年上舍及第，調平江府教授。」同卷胡松年傳云：「松年字茂老，海州懷仁人。政和二年上舍釋褐，補濰州教授。」按茂老當是元茂別字，以本集卷二雜書示陳國佐胡元茂詩「昔吾同年友」之語及上引制詞證之，胡松年傳之「政和二年」當是三年之誤。又嚴州圖經卷一云：「政和三年幸太學，賜貢士陳公輔十九人釋褐。」同榜尚有葉省三，是葉亦當在十九人之列。又鄭剛中北山文集卷九與陳去非東云：「癸巳辟雍，獲陪燈火。」據知剛中亦簡齋同年也。李濂汴京遺蹟志卷十二云：「宋登科記總目：政和三年進士七百一十三人，上舍魁師驥，狀元莫儔。」所云「政和三年」乃二年之誤，莫儔榜在政和二年也。宋史選舉志載太學三舍之法云：「宋初承唐制，貢舉雖廣，而莫重於進士制科，其次則三學選補。」又云：「凡學皆隸國子監，國子生以京朝七品以上子弟爲之。初無定額，後以二百人爲額。太學生以八品以下子弟若庶人之俊異者爲之。及三舍法行，則太學始定置外舍生二千人，内舍生三百人，上舍生百人。始入學，驗所隸州公據，試補外舍，齋長踰月書其行藝於籍。行，謂率教不戾規矩；藝，謂治經程文。季終考於學論，次正，次博士，後考於長貳。歲終，會其高下，書於籍，以俟覆試考驗而序進之。凡私試，孟月經義，仲月論，季月策。凡公試，初場經文，次場論、策。試上舍如省試法。凡内舍行藝與所試之業俱優爲上舍。上等取旨授官；一優一平爲中等，以俟殿試；俱下若一優一否爲下等，以俟省試。」又云：「神宗尤垂意儒學，自京師至郡縣皆有學。歲、時、月各有試，程其藝能，以差次升舍。其最優者爲上舍，免發解及禮部試，而待賜之第，遂顯以此取士。」此三舍法之大略也。至太學釋褐之制，李心傳建炎以來朝野雜記甲集卷十三云：「太學養士，最盛於崇、觀間。紹興中，詔以七百人爲額，上舍生三十員，內舍生百員，外舍生五百七十員。每三年科場，率四人而取一。若積行校藝而升上舍者，則不待選舉而徑釋褐焉。」宋史職官志云：「元豐舊制，內舍生校定，分優、平二等。優等再赴舍試，又入優，則謂之兩優釋褐。中選者即命以京秩，除學官。」朝野雜記又云：「舊制，太學上舍生積校已優，而舍試又入優等者，就化原堂釋褐，號釋褐狀元，例補承事郎、太學正録。」按李氏所稱「舊制」，即元豐舊制。大抵淳熙以前，上舍釋褐即授京秩，除學官，殆定例也。（朝野雜記又云：「淳熙初（六年），時王仲行爲兵部尚書，奏言：『今兩優釋褐，初除京秩，即授學官，視狀元制科恩數過之，事理不當。乞先與外任。』時知滁州張商卿亦言：『今中上舍爲學官，不數年，便可作監司郡守，獄訟財富，非所素習，豈能保其不謬。乞先注職官。』上然之。六月丙申，詔與殿試第二人恩例。）簡齋以上舍釋褐，授文林郎，不補承事郎，殆非所謂「兩優釋褐」者。宋史職官志：「元豐寄禄格，以階易官，初定爲二十四階，至政和末增爲三十七階。」承事郎次在第二十八，文林郎次在第三十三。又「文散官：承事郎正八，文林郎從九上。」是年釋褐十九人中，其第一人陳公輔即授承事郎，見前引忠惠集。

八月，授開德府教授。

本傳云：「登政和三年上舍甲科，授開德府教授。」墓誌云：「授文林郎，開德府教授。」胡氏原譜云：「八月，充開德府教授。」按開德府舊爲澶州，崇寧四年建爲北輔，五年升爲府。見宋史地理志。宋史職官志云：「教授，慶曆四年始置，以經術行義訓導諸生，掌其課試之事，而糾正不如規者。熙寧六年，詔諸路學官委中書門下選差，至是始命於朝。元祐元年，詔齊、廬、宿、常等州各置教授一員，自是列郡各置教授。」又選舉志云：「崇寧元年，辛臣請天下州縣並置學，州置教授二員。」按簡齋在開德，同時又有周教授（本集卷一），當是同僚也。時天下學校盡行三舍法，其考選之事，教授實任之。選舉志云：「遇補試上、內舍生，遣有出身官六人同教授考選。」是也。韓元吉南澗甲乙稿卷九看詳學事狀云：「後至崇寧三年，蔡京用事，欲變天下學校盡爲三舍。及宣和六年，徽宗皇帝已詔罷天下三舍，上令太學以三舍考選，諸路以科舉取士。」據知簡齋任開德教授時，猶行三舍法也。

編年詩始自是年。本年有次韻謝文驥主簿兼示劉宣叔一首。

原譜云：「八月，充開德府教授，有示朝城簿劉宣叔詩。」謝文驥，胡氏無注。按張元幹蘆川歸來集卷九跋蘇黃門帖云：「蘇黃門頃自海康歸許下，安居云久，政和二年，晚生猶及識之。已而與其外孫文驥德稱相遇澶淵，出書帖富甚。」同書卷一又有五言古詩洛陽陳去非自符寶郎謫陳留酒官予時作丞澶淵舊僚友也有詩次韻一首。詩爲宣和七年作，（詳後譜）稱簡齋爲「澶淵舊僚友」，據知元幹此時亦在開德，跋中所稱文驥當即此謝文驥，則文驥乃蘇轍外孫也。胡注云：「劉宣叔名長言，丞相忠肅公摯莘老之孫，蹟之子。按倪巨濟玉溪集有送劉宣叔主簿詩云：『吏隱髯劉故逸群』。時劉主開德朝城縣簿」。按劉摯字莘老，永静東光人，事蹟詳宋史卷三百四十本傳及杜大珪名臣碑傳琬琰集下編卷十三引實録劉右丞摯傳。摯諸子，本傳惟稱其長子跂，直齋書録解題卷十七學易集條下又有跂弟蹈。今以胡氏此注及下文題劉路宣義風月堂詩注合觀之，則劉摯四子之名當爲跂、蹈、蹟、路。呂本中稱路爲「莘老幼子」，（見後譜）則劉摯僅有四子也。考元好問遺山文集卷四十題學易先生劉斯立詩帖後云：「又儀真令諱蹟者，皇統宰相宣叔之父，是先生弟昆行，有詩文二册，號南榮集。宣叔録之以備遺忘。亂後，惟余家有之」。是宣叔後嘗仕金，且登顯要也。按金史卷一百五范拱傳云：「范拱字清叔，濟南人。齊廢，梁王宗弼領行臺省事，拱爲官屬。拱慎許可，而推轂士，李南、張輔、劉長言皆拱薦也。長言自汝州郟城酒監擢省郎，人不知其所以進，拱亦不自言也。」長言即宣叔也。又金史卷五海陵王本紀云：「天德三年（紹興二十一年）三月庚寅，以翰林學士劉長言等爲宋主生日使。」同書卷六十交聘表上亦云：「海陵王天德三年三月庚寅，以翰林學士中奉大夫劉長言、少府監耶律五哥爲賀宋生日使。」海陵王本紀又云：「正隆元年三月庚子，横海軍節度使致仕劉長言起爲右丞。」同書卷九十六黄久約傳云：「黄久約字彌大，東平須城人也。父勝，通判濟州。母劉氏，尚書右丞長言之妹。」此宣叔入金後事蹟之可考見者。又，胡注所引倪濤玉溪集，書録解題卷十七載之，其書已亡佚。（倪濤事蹟，見宋史卷四百四十四，東都事畧卷一百一十六，宋史新編卷一百七十一。）

簡齋此詩云：「堂堂吾景方，去作泉下土。」自注云：「張儀掾字。」按張景方譙郡人，張械之兄，見廬川歸來集卷十幽嵓尊祖事實張械跋。又韓駒陵陽集卷三有贈張景方一首云：「斯文萬古照乾坤，削簡沉碑僅免燔。在處自應神物護，後來難爲俗人言。仙官下取餘無幾，夾壁深藏尚半存。異日亡書購三篋，吾知漢相有賢孫。」此詩頗足窺其爲人梗概，蓋亦服膺元祐諸老者。

葛勝仲丹陽集卷八陳去非詩集序云：「政和三年，以上舍解褐，分教輔郡，益沉酣書傳，大肆於詩文。天分既高，用心亦苦，務一洗舊常畦徑，意不拔俗，語不驚人，不輕出也。」觀「大肆於詩文」之語，簡齋在開德數年所作當不少，今集中見存者不過寥寥數首，蓋後來删汰之矣。此事吴澄黄養浩詩序嘗論之，詳見紹興八年本譜。

按簡齋詩最早刻本，爲紹興十二年壬戌毘陵周葵刻於吴興，而葛勝仲爲之序者。周葵字立義，常州宜興人，宋史卷三百八十五有傳。宣和四、五年間，當簡齋任太學博士時，葵「時爲諸生，專取先生之文以爲準的。」（見本集卷十七無題詩注）簡齋參知政事時，嘗用葵爲湖南提刑未就，又嘗密薦之於朝（詳見紹興八年本譜）。葵後除殿中侍御史，以忤秦檜落職，起知湖州。至是取簡齋詩「離爲若干卷，委僚屬讐校而命工刻板」（葛勝仲陳去非詩集序）。時距簡齋之殁甫四年也。晁公武郡齋讀書志卷十九云：「周葵得其家所藏五百餘篇刊行之，號曰簡齋集。」是周葵刻本所據爲陳氏家藏稿。沈曾植寐叟題跋卷一云：「墨林快事：『宋刻陳簡齋集，是公自書上木。醇古豐圓，出自黄庭。』然則周葵所刻，非但爲公自訂本，且爲自書本也。」今按墨林快事十二卷，明安世鳳撰，北京圖書館有鈔本六册，王蘭泉舊藏。沈氏所引見原書卷七，文云：「余有宋刻陳簡齋集，是公自書上木者，醇古豐圓，出自黄庭。余寶之，時以爲玩，因熟公詩。即朋知以宋詩爲余戒，如不聞也。以證文先生停雲館收者，真行各擅，而情思如一。詩則又集中最合作者。余因以毬寄木之可以長久，遂與入石者等壽。其實，宋詩亦未爲惡道。即如此『雲間落日淡，山下東風寒』，又『生身後聖哲，隨俗了悲歡』，又『微陰拱衆木，静夜聞孤泉』，又『殘輝度平野，列岫圍青春』，已膾炙藝林，況於集之大全。恨不及請益，以竟公藴也。天啓甲子九月十一日。」又，此書第一卷末尾署「崇禎庚午中元日七十三歲老人安世鳳書。」據知安氏爲啓、禎間人，其時周葵所刻簡齋集猶有傳本。安氏書中屢稱文先生，疑其爲衡山門人。所記周刻出自簡齋手書一事，足補各家著録之缺，甚可貴也。周刻既是簡齋自書自訂本，其編排次第，當一仍原本之舊。考本集卷十二冬至詩云：「不須行年記，異代尋吾詩。」又卷十三客裏詩云：「一官成一集，盡付古河頭。」據知原稿係簡齋手自編年（此事胡仔漁隱叢話後集卷三十四、周密浩然齋雅談卷上嘗論之）。宋史藝文志著録陳與義詩十卷，又岳陽紀遊一卷，知簡齋岳陽諸詩嘗有别本單行，亦足爲「一官一集」之一證。又按文徵明停雲館帖（嘉靖三十七年刊石）所刊簡齋手書詩江行晚興、雨、今夕、瞑色、征牟書事五首，其次第與今本全合（五詩均爲建炎四年春日作，見本集卷二十四），益足證原稿確係編年，且由簡齋自訂無疑。又張戒歲寒堂詩話卷一自稱嘗見簡齋詩全集，又言嘗見簡齋詩卷於張嵲處。戒與簡齋同時友好，所見當係手稿。朱熹文公集卷八十一跋陳簡齋帖稱嘗見簡齋手寫詩一卷，欲刻之江東道院而未果。今按張戒所稱，今已不得見；至朱熹所見簡齋手書詩卷，則後爲畢沅所得，已刻入經訓堂帖中，朱跋具在，可覆按也。畢刻詩凡十二首，其次第亦與今本合。詳見紹興五年本譜。大抵胡注本流行之前（胡注本刻於紹熙初年），簡齋詩刻本惟此紹興壬戌周葵所刊一種。晁公武、陳振孫所見本當即周刻（互詳紹興八年本譜）。胡仔漁隱叢話前集卷五十三論簡齋詩引葛勝仲序，知所見亦周刻（胡注本不載葛序）自胡氏始據周刻而爲之箋注，又據原編次第及張嵲墓誌益以己所見聞創爲年譜。分卷雖有不同（周刻十卷，胡注三十卷），然於原編次第，初未嘗有所變亂。觀卷十五題簡齋詩胡氏正誤云：「先生建炎己酉在岳陽借郡圃君子亭居之，即所寓室號曰簡齋，乃賦是詩。非丙午入鄧時所作也。」（按此條劉辰翁已駁之，詳見後譜）據胡氏此注，知今本簡齋集編排次第實沿周刻之舊，胡注本並未加以變動，故注文於原編次第時有異同之言。自胡注本行而周刻遂微，不識天壤間猶有此紹興刻本否。今本譜則依胡注本編次，旁求衆説，詳稽其歲月，庶幾爲治簡齋詩者知人論世之一助，亦簡齋「異代尋吾詩」之遺意也。

是年春二月甲午，以遼、女真相持，詔河北治邊防。三月癸酉，賜上舍生十九人及第。夏四月癸巳，鄧洵仁罷。己酉，以薛昂爲尚書右丞（以上宋史徽宗紀）。

是年，歐陽棐（叔弼）卒（畢仲游歐陽叔弼傳）。　陳俊卿（應求）生（朱熹陳正獻公行狀）。

政和四年甲午（一一一四），二十五歲。

在開德教官任，有題劉路宣義風月堂詩。

據胡氏原譜。按本集卷六若拙弟説汝州可居已約卜一丘用韻寄元東詩云：「四歲冷官桑濮地」，此其第二年也。胡注風月堂詩云：劉路「丞相莘老第四子，字斯川。」按劉摯諸子，宋史本傳惟載長子跂，今考陳振孫直齋書録解題及本集胡注，知莘老共四子，其名爲跂、蹈、蹟、路（詳見去年本譜）。而跂最知名。跂字斯立，有學易集二十卷，今存大典本八卷。吕本中紫微詩話云：「劉師川，莘老丞相幼子，力學有文。嘗贈舍弟詩云：『大阮平生余所愛，小阮相逢亦傾蓋。濟陰未識情更親，信手新詩落珠貝。楊氏作公誰料理，臧孫有後誠可喜。長亭水落風雨多，無酒飲君别如何。』余時爲濟陰縣主簿，大阮，謂知止也。」按師川即斯川，知止，吕欽問字，時皆在開德也。劉跂學易集卷一有集句贈斯川五古一首，又卷二有舟行懷斯川用王介甫韻五古一首，又有與諸人步郊外作寄舍弟斯川五古一首。張元幹蘆川歸來集卷十附幽嵓尊祖事實有劉路跋語一條云：「文章可以感人，非有本者不能也。仲宗去親庭，適數千里外，見於行事，皆忠厚悃愊，與世之遊子異矣。故其自叙，使人讀之，慨然增丘壟之念。宣和壬寅劉路書。」此路文之僅見者。壬寅，宣和四年也。宋史職官志九：宣義郎，第二十七階。

是年九月，女真阿古達舉兵伐遼（畢沅續通鑑）。

是年，張耒（文潛）卒（余嘉錫疑年録稽疑）。林光朝（謙之）生（周必大撰神道碑）。

政和五年乙未（一一一五），二十六歲。

在開德教官任，有送吕欽問監酒受代歸詩。

胡注云：「欽問字知止，正獻公公著之孫，左司希績之子。」按公著諸子，宋史本傳不載希績之名，杜大珪名臣碑傳琬琰集下編卷十載實録吕正獻公公著傳有之。陸心源宋史翼卷一云：「吕希績字紀常，公著次子。」東都事畧卷八十八，黄震戊辰修史傳載其事蹟。「希績與兄希哲、弟希純皆師事康節，故伯温與之遊甚厚。崇寧二年入元祐黨籍。」（宋史翼）按吕本中師友雜志云：「予年十八歲，從滎陽公至京師，與從叔知止聚學，相期甚遠。」所著紫微詩話載有知止少作二首，其「彭澤有琴常無絃」一首，爲范元實所深愛，以爲似山谷少作。則知止亦能詩者。按吕本中東萊詩集卷七寄知止詩云：「濁河遠貫長淮水，峽岸遥瞻寶塔臨。」此詩編在政和六年前，濁河當指澶州，知止所在也。東萊詩集卷十一又有頃與知止别於曹州西門外蓋今十四年矣聞嘗自澶淵過此感歎詩云：「昔别是兹土，今遊還偶然。似聞嘗小憩，猶自未真傳。」按「兹土」當指曹州，「嘗小憩」當指自澶淵過此時事。此詩爲政和七年前作，所謂「自澶淵」云云，當即指此自監酒受代歸事。簡齋在開德與劉摯子孫厚善，而知止則斯川所愛，其與知止蓋亦相善也。以東萊詩集證之，簡齋此詩似當爲政和五、六年間作。姑系此以俟再考。

是年春正月壬申朔，女真阿古達稱皇帝，國號大金（續通鑑）。三月乙巳，立定王桓爲皇太子。

庚午，以童貫領六邊事（徽宗紀）。

是年，芮燁（國器）生（宋史翼）。李燾（仁甫）生（余嘉錫疑年録稽疑）。

政和六年丙申（一一一六），二十七歲。

在開德教官任，有次韻周教授秋懷詩。

周教授名字未詳，當是簡齋開德僚友（説見前）。以詩中「幾見秋風捲岸沙」之語觀之，似當作於政和五、六年秋也。

按簡齋英年初仕，司教澶淵，不無懷土之思，而「傾蓋許予」，政賴友朋之樂（次韻謝文驥）。其所與遊者，劉路斯川，劉長言宣叔、吕欽問知止，皆元祐黨人之後。此外，張元幹仲宗以及謝文驥、張景方之流，亦復氣味相投。觀人其倫，可見一時風概。當朝局翻覆，有「衆手雲雨」之嗟（次韻謝文驥），「世事悠悠」，亦多「日斜」之慨（次韻周教授），而「思蓴未決，食薺轉苦」（次韻謝文驥），惟有「一念」之「静」，庶洗「千劫」之「忙」（題風月堂）。蓋簡齋高才積學，值世多艱，於進退出處之際，每三致意焉。外集頤軒記有云：「大丈夫用世非難也。無媿於頤軒之兄爲難也；不仕非難也，行義風烈有聞於鄉里，無媿於前之山、後之澗爲難也。古之君子，居也，其仕也，其道一也而已。」斯則自抒懷抱，亦治簡齋詩者所宜知也。

八月，解開德教官任，歸京師。有次韻張矩臣迪功見示建除體等詩。

寄元東詩卷六云：「四歲冷官桑濮地。」自政和三年八月來開德，至是恰四年也。胡氏原譜云：「八月，解開德教官而歸。」不言歸京抑是歸洛。至明年始書「春晚入京，有襄邑道中詩」，則似簡齋去開德後，嘗一度歸洛，至七年春晚，始自洛入京者。考龍門詩卷九云：「不到龍門十載强。」詩爲宣和四年自汝歸洛時作，其前十年，恐不得有歸洛之事。胡氏殆由誤解襄邑道中一詩，徒見詩中有「飛花兩岸」、「百里榆堤」之句，遂以爲政和七年春晚入京之作。不知襄邑在開封東南，自洛入京，不得經此。若曰六年八月解官後仍留開德，至七月年春晚始入京，然自開德去汴都，亦不得經襄邑，觀詩中「百里榆堤半日風」之語，亦與遠道行役不合。且無論自開德入京或自洛入京，均不當云「雲與我俱東」也。胡氏既誤以襄邑道中詩爲政和七年春晚入京時作，則按原編次第，其前此諸詩，自次韻張矩臣建除體至送張仲宗歸閩中，皆當是七年春晚入京以前在開德數年間之作，則尤爲扞格難通。蓋無論胡松年、陳公輔決不能至開德，即張元方兄弟、若拙弟等亦不類嘗寓開德者(詳見拙著陳與義集校箋，簡稱詩箋)。今訂簡齋八月解教職後即歸京師，其建除體以下諸詩皆爲留汴京時作，似少抵牾(詳見後譜)。大抵簡齋「分教輔郡」時，雖嘗「大肆於詩文」(葛勝仲陳去非詩集序)，然集中惟卷一次韻謝文驥、題風月堂、送呂欽問、秋懷等四首確爲在開德時作，蓋汰存之嚴也。

次韻張矩臣迪功見示建除體云：「平林過西風，爲我起笙竽。定知張公子，能共寂寞娛。」張矩臣(元方)、張規臣(元東)皆簡齋表兄弟，政、宣間，與簡齋過從甚密，唱酬亦多。以本集觀之，二張活動踪跡大抵多在東京。今此詩「平林過西風」、「能共寂寞娛」云云，益足證簡齋八月解官即歸京師，故得與元方共賞平林笙竽，節令亦合也。又題畫詩三首(題牧牛圖、題易元吉畫麞、題唐希雅畫寒江圖)，亦當是歸京後作。畫麞詩「紛紛騎馬塵及腹」之語，蓋有慨於「九衢黄土汙濡冠」(十月)也。若以爲在開德時作，則不切矣。簡齋自政和六年八月罷教職，至八年十月除辟雍録，其間蓋閑居京師，故有「成虧在道德，不在功利區」(建除體)，「竹林固皆賢，山王以官累」(八音歌)，「意閑不受榮與辱」（畫𪊨）之慨也。

易元吉字慶之，長沙人。唐希雅，嘉興人。並見夏文彦圖畫寶鑑卷三。

是年春正月戊子，以童貫宣撫陝西、河北。夏四月，以何執中爲太傅，致仕，朝朔望。庚辰，詔蔡京三日一朝，正公相位，總治三省事。五月庚子，以鄭居中爲少保、太宰兼門下侍郎。八月壬戌朔，戒北邊帥臣毋生事（以上徽宗紀）。

是年，傅自得（安道）生（朱熹朝奉大夫傅公行狀）。

政和七年丁酉（一一一七），二十八歲。

簡齋在東京。有江南春及臘梅詩。

胡氏原譜既誤以襄邑道中詩爲是年春晚入京之作，遂意訂江南春等詩爲政和五年在開德時作，殊無確據。今案簡齋自去年八月解教官任即歸京師，則江南春以下諸詩，當爲政和七年在東京時作。詩云：「朝風迎船波浪惡，暮風送船無處泊。」（江南春）此世路風波之慨也；「家家融蠟作杏蔕」，「世間真僞非兩法」（蠟梅），疾巧僞之成風也。時蔡京、童貫、梁師成輩方結黨相傾，而王黼亦以巧僞乘間崛起，上行下效，靡然成風。簡齋蓋目覩京朝弊習，發爲聲詩，亦有潔身遠引之意（「江南雖好不如歸」）。二詩必是在汴京時作無疑。

是春，雪。有次韻張元方春雪、舍弟踰日不和雪勢更密因再賦詩。

二詩當是一時之作。舍弟，謂陳與能（若拙）也。若拙亦能詩，詳見卷首，此時當與元方同寓東京。詩云：「聊回萬斛潤，點點付藜藿」（次韻張元方），「終然要白日，印彼葵與藿」（再賦），濟世之思也。

嘗小病。有雜書示陳國佐胡元茂四首。

詩有「杜門十日疾」之語，知簡齋是春嘗小病也(以「雲表雁」之語知詩爲春日作)。按簡齋與陳、胡俱登政和三年上舍第，簡齋除開德教授；陳公輔除平江府教授，繼移越州；胡松年除濰州教授。各有職守。知簡齋在開德日，陳、胡必不能同寓開德，則四詩爲寓居京師之作無疑。又按公輔除校書郎，本傳未言何年。然至靖康元年猶任是職(北盟會編卷三十七、靖康要録卷一)，則其除授，當在政、宣間也。胡松年政和八年「賜對便殿，授校書郎」，則史有明文(本傳)。則其入京，當在八年之前。此詩云「十年風雨過」，若自政和三年上舍釋褐之日計之，則不及十年之數，詩蓋就太學同學之日約畧言之也。大抵諸詩當是政和七、八年間作，今依原編次第係之是年，似較胡氏原譜列之解官還京之前更少抵牾。詩云「一官爲口，俯仰汗顔」者，蓋追敘在開德時事。云「千日飢」、「三歲閑」者，時方閑居京師，而已意亦不樂汲汲於仕進也。「巨源」謂陳國佐，「伯始」謂胡松年。覩詩意，國佐是時蓋有欲相推轂之意，故詩中稱其「急士」(書懷示友又稱其「能作薦鶚書」)。意者，國佐此際似已在校書郎任矣。松年依附王黼(見宋史何㮚傳、靖康要録卷九、卷十，宋會要輯稿職官六十九之十五)，以致顯達。詩云「時逢下車揖」，「伯始在朝廷」，其氣焰蓋可想見，不必在賜對爲郎後也。至簡齋所以自處，則曰「不憂稻粱絶，憂在羅網間」。(書懷示友亦云：「功名勿念我，此心已掃除。」)蓋不欲效胡松年輩之奔走形勢之途，處穢污而不羞也。詩中於陳國佐，稱其雖「隘」而「真」。考國佐生平，始則見重於李綱，終則見排於秦檜。當趙鼎假程學之名廣置徒黨時，國佐能獨持異議，則其人遠非胡松年輩可比。簡齋此詩，蓋微而婉矣。

是秋，作書懷示友十首，謂陳國佐及張元方兄弟也。

按原編次第，諸詩當是年秋作。第九首言「蕭蕭十月菊」者，蓋秋中已作前數詩，以後續有所作，遂合併書之，故時令畧有參差也。詩云「城東陳孟公」，「不難十里勤」(第一首)，「張子霜後鷹」(胡注云：「疑謂元方兄弟」是也)，「相逢車馬邊」(第二首)，益足證陳國佐、張元方兄弟是時同寓京師，知諸詩必非在開德作也。按張元方當徐處仁守南都時嘗爲府掾（見徐度却掃編卷中），事在宣和元、二年間（説詳後譜）。此時則閑居京師，故曰「碌碌著青袍」也。詩稱國佐「能作薦鶚書」，又言「功名勿念我，此心已掃除」，第一首「人間安可比，夢中無悔尤」（第四首），「我策三十六，第一當歸田」（第五首），「試數門前客，終歲幾覆車」（第六首），於仕路艱險，常懷憂畏，不惜一再言之。徐夢莘三朝北盟會編卷十八云：「靖康元年六月五日庚子，臣僚言，自崇寧初，蔡京輔政，首亂舊章，排斥異己，汲引同類，待以不次，朝脱冗散，暮翔嚴近，常情鮮克自重，於是枉道求合，汩喪廉耻，靡然成風。」又靖康要録卷九云：「元年七月二十六日，太宰徐處仁劄子：『昔蔡京用事之初，惡元祐臣僚之不右己也，首爲黨論以錮之。既而京與鄭居中、王黼相繼當國，各立説以相傾，凡二十餘年。搢紳士大夫除托附童貫、梁師成、李彦、朱勔及諸近習、道士之外，未有不經此三人除用者。既各有所因以進其身，則凡議論之間，各黨其所厚善，而以衆寡爲勝負。故其一罷，士大夫連坐而去者數十百人。及其復用，則又源源而來。』」是則簡齋「門前覆車」之歎，非無病之呻吟矣。

第七首胡注云：「意先生作此詩之時，正當北虜背盟，歎當時翫細虞而不圖大患，有感於中，故思賈生痛哭流涕之書，而仲舒厚利質子之議，班固譏其未合當時，有漏於是矣之語，姑寄興於此」云云。按第七首詠董、賈，第八首咏揚雄，皆托古寄興之詞，所謂「書懷」者也。胡注「思賈生痛哭流涕之書」，薄「仲舒厚利質子之議」，其説信善矣。然必指爲「北虜背盟」之時，則與原編次第大相徑庭。考北虜背盟，事在宣和四年（宣和四年十一月，金人來議燕地。十二月，遣趙良嗣復如金，求營、平、灤三州），若政和七、八年間，則夾攻之約尚未提出，更無所謂背盟矣。大抵簡齋此詩，於當時積弱苟安之勢，深致不滿，思朝廷有所振奮，故於董、賈作此抑揚，然亦足瞻簡齋襟抱。蓋陳國佐爲簡齋同年摯友，書懷之作，又所以示陳、張者。試以日後情事觀之，國佐則見重於李綱，見排於秦檜；簡齋亦見親於主戰之張浚，見疏於主守之趙鼎。則二人當時議論，顯然可知，不必待北虜背盟而後云然也。此事有關簡齋政治主張之大者，不可不爲拈出也。

是秋，又有風雨、曼陀羅花、螢火諸詩。

螢火詩歎飛蛾之見烹，嘉螢火之不欺，亦書懷前數章旨也。

冬，作北風詩。

詩云：「黄塵漲街人不度」，顯係寓京師時作，亦「九衢塵土汙儒冠」（卷五十月詩）之意也。

是年四月庚申，帝諷道籙院册己爲教主道君皇帝。十二月庚午，以童貫領樞密院。命户部侍郎孟揆作萬歲山（宋史徽宗紀）。

是年，何執中（裕通）卒（宋史徽宗紀）。慕容彦逢（叔遇）卒（摛文堂集附墓誌）。洪适（景伯）生（周必大洪文惠公神道碑）。

政和八年戊戌（一一一八），二十九歲。

留京師。是春，嘗有襄邑之行，作襄邑道中詩。

胡氏原譜誤以此詩爲政和七年春晚入京之作，殊多抵牾，已於政和六年本譜辨之。詩云：「百里榆堤半日風」，絶非遠道行役之語。又襄邑在開封東南，詩云「雲與我俱東」，其爲自汴京去襄邑，而非自襄邑入汴京，彰彰明矣。卷六答元方述懷作詩云「襄陽駒隙竟難留」，簡齋自注云：「襄邑周簿報病不起。」是簡齋有周氏友人時官襄邑，簡齋是時閑居京師，偶往過之，於道中作詩也。周簿名字未詳，不識即與分茶之周紹祖否（卷六）。按襄邑道中詩寫於何時，爲理解簡齋早期詩篇編年次第之一重要關鍵，故反覆論之。

又有寄新息家叔、年華、茅屋、酴醾諸詩。

所稱「新息家叔」，名字未詳。詩云「吟詩不負丞」，則其人蓋浮沉下僚者。新息，蔡州縣，其人所居也。簡齋諸叔見於本集者，又有二十叔名援字惠彦（卷六），十七叔名振字敏彦（卷七）。而敏彦元豐八年嘗與簡齋父爲同赴省試者（卷九述懷詩自注）。又有所謂「家伯」者（卷七次十七叔去鄭詩韻自注），亦不詳其名字。年華詩「去國頻更歲，爲官不救飢」，蓋追敍任開德教官事。

是秋，有雨、西風、題許道寧畫諸詩。

西風詩「不關明主棄」，時簡齋方閑居京師，故有是語。雨詩「衮衮繁華地，西風吹客衣」，時地甚明。許道寧，長安人，山水學李成，見圖畫寶鑑卷三。

表兄張規臣（元東）有水墨梅詩，簡齋和之。

按五首爲簡齋成名之作，後經葛勝仲徽進，因見賞於徽宗者（葛立方韻語陽秋卷十八）。詳見拙著詩箋。

是秋多雨，有夜雨詩及連雨不能出有懷同年陳國佐詩。

簡齋自六年八月解教職來京，至是猶賦閑居，故有「經歲柴門百事乖」之語。懷陳詩云「欲過蘇端泥浩蕩」，益足爲二人同寓京師之證。

嘗病目，有目疾詩。

葛勝仲丹陽集卷二十有和目疾韻一首，即和此詩。當是宣和二、三年間簡齋居憂汝時追和者。

冬十一月，除辟雍録。

墓誌於除開德教授後書「除辟雍録」，不言事在何年，今依胡氏原譜。

宋史選舉志三云：「崇寧三年，始定諸路增養縣學弟子員，大縣五十人，中縣四十人，小縣三十人。命將作少監李誠即南門外相地，營建外學，是爲辟雍。外學爲四講堂，百齋，齋列五楹，一齋可容三十人。士初貢至，皆入外學。經試，補入上舍、内舍，始得進處太學。太學外舍亦令出居外學。其敕令格式，悉用太學見制。國子祭酒總治學事。外學官屬：司業、丞各一人，稍減太學博士、正、録員歸外學，仍增博士爲十員，正、録各五員。學生充學諭者十人，直學二人。三舍生皆由昇貢，遂罷國子監補試。」此辟雍之制也。汴京遺迹志卷三云：「徽宗崇寧初，又建辟雍於城南，外圓内方，爲屋千八百七十二楹。」王林宋朝燕翼詒謀録卷五云：「崇寧元年，徽宗創立辟雍，增生徒，共三千八百人。内上舍生二百人，内舍生六百人，教養於太學；外舍生三千人，教養於辟雍。廢太學自訟齋，太學之不率教者，移之辟雍。其後王黼反蔡京之政，奏廢之。而辟雍之士，太學無所容矣。」永樂大典卷六百六十二引宣政雜録云：「辟雍興於崇寧，而廢於宣和。中更輔相，數欲廢而未暇。張無盡在朝曰：『我有大鎖一量，終欲鎖辟雍而後已。』聞者笑曰：『既鎖則有開時，未見其廢也。』果不能鎖。後王將明爲相，遂與醫學俱廢。」大典同卷引元一統志：宋辟雍「在開封府，宋徽宗崇寧元年八月建外學，十月，即沛都之南度地立學舍（按「沛都」當作「汴都」）。因先王禮以制之，樂和以之，應名曰辟雍。外圓内方，爲一千八百七十二楹，以居天下之士。今其地則廢矣。」

有以事走郊外示友詩。

胡氏原譜據「二十九年知己非」二句，訂此詩爲宣和元年三十歲作，其實非也。細審二句，當是本年六月二十九歲初度後口吻，不必其爲明年宣和元年作也。考詩中「千村歲暮」之語，當是是年冬日初除辟雍録時作。所謂「以事走郊外」，即去辟雍也。辟雍在南郊，簡齋是時尚居城中，故有「黄塵滿面」、「往來屑屑」之慨，而「南池」當即泮池也。若以此詩爲明年冬作，則明年春、夏、秋三季，不應無詩。今細審原編次第，其和張元方歲除感懷，當即是年政和八年歲除；而其後次韻張元東見寄詩，簡齋自注云：「元夕獲從遊。」則是宣和二年元夕。其間共有詩十三首，則是宣和元年之作。詩中時節次第，甚顯然出。

是冬，又有十月、題小室詩。

簡齋以政和三年上舍釋褐即除開德教授，至六年八月去開德，來京師，若自初仕之日計之，至是六年矣，故曰「澶州夢斷已多年」也。詩云：「九衢塵土汙儒冠」、「暫脱朝衣不當閑」，是初爲辟雍録口吻。時王黼當政，網羅黨羽，士大夫無行義者争趨附之，或立致通顯，故有「諸公自致青雲上」之嘆，而己則憂「熱官」之「冷語」，甘「長齋」於「佛前」，自幸「枯木無枝」，當「不受寒」也。「枯木」句即北風詩卷三「千年卧木枝葉盡，獨自人間不受寒」意。蓋簡齋英年積學，值世多艱，鑒「門前」之「覆車」（書懷示友），常思潔身免禍。然終不免爲王黼所羅致，受其牽連，此所以每致慨於「行路」之「難」也。説具後譜。

是年春正月庚戌，以翰林學士承旨王黼爲尚書右丞。二月庚子，遣武義大夫馬政由海道使女真，約夾攻遼。秋八月甲寅，以童貫爲太保。庚寅，薛昂罷。以白時中爲門下侍郎，王黼爲中書侍郎，翰林學士承旨馮熙載爲尚書左丞，刑部尚書范致虚爲尚書右丞。癸巳，禁群臣朋黨。辛丑，鄭居中罷（以上宋史徽宗紀）。是年，韓元吉（南澗）生（南澗甲乙稿附行狀）。

卷二

宣和元年己亥（一一一九），三十歲。

在辟雍録任。三月，有送張仲宗押戟歸閩中詩。

張仲宗即張元幹，長樂（今福建縣）人，有蘆川歸來集十卷。其自跋祭祖母劉氏墓文後，稱宣和元年八月，「獲緣職事，道過墓下」。其宣和二年正月十四日跋文又云：「元幹以宣和元年出京師，六月至鄉里，十一月乃復治行」云云，所記還閩歲月甚詳。所謂「緣職事」，當即「押戟歸閩」事，但不知所任何職也。據知簡齋此詩當作於是年三月元幹出都時，詩中「舟前落花」之語，時令亦合。此詩原編次第在襄邑道中詩前，則似作於政和八年春者，疑編次偶誤耳。考李彌遜筠谿集卷十七亦有送張仲宗之建安詩，疑是一時之作。元幹爲簡齋開德僚友（見前譜），詩云：「去年弄影河北月」，河北當即指開德。蓋簡齋於政和六年八月還京，元幹至去年猶在開德也。曾季貍艇齋詩話以元幹爲「紹興間人」，甚誤。考元幹之孫欽臣蘆川集跋云：「因誦甲戌自贊而知蘆川初度之年在辛未。」（按甲戌自贊見蘆川歸來集卷十，元幹六十四歲作。）是元幹當以元祐六年辛未生，小簡齋一歲。周必大平園續稿卷七跋張仲宗送胡邦衡詞稱其「在宣和、政和間已有能樂府聲。」胡仔苕溪漁隱叢話卷五十四言宣和間居泗上，「於王周士(按王以寧也)處見張仲宗詩一卷，因備録之。」是其在政、宣間已有文名。蔡戡定齋集卷十三蘆川居士詞序言元幹早歲「問道於了齋先生(按陳瓘也)，學詩於東湖居士(按徐俯也)，凡所遊從，皆名公勝遊。年未强仕，掛冠神武，徜徉泉石，浮湛詩酒」。今檢蘆川集，其人猶及見蘇轍(見政和三年本譜。四庫提要誤作蘇軾)，又從陳瓘遊甚久(卷九跋了堂先生文集)。大觀庚寅、辛卯間，在豫章問詩於徐俯，又與洪芻、洪炎、蘇堅、蘇庠、潘淳、吕本中、汪藻、向子諲等結爲文酒之社(卷九蘇養直詩帖跋尾)。而江端友、王銍、葉夢得諸人皆有贈答之作。其爲題幽嵓尊祖事實者，又有游酢、劉路、歐陽懋、楊時、李綱、劉安世、蘇迨、李光諸人，皆宣、政間名流。又劉一止苕溪集卷十六言靖康間置司討論舊法，李綱爲提舉，及綱爲行營使時，元幹皆其僚屬。及紹興議和，又以送胡邦衡詞侮秦檜得罪除名(詳見王明清揮麈後録卷十)。今本蘆川詞即以贈胡銓、李綱賀新郎二詞冠卷首，其議蓋蔡戡發之(見定齋集卷十三)，所以著元幹生平大節也。元幹，宋史無傳，陸心源宋史翼卷七僅在王庭珪傳後附元幹事，其文甚畧，故詳及之。又元幹爲向子諲甥，見漁隱叢話卷五十四。

是春，與表兄張矩臣(元方)數相唱酬。

次韻張迪功春日云「依舊先生日照盤」，又和歲除感懷云「宦情吾與歲俱闌」，皆爲辟雍録時語。

時簡齋已移居南郊學宫，張嘗携詩見過，並同遊小園，有詩。

張迪功携詩見過云「不嫌野外時迂蓋」，「苦恨重城催興盡」，即席重賦云：「馬健莫愁歸路遠」，「須公走馬更來看」，皆簡齋移居郊外之證。辟雍在南郊，説已見前。攜詩見過詩又云：「更思深徑挼紅蕊」，簡齋自注云：「是日遊小園，張屢舉是詞」（按謂馮延巳謁金門「手挼紅杏蕊」一詞也）。

秋，有次韻家叔詩。

詩云「黃花不負秋風意」，知爲秋日作矣。此「家叔」不知爲何人，以「衮衮諸公車馬塵，先生孤唱發陽春」及「閉户讀書真得計」之語觀之，其人是時蓋同寓京師，似非在新息、汝州（二十叔）、鄭州（十七叔）之叔矣。

是冬，張矩臣將赴南京幕，於坐上作詩見貽，次韻答之。又作送别詩二首。

按張矩臣嘗爲應天尹徐處仁幕客，事見徐度却掃編（卷中）。然處仁起爲應天尹，事當方臘起義之際，則明年冬十月以後事也（宋史徐處仁傳及徽宗紀）。至此時留守南都者當是薛昂（徐處仁傳）。蓋矩臣赴南京掾，不必由處仁辟之，至處仁爲尹時，猶在幕中耳（參看卷二建除體詩馮注）。詩云「梅花欲動憶吾州」，又云「晚歲還爲客」，知是冬日事也。

又有梅花、與周紹祖分茶、題畫兔諸詩。

原編次第如此。分茶云「何以同歲暮」，是冬日作矣。周紹祖未詳，不識即卷六答元方述懷作自注所謂「襄邑周薄」否。

是年春正月丁巳，金人使李善慶來，遣趙有開報聘，至登州而還。戊午，以余深爲太宰兼門下侍郎，王黼爲特進、少宰兼中書侍郎。秋七月，以童貫爲太傅。十一月，時朱勔以花石綱媚上，東南騷動。十二月甲戌，詔京東東路盜賊竊發，令東西路提刑督捕之（以上宋史徽宗紀）。

是年，鄭俠（介夫）卒（西塘集附墓誌、又宋史鄭俠傳）。鄧洵武（子常）卒（宋史卷三百二十九）。黃伯思（長睿）卒（疑年録）。汪應辰（聖錫）生（宋史卷三百八十七）。

宣和二年庚子（一一二〇），三十一歲。

春，尚爲辟雍録。

胡氏原譜云：「春，尚爲辟雍録。有寄張元東詩云：『四歲冷官桑濮地，三年羸馬帝王州。』按簡齋自政和六年八月解開德教官來京，至是已三年有餘，舉成數故言三年也。

元夕，嘗與表兄張規臣（元東）同遊，後有詩追記其事。

次韻謝表兄張元東見寄詩云：「燈裏偶然同一笑，書來已似隔三秋。」自注云：「元夕獲從遊。」

是春，與張規臣、矩臣（元方）兄弟數相唱酬。

自上引謝元東見寄詩外，尚有若拙弟説汝州可居已約卜一丘用韻寄元東、元方用韻見寄次韻奉謝兼呈元東二首、元方用韻寄若拙弟邀同賦元方將託若拙覓顔淵之五十畝故詩中見意、西郊春事漸入老境元方欲出遊以無馬未果今日得詩又有舉鞭何日之嘆因次韻招之、答元方述懷作諸詩，皆是一時唱酬之作。又有懷元東詩，有「臨風瞻玉樹」之句（見西郊春事漸入老境詩自注）。今集中無此詩，蓋佚之矣。按元方去冬將赴南京掾，簡齋有詩送別，蓋至此猶未成行。元東則似常居汝州者，觀汝州可居詩「盍簪共結雞豚社」之語可見。

時，弟與能（若拙）及二十叔援（惠彦）在汝州，簡齋與詩，欲奉母居汝。與能則報以「汝州可居」，遂「約卜一丘」。蓋是時生母張夫人已病，不久即病逝於汝州矣。

答元方述懷作云「汝海蛇盃應已悟」，自注云：「近聞舍弟汝州嘗服藥。」寄若拙弟兼呈二十家叔云：「問夢膏肓應已瘳」，知與能已先在汝州，且嘗小病也。寄若拙詩又云：「三間瓦屋亦易求，着子東頭我西頭。中間共作老萊戲，世上樂復有此不。」其奉母居汝之意甚明。按簡齋生母張氏，乃張規臣、矩臣之姑。是春與二張往還酬答特多，蓋與奉母居汝事有關。

按是時汝州方病楊戩、李彦之括田，民間「破產者比屋」，而與能言「汝州可居」，張矩臣亦欲「托若拙覓顔淵之五十畝」者，蓋以葛勝仲時爲知州，枝柱其間，有所庇蔭故也（參看下條）。此事最足見簡齋兄弟之階級立場，兹詳論之。宋史卷四百六十八楊戩傳云：「戩少給事掖庭，善測伺人主意。自崇寧後日有寵，勢與梁師成埒。有胥吏杜公才者，獻策於戩，立法索民田契，自甲之乙，乙之丙，展轉究尋，至無可證，則度地所出，增立賦租。始於汝州，浸淫於京東西、淮南北。括廢隄堰、荒山、退灘及大河淤遊之處，皆勒民主佃，額一定後，雖衝蕩回復不可減。一邑率於常賦外增租錢至十餘萬緡，水旱蠲税，此不得免。擢公才爲觀察使。宣和三年戩死，而李彦繼其職。彦天資狠愎，密與王黼表裏，置局汝州，臨事愈劇。凡民間美田，使他人投牒告陳，皆指爲天荒，雖執印券皆不省。魯山闔縣盡括爲公田，訴者輒加威刑，致死者千萬。公田既無二税，轉運使亦不爲奏除，悉均諸別州。京西提舉官及京東州縣吏劉寄、任輝彦、李士漁、王滸、毛孝立、王隨、江惇、吕坯、錢棫、宋憲助彦爲虐，民不勝忿痛。」此楊戩、李彦括田病民之大畧也。宋史卷四百五十四文苑葛勝仲傳云：「尋知汝州，李彦括田，破產者衆，勝仲請蠲不當括者，彦怒，劾勝仲。上寢其奏。」章倧宋故左宣奉大夫顯謨閣待制致仕贈特進謚文康葛公行狀（丹陽集附）云：「國初，京西多曠土，寶元、康定間，特輕其賦，募民墾闢。歲久，地無遺利，而民益富饒。政和初，言利者始獻議增税，民不能支。其後，宦官李彦爲京西之民率盜占官地，括其田而歸之官，號西城新法。由是破產者比屋，有朝爲豪姓而暮已丐於市者。公下車數日，會彦至，一境騷然，苛暴肆行，人多逃匿以避禍。公見彦垂泣曰：『某任郡寄，當爲天子牧養斯民，而坐視其離散如此，深所不忍，願公稍霽威嚴。』退而條具不當括者數千户，請蠲之。彦大怒曰：『是欲阻壞西城新法耶？』草奏劾公。朝廷壯公敢爲，寢其奏不行。自兹西城及貢奉之事，專委通判，而彦不復再至州境矣。」按李彦兇人，又與王黼表裏，勝仲獨能拒之者，蓋勝仲實王黼之黨（詳見宋會要輯稿職官六十九之十五）。行狀所謂「朝廷壯公敢爲，寢其奏不行」者，實由王黼爲之奥援，雖李彦亦無可如何也。章倧爲勝仲之婿，曲爲之諱，而宋史本傳亦不詳著所由，致使事件實質，顯而不明。又行狀所稱「條具不當括者數千户」，恐亦仕宦豪右之家，非編户齊民也。簡齋兄弟居汝時，甚爲勝仲所厚重（詳下），詳當日情勢，當李彦苛暴肆行，「破産者衆」，「人多逃匿以避過」，而「若拙言汝州可居」，元方亦託覓「顔淵之五十畝」，蓋是時汝州田價當甚廉，又有葛勝仲爲之蔭庇也。觀勝仲丹陽集卷二十和汝州可居詩云：「汝海膏腴人共説，封疆況是接同州。」「飦鈔雲子當同飽，官職來遲且自休。」又和覓顔淵之五十畝詩云：「下田彌望股清流，謀食誰言必本州。」則勝仲固已心許之矣。又行狀所稱「貢奉之事」者，楊戩傳云：「發物供奉，大抵類朱勔。凡竹數竿，用一大車，牛驢數十頭，其數無極，皆責辦於民。經時閲月，無休息期。農不得之田，牛不得耕墾。殫財靡芻，力竭餓死，或自縊轅軛間。如龍鱗薜荔一本，輦至之費逾百萬。喜賞怒刑，禍福轉手，因之得美官者甚衆。潁昌兵馬鈐轄范寥，不爲取竹，誣刊蘇軾詩文於石，爲十惡。朝廷察其捃摭，亦令勒停。當時謂朱勔結怨於東南，李彦結怨於西北。」據知貢奉之事，其擾民尤甚於括田。然觀簡齋居汝三年所爲詩，初無一語及此。民間疾苦，全在其視野之外，則立場限之也。

繼丁内艱，憂居汝州。

胡氏原譜云：「繼丁内艱，憂居汝州。」不言事在何月。原譜又云：宣和四年「夏，服除」。若以二十七月計之，則丁憂當在二年春、夏間也。再用景純韻詠懷詩云「士龍同此屋三間」，又云「夢裏老萊衣更斑」，皆居憂後與弟與能同寓汝州時語。

爲知州葛勝仲所知，因與陳恬、富直柔諸人相識，而交遊日廣矣。

葛立方韻語陽秋卷十八云：「先文康公知汝州日，段寶臣爲教官，富季申爲魯山主簿，而陳去非以太學録持服來寓。立方先人語人曰：『是三子者，非凡偶近器也。』是時，富在外邑，則以職事處之於城中。列三人者薦於朝，以爲可用；仍以去非墨梅詩繳進。於是，去非除太學博士，季申除京西漕屬，寶臣亦相繼褒擢。先公晚年寓居湖州之寶溪，季申罷樞筦，亦挈家來寓，一觴一詠，必與之俱。季申嘗有十絶，其一云：『青衫短簿汝陽天，鶚牘當時誤薦賢，承乏西樞了無補，還依丈席聽韋編。』其二云：『洛陳花骨巧裁詩，曾把梅篇薦玉墀，未説他年調鼎事，只今自已鳳凰池。』其三云：『陳君談論席生風，段子文詞氣吐虹；參术朘腴皆入篋，知人誰過葛仙翁。』餘七篇不録。陳君名恬，字叔易，有高節，貧甚。先公命公庫以酒肉薪米日給之。嘗謝以詩云：『不是故人供禄米，初非縣令給豬肝。養賢禮厚隆三簋，拜賜恩深豔一簞。』建炎初，召赴行在，直秘閣。」按段拂字去塵，亦字寶臣，見萬斯同宋大臣年表、何異宋中興學士院題名録、陳騤南宋館閣録，繫年要録記其事尤詳。葛勝仲丹陽集卷八有段去塵字序，簡齋集中不見其人。陳恬、富直柔集中屢見，詳後譜。

有聞葛工部寫華嚴經成隨喜賦詩。

按葛工部，勝仲之兄和仲也。胡注誤以爲勝仲，似未見丹陽集者，已於拙著詩箋詳論之。丹陽集卷二十有提官工部兄携家見過輒成律詩二首上呈，句云「過飯今成五郡間」，勝仲自注云：「某官守五郡，並蒙兄見顧。謂錢唐、東魯、漣水、汝陽及霅川。」似此際和仲適來汝州，得與簡齋相晤也。丹陽集屢稱「工部兄」，其卷八又有中散兄詩集序，叙和仲事甚詳。葛立方歸愚集卷三亦有次韻伯父工部詩。

弟與能有碧綫泉、臘梅詩，次韻和之。

葛勝仲丹陽集卷十九有次韻若拙碧綫泉詩。

是冬，與宋唐年、葛勝仲及弟與能數相唱和。

本集卷七有次韻光化宋唐年主簿見寄二首、(胡注云：「唐年字景純，景文公之孫。」)再用景純韻詠懷二首。外集又有余識景純家弟出其詩見示喜其同臭味也輒用大成黄字韻賦八句贈之(按大成謂葛勝仲)、次韻景純道中寄大城(按「城」當作「成」)、再蒙寵佳什殆無遺巧勉成二章(按庫本題作景純再示佳什殆無遺巧)、次韻宋主簿等。以諸詩題目及所用韻脚觀之，知是一時之作。按丹陽集卷二十云：「景純到汝數日，遽求别，僕固不敢留客，然宋伯舉(軒)爲兄，蘇勤道(大寧)爲婦之兄，遽見去，似非人情。輒成是詩，率二僚留之」云云。據知唐年兄軒及婦之兄蘇大寧，時在葛勝仲幕，唐年此時自光化來汝省親，故簡齋詩有「魏收已獲崔昂譽，摩詰仍推相國長」，崔昂指蘇大寧，摩詰指宋軒，一指妻兄，一指兄，固甚切也。觀丹陽集「數日遽求别」之語，則唐年留汝，爲時甚暫。諸詩既是一時之作，必在是冬無疑。詩語用「梅花」、「北風」，節令顯然。唐年兄弟，勞格讀書雜識考二宋世系失載。

葛勝仲嘗惠酒，有詩謝之。

外集有同家弟用前韻謝判府惠酒二首，所謂前韻，即次韻光化宋唐年主簿二首之韻，據知諸詩當是一時之作。洪邁容齋三筆卷十四云：「國朝著令，僕射、宣徽使、使相知州府者爲判，其後改僕射爲特進官，稱如昔時。今世蕞爾小壘，區區一朝官承乏作守，吏民稱爲判府，彼固偃然居之不疑。風俗淳澆之異，一至於此。」按此以判府稱葛勝仲，亦循俗也。

是冬，葛勝仲生日，以大銅缾爲壽，有詩。

外集：某竊慕東坡以鐵柱杖爲樂全生日之壽今以大銅缾上判府待制庶幾因物以露區區且作詩二首將之，亦東坡故事云云。按外集又有古詩一首，亦壽勝仲者，其首句云：「歲星欲吐芒不開，昴星避次光低徊。」是勝仲生日當在冬月。簡齋自本年夏居憂寓汝，至四年夏服除歸洛，其間惟二、三兩年得遇勝仲生日。今以律詩二首及古詩相較，則後者意尤詼肆，似相悉已久之語。今訂律詩二首爲本年之作，而以古詩爲明年冬日所賦，似不爲無據也。

是年春二月乙亥，遣趙良嗣使金國（宋史徽宗紀）。夏四月乙未，金主自將伐遼，分三路出師，趨上京（續通鑑）。冬十月，方臘起義。十一月庚戌，以王黼爲少保、太宰兼門下侍郎（宋史徽宗紀）。是年，洪遵（景嚴）生（洪汝奎洪文安公年譜）。

宣和三年辛丑（一一二一），三十二歲。

春，徙宅。新居在楊景所居之北，有謝楊工曹詩。葛勝仲有詩見贈，有和詩。

謝楊工曹云「客居最負青春好」，知是年春矣。此詩有簡齋自注一條云：「與義新居在工曹所居之北。」胡注云：「名景，字如晦，潁昌人，嘗爲洛陽工曹云。」外集又有徙舍蒙大成賜詩一首，二詩用韻全同，知是一時之作。

大成謂葛勝仲，勝仲原作，今本丹陽集無之，蓋已佚矣。

是夏，十七叔振去鄭有詩，作三章寄之，其一以自詠。

胡注云：十七叔「名振字敏彥，終於朝散郎。」「朱弁曲洧舊聞卷三語兒梨條有「洛中士大夫陳振著小説」云云，當即其人。葛勝仲丹陽集卷二十有蒙若拙寵次陳敏修振韻三和七律三首，有云：「廟堂仄席方求助，笓庫飛芻莫諱勞。」「詔顏祕殿賜恩袍，白首山城始夢刀。」與簡齋此詩「懷祖定知當晚合，次君未可怨稀遷」，又卷九述懷呈十七家叔詩簡齋自注「大人與家叔元豐八年同赴省試」云云，合觀之，其人蓋早得科名，繼則浮沉下僚者。又勝仲「笓庫飛芻」之語，似其人嘗爲京西漕屬，其去鄭，殆因人事詿誤，簡齋「蚍蜉撼樹」（第二首）之語，蓋謂此也。丹陽集卷二十又有呈去非一首云：「嗣宗曠達早相逢，更喜林間識仲容。」嗣宗當指陳振，仲容則指簡齋，是其人爲勝仲舊交也。

又此詩第二首「曲池猶記鷺聯拳」，簡齋自注：「鄭州官舍有池。」是簡齋前此嘗有遊鄭之事，但不知何年月也。自注又云：「家叔書來，喜與家伯大人相會。」所稱「家伯」名字未詳，俟再考。

第三首「懷親更值薪如桂，作客重看栗過拳。」據知詩爲宣和三年夏日作，簡齋居憂汝州之第二年也。

九日連雨，有書懷四首。

第三首「寒入薪芻價」，即前詩「懷親更值薪如桂」句意，其客居況味可想。第四首：「雲移過吴越，應爲洗餘腥。」胡注云：「指庚子年事。」按，謂方臘起義事也。據宋史徽宗紀，方臘以去年十月起義，今年四月庚戌爲辛興宗所執，六月戊子，「童貫等俘方臘以獻」。此詩作於九月，故曰「餘腥」也。本集寫方臘起義惟此詩及鄧州西軒書事卷十五詩「東南鬼火成何事」數語，皆士大夫階級口吻。方回瀛奎律髓卷十七以四首爲宣和庚子作，蓋未解「餘腥」二字，誤矣。

陳恬賦王秀才所藏梁織佛圖詩，邀同賦，次韻和之。

按陳恬與崔鶠齊名（郡齊讀書志卷十九），於簡齋爲前輩，簡齋蓋因葛勝仲而識之也。參看前譜引韻語陽秋。

趙虚中有石名小華山，以詩借之。

趙虚中，未詳，俟再考。

是冬，有壽葛勝仲七言古詩一首。

見外集。起句云：「歲星欲吐芒不開，昴星避次光低徊。」知勝仲生日在冬月，説見去年本譜。

又見次韻樂文卿北園一首。

瀛奎律髓卷十三云：「此詩新春冬末之作。」樂文卿，未詳，卷八又有以紙託樂秀才搗治詩，或即其人。

是年春正月，方臘陷婺州，又陷衢州。二月甲戌，降詔招撫方臘，是月，方臘陷處州。淮南「盜」宋江等犯淮陽軍，遣將討捕。又犯京東、江北，入楚、海州界，命知州張叔夜招降之。夏四月庚戌，忠州防禦使辛興宗擒方臘於清溪。六月戊子，童貫等俘方臘以獻。八月乙巳，以童貫爲太師。九月丙寅，以王黼爲少傅，鄭居中爲少師。冬十月甲寅，童貫復領陝西兩河宣撫（以上宋史徽宗紀）。

是年，唐庚（子西）卒（姜亮夫歷代人物年里碑傳綜録）。張商英（天覺）卒（宋史卷三百五十一）。周邦彥（美成）卒（王國維周清真年表）。

宣和四年壬寅（一一二二），三十三歲。

居憂汝州，有吳學士觀我齋分韻詩。

胡氏原譜訂在本年，是也。卷九又有同叔易於觀我齋分韻得自字、下字各一首，與此得真字詩，當是一時之作。吳學士字粹老，其名未詳。丹陽集卷十七有次韻吳粹老觀我齋詩，即其人也。簡齋詩云「偉哉道山傑，滯此汝水濱」，其人蓋久客汝州者。簡齋此詩，蓋與葛、陳諸人分韻也。

是春旱，葛勝仲禱雨天寧寺，有應，爲賦絶句二首。又有送祕典座勝侍者乞麥詩及食虀詩。

外集有某以雨有嘉應遂占有秋輒採用家弟韻賦二絶句少貲勤恤之誠也絶句二首。按乞麥詩云：「一春不雨但多風，家家買龜問豐凶，天寧疏頭與天通，泚筆未了雲埋空。」知禱雨在天寧寺。宋會要輯稿禮五之二三云：「政和元年八月八日，詔天下崇寧觀並改作天寧觀壽觀。」是天寧之名，各地有之，此則汝州之天寧寺也。正德汝州志卷四云:「天寧寺在魯山縣,元有賜田碑,洪武年重建。」嘉靖魯山縣志卷八云:「天寧寺一名院家峪寺,以寺在院家之峪。爲香山寺下院。周圍之竹,並黑峪之美。」雨有嘉應詩簡齋自注云:「某比蒙宿戒,遊富家池,明日微雨,猶不廢出。」富家池疑在天寧寺近側。卷九留别心老詩云:「晚説汝州禪,飽喫天寧虀。」按心老即天寧寺主僧覺心。此食虀詩當亦禱雨天寧時作。外集又有昨日侍巾鉢飯於天寧蒙佳什謹次韻、蒙再示佳什不敢虚辱厚賜謹再用韻二詩,亦與葛勝仲遊天寧唱酬之作,不必即禱雨時也,附記於此。

是春,又有古别離、臘梅四絶句、次韻富季申主簿梅花諸詩。

古别離疑是閑情之作,與臘梅絶句並依原編次第係之於此。富季申名直柔,事蹟見宋史卷三百七十五本傳。是時作魯山主簿,爲葛勝仲所賞識,以職事處之城中,見前引韻語陽秋卷十八,得與簡齋唱酬也。按簡齋建炎末被召赴闕,實直柔薦之,事見周必大省齋文集卷十七,費衮梁谿漫志卷六,當於後譜詳之。丹陽集卷十八有次韻去非梅花一首云:「造化小兒心戀嫪,偏向水花施巧妙。冷禁霜帶曉寒飄,清宜月綴微雲照。已與鳴鳩傳酒信,更乞遊蜂供蜜料。交情萬里寄春色,度曲五更吹怨調。半樹臨溪抵死香,一枝倚竹嫣然笑。寒姿疎影太幽獨,静女貧姝真窈窕。世言嘉卉出靈山,我疑異種來圓嶠。肯挑俗子眩穠麗,只約騷人伴吟嘯。少陵牽興催衰白,廣平被惱回剛峭。徑須相過壽此花,市遠無肴只藜藿。」按簡齋原作已佚,今附記其目於此。

錢元明教授惠澤州吕道人硯,爲賦長句。

錢元明,惟演四世孫,見胡注,事蹟不詳。葛勝仲丹陽集卷十八有次韻去非謝前(按當作錢)教授餉澤州瓦硯詩。

呂道人硯，春渚紀聞卷九、甕牖閑評卷八皆記之，詳見詩箋。

與天寧寺僧覺心數相酬贈，有詩、賦。

胡氏原譜以和天寧老覺心等詩及畫山水賦爲本年春作，是也。按覺心汝州天寧寺僧，能詩善畫。國畫寶鑑卷三云：「覺心字虛静，嘉州人。善畫草蟲，後工山水。」本集乞麥詩云：「堂頭老師言語工，一詩自直三千鍾。」即指其人。本集以石龜子施覺心長老、次韻天寧老見貽、覺心畫山水賦，外集心老久許爲作畫未果以詩督之等篇，當是一時前後之作。又次韻天寧老見貽云：「自從識師面，日月幾轉轂。」則簡齋與覺心相識，不始於是春，當在簡齋來汝之初也。

陪諸公登南樓，啜新茶，有建除體一首，又同和陶淵明止酒詩。

諸公當是葛勝仲、陳恬之流。然今本丹陽集不見此題。

以紙託樂秀才搗治，有詩。

樂秀才，當即樂文卿也。

是春，又有述懷呈十七家叔詩。

十七叔名振字敏彦，已見前。詩云：「冷官十年魚上竿。」按簡齋以政和三年釋褐，授開德教職，至是適十年也。詩又云：「兩翁觀光今幾時。」簡齋自注云：「大人與家叔元豐八年同赴省試。」按簡齋父事蹟，諸書不詳，本集亦僅見此一條。

又有寄題商洛宰令狐勵迎翠樓詩。

外集有用大成四桂坊韻賦詩贈令狐昆仲一首，當是一時之作。葛勝仲丹陽集卷二十有四桂坊并引云：「燉煌令狐吉光首以文藝第進士，其季茂之、壽域、子建皆繼登科，並時顯仕，蔚爲冕紱盛家。余爲汝州，榜其坊曰四桂。豈獨門閥之懿，且以勸來者」云云。按令狐勵當即四人之一。

是春，陳恬母喪，有挽詞二首。

簡齋自注云：「晁説之許銘墓。」按今本嵩山集不見此銘。詩云：「去年披霧識儒先。」據知簡齋與陳恬相識，當始於宣和三年也。

春末歸洛，有留別葛汝州詩。

見外集。詩云：「西州杖履三寒暑。」簡齋自宣和二年居憂寓汝，至是年春末歸洛，詩當作於離汝時也。丹陽集卷十八次韻去非留別，即和此詩。

按簡齋居汝三年，作詩甚多，其中與葛勝仲唱酬之作尤衆。以丹陽集校之，大抵外集諸詩凡稱「葛汝州」、「知府」、「判府」、「待制」、「大成」者，皆與勝仲唱酬之作。弟與能亦同氣連枝，數相喁于。其年月確有可稽者，已分别編入前此各條。然猶有但知爲居汝三年之作，不能確指爲何年何月者，今著其目於次，以便查考。

偶成古調十六韻上呈判府兼贈劉興州（丹陽集卷十六有次去非韻簡元忠府君，即和此詩，知元忠即劉興州也。其人未詳）

再用迹字韻成一首呈判府（疊前詩韻也）

蒙示黄碙佳詩三讀欽羡輒繼韻（勝仲原作未見）

蒙示涉汝詩次韻（丹陽集卷十七涉汝詩序云：「汝河在臨汝門外半里所。余累攜客坐河橋上觀水石搏激，爲雷霆洶湧之聲，然未汎舟也。今歲秋七月甲子，連雨三日，水暴漲數丈，渺如湖海，始招二舟，攜二子出汎。以微熱，不敢率去非昆仲，歸作是詩」云云。據知簡齋實未與泛汝之游也。）

再和（和前韻。按三詩當作於宣和二、三年秋，若四年秋則簡齋已去汝矣。丹陽集卷十七有再和涉汝詩，呈去非伯仲。）

游峴山次韻三首（丹陽集卷十七有游峴山一首，用韻與此不同。然簡齋此詩明言「似知使君尊」，再賦亦云「樂哉邦無事，那待猛政理」，知諸詩必爲和勝仲而作。似勝仲別有三詩，簡齋既次韻和之，勝仲復有酬答之作，連原唱三首計之，故再賦云：「峴山逢巧匠，籠絡六詩了」也。但今本丹陽集佚之矣。）

再賦三首（次前韻）

均臺詞三首疑亦頌葛勝仲之作（正德汝州志卷二古蹟志云：「郟縣鈞臺，在下黄道保，世傳黄帝問道於廣成子，駐蹕於此，大奏鈞天之樂，故名。」「均臺」疑當作「鈞臺」。）

和若拙弟得陪游後園二首。

某用家弟韻賦絶句上浼清視蕪詞累句非敢以爲詩也願賜一言卒相之（按此詩所次，即前陪游後園第二詩韻，知爲一時之作。）

蒙知府寵示秋日郡圃佳製遂侍杖履逍遥林水間輒次韻四篇（勝仲原作未見。）

蒙賜佳什欽歎不足不揆淺陋輒次元韻（此亦與葛勝仲唱酬之作，但原唱今本丹陽集未見，蓋已佚矣。詩云「南州短簿令公喜」，謂魯山主簿富直柔也。見前引韻語陽秋。）

某蒙示詠家弟所撰班史屬辭長句（班史屬辭諸家著録未見。所稱葛勝仲題詠之作，今本丹陽集無之。）

蒙再示屬辭（二詩以「師席」稱勝仲，其推崇至矣。）

游紫邏洞（丹陽集卷十八有次韻去非題紫邏洞一首，即和此韻。）

歸洛道中有詩。

詩云「春事已到蕪菁花」，節令顯然。

道中逢寒食,有詩。

詩云「刺史葡萄酒,先生苜蓿盤」,此十年蹤迹之概述也。刺史謂葛汝州。

游龍門,有詩。

此下爲歸洛以後之作。簡齋以崇寧五年游太學,至是已十六年。詩云「不到龍門十載强」者,蓋簡齋自政和三年上舍釋褐,其後則「四歲冷宫桑濮地,三年羸馬帝王州」,以後則居憂汝州,三易寒暑,前後十年,其間未嘗歸洛,故曰「十載强」也。

天寧寺僧覺心以緣事至魯山,有詩見寄,次韻報之。

詩云:「荒山春色篇章裏,快士交情筆硯中。」自注云:「聞師見富主簿甚款。」按富直柔時爲魯山簿,覺心至魯山見之,且以詩來也。

友人惠石,兩峰巉然,名曰小玉山,作詩記之。

詩云:「九華詩句喧寰宇,細比真形伯仲間。」自注云:「家有壺中九華石。」據知詩爲歸洛家居時作。

有跋外祖存誠子帖及秋夜、詠蟹詩。

簡齋外祖張友正,神宗朝草書名家,號存誠子,簡齋書法即規模其外祖者,詳本譜卷首。秋夜詩云:「莫遣西風吹葉盡,却愁無處著秋聲。」詠蟹云:「但見横行疑長躁,不知公子實無腸。」蓋有感於時政者。

覺心歸汝州,有留别詩。

詩云:「却從夢中别,未免意慘悽。」似覺心嘗自魯山來洛,至是歸汝,得與簡齋面别也。

夏,服除。七月,擢太學博士,入京,有過中牟詩。

此據胡氏原譜。張嵲陳公資政墓誌銘云：「丁内艱，服除，爲太學博士。」本傳云：「累遷太學博士。」中牟道中詩云：「如何得與涼風約，不共塵沙一併來。」按此亦素衣緇塵之慨也，是將入京師時語。

秋，寓京師，作秋雨詩。

詩云：「菊叢欹倒未足道，老境知奈梧桐何。」憂時之意也。時方北開邊釁，内營艮嶽，君子道消，國力日敝，故有「務本」之歎焉。

中秋不見月，有詩。

詩云：「高唐妬婦心不閑，招得風姨同作難。」「却疑周生懷月去，待到三更黑如故。」亦刺時也。時王黼、蔡攸、梁師成、童貫之流方弄柄，結黨相傾，蒙蔽日甚。「南枝烏鵲」則自慨也。此詩寄興深微，難於實指也。

九日賞菊，有詩。

詩云：「清坐絶省事，未覺此計非。」思所以自全也。

游葆真池，有詩。

詩云：「無心與境競，偶過信悠哉。」長安緩步之意也。

冬，有次韻王堯明郊祀顯相之作。

宋史卷二十二徽宗紀云：「宣和四年冬十一月丙辰朔，行新璽。戊辰，朝獻景靈宫。己巳，饗太廟。庚午，祀昊天上帝於圜丘，赦天下。」宋會要輯本禮二之四十一云：「宋初因舊制，每歲冬至圜丘，正月上辛祈穀，孟夏雩祀，季秋大享，凡四祭昊天上帝。親祀則並皇地祇位，作壇於國城之南薰門外。」王堯明原詩已見胡注。注云：「當時和者多名士，如趙承之諸公皆次韻焉。」按吕本中東萊集與堯明唱酬之作頗多，詳見拙著詩箋。

又有端門聽赦詠雪詩。

宋史卷二十二徽宗紀：「宣和四年十一月庚午，祀昊天上帝於圜丘，赦天下，東南官吏昨緣寇盜貶責者，並次第移放；上書邪上等人特與磨勘。」詩云「天公一笑罷，未覺風來遲」，謂此也。

是年，子洪生。

按本集卷十六至葉城詩云：「難穩三更枕，遥憐五歲雛。」詩爲靖康元年作，據知簡齋是年嘗舉一子。又據張嵲撰墓誌簡齋惟一子名洪，則洪當以是年生也。

是年春正月癸酉，金人破遼中京，遼主北走。三月丙子，金人來約夾攻，命童貫爲河北河東路宣撫使，屯兵於邊以應之。夏五月乙亥，以蔡攸爲河北河東路宣撫副使。己丑，帝聞兵敗懼甚，遂詔班師。秋七月壬午，王黼以耶律淳死，復命童貫、蔡攸治兵，以河陽三城節度使劉延慶爲都統制。冬十月癸丑，以蔡攸爲少傅，判燕山府。甲寅，劉延慶自盧溝河燒營夜遁，衆軍遂潰。十二月辛卯，金人入燕（以上徽宗紀）。是歲，萬壽山成，御製艮嶽記紀其勝（畢沅續通鑑）。是年，陳瓘（瑩中）卒（陳載輿陳忠肅公年譜）。

宣和五年癸卯（一一二三），三十四歲。

春，在太學博士任，有游玉仙觀等詩。

詩云「新春碧瓦麗」，又歸路（二字原誤倒）馬上再賦云：「春風所經過，水色如潑油。」節令顯然。原編又有來禽花、放慵、清明、春日諸詩，當是一時前後之作。

與同官綦宗禮力救文弊，黜三舍偶儷體，去王氏之論，而尊用程氏。

本集卷十七無題詩胡注云：「宣和五、六年間，先生與内翰綦公叔厚俱爲太學博士，道合志一，力救文弊，黜三舍偶儷體，去王氏之論，而尊用程氏，稍索理致，爲一時之法。參政周公葵時爲諸生，專取先生之文以爲準的，士類歸之。」按此事他書不載，賴胡氏此注，足徵簡齋任學博時言行概畧。惟注中「宣和五、六年」當作四、五年爲是，至六年，簡齋已去太學久矣。綦密禮字叔厚，高密人，事蹟見宋史卷三百七十八本傳，其人固久於學博任者，詳見詩箋。又周葵受業於簡齋，宋史周葵傳不載。其人於簡齋卒後四年，刊印簡齋遺集，於師門固甚厚也。詳見葛勝仲丹陽集卷八陳去非詩集序及晁公武郡齋讀書志衢本卷十九。

爲諸生陳道醇之兄作頤軒記。

見外集頤軒記。記云「後官太學」云云，知是此一二年間作。

既而，徽宗見所賦墨梅詩，善之，亟命召對，有見晚之歎。除秘書省著作佐郎。

胡譜以除秘書省著作佐郎爲七月事，蓋據道山宿直詩有「鵲驚飛」之語推斷而言，未必然也。今按諸書所記簡齋葆真池上詩爲在館閣時作（見下條），則其除省郎當在遊葆真前，今訂正如此。按宋史本傳云：「累遷太學博士，擢符寶郎。」不言除著作佐郎事。墓誌云：「丁内艱，服除，爲太學博士、著作佐郎、司勳員外郎，擢符寶郎。」於除著作事所叙亦甚畧。葛立方韻語陽秋卷十八云：「先文康公知汝州日，段寶臣爲教官，富季申爲魯山簿，而陳去非以太學録持服來寓。立方先人語人曰：『是三子者，非凡偶近器也。』是時，富在外邑，則以職事處之於城中。列三人者薦於朝，以爲可用。仍以去非墨梅詩徼進，於是去非除太學博士。」據知簡齋以墨梅詩受知，實由葛勝仲薦之。然韻語陽秋云「於是去非除太學博士」，不言除秘書省著作佐郎者，蓋勝仲乃王黼之黨（説詳後譜），其徼進墨梅，當是先進之王黼，於是除學博；至是又爲徽宗所賞，乃除省郎也。觀勝仲所撰陳去非詩集序（丹陽集卷八）云：「宣和中，徽宗皇帝見所賦墨梅詩善，亟命召對，有見晚之嗟，遂登册府，擢掌符璽。」不言除太學博士一事，蓋著重於受知徽宗而言。勝仲親歷其事，所言當可據信。胡仔苕溪漁隱叢話前集卷五十二云：「去非墨梅絶句云：『含章簷下春風面』云云。後徽廟召對，稱賞此句，自此知名，仕宦亦寖顯。」曾敏行獨醒雜志卷四云：「花光仁老作墨花，陳去非與義題五絶句，其一云：『含章簷下春風面』云云，徽廟見而喜之，召對擢用。畫因詩重，人遂爲此畫。」洪邁容齋四筆卷十四云：「自崇寧以來，時相不許士大夫讀史作詩，政和後稍復爲之，而陳去非遂以墨梅絶句擢置館閣。」（周密齊東野語卷十六略同）諸書所記，或明言「擢置館閣」，或但言「召對擢用」、「仕宦寖顯」，皆指除省郎言也。

夏，與同舍五人集葆真池上，分韻賦詩，詩成，傳誦一時。

洪邁容齋四筆卷十四云：「自崇寧以來，時相不許士大夫讀史作詩，何清源至修入令式，本意欲崇尚經學，痛沮詩賦耳。於是庠序之間以詩爲諱。政和後稍復爲之，而陳去非遂以墨梅絶句擢置館閣。嘗以夏日偕五同舍集葆真宫池上避暑，取『緑陰生晝静』分韻賦詩，陳得『静』字，其詞曰云云。詩成，出示坐上，皆詫爲擅場。朱新仲嘗見之，云，京師無人不傳寫也。」又胡仔苕溪漁隱叢話後集卷三十四引詩説雋永云：「京師葆真宫，垂楊映沼，有山林之趣。去非將罷尚符日，題其池亭云：『聊將兩鬢蓬，起照千丈鏡。微波喜摇人，小立待其定。』（胡氏詩注亦引詩説雋永此條。）按簡齋此詩，洪邁以爲作於在館閣日，其説得之朱翌，朱翌既親見其事，所言當可據信。詩説雋永以爲作於「將罷尚符日」，按罷尚符事在明年冬，不特時令與詩不合，且與原詩編次大相徑庭，玆所不取。

嘗與張元幹、吕本中等遊慧林寺，分韻賦詩。

本集不載同遊姓名，胡氏亦無注。按張元幹蘆川歸來集卷九跋蘇詔君楚語後云：「頃來京都，一日，陳去非、吕居仁諸公同余避暑資聖閣，以『二儀清濁還高下，三伏炎蒸定有無』分韻賦詩，會者適十四人。從周詩頗佳，爲諸公印可。然則阮嗣宗喜仲容，又常曰吾不如與阿戎語，方之養直，惓惓如引，不爲過也。」據知元幹、本中實同遊，而蘇庠亦與焉，從周則庠姪也。簡齋詩所稱「閣下」，即資聖閣。李濂汴京遺蹟志卷十云：「相國寺在縣治東，神宗元豐中，增建東西廂，又立八院，東曰寶嚴、寶梵、寶覺、慧林，西曰定慈、廣慈、普慈、智海，金元兵燬。」河南通志卷五十云：「慧林禪院，俗呼爲鐵佛寺，在相國寺東馬道街路北，明末經河水没。」

秋七月，有道山宿直及雨晴詩。

宿直詩用「鵲驚飛」，雨晴詩亦有「語鵲」、「星河」等語，知是七月之作。

八月，爲考官，有書試院所寓窗詩。

此據胡氏原譜。按原集此卷編次，小有差舛，今依詩中時令，畧事調整，或更近情實也。又社日一首，當是同時前後之作。

冬，有十月、漫郎詩。

墓誌云：「時爲宰相者横甚，强欲知公，不且得禍。」按宰相謂王黼（説詳後）。十月詩云：「睡過三冬莫開户，北風不貸芰荷衣。」殆爲此而發也。時王黼總治三省事，進爵太傅，炙手可熱。簡齋雖因葛勝仲進，然於王黼殆非樂於依附者。觀前此諸詩於蔡、王相傾之際，每多危苦之言，常思所以潔身遠引之道，可以觀其志矣。

是冬，有送王周士赴發運司屬官詩。

此詩原編在夏日詩後，今據結尾「置酒壓北風」語移此。王以寧，宋史無傳，諸書亦不載其宣和間仕歷。惟建炎以來繫年要録卷三十二稱「以寧開封府人，政和中自小校换授」。又靖康要録卷一云：「元年正月三十日，發運司勾管文字王以寧、進士任申光、沈毅並召赴三省審察。」此詩所謂「發運司屬官」，當即指勾管文字事也。

又有翁高郵挽詩。

翁彦約字行簡,宋詩紀事三十八録其詩一首。胡注云「五年卒於高郵」,詩當作於是年。

是年夏四月癸巳,金人遣楊璞以誓書及燕京、涿、易、檀、順、景、薊州來歸。庚子,童貫、蔡攸入燕。時燕之職官、富民、金帛、子女,爲金人盡掠而去。五月辛酉,王黼總治三省事。是月,金主阿骨打殂,弟吴乞買立(以上徽宗紀)。

是年,蘇過(叔黨)卒(晁説之嵩山集卷二十蘇叔黨墓誌銘)。游酢(定夫)卒(楊時游定夫墓誌銘)洪邁(景盧)生。(錢大昕洪文敏公年譜)。程大昌(泰之)生(宋史卷四百三十三)。

宣和六年甲辰(一一二四),三十五歲。

任秘書省著作佐郎。春,有柳絮詩及侯處士女挽詞。

柳絮云:「顛狂忽作高千丈,風力微時穩下來。」蓋刺王黼輩也。侯處士未詳,按原編次第姑系於此。

嘗登天清寺塔,有詩。

李濂汴京遺蹟志卷十云:「天清寺在陳州門裏繁臺上,周世宗顯德中創建,世宗初度之日曰天清節,故名其寺亦曰天清寺。寺内磚塔曰興慈塔,俗名繁塔。宋太平興國二年重修,元末兵燹,寺塔俱廢。」按簡齋所登當即興慈塔也。

閏三月,除司勳員外郎,旋擢符寶郎。

本傳云:「累遷太學博士,擢符寶郎。」墓誌云:「丁内艱,服除爲太學博士,著作佐郎,司勳員外郎,擢符寶郎。」胡氏原譜云:「閏三月,除司勳員外郎,爲省闈考官。」原譜失載擢符寶郎事。以墓誌所書歷官次第觀之,其事當在除司勳員外郎後，但不能確知何月。要之當是謫陳留前數月之事，考張嵲紫微集於建炎初年贈簡齋詩仍以陳符寶相稱也。詳見詩箋。

是春，爲省闈考官，有試院春晴、試院書懷詩。

原譜云：「閏三月，除司勳員外郎，爲省闈考官，有試院春晴。」按宋史徽宗紀云：「宣和六年春，閏三月庚子，御集英殿策進士。夏四月癸丑，賜禮部奏名進士及第、出身八百五人。」詩當作於御試前也。

夏，有浴室觀雨、夏至日與同舍會葆真及夏日詩。

浴室未詳，疑是興國寺浴室也。東坡嘉祐元年入京，館於興國寺浴室。其後三十年自登州召還，再過浴室。又六年自杭州召還，又一年自揚州召還，皆嘗寓此。山谷集有跋浴室院六祖師文，元祐三年題。東坡又有書魯直題名後，皆興國浴室也。王文誥蘇詩總案卷一、卷三十考之甚詳。又，沈括夢溪筆談卷一記學士院「在浴堂之南」，恐與此無涉。葆真詩云：「微官有閑閲，三賦池上詩。」謂去年嘗兩集葆真，及此皆有詩也。

又有題畫諸詩。

次韻何文縝題顔持約畫水墨梅花二首，又六言一首，題持約畫軸一首，爲陳介然題持約畫一首，當系一時前後之作。又梅花兩絶句疑亦題畫之作，否則於時令爲不人倫也。陳介然未詳。何㮚字文縝，宋史卷三百五十三有傳。顔博文字持約，詳見詩箋。夏文彦圖畫寶鑑卷三稱博文「長於水墨作人物，筆法位置如李伯時，但氣韻差短耳。又善畫墨花」。

又有寄題兖州孫大夫絶塵亭二首。

胡注：「大夫名琪」，伯野之父，「伯野名傳」。按「琪」當作「振」，「傳」當作「傅」，字之誤也。李心傳建炎以來繫年要録卷三云：「靖康元年三月壬寅，是日，副元帥宗澤與金人戰於韋城縣，敗之。先是，知博州孫振以軍民之兵二千人至冠氏縣，王命屯濮州，受澤節制。（原注：「去年十二月己丑。」）至是聞澤與敵戰，其親兵皆懼，且懷鄉土，乃殺振，分其軍實，散而北歸。振，「傅父也」。李氏原注云：「耿延熙中興記云：『振墜馬死。』今據汪伯彦中興日曆，俟考。」宋史卷三百五十三孫傅傳云：「孫傅字伯野，海州人。」按孫傅靖康間事，繫年要録、靖康要録所記尤詳，文多不録。

善相僧超然歸廬山，作詩送之。

永樂大典卷二千八百十二引王惲秋澗集跋花光梅後語云：「蜀僧超然字仁仲，居衡陽花光山。避靖康亂，居江南之柯山，與參政陳簡齋並舍而居。山谷所謂『研墨作梅，超凡入聖，法當冠四海而名被世』。嘗有『移船來近花光住，寫盡南枝與北枝』之句，其丰度可想見矣。」按今本秋澗集無此文。諸書言花光事，不言其善相；簡齋此詩，又不言超然善畫。圖畫寶鑑卷三有僧超然「善畫山水」，又不言其善相；同書又別有花光仁仲條，云：「仁和會稽人」，與大典所引秋澗集不合。俟再考。

休日早起，有詩。又有夏夜、棋詩。

龔頤正芥隱筆記云：「陳去非嘗語先君云：『吾生平得意十字，云：開門知有雨，老樹半身濕。』先君故效之，作感興詩云：『夜半露雨濕，淩晨春草長。』謂頤正云：『吾十字似有味。』後讀河嶽英靈集閻防詩：『荒庭人何許，老樹半空腹。』殷璠謂皎然可佳，殆亦有所祖云。」按二句爲簡齋得意之作，其後朱松（喬年）亦嘗舉此十字以示傅自得（安道），謂「衝口直致」，可爲作詩之法者，見傅自得韋齊集序。龔頤正字養正，父相，字聖任，厲鶚宋詩紀事卷五十及五十九載其詩。夏夜云「六月天正碧」，棋云「長日無公事」，皆是年夏日之作。

與耿延禧、席益飯於文緯，席益出宋漢傑畫秋山屬題，有詩。

耿延禧，胡注作「延熙」，云：「南仲之子。」按宋史耿南仲傳，南仲之子名延禧。據繫年要録卷一引耿延禧建炎中興記及寶録言南仲「只有一子」，則「延熙」當是「延禧」之誤，延禧字百順也。席益字大光，見宋史席旦傳，繫年要録載其事尤詳。文緯，未詳。詩云：「皇都馬聲中，有此四士間。」謂耿、席、文緯及己也。東坡集跋宋漢傑畫云：「僕曩與宋復古遊，見其畫瀟湘晚景，爲作三詩，其畧云：『徑遥趨後崦，水會赴前溪。』復古云：『子亦善畫也耶？』今其猶子漢傑亦復有此學，假之數年，當不減復古。元祐三年四月五日書。」又云：「唐人王摩詰、李思訓之流畫山水峰麓，自成變態，雖蕭然有出塵之姿，然頗以雲物間之，作浮雲杳靄，與孤鴻落照滅没於江天之外，舉世宗之，而唐人之典型盡矣。近歲唯范寬稍有古法，然微有俗氣。漢傑此山，不古不今，稍出新意。爲之不已，當作著色山也。」又云：「觀士人畫，如閲天下馬，取其意氣所到。乃若畫工，往往只取鞭策皮毛、槽櫪芻秣，無一點俊發，看數尺許便卷。漢傑真士人畫也。」東坡集又有謝宋漢傑惠李承晏墨七絶一首，合注引鄧椿畫繼云：「宋子房字漢傑，鄭州滎陽人。選之子，復古之猶子也。官止正郎。」圖畫寶鑑卷三稱其「善畫山水，不古不今，稍出新意」。（按復古，宋迪字，宣和畫譜載之。宋選，東坡在鳳翔日府主也，坡集屢見。）

秋，有對酒二詩。

詩云「官裏簿書無日了，樓頭風雨見秋來」，知是秋日之作，原編在西省酴醿架上殘雪詩後，與節令不合。又後三日再賦一首，用韻與此詩同，知是一時之作。

九日，與宴城東。

建炎元年重陽有感詩云：「憶昔甲辰重九日，天恩曾與宴城東。」按宋史徽宗紀云：「宣和六年八月壬戌，以復燕雲，赦天下。九月辛巳，大饗明堂。」宴城東當即此時事。城東，宜春苑也，見下條。

宜春苑午憩，聽席益誦朱迪功詩，有詩。

葉夢得石林燕語卷一云：「瓊林苑、金明池、宜春苑、玉津園，謂之四園。宜春苑本秦悼王園，因以皇城宜春舊苑富國倉，遂遷於此。俗但稱庶人園，以秦王故也。」汴京遺蹟志卷八云：「宜春苑有二：一在固子門外，宋人號西御園；一在麗景門外，號東御園。」按合上條「宴城東」之語觀之，當是麗景門外園也。朱迪功，庫本「朱」作「宋」，丁氏八千卷樓藏舊鈔本同，其人未詳。

是冬，作冬至二詩。

詩云「閉户了冬至，日長添數珠」，節令顯然。

與王寓、席益同賦西省酴醾架上殘雪。

王寓字元忠，江州人，易簡之子。宋史卷三百五十二有傳。

十二月，坐王黼累，自符寶郎謫監陳留酒税。

歐陽忞輿地廣記卷五云：「東京開封府，畿，陳留縣。」嘉慶一統志卷一百八十六河南開封府：「陳留縣在府東少南五十里。」

按宋史本傳：「累遷太學博士，擢符寶郎，尋謫監陳留酒税。」胡譜亦然，不言致謫之由。墓誌則云：「爲太學博士，著作佐郎，司勳員外郎，擢符寶郎，謫監陳留酒。始公爲學官，居館下，辭章一出，名動京師，諸貴要人争客之。時爲宰相者横甚，强欲知公，不且得禍，公爲其薦達。宰相敗，因是得罪。」不言宰相何人，蓋諱之也。繫年要録卷三十三云：「建炎四年五月壬子，宣教郎陳與義守尚書兵部員外郎。與義，希亮曾孫，宣和末，嘗爲符寶郎，坐王黼累斥去，至是再召。」章定名賢氏族言行類編卷十一亦云：「宣和中，擢館職、符寶郎，坐王黼罷相例出。」據知墓誌所云宰相，即王黼也。按王黼之罷，在是年十一月丙子，其黨徒亦相繼斥去。宋會要輯稿職官（六十九之十五）云：「宣和六年十一月三日，吏部尚書盧法原，延康殿學士、提舉上清寶籙宫何志同並爲顯謨閣待制，提舉西京嵩山崇福宫，工部侍郎賈安宅提舉亳州明道宫，中書舍人張悫提舉杭州洞霄宫，高伯辰提舉南京鴻慶宫，給事中檀倬、中書舍人胡松年並提舉江州太平觀，起居郎周離亨送吏部，皆以言者論其朋附王黼，規摇時政，故黜之。」又云：「十二月十一日，龍圖閣直學士知成都府王復提舉西京嵩山崇福宫，顯謨閣待制知鄧州葛勝仲提舉江州太平觀，並落職，秘閣修撰提點河北東路刑獄李孝揚、直秘閣提點河北西路刑獄陳隆壽、直秘閣提點淮南東路刑獄徐閎中、直龍圖閣提點淮南西路刑獄雷壽松、提點福建刑獄俞尚，並落職送吏部，知懷州李罕、知相州何漸、知慶源府趙令廳、直秘閣蘇之悌並送吏部，皆王黼黨也。」按簡齋與胡松年爲同年友，其任太學博士又因葛勝仲之薦（見前引韻語陽秋），二人皆王黼之黨。然簡齋此謫，實由葛勝仲繳進其墨梅詩，因而爲王黼所籠絡，並以此受知徽宗，擢任館職，其間恐與胡松年無涉。葛勝仲之貶在十二月十一日，簡齋之謫勢當在勝仲之後。赴陳留詩云：「舊歲有三日，全家無十人。」是已在十二月尾矣。

將赴陳留，有詩寄汝州天寧寺僧覺心。

詩云：「三年成一夢，夢破説夢中。」簡齋以四年春末去汝歸洛，稍後覺心以緣事至魯山，得相晤，至是已三年矣。

赴陳留，至陳留，皆有詩。

赴陳留云：「我行有公事，去作三年癡。」按宋史徽宗紀，是年十月癸酉，「詔内外官並以三年爲任，治績著聞者再任，永爲式」，故云。詩又云：「歲晚陳留路，老馬三振鬐。」「舊歲有三日，全家無十人。」至陳留云：「日落河冰壯,天長鴻雁哀。」情事顯然。

是年夏六月壬子,詔以收復燕雲以來,京東兩河之民困於調度。令京西、淮、浙、江、湖、四川、閩、廣並納免夫錢,期以兩月納足,違者從軍法。冬十月庚午,詔有收藏、習用蘇、黄之文者,並令焚燬,犯者以大不恭論。十一月丙子,王黼致仕。十二月癸未,蔡京落致仕,領三省事。是歲,河北、山東盜起,命内侍梁方平討之。(以上徽宗紀)

宣和七年乙巳(一一二五),三十六歲。

春,初至陳留南鎮,有客裏、夙興赴縣諸詩。

客裏云:「客裏東風起,逢人只四愁。」赴縣云:「三家陂口雞喔喔,早於昨夜朝天時。」是初至時口吻。又云:「兩眼聊隨萬象轉,一官已判三年癡」,即「我行有公事,去作三年癡」意。

寓居劉倉廨中,晚步過鄭倉臺上,有詩。

詩云:「滿面東風二月詩。」(律髓作「春風」,庫本「詩」作「時」)節令顯然。原編此詩在蓬齋詩後,時序不合。

是春,兩遊八關寺,並有詩。又有種竹、對酒、寒食、感懷諸詩。

八關後池云:「落日生春色。」又云:「不有今年謫,爭成此段奇。」再遊云:「青青天氣肅,澹澹春意初。」對酒云:「陳留春色撩詩意。」感懷云:「青青草木浮元氣,渺渺山河接故鄉。」是謫中春日情事。

嘗遊寶園,醉中,前後作五絶句。又有雨、食筍二詩。

詩云「三月碧桃驚動人」,是春暮矣。雨詩云:「沙岸殘春雨,茅簷古鎮官。」時寓陳留南鎮也。

初夏,再遊八關寺,有詩。又有題酒務壁之作。

遊八關云：「閉門睡過春，出門綠滿城。」題壁云：「鶯聲時節改，杏葉雨氣新。」並初夏語。按談鑰吳興志卷八云：「儲米曰倉，貯財曰庫，茶鹽曰場，酒稅曰務，皆取諸民而資公家之用者也。」

秋夜詠月，有詩。

詩云：「平生六尺影，隨我送涼炎。踏破千憂地，投老乃自嫌。」身世之慨也。

是冬，有入城、夜步堤上、早起、晚步之作。

入城云「孟冬郊澤曠」，堤上云「歲暮河流急」「十月雁背高」，早起云「竟夜聞落木」，晚步云「却步面空林」，並初冬情事。

嘗同楊運幹、黃秀才村西買山藥，又觀取魚於竇家池，作玉延賦、放魚賦及二詩。

放魚賦云：「仲冬良日，二客過予，請觀魚於竇氏之陂。攝衣而興，從客往嬉。」二客，即楊運幹、黃秀才也。二人名字、事蹟不詳。簡齋於是年仲冬，嘗同二人村西買山藥，又觀取魚於竇家池，以錢得數斗，置驛西野塘中，並記之以詩賦，想見謫居無聊，亦甚閑也。

又有詩招張仲宗。

張元幹也。元幹宣和元年歸閩中，簡齋有詩送別，已於宣和元年本譜論之。蘆川歸來集卷一洛陽陳去非自符寶郎謫陳留酒官予時作丞澶淵舊僚友也有詩次韻云：「寒水繞近郊，棲鴉蔽高原。映帶幽人居，暝色起草根。衡門東南開，濁河日夜奔。所喜古堤月，初出煙江村。不入城市久，懶訪亡與存。羡子了萬事，坐以一氣吞。」據此詩，知元幹是時方作丞陳留，其所和，即前入城詩韻也。考靖康要録卷五云：靖康元年，吳敏請置局辟屬，討論舊法，徐處仁嘗薦元幹爲兵房（原本誤作「張先幹」）。又苕溪漁隱叢話後集卷三十六引詩説雋永言李綱爲行營使時，元幹爲其屬，則元幹明年復入京矣。蘆川歸來集卷三上張丞相詩云：「罪放丙午末，歸來辛亥初。」丙午爲靖康元年，所云「罪放」，當是李綱獲譴後事。歸來集同卷又有感事四首丙午冬淮上作、丙午春京城圍解口號等詩。同書卷九跋江天暮雨圖稱丙午冬，與劉質夫、蘇粹中同遊焦山，則元幹此一二年間蹤跡之可考見者。

宴坐之地，籧篨覆之，名曰蓬齋，有詩記之。

詩云「旋作蓬齋待北風」，時北事日急矣。

又有贈黃家阿莘詩。

阿莘未詳，疑是黃秀才之子。

是年夏四月庚申，蔡京復致仕。秋九月，河東言粘罕至雲中，詔童貫復宣撫。冬十二月乙酉，童貫自太原遁歸京師。己酉，中山奏金人斡離不、粘罕分兩道入攻，郭藥師以燕山叛，北邊諸郡皆陷。又陷忻、代等州，圍太原府。丙辰，金人犯中山府。庚申，詔内禪，皇太子即皇帝位(以上徽宗紀)。甲子，斡離不陷信德府，粘罕圍太原。詔京東、淮西、浙募兵入衛(以上欽宗紀)。

是年，劉安世(器之)卒(楊萬里行狀)。陸游(務觀)生。(趙翼、錢大昕陸放翁年譜)

卷三

欽宗靖康元年丙午(一一二六),三十七歲。

正月,金人犯京師。丁外艱,去陳留。

墓誌云:「既王室始騷,丁外艱,避地襄漢。」胡氏年譜云:「正月,北虜入寇,復丁外艱,自陳留尋避地,出商水,由舞陽,次南陽。」按是年春正月丁卯朔,金斡離不軍破相州。己巳,金人濟河。庚午,徽宗出奔亳州,百姓多潛遁。癸酉,金人犯京師。自是至二月乙巳,金人始退師,京師解嚴。簡齋時在陳留,去汴京才五十里,故出奔也。簡齋父某事蹟不詳,本集亦僅在述懷呈十七家叔一詩自注中言其曾赴元豐八年省試。其歿,當在陳留。觀簡齋赴陳留詩「全家無十人」之語,是簡齋謫居之始,當是舉家同行者。時簡齋方以父憂去官,非擅離陳留酒監職守也。

出商水,

發商水道中詩云:「商水西門路,東風動柳枝。」又云:「草草檀公策,茫茫杜老詩。」想見倉皇出奔情事。嘉慶一統志卷一百九十一河南陳州府：「商水縣，在府西南七十里。」

道舞陽，

次舞陽詩云：「客子寒亦行，正月固多陰。」又云：「大道不敢驅，山徑費推尋。」按靖康要録卷一云：「靖康元年正月十八日，是日，統制官馬忠以西京募兵至，遇金人於鄭州南門外，乘勢擊之，殺獲甚衆。於是金人始懼，遊騎不敢旁出。自京城以南，民始奠居。」則前此固有金人遊騎旁出之擾。葉夢得避暑録話卷下云：「兵興以來，盜賊夷狄所及無噍類。有先期犇避，伏匿山谷林莽間者，或幸以免。忽襁負嬰兒啼聲聞於外，亦因行其處。於是避賊之人，凡嬰兒未解事，不可戒語者，率棄之道旁以去，纍纍相望。」簡齋「大道不敢驅」之語，蓋紀實也。嘉慶一統志卷二百十河南南陽府：「舞陽縣在府東北二百七十里，宋屬潁昌府。」同書卷二百十一古蹟：「舞陽故城在今舞陽西。括地志：『在葉縣東十里。』金時又移今治。」

次南陽，留焉。

次南陽詩云：「春寒欺客子，滿意旗下盃。」西軒寓居詩云：「桃花明薄暮。」又云：「淹留更此心。」太平寰宇記卷一百十河南南陽府：「南陽縣，唐屬鄧州，五代即宋因之。」又「鄧州在府西南一百二十里。宋曰鄧州南陽郡，武勝軍節度，屬京西南路。」

有鄧州西軒書事十首。

按十詩非一時之作，大抵七月以前陸續爲之，俟編爲一什者。第一首「桃花初動雨留人」，初來時也。第二首「千里空攜一影來」，第三首「可憐小陸不同居」，似簡齋係隻身南來，故北征詩亦有「獨衝七月暑」之句，説詳後譜。第六首「不待白首今同歸」，謂蔡京、王黼輩也。宋史欽宗紀：正月庚寅，盜殺王黼於雍丘。七月乙酉，蔡京死於潭州。辛卯，遣監察御史張澂誅童貫，所謂「白首同歸」也。又，去年冬十二月甲子，粘罕圍太原，至是年秋九月丙寅太原始陷。詩云：「五月并門未解圍」，謂太原之被困也（胡注本誤作「荆門」，依庫本改）。時吴敏、耿南仲與李綱不和，出綱，使援太原，簡齋「廉藺」之歎，蓋指此也。詳見詩箋。第七首「始行夷狄相攻法」，胡注云：「疑謂邢倞從趙倫結余覩事。」按宋史欽宗紀：是年二月甲寅，「先是，粘罕遣人來求賂，大臣以勤王兵大集，拘其使人，且結約余覩以圖之。至是粘罕怒，及攻太原不克，分兵趣京師，過南北關。」所謂余覩事也。其事則靖康要録卷二、卷九，繫年要録卷一、三朝北盟會編卷五十八詳載之，引具詩箋。大抵當時朝臣中本有一種「以夷制夷」之妄計，觀靖康要録卷二所載，是年二月，先是差同知樞密院事李棁與鄭望之往使，「夜至孳生監，見斡離不。斡離不但訝國家違盟，如受歸朝官，及賜平州牧張瑴殺金賊之詔（原注：「事見謀夏録」），如此三五事，都不及和議」。是當時除余覩一事外尚有其他勾結。簡齋此語，不必專指邢倞、余覩事也。第八首「詔書憂民十六事」，按事在是年五月十二日，欽宗手詔，則靖康要録卷七載之。惟要録所載僅十五事，此詩言十六事，宋史欽宗紀又言十七事，諸文不同，當再考。

嘗晚步順陽門外，有詩。

嘉慶一統志卷二百十一河南南陽府二古蹟：「順陽故城在淅川縣東，唐爲順陽鎮，宋太平興國六年復升爲縣，屬鄧州。」按此順陽門或係鄧州城門之名，一統志卷二百十云：「鄧州城，内城周四里有奇，門四；外城周十五里有奇，門五。」惜不載諸門之名。又考張嵲紫微集卷三有自順陽至均房道五首用陳符寶去非韻，似簡齋嘗至順陽者。然細審張嵲和詩，其第一首所用乃北征詩韻，第二首乃曉發葉城韻，第三首乃美哉亭韻，第四首乃山路晚行韻，第五首乃道中書事韻，則五詩乃後來追和者，未必簡齋嘗有順陽之行也。當再考。

縱步至董氏園亭,有詩。又有海棠、月桂諸詩。

董氏園未詳。詩云:「鄧州三月始春寒。」則園在鄧州也。海棠云:「寒食豈寂寞。」雨中觀秉仲家月挂云:「春歸一憑欄。」時已暮春矣。秉仲未詳。

又有香林四首。

按向子諲有別墅名薌林,樓鑰攻媿集卷五十二薌林居士文集序記之甚詳。苕溪漁隱叢話卷五十四記張元幹有香林九詠,字亦作「香」。元幹乃子諲甥,其詩爲子諲而作。考向子諲酒邊詞卷上有西江月一首,題云:「政和年間卜築宛丘,手植衆薌,自號薌林居士」云云。是子諲政和間居宛丘時已有薌林之號。宛丘在今河南淮陽縣,地近商水、舞陽。簡齋自陳留至鄧州,或嘗經此,有此題詠也。此詩編次似當移至次舞陽詩前後。

始以簡齋自號,作題簡齋詩。

胡氏續添詩箋正誤云:「先生建炎己酉在岳陽,借郡圃君子亭居之,即所寓室榜曰簡齋,乃賦是詩,非丙午入鄧州時所作也。」按劉須溪評點簡齋詩集卷七云:「胡氏按公己酉在岳陽,借郡圃君子亭居之,即所寓室榜曰簡齋,乃賦是詩,非丙午入鄧州作也。今按此詩中云:『北省雖巨麗,無此風竹聲。』蓋去秘省纔三年爾,故及之。又云『槐陰自入户』,與董氏亭『鄧州三月始春寒,槐樹層層新緑生』之時正合。又以香林詩『簡齋居士不飲酒』,及登城樓詩『歸嫌簡齋陋』之句觀之,則公在鄧,固有簡齋之號矣。考岳陽諸詩,皆二月春寒之作,且無一語及簡齋者。謂岳陽郡圃榜簡齋,豈不或然,而因所聞,遂疑詩之爲岳陽作,則非也。又按公在岳陽借郡圃居時,自號園公。」按劉氏此評甚精,登城樓詩明言「今年夢鄧州」,其爲鄧州之作無疑。又西軒書事云:「書生身世今如此,倚遍周家十二槐。」今此詩云「槐陰自入户」,諒非偶然者。

爲鄧州天寧寺僧印老作鈍庵詩。

印老未詳，詩云：「戲談鄧州禪，分食天寧麥。」胡注以爲鄧州天寧寺，印老當是寺僧也。

又作春雨詩。

詩云：「花盡春猶冷。」春暮矣。

嘗過難老堂周元公家，有詩。

胡注：「元公名壽，濂溪先生茂叔之子。」按宋文鑑卷一百四十四潘興嗣周茂叔墓誌銘云：「子二：曰壽，曰燾，皆補太廟齋郎。」宋史周敦頤傳亦載二子之名，是壽爲敦頤長子。嘉慶一統志卷三百七十一湖南永州府人物云：「周壽，元公子，元豐五年進士。初任吉州司户，次秀州知縣，終司封郎中。黄庭堅跋壽所撰龍眠居士大悲贊云：『元翁純粹動金石，其言語文章，發明妙慧，非爲作使之合，蓋其心中純粹而生光耳。』弟燾，元祐進士，爲黄池令，兩浙轉運使。時蘇軾知杭州，與燾唱酬甚夥。後終寶文閣待制。」按黄庭堅豫章集卷三十跋周元翁龍眠居士大悲贊云「吾友周壽元翁」，又云「茂叔有子」，是周壽字元翁，此詩作「元公」，或别字也。至周敦頤賜謚元公，事在嘉定十三年，見宋史道學傳，去簡齋之歿久矣。一統志所稱「元公」乃敦頤，非壽也。又鄧州西軒書事詩「倚遍周家十二槐」，不識即周元公家否。周燾政和中爲成都帥，王文誥蘇詩總案卷三十載其事較詳。

嘗登鄧州城西樓，有詩。

詩云：「去年夢陳留，今年夢鄧州。」簡齋以正月去陳留來鄧，已三月矣。詩云：「新晴草木麗，落日淡欲收。遠川如動摇，景氣明田疇。」似春末夏初語。

初夏微雨，有詩。

雨詩云「微語好燒香」，又云「庭梧滿意涼」，是入初夏矣。

六月，再遊董園，有詩。又作夏雨、夏夜詩。

遊董園云「東北方用武，六月事戈矛」，謂太原之圍也。宋史欽宗紀：「五月丁丑，姚古將兵至威勝，聞粘罕將至，衆驚潰，河東大震。河北河東路制置副使种師中與金人戰於榆次，死之。乙未，詔姚古援太原。六月戊戌，令中外舉文武官才堪將帥者。時太原圍急，群臣欲割三鎮地，李綱沮之。乃以李綱、种師道爲宣撫使援太原。」是其事也。夏雨詩「片雲忽西行，庭樹生光景。須臾萬銀竹，狀觀發異境。天公終老手，一笑破日永。龍公勿憚煩，事了亦俄頃」云云，似亦喻李綱之行者。夏夜云：「南陽半年客，此夜滿懷清。」簡齋以正月來鄧，至是半年矣。

初秋，作絶句二首，又有積雨喜霽詩。

絶句云「斟酌星河亦喜晴」，是初秋語。第二首「懸知滿地疎陰處，不及遥看突兀奇」，即常人貴遠賤近之旨，似有寓意，以「東家喬柏兩虯枝」句觀之，殆指李綱、种師道之見排於君人歟？喜霽詩：「天公信難料，變化雜神速。夕霞盡意紅，詰朝固難卜。」以時事參之，似指蔡京諸人之相繼竄逐也。宋史欽宗紀：「七月乙亥，安置蔡京於儋州，攸雷州，童貫吉陽軍。乙酉，詔蔡京子孫二十三人已分竄遠地，遇赦不許量移。是日，蔡京死於潭州。」

再登鄧州城樓，有詩。

詩云「陰晴變化還須臾」，慨時政也。

七月，復北征，還陳留。

據胡氏原譜。北征詩云：「世故信有力，挽我復北馳。獨衝七月暑，行此無盡陂。」按鄧州西軒事詩云「千里空攜一影來」，又云「可憐小陸不同居」，此詩云「獨衝七月暑」，是今春來鄭，家室實未同行，此次北征，殆取家耳。既而以金人再次南侵，遂攜家自汝、葉趨光化，自是不復北歸矣。繫年要録卷一云：「八月，金人既不得三鎮地，癸卯，以書來責叛盟，復引兵深入。九月丙申，左副元帥宗維（即粘罕）陷太原。十月丁酉，右副元帥宗傑（即斡離不）破真定。十一月乙亥，兩軍分道渡河。丙戌，右副元帥宗傑犯京師，閏月丁酉，左副元帥宗維犯京師。」此是年秋冬形勢大略也。

未幾，復去陳留。

秋日客思云：「聊從地主借繩床。」按簡齋在陳留有家，不必「從地主借繩床」，詩當是再去陳留，趨光化道中之作，故題曰「客思」也。按靖康要録卷五云：「元年四月九日，少宰吴敏奏：『伏望明詔宰執，置司辟屬，遵上皇詔旨，取祖宗舊法，悉加討論，復其宜於今者。』奉聖旨：『依奏置司討論。』既而詔少宰吴敏、太宰徐處仁各薦舊官十員，仍差宰臣充詳議提舉官。徐處仁踏逐到吕本中、范宗尹爲兵房，趙桝、李軍爲户房，劉寧止、張元幹（原本「元」誤作「先」）爲兵房，安元、方若爲禮房，莫儔爲刑房，劉彦遠爲工房。吴敏踏逐到梅執禮、晁説之爲吏房，張慤、向子諲爲户房，折彦質爲兵房，孫傅爲禮房，胡安國、李朴爲刑房，李彌大、江端友爲工房。於尚書省會廳置司。以侍從官爲參議，餘官爲檢討，分六房，使各討論，限半年結局。奉聖旨：『依奏。』提舉官差李綱、吴敏、徐處仁。」簡齋此詩「諸公共得何侯力」，當指此事。方回瀛奎律髓卷十二云：「『共得何侯力』，此指新進。」語猶未確。方氏又云：「『新抄陸氏方』，似憐遷客。」其説是也。蓋簡齋再去陳留，將之光化，征途信宿，偶與居停主人言及中朝近事，聞舊人之復起（其中若吕本中、張元幹、向子諲等皆簡齋故人也），共得力於何侯，而己則猶在謫中，心有餘悸，故取「避謗不著書」意，借陸氏集方以自解。此下一首道中書事詩「客愁無處避，世事不堪論」，亦是此意。紀昀以此詩爲避亂襄漢時作，又以「陸氏方」一語爲形容多病，皆非也。

道汝葉。

將次葉城、至葉城、發葉城，皆有詩。自晁公武郡齋讀書志卷十九誤以簡齋爲汝州葉縣人，厲鶚宋詩紀事卷三十八亦兩存其說。今以諸詩觀之，蓋簡齋有族人在汝葉間耳。此事於本譜卷首已詳論之。至葉城云：「深知念行李，爲報了長途。」大抵簡齋來葉城之前，其族人已先有所知，故以行李爲念，不得據此遂謂簡齋爲汝州葉縣人也。嘉慶一統志卷二百十河南南陽府：「葉縣在府北一百三十里。東至舞陽縣界五十里，西至汝州魯山縣界二十五里，西南至鄧州界一百二十里。唐屬汝州，五代及宋因之。本朝屬南陽府。」同書卷二百十一古蹟：「葉縣故城在今葉縣南二十里，名舊縣店。」

經方城。

有方城陪諸兄坐心遠亭及美哉亭詩。諸兄謂族兄也。詩云：「客中日食三斗塵，北去南來了今歲。暫時亭中一盃酒，與兄同宗復同味。」其爲作客甚明。嘉慶一統志卷二百十一河南南陽府：「方城故城，今裕州治。唐貞觀九年屬唐州，宋慶曆四年廢爲鎮，屬南陽縣，元豐元年復爲縣，仍隸唐州。元和志：『方城縣取方城山爲名。』東南至唐州一百六十里。」又云：「心遠亭在裕州舊方城縣治，相近有美哉亭，宋陳與義俱有詩。」

遊董宗禹園，爲題先志亭詩。

董宗禹未詳。詩云：「作客古南陽。」按太平寰宇記卷一百四十二山南東道唐州屬「方城縣，本漢堵陽縣，屬南陽郡」，則園在方城也。時簡齋方丁外艱，故詩有「我已廢蓼莪」之語。又山路晚行云「萬壑分秋風」，是前此猶秋日事也。「山路」，當指方城境内諸山。

至光化，登崇山，並有詩。

有同繼祖民瞻遊賦詩亭二首及題崇山詩。繼祖、民瞻均未詳。按王廷珪亦字民瞻，嘗以送胡銓詩，有盛名於紹興世，然考周必大省齋文集卷二十九王公廷珪行狀，稱其宣和末即「知時事阽危，無宦遊意」，隱居衡州茶陵縣之瀘溪。則廷珪此時恐無由至光化，此民瞻當別是一人，俟再考。又靖康要録有劉民瞻，靖康間爲京西漕臣，亦非其人，以本集例稱字也。又有喬民瞻，嘗與曾幾、熊彦詩等遊，見周必大省齋文集卷二十，其人事迹不詳，亦難確定也。按明年春有題繼祖蟠室三首，則此二絶似是到光化後作矣。宋史地理志：「京西南路光化軍，同下州。乾德二年以襄州陰城鎮建爲軍，析穀城縣二鄉置乾德縣隸焉。熙寧五年廢軍，改乾德縣爲光化縣，隸襄州。元祐初復爲軍。」嘉慶一統志卷三百四十六湖北襄陽府：「光化縣，北至河南南陽府鄧州界五十里。」按崇山即固封山，前書云：「固封山在光化縣西北五里。九域志『光化縣有固封山』，輿地紀勝『在城西北九里順陽王城西，本名崇山』是也。胡注：「在襄州江化縣」，「江化」當是「光化」之誤。按簡齋是冬遂留寓光化，至時年正月，始自光化復入鄧。題崇山云：「去程雖云阻，茲地固堪留。」謂留寓光化也。

是年春正月己巳，金人濟河。庚子，以李綱爲尚書右丞。癸酉，金人犯京師。二月丁酉朔，命都總制姚平仲將兵夜襲金人軍，不克而奔。戊戌，罷李綱以謝金人。辛丑，太學生陳東等及都民數萬人伏闕上書，請復用李綱及种師道。乃復綱右丞，充京城防禦使。乙巳，京城解嚴。秋九月丙寅，金人陷太原。戊寅，李綱罷知揚州。十一月甲戌，金人濟河。乙卯，金兵登城，京城陷。十二月壬戌，康王開大元帥府於相州。甲子，大索金帛（以上宋史欽宗紀）。

是年，蔡京（元長）卒（宋史卷四百七十二）。种師道（彝叔）卒（宋史卷三百三十五）。劉韐（仲偃）卒（宋史卷四百四十六）。徐夢莘（商老）生（樓鑰攻媿集卷一百八墓誌銘）。范成大（至能）生（周必大平園續稿卷二十二神道碑）。周必大（子充）生（樓鑰攻媿集卷九十三忠文耆德之碑）。

高宗建炎元年丁未（一一二七），三十八歲。

正月，與富直柔、孫確自光化復入鄧，卜居城西，有書事等詩。

據胡氏原譜。詩云：「再來生白髮，重見鄧州春。」又云：「依舊城西路」，「卜居得窮巷」，又云：「城西望城南，十日九相隔。」寄季申詩云：「雨歇城南泥未乾，遥知獨立整衣冠。」據知簡齋時寓城西；而富、孫則在城南也。富直柔爲汝州舊交，已見前譜。孫確字信道，沈晦榜甲科。建炎初，作京西運司屬官，僅改京秩而卒，年止四十。張嵲紫微集卷八哭孫信道詩并序記其事。嘉慶一統志卷二百十河南南陽府：「鄧州，西南至襄陽府光化縣界六十里。」

夏，有題繼祖蟠室及述懷詩。

繫年要録卷五云：「建炎元年五月庚寅朔，兵馬大元帥康王即皇帝位於南京，改元建炎。」大赦天下。「布衣有材略者，令禁從、監司、郡守限十日各舉一員。」詩云「中興天子要人才」，謂此也，則詩爲五月後作矣。按汴京以去年閏十一月丙辰陷，至今年四月辛酉，金人始全部退兵。繫年要録卷四云：「敵之圍城也，京城外墳壠發掘略徧，出屍取槨爲馬槽，城内疫死者幾半。物價踊貴，米升至三百，豬肉斤六千，羊八千，驢二千，一鼠亦直數百。道上横屍，率取以食，間有氣未絶者，亦䵷剔以去，雜豬馬肉貸之。」「城中猫犬殘盡，游手凍餓死者十五六，遺胔所在枕藉。」此東京情況也。又自金人再入，西道都總管王襄於去年閏十一月棄河南，奔襄陽，西京一帶亦相繼淪陷。至今年三月辛丑，又有范致虚千秋鎮之潰（詳見繫年要録卷三）。致虚前軍經由鄧州澠池間，簡齋時寓鄧，可謂近在眉睫。詩云「京洛滿在眼」，蓋痛之也。

秋，有寄題趙景温筠軒詩。

趙景温殆宗室也，故詩以「王孫」稱之，其事蹟不詳。張嵲紫微集卷四亦有題趙景温筠居一首。繫年要録卷六云：「建炎元年六月癸亥，自金再圍城，京西、湖北諸州悉爲賊侵犯。隨州陸德先，復州趙縱之，郢州舒舜舉，與荆南、德安皆失守。獨知汝州徽猷閣待制趙子櫟，知襄陽府直徽猷閣黄叔敖，知黄州直秘閣閻孝忠，知漢陽軍朝散大夫李彦卿能守境捍賊。」同書卷七云：「秋七月庚寅，自宣和末，群盜蜂起，其後勤王之兵往往潰而爲盜。至是祝靖、薛廣、黨忠、閻瑾、王存之徒，皆招安赴行在，凡十餘萬人。」「獨淮寧之杜用，山東之李昱，河北之丁順、王善、楊進，皆擁兵數萬，不可招。而拱州之黎驛，單州之魚臺，亦有潰卒數千爲亂。」「又李孝忠既破襄陽，擾京西諸郡。」詩云「相逢漢江邊，盜起方如雲」，殆謂此也。又云「清秋不可負」，知爲秋日作矣。

重陽，有感事等詩。

徽、欽二帝於是年三月丁巳、四月庚申先後北遷。繫年要録卷九云：「九年庚午，道君太上皇帝、淵聖皇帝自燕山徙居中京。中京者，在燕山之北千里，金謂之霫部，蓋古奚國也。二帝既至，即相府院居焉。時嗣濮王仲理等千八百餘人尚在燕，金人計口給糧，監視嚴密，宗室之死者甚衆。」詩所以有「誰折黄花」之痛也。感事云：「風斷黄龍府，雲移白鷺洲。」方回瀛奎律髓卷三十二云：「黄龍府謂二帝北狩，白鷺洲謂高廟在金陵。」其説近是而未確。按駐蹕問題，實建炎初年一大事，李綱嘗以去就争之。大抵宗澤主都汴京，李綱議先駐蹕襄鄧，以係中原之望，竢兩河就緒即還汴京，其議與宗澤不悖，皆上策也。而汪、黄力持幸東南，意在逃避，李綱之議格而不行。詩云「雲移」，傷朝議之中變也。蓋當時雖有移駐江寧之議，然本年實未移金陵，至九月己酉，詔「暫駐淮西」，十月丁巳朔，「登舟幸淮甸」，其後遂入揚州矣。詳具詩箋。又，簡齋建炎三年在岳州和粹翁用奇父韻賦九日時云：「前年鄧州城，風雨傾客居。何嘗踈菊生，菊生自我踈。豈無登高地，送目與雲俱。門生及兒子，勸我升籃輿。

出門復入門，戈旆填街衢。」所紀即此年重九事也。

詩云：「寒日滿川分衆色，暮林無葉寄秋聲。」蓋秋末事。

冬十月，得席益書，以詩迓之，又有詩送其赴石城。

嘗送客出城西，有詩。

席益靖康元年二月七日以中書舍人除徽猷閣待制知河中府（靖康要録卷三），至今年五月，金人犯河中，棄城遁去（繫年要録卷五）。至是將赴石城，來過鄧州，得與簡齋相晤也。按汪藻浮溪集卷十二知河中府席益落職制責益「弗思爲國，專主謀生」，「坐令百萬之民，皆被侵陵之毒」，其詞甚厲。簡齋此詩云「萬事莫論兵動後」，亦爲益解嘲耳。益建炎二年知郢州（王象之輿地紀勝卷八十四），此行蓋赴郢州之任，故詩有「秀眉使君」之句。嘉慶一統志卷三百四十二湖北安陸府：「石城，今府治。地理通釋：『郢州子城，三面牆基皆天造，正面絶壁，下臨漢江。』石城之名本此。」

夢中送僧覺而忘其第三聯戲足之，又有無題之作。

二詩原編次第如此，不能確知其爲何時作。

是年春三月丁酉，金人立張邦昌爲楚帝。丁巳，金人脅上皇北行。夏四月庚申，金人以帝及皇后、皇太子北歸。五月庚寅朔，康王即位於南京（以上宋史欽宗紀）。改元建炎，以黄潛善爲中書侍郎，汪伯彦同行樞密院事。甲午，以李綱爲尚書右僕射兼中書侍郎，趣赴行在。六月己未朔，李綱入見，上十議。乙酉，以宗澤爲東京留守。八月壬戌，以李綱爲尚書左僕射兼門下侍郎，黄潛善爲右僕射兼中書侍郎。乙酉，用張浚言罷李綱左僕射。是秋，金人分兵據兩河州縣。冬十月丁巳朔，帝登舟幸淮甸。甲子，以張浚論李綱不已，落綱觀文殿大學士，止奉宮祠。癸未，至揚州。十一月辛亥，金人陷河間府。十二月癸亥，粘罕犯汜水關。戊辰，金人圍棣州。甲戌，金人陷同州。己卯，金人陷汝州，入西京。庚辰，金人陷華州。辛巳，破潼關。（以上高宗紀）

是年，尤袤（延之）生（宋史卷三百八十九）。王明清（仲言）生（錢大昕疑年録）。楊萬里（廷秀）生（余嘉錫疑年録稽疑）。

建炎二年戊申（一一二八），三十九歲。

正月，自鄧往房州，十二日，自房州城遇虜至，奔入南山。

嘉慶一統志卷三百四十九湖北鄖陽府：「房縣，在府西南三百十里。唐武德初爲遷州治，貞觀十年爲房州治，改曰房陵。宋因之。明洪武八年降州爲房縣，屬襄陽府。成化十二年改屬鄖陽府，本朝因之。」按房州房陵郡，宋隸京西南路，太宗時陞爲保康軍。王象之輿地紀勝卷八十六云：「南山，在房陵縣南三里。陳簡齋有房州遇虜奔入南山詩。」祝穆方輿勝覽卷三十三與紀勝同。

繫年要録卷十二云：「建炎二年正月戊子（初三），女真萬户尼楚赫陷鄧州。初，觀文殿學士京西南路安撫使范致虛既受命，會河東制置使趙宗印引兵自商山出武關，欲趨行在，與致虛會於方城，因將其軍偕至。致虛之未至也，轉運副使右文殿修撰劉汲攝守事，營繕儲峙，所以待乘輿之具甚備。至是，尼楚赫將壓境，州兵不滿萬人，致虛聞風亟遁。汲除安撫使。汲募死士得四百餘人，乃遣兵馬都監戚鼎以兵三千出東門迎敵，靳儀以兵九百出南門，趙宗印以兵三千出西門犄之。汲以牙兵四百登陴以望，見宗印遁，即自至鼎軍中，歷其衆陳，以待敵至。士爭死鬥，敵爲却。俄而儀亦敗。敵以二軍夾乘之，矢如雨。軍中請汲去蓋，汲不許，曰：『使敵知安撫使在此，樂爲國致死。』敵大至，汲死之。宗印率軍民自房陵奔襄陽。」又「甲午（初九），簽書武勝軍節度判官廳公事權鄧州李操降於金人。」「丙申（十一），金萬户尼楚赫陷均州。丁酉（十二），金人陷房州。」（畢沅續通鑑云「金史作馬五取房州，北盟會編作尼楚赫陷房州。蓋尼楚赫乘勝進取房州也。會編紀日與宋史同。」）此當日鄧房一帶情勢也。簡齋自鄧州出奔，當在正月初三日尼楚赫陷鄧之前，或即隨趙宗印南奔之衆也。其抵房州，適當十二日金人陷房州時，詩云「今年奔房州，鐵馬背後馳。造物亦惡劇，脱命真毫釐」，其狼狽可想。

十五日，抵回谷張家，有詩。十六、十七夜，皆有詩。又有坐澗邊石上、獨立、採菖蒲等詩。

抵回谷云：「避虜連三年，行半天四維。」簡齋自靖康元年正月自陳留避地南奔，至是已三年矣。自十五日入山，至春末始出山。其間，金人以正月二十七日焚掠鄧州，繼則陷唐、蔡，陷淮寧，去房、鄧北歸，則二月底以前事，簡齋時在山中也。王象之輿地紀勝卷八十六房州房陵郡，引「回首房州城，山中夜何永」二句，十七日夜詠月句也。獨立云：「偷生亦聊爾，難與衆人言。」採菖蒲云：「明朝却覓房州路，飛下山巔不要扶。」想見山中愁苦之狀。張嵲紫微集卷三有避賊一首，當是一時之作。引見詩箋。

與孫確、夏珙、張嵲會於山中，有唱酬詩。

孫確字信道，已見前。夏珙字致宏，宋史無傳，諸書亦不詳其事蹟，惟張嵲紫微集中與珙贈答之作甚多，猶可見其厓畧。紫微集卷三十一歲寒堂記稱其名珙字致宏，九江人，「文莊英公之裔孫。讀書作文，頗有致思」。宣和六年，嘗自房陵丞攝竹山令。同書卷四又有過大包閣寄夏漕致宏詩，則其人乃夏竦之後，此時當在京西漕屬也。胡注云：「致宏名廙。」與紫微集不合，俟再考。張嵲字巨山，襄陽光化人，簡齋表姪也。嘗學詩於簡齋。紹興中，官司勳員外郎，中書舍人，實録院修撰，有紫微集二十六卷，今有四庫輯本。簡齋墓誌即其所作。事蹟見宋史卷四百四十五文苑本傳。宋史稱其宣和三年上舍中第後，「調唐州方城尉，改房州司刑曹」。此時當是在房州任，與孫確、夏珙亦因避寇入山，與簡齋相會也。詳具詩箋。

是春，簡齋在山中作詩甚多，除上述抵回谷諸詩外，尚有與信道遊澗邊、詠西嶺梅花、遊南嶂同孫信道（輿地紀勝卷八十六房州房陵郡引「石門泄風無晝夜，古木截道藏雷雨」二句，方輿勝覽卷三十三亦引二句，「雷雨」誤作「雲雷」）、遊東巖（輿地紀勝卷八十六引「新晴遠村白，薄暮群峰青」二句）、晚望信道立林竹邊、雨晴徐步、同信道晚登古原、岸幘、雨、醉中至西徑梅花下已盛開、寒食、清明、與夏致宏孫信道張巨山同集澗邊等詩。張嵲紫微集卷八有與陳去非夏致宏孫信道遊南澗同賦四首，又有贈陳符寶去非五言一首，皆一時酬唱之作。又原編醉中至西徑梅花下後有出山二首，入山二首，以王象之輿地紀勝卷六十二所引考之，四詩當是建炎四年客邵州時作，原編偶失其次耳，説詳後譜。

春末出山，宿向翁家，有詩。又有出山道中及詠青溪石壁詩。

王象之輿地紀勝卷八十六房州房陵郡引「紙坊山絶頂，直下夕陽斜。却看來處路，南北兩巖花」四句，「路處」作「處路」，當據乙。又引「同行得快士，勝處頻淹留。乘除了身世，未恨落房州」四句，祝穆方輿勝覽卷三十三京西路房州題詠亦引此四句。

夏，離房州，去均陽，道中有聞王道濟陷虜詩。

詩云：「雲孤馬息嶺，老淚不勝揮。」按王象之輿地紀勝卷八十六京西南路房州房陵郡：「馬息山，在房陵北七十里；馬息驛，在房陵縣北六十里。」據知詩爲去房赴均道中之作。宋史地理志：均州武當郡，屬京西南路。輿地紀勝卷八十四云：「治武當。」按均陽，南朝梁置，唐省。故城在今湖北均縣東北丹江入漢水處，與河南接近。王道濟，宋史無傳，黄庭堅山谷外集卷十五有王道濟寺丞觀許道寧山水圖七古一首，史容注本編在元祐二年丁卯山谷在秘書省兼史局時作,疑即其人(簡齋亦有題許道寧畫詩,見卷四)。葉夢得石林詞有滿庭芳次韻答蔡州王道濟大夫見寄一首。道濟知蔡州未知何年,按繫年要録是年二月尼楚赫陷蔡州時,其守臣爲閻孝忠,道濟守蔡當在其前。繫年要録卷十二云:「建炎二年正月戊子(初三),金女真萬户尼楚赫陷鄧州。丁酉(十二),金人陷房州。壬子(二十七日),金人焚鄧州。初,上既用李綱議營南陽,於是截留四川輕齎綱及聚芻粟甚衆,城破,悉爲金有。金又需百工伎藝人及民間金幣,如根括京城之法,凡再旬乃盡。至是將退師,使人諭城中富民,令獻犀象金銀以謝不死。城中人既出,尼楚赫諭之曰:『大金欲留兵十萬屯於鄧州,爾當供其芻粟。』衆曰:『鄧州多水,非屯兵之地。』尼楚赫曰:『爾曹既已投拜,皆大金之民矣。今引兵而去,後有他盜若何?』衆莫對。尼楚赫傳令竭城中人入木寨中。後四日,擁之而去。中途量給食,細民之死者殆盡。」同書卷十三云:「二月戊午(初四),尼楚赫陷唐州,遂縱焚掠,城市一空。癸酉(十九),尼楚赫陷蔡州。初,金人自唐州北歸,守臣直秘閣閻孝忠聞之,先遣其家往西平,依土豪翟沖以避寇,而自聚軍民守城。金圍之數日,城陷於東南隅。居人自東奔者皆達,其餘皆死。知汝陽縣丞郭贊朝服罵賊不肯降,敵執之,贊罵不絶口而死。金人遂焚掠城中而去。孝忠爲所執,金人見其貌陋而侏儒,不知爲守臣,乃令荷擔。孝忠乘間奔西陵。丙子(二十二日),金人陷淮寧府,知府事起復中散大夫向子韶死之。」以上是年正、二月間事,道濟陷虜當在其時,但不知其在蔡或在鄧,簡齋至是始聞之也。

是夏,權攝知均州,有均陽官舍諸詩。

王象之輿地紀勝卷八十五京西南路均州名宦:「陳與義,號簡齋居士,建炎二年知州。」按簡齋知均州,宋史本傳、張嵲墓誌、胡氏年譜均失載,惟輿地紀勝載之,否則此官舍詩及以下諸詩,皆有難於索解者。觀同通老用淵明獨酌韻云：「紛紛吏民散，還我以兀然。」又云：「向來房州谷，採藥危得仙。忽駕太守車，出處寧非天。」觀江漲云：「可爲一官妨快意，眼中惟覺欠扁舟。」其嘗躬涖職事甚明。和王東卿云：「來日安榴花尚稀，壓牆丹實已垂垂。」其來均陽，當是夏初。至八月則又離均去岳，其間居官之日甚短。竊意簡齋是年知均州及明年知郢州皆係權攝，非正式除授，故本傳、墓誌皆畧去不書。按宋制，權攝官，自太祖、太宗時已累禁之，宋會要輯稿職官（六二之三八）云：「太祖開寶四年五月詔：『今後諸道州縣，不得更差權攝官，凡有闕員，畫時以聞，當旋與注官。若正官未到，各以見任他官權管。如有日前已差攝者，限以勅到日停罷。』」又「太宗太平興國六年十月詔：『應諸道州軍，不得占前州縣官假攝他職。』先是京西轉運上言：『管内諸州闕員，多以前資官充攝，不給俸禄，恐乖廉耻之道，願一切罷之。』故有是詔。」自後，惟廣南東西路等邊遠惡地仍許管内保奏權攝外，其餘諸州不復見權攝之事。自靖康以來，中原俶擾，各地闕官者衆，復行權攝之事。故宋會要輯稿職官（六二之四五）云：「建炎四年七月十二日詔：『應監司郡守違法差權官並罷。』紹興元年九月五日詔：『諸州縣闕官，除係繁難知縣及係獨員無官可無去處（此句疑有脱誤）並許選官權攝幹當，其餘正止令以次官兼權。其未降指揮以前已差攝官並罷。』」據知前此當有權攝之事，至是復一再禁之也。又莊季裕雞肋篇卷下云：「靖康之後，時方用兵，急於人才，故士大夫多奪哀起復。自是凡軍假攝，有不待朝命而行者。已而雖非軍旅及藉材幹，多以急禄而起。」按簡齋是時方丁外艱，蓋亦奪哀起復者。又按繫年要録卷二十云：「建炎三年二月乙丑詔：『應緣金人曾到州軍逃避守貳兵官，並令本路監司尋訪遺歸任。』」簡齋以八月離均州，未詳去識所由，至明年去郢，則因「避貴寇入洞庭」（詳後），但此後不聞有「尋訪遺歸任」之事。而晚步湖邊詩云：「幸無大夫責，得伴諸子遨。」如係正式除授之官，不得云「幸無大夫責」也。據知今年知均，明年知郢，均係權攝無疑。又按洪邁容齋隨筆卷十云：「除省郎者，初降指揮，但云除某部郎官。蓋以知州資序者當爲郎中，不及者爲員外郎。」考簡齋於紹興元年始除兵部員外郎，則其不及知州資序甚明，益足證均州、郢州皆是權攝，非正式除授者。

（王東卿名震，開封人。胡寅斐然集卷二十六左朝清大夫王公墓誌銘叙其靖康以後事，但稱其「轉徙南渡，奉親隱約」，至紹興元年，「應荆南鎮撫使辟爲參謀」，則其人是時當是閑居均州者。）左通老未詳，俟考。

八月，離均陽，有寄何子應詩。

欲離均陽而雨不止書八句寄何子應云：「江城八月楓葉凋，城頭哦詩江動摇。」據知離均陽在八月也。何子應名麒，事蹟未詳。汪藻浮溪集卷三十有何子應少卿作金華書院要老夫作詩因成長句二首，句云：「向來奮舌動天意，不怕惠文霜凜凜。忽然飄落九疑山，坐對秋風行兩稔。」似其人嘗因言事流竄湖湘者。同書卷三十一又有題何子應竹君軒一首，卷三十二有次韻何子應七月十八日書事二首。張嵲紫微集有贈何子應侍兒詩，胡注已引。均陽舟中夜賦云：「汝洛塵未消，幾人不負戈。」按繫年要録卷十三云：「建炎二年二月壬午，初，群盜冀德、韓清乘金人入犯，嘯聚不逞，出没汝洛之間，有衆萬人，屯留山寺及艾蒿坪，至是西京留守司統制翟興以輕騎襲之，一擊而潰，德爲興所擒，清脱身遁去。獲財物甚衆，皆給麾下。婦女數百，悉縱還其家。」又宋史高宗紀「三月壬辰，粘罕焚西京去。庚子，河南統制官翟進復西京。夏四月乙丑，翟進以兵襲兀室於河南，兵敗，其子亮死之。進又率御營統制韓世忠、京城都巡檢使丁進等兵戰於文家寺，又敗。世忠收餘兵南歸。兀室復入西京，尋棄去。」又：「冬十月甲子，楊進復叛，攻汝洛。命翟進擊於鳴皋山，翟進戰死。」此是年汝洛一帶亂況也。繫年要録卷二十五又云：「建炎三年秋七月乙巳，京西南路招捉副使王俊掠汝州，京西北路制置使翟興聞之，親往招俊。既入境，命塞井夷竈以困興。興至城下，俊欲出兵擊之，興曰：『吾以好意來，而俊敢爾。』命攻之。將士應時登城，俊引其衆遁歸繖蓋山。興按轡入城，秋毫無犯，百姓皆安堵。後三日，引兵至繖蓋山，俊出戰，又敗之。」則汝洛之塵，至明年秋仍未消也。

舟次高舍，有書事詩。

高舍未詳。詩云：「遥指長沙非謫去，古今出處兩淒涼。」知簡齋此行，已作湖南之計矣。

經石城，有詩。

石城，郢州子城也。東、北、南三面基墉皆天造，正西絶壁，下臨漢江。詳見輿地紀勝卷八十四引富水志。嘉慶一統志卷三百四十二湖北安陸府：「石城，今府治。」簡齋建炎三年九日和粹翁用奇父韻云：「去年郢州岸，孤檝封壞郛。」又云：「亦復躋荒戍，日暮野踟躕。」所紀當即經石城事也。

抵岳州，居焉。有登岳陽樓二詩。

輿地紀勝卷六十九荆湖北路：「岳州巴陵郡，岳陽軍節度，今領縣四，治巴陵。」同書景物下引岳陽風土記云：「岳陽樓，城西門樓也。下瞰洞庭，景物寬廣。」綦世基洞庭湖志卷六遊覽云：「陳與義去非，汝州葉縣人。登甲科，歷太學博士。南渡後避亂湖湘，召爲兵部員外郎，累官參知政事。有洞庭野望等詩。」同書卷十一藝文三載此二詩，題作登岳陽樓二首。按詩云：「萬里來遊還望遠，三年多難更憑危。」簡齋自靖康元年春自陳留避亂南奔，至是越三年矣。

冬十月，有巴丘書事、晚步湖邊諸詩。

輿地紀勝卷六十九荆湖北路岳州景物下引皇朝郡縣志云：「巴丘山在巴陵縣境，西臨大江。吴使魯肅以萬人屯巴丘，即此。」嘉慶一統志卷三百五十九湖南岳州府古蹟云：「巴丘故城即今府治。」按詩云：「四年風露侵遊子，十月江湖吐亂洲。」自靖康元年春初至今，已三年又十月，舉成數得云四年也。晚步湖邊云：「幸無大夫責，得伴諸子遨。」簡齋是夏知均州，至八月離均陽，上岳陽，官係權攝，故得云「無大夫責」，説已見前。洞庭湖志卷十一藝文三載巴丘書事詩。

再登岳陽樓,感慨賦詩。

詩云:「乾坤萬事集雙鬢,臣子一謫今五年。」簡齋自宣和六年甲辰冬自符寶郎謫監陳留酒税,至是適五年矣。

洞庭湖志卷十一藝文三載此詩。

又作里翁行、居夷行。

里翁行云「夜寒干掫不經過」,居夷行云「巴陵十月江不平」,俱冬日作矣。洞庭湖志卷七事紀云:「丁未,高宗建炎元年,金人掠岳州,流賊劉鍾入寇,時金兵潰散,掠岳州。而自宣靖以來,湖湘盜賊四起。是年八月,劉鍾入寇平江,據白面寨。加以趙壽之徒,張用、曹成、馬友之衆,縱横爲害,所在殘毁。民非匿山谷,則泛江湖,邑境爲墟。至紹興四年賊始平。出丙寅郡志。」按此文畧見靖炎以來岳州一帶亂況,居夷行所以有「遭亂始知承平樂」之慨也。宋史卷二十五高宗紀:「建炎二年春正月丙戌朔,帝在揚州。」又:「冬十月甲寅,命揚州濬湟修城,閱江淮州郡水軍。」是時金人犯青州,揚州形勢危急,而汪、黄當國,不以爲意。至明年正月,金人連陷青州、濰州,猶詔「百官聞警遣家屬避兵,致物情動揺者,流」。至「二月庚戌朔,始聽士民從便避兵」,時金兵已陷徐州,迫淮甸矣。既而「江淮制置使劉光世阻淮拒金人,敵未至,自潰。」金人犯楚州,又陷天長軍。二月壬子,「内侍鄺詢報金兵至,帝被甲馳幸鎮江府」,始狼狽出奔。詩云:「揚州雲氣鬱不動,白首頻回費私禱。」蓋深憂之也。洞庭湖志卷十一藝文三載居夷行。

除夕,作二詩。

詩云:「比量舊歲聊堪喜,流轉殊方又可驚。」按去年除夕,簡齋在鄧州,時尼楚赫犯鄧,正月自鄧奔房,遇虜入南山，所謂「脱命真毫釐」者，故此言「聊堪喜」也。

是年春正月丙戌朔，帝在揚州。戊午，金人陷鄧州。壬辰，犯東京，宗澤遣將擊却之。乙未，金人破永興軍。丙申，陷均州。丁酉，陷房州。辛丑，陷鄭州。二月丙辰，金人再犯東京。三月辛卯，金人陷中山府。壬辰，粘罕焚西京去。秋七月丙戌，宗澤卒。十一月庚申，金人犯東平府，又犯濟南府，守臣劉豫以城降。己巳，以黄潛善爲尚書左僕射兼門下侍郎，汪伯彦右僕射中書侍郎（以上宋史高宗紀）。

是年，宗澤（汝霖）卒（宋史卷三百六十）。劉安上（元禮）卒（劉給事集附行狀）。

建炎三年己酉（一一二九），四十歲。

春正月，岳州大火。火後問舍至城南，有詩。

繫年要録卷二十四引馮檝時議録，有建炎四年代袁埴與李允文書云：「巴陵先於去年春間延燒殆盡，至夏又遭貴仲正殘破。」所云「去年」，即今年也。詩云：「遂替胡兒作正月，絶知回禄相巴丘。」知大火是正月事。

嘗曉登燕公樓，有詩。

今本題作晚登燕公樓，四庫本作「曉登」，洞庭湖志卷十一藝文三載此詩亦作「曉」，以詩中「欄干納清曉」句觀之，作「曉登」爲是。方輿勝覽卷二十八湖北路岳州：「燕公樓在岳陽北，滕子京序，張説謫守作。」

火後從郡守王接借後圃君子亭居之，自號園公，有書事、春寒等詩。

春寒云：「二月巴陵日日風，春寒未了怯園公。」簡齋自注：「借居小園，遂自號園公。」方輿勝覽卷二十八湖北路岳州名賢：「陳與義嘗假館郡圃，所居室自號簡齋。」按簡齋之號不始於居岳州時，劉辰翁已辨之，此蓋沿胡注而誤，詳見前譜。再賦云：「揚州雲氣鬱佳哉，百慮方横吉語來。」按繫年要録卷十九云：「建炎三年春正月庚辰朔，上在揚州。丁亥，金人陷青州，又陷濰州，焚其城而去。戊戌，御史中丞張澂以邊事未寧，請詢於衆，爲禦寇之策。」時呂頤浩、葉夢得、張守諸人皆有所論列，而汪、黄不能納。「庚子詔：『有警而見任官輒搬家者，徒二年；因而摇動人心者，流二千里。』由是士大夫皆不敢動。」（要録同卷）按庚子爲正月二十一日，詩云「百慮方横吉語來」，當指庚子詔書而言。時揚州形勢危急，而防淮、渡江，迄無定算，故曰「百慮方横」，深以爲憂也。及聞詔旨，而簡齋遠在岳州，無由詳知行在之事，以爲詔書禁輕動，似廟堂已有成算，故曰「吉語來」也。至丙午（正月二十七日），金人陷徐州，韓世忠軍潰於沭陽。己酉（正月三十日），金人犯泗州，帝於是倉皇出走，其間不得再有所謂「吉語來」矣。胡注：「粹翁姓王名接，樞密彦霖名巖叟之子。」

按宋史卷三百四十二王巖叟傳不載其子孫名字。張芸叟撰巖叟墓誌，三朝名臣言行録有摘引，亦不言其子孫。俟再考。

望燕公樓下李花，有詩。

洞庭湖志卷十一藝文三載此詩。按再賦云「危樓只隔一重籬」，引詩亦云：「燕公樓下繁華樹，一日遥看一百回」，知簡齋寓居當在燕公樓側近。

陪粹翁舉酒於君子亭下，海棠方開，有詩。

詩云「聊從地主借繩床」，此簡齋自用舊句也，時方借寓郡圃後園，故云。

又有春夜感懷寄席大光詩。

簡齋自注云：「時大光知郢州。」按輿地紀勝卷八十四云：「席益，建炎二年知郢州。（繫年録）」按繫年要録卷十四云：「建炎二年三月癸卯，河東制置使趙宗印自襄陽移屯郢州，守臣席益請之也。」當即王氏所據。至是年四月，簡齋有「差知郢州」之命（胡氏原譜），當是代席益，故江行野宿寄大光詩云：「平生正出元子下」，戲謂席棄而已取也。原編此下又有夜賦寄友詩，不知所寄爲誰。洞庭湖志卷十一藝文三引陰風（今本作陰雨，庫本作「陰風」）、雨、春寒諸詩。原編又有次韻傅子文絶句一首，其人未詳。

與岳州決曹掾周莘數相唱酬。

方回瀛奎律髓卷三十二有周尹潛野泊對月有感一首，注云：「尹潛名莘，爲岳陽決曹掾，陳簡齋集屢見詩題。乃錢唐人，東坡所與交周長官開祖之孫也。詩有老杜氣骨，簡齋亦欽畏之。」按簡齋詩云「洗盡元和到建安」，所以推之者甚至。

是春，又有城上晚思、雨中對酒、尋詩、寒食日遊百花亭諸詩。

洞庭湖志卷十一藝文三載城上晚思及雨中對酒二詩。按宋史高宗紀云：「建炎三年春正月庚辰朔，帝在揚州。丁亥，金人再陷青州，又陷濰州，焚城而去。丙午，粘罕陷徐州，以騎兵三千取彭城間道趣淮甸。戊申，至泗州。二月庚戌朔，金人犯楚州。辛亥，金人陷天長軍。壬子，帝被甲馳幸鎮江府。是日，金兵過揚子橋。癸丑，游騎至瓜洲。是夕，發鎮江，次吕城鎮。金人入真州。甲申，次常州。丙辰，次平江府。丁巳，金人犯泰州。戊午，次吴江縣。金人陷滄州。己未，次秀州。庚申，次崇德縣。壬戌，駐蹕杭州。金人陷晉寧軍。癸亥，下詔罪己。戊辰，金人焚揚州。庚午，金人去揚州。」此是年正二月金兵南侵概畧也。而是時岳州亦有貴仲正之亂（詳見後譜），此簡齋所以有「天翻地覆傷春色」之慨也。

聞王銖附張恭甫舟過湖南，作詩送之。

按王銖紹興間歷官起居舍人、中書舍人、兼侍講、實録院修撰，紹興十二年三月庚子卒。見繫年要録卷一百三十一、一百三十五、一百三十七、一百四十二、一百四十四等。張嵲紫微集卷二十有試中書舍人王銖故父仁恕可特贈承議郎制。劉一止苕溪集卷四十三有所行范濬王鉌左司郎官潘特竦魏良臣右司郎官制，稱鉌「安恬樂易，遇事必爲」。同書卷四十六又有程克俊起居郎、王鉌起居舍人制，稱其「博物能言，絶出倫類」。簡齋此詩云：「牆東木陰好，初識避世賢。」是鉌當時避地岳州，所居與簡齋鄰近，簡齋是時寓郡圃君子亭也。張恭甫事蹟未詳。胡注云：「恭甫，名叔夜嵇仲樞密之子。」「名」下當有脱誤。張叔夜字嵇仲，開封人，歷官簽書樞密院事，靖康殉難，謚忠文，宋史卷三百五十三有傳。又靖康要録卷三、十三、十六，繫年要録卷五，載其勤王死節之事甚詳，然諸書皆不著其子孫名字。本傳云：「城陷，叔夜被創，猶父子力戰。」靖康要録卷十三「叔夜率先勤王，以其二子領前後軍，屯陳州門，屢戰有功。」此所謂父子、二子，不知其中有恭甫否？詩又云「竟隨文若去」，是王鉌隨恭甫之行，爲避難也，時岳州方有貴仲正之警，詳見下文。

夏四月，權攝知郢州，有和周莘詩。

胡氏原譜云：「四月，差知郢州，有和周尹潛詩。」按簡齋代席益知郢州，宋史本傳及張嵲墓誌皆不載，事係權攝，説已見前。周尹潛聞僕有郢州之命作詩見贈次韻謝之云：「如何南紀持竿手，却把西州破賊旗。」江行野宿寄大光云：「平生自出元子下。」似嘗躬莅職事者。然四月到郡，五月二日即因避貴仲正之亂入洞庭，其間在郡，爲時甚暫，此後亦不復再歸郢也。

又有次韻尹潛感懷之作。

瀛奎律髓卷三十二以此詩爲紹興元年作，非也。按此詩當是本年粘罕破揚州，有痛於汪、黄之誤國而作，故曰「嘆息猶爲國有人」也。自靖康元年春至是已四年有奇，詩云「五年天地無窮事」者，舉成數約畧言之也。若紹興元年，則去靖康之變已六年，與「五年」之數不合。且彼時簡齋已去賀州，不得與周莘唱和也。繫年要録卷二十一云：「五月己卯，詔：『金人已退，當進幸江寧府，經理中原』。」時汪、黄已罷，以朱勝非爲相，有進幸江寧之詔，故詩云「共説金陵龍虎氣」，蓋謂此也。

五月二日，避貴仲正之亂入洞庭，有詩。

宋史卷二十五高宗紀：「建炎三年春正月庚辰朔，京西賊貴仲正陷岳州。」繫年要録卷十九亦云：「建炎三年春正月庚辰朔，是日，賊貴仲正引兵犯岳州。」繫年要録卷二十四於建炎三年六月末書：「是夏，賊貴仲正破岳州，詔遣兵討捕。既而，起復奉議郎通判襄陽府程千秋招降之，千秋因留以爲將。」原注云：「日曆只於正月書『貴仲正犯岳鄂』一句，更無首尾。惟紹興三年五月庚午，知岳州范寅敷奏乞免税狀云：『本州昨日貴仲正佔據州城，蒙朝廷遣大兵殺散。』它書亦無仲正事迹。案趙甡之遺史有千秋統兵官貴仲正，即其人也，故附此。或是千秋爲沿江制置時所招，亦未可知。馮檝時議録有建炎四年代袁埴與李允文書云：『巴陵於去年春間，延燒殆盡，至夏又遭貴仲正殘破。』則岳州之破，決不在此時，但無書考證日月耳。仲正之死，附今年十一月丁未，蓋以紹興元年六月甲寅解潛爲渠成乞贈官狀修入，亦須詳考。」今案貴仲正破岳州事，宋史語焉不詳，三朝北盟會編、中興小紀、續宋中興編年資治通鑑諸書均失載，惟李氏要録記之，然亦不能詳其日月。今以簡齋此詩及下二十二日自北沙移舟作是日聞賊革面詩證之，則貴仲正之據岳州，其事當在五月初二日至二十二日之間，可補史志之闕。宋史高宗紀：「建炎三年六月乙亥，是夜，賊貴仲正降。」南宋書與紀同，蓋據聞奏時日書之也。又宋史「正月庚辰朔，京西賊貴仲正陷岳州」一語，其説蓋本之日曆。然日曆所書爲「犯岳鄂」，以簡齋此詩「鼓發嘉魚」之語考之，是仲正以正月犯鄂州，至五月二日復自鄂犯岳，且破岳州也。宋史於正月書「陷岳州」者實誤，不如要録書「犯」爲近情實。

過君山，不獲登覽，有詩。

嘉慶一統志卷三百五十八湖南岳州府：「君山，在巴陵縣西南洞庭湖中，一名湘山，亦稱洞庭山。方輿紀要：『山方六十里，狀如十二螺鬟。』元和志：『君山在巴陵縣西三十里。』」詩云：「勝日空倚眺，經年未成遊。」簡齋以去年秋杪來岳陽，數有登樓之作，故曰「經年」也。洞庭湖志卷十一藝文三載此詩。

五日，移舟明山下，有憶秦娥、臨江仙詞各一首。

嘉慶一統志卷三百五十八湖南岳州府：「明山在平江縣南五十里，一名奉國山，高七十餘丈，周迴三十餘里。三面峭絶，惟一徑可通。」按簡齋生平惟是年五日在岳州，詞當作於是年無疑。平江地近汨羅，故有「試澆橋下水，今日到湘中」之語，當是自洞庭移舟至此也。又湘西芷江縣北二十里亦有明山，與洞庭無涉，簡齋行踪亦未嘗至其地。

又有細雨、泊舟宋田遇厲風作。

宋田，未詳。細雨云「避寇煩三老」，泊宋田云「逐隊避狂寇」，知是一時之作。洞庭湖志卷十一藝文三載泊宋田詩。

五月二十二日，自白沙移舟，是日聞賊革面，有詩。

按貴仲正降後，爲程千秋裨將，於是年十一月桑仲陷襄陽時被殺。繫年要録卷二十九記之甚詳。又桑仲陷襄陽事，三朝北盟會編在四年八月一日辛未，與要録不同，以劉時奉續宋中興編年資治通鑑卷二證之，當以要録爲是。

又有贈傅子文、晚晴野望、雨中諸詩。

贈傅子文云「豺虎不能寬遠俗」，野望云「兵甲無歸日，江湖送老身」，皆避亂湖中時語。

舟抵華容縣，有詩。又有夜賦、月夜、晚晴、寥落諸詩。

輿地紀勝卷六十九荆湖北路岳州：「華容縣，九域志云：在州西一百五十里。」夜賦云「窮途事多違，勝處亦心驚」，月夜云「天地塵未消，江湖氣聊伸」，晚晴云「避盜半九圍，兩脚不遺力」，寥落云「城郭方多事，野興一蕭疎」，皆顛沛流離中語，時城中氛燼猶未消也。

從華容道烏沙還郡，七月十六日夜半，出小江口宿焉，有書事詩。

自五月二日避寇轉徙湖中復從華容道烏沙還郡七月十六日夜半出小江口宿焉徙倚柂樓書事十二句云：「回環三百里，行盡力都窮。」按簡齋轉徙湖中，凡二月又十四日，至是復還岳州也。烏沙、小江口，未詳。

中秋，與任才仲醉於岳陽樓上。

本集卷二十七己酉中秋之夕與任才仲醉於岳陽樓上明年十一月二十日南遊過道謁姜光彦出才仲畫軸則寫是夕事也剪燭觀之恍然一笑書八句以當畫記云云。據知今年中秋嘗有是遊。任才仲名誼，詳見明年本譜。厲鶚宋詩紀事卷四十四引岳州府志載姜光彦詩云：「己酉中秋，任才仲、陳去非會飲岳陽樓上，酒半酣，高談大笑，行草間出，誠一時俊遊也，爲賦之」云云，亦記此事。參看明年過道州謁姜光彦詩條。

閏八月十二日，過孫偉賞木犀，有詩報王使君接。

孫偉字奇父，蒲中人，自號七澤先生。朱熹文公集卷九十上魏國張公行狀敘張浚爲山南府士曹參軍時事云：「蒲中孫偉奇父，名士也。時過府與帥飲，至夜分，帥命繼酒於公所，公謂其使曰：『此爲何時，而欲發鑰取酒酣飲乎！郡人其謂何？某不敢也。』復命，帥未應。奇父整冠拱手曰：『公有賢屬如此，某罪人也。』問公姓名志之，即登車而去。」胡寅斐然集卷二十七祭孫判監奇父文,稱其「雄詞本乎騷誦,逸學窮乎篆籀。」「中歲念亂,孤憤心疚。」「流離困躓,以逮皓首。」斐然集中與偉唱酬之作甚多。嘉慶一統志卷四百六十二廣西桂林府流寓:「孫偉謫融州,久寓静江,以講學爲務,桂林學問之源自此始。」其人是時蓋流寓岳州者。王使君已見前譜。

十三日,郡中修水戰之具,大閲燕公樓下,再賦二首,呈王使君。

詩中言及年十五遊杭州事,已見崇寧三年本譜。

重九前後,與孫、王數相唱酬。又有詩送王接之子赴試。

九月八日登高作重九詩自注云:「是日,自燕公樓過冠鼇亭。」詩云:「二士醉藜杖,兩禪風袈裟。」兩絶句亦云:「二士相隨風滿巾,兩禪同隊景彌新。」按畢沅經訓堂帖刊有簡齋手寫詩十二首,中有此兩絶句,惟題目作九日與孫奇父載菊登高已而開旦二禪老至自岳陽樓步至冠鼇亭,據知詩爲一時之作,「兩禪」當即開、旦二禪老,二士謂己及孫偉也。粹翁用奇父韻賦九日與義同賦一首,自叙三年蹤跡甚詳,前已引及。詩又云:「明日風景佳,南翔先一鳧。」「相期衡山南,追步凌忽區。」時將作湖南之行也。洞庭湖志卷十一藝文三載此詩,題作九日登岳陽樓,又載送王因叔赴試詩。

九月,自巴丘過湖南,有留别諸詩。

别粹翁云:「使君南道主,終歲好看客。」别岳州亦云:「經年岳陽樓,不見宫南樹。」簡齋自去秋自均陽來岳陽,至是適一年也。初至邵陽卷二十四云:「湖北彌年所,長沙費月餘。」稱「彌年所」者,蓋通在均、房之日計之。簡齋自靖康元年春避地南來,至是四年有餘,詩云「四年孤臣淚,萬里遊子色」,舉成數言之也。留别天寧永慶乾明金鑾四老詩云:「忽破巴丘夢,還尋邵陽路。」則邵陽之行,先有成算也。又有留别康元賓教授詩,其人未詳,詩云「與子同州復同味」，則康亦洛陽人也。

由南洋路去湘潭，道中有寄奇父及初識茶詩。

詩題云奇父先至湘陰書來戒由禄唐路而僕以它故由南洋路來夾道皆松如行青羅步障中先寄奇父。禄唐、南洋均未詳，其地似應在自岳陽至湘陰途中也。初識茶云「九月茶花滿路香」，是亦道中之作。嘉慶一統志卷三百四十五湖南長沙府：「湘陰縣，在府北一百二十里。南至長沙縣六十里，北至岳州府巴陵縣界六十五里。宋初屬鼎州，乾德三年隸岳州，淳化四年改屬潭州。」

抵潭州。仲冬，以玉剛卯爲其帥向子諲壽，有詩。

詩云「仲冬吉日」，知爲十一月事也。向子諲字伯恭，臨江人，宋史卷三百七十七有傳。子諲以是年九月代辛炳知潭州，事見宋史高宗紀及繫年要録卷二十八。玉剛卯，佩印也，其制則輟耕録卷二十四考之甚詳。

旋去潭，有别伯恭二詩及别孫信道詩。

將適邵陽也。簡齋來長沙當在九月末或十月初，其去潭，當在十一月中下旬，觀别伯恭詩「猶能十日客」之語可見，故初至邵陽詩云「長沙費月餘」也。又别伯恭第二詩：「平生第温嶠，未必下張巡」二句，謂子諲於建炎初元輸誠帥府及拘僞楚使事也。「張巡」亦用子諲檄文中「不可汙張巡、許遠之地」語意，事見曾敏行獨醒雜志卷二。紀昀以二句爲「陰解出郭迎降之事」，其説甚謬，已於詩箋詳辨之。孫信道已見前譜，其何時來潭，則未詳也。又外集有長沙寺桂花重開一首，當是留潭州時作。留潭事在冬十月，得有桂花者，地氣使然。愛日廬叢鈔卷五云：「孫少媿東皋雜録『自邵州至全州道多巖桂，冬初花發，芬馥特異。俗謂之九里香，又謂之木犀，以其文理黑而潤，殊類犀角也。』此謂冬初花發，固由土氣有異，以桂與木犀一種，相傳久矣。」是其證。又本集卷二十六有題向伯恭過峽圖二首，當是在潭時作，原編在題趙少隱清白堂三首前恐誤。俟再考。

遊道林、嶽麓，有詩。

祝穆方輿勝覽卷二十三湖南路潭州：「麓山，又名靈麓峰，乃岳山七十二峰之數。自湘西古渡登岸，夾徑喬松，泉澗盤繞，諸峰叠秀，下瞰湘江。嶽麓寺、道林寺、嶽麓書院皆在焉。」又云：「嶽麓寺在山上，百餘級乃至，今爲惠光寺。下有李邕麓山寺碑。」又云：「道林寺在嶽麓山下，距善化縣八里。」

江行野宿，有詩寄席益。又有寄信道、適遠詩。

席益於建炎二年知郢州，至是年四月，簡齋有「差知郢州」之命，代席益也。詩云：「平生正出元子下」，即指此事，戲言席棄而己取也，説已見前。益之去郢，當在今年四月之前，而繫年要録卷二十四云：「三年六月徽猷閣待制知郢州席益再任直龍圖閣。皆以守境，故有是命。」似席益今年六月猶在郢州者，史臣蓋就除命之日書之，不知是時益已去郢也。以簡齋此集考之，益於去郢之後，當即南下衡湘。至四年五月壬子，與胡交修並試中書舍人(見繫年要録卷三十三)，其間蓋流寓衡麓，觀後文別大光詩「恍然衡山前，相遇各白髮」之語可證。簡齋此詩乃離長沙，赴衡嶽時作，故有「此去還經思曠傍」之語。又，孫確是時當在長沙，前此別孫信道詩可證。又適遠詩云：「石岸煙添色，風灘暮有聲。」亦是此次江行之作。

過衡麓，有道中諸詩。

嘉慶一統志卷三百六十二湖南衡州府：「宋曰衡州衡陽郡，屬荆湖南路。衡山縣在府治北一百里。」又云：「衡山，在衡山縣南三十里，五嶽之一也。」詩云「避兵徑度吾豈忍」，又云「非無拄杖終傷老」，又云「勝業門前聽午鐘」，是但過山麓，未登山也。

與席益會於衡山之下，有與王子焕席大光同遊廖園詩。

王子焕未詳。詩云：「僑立司州春水上。」簡齋自注：「王、席皆洛人。」是二人皆簡齋同鄉也。

除夕，有與席益二詩。

詩題云：「大光是夕婚。」按席益長簡齋一歲（見下别大光詩），時年四十一也。

是年春正月庚辰朔，帝在揚州。丙午，粘罕陷徐州，以騎兵三千取彭城間道趣淮甸。戊申，至泗州。二月庚戌朔，金人犯楚州。辛亥，陷天長軍。壬子，帝被甲馳幸鎮江府。是夕，發鎮江。壬戌，駐蹕杭州。戊辰，金人焚揚州。已巳，罷黄潛善、汪伯彦。庚午，金人去揚州。三月庚子，以朱勝非爲尚書右僕射兼中書侍郎。癸未，苗傅、劉正彦等叛，勒兵向闕，迫帝遜位於皇子魏國公，請隆祐太后垂簾聽政。癸卯，吕頤浩、張浚傳檄中外，討傅、正彦。夏四月戊申朔，太后下詔還政皇帝，復大位。庚戌，命張浚知樞密院事。辛亥，以吕頤浩爲尚書右僕射兼中書侍郎。五月戊寅朔，以張浚爲宣撫處置使，以川、陝、京西、湖南北路隸之，聽便宜黜陟。乙酉，至江寧府，駐蹕神霄宫，改府名建康。秋七月甲申，金人犯山東。閏八月壬寅，帝發建康，復還浙西。冬十月癸未，帝至杭州，復如浙東。壬辰，帝至越州。庚子，金人陷黄州。辛丑，自黄州濟江。十一月己巳，帝發越州。辛未，兀术入建康府。癸酉，帝如明州。十二月辛巳，金人陷常州。壬午，定議航海避兵。乙酉，兀术犯臨安府。己丑，帝乘樓船次定海縣。庚子，移幸温台（以上宋史高宗紀）。

是年，晁説之（以道）卒（嵩山集跋尾）。趙明誠（德甫）卒（金石録後序）。蘇玭（訓直）生（陸游蘇君墓誌銘）。

建炎四年庚戌（一一三〇），四十一歲。

元日，有詩。

詩云「五年元日只流離」，簡齋靖康元年初，自陳留避地南奔；建炎元年初，自光化復入鄧；二年，自鄧往房，遇虜，奔入南山；三年，留岳陽；至是年在衡嶽，適五年。詩云「攜家作客真無策」，時家人亦同行也。

又有爲席益題畫諸詩。

跋任才仲畫兩首大光所藏詩云「前年與孫子，共作南山客」，謂建炎二年春自房州遇虜，與孫確等同入南山時事。詩云「前年」，知係建炎四年之作。原編在三年除夕前，次第小誤。又跋江都王馬一首，疑亦爲席益作。圖畫寶鑑卷三云：「任誼字才仲，宋復古之甥。畫山水髣髴籠滃，清潤可喜。亦能畫花。隸書學蔡中郎。官至澧州通判。」

離衡嶽，與席益別，有詩、詞。

別大光云：「堂堂一年長，渺渺三秋濶。恍然衡山前，相遇各白髮。」則大光時年四十二矣。簡齋建炎元年在鄧州，有得大光書以詩迓之及送大光赴石城詩；至去冬，復相遇於衡麓，其間適三年也。詩云「衡陽非不遠，雁意猶超忽」，言將去邵陽也。無住詞有大光祖席醉中賦長短句虞美人一首云「明朝酒醒大江流，滿載一船離恨向衡州」，應是一時之作。

自衡嶽歷金潭，下甘棠，去邵陽，有道中諸詩。

金潭道中云「海内兵猶壯」，曉發杉木云「紛紛世上事，寂寞水邊行」，謂金人再次南侵也。自去冬金人再次南侵，南渡江淮，以追高宗，西取陝西以窺蜀。金兵既分渡江淮，江東西皆陷，建康亦不守。高宗用呂頤浩策入海避兵。兀朮追至明州，不及，始焚掠而北，平江尤罹其毒。其別部進攻陝西，賴張浚經營其間，僅得保蜀。簡齋此詩作於四年正月，時高宗南遁海中，金人方陷明州，其別部方陷陝府。又繫年要録卷三十一云：「建炎四年春正月丁卯，金人犯潭州。時敵自南昌掠袁、筠，至長沙城下，遂圍之。」時衡湘亦甚危急也。永樂大典卷一萬四千五百七十八杉木舖條下引絶句「野鴨飛無數」一首，無題目，無作者姓名。又引曉發杉木舖一首，亦不標作者姓名，皆簡齋詩也。嘉慶一統志卷三百六十一湖南寶慶府：「杉木江砦，在邵陽縣東北五十里。」光緒湖南通志卷三十四古蹟三邵陽縣：「古杉木舖，在縣東八十里。宋參政陳與義過此有詩。國朝道光二十五年，知府張鎮南建杉木亭及陳參政祠。」又同書卷四十四津梁一引舊志：邵陽縣「甘棠渡在縣東三十里，相傳周召伯巡行處，舊有祠」。「甘棠」，胡譜誤作「甘泉」，據甘棠道中詩改。金潭，地未詳，俟再考。

將至邵州，有詩先寄邢子友。

胡注云：「子友名洛人，時爲郡倅。」按「名」下當有脱字，「洛人」當是洛人之誤。無住詞注引大生法帖簡齋手跡云：「予庚戌歲客邵州，時鄉人邢子友爲監郡。」據知子友爲簡齋鄉人，皆洛人也，説詳後。永樂大典卷一萬四千三百八十引邵陽志載此詩，亦不標作者姓名。

立春日雨，有詩。

詩云「衡山縣下春日雨」，是去邵陽途中作也。

正月十二日至邵州，十三日夜暴雨滂沱，有詩。

嘉慶一統志卷三百六十湖南寶慶府：「在湖南省治西南五百里，西南至廣西桂林府全州治四百二十里，東北至長沙府治四百五十里。宋曰邵州邵陽郡，屬荆湖南路。寶慶元年升爲寶慶府。」詩云「走避北狄趨南蠻」，時長沙方有金人之圍也。

初至邵陽，逢入桂林使，作書問其地之安危。

嘉慶一統志卷四百六十一廣西桂林府，「北至湖南寶慶府城步縣界三百二十里」。詩云：「湖北彌年所，長沙費月餘。初爲邵陽夢，又作桂林書。」簡齋自建炎二年正月自鄧往房州，遇虜，奔入南山，至建炎三年九月别巴丘，由南洋，抵湘潭，其間凡一年又八九月，故曰「湖北彌年所」也。其抵潭州，蓋在九月末或十月初，至十一月中下旬，即離潭赴衡，故曰「長沙費月餘」也。三年踪跡，數語具之。按此詩外集重出。

自邵陽過孔雀灘，抵貞牟，即紫陽山居焉。有舟次邵江、贈周静之及貞牟書事諸詩。

嘉慶一統志卷三百六十湖南寶慶府：「孔雀灘在府治西四十里資水中。」貞牟，文徵明停雲館帖載簡齋手書詩稿作「征牟」，其地未詳，當在武岡州東紫陽山麓。輿地紀勝卷五十九荆湖南路寶慶府人物云：「陳與義號簡齋，建炎初，避地邵陽周氏之家。有詩甚富。後召爲參政。」（按「建炎初」當作「建炎末」。）同書武岡軍景物下云：「紫陽山：周儀諫議，嘉祐名臣，有讀書堂在紫陽山。千尋石室，前瞰溪，簡齋所謂『雷霆鬼神之所爲，非人力之所能就也』。」同書同卷人物云：「周儀，紫陽人，登雍熙甲科。子湛，登天禧第。少讀書山中，刻勵於學。後爲諫議大夫，實嘉祐名臣。臨終遺命，邵陽祖疇，悉分家族。」（以上三條，祝穆方輿勝覽卷二十六略同。）又輿地紀勝卷六十二荆湖南路武岡軍風俗形勝引陳簡齋周氏讀書石室銘云：「嘉祐名臣，其子孫食舊德之名氏者，於今不絶。」據知簡齋避地邵陽，實依紫陽周氏以居。詩中周静之，當即周儀之後，亦諸詩所稱「地主」、「主人」者。詩云：「海内無堅壘，天涯有近親。」則周氏於簡齋爲近親，簡齋妻周氏，竊疑邵陽諸周即簡齋妻族，已於本譜卷首論之。簡齋去年離岳州時，其留别詩中已有「忽破巴丘夢，還尋邵陽路」之語，是當時已決意來相依也。嘉慶一統志卷三百六十湖南寶慶府：「武岡州，在府西南二百八十里，東至邵陽縣界一百五十里。宋崇寧三年升爲武岡軍，治武岡縣，屬荆湖南路。」又云：「紫陽山在武岡州東一百五十里。」又云：「諫議書院，在武岡州東紫陽山，宋諫議周儀讀書處，明成化間建。」同書卷三百六十一流寓：「陳與義，洛陽人。建炎初，避地邵陽，後爲參知政事。」所紀蓋據王象之書也。文徵明停雲館帖（嘉靖三十七年刊石）載有簡齋江行晚興、雨、今夕、暝色、征牟書事五詩手稿，文字與今本頗有異同。又簡齋書堂石室銘四庫本有之，胡注本無。然其中無王象之所引諸語。疑簡齋別有記周氏書堂之文，今佚之矣。江行晚興云：「一笑供舟子，五年經路難。」今夕云：「偷生經五載。」自靖康元年春計之，適五年也。夜抵貞牟云：「殷勤謝地主，小築欲深期。」貞牟書事云：「眷此貞牟野，息駕吾其終。」是貞牟所寓，當即在紫陽山下也。書事詩又云：「仲春水木麗。」是爲二月作矣。

又有山中、入城、謝主人、羅江、洛頭書事、出山、入山諸詩及點絳唇紫陽寒食詞。

山中一首外集重出，題作欲入州不果，是也，入州及下入城皆指邵陽城也。紫陽雖屬武岡，其地與邵陽尤近，簡齋間亦入城，故是夏有與邢子友之會。説詳後。又本集卷十八有出山二首，入山二首，原編在建炎二年春自房州避虜入南山諸詩之列。今案輿地紀勝卷六十三荆湖南路武岡軍引「出山復入山」一首及「山陰樵斧響」二句，則四詩當是本年春客居紫陽之作，原編偶誤耳。無住詞有點絳唇紫陽寒食一首，詞云：「寒食今年，紫陽山下蠻江左。」所謂「今年」，即建炎四年也。

三月二十日聞赦，有詩寄李擢、席益，二人時寓永州。

宋史高宗紀：「建炎四年二月丙申，以金兵退肆赦。」繫年要録卷三十一建炎四年二月丙戌：「是日，金人自臨安退兵。丙申，以上還温州，德音，釋天下徒刑，應士民家屬有自金來歸者，所在量給錢米，於寺院安泊，訪還其家。以洪州三省樞密院淹延刑禁，自今奏讞並令赴行在。」詩云「德音再與萬方初」，謂此也。李擢字德升，濟南人，宋史無傳，然靖康要録、繫年要録載其事頗詳。其人靖康時已任殿中侍御史、左司諫、中書舍人，建炎初爲給事中。建炎元年六月，李綱同執政進呈議僭僞劄子，以擢嘗受僞命，責郴州安置。汪、黄秉政，復進用，以爲徽猷閣待制、權兵部侍郎。建炎三年九月，金人追隆祐太后至大冶縣，擢遁去。簡齋爲此詩時，其人方流寓永州。詩云：「零陵併起扶顛手。」按李擢、席益與簡齋同時起用，事在本年五月庚子，見繫年要録卷三十二。此云「新有詔命」者，或李、席二人先已被召，至五月，復與簡齋同召，史失書耳。説詳後譜。席益當是自衡來永者。

又有雷雨行。

亦聞赦有感之作。胡氏原譜云：「五月聞赦，有雷雨行。按簡齋三月二十日已有聞德音詩，至是復作此詩也。」詩云「禹巡會稽不到海」，指去冬今春金人再次南侵，高宗用吕頤浩策入海逃竄事。觀「駕舶觀風」之語，蓋不以航海避敵之舉爲然，諷之，亦痛之也。「張猛」，蓋指鄭望之等人不主航海者。「高共」，斥從官徑歸者之多也。説具詩箋。詩云「晏球一戰腥臊空」，指韓世忠金山之捷，益見將士非不能戰者。詩云「天子可使塵常蒙」，蓋深有責於時相也。

是夏，又有夏夜、題東家壁、曳杖、遠軒諸詩。

遠軒詩紀鍾相、楊么起義事，詩言「鍾妖」、「楊獠」，亦猶前此謂方臘曰「餘腥」，曰「鬼火」，自是封建士大夫口吻。按鍾相於是年二月甲午起義，「鼎、澧、荆南之民響應」，相遂稱楚王，改元天戰。「自是鼎州之武陵、桃源、辰陽、沅江，澧州之澧陽、安鄉、石門、慈利，荆南之枝江、松滋、公安、石首，潭州之益陽、寧鄉、湘陰、江化，峽州之宜都，岳州之華容，辰州之沅陵，凡十九縣」，紛紛響應。至三月戊辰，相爲湖北捉殺使孔彦舟所擒，旋被害。六月庚辰，「其黨楊華、楊太等聚衆於龍陽。相雖敗，而華等恃水出没未已也。太年幼，楚人謂幼爲幺，故以幺目之。」詳見繫年要録卷三十一、三十二、三十四。要録卷四十一又云：「紹興元年春正月癸亥，監察御史韓璜言：『臣誤蒙使令，將命湖外，民間疾苦，法當奏聞。自江西至湖南，無問郡縣與村落，極目灰燼，所至殘破，十室九空。詢其所以，皆緣金人未到，而潰敗之兵先之，金人既去，而襲逐之師繼至。官兵盜賊，劫掠一同，城市鄉村，搜索殆遍。盜賊既退，瘡痍未蘇，官吏不務安集，而更加刻剥，兵將所過縱暴，而唯事誅求。嗷嗷之聲，比比皆是，民心散畔，不絶如絲。』」按韓璜建炎四年十月受命往湖南刼鍾相事，所言江西、湖南殘破情事，出自親見。簡齋「那知百戰禍，豈識三空厄」之語，蓋紀實也。

又有傷春、題水西周三十三壁諸詩。

繫年要録卷三十一云：「建炎四年春正月丁卯，金人犯潭州。時敵自南昌掠袁、筠，至長沙城下，遂圍之。二月乙亥，金人陷潭州。敵既破江西諸郡，乃移兵犯湖南。帥臣直龍圖閣向子諲初聞警報，率軍民固守，且禁士庶無得出城。敵騎至潭，呼令開門投拜，軍民皆不從，請以死守。宗室成忠郎聿之隸東壁，子諲巡城督察官吏，顧謂聿之曰：『君宗室，不可效此曹苟簡。』聿之感激流涕。敵圍之八日，既而登城，四面縱火。子諲率官吏奪南楚門亡去，城遂陷。聿之拔刃自殺。城之始破也，將官成忠郎劉玠率餘兵巷戰，身中數十矢，戰愈力。敵又以槍中之，衆欲扶持而去，玠揮衆直前，死於陣。敦武郎新杭州兵馬都監王暕部民兵守朝宗門，亦死。敵掠潭州數日，屠其城而去。子諲乃復入。辛巳，金人去潭州。」詩云：「稍喜長沙向延閣，疲兵敢犯犬羊鋒。」謂此也。按子諲守潭事，胡宏五峰集卷三向侍郎行狀記之尤詳，文多不録。又繫年要録李氏原注云：「潭州之陷，日曆不載。趙甡之遺史繫之正月甲子，熊克小曆繫之去年十一月。案今年四月癸巳、五月癸丑湖南轉運司兩次所奏，及紹興四年閏二月王暕家乞恩澤狀，並云敵騎二月二日打破州城，故繫於此。」按以簡齋此集證之，益見李氏抉擇之精。若去年十一月，則簡齋尚在潭州也。傷春詩庫本無之，胡注本有，瀛奎律髓卷三十二亦録之。題壁以下諸詩，皆是夏閑居紫陽之作。周三十三，蓋即周静之也。王象之輿地紀勝卷六十二荆湖南路武岡軍引，「南澗題詩風滿袖」四句,又引「前江後嶺通雲氣」二句,散髮、觀雨詩句也。祝穆方輿勝覽卷二十六武岡軍題詠亦引此數句。

五月,有寄大光二詩。

詩云「客子殊方五月寒」,知是五月之作。原編在六月十七夜詩後,次第小誤。按自金人退兵,行在大事,無過議駐蹕及易相二事,其詳則繫年要録卷三十二具之。自范宗尹代吕頤浩爲相,方大力起用廢籍,故諸人特關心焉,詩所謂「會稽消息」,蓋指此也。繫年要録卷三十一云:「建炎四年二月,金人自江西還,過荆門軍,劉超率衆避之。」同書卷三十二云:「四月,金人犯江西者自荆門北歸,留守司同統制牛皋潛軍於寶豐之宋村,擊敗之。」詩所謂「荆渚路岐寬」,蓋指此也。然是時荆湖擾攘,朝廷但能羈縻而已。繫年要録卷三十三云:「建炎四年五月甲辰,時江北荆湖諸路盗益起,大者至數萬人,據有州郡,朝廷力不能制。盗所不能至者,則以土豪、潰將或攝官守之,皆羈縻而已。」原注云:「諸路宣撫使桑仲、李成、孔彦舟、薛慶皆所在群盗,翟興、劉位皆土豪,李彦先、郭仲威皆潰將,吴翊、趙霖、馮長寧皆攝官,朝廷及大臣所除,惟趙立、陳規、解潛、岳飛、范之才而已。」詩云「稍傳」,蓋紀實也。

六月,與鄉人邢子友聚飲超然臺,有詩、詞。

無住詞:虞美人邢子友會上詞注引大生法帖所載簡齋手蹟云:「予庚戌歲客邵州,時鄉人邢子友爲監郡。一日過之,會天大暑,置席於超然臺上。得白蓮花置樽間,相對劇飲,至夜,踏月而歸,嘗作此詞」云云,所記即此時事。六月十七夜寄邢子友詩,當是一時前後之作。又外集有次韻邢子友一首,詩云「三春勝日喜同遊」,則簡齋與邢子友蓋常相過從也。永樂大典卷一萬四千三百八十引邵陽志載六月十七夜寄邢子友詩,未標作者姓名。

是年五月,召守尚書兵部員外郎,以病辭,不允。秋,始拜詔。

宋史本傳云：「高宗南遷，遂避亂襄漢，轉湖湘，踰嶺嶠。久之，召爲兵部員外郎。」張嵲墓誌銘同。繫年要録卷三十三云：「建炎四年五月辛亥，上謂大臣曰：『從班人極少，卿等共議，務取其實，不厭多也。』壬子，又詔（綦）崈禮兼直學士院，中書舍人李正民、諫議大夫富直柔、徽猷閣待制李擢並給事中，徽猷閣待制席益、胡交修並試中書舍人，宣教郎陳與義守尚書兵部員外郎。與義，希亮曾孫，宣和末嘗爲符寶郎，坐王黼累斥去，至是再召。言者以朝班多闕，請命臺諫及左右司郎官以上各薦士二人。仍令執政同擇在外侍從，雖在謫籍，並無大過，而政事才學實可用者，廣行召擢，以備獻納論思之職。從之。於是范宗尹爲政，多引用靖康圍城得罪之人，故言者以爲請。」此當日起用謫籍情事。簡齋即於此時被召，其時在五月壬子後也。按簡齋之召，實由富直柔論薦之。費衮梁谿漫志卷六云：「建炎末，樞密富公（直柔）爲中執法，以先大父及參政陳公（與義）、中書舍人張公（犯御名）論薦。高宗記憶先大父姓名，亟加收召。二公既赴闕，並躋顯用，而先大父獨不起。」按費氏所稱「先大父」者，指費肅，「張公」謂張擴。周必大省齋文集卷十七有跋陳與義費肅張擴被召省劄云：「三英之召，或云富季申爲中丞日所薦館閣才也。」是知簡齋之召，實由富直柔薦之。直柔，簡齋寓汝州時舊友也。惟據前引繫年要録，直柔是時方自右諫議大夫除給事中，其除御史中丞，乃是年八月辛卯事（要録卷三十六）。費氏「爲中執法」之語，當是記述小誤耳。簡齋既被召，初則以病爲辭。觀寄德升大光詩云：「易著青衫隨世事，難將白髮犯秋風。」次韻邢九思第二首云：「玄晏不堪長抱病，子真那復更爲官。」皆辭病時語。其拜詔，當在秋初。觀遥碧軒作呈使君少隱時欲赴召詩云「西峰木脱亂鬟擁」，已是秋日景色。四庫本有拜詔一首云：「紫陽山下開皇牒，地藏階前拜詔書。乍脱緑袍山色翠，新披紫綬佩金魚。」當即此時之作。此詩胡注本無，八千卷樓藏舊鈔本簡齋詩集（下稱丁鈔）有之。庫本、丁鈔又有偶成、水車、山居二首，與胡注本村景諸詩，皆是年閑居紫陽之作。庫本、丁鈔又多别諸州二首，則是將去邵陽之作。劉須溪評本亦有此數詩，編次在卷二十六村景詩後，與丁鈔編次同，惟偶成題作次周漕示族人韻,別諸州作別諸周。按劉評本爲是,當據正。王象之輿地紀勝卷六十三荆湖南路武岡軍詩輯引「風送孤篷不可遮,山中城裏總非家」二句,祝穆方輿勝覽卷二十六武岡軍題詠引同,即別諸周第一首中語,知宋本簡齋集原有此數詩,胡注本脱之耳。又光緒湖南通志卷三十四古蹟武岡州:「九曲亭在州東,有流泉,昔人作亭其上以流杯,又名萬玉亭(明一統志)。宋陳與義萬玉亭詩:『萬玉中間作此亭,規模雖小意高深。稚篁畏日生檐下,老樹禁風長緑陰。不道官中盡湯火,誰知鬧里有山林。公餘獨在斜陽外,百歲頑身萬古心。』又:「宣風樓在州治東,宋建(一統志)。宋陳與義宣風樓詩:『樓迴雲隨畫栱飛,捲簾又映雪晴時。千林凍解陰霾掃,放出青山分外奇。』」按二詩簡齋集各本均無之,姑存此俟考。

秋,自紫陽入邵州,出石限,小病,有詩。

原譜云:「至秋被召,以病辭,不允,自紫陽入邵州,出石限。」按「石限」未詳,當是「占限」之誤。顧祖禹讀史方輿紀要卷八十一邵陽縣引志:「縣有十五砦,宋初以蠻寇抄掠,置砦戍守。曰武岡、真田、白沙、水竹、界岡、三堂、羅尾、盆溪、塘兒、占限、查水、新興、安定、三門、沙口,環列縣境,遺址猶存。」是占限舊砦名,簡齋離邵之永,路經此也。

過永州,與范直愚、單履遊浯溪,有詩。又有愚溪詩。

輿地紀勝卷五十六荆湖南路永州景物上:「浯溪在祁陽縣南五里,唐上元中,元結居此,以所著中興頌刻之崖石,顔真卿書之。結又爲峿台、庴亭、庴堂諸銘。」又云:「愚溪在州西一里,色如藍,謂之染水。或曰冉氏嘗居於此,故曰冉溪,又曰染溪。柳子厚名曰愚溪,作八愚詩,紀於溪石之上云。」范直愚、單履未詳。陳從古嘗和簡齋遊浯溪詩,摩崖猶存,詳見本譜卷四末。

十一月二十日，過道州，爲姜仲謙題任才仲畫軸。

嘉慶一統志卷三百七十湖南永州府：「道州，在府南一百五十里。宋曰道州江華郡，屬荆湖南路。」任誼字才仲，已見。姜仲謙字光彥，胡注云：「嘗任湖北漕。」厲鶚宋詩紀事卷四十四云：「光彥字仲謙，號松菴，淄州人。」紀事引岳州府志載其一詩云：「己酉中秋，任才仲、陳去非會飲岳陽樓上，酒半酣，高談大笑，行草間出，誠一時俊遊也，爲賦之：岳陽樓高幾千尺，俯視洞庭方酒酣。萬頃波光天上下，兩山秋色月東南。興來鸞鵠隨行草，夜永魚龍駭笑談。我欲煩公釣鰲手，盡移雲水到松菴。」觀末二句，似亦題畫之作。按姜仲謙名字，厲氏與胡注所説互異，以簡齋此集證之，似以胡注爲長。

甘泉吴使君使畫史作簡齋居士像，戲題三十二字。又有題甘泉書院二詩。

甘泉地未詳。嘉慶一統志卷三百七十二湖南永順府山川：「甘泉，在永順縣東南三十里。」按永順於宋爲羈縻州，恐非其地。俟再考。

度桂嶺，登秦巖，並有詩。

度嶺云：「年律將窮天地温，兩州風氣此横分。」按簡齋自湖南道州去廣西臨賀，所度當是萌渚嶺也。嘉慶一統志卷四百七十六廣西平樂府：「桂嶺，在富川縣東南一百二十里，賀縣東北百里，與湖南江華縣、廣東連山縣接界，即古臨賀嶺也。一名萌渚嶠。水經注：『萌渚之嶠，五嶺之第四嶺也。』」秦巖，未詳。

冬杪至臨賀，與吕本中唱和有詩。

方輿勝覽卷四十一廣西路賀州：「臨賀，輿地廣記云：『臨水西流，右合賀水，縣對二水之會，故以臨賀爲名。』」同書同卷名賢：「吕居仁避地於此。」又云：「陳與義避地於此。」宋史卷三百七十六吕本中傳云：「吕本中字居仁，好問之子。靖康元年，遷職方員外郎，以父嫌奉祠。丁父憂，服除，召爲祠部員外郎，以疾告去。」同書卷三百六十二呂好問傳云：「避地，卒於桂州。」繫年要録卷四十六云：「紹興元年秋七月乙卯朔，資政殿學士提舉臨安府洞霄宫呂好問薨於桂州。」是好問以明年七月卒於桂州，本中此時，當是侍親在桂，故得於賀州與簡齋相晤也。東萊詩集卷十二賀州聞席大光陳去非諸公將至作詩迎之云：「五年避地走窮荒，嶺海江湖半是鄉。歡喜聞君俱趣召，衰頽如我合深藏。曉寒已静千山瘴，窮霧先吞萬瓦霜。日日江頭望行李，幾回驅馬度浮梁。」據知簡齋由永來賀，實與席益同行。前此謝大光送酒一詩，當是道中作矣。簡齋次韻謝呂居仁，所次即本中此詩韻。詩云「别君不覺歲時荒」，按簡齋與本中相交，不知始於何年。據張元幹蘆川歸來集，宣和五年夏，簡齋嘗與本中、元幹等同遊慧林寺，分韻賦詩（見前譜）。於時本中方由大名府帥司幹官除樞密院編修官，簡齋方除秘書省著作佐郎，俱在東京也。至宣和六年冬簡齋謫監陳留酒税，本中仍在東京，無由相見矣，故曰「歲時荒」也。又簡齋政和五年在開德有送呂欽問詩，欽問爲本中從叔，與本中論詩相契（見呂本中師友淵源記、紫薇詩話）。然考本中仕歷，其時未嘗至開德。東萊詩集卷一有開德道中一首，以編次求之，乃政和八年以後之作，時簡齋已去開德，無由與本中相晤也。簡齋此詩又云「江南今歲無胡虜」，言金人自是年二月自臨安退兵，幸未再次大舉南犯。言「今歲」者，較去年、前年而言，蓋幸之，亦痛之也。自建炎建元，金人已兩次大舉南侵矣。按大金國志卷六太宗紀云：「雲中留守高慶裔獻議於粘罕曰：『吾君舉兵，止欲取兩河，故汴京既得，而復立張邦昌。後以邦昌廢逐，故再有河南之役。今兩河州郡既下之後，而官制不易，風俗不改者，可見吾君意非貪土，亦欲循邦昌之故事也。元帥可首建此議，無以恩歸他人。』粘罕從之。」於是立劉豫爲帝。按高慶裔之言，繫年要録卷三十二亦載之，事在建炎四年三月末。由是可知金人非無意於江南，蓋力不足也。

是年春正月甲辰朔，御舟碇海中。己未，金人陷明州，乘勝破定海，以舟師來襲御舟。二月丙子，金人自明州引兵還臨安。丙戌，金人自臨安退兵。庚寅，帝次温州。甲午，鼎州民鍾相「作亂」，自稱楚王。三月丁巳，金人至鎮江府，韓世忠屯焦山寺邀擊之。四月癸未，帝駐越州。丙申，呂頤浩罷。五月甲辰，以范宗尹爲尚書右僕射兼御營使。七月丁卯，金人立劉豫爲帝，國號齊。（以上宋史高宗紀）

是年，朱熹（元晦）生（王懋竑朱子年譜考異附録）。

卷四

紹興元年辛亥(一一三一),四十二歲。

春,出賀溪,有舟行遣興詩。

詩云:「會稽尚隔三千里,臨賀初盤一百灘。」時應召赴會稽也。嘉慶一統志卷四百六十七廣西平樂府:「賀江自富川縣發源,南流經縣東,又南至賀縣東與臨水合,又南入廣東開建縣界,本古臨水也。元和志:『臨水東去臨賀縣十步,又與賀水合,更名臨賀水。』」又:「臨水在賀縣東南,自縣東北流合賀水,本古賀水也。元和志:『賀水出賀州東北界,西流注臨水。』」

泝康州,有與耿延僖、李擢、席益、鄭滋小舫分韻詩。

嘉慶一統志卷四百四十七廣東肇慶府:「德慶州在府西一百八十里,西至封州縣界六十里,北至廣西梧州府懷集縣一百六十五里。唐武德四年置南康州,兼置都督府,貞觀十二年更名康州,宋爲端州,屬廣南東路,紹興元年升爲德慶府。」鄭滋字德象,建德人(繫年要録卷七)。政和八年嘉王榜及第(嚴州圖經卷一引登科記)。宣和七年自侍御史除中書舍人（靖康要録卷一）。繫年要録卷七云：「建炎元年七月己丑朔，徽猷閣待制知平江府鄭滋責授秘書少監，分司南京，筠州居住，坐圍城時日事燕飲，爲轉運通判官顧彦成所劾者。或曰，李綱之罷行營使也，滋當具責詞，頗肆醜詆，故彦成以私書言之於綱，復下彦成體量，而有是命。」同書卷十七云：「建炎二年八月辛未，鄭滋復徽猷閣待制，以言者論滋爲李綱所惡，謫非其罪也。」同書卷五十八云：「紹興二年九月己未，徽猷閣待制提舉臨安洞霄宫鄭滋試尚書兵部侍郎。」簡齋作此詩時，滋方奉祠閑居，得來康州也。耿延禧、李擢已見前。時諸人皆在謫中，故詩云「海内艱難各飽更」也。

過封州，小留，有與大光同登封州小閣詩。

詩云「三日封州更作遲」，又云「青嶂足稽天下士」，知嘗在封州小住也。嘉慶一統志卷四百四十七廣東肇慶府：「封州縣在府西三百三十里。宋開寶五年爲封州臨封郡，至道二年屬廣南東路。」又：「肇慶府西北至廣西平樂府賀縣界四百六十里。」

至廣州，有登海山樓二詩，又有次韻大光五羊待耿伯順之作。

祝穆方輿勝覽卷三十四廣東路廣州樓臺：「海山樓在城南。陳去非詩：『百尺闌干横海立，一（「一」字原本闕）生襟抱與山開。岸邊天影隨潮入，樓上春容帶雨來。』」嘉慶一統志卷四百四十二廣東廣州府古蹟：「海山樓在南海縣東門外，樓下即市舶亭，宋嘉祐時經畧魏炎建。」錢易南部新書庚：「舊志：吴修爲廣州刺史，未至州，有五仙人騎五色羊負五穀而來。今州廳梁上畫五仙人騎五色羊爲瑞，故廣南謂之五羊城。」次韻大光云：「康州艇子來不急」，是耿延禧猶在康州也。

旋與席益别，有詩。

簡齋與席益自永州同行來嶺南，至是，益與李擢先行去廣，題長樂亭云：「遥知存存子，明亦戒征軸。」胡注云：「席大光自號存存子。」題長岡亭云：「兩公茂名實，自是宜鼎軸。發發不可遲，帝言頻都郁。」是益與李擢先行之證。故此下有和大光道中絶句，當是席益行後，有道中絶句見寄，遂和之也。後文又有甘棠驛懷李德升席大光，知二人同行也。又和大光云「嶺南二月無桃李」，則二月事也。

度庾嶺，上羅浮。

胡氏原譜：「經五羊，度庾嶺，上羅浮，歷漳州。」今案集中無度庾嶺、上羅浮之作，然卷二十八瓶中梅云：「曾爲庾嶺客，本是洛陽人。」卷三十梅花云：「昔歲曾遊大庾嶺。」是簡齋曾度庾嶺也。祝穆方輿勝覽卷三十四廣東路廣州：「羅浮山在南海，本名蓬萊山，一峰在海中，與羅山合，因名。山有洞，通勾曲。又有旋房、瑶房七十二所。裴淵廣州記云：『羅浮二山隱天，唯石樓一路可登。』羅浮山記曰：『羅浮者蓋二山總名，在增城、博羅二縣之境。』」嘉慶一統志卷四百四十廣東總部亦云：「羅浮在增城、博羅二縣界，廣袤五百里，高三千六百丈。」一統志卷四百五十四廣東南雄直隸州：「大庾嶺在州北。水經注：『連水出南康縣涼熱山，山即大庾嶺。』元和志：『大庾嶺在始興縣東北一百七十二里，從此至水道所極，越之北疆也。』又曰：『大庾嶺在湞昌縣北五十六里。』輿地紀勝：『大庾嶺去保昌縣八十里。』按諸説，古之大庾嶺應在今縣西北，近江西崇義縣界。今所謂大庾嶺，即水經注東溪所出之石閣山，（張）九齡所謂嶺東廢路也。又縣志有小庾嶺，在大庾嶺東南四十里。」按簡齋由廣州去漳州，無須迂道南雄，其云「曾遊大庾嶺」，或即元和志所謂「越之北疆」，蓋泛言，不必實至南雄也。姑存此以俟考。又按嘉慶一統志卷四百三十六福建福寧府别有羅浮山，「在霞浦縣南五十里海濱」，非此增城、博羅之羅浮，亦非簡齋所由經者。

入閩，次甘棠驛，有詩懷席益、李擢。

嘉慶一統志卷四百二十五福建福州府古蹟：「甘棠驛在龍溪縣南四十里，接漳浦縣界，元置。」按據簡齋此詩，則置驛不當始於元代也。

過漳州，有詩贈其守綦密禮，又有漁家傲福建道中詞。

按密禮爲簡齋宣和四、五年任太學博士時僚友，已見前譜。其知漳州，在建炎四年十月，至是與簡齋相晤也。自宣和四年至是已十年，故詩有「十年去國九行旅」之句。繫年要録卷三十八云：「建炎四年十月丁亥，尚書吏部侍郎兼權直學士院綦密禮充徽猷閣直學士知漳州。」嘉慶一統志卷四百二十九福建漳州府名宦：「綦密禮，高密人，建炎四年知漳州。」是其事。按綦密禮北海集載其降授宣教郎制，原注：「建炎四年十一月七日。」制云：「方趨厥服，忽致煩言。」所謂「致煩言」事，要録及宋史本傳皆不詳，俟再考。一統志同卷又云：「漳州府，在福建省治西南六百八十里，宋屬福建路。」漁家傲詞作於福建道中，今係於此。

入浙，泛前倉，遊雁蕩，並有詩。

按簡齋由閩入浙，當先經平陽，歷瑞安，遊雁蕩，然後自黄巖入台。原編諸詩次第，稍有差舛，今以實地按之，加以調整。泛舟入前倉一首，當是入浙最初之作，故曰「初過浙東村」也。嘉慶一統志卷三百四浙江温州關隘：「前倉鎮在平陽縣南二十里，亦名錢倉。」又：「平陽縣在府西南一百三十里，南至福建福寧府霞浦縣界一百八十里，北至瑞安縣界三十五里。」簡齋自平陽至樂清，遊雁蕩，有題大龍湫、雨中宿雲峰寺詩。沈括夢溪筆談卷二十四云：「温州雁蕩山，天下奇秀，然自古圖牒未嘗有言者。余觀雁蕩諸峰，皆峭拔嶮怪，上聳千尺，穹崖巨谷，不類他山，皆包在諸谷中，自嶺外望之，都無所見，至谷中則森然干霄。原其理，當是爲谷中大水衝激，沙土盡去，唯巨石巋然挺立耳。如大小龍湫、水簾、初月谷之類，皆是水鑿之穴，自下望之，則高嵒峭壁，從上觀之，適與地平，以至諸峰之頂亦低於山頂之地面。」按雁蕩有二，一在樂清縣，一在平陽縣北。在平陽者曰南雁蕩。方輿勝覽卷九浙東路瑞安府山川：「南雁蕩在平陽縣北。平陽雁蕩，五代已著；樂清雁蕩，乃祥符始見。」下引沈存中筆談。勝覽又云：「龍湫在雁蕩山，陳去非詩：『白龍三十丈，欲下層巔來。』」據知簡齋所遊，乃樂清之雁蕩也。嘉慶一統志卷三百四十浙江温州府山川：「雁蕩山在樂清縣東九十里。」勝覽又云：「此山數百，谷邃峰疊，行者不能遍。分而爲東西谷，列而爲十八寺，始有駐足之地。」雲峰寺當是十八寺之一，詩語自明。集中又有宿資聖院閣一首，不知此資聖閣亦在雁蕩否，俟再考。

自黄巖縣舟行入台州，有詩。

嘉慶一統志卷二百九十七浙江台州府：「黄巖縣在府東南六十里，南至温州樂清縣界五十里，北至臨海縣界十里。」永樂大典卷三千一百四十七引赤城續志云：「陳與義自號簡齋居士，紹興六年參知政事，建炎中避地臨海，有詩集行於世。又見天台續集。」祝穆方輿勝覽卷七浙東路台州人物亦云：「陳與義，西洛人，自號簡齋，紹興參知大政，建炎（「炎」字原本脱）中避地臨海。」按台州宋曰台州臨海郡。簡齋應召自閩入台，事在紹興元年，二書所云「建炎中避地臨海」者，誤也。又原編此下有過下杯渡、王孫嶺二詩，下杯渡、王孫嶺地未詳。胡注過下杯渡詩云：「一云過鹽田渡。」按福建霞浦縣西有鹽田鎮，鹽田渡或當在其近側。若然，則二詩與泛舟入前倉詩皆當是由閩入浙初時之作，其次第當編在宿資聖院閣前也。俟再考。

夏，抵會稽行在所，繼除兵部員外郎，有送熊博士赴瑞安令等詩。

墓誌云：「久之，召爲兵部員外郎，以紹興元年夏至行在所。」宋史本傳同。詩云：「衣冠衮衮相逢地，草木蕭蕭未變時。」是已達行在之語。按熊彦詩字叔雅，安仁人。熊本之孫，王時雍之婿，宋史無傳。其人靖康中爲太學博士，當金人圍城時，嘗受命押經書印板並館中圖籍往金營交割。靖康要録、建炎以來繫年要録、三朝北盟會編並記其事。簡齋此詩云「悲歡各誦十年詩」，則其與彦詩相識當在十年以前，即宣和四、五年簡齋在東京任太學博士時，彦詩彼時或已在太學任矣。繫年要録卷五云：「建炎元年五月乙未，工部尚書王時雍提舉成都府玉局觀，放辭謝。言者論時雍昨留守東京，金人取皇族，遣之殆盡，及取其婿太學博士熊彦詩，則設計爲免，故時雍遂罷。自是受僞命者稍稍引退矣。」同書卷六十四云：「紹興三年夏四月壬辰，左奉議郎知瑞安縣熊彦詩進一官。」今參以簡齋此詩，是彦詩於建炎初因王時雍累廢黜，至今年起令瑞安，直至紹興三年，猶在瑞安任也。至紹興四年，彦詩留秘書監，則趙鼎引用之，事見繫年要録卷八十。原編此下有夜賦一首云「歲時燈燭麗，天長鴻雁哀」，則入秋後作矣。

秋八月壬申，遷起居郎。有喜雨、醉中諸詩。

墓誌云：「以紹興元年夏至行在所，爲起居郎。」繫年要録卷四十六云：「紹興元年秋八月壬申，尚書兵部員外郎陳與義試起居郎。」本傳不書試起居郎事，畧之也。嘉慶一統志卷二百九十四浙江紹興府山川云：「秦望山在會稽縣東南四十里。水經注：『山在州城正南，爲衆峰之傑，陟境便見。』」喜雨詩云「秦望山頭雲，昨日鸞鳳舉」，知詩在會稽作矣。按是冬所作雨詩云：「老龍經秋卧，歲暮始一舉。」蓋是年秋旱，故喜雨詩云：「小臣知君憂，起坐聽簷語。」醉中云「詩裏江湖摇落時」，則秋日作矣。

九月丁未，請遣使往河南省視諸陵，因撫問所屯將士。

繫年要録卷四十七云：「紹興元年九月丁未，詔樞密院每半年遣使二員往河南省視諸陵，因撫問所屯將士。用起居郎陳與義請也。」

是冬，有不見梅花六言、瓶中梅諸詩。

梅花二首云「玉顔紅頷會稽仙」，瓶中梅云「曾爲庾嶺客，本是洛陽人」，情事自明。雨詩云「老龍經秋卧，歲暮始一舉」，則冬日作也。

除夕有詩，又有雨中詩。

雨中云「南州雨送年」，知亦除歲之作。

是年春正月己亥朔，帝在越州，下詔改元。二月辛巳，以秦檜參知政事。秋七月癸亥，范宗尹罷。八月丁亥，以秦檜爲尚書右僕射、同中書門下平章事、兼知樞密院事。九月癸丑，復以吕頤浩爲尚書左僕射、同中書門下平章事、兼知樞密院事。冬十月癸酉，兀术攻和尚原，吴玠及弟璘力戰大敗之，兀术僅以身免。十一月戊戌，詔移蹕臨安（以上宋史高宗紀）。

是年，袁樞（機仲）生（宋史卷三百八十九）。

紹興二年壬子（一一三二），四十三歲。

春正月，從駕至臨安，有渡錢塘詩。

宋史高宗紀：「紹興元年十一月戊戌，詔移蹕臨安。二年春正月癸巳朔，帝在紹興府。壬寅，帝發紹興。丙午，帝至臨安府。」按移蹕之議，實自吕頤浩發之。繫年要録卷四十九云：「紹興元年十一月戊戌，詔以會稽漕運不繼，移蹕臨安。先是，尚書左僕射吕頤浩言：『今國步多艱，中原隔絶，江淮之地，尚有巨賊，駐蹕之地，最爲急務。伏惟陛下發中興之誠心，行中興之實事，要當先定駐蹕之地，使號令易通於川陝，將兵順流可下，漕運不至於艱阻。然後速發大兵，一軍從江西、湖南以平群寇，一軍往池州，至建康府，處置已就，招安尚懷反側之人。於明年二、三月間，使民得務耕桑，則在我之根本立矣。然後乘大暑之際，遣精鋭之兵，與劉光世渡淮犄角而北去，由淮陽軍、沂州入密州，以摇青、鄆，命張浚躬親統兵由河中府入絳州以撼河東。乘兩路餘民心懷我宋未泯之時，知王師有收復中原之意，則中興之業可覬也。』至是遂定移蹕之議。」按頤浩此議，論當時形勢頗詳。繫年要録卷五十一云：「紹興二年春正月癸巳朔，上在紹興。是日，從官以下先發，以將還浙西也。壬寅，上御舟發紹興，神武右軍都統制張俊、中軍統制巨師古以其軍從，留右軍統制官劉寶收後。以吏部侍郎李彌大權知紹興府，節制内外軍馬。時百司先渡江，扈衛者獨執政與給事中直學士院胡交修，中書舍人程俱，侍御使沈與求而已。晚，執政登御舟奏事。上至錢清堰，乘馬而行。丙午，上至臨安。」按簡齋是時爲起居郎，當是與從官以下先行渡江者，時則正月癸巳朔也。渡江詩云：「雖異中原險，方輿亦壯哉。」紀昀云：「言雖屬偏安，然形勢如是，天下事尚可爲，而惜當時之無能爲也。」按以前引吕頤浩之言觀之，紀説是也。方回謂此詩爲由閩入越、渡浙江所題，不知此爲移蹕而作，謬矣。

是春在臨安，有夙興等詩。

詩云「西湖已無金碧麗」，又云「會當休日一訪之」，知是臨安之作。祝穆方輿勝覽卷一浙西路臨安府：「西湖在州西，周迴三十里，其澗出諸澗泉，山川秀發，四時畫舫遨遊，歌舞之聲不絶。」幽窗詩云「廹我休暇日，與物聊同嬉」，亦夙興詩意也。蓋簡齋初至行朝，常懷去思，故有「寄言山中友，即歲以爲期」之句。休日馬上云「春雲閟晨耀」，是諸詩皆春日之作。又有題伯時畫温溪心等五馬及題畫詩，當亦是春之作。簡齋自宣和四年春末歸洛，有龍門詩，中更喪亂，流轉湖湘，至是已十年。題畫云「分明樓閣是龍門」，又云「萬里家山無路入，十年心事有誰論」，蓋謂此也。自此以後，作詩漸少矣。

夏四月壬午，試中書舍人兼掌内制。

宋史本傳云：「遷中書舍人兼掌内制。」墓誌云：「爲起居郎遷中書舍人兼掌内制，天下以爲稱職。」胡氏原譜云：「四月，除左通直郎，中書舍人。」繫年要録卷五十三云：「紹興二年夏四月壬午，起居郎陳與義試中書舍人。」

秋七月，兼侍講。

本傳及墓誌不載兼侍講事，畧之也。繫年要録卷六十五云：「紹興二年秋七月甲戌，給事胡安國兼侍讀，給事中程瑀、中書舍人陳與義並兼侍講。」按簡齋任中書舍人及後來在翰林所行制詞，集中不存，宋史藝文志及晁、陳二目亦無之，蓋當時未存稿也。今檢劉一止苕溪集載有簡齋二制，爲是年七、八月所行，録之以見一斑。苕溪集卷五十五劉一止除起居郎制，原注云：「紹興二年七月十五日，陳與義行。」其詞云：「敕左奉議郎守監察御史劉某：朕於干戈多故之辰，崇奬文士；人物凋喪之後，選擇近班。庶幾朝廷之光，以副天下之望。肆於所得，不次命之。以爾儒服退然，執義甚固，文聲籍甚，進官晚成。比由中秘之聯，稍與南臺之選。載稽公議，有簡朕心；遂賜賛書，俾司史事。進直螭陛，退居鸞臺，極於儒者一時之榮，以爲多士稽古之勸。往哉祇服，益勵爾修。可特授依前官試起居郎。」苕溪集卷五十五又有劉一止除宫祠制，原注云：「紹興二年八月三十日下，陳與義行。」其詞云：「敕左奉議郎試起居郎劉某：朕於艱難之際，雖暴衣露蓋，不敢康寧，而旁招四方之才，與之治天賦、食天禄，延見訪問，禮貌加焉，惟恐失士大夫之心，可謂無負矣。苟或負朕，其可不懲？爾自少吏列耳目之官，又親擢之以爲柱史，冀爾助朕，以成中興之績。今乃不然，朋比奸回，更相借譽，竊弄威柄，漸不可長。抑而不揚，何以爲政!其罷所任,往食宫祠,尚禮寬恩,無忘循省。可罷起居郎,特授依前官主管台州崇道觀。」按繫年要録卷五十六云:「紹興二年秋七月甲戌,監察御史劉一止試起居郎。一止在臺中,嘗言人材進用太遽,而仕者或不由銓選,朝士入而不出,在外雖有異能,不能召用。執親喪,非軍事,至起復爲州縣官,皆僥倖不塞之故。又請選近臣曉財利者,倣劉晏法,於瀕江置司,自辟官吏,以制國用。鄉村皆置義倉,以備水旱。及增重監司、轉運副使、提點刑獄,皆以嘗任侍從官爲之。所言雖不即行,後多採用。」同書卷五十七云:「紹興二年八月壬子,龍圖閣待制新知信州程蝺、中書舍人胡世將、起居郎劉一止、起居舍人張燾、尚書左司員外郎林待聘、右司員外郎樓炤,並落職與宫觀。皆坐秦檜黨,爲吕頤浩所斥也。自是臺省一空矣。」簡齋兩制即其時所行也。

八月辛亥,兼權起居郎。

繫年要録卷五十七云:「紹興二年八月辛亥,是日,侍御史江躋、右司諫吴表臣並罷。中書舍人陳與義兼權起居郎。尚書都官郎中方闓兼權檢正諸房公事、兼權給事中。」按簡齋兼權起居郎事,本傳、墓誌、胡氏原譜均不載。

冬十一月乙丑,上疏論人材。

繫年要録卷六十云:「紹興二年十一月乙丑,中書舍人兼侍講陳與義言:『臣竊見陛下憂勤庶政,日昃不食。臣嘗深思政治之要,不過擇人;欲無遺才,不若素察。陛下垂意黎庶,不爲不切,而近郡之守,或一歲之間乃至數易。選擇在廷之臣按察諸路,猶或失之,至於改命。皆以見在人材寡少故也。若稍修臺省寺監之缺,悉召天下之材,聚之朝廷,詳試以考其能,還觀以究其藴,緩急任使,豈憂乏人?或謂大農之費不可增,則今州縣添差之官豈不食於民力,而於此顧惜之乎?自古急於人材之代,必有收訪之術。今之士大夫雖更數年夷狄盗賊之禍,而流落堙晦,散在諸路,尚多有之。其不願從仕者少,而困於無津,不能自達者多。若使諸郡每一季或半年以里居不仕及流寓之人並列姓名爵里以聞，則披籍一覽，可已盡知矣。』詔諸路州軍如所陳，開具尚書省。」又鄭剛中北山文集卷九有與陳去非柬云：「癸巳辟雍，獲陪燈火。其後間關險阻，垂二十年，南北升沉，無從瞻晤。今者，偶以枯朽發榮，而舍人方隱躋清切，正此騰上，其爲幸會，亦豈偶然！屬坐愚拙，人事極疏，得官海邦，待三年之闕，未有驅策之便爾。臨書豈勝增情！」按癸巳爲政和三年，剛中與簡齋時爲太學同學。自政和三年至是，適二十年。觀書中「垂二十年」之語，及「舍人」之稱，柬當作於是年，蓋剛中嘗在臨安與簡齋相晤也。宋史卷三百七十鄭剛中傳不載其「得官海邦」事，俟再考。

是年春正月壬寅，帝發紹興，丙午，至臨安。五月丙子，呂頤浩總師至常州。八月甲寅，秦檜罷。九月乙丑，復以朱勝非爲尚書右僕射同中書門下平章事、兼知樞密院事。十二月甲辰，罷張浚宣撫處置使，仍知樞密院（以上宋史高宗紀）。

是年，張孝祥（安國）生（王質于湖集序）。

紹興三年癸丑（一一三三），四十四歲。

春正月己巳，除試尚書吏部侍郎兼侍講。

本傳、墓誌並云：「拜吏部侍郎。」繫年要録卷六十二云：「紹興三年春正月己巳，尚書吏部侍郎兼侍講席益試工部尚書兼權吏部尚書，中書舍人兼侍講陳與義試吏部侍郎。」綦崈禮北海集卷十五賜新除吏部侍郎陳與義辭免恩命不允詔云：「勑與義，省所奏辭免恩命事，具悉。選部舊爲劇曹，自南渡以來，典籍散亡，奸弊百出。或者當用文學之吏治之，庶幾能勝，則又大不然。夫銓綜之地，多士所趨，而專以吏道繩焉，其肯退聽？昔人蓋有簡要清通之目，非吾儒學之臣，其素節雅望足以領袖後進者，顧未易以厭服士心而見推平允也。朕今擢卿於詞掖，而行之選事，豈苟然哉！亟祗厥官，毋留成命。所請宜不允。故茲詔示，想宜知悉。」又同書同卷賜左奉議郎試尚書吏部侍郎兼侍講陳與義乞除一在外宮觀不允詔云：「勑與義，省所奏乞除一在外宮觀差遣事，具悉。朕建立邦國於剥亂陵夷之後，號召人材於流離解散之餘，有德於兹，將收其用，夫豈無故而遐棄之。卿以碩學懿文，宏材贍智，來從孤遠，越置近嚴。綸閣摛辭，識王言之體；天官典選，得士譽之公。方觀厥成，克副朕志。遽以疾諗，欲輕去朝。何嫌何疑，而爲計出此？姑安乃職，毋復多言。所請宜不允。故茲詔示，想宜知悉。」

夏六月九日，言選人改官事。

宋會要輯稿職官（一一之三四）云：「紹興三年六月九日，吏部侍郎陳與義言：『建炎三年四月八日赦文，遵用嘉祐法。自赦降後，諸路奏舉選人改官，其監司舉改官員額，若用嘉祐之數，係行增添，自合遵依元豐法。』從之。」

秋七月癸未，兼權直學士院。

繫年要録卷六十七云：「紹興三年秋七月癸未，尚書吏部侍郎陳與義兼權直學士院。」按權直學士院事，本傳、墓誌均不書，蓋畧之也。沈該宋中興學士院題名：「陳與義，紹興三年七月以吏部侍郎兼權直院。四年四月除禮部侍郎，依舊兼權。八月，除徽猷閣直學士知湖州。」所記與要録合。綦崈禮北海集卷十五賜左奉議郎試尚書吏部侍郎兼侍講兼權直學士院陳與義乞除一小郡或宮觀差遣並不允詔云：「敕與義，省所奏陳乞事，具悉。朕閔勞多虞，事皆草創。而銓選之法壞，比命有司，裒輯科條，聚爲成書，庶幾遵行，稍有定制。但今輿圖半没，仕路猶廣，衣冠流離，失職者衆。而州縣之員有限，不足以充其求。乃至逆用數年之缺，先者未至，已復揭牓而待其後矣。苟於是中尚容姦倖則可乎？軫於朕懷，申飭憲禁。方賴卿等革兹弊源，而遽求罷去，豈朕所望！如卿才能學識，蓋一時之選。惟悉乃心、勤乃職，使吏不得用法，而士無謗言，朕復何慮。所請宜不允。故兹詔示，想宜知悉。」又同書同卷賜吏部侍郎兼直學士院兼侍講陳與義乞除一在外宮觀差遣不允詔云：「敕與義，省所奏乞除一在外宮觀差遣事，具悉。朕惟權衡人物，必有清通之才，勸講經帷；必有鴻博之學，發揮帝制。必有典雅之文，夫然後稱。卿以時望，登於從班，兼兹三長，獲爲朕用。矧其辭章爲後來之冠，議論合當世之宜，求之在庭，幾見其比！人材難得，國步猶艱，顧如卿者，可用引疾而聽其去哉？勉體眷知，毋徒辭費，所請宜不允。故兹詔示，想宜知悉。」

七月乙亥，草朱勝非起復制，詔命綦密禮貼改四字，因上疏待罪，詔釋之。

繫年要録卷六十七云：「紹興三年秋七月乙亥，朱勝非起復舊官，守尚書右僕射同中書門下平章事兼知樞密院事，特命睿思殿祗候陳彥臣宣押赴行在。初召當直學士陳與義草麻，後二日，復命學士綦密禮貼改四字。與義上疏待罪，詔釋之。」原注云：「熊克小曆：『七月癸酉，右僕射朱勝非起復。』蓋從日曆所書也。樓鑰所修宰相拜罷録在乙亥，而洪遵中興玉堂制草乃注云：『七月二十三日』，三書不同。按與義待罪狀云：『今月二十一日晚，伏蒙宣詔，令草朱勝非起復制。切覩二十三日三省同奉聖旨，令綦密禮貼改四字。』（今按簡齋此狀今佚）二十一日，甲戌也。據此，則與義以甲戌草制，乙亥宣麻。不知日曆何以差誤，今不取。」莊綽雞肋編卷二云：「紹興三年七月，朱勝非以右僕射丁母憂，未卒哭，降起復制詞，吏部侍郎權直學士院陳與義文也。以『兹宅大憂』四字，令翰林學士綦密禮貼改爲『方服私艱』，陳待罪而放。議者謂麻制中有『於戲！邦勢若此，愈積薪之已然；民力幾何，懼奔駟之將敗。朕之論相，何可以不備；卿之圖功，亦在於攸終。』同列惡其言，故以『宅憂』疵之。」謝伋四六談麈云：「陳去非草故相義陽公起復制云：『眷予次輔，方宅大憂。』有以『宅憂』爲言者，令貼麻，陳改云『方服私艱』，説者又以爲語忌。」苕溪漁隱叢話後集卷三十四亦引此條。費衮梁谿漫志卷五云：「近世謝景思伋作四六談麈，載陳去非草義陽朱丞相起復制云云。按景思記此二事皆誤。『宅憂』二字，乃有旨令綦處厚貼麻，去非曾待罪。非令其自貼改也。」又三朝北盟會編卷一百五十五云：「七月，朱勝非起復尚書右僕射同中書門下平章事。朱勝非丁母憂，執喪居廬，遣使奪哀，强起之。三辭不獲，王人踵至。賜詔有曰：『念同心相與而共吾事，惟二三臣；其一日不可以遠朕躬，如左右手。』又曰：『朕方興復是圖，蓋一切當從權以濟；卿既安危所繫，何三年不從政之可言。』勝非辭愈切，及叙本朝典故，屬同列開陳。上謂『匪卿疇克任者』，虚府以待。又賜親筆詔曰：『卿罷私艱，已踰卒哭之制；而朕待卿爲政，奚啻三秋耶！蓋恩以義斷，情以理奪，古所然也。况成命已頒，輿情胥悦，卿毋濡滯，以咈朕心。』勝非得詔，皇恐不敢辭。上命督促甚至，不得已而還朝。」按會編所載前詔，未著何人所行，疑即簡齋所行制詞中語。

八月二十日言事。

宋會要輯稿職官（八之十七）云：「紹興三年八月二十日，吏部侍郎陳與義言：『本部昨承指揮，令諸州軍以遠近每月每季隨官資四選各具闕狀一本申部，其諸屬官未有取索闕，乞令逐路依紹興二年已得指揮施行。』從之。」

冬十二月丁未，論選人。

繫年要録卷七十一云：「紹興三年十二月丁未，吏部侍郎陳與義言：『自艱難以來，選人用恩賞改官者甚多，用舉主改官者甚少。欲自今磨勘改官人，從上收使五員外有賸數，從本部行下所舉官司令再舉，庶幾少寬士人平進之路。』從之。」

又嘗引故事，請百官謚不命詞。

梁谿漫志卷二云：「故事，百官謚不命詞。政和以來，有不經太常考功議而特賜謚者，始命詞。紹興三年，陳去非參政與義在西掖，引故事以請，乃詔今後特恩賜謚，命詞給告，餘給勑。」按此事未詳何月，姑繫於本年之末。

是年無詩。

按簡齋集中，紹興三年、四年、七年並無詩。無住詞虞美人邢子友會上詞胡注引大生法帖云：「數年多病，意緒衰落，不復爲詩矣。」帖爲簡齋紹興八年戊午五月二十四日手筆，所謂「數年」，當指三年以後也。然考簡齋紹興五年六月至六年五月，及紹興八年七月以後，兩次奉祠，寓居青鎮，其間所作詩詞甚多，惟在朝時則否。則所云「多病」者，蓋有託而然耶？又九日示大圓洪智詩云：「自得休心法，悠然不賦詩。」以前引雞肋編「同列惡其言」之語觀之，所謂「意緒衰落」，所謂「休心法」，其意可以想見。按董斯張吴興備志卷十二人物徵引烏青志云：「葉懋字天經，少師陳簡齋與義。初，與義勸之仕，懋不答。及與義參知政事，動見格於執政，氣抑抑不得伸，乃歎曰：『吾今始知天經之高也。』」所叙雖後此數年之事，然入朝見忌，諒非始於一日，此所以「抑而不伸」，至以「不賦詩」爲「休心法」者歟？

是年五月己卯，張浚始解使事。九月戊午，吕頤浩罷。冬十一月乙丑，禁沿淮諸砦兵擅侵齊境（宋史高宗紀）。

是年，張栻（敬夫）生（朱熹張公神道碑）。婁機（彦發）生（攻媿集卷九十七神道碑）。

紹興四年甲寅（一一三四），四十五歲。

春二月乙未，奏請搜訪上書黨籍人姓名録。

繫年要録卷七十三云：「紹興四年二月乙未，左朝請郎致仕翁昇特遷一官，以自言元符末上書入籍故也。吏部侍郎陳與義言：『陛下褒恤元祐黨籍及元符上書人，碩大光明者，既已盡録。亦有姓名不熟於人，而多故之後，無籍以考。昨黄策以蔡京所書黨碑及國子監所印上書黨籍人姓名録白來上，付在有司，遭火不存。則有子孫自陳者，乃以胥吏私鈔之本定其是非。望再行搜訪。』乃命吏部訪尋真本，繳申左右司審驗訖，送部使。」原注：「昇遷入邪中等第三十四人。日曆：與義奏下在丙申，今附出此。」

二月丙申，以病辭劇，改試禮部侍郎兼侍講兼權直學士院。

墓誌云：「拜吏部侍郎，以病辭劇，改禮部。」宋史本傳不書改禮部事。繫年要録卷七十三云：「紹興四年二月丙申，試尚書吏部侍郎兼侍講兼直學士院陳與義移禮部，試禮部侍郎胡世將移刑部，權刑部侍郎劉岑移吏部。與義以兼直院，故免劇曹。」張綱華陽集卷五陳與義除禮部侍郎制云：「朕選六卿之亞，皆民譽也。故治官掌銓衡之政，而宗伯總禮文之事。然劇易之職不同，至於佐其長以率屬，則協心盡悴，厥任惟均。具官某蚤以異材，亟登邇列，分職文部，期年於兹，姦弊既除，譽言無間。念方使之進陪經帷，兼直玉堂，若猶責以煩劇之勞，將恐妨於論思之益。宜從所便，易畀簡曹。且禮所以治神人、和上下，豈在區區文物之間爲哉！爾其勉修厥職，使夫日力有裕，而專意於問學文章，以奉我清閑之燕。朕心所望，尚克體之。」綦崈禮北海集卷十五賜新除禮部侍郎陳與義辭免恩命不允詔云：「勅與義，省所劄子奏辭免恩命事，具悉。卿以經術之深，既資勸講，辭華之贍，兼俾代言。而任總銓曹，日攖繁務。惟精明之立斷，在剸撥而有餘。然而必將責吏事之能，則非所以用儒臣之意。貳卿之列，掌禮是優，品秩雖同，劇閒則異。方訂裁容典，固有賴於刺經；然潤色絲綸，蓋無妨於視草。欲賢勞之少佚，極清選而良宜。初匪超踰，奚煩遜避？所請宜不允。故兹詔示，想宜知悉。」又同書同卷賜左奉議郎試尚書禮部侍郎兼侍講兼權直學士院陳與義乞除一在外宮觀或僻小一郡不允詔云：「勅與義，省所奏乞除一在外宮觀或僻小一郡事，具悉。卿之求去，蓋累矣而不上；朕之留卿，則確然而莫移。顧委質事君，將内外之奚擇；而用人立國，患賢才之未充。眷予侍從之流，有此英奇之望。平允甚宜於文部，直清復見於秩宗。矧視草禁嚴，方待宣公之中助；且執經帷幙，可容楊秉之外遷？卿雖自處之有辭，朕豈苟遺而無故！體兹至意，毋復固陳，所請宜不允。故兹詔示，想宜知悉。」

三月癸亥，議明堂之禮。

繫年要録卷七十四云：「紹興四年三月癸亥，禮部侍郎兼侍講兼權直學士院陳與義言：『明堂之禮，有漢武汶上之制，紹興元年實已行之。若再更而行，適宜於今事，無戾於古典。』太常丞詹公薦、博士劉登亦言：『古人巡幸，自非封禪告成，未有行郊祀者。今歲若且祀明堂，實得權時之義。』但紹興元年止設天地祖宗四位，即不曾設皇祐百神，議者疑郊與明堂當間舉。及與義等議上，乃命有司條具明堂典禮以聞。」宋會要輯稿禮（二四之八六）云：「紹興四年四月六日，禮部太常寺言，禮部侍郎兼侍講兼權直學士院陳與義奏：『竊惟明堂之禮，有西漢武帝汶上之制，紹興元年實已行之。若再舉而行，適宜於今，無戾於古。』」下載詹公薦、劉登奏云云，與要録同。又貼黄稱：「紹興元年止設四位，即不曾從皇祐詔書，兼祀百神。」詔：「將來行明堂大禮，令有司條具合行禮儀聞奏。」所記視要録更爲明悉。

夏五月九日，以言者論詞臣失職，與翰林學士綦密禮、中書舍人張綱上書待罪。

繫年要録卷七十六云：「紹興四年五月，尚書考功員外郎孔端朝言（「言」字原誤作「西」字，據宋會要改）：『建立政事，既有其實；感悟人心，必假於言。今陛下留神治道，刻意恢復，聽覽至勤，奉養至約，行宫不逾牧守之居，射殿止用茅茨之制，聲色無所親幸，訐直每加優容。臣叨備朝列，耳目所接，乃幸知此數端，則既有此美實矣，而播告之言或未有以發之。四方萬里之遠，何自而知哉？臣愚無識，謂宜用陸贄所言，凡制誥號令，因事見辭，以謙抑爲先，必自引咎，收拾人心，且具言陛下食不重味，居不求安，思雪大耻，圖復故疆之意，而侈大夸矜之詞無所雜於其間。人非木石，誰不知感！誠如是，雖夷狄之彊，猶將憚而屏迹，彼盜賊叛逆本皆吾民，其有不歸命者乎？』疏奏，詔下示内外制詞臣。戊午，翰林學士綦密禮、試尚書禮部侍郎兼權直學士院陳與義、中書舍人張綱皆上書待罪，詔令供職。靖康初，端朝爲太學正，寇至而遁，坐停官。密禮力爲薦延，召對改秩，遂除省郎。至是首以詞臣失職爲言，蓋指密禮也。議者薄之。」宋會要輯稿職官(六之四五)云：「紹興四年五月九日，翰林學士知制誥綦密禮、尚書禮部侍郎兼權直學士院陳與義、中書舍人張綱等言：『臣等學識淺陋，播年(疑「告」字之誤)之修，不能發揚聖德，致臣僚建言。待罪乞賜黜責。』詔：『無罪可待，日下依舊供職。』」下引孔端朝奏，與要録略同。

秋八月辛丑，自尚書禮部侍郎兼侍講兼權直學士院除徽猷閣直學士，出知湖州。

宋史本傳云：「尋以徽猷閣直學士知湖州。」墓誌云：「改禮部，後以徽猷閣直學士知湖州。」胡氏原譜云：「九月丙午，除徽猷閣直學士知湖州。」繫年要録卷七十九云：「紹興四年八月辛丑，尚書禮部侍郎兼直學士院陳與義充徽猷閣直學士知湖州。以與義引疾有請也。給事中唐輝試尚書禮部侍郎，仍兼侍講。」祝穆方輿勝覽卷四浙西路安吉州：「吴置吴興郡，隋平陳，廢吴興郡，置湖州，取太湖爲名。唐及皇朝因之。寶慶二年，改湖州爲安吉州。領縣六，治烏程、歸安兩縣。」同書同卷名宦：「陳與義爲守，有簡齋集。」談鑰嘉泰吴興志卷十四郡守題名：「陳與義，紹興四年九月二十一日，以徽猷閣直學士、左奉議郎到任。五年二月二十五日，召除給事中。」其前一人爲汪藻，題名云：「汪藻，紹興四年九月二十二日移知撫州。」按簡齋知湖州，胡氏原譜在九月，與繫年要録不同。今以郡守題名驗之，胡譜蓋就到任之日書之也。無住詞虞美人：「予甲寅歲自春官出守湖州，秋杪，道中荷花無復存者」云云，所紀即此行事也。

是年，亦無詩。

說見去年。

是年春三月戊午，以趙鼎參知政事。九月庚午，朱勝非罷。癸酉，以趙鼎爲尚書右僕射同中書門下平章事兼知樞密院。冬十月丙子朔，與趙鼎定策親征。戊戌，帝御舟發臨安。壬寅，帝次平江。十一月壬子，始下詔聲劉豫逆罪，諭親討之旨。己未，復命張浚知樞密院事。己巳，詔張浚視師江上。十二月庚子，金人退師。（宋史高宗紀）

是年，邵伯温（子文）卒。（宋史卷四百三十三）江端友（子我）卒。（宋史翼）薛季宣（士龍）生。（吕祖謙東萊集卷十薛公誌銘）

紹興五年乙卯（一一三五），四十六歲。

春二月丙子，召試給事中。

宋史本傳：「召爲給事中，駁議詳雅。」墓誌同。繫年要録卷八十五云：「紹興五年二月丙子，徽猷閣直學士知湖州陳與義、左朝請郎廖剛並試給事中。」談鑰嘉泰吴興志卷十四郡守題名：「陳與義，紹興四年九月二十一日以徽猷閣直學士、左奉議郎到任。五年二月二十五日召除給事中。」其繼任則李光也。題名云：「李光，紹興五年閏二月初三日以顯謨閣直學士、左朝議郎到任。」繫年要録卷八十五云：「紹興五年二月丙子，降授左奉議郎提舉台州崇道觀李光復寳文閣待制，知湖州」是也。考李光莊簡集卷十三有回湖州交代陳侍郎與義啓云：「三載投閑，分老江湖之上；一麾假守，職還侍從之班。顧惟疎拙之蹤，猥繼仁賢之躅，退循忝冒，尤劇兢慚。伏惟某官學貫百家，身兼數器。文章爾雅，追還兩漢之風；道德淵深，根極中庸之學。早踐揚於華貫，浸騰踔於英躔。

當聖哲馳騖之時，實儁乂功名之會。輟自承宣之地，暫司封駁之聯，金馬玉堂，即還舊物，黄扉紫闥，遂聽新除。某猥以庸虚，獲相先後。長牋加厚，有踰褒衮之榮；短技易窮，終負續貂之愧。」文即此時作也。所稱「長牋」，今不得見矣。胡氏原譜云：「三月，復召爲給事中。」以諸書證之。「三月」當是「二月」之誤。

三月，言雇船轉輸之弊。

繫年要録卷八十七云：「紹興五年三月戊子，詔兩浙諸郡市客舟爲起綱之用，仍立綱官賞罰。以給事中陳與義言：『雇船轉輸，官民交弊』故也。」

夏四月壬子，請申嚴奏讞不當之令。

繫年要録卷八十八云：「紹興五年四月壬子，給事中陳與義言：『司馬光嘗奏乞天下州軍勘到强盗，情理無可憫，刑名無疑慮，輒敢奏聞者，並令刑部舉駁。重行典憲，應奏大辟，刑部於奏鈔後别用貼黄，聲説情理如何可憫，刑名如何疑慮，今擬如何施行。門下省審，如有不當及用例破條，即奏行取勘。光以道德名臣，議論如此。豈其樂殺人哉？乃所以禁姦暴、申冤枉，期於庶獄平允，而措一世於無刑也。陛下哀矜庶獄，思中外之吏容心毁法，而州郡妄奏以出入人之罪者，尚多有之。伏望睿慈，採用司馬光之言，申嚴立法，以幸元元。』詔刑部立法申尚書省。」按建炎以來朝野雜記甲集卷六姚次韓論奏讞條：「紹興初，陳去非在黄門，始申嚴奏讞不當之令。其後寖寬」云云，即謂此事。給事中亦稱小黄門也。

是月，嘗密薦周葵。

繫年要録卷八十八云：「紹興五年夏四月辛酉，左朝奉郎新諸王宫大小學教授錢棐，左通直郎臨安府學教授周葵並爲監察御史。葵，晉陵人。先是，沈與求薦棐節操方正，可備獻納，故二人並命。」按周必大平園續稿卷二十三資政殿大學士毘陵侯贈太保周簡惠公葵神道碑云：「改通直郎臨安府府學教授，未赴。吏部侍郎陳與義密薦公，遂詔試館職。將試，復引對。上曰：『從官多説卿端人正士。』面除監察御史，紹興五年也。」據此，則周葵之進用，實簡齋密薦之。按簡齋任太學博士時，葵時爲諸生，專取簡齋文以爲準的。詳見宣和五年本譜。又，簡齋是時爲給事中，平園續稿謂爲吏部侍郎，誤也。宋史卷三百八十五周葵傳亦云：「吏部侍郎陳與義密薦之，詔試館職。」蓋緣神道碑之誤。

六月丁巳，引疾求去。除顯謨閣直學士提舉江州太平觀。

宋史本傳云：「又以顯謨閣直學士提舉江州太平觀。」墓誌云：「又以病告，爲顯謨閣直學士提舉江州太平觀。」繫年要録卷九十云：「紹興五年六月丁巳，給事中陳與義充顯謨閣直學士提舉江州太平觀。與義與趙鼎論事不合，故引疾求去。」按「論事不合」，不知所論何事，俟再考。簡齋自是年六月引疾求去，至明年六月召試中書舍人，其間適一年，皆奉祠閑居也。

卜居青墩，寓壽聖院後芙蓉浦上，扁所居曰南軒。

無住詞虞美人：「乙卯歲，自瑣闥以病得請奉祠，卜居青墩。」胡氏原譜云：「乃寓青鎮壽聖院塔下。」按嘉慶一統志卷二百八十七浙江嘉興府古蹟云：「陳與義宅在桐鄉縣青鎮廣福院後芙蓉浦上。與義自號簡齋居士，扁所居曰『南軒』。元趙子昂榜其堂曰『簡齋讀書處』。」同書同卷又云：「桐鄉縣在府西南五十五里。」按一統志言「廣福院」，不言「壽聖院」者，考談鑰嘉泰吳興志卷十三云：「廣福禪院在縣（按指烏程縣）東南九十里烏鎮，本朝治平中建，熙寧中元年名壽聖，隆興元年改賜今額。」則廣福即壽聖也。然談志稱廣福院在烏鎮，與一統志所云青鎮不合。（談志卷十：「烏程縣，烏墩鎮在縣東南九十里。」）。蓋青墩、烏墩二鎮相隔止一水，當時似嘗合治（董斯張吳興備志中屢引烏青志，似二鎮當時嘗合治）。故得統稱。一統志卷二百八十七關隘云「青墩鎮在桐鄉縣北二十五里，與湖州之烏鎮止隔一水」，是其證。要之簡齋所居在青墩，本集固已彰彰言之。青墩亦稱青鎮者，以避孝宗諱省。

是秋，所作詩詞甚多。立秋後三日，有虞美人詞。

題下小序云：「予甲寅歲，自春官出守湖州。秋杪，道中荷花無復存者。乙卯歲，自瑣闥以病得請奉祠，卜居青墩。立秋後三日，行舟之前後，如明霞相映，望之不斷也。以長短句記之。」詞云：「今年何以報君恩，一路繁花相送過青墩。」蓋有怨於趙鼎也。

七月十二日晚，有浣溪沙詞及秋夜獨酌二詩。

小序云：「離杭日，梁仲謀惠酒，極清而美。七月十二日，晚卧小閣，已而月上，獨酌數杯。」按「仲謀」當作「仲謨」，梁汝嘉字也。汝嘉，處州麗水人，事蹟具宋史卷三百九十四本傳，繫年要録載其事尤詳。周必大平園續稿卷十有汝嘉神道碑。繫年要録卷八十五云：「紹興五年二月癸卯，尚書户部侍郎兼權知臨安府梁汝嘉充徽猷閣待制知臨安府，以汝嘉言心力有限，不能當兩處繁劇故也。」同書卷一百四云：「紹興六年八月丙午，顯謨閣直學士知臨安府梁汝嘉爲巡幸隨駕轉運使。」是簡齋離杭之日，汝嘉方在臨安府任也。獨酌詩云「自歌新詞酒如空」，所歌當即此浣溪沙詞。

又有玉樓春青鎮僧舍作、清平樂木犀詞。

僧舍，謂壽聖院。木犀云「八月江南風日美」，則仲秋作矣。按王灼碧雞漫志卷二云：「向伯恭用滿庭芳曲賦木犀，約陳去非、朱希真、蘇養直同賦，『月窟蟠根，雲巖分種』者是也。然三人皆用清平樂和之。去非云：（詞畧）。希真云：『人間花少，菊小芙蓉老。冷淡仙人偏得道，買定城西一笑。　前身元是江梅，黄姑點破冰肌。只有暗香猶在，飽參清似南枝。』養直云：『斷崖流水，香度青林底。元配騷人蘭與芷，不數春風桃李。淮南叢桂小山，詩翁合得躋攀。身到十洲三島，心遊萬壑千巖。』後伯恭再賦木犀，亦寄清平樂贈韓璜叔夏云：『吴頭楚尾，踏破鐵鞋底。萬壑千巖秋色裏，不奈惱人風味。如今老我薌林，世間百不關心。獨喜愛香韓壽，能來同醉花陰。』韓和云：『秋光如水，釀作鵝黄蟻。散入千巖佳樹裏，惟許脩門人醉。輕鈿重上風鬟，不禁月冷霜寒。步障深沈歸去，依然愁滿江山。』初，劉原父亦於清平樂賦木犀云：『小山叢桂，最有人留意。拂葉攀花無限思，雨濕濃香滿袂。別來過了秋光，翠簾昨夜新霜。多少月宫閒地，姮娥借與微芳。』同一花、一曲，賦者六人，必有第其高下者。」據王氏所記，知簡齋清平樂詞乃與向子諲諸人唱酬之作。子諲滿庭芳原唱，見酒邊詞卷上，編在「江南新詞」中，題下小序云：「巖桂風韻高古，平生心醉其間。昔轉漕淮南，嘗手植堂下。薌林此花爲多，戲作是詞，當邀徐師川諸公同賦。」不言與簡齋同作者，即於「諸公」中見之矣。

是秋，嘗一至衢州，與趙子晝、程俱唱酬，有題崇蘭圖二首。

胡注云：「趙叔問居三衢，治園築館，取楚詞之言，名之曰崇蘭。嘗與先生及程致道從容其中，命江參貫道爲之圖，又令畫史各繪像其上，而賦詩焉。今留叔問子平甫家。」疑胡氏嘗見此圖也。按趙子晝字叔問，宋宗室，燕懿王德昭五世孫，事蹟見程俱北山小集卷三十三贈左通奉大夫趙公墓誌銘。程俱字致道，衢州開化人。事蹟見宋史卷四百四十五本傳及北山小集後附程瑀所選行狀。北山小集趙公墓誌銘云：「久之，懇請祠宫，以兵部侍郎召至行在，力申前請，遂以舊職提舉江州太平觀。寓止衢州凡七年，未嘗有留滯之歎。自言慕司馬徽之爲人，若所謂入獸不亂群，舍者與之争席，蓋優爲之。得寬閑之地城南之郊，爲池亭林圃，間與交舊遊其間，浩然若將終身而不厭者。」墓誌不言子晝奉祠在何年。考繫年要録卷八十云：「紹興四年九月庚午，尚書兵部侍郎趙子晝乞補外，罷爲徽猷閣直學士知秀州。」同書卷九十一云：「五年七月丙申，徽猷閣直學士趙子晝試尚書兵部侍郎。」要録不言其自秀州召還之日即得奉祠，然同書卷九十二於八月癸丑書云：「中書門下省檢正諸房公事呂祉權兵部侍郎」，以墓誌「力争前請」之語驗之，則子晝奉祠得請，當在是年七月丙申之後、八月癸丑之前也。程俱爲中書舍人，以繳還徐俯除諫議大夫制詞爲言者所中傷，罷爲提舉江州太平觀，事在紹興二年二月甲申，見繫年要録卷五十一，至六年六月乙巳要録書云：「集英殿修撰提舉台州崇道觀程俱復徽猷待制。」則其至明年六月猶以奉祠閑居也。簡齋自六月丁巳引疾求去，是時亦閑寓青鎮，三人皆投閑，故得與程、趙相聚也。北山小集卷十一叔問作崇蘭館圖畫叔問去非與余相從林壑間二公各題二絶句余因賦四首云：「嬰朔千年契義深，祇今林壑共幽尋。同心更結崇蘭伴，衰世誰知有斷金。」其二云：「崇蘭深寄北山幽，何日追隨得自由。下石向來多賣友，斷金投老得良儔。」其三云：「道義寧論故與新，紛紛誰復繼雷陳。圖形預作山林約，笑殺青雲得路人。」其四云：「置我正須巖石裏，如公總合上淩煙。要令他日看圖畫，不愧平生與昔賢。」詩即一時之作。觀「道義寧論故與新」之語，則簡齋與俱蓋新交也。子晝所作未見。江參字貫道，衢人。夏文彦圖繪寶鑑卷四云：「貫道居霅川，深得湖天之景，平遠曠蕩，盡在方寸。長於山水，師董源、巨然。趙叔問居三衢，治園築館，取楚詞之言，名之曰崇蘭。嘗與陳簡齋、程致道從容其中，命貫道爲之圖，令畫史各畫其上，乃賦詩焉。」按圖繪寶鑑所記，蓋即出自胡氏詩注，「各畫」下當脱「像」字。劉克莊跋江貫道山水叙貫道生平尤詳，詳見後譜。嘉慶一統志卷三百一浙江衢州府：「衢州府在浙江省治西南五百六十里，南宋屬浙東路。」又流寓：「趙子畫，宋宗室。建炎中，以公族爲侍從。遷知秀州，既而奉祠以歸，寓於衢，爲崇蘭圃於城南，與程俱諸人酬唱其中。」

九日，有示大圓洪智詩及定風波重陽詞。

大圓洪智見後譜。詩云：「自得休心法，悠然不賦詩。」按簡齋自紹興二年四月以後至八年十一月病卒，此數年間，除五年六月至六年五月以病奉祠，及八年七月以病乞閑，前後兩次寓居青鎮外，其間惟玉堂儤直一首爲六年十一月除翰林學士知制誥時作，其餘在朝時期皆無詩。說見紹興三年本譜。

是秋，又有菩薩蠻荷花、南柯子塔院僧閣、臨江仙憶洛中舊遊諸詞。

菩薩蠻云「南軒面對芙蓉浦」，又云「紅少緑多時」，南柯子云「背插浮屠千尺冷煙中」，知爲是年秋深寓居青墩之作。浮屠，壽聖院塔也。臨江仙云「二十餘年如一夢」，按簡齋自政和三年釋褐至今，其間惟宣和四年春末一度歸洛，旋即去洛入汴，時當春夏之交，不得有「杏花疏影」，則此所謂「洛中舊遊」當指政和三年筮仕之前。自政和三年至今，亦二十三年矣。簡齋暮年，凡兩次寓居青鎮，知此詞非八年作者，若八年則其去洛中之遊且三十年矣。據知無住詞中諸作，自虞美人以下，皆爲是年之作。

冬，有與智老天經夜坐及觀雪等詩。

胡注：「智老即大圓洪智，天經姓葉名懋，先生之子洪本之嘗從其學云。」又懷天經智老因訪之云：「忽憶輕舟尋二子，綸巾鶴氅試春風。」胡注：「謂洪智老居西菴，葉天經居北栅，皆青鎮中。」按董斯張吳興備志卷十二人物徵引烏青志云：「葉懋字天經，烏程人，少嗜學多識，談論亹亹不窮。善爲文，尤長於詩歌。少師陳簡齋與義，高僧大圓洪智皆擅詩名，嘗唱酬芙蓉浦上，後名其處曰三友亭。與義嘗移書於懋『忽憶扁舟尋二子』，蓋指懋與洪智也。初，與義勸之仕，懋不答。及與義參知政事，動而見格於執政，氣抑抑不得伸，乃歎曰：『吾今始知天經之高也。』當時以詩鳴於里者，有張愛松、張可庵、丁鶴林、張石谷、莫岫雲、張竹曜云。」又張嵲陳公資政墓誌銘云：「男曰洪，某官。」周必大省齋文集卷十八跋陳去非帖云：「陳公之子本之」云云，本之即洪字也。蓋葉懋嘗學詩於簡齋,而簡齋之子洪又受學於懋也。

又嘗爲俞秀才題所藏江參山水横軸畫。

江參已見前譜。劉克莊後村題跋卷四跋江貫道山水云:「故參與莊敏龔公家,有江貫道山水一巨軸,用匹絹作。其布置疎密,點染濃淡,與竹溪此卷皆合。但巨軸之後有葉石林、陳簡齋詩跋。龔畫今在其外孫方君采處。貫道名參,衢人。其畫因石林得名。南渡召至杭,未見,一夕卒。」按跋語稱簡齋詩跋,不知劉氏所見即俞秀才舊藏否。又董斯張吴興備志卷二十五書畫徵引鄧公壽畫繼云:「江參字貫道,江南人,長於山水。形貌清癯,嗜香茶以爲生。初以葉少藴左丞薦於宇文湖州季蒙。今其家有泉石五幅圖一本,筆墨學董源,而豪放過之。季蒙欲多取其畫,而貫道忽被召去,止得此圖,居以爲慊。後劉季高侍郎再寄江居圖一卷,作無盡景,始少慰焉。」胡注云:「俞秀才名愷字義仲」,其人未詳。

是冬,又有小閣晨起、小閣晚望、梅花、江梅、雪、小閣諸詩。

小閣,謂壽聖院閣也。晨起云「却望塔顛日」,雪云「浮屠似玉筍」,謂壽聖院塔也。晚望云「孟冬乃微和」,江梅云「寒村值西子」,小閣云「欄干横歲暮」,梅花云「一枝斜映佛前燈」,知諸詩皆是冬寓居青鎮之作。

是冬,張嵲有詩見寄,作詩報之。

張嵲爲簡齋表姪,已見前譜。宋史卷四百四十五文苑傳云:「張嵲字巨山,紹興五年召對,除秘書省正字。」繫年要録卷八十九云:「紹興五年五月丙子,左迪功郎張嵲特改左承仕郎。嵲,光化人,早從陳與義學詩,以薦召對,遂除秘書省正字。」詩稱「張正字」,又云「歲暮塔孤立」,其爲是年冬日寓居青鎮之作無疑。張嵲紫微集卷二有將至臨安途中偶成呈表叔陳給事去非詩,當即簡齋此詩所指。其詩云:「末契託外親,夙昔承顧盼。鄧鄙聽論詩,房陵共遭亂。蒼黄南山路，大雪將没骭。事定訪田家，山花已如霰。燃薪代燈燭，新詩仰華絢。雨餘登近嶺，春晴集兩澗。彷彿紙坊山，泉石眼中見。形影一西東，音聲隔河縣。駑駘自拘攣，鴻鵠謝羈絆。俄瞻九天上，更覺斯文焕。鄙賤集釁深，十年兩遭難。稠重荷顧存，凡庸辱推薦。窮途感一飯，況此膺深眷。門牆行欲近，仰止極昏旦。餘生不自意，復得親談宴。存没割中腸，申章淚滂濺。」此詩叙建炎二年春正月自鄧往房州，避虜入南山事特詳，當與前譜參看。觀詩中「凡庸辱推薦」之語，則張嵲之召，實簡齋薦之。故嵲撰簡齋墓誌亦云：「頃公寓居漢上，某從公遊，質問詩文利病。其後仕學，公頗有力，不專爲親也。」

是冬，嘗與張戒論詩。

張戒歲寒堂詩話卷上云：「乙卯冬，陳去非初見余詩，曰：『奇語甚多，只欠建安六朝詩耳。』余以爲然。及後見去非詩全集，求似六朝者尚不可得，況建安乎？詞不逮意，後世所患。」又云：「『獨坐燒香静室中，雨聲初罷鳥聲空。瓦溝柏子時時落，知有寒天木杪風。』此絶句非余得意者，而陳去非獨稱誦不已。張巨山出去非詩卷，戒獨愛其征牟書事一首云『神仙非異人，由來本英雄。蒼山雨中高，緑草溪上豐』者，而去非不自以爲奇也。王雱云：『作文字易，識文字難。删詩定書，須仲尼乃可。』蕭統文選之有不當，又何怪也。」按繫年要録卷八十七云：「紹興五年三月甲午，左迪功郎夔州路關塞幹辦官張戒特改左承奉郎。戒，正平人。以趙鼎薦，得召對。上謂鼎曰：『戒禮貌生疏，必未曾大段歷任。』鼎曰：『自登第十餘年，只曾作縣令。』上曰：『論事頗有理，然爲文未成就。』鼎曰：『知其人剛拙。』上曰：『人才和柔者多，剛直者最難得。』乃以戒爲國子監丞。」原注云：「戒除監丞在四月辛亥。」按張嵲除秘書省正字在是年五月，戒以四月除監丞，時簡齋猶在給事中任，得於臨安相晤也。其論詩事，據戒所記在是年冬，時簡齋寓居青鎮，當是書札往還耳。

又，本集原編九日示大圓洪智詩後有劉大資挽詞二首。按二詩庫本編在翁高郵挽詩後，五言律詩之末，次第在外集諸詩之後，與胡注本編次不同。竊疑二詩未必爲是年之作。劉韐字仲偃，建州崇安人，子羽之父，珙之祖。靖康時拜資政殿學士，京城四壁守禦使。金人議立異姓，韐自縊死。建炎元年贈資政殿大學士，謚忠顯。事蹟見宋史卷四百四十六忠義傳，靖康要録五十五，獨醒雜志卷二記其事尤詳。簡齋此詩稱「劉大資」，則當作於建炎元年贈官予謚之後。然其時簡齋方轉從湘湖，恐無暇及此。考同時諸人集中多有挽韐之作：劉一止苕溪集卷八有悼忠顯劉公二首，李彌遜筠溪集卷二十有忠顯劉公挽詩二首，沈與求龜谿集卷三有劉資政韐挽詞二首，胡寅斐然集卷二十七有挽劉忠顯二首。似當時嘗有追悼之事，簡齋此詩與諸人之作似皆爲此而作，但不知事在何年也。觀劉一止詩「至今瞻拱木，人口勝豐碑」，沈與求詩「隻雞已負它年約，下客傷心兩鬢斑」之語，其追悼語氣甚明。姑存此以俟考。

是年春正月乙巳朔，帝在平江府。是月，金主晟殂，旻之孫亶立。二月壬午，帝至臨安。丙戌，以趙鼎爲左僕射，張浚右僕射，並同中書門下平章事，兼知樞密院事，都督諸路軍馬。岳飛爲荆湖南北襄陽府路制置使，將兵平楊太。六月癸丑，楊太赴水死，湖湘悉平（宋史高宗紀）。

是年，楊時（中立）卒（沈涵楊龜山年譜）。曾紆（公衮）卒（汪藻知衢州曾公墓誌銘）。韓駒（子蒼）卒（宋史卷四百四十五）。方崧卿（季申）生（周必大平園續稿方君墓誌）。

紹興六年丙辰（一一三六），四十七歲。

春，居青鎮僧舍，有元夜、懷天經智老因訪之諸詩。

元夜云「遥睇浮屠顛」，謂壽聖院塔。天經、智老已見前。黄修職雨中送芍藥五枝云「老夫五十尚可癡」，時簡齋年四十七矣。黄修職未詳。

夏，有櫻桃、西軒等詩。

櫻桃云「四月江南黄鳥肥」，西軒云「初夏氣未變」，牡丹云「青墩溪畔龍鍾客，獨立東風看牡丹」，皆初夏語。又益池、松棚亦寓青墩之作。牡丹詩又云「一自胡塵入漢關，十年伊洛路漫漫」，自靖康元年春金人入侵至是年，正十年也。

六月壬戌，被召，復用爲中書舍人兼侍講直學士院。

宋史本傳云：「被召，會宰相有不樂與義者，復用爲中書舍人直學士院。」墓誌云：「被召，會宰相適不樂公者，復用爲中書舍人。服以朝，且以狀言，有詔不許。既謝，上諭曰：『朕當自以卿爲内相。』」繫年要録卷一百二云：「紹興六年六月壬戌，顯謨閣直學士左承議郎提舉江州太平觀陳與義、左朝奉郎充集英殿修撰傅崧卿、左朝請郎守起居舍人董弅並試中書舍人。與義仍兼直學士院兼侍講，不俟告供職。故事，職事官同日除者，以寄禄官爲序。弅奏與義、崧卿皆故官，乞依宣和故事，以除日爲序。上許之。與義嘗爲給事中，服金帶，至是更服舍人服。上諭曰：『朕當以卿爲内相。』」按宰相，謂趙鼎也，簡齋與鼎議事不合，已見前。沈該中興學士院題名云：「陳與義，紹興六年六月以中書舍人兼權直院。十一月，除翰林學士。七年正月，除參知政事。」李心傳建炎以來朝野雜記甲集卷九云：「渡江後學士再入者十六人」，其一即簡齋。鄭剛中北山文集卷三十有與陳去非二柬，其一云：「某頓首再拜。掌制勸講，朝廷之妙選，儒者之至榮；直院舍人，被九重睠倚之隆，兼三職清華之寵。伏惟歡慶，器業盛茂，中外咸仰，其所以屬望我公者甚大且遠，未敢以此而言賀也。半面微生，姑見區區拜候之誠。」又柬云：「某頓首再拜，王公之門，名位益隆，則寒賤之人，跡日以疏。直院舍人，衮衮騰上，行入夔龍之室矣。

如某者，不識尚可以寸紙短緘爲修問之資否乎？執士上或許之，則記室几案之上時有三十年白首同舍生之書，亦敦篤風教之一也。皇恐皇恐。」前柬言「兼三職清華之寵」，謂簡齋以中書舍人兼侍講兼直學士院也，知二柬爲此時之作。後柬稱「三十年白首同舍生」，自是年上數三十年爲崇寧五年，則其時簡齋已入太學，且與剛中同舍也。剛中是時爲温州判官，至是年十月辛丑，始由秦檜薦，以左文林郎充敕令所删定官，見繫年要録卷一百六。

秋九月，從帝幸平江。

宋史本傳云：「九月，高宗如平江。」墓誌云：「九月，駕幸平江。」按「駕」上疑脱「從」字。熊克中興小紀卷二十云：「紹興六年八月，詔兵部尚書劉大中，翰林院學士朱震，侍讀學士范沖，中書舍人陳與義、董弅，户部侍郎趙霈，起居郎張燾，侍御史周秘，左右司諫陳公輔、王縉。左右郎官耿自求、徐林等並扈從。主管軍馬權殿前司解潛、提舉宿衛親兵劉錡同總禁衛之職，而知臨安府梁汝嘉充隨駕都轉運使。九月丙申朔，上發臨安府。丁卯，上至臨平鎮。庚午，上次平江府。」繫年要録卷一百四云：「紹興六年八月甲辰，手詔曰：『迺者，强敵亂常，阻兵猾夏，兩宫北狩，六馭南巡，霜雪十年，關河萬里。朕爲人之子，而雞鳴之問不至；爲人之弟，而鴒原之難不聞。眷言臣子之心，誰無父兄之念！而又干戈未息，疆場多虞，遣戍經時，不離甲胄，飛芻越險，久棄室家，爾則效忠，朕寧不愧！是用當饋投匕，未明求衣，弗辭馬上之勞，以便軍中之務。諒彼同舟之衆，知兹發軔之情。咨爾百官，各揚其職。布告中外，悉使聞知。』時張浚自江上來歸，力陳建康之行爲不可緩，朝論不同，上獨從其計。先是三大帥既移屯，湖北京西宣撫副使岳飛亦遣兵入僞地，僞知鎮汝軍薛亨素號驍勇，飛命統制官牛皋擊之，擒亨以獻，引兵至蔡州，焚其積聚。眉州布衣帥維藩治春秋學，累舉不第。至是赴行在，上中興十策，請車駕視師。上下其議於朝，浚以爲可用。會諜報劉豫有南窺之意，趙鼎乃議進幸平江。」原注云：「趙鼎事實曰：『是秋探報實有南窺之意，乃議前期幸平江，就近應援。張浚先在江上，已令張俊城盱眙，移軍居之。鼎謂非便，浚堅欲爲之。鼎以其行府措置，不欲力争，每爲上言其利害云。』」此是年秋幸平江之所由也。繫年要録卷一百四又云：「八月戊申，詔侍從官更互赴行在所供職。時户部侍郎王俣先在平江措置，於是，兵部尚書劉大中，翰林學士朱震，侍讀學士范沖，中書舍人陳與義、董弅，工部侍郎趙霈，起居郎張燾，侍御史周秘，左司諫陳公輔，右司諫王縉，監察御員趙渙、劉長源，左司郎中耿自求，右司員外郎徐林，樞密院檢詳諸房文字王迪，編修官孫汝翼，吏部員外郎黄次山、鄭士彦，户部員外郎周聿，比部員外郎薛徽言，太常少卿林季仲，博士黄積厚皆從。」所紀視中興小紀爲詳。要録卷一百五又云：「九月丙寅朔，上發臨安府。丁卯，御舟宿臨平鎮。戊辰，上次崇德縣。己巳，次皁林。庚午，次秀州。壬申，次吴江縣。癸酉，上次平江府。以水門隘，不通御舟，乃就輦於城外，百官朝服乘馬扈從至行宫。賜百司沐浴三日。」簡齋時從行也。楊萬里誠齋集卷二十六跋簡齋與夫人帖帖云平江尚留兩日書中説錢盡再遣四尊云：「家在錢塘身在蘇，㢒㢋消息近來疎。極知薪水無錢買，且遣長鬚送乘壺。」此簡齋從幸平江逸事也。

冬十一月辛未，除翰林學士知制誥，有玉堂儤直詩。

宋史本傳云：「十一月，拜翰林學士知制誥。」墓誌同。繫年要録卷一百六云：「紹興六年十一月辛未，中書舍人兼直學士院兼侍講陳與義爲翰林學士。」原注引趙鼎事實曰：「張浚既因群小離間，遂有見迫之意。會中書舍人陳與義不樂於鼎，遂傾心附之。乃以資善引范沖之説告之，浚以爲奇貨。劉子羽與聞其事，嘗爲人言之。」按張浚之再用，趙鼎實力薦之。至是劉豫兵分三路入寇，諜報豫挾金兵來寇。鼎專爲守江之計，而浚力督諸將進兵，以此異議。而浚賓客吕祉之徒，往來其間，二人遂有隙。觀王縉疏言二三大臣「或出而總戎，或處而秉軸，交修政事之間，進退人才之際，謀慮有不相及，則初意未必盡同，苟無私心，惟其當而已。願戒大臣俾同心同德，絶猜閒之萌，以同濟國事。」王縉疏在是年九月，則張、趙嫌隙固已顯見。至十二月甲午朔，陳公輔因奏劾鼎，而鼎亦遂罷。事詳繫年要録卷一百五至卷一百七。簡齋舊與趙鼎不合，其後參知政事又由張浚引之，則傾心附浚之説，不爲無因也。考趙鼎忠正德文集卷七辨誣筆録「資善堂汲引親黨」條云：「乙卯春，資善堂既建，同列留身奏事，退謂某曰：『適得旨傳令相公擇資善堂官一員。』言才出口，某曰：『今士人中學識淵源、人物藴藉，可以爲師範，無如范沖者。』此言應口即答，未嘗出於思慮。當時止爲得旨擇人，若有他意，則皇天后土實鑒臨之。退亦思之，恐涉嫌謗；又念古人内舉不避親之義，於是言於上。自信弗疑，不慮後患，此則某之罪也。命下，范沖力辭，且言獨員終日在内，恐涉嫌謗。遂又進擬朱震，二人更直。舉朝内外，皆以爲得人。後因臺諫諸人奏事，上盛談二人之賢。諸人奏曰：『天生資善官，二人無與比者。』翌日，上以臺諫之言語執政，顧某，喜動天顔。某亦以此自喜，不知爲今日之患也。」同書卷三乞除朱震職名狀亦云：「亦不欲獨寵沖，益重臣親嫌之謗。」此所謂「以資善引范沖之説告之」，當即指「汲引親黨」事也。按范沖爲趙鼎外姻，其除資善堂翊善，在去年五月己亥，繫年要録卷八十九記之甚詳。要録並於注中詳引諸書，辨其同異，其間無涉及簡齋者。蓋資善堂一事，實張、趙構隙之一端，而後來秦檜更以此陷鼎。觀鼎之自辨，亦不言嘗謀之於浚也。至趙鼎事實所謂簡齋以告浚，「浚以爲奇貨」之説，他書不見，當再考。嘉慶一統志卷二百八河南府人物云：「陳與義拜參知政事，與丞相趙鼎同心輔政。」「趙鼎」當作「張浚」爲是。胡氏原譜云：「十一月，除翰林學士知制誥，有玉堂儤直詩。」光聰諧有不爲齋隨筆丁卷云：「憨山觀楞伽記云：『昔達摩授二祖以此爲心印。自五祖教人讀金剛經，則此經束之高閣，知之者希矣。』陳簡齋玉堂儤直詩云：『庭葉瓏瓏曉更青，斷雲度日照寒廳。只因未上歸田奏，貪誦楞伽四卷經。』以憨山之語證之，方明此詩之意，蓋言此經惟秘館有之，歸田去則難求誦矣。」按此亦有激於趙鼎之隙而云然。又朱翌灊山集卷二有賀陳内翰去非三首，當作於是時。其一云：「聞道催宣召，傳呼入翰林。堂高初上玉，帶重更垂金。煩悉周公誥，丁寧葛亮心。調元知有日，天意向君深。」其二云：「夢獲生花筆，祥開視草儒。奉天專仰陸，元祐只傳蘇。蓮影光分燭，絲綸細結絇。禁中頗牧在，夙夜贊神謨。」其三云：「夜到甘泉捷，光揺建曉魁。唐家方再造，漢德已重開。太史書雲後，群公賀雪回。十行寬大詔，早晚出銀臺。」按朱翌字新仲，載上子。是年十月壬寅，自左從事郎除敕令所删定官，見繫年要録卷一百六。又向子諲酒邊詞卷上有西江月一首，題云：「紹興丁巳秋，偏走湖東諸郡，遂作天台、雁宕之遊，政黄柑、江鰩時，足慰平生。時拜詔書薌林之賜，因成長短句，寄朱子發、范元實、陳去非翰林學士，以資玉堂中一笑。」按簡齋除翰林學士在今年十一月，至明年正月即拜參知政事，范沖亦以今年十二月壬寅罷去。若丁巳秋，則二人已不在翰林，酒邊詞「丁巳」疑是「丙辰」之誤。

嘗奉詔定法帖。

簡齋法帖釋文一卷，説郛卷八十九載之。其前有簡齋進書表云：「右臣先准御前降到法帖一十卷並釋文一册，付臣校正。臣將劉次莊所釋子細尋究，其誤者改之，闕者補之。亦有次莊以意妄釋，臣雖疑之而不能曉其何字者，皆存之不敢妄改。臣學書不廣，不能仰副使令，俯惟震懼。伏望陛下乙夜之閑，特賜睿覽定以幸學者。所有法帖一十卷、釋文一册謹具上進。」表末不記進書年月。按周必大省齋文集卷十七跋陳簡齋法帖奏稿云：「德壽皇帝嘗論近世絳帖已少，錢希白所臨潭帖爲勝，臨江帖失真遠矣。又淳化帖、大觀帖，當時以晉、唐善本及江南所收帖擇善而刻之，丰骨意象皆存。今觀故參知政事陳公與義爲侍從時奉詔定法帖十卷、釋文一册，其間稍辯劉次莊之誤，殆臨江或潭帖歟？陳公字畫清簡，類其詩文。紹興初，初步中朝，特承善誨。知人則哲，兹可觀其緒餘。淳熙七年正月十四日，試吏部尚書兼翰林學士承旨周某爲起居舍人木待問題。」四庫總目卷二十一子部藝術類一墨經二卷附法帖釋文刊誤一卷提要云:「末載宋參知政事陳與義法帖釋文刊誤一卷,蓋(程)棨之所附。後有淳熙七年周必大跋。其書僅七紙,然糾劉次莊釋文之誤,頗爲精核。必大跋稱與義爲侍從時奉敕所撰。」按説郛本不載周跋,今據省齋文集録出。按曹士冕法帖譜系卷上云:「臨水戲魚堂帖,元祐間,劉次莊以家藏淳化閣帖十卷摹刻堂上,除去卷尾篆題,而增釋文。」簡齋所定即此,蓋臨江帖也。按簡齋奉詔定法帖事,不知確是何時,今以周跋中「爲侍從時」之語,姑繫之於此。陶宗儀輟耕録卷六淳化祖石刻條云:「大梁劉衎卿世昌云:大德己亥,婦翁張君錫攜余同觀淳化閣石帖,卷尾各有題識。第七卷陳簡齋奉旨觀於秋香亭下云:『魏晉法書,非人間合有。自我太宗皇帝刻石寵錫下方,見不滿十數。臣與義頓首謹書。』」按此簡齋佚文也,其事似與定帖有關。又,省齋文集卷十八題陳去非謝御書等帖云:「光武中興,誅戰不遑啓處,然而投戈講藝,息馬論道,樊準在漢,以爲美談。共惟光堯皇帝撥亂於紹興之初,維時陳公周旋兩制,遂躋政地。觀此奏稿,知君臣講義猶光武也。論道細旃之上,恨不得而聞之。淳熙十三年三月十一日。」同卷又有跋陳去非帖。又吴澄臨川吴文正公集卷四十六題簡齋陳參政奏稿後云:「君臣密勿紹興中,文物依稀貞觀風。三幅奏篇存雅製,諸家題字總名公。已聞玉匣人間見,空相銀鈎天上工。百八十年如一夢,摩挲遺墨視夢夢。」又跋云:「紹興參政簡齋陳公奏稿三幅,其一謝御賜臨王羲之玉潤帖,其二爲奉旨辨歐陽詢書真僞。淳熙、紹熙葛、周、洪、尤、謝、楊、章、樓,以至慶元、嘉泰、開禧諸名公題跋者凡十八人,蓋百八十年於兹矣。澄得肅讀,感慨繫之。臨川吴澄謹書。」按二家所稱奏稿,惜不得見矣。至吴氏所稱周跋,或即前引謝御書帖跋。楊萬里誠齋集卷二十六跋陳簡齋奏草云:「詩宗已上少陵壇,筆法仍抽逸少關。真蹟總歸天上去,獨留奏草在人間。」按此跋當即吴氏所稱楊跋也。其餘諸家跋文,則所未見。至樓鑰攻媿集卷七十有跋陳簡齋戲學云:「劉子曰:『玉屑滿匣,不可以爲圭璋。』余則曰:雖不可爲圭璋,要可寶也,於此書亦云。」與吴氏所稱者無涉。又朱熹文公文集卷八十一跋陳簡齋帖云:

「簡齋陳公手寫所爲詩一卷，以遺寶文劉公。劉公嗣子觀文公愛之，屬廣漢張敬夫爲題其籤。予嘗借得之，欲摹而刻之江東道院，竟以不能得善工而罷。間獨展玩，不得去手。蓋歎其詞翰之絶倫，又歎劉公父子與敬夫之不可復見也。俯仰太息，因書其末以歸之劉氏云。」按跋文所稱寶文劉公謂子羽，觀文則劉珙也。此跋足補簡齋交游之目。考錢泳履園叢話卷十云：「陳簡齋詩卷，紙本，凡一百零一行，計詩二十三首。舊有張宣公標題，今不存。後朱晦庵、劉西臺、危太樸諸跋具在。案宋史，簡齋名去非，高宗時爲資政殿大學士。太樸跋語具詳始末。」同書卷二十三云：「乾隆庚戌歲三月三日，余寓畢秋帆尚書樂圃之賜閒堂，時正爲尚書刻經訓堂帖，遂取松雪齋所藏蘭亭五字未損本及唐懷素小草千文、徐季海朱巨川告（身）、蔡君謨自書詩稿、蘇東坡橘頌、陳簡齋詩卷、朱晦庵城南詩、虞伯生誅蚊賦、趙松雪枯樹賦諸墨蹟置諸案頭，同觀者爲彭尺木進士、潘榕皐農部、張東畬大令、郭匏雅、陸謹庭兩孝廉，彈琴賦詩，歡叙竟日，爲一時佳話。尚書歿後，家産蕩然，家人輩揭之爲餬口計，可憐也。忽忽三十年，諸公半皆凋謝，卷册亦已散亡，惟經訓堂帖巋然獨存，金石之可貴如此。」據知簡齋此卷爲畢沅所藏，以刻入經訓堂帖中，即朱熹所稱欲刻之江東道院而未果者。錢氏稱此卷凡一百零一行，計詩二十三首。檢今本經訓堂帖僅刊有自五月二日避寇轉徙湖中復從華容道烏沙欲（今集本無「欲」字）還郡七月十六日夜未（集作「半」）出小江口泊（集本作「宿」）焉徙倚柁樓書十二句、九日與孫奇父載菊登高已而開旦二禪老至自岳陽樓步至冠鼇亭（今集本題作兩絶句）、別向伯共、跋任才仲畫、初至邵陽逢入桂林使作書問其地之安危、舟泛邵江、山齋、題水西周三十三壁、宿資聖院，共詩十二首，四十六行。以較錢氏所記，少詩十一首，五十四行，當是摹刻時有所删汰也。又錢氏所稱朱、劉、危三跋，今帖亦僅載朱熹、危素二跋，其劉西臺一跋未刊入。朱熹跋即前引文公集所載，文字小有異同，跋尾署「淳熙辛丑四月丁卯新安朱熹」。其危素跋語（小楷）云：「右宋參知政事資政殿學士陳公去非文翰一卷。按宣和六年，公以司勳員外郎謫監陳留南鎮酒税，越三年，金人犯汴京，公丁外艱，自是奔走無寧歲。此卷云『五月二日』，蓋建炎三年。孫奇父諱偉，自號七澤先生。向伯共諱子諲，自號薌林居士，文簡公之元孫，任户部侍郎，挂冠而去，公以玉剛卯爲壽者也。向公祭奇父之文有曰：『器重公輔，學藴經綸，胡不百年，致主澤民。』則奇父之爲人蓋可知已。孫信道諱確，建炎初，作京西運司屬官，僅改京秩而死。征牟，集中貞(按當作征)作貞，公至征牟，則四年事也。公當承平時，以文章遇知人主，曾未數年，遭世亂離，倉皇轉徙，故筆札之傳於世者甚少。此爲寶文閣直學士劉公彦脩書，而張宣公標題其上，朱文公跋云觀文公者，樞密忠肅公也。是年張公即世，故其詞益悲。慈溪徐政敏道得此於京師，珍襲篋笥。朱氏以不得善工摹刻爲恨，敏道異日南還，求徐仁作、胡淵於里中，皆稱善工，可以畢朱氏之志云。後朱氏百八十一年，大元至正二十年七月癸酉後學臨川危素崇教坊寓舍識。」按經訓堂帖所删去詩十一首，不知究係何詩，以危素跋語推之，其中或當有別孫信道、夜抵貞牟、貞牟書事諸詩，惜不得簡齋手書原卷一按之也。

又岳珂寶真齋法書贊卷二十三載陳參政簡易帖行書六行云：「台眷伏惟均被新祉，城中有委，願聞之。蒙眷照之厚，儻有所諭，片紙貺之，以從簡易，不識可乎？與義再拜。」跋云：「右紹興參政資政學士簡齋先生陳公與義字去非簡易帖真蹟一卷。公以詩翰宗於一時，而致位丞弼，直躬事上，終始無闕，如公者，亦可以爲名臣矣。嘉泰甲子，予來行都，遇公之孫某於湖上，從容幾月，而得此帖。又二十載，乃褾而贊之。贊曰：眼底中興日月，手中健筆虹霓。造化功成秋兔，先生原有新詩。」岳氏又有陳參政陰雨詩帖贊，引見詩箋。按朱、岳二跋，乃論簡齋手書者，因論詔定法帖事連類及之。簡齋書法得之外祖存誠子，在當時已爲人所珍視。文徵明停雲館帖中有手書江行晚興、雨、今夕、暝色、征牟書事五詩，嘉靖三十七年刊石。文氏題識以爲「詩字如瑶臺雪鶴，不著一塵」者，猶可窺見一斑。

是年夏六月甲寅，張浚渡江撫淮上諸屯。秋八月甲辰，詔諭將士將親征。九月丙寅朔，帝發臨安。

癸酉，次平江。冬十二月壬寅，趙鼎罷（宋史高宗紀）。

是年，羅願（端良）生（鄂州小集卷首曹涇墓誌）。

紹興七年丁巳（一一三七），四十八歲。

春正月癸未，除左中大夫參知政事。

宋史高宗紀：「紹興七年春正月癸未，以翰林學士陳與義參知政事。」又本傳云：「七年正月，參知政事，惟師用道德，以輔朝廷，務尊主威而振綱紀。」墓誌云：「明年正月，爲參知政事。三月，從幸建康。是歲，紹興七年也。」繫年要録卷一百八云：「紹興七年正月癸未，翰林學士兼侍講陳與義參知政事。」胡氏原譜：「正月，除左中大夫參知政事。」按王洋東牟集卷十一賀陳參政啓云：「帝思作對，賚我元臣；國有正符，相予碩輔。驚輿言之乍喜，審臚命之初傳。政屬巨人，物無異論。竊以有心於事者，志每不遂；無求於物者，功或可成。故小智自私，每輕從於進取；而達人大觀，當退託於謙冲。方自放於溪山之中，若兼忘於塵寰之表。引疾謝事，寧知軒冕之榮；感物寓懷，殆逐蟲魚之樂。然帝心攸屬，民望所依。病若留侯，雖靡煩於征討；謀如叔向，終難徇於優遊。果膺同德之求，遂正七人之列。某官宅心淡薄，稟然粹美。無甚親、無甚疏，固自分於涇渭；用則行、舍則止，實有係於安危。横岷峨峻聳之奇，導河洛中和之美。民有望矣，天實從之。凡在聽聞，孰不欣蹈！某趨承惟舊，嚮慕彌崇。喜廟算之益奇，期軍行之決勝。相儒臣待命之氣，摩礪以須；笑腐儒紀德之誠，執筆以俟。甚爲幸願，難罄敷宣。」按此賀陳參政啓，當是賀簡齋初除參政之作。簡齋洛人，先世居蜀，故有「岷峨」、「河洛」之語。王洋，宋史無傳，周必大省齋文集卷二十稱其「宣和末登甲科，紹興初以右史贊善嘗命直徽猷閣。」今東牟集中與曾幾兄弟、葉夢得、劉一止、熊彥詩諸人倡和之作甚多，時代亦相及也。

二月甲辰，奉詔撰徽宗謚册文。

繫年要録卷一百八云：「紹興七年春正月丁亥，閤門祗候充問使何蘚、承節郎都督行府帳前準備差使范寧之至自金國，得右副元帥宗弼書，報道君皇帝、寧德皇后相繼上仙。己丑，上成服於几筵殿。」同書卷一百九云：「二月甲辰，命參知政事陳與義撰謚册文，張守書，同知樞密院事沈與求篆謚寶。庚戌，吏部尚書孫近等請謚大行太上皇帝曰聖文仁德顯孝，廟號徽宗。」按簡齋所撰徽宗謚册文今未見。宋會要輯稿帝系(一之一四)云：「紹興七年二月十九日，三省言：『已議上徽宗聖文仁德顯孝皇帝尊謚，所有惠恭皇后合易舊謚。』」會要亦不載册文。

三月，從幸建康。

墓誌云「三月，從幸建康」，本傳及胡氏原譜並同。繫年要録卷一百八云：「紹興七年春正月癸卯朔，上在平江，手詔曰：『朕獲奉丕圖，行將一紀，每念多故，惕然於心。屬叛賊以來侵，幸以時而克定。重念兩宫征駕，未還於殊俗，列聖陵寢，尚隔於妖氛，黎元多艱，兵革靡息，永懷厥咎，在予一人。其敢即安，彌忘大業？將乘春律，往臨大江，駐蹕建康，以察天意。播告遐邇，俾迪朕懷。』時左司諫陳公輔亦勸上幸建康甚力。」同書卷一百九云：「二月庚子，詔巡幸建康，可令有司擇日進發。己未，上發平江府。庚申，上次常州，泊荆溪堂。辛酉，上次常州。壬戌，上次吕城閘。三月癸亥朔，上次丹陽縣。甲子，上次鎮江府。己巳，上發鎮江府，乘馬而行，晚次下蜀鎮。辛未，上次建康府，賜百官休沐三日。時行宫皆因張浚所修之舊，寢殿之後，庖圊皆無。上既駐蹕，加葺小屋數間，爲燕居及宫人寢處之地。地無磚面，室無丹雘。」

是月壬申，命分治户、刑、工房。

繫年要録卷一百九云：「紹興七年三月壬申，詔：『軍旅方興，庶務日繁，若悉從相臣省決，即於軍事相妨。可除中書門下依舊外，其尚書省常陳事，權從參知政事分治。合行事令張浚條具取旨。』浚奏：『欲張守治吏、禮、兵房，陳與義治户、刑、工房，如已得旨，合出告命敕劄，與合關内外官司及緊切批狀堂劄，臣依舊書押外，餘令參知政事通書。』從之。」（原注：「浚條具在是月乙亥。」）按建炎以來朝野雜記甲集卷五云：「元豐官制，尚書左右丞分治六曹。後以爲皆執政官，乃令通省治事。紹興四年，張魏公再入省府，上諭魏公曰：『朕於三四大臣皆當分委，張浚可專治軍旅，胡松年可專治戰艦，如財用亦須委一大臣。』後魏公相，不果行。七年，魏公獨相。三月，詔『尚書省常程事權令參知政事分治』。於是張全真治吏、禮、兵房，陳去非治户、刑、工房。九月，魏公免。復詔『三省事令參知政事權輪日當筆，更不分治常程，事竣，除相如故』。自是，參知政事復通治省事矣。」

六月己酉，奉詔撰顯恭皇后謚册文。

宋會要輯稿帝系（一之一四）云：「紹興七年二月十九日，三省言：『已議上徽宗聖文仁德顯孝皇帝尊謚，所有惠恭皇后，合易舊謚。』既而吏部尚書孫近等議易惠恭皇后謚曰顯恭皇后，詔：『恭依。』五月二十三日，命給事中胡世將譔謚議，參知政事張守譔册文，知樞密院沈與（求）書册文，參知政事陳與義篆寶文。」按繫年要録卷一百九云：「紹興七年六月己酉，命參知政事陳與義撰顯恭皇后謚册文，吏部尚書孫近、兵部尚書吕祉篆三謚寶。」所記與會要不同。會要謂張守撰册文，事在五月二十三日，要録謂簡齋撰册文，事在六月己酉。意者，初以册文命張守，既而改命簡齋也，今從要録所記。今本簡齋集、毘陵集均不見此册文，俟再考。

秋七月丁卯，因張戒外任，言養成人材。

中興小紀卷二十一云：「紹興七年丁卯，初，上因論館閣人材，以祕書郎張戒好資質而未更事，可令作一任，後召用之。至是戒請外補，遂除福建提舉市舶。參知政事陳與義曰：『陛下惜人材，除外任以養成之，聖意甚美。』上曰：『中書可籍記，他日却召用。』」繫年要録卷一百十二云：「紹興七年七月丙寅，祕書郎張戒提舉福建路茶事。上因論館中人材，以爲戒好資質而未更事任，爲令在外作一任，復召用之。戒因請補外。後二日，上謂輔臣曰：『士大夫須更歷外任，不必須在朝廷。若既練達，而止令在外，則又不盡用材之道。』陳與義進曰：『前日陛下惜張戒人材，除外任以養成之，聖意甚美。』上曰：『中書省可籍記，他日復召用。』」所記視小紀爲詳。

八月戊戌，酈瓊叛。壬寅，論淮西形勢。

繫年要録卷一百十三云：「紹興七年八月戊戌，是日，中侍大夫武泰軍承宣使行營左副軍副都統制酈瓊叛，執兵部尚書吕祉。瓊遂以所部四萬人渡淮降劉豫。壬寅，張浚見上引咎。上曰：『失三萬人不繫國安危，譬猶臨陣折傷，亦是常事。卿等不可以此介意，當益鎮安人心，激厲士氣，以爲後圖。』浚曰：『去年劉麟賊兵一敗塗地，無慮殺數萬人，亦復能軍。况軍將時有叛亡，亦所難免。要是臣非才誤國，上貽聖慮。今聖志先定，臣復何憂？敢不黽勉以圖報效！』」原注引趙鼎事實曰：「劉光世既罷，其下已不安。當軸者俾吕祉者以都督府參議官總其事。祉不閑軍旅，措置不厭衆心。既又除劉錡制置副使，楊沂中制置使，張俊宣撫使。劉光世將酈瓊懼併其衆，以全軍五萬之衆歸於豫。報到，中外皇駭，莫知所措，意瓊挾豫衆爲倒戈之計。當軸者謂參知政事陳與義、張守曰：『萬一侵犯，使上往何處避之？』與始論移蹕建康氣勢不同矣。」繫年要録又云：「丁未，張浚論淮西地勢險阻，可以固守。陳與義曰：『見王德呈淮西圖，道路幾不可方軌。』上曰：『地勢雖險，亦在將兵者如何耳。李左車謂井陘之道車不得方軌、騎不得成列，韓信卒由井陘口以破趙軍，要是險阻不足恃也。』」按淮西之變，於當時形勢影響甚大。張浚既以此斥去，簡齋旋亦乞退矣。酈瓊事中興小紀、三朝北盟會編並詳載之，文多不録。

九月丁卯，張俊移屯廬州，爲請賜犒舟錢萬緡，不允。

繫年要録卷一百十四云：「紹興七年九月丁未，京東淮東宣撫處置使韓世忠、淮西宣撫使張俊皆入見，議移屯。秦檜曰：『臣嘗語世忠、俊，主上倚兩大將，譬如兩虎，固當各守藩籬，使寇盜不敢近。』上曰：『此喻未切，政如左右手，豈可一手不盡力也！』乃命俊將所部自盱眙移屯廬州。時俊軍士皆以家屬行，而官舟少。參知政事陳與義請賜僦舟錢萬緡。上曰：『萬緡可惜。其令楊沂中以殿前司官船假之。』」按中興小紀卷二十二載此事云：「陳與義奏：『俊載老少船未足，欲捐萬緡與俊自雇。』」下引「上曰」云云，與要録畧同。

冬十月癸卯，與趙鼎、張守等論「虔賊」事。

繫年要録卷一百十五云：「紹興七年冬十月癸卯，上曰：『昨布衣賴好古上書論虔賊事，頗有理。』趙鼎奏，大意以招安爲非。張守曰：『招安固非策，其始州軍非不欲剿殺，而賊據險負固，師老財費，則不免於招安，固非得已。』陳與義曰：『招安討殺，不可偏廢。以重兵臨之而後招，則賊可得也。』上曰：『用兵則不免害及良民，止當誅其首惡，餘悉縱之乃善。』」按宋南渡後所謂「虔賊」，其來已久。莊季裕雞肋編卷下云：「建炎初，太后擕六宮避寇至彼，而陳大五長者首爲狂悖，自後十餘年，十縣處處盜起，招徠捕戮，終莫能禁。余嘗至彼，去州五十里，宿於南山，吏卒告以持錢帛市物不售，問市人何故，則云宣政（當作宣和）、政和，是上皇無道錢，此中不使，竟不肯用。」張守毘陵集卷三論措置虔賊劄子亦云：「臣伏見朝廷連年發遣兵將討虔賊，宜其稍懲艾，漸安隴畝，近乃復有鍾十四、郭四閑等嘯聚於瑞金、會昌之間，往來福州、廣東境上，江西、福建帥司，各已遣兵措置。竊緣虔州諸邑之民，素名兇悍，小有嫌怨，便相讐敵。加以兵火之後，流離失業，民以易摇，其間雖有善良，既被侵迫，無以自保，勢不得已，因而從之，遂致闔境之内，鮮有良民。而又虔之爲郡，介於閩、廣、江西三路之間，地形險阻，山林深密。賊知官兵之至，則雲散鳥没，無由追襲，官兵一退，則又復嘯聚，故得遷延歲月，而汀、梅諸郡歲被侵擾，三路備禦，未有休息之期。」又繫年要録卷九十一載紹興五年七月丙申臣僚言，亦稱「虔贛頑民轉寇嶺外，累年於兹。」「每賊反至，州縣之間，既無城池，又無兵食，不過裒率金帛以爲犒設，書填官告以議招安，纔得片檄之申，便謂巨盗已息，孰敢定其要約，散其徒衆哉！」此所謂「虔賊」之概畧也。至今兹所論，則指毛順事。繫年要録卷一百十五云：「紹興七年十月庚子，初，虔賊毛順掠武平縣，武德郎汀州弓手准備將吴辛率諸巡尉捕之，官軍失利。辛與右迪功郎上杭縣尉王袤皆死。」是其事也。

是年春正月癸亥朔，帝在平江，下詔移蹕建康。二月乙未，帝發平江。三月辛未，至建康。甲申，以劉光世爲少師萬壽觀使，以其兵隸都督府。八月戊戌，酈瓊叛。九月壬申，張浚罷。丙子，以趙鼎爲尚書左僕射同中書門下平章事兼樞密使。十一月丁未，金人廢劉豫。（宋史高宗紀）

是年，陳克（子高）卒（據直齋書録解題）。沈與求（必先）卒（龜谿集附録）。樓鑰（大防）生（袁燮少師樓公行狀）。

吕祖謙（伯恭）生（東萊集後附年譜）。陳傅良（君舉）生（樓鑰攻媿集卷九十三神道碑）。

紹興八年戊午（一一三八），四十九歲。

春正月癸巳，嘗論堂陛之勢。

繫年要録卷一百十八云：「紹興八年正月癸巳，言者請今後從官作守，不許銜見任人。趙鼎曰：『祖宗以來侍從官如此。』上曰：『若遇從官無異庶官，宰執無異從官，則非廟堂之體矣。』陳與義曰：『人臣何有重輕，但堂陛之勢不得不存。』秦檜曰：『嚴堂陛，所以尊朝廷也。』」按宋史本傳及墓誌並云「務尊主威而振綱紀」，殆就此類言也。墓誌又云：「初，上流大將項領已成，宰相不善是，欲去之而不果。會其來朝，見公，頗自矜大。公正色謂曰：『藉使無若輩，朝廷豈乏使耶？』將色沮，不復敢出一語。」按此所謂「上流大將」，未知何人。簡齋之言，亦宋代重文輕武積習，不足爲訓也。存此俟考。

是月乙巳，論用兵。

繫年要録卷一百十八云：「紹興八年正月乙巳，趙鼎言：『士大夫多謂中原有可復之勢，宜便進兵，恐他時不免議論，謂朝廷失此機會，乞召大將問計。』上曰：『不須如此，今日梓宫、太后、淵聖皇帝皆未還，不和則無可還之理。』參知政事陳與義曰：『用兵須殺人，若因和議得遂我所欲，豈不賢於用兵？萬一和議無可成之望，則用兵所不免。』上以爲然。」按此事墓誌不載，而本傳書之。於時張浚既罷去，秦檜方進用，高宗意在乞和，而趙鼎之言亦非堅主進兵者，大抵其時金人新廢劉豫，士大夫因有中原可圖之議，鼎亦聊爲此説耳。而簡齋則依違其間，豈由衷之論哉？

二月癸亥，扈蹕還臨安。

墓誌云「扈蹕還臨安」，本傳同。繫年要録卷一百十八云：「二月癸亥，上發建康府。戊寅，上至臨安府。」三朝北盟會編卷一百八十二云：「紹興八年二月七日癸亥，車駕發建康府。車駕在建康府，參知政事張守常謂『建康自六朝爲帝王都，江流險濶，氣象雄偉。正宜據會要以經理中原，依險阻以捍禦强敵，可爲别都，以圖恢復。』每對必爲上言之。宰相趙鼎欲還臨安，守與鼎議於都省，不合。又詣朝，上顧守曰：『何如？』守曰：『臣昨日都省已與趙鼎言之矣。陛下至建康，席未及暖，今又巡幸，百官六軍有勤動之苦，民力邦用有煩費之憂。願少安於此，以繫中原民心。』上曰：『卿之言是。』鼎獨毅然，遂不能奪。守既罷去，車駕遂還臨安。」

嘗薦士於上，退未嘗以語人。

宋史本傳云：「其薦士於朝，退未嘗以語人，士以是多之。」墓誌云：「喜薦達後輩，有一善，必極口稱借，或抑已善以奬之。其薦人於上，退未嘗語人，士以是慕嚮。」按此等非一時一事，難於確指日月，姑繫於罷政之前，以見梗概。至簡齋所薦之士，除張嵲、周葵已見前譜外，其可考見者，按樓鑰攻媿集卷九十九朝議大夫秘閣修撰致仕王公(正己)墓誌銘云：「先是，公之父(王勳)知湖州長興縣，有治聲。高宗皇帝以廣南舶政大弊，命三府大臣擇士人修潔者爲之。樞密沈公與求、參政陳公與義俱以爲薦。既對，擢提舉市舶，果以清裁著名。」則王勳亦簡齋所薦也。周必大平園續稿卷十四仲并文集序叙仲并紹興七年再召事云：「後三年丁巳，丞相浚，執政與求、守、與義復以名聞，召至闕，而樞密使檜頗不謂然，君即移疾出倅京口，自是棲遲者二十年。」按浚謂張浚，與求謂沈與求，守謂張守。是仲并之召，簡齋實與焉，雖見格於秦檜，然亦簡齋薦士之一例也。又宋史卷三百八十五葛邲傳云：「邲少警敏，葉夢得、陳與義一見稱爲國器。」朱熹朱文公文集卷九十八朝奉大夫直秘閣傅公(自得)行狀云：「遭亂離，轉側兵間，遇父友故參知政事陳公與義於嶺右。陳公奇愛之，坐之膝，撫其頂曰『長必以文名天下』，因自誦其詩之傑句以詔之。公時雖幼，已悉領解。」此二事雖非薦士，然其奬掖後進，有足多者。又韓無咎南澗甲乙稿卷二十二敷文閣直學士左朝奉郎致仕劉公(一止)行狀云：「其爲詩，高處陵轢鮑謝，下者猶足奴視温李，然清深簡易，自成一家。吕舍人本中、陳參政與義皆號能詩，得公詩，驚曰：『此語不自人間來也。』」其見善若驚，亦有足稱者焉。因論薦士，連類及之。

三月甲午，以病乞退，再知湖州。

宋史本傳云：「以疾請，復以資政殿學士知湖州。陛辭，帝勞問甚渥。」墓誌云：「以疾請去，凡五請而後許。以資政殿學士特轉太中大夫知湖州。陛辭，上勞問甚渥，且云：『姑遂雅志，行復用卿矣。』」熊克中興小紀卷二十四云：「紹興八年三月庚辰，參知政事陳與義乃張浚所引，以久疾乞退。甲午，爲資政殿學士知湖州。」繫年要録卷一百十八云：「三月甲午，左中大夫參知政事陳與義罷爲資政殿學士，特遷左太中大夫知湖州，仍加恩。與義本張浚所引，故稱疾，而有是命。與義在政府未滿歲也。」談鑰嘉泰吴興志卷十四郡守題名：「陳與義，紹興八年四月初二日以資政殿學士左中大夫到任。至七月十一日準敕依所乞，提舉臨安府洞霄宫。」據題名，其前任爲宇文時中，其繼任則常同也。按葛勝仲丹陽集卷五賀陳大資與義知湖州啓云：「以心膂臣而暫辭機政，以股肱郡而來布教條，旌纛再臨，山河增重。恭惟某官式是百辟，媚兹一人，文辭獨行於中朝，器業藹聞於早歲。繇北扉之清近，擢東府之贊襄，天賦之才，蓋天下士而非國士，人究其實，乃社稷臣何止功臣。初違咫尺之顔，如失左右之手。昔之往矣，留千里之袴襦，今也來兹，被三公之衮繡。行聞召節，登拜冢司。」又張擴東窗集卷十五賀陳參政知湖州啓云：「伏審得請嚴宸，分憂近服。輒借疑丞之重，少伸師帥之尊。霅水可杭，覺長安之未遠；棠陰故在，慰吴地之見思。卧治無煩，令行自屈。恭惟某官浩氣直養，純誠内融，廣大精微，如親授孔顔之學，雄深雅健，初不多崔蔡之文。早懷經濟之才，出佐艱難之運，徧儀禁路，參贊國鈞。學而後臣，伊尹專格天之美；用之無敵，仲尼致侵疆之歸。暫辭繁機，出膺外閫，以龜鑑廟堂之餘論，復糠粃州縣之疲民。嘗屑意於區區，已得名於赫赫。凡樂職中和之化，皆大儒調一之功；矧思時魚稻之鄉，乃今日股肱之郡。尊罏登市，雅稱澤國之上游；山水優賢，更託老仙之補處。風流可尚，今昔相望。某猥以庸虚，誤蒙采録，昨滯江湖之遠，每霑牙頰之餘。雖鳥羽獸皮，卒不登於器用；然牛溲馬勃，猶未外於牢籠。某屬守荒城，阻趨崇仞；謬勤緘尺，莫既忱誠。顧計日於及瓜，請摳衣於函丈。豈但文章之事附子貢以得聞，庶幾名利之心見紫芝而俱盡。」按二啓皆此時之作。

秋七月十一日，疾益侵，丐閑得請，提舉臨安府洞霄宫。

宋史本傳：「遂請閑，提舉臨安洞霄宫。」墓誌云：「於是公疾益侵，遂請閑，提舉臨安洞霄宫。」談鑰嘉泰吴興志卷十四郡守題名：「陳與義，紹興八年四月初二日以資政殿學士左中大夫到任。至七月十一日，準敕依所乞，提舉臨安洞霄宮。」

還寓青鎮僧舍，有病骨、晨起等詩。

據胡氏原譜。病骨云：「今朝僧閣上，超遥久風立。」壽聖院閣也。

九月，有登閣、芙蓉、歲華諸詩。

登閣云：「南方宜草木，九月未黄落。」芙蓉云：「九月憑欄未怯風。」歲華云：「九秋亦瀟洒。」知皆九月之作。得長春兩株植之窗前云：「鄉邑已無路，僧廬今是家。」時寓壽聖院僧舍也。

九月八日，有示妻子絶句。

據胡氏原譜。詩云「今夕知何夕，都如未病時」，時簡齋在病中也。

又有拒霜、微雨中賞月桂獨酌詩。

賞月桂云：「人間跌宕簡齋老，天下風流月桂花。」此簡齋絶筆也。

冬，疾革，十一月二十九日辛亥，卒於烏墩之僧舍，年四十九。

宋史本傳云：「十一月卒，年四十九。」墓誌云：「是年冬，疾大甚。十一月某甲子，薨於烏墩之僧舍，年四十九。訃聞，贈某官，令有司給葬事。」中興小紀卷二十五云：「紹興八年十一月，資政殿學士陳與義卒於湖州。」繫年要録卷一百二十三云：「紹興八年十一月，是月，資政殿學士提舉臨安府洞霄宮陳與義薨於湖州。」據胡氏原譜，簡齋之卒，在十一月二十九日。方勺泊宅編（十卷本）卷六云：「陳與義赴湖州，乘馬朝拜，輒驚逸，退走出門，未幾，得宫祠以薨。」此則事涉怪異，未可據信者也。張嵲紫微集卷六有陳參政挽詩三首，其一云：「今古雖同盡，存亡惕遽分。人誰助爲善，天不右斯文。莫遂三年築，空悲四尺墳。音塵竟何許，俯仰歎蒿焄。」其二云：「脱屣違人代，振容即路歧。名流祠洗馬，白旐痛元規。一代風流盡，千年翰墨垂。傷心墓前水，故作夜深悲。」其三云：「徒知天可恃，豈謂病終侵。遽使儀刑意，翻成殄瘁心。開阡賢子力，卜遠外姻臨。墓木看初種，俄悲已茂林。」同書卷三十二又有祭陳參政去非文云：「維紹興九年四月朔二十日，表侄左奉議郎新差權發遣荆湖南路轉運判官張嵲，謹以清酌庶羞之奠，致祭於歿故參政大資陳公之靈。惟晉東渡，始披荆棘，衣冠踵來，異士亦出，王、庾、賀、顧，同贊王室。我宋用人，亦雜南北。維南多士，櫛比同行，北客凋零，曉星相望。憧憧衆士，競爽是期，豈繄國棟，而遽奪之。昔漢倚相，惟壺洎韓，韓躓於外，壺不待年。顯顯惟公，異世而然。嗚呼哀哉！雒陽街居，冠蓋是集，公起故家，超世特立。甲科既射，遂以文鳴，詩章一出，紙貴都城，諸公遊士，讓實推名。未幾遭亂，轉徙江湖，間關海嶠，來覲清都。旋躋掖垣，贊爲名命，號令宣明，文章雅正。天官宗伯，迭貳其司，銓材考禮，有譽無疵。作鎮來歸，黄閣是居，封還付外，兩誼庶乎。屬疾自言，外祠均佚，有命來朝，復居辭掖。人謂公屈，公則怡然，命出自中，北扉遂遷。一時詔令，温純炳蔚，淮濱德音，父老歎息。天子曰俞，貳我政機，挺然孤立，無所附依，同不爲比，異不近名，王臣之節，物望所傾。扈蹕而東，乞身甫力，近藩是殿，復去以疾，神明雖壯，沉痾内攻，中冬辛亥，罹此閔凶。嗚呼哀哉！惟公之德，清慎靖端，色莊以和，不妄笑言。高識絶世，洞照今古，閎博精深，議論證據。文章雅麗，不蹈前躅，賈、馬、曹、劉，是配是續。風神峻深，況若塵外，不假矜莊，自然高邁。薦寵後進，不遺餘力，摘奇掇英，如自己出。群士慕想，競拽其裾，主盟吾道，期繼歐、蘇。忽焉及此，士皆楷模，失聲相弔，有淚沾濡。嗚呼哀哉！嵲粤從早歲，謬忝公知，親惟外叔，義實師資。飲食教載，其施不貲，厚德莫報，寧以我悲，臨穴長慟，何痛如之！嗚呼哀哉，伏惟尚饗。」按祭文叙簡齋在翰林事云：「淮濱德音，父老歎息。」考繫年要録卷一百七云「紹興六年十有二月甲午朔，德音降廬、光、濠州、壽春府，雜犯死罪已下囚釋流已下。制曰」云云。李氏云：「赦文，學士朱震所草也。」祭文所謂，或别是一文，俟再考。

葬歸安縣廣德鄉上强里之岩山。

墓誌但稱「以某年、月、日、葬某所」，不著其地。今考牟巘陵陽集卷十一簡齋記云：「惟陳氏本京人，繼遷眉之青神。太常公徙雒陽。長子忱，京東轉運使。靖康中，運使子慈州司士參軍揮避地蒲之猗氏，遂家焉。簡齋則太常次子恂之孫也。靖康南來，紹興間參知政事。以疾請去，除資政殿學士知湖州。歸老烏墩之精舍，既殁，遂窆於歸安縣廣德鄉上强里之岩山。南北隔絶，二百五十餘年。兩房子孫，簪纓不絶，但不復相聞。區宇混一以來，參軍之五世孫損齋公來爲浙東廉訪使，參政之五世孫㞌，訪損齋浙東，叙兄弟焉。離而復合，夫豈偶然。然損齋慨念水木本源，自浙東謁告來霅，拜簡齋之墓。漢人以過家上冢爲榮，公之此行，蓋爲得之。俾予識其顛末，將刻石列之冢祠。」按牟氏此記，不特詳著簡齋葬地，足補墓誌所畧，其於簡齋後裔蹤跡亦有所記録，故詳引之。嘉慶一統志卷二百八十九浙江湖州府：「陳與義墓，在歸安縣西南上强里。」與牟氏陵陽集合。

張嵲誌其墓。

墓誌云：「公娶周氏，某官之女，某郡夫人。男曰洪，某官。公之母與某同六世祖，視之爲叔祖姑。頃公寓居漢上，某從公遊，質問詩文利病。其後仕學，公頗有力，不專爲親也。既葬公若干年，洪謂某曰：『先公之墓木長矣，而銘文未立，使德善功烈不白著於後，奈何！』願以銘屬予。予既辭謝不得，則爲取其世系行事而論次之，以爲之銘。」按張嵲此誌，載紫微集卷三十五，其要已引具本譜前文。董斯張吴興備志卷二十四金石徵云：「特進陳與義墓誌銘，禮部侍郎張嵲撰，在廣德鄉。」則此誌至明代猶存也。稱「特進」者，當是簡齋殁所贈官，墓誌所謂「訃聞，贈某官」者是也。

有簡齋集十卷，紹興十二年壬戌，周葵刻於吴興，而葛勝仲爲之序，距簡齋之歿四年也。

晁公武郡齋讀書志（衢本）卷十九云：「陳參政簡齋集二十卷。周葵得其家所藏五百餘篇刊行之，號簡齋集。」據知晁氏所見，即周葵刻本，蓋簡齋集之最早刻本也。葛勝仲丹陽集卷八陳去非詩集序云：「世言詩能窮人，唐李太白號謫仙，以樂府忤妃子，卒阨窮不振。劉夢得坐種桃句黜刺連州，白樂天坐新井篇黜坐湓浦，孟浩然、賈浪仙輩俱有能詩聲，然以詩忤明皇、宣宗，終坎壈州縣。故言詩能窮人者，取是爲左驗。予謂詩非惟不能窮人，且能達人。今夫窮閻挾策之士，生右文世，病碌碌無以自表見爾。使其能以詞藝達細氈之視，而被華衮之褒，則塗轍之升，一歲九遷不爲鋭，孰謂詩人例當窮哉？參知政事西洛陳公諱與義，少踔厲不群，篇籍之在世者無不讀，既讀輒記不忘。政和三年，以上舍釋褐，分教輔郡，益沉酣書傳，大肆於詩文。天分既高，用心亦苦，務一洗舊常畦徑，意不拔俗，語不驚人，不輕出也。宣和中，徽宗皇帝見所賦墨梅詩善，亟命召對，有見晚之嗟。遂登册府，擢掌符璽，向進用矣。會兵興搶攘，避地湖廣，汎洞庭，上九疑、羅浮，雖流離困厄，而能以山川秀傑之氣益昌其詩。故晚年賦詠尤工，搢紳士庶争傳誦，而旗亭傳舍摘句題寫殆徧，號稱新體。今天子夢想名士，以臺郎召還，以詩文被簡注，徧掌内外翰。無幾何，遂以器業預政。所謂詩能達人，公殆其一也。彼有旌殿角微涼之句，而親題禁苑；賞春城飛花之句，而擢守宣城者：誠幺麽不足道。紹興壬戌，毘陵周公葵自柱史牧吴興郡，剸裁豐暇，取公詩離爲若干卷，委僚屬讐校，而命工刻板，且見屬爲叙。蓋將指南後學，而益求功名於不腐。在詩有之：『載色載笑，匪怒伊教。』又曰：『有斐君子，終不可諼兮。』賢侯處心，一舉而二美具，可無述哉！」葛氏此序，即爲周刻本作也。壬戌爲紹興十二年，距簡齋之歿四年也。今胡注各本及四庫本均不載葛勝仲此序，故全文録之。沈曾植寐叟題跋卷二云：「墨林快事：『宋刻陳簡齋集是公自書上木，醇古豐圓，出自黄庭。』然則周葵所刻非但爲公自訂本,且爲自書本也。」葛勝仲序不具書周刻本卷數。寐叟題跋又云:「簡齋集,解題史志皆作十卷,通考作陳參政簡齋集二十卷。頗疑通考所據是周葵刊本,書題卷數即周刻本書題卷數也。胡箋本不録外集詩。瞿氏書目録舊抄單行本外集一卷,有元延祐七年錢良有(疑良祐)題語云:『簡齋外集罕見其本,錢塘王心田以余愛之,持以見贈』云云。證以通考『周葵得其詩五百餘首刊之』之説,檢今集中詩數,適得五百八十餘首。若並以外集之詩,則六百餘首矣。以此知胡本無外集,周本亦無外集。集中詩是簡齋自訂,外集詩則後人拾遺。蛛絲馬跡,猶可尋蹤。四庫本分體合編,則無可研覈矣。」又云:「今日校朝鮮本詩注,得周葵刻詩釐爲十卷之説,果與愚之臆測相合。」按此跋稱周刻「釐爲十卷」,前跋又據通考以周刻爲二十卷,自相矛盾,不識所謂「相合」者果何在也。按簡齋集卷數,諸書所記不同。宋史藝文志、直齋書録解題作十卷,郡齋讀書志作二十卷。通考作二十卷者,實本之郡齋讀書志。晁氏所見既是周葵刻本,則據朝鮮本「釐爲十卷」之語,讀書志所云「二十卷」當是「十卷」之誤,通考又緣晁志而誤也。如此,則晁、陳二目及史志所見皆爲十卷,皆周刻也。惜不得朝鮮本一覆案之。又愛日精廬藏書志、皕宋樓藏書志有元刊十五卷本。寐叟題跋卷一云:「舊抄簡齋集十五卷,第一卷賦,第二至十三詩,十四無住詞,十五外集,前有劉辰翁序。」按今北京圖書館藏舊抄本簡齋集十五卷,丁氏八千卷樓舊藏,分卷次第與沈氏所見者合,當即出於元刊十五卷本也。至胡注本則分爲三十卷,阮元四庫未收書目提要卷四云:「蓋穉作注時,去雜文,每卷復釐爲二」也。按如阮氏之説,則胡氏所見已有十五卷本,不必元刊始然也。至四庫著録十六卷本,以五七言古律分卷,沈曾植題跋以爲「大都出明人之手」,「已經羼亂」者也。吴澄臨川吴文正公集卷三十黄養浩詩序云:「世所選諸家詩,每令人手披口誦不忍釋,及閲其全集,則大不然。雖李、杜大家亦不篇篇可人意,於此見詩之不易爲也。獨近代簡齋陳參政集無可揀擇,蓋自選之,而凡不可者不復存也。」按以外集諸詩證之,吴氏之言良信,蓋其裁汰之嚴也。又周必大省齋文集卷三十四朝散大夫直秘閣陳公(從古)墓誌銘（淳熙十一年）云：「希望（當作晞顔）陳氏，諱從古，金壇人。自高曾以來，世工篇什。君及從吕居仁、向伯恭、蘇養直遊，往往得其句法。尤愛陳去非詩，取簡齋集盡次其韻。」同書卷十七跋陳晞顔（從古）和簡齋陳去非詩云：「淳熙五年正月丁巳，天寒甚，獨直玉堂，快讀同年晞顔和簡齋詩五百一十餘首。已愧王摩詰不能致孟浩然之伴直，當如裴垍他日對草吉甫制耳。」又楊萬里誠齋集卷七十九有陳晞顔和簡齋詩集序，稱「吾友敦復先生陳晞顔」，又稱其嘗「請序於澹菴先生胡公」，以文多不録。今案陳從古和簡齋詩，猶有浯溪摩崖八行，行十四字，字大徑五寸許。其詩云：「浯溪一股寒流碧，聳起雙峰如削壁。兩公文墨照溪津，至今草木增顔色。想當忠憤欲吐時，盡挽江山供筆力。我來弔古不勝情，豈但登臨愛泉石。漁陽舊事忍再論，僅賴令公安反側。書生百感夜不眠，起讀新詩轉悽惻。」末題：「紹興辛巳（三十一年）秋過浯溪，誦簡齋詩，因其韻。」此從古和簡齋集中詩之僅見者。世但知方千里、楊澤民、陳允平之和清真詞，鮮有知陳從古之和簡齋集者，録此以資博聞。

是年二月戊寅，帝至臨安。三月壬辰，以秦檜爲尚書右僕射同中書門下平章事兼樞密使。冬十月甲戌，趙鼎罷。十一月丁丑，詔金國使來盡割河南、陝西故地，通好於我，許還梓宫及母兄親族，餘無需索。令尚書省榜諭（宋史高宗紀）。

是年，京鏜（仲遠）生（楊萬里撰墓誌銘）。

瓶水齋詩集	[清]舒位著　曹光甫點校
龔自珍全集	[清]龔自珍著　王佩諍校點
龔自珍詩集編年校注	[清]龔自珍著　劉逸生、周錫䪖校注
水雲樓詩詞箋注	[清]蔣春霖著　劉勇剛箋注
人境廬詩草箋注	[清]黄遵憲著　錢仲聯箋注
嶺雲海日樓詩鈔	[清]丘逢甲著　丘鑄昌標點

安雅堂全集	[清]宋琬著　馬祖熙標校
龔鼎孳詞校注	[清]龔鼎孳著　孫克强、鄧妙慈校注
吴嘉紀詩箋校	[清]吴嘉紀著　楊積慶箋校
陳維崧集	[清]陳維崧著　陳振鵬標點 李學穎校補
屈大均詩詞編年校箋	[清]屈大均著　陳永正等校箋
屈大均詞箋注	[清]屈大均著　陳永正箋注
秋笳集	[清]吴兆騫撰　麻守中校點
漁洋精華録集釋	[清]王士禛著 李毓芙、牟通、李茂肅整理
聊齋志異會校會注會評本	[清]蒲松齡著　張友鶴輯校
敬業堂詩集	[清]查慎行著　周劭標點
納蘭詞箋注	[清]納蘭性德著　張草紉箋注
方苞集	[清]方苞著　劉季高校點
樊榭山房集	[清]厲鶚著　[清]董兆熊注 陳九思標校
劉大櫆集	[清]劉大櫆著　吴孟復標點
儒林外史彙校彙評(增訂版)	[清]吴敬梓著　李漢秋輯校
小倉山房詩文集	[清]袁枚著　周本淳標校
忠雅堂集校箋	[清]蔣士銓著　邵海清校 李夢生箋
甌北集	[清]趙翼著　李學穎、曹光甫校點
惜抱軒詩文集	[清]姚鼐著　劉季高標校
兩當軒集	[清]黄景仁著　李國章校點
惲敬集	[清]惲敬著　萬陸、謝珊珊、林振岳 標校　林振岳集評
茗柯文編	[清]張惠言著　黄立新校點

湯顯祖戲曲集　［明］湯顯祖著　錢南揚校點
白蘇齋類集　［明］袁宗道著　錢伯城校點
袁宏道集箋校　［明］袁宏道著　錢伯城箋校
珂雪齋集　［明］袁中道著　錢伯城點校
喻世明言會校本　［明］馮夢龍編著　李金泉點校
警世通言會校本　［明］馮夢龍編著　李金泉點校
醒世恒言會校本　［明］馮夢龍編著　李金泉點校
隱秀軒集　［明］鍾惺著　李先耕、崔重慶標校
譚元春集　［明］譚元春著　陳杏珍標校
張岱詩文集（增訂本）　［明］張岱著　夏咸淳輯校
陳子龍詩集　［明］陳子龍著　施蟄存、馬祖熙標校
夏完淳集箋校（修訂本）　［明］夏完淳著　白堅箋校
牧齋初學集　［清］錢謙益著　［清］錢曾箋注　錢仲聯標校
牧齋有學集　［清］錢謙益著　［清］錢曾箋注　錢仲聯標校
牧齋雜著　［清］錢謙益著　［清］錢曾箋注　錢仲聯標校
牧齋初學集詩注彙校　［清］錢謙益著　［清］錢曾箋注　卿朝暉輯校
李玉戲曲集　［清］李玉著　陳古虞、陳多、馬聖貴點校
吴梅村全集　［清］吴偉業著　李學穎集評標校
歸莊集　［清］歸莊著
顧亭林詩集彙注　［清］顧炎武著　王蘧常輯注　吴丕績標校

劍南詩稿校注	[宋]陸游著　錢仲聯校注
放翁詞編年箋注(增訂本)	[宋]陸游著　夏承燾、吴熊和箋注 陶然訂補
渭南文集箋校	[宋]陸游著　朱迎平箋校
范石湖集	[宋]范成大撰　富壽蓀標校
范成大集校箋	[宋]范成大撰　吴企明校箋
于湖居士文集	[宋]張孝祥著　徐鵬校點
稼軒詞編年箋注(定本)	[宋]辛棄疾撰　鄧廣銘箋注
辛棄疾詞校箋	[宋]辛棄疾著　吴企明校箋
姜白石詞編年箋校	[宋]姜夔著　夏承燾箋校
後村詞箋注	[宋]劉克莊著　錢仲聯箋注
劉辰翁詞校注	[宋]劉辰翁著　吴企明校注
瀛奎律髓彙評	[元]方回選評　李慶甲集評校點
雁門集	[元]薩都拉著 殷孟倫、朱廣祁校點
揭傒斯全集	[元]揭傒斯著　李夢生標校
高青丘集	[明]高啓著　[清]金檀注 徐澄宇、沈北宗校點
唐寅集	[明]唐寅著　周道振、張月尊輯校
文徵明集(增訂本)	[明]文徵明著　周道振輯校
震川先生集	[明]歸有光著　周本淳校點
海浮山堂詞稿	[明]馮惟敏著 凌景埏、謝伯陽標校
滄溟先生集	[明]李攀龍著　包敬第標校
梁辰魚集	[明]梁辰魚著　吴書蔭編集校點
沈璟集	[明]沈璟著　徐朔方輯校
湯顯祖詩文集	[明]湯顯祖著　徐朔方箋校

歐陽修詞校注　［宋］歐陽修著　胡可先、徐邁校注

蘇舜欽集　［宋］蘇舜欽著　沈文倬校點

嘉祐集箋注　［宋］蘇洵著　曾棗莊、金成禮箋注

王荆文公詩箋注（修訂版）　［宋］王安石著　［宋］李壁箋注　高克勤點校

王令集　［宋］王令著　沈文倬校點

蘇軾詩集合注　［宋］蘇軾著　［清］馮應榴注　黄任軻、朱懷春校點

東坡樂府箋　［宋］蘇軾著　［清］朱孝臧編年　龍榆生校箋

東坡詞傅幹注校證　［宋］蘇軾著　［宋］傅幹注　劉尚榮校證

欒城集　［宋］蘇轍著　曾棗莊、馬德富校點

山谷詩集注　［宋］黄庭堅著　［宋］任淵、史容、史季温注　黄寶華點校

山谷詩注續補　［宋］黄庭堅著　陳永正、何澤棠注

山谷詞校注　［宋］黄庭堅著　馬興榮、祝振玉校注

淮海集箋注（修訂本）　［宋］秦觀撰　徐培均箋注

淮海居士長短句箋注　［宋］秦觀著　徐培均箋注

賀鑄詞集校注　［宋］賀鑄著　鍾振振校注

清真集箋注　［宋］周邦彦著　羅忼烈箋注

石門文字禪校注　［宋］釋惠洪撰　周裕鍇校注

石林詞箋注　［宋］葉夢得著　蔣哲倫箋注

樵歌校注　［宋］朱敦儒著　鄧子勉校注

李清照集箋注（修訂本）　［宋］李清照著　徐培均箋注

吕本中詩集箋注　［宋］吕本中著　祝尚書箋注

陳與義集校箋（附年譜）　［宋］陳與義著　白敦仁校箋

蘆川詞箋注　［宋］張元幹著　曹濟平箋注

韓昌黎文集校注　［唐］韓愈著　馬其昶校注
馬茂元整理
劉禹錫集箋證　［唐］劉禹錫著　瞿蜕園箋證
白居易集箋校　［唐］白居易著　朱金城箋校
柳宗元詩箋釋　［唐］柳宗元著　王國安箋釋
柳河東集　［唐］柳宗元著　［宋］廖瑩中輯注
元稹集校注　［唐］元稹著　周相録校注
長江集新校　［唐］賈島著　李嘉言新校
張祜詩集校注　［唐］張祜著　尹占華校注
三家評注李長吉歌詩　［唐］李賀著　［清］王琦等評注
蔣凡校點
樊川文集　［唐］杜牧著　陳允吉校點
樊川詩集注　［唐］杜牧著　［清］馮集梧注
温飛卿詩集箋注　［唐］温庭筠著　［清］曾益等箋注
玉谿生詩集箋注　［唐］李商隱著　［清］馮浩箋注
蔣凡校點
樊南文集　［唐］李商隱著　［清］馮浩詳注
錢振倫、錢振常箋注
皮子文藪　［唐］皮日休著　蕭滌非、鄭慶篤整理
鄭谷詩集箋注　［唐］鄭谷著
嚴壽澂、黄明、趙昌平箋注
韋莊集箋注　［五代］韋莊著　聶安福箋注
李璟李煜詞校注　［南唐］李璟、李煜著　詹安泰校注
張先集編年校注　［宋］張先著　吴熊和、沈松勤校注
二晏詞箋注　［宋］晏殊、晏幾道著　張草紉箋注
樂章集校箋　［宋］柳永著　陶然、姚逸超校箋
梅堯臣集編年校注　［宋］梅堯臣著　朱東潤編年校注
歐陽修詩文集校箋　［宋］歐陽修著　洪本健校箋

蕭繹集校注	[南朝梁]蕭繹著　陳志平、熊清元校注
玉臺新咏彙校	吴冠文、談蓓芳、章培恒彙校
王績集會校	[唐]王績著　韓理洲校點
王梵志詩校注(增訂本)	[唐]王梵志著　項楚校注
盧照鄰集箋注	[唐]盧照鄰著　祝尚書箋注
駱臨海集箋注	[唐]駱賓王著　[清]陳熙晉箋注
王子安集注	[唐]王勃著　[清]蔣清翊注
陳子昂集(修訂本)	[唐]陳子昂撰　徐鵬校點
孟浩然詩集箋注(增訂本)	[唐]孟浩然著　佟培基箋注
王右丞集箋注	[唐]王維著　[清]趙殿成箋注
李白集校注	[唐]李白著　瞿蜕園、朱金城校注
高適集校注(修訂本)	[唐]高適著　孫欽善校注
杜詩趙次公先後解輯校	[唐]杜甫著　[宋]趙次公注　林繼中輯校
新刊校定集注杜詩	[唐]杜甫著　[宋]郭知達輯注　聶巧平點校
新定杜工部草堂詩箋斠證	[唐]杜甫著　[宋]魯訔編　[宋]蔡夢弼會箋　曾祥波新定斠證
杜詩鏡銓	[唐]杜甫著　[清]楊倫箋注
錢注杜詩	[唐]杜甫著　[清]錢謙益箋注
杜甫集校注	[唐]杜甫著　謝思煒校注
岑參集校注	[唐]岑參著　陳鐵民、侯忠義校注
戴叔倫詩集校注	[唐]戴叔倫著　蔣寅校注
韋應物集校注(增訂本)	[唐]韋應物著　陶敏、王友勝校注
權德輿詩文集	[唐]權德輿撰　郭廣偉校點
王建詩集校注	[唐]王建著　尹占華校注
韓昌黎詩繫年集釋	[唐]韓愈著　錢仲聯集釋

《中國古典文學叢書》已出書目

詩經今注	高亨注
楚辭集注	[宋]朱熹撰　黄靈庚點校
楚辭今注	湯炳正、李大明、李誠、熊良智注
司馬相如集校注	[漢]司馬相如著　金國永校注
揚雄集校注	[漢]揚雄著　張震澤校注
張衡詩文集校注	[漢]張衡著　張震澤校注
阮籍集	[魏]阮籍著　李志鈞等校點
陸機集校箋	[晉]陸機著　楊明校箋
陶淵明集校箋(修訂本)	[晉]陶潛著　龔斌校箋
世説新語箋疏(修訂本)	[南朝宋]劉義慶撰　余嘉錫箋疏　周祖謨等整理
世説新語校釋(增訂本)	[南朝宋]劉義慶撰　[南朝梁]劉孝標注　龔斌校釋
鮑參軍集注	[南朝宋]鮑照著　錢仲聯增補集説校
謝宣城集校注	[南朝齊]謝朓著　曹融南校注集説
江文通集校注	[南朝梁]江淹著　丁福林、楊勝朋校注
文心雕龍義證	[南朝梁]劉勰著　詹鍈義證
詩品集注(增訂本)	[梁]鍾嶸著　曹旭集注
文選	[梁]蕭統編　[唐]李善注